James A. Michener wurde 1907 geboren. Fast seine ganze Kindheit verbrachte er im Haus der Witwe Mabel Michener, die in Doylestown, Pennsylvania, ein Heim für Findelkinder unterhielt. Wenn die Wohltäterin finanzielle Engpässe durchzustehen hatte, lernten die Zöglinge vorübergehend auch das Leben im Armenhaus kennen.

Schon früh entwickelte Michener eine Leidenschaft für das Reisen, und bereits 1925, als er die High School abschloß, kannte er fast alle Staaten der USA. Der hervorragende Schüler erhielt ein Stipendium für das Swarthmore College, das er 1929 mit Auszeichnung abschloß. In den folgenden Jahren war er Lehrer, Schulbuchlektor, und er ging immer wieder auf Reisen. Während des Zweiten Weltkrieges diente Michener als Freiwilliger bei der US-Marine, die er als Korvettenkapitän verließ. Mit vierzig Jahren entschloß er sich, Berufsschriftsteller zu werden.

Für sein Erstlingswerk »Tales of the South Pacific« erhielt er 1948 den Pulitzer-Preis. Durch Richard Rogers und Oscar Hammerstein wurde es zu einem der erfolgreichsten Musicals am Broadway. Micheners Romane, Erzählungen und Reiseberichte wurden inzwischen in 52 Sprachen übersetzt. Einige davon wurden auch verfilmt.

Von James A. Michener sind außerdem
als Knaur-Taschenbücher erschienen:

»*Karawanen der Nacht*« (Band 147)
»*Die Quelle*« (Band 567)
»*Die Südsee*« (Band 817)
»*Die Bucht*« (Band 1027)
»*Verheißene Erde*« (Band 1177)
»*Verdammt im Paradies*« (Band 1263)
»*Die Brücken von Toko-Ri*« (Band 1264)
»*Die Brücke von Andau*« (Band 1265)
»*Mazurka*« (Band 1513)
»*Sternenjäger*« (Band 1339)
»*Iberia*« (Band 3590)

Vollständige Taschenbuchausgabe 1988
© 1986 Droemersche Verlagsanstalt Th. Knaur Nachf., München
Das Werk einschließlich aller seiner Teile ist urheberrechtlich geschützt.
Jede Verwertung außerhalb der engen Grenzen des Urheberrechts-
gesetzes ist ohne Zustimmung des Verlages unzulässig und strafbar.
Das gilt insbesondere für Vervielfältigungen, Übersetzungen,
Mikroverfilmungen und die Einspeicherung und Verarbeitung
in elektronischen Systemen.
Titel der Originalausgabe »Texas«
Copyright © 1985 by James A. Michener
Umschlaggestaltung Adolf Bachmann, Reischach
Umschlagfoto Wendell Minor, N.Y.
Druck und Bindung Elsnerdruck, Berlin
Printed in Germany 5 4 3 2 1
ISBN 3-426-01685-0

James A. Michener:
Texas

Roman

Aus dem Amerikanischen
von Hans Erik Hausner

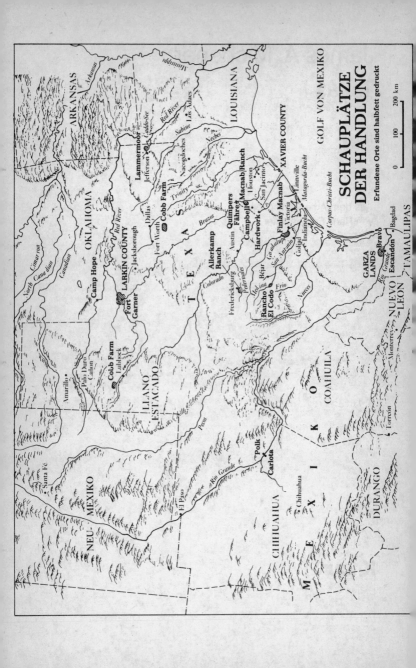

INHALT

Der Sonderstab des Gouverneurs 7

I. Ein Land aus vielen Ländern 19

II. Die Mission 65

III. El Camino Real 113

IV. Die Siedler 163

V. Der Trampelpfad 211

VI. Drei Männer, drei Schlachten 285

VII. Die Texianer 363

VIII. Der Ranger 439

IX. Gewissenskonflikte 487

X. Das Fort 563

XI. Das Grenzland 633

XII. Die Stadt 703

XIII. Die Eindringlinge 773

XIV. Kampf und Wandel 835

DER SONDERSTAB
DES GOUVERNEURS

Ich war überrascht, als der Gouverneur von Texas mich einige Tage nach Neujahr 1983 zu sich bat, denn ich hatte keine Ahnung gehabt, daß er von meinem Aufenthalt in der Stadt unterrichtet war. Ich hatte einige Wochen in Austin verbracht und dort fünf Vorlesungen vorbereitet, die ich in der Lyndon-B.-Johnson-School of Public Affairs der University of Texas halten sollte. Von seiten der Universität hatte man sich nicht viel um mich gekümmert; ich hatte dem Rektor einen Höflichkeitsbesuch abgestattet und den Dekan einige Male konsultiert. Die Einladung des Gouverneurs kam völlig unerwartet.

Ich war gebürtiger Texaner und hatte meinen ständigen Wohnsitz in diesem Staat; im vergangenen Jahr jedoch war ich vom Institute for Cultural Studies, der berühmten »Denkfabrik« in Boulder, Colorado, die ich leitete, beurlaubt worden und hatte in Genf gearbeitet.

Ich war gern an die Universität zurückgekehrt, denn die texanischen Studenten hatten etwas Erfrischendes. Einige der hellsten Köpfe kamen zwar aus dem Norden, doch die besten Football-Spieler immatrikulierten sich in Texas, und darauf kam es an.

Ohne mir vorstellen zu können, was der Gouverneur von mir wollte, verließ ich mein Gastbüro, ging auf den in südlicher Richtung verlaufenden Martin-Luther-King-Boulevard zu und dann etwa sechs Häuserblocks die Congress Avenue hinunter. Als ich das vertraute alte Kapitol mit seiner hohen Kuppel und der dem neunzehnten Jahrhundert verhafteten Würde betrat, war ich wieder genauso fasziniert wie an jenem Tag vor so langer Zeit, als ich mit den anderen Kindern meiner Volksschulklasse in der Rotunde stand, um Sam Houston und die Helden des Alamo zu ehren. Während ich nun wieder hier vorbeikam, lauschte eine neue Generation von Kindern mit leuchtenden Augen.

Im Büro des Gouverneurs begrüßte mich die Sekretärin mit einem freundlichen Lächeln: »Wir freuen uns, Sie bei uns zu sehen, Herr Professor. Die anderen warten schon drin.« Mit diesen Worten steckte sie mir ein Schildchen mit der Aufschrift »Dr. Travis Barlow, Institute for Cultural Studies« ans Revers.

»Wer sind die anderen?« fragte ich.

»Der Gouverneur wird Sie mit ihnen bekannt machen.«

Sie führte mich in ein Vorzimmer. An der Wand hing ein Büffelkopf, und zwei schöne Navajo-Teppiche lagen auf dem Fußboden, aber die wahre Attraktion des Raumes waren vier Personen, die mit Sorgfalt ausgesucht schienen, als sollten sie die Macht und die Vielfalt von Texas repräsentieren. Ich bemühte mich, mir jedes einzelne Gesicht und das entsprechende Schildchen einzuprägen.

Das erste solche Paar gehörte zu einem großgewachsenen, mageren, finsterblickenden Mann mit herabhängenden Schultern, dessen Erscheinung in jeder Umgebung Aufmerksamkeit erregen mußte. Als ich sein Schildchen las, begriff ich, was ihn aus der Masse hervorhob. Es war Ransom Rusk, laut *Fortune* und *Forbes* einer der reichsten Männer Texas', »Besitzer eines Vermögens, das eine Milliarde Dollar vermutlich übersteigt«. Er war Ende fünfzig, und nach der Distanz zu urteilen, die er zu den anderen hielt, hatte er den festen Willen, sowohl sein Vermögen als auch seine Person vor möglichen Störenfrieden zu schützen. Er war teuer, aber nicht schick gekleidet, dies und seine ständig gerunzelte Stirn ließen erkennen, daß ihm gleichgültig war, was andere Menschen über ihn dachten.

Er unterhielt sich gerade mit einem Mann von ganz anderem Schlag, einem großen, allem Anschein nach zugänglichen, hemdsärmeligen Typ Mitte fünfzig, der in einen teuren Anzug aus Whipcord gekleidet war, wie ihn Viehzüchter oft tragen. Er trug Stiefel mit hohen Absätzen und um den Hals einen Kordelschlips nach Westernart, der von einem großen Türkis festgehalten wurde. Als ich auf dem Schildchen seinen Namen las – Lorenzo Quimper –, mußte ich lächeln. Dieser Mann war eine Legende, der Prototyp des texanischen Geschäftemachers, Besitzer von neun Ranches, Freund des Präsidenten, Ölbaron und ein fanatischer Anhänger des Leichtathletikteams seiner Universität. Er sah gut aus, hatte aber etwas Pompöses, wenig Vertrauenerweckendes an sich. Als er mich eintreten sah, wandte er sich mir mit einem breiten Grinsen zu. »He, Freund«, sagte er und streckte mir seine Hand entgegen, »mein Name ist Quimper. Willkommen in der ersten Liga.« Sofort danach nahm er sein Gespräch mit Rusk wieder auf; ich war ihm nicht mehr als drei Sekunden wert gewesen.

Die dritte Person, die ich jetzt ins Auge faßte, war eine großgewachsene grauhaarige Dame mit aristokratischem Profil, elegant gekleidet, soigniert, Ende sechzig. Sie hatte das Gebaren einer Frau, die nicht mit sich spaßen läßt, und sah aus, als wäre sie gewohnt, in Aufsichtsräten zu sitzen und wichtige Entscheidungen zu treffen. Wie mir ihr Schildchen verriet, handelte es sich bei ihr um Miss Lorena Cobb, Tochter beziehungsweise Enkelin zweier bedeutender Senatoren der Vereinigten Staaten, die der Nation und Texas in den Jahren nach dem Sezessionskrieg wertvolle Dienste geleistet hatten. Sie war eine jener Standardtexanerinnen, die sich in ihrer Jugend vom Machismo ihrer Männer einschüchtern ließen, in reiferen Jahren jedoch oft als die elegantesten und einflußreichsten Frauen der Welt ins Rampenlicht traten. Sie bildeten das Rückgrat texanischer Städte, indem sie ihre reichen Ehegatten und Freunde dazu überredeten, Krankenhäuser und Museen zu bauen, und dann die höheren gesellschaftlichen Kreise beherrschten.

Der interessanteste der vier war ein feingliedriger Mann Ende dreißig, etwa einsfünfundsechzig groß, mit einem penibel gestutzten Schnurrbart. Er wog nicht mehr als fünfundsiebzig Kilo, und seine Haut war olivefarben. Sein Schildchen wies ihn als »Professor Efraín Garza, Texas A&M« aus, und der Akzent auf seinem Vornamen ließ mich vermuten, daß er ein Gastprofessor aus Mexiko war. Schon wollte ich ihn danach fragen, als die Tür zum Büro aufsprang und der Gouverneur herausgestürmt kam, um uns zu begrüßen. Ein stämmiger Rotschopf, etwas über fünfzig, mit ausladenden Gesten, die uns anzutreiben schienen: »An die Arbeit! Wir haben nicht viel Zeit.«

»Hallo! Hallo! Ich nehme an, Sie haben sich bereits alle miteinander bekannt gemacht.« Als wir erkennen ließen, daß wir das nicht getan hatten, blieb er stehen und packte Rusk am Arm, so als ob der Milliardär aufgrund seiner Macht Anspruch darauf hätte, als erster vorgestellt zu werden: »Fotos von diesem Herrn haben Sie sicher schon in den Zeitungen gesehen. Hier ist er also in Fleisch und Blut, Ransom Rusk.« Der große Mann lächelte trübe, und der Gouverneur ging zum nächsten.

»Dieser Schurke ist der inoffizielle Good-will-Botschafter unseres Staates, Lorenzo Quimper.« Mit Bezug auf den schillernden Medici-Stadtherrn von Florenz hatten ihm die Zeitungen den Beinamen Lorenzo il Magnifico beigelegt, und er erinnerte auch tatsächlich in vielem an einen Renaissance-Condottiere: Lobbyist, Ölbaron, Immobilienmakler, Zerstörer der Universität, Erbauer der Universität, Anführer der Claque bei Sportveranstaltungen der Universität und blindwütiger Verfolger liberaler jüdischer Professoren aus dem Norden – ein radikaler Verfechter des Texanertums. Von vielen gehaßt, von anderen ebenso leidenschaftlich verehrt, war er der Liebling der rauhbeinigen Elemente im texanischen Establishment, ihr Sprecher und Verteidiger.

Mein Blick fiel auf seine prächtigen Stiefel, die offensichtlich auch die Aufmerksamkeit der anderen erregt hatten. Sie waren aus hellgrauem Leder gefertigt, und auf der Vorderseite schmückte sie ein großer silberner Stern. Über jedem Stern prangte, wie um ihn zu schützen, ein bronzefarbenes Longhorn-Rind, und auf der Außenseite der Stiefel waren kleine Colts aus brüniertem Gold angebracht.

»He!« rief Professor Garza. »Sind Sie General Quimper?«

»So heißt eine meiner Firmen.«

»Sie machen phantastische Stiefel!«

»Und das ist der Star unserer kleinen Gruppe«, schaltete sich der Gouverneur ein. »Miss Lorena Cobb.« Er küßte sie, und Rusk und Quimper folgten seinem Beispiel. Sie streckte Garza ihre Hand entgegen und lächelte freundlich. Mir schüttelte sie die Hand mit etwas mehr Zurückhaltung, denn sie wußte ja nicht, wer ich war.

»Das Hirn unserer Gruppe, wie ich neidvoll sagen muß«, fuhr der Gouverneur fort, als er Garza erreichte. »Professor der Soziologie, Texas A&M.«

Nun stand der Gouverneur vor mir. »Um diese Gruppe von Primadonnen anzuführen, mußte ich einen Mann mit internationaler Reputation finden. Und das ist er, Dr. Travis Barlow, der sein Doktorat mit Auszeichnung in Cambridge, England, erworben hat. Und Sie haben hier in Texas das College besucht?«

»Ja.«

»Und für das Buch, das Sie in Colorado geschrieben haben, bekamen Sie den Pulitzer-Preis?«

»Das ist richtig.«

»Also dann: Sie sollen der Leiter dieser Task Force, dieses Sonderstabs sein.«

»Task Force? Sonderstab? Wofür?« fragte Rusk.

»Genau um das zu besprechen, sind wir hier zusammengekommen«, antwortete der Gouverneur. »Ich habe Ihnen Ihre Aufgaben noch nicht im einzelnen angegeben, weil ich nicht riskieren wollte, daß einer von Ihnen mir absagt.«

Wir setzten uns um den großen Tisch in seinem Büro, und er fuhr fort: »Als einen wichtigen Beitrag zu unserem Sesquicentennial möchte ich, daß Sie unseren Bürgern einen umfassenden Bericht über zwei wichtige Fragen vorlegen: ›In welcher Form sollten unsere Schulkinder und

Collegestudenten die Geschichte Texas' lernen?‹ Und: ›Was sollten sie über diese Geschichte lernen?‹«

»Zunächst einmal«, fiel Quimper ihm ins Wort, »sollten sie lernen, daß das dumme Wort *Sesquicentennial* hundertfünfzig bedeutet – Hundertfünfzigjahrfeier im weiteren Sinn.«

»Lorenzo!« gab der Gouverneur zurück. »Außer Ihnen verstehen alle Texaner Lateinisch.«

»Ich würde es auch verstehen, wenn ich über die dritte Klasse hinausgekommen wäre«, sagte Quimper mit jener gespielten Halbbildung, die er zuweilen gern zur Schau trug.

»Soll das vielleicht eine weitere Studie werden?« fragte Rusk.

»Um Himmels willen, nein!« wehrte der Gouverneur ab. »Wir haben Fragen der Erziehung in Texas bis zum Geht-nicht-mehr studiert. Was ich haben möchte, das sind spezifische, festumrissene Empfehlungen.«

»Welcher Art?« wollte Rusk wissen.

»Wie wir in unseren Kindern Liebe und Verständnis für die Einzigartigkeit von Texas wecken sollen.«

»Klingt das nicht ein wenig hochtrabend?« fragte Miss Cobb.

Der Gouverneur erwiderte: »An dem Tag, an dem man zum Gouverneur dieses großen Staates gewählt wird, beginnt man zu begreifen, daß er wirklich einzigartig ist, daß man uns ein unschätzbares Erbe anvertraut hat.« Ich glaubte die Signalhörner vor dem Alamo blasen zu hören.

»Nun«, fuhr er fort, »wir fünf wissen, wie einzigartig wir sind, aber die Massen, die von Staaten wie Michigan oder Ohio herunterkommen, wissen das nicht. Und die große Zahl derer, die von südlich des Rio Grande heraufluten, die weiß es auch nicht.«

»Und was genau sollen wir nun tun?« erkundigte sich Miss Cobb.

»Drei Dinge. Erstens, das Wesentliche unserer Geschichte definieren, jene Dinge herausarbeiten, die dazu geführt haben, daß wir den anderen Staaten an Bedeutung überlegen sind. Zweitens, die leitenden Herren unseres Erziehungswesens dahingehend beraten, wie sie dieses Erbe sichern und erfolgreich weiterführen können. Und drittens möchte ich, daß Sie die Zusammenkünfte Ihres Sonderstabs in verschiedenen Teilen des Staates abhalten – um Interesse zu wecken, Kritik herauszufordern, Ausstellungen über die Geschichte von Texas zu organisieren und, vor allem, um es jedem, der ein besonderes Interesse daran hat, zu ermöglichen, seine oder ihre Meinung zu äußern.«

»Wir könnten eine große Fernsehshow aufziehen«, begeisterte sich Quimper, stieß damit bei den anderen jedoch auf keine Resonanz.

»Was die Einzelheiten der Finanzierung angeht«, fuhr der Gouverneur fort, »so habe ich dafür gesorgt, daß von staatlicher Seite Mittel bereitgestellt werden, um die Gehälter von drei Collegeabsolventen zu zahlen, die Ihnen assistieren werden. Es handelt sich um Verwandte von Senatoren unseres Staates; trotzdem sind es intelligente Leute, wie man mir versichert hat. Und sie kommen aus verschiedenen Teilen des Staates. Texas Tech, Texas El Paso und eine sehr talentierte junge Publicity-Dame von der SMU. Diese Leute stehen Ihnen zwei Jahre lang zur Verfügung – um Fakten zu sammeln und um Ihnen bei der Organisation des Projekts zur Hand zu gehen. Es werden Ihnen auch ausreichende Mittel für Reisen und Gastredner bereitgestellt. Wie gesagt, ich möchte, daß Sie Ihre Tagungen in verschiedenen Städten abhalten, damit der ganze Staat partizipieren kann. Und natürlich haben Sie Zugang zu Büchern, Karten und Computern. Büroräumlichkeiten sind hier im Kapitol für Sie vorgesehen.«

Er lehnte sich zurück und betrachtete uns stolz. »Mein Sonderstab! Meine Task Force! Sie müssen wissen, daß ich in der Marine gedient habe und vor der Küste von Vietnam stationiert war. Noch heute lassen mich diese Worte erschauern. Eine Task Force, wendige Schiffe, die die nächtliche See durchpflügen... Ihre Mission ist äußerst wichtig!«

Der Gouverneur bat uns zu Tisch. Während des Essens fielen mir zwei Dinge auf: Ransom Rusk richtete das Wort nur an die, die er für ihm Gleichgestellte hielt, nämlich Quimper und Miss Cobb, während er Garza und mich ignorierte. Und ich entdeckte noch etwas, das mir von Bedeutung für mich selbst zu sein schien: Als reiche und machtbewußte Texaner rechneten Rusk und Quimper damit, diesen Sonderstab zu beherrschen. Alles, was sie sagten und taten, ließ diese Absicht erkennen. Sie waren sicherlich nicht dumm, aber meiner Meinung nach sehr reaktionär, und sie würden, wenn man sie ließe, einen rechtslastigen Bericht erstellen.

Ich gelobte mir schon jetzt, dies zu verhindern.

Mit der Absicht, mehr über uns zu erfahren, wandte sich der Gouverneur jetzt nacheinander an jeden von uns: »Rusk, wann kamen Ihre

Vorfahren nach Texas? In den siebziger Jahren des vergangenen Jahrhunderts? Aus Pennsylvania? Miss Cobb, Ihre Ahnen kamen aus den Carolinas, nicht wahr, in den vierziger Jahren? Und Quimper, Sie schlagen uns alle, stimmt's? 1822, wenn ich nicht irre, aus Tennessee. War der Held von San Jacinto nicht auch ein Quimper?«

Lorenzo nickte bescheiden.

Als der Gouverneur sich an mich wandte, war klar, daß er keine Ahnung von meinen Vorfahren hatte, aber ich wartete mit einer echten Überraschung für ihn auf. »Wann sind Ihre Leute nach Texas gekommen, Barlow?«

Lächelnd antwortete ich: »Moses Barlow kam nach Gonzales – von woher, das weiß man nicht – am 24. Februar 1836. Drei Tage später meldete er sich freiwillig zur Verteidigung des Alamo.«

Überrascht tat der Gouverneur einen Schritt zurück – wir hatten uns mittlerweile von der Tafel erhoben –, ging dann auf mich zu und ergriff meine Hand. »Dieser Barlow? Wir sind sehr stolz auf Männer wie ihn!«

Ich hätte gern etwas über Professor Garzas Herkunft erfahren, aber die Sekretärin unterbrach uns: »Gouverneur, bitte! Die Abordnung wartet schon seit zwanzig Minuten.«

Nachdem er sich für seinen abrupten Abschied entschuldigt hatte, rief er uns noch zu: »An die Arbeit, Task Force! Lassen Sie die Schiffe zu Wasser!«

Wir verbrachten eine Stunde damit, Grundsätzliches zu besprechen, und ich war angenehm überrascht vom Kenntnisreichtum dieser Leute. Rusk ging jedes Problem vom Kern her an. Quimper belegte uns mit einem, wie ich gestehen muß, willkommenen Sperrfeuer aus typisch texanischen Vergleichen: »Er war so scharf darauf wie eine Ente auf Maikäfer« und dergleichen mehr. Wie jeder Texaner, der etwas auf sich hält, war er in Gleichnissen aus dem landwirtschaftlichen Bereich bewandert.

Miss Cobb erwies sich, wie ich vermutet hatte, als sehr intelligent und gebildet. Sie war es, die unsere Aufgabe am prägnantesten formulierte: »Wir müssen unseren Schülern und Studenten wie uns selbst in Erinnerung rufen, daß Texas deshalb so bedeutend ist, weil es sich rühmen kann, in seiner Geschichte sieben verschiedene Kulturen vereinigt zu haben.«

»Welche sieben Kulturen?« fragte Rusk.

Nun machte ich eine interessante Entdeckung. Ich hatte mir über die potentiellen Diktatoren Rusk und Quimper Sorgen gemacht. Die wirkliche Gefahr würde jedoch von Miss Cobb ausgehen. Zwar trug sie das langweilige Grau einer Nonne, aber in Wahrheit handelte es sich um das Grau eines Schlachtschiffes, und wenn sie sprach, tat sie es mit stählerner Autorität.

Vor der großen Landkarte im Konferenzsaal stehend, hielt sie uns einen Vortrag, als wenn wir Schulkinder wären: »Ich spreche nicht über regionale Unterschiede. Daß Jefferson hier oben im sumpfigen Nordosten wenig Ähnlichkeit mit dem dreizehnhundert Kilometer entfernten El Paso dort unten in der Wüste hat, sieht jeder. Solche physischen Unterschiede sind leicht zu erkennen. Aber wenn wir die verschiedenen kulturellen Strömungen außer acht lassen, entgeht uns die ganze Identität unseres Staates.

Erstens die Indianer. Sie lebten schon jahrhundertelang hier, bevor einer von uns ins Land kam, aber in unserer Weisheit rotteten wir sie aus; daher war ihr Einfluß minimal. Zweitens, die spanisch-mexikanische Kultur, die zu ignorieren wir uns so große Mühe geben. Drittens, jene dickköpfigen Siedler aus Kentucky und Tennessee, die ursprünglich aus Städten wie New York und Philadelphia kamen und die sich ihre eigene baptistische und methodistische Welt an den Ufern des Brazos schufen. Viertens wir Nachzügler aus dem alten Süden, die wir uns ein schönes Plantagenleben aus Sklaven, Baumwolle und der Sezession zurechtmachten. Fünftens das große Geheimnis der texanischen Historie, nämlich die Schwarzen, deren Geschichte wir verschweigen und deren Beitrag wir leugnen. Sechstens der Cowboy auf seinem Pferd oder in seinem Chevy. Und siebtens diese wunderbaren Deutschen, die im vorigen Jahrhundert hierherkamen, um der Unterdrückung in Europa zu entfliehen. Ja, und dazu zähle ich auch die Tschechen und andere Europäer. Welch herrlichen Beitrag diese Gruppe geleistet hat!«

»Ich hätte die Deutschen niemals einer eigenen Kategorie zugeordnet«, ließ sich Quimper vernehmen, aber Miss Cobb entgegnete sofort: »Bei den ersten Volkszählungen machten sie mehr als ein Drittel unserer Bevölkerung aus!«

Rusk, der mittlerweile seine Fingernägel studiert hatte, brummte:

»Ich bin der Meinung, der spanische Einfluß in diesem Staat ist nicht größer als ein Haufen Katzendreck.«

Professor Garzas Erwiderung war scharf: »Daß Sie so denken, beweist, daß Sie nichts über die ersten dreihundert Jahre der texanischen Geschichte wissen!«

Bevor Rusk darauf antworten konnte, schaltete ich mich mit einer versöhnlichen Bemerkung ein. Aber der Friedensschluß, den ich damit erzielte, konnte nicht verhindern, daß es früher oder später zu einer Konfrontation zwischen Rusk und Garza kommen würde, das wußte ich.

Nun wandte sich Quimper grinsend an Professor Garza. »Der Gouverneur wurde abberufen, bevor er Sie uns richtig vorstellen konnte, Professor. Wie lange lebt denn Ihre Familie schon in Texas?«

Garza beantwortete die Frage, ohne mit der Wimper zu zucken: »Seit etwa vierhundertfünfzig Jahren. Einer meiner Vorfahren begann das Gebiet im Jahre 1539 zu erforschen.«

Diese Information war so bemerkenswert, daß Miss Cobb sich zu der Frage herabließ: »Wer war dieser erste Garza?«

Der Professor antwortete mit unverhohlenem Stolz: »Ein Analphabet, ein armer Maultiertreiber auf der Straße von Vera Cruz nach Mexico City. Er wurde 1525 geboren, und ich im Jahre 1945; so trennen uns also mehr als vierhundert Jahre. Wenn Sie einer Generation 20,6 Jahre zuerkennen – eine angemessene Zeitspanne, da die Garzas für gewöhnlich schon mit einundzwanzig Jahren Söhne hatten –, ergibt das einundzwanzig Generationen vom ersten Garza bis zu mir.«

Alle starrten wir in der nun folgenden Stille auf den gutaussehenden jungen Mann.

Die Geschichte Texas' schien in eine schattenhafte Periode zu entschwinden, von der wir uns nie eine Vorstellung gemacht hatten. Aber Garza hielt noch eine weitere Überraschung für uns bereit. »In seinen späteren Jahren machte dieser Maultiertreiber einige Aufzeichnungen über seine frühen Abenteuer, und ...«

»Aber Sie sagten doch, er war Analphabet«, unterbrach ihn Quimper.

Garza nickte. »Erst mit einunddreißig lernte er schreiben.«

»Hat ihm vielleicht seine Frau das Schreiben beigebracht?« fragte Rusk amüsiert.

»Sie kauften sich einen gebildeten schwarzen Sklaven aus Cuba.«

»Sie sagten doch, er war arm!« wandte Quimper ein.

Offenbar würde in diesem Ausschuß nichts unwidersprochen bleiben. Doch wieder nickte Garza. »Das war er ursprünglich auch. Und wie er zu seiner Frau, zu seinem Geld und zu seiner Bildung kam, ist eine außerordentliche Geschichte.«

»Diese Geschichte würde ich gern hören«, sagte Miss Cobb. Wir alle stimmten ihr zu.

I.
EIN LAND AUS VIELEN LÄNDERN

An einem dunstigen Novembertag des Jahres 1535 trieb ein stämmiger Junge im mexikanischen Hafen Vera Cruz seine Maultiere zum Ufer, wo Schleppkähne Güter von vor Anker liegenden Frachtschiffen an Land brachten, und wieder zurück. Der Junge hieß Garcilaço und war zehn Jahre alt, »aber schon bald elf«, wie er jedem erzählte, der es hören wollte.

Der uneheliche Sohn einer indianischen Mutter und eines rebellischen spanischen Soldaten, den man noch vor der Geburt seines Kindes exekutiert hatte, war in ein Heim gesteckt worden, das die örtliche Geistlichkeit unterhielt; sobald er alt genug zum Arbeiten war, hatte man ihn einem schurkischen alten Maultiertreiber übergeben. Das geschah, als er acht Jahre alt war, und seitdem hatte er nichts anderes getan als gearbeitet.

Von seinem Vater hatte Garcilaço einen Körperbau geerbt, der etwas schwerer war als der eines durchschnittlichen Indianers; von seiner Mutter die glatte braune Haut und das schwarze Haar, das ihm über die Stirn fiel und fast die Augen erreichte. Und aus irgendeiner geheimen Quelle hatte er ein sanftes Gemüt und einen beharrlichen, unverbesserlichen Optimismus erworben.

An diesem heißen Morgen hatte sein Herr den Auftrag erhalten, die Maultiere unverzüglich in die etwa fünfhundert Kilometer entfernte Stadt México zu führen. Während Garcilaço die beladenen Tiere auf den langen und mühseligen Weg durch die Dschungel des Flachlandes brachte, tröstete er sich mit dem Gedanken, daß er bald die majestätischen Vulkane der Hochebene und die aufregenden Straßen der Hauptstadt sehen würde.

Der Weg von Vera Cruz hinauf war für Garcilaço jedesmal eine Mischung aus Schinderei und Freude. Zwar kostete es den Jungen große Mühe, den Dschungel auf den unbefestigten Pfaden zu durchqueren, aber es war auch reizvoll, neben den Vulkanen dahinzuwandern und die Stadt México in der Ferne leuchten zu sehen, zumal da er wußte, daß er in der Hauptstadt auf ein paar Tage Ruhe und reichlicheres Essen hoffen durfte.

Als er sich der Stadt diesmal näherte, fiel ihm die ungewohnt große Zahl von Reisenden auf, die alle in der gleichen Richtung unterwegs waren. Als er nach dem Grund fragte, erhielt er die Auskunft: »Morgen gibt es ein großes Autodafé.«

Ein offizielles, in Spanien mit allem Prunk abgehaltenes Autodafé war die verschwenderische öffentliche Zurschaustellung der religiösen wie der irdischen Macht der katholischen Kirche, ihrer Entschlossenheit, jede Abweichung vom wahren Glauben mit der Wurzel auszurotten. Ein Autodafé bestand aus marschierenden Soldaten, einer Musikkapelle, einer Parade von Geistlichen in verschiedenfarbigen Talaren, dem Erscheinen des Bischofs auf einem Tragsessel, von vier Negersklaven getragen, und schließlich dem Auftreten eines Scharfrichters, dem, in Ketten gelegt, die Apostaten, die an diesem Tag verbrannt werden sollten, folgten.

In México jedoch war ein Autodafé in jenen frühen Jahren eine viel einfachere Angelegenheit; diesmal, so erfuhr Garcilaço, als er in die Stadt kam, sollten zwei Männer hingerichtet werden. »Der eine«, erklärte man ihn, »– er kommt aus Puebla – hat sich richtig verhalten. Er hat seinen ketzerischen Verirrungen abgeschworen, hat darum gebeten, in den Armen der Kirche sterben zu dürfen, und wird daher gnadenhalber vom Scharfrichter erwürgt werden, bevor man den Scheiterhaufen anzündet.«

»Das ist gut für ihn«, meinte Garcilaço. Er erinnerte sich an ein Autodafé, bei dem ein Angeklagter sich geweigert hatte, seine Schuld einzugestehen, und sein Tod war entsetzlich gewesen. »Es ist viel besser, wenn man vorher erwürgt wird.«

»Der andere Mann, er ist hier aus der Stadt, weigert sich abzuschwören. Er sagt, er wird die Flammen willkommen heißen. Na, dazu wird er Gelegenheit haben!«

Am Morgen des Autodafés versammelten sich die Menschen entlang der Route, die die Prozession nehmen würde. Die Straßen wimmelten von Verkäufern, aber das größte Gedränge herrschte auf dem großen Platz vor der Kathedrale, wo die Brandpfahle errichtet und trockene Reisigbündel rund um die kleinen hölzernen Plattformen geschichtet worden waren, auf denen die Verurteilten stehen würden.

Am Mittag, unter einer gleißenden Sonne, zogen Indianerinnen herum, die ein kühles, erfrischendes Getränk in hölzernen Bechern verkauften. Garcilaço hatte Durst, aber er besaß kein Geld. Ein spanischer Beamter, der zwei Becher erstanden hatte, konnte den zweiten nicht austrinken; er merkte, wie dem Jungen zumute war, und überließ ihm großzügig den Rest. Während Garcilaço die Limonade gierig hinunterstürzte und die Verkäuferin ungeduldig mit dem Fuß aufstampfte, fragte der Spanier: »Bist du ein Mestize?« Garcilaço antwortete, während er die letzten Schlucke machte: »Ja, mein Vater war Spanier. Man hat mir erzählt, daß er erschossen wurde... noch vor meiner Geburt.«

»Trink aus!« ermahnte ihn die Indianerin, und Garcilaço leerte den Becher.

»Das war gut. Danke, Herr.« Der Mann wollte ihm weitere Fragen stellen, da kam der alte Maultiertreiber gelaufen.

»Da bist du ja endlich!« rief er, als er seinen Helfer entdeckte, und machte sich daran, Garcilaço von dem Faß herunterzuholen. Der spanische Herr stieß ihn grob zurück. »Laß den Jungen zufrieden!« Der Mann zögerte, doch als er erkannte, daß der Fremde vermutlich aus Spanien kam und unverzüglich sein Schwert ziehen würde, wenn man seine Ehre verletzte, wich er zurück und rief dem Jungen knurrend zu: »Eine schlechte Nachricht! Wir müssen unsere Waren beim Heer in Guadalajara abliefern.« Diese Stadt lag mehr als achthundert Kilometer westlich. »Du mußt gleich mit mir kommen«, fügte der Alte hinzu. Das bedeutete, daß Garcilaço das Autodafé versäumen würde! Der Maultiertreiber ließ nicht locker und forderte den Jungen erneut auf, mitzukommen. Da richtete der Spanier mit drohender Stimme wieder das Wort an ihn: »Jetzt aber fort mit Euch, oder Ihr bekommt es mit mir zu tun!« Der Alte zog sich zurück, aber sein wütender Blick verhieß seinem störrischen Helfer, daß er ihn bestrafen werde, sobald das Autodafé zu Ende war.

»Du bist ein Glückspilz«, sagte der Spanier. »Guadalajara! Das ist die beste Stadt in México! Von dort aus kannst du in den richtigen Westen gelangen und auf dem Weg dorthin den Pazifischen Ozean sehen.«

Mit dem Autodafé wurde es jetzt ernst: Aufgeregt liefen Beamte umher, deren Aufgabe es war, auf die Einhaltung bestimmter Vorschriften zu achten. In der Stille, die eintrat, kurz bevor die Prozession auftauchte, tätschelte der Spanier Garcilaço den Arm und meinte: »Dein Meister scheint ein ungerer Patron zu sein.«

»Das ist wahr.«

»Warum läufst du nicht einfach fort? Das habe ich auch gemacht. Aus einem elenden Dorf in Spanien, wo ich ein Niemand war. In México bin ich ein Mann von einiger Bedeutung.«

»Ich wüßte nicht, wohin ich laufen sollte«, antwortete Garcilaço.

Der Herr packte ihn an der Schulter: »Dir steht die ganze Welt offen,

Junge. Du könntest der neue Conquistador sein, der Mestize, der in diesem Land einmal herrschen wird!« Er korrigierte sich: »Der Spanien helfen wird, hier zu herrschen.«

»Seht!« rief Garcilaço. Auf dem Platz erschienen vier Sklaven. Sie hielten die Griffe eines Tragsessels, auf dem ein in Purpur gekleideter Prälat thronte; er trug eine reichverzierte Mitra und starrte mit ausdruckslosem Gesicht vor sich hin. Es war Bischof Zumárraga, der mächtigste Kirchenfürst Méxicos, der persönlich für die Verhaftung und Verurteilung der zwei Ketzer verantwortlich war, die man jetzt verbrennen würde.

Die Zeremonie lief schnell und furchteinflößend ab. Bischof Zumárraga nahm das Reuebekenntnis des Mannes entgegen, der erwürgt werden sollte, und ignorierte die Verachtung des anderen, den man lebendig verbrennen würde. Dann übergab er die Gefangenen dem weltlichen Arm der Regierung und verließ, gefolgt von seinen Priestern, den Platz. Die Soldaten, nicht die Geistlichen, waren dazu bestimmt, das Feuer zu entfachen und die Ketzer zu verbrennen.

Als die Flammen in der Abenddämmerung erloschen waren, ging Garcilaço zu dem eingezäunten Gelände, wo die Maultiere warteten. Verwirrende Bilder drehten sich vor seinen Augen: Bischof Zumárragas rotes Gesicht, als er rief: »Der Wille Gottes geschehe!«; die vorbeiziehenden Priester; und seine Vorstellung von Guadalajara, der »besten Stadt in México«. Vor allem aber dachte er an das, was der Spanier gesagt hatte: »Ihr Mestizen könnt vieles tun. Lauf doch fort! Bring etwas zuwege!«

In Guadalajara erhielt Garcilaços Herr den unangenehmen Befehl, die Fracht zu Heereseinheiten nach Compostela zu transportieren. Das waren weitere dreihundert Kilometer. Als sie dort ankamen, erreichte sie schon ein neuer Auftrag: Bringt eure Fracht nach Culiacán, neunhundertfünfzig Kilometer weiter nördlich. Das Heer erwartet sie.« Und in Culiacán, der Grenzstadt des spanischen Reiches in México, hieß es: »Bringt die Fracht zweihundert Kilometer weiter nach Norden zu unserem dortigen Außenposten!«

Es war der 20. März, der Tag, den sich Garcilaço als Geburtstag ausgesucht hatte. Um die Mittagszeit kam plötzlich ein aufgeregter Soldat mit einer erstaunlichen Nachricht gelaufen: »Ich habe Gespenster gesehen!«

Alle, die sein Rufen gehört hatten, folgten dem Mann an den Rand der Siedlung, wo er immer wieder nach Norden deutete und aufgeregt »Gespenster! Nackte Gespenster!« schrie.

Über den Pfad, der von den Bergen herabführte, kamen vier nackte Männer gegangen, drei Weiße und ein Schwarzer. Sie mußten monatelang gehungert haben, denn sie waren entsetzlich mager. Ihre Fußsohlen waren dick wie Leder; alle außer dem Schwarzen trugen lange Bärte, und ihr Haar war völlig verfilzt. »Welchen Monat haben wir und welches Jahr?« Das waren ihre ersten Worte.

»Den 20. März im Jahre des Herrn 1536«, erwiderte der Soldat. Die Gespenster schienen verwundert. Einer, offenbar ihr Anführer, wiederholte immer wieder: »März 1536!« Auf seinen Zügen malte sich Stolz. »Sieben Jahre waren wir verschollen. Die Sterne waren unser Kalender, und bei unseren Berechnungen haben wir uns nur um zwei Wochen geirrt.«

»Was redest du da, du Gespenst?« knurrte Garcilaços Herr. Der Mann antwortete in ernstem Ton: »Ich bin Cabeza de Vaca aus Cádiz. Ich bin sechsundvierzig Jahre alt und sieben Jahre im Gran Despoblado, der öden Einöde, umhergezogen.« Und er deutete hinter sich.

Man gab den vieren Kleider und führte sie unter großem Aufsehen nach Culiacán hinunter. Dort erzählte Cabeza de Vaca den ihn vernehmenden Offizieren in ausgezeichnetem Spanisch: »Vor neun Jahren, am 17. Juni 1527, verließ ich Sanlúcar de Barrameda an der Mündung des Guadalquivir nahe Sevilla an Bord eines Schiffes.«

Man wollte ihm nicht so recht glauben, und ein gebildeter Mann fragte ihn: »Auf welcher Seite des Flusses liegt Sanlúcar?« Er antwortete ohne zu zögern: »Am linken Ufer. Dort wird ein ausgezeichneter Weißwein angebaut.«

Man holte einen anderen Mann. Der meinte: »Als ich in Cuba diente, lernte ich alle Seeleute kennen, die nach Neu-Spanien kamen. Einen Cabeza de Vaca hat es da nie gegeben – im übrigen ein absurder Name, Cabeza de Vaca, Kuhkopf.«

»Ich heiße Alvar Núñez«, entgegnete das Gespenst würdevoll, »aber ich nenne mich Cabeza de Vaca, denn diesen Ehrennamen erhielt einer meiner Vorfahren vom König, dem er das Leben gerettet hatte. Dies hier ist mein Leutnant, Andrés Dorantes; dies ist Alonzo del Castillo Maldonado, ein sehr tapferer Mann, und dies . . .« er berührte den schwarzen Mann in einer fast zärtlicher Geste, »dies ist Esteban, ein Doktor der Medizin... in mancher Hinsicht.«

Die zwei Weißen verneigten sich tief. Der Schwarze tat ein paar Tanzschritte und lächelte, aber er verneigte sich nicht.

Diese vier Fremden aus einer anderen Welt begleiteten Garcilaço auf dem Weg in die Stadt México. Während der Reise, die viele Wochen dauerte, hörte der Junge so erstaunliche Dinge, daß er sich gelobte, sie niederzuschreiben, wenn er jemals schreiben lernen sollte.

An einem kalten, feuchten Morgen, als er die Maultiere nach Süden, auf die Stadt Compostela zu, trieb, erlebte Garcilaço zum ersten Mal, wie wohlgesinnt Cabeza de Vaca ihm war. Er hatte den Erzählungen der »Gespenster« so aufmerksam gelauscht, daß er seine Maultiere aus den Augen verlor. Sein Herr begann ihn zu schlagen. Sofort war Cabeza de Vaca vorgesprungen, hatte den Alten am Arm gepackt und ihn gewarnt: »Wenn Ihr den Jungen noch einmal schlagt, töte ich Euch!«

Als der alte Maultiertreiber von Garcilaço abgelassen hatte, nahm der Junge allen Mut zusammen und fragte seinen Retter, wie er eigentlich zu seinem merkwürdigen Namen »Kuhkopf« gekommen sei.

»Im Jahre 1212«, erklärte Cabeza de Vaca, »zeigte einer meiner Vorfahren, ein Bauer, dem König Sancho, wie ein Sieg über die Mauren errungen werden könnte, wenn sich die Spanier über einen unbewachten Weg an den Feind heranpirschen und die Ungläubigen mit einem Überraschungsangriff in die Flucht schlagen würden. Um diesen Weg zu kennzeichnen, schlich mein Vorfahr sich in das von den Mohren besetzte Gebiet und legte den Kopf einer Kuh an die Stelle, wo der Weg begann. Im Morgengrauen liefen unsere Männer zu dem Schädel, rannten den Weg entlang und errangen einen großen Sieg, der unseren Teil Spaniens befreite. Der König rief den Bauern zu sich und sagte: ›Knie nieder, Bauer Alhaja! Erhebe dich, Edelmann meines Reiches, Cabeza de Vaca!‹«

Von nun an marschierten sie stets an der Spitze des Zugs nebeneinander her, ein kleiner Mestizenjunge und ein grauhaariger spanischer Veteran, und Cabeza erzählte Garcilaço seine erstaunliche Geschichte: »Ich war viele Jahre lang ein Sklave. Ich wurde geschlagen und in Dornbüsche gejagt, um Beeren zu pflücken. Nachts weinte ich, weil meine Wunden schmerzten und ich alle Hoffnung verloren hatte. Ich weiß, was Sklaverei bedeutet, und ich werde nicht zulassen, daß dieser Mann dich wie einen Sklaven behandelt.«

»Haben Piraten Euch gefangengenommen?« fragte Garcilaço.

»Schlimmer«, antwortete Cabeza, »wilde Indianer. Ich verließ Spanien im Jahre 1527. Damals war ich siebenunddreißig Jahre alt. Wir unterbrachen die Fahrt in Cuba und erforschten anschließend Florida. Wir verloren unsere Schiffe und segelten dann mit einem Boot nach Westen weiter, das hauptsächlich aus den Häuten unserer Pferde bestand, die wir gegessen hatten. Wir wollten uns unseren Freunden in México anschließen. Aber am sechsten Tag des November 1528 erreichten wir eine Insel. Wir nannten sie Malhado. Wir waren dreiundneunzig Männer und ließen unser Boot dort auf Strand laufen.

Ein Unglück beraubte uns unserer Kleidung und unseres Bootes, als wir es wieder zu Wasser lassen wollten. Wir waren völlig nackt, als ein gräßlicher Nordwind losbrach. Bereits nach wenigen Tagen waren nur mehr sechzehn von uns am Leben. Wir wurden von Indianern gefangengenommen und in zwei Gruppen aufgeteilt. Die größere Gruppe wurde nach Süden in Marsch gesetzt, ich aber blieb am Nordende der Insel, zusammen mit einem äußerst unangenehmen Mann namens Oviedo. Bei unseren früheren Reisen hatte er sich als der stärkste von uns erwiesen, aber in der Gefangenschaft verlor er seine ganze Willenskraft. Mit einem Mal fürchtete er sich vor allem. In den vielen Jahren, die wir auf der Insel verbrachten, habe ich ihn oft aufgefordert, mit mir zu fliehen, aber er hatte zu große Angst. So lebten wir dahin, Junge. In den schrecklichen Wintermonaten bestand unsere Nahrung aus nichts anderem als Austern, von denen es dort wimmelte. Im Frühjahr aßen wir nur Schwarzbeeren. Die schönsten Monate waren noch die, in denen wir ins Landesinnere gehen und uns mit Opuntien vollstopfen konnten. Im Herbst ernährten wir uns von Pekannüssen, die es in Spanien nicht gibt. Wunderbar! Aber wenn das Jahr zu Ende ging, entstand eine Lücke zwischen den Nüssen und dem Anfang der Austernzeit.«

»Was habt ihr da gemacht?«

»Ein paar Fische gefangen. Aber die meiste Zeit hungerten wir.«

»Woher wußtet Ihr, wo Ihr wart? Ihr hattet doch keine Karten.«

»Die Sterne haben mir angezeigt, wie hoch im Norden wir waren.«

Von Guadalajara aus schlugen sie die Straße zur Hauptstadt ein. Eines Tages sagte der Junge: »Die Sterne scheinen dir alles verraten zu haben.« Cabeza de Vaca nickte.

»Könnte auch ich ihre Geheimnisse erforschen?«

»Die Sterne ziehen nachts auf, um allen zu dienen.«

An schönen Abenden, wenn sie ausruhten, lehrte nun der spanische Seefahrer den kleinen Mestizenjungen, wie die Sternbilder hießen; wie ein Bauer an ihnen ablesen konnte, wann die Saatzeit gekommen war und wie ein Reisender mit ihrer Hilfe seinen Standort errechnen konnte.

Es war im Juni, und sie befanden sich schon ein gutes Stück westlich von Guadalajara, als Cabeza de Vaca von den Jahren zu erzählen begann, da er ganz allein als Händler für einen anderen Indianerstamm umhergewandert war. »Aber Señor Cabeza«, wandte der Junge ein, »wenn Ihr ein Sklave wart, wie konntet Ihr dann frei herumreisen?« Cabeza de Vaca antwortete: »Ich ließ Oviedo zurück, entfloh dem grausamen Stamm und suchte Schutz bei guten Indianern, die im Inneren der Insel lebten.«

»Aber Ihr wart immer noch ein Sklave?« fragte Garcilaço.

»Nun, mein Junge, nachdem ich gezeigt hatte, daß ich es verstand, Muschelschalen, die mein Stamm sammelte, gegen Pfeilspitzen einzutauschen, die von anderen Stämmen angefertigt wurden, baten mich meine Indianer, nach Dingen Ausschau zu halten, die sie brauchten. So reiste ich hoch hinauf in den Norden.«

»Aber wenn Ihr Euch frei bewegen konntet, warum seid Ihr dann zurückgekehrt?« fragte Garcilaço.

Cabeza dachte lange über die Antwort nach. Schließlich sagte er: »Es geschieht häufig, daß Menschen sich an Ketten legen, die sie selbst geschmiedet haben. Als ich bei den guten Indianern lebte, war ich so gut wie frei. Aber ich wußte, daß Oviedo immer noch ein Sklave war. Ich mußte zurück. Meine Ehre verlangte es. Und so erbärmlich Oviedo auch war, er blieb meine einzige Verbindung zur Zivilisation.«

Zwei Tage später – sie näherten sich bereits der Hauptstadt – wurde Cabeza plötzlich sehr fröhlich. »Im Jahre 1532«, berichtete er, »gelang es mir endlich, Oviedo zur Flucht zu überreden. Als wir die Küste erreicht hatten, erfuhren wir von vorbeiziehenden Indianern, daß drei Fremde bei einem Stamm im Süden lebten. Wir waren überglücklich. Doch als die Indianer plötzlich anfingen, uns mit Stöcken zu schlagen, bekam der arme Oviedo schreckliche Angst und sagte, er werde zu seiner Insel zurückschwimmen. Wir haben nie wieder etwas von ihm gehört.

Ich schlug mich also alleine zu den Freunden durch. Du kannst dir vorstellen, wie froh wir waren, uns wiederzusehen, und wie begierig, unsere Erlebnisse auszutauschen. Von den dreiundneunzig Kameraden, die gelandet waren, hatten nur wir vier und der arme Oviedo überlebt. Wir schmiedeten sogleich Fluchtpläne. Wir wollten nach México. So brachen wir vier auf – ohne Kleider, ohne Essen, ohne Karten, ohne Schuhe.«

Dorantes und die anderen zwei Überlebenden mischten sich nur selten in Cabeza de Vacas Unterhaltung mit Garcilaço ein. Deshalb bekam Garcilaço nicht viel von Estaban, dem Schwarzen, zu sehen; die wenigen Gespräche jedoch, die Garcilaço mit ihm führte, genoß der Junge sehr. Einmal fragte Garcilaço ihn: »Wie heißt du wirklich? Du scheinst viele Namen zu haben.«

Der Sklave lachte. »Ist dir das aufgefallen? Dorantes nennt mich Estevan. Castillo nennt mich Estevánico. Für andere heiße ich Estebanîco. Cabeza nennt mich Esteban.«

»Und wie nennst du dich selbst?«

»Ich nenne mich Medizinmann.«

Als Garcilaço einmal Cabeza über Esteban ausfragte, schmunzelte dieser: »Esteban hat uns alle am Leben erhalten. Nicht mit seinen Medizinkenntnissen, sondern mit seinem Humor. Er war ein Sklave, von Dorantes gekauft und bezahlt, aber auf unserer Wanderung genoß er alle Freiheiten – bei den Indianern fungierte er sogar als unser Botschafter.«

Was Cabeza nun Erstaunliches zu berichten wußte, erklärte, wie die vier unbewaffneten Männer imstande gewesen waren, das riesige Gebiet zu durchqueren, das später Texas genannt wurde. Sie wanderten so weit herum, daß sie sogar mit den Teyas- oder Tejas-Indianern in Berührung kamen, jenen freundlichen Menschen, nach denen das ganze Gebiet einst benannt werden würde. »Als wir ins Bergland kamen, entdeckte Alonzo de Castillo, ein gebildeter Mann aus der Universitätsstadt Salamanca, daß er magische Kräfte besaß. Er vermochte kranke Indianer zu heilen, indem er sie berührte und ihnen versicherte, daß Gott in seiner Barmherzigkeit sie wieder gesund machen würde. Sein Ruhm verbreitete sich rasch über dieses einsame Land und brachte viele Indianer dazu, von weither zu ihm zu kommen.

Als die Indianer sahen, daß Castillo sie heilen konnte«, berichtete

Cabeza weiter, »begannen ganze Dörfer, mit dem Wunderheiler mitzuziehen; sie begleiteten ihn oft über hundert Kilometer. Dieser fehlgeleitete Glaube ließ in Castillo die Befürchtung wach werden, daß er sich Kräfte anmaßte, die allein Gott vorbehalten waren, und darum weigerte er sich, Patienten zu behandeln, die offensichtlich im Sterben lagen und für die er nichts mehr tun konnte. Ich hegte diese Befürchtung nicht, denn mir war klar, daß unsere Heilkräfte sich für uns als Passierschein in die Freiheit erweisen konnten.

Als wir uns eines Tages einem neuen Dorf näherten, brachten mich weinende Frauen zu einem Mann, der im Sterben lag. Seine Augen waren verdreht, und ich konnte keinen Pulsschlag spüren. Ich wollte ihm seine letzten Stunden so angenehm wie möglich machen. So legte ich ihn auf eine saubere Matte und betete zu Gott, er möge ihm Frieden schenken.

Am späten Nachmittag kamen die Indianerinnen gelaufen – lachend und weinend und jubelnd, denn der Sterbende war plötzlich von seiner Matte aufgestanden, war herumspaziert und hatte nach Essen verlangt. Das rief großes Erstaunen hervor, und in der ganzen Gegend wurde von nichts anderem gesprochen. In den folgenden Tagen kamen Indianer aus vielen Orten zu uns; sie tanzten und sangen und priesen uns als Sonnenkinder. Sie machten einen Gott aus mir, aber ich lehnte eine Vergötterung dieser Art ab. Wenn ich eine Heilung bewirkt hatte, so dank Gott nicht durch mein Eingreifen. Ich weigerte mich, heidnische Indianer in ihrem Aberglauben zu bestärken. Andererseits waren wir auf unsere Wunderheilungen angewiesen. Deshalb beschlossen wir Weißen, daß Esteban der Arzt sein sollte, weil er keine solchen religiösen Skrupel hatte. Kein Mensch hat je eine Beförderung mit freudigerer Zustimmung aufgenommen und sein Amt mit größerer Vollkommenheit versehen.«

Er rief nach Estaban. Der bestätigte Cabezas Erzählung. »Ich begann mein Leben als Sklave in Marokko. In Spanien wurde ich an Dorantes verkauft. In Cuba und Florida und unter den Indianern war ich immer noch ein Sklave – bis ich zum Medizinmann gemacht wurde. Ich holte mir von den Indianern zwei Kürbisschalen und ein paar Truthahnfedern und stellte mich ihnen als Heilkundiger vor.«

»Er war wunderbar«, sagte Cabeza. »Immer wenn wir zu einem neuen Dorf kamen, schickten wir ihn voraus; tanzend und springend ging er auf die Bewohner zu und sang indianische Lieder. Er ratterte mit seinen Kürbisschalen, sprach Zauberformeln, kurierte alte Frauen und gewann die Herzen kranker Kinder mit seinem strahlenden Lächeln. Und weil die Frauen ihn liebten, hatte er bald einen Harem von anfangs einem Dutzend, dann mehreren Dutzenden und schließlich, so unglaublich es klingt, von mehr als hundert Frauen, die ihm von einem Dorf zum nächsten folgten.«

Esteban fügte hinzu: »Ich liebte die Frauen, aber ich wußte auch, daß wir etwas zu essen brauchten. Deshalb ließ ich sie nur dann mit mir kommen, wenn sie uns etwas Gutes zu essen brachten – etwas anderes als Austern und Schwarzbeeren. So lebten wir vier von meiner Tanzerei.«

Immer wenn Cabeza de Vaca von seinen Abenteuern im Norden sprach, beschrieb er auch die Landschaft, in der ein bestimmtes Abenteuer sich ereignet hatte. »Señor Cabeza«, sagte Garcilaço einmal, »Ihr sprecht immer von einem Land, aber dabei beschreibt Ihr viele verschiedene Länder.« Der Spanier lachte. »Du bist ein aufmerksamer kleiner Bursche. Ja, ich spreche tatsächlich von vielen verschiedenen Ländern. Das ist ja das Wunderbare da oben. Entlang der Küste, wo ich mich zuerst aufhielt, gibt es mächtige Sanddünen und Moore mit vielen Vögeln. Landeinwärts ein wogendes Meer von Gras mit kaum je einem Baum. Weiter im Westen hügeliges Gelände und Eichenwälder, schöner als alle, die ich in Spanien gesehen hatte. Nach den Hügeln, die von vielen Flüssen durchschnitten werden, kommen die riesigen leeren Ebenen, auf denen nicht einmal Kakteen wachsen. Dann wieder Hügel und schließlich Berge und die Wüste.«

Er schloß die Augen. »Ich sehe noch alles vor mir, Junge. Die Jahre waren grausam, aber auch wunderbar. Wenn du jemals die Möglichkeit hast, dort hinauf zu reisen, wirst du ein Land vor dir sehen, das aus vielen Ländern besteht.«

Von diesem Augenblick an kannte Garcilaço nur mehr ein Ziel: dieses »Land aus vielen Ländern« zu besuchen. Der Pazifische Ozean war vergessen.

Am nächsten Tag erzählte Cabeza weiter: »Als wir drei Weißen eines Abends mit Estebans Frauen plauderten, machte eine von ihnen eine Bemerkung, die mich aufhorchen ließ: ›Fünfzehn Tagereisen nach Norden liegen die Sieben Städte. Meine Mutter hat sie gesehen, als sie noch ein kleines Mädchen war.‹ In dieser Nacht konnte ich nicht schlafen, denn schon als Kind hatte ich von heiligen Männern reden hören, die aus Spanien geflohen waren und die sagenhaften Sieben Städte von Cíbola erbaut hatten. Ich wußte von dieser Legende nicht mehr, als daß es in diesen Sieben Städten viel Gold gab. So begann ich also ganz vorsichtig die Indianer über die Sieben Städte auszufragen. Sie bestätigten den Bericht der Frauen und behaupteten, einen Mann zu kennen, der die Städte gesehen habe. Der betreffende Indianer gab an, er selbst sei zwar nicht in den Sieben Städten gewesen, aber er kenne einen Mann, der dort gewesen sei und mit großer Ehrfurcht von ihnen gesprochen habe: ›Sehr groß. Eins, zwei, drei, vier, hinauf, hinauf zum Himmel.‹

›Und wie heißen diese Sieben Städte?‹ erkundigte ich mich. Doch das wußte der Mann nicht, und auch die Frauen konnten es mir nicht sagen, aber ich hielt es trotzdem für möglich, daß es jene Städte der heiligen Legende waren.«

Während der letzten Tage ihrer Reise kümmerte sich Cabeza ganz besonders um Garcilaço. Einmal nahm er das Gesicht des Jungen in seine kräftigen Hände und sah ihm tief in die Augen. »Du bist nicht dazu bestimmt, Maultiertreiber zu sein, Junge. Lerne lesen!« Und mit geradezu grimmiger Entschlossenheit lehrte er den Jungen, während sie neben den Maultieren hergingen, noch in den letzten Stunden das Alphabet und das Entziffern leichter Sätze. Er beschrieb ihm die vielen indianischen Stämme, brachte Garcilaço einige Wörter ihrer Sprache bei und warnte ihn vor den vielen Gefahren, die er würde bestehen müssen, wenn er jemals »da hinauf« käme.

Einen Tag nachdem sie in der Hauptstadt angekommen waren, beluden sie die Maultiere neu und setzten sich nach Vera Cruz in Marsch, so daß Garcilaço seinen väterlichen Freund Cabeza de Vaca nicht mehr zu Gesicht bekam. Viele Jahre später jedoch, als er Fracht nach Guadalajara brachte, erzählte ihm ein Hauptmann: »Ich bin Cabeza de Vaca in Paraguay begegnet. Nachdem er wieder in Spanien war, bewarb er sich um die Statthalterschaft von Florida, erfuhr aber zu seiner großen Enttäuschung, daß schon ein anderer Seefahrer, nämlich Hernando de Soto, für dieses Amt vorgesehen war, und er mußte sich mit einem schlechten Posten in Paraguay begnügen.«

»Hatte er dort Erfolg?« fragte Garcilaço.

»Nein. Man bekrittelte ihn, erhob infame Beschuldigungen gegen ihn, und wenn ich mich recht entsinne, verließ er das Land in Ketten. Ich weiß, daß er in Spanien sieben Jahre im Gefängnis saß.«

»Und wie erging es ihm weiter?« wollte Garcilaço wissen. Der Hauptmann berichtete: »Ich sah ihn in Afrika, als ich dort Dienst tat. Man hatte ihn verbannt. Er ging allein seiner Wege und sprach nur mit den Sternen. Erst Jahre später besann sich der König eines Besseren, berief diesen ehrenhaften Mann an seinen Hof zurück und zahlte ihm ein jährliches Gehalt, von dem er gut leben konnte.«

Im Alter von fünfundsechzig Jahren starb Cabeza de Vaca, der erste Weiße, der nach Texas gekommen war und die großen Ebenen durchquert hatte. In ihm hatte Texas seinen ersten wahren Helden.

Zwei lange, elende Jahre führte Garcilaço seine Maultiere an den Vulkanen vorbei. Nur mehr die Erinnerung an seine kurze Freundschaft mit Cabeza de Vaca hielt ihn aufrecht.

So ging der schwüle Sommer des Jahres 1538 zu Ende, und der mittlerweile dreizehnjährige Garcilaço war wieder einmal nach Vera Cruz unterwegs. Er hatte sich nicht von seinem Sklavendasein befreien können. Sein Herz war schwer, als er mit seinen Maultieren die geschäftige Hafenstadt erreichte, wo die Schiffe aus Spanien darauf warteten, entladen zu werden. Das einzige, was er gelernt hatte, war das Alphabet, und so bestand für ihn keine Aussicht, jemals ein eigenes Maultiergespann zu besitzen.

In dieser Gemütsverfassung ging er die engen, schmutzigen Straßen hinunter, die zu dem Platz führten, wo er seine Fracht aufladen sollte. Plötzlich hörte er einen lauten Schrei und spürte auf dem Rücken den Schlag eines Spazierstocks.

»Paß gefälligst auf deine Maultiere auf, Bursche!« rief jemand. Als Garcilaço sich von seinem Schreck erholt hatte, sah er, daß es ein ungewöhnlich großer Mann war, ein etwa fünfzigjähriger Mönch. Er sprach mit einem Akzent, den der Junge nie zuvor gehört hatte. Als er erkannte, daß er ein Kind geschlagen hatte, entschuldigte er sich.

»Tut mir leid, mein Kleiner. Hat es weh getan?«

»Von meinem Meister bin ich Schlimmeres gewöhnt – und das jeden Tag.«

Fray Marcos, Bruder Marcos, war erst vor kurzem nach México

gekommen, nachdem er in zwei Ländern gedient hatte, die Garcilaço nur vom Hörensagen kannte: in Peru, das der Frater liebte, und in Guatemala, das er verabscheute. In Peru hatte er, wie er berichtete, eine Schmähschrift veröffentlicht, in der er die Härte anprangerte, mit der die spanischen Eroberer die Indianer verfolgten. Auch in México wollte er solche Grausamkeiten nicht dulden. Er bat Garcilaços Herrn, ihn und den Jungen auf dem Marsch in die Hauptstadt begleiten zu dürfen, von wo aus er schon allein den Weg zu dem großen Kloster von Querétayo finden würde, dem er zugeteilt worden war. Mürrisch wie immer gab Garcilaços Meister seine Zustimmung.

Während sie den Urwald durchquerten, um zu den Vulkanen zu gelangen, war Garcilaço immer wieder von der Vitalität des Fraters beeindruckt. Manchmal schien es, als ermüdeten die Maultiere rascher als der Mönch. Und es war schön, mit ihm zu plaudern, denn er war ein überschwenglicher Mensch: »Eines Tages wird ein Dichter von unseren Abenteuern in Peru berichten! Überall Gold! Majestätische Bergketten! Spanisches Heldentum in nie gekannter Größe!«

Sie brauchten neunundzwanzig Tage, um die Fracht von Vera Cruz in die Hauptstadt zu bringen. Während der Reise erzählte Garcilaço dem Frater, daß er das Alphabet beherrsche. Fray Marcos war begeistert: »Du mußt dich weiterbilden. Lerne fließend lesen, dann kannst du ein Mönch werden wie ich und ein Leben voller Abenteuer führen.«

Als Garcilaço ihn fragte, wo seine Heimat sei, gab er eine dem Jungen unverständliche Antwort: »Mein richtiger Name ist Marcos de Niza, denn ich wurde in dieser Stadt geboren, die auch Nizza genannt wird. Sie gehört zu Savoyen, und ich war ein Niemand wie du – vielleicht ein Savoyarde, vielleicht ein Franzose, vielleicht ein Italiener. Aber ich entschied mich für Spanien, und das war meine Rettung.«

Während der letzten Tage ihrer Reise zeigte der Mönch Garcilaço seine lateinische Bibel, um zu sehen, ob der Junge tatsächlich lesen gelernt hatte. Die Schnelligkeit, mit der Garcilaço seine Aufgabe löste – obwohl er die Worte nicht verstand –, erstaunte den Mönch so sehr, daß er am Abend zu dem alten Maultiertreiber ging und ihn fragte, ob er den Jungen kaufen könne. Der mürrische Mann antwortete mit einer Gegenfrage: »Wieviel würdet Ihr bieten?« Für zwei Goldstücke, die der Mönch aus Peru mitgebracht hatte, ging Garcilaço in die Hände von Fray Marcos über. »Du wirst mich Vater nennen«, belehrte er den

Jungen, während er ihn mit sich fort nahm. »Einerseits aufgrund meines religiösen Amtes, aber auch weil ich dich liebe und dich erziehen werde.«

Sie waren erst zwei Tage in der Stadt México, als eines Morgens eine Abteilung Soldaten in das Kloster kam, wo sie schliefen: »Ihr sollt beide mit uns kommen. Bischof Zumárraga wünscht mit Euch zu sprechen.« Garcilaço, der sich an die furchteinflößende Gestalt auf dem Tragsessel erinnerte, begann zu zittern und zu schwitzen, denn schon sah er sich peinlich befragt, verurteilt und im Verlauf eines entsetzlichen Autodafés zum Scheiterhaufen geführt. Schlotternd vor Angst fragte er den Mönch: »O mein Gott, was haben wir verbrochen?«

Zu seiner Überraschung blieb Fray Marcos ganz gelassen. Er lächelte sogar. »In Peru und Guatemala habe ich des öfteren solche dringende Aufforderungen erhalten. Meistens verhießen sie etwas Gutes. Mal sehen, um was es diesmal geht.«

Dennoch – als sie wie Gefangene durch die Straßen geführt wurden, betrachtete Garcilaço den blauen Himmel, als ob es das letzte Mal wäre, daß er ihn zu Gesicht bekam. Zumárraga jedoch zeigte sich ihnen gegenüber als ein liebenswürdiger Mann. Er war bekleidet mit der Kutte des Franziskanerordens, dem er angehörte, und forderte sie freundlich auf, Platz zu nehmen. »Wir haben wichtige Dinge zu besprechen.« Er läutete mit einer kleinen Silberglocke, worauf indianische Diener mit einem Mann erschienen, den Garcilaço gut kannte. Es war Esteban, der Mohr.

»Ich habe einen neuen Herrn, kleiner Maultiertreiber.«

»Und ich habe einen neuen Vater, Medizinmann.«

Man erklärte dem verdutzten Bischof, daß Andrés Dorantes – einer der vier, die durch die große Einöde gewandert waren – den Sklaven Esteban an den Vizekönig verkauft hatte, während Garcilaço von seinem Meister an Fray Marcos verkauft worden war.

»Ihr beide kennt euch also«, stellte der Bischof fest. »Das ist gut. Dann könnt ihr eure Geschichten dem Vizekönig erzählen.«

Doch bevor sie zu diesem strengen Herrn Méxicos gebracht wurden, fragte Bischof Zumárraga Garcilaço: »Du bist mit Cabeza de Vaca gewandert, Junge?«

»Ja.«

»Und er hat viel mit dir gesprochen?«

»Das stimmt.«

»Und hat er jemals die Sieben Städte erwähnt?«

»Er hat oft davon gesprochen.«

Noch bevor Bischof Zumárraga weitere Fragen stellen konnte, wurde er von Esteban unterbrochen: »Ich habe die Sieben Städte gesehen, Exzellenz! Sie waren herrlich, und Cabeza de Vaca hat sie auch gesehen.«

Als Garcilaço diese Lüge hörte, erinnerte er sich an das, was Cabeza ihm auf dem Weg nach Guadalajara einmal gesagt hatte: »Versteh doch, Junge. Diese Indianerin hat die Städte nie gesehen; ihre Mutter *behauptet*, sie habe sie gesehen. Auch dieser Indianer hat sie nie gesehen; ein Freund *behauptet*, er habe sie gesehen. Und von uns Spaniern war bestimmt keiner auch nur in der Nähe.«

Aber offensichtlich wollte der Bischof dem Medizinmann glauben. »Dann hat also Cabeza de Vaca, dieser schlaue Fuchs, das Geheimnis ihres Reichtums für sich behalten?« Garcilaço begriff, daß Esteban die Situation ausnützte und genau das sagte, was die Herren zu hören wünschten: »Die Indianer haben uns versichert, daß die Städte unglaublich reich sind. Als ich nach Gold und Silber fragte, riefen sie: ›Ja! Juwelen, Kleider und Kühe, zweimal so groß und fett wie unsere! Cabeza hat sie selbst gesehen, nicht wahr?« Als alle Garcilaço ansahen, mußte der Junge nicken, denn dieser kleine Teil von Estebans Lügengewebe entsprach der Wahrheit. Cabeza hatte ihm von den großen Kühen mit Höckern erzählt.

»Laßt uns mit dem Vizekönig reden«, schlug Zumárraga vor und ließ eine Kutsche vorfahren.

Don Antonio de Mendoza, Graf von Tendilla, war von hohem Wuchs und sehr schlank; Bart und Schnurrbart wurden jeden Morgen sorgfältig von einem Barbier gestutzt, und als der elegante Mann seine Besucher betrachtete, schien er alle außer dem Bischof für Bauern zu halten. Er sprach mit weithin schallender, befehlsgewohnter Stimme. Er interessierte sich brennend für alles, was Neu-Spanien betraf, und noch bevor seine Gäste Platz genommen hatten, stürzte er sich auf das Thema: »Sagt mir, Bischof, welche Tatsachen sind uns über die Sieben Städte bekannt?«

Zumárraga antwortete: »Als Don Rodrigo von Spanien Anno Domini 714 sein Königreich an die Mohammedaner verlor, flohen sieben fromme Bischöfe, die sich weigerten, den ungläubigen Mohren zu gehorchen, die

die Stadt erobert hatten, über das Meer, und jeder Bischof errichtete eine eigene mächtige Stadt. Wir besitzen viele Berichte über die Reichtümer, die diese guten Männer anhäuften, und von den Wundertaten, die sie vollbrachten, aber wir konnten nicht in Erfahrung bringen, wo genau sie hingegangen waren. Nur eines wissen wir mit Sicherheit: Die Sieben Städte liegen eng beieinander.«

»Glaubt Ihr, daß diese Städte wirklich existieren?«

»Ganz gewiß. Und, Exzellenz, es ist unsere christliche Pflicht, sie zu finden, zumal da die sieben Bischöfe das Gebiet wahrscheinlich christianisiert haben, und das bedeutet, daß es dort Christen geben könnte, die auf eine Vereinigung mit der heiligen Mutterkirche in Rom warten.«

»Ganz meine Ansicht!« rief Fray Marcos mit der Begeisterung aus, die er immer dann an den Tag legte, wenn er, wie Esteban, erkannt hatte, was seine Vorgesetzten hören wollten.

Der Vizekönig schlug eine nüchternere Tonart an. »Wenn wir einen Conquistador nach Norden zu den Sieben Städten schicken, um sie in den Schoß der Kirche zurückzuführen, wer wird für die enormen Kosten aufkommen? Der König in Madrid bestimmt nicht. Ich werde zahlen müssen, aus meinem eigenen Vermögen und dem meiner Frau. Aber bevor ich das tue, verlange ich eine Zusicherung, daß eine solche Expedition auch von Erfolg gekrönt sein wird.«

Der Bischof sagte rasch: »Ihr habt sicher schon viel über den jungen Edelmann Francisco Vásquez de Coronado gehört. Er könnte Eure Expedition anführen und sich an den Kosten beteiligen. Er wird mit Sicherheit erfolgreich sein.«

»Aber es wäre doch gar nicht nötig, eine große Expedition aufzuziehen, bevor das Gebiet ausreichend erkundet ist.«

»Gerade darum habe ich Eure Exzellenz um diese Audienz gebeten«, erwiderte Zumárraga und zeigte mit einer herrischen Geste an, daß Marcos, Esteban und Garcilaço den Raum verlassen sollten.

Sobald er mit dem Vizekönig allein war, fuhr er fort: »Dieser Frater ist ein ausgezeichneter Mann, der bei der Eroberung von Peru reiche Erfahrungen gesammelt hat. Ich halte ihn für klug und vertrauenswürdig. Der Junge allerdings, dieser Garcilaço, ist ständig an seiner Seite, und wer er ist, kann ich nicht mit Sicherheit sagen. Wahrscheinlich war er ein Straßenjunge in Vera Cruz, und Marcos hat ihn dort aufgelesen. Ihr habt den Jungen ja gesehen. Er scheint Anlaß zu den besten Hoffnungen zu geben.«

»Ich denke, wir sollten dem Frater und dem Jungen noch etwas genauer auf den Zahn fühlen«, meinte der Vizekönig.

Nie würde Garcilaço vergessen, wie stolz er auf seinen Vater war, als die beiden vor Mendoza und Zumárraga standen.

»Seid Ihr Spanier?« fragte Mendoza den Mönch ohne Umschweife.

»Ich bin ein Diener Christi und des Kaisers, und der Eure, wenn Ihr mich in Eure Dienste nehmen wollt.«

»Aber Ihr wurdet in Frankreich geboren, wie man mir berichtet hat.«

»Nein, Exzellenz, in Nizza.«

»Ihr seid also Savoyarde?«

»Auch das nicht, Exzellenz. Ich bin Spanier. Durch Dienste für die Kirche und den Kaiser bin ich zum Spanier geworden.«

»Das sind gute Worte, Bruder. Und jetzt sagt mir: Wer ist der Junge, der neben Euch steht?«

»Mir wurde befohlen, ihn mitzubringen, Exzellenz.«

In dem Augenblick der Stille, der folgte, blickten alle auf Garcilaço und sahen plötzlich, wer er war. Er war eines der ersten Mestizenkinder, halb Spanier, halb Indianer, einer jener Menschen, die schon damals dazu bestimmt zu sein schienen, eines Tages über México und über ferne spanische Territorien wie das zukünftige Texas zu herrschen.

»Wer waren deine Eltern, mein Sohn?«

Garcilaço zuckte die Achseln, nicht frech, sondern als Ausdruck aufrichtiger Unkenntnis. Zum erstenmal lächelte der Vizekönig. Dann wandte er sich wieder an Fray Marcos. »Ich gebe Euch Esteban als Führer mit. Ihr kundschaftet die Sieben Städte aus und gebt dann einem möglichen Conquistador, Coronado zum Beispiel, Anweisungen, wie er dorthin gelangen kann.«

»Es wird mir eine Ehre sein«, erwiderte Marcos ohne zu zögern.

Damit wenigstens *ein* echter Spanier an diesem riskanten Abenteuer teilnahm, bat der Vizekönig Zumárraga, ihm einen jungen Frater von untadeligem Charakter zu nennen, der als stellvertretender Leiter der Expedition fungieren sollte. Der Bischof entschied sich für einen Franziskaner, Fray Honorato. Doch die Expedition war noch nicht sehr weit gekommen – nur wenige Tagereisen nördlich von Culicán –, da klagte Honorato, er fühle sich nicht wohl. Mit größter Schnelligkeit packte

Fray Marcos ihn zusammen und schickte ihn postwendend in die Hauptstadt zurück. Jetzt führte er allein das Kommando.

Aber in seinem Gefolge gab es einen Mann, der mindestens genauso ehrgeizig wie Marcos war: Esteban. Und da er der einzige war, der den Norden je gesehen hatte, mußte er zum stellvertretenden Leiter der Expedition befördert werden. Jünger als Marcos, war er ihm ebenbürtig in Auftreten und Intelligenz, aber weit überlegen, was die Kenntnis des Geländes und die Fähigkeit, mit Indianern umzugehen, betraf. Er konnte sich mit vielen Stämmen in Zeichensprache unterhalten. Und wenn es an der Zeit war, ein Dorf zu verlassen, bestanden seine Frauen darauf, ihn zu begleiten, so daß sein Harem ständig größer wurde.

Fray Marcos war schockiert. Er brauchte Esteban als Führer; er haßte ihn als Konkurrenten; und er nahm ihm seine Leichtlebigkeit im Umgang mit den Frauen übel. Während er zusehen mußte, wie Esteban mehr und mehr die Führung übernahm, versank er in neidisches Brüten. Das Ganze wurde in zunehmendem Maße Estebans Expedition, und die spanischen Soldaten erkannten das:

»Ihr müßt Euch etwas einfallen lassen, um mit dem Schwarzen fertigzuwerden«, warnten sie ihn. Aber Marcos konnte sich zu nichts entschließen.

Doch nach sechzehn Tagen ertrug er die Situation nicht länger, und am Ostersonntag, dem 23. März 1539, befahl er Esteban, einen Vorstoß zu unternehmen, um das Gelände auszukundschaften, das der größere Teil der Expeditionsmannschaft durchqueren würde. Das Unternehmen kam beiden Männern gelegen. Der Mönch war überglücklich, den schwierigen Schwarzen los zu sein, während sich Esteban freute, nicht mehr dem Weißen unterstehen zu müssen. Er brach fröhlich auf, begleitet von einer Horde, die jetzt fast dreihundert singende und tanzende Indianer – Männer wie Frauen – umfaßte.

Vier Tage nach Estebans Abzug kam ein indianischer Bote keuchend ins Lager gelaufen. In gebrochenem Spanisch berichtete er: »Der Schwarze ist auf Indianer gestoßen, die ihm von der größten Sache der Welt erzählten. Die Städte, die wir suchen, liegen direkt vor uns, und sie sind viel reicher als México!«

Von dieser Nachricht in große Aufregung versetzt, kniete Fray Marcos nieder und betete. Er dankte Gott dafür, daß er, der Mönch, nun eine Möglichkeit haben würde, Tausende von Seelen zum Christentum zurückzuführen. Er winkte Garcilaço zu sich heran und flüsterte ihm zu: »Es ist wunderbar, daß du und ich diese große Entdeckung gemacht haben, denn sobald die Besiedlung vollzogen ist, werde ich der Führer aller Priester und Mönche sein, und du sollst über ein Königreich herrschen wie Cortés und Pizarro.«

Aber am 21. Mai, einem Mittwoch, erlitten Fray Marcos' Hoffnungen nach dem Abendgebet einen herben Rückschlag. »Da kommt einer!« hörte er rufen, als er gerade zu Bett gehen wollte, und im Halbdunkel sah er einen Indianer, Gesicht und Leib mit Schweiß bedeckt, weinend und klagend auf das Lager zustolpern. Er erzählte eine schreckliche Geschichte:

»Wir standen eine Tagesreise vor Cíbola, und Esteban schickte, nachdem er alle möglichen Vorsichtsmaßnahmen getroffen hatte, eine Gruppe von Boten voraus. Er gab ihnen einen mit Bändern und zwei Straußenfedern – eine rot, eine weiß – verzierten Flaschenkürbis mit. Etwas an diesem Kürbis brachte den Häuptling von Cíbola in Rage; er schleuderte ihn zu Boden und rief: ›Wenn ihr versucht, in Cíbola einzudringen, werden wir euch töten!‹

Als der Bote Esteban dies mitteilte, lachte unser Anführer und schlug alle unsere Warnungen in den Wind. Unerschrocken marschierte er nach Cíbola. Aber dort wurde ihm der Zugang verwehrt, und man sperrte ihn in ein Haus außerhalb der Stadtmauern.

Man nahm ihm alles ab, was er bei sich hatte, und gab ihm weder zu essen noch zu trinken. Am nächsten Morgen sahen wir mit Entsetzen, daß er zu fliehen versuchte; er wurde von Kriegern aus der Stadt verfolgt, die ihn und die meisten seiner Begleiter erschlugen.«

Als Garcilaço diese Nachricht hörte, weinte er um seinen toten Freund, aber Marcos tröstete ihn: »Das ist nur die Geschichte, die uns ein Indianer erzählt, und wer weiß, welche Absichten er damit verfolgt.« Doch zwei Tage später kamen weitere Boten aus Cíbola, und ihr Bericht war entsetzlich:

»Seht unsere Wunden, Fray Marcos! Viele der Krieger, die Esteban begleiteten, um die Sieben Städte zu finden, wurden erschlagen – und auch die vielen Frauen, die mit uns waren.«

Marcos und seine Soldaten mußten nun zugeben, daß jetzt, da Esteban und die meisten aus seiner fröhlichen Gruppe tot waren, die Gefahr bestand, daß auch sie sterben würden, wenn sie versuchten, sich den

Zugang zu Cíbola zu erzwingen. Also blieben sie, wo sie waren, weit von den Goldenen Städten entfernt, und in ihrer Angst beschlossen sie, nach México zurückzukehren.

Dort angekommen, tischte Marcos ohne zu zögern eine weitere, eine wahrhaft unverschämte Lüge auf:

»Ich befahl einigen meiner Männer, mit mir nach Cíbola zu marschieren, aber es war nichts mit ihnen anzufangen. Doch als sie mich so entschlossen sahen, erklärten sich zwei Häuptlinge bereit, mich zu begleiten. So ritten wir, bis Cíbola in Sicht kam. Von einem Hügel aus konnte ich alles sehen. Die Stadt ist größer als die Stadt México. Ich war versucht, sie zu betreten, doch ich wußte, daß ich damit nur mein Leben aufs Spiel setzen würde und ich kam davon ab, weil doch die Gefahr bestand, daß ich dann nicht über dieses Land berichten könnte, das mir die beste aller Entdeckungen zu sein scheint.«

Als Garcilaço im Audienzsaal des Vizekönigs in México anhören mußte, wie Fray Marcos von seinen ruhmreichen Taten berichtete, stand er stumm und beschämt da. Er wußte, sein Vater war nicht einmal in die Nähe der Sieben Städte von Cíbola gekommen, und seine Behauptung, Cíbola sei großartiger als die Stadt México, war einfach lächerlich.

Warum machte sich der Junge zum Mitschuldigen an dieser Lumperei? Warum rief er nicht: »Exzellenz, das sind alles Lügen! Es gibt keine Sieben Städte! Es gibt kein Gold!« Dafür hatte er drei Gründe: Er liebte seinen Vater und wollte ihn nicht bloßstellen. Zweitens hoffte er immer noch, daß es die Sieben Städte und die verlorenen Christen wirklich gab. Der wichtigste Grund aber war sein Ehrgeiz. Denn nachdem Fray Marcos die infamen Lügen aufgetischt hatte, nahm der große Mendoza den Jungen beiseite: »Mein Sohn«, sagte er, »du bist ein Halbindianer, der eine große Zukunft in diesem Land vor sich hat. Und weil du bei der Expedition so gute Arbeit geleistet hast, sollst du General Coronado als Führer dienen, wenn er nach Norden marschiert.«

Wie Cabeza de Vaca, wie Esteban, wie Marcos und wie der Vizekönig Mendoza selbst wurde auch Garcilaço von der Vision verführt, was dieses ›Land aus vielen Ländern‹ einmal sein könnte. Und so schwieg er.

Garcilaço war stolz darauf, daß sein Vater Erster Führer in Coronados Expeditionsmannschaft sein sollte, aber er machte sich auch Sorgen: Was würden die Soldaten tun, wenn sie feststellten, daß die Sieben Goldenen Städte gar nicht existierten? Über diese Bedenken ging der Frater jedoch hinweg, ohne mit der Wimper zu zucken: »Die Städte müssen dasein.«

Garcilaço zuckte die Achseln. Mit nur vierzehn Jahren war er schon weit gereist, und er beschloß, das große Abenteuer zu nützen, um sich den Ruf eines mutigen und ehrenhaften Mannes zu erwerben. Er bemühte sich, einen militärischen Eindruck zu machen, als er sich in Compostela zum Dienst meldete; dort sollte die große Expedition von Vizekönig Mendoza gemustert werden, der ja den Auftrag zu diesem Unternehmen gegeben hatte, dessen Oberbefehlshaber Coronado war, ein gutaussehender Mann, wagemutig und außerordentlich tüchtig, an Gott und an die Bestimmung der Spanier glaubend.

Garcilaço machte große Augen, als die Parade an ihm vorbeizog: zweihundertfünfundzwanzig Reiter – Caballeros –, junge Edelleute, begierig, in die Schlacht zu ziehen. »Seht nur!« rief der Junge seinen Kameraden zu, denn jetzt kam eine Abteilung Berittener, einige in metallener, andere in lederner Rüstung, ein verwegener Haufen. Es folgte der kirchliche Beitrag zu diesem gewaltigen Unternehmen: fünf Franziskanerfratres, unter ihnen Fray Marcos, danach dürstend, verlorene Seelen für Jesus zu gewinnen. Hinter ihnen marschierten mehr als sechzig Fußsoldaten und ließen die modernen Waffen sehen, die sie berühmt gemacht hatten: Arkebusen, diese schweren Gewehre mit dem Radschloßmechanismus, die zerstörerische Kugeln mindestens hundert Fuß weit schossen; Armbrüste aus so starkem Eschenholz, daß einige mit Spannhaken gespannt werden mußten, um sie schußbereit zu machen; Piken mit häßlichen dreiteiligen Spießeisen, besonders geeignet, um dem Feind den Bauch aufzuschlitzen; und alle Arten von Schwertern, Dolchen, Stiletten und Streitkolben. Wenn diese spanischen Fußsoldaten ihre Gesichter hinter Visieren oder pechschwarzen Bedeckungen mit Sehschlitzen versteckten, verbreiteten sie Entsetzen unter den Menschen.

Über zweihundert Diener folgten, darunter auch Indianer und Schwarze, sowie achtzig Stallburschen, deren Aufgabe es war, die Pferde zu versorgen und darauf zu achten, daß die Kanonen den Transport in guter Verfassung überstanden.

Jetzt kamen mehr als tausend indianische Helfer – die einen in Kriegsbemalung, die anderen mit Federn am Kopf, alle mit verzierten Keulen, die in der Sonne glitzerten. Sie verneigten sich vor dem Vizekönig, der ihnen huldvoll zunickte. Die folgende Gruppe bestand aus mehreren hundert Frauen, Indianerinnen und auch einigen Ehefrauen spanischer Soldaten; sie trugen Blumen im Haar und bunte Tücher um die Schultern. Nach ihnen kamen die Kühe und Schafe, von denen sich das Expeditionsheer ernähren würde.

Die Nachhut – so wertvoll, daß sie nur von spanischen Soldaten bewacht werden durfte – bildeten viele edle, vor allem arabische und spanische Kavalleriepferde, zum größten Teil in México gezüchtet. Als Schlachtrösser hatten sie unter den Indianern Méxicos immer schon Entsetzen hervorgerufen, und Coronado erwartete, daß sie es auch in Zukunft tun würden. Diese genauen Zahlen kennt man, weil an jenem Tag der letzten Musterung, dem 22. Februar 1540, der Notar Juan de Cuebas aus Compostela sorgfältig über jeden spanischen Caballero und Fußsoldaten Buch führte und weil er genau vermerkte, welche Pferde und Waffen jeder bei sich hatte.

Ein wenig spät zur Musterung erschien der Hauptmann der Infanterie Pablo de Melgosa, ein wackerer Bursche, der ständig grinste. Zwischen seinen zwei großen Vorderzähnen klaffte eine Lücke. Das Haar fiel ihm über die Augen, und seine Nase hatte offensichtlich bereits Bekanntschaft mit mehreren Fäusten gemacht. Staubbedeckt kam er an, am Zügel zwei kleine Esel, die unter dem Gewicht der Waffen, die ihr Besitzer ihnen aufgeladen hatte, kaum zu sehen waren. Sobald er die Tiere zum Stehen gebracht hatte, brüllte er nach dem Notar, der seine Besitztümer beurkunden sollte.

Garcilaço teilte seine Zeit nun zwischen Fray Marcos und seinem neuen Helden, dem wandernden Arsenal, Hauptmann der Infanterie Melgosa. Es machte dem Jungen Spaß, mit ihm zusammenzusein, denn Melgosa war ein rüpelhafter, händelsüchtiger Mann, der nie davor zurückschreckte, sich gegen die Dünkelhaftigkeit der Kavallerie zu wehren.

»Sieh sie dir bloß an!« höhnte er eines Abends, als die schwerfällige Karawane zum Stehen kam. »Da ist keiner unter diesen Gecken, der weiß, wie man ein Pferd bepackt. Wenn sie noch zehn Tage so weitermachen, sind die Tiere tot.« Besonders scharfe Kritik äußerte Melgosa an

Kavalleriehauptmann Cárdenas: »Er sollte es besser wissen. Er hat ausgezeichnete Pferde, die besten, die man sich wünschen kann. Und er macht sie kaputt!«

Eines Morgens, als die Kavallerie mit Aufpacken beschäftigt war, nahm sich Garcilaço ein Herz und sprach den Hauptmann an: »Warum verteilt Ihr Eure Lasten nicht gleichmäßiger, Herr?«

»Ist das deine Sorge?«

»Euer bestes Pferd bekommt tiefe Wunden.«

»Kannst du es besser?« fuhr der Hauptmann ihn an.

»Ja«, erwiderte Garcilaço, und als Cárdenas sah, wie fachmännisch der junge Maultiertreiber ein Tier bepacken und es versorgen konnte, wenn es entladen wurde, beauftragte er den Jungen, sich um seine Pferde zu kümmern.

Die Wunden der Tiere heilten so schnell, daß der brummige Hauptmann eines Morgens, als die Expedition sich der nördlichen Grenze des besiedelten Méxicos näherte, den Jungen kommen ließ. »Du kannst diese braune Stute reiten«, sagte er. Und so wurde Garcilaço ein Angehöriger der Kavallerie.

Als der Infanterist Melgosa den Jungen beritten sah, wurde er wütend: »Richtige Männer kämpfen zu Fuß. Die Kavallerie ist nur da, um Eindruck zu schinden!«

Weil Garcilaço jetzt ein Reiter war, übertrug sich seine Ergebenheit auf Hauptmann Cárdenas, und je aufmerksamer er diesen heißblütigen Mann beobachtete, desto besser glaubte er zu verstehen, was Ehre bedeutete. Cárdenas war der jüngste Sohn einer Adelsfamilie, und das zeigte er ständig. Er war maßlos eingebildet, behandelte seine Untergebenen mit Geringschätzung und forderte jeden augenblicklich zum Kampf heraus, der nur den Anschein erweckte, seinen Stolz verletzen zu wollen. Mehr als Melgosa, mehr noch als Coronado selbst liebte Cárdenas die Brutalität in der Armee, die Gewaltmärsche, die schnellen Aktionen gegen lauernde Feinde, den Schwertkampf in enger Berührung und die militärische Gemeinschaft im Feld. Um vieles ernster als Fray Marcos, um vieles kampflustiger als Melgosa (der es zufrieden war, seine Arkebuse aus der Entfernung abzufeuern, wenn das den Zweck erfüllte) wurde Cárdenas für den Jungen zum Ideal eines spanischen Kämpfers und nahm bald Cabeza de Vacas Platz ein.

Das Heer war schon einige Tage unterwegs, als Garcilaço zum ersten

Mal beobachten konnte, welches Benehmen man von spanischen Caballeros erwartete. Er ritt im Gefolge des Feldzeugmeisters Samaniego, des stellvertretenden Kommandanten, als dieser schneidige Krieger, der im Kampf mit Indianern große Erfahrung besaß, in ein Dorf geschickt wurde, um Proviant zu kaufen. Dort wurde er in Erfüllung seiner Pflichten von einem verirrten Pfeil ins Auge getroffen und war sofort tot. Auf Befehl von Kavallerieoffizier López, der Samaniegos Kommando übernommen hatte, trieben spanische Soldaten nun so viele Indianer zusammen, wie sie nur konnten. Dann spazierte ein Feldwebel zwischen ihnen umher und sagte: »Der da sieht so aus, als ob er aus jenem Dorf gekommen wäre.« Allein aufgrund dieser oberflächlichen Identifizierung wurde der Verdächtige mitgenommen und gehängt. Als eine lange Reihe von Leichen im Wind hin und her schwankten, zog das Heer weiter, überzeugt, daß zumindest die Indianer dieser Region gelernt hatten, nicht mit Pfeilen auf Spanier zu schießen.

Während eine Vorausabteilung der Expedition das weite Ödland erreichte, das einmal Arizona heißen sollte, machte Garcilaço sich große Sorgen um seinen Vater, denn er wußte, daß die frechen Lügen des Fraters schon bald entdeckt werden würden. Und als die ersten Pferde an Erschöpfung eingingen und viele der Männer immer wieder unter ihren Lasten zusammenbrachen, begannen die Führer der Expedition, Marcos mißmutig anzusehen, so als wollten sie sagen: »Mönch, wo ist das Paradies, von dem du uns vorgeschwärmt hast?« Und Coronado selbst kam zu den Nachtrupps, wo Marcos sich versteckt hielt: »Guter Bruder, wie viele Tage sind es noch bis Cíbola? Wir gehen ja zugrunde.« Weil Garcilaço ganz in der Nähe seine Pferde striegelte, hörte er seinen Vater sagen: »Noch drei Tage, General. Ich verspreche es.« Den Jungen überlief es kalt, denn er wußte, daß sein Vater keine Ahnung hatte, wo sie sich befanden.

Aber noch einmal war das Glück dem Mönch hold, denn am 7. Juli 1540. hundertsiebenunddreißig Tage nachdem die Expedition Compostela verlassen hatte, kam ein spanischer Reiter, der ein Stück vorausgeprescht war, im Galopp zurück: »Cíbola! Die Sieben Städte! Dort drüben!«

Alle drängten sich vor, jeder wollte unter den ersten sein, die die

Goldenen Städte zu sehen bekamen. Als sie eine Stelle erreicht hatten, die ihnen eine gute Aussicht gewährte, versanken die Männer jedoch in Schweigen, und so mancher von ihnen seufzte tief, als sich das klägliche Panorama vor ihnen entrollte: ein schäbiger Haufen schmutziger Häuser, ein von einer Lehmmauer umschlossenes Nichts.

»Madre de Dios!« flüsterte Cárdenas.

Coronado rief barsch: »Wo ist Fray Marcos?« Der zitternde Frater wurde herbeigezerrt und gefragt: »Ist es das, was Ihr gesehen habt, guter Bruder? Ist das Euer mit Türkisen und Silber bedecktes Cíbola? Sind diese elenden Hütten größer als die Stadt México?« Noch bevor Marcos antworten konnte, begannen die Hauptleute zu fluchen und zu schimpfen: »Schickt ihn nach Hause!« »Zeit, daß wir ihn loswerden!« »Er ist ein Lügner, man kann ihm nicht vertrauen!«

Marcos wäre noch am gleichen Abend nach México zurückgeschickt worden, hätte man ihn nicht für ein wichtiges Ritual gebraucht, ohne das das Heer nicht hätte weiterziehen können.

Es war das Requerimiento, das schon Jahrzehnte zuvor von König Ferdinand formuliert worden war – ein Edikt, wonach keine spanische Armee eine indianische Siedlung angreifen durfte, bevor nicht diese berüchtigte Erklärung religiöser Prinzipien »mit lauter, klarer Stimme« vorgetragen worden war.

Es war ein bemerkenswertes Dokument, das die religiösen und politischen Führer Spaniens in den ersten Jahren der Eroberung ersonnen hatten, als man sich mit dem Problem herumschlug, wie man mit heidnischen Indianern verfahren sollte. Kirchenmänner und Rechtskundige arbeiteten eine Erklärung aus. Darin wurden den Indianern die Segnungen des Christentums und der Schutz der Krone angeboten – aber nur, wenn sie das Angebot sofort annahmen. Zögerten sie – und das taten sie immer, – so war ihre »Bekehrung« durch das Schwert gerechtfertigt.

Das Heer stand jetzt unmittelbar vor Cíbola. Coronado forderte Marcos auf, das Requerimiento vorzutragen. Der Mönch begann zu lesen, aber kein Indianer in der Stadt hätte diese fast geflüsterten Worte hören, geschweige denn verstehen können.

Fray Marcos rollte das Pergament zusammen, gab es zurück und verkündete: »Das Requerimiento wurde gewissenhaft verlesen. Das können alle bezeugen.«

»Frater«, wandte sich Coronado an den Mönch, »sind wir nach dem Gesetz jetzt ermächtigt, anzugreifen?« Und Marcos erwiderte so laut, daß alle Hauptleute es hören konnten: »Jesus Christus befiehlt euch, anzugreifen!« Die Schlacht beganan.

Es war eine blutige Schlacht. Coronados Rüstung funkelte so einladend in der Sonne, daß die Indianer von der Stadtmauer riesige Felsbrocken hinunterwarfen, die ihn von seinem weißen Pferd schleuderten, so daß er wehrlos und unbeweglich auf dem Boden liegenblieb.

Cárdenas warf sich über ihn und fing den größten Teil des Steinregens auf. Als Garcilaço das sah, warf er sich über Coronados Kopf und wurde gleich darauf von vier großen Steinen getroffen, die den Kommandanten sonst wohl erschlagen hätten.

Zerschunden lauschte Garcilaço an diesem Abend den süßesten Klängen, die ein Mann damals zu hören bekommen konnte: dem Lob für sein beispielhaftes Verhalten in der Schlacht. »Er war so tapfer wie ein gestandener Fußsoldat«, rief Melgosa, aber der größte Augenblick für den Jungen kam, als Cárdenas, selbst schwer verwundet, seine Hand ergriff: »Ohne dich hätte ich ihn nicht retten können.«

Da der verwundete Coronado an sein Lager gefesselt war, übernahm Cárdenas das Kommando. Seine erste Entscheidung verkündete er mit lauter Stimme: »Marcos muß unsere Expedition verlassen. Er besudelt sie.«

Coronado auf seinem Krankenlager billigte diese Empfehlung und fügte hinzu: »Laßt den Jungen mit ihm gehen.« Cárdenas aber warf sich zu Garcilaços Verteidigung auf. »Dieser Junge hat mitgeholfen, Euch das Leben zu retten, General. Und er ist auch kein Lügner wie sein sogenannter Vater.« Man kam überein, daß Marcos gehen mußte, Garcilaço aber bleiben durfte.

Diese Entscheidung stürzte den Jungen in einen großen Zwiespalt, denn er liebte Fray Marcos und weigerte sich, ihn in der Stunde der Schande im Stich zu lassen. »Ich kann ihn jetzt nicht enttäuschen«, sagte er zu Coronado.

Cárdenas und Melgosa nahmen die Entscheidung des Jungen ungnädig auf. »Loyalität ist eine feine Sache, mein Sohn, aber Loyalität mit einem schuldigen Menschen ist gefährlich«, sagte Cárdenas. Melgosa stimmte ihm zu: »Seien wir doch ehrlich. Dein Vater ist ein Schwindler. Er hat diese ruhmreiche Armee in große Schwierigkeiten gebracht. Aber es gibt noch Schlachten zu schlagen. Cárdenas braucht dich für seine Pferde, und vielleicht brauche auch ich dich noch. Dein Platz ist hier!«

Für Garcilaço aber war Ehre etwas viel Einfacheres: »Ich muß bei Marcos bleiben.« Mit diesen Worten wandte er sich von den zwei Offizieren ab und ging auf seinen Vater zu, der gerade ein Maultier für den langen Marsch zurück nach México bepackte. Fray Marcos nahm den Jungen in die Arme und sagte schluchzend: »Ich kann nicht zulassen, daß du dein Leben zerstörst. Bleib beim Heer!«

»Aber ich bin doch dein Sohn! Ich bleibe bei dir!«

Marcos drückte Garcilaço an seine Brust. »Ich habe alles kaputtgemacht«, schluchzte er. »Hast du gehört, wie sie mich verfluchen?« Dann fügte er mit klarer Stimme hinzu: »Aber die Städte sind da. Man wird die goldenen Mauern finden, wie ich es vorausgesagt habe.« Er rief: »Feldzeugmeister Cárdenas! Kommt und holt Euch Euren kleinen Soldaten!« Er schob den Jungen von sich weg und begann sein trauriges Exil.

Sobald Coronado von seinen Wunden genesen war, sandte er eine Elitetruppe von fünfundzwanzig Mann aus, die das Land im Westen so schnelll wie möglich auskundschaften sollten. Cárdenas, dem er das Kommando übertrug, nahm den Jungen mit.

Zwanzig heiße, durstige Tage später straffte Garcilaço, der gerade an der Spitze des Trupps ritt, plötzlich die Zügel, hielt verblüfft den Atem an und hob die Hand, um die anderen zu warnen.

»Seht!« rief er, und als Cárdenas zu ihm aufschloß, flüsterte er: »Allmächtiger Gott, Du hast ein Wunder vollbracht!« Einer nach dem anderen postierten sie sich am Rand einer gewaltigen Senke und verfielen in Schweigen.

Zu ihren Füßen öffnete sich ein Canyon, so großartig, daß sie nicht wußten, womit sie ihn hätten vergleichen können. Er war viele Kilometer tief und viele Kilometer breit, ein Flüßchen wand sich durch die Talsohle, und die Wände schimmerten golden, rot und blau und grün. Reich belaubte Bäume, vom Wind gebeugt, säumten den Rand und versuchten da und dort, die Wände hinunterzukriechen. Während die Nachmittagssonne über die tiefe Schlucht hinwegzog, warf sie groteske Schatten auf weit unten aufragende Felsspitzen.

»Gott hat dieses Wunderwerk geschaffen, um uns seine Allmacht zu offenbaren«, stieß Cárdenas hervor. Sie hatten den Grand Canyon des Colorado entdeckt, und Garcilaço platzte beinahe vor Stolz, als Cárdenas ihm die Haare zauste und den anderen sagte: »Vergeßt nicht, daß er es war, der diese Pracht entdeckt hat. Ihm zu Ehren wollten wir dieses Wunder El Cañon de Garcilaço nennen!«

Cárdenas und seine schnelle Truppe hatten drei Monate für den Ritt zum Cañon gebraucht. Als sie zum Hauptteil des Heeres zurückkehrten, stellten sie fest, daß sich ihm ein Fremder angeschlossen hatte, gegen den Garcilaço sofort eine starke Abneigung faßte. Dieser Mann, Mitte dreißig, war ein gutaussehender Indianer, dessen Körpergröße, Gesichtstätowierungen und turbanartige Kopfbedeckung ihn als Angehörigen eines weit von Cíbola entfernten Stammes auswiesen; möglicherweise war er ein Pawnee aus dem Nordosten. Bei einem Raubzug hatten Cíbola-Indianer ihn vor Jahren gefangengenommen; er war ein Sklave. Allerdings schien er schlauer zu sein als die, die ihn gefangengenommen hatten. Er war ein aalglatter Bursche, hatte einen verschlagenen, wissenden Blick, und Garcilaço beobachtete oft, mit welcher Geschicklichkeit es der Indianer unternahm, diesen weißen Hauptmann gegen jenen indianischen Häuptling auszuspielen.

Man nannte ihn El Turco, denn die Soldaten fanden, er sehe wie ein Türke aus, obwohl keiner von ihnen je einen Türken zu Gesicht bekommen hatte. El Turco hatte nur ein einziges Ziel vor Augen, und diesem Ziel war alles andere untergeordnet: Coronado mit verschiedenen Tricks dazu zu bringen, nach Osten zu marschieren, wo das Heer in der unbewohnten Einöde umkommen würde. Wenn die Verwirrung ihren Höhepunkt erreicht hatte, würde er fliehen und sich zu seinem Heimatort Quivira durchschlagen.

Und die Geschichten, die er erzählte! Er fing ganz vorsichtig an, denn zuerst versuchte er immer herauszufinden, was die Spanier hören wollten; dann schneiderte er seine Berichte so zu, daß sie ihnen gefielen. So erfuhr er durch ein Gespräch der Soldaten, bei dem er aufmerksam zugehört hatte, daß Münzen außerordentlich wertvoll waren – aber er hatte noch nie eine gesehen. Vorsichtig begann er: »Wir haben auch Münzen, müßt ihr wissen.« Als man ihn fragte, was das für Münzen seien, antwortete er auf gut Glück: »Es sind bunte Steine.« Um ihm zu demonstrieren, wie dumm er war, zeigten ihm die Männer Münzen aus Silber und Gold. Damit wurden diese beiden Metalle Bestandteil seines »Repertoires«.

Gegenüber einer anderen Gruppe von Soldaten erwähnte er eines

Tages mit einigen wenigen spanischen Wörtern ganz beiläufig: »In meinem Land besitzt der Große Häuptling einen Amtsstab aus etwas Hartem, das in der Sonne funkelt... gelblich... sehr schön.« Das Wort *Gold* erwähnte er zu diesem Zeitpunkt noch nicht, aber er konnte fast zusehen, wie seine Mitteilung im Lager die Runde machte. Als Coronado dann einmal vorbeikam und sich erkundigte – ganz unbeteiligt scheinend, als ob die Frage völlig unwichtig wäre –: »Hast du in deinem Land Dinge, die so hart sind wie dies hier?« und dabei auf sein stählernes Schwert wies, rief der Indianer: »O ja! Aber in meinem Land dürfen es nur die großen Häuptlinge besitzen. Es funkelt in der Sonne... gelblich... sehr schön.«

Nur zwei Menschen im Lager waren sich der Tatsache bewußt, daß Cárdenas von diesem schlauen Spitzbuben hereingelegt worden war: El Turco selbst wußte es – und Garcilaço. »Herr Hauptmann«, sagte der Junge, als er sich eines Abends bei seinem Herrn zum Rapport meldete, »El Turco ist ein großer Lügner.«

»Davon solltest du ja etwas verstehen.«

»Ja, ich verstehe etwas davon. Mein Vater Marcos hat gelogen, weil er davon träumte, etwas Gutes zu tun. El Turco lügt, weil er etwas Böses tun will.«

»Er hat uns von Gold in seinem Land erzählt, und um das zu finden, sind wir hierher nach Norden gekommen.«

»Herr Hauptmann, er hat nicht *uns* etwas von Gold erzählt, wir haben *ihm* etwas davon erzählt.« Und er erklärte seinem Herrn, daß El Turco ihnen immer nur von Dingen erzählte, von denen sie ihn hatten wisssen lassen, daß sie sie brauchten oder daran interessiert waren. Aber Coronado und die anderen wollten El Turco einfach glauben.

Weil er seine Armee für den Marsch so gut wie möglich ausrüsten wollte, beschloß Coronado, seine Männer, die ja im Winter kämpfen sollten, mit warmen Mänteln auszustatten. Den Dörfern der Gegend wurde befohlen, dreihundert dieser Kleidungsstücke abzuliefern. Als sich das als unmöglich erwies, weil die Leute nicht genug Mäntel hatten, zogen die Soldaten lärmend durch die Stadt, hielten alle Indianer auf, denen sie begegneten, und rissen ihnen die Mäntel, die sie trugen, vom Leib. So erhielten sie etwa dreihundert Mäntel, ernteten aber gleichzeitig die Feindschaft der Dorfbewohner.

Am nächsten Tag griffen die aufgebrachten Indianer die Spanier auf äußerst wirksame Weise an. Sie stahlen viele ihrer Pferde und trieben sie in ein geschlossenes Gehege, wo die Tiere wie wild im Kreis herumlaufen mußten. Dann töteten sie sie mit Pfeilen.

Der wütende Coronado ließ Cárdenas kommen und befahl: »Umstellt das Dorf und erteilt ihnen eine Lektion!« Nachdem Cárdenas wie befohlen seine Truppe rings um die Häuser aufgestellt hatte, wies er zwei Hauptleute, Melgosa und López, an, eine Aktion zu unternehmen, die beachtlichen Mut erforderte: »Brecht in eines dieser hohen Häuser ein, deren Erdgeschoß nicht verteidigt wird, kämpft euch zum Dach hinauf und schießt auf die Straße hinunter.« Als Melgosa losließ, um diesen Befehl auszuführen, rief er: »Komm mit, kleiner Kämpfer!« Und Garcilaço folgte der Aufforderung, ohne zu zögern.

Nachdem sie das Dach erreicht hatten, befahlen die beiden Hauptleute dem Jungen, oben auf der Leiter stehenzubleiben: »Stoß die Indianer runter, wenn sie versuchen, zu uns heraufzuklettern!« Und da stand er einen ganzen Tag lang, eine ganze Nacht und den größten Teil des folgenden Tages hindurch, während die Offiziere in die Menge hineinschossen und viele Indianer töteten. Aber ohne Nahrung und Wasser begannen die Spanier zu ermüden und wären möglicherweise bereit gewesen, sich zu ergeben, wenn nicht einer der Soldaten eine Idee gehabt häte: Er machte ein Feuer im unteren Teil des Pueblos und besprizte es mit Wasser, wodurch dichter Rauch entstand. Die halb erstickten Indianer mußten die Belagerung abbrechen. Sie formten mit den Unterarmen eine Art Kreuz und senkten die Köpfe – ein uraltes, von jedermann anerkanntes Zeichen friedlicher Unterwerfung. Es war allerdings erst dann verbindlich, wenn auch die Sieger ein Kreuz machten und die Köpfe senkten, aber das taten Melgosa, López und Garcilaço gern. Die häßliche Belagerung war zu Ende.

Cárdenas, der wütend über die Tötung seiner Pferde war, zeigte sich jedoch so entschlossen, die Macht der spanischen Krone zu demonstrieren, daß er seinen anderen Soldaten befahl, die Indianer, die sich ehrenvoll ergeben hatten, zu umstellen, dann sollten sie zweihundert hohe Pfähle, jeder zwei Meter hoch, zimmern und die Gefangenen daran lebendig verbrennen.

»Nein!« schrie Garcilaço auf, als trockenes Reisig um das erste Opfer aufgeschichtet wurde. »Wir haben ihnen unser Wort gegeben!«

Cárdenas in seiner Wut hörte nicht auf ihn. Garcilaço wandte sich an

Melgosa und López, die die Waffenruhe akzeptiert hatten. Aber sie verweigerten ihm ihre Unterstützung ... Die Verbrennungen begannen.

Als die Indianer fünf ihrer Brüder am Brandpfahl vor Schmerzen schreien hörten, beschlossen sie, den Tod im Kampf zu suchen. Mit allem, was zur Hand war – Knüppeln, Steinen, den noch ungebrauchten Pfählen –, griffen sie die Spanier an. »Alle Spanier zu mir!« brüllte Cárdenas, und nachdem Melgosa und López Garcilaço rasch in Sicherheit gebracht hatten, kreisten die Soldaten das Gelände ein, auf dem die zweihundert Indianer gefangengehalten worden waren, und begannen sie mit Kugeln und Pfeilen zu beschießen, bis kein einziger Indianer mehr am Leben war.

Garcilaço war entsetzt – entsetzt über die Grausamkeit seines Helden Cárdenas und über die Feigheit seines anderen Helden Melgosa, der nicht bereit gewesen war, für die von ihm selbst angenommene Waffenruhe einzustehen. Er war fassungslos, als er sah, daß Coronado nichts unternahm, nachdem er von der schrecklichen Untat erfahren hatte. »Wir haben sie gelehrt, die spanische Ehre nicht anzutasten.« Das war alles, was er sagte.

Jetzt, da Coronado verwundet war, schwang Cárdenas sich zum Führer auf. Er war es, der das Schlachten der Tiere anordnete, um die Männer mit Fleisch zu versorgen. Wenn sie unter sengender Sonne oder in Sandstürmen durch Wüsten marschierten, war er es, der den Überlebenswillen der Armee aufrechterhielt, und wenn sich Gefechte mit Indianern als unvermeidbar erwiesen, war sein Pferd stets in der ersten Reihe zu finden. Wie sein General war auch er von der Gier nach Gold und Ruhm besessen; doch indem er wie ein echter Soldat seine Pflicht erfüllte, gewann er sich Garcilaços zunächst nur zögernd gewährten Respekt zurück.

Dann aber stieß ihm etwas höchst Unsoldatisches zu. Er brach sich den Arm, und als der Bruch nicht heilen wollte und das Heer sich auf den Weg machte, um die reiche Stadt Quivira einzunehmen, mußte er zurückbleiben.

An dem Morgen, als Coronado seinen Zug nach Osten begann – und das bedeutete: in die Katastrophe im Ödland, wenn er an seiner Absicht festhielt –, ließ er Garcilaço kommen. »Kannst du zählen, mein Sohn?«

»Ja, Herr. Und ich kenne auch alle Buchstaben.«

»Gut. Fang jetzt an und zähle jeden Schritt, den du machst. Wenn wir das nächste Lager aufschlagen, sag mir, wie viele du gezählt hast. Dann werde ich deinen Schritt messen und auf diese Weise erfahren, wie weit wir gekommen sind.«

So ging der Junge auf dem Marsch nach Quivira im Staub hinter den Pferden her und zählte: »Uno, dos, tres, cuatro.« Und immer, wenn er bei tausend ankam, machte er ein Zeichen auf ein Blatt Papier, das die Franziskaner ihm gegeben hatten.

Nach vielen solchen Tagen rechnete Garcilaço sich aus, daß die Expedition nun schon das Gebiet erreicht haben mußte, das Cabeza de Vaca durchquert hatte. Endlich befand er sich im legendären »Land aus vielen Ländern«.

Aber sie sollten alle bitter enttäuscht werden. Weil Coronado dem Drängen El Turcos nachgegeben hatte, waren sie in rauhe Landstriche am Oberlauf eines Flusses angelangt, der später Río Colorado de Tejas heißen würde. Bestürzt über das Fehlen jedweder Zivilisation, war Coronado zornig nach Norden geschwenkt, wo sich die Männer von einer Reihe tiefer Cañons umringt sahen, die ein ziemlich breiter Fluß gebildet hatte – der Río de Los Brazos de Dios, der Fluß der Arme Gottes. Eingeschlossen von dunklen Felswänden, mußten sich die Spanier eingestehen, daß El Turco sie nicht in das golden funkelnde Quivira, sondern in eine Wildnis geführt hatte, in der sie wohl elend zugrunde gehen würden. Vernünftige Menschen hätten das Unternehmen unverzüglich abgebrochen, aber Coronado und seine Offiziere waren spanische Edelleute – und einen zäheren Menschenschlag hat es nie gegeben.

»Wir werden das wahre Quivira erreichen«, sagte Coronado, »wo immer es sich befinden mag.«

Am 26. Mai 1541 war die Expedition mehr als vierhundertfünfzig Tage unterwegs, ohne auch nur einen einzigen Gegenstand von Wert oder gar ein Königreich gefunden zu haben, das zu erobern sich gelohnt hätte. Die Führer wußten, daß man ihre Expedition nach dem einschätzen würde, was sie in Quivira erbeuteten. Diese gewaltige Verpflichtung nährte ihren Glauben, daß dort Gold auf sie wartete. Coronado beschloß als letzten Versuch, dreißig seiner tüchtigsten Reiter, sechs Fußsoldaten und sechs Franziskaner nach Norden zu schicken; das Gold, das sie dort finden würden, sollte den Ruf seiner Expedition retten. Der Hauptteil der Armee würde auf vertrauteres Gebiet zurückkehren, um dort die triumphale Rückkehr der Abenteurer abzuwarten.

Doch wo lag Quivira? Glücklicherweise befanden sich zwei Kundschafter des Stammes der Teyas in Coronados Abteilung; sie wußten eine Antwort auf diese Frage: »Quivira liegt dort oben«, und sie zeigten direkt nach Norden, »aber selbst wenn Ihr hinkommt, Ihr werdet dort nichts finden.«

»Wie könnt ihr das sagen?« donnerte Coronado, und sie erwiderten: »Weil wir dort gejagt haben. Nichts.« Coronado weigerte sich, eine so unbefriedigende Auskunft ernstzunehmen, und die verrückte Suche nach Gold ging weiter.

Umgeben von dreißig Berittenen und sechs Fußsoldaten, stand Coronado an einem glühend heißen Julitag des Jahres 1541 am Südufer eines Baches und starrte nach Quivira hinüber, das dort lag, wo heute Kansas ist. Sie sahen einen traurigen Haufen niedriger Lehmhütten inmitten dürrer Felder mit einigen wenigen Bäumen. Aus ein paar Öffnungen in Dächern stieg Rauch in trägen Ringeln auf. Die wenigen Menschen, die sich blicken ließen, waren armselige Gestalten; sie trugen keine teuren Pelze, sondern ungefärbte Tierfelle. Von Perlen oder Gold, von Türkis oder Silber war nichts zu sehen. Die Spanier hatten nahezu fünftausend Kilometer zurückgelegt, zwei Vermögen vergeudet – das Geld Mendozas und Coronados – und nichts gefunden.

Es war Melgosa, der den ersten Befehl gab: »Verdoppelt die Wachen für El Turco!« In den unerträglichen, glühend heißen Tagen, während die Soldaten die elenden Hütten inspizierten und nichts fanden, saß der Sklave, der diese Katastrophe möglich gemacht hatte, ohne jedoch ihr Verursacher gewesen zu sein – denn die Ursache lag in der Habgier der Hauptleute begründet –, unbeteiligt in seinen Ketten und summte uralte Lieder, die schon seine Vorfahren gesummt hatten, wenn sie wußten, daß alles verloren und der Tod nahe war.

Garcilaço, der ganz besonders enttäuscht war, sprach mehrmals mit El Turco. »Warum hast du uns belogen?«

»Ihr habt euch selbst etwas vorgemacht.«

»Aber du hast gelogen, immerfort gelogen, wenn vom Gold die Rede war.«

»Nicht ich habe eure Herzen an das Gold gehängt, ihr selbst habt es getan.« Der dunkelhäutige Mann lachte, das heitere, gewinnende Lachen, das die Spanier so bezaubert und geblendet hatte.

»Komm, Junge«, sagte Hauptmann Melgosa eines Abends zu Garcilaço, »es gibt Arbeit!« Er ging mit ihm in El Turcos Zelt, wo sich bald darauf ein riesenhafter Mann einfand, der seine Hände am Rücken verschränkt hielt.

»Turco«, begann Melgosa, »jedes Wort, das du zu uns gesprochen hast, war eine Lüge. Du hast uns hergeführt, damit wir hier verrecken.« Der Indianer lächelte. Melgosa gab ein Zeichen. Der Hüne ließ seine Pranken sehen, warf einen Strick um El Turcos Hals und zog die Schlinge zu, bis der Indianer erwürgt war.

Den Kopf gesenkt, die goldene Rüstung wegen der brütenden Hitze abgelegt, trat Coronado seinen schmachvollen Rückzug an, ohne zu ahnen, daß spätere Generationen ihn als einen der großen Entdecker feiern würden. Unter seiner Führung hatten spanische Truppen ferne Länder erreicht: Kalifornien, Arizona, New Mexico, Texas, Oklahoma und Kansas. Ausführlich beschrieben seine Männer Hunderte von indianischen Siedlungen, arbeiteten mit Dutzenden von Stämmen zusammen, kämpften und machten erste Erfahrungen mit den Schwierigkeiten, auf die spätere Siedler stoßen würden. Aber weil er keinen Schatz gefunden hatte, wurde Coronado als Versager angesehen. Sein heldenhaftes Unternehmen endete mit einem großen Streit: Als er widerstrebend Befehl gab, nach Süden zu marschieren, ließen ihn etwa sechzig seiner Untergebenen wissen, daß sie für immer in den Dörfern jenes Gebiets zu bleiben gedachten, das man später New Mexico nannte. Coronado bekam einen Wutanfall bei dem Gedanken, daß sie bereit waren, ein neues Leben in einem neuen Land zu beginnen, während er die entsetzliche Pflicht hatte, nach México zurückzukehren, um seinen Mißerfolg zu melden.

Einer dieser Möchtegern-Siedler schrieb einige Jahre später: »Er drohte damit, uns zu hängen, wenn wir uns weigerten mitzukommen.« So wurde also die Gründung einer spanischen Niederlassung – das einzige, was die Expedition noch gerechtfertigt hätte – schlicht verboten.

Auch drei andere Teilnehmer an der Expedition baten, zurückbleiben zu dürfen, und stellten Coronado vor ein großes Problem. Es waren Franziskanerfratres: Padilla, ein geweihter Priester, und zwei Minoristen. Sie traten vor Coronado hin. »Wir werden hierbleiben. Wir müssen Jesus in die heidnischen Herzen pflanzen!«

Ihnen erlaubte Coronado, zu bleiben.

Das kaiserliche Spanien erwies sich seinen erfolglosen Conquistadoren gegenüber weder großzügig noch verständnisvoll. Als Coronado ohne Gold zurückkehrte, wurde er wegen zahlreicher Vergehen angeklagt. Als man seine Verfolgung endlich einstellte, sah sich plötzlich Vizekönig Mendoza auf ähnliche Weise beschuldigt und beschimpft. Auch Hauptmann Melgosa erhielt keinen Lohn für seine Heldentaten, Garcilaço aber, der Mestize, wurde am schlechtesten von allen behandelt.

Wenn er auch von niedrigster Geburt war, so hatte er bei der langen und gefährlichen Expedition doch immer danach gestrebt, sich zu betragen, wie es seinen Ehrbegriffen entsprach. Er hatte seinem Kommandanten das Leben gerettet, als die Steine fielen, und er hatte zwei Tage lang auf dem Dach gekämpft. Doch am Ende der Expedition wurde er entlassen – ohne Sold, ohne Arbeit und ohne Dank, denn er war ja nur »auch so ein Indianer«.

Im Jahre 1542 wurde er abgemustert, und da er sich nicht genügend Tiere kaufen konnte, um die profitable Route Vera Cruz – México-Stadt zu betreiben, mußte er sich mit jenem Teil des Camino Real, des Königlichen Weges, zufriedengeben, der Guadalajara mit Culiacán verband; nur hin und wieder konnte er Grubenbedarf an die neuen Silberbergwerke in Zacatecas transportieren. Gelegentlich gab es auch eine Fracht nach México-Stadt. Eines Tages im Jahre 1558 befand er sich auf einem solchen Treck, als er in einer Straße der Hauptstadt von einem tonsurierten Mönch angesprochen wurde: »Seid Ihr jener Garcilaço, der einen gewissen Fray Marcos kannte?« Als Garcilaço nickte, sagte der Mönch: »Du mußt mit mir kommen!« Er führte ihn zu einem kleinen Franziskanerkloster. Dort empfing ihn ein uralter Mönch. Schwankenden Schrittes ging er auf Garcilaço zu und fragte ihn mit schwacher Stimme: »Warum hast du mich nicht um Hilfe gebeten, mein Sohn?«

Es war Fray Marcos. Er blickte auf die bösen Dinge zurück, die ihm widerfahren waren, und klagte darüber, daß seine Feinde die Welt nicht vergessen lassen wollten, daß es seine falschen Angaben gewesen waren, die Coronados Armee in die Katastrophe geführt hatten. »Es ist unmöglich, mit Gewißheit zu sagen, was wahr und was unwahr ist. Ich kann mich wirklich nicht mehr erinnern, ob ich die Sieben Städte in Wahrheit gesehen habe oder nur im Traum. Aber das ist auch nicht so wichtig, denn gesehen habe ich sie.«

Garcilaço war jetzt ein erwachsener Mann von dreiunddreißig Jahren, der hart arbeitete und nichts für philosophische Gespräche übrighatte. »Du bist nie auf dem Hügel gewesen. Und selbst wenn du dort gestanden wärst, du hättest die Stadt nicht sehen können.«

»Der Hügel hat nichts damit zu tun. Man beurteilt einen Mann nicht danach, ob er auf einen Hügel gestiegen ist oder nicht. Ich habe die Städte gesehen. Wenn ich über die Stadt Gottes predige, die uns in aller Herrlichkeit erwartet, muß ich auf einen Hügel klettern, um sie zu sehen? Nein, denn sie existiert, weil Gott will, daß sie existiert.

Garcilaço, mein Sohn, es lag mir viel daran, dich zu finden. Darum habe ich meinen Bruder ausgesandt, dich zu suchen. Als der letzte Vizekönig mit seinen spanischen Soldaten in die Heimat zurückkehrte, ließ einer von ihnen eine Tochter zurück, zehn Jahre alt. Ihre Mutter konnten wir nicht aufspüren.« Er begann zu husten und fuhr dann fort. »Ich nahm sie auf. Sie arbeitet in unserer Küche... María Victoria. Aber sie ist schon alt genug, um zu verstehen, daß die Leute häßliche Dinge über mich sagen... so wie damals, als du in ihrem Alter warst.« Er stützte den Kopf auf seine gefalteten Hände und betrachtete seinen Sohn. »Es ist an der Zeit, daß das Mädchen einen Mann bekommt.«

Er führte ihn in die Klosterküche. María Victoria, ein fünfzehnjähriges Mestizenmädchen mit goldener Haut, war so hübsch, daß Garcilaço ehrlich erstaunt fragte: »Warum sollte sie sich für mich interessieren?« Marcos antwortete: »Weil ich ihr in all den Jahren immer wieder erzählt habe, wie tapfer du im Norden warst und wie du dich stets als ein Mann von Ehre gezeigt hast.«

Er ergriff María Victorias Hand und legte sie in Garcilaços Rechte. »Ich gebe dir meine Tochter.« Er küßte beide und sagte dann: »Meine Kinder, Ehre ist alles in diesem Leben. Sie ist die Seele Spaniens. Nur wenige Caballeros besitzen sie. Auch ihr Indianer könnt sie besitzen. Sie wird die Zierde eures Lebens sein.«

Fray Marcos richtete die Hochzeit aus; kurz danach starb er. María Victoria und Garcilaço vergaßen ihn nie, und das aus gutem Grund. Fray

Marcos war Franziskaner und zur Besitzlosigkeit verpflichtet gewesen, hatte es aber als kluger Mann immer verstanden, von den Goldmünzen, die während seiner Tätigkeit in Regierungsdiensten oder auch in kirchlichen Ämtern durch seine Hände gingen, einen Teil abzuzweigen. »Ich habe nicht wirklich gestohlen, Kinder«, hatte er ihnen, zwei Tage bevor er starb, versichert. »Ein Ehrenmann stiehlt nicht. Aber es ist zulässig, ein paar Münzen zur Seite zu legen.«

Als Garcilaço wissen wollte, wo er das Geld versteckt hatte, lächelte Marcos nur. Einige Tage nach der Beerdigung des Fraters führte María ihren Mann in ihr Zimmer und zeigte ihm einen beachtlichen Schatz, der dort in der Wand versteckt war. »Fray Marcos wußte, daß der Provinzial gern unangesagte Inspektionen vornahm«, flüsterte sie, »denn er wollte sicher sein, daß seine Fratres sich an ihr Armutsgelöbnis hielten. Aber Vater erriet immer, wann der alte Schnüffler kommen würde, und gab mir das Gold, um es hier zu verstecken.«

Dieser unerwartete Segen machte es den Jungverheirateten möglich, Land zu kaufen, ein Haus zu bauen, Indianer für sich arbeiten zu lassen, die die Maultiere nach Vera Cruz trieben, und einen schwarzen Lehrer aus Cuba zu kaufen, der sie schreiben lehrte. Als es viele Jahre später unter wohlhabenden Mestizenfamilien üblich wurde, Familiennamen zu haben, verlieh ihnen der Vizekönig den Namen *Garza*.

Der Sonderstab

Bei unserer Organisationskonferenz im Januar hatten wir vereinbart, unsere jungen Assistenten damit zu beauftragen, zu jeder unserer Sitzungen einen angesehenen Wissenschaftler einzuladen, der einen etwa vierzigminütigen Vortrag über einen bestimmten Aspekt der texanischen Geschichte halten sollte.

Gemäß dem Wunsch des Gouverneurs, daß unsere Tagungen in verschiedenen Städten abgehalten werden sollten, kamen wir überein, unsere Februartagung, deren Thema »Hispanische Faktoren in der texanischen Geschichte« lautete, in Corpus Christi, dieser schönen, kultivierten Stadt am Golf, stattfinden zu lassen. Gerade diese Stadt schien uns passend, denn Corpus war bereits zu mehr als sechzig Prozent hispanisiert, und es gab Anzeichen, daß dieser Prozentsatz sich noch erhöhen würde.

Rusk hatte drei Privatflugzeuge, die ihn zu seinen Ölfirmen und Banken hin- und wieder zurückbrachten; Quimper besaß zwei für seine weit entfernten Ranchen. Da sie beide je einen Lear-Jet für größere und einen King Air für kleinere Entfernungen ihr eigen nannte, konnten wir das jeweils passende Flugzeug aussuchen und auf zeitsparende Art fast ganz Texas bereisen.

Als wir in Corpus landeten, wurden wir von Dr. Plácido Navarro Padilla in Empfang genommen, einem älteren mexikanischen Wissenschaftler aus der Stadt Saltillo, vierhundert Kilometer südlich des Río Grande. In den hektischen Jahren zwischen 1824 und 1833 war Saltillo die Hauptstadt von Coahuila-y-Tejas gewesen, und so bestand eine natürliche Affinität zwischen dieser und der gegenwärtigen texanischen Hauptstadt, Austin.

Er war ein eleganter Herr mit sauber gestutztem grauen Schnurrbart, einer Brille mit silbernem Gestell und dem lässigen Charme, über den so viele spanische Gelehrte verfügen.

»Dr. Padilla«, stellte unsere Mitarbeiterin von der SMU ihn uns vor, »hat sich auf die mexikanisch-texanischen Beziehungen spezialisiert...«

»Verzeihen Sie«, unterbrach sie der Gelehrte, »aber mein Name ist Navarro.«

»Aber in unserem Bericht steht, daß Sie Padilla heißen«, erwiderte Ransom Rusk.

»Das ist der Name meiner Mutter. Der kommt nach spanischem Brauch am Ende. Der Name meines Vaters – und damit der meine – ist Navarro.«

»Wir freuen uns, Sie bei uns zu haben«, sagte Rusk. »Sie haben das Wort.«

»Ihre Republik Texas wurde in den letzten Tagen des Jahres 1845 amerikanisch, und 1846 de facto in die Union aufgenommen. Da wir jetzt 1983 schreiben, sind Sie seit einhundertsiebenunddreißig Jahren Amerikaner. Sie dürfen aber nicht vergessen, daß das spanische Interesse an Ihrem Gebiet bereits mit Piñeda im Jahre 1510 einsetzte. Eine ernsthafte Besiedlung begann 1581 in El Paso, und die mexikanische Hoheit endete erst 1836. Somit waren Sie dreihundertsiebzehn Jahre unter spanisch-mexikanischer Oberherrschaft. Anders gesagt, Texas war zweimal so lang spanisch, als es amerikanisch ist.«

Er setzte seinen Vortrag mit einer eindrucksvollen Analyse des spanischen Erbes in Texas fort, ein Thema, für das er bestens qualifiziert war – er hatte in sieben Sommersemestern an der Universität von Texas als Gastprofessor darüber gelesen. »Viele Ihrer Gesetze, die die Nutzung von Wasserläufen regeln, sind spanischen Ursprungs. Ein großer Teil Ihrer Bevölkerung bekennt sich zum römisch-katholischen Glauben. Ihre Städte und Bezirke tragen oft spanische Namen. Ihr bester Baustil ist der spanische Kolonialstil. Texas ist in unauslöschliche hispanische Farben getaucht – und es ist ein gutes Erbe.«

Es wurde eine äußerst interessante Tagung. Navarro sprühte Funken wie ein Schleifstein an einem frostigen Morgen, insbesondere als er auf jene drei ersten Spanier zu sprechen kam, die, wenn auch nur am Rand, eine Beziehung zu Texas herstellten.

»Soviel ich weiß, besteht unter Ihren Historikern im Augenblick die Tendenz, die Bedeutung von Cabeza de Vaca, Fray Marcos und Coronado für die Anfänge von Texas herunterzuspielen, und das kann ich verstehen. Cabeza de Vaca wurde es nie bewußt, daß er sich in Texas befand; Fray Marcos kam nicht einmal in die Nähe dieser Gegend, und wenn Coronado texanischen Boden betrat – was viele bezweifeln –, so kann das nur im Nordwesten, im ödesten Teil des ›Pfannenstiels‹ gewesen sein.

Aber unser Interesse geht weit über die geographischen Grenzen Texas' hinaus. Dieser Staat ist von außerordentlicher Bedeutung. Seine natürliche Einflußsphäre schließt alle Gebiete ein, die von jenen drei Männern entdeckt wurden, selbst die Gebiete im nördlichen Mexiko. Wenn wir regional denken, können wir feststellen, daß jeder Schritt, den Cabeza de Vaca, Fray Marcos oder Coronado getan haben, Auswirkungen auf Texas hatte. Diese Männer sind wichtige Faktoren in Ihrer Geschichte.

Cabeza de Vaca ist sozusagen das Urbild eines Texaners – kühn, wagemutig, dickköpfig und schneidig, ein guter Beobachter und ein Optimist, auch dann noch, wenn eine Katastrophe hereinzubrechen droht.

Fray Marcos hatte eine Vision, und so wie er die Phantasie seiner Zeitgenossen entflammte, entflammt er heute die unsere. Er ist der

Schutzpatron der großen Lügner in der Geschichte Texas', der Abenteurer, deren Erzählungen ihre tatsächlichen Abenteuer bei weitem übertreffen.

Wenn ich den Namen Coronado höre, schlägt mein Herz höher. Ein großer Träumer, der alles auf eine Karte setzte und alles verlor, dabei aber in die Unsterblichkeit einging. Die texanische Geschichte ist voll von Leuten seines Schlags – großen Spielern, die ihren Blick über den Horizont hinausrichteten.«

Nachdem er uns also empfohlen hatte, diese Spanier nicht aus unserem Studienprogramm zu streichen, kam er zum Kern seines Vortrags.

»Ich rate Ihnen, bei Ihren Bemühungen, Richtlinien für den zukünftigen Geschichtsunterricht in Texas auszuarbeiten, nicht auf die Schwarze Legende hereinzufallen. Es ist dies eine historische Irrlehre, die im sechzehnten Jahrhundert von frommen englischen und holländischen Protestanten verbreitet wurde. Es ist eine Entstellung der Geschichte, aber sie hat bedauerlicherweise in großen Teilen des amerikanischen historischen Schrifttums Wurzeln geschlagen.«

»Um was geht es dabei?« fragte Quimper. Navarro antwortete mit einer kurzen Zusammenfassung.

»Die Schwarze Legende behauptet, daß alles Böse in der spanischen Geschichte dem Katholizismus anzulasten ist. Die Bezeichnung scheint ihren Ursprung in dem schwarzen Tuch zu haben, in das sich Philipp II. und seine Priester kleideten. Der Schwarzen Legende zufolge haben die hinterlistigen Päpste von Rom aus die spanische Regierung beherrscht. Es wird behauptet, daß Priester die spanische Gesellschaft tyrannisiert hätten. Daß die Inquisition zügellos unter dem spanischen Volk gewütet habe; daß die katholische Willkürherrschaft das Ende der spanischen Kultur zur Folge gehabt und die spanische Gelehrsamkeit in ihrer Entwicklung gehindert habe. Daß durch die priesterliche Despotie die Schwächen und der Niedergang der Macht Spaniens herbeigeführt worden seien.

Solange die Schwarze Legende nur theologische Wasser trübte, konnte man sie noch tolerieren; aber als sie auf internationale Beziehungen Einfluß zu nehmen begann, wurde sie zu einer Bedrohung, denn sie behauptete, daß der Katholizismus danach gestrebt habe, protestantische Regierungen und protestantische Kirchen zu zerstören.«

»Davon bin ich immer überzeugt gewesen«, sagte Rusk. »Ich würde wirklich gerne hören, wie Sie die katholische Kirche reinwaschen wollen.«

»Genau dafür bin ich in intellektuellen Kreisen Mexicos bekannt: daß ich die Schwarze Legende entlarve. Sie verhinderte jegliche ernsthafte amerikanische Forschung über den spanischen Einfluß, weil sie eine so gebrauchsfertige Erklärung für alles anbot, was schiefgegangen war. ›Verfiel die Macht Spaniens in Europa und in der Neuen Welt?‹ ›Seht ihr, die Schwarze Legende stimmt doch.‹ ›Hat Spanien seine Kolonien in Amerika ebenso schlecht verwaltet wie die Engländer die ihren?‹ ›Der böse Einfluß der katholischen Kirche!‹ ›Liefen die Dinge anders, als die Protestanten es haben wollten?‹ ›Die Schwarze Legende!‹«

»Aber mit Spanien ist es doch wirklich bergab gegangen! Das wissen doch alle!« sagte Quimper.

»Natürlich ging es mit Spanien bergab. So wie mit Frankreich. Und ganz gewiß mit England. Sie alle gerieten aus den gleichen Gründen in Verfall, wie die Vereinigten Staaten eines Tages in Verfall geraten werden. Das unvermeidliche Fortschreiten der Geschichte, die unabwendbaren Folgen des Wechsels. Nicht weil England oder Spanien böse waren oder ungewöhnlich grausam oder religiös verblendet.« Mit einem breiten, versöhnlichen Lächeln wandte er sich an Rusk: »Wenn Sie an Ihren großen Staat Texas denken, müssen Sie sich immer eine fundamentale Tatsache vor Augen halten: Wenn wir seine Entstehung mit der Entdeckungsreise Piñedas im Jahre 1519 datieren, oder mit der Aussetzung Cabeza de Vacas 1528 auf der Insel Galveston, dann heißt das, daß etwa zweihundertfünfzig Jahre vergingen, bevor der erste Protestant texanischen Boden betrat. Gewiß: Als der Bursche endlich auftauchte, hinterließen seine Stiefel einen tiefen Eindruck.«

Nun wandte er sich einem der schwierigsten Probleme zu. »Ruhm und Macht! Sie müssen mir einfach glauben, daß Coronado, als er 1540 in den heute so genannten texanischen Pfannenstiel gelangte, von zwei gleich starken Kräften getrieben wurde: von dem spirituellen Wunsch, das Christentum zu verbreiten, und von dem irdischen Hunger nach Gold und Macht. Die Conquistadores betrachteten sich zunächst einmal als Diener Gottes, die seine Gebote erfüllten. Gold und Macht fanden sie nicht in Texas, wohl aber Menschen, denen sie das alleinseligmachende Wissen um Jesus Christus einflößen konnten.«

Er kam nun auf die spanische Macht in Texas zu sprechen. »Texas war so weit von Ciudad de México und so unendlich weit von Madrid entfernt, daß die Macht nie wirklich weitergegeben wurde. Wenn ich die zweihundertfünfzig Jahre einer eher erfolglosen spanischen Herrschaft überblicke, muß ich mich fragen: ›Warum hat Spanien nicht fünfzig Männer wie Escandón geschickt, um Texas zu besiedeln?‹«

»Wer war Escandón?« fragte Quimper.

»José de Escandón? Der klügste und vielleicht der beste Mann, den Spanien je an den Río Bravo del Norte geschickt hat. Er kam 1747 hier an. Bitte erzählen Sie Ihren Kindern von ihm!«

Nun wurde er richtiggehend professoral: »Ich vertraue darauf, daß in jedem Lehrbuch – sei es für die Schule, sei es fürs College – alle spanischen Namen korrekt geschrieben sein werden. Vermeiden Sie bitte diese schrecklichen Amerikanismen wie ›Mexico City‹. Die Stadt heißt ›Ciudad de México‹! Ebenso: El Río Bravo del Norte‹, nicht: ›Rio Grande‹! Und weil im mexikanischen Spanisch j und x oft austauschbar sind, bitte ich Sie, zwischen ›Béxar‹ – dem ursprünglichen Namen von San Antonio – und dem später gebräuchlichen Namen ›Béjar‹ zu unterscheiden. Dasselbe gilt für ›Texas‹ und ›Tejas‹. Und bitte behalten Sie alle Akzente bei!«

Er war am Ende seines Vortrags angelangt. »Eines noch: Lehren Sie Ihre Kinder nicht, daß Spanien ein Teufel war. Ich bitte Sie darum! Bezeichnen Sie die Methoden der Entdeckung und Besiedlung, die Spanien zur Verfügung standen, nicht als primitiv oder schlecht. Es waren die besten, die in der Mitte des sechzehnten Jahrhunderts angewandt werden konnten, in der Zeit, da Spaniens Abstieg begann.«

II.
DIE MISSION

Im Jahre 1209 tat der Italiener Franz von Assisi die ersten Schritte zur Stiftung des nach ihm benannten Franziskanerordens. Der Orden maß dem Zölibat, der Armut, der tiefen Gläubigkeit und der Nächstenliebe die größte Bedeutung bei. Seine Mitglieder – wie alle Mitglieder von Bettelorden – nannten sich Fratres, hatten keine festen Wohnsitze und lebten auch nicht in Klöstern; sie waren ständig unterwegs, richteten Missionen ein und taten gute Werke.

Für die Franziskaner stellte México ein günstiges Wirkungsfeld dar. Wenn den Indianern gewisse bescheidene Segnungen der spanischen Kultur zuteil wurden, so nur, weil mutige Franziskaner in fernab gelegenen Gebieten Missionen einrichteten. Sie waren Lehrer, Krankenpfleger und Bauern, vor allem aber Diener Jesu Christi.

Im Jahre 1707 wurde das durch seine Silberminen bekannte Zacatecas in Zentralméxico von einem Ereignis überrascht, das diesen verschlafenen kleinen Ort zu einer Stadt von einiger Bedeutung machen sollte.

»Die Franziskaner werden hier eine Universität bauen«, erzählte man sich. »Wir hier sollen die Hauptverwaltung für den ganzen Norden werden!«

Und wenn die Leute von der großen Plaza aus zum Stadtrand pilgerten, sahen sie Arbeiter, vor allem Indianer, die geduldig das felsige Erdreich ausgruben, um das Fundament für ein Gebäude von gewaltigen Ausmaßen zu legen. Ein graugekleideter Mönch bestätigte die Nachricht. »Hier wird es stehen.«

»Wie viele Mönche werden hier leben?«

»Nur Fratres.«

»Aber wenn es doch ein Kloster ist...«

»Es ist kein Kloster und auch keine richtige Universität wie die in México-Stadt. Es ist eine Art Ausbildungszentrum. Hier werden wir uns vorbereiten, und oben im Norden werden wir Gottes Arbeit dann vollbringen.«

In diesem ersten Jahr konnten die Einwohner von Zacatecas mitverfolgen, wie die Franziskaner ihre Schule bauten. Besser gesagt: Die Fratres überwachten den Bau, und die harte Arbeit verrichteten Indianer, die praktisch Sklavendienste leisteten, und bezahlte Mestizo-Handwerker, die schon bei ähnlichen Bauvorhaben in anderen Teilen Méxicos eingesetzt worden waren.

Als 1716 an der Inneneinrichtung der Schule gearbeitet wurde, befand sich unter den dort tätigen Mestizen ein geschickter Zimmermann namens Simón Garza, sechsundzwanzig Jahre alt und gebürtig aus der Bergwerksstadt San Luis Potosí, wo sein Vater, der Familientradition folgend, im Silberbergwerk beschäftigt gewesen war. Da die Garzas fünf Söhne, aber nur zwanzig Maultiere gehabt hatten, war Simón, der Jüngste, zu spät gekommen, um noch Tiere zu erben. Statt dessen ging er bei einem Zimmermann in die Lehre. Später stellten ihn die Franziskaner an.

Bisher hatte Geldmangel ihn daran gehindert, den jungen Mädchen in den verschiedenen Städten, wo er arbeitete, den Hof zu machen, aber in Zacatecas hatte er eine feste Beschäftigung, und so kam es, daß er sich Abend für Abend nach der Arbeit auf dem großen Platz vor der Kathedrale einfand und den unverheirateten jungen Mädchen aus guter Familie nachsah, die dort zwischen sieben und neun Uhr spazierengingen.

Sie taten das nicht ohne Zweck und Ziel. Die Männer schlenderten entgegen dem Uhrzeigersinn an der Außenseite des Platzes entlang und blickten dabei stets auf die Mitte der Plaza, wo die unverheirateten Mädchen innerhalb eines großen Kreises im Uhrzeigersinn dahinschritten. Etwa alle zehn Minuten stieß ein junger Mann fast frontal mit einer bestimmten jungen Frau zusammen, und auf diese altehrwürdige, dem spanischen Brauch entsprechende Weise betrieben die jungen Herren ihre Werbung.

Die Regeln des Paseos, wie man diese Promenade nannte, wurden strikt eingehalten. Mädchen mit heller Hautfarbe gingen im Kreis, während ihre spanischen Mütter sie vor jeder Annäherung eines Mannes von geringerem Stand schützten; sie waren die Elite von Zacatecas, die Peninsulares, in Spanien geboren, die ständig davon träumten, in dieses herrliche Land zurückkehren zu können. Einen fast ebenso hohen Rang nahmen die Kreolinnen ein, Mädchen rein spanischen Blutes, aber in México geboren. Sie waren sich ihres Erbes noch stärker bewußt, denn sie ahnten, daß sie aus finanziellen Gründen nur geringe Chancen hatten, jemals nach Spanien zu kommen. Diese Familien lebten isoliert von Spanien, ganz besonders dann, wenn es sie in eine abgelegene Stadt wie Zacatecas verschlagen hatte, aber sie empfanden sich als die Erben und Bewahrer der spanischen Kultur.

Den Indianern war es streng verboten, am Paseo teilzunehmen. Einige wenige Mestizenmädchen durften mit dabeisein, aber nur als Dienerinnen, die ein gutes Stück hinter ihren weißen Herrinnen gehen mußten. Männliche Mestizen waren ausgeschlossen, aber wohlerzogene junge Burschen mit guten Manieren wie Simón Garza durften am Rand stehen und zuschauen.

Aber wenn am Sonntagabend die Sonne unterging, hatten die Mestizen von Zacatecas ihren eigenen Paseo auf einer nahegelegenen Plaza, und hier paradierten junge Menschen von besonderem Reiz. Mädchen mit pechschwarzen Zöpfen und zart olivfarbenem Teint lächelten jungen Männern in frischgewaschenen Hosen und weißen Hemden zu. Dieser ländliche Paseo war meist farbenfroher als der der Spanier.

Man sollte meinen, daß Simón Garza, der sich ja nach einer Frau sehnte, beherzt an diesem Werberitual teilnahm, aber das tat er nicht. Der schüchterne Zimmermann ging jeden Sonntagabend zu dem kleinen Platz, aber er wagte es nicht, selbst an dem Paseo teilzunehmen.

An einem Donnerstagabend des Jahres 1719 kehrte Garza nach der Arbeit in sein kleines Zimmer zurück. Als er die nackten Wände sah, überwältigte ihn die Einsamkeit: »O Gott! Ich muß etwas tun!« Er befeuchtete sein Gesicht mit Wasser, um das Sägemehl abzuwaschen, nahm sich hastig ein Stück Brot und etwas Käse und lief zur großen Plaza, wo die jungen Männer, ausschließlich Spanier und Kreolen, ihren Paseo entgegen dem Uhrzeigersinn bereits begonnen hatten. Simón suchte sich einen Platz, von dem aus er die entgegenkommenden Mädchen betrachten konnte.

Während der ersten drei Rundgänge gewann Simón nur oberflächliche Eindrücke von den Frauen, die vorbeikamen, doch beim vierten Rundgang ertappte er sich dabei, wie er eine Mestizin anstarrte, die gesittet hinter ihrer Herrin ging. Sie war etwas älter und ein wenig größer als die meisten anderen. Ihr freundliches Lächeln gefiel ihm.

Sie hieß Juana Muñoz und war die Tochter eines Bauern. Wie viele andere Mädchen ihrer Herkunft hatte sie in verschiedenen großen Häusern Zacatecas' als Dienstmädchen, Köchin und Kindermädchen gearbeitet. Jetzt wurde ihr langsam bewußt, daß sie mit dreiundzwanzig einem Alter gefährlich nahe war, wo ihre Chancen auf einen Ehemann sich dramatisch verringern würden. Als sie merkte, daß der Zimmermann von der Franziskanerschule sie anstarrte, wartete sie den Moment ab, in dem sie an ihm vorbeikommen würde, und gab ihm dann eine sorgfältig abgestimmte Reihe von Signalen, jedesmal ein wenig kühner als zuvor, bis er guten Grund zu der Annahme hatte, daß seine Absichten erkannt waren und auf Gegenliebe stießen.

Als sich diese subtile Kommunikation am Freitag- und am Samstagabend wiederholte, kam Simón zu dem Schluß, daß es an der Zeit war, einen offenen Schritt zu unternehmen, aber er wußte nicht, welche Art dieser Schritt sein sollte. Ein unternehmungslustigerer Mann hätte einfach beim Paseo der Mestizen am Sonntagabend teilgenommen, der jungen Frau wissend zugelächelt und am Ende der Promenade ihre Hand ergriffen. Aber Simón wurde schon rot, wenn er nur daran dachte.

In beträchtlicher Verwirrung begann er am Montag ernsthaft, die einzelnen Fratres durchzugehen, die auf seinem Bau arbeiteten, und kam zu dem Schluß, das Fray Damián, ein stiller, sanfter, Mann, noch am ehesten Verständnis für seine mißliche Lage haben würde. Und so zupfte er an diesem Nachmittag den Frater am Ärmel und flüsterte: »Könnte ich wohl einen Augenblick mit Euch sprechen?«

Es war eine quälende Aussprache, denn Simón war denkbar ungeeignet, ein Problem klar und schnell zu offenbaren; überdies hatte er das Pech, sich als seinen Vertrauten den einen Kleriker in Zacatecas ausgesucht zu haben, der sich am wenigsten dafür eignete, ihm zu helfen. Schon in seiner Kindheit hatte Fray Damián de Saldaña gewußt, daß er Priester werden wollte, und seine Hingabe an diese Berufung war so stark gewesen, daß er seine Pubertät durchmachte, ohne zu merken, daß es Mädchen auf der Welt gab.

Simón stotterte herum: »Beim Paseo... Da ist ein Mädchen... Ich möchte, daß Ihr bei ihr für mich sprecht... Ich brauche eine Frau, und sie scheint eine sehr gute Frau zu sein.«

»Wer ist sie?«

»Das müßt Ihr für mich herausfinden.«

»Nun gut, ich werde Euch helfen.«

So geschah es, daß Fray Damián de Saldaña, dreiunddreißig Jahre alt und in Spanien geboren, zum ersten Mal in seinem Leben zu einem Paseo ging. Es war ein Abend im Juni, noch nicht sommerlich heiß, und vom Hochland wehte eine kühle Brise herab. Als er nun, mit dem Zimmermann an seiner Seite, bei Sonnenuntergang die Plaza betrat, übergoß eine goldene Glut die Stadt.

»Welche ist es denn?« fragte Fray Damián.

Einige Schritte vor Garzas Mestizo-Hausmädchen kamen laut plappernd drei spanische Mädchen daherspaziert. Die junge Frau in der Mitte war die Herrin der Mestizin, ein besonders hübsches, etwa fünfzehnjähriges Mädchen mit einem schelmischen Gesicht und langen Zöpfen.

»Ist sie nicht hübsch?« fragte Simón, aber Damián hörte nicht hin, denn er beobachtete die attraktive junge Spanierin mit größtem Interesse.

Es war Benita Liñán, Tochter eines Beamten, den die Regierung in Madrid mit dem Auftrag hierhergeschickt hatte, die Landwirtschaft in diesem Teil Méxicos zu überwachen. Die Familie kam aus Avila, einer schönen kastilischen Stadt, und da die Liñáns in die Heimat zurückkehren wollten, sobald die Arbeit des Vaters in Neu-Spanien beendet war, hatte man Benita nahegelegt, sich nicht ernsthaft für die vielen jungen Männer zu interessieren, die sich um sie bemühten, denn sie sollte in Spanien heiraten.

Simón zupfte Fray Damián am Ärmel. »Das ist sie. Sie geht allein. Ich glaube, ich sollte sie jetzt wissen lassen, daß ich hier bin.«

»Sehr vernünftig.« Der Frater räusperte sich. Langsam ging er auf das Mestizenmädchen zu, an dem der Zimmermann so viel Gefallen fand: »Ich bin Fray Damián von der Schule. Ich möchte Euch Simón Garza vorstellen.« Der Zimmermann verneigte sich, Juana lächelte züchtig, und so war den Formalitäten Genüge getan.

»Ich bin Juana Muñoz.«

»Und Eure Eltern?«

»Sie sind Bauern aus der Gemeinde im Norden.«

»Ich stelle Euch hier einen Mann vor, der sich eines guten Rufes erfreut«, sagte Damián, entschuldigte sich und eilte davon, um dem spanischen Mädchen und ihrer Dueña nachzugehen. Sie betraten das Haus einer der großen Familien der Stadt. Er fragte einen Vorübergehenden, wessen Haus das sei, und erhielt zur Antwort: »Hier wohnt Anselmo Liñán, ein Beamter aus Avila.«

Obwohl ihm bewußt war, daß er sich auf ein sehr gefährliches Spiel einließ, besuchte Fray Damián den spanischen Paseo auf der Plaza nun öfter. Er ließ Benita, deren Namen er jetzt kannte, nicht aus den Augen und stellte erfreut fest, daß sie noch keine Verbindung angeknüpft hatte.

In den letzten Julitagen bekam er endlich eine Rechtfertigung für sein Erscheinen beim Paseo: Der Zimmermann hatte ihn gebeten, in aller Form für ihn um das Dienstmädchen Juana Muñoz anzuhalten. Nachdem er es getan hatte, sagte er: »Simón möchte, daß ich euch traue. Ist es Euch recht?«

»Es wäre mir eine Ehre. Meine Eltern werden in die Stadt kommen.«

Fray Damián besprach alle Einzelheiten der Trauung mit Anselmo Liñán, der für die gesellschaftlichen Aufgaben der Kirche zuständig war. Zum Schluß sagte Liñán: »Fray Damián, der Oberst hat mich wissen lassen, daß er gern mit Euch über die Verstärkung der franziskanischen Präsenz in den nördlichen Gebieten reden möchte.«

»Ich bin bereit, zu gehen, das versichere ich Euch!«

»Würdet Ihr mit uns zu Abend essen? Diese Woche?«

Natürlich nahm der Mönch die Einladung an. Als er zu jenem Abend bei den Liñáns eintraf, erfuhr er zu seiner Freude, daß Benita an dem Essen teilnehmen würde. Er saß ihr gegenüber, aber aus Furcht, er könnte seine aufwallenden Gefühle verraten, bemühte er sich, ihr nicht in die Augen zu schauen. Wenn er dann doch einmal einen Blick von ihr auffing, errötete er so tief, daß, so glaubte er, alle am Tisch es merken mußten.

Es wurde vor allem über die leeren Landstriche nördlich des Flusses gesprochen, den die Spanier Río de las Palmas oder Río Bravo nannten, neuerdings aber auch Río Grande del Norte oder kurz Río Grande. »Das Problem hat nichts mit dem Land selbst zu tun«, erklärte ein Leutnant, »sondern vielmehr mit der Tatsache, daß es uns mit den Franzosen in Louisiana verbindet. Hört auf mich: Eines schönen Tages werden wir wegen dieser Grenzländer Krieg mit den Franzosen haben!«

Sein Oberst, ein arroganter Mann, lächelte herablassend. »Ihr seid ein kluger Kerl, Tovar«, sagte er. »Ich habe gestern Nachricht erhalten, daß die Franzosen unsere Siedlungen in Los Adaes bereits bedroht haben.« Er schlug mit der Faust auf den Tisch, daß die Gläser klirrten. »Etwas Besseres konnte Spanien gar nicht einfallen: eine Zusammenarbeit der Fratres in der Mission und der Armee in der Garnison!«

»Da tätet Ihr aber gut daran, mich mitzunehmen«, scherzte der Oberst, »oder die Indianer fressen Euch bei lebendigem Leib auf.«

»Es ist die Rettung dieser Indianer, die uns veranlassen wird, nach Norden zu gehen«, erklärte Damián mit fester Stimme. »Wir dienen dem König am besten, wenn wir zuerst Jesus Christus dienen. Aber ohne die Unterstützung von euch Soldaten wären wir Franziskaner in Tejas tatsächlich machtlos.«

»Die sollt Ihr haben«, versprach der Oberst. »Sobald Ihr bereit seid, Euch auf den Weg zu machen.«

»Auf Spanien!« brachte der Oberst einen Trinkspruch aus.

»Auf Tejas!« schlug Fray Damián vor, und auch darauf tranken sie. Denn die Unterwerfung und Besiedlung dieses entlegensten Grenzlandes war ihre erste Sorge; erst wenn es befriedet war und Wohlstand herrschte, konnten sie nach Spanien zurückkehren.

In den Nächten, die auf diesen Abend folgten, begann Fray Damián die Gefahr zu erkennen, in die er zu geraten drohte, aber er war nicht imstande, sich davor zu schützen. Er dachte sich viele Entschuldigungen dafür aus, daß er bei Sonnenuntergang auf die Plaza ging, um Benita wiederzusehen. Jeden Abend erschien sie ihm hinreißender, und wenn er in seine Schule zurückkehrte und sich auf die harte Strohmatte legte, konnte er nicht schlafen. Manchmal flüsterte er ihren Namen – und sah sich entsetzt um, aus Furcht, ein noch wacher Bruder könnte ihn gehört haben.

Es wurde noch schwerer, der Versuchung zu widerstehen, als der Zimmermann Simón Garza das Dienstmädchen Juana Muñoz heiratete, denn hinter der Braut stand Benita Liñán. Damián riß sich zusammen und brachte die Trauungszeremonie hinter sich. »Simón und Juana, Gott selbst lächelt euch heute zu. Zieht eure Kinder in Liebe und Verehrung zu Jesus Christus auf.« Dabei senkte er den Kopf, denn er wußte, wie ungeeignet er war, im Namen Gottes zu sprechen.

Fray Damiáns Vernarrtheit in Benita wurde durch ein ganz unvorhergesehenes Ereignis gemildert. Im Herbst 1721 traf der junge Offizier Álvaro de Saldaña in Vera Cruz ein. In Saldaña, einer Stadt in Nordspanien, hatte sein praktisch denkender Vater sieben Jahre zuvor zu ihm, seinem siebten Sohn, gesagt: »Für dich ist kein Land mehr übrig. Daß du ein geeigneter Rekrut für die Kirche wärst, bezweifle ich. Bleibt also die Armee.« Damiáns Vater hatte alles Nötige unternommen, um aus Álvaro einen Offizier zu machen, und seine Beziehungen spielen lassen, um zu erreichen, daß sein Sohn nach México geschickt wurde, wo dessen Bruder Damián auf ihn aufpassen konnte. Álvaro war sechsundzwanzig, ledig, von brennendem Ehrgeiz besessen und der Überbringer eines Empfehlungsschreibens, gerichtet an einen früheren Kommandanten seines Vaters: den Vizekönig, den Marqués de Valero.

In diesem Brief bat Álvaros Vater den Vizekönig, seinen siebten Sohn Álvaro in der Region dienen zu lassen, in der sein fünfter Sohn Damián lebte. Nachdenklich betrachtete Vizekönig Valero das Schreiben; er hatte oft mit den Saldañas gejagt; er kannte die ruhmreiche Geschichte der Familie; und ihm war zu Ohren gekommen, daß sich einer der Söhne in Zacatecas als Franziskaner gut führte. Aber er hatte sich um ein ganzes Land zu kümmern. Er schritt zu einer großen Landkarte. Sie zeigte die Straßen Méxicos, von denen die weitverstreuten Teile zusammengehalten wurden, *Los Caminos Reales*, das Königliche Straßennetz. Valero studierte den entscheidenden Abschnitt, der von Vera Cruz nach México-Stadt, San Luis Potosí und Saltillo bis zur Furt durch den Río Grande bei San Juan Bautista führte; von dort ging es geradeaus durch Tejas bis zu einem winzigen Fleck im äußersten Nordosten, Los Adaes, die zukünftige Hauptstadt der Region. Hinter Saltillo konnte man aber eigentlich nicht mehr von einer Straße sprechen; es war nur ein schlechter Karrenweg, der durch leeres Land führte.

»Ich werde den jungen Saldaña an die Nordgrenze hinaufschicken«, beschloß Valero. Als der ehrgeizige junge Offizier vor ihn gebracht wurde, sprach er ihn freundlich an: »Euer Vater, der tapfer unter meinem Kommando gekämpft hat, fragt mich, ob es möglich wäre, daß Ihr Euren Dienst in der Nähe Eures Bruders verrichtet. Ich erfülle seinen Wunsch. Ihr werdet Euren Bruder in Zacatecas wiedersehen.«

Álvaro war bestürzt, als er sah, wieviel älter und hagerer sein Bruder geworden war. Aber im Verlauf ihres ersten Gespräches fand er Damián energisch wie eh und je. Offenbar hatte sich in ihm der Glaube an seine religiöse Berufung vertieft, denn er sprach jetzt mit einer feierlichen Würde, die Álvaro an seinem Bruder früher nicht gekannt hatte.

Am nächsten Morgen ließ der Oberst Álvaro kommen. »Der Postsack, den Ihr mir mitgebracht habt, enthält auch einen Befehl des Vizekönigs, wonach Ihr und Euer Bruder mich auf einer Inspektionsreise begleiten sollt. Ganz Tejas bis Los Adaes hinauf.«

»Oh, wie schön!« Die Begeisterung des jungen Mannes gefiel dem Obersten so gut, daß er ihn zum Abendessen einlud. Álvaro saß der reizenden Tochter Anselmo Liñáns gegenüber, der ein Freund des Obersten war.

Die Brüder Saldaña waren ein seltsames Paar. Damián in seinem dunklen Habit, Álvaro in seiner glänzenden Uniform, der eine mager und schwermütig, der andere robust und immer lächelnd. Damián sprach wenig und wirkte nervös. Álvaro plauderte gewandt und selbstsicher. Während er immer neue Geschichten erzählte, bemerkte Damián, daß Benita, die seinem Bruder genau gegenübersaß, diesem mit unverhohlenem Interesse zuhörte und ihn immer, wenn er zu Ende zu kommen schien, mit Fragen ermutigte, weiterzuerzählen.

Nach dem Essen kam sie keck auf Fray Damián zu und sagte, so daß sein Bruder es hören konnte: »Ihr müßt stolz sein, Álvaro in Eurer Familie zu haben. Wir sind jedenfalls stolz, ihn als Gast zu haben.« Álvaro, der den Wink verstanden hatte, unterbrach sie: »Wollt Ihr morgen mit mir ausreiten?« Benita antwortete züchtig: »Nein, das geht nicht. Meine Dueña kann nicht reiten.«

»Liñán«, fragte der Oberst, der das Gespräch mit angehört hatte, »wäre es möglich, daß ich diese jungen Leute auf einen Reitausflug mitnehme?«

»Benita darf mitkommen«, gab Liñán, der das Gespräch mitgehört hatte, seine Zustimmung.

Niemand dachte daran, Fray Damián einzuladen. Natürlich war ihm klar, daß Benita mit jedem Tag dem Alter näher kam, in dem sie heiraten mußte. Da sie ihn nun einmal nicht heiraten konnte, befriedigte ihn der Gedanke, daß sie sich vielleicht für seinen Bruder entschied. Dann würde sie in seiner Nähe bleiben, würde ein Teil seines Lebens sein – wie kompliziert diese Beziehung auch sein mochte...

In den Tagen bevor die Expedition aufbrach, kamen Álvaro und Benita – stets unter Aufsicht – häufig zusammen. Oft war Damián dabei und überwachte sie.

Am Morgen ihres Aufbruchs, dem 11. Dezember 1721, erschien der Oberst mit drei schönen Pferden, eines für ihn, die anderen zwei für die beiden Saldañas bestimmt. Doch Damián erklärte: »Als Franziskaner ist es mir nicht erlaubt, ein Pferd zu reiten.«

Der Oberst sah ihn verwundert an: »Was soll der Unsinn?«

»Unser Armutsgelübde verbietet es uns. Pferde sind für Caballeros, Maultiere und Esel für die Armen.«

Als Damián sich standhaft weigerte, ein Pferd zu besteigen, wurde das Tier weggeführt und ein Maultier gebracht. Damián bestieg es, und die Vorhut machte sich auf den Weg. Als sich der Hauptteil der Truppe formierte, lief Benita auf Álvaro zu und küßte ihn in aller Öffentlichkeit. Einige ältere Leute brachten ihr Mißfallen darüber zum Ausdruck, aber der Oberst nickte zustimmend: »Das ist die richtige Art, Soldaten auf die Reise zu schicken!«

»Bringt ihn mir heil zurück, Herr Oberst! Bringt ihn mir heil zurück!«

Saltillo war ein hübsches Städtchen mit Steinhäusern und Lehmhütten und einer schönen Plaza. Auf allen Seiten war es von Hügeln umgeben. »Selbst ein starkes Heer würde es schwer haben, diese Stadt einzunehmen, wenn sie richtig verteidigt wird«, sagte der Oberst.

In Saltillo lebten nur zwei Männer aus der Heimat, aus Spanien – der Kommandant und der Priester; in dem viel weniger kultivierten Zacatecas gab es elf. »Wie kommt das?« erkundigte sich Damián bei seinem Bruder. Álvaro hatte eine Erklärung parat: »Saltillo ist eine schöne Stadt, nur, welche Funktion hat es schon? Die Grenze zu schützen, falls die Franzosen uns angreifen. Aber Zacatecas! Ah! Da sind diese Silberbergwerke, und die müssen von echten Spaniern geschützt werden!«

»Ist denn Geld alles?« fragte Damián.

»In Madrid ja.«

Eines Abends beklagte sich der Kommandant von Saltillo: »Wir müssen mehr gebürtige Spanier herbekommen. Die in México Geborenen sind durchaus brave Leute – meine Schwester ist mit einem verheiratet –, aber man kann sich nicht darauf verlassen, daß sie die spanische Kultur wahren. Und die Mestizen, die man uns schickt –« Er spuckte aus.

»In Zacatecas ist es auch nicht anders«, tröstete ihn der Oberst.

»Der Tag, an dem auch nur ein Teil unseres Reiches von Einheimischen regiert werden würde, wäre ein Trauertag für mich. Das darf nie geschehen.«

»Im Norden ist es schon soweit«, sagte der Kommandant und schwang seinen Arm, um anzudeuten, daß er ganz Tejas meinte. »Ihr werdet wenig Spanier da oben finden.«

An diesem Abend aßen sie Lammbraten, Süßkartoffeln und Tortillas, genossen guten Wein und ein wunderbar kühles Getränk aus Granatäpfeln. Sie brachten Trinksprüche auf den König in Madrid und den Vizekönig in México-Stadt aus. Als die Saldañas spät nachts zu ihren Quartieren gingen, vertraute sich Álvaro, vom Wein ermutigt, seinem Bruder an: »Wenn wir nach Zacatecas zurückkommen... ich glaube, Benita und ich...« Er zögerte. »Ich glaube, wir werden heiraten.«

Er sah Damián an, erwartete wohl Glückwünsche, aber sein Bruder sah zum Himmel empor. Während er die Sterne betrachtete, stellte er sich vor, wie sie alle drei, er selbst, Benita und Álvaro, in irgendeiner allen genehmen Form zusammenleben würden. »Vater wird sich freuen, das weiß ich«, sagte er leise.

Sogar der Oberst – alles andere als ein Romantiker – war von der wilden Schönheit der Landschaft zwischen Saltillo und dem Norden überrascht. Der Weg überwand pittoreske Bergketten und durchzog viele Täler; hier gab es weder Häuser noch Höfe, denn man fürchtete die Indianer. »Das muß das schönste leere Land der Welt sein«, begeisterte sich Álvaro, und der Oberst bemerkte: »Es ist unsere Aufgabe, dafür zu sorgen, daß es nicht alle Zeit leer bleibt.«

Beim Abendessen in Zacatecas hatten sie übereingestimmt, daß das spanische Besiedlungssystem ideal sei, doch als sie es hier an der Grenze, bei San Juan Bautista, in der Praxis erlebten, mußten sie sich eingestehen, daß es überhaupt nicht funktionierte. Wo immer Soldaten mit Fratres zusammenkamen, herrschte eine feindselige Stimmung. Soldaten verführten Indianermädchen in den Missionen, während die Fratres den Indianern Zugang zu Sperrgebieten gewährten, wo sie wertvolle Vorräte stahlen, die für die Soldaten bestimmt gewesen waren.

Das Überqueren des Río Grande war nicht besonders anstrengend – das Wasser reichte ihnen nur bis zu den Fußknöcheln –, wurde aber als aufregend empfunden, denn nun betraten die Spanier ein potentielles Schlachtfeld; im Westen standen Apachen zum Angriff bereit, und im Norden lauerten die Franzosen. Das Terrain war für Reitergefechte bestens geeignet: große Flächen wogenden Graslandes, nur da und dort ein paar Mesquitsträucher.

Nach acht Tagen, in deren Verlauf sie den Río Nueces und den Río Medina überquerten, betraten die Spanier Tejas, wo sich ihnen ein wunderbarer Anblick bot: Ein kleiner Fluß, an dessen jenseitigem Ufer Franziskaner zwei Missionen errichtet hatten, während auf dem diesseitigen ein massives Presidio die Soldaten beherbergte, die dieses Gebiet zu sichern hatten. In der Nähe der Kaserne standen zwei Adobehäuser. Dort lebten vier Mestizofamilien, die das fruchtbare Land entlang des Flusses bestellten.

Es war eine winzige Siedlung: in jeder Mission zwei Fratres, drei Soldaten und einundfünfzig Indianer, von denen zwei konvertiert waren; im Presidio ein Hauptmann, ein Sergeant und zweiundfünfzig Soldaten; in den zwei Adobehäusern sieben Erwachsene und drei Kinder.

San Antonio de Valero wäre ein guter Name für diese Siedlung gewesen, deren Gründung der Vizekönig angeordnet hatte, aber irgendein Wichtigtuer hatte sich daran erinnert, daß der Marqués de Valero einen berühmten Halbbruder hatte, den Herzog von Béjar, der im Kampf gegen die ungläubigen Türken bei der Verteidigung des christlichen Budapest sein Leben gelassen hatte. Dieser Wichtigtuer dachte nun, daß es den Vizekönig freuen würde, wenn man die neue Siedlung nach dem Helden benannte, und so hieß sie nun San Antonio de Béjar. Da aber die spanische Sprache großzügig im Austausch von *j* und *x* umging – ein Beispiel ist »Tejas« und »Texas« –, wurde daraus bald San Antonio de Béxar; die Bewohner hatten es bald zu »Béxar« abgekürzt.

Fray Damián gefiel Béxar von Anfang an. »Hier würde ich gerne arbeiten!« Er fragte den Obersten: »Könnte ich nicht weiter oben im Norden meine Mission einrichten, wo ich diesen Missionen hier nicht ins Gehege kommen würde?« Aber der alte Soldat hatte seine Befehle: »Unsere Aufgabe ist es, die eigentliche Grenze zu inspizieren, das Gebiet der Mission von Nacogdoches.« So begannen sie den langen Marsch zum öden nördlichen Teil von Tejas.

»Der Weg von Béxar nach Los Adaes«, erklärte ein Soldat, der in den Söldnerheeren Europas gekämpft hatte, »ist so lang wie der Weg von Paris aus nach Norden, quer durch Flandern, die Niederlande und tief nach Deutschland hinein. Tejas ist groß!«

Während sie ihre nordöstliche Richtung beibehielten, fielen den beiden Brüdern radikale Veränderungen im Landschaftsbild auf. Nach dem Grasland mit den Mesquitsträuchern erreichten sie hügeliges Gelände mit vielen Bäumen, und dann eine ganz andere Gegend, ebenfalls baumbewachsen, aber fruchtbares Prärieland. Dann durchzogen sie schöne Waldungen mit vielversprechendem Boden. »Hier könnte man die Bäume fällen und sich eine Farm aufbauen, die ein ganzes Dorf ernähren würde.«

Während sie dieses herrliche, unberührte Gebiet durchzogen, dachte Damián über etwas nach, das ihm merkwürdig vorkam: »Warum liegt die Hauptstadt von Tejas bloß so weit im Norden, an der Grenze zu Louisiana?«

Álvaro hatte eine überzeugende Erklärung dafür: »Die Franzosen kontrollieren Louisiana, das nur wenige Meilen östlich liegt. Unser Vater hat dreimal gegen sie gekämpft, und obwohl wir jetzt eine Art Frieden haben – möchtest du Wetten darüber abschließen, wie es nächstes Jahr aussehen wird? Madrid ist schlau: ›Die Hauptstadt an die Grenze, von wo aus man diese verdammten Franzosen im Auge behalten kann.‹«

Ende Januar erreichten sie das Westufer des Río Neches. In dieser Nacht brach ein verheerender Wintersturm los, und am Morgen war aus dem Neches ein reißender Strom geworden, der sieben Tage lang tobte. Nachdem es ihnen endlich gelungen war, den angeschwollenen Fluß zu überqueren, lagen vor ihnen die hundertfünfzig Kilometer nach Los Adaes, die zu den trostlosesten gehörten, die Álvaro je zurückgelegt hatte, denn nun verließ die Expedition die Einflußsphäre von Tejas und drang in eine Welt ein, in der Spanien keine wichtige Rolle spielte.

Die neue Hauptstadt war ein klägliches Gebilde: ein paar Holzhäuser am äußersten Ende des Transportweges, über den Madrid nur selten etwas Brauchbares schickte. Der Hauptmann, der hier als Gouverneur fungierte, war kränklich; die Sümpfe hatten seine Gesundheit ruiniert, er mußte ständig husten. Nachdem er die Anweisung aus México-Stadt gelesen hatte, informierte er Damián: »Ihr sollt mit Siedlern wiederkommen und eine neue Mission in dieser Gegend errichten.« Der Franziskaner nahm die Mitteilung ohne Kommentar entgegen.

»Soll ich im Presidio meinen Dienst antreten?« fragte Álvaro. »Davon steht hier nichts«, antwortete der Gouverneur und tippte auf das Schreiben. Aber jetzt mischte sich der Oberst ein. »Das sind zwei gute Leute,

Hauptmann. Ich empfehle, daß sie zusammenbleiben, und ich hoffe, daß Ihr meiner Empfehlung folgt.«

Der Gouverneur hustete dreimal und sagte: »Na schön, es kann ja wohl nicht schaden.«

Gute Nachrichten erwarteten Álvaro, als die Expedition nach Béxar zurückkehrte, denn ein Brief von Benita Liñán setzte ihn davon in Kenntnis, daß sie ihn heiraten wolle, sobald er in Zacatecas eintreffe. Dabei hatte der junge Offizier noch gar nicht um ihre Hand angehalten, wie es der Brauch gebot.

»Damián«, sagte Benita atemlos, als die Expedition nach Zacatecas zurückgekehrt war und sich die erste Freude gelegt hatte, »wir möchten, daß Ihr die Trauung vornehmt.« Auch für den Franziskaner gab es eine Neuigkeit. Der Verwalter des Bezirks ließ ihn zu sich kommen und eröffnete ihm: »Der neue Vizekönig glaubt, daß sich die Bedrohung durch die Franzosen im Norden gelegt hat. Er möchte deshalb keine neue Mission bei Los Adaes bauen, hat aber angeordnet, daß die Franziskaner eine weitere Mission in Béxar einrichten. Der Provinzial und ich haben beschlossen, diese Aufgabe Euch zu übertragen. Unmittelbar nach der Hochzeit werden wir Euch eine Eskorte zur Verfügung stellen.«

Damián war von dieser Beförderung – denn als solche betrachtete er den Auftrag – hoch erfreut. Am nächsten Tag lernte er den jungen Franziskaner kennen, der mit ihm zusammen die neue Mission leiten sollte. Der um vierzehn Jahre jüngere Fray Domingo Pacheco war ein fröhlicher, rundlicher, braunhäutiger Mestize. Er betrachtete die Welt als einen Ort, den man nur dann ertragen konnte, wenn man so weit wie möglich jeder Unannehmlichkeit aus dem Wege ging – und unter Unannehmlichkeit verstand er vor allem Arbeit. Er war kein Dummkopf; in seinen zweiundzwanzig Jahren hatte er eine Fülle praktischen Wissens erworben. Obwohl er sich mit den niederen Weihen begnügt hatte, war er doch ein Frater in Amt und Würden, der Trauungen und Taufen vornehmen konnte, aber keine Messe zelebrieren durfte. Der Arbeit ging er zwar aus dem Weg, aber er war durchaus kein Feigling. Er wußte, daß die Grenze gefährlich war. Er hatte gehört, wie sehr sich die Missionare in Tejas gegen die Indianer, deren Seelen zu retten sie ausgezogen waren, verteidigen mußten. Doch was er auch darüber erfuhr, es änderte nichts an seinem Entschluß, der beste Diener Gottes zu werden, den man je in den Norden geschickt hatte. »Ich werde Euer treuer Gefährte sein«, versicherte er Fray Damián, der ihn eingeladen hatte, den bevorstehenden Trauungsfeierlichkeiten beizuwohnen.

Die Hochzeit fand in der Kathedrale statt, und alle Honoratioren aus Zacatecas und den umliegenden Dörfern nahmen daran teil. Die Frauen weinten, als Benita Liñán auf den Altar zuschritt. In einen feinen blauen Talar gekleidet, stand Damián aufrecht da, um die Braut zu empfangen, aber er machte keinen besonders guten Eindruck, denn er war knallrot vor Verlegenheit, und in dem Augenblick, als er die Hand der Braut ergreifen und sie in die Hände seines Bruders legen sollte, zitterte er stark; aber nach einiger Zeit gewann er seine Beherrschung zurück und beendete die Zeremonie mit klarer Stimme.

Er verbrachte eine ruhelose Nacht. Dreimal kniete er nieder, um zu beten, daß seine Mission in Tejas in all ihrem Wirken Gottes Willen widerspiegeln möge. Er bat auch um den Segen für seinen Gefährten, den guten Fray Domingo, und um einen ganz besonderen Segen für das Paar, das in dieser Nacht seine Ehe begann, Álvaro und Benita de Saldaña. Dann ließ er seine zum Gebet gefalteten Hände sinken, den Kopf auf das Bett fallen und weinte.

Als aufmerksame Geste, die in México-Stadt sehr gut ankam und finanzielle Unterstützung für Béxar sicherte, beschlossen die Franziskaner, ihre neue Mission nach dem Lieblingsheiligen des neuen Vizekönigs zu benennen und seinen Titel hinzuzufügen: Santisima Misión Santa Teresa de Casafuerte del Colegio de Propaganda Fide de Nuestra Señora de Guadalupe de Zacetecas.

Als dieser grandiose Name zum erstenmal feierlich verkündet wurde, bestand die Mission aus etwa vierundzwanzig Hektar unbestellten Bodens, auf dem noch nicht einmal eine Hütte stand, aber sie lag günstig, am Westufer des Río Antonio, etwa drei Kilometer nördlich der Mission San Antonio de Valero, wo die Brüder Saldaña einst zu Gast gewesen waren. Sie besaß außerdem die Weiderechte über zweitausend Hektar.

Um aus der Mission eine funktionierende Einrichtung zu machen, mußten die zwei Fratres alle Gebäude errichten, deren eine solche

Niederlassung bedurfte: eine Kirche, Unterkünfte für sie beide, Quartiere für die drei Soldaten, die für ihre Sicherheit sorgen sollten, Behausungen für die bekehrten Indianer, die dort einmal leben würden, und Ställe für das Vieh. Nach zwei Monaten hatte Damián wahre Wunder vollbracht – alle Fundamentgräben waren ausgeschachtet und mit Steinen gefüllt –, aber noch keinen einzigen Indianer für das Christentum gewonnen; Domingo dagegen, der weitaus weniger oft an den Baustellen anzutreffen gewesen war, hatte mehr als ein Dutzend für die Mission geködert.

Eines Tages – Damián arbeitete gerade an den Deckenbalken der Kirche – kam Domingo herbeigelaufen: »Bruder! Eine frohe Nachricht! Meine Konvertiten Lucas und Maria möchten in der Kirche heiraten – ganz gleich, ob das Dach fertig ist oder nicht.«

Dies war ein großer Schritt nach vorn: der erste sichtbare Beweis dafür, daß sie bei den Indianern ein wenig vorankamen. »Ich bin sehr glücklich, Bruder Domingo, daß Euch das gelungen ist. Ich werde sofort alles für die Trauung vorbereiten!« Noch während Damián sprach, schlich Domingo sich fort; als Damián das heiratswillige Paar empfing, verstand er auch den Grund: In gebrochenem Spanisch, das sie von Domingo gelernt hatten, sagten sie: »Wir möchten, daß der, der immer lacht, die Gebete spricht.«

Damiáns Gesicht zeigte keine Gemütsbewegung. Domingo hatte beide Indianer bekehrt, hatte ihnen den strahlenden Glanz Gottes offenbart. Für sie war er der Hirte, Damián dagegen nur der Mann, der ihnen schwere Arbeit auferlegte. Trotzdem war er enttäuscht. Als Begründer der Mission Santa Teresa de Casafuerte hatte er sich so sehr gewünscht, die erste Eheschließung vorzunehmen. Nun war es der fröhliche Fray Domingo, der die Trauung unter dem Schutz des halbfertigen Daches, das er, Damián, gedeckt hatte, vornahm und das Paar segnete.

Domingo nützte seinen persönlichen Triumph nicht aus, um seine Unterordnung unter Damiáns Befehlsgewalt in irgendeiner Weise in Frage zu stellen; und Damián, wenn er auch verletzt war, hegte keine kleinlichen Rachepläne gegen seinen Helfer. Die zwei Männer blieben Freunde; Damián arbeitete von Tag zu Tag härter an der Fertigstellung der Kirche, während Domingo sich bemühte, gute Beziehungen zu den Indianern herzustellen, die ihn wegen seiner dunklen Hautfarbe fast als einen von ihnen betrachteten.

Doch dann wurden die Bauarbeiten zu anstrengend, als daß selbst Damián mit seiner außergewöhnlichen Energie sie noch länger hätte meistern können, und er sah sich gezwungen, seinen Vorgesetzten in Zacatecas zu schreiben:

»Hochverehrter Vater. Es ist mir eine Freude, Euch mitzuteilen, daß die Dinge in der Mission Santa Teresa de Casafuerte bisher nach dem Willen Gottes und entsprechend dem von Euch vorgeschlagenen Arbeitsplan gut vorangekommen sind. Wir haben mehrere Indianer getauft und christliche Eheschließungen bei zwei Paaren vorgenommen, die jetzt in Gottes Gnade leben.

Die Bauarbeiten der Mission bleiben jedoch zum größten Teil mir überlassen, da Fray Domingo sich um andere Dinge kümmern muß, und ich fürchte, daß ich mit meinem Zeitplan bald weit zurückliegen werde. Aber es gibt in Zacatecas einen ausgezeichneten Zimmermann namens Simón Garza. Ich möchte Euch bitten, daß Ihr ihn mir schickt, damit er mir beim Bau der Mission hilft.

Ich bitte Euch inständig, mein Ersuchen gütigst berücksichtigen zu wollen.«

Die Offenheit, mit der Fray Damián seine Bitte ausgesprochen hatte, schien die Behörden in Zacatecas beeindruckt zu haben, denn schon mit der nächsten von Saltillo kommenden Karawane trafen der Zimmermann Simón Garza und seine Frau Juana in der Mission ein.

Sie erhielten ein Stück Land innerhalb des Missionsgeländes, auf dem sie sich eine kleine Hütte errichteten; dort bekam Juana ihr erstes Kind. Ihr Mann arbeitete täglich viele Stunden an den Häusern der Mission. Eines Abends sagte er zu seiner Frau: »Seltsam. Man hat mich hierhergeschickt, um Fray Damián zu helfen. Aber jetzt stellt sich heraus, daß er mein Helfer ist.«

»Wie meinst du das?«

»Ich plane alles – wo die Balken hinkommen und wie sie angeschlagen werden müssen. Aber die harte Arbeit, das Heben und Schleppen, das macht er.«

Garza hatte recht. Fray Damián arbeitete wie ein Besessener: Zuerst baute er Wohnstätten für die Indianer, dann eine Kirche, dann eine wärmere, trockenere Hütte für Fray Domingo, dann einen besseren Stall für das Vieh, dann eine Einpfählung rund um die ganze Anlage, damit sie vor den Apachen geschützt war, die sich gegen das Eindringen der Weißen wehrten, das sie als unberechtigte Inbesitznahme ihres Landes betrachteten, und schließlich das allerwichtigste Projekt, das den Wohlstand und die Sicherheit der noch kaum lebensfähigen Siedlung gewährleisten sollte.

Eines Abends rief er Fray Domingo und Garza zu sich: »Unsere Siedlung wird nie richtig gedeihen, wenn wir nicht einen kleinen Kanal vom Fluß über die Felder direkt auf unser Gelände legen. Läßt sich das machen?«

Garza antwortete: »Es ist ein enormer Arbeitsaufwand, und wir haben nur zwei Schaufeln. Aber ich kann noch welche machen. Ohne Wasserversorgung können wir schließlich nicht existieren.«

Damián und Garza bereiteten alles für den Bau des Kanals vor, der fast eineinhalb Kilometer lang, eineinhalb Meter breit und neunzig Zentimeter tief werden sollte, was bedeutete, daß enorme Mengen von Erde bewegt werden mußten. Garza schmolz alles Metall zusammen, das er finden konnte, verwendete Eichenäste als Stiele und stellte so zwei zusätzliche Schaufeln her, mit denen zwei ganz besonders fleißige Indianer ausgerüstet wurden.

Fray Damián teilte sich die schwersten Verrichtungen zu – wie etwa das Ausschaufeln der aufgelockerten Erde aus dem Graben –, aber er genoß die harte Arbeit, denn er war davon überzeugt, daß sie ihn zu einem besseren Diener Gottes machte. In den letzten Monaten des Jahres 1726 arbeitete er so besessen an dem Kanal, daß er kaum zum Schlafen kam; obwohl er todmüde war, lag er eines Nachts wach da und dachte über eine Bitte nach, die Fray Domingo ihm kurz zuvor mit ungewöhnlichem Nachdruck vorgetragen hatte: »Fray Damián, Ihr seid hier der Herr, aber ich finde, daß Ihr und ich bessere Meßgewänder verdienen, als man uns zugesteht. Wir sind Vertreter der Kirche und des Königs, und wir sollten anständig gekleidet sein, wenn wir einen Gottesdienst abhalten.«

Es klang überzeugend. Wenn Männer an der entferntesten Grenze die Zivilisation verteidigten, mußten sie entsprechend, und zwar in blauen Kutten von guter Qualität, gekleidet sein. Doch die Entscheidung, das für solche Kutten nötige Geld auszugeben, konnte nur in Madrid getroffen werden. Guten Gewissens konnte Fray Damián eine solche Kleidung für sich nicht fordern; er fühlte sich als ein einfacher Frater, dessen Pflicht es war, eine Mission zu errichten, egal, in welchem Gewand er sich dabei zeigte. Aber Fray Domingo lag soviel daran. Deshalb faßte Damián eines Morgens, es war der 21. Januar 1727, einen Brief ab, der an die höchste Autorität – sei es in México, sei es in Spanien – gerichtet war:

»Da mein getreuer Helfer Fray Domingo Pacheco die Majestät der spanischen Krone in Tejas verkörpert, würde ihm ein Meßgewand aus feinster blauer Wolle gebühren, und ich bitte die hohe Behörde, ihm ein solches zuzugestehen. Und da ich damit beschäftigt bin, den Kanal fertigzustellen, von dem das Wohlergehen dieser Mission abhängt, bitte ich weiter um drei Schaufeln aus bestem Eisen mit Stielen aus spanischer Eiche.«

Das Gesuch wurde am 29. Januar nach San Juan Bautista geschickt, wo es liegenblieb, bis ein Kurier es am 25. Februar nach Monclova brachte. Von dort wurde es in gemächlichem Tempo nach Saltillo transportiert, wo es Mitte März eintraf, gerade noch rechtzeitig, um von einem Boten mitgenommen zu werden, der nach Zacatecas unterwegs war und dort am 10. April anlangte.

Den dortigen Franziskanern war klar, daß sie keine Entscheidungsgewalt über eine solch ungewöhnliche Petition hatten. Sie schickten das Gesuch nach México-Stadt weiter, fügten allerdings einen Vermerk an: »Das sind zwei gute Männer; man sollte ihnen die Meßgewänder zugestehen.«

Das Generalkapitel in der Hauptstadt erhielt die Petition am 19. Mai, lehnte aber ab, es auch nur zu lesen, und schickte es ohne Verzug an die Kanzlei des Vizekönigs weiter. Dieser ehrenwerte Herr ließ es bis zum 15. Juli bei den Akten und sandte es dann nach Vera Cruz, nachdem er seinerseits einen Vermerk angefügt hatte: »Fray Damián de Saldaña ist der Sohn von Don Miguel de Saldaña aus Saldaña, ein Mann, der unser Vertrauen verdient.«

Ein spanischer Frachter verließ Vera Cruz Ende Juli, lief sowohl Cuba als auch Española an, wo er auf zwei Monate ins Dock mußte, und legte erst am 3. Oktober nach Spanien ab. In jenen zwei Häfen war es keinem Beamten gestattet, den Postsack aus México anzufassen, und so kam es, daß Damiáns Brief erst nach einer vierwöchigen Überfahrt in Sanlúcar angeliefert wurde. Von dort ging das Gesuch zum Indienrat, der gerade in Sevilla tagte. Drei Wochen lang studierten die Beamten die ungewöhnliche Eingabe. Schließlich wurde entschieden, was schon von Anfang an hätte klar sein müssen: daß es sich hier um ein Problem handle, das nur vom König gelöst werden könne. Ein Berittener brachte das Schreiben nach Madrid. Dort kam es am 29. November an. Am frühen Morgen des folgenden Tages sah der König von Spanien aufmerksam die offiziellen Botschaften aus seinen Herrschaftsgebieten in der Neuen Welt durch und machte Anmerkungen. Am Nachmittag kam er zu Fray Damiáns Gesuch: »Ein blaues Meßgewand für die Sonntage und drei eiserne Schaufeln!«

Der König – der siebzehnjährige Philipp V. – versuchte sich México vorzustellen, seit zwei Jahrhunderten ein Teil des Reiches. Zwar hatte kein Angehöriger seiner königlichen Familie dieses Land je besucht, doch man hatte ihm Zeichnungen und Bücher vorgelegt, so daß er wußte, wie es dort aussah. Als er jedoch versuchte, sich eine Vorstellung von Tejas zu machen, gelang ihm das nicht.

»Wie viele Spanier leben denn überhaupt in Tejas?« fragte er einen seiner Berater.

»In Spanien geborene sechzehn, vielleicht zwanzig. In México geborene vielleicht zweihundert, einschließlich Mestizen. Und natürlich Indianer.«

Der König deutete auf Fray Damiáns Gesuch. »Wer ist dieser Mann?«

Der Berater studierte das Gesuch und insbesondere den Vermerk des Vizekönigs. »Er ist der Sohn eines Mannes, der Euch unterstützte, als die Europäer einen anderen auf unseren Thron setzen wollten.«

Sofort ergriff der König die Petition, unterzeichnete sie und ergänzte sie mit einer Anmerkung. Dann wurde das Dokument an den Indienrat geschickt und begann von dort seinen langen Weg zurück nach Sanlúcar, nach Cuba, nach México-Stadt, nach Saltillo, nach San Juan Bautista und schließlich zur Mission Santa Teresa. Dort traf es am 19. Juli 1928 ein, achtzehn Monate nachdem es abgeschickt worden war, und mit ihm kam ein großes Paket.

Als Fray Damián und Garza die von der Reise stark verschmutzte Lattenkiste aufgebrochen hatten, kamen drei Schaufeln mit Stielen aus spanischer Eiche, dem besten Holz der Welt, zum Vorschein.

»Seht doch!« rief Fray Domingo. Aus einem kleinen Packen lugte ein Stück blauen Tuchs heraus. Mit zitternden Fingern hob Domingo ein wunderschönes Habit mit Kapuze und Gürtel hoch. Sofort warf er sich das kostbare Gewand um die Schultern. Zufällig warf er noch einen Blick auf die Kiste und sah, daß unter dem ersten Gewand noch ein zweites lag: ein größeres, aus noch feinerer Wolle.

»Das muß für Euch sein«, sagte er. Aber Fray Damián nahm die erste Kutte von Fray Domingos Schultern. »Diese da reicht mir.«

Der südwestlich der Mission gelegene Rancho Santa Teresa hatte unmöglich zu bestimmende Ausmaße. Keine Straßen führten zu ihm, und keine Zäune grenzten ihn ein. Es gab einen primitiven Corral, aber weder Ställe noch Scheunen auf der endlosen Fläche von Grasland, bestens geeignet für das Weiden unbehüteten Viehs. Das eigentliche Areal war etwa zweitausend Hektar groß, aber das hatte nichts zu bedeuten, denn solange kein anderer Grundbesitzer in der Gegend angrenzendes Land erwarb, konnten es genausogut zwanzigtausend Hektar sein.

Der Rancho lag in einer scharfen Biegung des Río Medina; diesem Umstand verdankte er auch seinen Namen, Rancho El Codo – Ellbogenranch. Auf dem Gelände standen vier Hütten, in denen vier indianische Familien wohnten, die das Vieh hüteten. Wenn Fray Domingo sah, wie die sechs erwachsenen Indianer für ihn schufteten, fragte er sich immer wieder, warum sie die harte Arbeit wohl so bereitwillig auf sich nahmen; denn weder er nach Fray Damián hatten die Macht, sie dazu zu zwingen.

Aber mit ihm und Damián stand es eigentlich nicht viel anders als mit den Indianern: Wir arbeiten, weil es Gottes Wille ist, dachte er. Wir bauen die Mission, weil Jesus Christus sie haben will. Und die Indianer gehorchen uns, weil sie in ihrem Innersten wissen, daß sie das Rechte tun und daß sie auf diese Weise besser als ihre Väter leben.

Fray Domingo liebte die Musik – er hatte sogar einen Chor gegründet –, und diese Liebe sollte der Mission Santa Teresa beinahe zum Verderben werden. Ein übereifriger Frater, der gerade aus dem traditionsbewußten, nordwestlich von México-Stadt gelegenen Querétaro eingetroffen war, nahm leidenschaftlich Anstoß an den bei den Indianern von Béxar sehr beliebten wilden Tänzen. Er bezeichnete sie als »unzüchtige Ausschweifungen mit dem Ziel, die Menschen zum Geschlechtsgenuß und zu den widerlichsten Formen sexueller Perversitäten anzuregen«. Er beschaffte sich eine schriftliche Genehmigung der Behörden in Saltillo, die solche Tänze noch nie gesehen hatten, und ging daran, sie auszumerzen. Tatsächlich bewirkte er, daß die Tänze in den Missionen für eine Weile eingestellt wurden – ausgenommen in der Mission Santa Teresa, wo die von Fray Domingo geleiteten geistlichen Chorgesänge meist nach kurzer Zeit in Indianerlieder übergingen und alle mit den Füßen zu stampfen, in die Hände zu klatschen und zu tanzen begannen.

Fray Damián sah nichts Schlimmes an solchen Tänzen, aber der neue

Frater war anderer Meinung. Er wandte sich an den Kommandanten des Presidios in Béxar und forderte ihn auf, dem Tanzen in der Mission Santa Teresa ein Ende zu machen.

Der Offizier hatte schon lange nach einer Gelegenheit gesucht, die zwei Fratres von Santa Teresa zu disziplinieren, denn der Alte, Fray Damián, war ihm zu hochnäsig, und der Jüngere, Fray Domingo, viel zu knausrig mit den Lebensmitteln, die seine Indianer produzierten. Er erließ eine Verordnung: »Kein Tanzen mehr in Santa Teresa!«

Er erwartete, daß Fray Domingo, der die musikalischen Darbietungen stets mit angemessener Feierlichkeit begann, sie aber rasch ausufern ließ, protestieren würde, aber zu seiner Überraschung war es der lange, dünne Fray Damián, der ins Presidio kam und mit sanfter Stimme sagte: »Die Indianer haben immer schon getanzt. Ich gebe zu, daß es zuweilen tatsächlich etwas wild aussieht, aber daran kann ich nichts Schlechtes finden.«

»Aber ich habe einen Befehl erteilt.«

»Ich dachte, Sie könnten den Befehl vielleicht noch einmal überdenken«, sagte Damián freundlich.

»Wo es um Indianer geht, überdenke ich nie etwas!«

Damián brachte ein wichtiges Argument vor: »Wenn wir mit unseren Missionen und unseren Presidios zu den Indianern kommen, verlangen wir, daß sie auf viele Dinge verzichten, die ihnen am Herzen liegen. Verlangen wir nicht von ihnen, daß sie alles opfern!«

»Aber diese Tänze sind gegen den Willen Gottes. Das hat der neue Frater gesagt.«

»Ich glaube, unser lachender Domingo verkörpert den Willen Gottes ebenso. Manchmal habe ich den Eindruck, daß er mit seinem Singen mehr erreicht als ich mit meinen Gebeten.«

»Es darf nicht mehr getanzt werden.«

Wieder in der Mission, wartete Fray Damián, bis sein Mitbruder vom Rancho zurückkam; er zog ein paar Ochsen hinter sich her, die am nächsten Tag geschlachtet werden sollten.

»Das Tanzen...« begann Damián unsicher.

»Was ist damit?«

»Der Hauptmann hat angeordnet, daß es aufhören muß.«

»Der Hauptmann ist ein Esel.«

»Das wissen wir«, gab Damián zu. »Das wissen wir schon seit über einem Jahr. Aber er ist von Amts wegen gehalten, alles zu tun, um den Frieden zu bewahren.«

»Ich werde das Tanzen nicht verbieten.«

»Doch, das werdet Ihr. Auch ich befehle es Euch.« Damián sprach so ungewohnt energisch, daß Domingo mit offenem Mund dastand. Und das Tanzen wurde eingestellt.

Aber einige Wochen später inspizierte der Offizier mit einem Gefolge von Soldaten das Gebiet westlich von Béxar, um selbst zu sehen, wieviel Land die Mission für ihren Viehbestand in Besitz genommen hatte. Als sie sich den vier Hütten näherten, in denen die indianischen Viehhirten lebten, hörten sie großen Lärm. Sie kamen näher und sahen, daß vor einer der Hütten sechs erwachsene Indianer, drei Kinder und ein franziskanischer Frater in einer langen, staubbedeckten Kutte im Kreis tanzten, in die Hände klatschten und aus vollem Halse sangen.

Schon am nächsten Tag wurde eine formale Klage eingereicht, unterzeichnet vom Kommandanten des Presidio, in der Fray Domingo Pacheco der Insubordination, des Mißbrauchs königlichen Landes, des Geschlechtsgenusses und eines Betragens beschuldigt wurde, wie es für einen Angehörigen des Klerus nicht statthaft war.

Da es die spanische Rechtspraxis vorsah, daß Angehörige des Klerus nur vor Gerichtshöfen zur Verantwortung gezogen werden konnten, die mit Klerikern besetzt waren, wurde ein ehrfurchtgebietender Priester, aus Spanien gebürtig, nach Béxar gesandt. Er begann seine Untersuchung nicht mit der Befragung der zwei beschuldigten Fratres in Santa Teresa, sondern ging durch die kleine Gemeinde und hörte sich allen Klatsch an, den einerseits die Soldaten und andererseits die Fratres aus den anderen Missionen verbreiteten. Bald hatte er so viele Beschuldigungen angesammelt, daß er die beiden Fratres so gut wie aller Delikte hätte anklagen können. Dann verkündete er: »Morgen werde ich die zwei Schuldigen verhören.«

Die beiden Fratres machten einen jämmerlichen Eindruck auf ihren Richter. Das waren nicht die gepflegten, sauber rasierten Kleriker, wie er sie täglich auf den Straßen von Zacatecas sah. Sie paßten schlecht zusammen, der lange Damián, hager und glutäugig, und der kleine pausbäckige, dümmlich grinsende Domingo. Sie hätten schweigend zuhören sollen, während er sie schmähte, aber zu seiner großen Empörung begannen sie ihre Handlungen zu verteidigen.

Fray Damián rechtfertigte sich ganz besonders heftig: »Ich habe Tag und Nacht schwer gearbeitet, um die Mission aufzubauen, und ich lasse meine Indianer von frühmorgens bis spätabends schuften, und ich danke Gott, daß mein Bruder Domingo sie singen gelehrt und sie damit zu besseren Arbeitern zur Ehre Gottes gemacht hat!«

»Wurde Euch nicht von einem Vertreter der Behörde befohlen, mit dem Tanzen Schluß zu machen?«

»Es wurde mir befohlen, und ich habe es getan.«

»Aber wurde nicht auf dem Rancho der Mission weiterhin getanzt?«

»So hat man mir berichtet.«

»Und hat nicht Euer Bruder Domingo daran teilgenommen?«

»So wurde mir berichtet.«

»Seid Ihr nicht verantwortlich für das, was Eure Fratres tun?«

»Ich bin verantwortlich.«

»Wäre ich ein penibler Mensch, ich würde Euren Namen in diese Anklageschrift aufnehmen«, sagte der Priester. »Ihr habt Eure Pflichten sträflich vernachlässigt.«

»Ich fordere, daß Ihr mich in die Anklageschrift einschließt«, erklärte Damián und trat einen Schritt vor.

»Bleibt, wo Ihr seid!« donnerte der kirchliche Richter. Sein Gesicht rötete sich, aber Damián ging weiter, bis er den Tisch erreicht hatte, hinter dem der Richter saß. Dort griff er nach einer Feder und wollte seinen Namen auf die Anklageschrift setzen, aber der Priester schlug ihm das Schreibgerät aus der Hand und brüllte: »Soldat, verhaftet diesen Mann!«

So endete, was eine wohlgeordnete Verhandlung hätte sein sollen, im Chaos, denn als Fray Domingo sah, wie sein Beschützer zum Ausgang gezerrt wurde, ging er auf die Wachen los und schlug auf sie ein. Es folgte ein wüstes Handgemenge. Als Domingo überwältigt war, schrie der Priester: »Legt sie beide in Ketten!«

In einer winzigen Zelle – keine Betten, kein Wasser und nur einmal am Tag Essen – saßen die zwei Fratres drei Tage lang in Handfesseln; bevor man sie freiließ, mußten sie schwören, den Indianern von nun an das Tanzen zu verbieten.

Sie hatten ihre Pflichten in der Mission wieder aufgenommen, als aus Saltillo ein Konvoi eintraf, der einen unerwarteten Besucher mitbrachte: einen jungen Offizier in Begleitung einer Kommission, die ihn als neuen

Kommandanten des Presidios von Béxar einsetzte und den bisherigen verabschiedete.

Als Damián näher kam, um den neuen Offizier zu begrüßen, sah er schon von weitem, daß der Neue kein anderer war als Álvaro. Er lief auf ihn zu und umarmte ihn. »Liebster Bruder! Wir brauchen dich hier!« Noch bevor Álvaro etwas erwidern konnte, fragte Damián: »Wie geht es Benita?«

»Gut. Wenn sie die Erlaubnis dazu erhält, kommt sie hierher.«

Von dieser Hoffnung angespornt und von einem verständnisvollen Kommandanten unterstützt, leitete Fray Damián ein, was man die Goldenen Jahre von Santa Teresa nennen könnte: Mit Hilfe der Soldaten stellte er die Mauern der Mission, den Kanal und vor allem die Adobekirche fertig; auf dem Rancho vergrößerte Fray Domingo seine Herde, daß man sie bald nicht mehr überblicken konnte; und es wurde wieder getanzt.

Die Apachería war weder ein bestimmtes Gebiet noch eine organisierte Bruderschaft von Stämmen. Das Wort bezeichnete einen mystischen Begriff, *die Region und die Union der Apachen*. Die Formulierung war in zweifacher Hinsicht unpräzise. Das Ausmaß des Territoriums war nie definiert worden, und die Grenze zwischen Mitgliedschaft und Nichtmitgliedschaft war so fließend, daß jeder Apachenstamm je nach Wunsch dazugehören oder sich ausschließen konnte. Eines aber war sicher: In den letzten Jahrzehnten hatten die Apachen begonnen, das Land rund um Béxar als Teil ihrer Apachería zu betrachten. Die weißen Eindringlinge mußten vertrieben werden.

Eine Art Waffenruhe wäre denkbar gewesen, wenn nicht ein anderer kriegerischer Indianerstamm zur selben Zeit das westliche Flachland eingenommen hätte. Diese Neuankömmlinge waren die gefürchteten Komantschen, berittene Indianer aus der Gegend der Rocky Mountains, die alle anderen Menschen als Feinde betrachteten. Apachen und Komantschen – was für ungleiche Stämme: die einen eher seßhaft, die anderen ständig umherstreifend; die einen ohne Pferde, die anderen die besten Reiter der Prärie; die einen eine lose Verbindung vieler verschiedener Stämme, die anderen stark konzentriert; und beide von dem Wunsch beseelt, ein und dasselbe Land in Besitz zu nehmen.

Kein Komantsche war bisher in Béxar gesehen worden; es sollten noch fünfzig Jahre vergehen, bis sie in voller Stärke auftauchten, aber ihre Anwesenheit in den westlichen Gebieten der Apachería zwang die Apachen, nach Osten abzuwandern, und das brachte sie in Konflikt mit den Spaniern in Béxar. Für den Augenblick jedoch herrschte Ruhe, wie aus einem begeisterten Bericht über die Mission hervorgeht, der zu dieser Zeit vorgelegt wurde.

Ein wißbegieriger Priester aus Zacatecas namens Espejo – was soviel wie Spiegel oder, wie manche sagten, Fernglas, bedeutet – unternahm 1729 eine Inspektionsreise, in deren Verlauf er alle Teile von Tejas besuchte und auch zur Mission Santa Teresa kam, wo er sah, wie erfolgreich die Brüder Saldaña bei der Verwaltung der Mission zusammenarbeiteten: In einem Memorandum, über das er mit keinem der Saldañas sprach, machte er folgenden Vorschlag: »Obwohl es nicht viele Einwohner hat, ist Béxar jetzt schon so fest begründet, daß die Zeit reif scheint, mehr Frauen mit ihren Ehemännern im Presidio zu vereinen. Das wird Indianern und Mestizen einen Geschmack von wahrer spanischer Kultur geben, der sie geistig und moralisch nur bessern kann. Ich schlage daher vor, man möge es Frau Benita Liñán de Saldaña gestatten, mit ihren drei Söhnen nach Béxar zu übersiedeln.«

Der Vorschlag wurde von den Militärs in Zacatecas aufgegriffen, und eines Morgens im Dezember 1729 rief ein eben vom Río Grande eingetroffener Soldat vor den Toren des Presidios: »Wir bringen einen großen Schatz!« Fray Damián wurde aus der Mission geholt. Ein Maultiergespann hatte vor dem Presidio gehalten. Als Benita staubbedeckt aus der Kutsche stieg, schluckte Damián. Sie war jetzt fünfundzwanzig Jahre alt und noch schöner als damals. Sie breitete die Arme aus und rief: »Ich bin ja so froh, daß ich da bin!«

Die Soldaten abwehrend, die ihr helfen wollten, lief sie auf ihren Mann zu, küßte ihn innig und führte ihm ihre Söhne vor. Dann drehte sie sich um und sah Damián wartend neben der Mauer stehen. Sie eilte auf ihn zu, umarmte ihn und küßte ihn auf die Wange. »Bruder Damián, ich danke Gott, daß Er mir erlauben wird, an Eurer Arbeit teilzuhaben. Das sind Eure Neffen.«

Fray Damián kam jetzt oft zum Essen ins Presidio – einst ein so unfreundlicher Ort. Er gestand sich allerdings nie den wahren Grund ein, aus dem er so häufig dorthin ging: In seiner stillen, nüchternen Art war er verliebt, und er täuschte sich selbst, als er sich einzureden begann, seine Besuche im Presidio dienten nur dazu, bei der Erziehung des ältesten Sohnes, des jetzt siebenjährigen Ramón, ein Wörtchen mitzureden: »Aus dem würde ein guter Priester werden, Benita.«

»Ach was! Ein frecher kleiner Junge ist er, der nicht stillsitzen kann, während Ihr Eure Gebete sprecht. Er empfindet keinerlei Berufung, und daran wird sich auch in Zukunft kaum etwas ändern.« Damián hörte nicht auf diese vernünftige Einschätzung und fuhr fort, den Jungen zu besuchen.

»Es gefällt mir nicht«, sagte eines Tages Álvaro zu ihm, »daß Euer Fray Domingo soviel Zeit auf dem Rancho verbringt.« Damián versicherte seinem Bruder, daß Domingo mit dem Vieh gute Arbeit leiste, aber Álvaros Besorgnis hatte andere Ursachen. »Es geht um die Apachen. Sie kommen immer näher, und ich befürchte, daß sie eines Tages versuchen werden, den Rancho anzugreifen.« Wieder protestierte Damián: »Auf Domingo liegt die schützende Hand Gottes. Er rettet Seelen, und mit der Zeit wird er sogar den Apachen Frieden bringen. Gott hat uns aufgetragen, diesen Rancho einzurichten. Er wird ihn schützen.«

»Das hoffe ich, denn ich werde es nicht können.«

Vater Espejo hatte neben dem Memorandum auch ein dringendes Ersuchen an den König gerichtet: Er bat ihn, Siedler nach Béxar zu schicken. Aber noch bevor eine Antwort erfolgen konnte, führte eine außergewöhnliche Entwicklung dazu, daß sich die kleine Siedlung um das Dreifache vermehrte. Zu Beginn des Jahres 1731 wurden drei Missionen vom Norden nach San Antonio de Béxar verlegt, wo sie sich den drei hier tätigen anschlossen. Die sechs Fratres und die besten ihrer indianischen Helfer zeigten sich hocherfreut, als sie die schöne Gegend sahen, in der sie sich jetzt niederlassen sollten.

Wie wunderschön ihre Namen sind, dachte Fray Damián, der mithalf, die Bauplätze für die drei neuen Missionen auszusuchen: Nuestra Señora de la Purísima Concepción, San Juan Capistrano, San Francisco de la Espada.

Als feststand, wo sie errichtet werden sollten – die ersten zwei wie San Antonio de Valero am Ostufer des Flusses, die dritte wie Santa Teresa und San José am westlichen –, gab Fray Damián den neuen Fratres ein paar Ratschläge: »Euer Erfolg wird von zwei Dingen abhängen: von Gebeten und von einer ausreichenden Bewässerung der Felder, die Euch und Eure Indianer ernähren sollen.«

Die neu eingetroffenen Fratres baten Fray Damián um seine Mithilfe; er führte die Pläne für drei breite Wassergräben aus, die in den folgenden Jahren viel zum Wachstum Béxars beitragen sollten. Nachdem er den Neuankömmlingen gezeigt hatte, wie man vermessen mußte, um teure Aquädukte möglichst zu vermeiden, beriet er die Fratres weiter, bis die eigentliche Arbeit begann. Dann nahm er die Schaufel in die Hand, um ihnen zu zeigen, wie sie graben mußten. Er war fünfundvierzig Jahre alt, als die neuen Missionen die Arbeit aufnahmen, und ziemlich müde, aber so begierig, diesen neuen Dienern Gottes zu helfen, daß er an ihren Wassergräben arbeitete, als ob sie für seine Mission wären. Als das kostbare Wasser endlich zu fließen begann, hatte er das Gefühl, einen kleinen Zusatz zur Apostelgeschichte geschrieben zu haben.

Im Jahre 1521 hatte Hernando Cortés die Eroberung Méxicos abgeschlossen. 1730 hatten die Spanier das Land also seit zweihundertundneun Jahren im Besitz. Zwar hatten sie eine Kette von blühenden Städten wie Puebla, Oaxaca, Guanajuato, Zacatecas und Saltillo aufgebaut, aber in entfernten Gebieten wie Tejas nicht viel zuwege gebracht.

Doch nun erreichte der Brief Vater Espejos, in dem er vorgeschlagen hatte, spanische Bürger nach Tejas zu schicken, um dort Zivilbevölkerung anzusiedeln, den König:

»Meiner Meinung nach können wir eine Grenzprovinz wie Tejas nur sichern, wenn wir sie mit vertrauenswürdigen Frauen und Männern rein spanischen Blutes bevölkern, vornehmlich solchen, die in Spanien oder auf den Kanarischen Inseln geboren sind. Ich trete dafür ein, eine große Zahl von Bauern direkt aus Spanien oder von Cuba hierherzuschicken.«

Die Kanarischen Inseln liegen im Atlantischen Ozean, weit entfernt von Spanien, vor der Küste Marokkos. Die Inseln waren schon seit Jahrhunderten von einem dunkelhäutigen Volk afrikanischer Herkunft besiedelt gewesen, dann aber von Spanien erobert und von spanischer Religion und Kultur beeinflußt worden. Die Bewohner waren Spanier, aber von anderem Schlag.

Es gibt sieben größere kanarische Inseln. Eine der damals ärmsten von ihnen, aber die zäheste in ihrem Widerstand gegen die Staatsgewalt war Lanzarote, die Afrika am nächsten liegende Insel. Wenn der König nun verfügte, daß die zukünftigen Siedler in Tejas von den Kanarischen Inseln kommen sollten, dachte er dabei vor allem an Lanzarote.

Um dem Befehl des Königs Folge zu leisten, mußten seine Beamten den politischen Führer dieser Insel davon überzeugen, daß die Umsiedlung eine gute Idee sei; es gelang ihnen, und nun bekamen sie es mit einem der listigsten, streitsüchtigsten, arrogantesten und dickköpfigsten Männer jener Zeit zu tun: mit Juan Leal Goras. Nach spanischem Brauch hätte man ihn mit Leal, dem Namen seines Vaters, ansprechen müssen, aber er bestand darauf, Goras genannt zu werden. Er war Mitte fünfzig, Analphabet, hatte fünf Kinder und nur ein Auge. Er und dreiundfünfzig seiner Landsleute bestiegen das Schiff, das sie nach México bringen sollte. Zwei Monate mußten sie auf Cuba verbringen; zehn schwüle Tage dauerte die Fahrt von dort nach Vera Cruz, wo »el vómito« – Fieber mit Bluterbrechen – die meisten niederwarf und mehrere Passagiere tötete. Am 1. August verließen sie Vera Cruz und hielten auf die Vulkane zu. Nach siebenundzwanzig qualvollen Tagen erreichten sie das majestätische, von den Vulkanen Popocatépetl und Ixtaccíhuatl beherrschte Hochtal von México. Dort in der Mitte lag die herrliche Hauptstadt mit ihrer Universität, ihren Druckereien, ihren großen Speiselokalen und herrschaftlichen Wohnhäusern. Fast drei Monate lang blieben Goras und seine Landsleute in einem Außenbezirk der großen Stadt. Einige von ihnen, darunter auch Goras' Frau, starben; junge Leute heirateten, aufgeriebene Pferde wurden – auf Kosten des Königs – durch neue ersetzt, und manche der Spanier, auch Goras, begannen mit dem Gedanken zu spielen, in dieser angenehmen Umgebung zu bleiben, statt nach Tejas weiterzuziehen.

Aber auf Befehl des Königs mußten sie sich in Béxar niederlassen, und so reisten sie am 15. November 1730 weiter, erreichten Saltillo Mitte Dezember und ruhten in dieser schönen Stadt mit ihrem gesunden Klima und dem guten Essen bis Ende Januar 1731 aus.

Noch mehr Menschen starben; Kinder wurden geboren; am 7. März erreichten die zukünftigen Siedler den Río Medina, nicht weit von der Stelle entfernt, wo Fray Domingo seinen Rancho aufgebaut hatte. Am 9. März 1731 erschien Goras mit seinen Landsleuten vor dem Tor der Mission Santa Teresa, wo sie von einem hageren Frater begeistert begrüßt wurden: »Endlich seid ihr Siedler gekommen! Ich bin Fray Damián, und alles in dieser Mission steht euch zu Diensten. Dank sei Gott, daß er euch nach eurer langen Reise sicher zu uns gebracht hat!«

Schon nach wenigen Wochen drohte der streitsüchtige Goras Klagen einzubringen – gegen Damián, weil er es unterlassen habe, Wohnraum für die Leute aus Lanzarote zu beschaffen, gegen Fray Domingo, weil er sich weigere, die Erträge des Rancho zur Verfügung zu stellen, und gegen Hauptmann Saldaña wegen Gesetzesübertretungen, die zu zahlreich seien, um sie einzeln anzuführen. Da keiner der Neuankömmlinge schreiben konnte und weil er wußte, daß die Klagen auf einem ganz bestimmten Papier aufgelistet werden mußten, drangsalierte Goras Fray Damián de Saldaña, die Anschuldigungen gegen seinen Bruder Álvaro de Saldaña abzufassen, und vice versa. Und tatsächlich erreichten so viele völlig verzerrte Berichte Zacatecas, daß der dortige Kommandant eines Morgens brüllte: »Was zum Teufel ist in Béxar eigentlich los?«

Goras hatte bereits fünf Klagen eingereicht, aber die Siedler hatten immer noch keine Steinhäuser, keine Gärten, keine Pferde und, was das Schlimmste war, kein Wasser. Daß dies ein unhaltbarer Zustand war, sah sogar Fray Damián nach einer Weile ein. »Wir müssen unser Wasser und die Früchte unseres Bodens mit diesen Leuten teilen«, sagte er.

Noch vor Tagesanbruch fuhren Domingo und drei Indianer zum Rancho hinaus und beluden einige Karren mit Gemüse und überschüssigen Geräten. Sie trieben Kühe, Ziegen und Schafe zusammen und legten sich dann für ein paar Stunden zur Ruhe; gegen Abend kehrten sie zu den neuen Siedlern zurück.

Inzwischen steckten Damián und Garza beim Licht der Sterne eine Linie ab, nach der ein Bewässerungsgraben entlang der Hügelkette so angelegt werden konnte, daß das Wasser vom Río Antonio direkt auf die Felder der Insulaner fließen konnte.

Als die Männer aus Saltillo alle Probleme um die Insulaner für endlich gelöst hielten, kam Goras in Begleitung von zweien seiner Männer mit einer neuen Forderung ins Presidio marschiert: »Man hat uns zugesichert, daß wir uns, sobald wir unsere sicheren Häuser verlassen und in diese Wildnis ziehen, auf Grund unserer Tapferkeit *hidalgos* mit dem Recht auf den Titel *Don* nennen können. Ich bin daher mit Don Juan anzusprechen. Dieser da ist Don Manuel de Niz, und der neben mir Don Antonio Rodríguez.«

Das Wort *hidalgo* besteht aus drei kleinen Wörtern: *hijo-de-algo*, wörtlich *Sohn-von-etwas* oder, im übertragenen Sinn, *Sohn-von-etwas-Bedeutendem*, und selbst einem Angehörigen des niederen Adels wie Don Álvaro de Saldaña wäre es nicht im Traum eingefallen, Leute wie Goras und dessen des Lesens und Schreibens unkundige Bauern mit Don anzusprechen.

Die Soldaten und die meisten Fratres weigerten sich kategorisch, das zu tun, aber Goras und seine Insulaner feuerten eine Petition direkt nach México-Stadt ab, in der sie vom Kommandanten verlangten, daß er ihren Protest auf seinem eigenen Stempelpapier niederschrieb.

Das war zuviel. »Wenn Ihr mir noch mehr Ärger macht, Goras...«

Noch bevor er seine Drohung zu Ende bringen konnte, fuhr ihn der Einäugige in lautem, beleidigendem Ton an: »Und wo sind die Mühlsteine, die uns der König geschenkt hat? Wahrscheinlich habt Ihr sie gestohlen. Ich werde eine Klage einbringen, damit sie wieder in unseren Besitz gelangen.« Der Kommandant hatte nie etwas von diesen Steinen gehört, aber einige Monate später wurden sie in Saltillo abgeliefert, zusammen mit einer Botschaft des Königs, wonach sie seinen treuen Untertanen in Béxar zuzustellen seien. Außerdem hieß es in der Botschaft:

»Auf Grund von Versprechungen, die in meinem Auftrag gemacht wurden, sind alle Familienoberhäupter, die Lanzarote verlassen haben, um sich an diesem gefährlichen Unternehmen zu beteiligen, als Hidalgos anzusehen und mit dem Titel Don anzusprechen.«

Ein Federstrich des Königs hatte die Bauern von den Kanarischen Inseln zu adeligen Hidalgos gemacht.

Fray Damián ließ, nachdem er für die Forderungen der Insulaner nach einem Bewässerungsgraben eingetreten und ihnen bei den Anfangsarbeiten sogar zur Hand gegangen war, seinen Zimmermann Simón Garza und zwei seiner fleißigsten Indianer zu sich rufen: »Bevor die Siedler ihren Graben ausheben und ihr Wasser ableiten, wollen wir den unseren in seiner ganzen Länge vertiefen.«

Während die Arbeiten fortschritten, mußte er feststellen, daß Simón

Garza sich häufig entfernte. Damián fing an zu glauben, daß der stets so zuverlässige Zimmermann seine Pflichten verletzte. Dieses merkwürdige Verhalten beunruhigte ihn so sehr, daß er begann, Garza schärfer zu beobachten. Als der Zimmermann sich eines Morgens wieder einmal davongestohlen hatte, folgte ihm Damián in den größeren der beiden Schuppen, wo er ihn schlafend vorzufinden erwartete, während die anderen schufteten.

Nachdem er seine Augen an die Dunkelheit gewöhnt hatte, ging er langsam auf eine Ecke zu, die ein Sonnenstrahl erhellte. Denn dort war sein Blick auf ein Wunder gefallen, auf ein wahres Wunder. In aller Heimlichkeit hatte Garza drei Eichenbretter zurechtgehauen und aneinandergefügt und dann eine Seite der so entstandenen Tafel geglättet und poliert. Von der Holztafel hatte er sieben große Quadrate abgesägt und war nun dabei, drei weitere Eichenbretter aneinanderzufügen und so eine zweite Tafel herzustellen, von der er wieder sieben Quadrate absägen konnte.

Vor sich hatte er ein in Spanien angefertigtes riesiges Gemälde einer der vierzehn Kreuzwegstationen hängen, jene in allen Kirchen gezeigten Darstellungen des Leidensweges Jesu Christi durch die Straßen Jerusalems. Garza hatte dieses Bild aus der Missionskirche genommen. Darunter, auf einer Art waagrechter Staffelei, ruhte eines der sieben Quadrate. Nur mit improvisiertem Werkzeug ausgerüstet, hatte er ein Schnitzwerk der dritten Station fast fertiggestellt: Jesus Christus, der, gebeugt unter dem schweren Kreuz, das er tragen muß, auf das Kopfsteinpflaster der Via dolorosa fällt. Unterhalb der Gestalt des Gottessohnes erhoben sich aus dem Holz die Worte JESÚS CAE POR PRIMERA VEZ (Jesus fällt zum erstenmal).

Mit dem instinktiven Verständnis des Mysteriums von Christi Leidensweg, wie er Tiefgläubigen zu eigen ist, schuf dieser ungebildete Zimmermann ein Meisterwerk, das der größte Schatz der Stadt Béxar werden sollte.

In vieler Hinsicht war die Mission Santa Teresa 1733 auf ihrem Höhepunkt angelangt: Die friedlichen Indianer rund um Béxar hatten gelernt, innerhalb des Geländes zu leben und die Predigten anzuhören, obwohl sie keine Neigung erkennen ließen, Christen zu werden; auf der Ranch hatte Fray Domingo großen Erfolg mit seinem Vieh und ein bißchen weniger großen mit seinen Apachen erzielt (zwei von ihnen sangen sogar in seinem Chor mit); die Zusammenarbeit zwischen Mission und Presidio war so gut wie nie zuvor. Dafür hatten die Brüder Saldaña gesorgt. Es war eine Zeit des Friedens, insbesondere mit den Franzosen im Norden.

Fray Damiáns Beziehungen zu seinem Bruder Álvaro und zu seiner Schwägerin Benita waren nie besser gewesen. Die drei mittlerweile erwachsenen Menschen – Damián war jetzt 47, Álvaro 38 und Benita 29 – hatten sich an eine Routine gewöhnt, die alle Beteiligten mit großer Befriedigung erfüllte. An zwei oder drei Tagen in der Woche nahm Damián sein Abendessen mit der Familie seines Bruders ein; dazu brachte er so viel Gemüse aus dem Missionsgarten neben der Kirche mit, wie er entbehren zu können glaubte, sowie Fleisch von den Tieren, die Domingo von der Ranch zum Schlachten mitgenommen hatte. Wenn sich ein Problem stellte, das entweder die Mission oder das Presidio betraf, berieten sich die Brüder während des Essens, und oft war es Benita, die eine gute, praktikable Lösung anzubieten hatte.

Merkte Álvaro etwas von diesem ungewöhnlichen Dreieck, von dem er ein stummer Teil war? Er spielte nie darauf an. Er hieß seinen Bruder mit mehr als nur brüderlicher Zuneigung willkommen und sah keine unerfreulichen Folgen eines möglicherweise gefährlichen Arrangements voraus.

Das mochte zum Teil daran liegen, daß Damián so dienstbeflissen war – nicht nur, indem er zu den Mahlzeiten beisteuerte, sondern auch mit seiner Freundschaft zu den drei Jungen. Er spielte mit ihnen, brachte ihnen Lesen und Schreiben bei und nahm sie oft in die Mission mit, damit sie bei Fray Domingo singen lernten. Besondere Zuneigung hatte er immer schon für Benitas ältesten Sohn, Ramón, erkennen lassen, einen klugen und lebhaften Jungen, der jetzt elf Jahre alt und sehr wissensdurstig war. Schon vor Jahren hatte Damián seine törichte Hoffnung aufgegeben, daß Ramón eines Tages Priester werden würde.

Sie alle würden Spanien nie wiedersehen, keiner von ihnen, das wußten sie, aber in Tejas hatten sie die Freude entdeckt, die in einem erfüllten Leben und gut getaner Arbeit liegt.

Am 5. September 1734, einem Tag, an den man sich mit Entsetzen zurückerinnern sollte, kam ein kleiner Indianerjunge mit einer Geschichte zum Tor der Mission Santa Teresa gelaufen, die nur ein Kind erzählen konnte, ohne sich dabei zu erbrechen.

Hunderte von Apachen waren über den Rancho hergefallen und hatten systematisch alle Hütten verbrannt und alle Tiere davongejagt. Die Indianer der Mission, die versucht hatten, den Rancho zu verteidigen, waren erschlagen worden, alle neun Kinder gefangengenommen, und die fünf Frauen... Dem kleinen Jungen fehlten fast die Worte, um zu beschreiben, was mit ihnen geschehen war: »Die Apachen haben ihnen die Kleider ausgezogen, und dann, wißt Ihr... und dann haben sie sie auseinandergeschnitten.«

Fray Damián hielt sich an seinem Stuhl fest. »Sie haben...?«

»Sie haben sie auseinandergeschnitten«, wiederholte der Junge und zeigte, wie sie erst einen Finger weggeschnitten hatten, dann noch einen, die Hand, einen Fuß, die Brüste, bis zum letzten brutalen Aufschneiden des Bauches von links nach rechts.

»Heilige Mutter Gottes!« rief Damián. »Was ist mit Fray Domingo geschehen?« Das Kind brach in Tränen aus.

»Als sie gerade nicht hersahen«, erzählte er im Yuta-Dialekt, »bin ich zu den Gebüschen am Fluß gelaufen. Da habe ich mich den ganzen Tag versteckt gehalten, und als es Nacht wurde... ach, ich bin so müde.«

»Das verstehe ich ja«, sagte Damián sanft und nahm den Jungen auf den Schoß. »Aber was ist mit Fray Domingo geschehen?«

»Mit dem Kopf nach unten. Über einem Holzstoß. Seine Füße an einem Ast festgebunden. Ohne Kleider. Sie haben ein Feuer unter seinem Kopf angezündet. Die Frauen haben Holz nachgelegt, damit es auflodert, dann haben sie ihm einen Finger und eine Zehe abgeschnitten. Er hat geschrien.« Das Kind schauderte und wollte nicht weitersprechen.

Man mußte eine Strafexpedition gegen die Apachen organisieren und, wenn möglich, die gefangenen Kinder und überlebenden jungen Frauen retten und in Sicherheit bringen. Eine Streitmacht, bestehend aus dreißig Soldaten, sechzehn Laienbrüdern, zwei Dutzend Indianern und vier Fratres machte sich auf den Weg zum Rancho Santa Teresa, wo rauchende Trümmer von der Verwüstung zeugten, die die Apachen angerichtet hatten. Die zornigen Männer hielten sich nicht einmal damit auf, Fray Domingos Leiche abzuschneiden, die immer noch am Baum hing; sie nahmen die Spur der Apachen auf und ritten los. Drei Tage lang versuchten sie sie einzuholen, aber es gelang ihnen nicht. Als sie enttäuscht umkehren wollten, vernahmen sie ein Wimmern in einem Gebüsch und fanden darin versteckt die siebenjährige Schwester des Jungen, der geflohen war. Als das Kind erzählte, was es alles erduldet hatte, mußten sich einige der Soldaten übergeben.

So begann Béxars endloser Kampf gegen die Apachen. In diesem Teil von Tejas beheimatete Indianer – die Pampopas, die Postitos, die Orejones, die Tacames und Dutzende andere Stämme – waren halb zivilisiert, wie die Indianer, auf die die Franzosen und Engländer entlang des Mississippi und der Atlantikküste stießen. Mit Indianern wie den Mohawks, den Pawnees und den Sioux konnten die Europäer Vereinbarungen schließen, denn diese Stämme hatten Verständnis für ein friedliches Nebeneinander; nicht so die Apachen. Ihr Gesetz lautete: Zuschlagen und niederbrennen, grausam martern und töten. Es waren schöne Menschen, geschmeidig, schnell, wunderbar ihrer Umgebung angepaßt und fähig, die unglaublichsten Strapazen auf sich zu nehmen. Sie konnten tagelang ohne Essen und Trinken auskommen; sie konnten glühende Hitze und bitterste Kälte ertragen. Manchmal wagten sie sich bis Saltillo im Süden hinunter und zogen plündernd durch die Stadt.

Fray Damián ritt zum Rancho El Codo zurück. Er wies Simón Garza an, auf den Baum zu klettern und den Strick abzuschneiden, an dem die Leiche hing, fing den herabfallenden Körper auf und schwankte mit seiner Last auf die Stelle zu, wo ein Grab ausgeschachtet worden war. Nachdem er den Leichnam zur ewigen Ruhe gebettet hatte, sprach Damián ein Gebet und gab ein Versprechen ab:

»Bruder Domingo, Freund und Tröster meines Herzens, du starbst in einem Bestreben, das Gottes Seele mit Freude erfüllt hat. Ich verspreche dir, daß ich die Last, die du niedergelegt hast, auf mich nehmen werde. Ich werde nicht rasten, bis den Apachen Ruhe beschert ist und sie einen sicheren Hort in den Armen Jesu Christi gefunden haben.«

Er machte sich methodisch daran, sein Versprechen zu erfüllen: »Simón, unterbrich deine Arbeit an den Stationen und schnitze eine schöne Tafel mit Domingos Martyrium.« Und seine indianischen Helfer wies er an: »Ich muß es dir überlassen, Cándido, unseren Wassergraben fertigzustellen. Und du, Ignacio: Du kannst nicht weiter auf dem

Rancho leben, jetzt, wo die Apachen zugeschlagen haben, wäre das zu gefährlich. Aber du mußt das Gelände absuchen und unsere Herden wieder zusammentreiben.«

Was ihn selbst betraf, so mußte er die schützenden Mauern der Mission verlassen und unter die Apachen gehen, um ihnen Gottes Wort zu bringen, zuvor aber jemanden finden, der die Mission Santa Teresa leiten konnte. Er erinnerte sich des frommen Fray Eusebio. Mit Zustimmung des Leiters von Eusebios Mission setzte er den jungen Frater in sein Amt ein.

Und dann begann Fray Damián, die Apachería zu durchstreifen. Weil er allein kam und unbewaffnet, ein fünfzigjähriger Mann auf einem Maultier, gewährten ihm die Indianer Zutritt zu ihren Lagern. Er lernte ihre Sprache, und sie erklärten ihm, daß ein Zusammenleben von Indianern und Weißen unmöglich sei. Sie gaben zu, daß er über einen mächtigen Zauber gebot, wiesen aber darauf hin, daß auch sie nun nicht mehr machtlos waren. »Die Ihr Franzosen nennt, jenseits der Flüsse, die verkaufen uns Gewehre. Bald werden wir schießen. Wir sind bessere Jäger. Ihr erwischt uns nie.«

Nicht allein, daß sie ihn nach Béxar zurückkehren ließen, sie gaben ihm sogar eine zuverlässige Squaw mit, die ihm unterwegs eine wichtige Nachricht anvertraute: »In dem anderen Lager, zwei Tage weiter südlich, sind zwei von den Kindern, die beim großen Überfall gefangengenommen wurden.«

Sie machten einen Umweg, und Damián stellte fest, daß die Frau die Wahrheit gesagt hatte. In einem Zelt fanden sie einen zehnjährigen Jungen und ein achtjähriges Mädchen. Damián überredete die Apachen, das Mädchen freizulassen, damit es zu seiner Familie zurückkehren könne, aber das Kind wollte nicht. Seine Familie war tot, und jetzt hatte es neue Eltern im Lager gefunden.

»Aber Gott will, daß du ein normales Leben führst, im Schoß der Kirche«, versuchte Damián das Mädchen zu überreden.

»Laßt sie zufrieden«, zischte der Junge und packte sie am Arm.

»Mein Sohn, gehört sich das...«

»Geht fort.« Es schien, als ob die Kinder dem Frater die Schuld an den schrecklichen Dingen gaben, die ihnen widerfahren waren. Der Junge zerrte das Mädchen mit sich fort, schlug es ins Gesicht und schob es zu älteren Frauen hinüber, die es ebenfalls schlugen.

Seiner eigenen Sicherheit nicht achtend, stürzte Damián auf das Kind zu, um es vor diesen Mißhandlungen zu schützen, wurde aber von einem großgewachsenen, kräftigen Apachen aufgehalten, dessen Kleidung den Frater entsetzt zurückweichen ließ: Er streckte die Hand aus und berührte das Gewand des Mannes – es war das Gewand, das Fray Domingo vor seinem gräßlichen Tod getragen hatte.

Die Kutte festhaltend, sagte er ruhig in der Sprache der Apachen: »Das hat meinem Freund gehört. Ich brauche es für sein Grab.«

»Was gibst du mir dafür?«

Außer seinem Maultier hatte Damián nichts anzubieten. Der Apache nahm es gern, daraus würde ein Festmahl werden. So kehrte Fray Damián zu Fuß hinter einer Apachenfrau, die auf einem Esel saß, in seine Mission zurück. Krampfhaft hielt er die Kutte fest, in der sein treuer Freund und Weggefährte seinem Martyrium entgegengeschritten war.

Fray Damiáns Versuche, den Apachen Frieden und den christlichen Glauben zu bringen, scheiterten nicht nur, sondern sie endeten in Peinlichkeit. Nachdem er mit der Apachenfrau nach Béxar zurückgekehrt war, redete er seinem Bruder Álvaro ein, daß die Apachen es ernst meinten, wenn sie jetzt plötzlich ihr Verhalten änderten und über die Möglichkeit einer permanenten Waffenruhe verhandeln wollten. Er wies darauf hin, daß die Indianer französische Waffen erhielten und daß es unbedingt nötig sei, eine friedliche Verständigung zu erzielen. So stimmte Hauptmann Saldaña wider besseres Wissen zu, daß Damián zusammen mit der Frau und mit einem neuen Maultier zurückritt, um ein Gespräch zwischen den Häuptlingen der Apachen und Offizieren des Presidio in die Wege zu leiten.

Entzückt darüber, daß er die auslösende Kraft sein würde, den Raubzügen und Rachefeldzügen ein Ende zu setzen, kehrte Damián in den Westen zurück und brachte seine Apachen dazu, nach den Häuptlingen zu senden, die den Süden kontrollierten. Angeführt von Damián und der Squaw, die ihn schon einmal begleitet hatte, ritten sechzehn Apachen an einem Morgen im März 1736 nach Osten und trafen nach vier Tagen im Presidio von Béxar ein. Zwei Tage lang redeten die Apachen, zum Teil in Zeichensprache, ununterbrochen, während sie sich gleichzeitig den Bauch vollschlugen. Auf ein Zeichen ihres Häuptlings hin stießen sie am Abend des zweiten Tages plötzlich einen Kriegsruf aus, schlugen zwei Wachen zusammen und stürmten hinaus, um sich etwa hundert ihrer Leute anzuschließen, die sich in der Zwischenzeit herangeschlichen hatten.

Sie stellten eine Streitmacht dar, die ohne weiteres imstande gewesen wäre, das ganze Presidio zu nehmen. Aber sie trieben nur die einhundertzwanzig Pferde der Garnison davon und galoppierten dann kreischend und ihre französischen Gewehre abfeuernd nach Westen.

Fray Damián war so erschüttert über dieses Debakel, das er, ohne es zu wollen, angerichtet hatte, daß er in eine Art Trance fiel; er nahm seine Umgebung wahr, aber er konnte weder sprechen noch irgend etwas tun. Sein Gesundheitszustand verschlechterte sich so rasch, daß Álvaro seine Frau Benita in die Mission schickte, um Damián zu pflegen. Sie war jetzt zweiunddreißig Jahre alt, und immer noch hatte sie stets ein schelmisches Lächeln auf den Lippen. Am meisten aber überraschte, daß sie ungeachtet der Umstände sich eine gehörige Portion Respektlosigkeit erhalten hatte, die es ihr unmöglich machte, selbst Katastrophen allzu ernst zu nehmen.

»Na komm schon, Damián, wir brauchen Euch in Béxar«, sagte sie. Gegen die Regeln der Mission verstoßend, ließ sie die Tür zu seiner Zelle offen, brachte ihm Blumen und kochte ihm nahrhafte Gerichte. Als er aus seiner düsteren Stimmung erwachte, versicherte sie ihm, daß ihr Mann ihm wegen des Debakels mit den Apachen nicht grollte.

»Ich habe Frieden erwartet«, jammerte Damián.

»Ja, man muß immer alles versuchen, Damián. Vielleicht gelingt es Euch später einmal.«

Sie war die Frau, die er liebte. Daß sie ihm jetzt so nahe war und ihn, den seelisch Gebrochenen, wieder aufrichtete, das empfand er als eine Freude, die er mit niemandem teilen konnte, nicht einmal mit Jesus Christus in seinen Gebeten.

Als der Frater wieder genesen war, erwartete ihn eine Überraschung: Simón Garza hatte die vierzehn Stationen des Kreuzwegs fertiggestellt, ihre Anbringung aber aufgeschoben, bis Damián sich erholt hatte. Als das Licht auf sie fiel und die wunderbaren Details sichtbar werden ließ, die Garza mit seinem primitiven Beitel herausgearbeitet hatte, schossen Damián die Tränen in die Augen, er fiel auf die Knie und betete.

Sein Hochgefühl war nicht von langer Dauer, denn als die Nachricht von dem Debakel mit den Apachen México-Stadt erreichte, hielt der Vizekönig Ausschau nach einem neuen Gouverneur für Tejas, der dort endlich für Ordnung sorgen sollte. Er hatte keinen kompetenten Kandidaten zur Hand, aber ein intriganter Höfling, der einen wirklich unfähigen Mann loswerden wollte, flüsterte dem Vizekönig zu: »Wie wäre es mit Franquis, Exzellenz? Er kommt von den Kanarischen Inseln und wird wissen, wie er mit diesem Pack umzugehen hat.«

Eine bedauerliche Fehleinschätzung! Wenn einer sich die Mühe machen würde, die Archive zu durchforsten, um ein Beispiel für die schlechteste spanische Kolonialpolitik zu finden, er würde gewiß auf Don Carlos Benites Franquis de Lugo stoßen, einen eitlen, hochnäsigen, starrköpfigen Stutzer, der nie auch nur die geringste Spur von Mut oder Urteilskraft erkennen ließ und sich nur dadurch auszeichnete, daß er der unfähigste und rachsüchtigste Spanier war, der je in Übersee sein Amt versah.

Bereits nach einem Jahr erkannte man in Madrid, daß Gouverneur Franquis ein furchtbarer Mißgriff gewesen war, und enthob ihn seines Amtes. Mit einigen Vorwürfen gegen Fray Damián hatte der Mann allerdings recht gehabt: Der Frater war mit dem Bau der Mission so beschäftigt gewesen, daß er gar nicht dazu gekommen war, Seelen zu retten; außerdem hatte er wiederholt die Mission ohne Erlaubnis verlassen, um in der Apachería herumzustreifen. Alles deutete darauf hin, daß er von Santa Teresa abberufen werden würde, und Damián selbst empfahl Fray Eusebio als seinen Nachfolger. Aber Zacatecas sandte zwei junge Fratres nach Béxar, die Santa Teresa in Zukunft leiten sollten. Der eine – er hatte die höheren Weihen, sollte Fray Damián ersetzen, der andere die Arbeit Fray Domingos fortführen.

Damián begrüßte die beiden mit großer Herzlichkeit und sogar mit Erleichterung, denn er wußte, daß seine Leistungsfähigkeit gesunken war. Er war jetzt einundfünfzig und sehr müde, so daß ihm ein stiller Winkel im franziskanischen Imperium durchaus wünschenswert erschien, aber auf Befehl des Vater Guardian in Zacatecas würde er noch so lange in der Mission bleiben, bis die Übergabe an die Nachfolger abgeschlossen war.

Die neuen Fratres waren enthusiastische junge Männer, begierig, die Lage in Béxar zu stabilisieren, wie sie es nannten, und ihre Bereitschaft, das Kommando sofort zu übernehmen, gab Damián Zeit, ein Resümee zu ziehen: Was hatte er in all den Jahren in der Mission zuwege gebracht?

»Nichts«, lautete seine Antwort beim Abendessen mit seinem Bruder und Benita. »Ich habe keine zwei Dutzend Seelen gerettet.«

»Das war doch Domingos Aufgabe«, versuchte Benita ihn zu trösten.

»Aber ich habe nur so wenig erreicht.« Er kam sich alt und überflüssig vor. »Vor allem einer Unterlassungssünde habe ich mich schuldig gemacht, die ich mir nicht verzeihen kann. Es ist mir nicht gelungen, Madrid dazu zu bringen, uns genügend spanische Siedler zu schicken.« Er verstummte. Álvaro nickte. »Ja, da haben wir versagt.«

Damián begann nun heimlich eine Mission zu planen, zu der niemand außer Gott ihn autorisiert hatte: unter die Apachen zu gehen in der Hoffnung, daß sein Vorbild furchtloser Bruderschaft sie dazu ermuntern würde, ein friedliches Nebeneinander mit Béxar in Erwägung zu ziehen. Eines Nachmittags – er hatte seine Vorbereitungen schon fast abgeschlossen – ging er in seine kleine Kirche. Im stillen Halbdunkel betrachtete er noch einmal Simón Garzas Kreuzwegstationen. »Was für ein Glück war es doch für mich, mit Männern wie Simón und Domingo zusammenarbeiten zu dürfen!«

Am 21. September 1737, als Tag und Nacht sich auf der Welt die Waage hielten, verließ Damián die Mission auf einem Maultier, mit einem Esel im Schlepptau. Er ritt nach Westen zum Rancho El Codo, das jetzt Álvaro, Benita und ihren Söhnen gehörte. Dort verbrachte er die erste Nacht und erhob sich erfrischt und begierig, den ersten Teil seiner Reise anzutreten.

Erst drei Tage später kam er in Berührung mit Apachen; er stieß auf eine größere Schar, bei der sich zwar weder die Squaw noch einer der Häuptlinge befanden, die ihn von früher kannten, wohl aber einige Männer, die davon gehört hatten, wie freundlich er mit anderen Apachen umgegangen war. Sie hießen ihn so willkommen, wie das bei ihnen der Brauch war, aber Damián merkte, daß einige jüngere Krieger ihn ablehnten und ihre Brüder von jedem Kontakt mit einem Spanier warnten.

In den zwei Tagen, die er in der Apachería verbrachte, fand er Häuptlinge, die bereit waren, ihm zuzuhören, wenn er die Vorteile des Christentums und eines Lebens im spanischen Reich rühmte. »So wie ich«, sagte er, »werdet auch ihr den vollen Schutz des Königs genießen.«

Er war überzeugt, daß die Bekehrung der Apachen unmittelbar bevorstand und daß Gott ihn gesandt hatte, um die wirkende Kraft zu sein.

Am dritten Tag jedoch, als er gerade dabei war, den Indianern zu erklären, wie sich Gott und Jesus Christus im Himmel die Verantwortung teilten, stießen drei junge Krieger das Büffelfell, vor dem Damián saß, mit den Füßen weg, packten ihn, zerrten ihn zu einer Eiche und hängten ihn an seinen Daumen daran auf. Noch bevor die älteren Häuptlinge protestieren konnten, entkleideten die jungen Männer den hängenden Körper des Fraters und begannen ihm mit spitzen Steinen kleine Schnitte beizubringen.

Sie schnitten nicht tief, aber indem sie auf den Körper zu und wieder von ihm weg tanzten, fügten sie ihm immer neue Schnitte zu, bis der Körper über und über mit Blut bedeckt war.

Nun forderten die jungen Männer die Frauen des Stammes auf, sich zu beteiligen. Mit sichtbarer Begeisterung tanzten und kreischten die Squaws und machten tiefere Schnitte in Teile des Körpers, die bisher unberührt geblieben waren. Eine Frau wurde in die Höhe gehoben, um Damián am Gelenk seines linken Daumens einen Schnitt beizubringen. Sie trennte ihn nicht ganz ab, aber fast. Sie und ihre Schwestern wollten sehen, wie lange es dauerte, bis das Gewicht des Körpers den verletzten Daumen abriß. Als es soweit war und der Körper, der jetzt nur mehr am rechten Daumen hing, zur Seite schwang und sich in einem kleinen Kreis zu drehen begann, kreischten die Frauen auf und stachen von neuem auf ihn ein; aus tiefen Wunden sprudelte jetzt das Blut.

Damián, der immer noch bei Bewußtsein war, glaubte, daß es sich bei dieser gräßlichen Prozedur nur um eine rituelle Tortur handle. Doch nun stürzten zwei Frauen auf ihn zu und brachten ihm so tiefe Schnitte in den Unterleib bei, daß ein Schauder seinen Körper durchlief. »Er stirbt, er stirbt!« kreischten seine Peiniger entzückt. Nun wurde eine Frau so hoch gehoben, daß sie ihm die Kehle durchschneiden konnte. Dieser entsetzliche Schmerz kam Damián nicht mehr zu Bewußtsein. Denn als er in ihr haßverzerrtes Gesicht schaute, sah er keine Indianerin, sondern Benita Liñán. Sie lächelte ihm zu wie an jenem ersten Abend beim Paseo, und als sein Blut spritzte, beugte sie sich vor, um ihn in ihre Arme zu nehmen.

Der Sonderstab

Für unser April-Treffen in San Antonio hatten unsere Helfer einen in Albany, New York, geborenen Franziskaner gewonnen, Frater Clarence Cummings, der in einer der berühmtesten Missionen der Stadt arbeitete. In den fünf noch bestehenden Missionen genoß er hohes Ansehen, aber noch bevor er erschien, sorgte er schon für Zündstoff in unserem Sonderstab.

Rusk beklagte sich: »Ich sitze nicht in diesem Komitee, um einen Kurs in katholischer Theologie zu absolvieren«, und Quimper stieß ins gleiche Horn: »Wenn das so weitergeht, wird es bei unserem nächsten Treffen eine öffentliche Taufe geben!«

Das war zuviel für Professor Garza, den klugen und besonnenen Katholiken: »Woher wollen Sie wissen, daß der Frater versuchen wird, Sie zu bekehren?« Rusk knurrte: »Das sollte er lieber nicht versuchen.«

In zwei Minuten hatte Bruder Clarence die Skeptiker für sich gewonnen oder doch zumindest neutralisiert. Er war ein großgewachsener, gutaussehender, robuster Bursche Ende Dreißig. Er trug eine braune Kutte, keine Socken und feste Ledersandalen. Nach einer kurzen Einführung kam er gleich zur Sache: »Kommen Sie jetzt bitte mit in einen Raum, den wir als Vorführraum benützen. Es ist nämlich wichtig, daß Sie sich die Dias ansehen, die ich vorbereitet habe.« Als wir im Vorführraum der Mission San José Platz genommen hatten, überraschte uns der Frater mit dem Titel seines Vortrags: »Form und Vermächtnis.«

»Was soll das denn heißen?« murmelte Quimper.

Mit Hilfe von sorgfältig zusammengestellten Notizen und etwa drei Dutzend Farbdias, die er von selbstgemachten Zeichnungen und Fotografien angefertigt hatte, begann der Franziskaner seinen Vortrag. »Ich habe die Absicht, mich auf zwei Themen zu konzentrieren, nämlich auf die Form der spanischen Mission in ihrer Blütezeit und auf ihr Vermächtnis für uns heute. Keine Theologie, keine Moralpredigten. Ich beginne mit einer einfachen Frage, die den Verantwortlichen zu jener Zeit große Sorge bereitet haben muß: ›Wenn eine Mission ihren Zweck erfüllen soll, welche Form muß sie haben?‹«

Er ließ den zellenähnlichen Raum verdunkeln. In den Steinmauern, die uns umgaben, fiel es uns nicht schwer, uns geistig in das Jahr 1720 zu versetzen. »Diese Zeichnung zeigt die Landschaft, mit der Sie als angenommene Planer einer Mission sich auseinandersetzen werden müssen: der Fluß, die Biegung, wo die Pferde grasen, und das Flachland, wo die Mission errichtet werden soll.«

Anhand von sieben ausgewählten Dias zeigte er uns das Terrain von San Antonio, wie es 1717 ausgesehen haben mußte. »Als Spanier sind Sie durchdrungen von den Traditionen Ihrer Heimat; sie bestehen deshalb auf Zentralisierung, wobei die Wohnstätten der zivilen Siedler und ihre Tätigkeitsbereiche dicht beieinanderliegen.«

Unter seiner Anleitung stellten wir uns also tatsächlich vor, wir würden im Jahre 1719 eine Mission errichten wollen. Nun ließ er ein majestätisches Bild des Alamo auf der Leinwand aufleuchten, jene geheiligte, mit viel Liebe wieder aufgebaute berühmte Mission. Es war eine Fotografie, die das Herz eines jeden Texaners ergreifen mußte, der es unerwartet zu sehen bekam. Innerhalb dieser Mauern hatten tapfere Männer ihr Leben gelassen, um ein Prinzip zu verteidigen, an das sie glaubten; auf diesen Parapetts hatte mein Vorfahr Moses Barlow, ein Analphabet, sein Leben für eine Sache geopfert, die er erst weniger als zwei Wochen zuvor zu der seinigen gemacht hatte.

Mit einigen wunderschönen Diapositiven gab uns der Frater jetzt einen kurzen Überblick über die vier anderen noch bestehenden Missionen: San José y San Miguel, Nuestra Señora de la Purísima Concepción, San Francisco de la Espada und San Juan Capistrano.

»Unsere fünf Missionen in San Antonio können sich an Schönheit nicht mit den guterhaltenen Missionen in Kalifornien vergleichen. Unsere armen Brüder in Texas mußten ja sowohl eine Kirche als auch eine Festung bauen, um sie zu schützen. Und jetzt, da ich die Hälfte meines Vortrags gehalten habe, wollen wir diesen Raum verlassen und uns die Bauten selbst ansehen.«

Die fünf Missionen von San Antonio zu besuchen heißt, die Anfänge der Geschichte Texas' zu durchwandern. Jede ist anders. An den Alamo war kräftig zugebaut worden; er ist nicht nur ein Museum, sondern auch so etwas wie ein geheiligter Versammlungsort, in dem es immer von Besuchern wimmelte. Auch San José war originalgetreu restauriert worden und ließ mit seinen dicken Mauern und den kleinen Kammern für die Indianer am besten erkennen, wie das Leben in einer Mission gewesen war. Die Mission aber, die schon seit meiner Kindheit stets mein Herz höherschlagen ließ, wenn ich sie besuchte, war Capistrano mit seinen einfachen Linien, dem schönen dreiteiligen Glockenturm und der langen, glatten Mauer mit den fünf Torbögen.

Während wir noch dieses edle Relikt bewunderten, änderte Bruder Clarence den Tenor seiner Rede. »Soviel zur Vergangenheit. Womit wir uns jetzt zu beschäftigen haben, das ist das Vermächtnis dieser Missionen, wie es sich im Leben des heutigen Texas darstellt. Heute, wo Texas Wasser so dringend braucht, daß wir uns immer neue Tricks ausdenken müssen, um es zu finden und zu sammeln, wird es Sie interessieren zu hören, daß unsere ersten Bewässerungsgräben von den Fratres dieser Mission von San Antonio ausgehoben wurden. In den zwanziger Jahren des achtzehnten Jahrhunderts arbeitete hier ein aus Spanien gebürtiger Frater, Fray Damián de Saldaña, der große Fertigkeit in der Anlage von Bewässerungssystemen besaß. Man könnte ihn den Vater der Bewässerung in Texas nennen, und was er tat, war nicht weniger funktional als alles, was wir heute in dieser Richtung unternehmen.«

Wieder im Vorführraum, waren wir neugierig, wie Bruder Clarence wohl die Verbindung zwischen den Missionen und dem heutigen Texas herstellen würde: »Selbst wenn Spanien uns nichts anderes als diese fünf Missionen hinterlassen hätte, das Vermächtnis wäre immer noch monumental. Weil sie eine gute, solide Form hatten, stehen sie heute als Schätze erster Güte da. Und obwohl sie uns in beschädigtem oder verändertem Zustand erreicht haben, können wir für ihre Existenz dem Weitblick unserer Vorgänger nur danken, denn in solchen Bauwerken ist die geistige Geschichte Texas' bewahrt. Aber wir sprechen von Form und Funktion, nicht von Theologie, und ich möchte meine Ausführungen damit beschließen, daß ich Ihnen vor Augen führe, wie kreativ die Missionen zu Beginn des achtzehnten Jahrhunderts ihre Pflichten wahrnahmen und, als ihre Arbeit am Ende dieses Jahrhunderts getan war, ihre Aktivitäten einstellten. San Juan Capistrano ist ein gutes Beispiel. Im Jahre 1716 unweit von Nacogdoches gegründet, wurde die Mission nach einiger Zeit aufgegeben und nahm ihre Tätigkeit an einem Ort in der Nähe von Austin wieder auf. Dann wurde sie wieder aufgegeben und nach San Antonio verlegt, wo sie einige Erfolge erzielte: Zweihundertfünfzig seßhafte Indianer, fünftausend Rinder, eigene Baumwollfelder und Wollwarenfabrikation. Doch als die Mission 1793 säkularisiert werden mußte, gab es nur mehr ein Dutzend christliche Indianer, keine zwanzig Stück Vieh, und die Webstühle waren dringend reparaturbedürftig.«

Bruder Clarence ließ nun eine Reihe von Dias auf der Leinwand aufleuchten, die die einzelnen Missionen zeigten, wie sie zu verschiedenen Zeiten vor der Restaurierung im neunzehnten und zwanzigsten Jahrhundert ausgesehen hatten. Wir waren von ihrem kläglichen Zustand geschockt. Verfallene Mauern, Berge von Schutt und Abfall, eingestürzte Dächer in jeder der kleinen Kirchen. »Säkularisieren«, erläuterte Bruder Clarence, »das heißt, ein Gebäude, das einen religiösen Zweck erfüllt, einem weltlichen Zweck zu überführen. Als die Missionen ihren Zweck erfüllt hatten, übergab die Kirche sie der weltlichen Regierung. Alle rissen sich um das Land, aber keiner wußte etwas mit den Baulichkeiten anzufangen, also ließ man sie verkommen oder entfernte sie, um für Neubauten Platz zu schaffen.«

Als die Lichter wieder aufflammten, lächelte er und sagte leise: »Was für ein herrliches Konzept! Und mit einem Mal war es überholt!«

»Warum eigentlich?« wollte Miss Cobb wissen. »Was hat Ihren Missionen den Garaus gemacht?«

Er dachte kurz nach und lachte dann leise: »Eigentlich waren sie schon durch die Bedeutung des Wortes *Mission* dem Untergang geweiht.«

»Wie soll ich das verstehen?« fragte Miss Cobb.

»Von Anfang an war jede Mission in Texas nur für kurze Zeit gedacht. War die Arbeit an einem Ort getan oder hatte sie sich als undurchführbar erwiesen, so mußten sich die Missionare sofort der nächsten Herausforderung stellen.«

»Wenn das so ist, wieso sehe ich dann fünf aus Stein errichtete Gebäude?«

»Einen Mann wie Fray Damián, von dem ich vorhin sprach, kann man nie davon überzeugen, daß sein Werk ein Provisorium ist. Wenn er erst einmal die erste Adobekirche errichtet hat, fängt er an, für die Ewigkeit zu bauen.«

»Aber Sie sagten doch, seine Mission sei verschwunden?«

»Andere haben sie zerstört, nicht er. Damiáns Erfolg übertrifft alle Vorstellungskraft. Ihre Form verschwand. Wurde völlig zerstört. Aber das Vermächtnis ist geblieben. Die Missionen in Texas hätten uns nicht allzuviel hinterlassen, wenn es sich ausschließlich um Architektur gehandelt hätte. Ohne ein Leitprinzip wären die Fratres in dieser Wildnis nicht weit gekommen, und dieses Leitprinzip war das Christentum. Sie gründeten die spätere Stadt San Antonio und den Staat Texas. Das ist ihr Vermächtnis.«

»Sie haben uns eine phantastische Interpretation geliefert, Clarence«, meinte Rusk. »Sagen Sie mal: Wäre es nicht möglich, Ihre Ausführungen in Buchform herauszubringen? Ein Buch, das man an allen Schulen in Texas verbreiten könnte? Ich möchte so ein Buch drucken lassen, Clarence. Den jungen Menschen die wahre Geschichte der Missionen vermitteln, wie Sie sie uns eben erzählt haben. Ich würde natürlich verlangen, daß Sie diesen letzten Teil, das mit dem Christentum, weglassen.«

Prompt konterte der junge Gelehrte: »Dann würde mich Ihr Angebot nicht interessieren. Ein Buch über die Missionen schreiben und ihre religiöse Grundlage ignorieren? O nein!«

Aber Rusk war ein schlauer Fuchs. »Ich meine natürlich ein Buch mit Illustrationen: mit Ihren hervorragenden Zeichnungen und Ihren Farbfotografien...« Man konnte förmlich sehen, wie überrascht Bruder Clarence von diesem neuen Aspekt war, aber auch wie das Gift der Eitelkeit in ihm arbeitete.

»Das würde mich schon sehr freuen, Mr. Rusk«, sagte Clarence langsam. Rusk stand auf und klopfte ihm auf die Schulter, worauf Clarence hinzufügte: »Aber ich müßte auf diesem letzten Teil bestehen!«

»Also, Clarence, hier ist mein Vorschlag: Sie und ich, wir einigen uns darauf, daß Miss Cobb, eine gute Protestantin, und Professor Garza, ein ebenso guter Katholik, diesen letzten Abschnitt auf die Frage hin untersuchen, ob er ihnen akzeptabel erscheint. Ich finde, daß hier keine Bekehrung Andersgläubiger betrieben werden soll. Einverstanden?«

III.
EL CAMINO REAL

Don Ramón de Saldaña, der älteste Sohn von Oberst Álvaro und Benita, war sechsundsechzig Jahre alt und befand sich geistig und körperlich in ausgezeichneter Verfassung. Oft dachte er an die drei großen Freuden und die drei großen Tragödien in seinem Leben zurück.

Er war der alleinige Besitzer des ausgedehnten Rancho El Codo, zehntausend Hektar Land in einer Biegung des Río Medina gelegen, jenes Flusses, der die Grenze zwischen den Provinzen Coahuila und Tejas bildete. Es war ein reiches Stück Land, mit Tausenden von Rindern, Schafen und Ziegen. Am wichtigsten aber war, daß es an einen Abschnitt der Caminos Reales, des königlichen Straßennetzes, angrenzte, das sich wie die Speichen eines Rades von México-Stadt aus in alle Richtungen ausbreitete. Dieser Teil verband Vera Cruz, México-Stadt, San Antonio de Béjar, wie die Stadt jetzt genannt wurde, und die frühere Hauptstadt von Tejas, Los Adaes. Daß die Straße am Rancho vorbeiführte, bedeutete, daß Don Ramón Proviant an die königlichen Truppen verkaufen konnte, die diese lebenswichtige Verbindung patrouillierten.

Ramón hatte, wie sein Großvater in Spanien, nacheinander sieben Söhne gezeugt – ohne »ungebührliche Besudelung durch eine Tochter«, wie er sich zu rühmen pflegte. Der Ehrentitel eines Ritters vom Hosenschlitz war zwar in México nicht gebräuchlich, aber Don Ramón liebte es dennoch, sich damit zu schmücken.

Seine dritte und größte Freude am Abend seines langen Lebens an der Grenze war seine Enkeltochter Trinidad. Sie war dreizehn Jahre alt, und in den nördlichen Provinzen ließ sich kaum ein reizenderes Kind finden. Zierlich, dunkelhaarig, äußerst lebhaft, und obwohl sie kein eitles Mädchen war und ein gutes Pferd einem schönen Kleid vorzog, sah sie immer adrett aus.

Was Fremden an Trinidad am meisten auffiel, das war ihr eigenartiges Gesicht. Es war ein schönes Gesicht mit einem makellosen hellen Teint, der von ihrem reinen spanischen Blut zeugte, aber ihr Mund war seltsam schief geformt, wie zu einem zeitlosen Lächeln. Wären ihre übrigen Gesichtszüge nicht so perfekt gewesen, dieser kleine Makel hätte ihr Aussehen beeinträchtigt; statt dessen verlieh er ihr einen zusätzlichen Reiz.

Trinidad war ein kluges Kind. Ihr Großvater, der in sie vernarrt war, hatte sie angehalten, Cervantes zu lesen, aber auch die Bibel und sogar die weniger anstößigen Liebesgeschichten, die in México-Stadt gedruckt wurden; und ein französischer Kleriker hatte sie seine Muttersprache gelehrt. Ihr größtes Talent bewies sie aber auf dem Rücken eines Pferdes. In Trinidads Fall war es ein ganz besonderes Pferd, ein lebhafter brauner Wallach mit dem Namen Relampaguito – Kleiner Blitz.

Don Ramón bereitete es großes Vergnügen, mit Trinidad am frühen Morgen auszureiten, Béjar, wo die Saldañas ihr Stadthaus hatten, hinter sich zu lassen, und die Richtung einzuschlagen, in der die Mission Santa Teresa lag. Vom Presidio nahm er sich einen bewaffneten Soldaten mit, und weiter ging es bis zu seinem Rancho.

Die große Tragödie in Don Ramóns Leben war, daß alle sieben Söhne, die er gezeugt hatte, noch zu seinen Lebzeiten gestorben waren: vier im Dienst des Königs – zwei in Spanien, zwei in México; einer an der Cholera, die periodisch in den nördlichen Provinzen wütete; und zwei waren von Apachen gemartert und skalpiert worden. Alle waren tot, und Don Ramón mußte oft an das weise Wort denken: »Im Frieden begraben die Söhne ihren Vater; im Krieg begraben die Väter ihre Söhne.« In Tejas hatte es immer Krieg gegeben: Drohungen seitens der Franzosen, Krieg gegen die Apachen, einen eher komischen Krieg gegen die Piraten, die von der Karibik aus versuchten, ins Land einzusickern, schließlich den nicht enden wollenden Krieg gegen die Natur. Und es fiel ihm deshalb so schwer, den Tod seiner Söhne zu akzeptieren, weil sich die Kriege, in denen sie gekämpft hatten, oft als unnötig erwiesen hatten. Sein vierter Sohn, Bartolomé, war in einem Gefecht mit den Österreichern gefallen, und kurz darauf wurde ein ehrenvoller Friede mit Österreich unterzeichnet. Das gleiche mit den Franzosen. Seit frühester Kindheit hatte man Don Ramón gelehrt, sie zu fürchten, aber jetzt waren alle früher französischen Gebiete entlang des Mississippi spanisch.

Alle seine Söhne tot! Mehr als viele andere war sich Don Ramón des furchtbaren Preises bewußt, den jene Spanier bezahlen mußten, die danach gestrebt hatten, die Zivilisation nach Tejas zu bringen: die Einsamkeit jener ersten Missionen, die Jahre unbelohnter Schinderei in den Presidios, die Märtyrer unter den Fratres, die gefallenen Helden wie seine Söhne, die Sorgen der Gouverneure, die sich bemühten, ohne ausreichende Mittel und ohne einen adäquaten Polizeiapparat zu regieren, und die zermürbende Plackerei der Frauen wie seiner verstorbenen Gemahlin, die ihre Männer unterstützten, wo sie nur konnten.

Don Ramón, seine Enkelin Trinidad und ihre Mutter Engracia,

Witwe von Agustín de Saldaña, den die Apachen ermordet hatten, wohnten in einem schönen, großen Haus mit Adobemauern. Vorübergehende waren von dem Haus der Saldañas entzückt: »Das Haus von Don Ramón sieht aus, als ob glückliche Menschen darin wohnten.«

Hinter der einladenden Mauer verbargen sich elf kleine, miteinander verbundene Zimmer, die eine Hufeisenform bildeten; in der Mitte befand sich ein herrlicher Innenhof, der sich nach einem wunderschönen Garten hin öffnete, wo Steinbänke vor einem Springbrunnen standen, aus dem kühles Wasser sprudelte, wenn indianische Diener die Fußpumpen bedienten. Dicke Mauern sicherten die Bewohner vor Gefahren von außerhalb, und eine kleine Kapelle ermöglichte es ihnen, private Gottesdienste abzuhalten. Und so, wie das Haus die Familie schützte, wachte die Familie über ihre Vorrechte. Die Saldañas kämpften dagegen an, in einem Meer von Mestizen und Indianern unterzugehen; sie waren entschlossen, allen Eindringlingen Widerstand zu leisten, die den Camino Real aus den neuen spanischen Besitzungen in Louisiana oder aus dem unzivilisierten Land weit im Norden und Osten herunterkamen; diese kleine Familie hatte sich die Aufgabe gestellt, spanisch zu bleiben.

Und das war der Punkt, an dem die zweite Tragödie in Don Ramóns Leben ihm unsäglichen Kummer bescherte: Sein Blut war rein spanisch, das konnte keiner bestreiten, aber von geringerer Qualität, weil er nicht in Spanien das Licht der Welt erblickt hatte. Er war ein Criollo, kein Peninsular. Da die einzige Chance der Saldañas aus Béjar, ihre Ehre wiederherzustellen, darin bestand, Trinidad an einen Herrn aus Spanien zu verheiraten, wurde dieses Problem zu Don Ramóns Hauptsorge. Eines Tages im Jahre 1788 sagte er zu Engracia: »Mit jedem Tag wird unser kleines Mädchen mehr zu einer Frau. Wir müssen ihr einen passenden Mann finden – einen richtigen Spanier!«

Engracia Sarmiento de Saldaña, einer Seitenlinie der angesehenen Sarmientos in Mittelspanien entstammend, war als Kind nach México gekommen, wo ihr Vater als Gouverneur einer Provinz im Süden diente. Sie wußte, was es bedeutete, die mexikanischen Saldañas zum Spaniertum zurückzuführen, deshalb hörte sie interessiert zu, als Ramón ihr einen Vorschlag unterbreitete: »Vielleicht sollten wir einmal nach México-Stadt hinunterfahren. Wenn wir nächstes Jahr im Februar aufbrechen, ist Trinidad vierzehn. Sie ist ein sehr hübsches Mädchen, und es muß doch dort viele junge Offiziere aus Spanien geben...«

»Ich würde noch viel weiter reisen, um für meine Tochter einen geeigneten Mann zu finden.«

»Laß mich mit Veramendi darüber reden.«

In der Calle Soledad, viele Jahre die einzige gepflasterte Straße in der Stadt, besaß der in Béjar ansässige Zweig der einflußreichen Familie Veramendi aus Saltillo zwei schöne, große Häuser mit einem gemeinsamen Innenhof, der schon allein ein Kunstwerk war: sieben alte Bäume spendeten Schatten, und die mit Kies bestreuten Wege waren von Statuen gesäumt, die indianische Arbeiter von italienischen Bildern religiöser Figuren kopiert hatten. Ein halbes Dutzend Nischen in den Adobemauern enthielten Blumentöpfe mit Kletterpflanzen, deren Ranken über die Mauern fielen und wunderschöne Muster formten, wenn die Sonne daraufschien.

Im größeren der beiden Häuser wohnte das Oberhaupt der in Béjar ansässigen Veramendis, ein strenger Mann, der zurückgezogen lebte und die Erziehung seiner vielen Kinder überwachte. Sein sehr begabter Sohn Juan Martín, der jetzt zehn Jahre alt war, beherrschte bereits drei Sprachen – Spanisch, Französisch und Englisch; der alte Mann sah voraus, daß die in Tejas einmal gebraucht werden würden.

Don Ramón betrat nicht das größere, sondern das kleinere Haus, in dem sein guter Freund Lázaro Veramendi wohnte, der dem weniger bedeutenden Zweig der Familie vorstand und Enkelinnen hatte – und somit die gleichen Probleme wie die Saldañas.

»Guten Tag, lieber Freund«, rief Don Ramón, als er den Innenhof betrat. Veramendi saß lesend unter einem der knorrigen Bäume. Zwei seiner Enkelinnen, elf und vierzehn Jahre alt, kamen an den Blumenbeeten vorbeigelaufen und verschwanden wieder durch eine Tür des größeren Hauses. Die beiden Männer sahen ihnen nach.

»An die habe ich gerade gedacht«, sagte Don Ramón. Als Veramendi überrascht aufsah, fügte Saldaña hinzu: »Ich meine, an alle Mädchen unserer Familie, im besonderen an meine Trinidad. Wo wird sie einen Mann finden?« Aber noch bevor Don Lázaro darauf antworten konnte, setzte Ramón erklärend hinzu: »Ich meine natürlich einen respektablen spanischen Ehemann. Woher nehmen?«

Veramendi, stolz auf seine Familie, überraschte den Freund mit einer vernünftigen Antwort: »Darüber mache ich mir keine Sorgen mehr, Don Ramón. Wir sind Spanier, jawohl, und stolz darauf, aber weder Ihr noch ich wurden in Spanien geboren, und in Béjar geht es uns gut. Und mit unseren Kindern wird es nicht anders sein.«

»Aber wir müssen doch das spanische Blut bewahren, die spanische Kultur, das Erbe Kastiliens und Aragoniens! Wie können wir das, wenn unsere Enkelinnen...«

»Sie werden heiraten, wie es die Umstände ergeben. Und wißt Ihr was, Don Ramón? Ich bezweifle, daß eine von ihnen je Spanien sehen wird. Das hier ist das neue Land. Das hier ist jetzt unsere Heimat.«

»Wie viele Enkelinnen habt Ihr? Vier, fünf?«

»Ich habe sechs, dem Himmel sei es gedankt, und fünf werden Ehemänner brauchen. María soll Nonne werden.«

»Und Ihr wäret zufrieden, wenn sie in México geboren sind?«

»Ich bin in México geboren, und ich erlaube keinem...«

»Ich meine, wärt Ihr nicht ein wenig stolzer, wenn Eure Mädchen Männer heirateten, die in Spanien ihre Wurzeln haben?«

Don Lázaro lachte seinen Freund an. »Ihr habt Eure Wurzeln in Spanien. Saldaña hieß das Städtchen, wenn ich mich recht erinnere. Und was zum Teufel hat das genützt?«

Don Ramón dachte lange über diese heikle Frage nach. »Ich denke oft an jene dunklen Jahrhunderte, als Spanien sich dem Islam beugen mußte. Für meine Vorfahren gab es gute Gründe, sich mit Ungläubigen zu verheiraten. Macht, Geld, eine Berufung an den maurischen Hof. Aber sie schützten ihr spanisches Blut mit ihrem Leben. Keine Mauren in unserer Familie! Keine Juden! Wir hungerten, wir lebten in Höhlen, aber am Ende triumphierten wir.«

»Bringt Ihr den Mestizen die gleichen Gefühle entgegen wie Eure Vorfahren den Mauren?«

»So ist es. Der Träger reinen spanischen Blutes zu sein stärkt den Geist. An jenem Tag des Schreckens, als Boten herangaloppiert kamen, um meinem Vater mitzuteilen, daß Apachen seinen Bruder, Fray Damián, zu Tode gefoltert hatten, fand unsere Familie Trost in der Tatsache, daß wir Spanier waren, von México unberührt, und daß uns als Spaniern ein Weg vorgezeichnet war, unsere Ehre zu bewahren.«

»Und was hat Euer spanischer Vater getan?«

»Er gab mir ein Gewehr, obwohl ich erst fünfzehn war, rief nach Freiwilligen und machte sich auf, um die Apachen zu bestrafen. Wir töteten siebenundsechzig Indianer.«

»Und was war damit bewiesen? Vierzig Jahre später waren die Apachen immer noch da, und sie skalpierten zwei Eurer Söhne.«

»Am Ende haben wir sie dann doch zurückgeschlagen. Am Ende siegt immer Spanien.«

»Dafür haben wir jetzt die Komantschen, und die sind noch schlimmer.«

Don Ramón verfiel in Schweigen und musterte Veramendi. »Don Lázaro! Ich glaube, Ihr würdet Euch nicht einmal aufregen, wenn es einer Eurer Enkelinnen in den Sinn käme, einen Mestizen zu heiraten!«

Veramendi, der nicht eingestehen wollte, daß er sich auf diese Möglichkeit bereits vorbereitet hatte, antwortete mit fester Stimme: »Ich vermute, daß Ihr und ich in die verkehrte Richtung schauen. Wir starren immer nur nach México-Stadt und nach Süden, den Camino Real hinunter, den wir als unsere Lebensader ansehen. Lieber Freund, wir sollten uns einmal mit der Wirklichkeit auseinandersetzen. Drehen wir uns herum und schauen wir nach Norden! Die guten Dinge des Lebens werden in Zukunft nicht mehr den Camino Real heraufkommen, sie werden herunterkommen: aus Louisiana oder aus den amerikanischen Staaten. Womit ich also wirklich rechne, ist dies: Meine Enkelinnen werden Franzosen heiraten, die so tun, als ob sie Spanier wären. Oder, noch schlimmer, einen dieser ungeschliffenen Norteamericanos.«

»Aber sind nicht alle Amerikaner Protestanten?«

»Männer können sich ändern, insbesondere dann, wenn ein hübsches Mädchen im Spiel ist oder Landbesitz. Von unseren neuen Besitzungen in Louisiana werden neue Interpretationen alter Bräuche über den Camino Real herunterkommen. Und über dieselbe Straße werden aus Amerika neue Methoden kommen, mit Problemen fertigzuwerden, eine neue Regierungsform und rüstige, energische junge Männer, die unsere Mädchen heiraten.«

»Werdet Ihr das erlauben?«

»Wer kann es aufhalten?«

»Ist das alte Spanien tot?«

»Es ist seit fünfzig Jahren tot. Es hätte hier eine große Stadt bauen können. Es hätte nur zweitausend Spanier der oberen Schichten gebraucht, um eine gute Verwaltung einzurichten und Geschäfte zu betreiben. Aber die kamen nicht. Spanien hatte seine Chance – und hat sie verspielt.«

Die zwei Alten saßen einige Minuten lang mit düsterer Miene da und und sahen im Geist die Königliche Straße, über die die versprochene Hilfe hätte kommen sollen, aber nie gekommen war. Da ertönte vom Presidio her ein Hornsignal, und das Truppenkontingent marschierte zu einer seiner wöchentlichen Paraden auf, wie um zu beweisen, daß Spanien immer noch die Macht besaß, selbst seine fernsten Vorposten zu verteidigen.

Zwei Dinge fielen den alten Herren auf, als sie zum Tor gingen, um zuzusehen: der schlechte Drill und der unglaubliche Zustand der Uniformen. Nur zwei Offiziere waren ordentlich ausgestattet. Der vollzählige Stand der Mannschaft betrug vierundneunzig, aber nur vierundsechzig Mann hatten sich die Mühe gemacht, zu erscheinen, und von ihnen hatten nur zwei Gruppen von je drei Soldaten passende Uniformen, davon jedoch keine komplett. Die Männer in den vorderen Reihen trugen schöne blaue Uniformen, aber ihnen fehlten die Mützen. Die zweite Gruppe hatte grüne Uniformen, wie sie vor dreißig Jahren getragen worden waren, und hinter ihnen kamen zwanzig Mann in Lederjacken oder Militärhosen, aber nie in beidem. Die folgenden Reihen trugen überhaupt keine Uniformen, nur die schlaff herabhängenden Gewänder, wie sie in der Gegend üblich waren; die Hälfte der Männer hatte keine Schuhe; sie marschierten barfuß. Die letzten fünfzehn aber, es war kaum zu glauben, hatten weder Mützen noch Hemden noch Schuhe; sie kamen nur in Hosen verschiedenster Länge und verschiedensten Zuschnitts daher.

Zwei Drittel der Männer trugen Waffen, aber von jeder nur vorstellbaren Machart und jeden Alters; wenn die zwölf armseligsten abgefeuert wurden, war es unmöglich, sie in weniger als zehn Minuten neu zu laden. Der Rest der Truppe war mit Lanzen, Schildern und Schwertern ausgerüstet, einige der Soldaten hatten nichts als einen Knüppel. Das war die Heeresmacht, die Béjar und seine sechs Missionen schützen, die Straßen sichern und die außerhalb gelegenen Höfe gegen die Angriffe von etwa viertausend Komantschen verteidigen sollte. So sah die Größe Spaniens im Jahre 1788 aus!

Veramendi pfiff nach einer seiner Enkelinnen, und als Amalia, eine lustige Vierzehnjährige mit hellen Augen und großen weißen Zähnen, erschien, bat er sie, ihm ein bestimmtes Buch von seinem Schreibtisch zu bringen. Als das Mädchen zurückkam, faßte Don Lázaro es an der Hand:

»Bleib! Ich möchte, daß du das hörst.« An Saldaña gerichtet, fuhr er fort: »Hier ist der Brief abgedruckt, den unser berüchtigter Insulaner Juan Leal Goras an den Vizekönig in México-Stadt schickte und in dem er Rechte forderte – nicht erbat –, die ihm zustanden. Hört nur, wie er begann: ›Juan Leal Goras, Español y Colonizador a las Ordenes de Su Majestad, Quien Dios Protege, en Su Presidio de San Antonio de Véxar y Villa de San Fernando, Provincia de Tejas tabién llamada Nuevas Filipinas, y Señor Regidor de esta Villa. Agricultor.‹«

Er gab seiner Enkelin einen liebevollen Klaps auf die Schulter. »Es sind Männer dieser Art, die wir in Tejas brauchen«, erklärte er ihr. »Führt alle seine Meriten an, wie irgend so ein hohes Tier, und unterschreibt dann einfach ›Bauer‹!« Das Mädchen, das nicht verstanden hatte, was ihr Großvater damit ausdrücken wollte, lachte. Er zog es an sich, küßte es und sagte: »Ich möchte, daß du einen solchen Mann heiratest, Amalia. Einen Mann mit Mumm.«

Als Trinidad erfuhr, daß sie in die Hauptstadt reisen sollte, hätte sie Mutter und Großvater am liebsten geküßt, aber sie war so von Freude übermannt, daß sie einfach nur schweigend dastand. Dann glitt ein Lächeln über ihr Gesicht, sie machte einen Luftsprung und schrie: »Olé! Wie herrlich!«

Mehrere Tage lang, während die Vorbereitungen für die Reise getroffen wurden, hielt ihre große Freude an. Es waren mehr als tausendsechshundert Kilometer bis zur Hauptstadt, und jeder Bewohner von Béjar hätte sich glücklich geschätzt, diese Reise einmal im Leben machen zu können.

Zu dieser Zeit war Béjar nicht sehr groß, zählte weniger als zweitausend Einwohner, doch nachdem man die alte Hauptstadt Los Adaes aufgelassen hatte, galt es als die bedeutendste spanische Siedlung nördlich von Monclova. Und auf Grund einer überraschenden Verfügung der vizeköniglichen Verwaltung hatte Béjar jetzt auch zusätzliche Verantwortung zu tragen: Kalifornien, Nueva México und Tejas im Norden waren zusammen mit sechs ausgedehnten Provinzen, darunter Coahuila und Sonora im Süden zu den Provincias Internas zusammengefaßt worden. Ihre Hauptstadt war Chihuahua, aber sie lag achthundert Kilometer westlich und war von Béjar aus nur über Indianerpfade zu erreichen. Deshalb mußten viele ortsgebundene Entscheidungen in der Hauptstadt von Tejas getroffen werden.

Die Stadt war sehr schön gelegen. Vier Wasserläufe flossen jetzt parallel von Norden nach Süden, gesäumt von schattigen Bäumen: im Osten der Kanal, der den Missionen Wasser zugeleitet hatte; daneben der Río San Antonio, im Westen der Bewässerungsgraben, den Fray Damián 1732 für die Siedler von den Kanarischen Inseln angelegt hatte; und noch weiter westlich ein kleiner Fluß, dessen Wasser für die ständig größer werdenden landwirtschaftlichen Gebiete genutzt wurde. Diese Wasserläufe schufen vier genau abgegrenzte bebaubare Areale. Um 1788 begannen sie sich mit Häusern von Siedlern zu füllen.

Ein gutes Stück östlich, auf der anderen Seite des Flusses, erhoben sich die unfertigen Gebäude der sterbenden Mission, die eines Tages den Namen Alamo erhalten würde. Rundherum standen dichtgedrängt einige elende Hütten, in denen Indianer wohnten. Am Westufer, in der großen Flußschleife, waren elf schöne Häuser erbaut worden, die angesehenen Mestizen gehörten. Das vornehmste Wohngebiet lag zwischen den westlichsten Bewässerungsgräben rund um die Stadtmitte. Hier wohnten die Saldañas und die Veramendis.

Mehr als sechshundert Indianer lebten in den sechs Missionen oder in deren Nähe, doch die einst so wertvollen Institutionen befanden sich in so jähem Niedergang, daß man schon von einer möglichen Schließung sprach; und tatsächlich war vor kurzem ein gewisser Vater Ybarra nach Norden gekommen, um darüber zu berichten, ob ein solcher Schritt wohl ratsam wäre. Er arbeitete jetzt an seinen Empfehlungen, und weil er ein düsterer und unfreundlicher Mann war, nahmen die Bürger an, daß sein Bericht es ebenfalls sein würde.

Trinidad liebte Béjar. Am schönsten fand sie die zwei Plazas gegenüber der Kirche: eine kleinere, die sich nach Osten zum Fluß hin, und eine größere, die sich zum Hügelland im Westen zog. Auf diesen Plazas verbrachten sie und ihre Freundinnen viele Stunden. Trinidad fuhr auch immer wieder gerne zu »unserer Familienmission«, Santa Teresa, um die herrlichen Bildwerke von Simón Garza zu betrachten, die die Stationen des Kreuzwegs darstellten.

Als sie eines Morgens, nachdem sie wieder einmal die Schnitzereien bewundert hatte, nach Hause kam, fragte sie ihren Großvater: »Ist es wahr, daß ein Indianer sie gemacht hat?«

»Ein Halbindianer. Sein spanisches Blut hat es ihm möglich gemacht, diese Kunstwerke zu schaffen.«

»Stimmt es, daß er der Großvater oder so etwas Ähnliches von Domingo war, der auf dem Rancho arbeitet?«

»Woher kennst du Domingo?«

»Wir haben zusammen gespielt. Ich habe ihn lesen gelehrt. Er hat mir das Reiten beigebracht.«

»Halte dich fern von ihm!«

»Warum?«

»Weil ich es sage.«

In dieser Nacht schlief Don Ramón schlecht. Ihn quälten Alpträume, seine Enkelin könnte einen wilden Indianer aus den Bergen Méxicos heiraten. Er wußte, daß er das verhindern mußte. Früh am nächsten Morgen ließ er sein bestes Pferd satteln, gab ihm die Sporen und ritt zum Presidio. Dort suchte er sich einen Trupp Soldaten zusammen, die ihn schützen sollten, und galoppierte mit ihnen nach Westen.

Er ritt mehrere Stunden, bis er zu den Häusern kam, wo seine Männer untergebracht waren, die auf dem riesigen, nicht umzäunten Rancho El Codo mit seinen Tausenden Rindern arbeiteten und das kleine Béjar mit Fleisch versorgten. Hier stand auch das Haus der Familie Garza, deren Männer seit Jahrzehnten Aufseher der Saldañas waren. Als Don Ramón Domingos Vater sah, fing er gleich an:

»Teodoro, du und deine Familie, ihr habt so gut für uns gearbeitet...«

»Wir haben nur unsere Pflicht getan, Señor.«

»Wir möchten euch belohnen. Als ich 1749 mit dem großen Escandón das Tal des Río Grande erforschte, fand er solchen Gefallen an meiner Arbeit, daß er mir zweitausend Hektar Land unten am Fluß überließ. Ich werde dir dieses Land schenken, Teodoro.«

»Ich möchte El Codo nicht verlassen, Señor...«

»Du mußt«, erklärte Don Ramón mit fester Stimme. »Du hast dir unsere Dankbarkeit verdient. Ich habe die Papiere gleich mitgebracht. Vizekönig Güemes hat sie unterzeichnet.« Aus seiner Satteltasche nahm er das wertvolle Dokument und reichte es Garza.

Garza ritt mit Don Ramón nach Hause, erzählte seiner Frau Magdalena von dem außerordentlichen Angebot und zeigte ihr, obwohl weder er noch sie lesen konnten, die eindrucksvolle Urkunde mit den vielen Wachssiegeln. Sie besprachen sich einige Minuten lang, dann stellten sie sich, einander an den Händen haltend, vor ihn hin, und Magdalena, hocherfreut über das Geschenk, dankte ihm: »Don Ramón, wir küssen die Sohlen Eurer Stiefel. Eigenes Land nach so vielen Jahren! Gott wird Euch segnen, und wir auch!«

Damit war die Sache erledigt. Don Ramón schlief drei Nächte auf dem Rancho, bis die Garzas gepackt hatten und Teodoro den Hilfskräften erklärt hatte, wie sie das Vieh versorgen sollten. Don Ramón schenkte der aufbrechenden Familie vier gute Pferde, einen Bullen und sechs Kühe und gab ihnen sieben Soldaten mit auf den Weg, die sie auf ihrem langen Weg durch indianisches Gebiet bis zu der Stelle eskortieren sollten, wo sich der Río Grande dem Golf von México nähert. Don Ramón begleitete sie noch mehrere Stunden, denn er wollte ganz sicher sein, daß sie nicht umkehrten; dann umarmte er Teodoro und seine Frau und schüttelte schließlich auch dem siebzehnjährigen Domingo die Hand: »Du bist ein guter Junge. Bau dir deinen eigenen Rancho und mach etwas daraus!« Er verhielt sein Pferd, hieß die Bewaffneten, die ihn begleiteten, warten und sah der kleinen Karawane nach, die ihren Weg nach Süden fortsetzte. Dann gab er seiner Eskorte ein Zeichen, und sie ritten zur Stadt zurück.

Der herrschaftliche Konvoi, den Don Ramón im Februar 1789 für die lange Reise nach México-Stadt zusammenstellte, konnte etwa sechzehn Kilometer am Tag zurücklegen. Da die Strecke tausendsechshundert Kilometer betrug, würde die Reise gute hundertzehn Tage in Anspruch nehmen – nicht gerechnet die Zeit für Reparaturen, Rast an Sonntagen, erzwungene Verzögerungen durch angeschwollene Flüsse und Erholungsaufenthalte in Provinzstädten wie Saltillo. Insgesamt würde die Reise ein halbes Jahr dauern; dazu kamen dann sechs Monate Aufenthalt in der Hauptstadt und schließlich noch ein halbes Jahr für die Rückkehr. Keine Familie hätte eine solche Reise ohne lange Gebete und Abschiedsfeiern angetreten, denn man wußte, daß Krankheit oder Sturmflut oder Apachen oder Banditen, die die einsamen Straßen unsicher machten, sie alle das Leben kosten konnten.

Sie mußten fast fünfhundert Kilometer Wüste durchqueren, bevor sie bei Monclova halbwegs zivilisiertes Gebiet und mit dem schönen Saltillo eine richtige Stadt erreichen würden, und so wickelten sie sich feuchte

Tücher um Mund und Nase, um sich vor Staub zu schützen, und stürzten sich in das Abenteuer. Nach neunzehn beschwerlichen Tagen erreichten sie den Río Grande und verweilten zwei Wochen lang in den Missionen von San Juan Bautista.

Dann begann der gefährliche Teil der Reise: achtzehn Tage durch freiliegendes, ungeschütztes Gebiet nach Monclova. Elf Soldaten begleiteten die Reisenden. Tag für Tag rumpelte der Wagen mit Engracia de Saldaña über den endlosen Karrenweg, diese »Königliche Straße«; kein Haus war zu sehen, nicht einmal ein Schafhirt.

Südlich von Monclova durchquerten die Saldañas dann eines der schönsten Gebiete ganz Méxicos. Weite Felder schwangen sich zu anmutigen Hügeln, diese sich zu Bergen und schließlich zu Gebirgsketten von beachtlichen Ausmaßen empor. Der Camino Real wurde nun wahrhaft königlich; er bot herrliche Ausblicke. Endlich erreichten sie Saltillo. Trinidad war erstaunt von der Pracht der Stadt. Besonders die neue Kirche gefiel ihr, so groß und majestätisch, die mächtige Fassade reich mit Bildwerken und einer wunderschönen Muschel über dem Tor verziert. Zur Rechten erhob sich ein in strenger Linienführung errichteter Turm mit einem Glockenspiel, das noch lange nach dem letzten Schlag nachhallte. Erst am Abend des dritten Tages entdeckte Trinidad das für sie Schönste an Saltillo: Großvater und Mutter führten sie auf die Plaza vor der Kirche, wo sie zum erstenmal den formalen spanischen Paseo in einer größeren Stadt erlebte. Sie erreichten die Plaza, als der Paseo schon in vollem Gang war. Ein paar Minuten lang starrte Trinidad mit offenem Mund auf die jungen Männer und die hübschen Mädchen, die an ihr vorbeischlenderten, sich aber immer nur mit Angehörigen ihres eigenen Geschlechts unterhielten und gegenüber dem anderen Gleichgültigkeit heuchelten. Trinidad seufzte: »Das ist so schön, Mutter!«

Für Engracia gab es keinen Zweifel, daß ihre Tochter am nächsten Abend darum bitten würde, am Paseo teilnehmen zu dürfen. Das brachte ein Problem mit sich, das sie ihrem Schwiegervater vorlegte: »Ich bin zu alt, um Hand in Hand mit ihr im Kreis herumzulaufen. Und sie kennt kein Mädchen, mit dem sie gehen könnte.«

Don Ramón sah ein, daß er die Sache in die Hand nehmen mußte. Er ging zum Besitzer des Gasthofes, in dem sie abgestiegen waren, und sagte ohne Umschweife: »Don Ignacio, meine vierzehnjährige Enkelin möchte gern am Paseo teilnehmen. Kennt Ihr ein Mädchen aus tadelloser Familie, mit dem sie gehen könnte?«

»Ich habe eine Enkelin. Sie kommt aus bester Familie; ihre Mutter ist in Spanien geboren.«

»Don Ignacio, es wäre mir eine Ehre.«

So kam man also überein, daß Trinidad zusammen mit der fünfzehnjährigen Dorotéa Galíndez am Paseo teilnehmen solle.

Da sie jedes Aufsehen vermeiden wollten, warteten die Damen Saldaña und Galíndez noch eine Stunde, bevor sie ihre Töchter auf die Plaza führten. Doch die Mädchen hatten kaum den Rundgang begonnen, als die jungen Männer schon auf sie aufmerksam wurden. Zum erstenmal in ihrem Leben wurde sich Trinidad der Tatsache bewußt, daß sie keine durchschnittliche Erscheinung war. Ihr warmes Lächeln und ihr offenherziges Wesen gefielen den ihr entgegenkommenden jungen Männern.

Die um ein Jahr ältere Dorotéa wies Trinidad darauf hin, daß die Mädchen den Jungen nie ins Gesicht sehen dürften; sie müßten den Anschein erwecken, ganz von ihrer Begleiterin in Anspruch genommen zu sein. Dorotéa beherrschte dieses Spiel perfekt. Aber Trinidad hatte dafür nicht viel übrig: Zum erstenmal in ihrem Leben nahm sie von gutaussehenden männlichen Wesen Notiz. Als die Mädchen bei der Kirchentreppe wieder einmal um die Ecke kamen, machte Dorotéa plötzlich »Oh!« Trinidad blickte auf und hielt den Atem an.

Lässig und unbekümmert schloß sich der bestaussehende Junge, den die beiden Mädchen je gesehen hatten, dem Kreis der Männer an. Er hätte auch Aufsehen erregt, wenn sein Gesicht nicht so hübsch gewesen wäre, denn er war der einzige Blondkopf unter all den Dunkelhaarigen hier in Saltillo. Er war einer jener Glücklichen, die, so alt sie auch sind, immer jugendlich aussehen. Als Trinidad dem etwa neunzehnjährigen Mann begegnete, vergaß sie ihre guten Vorsätze und lächelte ihn offen an. Aber zu ihrem Kummer mußte sie feststellen, daß er Dorotéa anlächelte, und sie ihn.

Señorita Dorotéa Galíndez war eine äußerst brave junge Dame gewesen, solange keiner der jungen Männer auf dem Paseo sie besonders interessiert hatte; jetzt aber, da ein so vielversprechender Neuankömmling auf der Bildfläche erschienen war, verwandelte sie sich in eine geschickte Verführerin. Sie verlor jetzt jedes Interesse an Trinidad, und da sie bei jedem Rundgang zweimal auf den Fremden treffen würde, begann sie gleich nach jeder Begegnung sich auf das nächste Wiedersehen vorzubereiten. Er würde viele Mädchen in Augenschein nehmen auf seiner Runde, aber keine, die so offensichtlich von ihm beeindruckt und begierig war, ihn kennenzulernen, wie Dorotéa. Dafür wollte sie schon sorgen.

So nahm der Abend seinen Fortgang. Trinidad wünschte sich sehnlichst, der junge Mann möge ihr ein Lächeln schenken, und je öfter sie ihn sah, desto besser gefiel er ihr, aber sie war vernünftig genug, zu begreifen, daß Dorotéa ihr zuvorgekommen war.

Im dunklen Turm erklangen die Glocken. Ein Nachtwächter begann seine Runden und nickte den Bürgern, die die Plaza verließen, freundlich zu. Trinidad de Saldaña, aufgeregt wie nie zuvor, drückte die Hand ihres Großvaters mit ungewohnter Innigkeit und flüsterte ihm zu, während sie zum Gasthof zurückschlenderten: »Saltillo ist wunderbar, Großvater; dagegen nimmt sich Tejas so öde aus.«

Dorotéa hatte sich schon am frühen Morgen umgehört und wußte viel zu berichten, als die Saldañas zu ihrer Elf-Uhr-Schokolade herunterkamen: »Er ist Franzose. Er kommt aus Nueva Orleans. Seine Familie hat große Weingärten in Frankreich, aber sein Vater fabriziert Dinge für den Bergbau und schickt sie nach Vera Cruz. Von dort gehen sie in die Hauptstadt.«

»Was macht der Herr in Saltillo?« erkundigte sich Don Ramón. Auch darauf wußte Dorotéa eine Antwort: »Er will erfahren, ob wir an Orten wie Béjar und Monclova Bergwerke haben.« Sie zwinkerte Trinidad zu. »Er fährt auch nach San Luis Potosí, um zu versuchen, den Leuten dort eine wunderbare neue Maschine zu verkaufen. Er heißt René-Claude d'Ambreuze. Er spricht schönes Spanisch, und er ist im anderen Gasthof abgestiegen.«

»Ein Geschäftsmann also«, stellte Don Ramón geringschätzig fest. »Wann reist er denn nach Potosí?« Trinidad blieb beinahe das Herz stehen, denn im Geist sah sie bereits, wie sich dieser göttliche junge Mann für die sechshundert Kilometer zum Zentrum der Bergbauindustrie ihnen anschloß.

»Er wird gleich dasein«, hörte sie Dorotéa sagen, worauf Engracia in strengem Ton das Wort an sie richtete: »Ihr habt doch nicht etwa mit ihm gesprochen, ohne ihm vorgestellt worden zu sein?«

»Natürlich nicht«, erwiderte Dorotéa schnippisch und zupfte an ihrem Kleid. »Ich habe ihm durch seinen Gastwirt vorschlagen lassen, hier vorbeizukommen.«

»Mein liebes Kind!« entrüstete sich Engracia. »Das war wirklich dreist, wenn nicht gar schamlos!«

»Seht nur!« Über die enge Straße, an der die zwei Gasthöfe lagen, kam der junge Franzose daher, Sonnenlicht auf seinem hellen Haar.

»Ist das der Gasthof von Señor Galíndez?« fragte er mit genügend Akzent, um zu verraten, daß er kein Spanier war. Kaum hatte er die Frage gestellt, als er Dorotéa sah; er erkannte sie wieder, verneigte sich tief und sagte mit viel Charme und ohne daß es abgeschmackt geklungen hätte: »Die kleine Prinzessin von gestern abend!«

Trinidad nahm das alles wahr und auch, daß er stillstand und darauf wartete, in aller Form aufgefordert zu werden, Platz zu nehmen. Don Ramón erhob sich, schlug die Hacken zusammen und verneigte sich, wie es dem Granden geziemte, der er war. »Junger Herr, meine Familie und ich, wir würden uns geehrt fühlen, wenn Ihr Euch zu uns setzen und uns erzählen würdet, was in dieser bemerkenswerten Stadt Nueva Orleans vor sich geht.«

Der junge Mann verneigte sich ebenso würdevoll und erklärte mit so leiser Stimme, daß Trinidad ihn kaum hören konnte: »Ich bin René-Claude d'Ambreuze und würde mich sehr geehrt fühlen, würdet Ihr mir erlauben, mich zu Euch und zu Euren zwei Töchtern zu setzen.«

»Ich bin eine Galíndez aus dieser Stadt«, sagte Dorotéa frech, als er neben ihr Platz nahm. »Das sind die Saldañas aus Béjar in Tejas. Und das ist meine gute Freundin Trinidad de Saldaña.«

René-Claude nahm diese Vorstellung kaum zur Kenntnis, denn die kleine Trinidad schien, verglichen mit der selbstbewußten Dorotéa, noch recht jung zu sein. »Ich war vor einigen Wochen kurz in Béjar. Sehr klein. Aber dieses Saltillo, ach, das ist ein kleines Paris.«

»Wart Ihr einmal in Paris?« platzte Trinidad heraus.

»Ich bin in Paris geboren.«

»Oh, wie sieht es dort aus?« Zum erstenmal schaute der junge d'Ambreuze Trinidad direkt ins Gesicht, sah ihre leuchtenden Augen und ihren seltsam geformten Mund und dachte: Was für eine nette jüngere Schwester sie doch abgeben würde.

»Ich kenne Paris nicht besonders gut«, antwortete er ehrlich. »Man brachte mich fort, als ich noch ein Kind war.« Er wandte sich, wie es sich ziemte, Don Ramón zu. »Aber Nueva Orleans, das ist etwas anderes. Ach! Die Königin des Mississippi!«

René-Claude war von liebevollen Tanten und Gouvernanten gut erzogen worden und zeigte es auch an diesem herrlichen Frühlingstag des Jahres 1789. Um halb fünf Uhr nachmittags nahm er nach mexikanischem Brauch das Mittagessen mit den Saldañas ein – wobei er wieder an Dorotéas Seite saß –, und um acht war er Doña Engracia behilflich, die zwei Mädchen zum Paseo zu eskortieren, wo er sie jedesmal, wenn sie einander entgegenkamen, freundlich grüßte.

Am nächsten Tag erfuhr Trinidad zwei für sie traurige Neuigkeiten: Nachdem sie auf keineswegs damenhafte Weise Erkundigungen eingezogen hatte, hörte sie, daß, während die Saldañas Saltillo in drei Tagen verlassen würden, René-Claudes Geschäfte ihn hier noch zwei Wochen festhalten würden, und das hieß, daß sie den Franzosen voll und ganz Dorotéa überlassen mußte. Und als sie am späten Nachmittag um die Ecke des Gasthofes bog, fand sie ihn und Dorotéa sich leidenschaftlich umarmend und küssend.

Die beiden konnten sie nicht sehen, und so zog sie sich unbemerkt zurück, erregt und zitternd. Sie neidete Dorotéa nicht ihr Glück, sie bedauerte nur, daß nicht sie das Mädchen in René-Claudes Armen war.

Am neunzehnten Tag ihrer Weiterreise von Saltillo kamen zwei Soldaten, die den Nachtrab bildeten, zur Reisegesellschaft vorgeprescht: »Ein Reitertrupp überholt uns!«

Alle drehten sich um und sahen, daß die Soldaten recht hatten: Eine Reiterschar kam mit beunruhigender Geschwindigkeit auf sie zu. Man beriet sich in aller Eile, und der Anführer der Eskorte fragte: »Außer uns sollten doch jetzt auf dieser Straße keine Truppen unterwegs sein?«

»Soweit uns bekannt ist, keine, Herr.«

»Komantschen?«

»Ich fürchte, ja.« Instinktiv griffen die Männer nach ihren Waffen.

Die heranjagenden Reiter, fünfzehn oder sechzehn Indianer, wie es schien, mußten gesehen haben, wie die Soldaten anhielten und Verteidigungsstellungen einnahmen; dennoch stürmten sie, Staubwolken aufwirbelnd, weiter auf die Reisenden zu. Plötzlich rief Trinidad freudig: »Es ist René-Claude!« Und schon gab sie ihrem Pferd die Sporen und sprengte voraus, dem Franzosen entgegen, dessen Zug Saltillo fast zwei Wochen nach den Saldañas verlassen, sie aber nun eingeholt hatte.

Es war ein freudiges Zusammentreffen im großen, leeren Hochland von México. Die Soldaten beider Gruppen tauschten Geschichten aus, und die zwei anderen Kaufleute, die der junge d'Ambreuze eingeladen hatte, sich ihm anzuschließen, unterhielten sich mit Don Ramón über die Lage der Dinge in Coahuila und Tejas.

Doch die zwei Menschen, die sich am meisten über das glückliche Zusammentreffen freuten, waren Trinidad und René-Claude, denn ohne die ablenkende Anwesenheit von Dorotéa Galíndez hatte der junge Franzose reichlich Gelegenheit zu entdecken, was für eine entzückende junge Frau diese Trinidad war. Sie ritten den anderen voraus oder hielten sich seitwärts und plauderten unbefangen miteinander. Eines Morgens ertappte sich Trinidad bei dem Gedanken: »Heute wünschte ich, er würde versuchen, mich zu küssen«, und als sie ins Gebirge kamen, tat er es auch. Zuerst ermutigte sie ihn, dann stieß sie ihn zurück. »Ich habe gesehen, wie Ihr Dorotéa geküßt habt.« Aber er erklärte ihr: »Das kommt eben manchmal vor. Aber mit Euch ist es für immer.«

»Hat es Euch gefallen, sie zu küssen?«

»Freilich hat es mir gefallen, aber wenn ich nachts allein war, habe ich Euer lustiges kleines Lächeln gesehen.«

»Ihr dürft mich küssen«, sagte sie und beugte sich über den Hals ihres Pferdes.

Bald trug das Paar seine Zuneigung so offen zur Schau, daß Don Ramón Engracia drängte: »Kümmert Euch gefälligst um Euer Kind!« Dann befahl er Trinidad, zu ihrer Mutter in die Kutsche zu steigen, während er vorausritt, um mit dem jungen Franzosen zu reden.

»Um die Frage der Ehre kommt man einfach nicht herum, junger Mann. Sicherlich stimmt Ihr mir da zu. Ich meine jene ungeschriebenen Gesetze, die das Verhalten eines Edelmannes schon immer bestimmt haben.«

»Ach das! Damen zuerst einsteigen lassen. Und die Pferde halten, damit sie nicht ausreißen. Ja natürlich!«

»Ich spreche von einer heikleren Art von Gesetzen, junger Mann.« Don Ramón zögerte. »Seid Ihr ein Edelmann? Euer Vater ist doch im Handel tätig, nicht wahr?« Es klang geringschätzig.

Der junge Mann richtete sich empor. »Die Familie d'Ambreuze

besitzt große Weingärten bei Beaune in Burgund. Dort hat keiner Weinberge, wenn er kein Edelmann ist.«

»Aber in Nueva Orleans ist Ihr Vater im Handel tätig?«

»Mein Vater ist Erfinder. Er baut Maschinen, die in Bergwerken Verwendung finden. Ich bin ein Edelmann, ebenso erzogen und ausgebildet wie mein Urgroßvater vor mir und sein Urgroßvater vor ihm!«

»Na gut«, sagte Don Ramón. »Es gibt da eine Regel unter Edelleuten, daß keiner das Schloß eines anderen Mannes betreten und dessen Tochter verführen darf, solange der Besucher Gast in seinem Schloß ist.«

D'Ambreuze blieb stumm, denn erst jetzt begriff er, was der alte Herr meinte. Nachdem er sich eigenmächtig – ohne aufgefordert worden zu sein – der Reisegesellschaft der Saldañas angeschlossen hatte, war er, ob er es nun wahrhaben wollte oder nicht, zum Gast geworden. Ein uralter Ehrenkodex hinderte ihn daran, sich der Tochter des Hauses zu nähern, solange er diese privilegierte Position einnahm.

»Es wäre mir nie in den Sinn gekommen, die Situation auszunutzen«, beteuerte er.

»Mir schon«, gab Don Ramón zurück. »Nun, wo wollen wir unsere Vormittagsrast halten?«

Diese Rast erregte den Unmut der zwei anderen Kaufleute: »Don René-Claude, oder Monsieur, wenn Ihnen das lieber ist... Wir sagen das nicht gern, Señor, aber dieses Herumtrödeln, diese Picknicks... Wir verschwenden wertvolle Zeit. Auch unsere Soldaten möchten weiterziehen.«

»Ja gut«, stimmte René-Claude ohne Umschweife zu. »Ich habe keine Rücksicht auf Euch genommen, meine Herren, und das tut mir leid.« Sogleich gab er der Gruppe, die am Straßenrand rastete, bekannt – und es war dies jetzt eine recht gute Straße, da sie schon zwei Jahrhunderte früher dem Verkehr übergeben worden war als die schlechten Karrenwege in Tejas –, daß er und seine Begleiter, so leid es ihm tat, eilendst weiterreiten mußten. Er nahm Trinidad an den Händen, zog sie an sich, umarmte sie vor allen anderen und verneigte sich tief. Er salutierte vor Don Ramón und den zurückbleibenden Soldaten, setzte sich an die Spitze seiner Truppe und führte sie weiter durch das mexikanische Hochland.

Als sich die Saldañas einige Tage später Potosí näherten, vertraute

Trinidad ihrem Großvater an: »Heute abend werde ich beten, daß René-Claudes Verhandlungen ihn länger, als er beabsichtigte, hier festgehalten haben.«

»Liebstes Kind, ich bezweifle, daß du je einen Franzosen heiraten könntest. Es sind unzuverlässige Menschen. Ich habe auch nie geglaubt, daß sie gute Katholiken sind.« Er goß ein Jahrhundert spanischer Vorurteile über die Nachbarn im Norden aus. »Verlaß dich nicht auf den jungen d'Ambreuze!«

»Mögt Ihr ihn nicht?«

»Ich mag ihn zu sehr«, gestand ihr Don Ramón. »Und ich sehe, daß auch du ihn zu sehr magst. Sei vorsichtig, Trinidad!«

Doch die Hoffnungen seiner Enkelin erfüllten sich. René-Claude hatte zu allen möglichen Listen gegriffen, um länger in der Bergwerksstadt bleiben zu können, hatte Geschäfte vorgetäuscht, die es gar nicht gab, und so viel Zeit verschwendet, daß seine zwei Reisegefährten ohne ihn nach México-Stadt weitergeritten waren. An einem schönen Julitag trafen zwei Reisende mit der für ihn aufregenden Nachricht in der Stadt ein, daß Don Ramón Saldaña aus Béjar in Tejas am nächsten Tag eintreffen werde.

René-Claude sattelte sein Pferd, heuerte drei Begleiter an und ritt nach Norden, um die Reisenden gebührend zu eskortieren. Trinidad ritt an der Spitze ihres Konvois, als sie die vier Reiter erspähte. Von weitem winkend preschte sie voraus. Sie brachte ihr Pferd neben dem seinen zum Stehen, um ihn küssen zu können.

Als die zwei Gruppen aufeinandertrafen, sagte Don Ramón in brüskem Ton: »Ich hatte gehofft, daß Ihr Euch bereits in México-Stadt befinden würdet.«

»Dort sollte ich jetzt eigentlich auch sein, aber ich muß Euch und Eure Tochter noch einmal sprechen.«

»Laßt Euch von uns nicht aufhalten. Ihr habt uns willkommen geheißen. Ihr werdet uns gewiß zu unserem Gasthof begleiten, und dann könnt Ihr Euren Weg fortsetzen.«

»Das werde ich tun, Don Ramón, aber erst muß ich ernsthaft mit Euch reden.«

»Das kann warten, bis wir uns frischgemacht haben«, versetzte der alte Herr und sprach kein Wort mehr, bis er seine Damen in ihren Zimmern im Gasthof untergebracht hatte. Es war ein Haus mit dicken

Mauern und vielen Räumen, und in einem davon setzten sich die beiden Männer bei kühlem Granatapfelsaft zusammen.

»Don Ramón, ich erbitte Eure Erlaubnis, um Eure Enkelin in aller Form werben zu dürfen.«

»Wie sind Eure Aussichten?«

»Sie könnten nicht besser sein, Don Ramón, wie Ihr feststellen werdet, wenn Ihr in der Hauptstadt Erkundigungen über mich einzieht. Ich bin ein jüngerer Sohn, das ist wahr, und meine älteren Brüder besitzen die Weingärten. Aber ich habe in Nueva Orleans große Erfolge erzielt. Ebenso in Saltillo und in Potosí. Und ich bin sicher, daß ich in der Hauptstadt noch erfolgreicher sein werde. In dieser Hinsicht braucht Ihr Euch nicht zu sorgen.«

»In Saltillo scheint Ihr Euch Hals über Kopf in die Tochter eines Gastwirts verliebt zu haben.«

»Im Frühjahr fliegen die Vögel auf viele Bäume, bevor sie ihr Nest bauen.«

»Das tun sie, das tun sie«, stimmte der Alte ihm zu und erinnerte sich seiner eigenen Amouren. »Ich bin Spanier und reise mit meiner Enkelin in die Hauptstadt, wo sie Spanier kennenlernen kann. Franzosen und Spanier, das ist noch nie gutgegangen.«

»Ihr hattet französische Könige.«

»Das waren die schlimmsten von allen!«

Somit waren hier in Potosí die Kampflinien gezogen: Offensichtlich beabsichtigte der junge Franzose, Trinidad auch weiterhin den Hof zu machen, während der alte Spanier alles nur mögliche tun würde, um die beiden Liebenden auseinander- oder zumindest unter strenger Aufsicht zu halten. Don Ramón nahm die Herausforderung an. »Ich bezweifle«, sagte er, »daß meine Enkelin je einen Franzosen heiraten würde.«

»Bei allem Respekt, Don Ramón, ich teile Eure Ansicht nicht.«

»Und ich bezweifle ferner, daß ich je meine Zustimmung geben könnte.« Aber der junge Mann gefiel ihm, und er versuchte nicht zu verhindern, daß er sich im selben Gasthof einquartierte.

Nun begann ein richtiges Katz-und-Maus-Spiel, wobei der Franzose auf jedes Gambit einging, nur um mit Trinidad allein zu sein, und der alte Herr all seine Intelligenz aufbot, um ihn an Schlauheit zu übertreffen. Aber Ramóns Enkelin hielt es mit dem Feind und tauschte heimlich Liebesbotschaften und Küsse mit ihm aus.

Nachdem das vier Tage so gegangen war, forderte Don Ramón d'Ambreuze unverblümt auf, seine Reise fortzusetzen. »Eure Geschäfte warten.« Zu seiner Überraschung stimmte der draufgängerische junge Mann ihm zu: »Das ist richtig. Aber auch ich werde warten – in der Hauptstadt!« Und fort war er, diesmal ohne Eskorte, denn südlich von Potosí wurde der Camino Real zu einer für den Silberhandel bedeutenden Straße und war von Soldaten ständig bewacht.

Zwei Wochen später machten sich auch die Saldañas wieder auf den Weg, aber sie ließen sich mehr Zeit für diese letzten sechshundert Kilometer, so daß sie erst in den ersten Augusttagen das herrliche Plateau erreichten, auf dem sich das Wunder der Neuen Welt erhob.

Hatte schon Saltillo Trinidad begeistert, so war sie von der Hauptstadt geradezu berauscht. Die Kathedrale war dreimal so groß wie die schöne Kirche in Saltillo, die Plaza fünfzehn- oder zwanzigmal größer als die dortige, und wenn die Läden in der Stadt im Norden verschwenderisch ausgestattet gewesen waren, erschienen ihr die in México-Stadt wie wahre Schatzhäuser, voll von Luxuswaren aus ganz Europa. Schon am zweiten Morgen erschien René-Claude in dem Gasthof, in dem die Saldañas abgestiegen waren, um Trinidad und ihre Mutter zu verschiedenen Sehenswürdigkeiten der Metropole zu führen: zur Stierkampfarena, wo spanische Toreros brillierten, in die Konzertsäle, wo ausgezeichnete Sänger und Sängerinnen aus ganz Europa gastierten, und in jene einzigartigen Lokale, wo um elf Uhr nachts die köstlichsten Diners serviert wurden. In dem Maß, wie Trinidad die Metropole, in der sie ein halbes Jahr bleiben sollte, kennenlernte, begann sie auch, Spaniens Ruhm zu verstehen. Sie begriff jetzt, warum ihr Großvater so stolz auf sein Erbe war und warum er wollte, daß sie es mit einem spanischen Ehemann teilen sollte, der vielleicht sogar mit ihr in die Heimat zurückkehren würde.

Doch mit seiner Suche nach einem spanischen Schwiegersohn kam Don Ramón nicht weiter. Er war erleichtert, als d'Ambreuze ihm mitteilte, daß er nach Vera Cruz hinunterreisen müsse, um die Ankunft von Bergwerksmaschinen aus Frankreich zu überwachen, aber wie vor den Kopf gestoßen, als der junge Mann vorschlug, die Saldañas sollten ihn begleiten. Trinidad jedoch wollte unbedingt Puebla sehen, eine der schönsten Städte des ganzen spanischen Reiches, und so erklärte er sich bereit, ihr den Willen zu tun. Dort in der Stadt der Engel, wie man sie nannte, verabschiedete sich d'Ambreuze. Trinidad klammerte sich an ihn, als die Pferde gebracht wurden für den gefährlichen Ritt nach Vera Cruz, wo fast jede Woche ein Schiff aus Europa anlegte.

In die Hauptstadt zurückgekehrt, zog Don Ramón nun ernsthafte Erkundigungen über d'Ambreuze ein und erfuhr von Offizieren, die sowohl in Spanien als auch in Nueva Orleans gedient hatten, daß er tatsächlich aus einer ausgezeichneten Familie kam und daß seine Leute in Louisiana zu den ersten gehört hatten, die in den sechziger Jahren die spanische Herrschaft anerkannten.

In den folgenden Wochen dachte Saldaña ständig über Trinidads Zukunft nach. Als Trinidad einmal mit neugewonnenen Freundinnen ausgegangen war, sagte er zu ihrer Mutter: »Mit sechzehn sollte unser Schatz verheiratet sein. Ich fürchte, mein Traum von einem spanischen Gemahl ist ausgeträumt. Ich habe das Gefühl, mein Freund Veramendi hatte recht, als er prophezeite, daß die Zukunft nicht den Camino Real herauf-, sondern aus dem Norden herunterkommen würde...«

»Willst du damit sagen...?«

»Wenn ich mir den Niedergang Spaniens in der Neuen Welt so ansehe, gefällt mir unser junger französischer Freund mit jedem Tag besser.«

Als d'Ambreuze aus Vera Cruz zurückkehrte, bestand er darauf, daß sie ihn alle zu einer Expedition zu den Ruinen der Pyramiden nördlich der Stadt begleiteten. Als die Saldañas am Fluß der größten Tempelpyramide standen, staunten sie über die Leistungen der Azteken als Baumeister. Zum erstenmal wurde Don Ramón bewußt, daß vor den Spaniern Indianer von beachtlichen geistigen Anlagen hier gelebt hatten, die imstande gewesen waren, zehnmal großartigere Bauwerke zu errichten als alles, was er in Tejas gesehen hatte.

Wieder in seinem Gasthof, ließ sich Don Ramón in einen Lehnstuhl fallen. »Ich glaube nicht«, vertraute er Engracia an, »daß wir hier einen geeigneten Ehemann für Trinidad finden werden.«

Sie pflichtete ihm bei: »Es sieht ganz so aus, als ob Spanien México aufgegeben hätte. Jedenfalls schickt unser Mutterland keine jungen Offiziere mehr her.«

Deshalb lehnte Don Ramón auch René-Claudes Vorschlag, die Saldañas nach Béjar zurückzubegleiten, nicht rundweg ab. »Ihr dürft Euch uns anschließen«, willigte er ohne große Begeisterung ein. Dem jungen

Mann war klar, daß er, wenn er Trinidad erringen wollte, den Großvater für sich einnehmen mußte, und darum sagte er jetzt: »Im Hafen von Vera Cruz riet mir ein Mann, ich sollte Euch fragen...« Er kramte einen zerknitterten Zettel aus seiner Tasche. »Seid Ihr wirklich ein Hidalgo de Bragueta?«

»Ja, das bin ich!« Kichernd fügte er hinzu: »Sozusagen von eigenen Gnaden.«

»Und was bedeutet das? Der Mann wollte es mir nicht sagen.«

»Es bedeutet, daß der König selbst mir das Recht gewährt hätte, mir den Titel Don beizulegen, wenn ich in Spanien lebte.«

»Wofür?«

»Weil ich sieben Söhne hintereinander gezeugt habe. Keine Tochter.« Rasch fügte er hinzu. »Ich hatte sieben Söhne, und alle sind tot. Aber keiner von ihnen hat mir soviel Freude gemacht wie meine Enkelin.«

D'Ambreuze erhob sich, nahm Haltung an und sagte: »Don Ramón, meine Reverenz. Ich hoffe, es wird mir erlaubt sein, Euch sieben Urenkel zu schenken.«

Don Ramón ließ seine Enkeltochter nun überhaupt nicht mehr aus den Augen, und das machte sich in San Louis Potosí und auf dem langen Marsch weiter nach Norden bezahlt. Jetzt, da sie sich Saltillo näherten, wurde offensichtlich, daß die Liebenden entschlossen waren, zu heiraten. Darum wachte Don Ramón mit besonderem Eifer.

Als sie in die Stadt kamen und Trinidad noch einmal die Plaza sah, wo sie René-Claude zum erstenmal begegnet war, drängte sich ihr ein entsetzlicher Gedanke auf, denn sie erinnerte sich daß es Dorotéa Galíndez gewesen war, die er in Saltillo geküßt hatte, und sie stellte sich die Frage, was wohl geschehen würde, wenn sich die beiden jetzt wiedersahen. Doch als sie den von Señor Galíndez geführten Gasthof betraten, lief Dorotéa fröhlich auf sie zu. »Meine liebste Freundin Trinidad! Darf ich dir meinen Mann vorstellen?« Diese Gefahr war also gebannt.

Diese letzte Etappe nach Saltillo war ein harter Tagesritt gewesen, und Don Ramón war rechtschaffen müde; um Mitternacht schlief er so tief, daß er nicht hörte, wie Trinidad den Gang hinunter und durch ein Fenster stieg, vor dem d'Ambreuze sie erwartete. Sie wanderten zur Plaza zurück, wo sie einander begegnet waren. Sie sahen den Küster, der das Kirchentor zuschlug und heimging. Sie hörten den Nachtwächter, der sie anhalten würde, wenn er sie auf der Straße entdeckte. Und dann fanden sie ein Gäßchen, das zu einem Garten führte. Sie stellten sich unter einen Baum, und René-Claude flüsterte seiner Braut zu: »Jetzt darf ich Euch zu meiner Frau machen.« Und sie besiegelten ihre Liebe.

Sie waren noch eine Tagesreise von Béjar entfernt, und Don Ramón hatte sich schon beinahe dazu entschlossen, bald mit René-Claude über Trinidads Mitgift zu reden. Die meisten Soldaten waren vorausgaloppiert, um die Stadt von der Rückkehr der Saldañas in Kenntnis zu setzen, und während die nun kleine Karawane begann, durch eine Furt ans andere Ufer des Río Medina zu gelangen, griffen die Apachen an. Es waren mehr als zwei Dutzend Krieger. Kaum hatten sie Trinidad gesehen, versuchten sie das Mädchen gefangenzunehmen. Im Lager würde sie ein begehrter Siegespreis sein.

Doch nun sprengte René-Claude auf sie los, trieb sie zurück und wurde von drei Pfeilen in die Brust getroffen. Sein Pferd raste blindlings weiter, auf die Indianer zu, die es nun darauf anlegten, ihn lebend zu fassen, um sich an den grausamen Martern zu ergötzen, denen sie ihn unterziehen würden. Mit letzten Kräften hieb er auf sie ein, bis sie ihm, um ihn zu bezwingen, die Kehle durchschnitten.

Die Saldañas brachten Trinidad in ihr Haus an der Plaza, wo sie in eine Art Koma verfiel. Sie wollte nicht glauben, daß ihr junger Mann von der Erdoberfläche verschwunden, daß er tot war. Dieser Dämmerzustand hielt mehrere Tage an. Fray Ybarra, der neue Priester, der nach Norden gekommen war, um zu überprüfen, ob man die Missionen schließen sollte, kam, um mit ihr zu sprechen, aber sie starrte an ihm vorbei und blieb stumm. Am fünften Tag schließlich schüttelte er sie und sagte streng: »Du hast schon fünf Tage verloren. Steh jetzt auf und zieh dich an!«

Als sie wieder zu Kräften gekommen war, gewann Trinidad allmählich auch wieder die Kontrolle über sich. René-Claude war tot. Fray Ybarra versuchte sie dazu zu bringen, sich ihrer Situation bewußt zu werden. »Du bist fünfzehn Jahre alt. Viermal soviel Jahre liegen noch vor dir, und du mußt sie gut nutzen. Gott wollte, daß du die Mutter von Kindern sein solltest. Das ist deine stolze Bestimmung, auf sie mußt du hinarbeiten.«

Trinidad weigerte sich standhaft, dies zu tun. Mit wachsendem Unmut beobachtete der strenge Fray Ybarra, wie sie in der Stadt umherging, als ob sie eine verheiratete Frau wäre. Aus keinem besonderen Grund faßte er eine tiefe Abneigung gegen diese junge Frau mit dem schiefen Mund, die immer höhnisch zu grinsen schien, wenn er etwas sagte. Er begann sie aufmerksam zu beobachten in der Hoffnung, daß sie schwanger war, und es ärgerte ihn sehr, als sich herausstellte, daß sie kein Kind erwartete.

Während er weiter seinen Pflichten nachging – Pflichten, die ihm vom Vizekönig zugeteilt worden waren, der seit langem argwöhnte, daß die Kosten der Missionen im Norden, verglichen mit den mageren Resultaten ihrer Arbeit, ungerechtfertigt waren –, entwickelte er ausgeprägte Haßgefühle gegen die Mission Santa Teresa, deren frommen Gründer, Fray Damián, Trinidads Großonkel, er als Scharlatan ansah. Trinidad selbst war, davon war er überzeugt, ein lockeres, respektloses Mädchen, das kein gutes Ende nehmen würde, und er zog mehrmals in Erwägung, sie zu exkommunizieren, kam aber dann wegen des Ansehens der Saldañas und ihrer Freundschaft mit den Veramendis wieder davon ab.

Als er eines Morgens über die Plaza ging, beobachtete er, wie Trinidad ihr Haus verließ, vermutlich um sich auf ungebührliche Weise in anderer Leute Angelegenheiten zu mischen. Aber dann sah er sie über die Plaza auf Amalia Veramendi zulaufen und ihre Arme um den Hals der Freundin schlingen. Nachdem sich die Mädchen einige Minuten angeregt unterhalten hatten, gingen sie Arm in Arm davon. Er fragte sich, was sie wohl für Geheimnisse miteinander teilten.

Diese Frage war leicht zu beantworten. Seit dem Tag des Überfalls durch die Apachen war Trinidad nicht imstande gewesen, René-Claudes Namen auszusprechen, obwohl sie sich verzweifelt bemühte. Jetzt aber, in Gesellschaft einer gleichaltrigen mitfühlenden und interessierten jungen Frau, konnte sie endlich frei sprechen: »Du kannst dir nicht vorstellen, wie wunderbar er war, Amalia.« Das war kein guter Anfang, denn Amalia sah ihre Freundin von der Seite an und dachte: Du würdest dich wundern, was ich mir alles vorstellen kann.

Trinidad, ohne zu merken, welche Neidgefühle sie erweckte, hing weiter ihren schmerzlichen Erinnerungen nach. Amalia, die vermutete, daß ihre Freundin in den Genuß von Erfahrungen gekommen war, die ihr selbst bisher versagt geblieben waren, wäre gern tiefer in die Materie eingedrungen, unterließ es aber. So begierig die jungen Frauen einerseits waren, aus sich herauszugehen, so sehr scheuten sie andererseits vor ehrlichen Fragen und Antworten zurück. »Wenn man einen Mann liebt«, setzte Amalia an, »also, ist da... ich meine, dann macht man...«

Das hätte Trinidad ermutigen sollen, frei zu sprechen. Statt dessen überlegte sie, lächelte und sagte: »Es ist schön.«

»Dieser neue Priester, Vater Ybarra, er verurteilt es. Er scheint Angst vor der Liebe zu haben.«

»Vater Ybarra ist ein Dummkopf.« Es war unüberlegt von Trinidad, das zu sagen, denn der Priester erfuhr davon. Nun stand sein Entschluß fest: Er würde mit den Saldañas abrechnen, so angesehen sie auch sein mochten.

Das war der Stand der Dinge, als ein einsamer Fremder den Camino Real aus dem Norden herunterkam. Kein Soldat eskortierte ihn, kein indianischer Späher beschützte ihn. Er war ein großgewachsener, schlanker Mann Ende zwanzig, dem ein Schneidezahn fehlte. Er stellte sich als Mordecai Marr vor, Kaufmann aus Mobile mit guten Verbindungen in Nueva Orleans. Er führte ein Pferd am Zügel, das seit drei Tagen lahmte, und drei Maultiere, die mit Waren von beachtlichem Wert beladen waren, die er in Béjar zu verkaufen gedachte.

Noch bevor er in einem Gasthof abstieg, fragte er nach dem Haus von Don Ramón de Saldaña. Er begab sich geradewegs dorthin, band sein Pferd an einen Baum und ließ die Maultiere einfach stehen. Auf ganz unspanische Art klopfte er an die Tür und forderte von Natán, dem Schwarzen, der ihm öffnete: »Yo deseo ver Don Ramón de Saldaña. Yo tengo una letra para él.« Er sprach korrektes Spanisch, aber mit fürchterlichem Akzent und gebrauchte das Wort *letra* statt *carta*, wie es richtig hätte heißen müssen.

Als Don Ramón erschien, gab der Fremde zu verstehen, daß er erwartete, ins Haus gebeten zu werden. »Ich habe einen Brief von der Familie d'Ambreuze in Nueva Orleans für Euch. Sie erfuhren, daß ich hierherkommen würde.«

Don Ramón war nicht der Mann, der sich zwingen ließ, eine Einladung auszusprechen, und schon gar nicht an einen Menschen wie diesen unverschämten Americano. Er trat einen Schritt vor bis er den ganzen Türrahmen ausfüllte, und sagte freundlich: »Es freut mich, eine Mitteilung von der ehrenwerten Familie zu erhalten, von der ich erhoffte, sie mit der meinen zu verbinden.« Er nahm den Brief und wollte schon die Tür schließen, als Marr ihn am Ärmel packte.

»Ist es wahr, was man sich erzählt? Daß die Apachen den Franzosen getötet haben?«

»Ja.«

»Mich haben sie auch verfolgt, vor zwei Tagen. Ich habe mich auf die Lauer gelegt und zwei von ihnen erschossen.«

Er machte einen neuerlichen Versuch, das Haus zu betreten, aber Ramón drückte die Tür zu und ließ ihn auf der Straße stehen.

Don Ramón beschloß, seiner Enkelin den Brief nicht zu zeigen; er fürchtete, er könnte ihren schon abklingenden Schmerz von neuem entfachen. Doch als er das Schreiben ein zweites Mal durchlas und die große Wärme spürte, die sich darin offenbarte, Aufrichtigkeit einer Familie, die sich die Mühe gemacht hatte, den Brief von einem Beamten in Nueva Orleans in korrektes Spanisch übersetzen zu lassen, änderte er seinen Entschluß.

Trinidad kam nach Hause gestürmt wie ein Kind. »Großvater! Amalia hat mir erzählt, daß ein Brief von René-Claude gekommen ist! Der Mann war zuerst bei ihnen; er hat sich nach einem Zimmer erkundigt und erwähnt, daß er einen Brief von René-Claude hat.«

»Von seiner Familie.«

»Das ist doch ganz gleich«, rief sie, hüpfte auf und nieder und streckte die Hand nach dem Brief aus.

»Hör auf damit! Du bist jetzt eine junge Frau, kein Kind mehr!«

Trinidad wandte sich von Don Ramón ab und begann zu weinen. »O Großvater, ich habe ihn so sehr geliebt! Das Leben erscheint mir jetzt so leer, wenn ich daran denke, was hätte sein können!«

Der alte Mann setzte sich neben sie und legte seinen Arm um ihre Schultern. »Ich habe sieben Söhne und eine geliebte Frau verloren. Ich weiß, wie entsetzlich dieser Schmerz sein kann.« So saßen sie eine Weile. Dann straffte sie die Schultern und fragte: »Darf ich den Brief haben, Großvater?«

»Natürlich«, murmelte er sanft, erhob sich und ließ sie allein im Zimmer zurück.

Nach einer langen Weile ging sie zu ihrem Großvater und gab ihm den Brief zurück. »Ihr und ich, wir haben eine gute zweite Familie verloren. Ich werde in Eurem Kontor schreiben.«

»Was willst du denn schreiben?«

»Ich möchte sie herzlich grüßen und ihnen sagen, was für gute Menschen Ihr seid, Ihr und meine Mutter. Sicher werden sie von mir hören wollen.«

Als sie später zu Amalia hinüberlief, die ein Jahr älter war, kam es ihr vor, als wäre sie die reifere von ihnen beiden, und sie sprach zu ihr wie ein Erwachsener zu einem Kind: »Ich bin so froh, daß du mir von dem Brief erzählt hast. Ich glaube nämlich, mein Großvater wollte ihn vor mir verstecken, aus Angst, er könnte mich aufregen.«

»Kannst du ihn denn noch sehen? Ich meine, in deiner Vorstellung.«

»Er steht an jeder Ecke.«

»Aber du wirst doch heiraten, nicht wahr?«

»Großvater sagt, das werde ich müssen. Wenn er stirbt, werde ich das Haus und den Rancho erben. Aber ich spiele mit dem Gedanken, Nonne zu werden.«

»Aus dir würde eine wunderbare Nonne werden und eines Tags, bei deiner Intelligenz, Oberin Trinidad.«

Trinidad sprach oft mit Amalia über die Möglichkeit, ins Kloster zu gehen. »Aber als ich heute nacht ernsthaft darüber nachdachte, fiel mir ein, daß ich, um Nonne zu werden, die Billigung von Vater Ybarra oder einem anderen Geistlichen bräuchte...«

»Vater Ybarra verleidet einem direkt die Religion!«

Sie grübelten über die Frage nach, was die Kirche bloß veranlaßt haben mochte, einen so eingebildeten und egozentrischen Mann in eine Position zu erheben, die ihn mit solcher Machtbefugnis ausstattete. Trinidad meinte: »Wahrscheinlich bekommen alle Städte früher oder später einen Mann wie Vater Ybarra. Das einzig Gute ist, daß er seinen Bericht über die Missionen fast fertig hat und die Stadt bald verlassen wird.«

Nun schnitt Amalia ein interessantes Thema an. »Ich war zu Hause, als er ankam.«

»Vater Ybarra?«

»Nein. Der Americano.«

»Wie sieht er denn aus?«

»Er ist sehr groß. Ein Weißer. Ganz bestimmt kein Mestize. Verfilztes Haar und graue Augen hat er. Vorn fehlte ihm ein Zahn. Eine tiefe Stimme. Um die Wahrheit zu sagen, Trinidad, er hat mir Angst gemacht.«

»Wie hast du denn mit ihm gesprochen? Ich meine, kann er Spanisch?«

»Ja. Aber er spricht zögernd und langsam, wie ein kleiner Junge, wenn er komplizierte Wörter lernt.«

»Wo ist er jetzt?«

»Du kennst doch die Insulaner hinter der Plaza, diese netten Leute mit dem großen Haus? Großvater hat ihn rübergeschickt, und ich glaube, sie haben ihn aufgenommen.«

Aber schon zwei Tage später stellten Trinidad und Don Ramón überrascht fest, daß Mr. Marr mittlerweile in den Besitz eines kleinen Hauses auf der anderen Seite der Plaza gekommen war. Es war ein Speicher, in dem er seine Waren lagern wollte, bis sie nach Saltillo oder Chihuahua weiterversandt werden konnten. Die Bürger von Béjar erfuhren schnell von der ausgezeichneten Qualität der gelagerten Güter und begannen dem Americano zuzusetzen, er möge ihnen doch auch die Möglichkeit geben, etwas davon zu kaufen, und langsam, fast verstohlen, verkaufte er mal einen Kupferkessel, mal einen Ballen Tuch, bis er eine Art inoffiziellen Laden betrieb.

Ob er wohl eine Genehmigung hat? fragte sich Don Ramón, der das Kommen und Gehen auf der gegenüberliegenden Seite der Plaza beobachtete. Offenbar hatten sich auch andere diese Frage gestellt, denn schon vier Tage nach der »Eröffnung« erschienen der Hauptmann aus dem Presidio und der Richter der Stadt in dem Speicher und verlangten Mr. Marrs Papiere zu sehen.

Ohne zu zögern, legte Marr die Papiere vor: Die Dokumente waren in México-Stadt und Nueva Orleans gestempelt und gaben Mordecai Marr das Recht, in den Provinzen Tejas und Coahuila Handel zu treiben. »Wir nehmen sie mit und werden sie uns genauer ansehen«, sagte der Richter, aber Mr. Marr nahm sie ihm mit festem Griff wieder aus der Hand und erklärte: »Diese Papiere bleiben in meinem Besitz!« Dann nahm er sofort eine fast unterwürfige Haltung ein und fragte den »guten« Hauptmann und den »verehrten« Richter: »Was meint Ihr, wo könnte ich in Eurer Stadt wohl ein Haus finden, das zum Verkauf steht? Es gefällt mir hier so gut, daß ich gar nicht weiterziehen möchte.«

Die Herren erwähnten, es könnte da auf der anderen Seite der Plaza eines geben, und verabschiedeten sich freundlich. Sie überquerten die Plaza, klopften an die Tür von Don Ramón de Saldaña – eines in solchen

Dingen erfahrenen Mannes – und baten ihn, seinen Sklaven Natán um Don Veramendi zu schicken. Die vier nahmen in Don Ramóns blühendem Garten Platz. Trinidad, die mit Getränken, kandierten Früchten und Kuchen hin und her eilte, fing einige Gesprächsbrocken auf.

»Seinen Papieren zufolge kam er ursprünglich aus Philadelphia. Was wissen wir über Philadelphia?« Ihre gesamte Information in puncto Philadelphia ging dahin, daß es angeblich die größte Stadt der neuen Nation im Norden war. Sie war der wichtigste Schauplatz der vor kurzem stattgefundenen Revolution gegen England gewesen. Und sie hatte einen ausgezeichneten Hafen.

»Was wissen wir denn überhaupt von den Vereinigten Staaten, die uns so hart zu bedrängen scheinen?« Sie wußten, daß es dreizehn Staaten gab; vielleicht waren es in den letzten Jahren auch mehr geworden. Einer der Herren wußte zu berichten: »Man hat mir erzählt, daß sie alle Protestanten sind und daß viele Staaten uns Katholiken gar nicht einreisen lassen.«

»Mr. Marr ist der erste Bürger der Vereinigten Staaten, den wir kennengelernt haben – und kein besonders vertrauenswürdiger«, sagte der Richter.

»Ich denke, wir müssen zu dem Schluß kommen, daß er ein Spion ist«, meinte der Hauptmann.

»Spion? Welches Ziel sollte er verfolgen wollen?«

»Allgemeine Informationen sammeln, die alle Armeen brauchen«, antwortete ihm der Hauptmann. »Warum sonst hat er wohl alle Straßen unserer Stadt ausspioniert?«

»Er hat sich nach einer Unterkunft umgesehen«, beantwortete Don Lázaro diese Frage.

»Ich meine dennoch, wir haben da einen sehr gefährlichen Mann in unserer Mitte«, sagte der Richter, und er wollte schon gewisse Schutzmaßnahmen vorschlagen, als Vater Ybarra mit rotem Kopf hereinplatzte; er war offensichtlich verärgert, weil man ihn zu einer so wichtigen Sitzung nicht zugezogen hatte.

»Warum wurde ich nicht benachrichtigt?« schnaubte er, und nachdem Trinidad ihm ein Glas Wein gebracht hatte, das er gereizt entgegennahm, fügte er hinzu: »Bei einer Beratung wie dieser muß ich anwesend sein. Schließlich bin ich es, der dem Vizekönig über die Lage hier oben berichten wird.«

»Wir haben uns ganz zufällig getroffen«, log der Hauptmann. »Der Richter und ich haben seine Papiere überprüft, wie es unsere Pflicht war.«

»Was hat er denn für Papiere?«

»Es ist nichts an ihnen auszusetzen. Er ist von der Hauptstadt autorisiert, in unserer Provinz Handel zu treiben. Die Zölle hat er pünktlich erlegt.«

»Wird er Katholik werden?« wollte Ybarra wissen. »Das Gesetz sagt, daß er es werden muß.«

»Wenn er Land haben will, muß er das wohl«, wich der Richter aus. »Aber als Kaufmann... Ich bin nicht sicher, was das Gesetz in diesem Fall vorschreibt.«

»Aber er muß doch auf jeden Fall spanischer Bürger werden«, drängte Ybarra.

»Auch in diesem Punkt bin ich mir nicht sicher. Steht diesbezüglich etwas in seinen Papieren, Hauptmann?«

»Nichts Konkretes.«

»Wißt Ihr, was ich denke?« schaltete sich abermals Ybarra ein. »Ich denke, er ist ein Spion, den die Amerikaner hergeschickt haben, um herauszufinden, wo sie uns angreifen können.«

Der Richter sah den Hauptmann an, und der sagte listig: »Wir glauben, daß Ihr recht habt. Wir müssen ihn alle beobachten.«

Vater Ybarra, der jetzt glaubte, die Beamten auf seiner Seite zu haben, stieß triumphierend hervor: »Sowie er Land erwerben will, bekommt er es mit mir zu tun. Weil wir doch Nichtkatholiken das Recht, Land zu erwerben, nicht zugestehen. Ist das richtig?«

»Völlig richtig«, sagte der Richter, fügte jedoch gleich hinzu: »So lautet das Gesetz, aber es läßt sich leicht umgehen.«

»Wie denn?«

»Ausländer heiraten unsere Frauen und kommen so in den Besitz von Land.«

»Ein Mann wie Marr wird sich nie niederlassen«, meinte der Priester, »so gern er auch Land haben möchte.«

Wie er doch irrte! Nach knapp einer Woche fragte Mr. Marr schon in seinem langsamen, geduldigen Spanisch, wie man es anstellen müsse, in Béjar Land zu erwerben. Und mit der Zeit akzeptierte Béjar ihn. Ein Insulaner begann ihm die Umgebung zu zeigen, wobei er ihm jeweils sagte, wem was gehörte. »So weit Ihr sehen könnt und dann noch zweimal soviel gehört Gertrudis Rodríguez.« Bei einem anderen, zwei Tage dauernden Ausflug hieß es: »Dieser große Besitz gehört der angesehenen Familie Rivas.« Der Ausflug, der Marr am besten zu gefallen schien, führte ihn den Río Medina hinauf: »Hier der Rancho Pérez, da oben Ruiz, Navarro bei der Biegung.« Und am zweiten Tag ließ der Mann ihn wissen: »Hier, in der großen Biegung, das ist der Rancho El Codo. Er gehört den Saldañas. Früher einmal war er Teil der Mission Santa Teresa, aber er ging dann an die Familie ihres frommen Gründers über.«

»Wie viele Hektar?«

»Enorm groß. Wer kann sie zählen?«

»Und die Veramendis, wo ist ihr Rancho?«

»Größer als alles, was Ihr hier seht, aber unten in Saltillo. Und er gehört einem anderen Zweig der Familie.«

Sie verbrachten die Nacht auf El Codo, wo sich schmerzlich bemerkbar machte, daß die tüchtigen Garzas nicht mehr die Aufsicht führten. Don Ramón hatte andere Familien hergebracht, aber diese Leute taten nicht viel mehr, als dickere Mauern zu bauen, um sich gegen mögliche Überfälle der Komantschen zu schützen, und in eben derselben Nacht, gegen vier Uhr früh, schlugen die Indianer zu. Sie griffen nicht das große Adobehaus an, in dem Marr und seine Begleiter zusammen mit der gastgebenden Familie schliefen, sondern ein kleineres, wo sie zwei Mestizen und eine der Frauen töteten; mit der anderen Frau und deren zwei kleinen Mädchen galoppierten sie dann davon.

Im Lager herrschte helle Aufregung. Marr rief laut nach Ordnung: »Ich brauche eure besten Pferde und alle eure Gewehre!«

Ein durch den Überfall völlig verängstigter Mann versuchte Marr von der Verfolgung der Indianer abzubringen, aber der stämmige Americano schrie: »Wir werden sie töten und die Kinder zurückbringen.«

Und genau das tat er. Zwei Tage lang stießen sie nach Westen vor, dann machten sie kehrt, ritten zurück und überraschten die Komantschen, die mit ihren Gefangenen gerade sorglos einen Hügel herunterkamen. Nach einer ersten Salve, die mehrere Indianer tötete, jagte Marr, sein Gewehr wie einen Knüppel schwingend, auf die zwei Kinder zu, brachte sie hinter dem Hügel in Sicherheit und kehrte dann in die Schlacht zurück, aus der sich die Komantschen bald zurückzogen.

Die anderen fünf Männer hatten einen Indianer gefangengenommen. Als Marr von den weinenden Kindern erfuhr, daß ihre Mutter kurz nach der Gefangennahme gemartert und erschlagen worden war, geriet er in blindwütige Raserei, sprang auf den Komantschen zu, warf ihn zu Boden und schlug ihm mit einem großen Stein den Schädel ein.

Die Nachricht von seiner heldenhaften Rettungsaktion erreichte Béjar noch vor Marrs Rückkehr. Ein Arbeiter vom Rancho hatte sie verbreitet, wobei er nichts tat, um die Tollkühnheit des Americanos herabzuwürdigen. Es geschah nur selten, daß Gefangene der Komantschen in die Zivilisation zurückkehrten. Entweder wurden sie in immerwährender Sklaverei gehalten oder aber über einem Feuer in Stücke gehackt. Jeder, der tapfer genug war, den Komantschen nachzujagen und ihnen auch noch Gefangene zu entreißen, galt fürwahr als ein Held.

Bei verschiedenen Gelegenheiten erbrachte Mr. Marr nun neue Beweise für seinen Hang zum Jähzorn. Eines Tages rügte ein Fremder aus Saltillo, daß ein Stoff zu teuer sei, worauf Marr ihm geduldig auseinandersetzte, daß er seine Ware über Land aus Nueva Orleans kommen lasse und nicht mit dem Schiff über Vera Cruz. Der Kunde wies darauf hin, daß Béjar viel weiter von Vera Cruz entfernt sei, und Marr stimmte ihm höflich zu: »Weiter entfernt, ja, aber von Vera Cruz ins Landesinnere gibt es ausgebaute Straßen, von Nueva Orleans herunter größtenteils nur Karrenwege und Indianerpfade.«

»Trotzdem...«

Wie Zeugen berichteten, packte Mr. Marr den Mann aus Saltillo bei den Ohren, zerrte ihn zur Tür und warf ihn auf die Straße. »Dann kauft Euren verdammten Stoff eben in Vera Cruz!« rief er ihm nach. Danach diskutierten die Leute mit Mr. Marr nie wieder über Preise.

Nachdem Trinidad von drei oder vier ähnlichen Begebenheiten gehört hatte, kam sie zu der Überzeugung, daß er ein besonders rüpelhafter Americano war, und beschloß, nichts mit ihm zu tun zu haben. Als er an einem der nächsten Tage die Plaza überquerte, um mit ihr zu sprechen, wies sie ihn zurück. Noch am gleichen Nachmittag jedoch kam Amalia mit einer Neuigkeit zu den Saldañas gelaufen, die Trinidad veranlaßte, ihre Meinung zu ändern. »Hast du schon von Mr. Marrs bewundernswerter Initiative gehört?« Als Trinidad zu seinem Lagerhaus hinüberging, sah sie auf dem Tresen eine kleine Holzschachtel mit der Aufschrift: *Para Las Niñas Huérfanas* stehen. Darin befanden sich drei Silberstücke – sein eigener Beitrag für die zwei von den Komantschen zu Waisen gemachten Kinder. Bald würde er ein schönes Sümmchen beisammenhaben, das er jener Insulanerfamilie geben wollte, die die kleinen Mädchen bei sich aufgenommen hatte.

Trinidad suchte nun eine Gelegenheit, um mit dem Americano zu sprechen. Zunächst war sie wenig angetan von dem großen, derben Mann mit dem fehlenden Zahn, denn er entsprach genau dem Bild, das Don Ramón ihr von den Americanos gezeichnet hatte: arrogant, unkultiviert und protestantisch. Aber er war auch faszinierend, und sie begann, ihn trotz ihrer Vorbehalte ab und zu in seinem Lagerhaus zu besuchen und ein wenig mit ihm zu plaudern, und eines Tages konnte sie Don Ramón mit einer außergewöhnlichen Neuigkeit überraschen: »Mr. Marr tritt zum Katholizismus über!«

Ja, er war zu Vater Ybarra gegangen und hatte ihm mit geziemender Demut mitgeteilt: »Ich möchte konvertieren.« Der Priester, begierig, einen so spektakulären Mann für die Kirche zu gewinnen, vergaß seine frühere Animosität und begann sogleich mit der religiösen Unterweisung. Eines Sonntags beim Gottesdienst konnte der Priester der Gemeinde verkünden: »Heute ist der letzte Ungläubige unserer Stadt in die heilige Kirche eingetreten, und wir heißen ihn willkommen. Jesus Christus freut sich heute, Don Mordecai!« Von diesem Tag an wurde er nicht mehr mit Mister, sondern mit Don angesprochen.

Aber Marr sollte bald feststellen, daß es für einen Fremden keine leichte Sache war, in einer Grenzprovinz Land zu erwerben. All seine Bemühungen führten zu nichts. Gutes Land stand nicht zum Verkauf, und man legte ihm Hindernisse in den Weg, sobald er sich für angrenzende Areale interessierte. Er ließ sich Karten vorlegen und fand darauf große Gebiete niemals beanspruchten Landes, aber immer wieder wurden ihm Beschränkungen auferlegt. Nicht anders erging es ihm mit einem Haus in Béjar selbst. Keines stand offiziell zum Verkauf, obwohl ein halbes Dutzend vor seiner Nase den Besitzer wechselte. Da griff Marr zu einer anderen Strategie: »Ich werde eine Frau suchen und dann schon sehen, wie ich zu einem guten Stück Land komme.«

Schon am nächsten Vormittag begann er Trinidad de Saldaña größere Aufmerksamkeit zu schenken, denn die Karte hatte gezeigt, daß sich ihres Großvaters ausgedehnte Anbau- und Weideflächen von El Codo sehr günstig genau dort ausbreiteten, wo der Camino Real nach Béjar abbog. Der Alte kann ja nicht ewig leben, sagte er sich, während er den Rancho von einem Hügel aus studierte. Wenn er stirbt, erbt alles seine Enkelin, und es könnte einem Mann Ärgeres passieren, als sie heiraten zu müssen.

Er fing an, ihren Weg zu kreuzen, wenn sie die Plaza überquerte, und mit ihr zu sprechen, wenn sie mit ihrer Freundin Amalia unter den Bäumen saß. Er gab sich große Mühe, zu Abendgesellschaften eingeladen zu werden, an denen auch sie und ihr Großvater teilnahmen, und als Engracia de Saldaña an einem Fieber starb, erschien er mit einem großen Paket mit Süßigkeiten aus Nueva Orleans als seinem Beitrag zum Leichenschmaus im Haus der Saldañas.

Die von neuem Leid betroffene Trinidad merkte nichts von Don Mordecais Plan, durch geschickte Werbung an ihr Land heranzukommen, aber Don Ramón roch den Braten sofort, und nun begann ein langes, zähes Ringen zwischen dem alten Spanier und dem draufgängerischen Neuankömmling.

»Ich wünsche, daß du mit Marr nicht mehr sprichst«, warnte Don Ramón seine Enkelin. »Der Mann hat keine ehrenhaften Absichten.«

Aber Trinidad hatte begonnen, über die Zukunft nachzudenken, und sie sah nur Einsamkeit vor sich. Der Mann, den sie geliebt hatte, war tot. Ihre Mutter war tot. Don Ramóns Kräfte ließen nach; wenn er starb, würde sie El Codo allein verwalten müssen. So suchte sie zwar nicht aktiv nach einem Ehemann, aber es blieb ihr nicht verborgen, daß Mordecai Marr ein energischer Bursche war, der viele ihrer Probleme lösen könnte. Sie sah in ihm einen Mann von Charakter, und wirklich verfügte er über eine Vitalität, an der es ihrem Leben und dem Leben der Stadt mangelte. Sie mochte ihn nicht und war doch beeindruckt von ihm.

Sie betrachtete ihn noch nicht als möglichen Heiratskandidaten – ihre Gefühle waren jetzt vom Kummer über den Tod ihrer Mutter beherrscht –, aber sie war weder überrascht noch ungehalten, als er sie eines Tages in einem Gäßchen traf, wo keiner sie sehen konnte, und sie ziemlich heftig küßte. »Es tut mir leid«, entschuldigte er sich sofort. »Bitte verzeiht mir.« Noch bevor sie etwas sagen konnte, küßte er sie ein zweites Mal, noch heftiger. Dann zog er sie über die Plaza und in sein Lagerhaus hinein. Er packte sie an der Schulter. Sie versuchte zu schreien, aber er brachte sie mit leidenschaftlichen Küssen zum Schweigen. Als sie sich losreißen wollte, hinderte er sie mit Gewalt daran. Bald lag sie am Boden und er auf ihr. Sie hörte auf, sich zu wehren, und erduldete seine Stöße in verzweifelter Erregung.

In den folgenden Tagen versuchten Trinidad und Marr, jeder auf seine Art, sich über das, was geschehen war, und über die Konsequenzen klarzuwerden. Auf einsamen Spaziergängen am Fluß entlang kam Marr zu dem Schluß, daß er Don Ramón dessen Einwände ausreden und um Trinidads Hand anhalten müsse, wodurch er eine gute Frau und ein prächtiges Stück Land gewinnen würde. Was Trinidad anging, so mochte er sie und zweifelte nicht daran, daß er glückliche Jahre mit ihr verbringen würde. Es kam ihm überhaupt nicht in den Sinn, daß er sie mit seinem rohen Betragen verletzt haben könnte.

Trinidad hatte da größere Probleme zu bewältigen. Beim Tod ihres Großvaters würde sie zusätzlich zum Rancho El Codo alle Grundstücke in der Stadt erben, die den Saldañas gehörten, und sie wollte diese Verantwortung nicht allein übernehmen. Für Mordecai Marr sprach viel; gegen ihn aber sprachen seine Unbeherrschtheit, seine schlechten Manieren und die Tatsache, daß er ein Americano zweifelhafter Herkunft war. Seine Bereitschaft, zur wahren Religion überzutreten, war allerdings zu seinen Gunsten auszulegen, und seine Liebe zum Land ließ sie denken, daß er ein guter Hüter ihrer Besitztümer sein würde.

Einige Tage später ging sie wieder ins Lagerhaus und erklärte Marr in strengem Ton: »Ihr habt Euch wie ein Tier betragen, Señor Marr, und ich möchte so etwas nicht mehr erleben!« Von ihrer Reaktion ehrlich überrascht, versprach er: »Ich werde Euch nie mehr kränken. Glaubt mir, ein Mann wie ich, der immer auf Wanderschaft war, der lernt nicht, wie er mit Mädchen umgehen muß.« Als sie sich diesmal liebten, war er sehr zärtlich.

Nach diesen verwirrenden Erfahrungen regte sich in ihr der Wunsch, mit jemandem zu reden, und wieder einmal wandte sie sich an Amalia Veramendi.

»Würdest du je einen Americano heiraten?« fragte Trinidad. »Don Mordecai ist ein attraktiver Mann, und er arbeitet fleißig.«

»Warst du bei ihm im Lagerhaus?«

»Na ja, er hat mich geküßt.«

»Was ist er denn für ein Mann? Verglichen mit deinem Franzosen, meine ich.«

»Sie sind sehr verschieden, Amalia.« Sie zögerte. »Aber ich glaube, alle Männer sind verschieden.«

»Glaubst du, er wird hierbleiben... für immer?«

»O ja!« antwortete Trinidad voller Zuversicht. »Er will Land kaufen und sich niederlassen. Das hat er gesagt.«

»Ich habe gehört, wie er Vater erzählte, er werde sein Kontor nach Saltillo verlegen.«

»Tatsächlich?« Trinidad war überrascht, denn Marr hatte diese Möglichkeit nie erwähnt.

»Er hat davon gesprochen, daß er ein Stück von unserem Land in Saltillo kaufen möchte.«

»Hat dein Vater gesagt, daß er verkaufen wird?«

»Nein. Die Veramendis verkaufen nicht.«

Das Problem, das die zwei jungen Frauen beschäftigte, wurde akut, als Don Mordecai, begleitet von Vater Ybarra, zu einem formellen Besuch in Don Ramóns Haus erschien und ihn um Erlaubnis bat, seine Enkelin Trinidad heiraten zu dürfen. Zum Erstaunen des alten Herrn legte Marr ihm spanische Übersetzungen dreier in Philadelphia ausgestellter, von Geistlichen und einem Richter ausgefertigter Dokumente vor, die Mordecai Marr und seiner Familie einen ausgezeichneten Ruf bescheinigten.

Don Ramón ließ die beiden Herren in der großen Eingangshalle zurück und ging auf die Suche nach seiner Enkeltochter. Mit einem trüben Lächeln mußte er ihr gestehen: »Er ist nicht das, was ich wollte, und sicher ist er nicht das, was Ihr wolltet, aber...«

»Es gab nur einen René-Claude«, flüsterte Trinidad.

»Nimmst du ihn?« fragte er, und sie nickte.

Der Heiratsantrag wurde nicht offiziell bekanntgegeben, aber bald breiteten sich Gerüchte in Béjar aus und erreichten sogar den Rancho, so daß Don Mordecai, als er in Begleitung von zwei Soldaten hinausritt, um seinen zukünftigen Besitz zu inspizieren, mit Glückwünschen und einem Krug Wein begrüßt wurde, den er zusammen mit den mexikanischen und indianischen Familien leerte, die bald für ihn arbeiten würden. In ganz Béjar gab er dasselbe Versprechen ab: »Wir werden auf Dauer bauen. Wir werden Béjar zu einer bedeutenden Stadt machen.« Doch als die Stadt schon überzeugt war, in Don Mordecai einen neuen Bewohner von großer visionärer Kraft und außerordentlichen Führungsqualitäten zu besitzen, wurde sie von der offiziellen Mitteilung erschüttert, daß er nun doch nicht Trinidad de Saldaña, sondern Amalia Veramendi heiraten würde.

Ja, diese mächtige Familie war mit einem verlockenderen Vorschlag an ihn herangetreten: Wenn er Amalia heiratete, würde sie mehr als sechzehntausend Hektar besten Landes unweit von Saltillo als Mitgift bekommen. Das Aufgebot wurde an der Kirchentür angeschlagen, viele Glückwünsche wurden ausgesprochen; und weil der Heiratsantrag, den er Trinidad gemacht hatte, nur eine formlose Vereinbarung gewesen war, verzieh die Gemeinde Don Mordecai seinen Wankelmut.

Trinidad erfuhr die Neuigkeit rein zufällig von einem Dienstmädchen: »Ich habe der Köchin der Veramendis versprochen, ihr beim Backen der Hochzeitstorte zu helfen.«

»Wer heiratet denn da drüben?« fragte Trinidad.

»Amalia heiratet Don Mordecai.«

Trinidad weinte nicht; sie bekam nicht einmal einen Zornausbruch; sie ging still in den Garten, lehnte sich an einen Baum und dachte über Don Mordecai nach: über sein arrogantes Auftreten, seine brutalen Liebkosungen, seine ehrlich gemeinten Versprechungen, sich zu bessern; über seinen Hunger nach Land; über die Versuchung, die in Form der Ländereien Veramendis an ihn herangetreten war. Und sie kam zu dem Schluß, daß sie das Pech gehabt hatte, einem Typ von Mann zu begegnen, der keine Moral und keine Ehre im Leib hatte. Durch die ihr zugefügte tiefe Kränkung völlig verunsichert, ging sie zu ihrem Großvater und bat ihn ganz ruhig, die Fakten in Erfahrung zu bringen. Wuterfüllt kam er zurück. »Dieser Dreckskerl hat um Amalias Hand angehalten, und seine Bewerbung wurde angenommen. Ich habe ihnen ganz offen von seinem früheren Interesse an dir erzählt und ihnen versichert, daß wenn...« Er konnte nicht weitersprechen. Der Zorn lähmte ihm die Zunge.

Zwei Tage später hatte er sich entschlossen, die Ehre seiner Familie zu retten. Im Schatten der Kirche schritt er über die Plaza, stieß die Tür zu Marrs Lagerhaus auf, versetzte ihm einen kräftigen Schlag ins Gesicht und forderte ihn zum Duell.

Anschließend begab er sich ins Presidio und bat einen jungen Leutnant, einen gewissen Marcelino, ihm als Sekundant beizustehen. Zusammen mit José Moncado, dem Kommandanten des Presidio, begab sich Marcelino zu Marr. »Ihr seid von einem Ehrenmann zum Duell gefordert worden. Er ist ein alter Mann, und seine Hand zittert. Sich mit ihm zu duellieren wäre ein Frevel. Bitte geht zu ihm und entschuldigt Euch.«

»Kommt nicht in Frage«, entgegnete Marr in seinem langsamen Spanisch. »Seit ich hier bin, hat er nicht viel anderes getan, als mich zu beleidigen.«

»Für einen ausgezeichneten Schützen wie Euch wäre es Mord, die Forderung dieses alten Mannes anzunehmen.«

»Ich habe vom ersten Tag an seine Beleidigungen einstecken müssen. Er hat mir die Tür seines Hauses vor der Nase zugeschlagen, hat mich nicht eintreten lassen.«

»Ihr besteht also darauf?«

»Jawohl. Amalias Bruder wird mein Sekundant sein.«

Die beiden Männer versuchten nun Don Ramón von seiner törichten Haltung abzubringen, indem sie ihn auf die schreckliche Gefahr hinwiesen, der er sich aussetzte: »Dieser Amerikaner hat schon mehrmals bewiesen, daß er ein ausgezeichneter Schütze ist. Ihr müßt Eure Forderung zurücknehmen!«

Don Ramón musterte seine Besucher wie ein unschuldiges Kind, das für etwas getadelt wird, was es nicht versteht und auch nicht getan hat. »Er hat meine Enkeltochter entehrt. Was sonst sollte ich denn tun? Ich schieße. Er schießt. Es geht um die Ehre.«

Jetzt suchten sie Unterstützung beim alten Don Lázaro – eine paradoxe Wahl, denn er war ja der Großvater der kleinen Veramendi, die Marrs Werbung angenommen und den ganzen Verdruß verursacht hatte. Dennoch bot er im Gespräch mit Don Ramón seine ganze Überredungskunst auf: »Mein lieber alter Freund, der Amerikaner wird Euch abschlachten. Ihr könnt doch eine schwere Pistole kaum heben, geschweige denn damit schießen.«

»Ich werde sie mit beiden Händen halten. Es geht um meine Ehre.«

Don Lázaro dachte kurz nach und nickte. »Es bleibt Euch wirklich keine andere Wahl. Gott schütze Euch.«

Bevor er ging, sagte er noch: »Ich hatte nichts mit Amalias Einwilligung zu tun.« Er verneigte sich vor Don Ramón und ging nach Hause.

So verließen an einem Junimorgen des Jahres 1792 zwei Gruppen von Männern die Stadt und begaben sich zu einer kleinen Anhöhe, die

Aussicht auf den Fluß südlich der Stadt gewährte. Eine ebene Stelle wurde abgesteckt, eine gerade Linie gezogen, und man bestimmte die Startplätze für die Duellanten. Hauptmann Moncado verkündete: »Ich werde bis fünfzehn zählen. Bei jeder Zahl werdet Ihr Euch einen weiteren Schritt voneinander entfernen. Wenn ich fünfzehn sage, dreht Ihr Euch um und feuert.« Dann änderte er seinen Ton und sprach plötzlich mit Leidenschaft: »Meine Herren, wollt Ihr es Euch nicht noch einmal überlegen? Für dieses Duell gibt es wirklich keine Rechtfertigung.« Die Duellanten schwiegen, und er fügte fast angewidert hinzu: »Nun gut. Ich beginne zu zählen.«

Bei jeder Zahl, die an diesem frischen Morgen erklang, bewegten sich die zwei so ungleichen Männer – ein alter spanischer Edelmann, der für sein Verständnis von Ehre einstand, und ein amerikanischer Eindringling mit einem eigenen Begriff von Gerechtigkeit – von einander fort.

»Vierzehn!« rief Moncado. »Fünfzehn!«

Don Ramón wirbelte herum und feuerte mit zitternden Armen. Die Kugel ging weit nach rechts.

»Don Mordecai!« brüllte Moncado. »Übt Gnade!«

Doch Marr, der diesen Fehlschuß vorausgesehen und abgewartet hatte, zielte sorgfältig, hielt seine Waffe unbewegt und feuerte eine Kugel ab, die den alten Mann mitten ins Herz traf.

Erst nachdem Don Ramón feierlich beigesetzt worden war, traten die verhängnisvollen Folgen des Duells zutage. Denn jetzt schien Fray Ybarra die Zeit gekommen, das Resultat seiner Nachforschungen über mögliche Fehlentwicklungen im Zusammenhang mit der Mission Santa Teresa bekanntzugeben. Hätte Marr Trinidad geheiratet, dann hätte Ybarra aus Rücksicht auf seinen Paradekonvertiten alle Anschuldigungen unterlassen; da Marr aber die kleine Veramendi heiratete, hinderte den Priester nichts mehr daran, seine Rachegelüste an jener jungen Frau auszulassen, die er verachtete: an Trinidad.

»Selbst eine oberflächliche Untersuchung«, schrieb er in seinem Bericht, »würde einem Richter genügen, um zu dem Schluß zu kommen, daß sich der sogenannte heilige Fray Damián de Saldaña, Gründer der Mission Santa Teresa in Béjar, schwerster Unregelmäßigkeiten schuldig gemacht hat, indem er den damaligen Vizekönig dazu verführte, einem listigen Plan zuzustimmen, auf Grund dessen Damiáns Bruder, Hauptmann Álvaro de Saldaña, in den Besitz von Land gelangte, das der

Mission Santa Teresa gehört hatte. Manche Leute nennen den Schwindel, auf dem dieser Handel beruhte, einen gewöhnlichen Akt der Familienfürsorge; andere bezeichnen ihn treffender als reinen Diebstahl. Obwohl die Mission Santa Teresa möglicherweise bald säkularisiert und ihr Besitz neu verteilt wird, erscheint mir die zwingende Notwendigkeit gegeben, dieses gestohlene Land unverzüglich zurückzuverlangen, damit eine gerechte Verfügung erfolgen kann. Ich empfehle, daß der Rancho El Codo in der Biegung des Río Medina westlich von Béjar, gegenwärtig noch im Besitz der Familie Saldaña, eingezogen und seinem rechtmäßigen Eigentümer, der Mission Santa Teresa, zurückerstattet wird.«

Als die Weisung, die diese Empfehlung guthieß, in Béjar eintraf, gaben Hauptmann Moncado und Fray Ybarra, der eine betrübt, der andere freudig, Trinidad bekannt, daß sie die zehntausend Hektar Land einschließlich aller darauf befindlichen Gebäude und alles weidenden Viehs an die Mission Santa Teresa zurückzugeben habe. Ihr blieben das Stadthaus und die wenigen über Béjar verstreuten Grundstücke. Sie willigte in alles ein, ohne Groll gegen Fray Ybarra erkennen zu lassen, der sie so sehr verfolgt und gedemütigt hatte. Wenig später erfuhr sie, daß die Fratres von Santa Teresa den Rancho El Codo nur vier Tage lang in Besitz hatten, bevor sie ihn an die Veramendis weitergaben, die ihn ihrer Tochter Amalia als Hochzeitsgeschenk übereigneten.

Der gesellschaftliche Skandal war schon längst vergessen, da verübten die Komantschen einen neuen Überfall. Sie versuchten El Codo zu überrennen, aber die Befestigungen dort hielten stand. So stürmten sie nach Béjar weiter und unternahmen einen so wütenden Angriff, daß Hauptmann Moncado alle Männer und Frauen und sogar Kinder einsetzen mußte, um sie abzuwehren.

Wie rasend griffen sie die Stadt an; obwohl sie viele töteten, gelang es ihnen nicht, bis zu den Häusern rund um die Plaza vorzudringen. Zurückgeschlagen, machten die Komantschen abrupt kehrt, überfielen die ungeschützte Mission Santa Teresa und besetzten sie. Zwei junge Fratres wurden von Pfeilen durchbohrt, die älteren, an ein häusliches Leben gewohnten Indianer erschlagen oder erstochen, die jüngeren am Leben gelassen, um später einen grausamen Martertod zu erleiden. Zornig über den Widerstand, zündeten die Komantschen alle Gebäude an, brachen die hölzerne Tür der Steinkirche nieder und heulten voll

Entzücken, während sie Simon Garzas herrliche Kreuzweg-Schnitzereien ins Feuer warfen.

In den Flammen verschwand die geduldige Arbeit Fray Damiáns. Die von Fray Domingo 1723 mit so viel Liebe errichteten Behausungen für die Indianer versanken in der Glut; die Schule, in der die Kinder lesen und schreiben gelernt hatten, die Zelle, in der Fray Damián um Erleuchtung gebetet hatte... Nichts überdauerte die Wut der Komantschen.

Nach der Zerstörung von Santa Teresa verbrachte die jetzt siebzehnjährige Trinidad zwei qualvolle Wochen. Kein einziges Mal verließ sie das schöne Haus mit den niedrigen Räumen, wo sich nur Natán, der schwarze Sklave der Familie, um sie kümmerte. Sie verwendete diese Zeit für eine leidenschaftslose Bewertung all dessen, was ihr seit ihrem elften Lebensjahr zugestoßen war – seit sie begonnen hatte, sich ihrer lieben Freundin Amalia Veramendi anzuvertrauen. In Gedanken sah sie die Geister der zwei toten Männer, die sie innig geliebt hatte – René-Claudes und Don Ramóns –, und die Bilder der zwei lebenden Männer, die sie verachtete: Don Mordecai und Fray Ybarra. Jetzt wußte sie, daß Amalia sie hintergangen hatte. Ihr wurde klar, daß sie Béjar verlassen mußte. Sie rief ihren Sklaven Natán zu sich und schenkte ihm die Freiheit. Der Kirche übergab sie eine Geldsumme mit dem Auftrag, Novenen für die Seele Don Ramóns lesen zu lassen. Getröstet holte sie dann Papier und Feder hervor und schrieb einen Brief, der bewies, wie sehr sie in diesen Tagen seelischer Qual gereift war:

Estimado Señor Domingo Garza,
Ich schreibe Euch aus dem dunklen Tal der menschlichen Seele. Ein ehrsamer Franzose, der mich heiraten wollte, wurde von Komantschen getötet. Meine Mutter ist gestorben. Ein Americano, der mich heiraten wollte, hat eine andere genommen und dann meinen Großvater im Duell erschossen. Der Rancho, auf dem Ihr gearbeitet habt, wurde uns weggenommen. Die Mission Santa Teresa, wo Euer Urgroßvater jene herrlichen Kreuzwegstationen geschnitzt hat, wurde niedergebrannt; sein Werk ist verloren.

In diesen traurigen Tagen denke ich oft daran zurück, wie liebenswürdig und rücksichtsvoll Ihr immer zu mir wart. Ich erinnere mich an Euch als einen gütigen jungen Menschen und bitte Euch flehentlich, daß Ihr, wenn es Euch möglich ist, zu mir kommt und mich aus dem Schrecken erlöst, in dem ich lebe.

> San Antonio de Béjar
> Provincia de Tejas
> 1792
> Trinidad de Saldaña

Sie schickte den Brief nach Laredo, von wo aus er den Fluß hinunter zu den Siedlungen weitertransportiert würde, die der große Escandón in den vierziger Jahren gegründet hatte, um schließlich die Ländereien zu erreichen, die einst Eigentum der Saldañas gewesen waren. Dort würde man ihn Domingo Garza übergeben, dem Sohn des Ehepaares, das dieses Land am Nordufer des Flusses besaß.

Trinidad schätzte, daß der Brief drei Monate brauchen würde, um Domingo zu erreichen; weitere drei Monate würden es dauern, bis sie eine Antwort erhielt. Mittlerweile spazierte sie durch die Gassen von Béjar, als ob sie den Rest ihres Lebens hier verbringen wollte. Sie ging in die Kirche; im Presidio erkundigte sie sich nach neuen Vorschriften; und sie beobachtete, wie Amalia und deren amerikanischer Mann ihren Einfluß in der Gemeinde verstärkten.

Zwei Monate und zwei Wochen waren vergangen, als es eines Morgens gegen ihre Tür hämmerte. Als sie öffnete, stand, staubbedeckt von seinem langen Ritt, Domingo Garza vor ihr. Trinidad flüsterte: »Ihr seid mein Retter!« Und von den Fesseln der Vergangenheit befreit, nahm er sie in die Arme, und sie barg ihren Kopf an seinem Hals, um die Tränen zu verbergen, die sie nicht zurückhalten konnte.

Er blieb eine Woche in Béjar, besuchte die zerstörte Mission und ritt zu dem Rancho hinaus, das er eines Tages für die Saldañas zu verwalten gehofft hatte, wie seine Vorfahren vor ihm. Als Don Mordecai erfuhr, daß er sich in der Stadt aufhielt, suchte er ihn auf, um ihm ein großzügiges Angebot zu machen: »Ihr kennt den Rancho. Ich brauche einen Verwalter, dem ich vertrauen kann. Ich biete Euch einen guten Posten und ein hohes Gehalt.« Augenzwinkernd fügte er hinzu: »Und wenn Ihr einmal die kleine Saldaña heiraten wollt...«

»Das ist eine gute Idee«, erwiderte Domingo prompt. »Ich brauche einen Posten.« So ritten die zwei Männer, von Soldaten begleitet, zum

Rancho hinaus. Marr erklärte Domingo seine zukünftigen Pflichten. Als sie schon weit von den anderen entfernt waren und Marr gerade auf einen Zaun wies, der ausgebessert werden mußte, stieg Domingo in seinen Steigbügeln auf, beugte sich vor und führte einen so gewaltigen Schlag gegen Marrs Kinn, daß der Amerikaner aus dem Sattel flog. Domingo stürzte sich auf den hingestreckten Marr und hämmerte mit beiden Fäusten auf ihn ein. Marr rappelte sich mühsam hoch und schlug mit seinen muskulösen Armen heftig um sich. Garza wich ihm aus, tänzelte um ihn herum und landete so gewaltige Hiebe, daß es nicht lange dauerte, bis der Americano völlig erschöpft nach Atem rang. Als Garza sah, daß sein Gegner ermattete, setzte er ihm mit einer ununterbrochenen Folge von Schlägen und Tritten so zu, daß Marr das Bewußtsein verlor und zu Boden fiel.

Nachdem er sich die blutigen Hände im Gras abgewischt hatte, band Domingo Marrs Pferd an das eigene und ritt langsam zu den wartenden Soldaten zurück. »Ihr solltet euch auf den Weg machen und ihn suchen.« Er überließ ihnen Marrs Pferd und machte sich allein auf den langen Weg zurück nach Béjar.

Bei Sonnenuntergang traf er ein, und noch bevor der Mond am Himmel stand, waren er und Trinidad de Saldaña, begleitet von vier Reitern, die er in Dienst genommen hatte, unterwegs nach Laredo.

Da geht sie hin, eine reife Frau von siebzehn Jahren. Sie durchwatet den Río Medina, den Fluß, der den Rancho ihrer Familie begrenzt hatte, dann den seichten Atascosa und dann den Nueces, an dessen Ufern ihre Enkel, die ihn verteidigen wollen, sterben werden. Sie durchquert den Nueces Cañon, in dem in kommenden Jahren ganze Armeen kämpfen werden, und erreicht schließlich die fruchtbaren Felder am Río Grande. Einige ihrer Nachkommen werden in den Kongreß der Vereinigten Staaten gewählt werden, andere sich in der mexikanischen Armee verdient machen und ihren Vettern gegenüberstehen, die in der amerikanischen Armee gegen sie ins Feld ziehen. Einige wenige werden als Farmer Millionäre werden. Aber die meisten werden arm sterben und vergessen werden.

Der Sonderstab

Die Assistenten ließen mich wissen, daß es ihnen schwerfiel, einen geeigneten Redner für die Junitagung in El Paso zu finden, und daß sie deshalb dafür plädierten, sie auf Juli zu verschieben. Das Thema lautete: Warum hat von alters her eine allem Anschein nach unüberbrückbare Animosität zwischen alteingesessenen spanischsprechenden Bewohnern und englischsprechenden Neuankömmlingen bestanden?

Unsere Mitarbeiter hatten zwar bereits mehrere Wissenschaftler ausfindig gemacht, aber zufällig war ihrer aller Muttersprache Spanisch; Rusk und Quimper machten Einwände geltend: »Ich habe keine Lust, mir noch mehr Apologeten Spaniens und der katholischen Kirche anzuhören«, erklärte Rusk, und Quimper sprang ihm bei: »Texas ist ein protestantischer Staat, und wir brauchen keine weitere Indoktrination, die aufs Gegenteil hinausläuft!«

Dr. Garza rettete die Situation. »Da gibt es einen ausgezeichneten Mann an der Michigan State University. Einen Dr. Carver, wenn ich mich recht entsinne.«

»Worauf ist er spezialisiert?« fragte Rusk, der diese wichtige Entscheidung offenbar nicht ihr überlassen wollte.

Sein Fachgebiet sind die blutigen Auseinandersetzungen zwischen den Franzosen und den Engländern in Kanada, vor allem in der Provinz Quebec.«

»Ist er ein Apologet der katholischen Kirche?« unterbrach Quimper.

»Zufällig weiß ich, daß er Baptist ist.«

Auf dem Weg zur Tagung in El Paso konnte ich die Mitglieder unseres Stabs beruhigen: »Ich habe mich nach Carter – so lautet sein Name – erkundigt und einige Arbeiten von ihm gelesen. Er ist genau der Mann, den wir brauchen.«

Am nächsten Morgen lernten wir unseren Gastredner Herman Carter kennen. Er legte gleich los: »Man findet nicht leicht zwei Volksgruppen, die, bedingt durch Geschichte und Mentalität, weniger qualifiziert wären, sich ein Land wie Texas zu Beginn des neunzehnten Jahrhunderts zu teilen, als die alten Spanier/Mexikaner im Süden und die neuen Menschen aus Tennessee und Kentucky im Norden! Die ältere Gruppe war katholisch, spanischer Herkunft, stadt- und familienorientiert; sie waren Ranchers, wenn sie über das nötige Land und Vieh verfügten, autoritätsgläubig bis zu dem Augenblick, da sie revoltierten, und außerordentlich stolz. Die neu hinzukommende Gruppe bestand aus Protestanten britischer Herkunft; sie waren Individualisten, die großen Wert auf eine funktionierende Selbstverwaltung legten. Sie mißtrauten den Städten und zeigten sich wenig ehrerbietig gegenüber jeder nationalen, insbesondere religiösen Autorität. Was für eine Mischung!

Eine der Tragödien in der Geschichte Texas' besteht darin, daß es nicht gelungen ist, einen akzeptablen Namen für Bürger mexikanischer Herkunft zu finden, die schon viel länger in diesem Staat leben als die Neuankömmlinge angelsächsischer Herkunft. *Mexikaner* nennen wir diese ehrenwerten Männer und Frauen und ignorieren dabei ihre jahrhundertealten Bürgerrechte und ihre oft überdurchschnittlichen Moralbegriffe und Manieren. Aber auch den des Lesens und Schreibens unkundigen Peon, der letzte Nacht illegal durch das ausgetrocknete Flußbett über unsere Grenze gekrochen ist, nennen wir *Mexikaner*, und das Traurige dabei ist, daß wir zwischen den beiden keinen Unterschied machen. Die seit langem hier ansässigen Bürger werden mit den Illegalen einfach in einen Topf geworfen. Wir müßten unseren Bürgern einen Namen zugestehen, der der Großartigkeit des mexikanischen Beitrags Rechnung trägt, aber wir können keinen finden.«

Er unterbrach sich und richtete das Wort an Professor Garza: »Wie gefällt es Ihnen, daß man Sie einen Mexikaner nennt, obwohl Ihre Familie seit Jahrhunderten in Texas ansässig ist?«

»Es gefällt mir gar nicht, besonders wenn die Person, die mich auf diese Weise in eine Kategorie einordnet, vor kurzem erst aus Detroit gekommen ist. Er nimmt für sich die Bezeichnung *Texaner* in Anspruch und reiht mich unter die Ausländer ein.«

»Sehen Sie eine Lösung?«

»Nein. Es ist, wie Sie sagen, ein kulturelles Verbrechen, das man nicht ungeschehen machen kann.«

»Als was bezeichnen Sie sich selbst?«

»Als einen Texaner spanischer Herkunft.«

»Wie weit müssen Sie denn zurückgehen, um unverfälschtes spanisches Blut in Ihrer Familie zu finden?«

»Einundzwanzig Generationen. Es war ein spanischer Soldat in Vera Cruz.«

»Dann sind Sie also eigentlich Mexikaner?«

»Wenn man davon absieht, daß 1792 eine wunderbare Frau von rein spanischem Blut in unsere Familie einheiratete und neun Kinder gebar.«

»Nun«, fuhr Carter fort, »eine wichtige Tatsache, die Texas betrifft, wird oft vergessen: daß nämlich die mexikanische Regierung 1824 dem Land eine sehr gute Verfassung gab. Wäre sie in Kraft gesetzt worden, Mexiko und Texas hätten sich einer der weltbesten Regierungen erfreut, und eine Trennung hätte sich erübrigt. Und hier sehen wir den gewaltigen Unterschied: Die Mexikaner hatten die Intelligenz und die geistige Beweglichkeit, ein so hervorragendes Dokument abzufassen. Aber sie hatten nicht die Fähigkeit, es in die Tat umzusetzen. So wurde der Separatismus unabwendbar, denn die amerikanischen Siedler bestanden auf einer stabilen Regierung. Diese Verfassung von 1824 hätte Texas für die Mexikaner retten können, aber es fand sich keiner, der imstande gewesen wäre, damit umzugehen.

Wußten sie eigentlich«, fragte er plötzlich, »daß die Bevölkerung von Mexiko 1920 nicht mehr als vierzehn Millionen betrug und daß es jetzt siebzig Millionen sind, ohne daß eine Obergrenze in Sicht wäre? ›Sieg der Wiegen‹ nennen sie es. Nun, wir müssen mit einer unaufhaltsamen Wanderung spanischsprechender Menschen vom Süden nach Norden rechnen sowie mit einer möglichen Hispanisierung Kaliforniens, Arizonas, New Mexicos, Colorados, Texas' und natürlich auch Floridas. Lassen Sie mich Ihnen sagen, wie ich mir die Zukunft von Texas vorstelle. Meiner Meinung nach entwickelt sich am Rio Grande schon jetzt eine Art dritter Nation auf einem Gebiet, das von Monterrey und Chihuahua im Süden bis nach San Antonio und Albuquerque im Norden reicht. Ich bin mir nicht sicher, ob diese neue Nation einer neuen Regierungsform bedürfen wird. Es könnte auch weiterhin Mexiko und die Vereinigten Staaten sein. Aber der Austausch von Menschen, Sprachen, Geld, Jobs, Erziehungsmethoden, Traditionen, Eßgewohnheiten und Religionen wird allesumgreifend sein – und niemand wird ihn aufhalten können!«

IV.
DIE SIEDLER

An einem Wintertag des Jahres 1823 stand ein großgewachsener, muskulöser, etwa dreißigjähriger Mann mit seiner schmächtigen Frau, seinem pummeligen elfjährigen Sohn und drei Jagdhunden am Ufer eines von Regenwasser gefüllten Bayous im Westen des neuen Staates Louisiana. Er war aus Tennessee geflohen, um dem Bankrott und dem Gefängnis zu entgehen, und über das, was nun vor ihm lag, war er nicht eben glücklich.

»Das Wasser ist nicht so schlimm. Wir können es durchwaten, wie wir es schon oft gemacht haben. Aber der Streifen zwischen hier und Texas macht mir Sorgen.«

»Wir kommen schon durch«, murmelte seine rothaarige Frau. »Du bleibst in unserer Nähe, Yancey«, wies sie ihren Sohn an, »und hilfst die Gewehre laden, wenn wir angegriffen werden.«

Alle drei trugen Wildlederkleidung, mühsam zugeschnitten und genäht von der Mutter, die für alle wichtigen Entscheidungen verantwortlich zu sein schien, während ihr Mann nur große Sprüche klopfte.

»Wir bleiben auf westlichem Kurs«, verkündete er wie ein General, »marschieren schnellstmöglich und sind in Texas in Sicherheit, bevor die überhaupt etwas merken.«

Er stammte aus einer angesehenen Familie in Tennessee, aber seine Spielleidenschaft und ein ausgeprägter Hang zum Müßiggang hatten zu einer starken Verknappung seiner Finanzen geführt. Nachdem er die Tochter eines einfachen Siedlers geheiratet hatte, verlor seine Familie jedes Interesse an seinem Wohlergehen, und wegen seiner Schulden blieb ihm nichts anderes übrig, als sein Haus aufzugeben. Er war ein Mann ohne Land und ohne große Hoffnung auf ein besseres Leben. Über Nashville und Memphis nach Little Rock in den westlichsten Winkel des Territoriums von Arkansas hatten er und seine Familie sich durchgekämpft, hin zum Ufer des Red River und dann bis ins Innere von Louisiana. Sie waren nach Westen auf den mexikanischen Grenzstaat Tejas zumarschiert, der am Mississippi Texas hieß und als Zufluchtsstätte für jeden Amerikaner galt, der ein neues Leben in einer aufblühenden Region beginnen wollte.

Um dieses angebliche Paradies von Louisiana aus zu erreichen, mußte man ein großes Risiko eingehen. Denn zu diesen letzten Bayous sahen sich Reisende, wie jetzt die Quimpers, etwa fünfzig Kilometer des gefährlichsten Territoriums in ganz Amerika gegenüber. »Früher einmal hat man das den Neutralen Boden genannt, weil das Gebiet weder zu Louisiana noch zu Texas gehörte«, erklärte Quimper seinem Sohn. »Man hoffte damit Konflikte zwischen Amerikanern und Spaniern vermeiden zu können. Aber was haben sich die Herrschaften mit diesem Trick eingehandelt? Mörder, Schmuggler, Frauen, die ihre Familien verlassen haben, davongelaufene Sklaven, Falschmünzer. Schließlich sprachen sie Louisiana das Gebiet zu, aber immer noch lebt hier der Abschaum der Menschheit. Auf diesem Strip, diesem Streifen jenseits des Flusses, liegt die Hölle.«

»Ich will da nicht hin«, sagte Yancey, aber seine Mutter packte ihn am Arm und stieß ihn auf den Bayou zu. »Man hat uns aus Tennessee rausgeworfen. Es bleibt uns gar nichts anderes übrig, wir müssen nach Texas!« Auf den Sack zeigend, den sie mit sich trug, fügte sie hinzu: »Dieser Mais muß noch vor Mai gepflanzt sein, sonst verhungern wir.«

Quimper wollte gerade in das schlammige Wasser steigen, da erscholl eine Stimme: »He Sie da! Wollen Sie vielleicht auch nach Texas?«

Als die Angesprochenen sich umdrehten, bot sich ihnen ein amüsanter Anblick: ein rundlicher, weißhaariger, rotbackiger Ire im Habit eines katholischen Priesters, der entsetzlich schnaufte, während er sich bemühte, die Quimpers einzuholen. Offensichtlich hatte auch er Angst vor dem gefährlichen »Streifen«.

Als er bei den Quimpers angekommen war, sahen sie, daß er weit weniger Gepäck als sie hatte: einen kleinen Lederranzen und ein arg mitgenommenes Buch, offensichtlich eine spanische Bibel, denn auf dem Buchrücken standen in verblichenen Goldbuchstaben die Worte *Santa Biblia*. »Ich bin Vater Clooney aus Clare County«, stellte er sich japsend vor. »Ein Diener Gottes und der mexikanischen Regierung!«

»Ich bin Jubal Quimper, Methodist aus Gallatin, Tennessee, unterwegs nach Texas. Und was suchen Sie hier?«

Der Priester erzählte eine sehr seltsame Geschichte: »Als der Wein rot war, schickte ich meinen Bischof in Irland zum Teufel. Bevor er mich hinauswarf, gab er mir noch einen guten Rat: ›Francis Xavier Clooney, vielleicht seid Ihr der Meinung, daß Euer Bischof zur ewigen Verdammnis in die Hölle fahren sollte, aber Ihr dürft es nicht aussprechen.‹ In Irland fand ich keine Arbeit mehr. Bischöfe haben ein gutes Gedächtnis.

So wanderte ich nach New Orleans aus, aber ich fand auch dort keine Arbeit. Bischöfe haben lange Arme. Als die spanische Regierung vor etlichen Jahren bekanntgab, daß sie Priester für Texas suche, weil nur wenige Spanier dort arbeiten wollten, fuhr ich nach Mexiko und meldete mich freiwillig. Ich sollte ganz Texas nördlich von San Antonio übernehmen. Da warfen die Mexikaner die Spanier hinaus, und ich war wieder ohne Stellung. Die neuen Herren in Mexico City sagten mir: ›Wir schicken unsere eigenen Leute nach Texas. Wir brauchen keine Fremden.‹ So segelte ich also nach New Orleans zurück. Aber sie fanden bald heraus, daß die mexikanischen Priester genausowenig Lust hatten, nach Texas zu gehen, wie vor ihnen die Spanier. Da kamen sie dann gelaufen: ›Vater Clooney, wir brauchen Sie!‹«

»Haben Sie Spanisch gelernt?« erkundigte sich Quimper.

»Ein wenig«, antwortete Clooney. »Ich kann Gebete sprechen. Und Sie?«

»Hier in der Gegend schnappt man mal hier, mal da ein Wort auf. Übrigens, sagten Sie, Sie wären ein Beamter der mexikanischen Regierung?«

»Im nördlichen Texas werde ich die katholische Kirche sein. Dort werde ich für Taufen zuständig sein, für Trauungen und für Bekehrungen.«

»Für Bekehrungen?«

»Ja freilich! Sie haben mir gesagt, Sie wären Methodist. Sicher eine respektable Religion, aber nicht ganz die richtige. Wenn Sie nicht zu meiner Konfession übertreten, bekommen Sie in Texas kein Land, und man wirft sie vielleicht sogar hinaus.«

»Das kann ich nicht glauben«, sagte Quimper entrüstet.

Der Priester holte aus seiner abgegriffenen Bibel ein in Mexico City gedrucktes Dokument hervor, das die Bestimmungen enthielt. Mühsam entzifferten er und Quimper den spanischen Gesetzestext:

»Es ist keinem Einwanderer gestattet, sich in Tejas niederzulassen oder dortselbst Land zu erwerben, wenn er keine Zeugnisse vorlegen kann, aus welchen hervorgeht, daß er ein gesetzestreuer Bürger ist. Wenn er nicht bereits der römisch-katholischen Kirche angehört, muß er konvertieren.«

Quimper zeigte seiner Frau das Dokument und fragte dann Vater Clooney, wie man das Gesetz umgehen könnte, wenn man ein halbwegs anständiger Mensch, aber kein Katholik war.

»Das ist ausgeschlossen«, antwortete der Priester. »Man hat mich ja gerade deshalb nach Texas geschickt, damit ich Leute wie Sie, Quimper, bekehre. Dann kommen Sie auf legale Weise zu Ihrem Land.«

»Und wie soll das vor sich gehen?«

»Die mexikanische Regierung bereitet ein neues Gesetz vor. Jeder katholische Einwanderer bekommt Land zugewiesen. Ein größeres Areal, wenn er verheiratet ist. An Ihrer Stelle würde ich angeben, daß ich die Absicht habe, Vieh weiden zu lassen, dann bekommen Sie ein noch größeres Gebiet zugeteilt.«

»Wir haben kein Vieh.«

»Wir haben im Augenblick auch keine Sonne«, entgegnete Vater Clooney, »aber sie wird ganz sicher bald wieder scheinen.«

»Ich muß Katholik werden?«

»Anders geht es nicht.«

»Und Sie können aus mir einen machen?«

»Das ist sogar meine Pflicht.«

»Was muß ich also tun? Ich brauche Land.«

»Sie knien nieder, Ihre Frau und Ihr Sohn knien nieder, und ich stelle Ihnen ein paar einfache Fragen.«

»Unter diesen Bedingungen nehme ich kein Land an«, erklärte Mattie Quimper streng. »Einer solchen Blasphemie werde ich mich nicht schuldig machen.«

Nun schob der Priester Jubal zur Seite, nahm Mattie am Arm und fragte sie sanft: »Du brauchst dringend Grund und Boden, meine Tochter, nicht wahr?«

Sie nickte. »Muß ich wirklich?« fragte sie.

»Du mußt.«

Sie nickte resignierend und ließ sich von Vater Clooney zu ihrer Familie zurückführen.

So knieten die drei Quimpers im Schlamm von Louisiana nieder und blickten nach Texas hinüber. Es war ein feierlicher Augenblick für sie und für den Priester, denn sie legten formell den Glauben ab, in dem man sie erzogen hatte, während er seine erste Amtshandlung als Vertreter einer neuen Regierung vollzog. Alle waren sie nervös, als er im Nieselregen die rituellen Fragen an seine Täuflinge richtete. Nachdem diese leise geantwortet hatten, nahm Vater Clooney ihnen das Glaubensbekenntnis ab. Da bemerkte der kleine Yancey etwas, was der Priester nicht sehen konnte: Seine Mutter, die die Hände auf dem Rücken verschränkt hielt, hatte ihre Finger gekreuzt!

Sobald der Segen gespendet war, sprang Jubal auf die Beine. »Können wir das auch schriftlich haben?« Freudig entnahm Vater Clooney seiner abgegriffenen Bibel ein Formular und füllte es aus, womit er tatsächlich bescheinigte, daß Jubal Quimper *et uxor et filius* gute Katholiken waren.

Aber damit wollte sich Quimper nicht zufriedengeben. »Sie müssen auch bestätigen, daß wir jetzt ein Anrecht auf Land haben.« Der Priester kramte in seinem Ranzen und holte eine Feder und ein Fläschchen Tinte daraus hervor. Das Papier mit seiner Unterschrift ist noch erhalten und kann im Archiv des Staates Texas eingesehen werden:

»Diese Urkunde bezeugt die legale Bekehrung des Jubal Quimper, seiner Frau Mattie und des elfjährigen Sohnes Yancey zur Heiligen Katholischen Kirche. Nach den Gesetzen Méxicos berechtigt ihn dies dazu, fünfhundert Hektar des besten Landes nach seiner Wahl ohne jede Behinderung in Besitz zu nehmen.«

Vater Clooney datierte die Urkunde sorgfältig mit »3 Enero 1823, Provincia de Tejas, México«. Als Quimper darauf hinwies, daß sie sich noch gar nicht in Texas befanden, antwortete ihm der Priester: »Im Geist sind wir schon da. Darum beeilen wir uns, unser Erbe anzutreten.«

Es war eine glückliche Fügung des Schicksals für die Quimpers und für den Priester, daß sie sich beim Bayou zusammengeschlossen hatten, denn die Durchquerung des zwischen den Ländern liegenden Streifens, des Strip, erwies sich als gefährlicher, als selbst Jubal vorausgesehen hatte. »Alle Gewehre müssen geladen sein«, erklärte er. »Aber das Pulver könnte naß werden, wenn wir jetzt laden«, gab Vater Clooney zu bedenken. Jubal sagte: »Dieses Risiko müssen wir eingehen.«

Sie hatten noch keine zehn Kilometer zurückgelegt, als drei wegen Mordes gesuchte Männer aus Kentucky sich ihnen in den Weg stellten und Geld forderten. Als Vater Clooney sich weigerte, die paar Dollars und spanischen Silbermünzen herauszugeben, die er gespart hatte, drohten sie ihm, ihn zu töten. »Leute deiner Art brauchen wir nicht in Texas!« Sie hätten ihn vielleicht tatsächlich niedergemacht, wenn nicht plötzlich einer von ihnen mit einer Kugel im Kopf tot umgefallen wäre.

Mattie Quimper, die ein Stück zur Seite gegangen war, hatte in aller Stille nach dem Gewehr ihres Mannes gegriffen. Sie hatte sich auf die

Lippe gebissen, um ihre Nerven zu beruhigen, und nicht auf die Brust, sondern auf den Kopf des größten Angreifers gezielt. Als er zu Boden sank, warf sie Vater Clooney das eine, ihrem Mann das andere Gewehr zu. Die beiden feuerten zufällig auf den gleichen Mann und töteten ihn. Der dritte lief weg.

Kurz bevor sie den Strip überquert hatten, gelangten sie zu einer kleinen Siedlung am linken Ufer des Sabine River, der die Grenze zwischen dem amerikanischen Louisiana und dem mexikanischen Tejas bildete. Dort kam ein schmutziger Junge von neun oder zehn Jahren auf sie zugelaufen. »Black Abe hat seine Frau umgebracht«, brüllte er, und sie liefen los, um zu sehen, welche Tragödie sich da in dieser an Greuel gewöhnten Gegend zugetragen hatte.

Black Abe, ein Weißer aus Missouri, der selbst unter seinen üblen Kumpanen einen schlechten Ruf genoß, war seiner Frau überdrüssig geworden und hatte ihr mehrmals mit einem langen Messer die Brust durchbohrt. Sie blutete stark, aber sie atmete noch. »Suchst du Frieden mit deinem Schöpfer?« fragte Vater Clooney sie sanft. »Kein dreckiger Papist faßt mich an«, röchelte sie noch, und mit diesem Lebewohl an eine böse Welt starb sie. Der Priester kniete neben ihr nieder und flehte Gott an, er möge die Seele dieser unglücklichen Frau zu sich nehmen.

Die Leute standen noch eine Weile aufgebracht herum. »Hängen wir Black Abe!« rief einer der Männer. Sie stellten einen Suchtrupp zusammen, und bald darauf wurde der Mörder aufgegriffen.

Während ihn die Männer ins Dorf am Sabine River zurückzerrten, tadelten sie ihn scharf, weil er eine der wenigen Frauen in der Gegend ermordet hatte. »Abe, du wirst sterben. Willst du noch ein Gebet von dem Priester hören, der gerade angekommen ist?«

»Ja«, sagte Abe, das wolle er.

Vater Clooney trat an den Baum, von dem schon der Strick herabhing: »Trotz deines sündigen Lebens wird Jesus Christus vor Gottes Thron für dich Fürsprache einlegen, mein Sohn. Dann ist deine unsterbliche Seele gerettet, und du wirst in Frieden und in ewiger Liebe zu Jesus Christus sterben.«

Vier starke Männer zogen den Strick hoch. Als Black Abes Beine aufhörten zu zucken, sagte Vater Clooney: »Ich erkläre ihn für tot. Begrabt ihn, Seite an Seite mit ihr!«

An diesem Abend entdeckten die Quimpers, daß der Priester bei einer

Nervenbelastung wie etwa der Hinrichtung eines Verbrechers zum Alkohol griff. Anfangs nahm er nur ein paar kleine Schlückchen, aber bald ging er zu großen Schlucken über, bis er sich zum Schluß auf dem Boden ausstreckte und einschlief.

Bei Tagesanbruch ließen sie sich auf einer Fähre über den schlammigen Sabine staken. Als sie das glitschige Westufer betraten, prasselte ein wolkenbruchartiger Regen auf sie nieder. Aber Vater Clooney ließ sich von dem Unwetter nicht stören. Seine kleine Herde anführend, als ob es tausend fromme, seiner Kirche von ganzem Herzen ergebene Seelen wären, forderte er sie auf, niederzuknien, und während nun das Wasser über ihre Gesichter lief, feierten die Quimpers ihren Einzug in Texas. Jubal erhob sich und verkündete: »Gott hat uns über den Strip gebracht. Jetzt treten wir unser Erbe an!«

Die kleine Gruppe zog weiter nach Westen, zu der neuen, für amerikanische Siedler vorgesehenen Kolonie Stephen Austin. Quimper war sehr froh, Vater Clooney zum Jagdgefährten zu haben. Der Priester war ein unersättlicher Esser, fast ein Vielfraß, und also lebhaft daran interessiert, mit einer gewissen Regelmäßigkeit ein Reh oder einen Bären zu erlegen; auch verstand er sich vortrefflich aufs Schlachten. Mattie war ihm für seine Hilfe bei der Arbeit dankbar. Er war immer der erste, der sich freiwillig meldete, wenn es etwas zu tun gab, ganz im Gegensatz zu Jubal und Yancey, die sich nur sehen ließen, wenn es ums Jagen oder ums Essen ging. Sie mußte Feuer machen und kochen, die Kugeln gießen, die Kleidung ausbessern und bis auf die Gewehre so gut wie alles schleppen. Sie begann direkt Gefallen an dem hilfsbereiten Priester zu finden, aber ihr strenger Protestantismus hinderte sie daran, es zu zeigen.

Nach etwa fünfzig Kilometern in Texas erreichten die vier Einwanderer die erste Siedlung, eine lose Ansammlung von Häusern mit dem Namen Ayish Bayou. Die Bürger dieses Ortes freuten sich sehr, als sie erfuhren, daß Vater Clooney ein ordinierter Priester war, denn sie hatten schon seit Jahren keinen Kirchenmann mehr gesehen. Und schon am ersten Morgen trat eine aus Kentucky stammende Familie mit einem Problem besonderer Art an ihn heran. Ihre im siebten Monat schwangere Tochter und deren junger Mann waren zwei Jahre zuvor schriftlich eine feierliche Verpflichtung eingegangen, die sie nun dem Priester vorlegten. Clooney wußte, daß es diese Vereinbarungen gab, war auch instruiert worden, wie er sich in solchen Fällen verhalten sollte. Er prüfte den Inhalt des Dokuments mit größter Sorgfalt. Der Text lautete:

»Hiermit wird kundgetan, daß die Jungfrau Rachel King und der Junggeselle Harry Burdine mit Wissen der ganzen Gemeinde beschlossen haben, als Mann und Frau zusammenzuleben. Die Eheschließung erfolgt ohne Bestätigung durch einen Priester, da es in unserer Gegend keinen gibt. In den Augen Gottes sind sie verheiratet, erklären jedoch feierlich, daß sie sich nach dem Gesetz trauen lassen werden, sobald ein Priester in unseren Ort kommt.«

»Dies ist ein kostbares Dokument«, sagte Vater Clooney, während er es ihnen zurückgab. »Wenn die anderen einen Kreis um uns bilden wollen, werden wir Gottes Segen auf diese Ehe herabflehen.« So bildeten die Quimpers und alle anwesenden Einwohner des Ortes einen Kreis um das junge Paar, und mit einfachen Worten vollzog der Priester die Trauung und spendete den Jungvermählten seinen Segen. Dann erbat sich Vater Clooney noch einmal das Dokument und kritzelte eine Anmerkung darauf: »Rachel und Harry wurden geziemend und ordnungsgemäß am 10. Januar 1823 in Ayish Bayou, Provincia de Tejas, getraut. Vater Francis X. Clooney, Priester der mexikanischen Regierung.«

Die Bewohner von Ayish Bayou gaben den Neuankömmlingen viele gute Ratschläge: »Seht zu, daß ihr alle eure Papiere in Ordnung habt, wenn ihr nach Nacogdoches kommt. Sie auch, Vater. Denn in Nacogdoches nehmen sie alles sehr genau.«

Ein alter Mexikaner erklärte ihnen, warum die Leute so große Angst vor Nacogdoches hatten: »Vor langer Zeit gab es eine große, bedeutende Siedlung jenseits des Flusses in Louisiana. Sie hieß Los Adaes und war damals die Hauptstadt von ganz Tejas. Und eines Tages kommt da dieser Barón de Ripperdá aus Spanien und stellt fest, daß die Bürger von Los Adaes mit den Franzosen in New Orleans Handel treiben. Und warum auch nicht? In der ganzen Gegend gab es keine Spanier, mit denen man Handel treiben konnte. Doch er wurde so zornig, daß er mit Los Adaes Schluß machte. Er hat die Stadt einfach ausradiert. Die Priester haben nichts getan, um Los Adaes zu helfen. Alle hatten Angst vor Barón de Ripperdá. Und wissen Sie, was? Erzähl es ihnen, Christopher!«

Christopher, ein gesprächiger Farmer, beeilte sich, seiner Empörung

Luft zu machen: »Wißt ihr, wer heute in Nacogdoches das Sagen hat? Barón de Ripperdás Neffe! Er will Ayish Bayou den Garaus machen, so wie es sein Onkel mit Los Adaes gemacht hat.« Er spuckte aus.

»Bei diesem neuen Ripperdá«, riet einer der Siedler Quimper, »gibt es nur eines: Ihr müßt zu allem, was er so von sich gibt, ja sagen.«

Als die vier Reisenden nach Nacogdoches kamen, erlebten sie zwei Überraschungen: Die kleine Siedlung war eine richtige Stadt mit einem Laden und einem Gasthof. Und Victor Ripperdá, bei dem Vater Clooney vorstellig wurde, war ganz anders, als die Bewohner von Ayish Bayou ihn beschrieben hatten. Der Priester sah sich einem mageren jungen Mann mit einem kleinen Schnurrbart und einem gewinnenden Lächeln gegenüber. Er war höflich und erledigte seine Regierungsgeschäfte mit größter Sorgfalt. »Eines aber möchte ich von Anfang an klarstellen: Ich bin nicht der Alcalde. Ich bin ein Major der mexikanischen Armee und sichere die Grenze, solange der Alcalde abwesend ist. Er ist einer von euch Nordamericanos. Aus Pennsylvania.«

Ripperdá bot Clooney ein Glas Wein an und fragte: »Was hat man Ihnen denn alles über mich erzählt, als Sie nach Tejas kamen?«

»Sie erzählten mir von Ihrem Onkel... von der Vertreibung.«

Ripperdá lachte. »Was die für Lügen erzählen! Mein Onkel hatte nur wenig mit dieser traurigen Geschichte zu tun. Es war der Marqués de Rubí, der traf die Entscheidung, und mein Onkel mußte ihre Durchführung erzwingen. Wir sind so froh, daß Sie da sind, Vater Clooney«, fuhr er fort. »Sie kommen in ein Land, das dringend Ihrer Fürsorge bedarf.«

»Ich bin stolz, einen so großen und bedeutenden Pfarrbezirk zu haben! Herr Kommandant, darf ich Ihnen jetzt meine Reisegefährten vorstellen? Sie haben eine Bitte.«

Als die Quimpers mit ihren Papieren vor ihm erschienen, weigerte er sich jedoch, die Dokumente auch nur anzusehen oder der Familie gar Land zuzuteilen: »Sie haben kein Anrecht darauf, und ich habe keine Befugnisse. In Ihrem eigensten Interesse rate ich Ihnen: Gehen Sie wieder nach Hause.«

»Aber das Gesetz...«

»Meine Instruktionen sagen mir, was das Gesetz ist.« Peinlich darauf bedacht, die Anstandsformen einzuhalten, bezog er sich immer wieder auf ein mysteriöses, in der Hauptstadt verabschiedetes Gesetzeswerk. Victor Ripperdá hatte gelernt, daß er, wenn er auf seinem Posten in

Nacogdoches keinerlei Entscheidungen traf, unmöglich in Schwierigkeiten geraten konnte; deshalb weigerte er sich in weiser Voraussicht, Rechtstitel für Grund und Boden auszustellen, eine Kirche für den neuen Priester zu bauen oder die Ansiedlung irgendwelcher Americanos zu billigen, von denen jetzt immer mehr über den Sabine kamen.

Wenn amerikanische Siedler nach Westen gingen, genossen sie die Unterstützung einer stabilen Regierung in Washington und in den Hauptstädten der einzelnen Bundesstaaten. Sie hatten Anteil an einer aufblühenden Wirtschaft. Sie stießen auf Indianer, mit denen sie sich in den meisten Fällen friedlich einigen konnten. Sie waren begierig, sich gegen die Wildnis zu behaupten. Noch mehr aber fiel ins Gewicht, daß sie mit einer Vorstellung von Freiheit ins Land kamen, die sich auf ideale Weise zur Errichtung von selbstverwalteten Siedlungen in neuen Gebieten eignete.

Mexiko hatte entgegengesetzte Erfahrungen gemacht, insbesondere in Tejas, wo man es mit weitaus wilderen Indianerstämmen zu tun bekam. Mexiko war auf eine viel zu kleine Zahl spanischer Siedler angewiesen, die durch keine Neuzugänge vergrößert wurde. Seine Produktivkraft war beschränkt, und die Streitkräfte waren infolge von ständigen Rebellionen völlig desorganisiert. Die Hauptsorge der Mexikaner galt der Bildung einer stabilen Regierung; sie experimentierten abwechselnd mit Imperialismus, Republikanismus und liberaler Demokratie, was zur Folge hatte, daß ihnen wenig Energie für die Entwicklung entlegener Territorien blieb.

Das Wichtigste aber war: Während sich die spanische Kultur sowohl im Mexiko der Azteken als auch im Peru der Inkas fähig gezeigt hatte, bestehende, auf Städte konzentrierte Zivilisationen zu ersetzen, war sie auf die Besiedlung riesiger offener Räume nur schlecht eingerichtet. Ihre Religion hatte mehr gemeinschaftlichen als individuellen Charakter, und die Vorliebe ihrer Menschen für kleine, dichtgedrängte Siedlungen statt weit verstreuter Farmen erwies sich als ungeeignet für die Bedingungen in Tejas.

Obwohl ihre Papiere in Ordnung waren, mußten die Quimpers sechs lange Wochen in Nacogdoches zubringen und Ripperdá immer wieder bedrängen, eine Entscheidung über ihre Landnahme zu treffen. Er aber fand es zweckmäßig, sie zu ignorieren und eine Entscheidung hinauszuzögern. Allmählich begriffen die Quimpers – vor allem Mattie –, daß er imstande war, sie sechs Monate oder gar sechs Jahre hinzuhalten. Mattie begann darauf zu drängen, nach Süden in Richtung San Antonio zu ziehen, wo sie vielleicht auf einen Beamten treffen würden, der bereit war, eine Entscheidung zu treffen.

Ihr Mann erhob Einwände: Wenn sie ohne Erlaubnis Nacogdoches verließen, konnte Ripperdá ihnen seine Miliz nachschicken, und dann würden sie im Gefängnis schmachten müssen wie viele Amerikaner, die gegen das Gesetz verstoßen hatten.

Ein letztes Mal ging Quimper zum Major. Ripperdá begrüßte ihn lächelnd: »Ich würde Ihnen ja gerne helfen, wenn es in meiner Macht stünde.« Er hob die Hände in einer Geste der Hilflosigkeit. »Aber Sie wissen ja, mir sind die Hände gebunden.« Er wollte keine Erlaubnis erteilen und keine Versprechungen machen. Quimper aber begriff plötzlich: Wenn wir nach Süden gehen, wird er nichts gegen uns unternehmen. Er wird nie etwas unternehmen, was immer es sein mag.

An diesem Abend sagte er zu seiner Frau und zu seinem Sohn: »Packt alles zusammen, was wir haben. Morgen bei Tagesanbruch gehen wir nach Süden.«

Nach dem Abendessen kam Vater Clooney vorbei. »Jubal, ich weiß, Sie wollen zu den anderen in Austins Kolonie. Ich muß auch fort – um Trauungen vorzunehmen –, und ich werde darum bitten, Sie mir als Führer und Jäger mitzugeben. Ich habe Grund zu der Annahme, daß Ripperdá einwilligen wird, denn sonst müßte er mir Soldaten mitgeben, und das wird er bestimmt nicht gern tun.«

Also wurde die für den frühen Morgen geplante Abreise verschoben, und um die Mittagsstunden hatte Kommandant Ripperdá eingewilligt, den Priester von den Quimpers begleiten zu lassen. Als sie Nacogdoches endlich verließen, verabschiedete sich Victor Ripperdá mit einem herzlichen Lächeln. »Gehen Sie, meine Freunde, und möge Gott Ihnen bei Ihrer edlen Aufgabe beistehen!« Worauf Mattie Quimper leise vor sich hinmurmelte: »Und du bleib, damit dich der Teufel holen kann!«

Es war März, die Luft schon warm, und an den Bäumen zeigten sich die ersten Blätter. Für Vater Clooney war jeder Tag eine neue Quelle der Freude, und immer wieder sagte er zu den anderen: »Stellt euch vor, einen solchen Pfarrbezirk zu betreuen! Fünfundsechzig Kilometer bis zum nächsten Dorf!« Er zweifelte nicht daran, daß man ihn mit Respekt und nach einiger Zeit sogar mit Zuneigung begrüßen werde, wenn er in eine Ortschaft kam – selbst wenn es dort nur Methodisten geben sollte.

In abgelegenen Hütten vollzog er Trauungen und Taufen. Er sprach Gebete mit Menschen, die nahe Verwandte verloren hatten, und er segnete sie. Er bekehrte alle, denen man andernfalls das Land verweigert hätte, und er aß gierig, was die Leute auftischten. »Mein Vater hat immer gesagt: ›Iß Fleisch, solange du noch Zähne hast. Es kommt die Zeit, wo du nur noch Suppe schlucken kannst.‹«

Noch nie zuvor hatte Jubal das Jagen soviel Spaß gemacht, und es wäre ihm nur recht gewesen, wenn die Reise nie aufgehört hätte. Doch als Mattie warnend darauf hinwies, daß die Vorräte an Pulver und Blei zu Ende gingen, wurde ihm klar, daß sie bald in die Zivilisation zurückkehren mußten, wenn sie nicht in Schwierigkeiten geraten wollten, und er begann, sich in einsam gelegenen Häusern zu erkundigen: »Wie weit ist es noch bis zu Austins Kolonie?« Die Siedler wußten nur Gutes über den Unternehmer zu berichten: »Dem können Sie vertrauen. Er berechnet etwas für sein Land, aber es sind zivile Preise.«

»Geld? Ich dachte, man muß nur den Vermesser bezahlen.«

»Ja, aber es ist nicht viel.«

Quimper begann an der Rechtschaffenheit Stephen Austins zu zweifeln. »Der ist doch nichts anderes als ein Bankier, der aus Tennessee nach Süden gezogen ist!«

Er fragte Vater Clooney nach Austin aus. »Soviel ich weiß, jedenfalls hat man es mir in New Orleans so erklärt, ist Austin der einzige, dem die mexikanische Regierung traut, und auch der einzige, dem die amerikanischen Siedler trauen«, sagte der Priester. »Wenn Sie Ihr Land von ihm bekommen, erhalten Sie einen unanfechtbaren Rechtstitel, andernfalls gibt es große Probleme.«

Nachdem die Quimpers den Trinity überquert hatten, folgten sie seinem Lauf einige Tage lang am rechten Ufer in Richtung Osten, bis sie auf eine schmale, aber gut befestigte Straße stießen, die zu dem alten spanischen Missionskomplex La Bahía führte, der später unter dem Namen Goliad berühmt werden sollte.

Dort, wo die Goliad-Straße den Trinity überquerte, war eine kleine Siedlung entstanden. In den Hütten lebten sechs Paare, die ohne kirchlichen Segen geheiratet hatten. Sie hießen Vater Clooney herzlich willkommen, denn jetzt konnten sie endlich getraut werden.

Die Hochzeitszeremonie für die sieben Paare – ein weiteres war von weit her gekommen, um an der Feier teilzunehmen – wurde zunächst zu einer Katastrophe. Die Männer hatten so viele Tiere erjagt, daß die Frauen ein wahres Festmahl zubereiten konnten, und da einer der Siedler sehr gut die Fiedel zu spielen wußte, würde getanzt werden. Der Erfolg der Veranstaltung schien gesichert; aber es kam zum Eklat: An dem Abend, an dem die Trauungen feierlich vollzogen werden sollten, verließ einen der Männer plötzlich der Mut. »Seit sechs Jahren lebe ich jetzt mit Emily. Ich wußte immer: Wenn's mal nicht mehr klappt... ffffttt – kein Problem. Jetzt will sie mir eine Schlinge um den Hals legen, nein, nein, vielen Dank!« Sprach's und verschwand im Wald.

Man war allgemein der Ansicht, daß Lafe Harcomb nur Angst vor der eigenen Courage bekommen habe und daß er bald wieder zurückkommen werde. Also wurden die Trauungen verschoben, und tatsächlich kehrte Lafe am Mittag des folgenden Tages in die Siedlung zurück. »Sie ist ja nicht schlecht, meine Emily. Wir haben viel zusammen durchgemacht, wir beide. Ich glaube nicht, daß ich eine bessere finden werde.«

So wurde die Zeremonie für den Nachmittag angesetzt. Aber nun ergab sich wieder ein Problem. Die Frauen verkündeten: »Vater Clooney ist zu betrunken, um einen Traugottesdienst abzuhalten.« Der Priester hatte nach der Enttäuschung am Vortag einen ziemlich großen Krug Whisky gefunden. Er lag völlig steif da, konnte sich nicht rühren und lallte zusammenhangloses Zeug.

Zum zweiten Mal mußten die Trauungen verschoben werden. Erst am nächsten Morgen versicherte Mattie den anderen: »Ich glaube, er wird nach dem Frühstück aufstehen können.«

In dieser Nacht hatte ein großgewachsener, grämlich dreinblickender Mann die Hütte betreten, in der die Quimpers den betrunkenen Priester betreuten, sich als Joel Job Harrison vorgestellt und in konspirativem Ton gesagt: »Ich nehme an, Sie wissen es schon. Man hat es Ihnen ja sicher schon mitgeteilt.«

»Was denn?« hatte Mattie gefragt.

Harrison hatte umhergeblickt und dann verächtlich auf den regungslos daliegenden Priester gestarrt. »Ich bin methodistischer Pfarrer. Ich tue, was ich kann, um in diesem papistischen Land die wahre Religion am Leben zu erhalten.«

»Hat denn die Regierung nicht...?«

»Sie darf nichts erfahren. Ich arbeite im geheimen, um den wahren Glauben am Leben zu erhalten.«

»Und wenn man Sie erwischt?«

»Die Menschen in diesen Hütten sind alle auf meiner Seite.«

»Warum vollziehen *Sie* nicht die Trauungen?«

»Das habe ich schon. Heimlich, nachts.«

»Warum lassen sie sich dann ein zweites Mal von dem Priester trauen?«

»Um sich ihr Land zu sichern.« Bitter, mitleidlos hatte er auf den hingestreckten Katholiken hinabgeblickt: »Sehen Sie ihn sich an! Tröster verlorener Seelen, und er selbst mehr verloren als irgend jemand sonst!«

Reverend Harrison hatte sich in der Hütte umgesehen und war dann nahe an Quimper herangetreten. »Bald«, hatte er gesagt, »bald wird Texas von vertrauenswürdigen Protestanten überflutet werden. Sobald das geschieht, werden wir von Mexiko abfallen. Dann werde ich eine starke Kirche in einem freien Texas aufbauen.«

»Was erwarten Sie von uns?« hatte Mattie gefragt, und der Pfarrer hatte geantwortet: »Etwas zu essen, wenn ich vorbeikomme. Unterstützung, wenn ich in Ihrer Gegend Erweckungsversammlungen abhalte.« Wieder hatte er auf den bewußtlosen Priester hinabgeblickt. »Hier liegt der Feind. So hilflos wie das Mexiko, das er vertritt.«

Am dritten Tag wurden die sieben Eheschließungen nach mexikanischem Gesetz feierlich vollzogen; Vater Clooney stand unsicher auf den Beinen und sprach nicht sehr artikuliert, doch nachdem die Ringe getauscht und die Brautleute in die Familie Gottes aufgenommen waren, warf er den Kopf zurück und sprach ein Gebet, das alle beeindruckte.

Sie waren schon drei Tage auf der Goliad-Straße unterwegs, da kamen sie zu einer Hütte, aus der ihnen eine schmuddelig wirkende junge Frau, die vor Schwäche kaum stehen konnte, entgegenlief und schrie: »Wir sterben! Wir haben nichts zu essen! Mein Mann hat hohes Fieber. Er kann sich nicht rühren.«

Auf der einzigen Pritsche in der Hütte lag ein Mann, vom Fieber geschüttelt, dem Tode nahe. Auf dem Boden kauerten zwei völlig abgemagerte Kinder. »Ich kann hier nicht weg und etwas jagen«, sagte die Frau, wie um sich zu entschuldigen.

Die Quimpers und der Priester reagierten sofort auf diesen Hilferuf.

Vater Clooney kümmerte sich um die Kinder und fing an, sie aus seinem Proviantbeutel zu füttern; Mattie bereitete ein Strohlager auf dem Boden und bettete die Frau darauf.

»Bring die Büchsen, mein Sohn«, sagte Jubal. Sie jagten den ganzen Morgen und schossen genug Wild, um die Familie auf Wochen zu verpflegen. Neun Tage lang blieben die Quimpers und Vater Clooney, bis die Leute wieder zu Kräften gekommen waren.

Die Siedler gaben ihnen einen Rat mit auf den Weg, der sich noch als nützlich erweisen sollte: »Auf dem Weg in Austins Land müssen Sie sich vor den Karankawa hüten«, schärften sie ihnen ein. »Das sind große Indianer, Riesenkerle. Sie leben am Golf, aber in letzter Zeit haben sie Raubzüge nach Norden unternommen. Und sie sind Menschenfresser!«

»Aber das ist doch nicht möglich«, protestierte Vater Clooney, aber die junge Frau konterte scharf: »Es mag in Ihrem Land unmöglich sein, aber nicht in Texas. Die Kronks sind Menschenfresser.«

»Jeden Tag mehr Bäume«, stellte Jubal eines Morgens fest. »Jetzt kann es nicht mehr weit zum Brazos sein.« Auch andere Zeichen deuteten darauf hin, daß sie sich dem Fluß näherten. Mattie aber wurde ominöserer Zeichen gewahr: »Da draußen ist jemand, hinter den Bäumen. Er folgt uns.«

Ihr Mann lächelte überlegen. »Da ist nichts, Mattie«, sagte er beruhigend, und sie stapften weiter.

Aber Mattie war nicht überzeugt, und so verließ sie allein den Weg, um sich die Bäume näher anzuschauen. Plötzlich stand sie vor einer Gruppe von Indianern – den größten und wildesten Indianern Nordamerikas. Es waren riesige Männer, und Mattie wußte, daß sie Menschenfleisch aßen.

Bevor die Indianer sie packen konnten, stieß sie einen gellenden Schrei aus: »Kronks!« Und während ihr Schrei noch durch die Bäume hallte, lief sie zu ihren Männern zurück.

»Hier rüber!« rief Jubal, während er und Vater Clooney auf eine kleine Gruppe von Eichen zurasten. Einen Augenblick lang stand Yancey vor Angst wie angewurzelt da; doch ein Klaps des Priesters genügte ihm, um seinen Mut wiederzufinden, und auch er lief auf die Bäume zu, die er gleichzeitig mit seiner zu Tode erschrockenen Mutter erreichte.

Klug formierte Jubal seine drei Helfer in einem Kreis rund um den Stamm einer hohen Eiche, von wo aus sie die Indianer mit sorgfältig gezielten Schüssen abwehrten.

Als die Indianer begriffen, daß die Weißen den Kampf fortsetzen würden, feuerten sie noch ein paarmal aus ihren alten Musketen und zogen sich dann, ihre verwundeten Gefährten hinter sich herschleifend, zurück.

Herrliche Tage folgten. Die Reisenden näherten sich jetzt der Grenze von Austins Kolonie, und als sie das linke Ufer des Brazos erreichten, sahen sie Land, das sich in seiner Qualität mit jedem anderen der Welt messen konnte. Kleine Bäche wanden sich durch das grüne Gras und schufen eine so liebliche Landschaft, daß Vater Clooney ausrief: »Bauen Sie Ihr Haus doch hier!« Mattie aber drängte weiter. Sie wollte ausgedehntes Weideland an einem großen Fluß, nicht ein Idyll an einem kleinen Bächlein.

Eines Morgens schrie Jubal so laut, daß die anderen erschrocken zusammenzuckten: »Mein Gott! Ein Bienenbaum!« Er schleppte Yancey zu dem halbtoten Baum und klopfte mit den Knöcheln an den hohlen Teil des Stammes. »Voller Honig«, versicherte er seinem Sohn.

Vater Clooney packte die zwei Bettdecken der Quimpers und lief zu dem Baum. Nachdem er sich und Jubal, so gut es ging, in die Decken eingewickelt hatte, brachen sie die toten Zweige ab, um Zugang zum oberen Teil des Baumes zu erlangen.

Während sie sich der Bienen erwehrten, die jede entblößte Körperstelle attackierten, häuften sie die Honigwaben, die sie herausgeholt hatten, auf Eichenblätter. Nachdem sie so viel gesammelt hatten, wie sie tragen konnten, liefen sie, von den Bienen erbarmungslos verfolgt, zur Straße zurück. Sie ignorierten die Stiche, bis sie Mattie erreichten, die die Bienen verjagte und einen Topf hervorholte, in dem man die Waben aufbewahren konnte.

»Ein Land, in dem es Bienenbäume gibt, ist ein Land, in dem man sich ruhig niederlassen kann«, meinte Jubal und fand in den nächsten Tagen zu seinem größten Entzücken heraus, daß solche Bäume in dieser Region im Überfluß vorhanden waren. Einige Tage später erreichten sie das Schwemmland eines Flusses und entdeckten dort etwas anderes, das ähnliche Freuden verhieß: sehr hohe Bäume mit dicken Reben und großen Trauben. »Muskateller«, stellte Quimper befriedigt fest. »Die hatten wir auch in Tennessee. Gut für Marmelade, noch besser für Wein.«

Die Männer waren bereit, hier am linken Ufer des Brazos zu bleiben, denn dort war das Land gut; doch Mattie hielt an ihrer Vorstellung von der perfekten Lage fest, führte sie das steile Ufer hinunter und quer über das seichte Flußbett. Als sie das Südufer erklommen hatten, sahen sie das Land vor sich, das sie sich erträumt hatte. Sie ließ den Sack mit dem Maissamen fallen und sagte: »Genau das ist es.«

Sie hatte sich ein besonders schönes Fleckchen ausgesucht, denn hier bildete der Brazos ein großes »S«. Den Fluß entlang zogen sich kleine Waldungen auf sanften Hügeln hin – und über all dem der blaueste Himmel, den sie je gesehen hatten. »Hier werden wir unser Haus bauen«, sagte sie, worauf ihr Mann in schallendes Gelächter ausbrach: »Bau es nur hin und rette dich ans Ufer, wenn die Flut kommt!«

Er führte sie zu einer Gruppe von Eichen, die mehr als neun Meter über dem Fluß standen. Die Hände in die Hüften gestützt, starrte er die Bäume an: »Fällt dir nichts auf?« Er hob einen Stecken auf und deutete auf ein Knäuel von Gras und Treibholz, das drei Meter über ihren Köpfen in den Zweigen hängengeblieben war.

»Was ist das?« fragte sie. »Wie kommt das da hinauf?«

Er warf den Stecken weg. »Errätst du's nicht? So hoch war beim letzten Mal die Flut.«

Als sie genauer hinsah, sowohl auf die Bäume auf ihrer Seite des Brazos wie auch am anderen Ufer, stellte sie fest, daß entlang einer deutlich erkennbaren Linie die Reste einer großen Flut sichtbar waren; damals mußte das Wasser mehr als zwölf Meter höher gestanden und der Strom drei oder vier Kilometer breit gewesen sein. »Wann ist das geschehen?« fragte sie.

Ihr Mann antwortete: »Voriges Jahr oder vor zehn Jahren. Das Treibgut ist tot, darum kann man es zeitlich nicht mehr fixieren. Zweifelst du vielleicht, daß es diese Überschwemmung gegeben hat?«

»Nein«, seufzte sie, und sie gingen weiter, bis sie schließlich zu einem hohen Hügel kamen, den die Flut nicht mehr erreicht hatte. »Hier werden wir sicher sein.« Mattie ging auf das offene Land hinter dem Hügel zu und fing an, mit einem Stecken im Boden zu wühlen. »Das ist der richtige Platz«, sagte sie. »Ich bin von weit her gekommen, um diesen Augenblick zu erleben!«

Für Vater Clooney war die Zeit gekommen, seinen Weg den Brazos hinunter zu jenen Siedlungen fortzusetzen, deren Seelsorge er übernehmen sollte. Bevor er aber weiterzog, wollte er den Quimpers beim Bau ihres Hauses helfen.

»Wie werden Sie Stephen Austin davon in Kenntnis setzen, daß Sie sich auf seinem Land niedergelassen haben?«

»Wenn Sie ihn sehen, müssen Sie ihm sagen, welchen Teil wir uns genommen haben. Ich werde ihm einen Brief schreiben und bitten, daß er uns einen Vermesser schickt.«

Sie begannen nun, das Haus zu planen. »Wir werden ein tiefes Loch in die Vorderseite des Hügels graben und hier draußen aus Stämmen eine Fassade und Zwischenwände für die einzelnen Räume zimmern«, kündigte Jubal an.

»Ein Höhlenhaus?« protestierte Mattie. »Nicht für mich!«

»Mattie, auf diese Weise brauchen wir nur eine ganze und zwei halbe Wände statt vieren zu bauen und ein halbes Dach statt einem ganzen.«

»Aber wir werden wie in einer Höhle leben«, jammerte Mattie. Jubal beruhigte sie: »Das tun viele. Und ich verspreche dir, sobald ich einmal Zeit habe, schlage ich die restlichen Stämme und baue dir ein richtiges Haus.«

Aber er und Vater Clooney waren noch nicht einmal mit den zwei großen Eckpfosten fertig, als ihnen schon klar wurde, daß diese Arbeit für ihre primitiven Äxte, aber auch für ihre begrenzten Kräfte zuviel war. Darum beschränkten sie sich darauf, die zwei Eckpfosten einzurammen und sie durch eine Palisadenwand aus an einem Ende zugespitzten Schößlingen miteinander zu verbinden, die nebeneinander in die Erde getrieben wurden.

Jetzt binden wir alles zusammen«, ordnete Jubal an, als der Außenteil des Höhlenhauses fertig war. »Yancey, Mattie reißt Weinreben herunter.« Als diese in Mengen neben der Baustelle lagen, begannen alle, sie durch die Schößlinge zu schlingen, die dann mit schwerem roten Lehm beworfen wurden; so entstand eine feste Wand.

Aus dickeren Reben webten sie das Dach und bewarfen es mit Erde; Gras sollte darauf wachsen und es undurchlässig machen. »Jetzt haben wir ein Haus, halb in der Luft, halb in der Erde«, sagte Jubal. »Warm im Winter, kühl im Sommer«, aber Mattie fügte hinzu: »Und Tag und Nacht dunkel. Und voller Rauch.«

»Keine Angst, Matt, eines Tages bekommst du ein besseres.« So zogen die Quimpers in ihr Haus mit dem Lehmboden, drei hastig zusammengezimmerten Stühlen, drei Holzbetten, einem wackligen Tisch und Haken, an die sie ihre Kleider hängen konnten. Es war nicht das, was Mattie sich erträumt hatte, und als sie es betrat, gelobte sie sich: »Wir kommen da wieder raus. Wir kriegen einmal ein richtiges Haus.«

Kaum war Vater Clooney aufgebrochen – in seiner Tasche der Brief, in dem Jubal Quimper seinen Anspruch auf das Land geltend machte, wo die Goliad-Straße den Brazos River kreuzte –, ging Jubal das Projekt an, das ihm ein mageres und unregelmäßiges Einkommen sichern sollte: Er begann Bäume zu fällen, und nach Wochen harter Arbeit besaß er ein brauchbares Floß, aus dem er eine Fähre machte, um Reisende über den Brazos zu befördern. »Quimpers Fähre« wurde sie bald genannt.

Doch was die meisten Reisenden davon im Gedächtnis behielten, das war nicht Jubals Fähre, sondern die von seiner Frau gebotene Gastlichkeit, denn sie betrieb eine Art Schenke.

Im Herbst dieses ersten, schwierigen Jahres streifte Jubal eines Tages im Wald umher und sah plötzlich einen ziemlich großen Baum mit zarten grünen Blättern; am Stamm hafteten einige Fruchthüllen, Überbleibsel vom vergangenen Jahr. Ein Nußbaum, dachte Jubal und hob den Blick. Verschwenderisch verstreut über die schweren Zweige sah er Büschel von langen, rundlichen Nüssen. Es waren Pekannüsse, immer noch in ihrer grünen Fruchthülle. Als er eine pflücken wollte, stieß er unabsichtlich gegen den Baum, und ein Wasserfall von Nüssen prasselte auf ihn herab. Aufgeregt packte er die unerwartete Ernte zusammen, stopfte sich die Taschen damit voll und lief zu seinem Haus zurück. »Matt«, schrie er, »Gott hat uns Nahrung für den ganzen Winter geschenkt!«

An klaren Herbsttagen ging Quimper oft auf die Suche nach Hickorybäumen, schüttelte die Äste, sammelte die gefallenen Nüsse, die so reich an Nährstoffen waren, und schleppte sie nach Hause. Seine Frau machte Feuer und tauchte die Nüsse in warmes Wasser, um die Schalen weich zu machen und die Kerne zu befeuchten, die auf diese Weise leichter herauszulösen waren.

Der Fährbetrieb spielte sich allmählich ein. Jubal hatte die Fähre gebaut und anfangs auch selbst gefahren. Als aber immer mehr Reisende die Schenke aufsuchten, mußte er sich tagsüber nach Fleisch umsehen und nachts mit den Fremden Karten spielen. Er war meist zu beschäftigt, um überzusetzen, so daß er diese Aufgabe immer öfter seiner Frau überließ. Mit der Zeit begann sie, die Fähre als ihr Eigentum zu betrachten und es ihrem Mann, aber auch ihrem Sohn zu verübeln, wenn sie sich in den Betrieb einmischten, der ihr kleine Geldbeträge einbrachte, die sie zur Seite legte, um einen Beitrag für ein richtiges Haus leisten zu können.

Sieben Monate lebten die Quimpers schon in ihrem Höhlenhaus, als Stephen Austin, der Besitzer des Landes, den Brazos heraufkam, um die Landnahme gesetzlich zu regeln. Er gefiel ihnen auf den ersten Blick. Er war ein ziemlich kleiner Mann Ende zwanzig mit einem spitzen Gesicht und sanften Augen. Er sprach leise, interessierte sich sehr für die Fähre und zeigte sich darüber belustigt, wie die Quimpers Anspruch auf Grund und Boden erhoben hatten. Als er ihre Grenzsteine sah, brach er in schallendes Gelächter aus. »Sie haben es ja faustdick hinter den Ohren! Sie haben sich Ihr Land am Fluß entlang abgesteckt und damit viel zuviel Ufer mit Beschlag belegt. Haben Sie denn noch nie vom Gesetz aller Nationen gehört?«

»Wovon reden Sie?« fragte Quimper gereizt.

Austin erklärte es ihm: »Seit den Zeiten Hammurabis haben die Regierungen in allen geordneten Gesellschaften zu ihren Völkern gesagt: ›Ihr wollt alle Land. Aber das an Flüsse angrenzende Land darf nur einen kleinen Prozentsatz des ganzen Besitzes ausmachen!‹ Sie können keinen Anspruch auf einen langen, schmalen Streifen erheben, der es anderen unmöglich macht, den Fluß zu erreichen!«

»Wie hoch ist der Prozentsatz?« erkundigte sich Jubal.

»Bei der üblichen spanischen Landzuweisung am Rio Grande waren es neun Dreizehntel eines Kilometers, der an den Fluß angrenzt, bei einer Länge von siebzehn bis zwanzig Kilometern vom Fluß weg. Aber hier oben lassen wir ein Quadrat zu.«

Amüsiert stellte er fest, daß die Quimpers auch ein größeres Stück Land am gegenüberliegenden Ufer rund um die Anlegestelle ihrer Fähre in Besitz genommen hatten. »Mein Vater hat mich gelehrt, so etwas nicht zuzulassen. Niemand darf Eigentümer beider Ufer eines Flusses sein. Sie könnten in unruhigen Zeiten in die Versuchung geraten, den Verkehr über den Fluß zu sperren.«

»Was sollen wir denn jetzt tun?«

»Behalten Sie Ihre Anlegestelle drüben. Behalten Sie auch den Weg, der zur Straße hinaufführt. Und wenn Sie wollen, können Sie sogar einen kleinen Speicher hinbauen.«

Austin blieb zwei Wochen bei ihnen und zahlte großzügig für die Unterkunft. Er war ein offener Mensch, aber pedantisch, ein unnachgiebiger Verfechter dessen, was er als sein Recht ansah, und ein loyaler mexikanischer Bürger. Höchst anerkennend äußerte er sich über Vater Clooney: »In nüchternem Zustand ist er ein strenggläubiger Mann Gottes, und wir können von Glück sagen, ihn hier in unserer Kolonie zu haben.«

Doch das religiöse Problem komplizierte sich in den ersten Monaten des Jahres 1824, als Joel Job Harrison von seiner Hütte am Trinity nach Süden kam, um seine heimlichen methodistischen Erweckungsversammlungen abzuhalten. Er quartierte sich bei den Quimpers ein und rief seine erste Gemeinde in der Schenke zusammen – neun Familien, die zum Katholizismus konvertiert hatten, um Land zu bekommen, in ihren Herzen aber immer noch überzeugte Protestanten waren.

Als Quimper wissen wollte, was Harrison über Austin dachte, sagte der Pfarrer: »Natürlich beugt er vor Mexiko das Knie. Das muß er auch, sonst verliert er sein Land. In der Öffentlichkeit möchte er als Katholik gelten, denn damit werden seine Eigentumsrechte bestätigt. Aber wie sieht es in seinem Herzen aus? Ich gebe Ihnen meinen rechten Arm, wenn Austin kein amerikanischer Patriot, kein loyaler Protestant ist, der nur darauf wartet, Texas in die Union einzugliedern und diese Kolonie und ganz Texas unserer Kirche zu öffnen.«

Ein anderer Gast logierte zwei Nächte im Höhlenhaus, bevor er nach Nueva Orleans aufbrach. In gebrochenem Englisch gab er seinen Namen mit Benito Garza an; er war achtzehn Jahre alt und stammte aus der kleinen Stadt Bravo unten am Rio Grande. »Ich überquere Fluß und fange Maultiere. Am Trinity ich mich treffen mit Mr. Ford. Er kommt mit fünfzig oder sechzig Maultieren aus San Antonio. Wir gehen zusammen.«

Garza gefiel den Quimpers, denn der junge Mann war so begeistert, daß seine Überschwenglichkeit ansteckend wirkte: »Mr. Ford feiner Kerl. Er mir geben Geld, ich ihm verschaffen Maultiere in Mexiko. Vielleicht ich kann kaufen gleich hier vier oder fünf.«

Die Quimpers kannten niemanden in der Gegend, der Maultiere gezüchtet hatte, aber sie versprachen dem jungen Garza, auf die siebzehn

Tiere, die er schon hatte, aufzupassen, während er sich am Fluß entlang umsah. Am dritten Tag erschien der unbändige junge Mann wieder, vier gute Tiere im Schlepptau. »Irgendwo ich immer welche finden.«

Am letzten Abend, den der junge Maultierhändler bei den Quimpers verbrachte, konnte Mattie ihre Neugierde nicht bezähmen: »Was hält eigentlich deine Mutter von einer so langen Reise nach New Orleans?«

»Sie tot. Aber ich schon mit zwölf auf Wanderschaft.«

»Wie sieht es bei dir daheim aus?«

»Río Grande. Viel Land. Aber auch viel Kinder. Brüder bekommen Land, ich bekommen Maultiere.«

»Was war deine Mutter für eine Frau?« fragte Mattie, während sie ihm ein paar gesalzene Pekannüsse reichte.

»Schönstes Mädchen von San Antonio. Haben alle gesagt. Franzose wollte sie heiraten. Amerikaner auch. Aber sie gehen zum Río Grande und heiraten meinen Vater. Neun Kinder. Große Liebe.«

»Und was wirst du jetzt tun?«

»Viel Geld verdienen, New Orleans. Dann meinen Schwestern helfen, Ehemänner finden.«

Der junge Kerl zog mit seinen einundzwanzig Maultieren ab, und Quimper meinte: »Er war der interessanteste Besucher, den wir seit Vater Clooney hier hatten.«

Manchmal konnte Jubal seine schmächtige, verschlossene Frau nicht verstehen. Sie konnte endlos lang arbeiten, ohne sich zu beklagen. Sie betrieb die Fähre und kümmerte sich um die Schenke, aber immer wieder kam sie auf ihre zwei fixen Ideen zurück. »Jubal, ich werde nicht mehr lange in diesem Höhlenhaus leben.« Und: »Jubal, wir müssen das Land am anderen Ufer in die Hand bekommen!«

»Du hast doch gehört, was Austin gesagt hat. Man kann nicht Land auf beiden Seiten eines Flusses haben.« Aber sie ließ den Einwand nicht gelten. »Austin muß es ja nicht erfahren.« Und wenn die Fähre auf der anderen Seite lag, konnte Jubal seine Frau manchmal beobachten, wie sie am anderen Ufer herummarschierte und Grenzsteine zusammentrug, um das Land zu markieren, das sie haben wollte.

Als sie eines Tages wieder einmal damit beschäftigt war, griffen die Karankawa an, und sie konnte sich nur retten, indem sie zum Fluß hinunterraste und auf die Fähre sprang, während diese sich schon vom Ufer entfernte. Die Indianer stürmten am Ufer entlang und verschwanden dann in den Wäldern, wo sie einsame Hütten überfielen und deren Bewohner töteten.

Eine geharnischte Antwort blieb nicht aus. Dreißig gut bewaffnete Männer marschierten zum neuen Hauptquartier in der Siedlung San Felipe, wo sie sich mit Siedlern von der Küste zu einem zehntägigen Feldzug gegen die Karankawa zusammenschlossen. Als die Männer von Brazos River zur Fähre zurückkehrten, erzählten sie Mattie: »Wir haben sie in ihrem Lager überrascht. Zehn von uns auf der einen Seite, zehn auf der anderen, zehn griffen frontal an, und dann Kreuzfeuer, bis sie einem Waffenstillstand zustimmen mußten.«

Diese Schlacht hatte etwas Kurioses zur Folge: Als Mattie eines Morgens Reisende, die nach Nacogdoches unterwegs waren, mit der Fähre ans andere Ufer gebracht hatte, hörte sie ein Rascheln im Wald und sah zu ihrem Entsetzen, daß sich ein riesengroßer, mit einer altmodischen Büchse bewaffneter Karankawa dort versteckt hielt. Anders als das letzte Mal hatte sie jetzt keine Chance, die Fähre zu erreichen. Sie griff daher zu einem Stecken, um sich zu verteidigen, aber der Indianer legte seine Waffe nieder und kam mit ausgestreckten Händen auf sie zu. Weil Mattie immer bereit war, einen anständigen Menschen als ihren Bruder zu akzeptieren, zögerte sie nicht, den Stecken fallen zu lassen und ebenfalls ihre Hände auszustrecken. So begann eine seltsame Freundschaft mit einem Krieger, den die Quimpers einfach den Kronk nannten.

Er wohnte in einer selbstgebauten Hütte neben der Schenke. Nachdem er ein paar Worte Englisch gelernt hatte, erklärte er mit Hilfe von Zeichen, daß Männer seiner Familie den Überfall auf die Hütten am Brazos River angeführt hatten und im Zug der Vergeltungsmaßnahmen alle getötet worden waren. »Sonne geht unter. Keine Karankawa mehr.« Er sprach mit großer Traurigkeit von den beklagenswerten Zeiten, in denen er lebte. »Weißer Mann zu stark. Er uns zerbrechen.« Er mochte Yancey, der jedoch schreckliche Angst vor ihm hatte und sich von ihm zurückzog. »Wenn es wieder zu einer Schlacht kommt, werden sie den Kronk bestimmt umbringen«, meinte er.

Mattie starrte ihren Sohn an und erschrak. Als sie ihn wegen seiner Gefühllosigkeit zur Rede stellte, antwortete er: »Er ist doch nur ein Indianer, oder?«

Der Kronk machte sich im Höhlenhaus so nützlich, daß Jubal eines

Tages zu seiner Frau sagte: »Ich glaube, daß wir mit der Hilfe des Kronks richtige Außenmauern für unsere Erdwohnung errichten könnten.« Sie fuhr ihn an: »Ich will keine Verbesserungen. Ich will ein richtiges Haus mit vier Mauern.« Er lachte: »So ehrgeizig sind wir wieder nicht.«

Mit viel Mühe hackten Jubal, Yancey und der Kronk dicke Holzpfähle raus, um die Pfosten zu ersetzen, mit denen sie ihr Haus zusammengepaßt hatten, und langsam, eine Seite nach der anderen, fügten sie die schweren Stämme ein und verwandelten ihr dünnwandiges Erdhaus in ein massives.

Fremde, die man oft aufgefordert hatte, gegen die Indianer zu kämpfen, stellten mit einiger Verwunderung fest, daß ein richtiger Karankawa bei der Fähre wohnte, während die, die in der Gegend ihre Hütte hatten, den Anblick des bronzefarbenen Riesen mit den strahlend weißen Zähnen bald gewöhnt waren. Oft saß er mit Mattie auf der Veranda und sprach zu ihr mit Worten, die nur sie zu verstehen schien. Eines Nachmittags fragte sie ihn: »Warum seid ihr Karankawa Menschenfresser?« Mit vielen Gesten erklärte er ihr, daß sie es nicht aus Hunger taten, sondern als ein Ritual, mit dem der Sieg in der Schlacht gefeiert wurde, und weil sie im Herz, in der Leber und der Zunge eines tapferen Gegners, den sie erlegt hatten, eine Quelle des Mutes sahen:

»Hast du es auch schon einmal getan?« fragte sie. Er antwortete: »Gut, gut, wie Truthahn.«

Er wurde eine Art Hausdiener im Gasthof. Als Entgelt für seine Hilfe bekam er Nahrung und, soweit die Quimpers sie erübrigen konnten, Kleidung. Er bewährte sich vor allem als Jäger. Unter Jubals Anleitung lernte er, mit Pulver und Blei so sparsam umzugehen wie Quimper selbst. Wo er jetzt einen guten Jäger wie den Kronk an seiner Seite hatte, nahm Jubal Yancey nicht mehr mit, denn bei der Jagd war der Junge einfach nicht zu gebrauchen. In den langen Monaten dieses ersten Jahres, bevor Matties Mais herangereift war, gab es nichts als Fleisch zu essen. Sie hatten kein Mehl, um Brot zu backen, auch kein Salz, und Gemüse war noch nicht gewachsen.

Als Mattie an einem Sommertag des Jahres 1824 ihre Fähre über den Brazos stakte, sah sie im Westen eine Erscheinung, die ihre Aufmerksamkeit erregte. Später erzählte sie: »Anfangs dachte ich mir nichts dabei. Dunkle Wolken am Horizont. Aber nach einer Weile wurde mir klar, daß sie dunkler waren, als ich je welche gesehen hatte. Und sie bewegten sich auch nicht wie bei einem gewöhnlichen Regensturm. Sie hingen einfach da oben wie ein Vorhang.«

Es wurde immer dunkler. Mattie setzte ihren Fahrgast am anderen Ufer ab. »Mister, das kommt mir merkwürdig vor. Sehen Sie sich nach einem Unterschlupf um!«

Den ganzen langen Sommertag über blieben die dicken schwarzen Wolken regungslos am nordwestlichen Himmel hängen und schütteten eine enorme Menge Regen über die Erde aus, so daß der Brazos, als es zu dämmern begann, einen Anstieg von fast dreißig Zentimetern erfuhr. »Wenn es auch hier anfängt zu regnen«, meinte Jubal, »könnte der Fluß über seine Ufer treten.«

Als die ersten Regentropfen heruntersprützten, sagte Mattie zu den Männern: »Ich glaube, ich werde auf der Fähre bleiben ... für alle Fälle.« Nachdem sie sie über den Fluß zu dem geschützteren Ankerplatz am Nordufer gestakt hatte, fiel der Regen nicht mehr in Tropfen, sondern in Strömen, und sie erkannte, daß sie auf dem Fährenfloß übernachten und sich von der tobenden Flußmitte fernhalten mußte. Ihr Haar, ihre Kleidung, alles war von dem peitschenden Regen völlig durchnäßt. Große Bäume, im Nordwesten entwurzelt, begannen in der Strömung zu treiben; sie mußte geschickt manövrieren, um ihnen auszuweichen.

»Wird das Haus stehenbleiben?« fragte sie sich gegen Morgen, denn nun bestand kein Zweifel mehr, daß dies eine historische Flut war, weit mächtiger als die, deren Reste Jubal ihr am ersten Tag gezeigt hatte. »Gott gebe, daß sie unseren Hügel verschont!«

In der Mitte des Flußbetts bildeten die Wasser einen schäumenden, reißenden Strom. Die Flut stieg so hoch, daß sie Mattie und ihr Floß mehr als vier Kilometer weit landeinwärts schwemmte, bevor es ihr gelang, die Fähre an den Ästen einer Eiche festzubinden, deren Stamm sich auf einer Länge von zwei Metern unter Wasser befand.

Dort blieb sie zwei kalte Tage lang, bis sie sah, daß die Flut zurückzugehen begann, woraufhin sie die Fähre über die überschwemmten Felder bis zu dem Platz stakte, wo diese sonst immer festgemacht war. Nun fiel der Wasserstand rasch, und sie überquerte den Brazos. »Wir dachten schon, du wärst tot«, begrüßte sie ihr Mann prosaisch. Sie betrachtete ihr Haus, das immer noch stand, und küßte ihren Mann. »Gott sei Dank, daß du hier gebaut hast!«

Nun meldete sich Yancey zu Wort: »Das Wasser kam einen Meter an der Mauer hoch, und wir dachten schon, es wäre um uns geschehen. Aber der Kronk führte Dad und mich zu diesem Eichenhain und band uns an einen Baum.«

Jubal hieß ihn schweigen. »Wir hatten einfach Glück. Und dafür müssen wir Gott danken.«

Noch hundert Jahre später sprachen die Leute am Brazos von »dem Jahr, als der Fluß über die Ufer trat«. Für Mattie war es »das Jahr, in dem ich meinen Mais verlor«.

Weniger Glück hatten die Quimpers bei einem anderen Ereignis, das eine Folge der Flut war. Die enormen Wassermassen hatten auch viele Tiere aufgeschreckt, die sich gezwungen sahen, in ihnen fremde Gebiete abzuwandern und neue Gewohnheiten anzunehmen. Eines dieser Tiere war eine riesige, zweieinhalb Meter lange Klapperschlange mit einem Kopf, so groß wie ein Suppenteller. Ihre Heimat war fünfundzwanzig Kilometer den Brazos hinauf ein Gesims in einer Felswand gewesen, das ihr ausgezeichneten Schutz geboten und sie laufend mit Opfern versorgt hatte, doch durch die Flut war sie zusammen mit Hirschen, Rehen und Alligatoren den Fluß hinabgespült worden. Als die Wasser zurückgingen, fand sich die Schlange in ihr unvertrauter Umgebung und höchst unsicherer Ernährungslage wieder.

Die Riesenschlange wäre mit den Quimpers nie in Berührung gekommen, hätte sich Yancey nicht am anderen Ufer umgesehen. Er hatte nichts Bestimmtes im Sinn, stocherte nur mit einem Stecken in Löchern herum, weil er sehen wollte, was da passieren könnte. Als er sich der Stelle näherte, wo die Schlange sich versteckt hielt, hörte er zwar ihr warnendes Rasseln, schenkte ihm aber keine Beachtung. Er dachte, es sei ein Vogel oder ein großes Insekt, und stocherte weiter, bis er plötzlich keine drei Meter von ihm entfernt die riesenhafte eingerollte Schlange vor sich sah.

»Mutter!« brüllte er, Mattie, die auf der Fähre arbeitete, griff nach dem Gewehr, das sie immer bei sich hatte, und lief, um Hilfe zu leisten. Als sie Yancey erreichte, fand sie ihn regungslos dastehen. »Tu doch was!« flehte er und deutete auf die Schlange. In Todesangst vor der Schlange, stieß sie ihren Sohn zur Seite und hob das Gewehr. Das Herz schlug ihr bis zum Hals. Weil sie wußte, daß sie nur eine einzige Chance hatte, feuerte sie nicht blindlings. Sie zielte genau, während sich die Schlange vorbereitete, den tödlichen Angriff zu führen, und drückte ab,

Sekundenbruchteile, bevor das Reptil vorschnellte. Sie spürte den Rückstoß an der Schulter, fühlte die Schlange fast an ihrem Knie und fiel in Ohnmacht.

Yancey, der nur gesehen hatte, wie das Tier auf seine Mutter zuschoß und daß sie zu Boden gestürzt war, kam trotz des Knalls zu dem Schluß, daß die Schlange sie getötet hatte, und lief schreiend am Fluß zur Anlegestelle hinauf: »Dad! Eine große Klapperschlange hat Mutter getötet!«

Watend und schwimmend überquerten Jubal und der Kronk den Brazos und liefen zitternd auf die Stelle zu, wo Mattie immer noch neben der furchtbaren Schlange lag. Auch sie nahmen an, daß sie sich gegenseitig getötet hatten: »Das Vieh hat zugebissen, als sie abdrückte. O mein Gott!« Doch dann sah der Indianer ihre rechte Hand zucken. Als er sich vorsichtig an der Schlange vorbeibewegte und Matties Kopf hob, sah er, daß sie noch atmete. »Nicht tot!« rief er Quimper zu. »Große Angst. Große Angst.«

Jubal und Yancey überzeugten sich, daß Mattie tatsächlich lebte. Mit einer Liebe, die sie sich nie zuvor hatten anmerken lassen, trugen sie sie zur Fähre hinauf, wo sie sie vorsichtig niederlegten. Hinter ihnen kam der Kronk mit dem Riesentier gelaufen, dessen Kopf Matties Schuß zerfetzt hatte. »Wir behalten«, sagte er. Die Quimpers wußten, daß er aus Respekt für den Mut, den der Feind gezeigt hatte, zumindest einen Teil davon verzehren würde.

Jubal gerbte die Haut und dehnte sie zu ihrer maximalen Länge, bis sie die ganze Wand des Gasthofs bedeckte, insgesamt majestätische drei Meter lang. Den Kopf befestigte er so daran, daß es aussah, als bedrohe die Schlange die unter ihr sitzenden Gäste.

Immer wenn Mattie das gräßliche Tier betrachtete, dachte sie nicht an ihren eigenen Heldenmut, sondern an das seltsame Betragen ihres Sohnes. Nie sprach sie darüber mit dem Vater des Jungen und schon gar nicht mit Yancey selbst, aber sie erinnerte sich oft an ihres Vaters Ermahnung, als sie in einem elenden Loch in Tennessee gelebt und sich von Bohnen und nur hin und wieder einer Scheibe Speck ernährt hatten: »Ihr müßt es nicht mit der ganzen Welt aufnehmen, und ihr braucht auch nicht die Tapfersten im ganzen Dorf zu sein, aber, bei Gott, wenn ihr meine Kinder seid, müßt ihr wissen, was zu tun ist, wenn ihr in Gefahr kommt. Auch wenn euer Gegner zweimal so groß ist wie ihr, springt ihm an die Kehle!« Mattie war der Riesenschlange an die Kehle gesprungen. Ihr Sohn nicht.

Mattie bewahrte ihre kleine Sammlung von Münzen, die sie mit dem Betrieb der Fähre erwirtschaftet hatte, in dem Leinensack auf, der einst ihre Maiskörner enthalten hatte. Als sie eines Tages zu der Überzeugung kam, daß sie genug gespart hatte, sagte sie sich: »Schluß mit dem Höhlenhaus!« Sie bat einen Farmer, der zu dem primitiven Laden in Austins Hauptquartier unterwegs war, eine Besorgung für sie zu erledigen, und zwei Monate später traf ein Reiter mit einem großen Paket beim Höhlenhaus ein. Es war eine Zwei-Mann-Säge mit zwei großen Griffen. Als sie sie ausgepackt hatte, teilte Mattie ihrem Mann mit: »Wir werden uns ein paar Bretter schneiden und ein richtiges Haus bauen. Ich will nicht mehr unter der Erde leben.«

Der Kronk spielte eine wichtige Rolle in ihren Plänen. Sie zeigte ihm, wie man eine Grube aushob, die tief genug war, daß ein Mensch darin stehen konnte: »Und jetzt hol mir den höchsten und dicksten Stamm, den du fällen kannst.« Als der Stamm über die Grube gezerrt worden war, kletterte sie hinunter.

Sie packte einen Griff der Säge, die die Grube hinabgelassen wurde, während einer der Männer, der mit gespreizten Beinen über dem oberen Ende des Stammes stand, das Werkzeug zum Schneiden ansetzte. Dann drückten die Männer nach unten, während Mattie zog, und auf diese mühselige Weise, den ganzen Tag über Sägemehl in den Augen, half sie mit, die Bretter zu schneiden, die sie für das Haus benötigten. Als sie das Gefühl hatte, daß genügend Bretter geschnitten waren, kletterte sie aus der Grube und wies die Männer an, mit dem Bau zu beginnen.

An verschiedenen Orten in Texas hatte sie Häuser gesehen, wie sie eines haben wollte; die Bauweise war aus South Carolina und Georgia nach Westen gekommen und eignete sich vorzüglich zum Leben in heißem oder feuchtem Klima. »›Dog-run‹ nennt man so ein Balkenhaus«, erklärte Mattie dem Kronk, der die schwerste Arbeit verrichtete. »Wir bauen ein kleines quadratisches Haus hier, lassen fünf Meter freien Raum und bauen ein zweites Haus, ebenso groß, da drüben.«

»Warum hier, warum da?« wollte der Indianer wissen. Die Antwort lautete: »Ein Haus zum Schlafen, ein Haus zum Leben.« Dann erklärte sie ihm, daß die zwei Häuser nicht getrennt bleiben würden. »Oben ein langes Dach über beiden. Unten eine lange Veranda, von einem Ende zum anderen. Und dazwischen Platz für kühle Brisen. Platz für Hunde zum Laufen am Tag, zum Schlafen bei Nacht. Nach der Arbeit schauen wir uns den Sonnenuntergang an. Und vielleicht will auch der eine oder andere Reisende auf der Veranda schlafen.«

Das Balkenhaus war fertig. Mattie freute sich, als bald darauf Reverend Harrison auf dem Weg zu Austins Hauptquartier vorbeikam: »Wollen Sie dieses Haus segnen, Reverend?« Er tat es und betete, Gott möge die Quimpers Jahre des Glücks und des Wohlstands darin verbringen lassen.

Jubal hatte immer geahnt, daß es einmal passieren würde, und nun war es soweit: Reverend Harrison und Vater Clooney hielten sich gleichzeitig in dem Gasthof auf. Eine häßliche Konfrontation schien unausweichlich.

Der protestantische Kirchenmann war als erster eingetroffen; er befand sich auf seiner Runde von heimlichen methodistischen Erweckungsversammlungen. Eines Spätnachmittags hielt er gerade, von etwa zwanzig Farmern umringt, eine solche Versammlung in Quimpers Gasthof ab, als ein Aufpasser, der das Auftauchen mexikanischer Soldaten melden sollte, hereingestürzt kam: »Vater Clooney kommt auf seinem Maulesel.« Die Verschwörer schauten hinaus und sahen die vertraute Gestalt des irischen Priesters, jetzt schon älter und hagerer, das weiße Haar im Wind wehend, zur Veranda heraufreiten.

Der Gemeinde blieb keine Zeit mehr, sich zu zerstreuen, bevor er abgestiegen war, sich den Staub von seinem schwarzen Gewand gebürstet und das Haus betreten hatte. Ein Blick auf die ungewohnt große Menge von Gästen und auf den Methodistenpfarrer genügte ihm, um zu begreifen, was hier vor sich gegangen war, aber er tat, als hätte er nichts bemerkt. Er begrüßte Reverend Harrison so herzlich, als wäre der ein Farmer wie jeder andere, lächelte denen zu, die er kannte, und sagte zu den Neuankömmlingen: »Ich glaube nicht, daß ich Sie kenne. Ich bin Vater Clooney aus Ballyclooney in Clare County in Irland, von der mexikanischen Regierung zum Seelsorger dieses Pfarrbezirks bestellt.«

Nachdem er den Verschwörern ihre Verlegenheit genommen hatte, stieß er die Gemeindeältesten vor den Kopf, indem er Mattie Quimper fragte: »Hätten Sie wohl ein Schlückchen für einen durstigen Pilger?« Sie reichte ihm einen Becher, und Reverend Harrisons Augen funkelten so böse, als wollte er den Inhalt des Bechers in Vitriol verwandeln.

Vater Clooney hatte viel Neues bei einer Versammlung der katholischen Geistlichkeit erfahren, die kurz zuvor in San Antonio stattgefunden hatte, und war begierig, die bedeutsamen Nachrichten bekanntzugeben:

»Wie ihr sicher alle schon gehört habt, hat in Mexiko im vergangenen Jahr eine wunderbare Revolution stattgefunden. Kaiser Iturbide wurde von einer Gruppe wahrhafter Patrioten gestürzt, und der herrschenden Lasterhaftigkeit wurde ein Ende gemacht. Ein neues Mexiko, ein neues Leben für uns in Texas!

Der Held dieses Umschwungs ist ein brillanter Mann, gottesfürchtig, rechtschaffen und tapfer. Es ist der General Antonio López de Santa Anna. Von ihm werden wir in Zukunft noch viel Gutes hören. Doch die größte Neuigkeit ist, daß Santa Anna und seine Kameraden uns eine neue Verfassung gegeben haben, die uns die Freiheiten sichert, die wir ersehnt haben. Sie gibt Coahuila-y-Tejas eine eigenstaatliche Verwaltung. Sie schützt uns. Und sie garantiert uns den Bestand der Republik. Welch ruhmreicher Tag für Mexiko!«

Er steckte die Zuhörer mit seiner Begeisterung an, denn wenn es stimmte, was er über die neue Verfassung gesagt hatte, würde es fortan keine Reibereien mit der Zentralregierung mehr geben. Texas würde mit einer eigenen Regierung die Chance haben, selbständig seinen Weg zu machen. Doch Reverend Harrison hatte eine Frage: »Was steht denn in dieser neuen Verfassung in bezug auf die Religion?« Vater Clooney antwortete ohne Umschweife: »Es heißt darin, daß Mexikos offizielle Religion für alle Zeiten die römisch-katholische sein muß.«

»Und wird die offizielle Kirche von unseren Steuergeldern erhalten werden?« Auch diese Frage beantwortete Vater Clooney freimütig: »Wie schon bisher, so wird die Kirche auch in Zukunft aus den Staatseinkünften erhalten werden.«

»Wenn das so ist, dann muß jeder freiheitsliebende Mann Ihre neue Verfassung ablehnen!«

Es dämmerte schon. In dem überfüllten Balkenhaus standen sich zwei Männer gegenüber, die grundverschiedene Ansichten hatten: der strenge Reverend Harrison, der von einem größeren Texas träumte und kraft eines Gesetzes nicht als der Seelsorger auftreten durfte, der er war, und Vater Clooney, der zuweilen schwankende römisch-katholische Priester, der, wenn auch von seiner eigenen Kirche nicht ganz akzeptiert, mutig weitermachte – gestärkt durch seine Liebe zu Jesus Christus und sein Mitgefühl für die verlorenen Seelen in der Wildnis Texas.

Ganz ruhig fragte Clooney den Reverend: »Sie sagen, Sie können diese ausgezeichnete neue Verfassung nicht akzeptieren?«

»Nicht, wenn sie mich zwingt, für die Erhaltung einer Religion zu zahlen, die ich ablehne.«

Clooney zuckte mit keiner Wimper. »Reverend Harrison! Seit dem Tag, da Sie angefangen haben, Ihre heimlichen Versammlungen abzuhalten, wuße ich, wer Sie waren und wo Ihre Interessen lagen. Habe ich jemals versucht, Sie an Ihrer Arbeit zu hindern? Habe ich Sie von Soldaten verhaften lassen, wie es nach dem Gesetz meine Pflicht gewesen wäre? Sind Sie und ich nicht freundschaftlich miteinander umgegangen, und sind wir nicht heute abend Freunde? Wenn wir einander unter der alten schlechten Verfassung vertraut haben, können wir das doch auch unter dieser guten neuen tun.«

Das Wissen um ihre Aktivitäten, das Vater Clooney offensichtlich besaß, bestürzte Harrison und einige seiner Leute, denn sie begriffen, daß man sie jederzeit verhaften konnte. »Wo Sie es jetzt wissen, was werden Sie tun?« fragte eine Frau. Clooney antwortete: »Nichts. Mir ist lieber, wenn ich im katholischen Texas Leute habe, die gute Methodisten sind, als Halunken, die schlechte Katholiken sind. Meine Freunde, wir wollen hier in Texas eine neue Gesellschaft aufbauen, eine starke und moralisch einwandfreie. Das können wir nicht, wenn wir einander an die Kehle springen. Und wenn ihr diese neue Verfassung ablehnt, könnt ihr auch die Sicherheit nicht finden, die wir alle brauchen.«

Seine Worte fanden große Zustimmung bei Jubal Quimper: »Wenn die neue Verfassung uns alles gibt, bis auf religiöse Freiheit, sollten wir sie annehmen, denn auf lange Sicht wird der Druck der Menschen, die nach Texas kommen, es ohnehin protestantisch machen. Natürlich ist Mexiko katholisch, und natürlich muß es das auch bleiben. Die guten Katholiken dieses Landes werden Texas auch weiterhin regieren – nicht viel anders als bisher. Wir alle werden Respekt und die üblichen Freiheiten genießen.«

»Das glaube ich nicht«, konterte Reverend Harrison. »Merken Sie sich, was ich sage: Wir werden noch mexikanische Truppen an diesem Fluß sehen, wenn sie herkommen, um den Katholizismus durchzusetzen und das Christentum zu unterdrücken.«

»Was für ein schrecklicher Irrtum doch aus Ihren Worten spricht«, gab Vater Clooney rasch zurück. »Keine Konfession monopolisiert das Christentum.«

»Der Katholizismus versucht es«, fuhr Harrison ihn an, und damit endete das Gespräch.

Die Promulgation der Verfassung von 1824 bewirkte, daß hoffnungsvolle Neuankömmlinge wie Jubal Quimper jetzt den Mut fanden, sich als Mexikaner zu fühlen, als Bürger einer liberalen Demokratie, nicht unähnlich der amerikanischen, und sich Texikaner zu nennen begannen, – eine glückliche Wortschöpfung. »Klingt doch vernünftig«, sagte Jubal zu Mattie. »Wenn die im Süden Mexikaner sind, sind wir hier im Norden Texikaner.«

In ihrer Euphorie vergaßen die Texikaner Reverend Harrisons Prophezeiung, daß sie bald um ihre nackte Existenz würden kämpfen müssen. Noch in jenem Jahr 1825 erfüllte sie sich. Der Feind jedoch war nicht Mexiko. Die letzten Karankawa kamen zu dem Schluß, daß sie keine Möglichkeit hatten, so weiterzuleben wie bisher, wenn sie die Weißen nicht ausrotteten, die in ihr Land eingedrungen waren. Sie unternahmen eine Reihe von Überfällen, bei denen sie so wild und graumsam wüteten, daß den Siedlern nichts anderes übrigblieb, als zurückzuschlagen. »Tötet sie jetzt, oder geht zugrunde!« war die Devise in San Felipe, als die Siedler sich auf die, wie sie hofften, letzte Schlacht vorbereiteten.

Eine Gruppe von Freiwilligen versammelte sich bei Quimpers Fähre, von wo aus sie nach Süden marschierten, um sich mit anderen Siedlern zu vereinigen, die sich entlang der Küste zusammengeschlossen hatten. Da man auch von Jungen, die älter als zehn Jahre waren, erwartete, daß sie mit eigenen Büchsen an dem Feldzug teilnahmen, hatte sich auch der dreizehnjährige Yancey gemeldet. Als sich die Rächer der Küste näherten, steigerte sich seine Erregung; er war begierig, seine Pflicht zu erfüllen. Doch als sie sich an eine Siedlung der Karankawa herangeschlichen hatten – eine Ansammlung zeltartiger Hütten – und die Zeit zum Kampf kam, erstarrte er wie damals vor der Klapperschlange, und während seine Kameraden die Indianer mit einer Überraschungssalve angriffen und dann wild nachdrängend vernichteten, starrte er wie gelähmt auf das blutige Gemetzel.

»Wir haben sie erledigt«, brüllten die Freiwilligen, während Kundschafter ihnen den Weg zu einer weiteren Karankawa-Siedlung wiesen.

An diesem Abend stieß eine Gruppe vom Trinity River zu den Männern von Quimpers Fähre, und am nächsten Tag, gegen Mittag, fand die letzte große Schlacht gegen die Karankawa statt. Diese stolzen Indianer, seit Jahrhunderten die Herren der drei Flüsse, erkannten, daß ihr Untergang bevorstand, und kämpften mit dem Mut der Verzweiflung. Gegen Abend gelang es einem kläglichen Rest unter der Führung von zwei heldenhaften Kriegern, den Ring der sie einschließenden Weißen zu durchbrechen. Sie begannen ihren langen Rückzug nach Süden über den Río Grande; nach schrecklichen Tagen ohne Nahrung und ohne Wasser verschwanden sie vom Boden Texas' und lebten nur noch in zum größten Teil erfundenen Geschichten über die »Kronks, die Menschenfresser«, weiter.

Sie waren der erste von mehr als achtzig Indianerstämmen, die aus Texas vertrieben wurden. Zum Schluß konnten sich die triumphierenden Weißen rühmen: »Wir haben keine Indianer in Texas. Wir konnten sie einfach nicht ausstehen.« Andere amerikanische Staaten fanden Mittel und Wege – nicht immer vernünftige oder zweckmäßige –, um ein Zusammenleben von Indianern und Weißen zu ermöglichen; die Bürger von Texas waren dazu nicht imstande. Ihre Antipathien waren unüberwindlich.

Yancey zeichnete sich auch in dieser letzten Schlacht nicht aus. Auf dem Heimweg jedoch, den er in Begleitung anderer Siedler zurücklegte, begann er von seinen Heldentaten im Kampf gegen die Karankawa zu erzählen und gewann mit der Zeit selbst die Überzeugung, daß er sich mit mehr als durchschnittlicher Tapferkeit geschlagen habe. Als sie schon in der Nähe der Fähre waren, sagte er zu seinen Kameraden: »Hier in der Nähe gibt es auch einen Karankawa, der sich hin und wieder sehen läßt.« Das erregte die siegestrunkenen Texaner so sehr, daß sie den Kronk, als dieser unerwartet friedlich und sehr groß vor ihnen auftauchte, ohne Zögern erschlugen – den letzten Karankawa, den man am Brazos River je sehen sollte.

Mattie war über dieses sinnlose Blutbad empört und stellte die Mörder zur Rede. »Yancey hat uns nicht gesagt, daß er friedlich war«, rechtfertigten sie sich, und sie folgerte daraus den verbrecherischen Anteil, den ihr Sohn an diesem Mord gehabt hatte. Sie bestrafte ihn nicht wegen dieser schrecklichen Tat, aber wenn sie in den folgenden Tagen erschöpft auf der Veranda saß – erschöpft von der vielen Arbeit, die sie bewältigen mußte, während Jubal jagen ging oder nach Honigbäumen suchte –, wurde ihr klar, welch schweren Verlust sie mit dem Tod des Kronks erlitten hatte. Er war ein Mitglied der Familie gewesen, ihr Beschützer, der immer bereitgestanden hatte, wenn es Arbeit gab, der Freund, mit dem sie hatte reden können, wenn Jubal fort war. Dieser wilde Indianer war den beschwerlichen Weg in die Zivilisation gegangen, und am Ende hatte ihn eben diese Zivilisation vernichtet – allein aus dem Grund, weil er ein Indianer war.

Jubal und Mattie hielten sich an die Devise: »Was immer Stephen F. Austin entscheidet, er tut bestimmt das Richtige.« Wie viele andere verehrten auch sie den sonderbaren kleinen Mann und verziehen ihm sein oft willkürliches Verhalten. Sie betrachtete ihn als verläßlichen Ratgeber, und wenn er sich auf seinen Reisen durch die Kolonie in ihrem Gasthof aufhielt, stimmte Jubal allem zu, was er den Leuten zu sagen hatte, die gekommen waren, um mit ihm über Politik zu reden.

»Meine Herren, Texas wird unter dieser neuen mexikanischen Verfassung nicht nur leben, sondern eine Blütezeit erleben.«

»Sind Sie es zufrieden, den Rest Ihres Lebens unter mexikanischen Gesetzen zu verbringen?« fragte ein Siedler aus Alabama. Austin antwortete: »Jawohl, mir ist es recht.«

Quimper ergriff Austins Hand: »Mr. Austin«, sagte er, »ich werde als mexikanischer Bürger neben Ihnen stehen... Sie können sich darauf verlassen.«

Aber wenige Tage nachdem Austin mit dieser Loyalitätserklärung der Leute aus der Umgebung von Quimpers Fähre abgereist war, traf ein Exemplar der neuen Verfassung ein, und der Mann aus Alabama, der Austin gefragt hatte, kam, das Dokument durch die Luft schwenkend, in den Gasthof gestürzt: »Hört mal, was da geschrieben steht.« Er bat Quimper, die anstößige Stelle laut vorzulesen: »Mit dem Inkrafttreten dieser Verfassung wird die Sklaverei in ganz Tejas verboten; in sechs Monaten wird auch die Einfuhr von Sklaven ungesetzlich sein, die sich bereits auf dem Weg nach Tejas befinden.«

So begann einer der unlösbaren Widersprüche der texanischen Geschichte. Von hundert Familien wie den Quimpers waren nicht mehr als fünfzehn Sklavenhalter. Die meisten Siedler konnten also keinerlei finanzielles Interesse daran haben, die Sklaverei aufrechtzuerhalten; dennoch wurde diese Einrichtung auch von der Mehrheit derer verteidigt, die keine Sklaven hatten.

Jubal und Mattie sprachen vielen aus der Seele: »Wir hatten nie Sklaven in Tennessee, und weiß Gott, auch hier in Texas haben wir keine. Aber in der Bibel steht geschrieben, daß die Söhne Hams Holzhauer und Wasserträger sein sollen, und so muß es auch bleiben.«

Mattie, die mit allen Menschen, selbst Karankawa, Freundschaft schloß, verurteilte das neue Gesetz besonders scharf: »Nigger sind gar keine richtigen Menschen. Ich selbst will keine halten, aber man sollte den guten Leuten, die welche mitgebracht haben, ihre Eigentumsrechte nicht schmälern.«

Das Verbot löste so große Aufregung unter den Siedlern aus, daß sich eine Abordnung von drei Pflanzern unter Führung von Jubal Quimper entschlossen zu Austins Hauptquartier aufmachte und ihn offen warnte: »Unsere Freiheiten müssen gewahrt bleiben!« Dieser einfachen Erklärung entsprang ein moralisches Problem, das Texas noch jahrzehntelang plagen sollte, denn es war die ehrliche Überzeugung gutherziger Menschen wie Jubal Quimper, daß ihre Freiheit nur dadurch gesichert werden könne, daß man andere versklavte.

Austin, der das Unmoralische dieser Denkweise erkannte, machte kein Hehl aus seiner Ansicht: »Ich sage es ganz ehrlich, meine Herren: Ich lehne die Sklaverei mit jeder Faser meines Herzens ab. Ich verurteile sie aus vier Gründen: Sie ist schlecht für die Gesellschaft im allgemeinen. Sie ist schlecht für den Handel. Und sie ist schlecht für den Herrn und schlecht für den Sklaven. Das war immer meine Überzeugung, und ich werde nie davon abgehen. Die klugen Männer in Saltillo, die unsere Verfassung entworfen haben, wußten, was sie taten. Die Sklaverei muß verboten werden!«

Quimper ließ sich von diesen Argumenten überzeugen. »Sie haben recht, Stephen. Wir brauchen einen neuen Anfang. Keine Herren. Keine Sklaven.«

Doch kaum hatte Quimper ihn seiner Unterstützung versichert, als ein Gesinnungswandel bei Austin eintrat. An diesem Abend begann er, das Problem einmal nicht nur auf der Grundlage seiner persönlichen moralischen Überzeugung zu prüfen, sondern untersuchte es in seiner Rolle als Leiter einer noch nicht existenzgesicherten Kolonie, und je gründlicher er darüber nachdachte, desto mehr gewann er die Überzeugung, daß Texas wenig Überlebenschancen hatte, wenn die Bemühungen fehlschlugen, Hunderte oder Tausende von Gentlemen aus den Südstaaten und mit ihnen Wohlstand und Kultur ins Land zu bringen. Am nächsten Morgen führte er eine offene Aussprache herbei.

»Meine Herren! Es ist mir schmerzlich bewußt geworden, daß sich unsere Kolonie nur weiterentwickeln kann, wenn es uns gelingt, Familien von Vermögen, hohen geistigen Fähigkeiten und gesunden Moralbegriffen aus Südstaaten wie Virginia, Carolina, Georgia, Alabama und Mississippi in großer Zahl für unser Land zu interessieren.« Quimper rief: »Sie haben recht, Stephen. Wir brauchen Lehrer und Männer, die die Bibel kennen.«

Viele nickten und manche tuschelten miteinander. Austin wartete. Er fürchtete sich davor, die Schlußfolgerung des eben Gesagten auszusprechen, aber schließlich faßte er sich ein Herz: »Solche Leute aber werden nicht zu uns kommen, wenn sie nicht auch ihre Sklaven mitbringen dürfen. Welcher Weiße könnte in unserem feucht-heißen Schwemmland Zuckerrohr pflanzen? Welcher Weiße aus Alabama könnte unter unserer glühenden Sonne Baumwolle anpflanzen? Oder pflücken? Nur Neger sind für solche Arbeiten geschaffen, und die Sklaverei scheint die gottgewollte Ordnung für den Umgang mit ihnen zu sein. Ich stelle fest: Texas muß die Sklaverei zulassen oder untergehen.«

Der wankelmütige Jubal Quimper hatte sich wieder einmal sofort von Austin überzeugen lassen. Er half ihm dabei, Petitionen an die Regierung des Staates Tejas in Saltillo und an die Bundesregierung in Mexico City abzufassen, in denen dargelegt wurde, daß die Abschaffung der Sklaverei für den Rest des Landes zweifellos richtig sei, nicht aber für eine Grenzregion wie Tejas: »Ohne Sklaven können wir unsere Felder nicht bebauen und auch nicht unsere leeren Räume bevölkern, wenn es Männern aus den Südstaaten Amerikas nicht erlaubt wird, ihre Sklaven mitzubringen.« Austin, der die Sklaverei gehaßt hatte, war zu ihrem Fürsprecher geworden.

Im Herbst des Jahres 1828 erhielt Jubal einen Brief seines Rechtsanwalts in Gallatin, Tennessee:

»Ich habe große Neuigkeiten für Sie, Jubal! Hammond Carver, Ihr Prozeßgegner, ist bei einem Duell ums Leben gekommen, was nach dem Gesetz die Einstellung seiner Klage gegen Sie nach sich zieht. Ich habe von seinen Rechtsnachfolgern erfahren, daß sie nicht die Absicht haben, den Prozeß noch einmal aufzurollen. Sie haben schriftlich erklärt, daß das umstrittene Grundstück einschließlich des darauf befindlichen Hauses, Ihr, Jubal Quimpers, Eigentum ist. Sie sind damit noch kein reicher Mann, verfügen jetzt jedoch immerhin über ein wenig Geld, das sie allerdings nur persönlich beheben können. Kommen Sie gleich, denn Sie und Mattie haben viele Freunde, die sich freuen würden, wenn Sie sich entschließen könnten, Ihr altes Leben hier wieder aufzunehmen.«

Diese vom Himmel gefallene Chance, den in Texas herrschenden Spannungen zu entfliehen, machte Jubal Lust, unverzüglich abzureisen: »Mattie! Wir können in die Heimat zurück.«

Aber Mattie dämpfte seine Begeisterung sehr rasch. »Ich habe nicht den Wunsch, Tennessee noch einmal wiederzusehen«, erklärte sie.

Jubal hielt ihr einen Vortrag über die Unterschiede zwischen dem kultivierten Tennessee und dem barbarischen Texas, aber am Ende setzte sie seiner Überredungskunst eine kategorische Antwort entgegen: »Mir gefällt's hier. Du kannst ja mit Yancey zurückgehen und deine Ansprüche geltend machen und, wenn du willst, auch dort bleiben. Ich gebe dir deine Freiheit, auch vor Gericht, wenn du möchtest, aber das hier ist jetzt meine Heimat, und ich werde wohl bis ans Ende meiner Tage die Fähre betreiben.«

Die Entschlossenheit, mit der sie ihn von ihrer Entscheidung in Kenntnis setzte, gab Jubal zu denken. Zweimal nahm er Anlauf, ihr zu antworten, fand aber keine Worte. Schließlich verließ er das Balkenhaus und spazierte eine Weile unter den Eichen herum, die Mattie so liebte. Er versuchte ihre neue Heimat mit ihren Augen zu sehen und begriff allmählich, warum sie Texas liebte und es nicht verlassen wollte. Nachdem er über eine Stunde am Brazos spazieren gewesen war, kehrte er zu seiner Frau zurück und schloß sie in die Arme: »Matt, altes Mädchen, wenn das deine Heimat ist, ist es auch meine. Ich könnte dich nie verlassen. Ich gehe zurück, verkaufe das Land und kaufe Bauholz in New Orleans. Ich werde dir ein richtiges Haus bauen!«

Mit einem Lied auf den Lippen begann Mattie an diesem Tag für Jubal und Yancey die Sachen zu packen, die sie für die lange Reise brauchen würden. Plötzlich unterbrach Yancey ihre Arbeit und flüsterte ihr zu: »Ich will nicht mitgehen. Die Indianer und dieser ›Strip‹ und das alles!«

»Was wird bloß aus ihm werden?« fragte Mattie sich. »Ein Junge, der es ablehnt, eine Fahrt den Mississippi hinauf zu machen!«

Sie hatte gerade fertiggepackt, da stieg von Süden her eine Staubwolke auf: Benito Garza war mit einer neuen Partie Maultiere für die amerikanische Armee nach New Orleans unterwegs. Er war jetzt zweiundzwanzig Jahre alt, ein schlanker, hübscher Bursche mit einem Schnurrbärtchen, einem gewinnenden Lächeln und in der Zwischenzeit verbesserten Englischkenntnissen. »Diesmal ich nehme selbst die Maultiere. Ich brauche keinen Händler aus San Antonio als Führer.«

Er hatte einen jungen Mexikaner mitgebracht, nicht älter als vierzehn, und eine große Remuda von etwa vier Dutzend Maultieren, die er auf seinem Weg nach Norden zu vergrößern hoffte.

»Ist es wahr, Señor? Sie gehen nach Tennessee?« fragte er Jubal.

»Ich muß.«

»Eine Stadt am Mississippi?«

»Es ist ein Staat. Wie Coahuila-y-Tejas.«

»Aber es liegt am Mississippi?« Quimper nickte. Der junge Mann schlug sich auf die Schenkel und rief: »Da müssen Sie mit uns kommen! Sie sparen Zeit, Sie sparen Geld. Wir fahren mit dem Dampfschiff den Fluß hinauf!«

Mattie war von dem Vorschlag begeistert und drängte ihren jetzt sechzehnjährigen Sohn, doch mitzufahren. »Dann kannst du mit den Maultieren helfen, und du siehst das Dampfschiff.« Aber Yancey weigerte sich weiterhin, die gefährliche Reise anzutreten.

Sie brachen im Oktober auf, wanderten mit ihren etwa fünfzig Maultieren die Goliad-Straße hinauf, folgten dann der südlichsten Route am Golf entlang, überquerten den Sabine und gelangten so nach Louisiana und schließlich nach New Orleans.

Quimper verließ den Flußdampfer in Memphis. Nachdem er in seinem Heimatort Gallatin angekommen war, ging er gleich am nächsten Morgen zur Bank, ließ sein neues Geld an einen Vermögensverwalter in

New Orleans überweisen, auf den er daheim Wechsel ziehen konnte, und eilte zurück zum Mississippi.

New Orleans, Nachitoches in Louisiana, Nacogdoches in Texas, El Camino Real, den Trinity River entlang und über die Goliad-Straße nach Süden, das war die Route, auf der außer Einwanderern auch noch andere Dinge unterwegs waren. In diesem Herbst war auch die Cholera mit von der Partie und holte Jubal Quimper ein, als er das Dorf am Trinity River erreichte, in dem Reverend Harrison sich versteckt hielt und von wo aus er seine verbotenen Erweckungsversammlungen organisierte. Die beiden Männer freuten sich über das Wiedersehen.

Am zweiten Tag seines Aufenthalts am Trinity wurde Jubal plötzlich von einem heftigen Fieber befallen. Der Geistliche schlug die Hände über dem Kopf zusammen. »Du lieber Himmel, Jubal, Sie haben die Cholera!« Kaum waren diese Worte ausgesprochen, verbreiteten sie sich blitzschnell in der kleinen Gemeinde, und das Haus des Pfarrers wurde unter Quarantäne gestellt.

Diese Maßnahme erwies sich als vergeblich. Noch am gleichen Abend gab es vier weitere Opfer, und am nächsten Morgen herrschte Klarheit darüber, daß die gefürchtete Krankheit am Trinity River ihren Einzug gehalten hatte. *Seuche*, *Cholera* oder einfach *Fieber* genannt, griff sie den ganzen Körper mit solcher Zerstörungskraft an, daß der Erkrankte nur selten drei Tage überlebte.

Reverend Harrison kümmerte sich nicht um das Drängen seiner heimlichen Pfarrkinder, sich von dem befallenen Quimper fernzuhalten. »Wenn Jesus Christus die Aussätzigen betreuen konnte, kann ich auch Quimper betreuen«, sagte er und blieb bei ihm und kühlte sein fieberheißes Gesicht mit feuchten Tüchern, bis krampfartige Zuckungen erkennen ließen, daß der Tod unmittelbar bevorsteht.

Als Quimper gestorben war, schloß Harrison ihm die Augen. Jubals Kleider mußten natürlich verbrannt werden, aber einige dauerhafte Gegenstände wie etwa Münzen nahm der Geistliche in seine Obhut mit der Absicht, zu der hundert Kilometer entfernten Fähre Quimpers zu bringen. Mattie sollte nicht von Fremden erfahren, daß ihr Mann plötzlich gestorben war. Harrison wurde zunächst jedoch aufgehalten, weil er vier weitere Opfer der Seuche begraben mußte. Als das geschehen war, begann er sich zu fragen, ob es richtig sei, daß er, der von der Cholera vielleicht auch befallen war, sich in eine andere Gemeinde begab.

Er wartete sechs Tage. Danach war er sicher, daß er verschont geblieben war, und machte sich auf den Weg. Während er sich der Fähre näherte, überlegte er, wie er Mattie die traurige Nachricht überbringen sollte. Als er das Ufer erreicht hatte, war er immer noch unentschlossen. »Mutter!« hörte er Yancey schreien. »Die Fähre.« Er wunderte sich, daß dieser fast erwachsene Junge nicht selbst kam, um ihn überzuholen, aber da Yancey nichts dergleichen tat, erschien schließlich Mattie, wischte sich die Hände an der Schürze ab und griff nach der schweren Stake.

Mit der Geschicklichkeit, die sie sich bei zahllosen Überfahrten angeeignet hatte, brachte sie die Fähre zum Anlegeplatz. »Willkommen, Pastor«, rief sie. »Jubal kommt sicher auch bald zurück.«

Er bestieg die Fähre. Während der Überfahrt war er so schweigsam, daß Mattie ihn schließlich fragte: »Was ist denn los, Reverend? Schlechte Nachrichten?« Er ließ den Kopf sinken. »Jubal ist tot. Die Cholera...«

Mattie stakte weiter. Den Blick auf das wirbelnde Wasser gerichtet, schwieg sie, bis sie sicher angelegt hatten. Dann half sie dem Geistlichen das steile Ufer hinauf. »Vater Clooney ist da. Für heute nachmittag sind sechs Trauungen vorgesehen.«

Sie gingen zum Balkenhaus hinüber, wo Clooney auf der Veranda im Schatten saß. »Guten Tag, Reverend«, grüßte er. Harrison erwiderte: »Ich bringe schlechte Nachricht... Jubal... die Cholera.«

Vater Clooney hatte schon viele Opfer der Seuche begraben helfen. Daß sie jetzt einen Mann getötet hatte, dem er, Clooney, so viel verdankte, traf ihn schwer.

»Den anderen sagen wir es besser nicht«, schlug er vor. »Es ist ihr Hochzeitstag.« Die drei kamen überein, daß nicht einmal Yancey vor den Trauungen etwas erfahren sollte.

Harrison wollte der katholischen Zeremonie nicht beiwohnen und machte sich schweigend auf den Weg. Clooney vollzog die Trauungen. Am Abend setzte er sich zu Mattie auf die Veranda und versuchte sie zu trösten. »Sie müssen wieder heiraten«, drängte er sie. »Sie werden Hilfe brauchen, um den Gasthof und die Fähre zu betreiben.«

In diesem Augenblick rief ein später Reisender vom anderen Ufer herüber: »Können Sie mich holen kommen? Ich habe nichts zu essen und keine Decken.« Mattie stand auf, ging zum Brazos hinunter und stakte über den seichten Fluß ans andere Ufer, wo der Mann wartete. Er bestieg die Fähre. Mattie stieß sie ab und brachte ihn in die Wärme ihres Gasthofs.

Der Sonderstab

Zum ersten offenen Zwist in unserem Sonderstab kam es, als wir uns im Oktober 1983 zusammensetzten, um die nächste Tagung in Tyler vorzubereiten, deren Thema »Religion in Texas« sein sollte. Es gelang uns nicht, eine Einigung über einen geeigneten Vortragenden zu erreichen. Zwar hatte keiner von uns feste Überzeugungen im Hinblick auf irgendwelche bestimmten theologischen Richtungen, und ganz gewiß wollten wir uns nicht in religiöse Themen einmischen, aber es war nun einmal nicht zu übersehen, daß der religiöse Fanatismus beim Zustandekommen der typischen texanischen Geisteshaltung mehr als einmal eine bedeutende Rolle gespielt hatte.

Dr. Garza schlug den Professor einer katholischen Hochschule in New Mexico vor. Quimper jedoch protestierte energisch, und mit Berechtigung: »Wir hatten schon einen katholischen Historiker bei der ersten Tagung, den Angehörigen einer katholischen Mission bei der zweiten und dann einen Experten für die Geschichte des katholischen Kanada. Texas ist kein katholischer Staat, Dr. Garza, sondern ein protestantischer, dessen Geisteshaltung von Protestanten geprägt wurde!«

»Sie haben recht«, gab Garza zu. »Ich habe nur versucht, die Interessen meiner Leute zu fördern.«

»Das verüble ich Ihnen nicht«, schmunzelte Rusk, »aber jetzt möchte ich die Interessen meiner Leute fördern. Meine Großeltern waren Quaker und Baptisten. Gott sei Dank gibt es ja nur wenige Quaker in Texas, und so schlage ich vor, daß wir einen baptistischen Geistlichen einladen.«

»Augenblick mal, Rance«, ließ sich Quimper wieder hören. »Texas wurde vor allem von Methodisten besiedelt. Und ich würde gern mal eine ehrliche methodistische Darstellung hören.« Worauf Rusk das Wort an Miss Cobb richtete: »Welcher Religionsgemeinschaft gehören Sie eigentlich an, Lorena?« Miss Cobb antwortete: »Wie alle besseren Leute in den Südstaaten gehöre auch ich der Episkopalkirche an. In Texas allerdings hat sie nie großen Einfluß gehabt.«

Wir konnten uns einfach nicht einigen. Um weitere Meinungsverschiedenheiten zu vermeiden, verschoben wir die Tagung auf November.

Nachdem ich eine Reihe von Telefonaten geführt hatte, konnte ich mit einer fast perfekten Lösung aufwarten, und bei unserem Novembertreffen in Tyler präsentierte ich meinen Kollegen und Mitarbeitern meinen Kandidaten, einen großgewachsenen, mageren Mann Mitte fünfzig.

Ich bat ihn, sich selbst vorzustellen. Er tat es mit viel Geschick: »Ich bin ordinierter Geistlicher, Professor für Religionswissenschaft am Abilene Christian College. Die römische Zahl nach meinem Namen zeigt an, wie viele Generationen meiner Familie in Texas gedient haben. Ich bin Joel Job Harrison VI. Ich werde Ihnen jetzt kurz die Geschichte meiner Familie erzählen, anhand derer Sie einen Überblick gewinnen können über die religiösen Stürme, die von Zeit zu Zeit über Texas hinweggebraust sind.

Der erste Joel Job Harrison kam 1820 als geheimer Reiseprediger mit dem Auftrag an den Trinity River, das katholische Mexiko zu infiltrieren. Streng religiöse Eiferer in Kentucky hatten ihm die Anweisung gegeben: ›Kämpfen Sie gegen die Papisten!‹ Er scheint ein leidenschaftlicher Verteidiger des Glaubens gewesen zu sein und hielt flußauf und flußab geheime Erweckungsversammlungen ab. Dem, was er predigte, getreu folgend, führte er einen der entscheidenden Angriffe bei San Jacinto. In der Zeit der Republik zog er kreuz und quer durch das Land und baute die methodistischen Kirchen auf, die unter der mexikanischen Herrschaft verboten gewesen waren.

Joel Job III. war einer jener geistlichen Titanen, die von Zeit zu Zeit über Texas hinwegstürmen. Seine Auslegung der Bibel führte dazu, daß er in endlose Kämpfe gegen Baptisten, Presbyterianer und alle anderen ›ungläubigen‹ Sekten verstrickt wurde. Die Baptisten warfen drei ihrer besten Leute gegen ihn in den Kampf. In ganz Nordtexas fanden große öffentliche Debatten statt. Man stellte ein Zelt auf oder mietete einen

Saal, und J. J. Harrison III., in schwarzem Anzug und rotem Kordelschlips, kreuzte die Klingen mit dem damaligen baptistischen Champion. An fünf aufeinanderfolgenden Tagen debattierten sie jeden Tag von zwei bis fünf, und Tausende lauschten aufmerksam, um sich nur ja kein Wort entgehen zu lassen. Diese Streitgespräche wurden berühmt.

Im Jahre 1894 erlitt die kirchliche Welt von Texas einen Schock, als diese mächtige Stütze des Methodismus, dieser unvergleichliche Redner, sich in die Abgeschiedenheit zurückzog, die Bibel studierte und eines Tages eine aufsehenerregende Erklärung an die Öffentlichkeit brachte: ›Ich kann die methodistische Kirche in ih er heutigen Form nicht mehr unterstützen. Ich verlasse sie, um Prediger der Kirche Christi zu werden.‹ Das war gleich ein doppelter Skandal, denn diese relativ neue Sekte war eine Abspaltung der Campbelliten, einer Religionsgemeinschaft, die er vorher heftig geschmäht hatte.

In seiner neuen Reinkarnation wurde Joel Job III. zu einem konservativen Schrecknis, und es vergingen keine sechs Monate, da befand er sich bereits inmitten einer großen Auseinandersetzung, die seine neue Konfession in Stücke riß.

Sie werden lachen, wenn ich Ihnen jetzt erzähle, gegen welche vier Neuerungen er sich so verbissen wehrte: gegen Missionseinrichtungen – weil in der Bibel keine Rede von ihnen war; gegen die Sonntagsschule – weil er für sie keine Rechtfertigung in der Bibel finden konnte; gegen die Wiedertaufe von Baptisten, Methodisten und Presbyterianern, die sich der neuen Kirche anschließen wollten: ›Wenn für Johannes und Jesus eine Taufe ausreicht, reicht sie auch für den Farmer Jones aus Waco aus.‹ Doch sein glühendster Haß galt der Instrumentalmusik beim Gottesdienst – sie sei ja im Neuen Testament nicht erwähnt.

Sein Sohn, Joel Job IV., nahm regen Anteil an den Geschehnissen rund um die Prohibition. Mit dem methodistischen Evangelismus vergangener Tage zog er durch den Staat. Er war glücklich, wenn er auf seiner Bühne Mütter und Kinder präsentieren konnte, die durch die Trunksucht ihrer Männer und Väter verarmt waren. Mit Gewalt drang er in Saloons ein, trug Faustkämpfe mit Schnapshändlern aus und tat alles, um Texas dazu zu bringen, für die Prohibition zu stimmen. An dem Tag, als das Alkoholverbot auf ganz Amerika ausgedehnt wurde, erklärte er in einer Massenversammlung in Dallas: ›Die Seele Amerikas ist gerettet!‹«

Quimper, ein starker Trinker, unterbrach ihn. »Aber, Reverend Harrison, haben Sie nicht vor kurzem selbst im Kampf gegen den Alkohol eine führende Rolle gespielt? In diesen drei Counties im Westen, die ein Referendum gegen Saloons abgehalten haben?«

»Ja, das stimmt, und ich kann mit Stolz behaupten, daß es uns gelungen ist, diese Counties trocken zu halten. Ich betrachte den Alkohol als ein beständiges Übel.«

»Vielen Dank«, sagte Quimper und verneigte sich wie vor einem politischen Gegner.

»Ich erzähle Ihnen diese Dinge«, fuhr Harrison fort, »um Sie daran zu erinnern, daß wir hier in Texas die Religion ernst nehmen. Wie ich Ihnen gleich demonstrieren werde, kann sie sogar zu einer Frage von Leben und Tod werden.« Nun wandte er sich seinem eigentlichen Thema zu.

»Außer zur Zeit der Republik, als der Säkularismus überhandnahm, war die Religion im Leben der Texaner stets eine starke und oft sogar die treibende Kraft. Stephen F. Austin beispielsweise wollte nur fromme Christen für seine Kolonie haben. Daß Texas ein Staat geworden ist, verdankt es zum großen Teil den loyalen Protestanten, die sich weigerten, die katholische Kirche als Staatskirche zu akzeptieren. Die Religion bestimmt das Leben der Texaner auf allen Gebieten. Wenn man nur die äußeren, sichtbaren Ausdrucksformen dieser Religiosität betrachtet, könnte man mit einiger Berechtigung zu dem Schluß kommen, daß Texas der christlichste aller Staaten ist und es schon immer war. Verständlich also, wenn viele, vielleicht sogar die meisten Texaner glauben, daß dem so ist. Wir lieben unsere Kirche und verteidigen sie mit allen Mitteln.

Wer aber einen leidenschaftslosen Schritt zurück tut und die tatsächlichen Verhältnisse in Texas mit kühlem Kopf bewertet, der muß sich fragen, wie tiefgründig diese religiösen Überzeugungen wirklich sind. Im texanischen Odessa stehen Ihre Chancen, ermordet zu werden, besser als in jeder anderen Stadt der Vereinigten Staaten. Unsere Staatsbeamten gehen regelmäßig für Vergehen ins Gefängnis, die in Staaten wie Iowa oder South Dakota längst nicht so häufig vorkommen. Die durch Trunkenheit am Steuer bedingten Todesfälle auf den Straßen Texas' sind in ihrer Vielzahl erschütternd. Nun, historisch gesehen verspürten die texanischen Christen, allesamt fleißige Kirchgänger, nie große Lust, sich den sittlichen Problemen ihrer Zeit zu stellen. Joel Job I.

war ein hartnäckiger Verteidiger der Sklaverei, und sowohl Harrison II. als auch Harrison III. zogen im Sezessionskrieg konföderierte Uniformen an, um als Militärgeistliche zu wirken; die Sklaverei, daran glaubten sie fest, war gottgewollt und mußte beibehalten werden. Harrison IV., der gegen den Alkohol kämpfte, trat auch für die Wiederbelebung des Ku- Klux-Klan ein; in zwei denkwürdigen Predigten behauptete er, daß der Klan Gottes Werk in Texas vollbringe.«

Reverend Harrison erzählte uns, daß er oft über diese scheinbaren Widersprüchlichkeiten nachgedacht habe und zu dem Schluß gekommen sei, daß sie im Grunde nicht, wie man vielleicht annahm, als moralische Verwirrung gewertet werden könnten. »Der Texaner, der seinen Nachbarn niederschießt, sieht sich nicht als Verbrecher. Er beendet nur auf die traditionelle, allgemein anerkannte texanische Weise einen Streit. Der texanische Milliardär, der gleichzeitig drei Ehefrauen, drei Haushalte und die dazugehörigen Kinder hat, kann sich einfach nicht vorstellen, daß er ein Unrecht begeht. Er führt nur das freie Leben an der Grenze fort und betrachtet sich, weil er das tut, auch noch als besseren Texaner. Er unterstützt seine Kirche und hilft mit, ihre Angriffe gegen Unmoral und liederliches Leben zu finanzieren.

Jedes Beispiel gesellschaftlicher Auflösung, das Schöngeister aus dem Norden bei ihrer Kritik an Texas anführen könnten, läßt sich von einem texanischen Ehrenretter mühelos wegeskamotieren: ›Aber so haben wir es in Texas immer schon gehalten!‹ Wenn bei uns ein Verhaltensmuster von der Mehrheit akzeptiert wird, ist es automatisch Teil der texanischen Theologie und dient als seine eigene Rechtfertigung.

Die Widersprüchlichkeiten dauern bis in unsere Zeit an. Vor kurzem betrieb Bruder Lester Roloff, ein einflußreicher Erweckungsprediger in der Gegend von Corpus Christi, verschiedene Kinderheime, die gegen alle Vorschriften verstießen. Dennoch ließ der Staat bei ihm Milde walten; er sei, so das Gericht, ein gottesfürchtiger Kirchenmann und daher von den normalen Beschränkungen ausgenommen.«

»Und was sollen wir nun in unserem Bericht schreiben?« fragte Miss Cobb. Joel Job VI. war mit seiner Antwort schnell zur Hand: »Daß Texas wirklich ein Staat ist, der die Religion mehr als die meisten anderen ehrt. Die Achtung vor der Religion ist bei uns grundlegend für alles andere, aber wir bestehen darauf, nach unserer eigenen Theologie zu leben.«

V.
DER TRAMPELPFAD

Um den Charakter der Texikaner, mit denen wir es jetzt zu tun bekommen werden, besser verstehen zu können, machen wir einen Sprung zurück – in den stürmischen Winter des Jahres 1802 und in ein langes, enges, wunderschönes Tal, Glen Lyon, das in Mittelschottland von Osten nach Westen verläuft. Am oberen Ende des Glens befand sich ein kleiner Bergsee, ein Loch, aus dem sich ein Bach ergoß, der das Wasser für die kräftigen Hochlandrinder lieferte, die an seinen Ufern weideten.

Am Ufer des Lochs stand ein dunkles, niedriges Haus mit nur zwei oder drei Räumen. Sein Fundament bestand aus Felsbrocken, die Mauern waren aus schweren, derb zugehauenen Steinen. Das Dach aus Stroh und Torf wurde durch ein Netz von dicken Strängen aus Heidekraut niedergehalten, an deren Enden große Felsklumpen baumelten, um die Auftriebskraft des Sturms auszugleichen, der oft von den Bergen herabheulte.

Diese Behausung, Dunessan mit Namen, wurde von der Familie eines furchteinflößenden Mannes Mitte siebzig bewohnt. Der alte Mann war Macnab von Dunessan, das patriarchalische Oberhaupt der örtlichen Linie der Macnabs, eines der streitsüchtigsten Clans Schottlands. Er war großgewachsen, ein Veteran vieler Kämpfe im Hochland, und sah besonders eindrucksvoll aus, wenn er, Dolch und Säbel griffbereit, in den buntkarierten Tartan der Macnabs gekleidet war. Seit kurzem allerdings machte ihm eine alte Schußwunde im linken Bein zu schaffen und zwang ihn, sich nicht weit von seinem Haus zu entfernen.

Er saß auf einer Holzbank neben der Tür und genoß die wenige Wärme, die die Wintersonne spendete, als ein Reiter das Tal heraufgepr escht kam: »Dunessan! Zu den Waffen! Es war schwärzester Verrat.«

Macnab half dem erschöpften Boten beim Absteigen und fragte ihn dann: »Was ist denn los, Mann?«

»Die Campbells, wer sonst?«

»Was haben sie denn diesmal angestellt?«

»Glencoe. Sie kamen nach Glencoe, Hunderte von ihnen, in Frieden und Freundschaft. Sie aßen mit ihren Gastgebern, den Macdonalds, zu Abend, sangen mit ihnen...«

»Und dann?«

»Nachdem sie zehn Tage geschlemmt und gesungen hatten, es war spät nachts, der Campbell von Glen Lyon gab das Zeichen...«

»Das Zeichen wozu?«

»Die Campbells sprangen auf wie ein Mann und schlachteten die Macdonalds ab, die eben noch das Brot mit ihnen geteilt hatten.«

»Guter Gott, nein!«

»Sie haben alle abgeschlachtet, auch Macdonald selbst. Nur ganz wenige konnten in die Nacht entkommen. Archie Macdonald, der alles mit angesehen hatte, floh den Paß hinauf über das Moor und fand Zuflucht bei mir. Er hat mir die schreckliche Geschichte erzählt. Dunessan, denkt an Euch selbst! Denkt an die Sicherheit Eurer Familie! Ich glaube, die Campbells wollen zuerst auf das Moor von Rannoch und dann über die Berge in dieses Tal.«

Der Reiter bestieg sein Pferd und ritt weiter, um andere Clans in anderen Tälern zu warnen.

»Die Campbells sind die personifizierte Perfidie«, sagte der Greis. Er stand neben dem Kuhstall, und während sich sein rostbrauner Collie Rob an seinem Bein rieb, warnte er seinen Enkel Finlay vor dem verräterischen Feind: »Vergiß es nie, mein Junge, daß dein Vater im Kampf gegen die Campbells gefallen ist und daß deine Mutter starb, als sie unser Haus niederbrannten.«

Allmählich kehrte im Glen Lyon wieder ein flüchtiger Frieden ein. Ein Fremder kam ins Tal, ein großgewachsener, ungelenker Mann, der Frömmigkeit und Gelehrsamkeit in dieses umkämpfte Gebiet bringen wollte.

Es war Ninian Gow, Magister der freien Künste der University of St. Andrews im Osten Schottlands und als Priester in der von John Knox gegründeten presbyterianischen Kirche ordiniert. Er liebte seine Kirche und hatte viel geopfert, um ihr zu dienen. Zwei feste Überzeugungen prägten sein Wesen: Schottland war unmöglich zu retten, solange die schottischen Kinder, Jungen und Mädchen, nicht lesen lernten, und Schottland war dem Untergang geweiht, wenn es nicht die Übel der Papisterei bekämpfte.

»Die Campbells sind Katholiken, müßt ihr wissen«, donnerte er bei seiner ersten Predigt im Tal. »Die ruhmreiche Reformation, die uns die wahre Religion brachte, hat die vom Pesthauch befallenen Glens nie erreicht, in denen die faulen Campbells auf der Lauer lagen. Kann es uns dann noch Wunder nehmen, daß sie nichts Verwerfliches darin erblickten, sich die Gastfreundschaft der Macdonalds zu erschleichen und sie dann abzuschlachten?«

Ninian Gow war noch nicht lange in Glen Lyon, da erkannte er, daß Finlay Macnab, der Enkel des Alten, sehr begabt war. Er sprach mit dem Schulmeister über das Kind und hörte Erfreuliches: »Der Knabe kommt mit den Zahlen gut zurecht und liest besser als ältere Jungen.«

Gow besuchte daraufhin den alten Macnab und kam gleich auf die University of St. Andrews als mögliches Ziel für den Ehrgeiz des Jungen zu sprechen. Finlays Großvater hatte nie daran gedacht, seinen Enkel einmal auf die Universität zu schicken. »Wo ist denn dieses St. Andrews?«

»Es liegt an der Küste von Fife, an der Nordsee, eine alte Stadt aus grauem Stein. Ehrwürdige Ruinen und schöne neue Schulbauten prägen ihr Bild. Sie ist das Zentrum des Presbyterianismus in Schottland.«

Gow kam wiederholt auf das Thema zurück und betonte, wie zweckmäßig es doch wäre, den jungen Macnab dort studieren zu lassen, aber der Alte wollte nichts davon wissen: »Ich bin dagegen, daß mein Enkelsohn Geistlicher wird.« Dennoch brachte Macnab das Thema eines Tages nach dem Abendessen in Anwesenheit seiner Frau und seines Enkels zur Sprache. »Würdest du gern nach St. Andrews gehen, wie es der Pfarrer vorschlägt?«

Finlay antwortete: »Ich lese sehr gerne. Euklid habe ich gelesen und jetzt Cicero.«

»Und für was soll das gut sein?« fragte der alte Mann in ehrlicher Verwunderung.

»Das weiß ich nicht«, antwortete Finlay aufrichtig. »Ich spiele einfach gern mit Zahlen und Wörtern.«

»Was sagst du dazu, Mhairi?« fragte Macnab seine Frau.

»Ich habe ihn schon immer für einen klugen Jungen gehalten.«

»Du würdest also gern an die Universität gehen?« wiederholte der Alte seine Frage.

»Ja, sehr gern!«

Als es auf den Hochsommer zuging, mußte Macnab sich traurig eingestehen, daß er den mühseligen Marsch über die Berge zum Viehmarkt nach Falkirk nicht mehr unternehmen konnte und daß Finlay an seiner Stelle die Tiere dorthin treiben mußte. Macnab bestimmte, daß sein Enkelsohn einen Teil des Geldes aus dem Verkauf der Rinder behalten und zur University of St. Andrews weiterziehen sollte. Im Juli war alles abgemacht, und Ninian Gow schrieb einen Brief an einen Freund in der alten, grauen Stadt:

>»Ich schicke Euch einen braven und guten Jungen, Finlay Macnab von Glen Lyon. Er wird dreizehn sein, wenn er zu Euch kommt. Nehmt ihn in Eure Obhut und bereitet ihn auf die Universität vor, wo er mit vierzehn sein Studium beginnen soll. Er hat Euklid gelesen und beschäftigt sich jetzt mit Sallust. Ninian Gow.«

Die zweite Julihälfte und den ganzen August über bereitete Finlay sich auf die schwere Aufgabe vor, die Rinder zum großen Viehmarkt nach Falkirk zu treiben – hundertzwanzig lange Kilometer über steile Bergpässe und durch wunderschöne Täler. Der Junge übte mit dem Collie Rob, dem die meiste Arbeit zufallen würde. Manchmal sah es so aus, als führe der Hund den Jungen und nicht umgekehrt, so schnell und intelligent war dieses Tier.

Mittlerweile hatte die Großmutter alles zusammengetragen, was sie Finlay mitgeben wollte: kräftigen Käse, in der Sonne getrocknete Fleischstreifen, auf dem Fensterbrett gehärteten Haferkuchen und vor allem den großen Kilt. Das war keiner der üblichen Faltenröcke, sondern eines Hochländers Kampf-Kilt, ein riesiges Stück kariertes Tuch – hellrot-grün-dunkelrot für die Macnabs –, das den Körper vom Kopf bis zu den Fersen einhüllte.

Gegen Ende August erschienen die ersten Viehhändler im Tal, und alle machten bei den Macnabs von Dunessan halt, um Grüße und Neuigkeiten auszutauschen. Die meisten kamen von Lewis und Harris, den nördlichsten Inseln der Äußeren Hebriden, und von den Uists; sie hatten ihr Vieh mit großen Booten über den Minch zur Insel Skye gebracht und von dort durch den gefährlichen offenen Fjord, der Skye vom Festland trennt. Jeder Viehhirte von den Äußeren Hebriden, der Glen Lyon mit seiner vollständigen Herde erreichte, galt schon als Held.

Diese Insulaner waren ein ungehobelter Haufen. Sie sprachen Gälisch und kannten gerade genügend schottische Wörter, um sich verständlich zu machen. Sie waren von kleiner Statur und melancholischem Wesen, ungeschlacht und dunkelhäutig. Sie stahlen Vieh und raubten Hütten aus. Die Viehtreiber von den Inseln, die keinen Gott kannten, waren die Geißel Schottlands. Doch in Glen Lyon fanden sie ihre Meister, denn die verschiedenen Macnabs gehörten selbst zu den geschicktesten Viehdieben der schottischen Geschichte. Der alte Macnab war oft große Risiken eingegangen, um seine Herde zu vergrößern. Stets hatte er zwei Dolche in den Falten seines Kilts getragen und auch ausgiebig Gebrauch davon gemacht. Jetzt reichte er seinem Enkel zwei mit dem Hinweis: »Zögere nicht, einen Dolch im Kampf bedenkenlos zu gebrauchen.«

Er übergab Finlay einundachtzig Rinder. Da es äußerst unklug gewesen wäre, einem zwölfjährigen Jungen, auch wenn er ein stämmiger Bursche war, eine so wertvolle Herde ganz allein anzuvertrauen, schickte er einen Helfer mit, Macnab aus Corrie, der zusammen mit seinen zwei Hunden schon oft zum Viehmarkt gewandert war. Zwölf Tage würden sie unterwegs sein, und man erwartete von ihnen, daß sie mit sämtlichen einundachtzig Tieren in Falkirk ankommen würden.

Auch Ninian Gow gab dem jungen Finlay strikte Anweisungen. »Sobald das Vieh abgeliefert und verkauft ist, verläßt du Falkirk und wanderst geradewegs nach Dunfermline. Das Geld trägst du in deinem Kilt versteckt und erzählst keinem Menschen etwas davon. Von Dunfermline gehst du auf direktem Weg nach Cupar. Von dort ist es nur mehr ein Katzensprung nach St. Andrews, wo du nach Eoghann McRae fragst, bei dem du wohnen wirst und der dich auf dein Studium an der Universität vorbereiten wird.«

Aus den elendsten Hütten und aus den abgelegensten Glens Schottlands holten aufopfernde Geistliche und Lehrer junge Menschen, die zu großen Hoffnungen Anlaß gaben, und drängten sie zum Studium an den Universitäten von Aberdeen, Glasgow, Edinburgh und vor allem St. Andrews, jenen Stätten der Gelehrsamkeit, deren Schüler im Lauf der Jahrhunderte so viel taten, um die englischsprechende Welt zu verändern und zu verbessern. Da sie keine Anstellung in Schottland finden konnten, wanderten sie nach London und Dublin und New York aus. Sie brachten Kultur nach Kanada, Jamaika und Pennsylvania; sie gründeten Colleges in Amerika und Universitäten in Kanada. Wo sie auch hingingen, hinterließen sie Schulen, Krankenhäuser und Bibliotheken. Sie waren es, die die Saat der Zivilisation säten.

Ende August feierte Finlay seinen dreizehnten Geburtstag. Am nächsten Morgen erhob er sich schon früh, um mit den vierundachtzig

Rindern – sein Großvater hatte drei Stück dazu »erworben« – loszuziehen. Die Großmutter gab ihm das Bündel mit dem getrockneten Fleisch, der Großvater reichte ihm einen Wanderstab, und Reverend Gow erschien mit einem gewichtigen Geschenk – einem Serviettenkloß. »Iß sparsam davon, Junge. Er soll dich bis St. Andrews bei Kräften erhalten.«

»Bleib gesund, mein Kind!« sagte die Großmutter.

»Denk immer daran, mein Sohn!« rief der Großvater und klopfte sich auf die Leibesmitte, wo er seine Dolche stecken hatte.

»Bleib anständig«, bat der Pfarrer.

Finlay Macnab machte sich auf den Weg.

Macnab von Corrie und Finlay zogen nach Osten, das Lyon-Tal hinunter. Nach kurzer Zeit kreuzte ein rauher Mann von der Insel Skye, der aus dem dunklen Moor von Rannoch über die Berge gekommen war, ihren Weg. Finlay befürchtete, daß es Verdruß geben könnte, und hielt sich deshalb dicht bei Macnab aus Corrie. »Das sind die Rinder der Macnabs von Dunessan!« sagte er stolz. Als der Mann mit seinem Vieh weiterzog, ließ er, ohne es zu wissen, ein schönes Tier zurück, das Finlay in seine »Obhut« genommen hatte. Seine Herde zählte jetzt fünfundachtzig Stück.

Nachdem sie die Mitte des Glens erreicht hatten, durchwateten die beiden Macnabs den kleinen Bach, der dem Tal seinen Namen gab, und begannen dann einen steilen Hang hinaufzusteigen. Corrie warnte seinen jungen Freund: »Das ist Campbell-Land, und wer sein Vieh über dieses Land treibt, tut es auf eigene Gefahr. Jeden Augenblick können Campbells heruntergesaust kommen und die halbe Herde stehlen.«

Dieser gegenseitige Viehdiebstahl, den die Clans im Hochland betrieben, wurde nicht so hart geahndet wie etwa in England, wo die unrechtmäßige Aneignung eines Pferdes oder einer Kuh den Kopf kosten konnte. Es war eine Art Spiel, eine Intelligenz- und Geschicklichkeitsprobe, wobei allerdings die Möglichkeit bestand, daß ein Clan sich verzweifelt wehrte und dadurch ein Gemetzel anrichtete. Niemand verfuhr bei diesem Wettkampf grausamer als die Campbells, und keiner listiger und mehr auf die eigene Sicherheit bedacht als die Macnabs.

Finlay und sein Begleiter erreichten den schönen Loch Tay, zogen an seinem nördlichen Ufer entlang und betraten dann ziemlich ängstlich die engen Glens der Campbells. Als es an der Zeit war, die Tiere für die Nacht zusammenzutreiben, befiel Finlay und seinen Begleiter ein wachsendes Unbehagen. Sie schliefen unruhig, während die Hunde die Herde bewachten, und tatsächlich: bei Tagesanbruch wurden sie von einem grimmig dreinblickenden Mann angesprochen.

»Das hier ist Campbell-Land. Wer seid ihr, daß ihr euch untersteht, es zu betreten?«

Finlay wollte schon voller Stolz verkünden, dies seien die Rinder der Macnabs von Dunessan, aber Corrie kam ihm zuvor: »Wir treiben für Menzies von Ilk.«

»Ein guter Mann. Aber die Gebühr für die Passage beträgt zwei eurer Rinder.«

Corrie, der verzweifelt bemüht war, keinen Streit aufkommen zu lassen, sagte hastig: »Ich suche Euch zwei Tiere aus.«

»*Ich* treffe hier die Auswahl!« Und schon hatte der Campbell-Mann zwei der besten Rinder von der Herde abgesondert und entfernte sich mit ihnen.

Die beiden Macnabs verließen den Glen, kehrten jedoch in der Nacht ohne ihre Herde zurück und näherten sich vorsichtig dem Weideplatz der Campbell-Rinder. »Sag deinem Hund, er soll drei Stück holen. Aber leise!« flüsterte Corrie seinem jungen Weggefährten zu.

Rob wußte genau, was er zu tun hatte. Unhörbar leise rannte er auf die Herde zu, trennte drei der Tiere von den übrigen und trieb sie geschickt zu seinem Herrn.

Das mußte gefeiert werden. Finlay schnitt den Serviettenkloß an. In seinem ganzen Leben hatte er noch nie etwas so Köstliches gegessen wie diese körnige Mischung aus Weizen, Früchten, Gewürzen und Honig. Zufrieden breitete er seinen Tartan auf dem Erdboden aus und legte sich hin. Die drei Hunde umkreisten das Vieh. Jetzt fühlte er sich wirklich bereit für den großen Viehmarkt in Falkirk. Er war unterwegs ein perfekter Treiber geworden, und er würde ein ebenso perfekter Händler sein.

Aber er konnte nicht schlafen. Zu aufregend war der Tag gewesen. Rob spürte, daß sein Herr beunruhigt war. Er überließ die Herde den zwei anderen Hunden und legte sich neben Finlay. Als es dämmerte, lagen sie immer noch so da, beide schlafend, von den Erlebnissen des vorangegangenen Tages erschöpft.

Artisten aus dem schottischen Tiefland, Zauberkünstler aus England, Schauspieler und Sänger aus Edinburgh waren nach Falkirk gekommen. Unter freiem Himmel bereiteten Frauen köstliche warme Speisen zu, während ihre Männer unter den Bäumen Whisky verkauften. Es war eine Art Wanderzirkus, überwacht von mürrischen Konstablern, die nur dann eingriffen, wenn ein Hochländer einem Engländer beim Feilschen die Kehle durchzuschneiden drohte. Konnte der Streit geschlichtet werden, dann zogen sich alle drei, der Viehtreiber, der Engländer und der Konstabler, unter einen der Bäume zurück, um sich ein paar kräftige Schlucke zu gönnen.

Der Viehmarkt dauerte zwei Wochen, und in dieser Zeit arbeiteten die Hochländer mit allen Tricks, die schon ihre Vorfahren gekannt hatten, um die Tiefländer dazu zu bringen, einen mehr als günstigen Preis für das Vieh zu bezahlen; die Tiefländer verfolgten eine Taktik des Verzögerns und Hinhaltens, und oft drohten sie sogar, wieder abzureisen, um die Treiber befürchten zu lassen, am Ende ohne Käufer dazustehen.

Die beiden Macnabs hatten ihre Verkaufschancen stark verbessert, indem sie, wie in Glen Lyon der Brauch, unbeaufsichtigte Tiere von ihren Nachbarn gestohlen hatten. Ihre Herde zählte jetzt einundneunzig Stück, und da jedes der gestohlenen Rinder ein Prachtexemplar war, konnten sie eine wirklich erlesene Auswahl anbieten.

Drei verschiedene Käufer hatten sich die Herde der Macnabs tagelang genau angesehen und dabei festgestellt, daß sie zu Beginn des Marktes einundneunzig Stück betragen hatte, jetzt aber vierundneunzig Rinder zählte, und daß es Tiere der besten Qualität waren. »Von den Macnabs habe ich immer gern gekauft«, sagte einer der Händler aus dem Süden zu seinem Helfer. »Die kümmern sich um ihre Tiere.«

»Und auch um andrer Leute Tiere«, entgegnete sein Treiber voll Bewunderung.

Ein Handel kam zustande, und mit einigem Bedauern sah Finlay zu, wie seine kostbaren Tiere nach Süden getrieben wurden. Nun ging das große Spektakel des Viehmarktes von Falkirk allmählich zu Ende. Die Zelte wurden abgebrochen, die Musik verstummte. Macnab aus Corrie zeigte Finlay, wie er seine Münzen in einen Zipfel seines Kilts binden mußte: »Ich gehe jetzt mit meinen zwei Hunden nach Argyll im Westen«, sagte er. »In Glen Orchy habe ich noch ein Geschäft zu erledigen. Du ziehst ostwärts nach St. Andrews, und Rob kommt schon allein zurecht. Das schafft er leicht.«

Der ältere Macnab machte sich mit seinen Hunden auf den Weg. Finlay führte Rob zur nördlichen Stadtgrenze und band ihm dort ein kleines Stoffsäckchen um den Hals, in das er einen Zettel legte. »Das ist Rob. Er gehört den Macnabs von Dunessan. Die Kosten für sein Futter werden erstattet. Finlay Macnab von Glen Lyon.«

Der Junge kniete neben seinem Hund nieder und umarmte ihn. Dann tätschelte er ihn liebevoll und sagte: »Rob, geh heim!«

Gehorsam verließ das Tier seinen Herrn und machte sich auf den langen Weg zurück nach Glen Lyon. Neun Tage würde der Hund brauchen. Hin und wieder würde er bettelnd zu einer Hütte kommen, wo man ihn füttern würde, denn der Zettel an seinem Hals versicherte jedem, daß man für das Futter des Hundes bezahlen würde, wenn das Macnabsche Vieh im nächsten Jahr nach Falkirk getrieben wurde.

Es gab viele Jungen in Finlays Alter, die ganz allein aus allen Teilen Schottlands in das alte Königreich Fife an der Nordsee wanderten, wo sich die älteste Universität des Landes befand. St. Andrews war das Zentrum des presbyterianischen Glaubens, eine vornehme Universität, nach außen hin grau und still, in den verschiedenen Colleges jedoch erfüllt von sprühendem intellektuellem Leben.

In seinem dreizehnten Lebensjahr studierte Finlay Macnab bei Eoghann McRae, dem Tutor, an den Ninian Gow ihn empfohlen hatte. Er wohnte im Haus dieses ärmlich lebenden Mannes, und wenn sie ihre dürftigen Mahlzeiten beendet hatten, holte Finlay die Bücher und brütete über seinem Griechisch, seiner Moralphilosophie und seinen Zahlen. Auf dem Spaziergang, den er jeden Morgen vor dem Frühstück mit seinem Tutor unternahm, hatte er ausgiebig Gelegenheit, St. Andrews zu bestaunen. Nach alter Tradition trugen die Studenten leuchtend rote Roben, niemals schwarze, solange sie keine akademischen Grade erworben hatten, so daß es manchmal schien, als wäre die Stadt voll von hin und her eilenden flammend roten Blumen.

Mit vierzehn wurde Finlay in das Leonardine College der Universität aufgenommen. Während seines ganzen Studiums sah er seine Großeltern und Rob, den Hund, kein einziges Mal. Er wohnte auch weiterhin bei seinem ersten Tutor und mußte sich mit sehr kärglichen Mahlzeiten zufriedengeben, aber nun hatte er das Recht, die rote Robe zu tragen, und war sehr stolz darauf.

In seinem letzten Jahr an der Universität – er übte sich nun abschließend in Disputation und Predigtlehre –, erhielt er den Besuch eines Mannes, den er nicht wiederzusehen erwartet hatte: Ninian Gow war an die Universität zurückberufen worden, um ein Lehramt zu übernehmen. »Was wirst du jetzt tun, Finlay, nachdem du ein geprüfter Scholar geworden bist?«

»Ich habe noch nicht darüber nachgedacht.«

»Aber ich habe es mir überlegt. Junge Männer wie du werden dringend in Irland gebraucht.«

»Um was zu tun?«

»Du mußt noch drei Jahre hier in St. Andrews bleiben, Prediger werden und dann nach Irland gehen.«

»Das kann ich nicht.« Mit achtzehn Jahren war Finlay ein selbstbewußter, ausgeglichener, beharrlicher junger Mann mit festen Grundsätzen. Er war fromm, überzeugt, daß John Knox den richtigen Weg zum Protestantismus gewiesen hatte, und zweifelte keinen Augenblick daran, daß der Presbyterianismus Gottes Werkzeug zur Rettung der Menschen, insbesondere der Schotten, war. Aber er wollte kein Prediger werden. »Dazu braucht man eine Berufung, und die fühle ich nicht.«

»Wozu fühlst du dich denn berufen?« fragte Gow. Aber noch bevor sein früherer Schützling antworten konnte, forderte Gow ihn auf, mitzukommen.

Sie gingen zu der geheiligten Stelle, wo die Katholiken Patrick Hamilton – als Katholik geboren, aber von den Reformlehren John Knox' tief beeindruckt – auf dem Scheiterhaufen verbrannt hatten. »Er weigerte sich bis zuletzt, abzuschwören. Er war ein Feind der Papisterei, und das mußt du auch sein.«

»Ich fühle aber keine Berufung zum Priesteramt.«

»Das protestantische Irland braucht jeden guten Mann, den wir schicken können. In den nördlichen Grafschaften haben wir schon eine kräftige Saat gepflanzt. Bewährte schottische Männer überqueren die Irische See zu Dutzenden, um das Gebiet zu verteidigen, das wir für unsere Sache gewonnen haben, und um sich dem Ansturm der Papisten entgegenzustellen.«

Finlay strebte nun einmal kein geistliches Amt an, aber er begann sich jetzt auf eine mögliche Auswanderung in die nördlichen Grafschaften Irlands einzustellen, um wenigstens einen bescheidenen Beitrag im Kampf gegen die Papisten zu leisten. Und als Ninian Gow, jetzt Griechischprofessor an den Universitäten von St. Andrews und Cambridge, mit der Nachricht zu ihm kam, daß ein reicher Gutsbesitzer in Nordirland, ein zuverlässiger Protestant, einen Mann suchte, der etwas von Pferden und Rindern verstand und als Verwalter auf seinen Gütern arbeiten sollte, zeigte Finlay großes Interesse. Dank glühender Empfehlungsschreiben Gows, seines langjährigen Mentors McRae und des Direktors des Leonardine College erhielt er von jenseits der Irischen See schon nach kurzer Zeit die Mitteilung, daß man ihm die Stelle übertragen hatte.

Ohne allzu großes Bedauern legte er für immer die rote Robe von St. Andrews ab und machte sich, wie viele andere junge Schotten, auf den Weg nach Irland. Vorher wollte er sich aber noch von seiner Familie in Glen Lyon verabschieden. Dort lebte jetzt jedoch eine andere Sippe der Macnabs. Finlays Großeltern waren vor kurzem gestorben, und auch Rob war nicht mehr da.

Traurig stand der junge Macnab eine Weile vor dem Haus seines Großvaters. Dann streifte er seinen Kilt glatt und machte sich auf den Weg durch die romantischen Glens des Westens nach Glasgow, wo er ein Schiff nach Irland besteigen wollte. Er trat damit eine Reise an, die ihn dereinst nach Texas führen sollte.

Finlays Arbeitgeber in Irland war ein bulliger Mann, der den beruhigend schottischen Namen Angus MacGregor trug. Seine Vorfahren hatten mit Unterstützung der englischen Krone südwestlich von Belfast ein riesiges Pachtgut erworben, das bis zum Loch Neagh hinunterreichte. Auf diesem Besitz sollte Finlay arbeiten. »Junger Mann, Ihr sollt dafür sorgen, daß es meinen Herden an nichts fehlt. Ihr sollt meine Pferde gewinnbringend züchten, und Ihr sollt die verdammten Papisten in Schach halten.«

Als der erste MacGregor als Fremder ins Land gekommen war, hatte die Bevölkerung noch zu zweiundneunzig Prozent aus Katholiken bestanden; zur Zeit seines Todes war es nur mehr die Hälfte gewesen. Als der jetzige MacGregor sein Erbe antrat, waren seine Pächter etwa zu vierzig Prozent katholisch; jetzt bekannten sich nicht mehr als achtzehn Prozent zum Papsttum. Unaufhaltsam und systematisch wurden die saftigen grünen Wiesen Nordirlands den Papisten entrissen. Schon nach kurzer Zeit konnte der Gutsverwalter Finlay Macnab sich rühmen: »Alle meine Viehtreiber sind jetzt verläßliche Männer aus Schottland, loyale Hochländer, die unsere Sprache sprechen.«

»Schottisch-Iren« nannte man diese Eindringlinge: von Geburt, Religion und ihrer Charakterfestigkeit her waren sie Schotten, nach Lebensstil und Kultur jedoch Iren. Diese Verschmelzung zweier grundverschiedener keltischer Stämme ergab eine gute Mischung.

Im Jahre 1810, mit achtzehn Jahren, verliebte Finlay sich gleich zweimal: in die Tochter eines Landedelmanns aus Lurgan und in die pechschwarze Stute eines Schlachters aus Portadown. Der Landedelmann war nicht gewillt, seine Tochter einem Burschen zu geben, der keine großen beruflichen Aufstiegsmöglichkeiten hatte, und der Schlachter wollte seine Stute nicht an einen Mann verkaufen, der sich weigerte, einen anständigen Preis dafür zu bezahlen. Der junge Finlay fand eine saubere Lösung: Er stahl beide, das Mädchen und die Stute, und lieferte seinen Verfolgern eine wilde Jagd über die Felder und Straßen ganz Nordirlands. Am Ende ließ er das Mädchen und die Stute stehen und schlug sich nach Dublin durch, wo er ein Frachtschiff bestieg, das ihn nach Bristol in England, auf der sicheren Seite der Irischen See, brachte.

Weil er keine Arbeit finden konnte, ergriff er das ihm vertraute Gewerbe des Viehdiebstahls, mußte aber bald entdecken, daß diese Beschäftigung in England, anders als in Schottland, kein Spiel war. Als er eines Abends mit einer schönen Kuh zu seiner Unterkunft zurückkehrte, flüsterte ihm der Wirt zu: »Sie sind hinter Euch her, Finlay, und wenn sie Euch erwischen, bedeutet das den Galgen.« Finlay versteckte sich in einem Wäldchen, um abzuwarten, ob die Konstabler tatsächlich kamen. Als er nach kurzer Zeit drei Wachmänner umherschleichen sah, machte er sich eilig auf den Weg nach Bristol. Er bestieg das erste beste Schiff und stellte fest, daß es ironischerweise ausgerechnet nach Baltimore, Amerikas katholischster Stadt, fuhr.

Zehn Jahre später, 1820, war er in Baltimore heimisch geworden. Die deutschstämmigen Bürger der Stadt machten gern Geschäfte mit ihm. Eine flüchtige Liebelei mit Berta Keller, der Tochter eines Bäckers aus München, zwang ihn, früher zu heiraten, als er beabsichtigt hatte. Berta war eine kräftig gebaute blonde junge Frau, die er normalerweise nie genommen hätte. Als sein Schwiegervater 1824 starb, wurde Macnab über Nacht zum Besitzer einer gutgehenden Bäckerei, die er sofort zu einer großen Schiffsbedarfshandlung ausbaute.

Es gefiel ihm hier, in der schönen Hafengegend Baltimores, und er war auf dem besten Weg, ein bedeutender Bürger der Stadt zu werden, da kam bei ihm plötzlich eine alte Charaktereigenschaft der Macnabs wieder zum Vorschein: 1827 ertappte man ihn bei einem höchst anrüchigen Geschäft – es ging um Vieh, das einigen Deutschen in der Nachbarschaft gehörte. Um einer Gefängnisstrafe zu entgehen, entschloß er sich, die Stadt zu verlassen.

Seine Frau, die über diese unverantwortliche Handlungsweise verbittert war, weigerte sich, ihn auf seiner Flucht zu begleiten. Sie hatten keine glückliche Ehe geführt, und er war froh, sie los zu sein. Die zwei Töchter ließ er bei der Mutter zurück, aber den kleinen Sohn Otto nahm er mit, schlich sich aus der Stadt, bevor die aufgebrachten Viehzüchter seiner habhaft werden konnten, und wanderte auf der Nationalstraße nach Westen.

Otto war noch keine sechs Jahre alt, aber ein frühreifer Junge, der begriff, daß er und sein Vater die Familie für immer verlassen hatten, und das tat ihm weh. Seine Mutter fehlte ihm sehr.

Er fühlte sich so verlassen, daß er manchmal gerne geweint hätte, aber ein warnender Blick seines Vaters zwang ihn jedesmal, sich auf die Lippen zu beißen und entschlossen weiterzumarschieren.

Den Vater bewunderte er wegen seines Wagemuts. Zwar verstand der Junge nicht, warum sein »Poppa« es so eilig gehabt hatte, aus Baltimore zu verschwinden, aber er war überzeugt, daß den Vater keine Schuld traf.

Eines Abends, als sie über eine schlechte Straße trotteten und sich nicht recht entscheiden konnten, wo sie ihre dünnen Decken für die Nacht ausbreiten sollten, sah Otto in der Dämmerung ein Licht, das aus dem Fenster einer Hütte fiel, die ein gutes Stück von der Straße entfernt stand.

»Machen wir hier halt, Poppa?«

»Nein, wir gehen noch ein Stück, bevor es richtig dunkel wird.«

»Aber Vater, das Licht!«

»Wir gehen weiter!«

Sie blieben auf der Straße. Dieses Bild sollte Otto sein Leben lang begleiten: eine Hütte in der Wildnis, ein Licht, das aus einem Fenster fiel, eine für ihn unerreichbare Zuflucht vor der einsamen, nur von Schatten bevölkerten Straße.

Vierzig Kilometer westlich von Hagerstown mußte Finlay Macnab sich entscheiden: Hier zweigte ein Weg nach Norden ab; er führte über die Berge nach Pittsburgh, einem verlockenden Ziel.

»Ist das wahr?« fragte Finlay einen Reisenden, den er an der Wegkreuzung getroffen hatte, »gibt es Dampfschiffe, die die ganze Strecke von Pittsburgh nach New Orleans zurücklegen?«

»Das ist richtig«, versicherte ihm der Fremde. »Aber an Ihrer Stelle würde ich auf diese Art von Beförderung verzichten.«

»Wieso?«

»Dafür gibt es drei gute Gründe. Erstens ist die Fahrt mit diesen Schiffen sehr teuer und würde Sie Ihre ganzen Ersparnisse kosten. Zweitens sind sie gefährlich, denn sie explodieren ständig. Und außerdem werden Ihnen während der Fahrt geschickte Diebe alles Geld stehlen, das Ihnen noch geblieben ist, werden Ihnen die Kehle durchschneiden und Sie über Bord werfen. Wenn Sie nach Pittsburgh kommen, machen Sie lieber einen Bogen um die Schiffe!«

Finlay befolgte diesen Rat und setzte mit Otto den Weg nach Morgantown und Parkersburg fort, immer in Richtung auf den Ohio River, an dessen grasbewachsenem Ufer entlang sie die letzten fünfhundert Kilometer nach Cincinnati zurücklegen mußten.

Otto war ein hagerer, drahtiger Junge, aber er zeigte schon jetzt oft große Tüchtigkeit und Entschlossenheit. Eines Tages, das wußte er, würde er den Fluß auf einem Dampfer hinunterfahren, und während er dahinschritt, war ihm ständig bewußt, daß irgendwo zu seiner Rechten der große Strom lag, den zu sehen er gar nicht erwarten konnte.

In solche Träumereien war er eines Morgens wieder versunken, als er plötzlich einen Schrei der Begeisterung ausstieß: »Oh, Poppa!«

Vor ihm wälzte sich in seiner ganzen Majestät der Ohio River dahin, viel größer, als er ihn sich vorgestellt hatte, und bedrohlich dunkel.

»Schau mal, Poppa!«

Vom gegenüberliegenden Ufer aus hatte sich ein Boot in Bewegung gesetzt, das offensichtlich den Fluß zu der Stelle überqueren wollte, wo die Macnabs warteten. »Das ist eine Fähre«, erklärte Finlay seinem Sohn. »Sie kommt hierher, um uns zu holen.«

»Wir werden damit fahren?« Der Junge war entzückt. Während er mit seinem Vater auf die kleine Fähre wartete, bemerkte er, daß von rechts etwas Riesiggroßes herankam, und drehte gerade noch rechtzeitig den Kopf zur Seite, um das Herannahen eines großen Flußdampfers beobachten zu können. Die Schornsteine stießen Rauchwolken aus, die enormen Schaufelräder wühlten das Wasser schäumend auf, es war ein begeisternder Anblick.

Es war die *Climax*, Heimathafen Paducah, ein Schiff aus jener großartigen Flotte, mit der 1811 unter dem Kommando des phantasievollen Nicholas Roosevelt die Dampfschiffahrt auf den großen Strömen Amerikas begonnen hatte. »Oh, Poppa!« rief Otto, als das schöne Schiff vorbeifuhr. Er hatte seinen ersten Flußdampfer gesehen und war überwältigt.

Mit der Fähre gelangten sie nach Ohio und wanderten nun auf Landstraßen entlang des rechten Flußufers weiter. Der Ohio wälzte sich von Parkersburg durch die leere Wildnis des südlichen Ohio nach Portsmouth, wo sich der Scioto River mit ihm vereinte. Ständig veränderte sich die Landschaft; nachts glommen einsame Lichter am gegenüberliegenden Ufer und ließen erkennen, wo abenteuerlustige Seelen aus dem erschlossenen Virginia den Mut gefunden hatten, in die Wildnis Kentuckys einzudringen.

Sie folgten der guten Straße entlang des Ohio bis Cincinnati, eine aufblühenden Stadt, in der mehr als zwanzigtausend Menschen lebten und wo ein paar tatkräftige Deutsche sich mit ihren Unternehmen auf Bedarfsgüter für die Dampfschiffahrt spezialisiert hatten. Drei Fähren standen den Bürgern von Kentucky zur Verfügung. Nach einigen ersten aufregenden Tagen in der Stadt meinte Otto: »Hier gefällt es mir besser als in Baltimore!«

Es fiel Finlay nicht schwer, Arbeit bei einem deutschen Kaufmann zu finden, der Macnabs Sachkenntnis beim Erwerb von Rindern und Schweinen zu schätzen wußte.

Mit sieben Jahren fing Otto an, Botengänge für seinen Vater zu machen. Dabei lernte er die Namen aller Dampfschiffe und ihre Heimathäfen. Ein großer, bärtiger Bootsführer erzählte ihm einmal: »Weißt du was, Kleiner? Wenn du mal den Mississippi runterfährst, und das wirst du ja bestimmt eines Tages machen, dann sei nicht auf New Orleans neugierig, sondern auf Natchez-under-the-Hill. Da ist was los! Wenn dort einer nicht aufpaßt, wird er erstochen. Wenn du nachts Schreie hörst, wird jemand ermordet. Hörst du was ins Wasser plumpsen? Eine Leiche wird in den Mississippi geworfen. Ein Mann geht vornübergebeugt? Das ist ein Schmuggler. In den Saloons bekommst du Whiskey aus Tennessee, der dir den Magen zerfrißt, oder eine Kugel, und dann ist Schluß mit dir. Und Mädchen gibt es da, die tanzen die ganze Nacht durch!«

Dem Kleinen entging kein Wort dieses Berichts. In den folgenden Tagen hörte Otto noch mehr über Under-the-Hill und kam zu dem Schluß, daß das untere Natchez ein übler Ort sein müsse, den nur Männer und Frauen von niederem Stand besuchten. Er entwickelte sich zu einem jugendlichen Konservativen im besten Sinn des Wortes, der all diese Dinge ablehnte: Glücksspiele, Messerstechereien, Mädchen, die die ganze Nacht tanzten... Mit all dem wollte er nichts zu tun haben.

Weil man in Cincinnati aufs Schweineschlachten spezialisiert war, hatte man der Stadt den Beinamen Porkopolis gegeben. Zu Finlays Pflichten gehörte es, die Flußdampfer mit Schinken, Speck und Wurst zu beliefern. Als er eines Tages Pökelfleisch auf ein Schiff lieferte, das nach New Orleans auslaufen sollte, bezahlte ihn der Kapitän und nannte dann einen Namen, den Finlay noch nie gehört hatte: »Hören Sie, Macnab. Wir haben noch etwas Frachtraum übrig. Würden Sie sich mal schnell umsehen, ob Sie ein paar Ballen Tuch für uns auftreiben könnten? Braucht nichts Elegantes zu sein. Das Zeug geht nach Texas weiter.«

»Wo ist das denn?«

»Sie kennen Texas nicht? Es gehört noch zu Mexiko, aber nicht mehr lange.«

»Was wollen Sie damit sagen?«

»Texas liegt am Arsch von Mexiko, und Mexiko kümmert sich überhaupt nicht um Texas. Bei jeder Fahrt den Mississippi hinunter nehme ich Leute aus Kentucky und Tennessee mit, die nach Texas wollen. Wenn man ihre langen Flinten sieht, kann man sicher sein, daß sie nicht lange Mexikaner bleiben werden. Sie werden Texas in die Union einbringen, und je früher, desto besser, wenn Sie meine Meinung hören wollen.«

»Und warum gehen die Leute da hin?« fragte Finlay.

»Um reich zu werden natürlich. Man pflanzt Baumwolle, und die Kapseln springen einem ins Gesicht. Man pflanzt Mais und kann zweimal im Jahr ernten. Die Kühe kalben in Texas zur Zwillinge. Und man bekommt Freiland.«

»Freiland? Das glaube ich nicht.«

»Sie bekommen das Land in dem Moment, wo Sie die Grenze überschreiten und sagen: ›Hier bin ich, Finlay Macnab‹. Dann bekommen Sie ein Stück besten Landes in Mexiko.«

Macnab stellte im Lauf der nächsten Tage allen möglichen Leuten so viele Fragen, daß man ihn im ganzen Hafenviertel schon als zukünftigen Siedler ansah. Eines Tages sprach ihn ein gewisser Mr. Clendenning an und lud ihn ein, mit ihm an Bord eines der Dampfschiffe, die am Kai angelegt hatten, zu essen. »Kann ich meinen Sohn mitbringen? Er ist begeistert von Raddampfern.«

»Aber gewiß«, antwortete Clendenning in Gönnerlaune.

Als sie in dem geräumigen, verschwenderisch ausgestatteten Speisesaal saßen, teilte Mr. Clendenning den Macnabs mit, daß er der Vertreter der in Boston beheimateten Texas Land and Improvement Company war. Seine angenehme Aufgabe sei es, zukünftigen Einwanderern nach Texas das beste Geschäft anzubieten, das es auf dieser Welt je gegeben habe. Er schob das Geschirr beiseite und breitete eine Reihe von Dokumenten auf dem Tisch aus. »Das sind Scrips«, erklärte er, »von der mexikanischen Regierung ausgegebene und von der Texas Land and Improvement Company in Boston indossierte Anrechtscheine auf das beste Land in Nordamerika. Kaufen Sie sich drei- oder viertausend Scrips, und Sie haben ausgesorgt.«

»Haben Sie *kaufen* gesagt? Man hat mir erzählt, ich würde in Texas Freiland bekommen.«

»Nein, nein, nein! Sie haben ein *Anrecht* auf Freiland – es liegt da und wartet auf Sie. Aber Sie müssen die Scrips haben, um Ihre Legalität nachzuweisen. Meine Firma verbürgt sich für Sie – und daraufhin bekommen Sie dann das Land.«

Macnab war enttäuscht. »Wieviel kosten denn diese Scrips?«

»Zwölf Cents für den Hektar.« Die Erleichterung, die sich auf Macnabs Gesicht zeigte, entging Clendenning nicht, und aufmunternd fügte er hinzu: »Die solventeren unter unseren Kunden zahlen tausendzweihundert Dollar und erhalten dafür einen Rechtsanspruch auf zehntausend Hektar. Damit sind sie dann ganz groß im Geschäft.«

»Kann ich denn so viel bekommen?«

»Mein lieber Freund! Mexiko möchte doch, daß Sie kommen!«

Mr. Clendenning drängte Macnab nicht, noch am gleichen Tag eine Entscheidung zu treffen, doch als die drei das Schiff verließen, sagte Finlay: »Die tausendzweihundert Dollar könnte ich mir beschaffen, wenn Ihre Gesellschaft mir garantieren würde, daß ich das Land auch bestimmt bekomme.«

»Garantieren?« rief Clendenning, als ob seine persönliche Rechtschaffenheit in Zweifel gezogen worden wäre. »Schauen Sie sich diese Garantien an! Das sind offizielle Dokumente!« Und als das Schiff am nächsten Tag nach New Orleans auslief, ließ der Vertreter einen Satz hübsch bedruckter Papiere zurück, die die Rechtlichkeit jedes eventuell zu erfolgenden Verkaufs bestätigten.

Als vorsichtiger Schotte ging Finlay mit diesen Dokumenten am nächsten Tag zu einem deutschen Rechtsanwalt. Der Mann studierte die Papiere der Texas Land and Improvement Company und meinte dann: »Das ist eine in Boston zugelassene Gesellschaft, die vorgibt, Geschäfte in Mexiko zu betreiben. Ich sehe nichts, was die mexikanische Regierung dazu verpflichten würde, die hier gemachten Versprechungen einzulösen. Ich würde es mir gut überlegen, mein gutes Geld einem solchen Agenten anzuvertrauen. Wieviel verlangt er denn für das Land?«

»Zwölf Cents den Hektar.«

Der Anwalt war verblüfft. In der Umgebung von Cincinnati kostete ein Hektar fünfhundert Dollar. Zwölf Cents, das war ein geradezu lächerlicher Preis.

»Wie viele Hektar...«

»Zehntausend«, sagte Finlay.

»So ein Stück Land kann ich mir gar nicht vorstellen«, stieß der Anwalt hervor. »Tausendzweihundert Dollar! Für das Geld könnte ich Ihnen ein paar herrliche Grundstücke hier ausfindig machen. Weiter draußen natürlich. Wenn ich Ihnen raten darf, kaufen Sie ein paar

Grundstücke am Fluß. Ein Wertzuwachs ist dort geradezu unvermeidlich.« Aber Finlay ließ sich dazu nicht überreden. Er wollte nach Texas.

Mr. Clendenning sah er nie mehr wieder, aber gegen Ende Januar 1829 kam ein anderer Vertreter der Bostoner Firma vorbei, und wenn Clendenning auf Überreden gesetzt hatte, so arbeitete dieser Mann mit einer anderen Methode. »Das Land da unten verkauft sich wie warme Semmeln. Sie sollten sich Ihre zehntausend Hektar so schnell wie möglich schnappen.«

»Ich habe Gerüchte über einen Zustrom von Verbrechern gehört. Es soll dort unten wie in einem Irrenhaus zugehen.«

Der Vertreter wurde zornig. »Verdammt, Macnab, wenn Sie die Hosen so voll haben, dann schreiben Sie doch an Stephen Austin persönlich und fragen Sie ihn!« Noch am gleichen Abend, dem 27. Januar 1829, setzte Macnab mit Hilfe des Vertreters einen Brief auf:

»Sehr geehrter Mr. Austin, mein siebenjähriger Sohn und ich spielen mit dem Gedanken, nach Texas umzuziehen, haben aber große Besorgnisse in bezug auf die Art der Menschen, die in Ihrem Land leben. Wir sind stark beunruhigt wegen hier kursierender Gerüchte, daß nur die übelsten Gauner nach Texas kommen.

Mein Sohn und ich sind verantwortungsbewußte Menschen, die bereit wären, ihr Glück in Texas zu versuchen. Aber wir können uns eines großen Unbehagens nicht erwehren, denn hier hört man allgemein, daß Mexiko ein von Banditen regiertes Land ist, in dem es zweimal im Jahr eine Revolution gibt. Auch darüber, Sir, würden wir gerne genauere Informationen erhalten.«

In den folgenden Monaten befragte Macnab mehrere Reisende über Texas und erhielt widersprüchliche Antworten. Dann kam endlich die Antwort von Stephen Austin aus Coahuila-y-Tejas:

»Sehr geehrter Mr. Macnab, Ihr Brief vom 27. Februar hat mich gestern, am 19. April 1829, erreicht, und ich beeile mich, die Fragen zu beantworten, die Sie mir in bezug auf dieses Land gestellt haben.

Sie geben einer verständlichen Besorgnis darüber Ausdruck, was für eine Art von Menschen Texas bevölkern wird. Als ich 1823 aus

Mexico City zurückkam, um an die Besiedlung meiner Kolonie zu gehen, stellte ich fest, daß gewisse verbrecherische Elemente eingesickert waren, und ergriff sofort die nötigen Maßnahmen, um sie zu vertreiben.

Ich zwang sie, sich über den Sabine River wieder zurückzuziehen, aber von ihren Zufluchtsstätten in Louisiana aus verübten sie Raubzüge nach Texas, und was noch schlimmer war, sie setzten über unsere Kolonie alle Lügen in Umlauf, die man sich nur vorstellen kann.

Ich kann Ihnen versichern, Mr. Macnab, daß die Bürger von Texas ebenso verantwortungsbewußt und gesetzestreu sind wie die Bewohner von New Orleans oder Cincinnati und daß wir Schurken in dieser Kolonie nie dulden werden. Die Menschen, die sich hier schon niedergelassen haben, sind meiner Meinung nach die besten Männer und Frauen, die je eine Grenzprovinz besiedelt haben. Sie schreiben, daß es Ihnen Sorgen macht, unter der mexikanischen Regierung zu leben. Lassen Sie mich Ihnen versichern, daß das jetzige Staatsoberhaupt von Mexiko ein Mann ist, dem man vertrauen kann, und die Verfassung von 1824, unter der er regiert, ist gerecht und liberal und steht den Verfassungen anderer Staaten in nichts nach.

Die kleineren Unruhen, zu denen es in Mexiko zuweilen kommt, berühren uns hier oben nicht. Wir haben nichts damit zu tun. Man braucht in Texas nichts weiter zu tun, als hart zu arbeiten und in Harmonie miteinander zu leben. Wir haben hier eine gut funktionierende, gesetzestreue christliche Gesellschaft aufgebaut und würden uns freuen, wenn Sie sich uns anschließen wollten.

Stephen F. Austin«

Diese freundlichen Zusicherungen zerstreuten in Macnab alle Zweifel, die er im Zusammenhang mit Texas gehegt hatte. »Es mag dort ein paar Halunken geben«, sagte er zu seinem Sohn, »aber die gab es auch in Irland, und ich könnte dir mehrere in dieser Stadt nennen.« Er machte sich daran, alle Schulden einzutreiben und die wenigen wertvollen Dinge zusammenzutragen, die er und sein Sohn nach Texas mitnehmen wollten. Doch dann entstanden plötzlich zwei Probleme. Austins Brief war so ermutigend gewesen, daß Finlay auch alle seine Bedenken bezüglich der Rechtswirksamkeit der Scrips beiseitegeschoben hatte; er wollte Scrips erwerben, fand aber niemanden, der ihm welche verkauft hätte. Und er bekam plötzlich große Angst vor Flußdampfern. Vier

Dampfschiffe, die er selbst beliefert hatte, waren mit großen Verlusten an Menschenleben in die Luft geflogen, und er hatte Angst, das Schiff, mit dem er nach Texas fahren wollte, könnte das fünfte sein.

Otto wäre natürlich sofort bereit gewesen, an Bord eines Flußdampfers zu gehen. Er berichtete seinem Vater jeden Tag, welche Schiffe gerade am Kai lagen. »Die *Climax* ist ausgelaufen, die *River Queen* hat angelegt.« Zu Macnabs Überraschung war mit diesem Schiff ein Eilbrief aus Boston für ihn gekommen.

»Ich komme in Kürze nach Cincinnati. Unternehmen Sie nichts, bevor ich mit Ihnen gesprochen habe.
Cabot Wellington, Texas Land and Improvement.«

Macnab mußte sich nun erstlich um seine Passage nach New Orleans kümmern. Als er sich in seinem Gasthof mit einigen Leuten darüber unterhielt, kam auch eine Alternative zur Sprache: »Haben Sie schon mal daran gedacht, zu Fuß nach Nashville zu gehen und von dort über den Trampelpfad nach Natchez zu marschieren? Wissen Sie, in früheren Jahren, als es noch keine Dampfschiffe gab, bauten die Zimmerleute am Ohio sich große Hausflöße, auf denen sie dann die Flüsse hinuntertrieben, manchmal von Pittsburgh die ganze Strecke nach New Orleans, oft aber auch nur bis Natchez-under-the-Hill, wo sie die Flöße als Bauholz verkauften und ihr Gepäck auf richtige Boote verluden, die sie nach New Orleans brachten.

»Wie kamen sie denn wieder nach Hause, wenn sie ihre Flöße verkauften?« fragte Finlay. Die Männer zeigten auf einen mürrisch dreinblickenden Burschen, der allein bei einem Glas Whiskey saß.

»Fragen Sie den da.«

Einer der Männer begleitete Finlay zu dem einsamen Zecher und fragte ihn: »Sind Sie ein Kaintuck?«

»Ja.«

»Können wir uns zu Ihnen setzen?«

»Die Stühle kosten nichts.«

Finlays Begleiter erklärte: »Wenn einer mit einem Floß den Fluß runterfährt und wieder zurückkommt, nennt man ihn einen Kaintuck. Das heißt aber nicht, daß er aus Kentucky kommt. Stimmt das?«

»Stimmt.«

»Erzählen Sie doch meinem Freund hier mal, wie Sie aus Natchez zurückgekommen sind.«

»Ich bin zu Fuß gegangen.«

»Ist es sehr beschwerlich?«

Der Kaintuck lieferte eine lebhafte Beschreibung des Trampelpfads: »Mörder, Halsabschneider, Räuber, Pferdediebe an allen Ecken und Enden.« Er brach in heiseres Lachen aus. »Vor dreißig Jahren war das so. Heute ist es nicht mehr so schlimm.«

»Ist die Straße immer noch offen?«

»Es ist keine Straße. Es ist ein Pfad, ein Karrenweg, siebenhundertfünfzig Kilometer durch Sümpfe und Wälder. Nirgends ein Laden, nirgends eine Stadt, nichts als ein paar Hütten, in denen halbwilde Indianer leben, die Ihnen in der Nacht, wenn Sie schlafen, die Kehle durchschneiden.«

»Könnte ich mit einem siebenjährigen Jungen durchkommen?«

»Meine Mutter kam mit zwei Babys durch.«

Ähnliche Auskünfte erhielt Macnab auch von anderen Leuten, die den Karrenweg von Natchez schon einmal heraufgewandert waren, und er hatte sich schon so gut wie entschlossen, ihrem Beispiel zu folgen, da hörte er im Gespräch mit einem redelustigen Bootsmann aus Pittsburgh etwas, das einen Schatten auf seinen ganzen Plan, nach Texas auszuwandern, warf.

»Eine feine Sache, den Fluß hinunterzutreiben und über den Karrenweg wieder heimzugehen!« sagte der Bootsmann.

»Wie viele Kilometer schafft man denn am Tag?« erkundigte sich Finlay.

»Flußabwärts hundert Kilometer in vierundzwanzig Stunden – die Zeit nicht mit eingerechnet, wenn man in Sandbänken hängenbleibt, und das passiert oft. Rückweg zu Fuß fünfundzwanzig Kilometer am Tag.«

»Man hat mir erzählt, daß sich Mörder auf dem Trampelpfad herumtreiben.«

»Die gibt es schon seit zwanzig Jahren nicht mehr. Aber wenn ich ehrlich sein soll, ich fühle mich natürlich sicherer, wenn ich Begleiter habe.«

»Ich wollte, ich könnte Sie als Begleiter haben«, seufzte Finlay.

»Ich wandere nicht mehr über den Trampelpfad. Aber wenn Sie

unbedingt nach Texas wollen, das ist die billigste Art zu reisen... Allerdings, wenn Sie dorthin kommen, geben Sie noch viel mehr aus als bloß Ihr Geld.«

»Was wollen Sie damit sagen?«

»Sie sind Presbyterianer? Ich nehme an, Sie wissen, daß Sie, noch bevor Sie mexikanischen Boden betreten, vor mexikanischen Beamten schwören müssen.«

»Was denn?«

»Daß Sie ein guter Katholik sind. Und Ihr Sohn wird katholisch getauft werden müssen.«

»Was? Das sind ja entsetzliche Neuigkeiten«, sagte Macnab. »Wenn das so ist, muß ich es mir noch einmal gründlich überlegen, ob ich es riskieren soll, nach Texas zu gehen.«

In dieser ungewissen Situation erschien ein würdevoller Gentleman. Er entstieg dem aus Pittsburgh kommenden Flußdampfer und stellte sich als Cabot Wellington aus Boston vor, der den Texasreisenden Finlay Macnab zu sprechen wünschte. Er war, was man in seinem Gewerbe einen »Fertigmacher« nannte, einer jener harten Männer, die erst in Erscheinung traten, nachdem die Vorreiter den Kunden »aufgeweicht« hatten.

»Lieber Freund«, rief er, als er Macnab sah, »ich bringe Ihnen den Schlüssel zum Reichtum!« Er zeigte sich gar nicht überrascht, als Finlay keine Papiere akzeptieren wollte und ohne Umschweife die Frage stellte: »Wie ist das mit der Konversion zur Papisterei?«

Wellington winkte einen knochigen, etwa vierzigjährigen Mann heran, der sich schon bereitgehalten hatte und sich jetzt als Besitzer einer der besten Estancias in Texas vorstellte.

»Was ist eine Estancia?«

»Das mexikanische Wort für Farm... eine richtig große Farm. Ich wurde als Baptist geboren und erzogen. Ich stamme aus Virginia. Ich hatte keine Lust, meinen Mantel nach dem Wind zu hängen, als ich nach Texas kam. Der Trick ist ganz einfach: Lassen Sie sich von keinem mexikanischen Priester taufen, denn das ist dann für immer. Aber es gibt dort auch fünf oder sechs irische Priester, direkt aus Irland importiert, auf dem Umweg über New Orleans. Die haben Mexico City noch nicht mal aus der Ferne gesehen.«

»Was machen die dann in Texas?«

»Das werden Sie gleich verstehen. Die mexikanische Regierung schaffte es einfach nicht, richtige mexikanische Priester dazu zu überreden, nach Texas zu gehen. Dazu behagt ihnen das üppige Leben in der Stadt viel zu sehr. So sind also die Iren, die sich daheim in Irland nicht ihren Lebensunterhalt verdienen können, die einzigen, die so weit ab vom Schuß arbeiten wollen; dabei können die meisten kein Wort Spanisch.«

»Sind das nicht richtige Fanatiker?«

»Aber nein! Da gibt es diesen dicken, netten, versoffenen Priester namens Clooney. Auf seinem Maultier reitet er von einer Siedlung zur anderen, tauft Protestanten zu Hunderten und weiß genauso gut wie wir, daß die ganze Prozedur ein Witz ist.«

»Hat er Sie getauft?«

»Na klar. Einen anständigeren Menschen hat es nie gegeben. Er bespritzt Sie mit ein bißchen Weihwasser. Sie liefern die Scrips von Mr. Wellington ab, und schon haben Sie Ihr Freiland.«

»Stimmt das?« wollte Macnab sich vergewissern.

»Ja freilich«, bestätigte Wellington, und der Mann aus Texas fügte hinzu: »Die Scrips regeln alles. Und an dem Tag, an dem Sie Ihr Land bekommen, kehren Sie zum Baptismus zurück. Ich habe es auch so gemacht.«

»Ich bin Presbyterianer.«

»Meine Mutter war auch Presbyterianerin!« rief Wellington begeistert, und sie machten den Handel perfekt. Macnab und sein Sohn Otto hatten Anspruch auf zehntausend Hektar besten texanischen Landes erworben – zum lächerlichen Preis von zwölf Cents pro Hektar.

Otto war außer sich vor Freude, als er erfuhr, daß sein Vater endlich eine Entscheidung getroffen hatte, und Finlay begann mit den Reisevorbereitungen. Er kaufte je eine Wollhose für sich und den Jungen, einige Längen des gleichen Stoffes, wie er für die Hosen verwendet worden war; Hüte für beide und ein paar lange, schwarze Nadeln. Dann holte er seine gesamten Ersparnisse hervor, die er von Papiergeld und kleinen Münzen in Goldstücke gewechselt hatte.

Nachdem er das alles in den Gasthof geschmuggelt hatte, stellte Finlay seinen Sohn vor die Tür, um unerwünschte Besucher fernzuhalten, und begann zu nähen. In das Futter der Hüte und in die Hosensäume nähte er den neuen Stoff und schloß darin, eines nach dem anderen, die Goldstücke ein.

Sie setzten mit der Fähre nach Kentucky über und begannen den Fünfhundert-Kilometer-Marsch nach Nashville, der jetzt siebenunddreißigjährige Finlay Macnab und sein sieben Jahre alter Sohn.
 Als die geschäftige Stadt Nashville in Sicht kam, reifte in Finlay ein kühner Plan: »Weißt du, was wir machen, Otto? Wir kaufen uns Rinder und treiben sie nach Natchez, befördern sie mit dem Schiff nach New Orleans und verkaufen sie dann mit großem Gewinn, wenn wir nach Texas kommen!«
 Dazu brauchten sie einen Hund. Finlay übertrug diese Aufgabe seinem Sohn, und der Junge machte tatsächlich ein collieähnliches Weibchen ausfindig, das er für nur fünf Cents von einer Familie mit drei Söhnen kaufte, von denen jeder schon mehr als genug verhätschelte Tiere besaß. Betsy hatte ein rötliches Fell, eine spitze Nase und die schnellsten Beine in ganz Tennessee, aber auch ein spitzbübisches, berechnendes Wesen. Wurde ihr ein Befehl erteilt, blieb sie stehen und überlegte, ob Finlay es ernst meinte oder nicht. Wenn sie auch nur das leiseste Zögern an ihm entdeckte, ignorierte sie ihn und ging ihrer Wege, aber wenn er »Verdammt noch mal, Betsy!« brüllte, lief sie sofort los. Manchmal schien sie schlauer zu sein als beide Macnabs zusammen und beabsichtigte offenbar, sie abzurichten, statt sich von ihnen abrichten zu lassen.
 Sie liebte Otto, denn er spielte viel mit ihr, ließ sie in seiner Nähe schlafen, wenn sie sich abends auf der Erde zu Ruhe legten, und fütterte sie auch. Zu dritt nahmen sie nun den beschwerlicheren Teil des Trampelpfads in Angriff: ein Mann, ein Junge und ein kluger Hund, der dreißig Rinder nach Süden treiben sollte. Mit ihren Tieren konnten sie nur zwölf bis vierzehn Kilometer am Tag zurücklegen, aber sie brauchten sich wenigstens nicht um Weideland für die Herde zu sorgen, denn entlang des Trampelpfads wuchs reichlich Gras. Langsam, sehr langsam näherten sie sich Texas.
 Es war nicht leicht, auf dem Trampelpfad voranzukommen. Wenn es längere Zeit regnete, blieb das Wasser auf dem Boden stehen, und sonst leicht zu bewältigende Wasserläufe wurden zu reißenden Wildbächen.

Dann mußten die Wanderer drei oder vier Tage kampieren, bis die Regenfälle aufhörten und das Hochwasser zurückging. Da warteten dann oft ein paar Männer, die nach Nashville wollten, am südlichen und einige, deren Ziel Natchez war, am nördlichen Ufer. Sie redeten miteinander, konnten aber nicht hinüber. Jedes Jahr versuchten es einige Ungeduldige, die es nicht erwarten konnten. Ihre Leichen wurden, wenn überhaupt, weit stromabwärts geborgen.

Es war im Spätsommer 1829, und die Macnabs mit ihren dreißig Rindern und dem Hund Betsy saßen auf dem Weg nach Natchez fest. Sie kampierten zwischen zwei etwa vierhundert Meter voneinander entfernten reißenden Bächen, und hier, in dieser ärgerlichen, aber nicht gefährlichen Lage, begegneten sie einem Kaintuck. Er war sehr groß, hatte feuerrotes Haar und breite Schultern; er war allein unterwegs und schien keine Gefahr zu fürchten. Es war zwar offensichtlich, daß er den auf seiner Reise gemachten Gewinn bei sich trug, aber die Banditen hatten gelernt, die Kaintucks in Frieden zu lassen, denn die hielten sich an eine einfache Regel: »Wenn er auch nur eine verdächtige Bewegung macht, schieß' ich ihn tot.«

Dieser bärtige Kaintuck, reizbar und mit finsterem Blick, war auf dem Weg nach Norden, um in Cincinnati oder Pittsburgh ein weiteres Schiff zu besteigen, und die unpassierbaren Wasserläufe machten ihn wütend.

»Was zum Teufel hast du mit diesen Rindern vor?« waren die ersten Worte, die er über den Wildbach schleuderte.

»Ich bringe sie nach Texas«, brüllte Finlay zurück.

»Du bist ein gottverdammter Narr, wenn du das versuchst.« Damit endete das Gespräch, denn Finlay hatte keine Lust, sein Unternehmen einem Fremden gegenüber zu rechtfertigen. Bei Einbruch der Dunkelheit nahm der Kaintuck einen neuen Anlauf: »Wie heißt denn dein Hund, Kleiner?«

»Betsy.«

»Ein verdammt guter Name, und sie sieht auch aus, als ob sie ein verdammt guter Hund wäre.«

»Ist sie auch. Sie hilft uns.«

»Und ich wette, bei den vielen Rindern könnt ihr ihre Hilfe gut gebrauchen.«

»Ohne sie kämen wir nicht weiter.«

»Ich wette, du bist auch eine große Hilfe.«

»Ich bemühe mich.«

In den zwei folgenden, ermüdenden Tagen unterhielt sich Otto, nur fünfeinhalb Meter von ihm entfernt, viel mit dem Kaintuck. Die beiden redeten miteinander, als ob sie gleichwertige Partner wären, und in gewissem Sinn waren sie das auch, denn der Mann hatte seine Ausbildung auf der Stufe beendet, auf der Otto die seine gerade begann, und je länger sie miteinander sprachen, desto mehr Gefallen fanden sie aneinander.

Am späten Nachmittag des dritten Tages wurde erkennbar, daß das Wasser in der Nacht zurückgehen würde. Kurz bevor es dunkel wurde, begann der Kaintuck, inzwischen wesentlich friedlicher geworden, noch einmal ein Gespräch:

»Wie ist Ihr Name, Mister?«

»Macnab, Finlay. Und wie heißen Sie?«

»Zave.«

»Zave!« rief Otto. »Was ist denn das für ein Name?«

»Der schönste der Welt. So hieß einer der großen Heiligen, Francis Xavier.«

Es wurde ganz still. Nach einer Weile fragte Macnab: »Heißt das, daß Sie ein Papist sind?«

»Ja, aber ich dränge meinen Glauben niemandem auf.«

Macnab schwieg. Daß er in dieser Wildnis ausgerechnet auf einen Papisten gestoßen war, bereitete ihm großes Unbehagen.

Als sich die Dunkelheit herabsenkte, sagte der Kaintuck plötzlich ganz ruhig: »Sie brauchen Hilfe mit den Rindern, Macnab.« Keine Antwort. »Sonst kriegen Sie sie nie nach Natchez.« Keine Antwort. »Und ich habe mir gedacht, wenn das Wasser zurückgeht und wir hinüberkönnen... Also, ich habe mir gedacht, daß wir ja vielleicht Partner werden könnten.«

»O Poppa!« Der Junge stieß einen Schrei des Entzückens aus und begann einen Freudentanz.

»Also, wie wär's, Macnab?«

»Woher kommen Sie wirklich, Zave?« Es klang argwöhnisch.

»Aus einem Dorf in Kentucky. Ein armseliges Nest.«

»Wie lautet Ihr voller Name, Zave?«

»Francis Xavier Campbell.«

Guter Gott! Mitten in der Wildnis des Mississippi war ein verräterischer Campbell aus dem Moor von Rannoch auf einen Macnab aus Glen Lyon getroffen! »Campbell ist ein verhaßter Name!« rief Macnab ins Dunkel. »Seit Glencoe.«

»Ich weiß über die Sache in Glencoe Bescheid«, antwortete die Stimme vom anderen Ufer, »aber das ist schon lange her. Ich bin ein Campbell aus Hopkinsville, nicht aus Glencoe, und ich möchte mich Ihnen anschließen.«

In dieser Nacht erzählte Finlay seinem Sohn, wie die Campbells die Gastfreundschaft der Macdonalds mißbraucht und alle abgeschlachtet hatten. Ihm war, als trüge jeder Campbell auf der Welt die Blutschuld von Glencoe. Im Morgengrauen packte Zave Campbell seine Sachen zusammen, watete durch den nur mehr seichten Bach und kam auf die Macnabs zu. Zu Tode erschrocken hob Finlay sein Gewehr und schrie: »Keinen Schritt weiter!« Aber Otto lief auf Campbell zu und stürzte sich in seine Arme. »Komm mit uns, Zave!« rief er, und schließlich ließ Finlay sich überreden. Von da an wanderten sie zu viert über den Trampelpfad.

Noch waren es mehr als dreihundert Kilometer bis Natchez, und während sie so dahinmarschierten – sechzehn Kilometer legten sie jetzt am Tag zurück –, beklagte sich Zave ab und zu: »Erst bin ich das ganze lange Stück raufgelaufen, und jetzt laufe ich's wieder runter.«

»Du wolltest ja unbedingt mitkommen«, brummte Finlay. Die ersten zehn Tage hindurch beobachtete er Campbell scharf. Wenn die Nacht hereinbrach, legte Finlay sich nicht etwa schlafen – denn er war fest davon überzeugt, daß Campbell ihm, sobald er die Augen zumachte, die Kehle durchschneiden würde –, sondern lehnte sich, die Flinte in der Hand, sitzend gegen einen Baum. Zave erfuhr nie etwas von diesen Nachtwachen. Am zwölften Tag hatte Finlay sich endlich von der Harmlosigkeit Campbells überzeugt. »Zave«, platzte er heraus, »niemand kann besser mit einer Herde umgehen als du. Wenn wir in Texas sind und unser Land haben, sollst du einen Anteil bekommen. Du hast ihn dir verdient.«

So wanderten sie dahin, trieben das Vieh über das einsame Land, wie es ihre Vorfahren vor zweihundert Jahren im schottischen Hochland getan hatten, und erreichten schließlich Natchez, diese schöne französisch-spanisch-englisch-amerikanische Stadt, auf einem Hügel über dem Mississippi gelegen, wo die großen Schiffe anlegten, die Saloons nie zumachten und wo Bootsleute aus Kentucky und Tennessee in einer Stunde verloren, wofür sie vier Monate lang geschuftet hatten.

Während sie ihre Rinder durch die von großen, eleganten Häusern gesäumte Hauptstraße trieben, begriff Otto instinktiv, daß er und seine Gefährten sich hier nicht aufhalten durften. Die drohenden Blicke der elegant gekleideten Passanten sagten ihm das mehr als deutlich. Unten am Hafen betraten sie dann plötzlich eine ganz andere Welt: schwitzende schwarze Lastträger, Dampfschiffe, die zu einem anderen Liegeplatz gezogen wurden, und dröhnende Musikkapellen. Natchez-under-the-Hill, das untere Natchez, war eine eigene Stadt von mehreren tausend Einwohnern. Hier kamen die Warenströme, die auf den großen Flüssen – Ohio, Missouri, Mississippi – transportiert wurden, vorübergehend in riesigen Lagerhallen zur Ruhe.

Der Hafen war ein Durcheinander von Schwarz und Weiß, Menschen aus Virginia und New York, Käufern und Verkäufern, Sklaven und Freien, und so mancher, der jetzt auf dem Hügel eines der großen weißen Häuser mit Säulen besaß, hatte hier im unteren Teil der Stadt mit dem Verkauf von Fisch und Bauholz angefangen.

Es wurde Zeit, das Vieh nach Süden, nach New Orleans weiterzutreiben. Als Macnab die nötigen Vorbereitungen treffen wollte, erfuhr er zwei schmerzliche Wahrheiten: Der Transport mit dem Dampfschiff war viel zu teuer, und die Idee mit der Rinderherde war die größte Dummheit seines Lebens gewesen. »Mann«, sagte man ihm, »in New Orleans gibt es so viel Vieh, wie man nur brauchen kann. Die Rinder kommen von überallher auf den Markt.« Finlay wies darauf hin, daß er sie ja eigentlich nach Texas mitnehmen wollte. Sein Gesprächspartner hielt sich den Bauch vor Lachen. »He, Hector, komm doch mal her und hör dir das an!«

Hector war ein kleiner Dicker, der wegen seines Übergewichts dauernd schwitzte. »Rinder nach Texas? Das ist das Verrückteste, was ich je gehört habe. Das Vieh rennt dort frei herum, Millionen Stück. Bei mir sind zwei Mexikaner angestellt, die nichts anderes zu tun haben, als das verdammte Vieh von meinem Besitz fernzuhalten!«

»Ist das wirklich wahr?«

»Seit Menschengedenken oder vielleicht auch erst, seitdem die Spanier kamen, vermehren sich die Rinder in Texas unkontrolliert. Sie sind überall, riesige Tiere mit großen Hörnern – das beste Fleisch, das Gott je geschaffen hat, und der Teufel soll mich holen, wenn sie nicht frei herumlaufen. Sie nehmen sich einfach Ihr Lasso...«

»Fällt mir schwer zu glauben, was Sie da erzählen.«

»In Texas ist alles anders, Freundchen, das müssen Sie mir glauben. Wenn Sie Ihr Vieh wirklich dorthin bringen wollen, können Sie es dort nur noch verschenken. Verkaufen bestimmt nicht.«

»Was soll ich denn jetzt tun?«

»Hier als Schlachtvieh verkaufen.«

»Da bekomme ich doch längst nicht so viel, wie ich in Nashville dafür bezahlt habe.« Er spuckte aus. »Und die viele Mühe auf dem Weg hierher!«

Macnab und Campbell verbrachten fünf Tage damit, den besten Preis für ihr Vieh herauszuschlagen. Otto staunte nicht schlecht, als er sie eines Nachmittags zu einem in Aussicht genommenen Kunden sagen hörte, daß sie dreiunddreißig Stück zu verkaufen hätten, denn er wußte, daß sein Vater Nashville mit dreißig Stück verlassen und unterwegs zwei davon verkauft hatte. Mit Hilfe einer fünfhundert Jahre alten Praktik waren der Herde fünf zusätzliche Tiere einverleibt worden.

Macnab mußte einen beträchtlichen Verlust hinnehmen, aber das Geschäft hatte auch sein Gutes. Der Käufer war ein Mann, der eine Reparaturwerkstatt für Dampfschiffe betrieb, eine Art binnenländischer Schiffszubehörhandlung. Im Laufe des Gesprächs hörte der Mann heraus, wie erfahren Finlay auf diesem Gebiet war, und drängte ihn, eine Stelle bei ihm anzunehmen. »Arbeiten Sie für mich, und ich verdopple den Preis, den wir für die Schlachttiere ausgemacht haben.«

Ein Händler wie Macnab konnte ein so verlockendes Angebot nicht ablehnen. Seinem Weggefährten Campbell erklärte er: »Mit den Tieren erzielen wir einen hübschen Gewinn, und wenn wir arbeiten, können wir Geld für Texas sparen.« Er ging zu dem Mann zurück und sagte: »Ich nehme das Angebot an, aber Sie müssen auch meinen Freund Campbell einstellen. Er ist ein fleißiger Arbeiter.«

»Ich kenne Campbell von früher. Er ißt viel und arbeitet wenig.« Er wollte den großen Kaintuck nicht haben. Macnab fand für Zave einen Putzjob in einem Saloon. So ließen sich die drei in Natchez nieder, und allmählich rückte Texas für sie in weite Ferne.

Das einzige Problem war Otto. Er war jetzt acht Jahre alt, und Finlay wollte, daß er zur Schule ging. Doch Under-the-Hill hatte auf diesem

Gebiet wenig aufzuweisen. Es gab Schulen in der Oberstadt. Als Finlay dort Erkundigungen anstellte, sagte man ihm jedoch ohne Umschweife: »Wir nehmen keine Kinder aus dem unteren Teil der Stadt bei uns auf.«

Finlay hatte eine in der Unterstadt lebende Frau kennengelernt, die früher einmal Lehrerin in Paducah gewesen war, und sie machte sich erbötig, Otto im Lesen, Schreiben und im Rechnen bis zum Dreisatz zu unterrichten. Sie faßte eine echte Zuneigung zu dem Jungen und brachte ihm vielleicht mehr bei, als er in den eleganten Klassenzimmern der Oberstadt gelernt hätte.

Das Jahr 1830 ging vorüber. Finlay verdiente gutes Geld im Hafen, und Zave Campbell stieg zum Schankkellner auf – eine Stellung, die es ihm erlaubte, sowohl seinen Boß als auch die Gäste zu betrügen. Finanziell hatten sie Erfolg, aber Otto kam nicht recht weiter. Er hatte inzwischen alles gelernt, was die Frau aus Paducah ihm vermitteln konnte, und verlor allmählich das Interesse an ihrem Unterricht.

Eines Abends hörte er zu seiner Überraschung, wie sein Vater einem Neuankömmling aus Pennsylvania seine Texas-Scrips zum Kauf anbot. »Ich verkaufe Sie Ihnen für die Hälfte von dem, was ich gezahlt habe. Sie sehen ja selbst: zehntausend Hektar, tausendzweihundert gute amerikanische Dollar.« Er wolle es sich überlegen, sagte der Pennsylvanier, denn er wollte unbedingt nach Texas, und wahrscheinlich würde er nie wieder die Chance haben, ein so gutes Geschäft zu machen.

»Warum willst du denn die Scrips verkaufen?« fragte Otto seinen Vater.

»Ich will nicht länger in diesem Rattenloch hausen. Noch ein Jahr, Otto, dann haben wir genug Geld und können umziehen.« Sie wohnten in einem Zimmer über dem Saloon, in dem Zave arbeitete. »Vielleicht in ein nettes Haus oben am Berg. Dann richten wir uns ein Eisenwarengeschäft oder eine Gemischtwarenhandlung ein oder eine Bäckerei, wie wir sie in Baltimore hatten.«

»Die Leute in der Oberstadt sind auch nicht immer glücklich«, entgegnete Otto. »Ich möchte nicht dorthin ziehen.«

»Was würdest du denn gern tun?«

Der Junge zog Betsy an sich und legte ihren Kopf in seinen Schoß. Er scheute sich, seine wahren Sehnsüchte offenzulegen, aber schließlich gab er dem Drängen seines Vaters nach. »Ich möchte an Bord eines Schiffes gehen und dort bleiben, wenn die Pfeife ertönt, und immer nur fahren und fahren, und dann vielleicht ein Pferd auf einer großen Farm haben, wo ich und Betsy laufen können, immer nur laufen.«

Am nächsten Morgen kam der Mann aus Pennsylvania und sagte, er wolle Finlay die Scrips abkaufen. »Gestern wollte ich sie noch verkaufen«, sagte Finlay, »aber heute nicht mehr.« Er kündigte seinem Arbeitgeber, der ihm eine unerwartete Gratifikation überreichte, wies Campbell an, den Job im Saloon aufzugeben, zahlte der Lehrerin mehr, als sie zu bekommen hatte, und kaufte drei Passagen auf dem Dampfer *Clara Murphy*, der am Donnerstag, dem 25. August 1831, aus St. Louis kommend, in Natchez anlegen würde.

Otto war außer sich vor Freude darüber, daß sein schon so lange gehegter Wunsch, den Fluß hinunterzufahren, endlich wahr wurde. Während Finlay und Campbell auf dem Frachtdeck schliefen, wanderte er mit Betsy von einer Seite des Schiffes zur anderen, um sich alles ganz genau anzusehen. Er wurde nicht müde, alles, was sich an den Ufern abspielte, zu beobachten: Sklaven, die Baumwollballen schleppten, Maultiere, die ein beschädigtes Boot an Land zerrten, Männer, die frisch geschlagene Stämme zu riesigen Stapeln auftürmten. Einmal sang er mit der schwitzenden schwarzen Besatzung mit, während die Männer ihre Arbeit verrichteten, und er bemühte sich, seine Freude zu verbergen, als sie ihn »unseren kleinen Flußschiffer« nannten.

New Orleans war ganz anders als Cincinnati oder Natchez. Es strahlte Reichtum und Lebensfreude aus und eine zwanglose Atmosphäre, die es in den anderen Städten nicht gegeben hatte. Die Stadt war offensichtlich sehr alt, Französisches und Spanisches zeugte von den früheren Bewohnern. Auch die gewaltigen Uferdämme, die dazu dienten, den Mississippi von Straßen und Häusern fernzuhalten, waren für Otto etwas völlig Neues. Das rege Leben und Treiben in der Stadt faszinierte den Jungen, und er bemerkte, daß im Gegensatz zu der unsauberen und ungesunden Hafengegend von Natchez der Uferbezirk hier von pulsierendem Leben erfüllt war und, ebenfalls ganz anders als in Natchez, allem Anschein nach keiner besonderen polizeilichen Überwachung bedurfte.

Der Handel in der Stadt blühte. Bei einem Spaziergang mit Otto durch das Hafenviertel wurden Finlay an einem einzigen Nachmittag gleich zwei Stellen angeboten, die er jedoch ablehnte. Er wollte keinen Dauerjob mehr. »Na schön«, sagte ein Händler mit einem französischen Namen, »die Entscheidung liegt natürlich bei Ihnen. Aber wenn Sie nach Texas kommen und mit Ihrer Plantage anfangen, denken Sie an mich. Louis Ferry, New Orleans. Ich kaufe Ihre Maultiere, ihre Baumwolle und Ihr Holz.«

»Kommt das alles aus Texas?«

»Drei Zehntel kommen aus Louisiana, sieben Zehntel aus Texas.«

»Und wie schaffe ich meine Bodenprodukte hierher?«

»Nun, Schiffe sind teuer. Am besten geht es mit Maultieren. Sie sammeln sie zu einer Herde und treiben sie hierher. Das kostet zwar Zeit, aber kein Geld.«

»Sie reden immer von Maultieren. Nehmen Sie denn keine Pferde?«

»Reiche Leute kaufen Pferde – hin und wieder. Aber die US-Army kauft ständig Maultiere.«

Er schrieb Macnab seinen Namen und seine Adresse auf. »Ich habe eine bessere Idee«, sagte er dann plötzlich. »Sie sammeln die Maultiere zu einer großen Herde, verkaufen Sie mir mit gutem Gewinn und bleiben dann als Beauftragter für den Handel mit Texas bei mir.«

»Wo soll ich das Geld hernehmen, um die Maultiere zu kaufen?«

Ferry brach in Lachen aus. »Mann, in Texas laufen die Pferde frei herum. Mustangs nennt man sie. Tausende und Abertausende. Sie fangen sie einfach ein, und sie gehören Ihnen.«

»Ja, gut. Aber wo bekomme ich die Maultiere her?«

»Sie kaufen sich einen kräftigen Eselhengst und stecken ihn zu den Stuten. Da kann er sich dann zu Tode schinden.«

»Man hat mir in Natchez erzählt, daß in Texas auch die Rinder frei herumlaufen.«

»In Texas läuft alles frei herum. Man streckt nur die Hand aus und schnappt sich, was man braucht.«

»Warum sind Sie nicht in Texas?«

»Weil es eine Wildnis ist. Es ist ein leeres Land, mein Freund. Nur wilde Rinder und ungezähmte Pferde.«

Während sich der Händler mit seinen Besuchern unterhielt, betrat ein junger Mann den Corral. Otto starrte ihn ungeniert an. Vor ihm stand der erste Mexikaner, den er je gesehen hatte. Er war gertenschlank, dunkelhäutig, und er trug die charakteristische Uniform der Prärie: eine enge blaue Hose mit einem schmalen weißen Streifen, ein großes Halstuch, einen breiten Hut, Stiefel und Sporen. Für Otto sah er aus, wie ein Texaner auszusehen hatte.

»Zeig ihnen, wie du reiten kannst«, befahl Ferry.

Der junge Mexikaner pfiff einen seiner Helfer heran: »Manuel, tráenos dos caballos buenos!«

Manuel brachte zwei bereits gesattelte Pferde. Geschickt schwang sich der Mexikaner auf das größere und gab Otto Zeichen, das kleinere zu besteigen. Der Junge stellte sich ein wenig ungeschickt an.

Der Mexikaner begann im Hof herumzukantern und rief Otto zu: »Mir nach!« Der Junge bemühte sich, es ihm gleichzutun, rutschte dabei aber hin und her und wäre einmal beinahe aus dem Sattel gefallen. Aber er machte weiter und hielt sich, an der Mähne seines Pferdes fest.

»Der Junge könnte ein ganz guter Reiter werden«, sagte der Mexikaner, als er abstieg, und half Otto vom Pferd. »Möchtest du mit mir nach Texas zurückreiten, kleiner Mann?« fragte er Otto. »Und mir helfen, noch eine Remuda für Don Louis herzubringen?«

»Oh, das wäre herrlich!« rief Otto begeistert.

»Wie heißen Sie, junger Freund?« fragte Macnab.

»Garza«, antwortete der Angesprochene lächelnd. »Benito Garza.« Er tippte an die Krempe seines großen Hutes und verschwand in den Stallungen.

In dem Gasthof, wo sie abgestiegen waren, lernten die Macnabs und Campbell zwei echte Texaner kennen, wohlhabende Plantagenbesitzer. »Und wo wollen Sie sich niederlassen?« fragte der eine.

»Diesbezüglich wollte ich Sie um Rat bitten«, sagte Finlay. »Wo haben Sie denn Ihre Pflanzungen?«

»An der Mündung des Brazos River. Mein Schwager hat sie bei Nacogdoches.«

»Und wo, meinen Sie, sollte ich hin?«

»Wo das Schiff Sie absetzt. Wieviel Land brauchen Sie?«

»Ich habe zehntausend Hektar gekauft.«

Der Mann ließ einen Pfiff ertönen: »Das ist aber ein verdammt großes Stück Land. Wie sind Sie dazu gekommen?«

Stolz zeigte Macnab den Männern seine Berechtigungsscheine für die von der mexikanischen Regierung gebilligte Inbesitznahme von zehntausend Hektar Land. Die Männer studierten die Papiere, sahen einander an und schwiegen. Während sie die Dokumente wieder zurückschoben, wechselten sie das Thema und kamen auf die Schiffsverbindungen zu sprechen.

»Sie müssen ein Schiff nehmen, das Sie zur Mündung des Mississippi bringt. Von dort befördert Sie ein Segelschiff nach Texas.«

»Und welche Richtung soll ich dann einschlagen?«

»Das Land ist überall gut.«

In sein Zimmer zurückgekehrt, konnte Finlay die verdächtige Art nicht vergessen, mit der die zwei Pflanzer auf seine Fragen reagiert hatten. Er begann sich Sorgen zu machen, mit seinen Berechtigungsscheinen könnte etwas nicht stimmen. Lange nach Mitternacht erkundigte er sich, wo die Männer schliefen. Er klopfte laut an ihre Tür, bis einer der beiden ihm öffnete. »Ich bitte um Verzeihung, aber die Sache ist schrecklich wichtig für mich. Ist etwas mit meinen Papieren nicht in Ordnung?«

In dem Zimmer gab es kein Licht, aber der Mann bat Macnab, sich auf sein Bett zu setzen, während er auf dem Bett seines Schwagers Platz nahm. Zögernd rückten sie mit der Wahrheit heraus. »Ihre Dokumente sind ein Schwindel. Wir kennen viele solche Fälle.«

»Sie meinen...«

»Sie werden von Mexiko nicht anerkannt. So wird das Land dort nicht verteilt. Der Mann im Nebenzimmer, der kein einziges Blatt Papier besitzt, hat die gleiche Chance wie Sie, in Texas Land zu bekommen.«

»Wie ist denn so etwas möglich?«

»Es sind eben zwei verschiedene Länder. Ihre Schwindelgesellschaft hat ihren Sitz in den Vereinigten Staaten. Das Land aber liegt in Mexiko.«

»Mein Gott! Tausendzweihundert Dollar!« Bestürzt sprang Macnab auf.

»Die sind verloren«, sagte der Mann, doch als er sah, wie entsetzt Finlay war, verbesserte er sich: »Ich wollte damit nicht sagen, daß alles verloren ist.«

»Sie bekommen immer noch Land, ausgezeichnetes Land, aber natürlich keine zehntaused Hektar«, sagte der andere Texaner.

»Sie bekommen es gratis... völlig gratis.«

Der Sprecher drückte Finlay mit fester Hand auf das Bett zurück, und sein Schwager schilderte dem völlig Verwirrten die Lage:

»Sie landen in Texas, wo das Schiff Sie absetzt, und nehmen Kontakt mit den mexikanischen Beamten auf. Sie sind Schotte und daher vermutlich Protestant, und so erklären Sie sich freiwillig bereit, den katholischen Glauben anzunehmen. Mit der Taufe erwerben Sie Anspruch auf viertausend Hektar, vielleicht auch ein wenig mehr, wegen Ihres Sohnes. Ihr Freund bekommt das gleiche.

Wenn Sie das Glück haben, nicht verheiratet zu sein, und ein mexikanisches Mädchen zum Heiraten finden können, gibt es die offizielle Freilandzuweisung, und das sind eine Menge Hektar. Oder Sie könnten Land von einem wie uns kaufen, der diese Freilandzuweisungen bereits bekommen hat. Wir selbst wollen nicht verkaufen, aber der Preis liegt bei fünfzig Cents je Hektar, und das kann sehr gutes Land sein. Oder Sie wenden sich an einen der großen Unternehmer, die bereits einen legalen Rechtsanspruch auf enorme Gebiete haben. Von denen bekommen Sie Land für ein Butterbrot, denn diese Leute wollen Siedler haben.

Ich habe mein Land auf drei verschiedene Arten bekommen: einen Teil von der mexikanischen Regierung, einen Teil habe ich gekauft. Und Stephen Austin, ein herzensguter Mann, der unbedingt Siedler für seine Kolonie braucht, überließ mir ein beträchtliches Areal. Jetzt besitze ich etwas mehr als sechstausend Hektar.«

»Sind Sie verheiratet, Macnab?« fragte der andere Pflanzer.

Finlay zögerte nur ganz kurz, bevor er die Frage verneinte. Sie gratulierten ihm zu seinem Junggesellenstatus, denn selbst wenn alles andere fehlschlug, er konnte ja immer eine Mexikanerin heiraten und dann mit der vierfachen Menge Land rechnen.

Ein klappriger alter Dampfer beförderte dreißig amerikanische Erwachsene, neun Kinder und zweiundzwanzig Sklaven den malerisch gewundenen Lauf des Mississippi südlich von New Orleans hinunter. Insekten summten in der schwülen Hitze, und die Reisenden beteten um eine kühlende Brise aus dem Golf von Mexiko. Ganze Landstriche bestanden aus Sümpfen, die nur von Vögeln und Alligatoren bewohnt waren, aus nicht enden wollenden Sümpfen, bis das Dampfschiff endlich die seltsame Mündung des großen Stroms erreichte: ein verwirrendes Netz von schiffbaren Kanälen, die zum Golf hin führten, und Sackgassen, die in immer wieder neuem Sumpfland endeten. Es war oft unmöglich, festzustellen, ob das, was vor ihnen lag, ein Süßwasserfluß oder schon der Salzwassergolf oder Festland oder einfach ein riesiger mit Unkraut bewachsener Sumpf war.

»Woher weiß der Kapitän, wie er steuern soll?« fragte Otto einen Matrosen.

»Er riecht's.«

Als sie den freien Golf erreichten, sah Otto zum erstenmal ein ozeantüchtiges Schiff, den Segler, der sie erwartete. »Da ist sie!« Bewegungslos lag die Schaluppe *Carthaginian* am Ende der Durchfahrt.

»Wir nehmen Kurs auf Galveston!« riefen die Matrosen, noch während sie Taue zum Dampfer hinüberwarfen, und die Passagiere, die gehofft hatten, dort an Land gehen zu können, jubelten. Die Fahrt nach Texas kostete einundzwanzig Dollar – fünf für den Dampfer, sechzehn für die Schaluppe. Wie still die See auch sein mochte, das Umsteigen von einem Wasserfahrzeug zum anderen ging nie einfach vonstatten; wenn der Dampfer ein wenig sank, hob sich der Segler, und umgekehrt. Es gab angeschlagene Schienbeine, Gepäckstücke gerieten in Gefahr, aber schließlich waren alle Erwachsenen an Bord der Schaluppe, die Kinder wurden hinübergereicht, und die Sklaven konnten folgen. Zum Abschied ließ das Dampfschiff dreimal seine Pfeife ertönen. Die Emigranten jubelten.

»Wir nehmen Kurs auf Galveston«, teilte ein Offizier mit, »aber wenn das Wetter schlecht ist, müssen wir Matagorda Bay anlaufen.«

Galveston lag sechshundertfünfzig Kilometer westlich, und da ein starker Wind aus Südosten wehte, konnte der Segler vier Knoten, etwa hundertachtzig Kilometer am Tag machen. »Die Fahrt wird nicht länger als vier Tage dauern«, versicherte der Offizier den Auswanderern, »und ich glaube nicht, daß wir in einen Sturm kommen.«

Otto liebte das Schwanken des Schiffes. Während viele der Passagiere seekrank wurden, aß er große Mengen von allem, was man ihm vorsetzte. Für ihn waren es Festtage.

Einige der Reisenden machten sich Sorgen wegen des Bestimmungsortes. »Wir wollen nach Matagorda. Warum können wir nicht Kurs darauf nehmen?«

»Weil wir auf dieser Route nie genau wissen, wie es laufen wird«, erklärte ein Matrose. »Ich bin noch nicht einmal sicher, daß wir in Galveston landen können.«

»Was ist denn das bloß für ein Schiff?«

»Mit dem Schiff hat das nichts zu tun. Texas ist das Problem. Dies hier ist vielleicht die gefährlichste Küste der Welt. Sie werden ja die

Wracks sehen, sobald wir versuchen, in eine dieser Buchten einzulaufen. Das erste Dampfschiff, das es versucht hat, ist zerschellt. Das zweite liegt auf Grund. Die texanische Küste ist die Hölle in Salzwasser.«

Das Wetter blieb gut. Doch als sich die *Carthaginian* am Ende des vierten Tages Galveston näherte, kam ein starker Nordwind auf, und bald gingen die Wellen so hoch, daß der Kapitän mitteilen mußte: »Bei so einem Wellengang dauert es manchmal Tage, bis sich die See wieder beruhigt.«

»Können wir nicht einfach durch?« fragte ein Mann, der schon fast sein Haus an der Küste sehen konnte.

»Hier liegt das letzte Schiff, das es versucht hat«, gab der Kapitän zurück und deutete nach hinten, wo ein nicht eben kleiner, völlig verfallener Segler im klebrigen Sand hin und her schaukelte.

»Wir werden wohl Matagorda Bay ansteuern müssen«, verkündete der Kapitän.

Das Schiff führte an diesem Abend einen südlichen Kurs durch ruhige See. Otto blieb mit Betsy an Deck, während sein Vater und Zave Campbell unten ihr Abendessen einnahmen.

»In einem Punkt scheine ich mich geirrt zu haben«, gestand Macnab kauend. »Ich habe Austin gefragt, ob die meisten Aussiedler nicht Verbrecher wären, die im Osten im Gefängnis gesessen haben. Was ich so sehe, haben wir keinen einzigen Verbrecher unter uns.«

Macnab hatte mit seiner Vermutung recht. Unter diesen Männern befand sich kein einziger Krimineller; keiner hatte Connecticut oder Kentucky auch nur unter dem Schatten eines Verdachts verlassen. Es mochten Männer sein, die im Umgang mit ihren Frauen und Familien versagt hatten, aber im übrigen waren sie gute Bürger gewesen. Die größte Überraschung erlebten die zwei Männer, als sie versuchten, den geistigen Hintergrund ihrer Mitreisenden auszuleuchten. Von den dreiundzwanzig konnten einundzwanzig lesen und schreiben, und von diesen hatten vierzehn höhere Schulen besucht und besaßen Kenntnisse in Latein, Mathematik und Weltgeschichte. Was die beiden nicht wissen konnten: Fünf ihrer Mitreisenden waren schon in Europa gewesen, drei kannten sich im Bankwesen aus, und einer hatte als Arzt in der US-Navy gedient. Texas bekam beste Leute.

Macnab ging an Deck, um ein wenig Zeit mit seinem Sohn zu verbringen, der gerade, den Hund tätschelnd, ins Dunkle starrte, um die lange Sandbank zu entdecken, die die Matagorda Bay umgab. Finlay stand erst wenige Augenblicke neben Otto, als sich unten in der Kabine laute Stimmen erhoben. Er eilte hinunter und hörte, wie ein Mann aus Alabama sich bitter beklagte: »Können diese Mexikaner denn gar nichts richtig machen? Warum hat man uns nichts gesagt?«

»Aber, aber, Templeton! Es gibt doch eine einfache Lösung.«

»Diese Burschen wollen mich meines Eigentums berauben! Warum hat man uns nicht gewarnt?« brüllte der Mann aus Alabama.

»Sie tun einfach, was wir alle getan haben, Templeton.«

»Aber warum hat man uns nicht darauf aufmerksam gemacht?«

»Wenn man in ein neues Land reist, erfährt man nicht alles auf einmal. Und jetzt erfahren Sie eben, daß das mexikanische Gesetz die Sklaverei verbietet und auch die Einfuhr von Sklaven unter Strafe stellt.«

»Ein verdammt gutes Gesetz«, brummte ein Mann aus dem Norden, aber so leise, daß Templeton ihn nicht hören konnte. »Wenn die Einfuhr von Niggern verboten ist«, wollte der empörte Gentleman wissen, »wie bringen Sie dann Ihre ins Land?«

»Es gibt eine einfache Methode, die wir alle anwenden, um unser Eigentum nach Texas zu schaffen«, beruhigte ihn ein Landsmann und breitete einige Papiere auf dem Tisch aus, die den Gentleman aus Alabama entzückten. »Na prächtig! Kann ich das auch machen?«

»Wir haben es alle gemacht.« Sich dem Gesetz fügend, das die Sklaverei in ganz Mexiko unter Androhung schwerer Strafen verbot – Mexiko war einer der ersten Staaten gewesen, die ein solches Gesetz verabschiedeten –, hatten die Südstaatler eine absolut sichere Methode ersonnen, und Mr. Templeton wandte sie jetzt an. Indem er die Papiere, die vor ihm lagen, sorgfältig kopierte, schrieb er sieben in juristischer Fachsprache formulierte Verträge nieder. Dann ging er an Deck, rief seine Sklaven und Sklavinnen zusammen, reichte ihnen nacheinander eine Feder und befahl ihnen, auf das Papier ein Kreuz zu machen, womit sie ihr Einverständnis mit den in dem Vertrag angegebenen Bedingungen bekundeten:

»Als freie(r) Frau/Mann binde ich mich aus freien Stücken und eigenem Entschluß für die Dauer von neunundneunzig Jahren an Mr. Owen Templeton, ehedem aus Tarsus, Alabama, und verspreche, meine Pflichten zu den hier stipulierten Bedingungen und dem festgesetzten Lohn so lange zu erfüllen, bis mein Vertrag abgelaufen ist. Obijah, männlich, 27 Jahre alt, Narbe auf der linken Schulter, sein Zeichen, 16. Oktober 1841.«

Einer nach dem anderen traten Templetons Sklaven vor und verpflichteten sich auf neunundneunzig Jahre; diese Zeitspanne war schon vor Jahrzehnten von einem Richter in Mississippi festgelegt worden, der die Meinung vertrat, daß ein Dienstverpflichtungsvertrag ungesetzlich sei, wenn man ihn auf länger als neunundneunzig Jahre abschloß.

Die Reisenden schliefen unruhig in dieser Nacht, und lange vor Tagesanbruch war Otto wieder auf Ausschau. Während das Schwarz des frühen Morgens allmählich in Grau und das Grau in ein blasses Rosa überging, starrte er angestrengt nach Westen und schrie, noch bevor die anderen wach waren: »Texas! Texas!« Nun eilten alle, freie Bürger wie Sklaven, an die Reling, um ihre neue Heimat aus dem Morgennebel aufsteigen zu sehen.

Sie sahen eine Landzunge, die nicht höher als vierzig Zentimeter über der Wasseroberfläche lag und keinerlei nützlichen Zweck erfüllte. Nicht ein einziges Haus war darauf zu sehen, kein Baum, kein Felsen, kein Tier, kein menschliches Wesen. Die Landzunge war mit niederem Gras bewachsen, das zuweilen in der Brise wogte, jedoch wegen der salzigen Luft keinerlei Nährstoffe enthielt. Einsam, verlassen, trostlos, ungastlich dienten die großen Sandbänke Texas' nur dazu, Schiffe von der Küste und zukünftige Siedler von ihrer neuen Heimat fernzuhalten.

Weit unten, auf einer anderen Sandbank, stand ein einsamer Baum; seine Krone verschmolz fast mit der See. Er wurde an diesem Morgen zu einem beglückenden Anblick, denn er war das einzig Vertraute, das die Menschen in ihrem neuen Land willkommen hieß.

Die Mannschaft der *Carthaginian* verbrachte einen Großteil des Tages damit, das Schiff durch die gefährliche Einfahrt nach Matagorda zu steuern, und wie man ihnen angekündigt hatte, sahen die Passagiere warnende Wracks.

Am späten Nachmittag befand sich die Schaluppe sicher innerhalb des Riffs, und die Passagiere lobten die Geschicklichkeit des Kapitäns. Aber nun lagen noch viele Stunden Fahrt vor ihnen, denn die Bucht war riesengroß. Erst am nächsten Morgen erreichten sie die neue Stadt

Linnville, wo sie die Beamten der mexikanischen Hafenbehörden erwarteten. Die »Stadt« Linnville bestand aus drei notdürftig zusammengezimmerten Holzbaracken.

Eine davon diente als Krämerladen. Sein mürrischer Besitzer, ein heruntergekommener Amerikaner, hatte nur Streifen von luftgetrocknetem Rindfleisch, zwei geräucherte Speckseiten, ein paar Meter Seil, Nägel und Kandiszucker anzubieten. Er schien weit mehr daran interessiert zu sein, von den Neuankömmlingen Dinge zu kaufen, als ihnen welche anzudrehen.

In den beiden anderen Baracken hatten sich die mexikanischen Behörden einquartiert; die Beamten waren noch mürrischer als der Ladenbesitzer. Ein im Vorjahr erlassenes mexikanisches Gesetz hatte der Einwanderung aus den Vereinigten Staaten ein Ende gesetzt – man hatte die Gefahren eines unbegrenzten Zustroms erkannt. Wegen seiner Ergebenheit gegenüber Mexiko hatte man jedoch bei Stephen Austin eine Ausnahme gemacht; ihm wurde gestattet, einige ausgesuchte Siedler ins Land zu bringen. Die Grenzbeamten ließen also die weißen Emigranten widerwillig herein, aber die schwarzen wiesen sie ab. »Das sind doch keine Sklaven«, protestierten empörte Südstaatler. »Es sind freie Bürger, auf ein paar Jahre dienstverpflichtet.« Als Austin selbst für diese Auslegung eintrat, wurde sie akzeptiert.

Jeder Immigrant wurde gefragt, ob er als Katholik geboren worden sei, und da die meisten Amerika über Irland erreicht hatten, konnte nur Zave Campbell ungehindert passieren: »Der Alcalde von Victoria wird Ihnen Ihre Papiere ausstellen.« Auch die Protestanten wurden angewiesen, sich beim Bürgermeister zu melden: »Er wird das Nötige in die Wege leiten, damit katholische Padres Ihre Bekehrung überwachen.«

Als Finlay den Beamten in Linnville das prächtige Dokument vorlegte, das ihn als Inhaber von zehntausend Hektar Land auswies, wieherten sie vor Lachen. Sie hatten schon viele solcher wertlosen Zertifikate gesehen. »No vale nada, Señor, no vale nada.« Ein Beamter wollte sie schon zerreißen, aber Macnab nahm sie schnell wieder an sich. Er wollte sie in Victoria als Beweis seiner ehrlichen Absichten vorlegen.

Als einziger von allen fand Otto an dem mühsamen Treck nach Victoria Gefallen. Auf Anweisung seines Vaters hielt er ständig Ausschau nach Bäumen; sie würden den Beginn jener Gegend markieren, wo Menschen lebten; aber es kamen keine in Sicht.

»Und jetzt auch noch ein Gewittersturm!« Zave, der zu den bedrohlichen schwarzen Wolken hinaufstarrte, die von Westen heranzogen, knurrte: »Das also ist das Land, wo Milch und Honig fließen, von dem alle so geschwärmt haben«

»Otto!« rief Finlay seinem Sohn zu, »zieh dir die Decke über den Kopf. Du wirst sonst klatschnaß!«

Über dem endlosen, eintönigen Grasland entlud sich ein heftiges Gewitter. Der strömende Regen durchnäßte die beiden Männer bis auf die Haut. Otto, der die Augen auf den Boden gerichtet hatte, sah plötzlich, daß sich unter dem Gras Hunderte und Hunderte von kleinen Herbstblumen verbargen. Endlich ließ der Sturm nach, dann leuchtete die Sonne im Osten wieder auf. Als sich die Wanderer das Wasser vom Gesicht wischten, sahen sie einen perfekten Regenbogen am westlichen Himmel hängen, so nahe, daß sie glaubten, die Hand nach ihm ausstrecken und ihn berühren zu können.

In Victoria erfuhren die Macnabs zwei Dinge: »Diese Stadt und alles Land, so weit das Auge reicht, gehören den De Leóns. Hier wird nur Spanisch gesprochen. Ihr werdet also entweder richtige Mexikaner, oder ihr geht zugrunde.« Die zweite Neuigkeit beunruhigte Finlay nicht weniger. »Señor Macnab, ich sprechen nicht gut Englisch, Sie mir können glauben. Wenn Sie Taufe machen mit unsere zwei mexikanische Priestern... weiter Weg zu Mission, viele Male gehen, viele Fragen. Sehr streng.« Der junge Mann lächelte. »Aber bei Quimpers Fähre... vielleicht Sie erwischen dort Vater Clooney, wenn er raus ist aus Gefängnis. Er Sie machen katholisch, lieber Mann.«

Mexikanische Beamte in Victoria überzeugten Macnab sehr rasch davon, daß seine Scrips nichts taugten. »Señor Macnab«, sagte ein Offizier, der fließend Englisch sprach, »wir sind an amerikanischen Siedlern interessiert – vorausgesetzt, sie bauen ihr Haus mindestens achtzig Kilometer von der Küste landeinwärts. Wir würden uns also freuen, wenn Sie auf die übliche Art ansuchen, aber erst, wenn Sie unseren Glauben angenommen haben. Dann zahlen Sie einen bescheidenen Betrag für Ihr Land. Stempelgebühr zwei Dollar. Als Regierungskommissar bekomme ich siebzehn Dollar. Die Gebühr für den Unternehmer beträgt etwa fünfundzwanzig Dollar. Dazu kommt dann noch das Honorar für den Vermesser, auf keinen Fall mehr als hundertfünfzig Dollar. Wir wollen Sie gerne bei uns haben, aber nur zu unseren Bedingungen.«

Zave Campbell erhielt den Rechtstitel auf sein Land, eine halbe Stunde nachdem er sich eingetragen hatte, denn er war klug genug gewesen, Empfehlungsschreiben von zwei katholischen Priestern mitzubringen. Er bekam kein bestimmtes Stück Land zugeteilt; er würde es sich später aussuchen können. Aber er besaß jetzt ein Dokument, das ihm vierhundertfünfzig Hektar auf De Leóns Gebiet garantierte.

Es stellte sich nun also das Problem, wo Zave sein Land beanspruchen sollte, Macnab überredete ihn dazu, mit der Auswahl so lange zu warten, bis er, Finlay, Quimpers Fähre aufgesucht hatte, um sich dort taufen zu lassen und damit ebenfalls das Anrecht auf Freiland zu erwerben; dann würden sie gemeinsam ihr Land auswählen. Campbell jedoch konnte es kaum erwarten und hätte sich am liebsten gleich auf die Suche gemacht, aber dann erfuhr er von einer verlockenden Möglichkeit: »Finlay, ich kann insgesamt tausendachthundert Hektar bekommen, wenn ich eine Mexikanerin zur Frau nehme. Tausendachthundert Hektar! Geh du zur Fähre, ich seh mich hier inzwischen nach einer Frau um.«

So wanderten also die Macnabs und Betsy ohne Zave nach Nordosten über Land, das allmählich anbaufähig auszusehen begann. Sanfte Unebenheiten belebten jetzt die Prärie, und es gab Bäume. Häufig waren Wildpferde zu sehen, und zweimal auch große Rinderherden: magere, feingliedrige Tiere mit enorm großen Hörnern, die scheinbar nur darauf warteten, daß jemand Anspruch auf sie erhob. Es war ein reiches, vielfarbiges Texas, das die Macnabs auf dieser Wanderung sahen.

Einige Kilometer unterhalb von Quimpers Fähre erreichten sie den Brazos River und übernachteten an seinem Ufer.

Betsys lautes Gebell weckte sie am nächsten Morgen. Der Hund lief um einen jungen Burschen herum, der mit zwei Bündeln über der Schulter flußaufwärts marschiert war. Das eine Bündel enthielt Kleidung, das zweite die unhandlichen Werkzeuge eines Hufschmieds.

Er stellte sich vor: »Isaac Yarrow, Hufschmied aus North Carolina mit kurzem Aufenthalt in Tennessee.«

»Wohin wollen Sie?« fragte Finlay. Der junge Mann spuckte aus. »Man hat mich aus San Felipe de Austin vertrieben...«

»Ist das nicht die Hauptstadt dieser Gegend hier?«

»Ja – und ein Ort, den Gott in seinem Zorn geschaffen hat. Neunnunddreißig Häuser, und in jedem davon sechs Verbrecher. Der eine wird wegen Unterschlagung gesucht, der andere wegen Mord, Vergewaltigung oder Raub. Der ehrenwerte Sheriff hat immer noch vier verschiedene Frauen in vier verschiedenen Staaten; geschieden ist er von keiner.«

Diese Beschreibung stand so im Widerspruch zu der Einschätzung, die Macnab selbst auf der *Carthaginian* vorgenommen hatte, daß er protestieren mußte: »Die Immigranten, mit denen wir gekommen sind, waren durchaus anständige Leute.«

»Sie haben die guten gesehen. Ich die schlechten.«

»Und wo wollen Sie jetzt hin?«

»Ich will nach Kalifornien, dort kann man anständig leben.«

Gemeinsam setzten sie ihren Weg zu Quimpers Fähre fort. Als das massive Balkenhaus vor ihnen auftauchte, geriet Yarrow ins Schwärmen: »Wenn alle Leute in Texas so wären wie Mattie Quimper, dann würde das Land ein Paradies sein.«

Finlay wollte wissen, wer diese Mattie Quimper war.

»Sie betreibt die Fähre. Und den Gasthof. Und sie ist Menschen, die wie ich verjagt wurden, eine gute Freundin.«

Sie näherten sich dem Gasthof. »He, Mattie!« brüllte Yarrow, und eine grauhaarige Frau Mitte vierzig, mager und abgearbeitet, kam auf die Veranda heraus. Während sie nach dem Rufer Ausschau hielt, trat auch ein etwa zwanzigjähriger gutaussehender junger Mann aus dem Haus, blieb aber schüchtern ein wenig zurück.

»Du lieber Himmel, das ist ja Isaac!« rief die Frau, sprang von der Veranda, auf der zwei Reisende schliefen, lief auf den Schmied zu und küßte ihn. »Man hat mir erzählt, du hättest da unten in San Felipe Ärger gehabt.«

»Sie haben mich aus der Stadt gejagt. ›Ich werde es noch erleben, daß auf euren gottverdammten Straßen das Gras wächst!‹ habe ich ihnen nachgerufen.«

»Leise!« wisperte Mattie. »Ich habe Geistlichkeit im Haus.«

»Vater Clooney?« rief Yarrow erfreut. »Haben sie ihn rausgelassen?«

»Leider nein«, antwortete Mattie. »Es sind Beamte aus Saltillo gekommen, um ihn zu verhaften. Man hat ihm vorgeworfen, eine besondere Vorliebe für Norteamericanos zu haben.«

»Wie lange war er in Ketten?«

»Nur den ersten Monat. Aber jetzt sitzt er schon ein Jahr im Gefängnis. Ein Wunder, daß er noch nicht tot ist.«

»Wer ist also die Kanzelschwalbe da drin?«

»Reverend Harrison.«

Yarrow spuckte aus. »Dieser scheinheilige...«

Mattie holte aus und versetzte dem Grobschmied einen Schlag ins Gesicht. »Halt die Klappe! Reverend Harrison ist gekommen, um zu fragen, ob ich ihn heiraten will.«

Yarrow nahm Mattie in die Arme und machte ein paar Tanzschritte mit ihr. »Mattie, altes Mädchen, du brauchst dich doch nicht an diesen Psalmensänger wegzuwerfen. Ich bleibe da und betreibe die Fähre für dich.«

»Hat man dich nicht aus der ganzen Austin-Kolonie geschaßt?« konterte sie.

Yarrow antwortete: »Ja, das stimmt. Aber ich würde trotzdem dableiben. Ich muß dich vor Reverend Harrison schützen.« Er sprach den Namen mit so viel Abscheu aus, daß die Macnabs nicht umhinkonnten, den Prediger für ein Ungeheuer zu halten. Als Harrison dann aus der Tür trat, wobei er es sorgfältig vermied, an die Schlafenden anzustoßen, waren sie angenehm überrascht.

»Isaac!« rief er mit aufrichtiger Herzlichkeit. »Was führen Sie denn jetzt wieder im Schilde?«

»Ich bin auf dem Weg nach Kalifornien. Habe hier nur haltgemacht, um Mattie Quimper dringend zu raten, Sie nicht zu heiraten.«

Harrison lachte. »Bösewichte fliehen nach Texas. Das war schon immer so. Und die schlimmsten ziehen weiter nach Kalifornien. Das wird immer so bleiben.«

Mattie bat Yarrow und die Macnabs zum Frühstück ins Haus. Als Eier, Bärenfleisch und Pekannüsse auf dem Tisch standen, forderte sie Harrison auf, den Segen zu sprechen. »Allmächtiger Vater, wache über Deinen abgefallenen Sohn Isaac, der nach Kalifornien ziehen will. Heiße die Fremden willkommen, die heute zu uns gekommen sind. Behüte Mattie, die so unermüdlich Dein Werk verrichtet, und laß uns bald den Tag erleben, da Deine wahre Religion hier offen verkündet werden kann. Amen.«

Nachdem jeder den Kopf wieder gehoben hatte, legte Harrison seine Hand auf Ottos Arm und sagte: »Ich weiß deinen Namen noch nicht.«

»Mein Name ist Otto, und das ist mein Vater, Finlay Macnab aus Baltimore.«

»Man hat dir gute Manieren beigebracht, junger Mann«, lächelte der Prediger und wandte sich an Finlay. »Sie werden hier willkommen sein. Welcher Kirche gehören Sie an?«

»Ich bin Presbyterianer. Seit vielen Generationen in Schottland und Irland.«

»Ein gottgefälliger Glaube«, bemerkte Harrison. »Hier sind wir alle Methodisten.«

»Ich nicht«, warf Yarrow ein.

Harrison warnte ihn: »Gott hat Sein Auge auf Ihnen, Isaac ...«

»Was höre ich da von einer Eheschließung?« fragte der Hufschmied.

»Sie braucht einen Mann, der ihr hilft«, sagte Harrison mit aufrichtiger Zuneigung, während er Mattie zusah, wie sie in der Küche hantierte. Sich die Schürze glattstreichend, nahm sie eine Platte mit dem letzten Schub Salz-und-Honig-Pekannüsse vom Herd und stellte sie auf den Tisch. Sie bot Finlay und Yarrow einige an, achtete aber darauf, daß die Platte dann vor Reverend Harrison zu stehen kam.

»Und nun«, wandte sie sich an Finlay, »erzählen Sie uns doch, Mr. Macnab, was Sie veranlaßt hat, zu uns zu kommen.«

Es war Finlay einfach zu peinlich, sein Geheimnis zu offenbaren, noch dazu in Gegenwart eines Methodistenpredigers, aber Mattie konnte sich die Antwort schon denken. »Sie hofften, Vater Clooney hier zu finden? Sie wollen sich taufen lassen, um Land zu bekommen, stimmt's?«

»Zave Campbell«, erzählte Otto unbekümmert, »der ist schon Katholik, und er hat Papiere von zwei verschiedenen Priestern, die das beweisen, und er hat sofort sein Land bekommen. Wenn er eine mexikanische Dame zum Heiraten finden kann, bekommt er viermal soviel.«

Zur Überraschung Yarrows und der Macnabs begann der strenge Methodist Ottos Vater zu beruhigen: »Sie brauchen sich nicht zu schämen, Macnab. Es ist ein unmoralisches Gesetz, und wenn Sie es pervertieren, um Ihr Land zu bekommen, ist das durchaus verzeihlich. Schwören Sie dem Papst Gehorsam, aber bleiben Sie im Herzen Presbyterianer!« Doch dann schlug er einen anderen Ton an: »Und Sie, Isaac, kehren nach San Felipe zurück! Machen Sie Ihren Frieden mit den Behörden. Wir werden Männer wie Sie brauchen, wenn es zum Krieg kommt.«

»Ich habe Texas eine Chance gegeben. Es hat mich abgewiesen. Jetzt ist Kalifornien mein Ziel.«

Die Neuankömmlinge verbrachten geruhsame Tage im Gasthof von Quimpers Fähre, stellten Spekulationen über die Zukunft an, neckten Reverend Harrison mit seiner Werbung um Mattie und stopften sich mit Pekannüssen voll.

Einmal fragte Yarrow unverfroren: »Was erzählen Sie uns da eigentlich, Harrison, daß Mattie Ihre Hilfe braucht. Wo sie doch diesen prächtigen Sohn hat, der sich besser als Sie um alles kümmern kann.« Harrisons Antwort lautete: »Sie wäre übel dran, wenn sie sich auf den verlassen müßte.«

Jetzt begannen Yarrow und Macnab, Yancey unter die Lupe zu nehmen, und je mehr sie ihn beobachteten, desto deutlicher wurde für sie: Dieser schlappe Bursche würde einer starken Hand bedürfen, um ihn zu einem Texaner zu machen. »Er ist einfach kein Texikaner«, meinte Yarrow. »In Virginia würde er gut vorwärtskommen, noch besser in Massachusetts, wo kein so hohes Maß an Männlichkeit gefragt ist. Er ist ja nicht einmal fähig, den Gasthof oder die Fähre zu betreiben!«

An einem hellen Januarmorgen verabschiedete Yarrow sich von Mattie und ihren Gästen, schulterte seine zwei Bündel und machte sich auf den Weg nach Westen. Am gleichen Nachmittag – noch immer bedauerten alle seine Entscheidung – rief Yancey Quimper von der Veranda herunter, auf der er sich ausgeruht hatte: »Mutter! Da kommt er!« Die Macnabs nahmen an, daß es Yarrow war, der es sich überlegt hatte.

Aber es war ein Greis, der Priester Vater Clooney, der jetzt siebenundsechzig Jahre zählte, aber nach seinem Aufenthalt in einem mexikanischen Gefängnis viel älter aussah. »Du lieber Himmel!« rief Mattie, während sie auf ihn zulief. »Was hat man mit Ihnen gemacht?« Er hinkte so stark, daß zwei junge Priester ihn stützen mußten. »Der neue Gouverneur hat ihn begnadigt«, erzählten sie, »er wollte ihn zu den Franziskanern in Zacatecas schicken, aber Vater Clooney wollte unbedingt in seinen alten Pfarrbezirk zurück.«

»Werden Sie bei ihm bleiben?« erkundigte sich Mattie, während sie dem alten Mann auf die Veranda hinaufhalf.

»Nein, wir sind der Mission in Nacogdoches zugeteilt, und morgen früh müssen wir weiter.«

Die drei Geistlichen schliefen auf der Veranda. Mattie bot Vater

Clooney ein Bett an, aber er lehnte ab: »In dieser letzten Nacht bleibe ich bei meinen Brüdern.« Bevor diese sich am nächsten Morgen auf den Weg zum entlegensten Winkel des mexikanischen Reichs machten, segnete er sie. Er stand neben Mattie und sah zu, wie Finlay Macnab die Fähre über den Brazos stakte: »Wie herrlich muß das sein, Mattie! Jung zu sein und zu wissen, daß es gilt, Kirchen zu bauen und Heiden zu bekehren!«

Er war noch keine drei Tage im Gasthof – erholsame Tage nach seinen Qualen –, als schon die ersten Paare eintrafen, um ihre Trauungen formell vollziehen zu lassen, und nun hielt Reverend Harrison die Zeit für gekommen, sich zurückzuziehen. »Das ist nicht nötig«, sagte Vater Clooney. »Ich bin sicher, daß diese Menschen auch Ihren Segen zu schätzen wissen werden.« Harrison aber sorgte sich mehr um den Priester als um sich selbst: »Wenn herauskommt, daß Sie freundliche Worte mit einem Methodisten wechseln, werfen die Mexikaner Sie wieder ins Gefängnis.«

»Ich denke, sie werden mich meinen Weg ungestört zu Ende gehen lassen«, antwortete Clooney, während er sich auf die Eheschließungen vorbereitete.

Er war nun schon ein sehr alter Mann, verbraucht von den Stürmen des Lebens. An dem Tag, da er die Trauungen vornehmen sollte, frühstückte er mit Mattie. Sie suchte seinen Rat. »Soll ich Reverend Harrison heiraten?«

»Wenn eine Frau einen halbwegs guten Mann sieht, sollte sie ihn nehmen.«

»Halten Sie Harrison für einen guten Mann?«

»Er ist ein Mann Gottes, aber auch ein Mann der Rebellion. Schließt das eine das andere aus? Ich weiß es nicht.«

Mattie stand auf, um ihren Pflichten nachzugehen. »Mattie, altes Mädchen«, sagte der Priester, und in seinem Gesicht leuchtete die Sehnsucht nach vergangenen Tagen, »ich wünschte, dein Mann und der Kronk wären heute hier. Sie fehlen mir sehr.«

Für Vater Clooney gehörte zu einer Hochzeit immer noch eine kleine Feier nach der Zeremonie, besonders wenn er dabei geistige Getränke zu sich nehmen konnte. An diesem Abend wurde nach Herzenslust gefiedelt, gesungen und getanzt, aber am nächsten Morgen erhob sich der alte Priester schon zeitig und ließ keine Anzeichen übermäßigen Alkoholgenusses erkennen.

»Und wo sind jetzt die Leute, die sich taufen lassen wollen, um ein klein wenig Land zu ergattern?« Vier Familien, unter ihnen die Macnabs, stellten sich auf der Veranda, wo man einen kleinen Altar errichtet hatte, in einer Reihe auf, und Vater Clooney ging daran, sie zu Katholiken zu machen. Er nahm solche politischen Bekehrungen auf die leichte Schulter, aber Finlay konnte das nicht, und als der Priester sich ihm zuwandte und er begriff, daß er jetzt einen feierlichen Eid ablegen mußte, mit dem er John Knox' Religion abschwor, für die seine Vorfahren ihr Leben eingesetzt hatten, begannen seine Knie zu zittern, und in seine Augen trat ein entsetzter Blick.

Vater Clooney hatte diese Symptome schon bei vielen Menschen gesehen, die über Irland nach Texas gekommen waren; er ließ Finlay und Otto zur Seite treten, und an diesem Tag wurden die Macnabs nicht getauft. Am Abend lud Clooney Vater und Sohn zu einem Gespräch ein:

»Ich kenne die Qualen, die Sie ausstehen. Ich sehe das nicht zum ersten Mal, und ich respektiere Ihre Gläubigkeit. Aber die mexikanische Regierung handelte weise, als sie bestimmte, daß man kein Land bekommen kann, wenn man nicht den Glauben annimmt, den sie fördert. Dieses Gesetz ist eindeutig. Wenn ihr also Land haben wollt, müßt ihr noch heute konvertieren, denn morgen bin ich vielleicht schon fort. Land zu besitzen ist etwas Schönes, und wenn ihr euch entschließen könnt, meiner Kirche beizutreten, wie es viele vor euch getan haben, werdet ihr feststellen, daß Texas euch eine würdige Heimat sein und euch viele Wohltaten erweisen wird.«

Der alte Mann erwähnte nicht, daß die Macnabs, soweit es ihn betraf, ohne weiteres zum Presbyterianismus zurückkehren konnten, sobald sie ihr Land bekommen hatten, aber seine ganze Art ließ erkennen, daß er davon überzeugt war, daß sie dies tun würden.

So wurden Finlay und Otto Katholiken. Sie zitterten vor Angst, Gott könnte sie tot umfallen lassen, aber Vater Clooney segnete sie und lächelte über Finlays schweißbedeckte Stirn.

Wie immer verbrachte Vater Clooney die Nacht auf der Veranda. Er konnte nicht einschlafen. Lange nach Mitternacht weckte er Finlay.

»Mein Sohn, wir müssen etwas tun, damit Sie Ihr Land bekommen.«

»Ich bin doch jetzt getauft.«

»Unter Umständen reicht das nicht. Die Behörden haben Austin jetzt im Verdacht und überprüfen jedes Stück Land, das er zuweist. Vergessen Sie Austin. Gehen Sie nach Victoria zurück und bitten Sie die De Leóns um eine Zuweisung.«

»Werden die sie mir geben?«

»Ich kenne die Familie gut. Ich werde Ihnen einen Empfehlungsbrief schreiben.«

»Dafür wäre ich Ihnen sehr dankbar. Ich hole ihn mir dann morgen.«

Zu Macnabs Überraschung packte Vater Clooney ihn am Arm. »Nein«, flüsterte er, »das mache ich lieber gleich.« Er nahm ein Blatt Papier aus der gleichen alten Bibel, mit der er die Quimpers vor Jahren konvertiert hatte, und schrieb den De Leóns einen herzlichen Brief, in dem er sie bat, seinem guten Freund Macnab Land zuzuweisen. Er übergab Finlay das Schreiben und schlurfte auf die Veranda zurück.

Wie es ihre Gewohnheit war, ging Mattie bald nach Tagesanbruch mit einem Teller heißer Suppe zu ihm. Sie wollte ihn wecken, aber er reagierte nicht. Sie stieß ihn mit dem Fuß an; sie wollte nicht glauben, daß er tot war. Sein linker Arm fiel leblos auf den Holzboden der Veranda. Nun konnte sie nicht mehr daran zweifeln.

Sie blickte auf die Leiche des Mannes hinab, den sie zuerst gehaßt, dann aber zu lieben gelernt hatte, einen treuen Hirten, dessen Herde so weit verstreut war, daß es seine Kraft aufgezehrt hatte, sie zu betreuen. Als ob sein Tod einen Abschnitt ihres Lebens beendet hätte, dachte sie fortan nicht mehr an eine Verehelichung mit Reverend Harrison. Nach der Beerdigung, die der Methodist für seinen einstmaligen Gegner würdig gestaltete, schickte Mattie ihn nach Norden, wo er eine viel jüngere Witwe heiratete, die ihm half, die Feuer der Rebellion anzufachen.

Die Macnabs trafen Vorbereitungen, den Gasthof zu verlassen und mit ihrem Brief zu den De Leóns zu pilgern. Da erschollen eines schönen Morgens laute Rufe vom anderen Ufer des Brazos, und Otto lief los, um zu sehen, wer da nach Süden wollte. Zu seiner großen Freude war es Benito Garza, der Maultierhändler und exzellente Reiter, den er in New Orleans kennengelernt hatte, und er raste zur Fähre hinunter, sprang hinein und begann sie über den Fluß zu staken. »Benito«, schrie er, »ich bin's! Otto Macnab!« Garza, der mit seinen zwei Treibern am anderen Ufer wartete, erkannte den Jungen und schrie zurück: »Der kleine Reiter! Hurra! Olé!«

Stolz brachte Otto die drei Mexikaner über den Fluß und geleitete sie zum Gasthof. »Mattie!« rief er. »Fremde sind da!«

Mattie trat auf die Veranda und lächelte. »Aber Otto! Benito und ich sind seit Jahren gute Freunde.«

Es war ein turbulentes Wiedersehen. Nach den gegenseitigen Umarmungen übergab Garza Mattie fast scheu ein Paket. Sie öffnete es und betrachtete erstaunt den Ballen englischen Stoffes und ein in Frankreich geschneidertes einfaches Kleid, das es enthielt. Das waren die ersten Geschenke dieser Art, die sie je bekommen hatte, und sie blieb lange Zeit stumm. Dann sagte sie mit leiser Stimme: »Das haben Sie von weit her gebracht, Benito.«

Jetzt redeten alle durcheinander. Garza erfuhr von Yarrows Weggang, von Vater Clooneys Tod, von der Bekehrung der Macnabs und von dessen Freund Zave, den sie bald wiederzusehen hofften. Er wollte wissen, wo Campbell sein Land abgesteckt habe. »Er hat sich noch nicht entschlossen, aber am besten gefällt ihm eine Gegend am River Guadalupe.«

Otto platzte heraus: »In Wahrheit sucht er gar kein Land. Er sucht eine Frau.«

Benito packte den Jungen am Arm. »Was hast du da gesagt? Er sucht eine Frau?«

»Ja. Er bekommt viermal soviel Land, wenn er eine findet.«

Garza war eine Idee gekommen. Er setzte sich an den Tisch und wandte sich an alle, die sich in der Küche aufhielten, zwei Reisende eingeschlossen, die gerade ihre Mahlzeiten verzehrten. »Wir waren neun Kinder, und die Familie besaß nur einen einzigen Rancho am Rio Grande. Da ich keine Chance hatte, das Land zu erben, brachte ich meine zwei jüngsten Schwestern mit nach Victoria. Ich bin das Familienoberhaupt. Mit einiger Schwierigkeit fand ich für María, die ältere, einen Mann – José Mardones –, aber der blieb ihr nicht lange.«

»Ist er abgehauen?« fragte Mattie.

»Nein«, antwortete Garza, »er wurde erschossen. Er hatte einem Norteamericano Pferde gestohlen.«

»Du hast mir doch in New Orleans gesagt, hier laufen die Pferde frei herum!« unterbrach ihn Otto.

»Mit zugerittenen Pferden ist das anders«, sagte Garza und wandte sich an Finlay: »So hat also diese wunderbare Frau – sie ist erst einunddreißig – keinen Mann, und wenn Señor Campbell...«

»Und was ist mit Ihrer jüngeren Schwester?« fragte Mattie.

»Josefina? Die ist erst sechsundzwanzig. Die kann warten. Zuerst muß man immer die älteste Schwester an den Mann bringen.«

Garza drängte nun auf eine sofortige Rückkehr nach Victoria. »Wir müssen mit Campbell sprechen, bevor er einen schweren Fehler begeht.«

Am nächsten Morgen brachen die Macnabs und Garza früh auf. Der Mexikaner galoppierte voraus, immer nach Süden. »Señor Campbell!« brüllte er, als sie in die Stadt einritten, aber sie fanden den großen Kaintuck erst weiter im Norden, wo er unter einer großen Eiche am Ufer des Guadalupe ein Zelt aufgeschlagen hatte. Garza begrüßte ihn überschwenglich: »Was für ein schönes Stück Land Sie sich da ausgesucht haben! Haben Sie schon eine Frau gefunden?«

Zave verneinte. Garza stieß einen befreienden Seufzer aus und ließ sich neben Campbell zu Boden fallen. »Señor«, sagte er leise, »ich habe viel Gutes von Ihnen gehört. Reiten wir doch jetzt alle gemeinsam nach Victoria zurück, damit Señor Finlay den Brief von Vater Clooney übergeben und sein Land in Besitz nehmen kann.« Seine Schwestern erwähnte er mit keiner Silbe.

Die De Leóns freuten sich über die Empfehlung des von ihnen verehrten Priesters. »Wir heißen Sie in Victoria willkommen. Überlegen Sie gut, bevor Sie sich für ein bestimmtes Stück Land entscheiden.« Und nun ließ Garza fast beiläufig die Bemerkung fallen: »Da wir schon mal hier sind, gehen wir doch meine Schwestern besuchen – ich gebe Ihnen mein Wort, Señor Campbell, María wird Ihnen gefallen.«

Er führte sie zu einem aus zwei Räumen bestehenden Adobeziegelhaus, das er sich in der Nähe der großen Plaza gebaut hatte, und rief schon von weitem: »María! Ich bringe neue Freunde mit!«

Aus der Holztüre trat eine stattliche Frau mit einem großen, hübschen Gesicht. Ihre dunklen Augen betrachteten die Besucher freundlich, um ihre Lippen spielte ein Willkommenslächeln. Auf Otto wirkte sie sofort wie eine Mutter. Dieses Gefühl verstärkte sich in den folgenden Tagen noch. María Garza Mardones hatte ein lautes, lustiges Lachen, sie zeigte viel Nachsicht gegen die närrischen Einfälle der Männer, und sie liebte Kinder, Hühner und harte Arbeit.

In den letzten Wochen des Jahres 1831 ließen sich die Amerikaner und die Garzas auf Campbells Land nieder und machten sich daran, ein Balkenhaus zu bauen. Die drei Männer fällten Bäume für die Balken, während Garzas Schwestern und Otto Lehm und Stroh mischten, um Adobeziegel zu formen.

Nach der ersten Woche stellten die Macnabs erstaunt fest, daß Campbell an das Zweizimmerhaus einen dritten Raum anzufügen begann, der nach Norden lag. »Warum denn das?« fragte Finlay.

»Für dich und Otto, bis ihr euer eigenes Land und euer eigenes Haus habt.«

Otto, der ganz vernarrt in María war, hielt das für eine ausgezeichnete Idee; schließlich erwartete er, daß sein Freund Zave die Mexikanerin heiratete. Einige Tage später machte sich der Kaintuck daran, Pflöcke in den Boden zu schlagen, die die Umrisse eines vierten Raumes festlegten, ebenfalls nach Norden, aber in einiger Entfernung von dem für die Macnabs bestimmten gelegen.

»Wozu dieser Raum?« wollte Otto wissen.

»Für Benito und seine Schwester. Sie werden auch mit uns zusammenleben.«

»Wirst du María heiraten?« fragte Otto.

Zave nickte. »Na klar, ich verzichte doch nicht auf eine Frau, die so arbeiten kann.« Der Junge stürzte auf die Mexikanerin zu und küßte sie.

So begann die schöne Zeit auf Zave Campbells Land. Die nun verheiratete María empfand große Zuneigung für Otto, und da sie Grund zu der Annahme hatte, daß sie keine eigenen Kinder bekommen konnte, betrachtete sie den Zehnjährigen als einen Sohn. Otto gewöhnte sich an mexikanische Bräuche und erlernte die Sprache. Unter Benitos Anleitung wurde er zu einem guten Schützen und verstand es bald, mit dem Vieh umzugehen.

Besonders beim Reiten war Benito Garza ihm ein guter und geduldiger Lehrer, und bald galoppierte Otto an der Spitze, wenn die mexikanischen Helfer losritten, um Mustangs einzufangen. Mit Benitos Hilfe ritt er auch ein Pferd für sich selbst zu, ein feuriges, aber auch eigensinniges kleines Tier mit braungelbem Fell. »Wie soll ich ihn nennen?« fragte er seinen Lehrmeister.

»Chico«, schlug Garza vor.

Wenn Otto abends heimkehrte, hatte María immer einen neuen

festlichen Schmaus zubereitet, denn sie war eine erfindungsreiche Frau, die mit bescheidensten Mitteln wahre Köstlichkeiten schuf. Bei so viel Essen und so viel Zuneigung war Otto glücklicher denn je.

Nur eines machte ihm Sorgen. Er war ein echter Macnab, Abkömmling eines Clans, dessen Angehörige seit tausend Jahren Vieh gestohlen hatten. Auf dem Weg nach Texas hatte er seinen Vater und seinen guten Freund Zave beim Einfangen von streunenden Tieren beobachtet, doch die von seiner deutschen Mutter geerbte Fähigkeit, Recht von Unrecht zu unterscheiden, sagte ihm, daß dies ein Verbrechen war, und er freute sich, als sein Vater diese schlechte Gewohnheit ablegte. Jetzt beobachtete er, wie Campbell Benito all die Tricks beibrachte, mit denen man sich Rinder oder Pferde aneignen konnte, die aus keinem bestimmten Stall kamen – aber auch solche, die sehr wohl einen Herrn hatten.

Otto ging zu seinem Vater und erzählte ihm, daß in Texas die Leute ihren Tieren Zeichen einbrannten, um ihre Eigentumsrechte nachzuweisen, und daß er auf Zaves Feldern Tiere mit mehreren verschiedenen Brandzeichen gesehen hatte. Finlay tat die Befürchtungen seines Sohns mit einer Handbewegung ab: »Die Campbells sind nun mal so.«

Auch um den jetzt sechsundzwanzigjährigen Benito sorgte sich Otto, denn allmählich begann er zu merken, daß sein mexikanischer Freund ein sehr jähzorniger Mann war und zu kindischen Wutanfällen neigte. Wenn ein mexikanischer Viehtreiber ihn ärgerte, schlug er ihn. Otto sah, daß er auch Zave oft gern geschlagen hätte, aber er hatte Angst vor ihm; dann spannten sich seine Nackenmuskeln, er wandte sich ab und spuckte aus. Beim Zureiten von Mustangs war er unnötig grausam und lachte, wenn Otto protestierte. »Pferde und Frauen muß man schlagen. Das tut ihnen gut.«

María hatte andere Sorgen. Sobald sie sich in ihrem Balkenhaus sicher fühlte und die Überzeugung gewonnen hatte, daß ihr Norteamericano ein guter Mann war, begann sie eine Kampagne mit dem Ziel, auch Josefina unter die Haube zu bringen. Wann immer die Männer sie zu ihren Kochkünsten beglückwünschten, sagte sie: »Das hat Josefina gemacht«, obwohl Otto genau wußte, daß sie log. Jede feine Näharbeit war angeblich Josefinas Schöpfung, und mehr als einmal erinnerte María Finlay: »Sie ist ein gutes Kind, das können Sie mir glauben.« Wenn Josefina lächelte, fragte María: »Haben Sie dieses reizende schiefe Lächeln gesehen? Das hat sie von unserer Mutter. Sie hieß Trinidad de Saldaña und war eine feine Dame aus San Antonio.«

Ungeachtet Marías ständigen Drängens bekundete Macnab keinerlei Interesse an Josefina. Eines Tages beim Mittagessen, als das Essen besonders gut war, nahm María sich ein Herz: »Haben Sie schon einmal daran gedacht, Don Finlay, daß Sie ganze tausendachthundert Hektar Land neben unserem bekämen, wenn Sie Josefina heiraten würden?« Macnab sagte nichts, aber er setzte sich aufrechter hin. »Und wenn Xavier und ich sterben, wer sollte dann unser Land bekommen, wenn nicht Otto?« Macnab stellte die Ohren auf. »Können Sie sich vorstellen, daß Ihr Sohn dann dreitausendsechshundert Hektar und mehr besitzen würde?«

An diesem Tag blieb Finlay ihr die Antwort schuldig, aber in den folgenden Wochen dachte er oft an das nach Westen gelegene Land am Fluß. Und weil Josefina ihn in die Lage versetzen konnte, es in Besitz zu nehmen, erschien sie ihm von Tag zu Tag anziehender. An einem Nachmittag ritt er nach Victoria, um mit Martín de León zu reden und sich zu vergewissern, daß er weitere tausendachthundert Hektar bekommen würde, wenn er eine Mexikanerin heiratete.

»Gewiß«, versicherte De León ihm. »Aber es wäre gut, wenn Sie Ihren Freund Xavier warnen würden. Er soll die Finger von anderer Leute Vieh lassen. In Tejas verliert man oft schnell die Geduld.«

Finlay sprach mit Campbell, aber nicht über Viehdiebstahl. »Zave«, fragte er, »was würdest du dazu sagen, wenn ich Josefina heirate und die tausendachthundert Hektar neben deinem Land anfordere?«

»Ist deine Frau tot?«

»Wir sind geschieden.«

»Gesetzlich?«

»Jawohl.«

»Heirate sie. Land ist Land.« Aber später, als Macnab mit seinem Vieh beschäftigt war, wandte sich Zave an Otto: »Wie war das mit deiner Mutter in Baltimore?«

Der Junge hatte nur mehr vage Erinnerungen an seine Mutter: »Da ist was passiert, und wir sind weg.«

»Hat da auch ein Richter mitgemischt?« wollte Zave wissen.

»Meine Eltern haben sich gegenseitig angebrüllt«, erzählte der Junge, und Zave vermerkte dazu trocken: »Das kann ich mir vorstellen.«

Der Kaintuck kam nicht mehr auf die Sache zurück, doch als Finlay den Vorschlag machte, nach Quimpers Fähre zurückzukehren, um dort Hochzeit zu feiern, meinte Zave: »Wir nehmen besser den Priester von der Mission in Goliad.«

»Warum?«

»Wie ich höre, ist der neue Priester, der den Pfarrbezirk um Quimpers Fähre betreut, ein sehr strenger Mann. Der stellt eine Menge Fragen. Es könnte ihm sogar einfallen, einen Brief nach Baltimore zu schreiben.«

Zave drängte so beharrlich darauf, daß schließlich er und María, Finlay und Josefina, Benito und Otto nach Goliad ritten, wo die Trauung vollzogen wurde. Als der Priester fragte, ob jemand gegen diese Trauung etwas einzuwenden habe oder von einem Ehehindernis wisse, zuckten Zave und Otto mit keiner Wimper.

Kaum waren die Jungvermählten ins Balkenhaus zurückgekehrt, brach Finlay nach Victoria auf, um seine Ansprüche geltend zu machen. Er bekam das Land unverzüglich – und sogar noch sechzehn Hektar dazu, als Bonus für seinen Sohn Otto.

Mit dem vollem Einverständnis Marías und Zaves und weil Holz knapp war, verzichteten die Macnabs vorläufig darauf, ein eigenes Balkenhaus zu errichten. Sie blieben bei den Campbells und fügten nur einen Raum an, der Benitos Hausteil auf der anderen Seite entsprach.

Unter Benitos Anleitung wurde Zave ein Experte in der Aufzucht von Maultieren und Longhornrindern; María und Josefina bereiteten die köstlichsten Speisen in der ganzen Gegend zu. Otto half überall mit, und Finlay spezialisierte sich darauf, alles zu vermarkten, was sie produzierten. Auch boten sie Reisenden das Balkenhaus als eine Art Gasthof an – ein Dollar pro Nacht, vier Dollar für die Woche. Die Gäste schliefen in einem mit einem Pultdach versehenen Anbau, den Zave und Benito errichtet hatten. Die Verpflegung war ausgezeichnet. Hin und wieder konnte man im Gasthof auch zu günstigen Preisen verschiedene Waren erstehen, die Finlay nach hartem Feilschen auf Schiffen in Matagorda kaufte oder von Handelskarawanen, die ihre Waren auf dem Landweg von Städten südlich des Rio Grande nach Norden transportierten.

Der Gasthof genoß einerseits einen guten, andererseits einen weniger guten Ruf. »Nirgends wird Ihnen mehr Gastlichkeit geboten«, sagten die Reisenden, »aber dieser Zave ist gerissen. Bei dem muß man gut aufpassen.«

Auf dieser Plantage, wie Reisende aus Georgia oder Alabama die große Anlage nannten, war man mit der Maultierzucht sehr erfolgreich, und Finlay machte den Vorschlag, gemeinsam mit Otto, Benito und zwei von dessen Cousins als Treibern eine Herde nach New Orleans zu bringen. Ferry hatte versprochen, ihnen einen guten Preis zu zahlen.

Nachdem sie sich über das Unternehmen geeinigt hatten, ritt Finlay nach Matagorda Bay hinunter und schickte eine Anfrage an Mr. Ferry. Nach überraschend kurzer Zeit – weniger als vier Wochen – hielt er die Antwort in Händen:

»Bringen Sie so viele Maultiere und Longhorns wie nur möglich. Auch ein paar gute Pferde. Der Markt ist jetzt sogar noch besser als bei Ihrem letzten Besuch vor einem Jahr. Louis Ferry«

Diese Ermutigung genügte Macnab, um eine Herde von vierzig Longhorns, einunddreißig Maultieren und zwei Dutzend Mustangs zusammenzustellen. Mit Ersatzpferden für sich und seine Begleiter brach er auf, und bald befanden sich die Reiter auf dem berühmten Beef Trail, dem Rinderpfad.

So beschwerlich die Route auch war, dem jungen Otto bot sie mehr als alles, was er in Kentucky oder Tennessee erlebt hatte. Es ging durch eine richtige Wildnis mit Vögeln und Tieren, die er nie zuvor gesehen hatte, und das gab ihm das Gefühl, ein neues Land zu erforschen.

Der Aufenthalt der Macnabs in New Orleans erreichte einen Höhepunkt, als Mr. Ferry, der über die gute Qualität der Rinder und Maultiere hocherfreut war, die Texikaner vom Hotel abholte und zum Dinner in eines der eleganten französischen Restaurants einlud. Den drei Mexikanern warf er eine Handvoll Münzen zu mit der Aufforderung: »Kauft euch was!« Stolz wies Benito das Geld zurück und verbot seinen Treibern zornig, die auf den Boden rollenden Münzen aufzuheben.

Otto war alt genug, um gutes Essen zu schätzen. Aber während er sich mit dem ausgezeichneten Essen vollstopfte, mußte er an Benito Garza denken, der jetzt wohl in irgendeinem schmierigen Loch saß, und er erinnerte sich an die häßliche Geste, mit der Mr. Ferry ihm die Münzen hingeworfen hatte.

Mr. Ferry machte Macnab an diesem Abend auf die Vorteile eines Kreditbriefs aufmerksam. Ob er sich diese Einrichtung auch zunutze machen wolle? Aber Finlay, ein von den Vertretern der Texas Land and Improvement Company gebranntes Kind, hatte nicht die Absicht, sich noch einmal hereinlegen zu lassen, und sagte das auch ganz offen.

Ferry lachte über Finlays Befürchtungen. »Du meine Güte! Ich meine natürlich keinen auf mich gezogenen Kreditbrief. Ich meine einen Kreditbrief der größten Bank im Süden.« Am nächsten Tag führte er Finlay in die Räume der »Louisiana and Southern States Bank«. Der Direktor erklärte, daß es ihm eine Ehre sein werde, einem Kunden von Mr. Ferry dienlich zu sein.

Einer plötzlichen Eingebung folgend, tat Finlay etwas für ihn ganz Uncharakteristisches. Er freute sich derart über den Erfolg des Viehhandels, und es schmeichelte ihm so sehr, jetzt hier in einer großen Bank zu sitzen, daß er auf die Idee kam, seinen Töchtern in Baltimore etwas zukommen zu lassen. Er fragte den Bankier, ob er wohl die Hälfte seines Geldes an die Misses Macnab in Baltimore überweisen könne.

»Nichts leichter als das, Mr. Macnab. Das können wir gleich machen.«

Dann erkundigte Macnab sich, wie er am besten mit seinem und Zaves Geld verfahren solle. »Ich möchte es lieber nicht mit mir herumtragen. Die Dampfschiffe sollen ja voll von Taschendieben sein.«

»Nichts leichter als das«, wiederholte der Bankier. »Sie lassen das Geld hier bei uns, verdienen gute Zinsen, und wenn Sie oder Campbell einmal eine Ladung Holz brauchen, weil Sie ein neues Haus bauen wollen, schreiben Sie mir, und Ihr guter Freund Mr. Ferry wird dafür sorgen, daß das Holz an Bord des nächsten Schiffes ist, das nach Galveston Bay ausläuft.«

»Davon hätten wir nicht viel, denn wir leben in der Nähe von Matagorda.« Der Bankier lachte und sagte, er müsse unbedingt einmal nach Texas fahren, denn er sei überzeugt, daß das Land einmal zu einem wichtigen Handelszentrum der amerikanischen Union werde.

»Es gehört aber zu Mexiko«, sagte Macnab.

»Im Augenblick noch«, gab der Bankier zurück, und wo Finlay auch hinkam, er fand überall in New Orleans die gleiche Einstellung, so als ob die Leute in Louisiana spürten, daß ihr westlicher Nachbar in Kürze ein Teil der Vereinigten Staaten sein werde.

Die letzten Tage ihres Besuches in New Orleans wurden von der Entdeckung überschattet, daß Benito Garza und seine zwei Verwandten plötzlich fort waren. Drei Tage lang versuchten die Macnabs, sie zu finden, und erfuhren schließlich nur, daß Benito, über Ferry fluchend, zusammen mit seinen beiden Cousins nach Texas zurückgeritten war.

Wieder im Hotel, sagte Otto zu seinem Vater: »Erinnerst du dich, wie Mr. Ferry ihnen das Geld hingeschmissen hat, als ob sie nicht gut genug wären, mit uns zu essen? Ich kann es Benito nicht verdenken, daß ihm der Kragen geplatzt ist.«

Die Macnabs kehrten nach Victoria zurück. Benito begrüßte sie, als ob nichts gewesen wäre. Finlay gab ihm die Hand und sagte: »Es tut mir leid, daß Mister Ferry dich so schlecht behandelt hat.«

»Gringos! Was kann man von denen schon anderes erwarten?«

Da die meisten Pferde der Macnabs in New Orleans verkauft worden waren, hatte Zave sie durch neue ersetzt. Otto bemerkte sofort, daß einige von ihnen fremde Brandzeichen trugen. Eines Tages nahmen zwei von De Leóns Leuten den Jungen beiseite und warnten ihn: »Dein Freund, dieser Señor Campbell, soll sich vorsehen. Die Anglos hier in der Gegend haben von seinen Diebereien die Nase voll, und wenn er damit nicht aufhört, wird ihm etwas Unerfreuliches zustoßen.«

Otto hielt es für nötig, seinem Vater von dem Gespräch zu berichten, und diesmal nahm Finlay die Sache ernst. Doch als er Zave Vorwürfe machte, drehte dieser den Spieß um, indem er Finlay beschuldigte, ihm seinen Anteil am Gewinn vorenthalten zu haben: »Du hast ein Geschäftchen mit Ferry gemacht, das dir Nutzen bringt, aber mir nicht.«

Macnab versuchte ihm zu erklären, was eine Einlage in einer Bank bedeutete und daß man Zinsen dafür bekam, aber der dickköpfige Rotschopf verstand das nicht und beschuldigte seinen Freund lauthals, ihn übers Ohr gehauen zu haben.

Das wiederum ärgerte Macnab derart, daß er Campbell wütend mitteilte, er und Otto würden sich ihr eigenes Balkenhaus bauen. »Fort mit Schaden!« brüllte Zave. Otto war zu Tode erschrocken. Er hatte María lieben gelernt und konnte sich ein Leben ohne sie nicht mehr vorstellen. Auch seine Stiefmutter, Josefina, war eine gute, heitere Frau, aber María war die erste gewesen, und für Otto blieb sie die Urheberin seines Glücks. Als er es rundweg ablehnte, sich von ihr zu trennen, hörte das Geschrei endlich auf, und der Streit konnte geschlichtet werden.

Otto liebte Mexikaner wie María und respektierte ihre Wertvorstellungen, die sich oft stark von den seinen unterschieden. Er sah, daß die Mexikaner ein unkompliziertes, im Grunde eintöniges Leben führten, das aber im Einklang mit der Natur stand; Texikaner wie sein Vater dagegen hatten sich zahlreiche Pflichten auferlegt und lebten ständig in Spannung. María folgte den uralten Traditionen des Katholizismus: Für sie waren die Heiligen und die Jungfrau Maria so wirklich wie die Leute auf der benachbarten Hazienda; er, Otto, würde stets ein Presbyterianer sein und die strengen Vorschriften dieses Glaubens zu befolgen, die unbarmherzigen Strafen zu gewärtigen haben. Er erlebte oft, wie amerikanische Einwanderer zugaben, daß Marías Einstellung zum Leben sie zweifellos innerlich gelöst, warmherzig und menschlich sein ließ. Aber mehr als einmal mußte Otto auch hören, wie Mexikaner beschuldigt wurden, durchtriebene, unzuverlässige Menschen zu sein, wenn sie im Dienst anderer standen, und grausam, wenn sie die Herren waren, und daß Marías Tugenden sich zum Beispiel bei Benito ins Gegenteil verkehrten. Auch Ottos Vater hatte den Mexikanern einiges vorzuwerfen: »Sie stehen unter der Fuchtel der Pfaffen. Sie ziehen ihre Kirche in Lebensbereiche hinein, in denen sie nichts zu suchen hat. Genauso wie ihre schwache Regierung können sich die Mexikaner nie auf eine bestimmte Handlungsweise einigen und sie für die Dauer einer Generation durchziehen; schon die geringste Panne bringt sie vom Kurs ab, und an der nächsten Ecke wartet eine neue Revolution.« Widerstrebend kamen die Macnabs allmählich zu dem Schluß, daß es sich besonders bei Benito Garza um keinen sehr angenehmen Zeitgenossen handelte und daß seine Chancen, zusammen mit den eingewanderten Amerikanern ein harmonisches Leben zu führen, nicht eben sehr groß waren.

Otto war noch nicht reif genug, um es zu begreifen. Die neuen Siedler erwarteten von Benito, daß er sich wie ein Amerikaner benahm, während er und die anderen Mexikaner, die Tejas seit einem Jahrhundert bewohnten, von den Amerikanern erwarteten, daß sie sich der mexikanischen Lebensweise anpaßten – ein unauflöslicher Widerspruch.

Die Großzügigkeit, die Finlay in der Bank in New Orleans impulsiv gezeigt hatte, ließ ein ernstes Problem auf ihn zukommen. Als nämlich die Bank in Baltimore Mrs. Berta Macnab davon in Kenntnis setzte, daß ihr Mann in Texas seinen Töchtern eine größere Summe überwiesen hatte, verstand sie das als Zeichen einer Aussöhnung und redete sich ein, Finlay brauche sie und die beiden Mädchen. Sie war des Alleinseins müde und buchte eine Passage nach New Orleans und von dort weiter nach Victoria.

So kam es, daß an einem Herbsttag des Jahres 1833 ein Bote zu Campbells Posada geritten kam – die Männer waren gerade nicht daheim – und eine Nachricht überbrachte: »Eine Dame, die sich Mrs. Macnab nennt, ist in Linnville an Land gegangen und möchte, daß wir sie hierher bringen.«

Ganz ruhig schloß Otto die Tür, denn seine Stiefmutter sollte nichts hören. »Was will sie?« fragte er dann.

»Sie hat mir gesagt, sie möchte ihrem Mann die Hand reichen. Sie ist gekommen, um wieder mit euch zusammenzuleben.« Otto nahm diese Mitteilung schweigend zur Kenntnis. Der Bote deutete mit dem Daumen auf die Tür, hinter der Josefina ein Liedchen sang, und fragte: »Und was ist mit der?«

Otto überlegte lange. In Anbetracht der Tatsache, daß sich seine echte Mutter jetzt in seiner Nähe und nicht mehr im fernen Baltimore aufhielt, gewann er ein durchaus positives Bild von ihr; er erinnerte sich, wie sie ihm jeden Morgen eine Schüssel Haferflocken mit Butter, Rahm und viel Zucker ans Bett gebracht hatte. Sie war eine liebevolle Mutter gewesen, und es hatte ihm weh getan, als er sie verlassen mußte. Doch ihr schattenhaftes Bild wurde von dem der wundervollen Mexikanerin abgelöst, die er als seine neue Mutter angenommen hatte und die er von ganzem Herzen und auf eine andere Art liebte. Um jeden Preis wollte er ihr und ihrer Schwester Kummer ersparen. Er bestieg ein Pferd und begleitete, ohne den beiden Frauen ein Wort davon zu sagen, den Boten nach Victoria zurück. Seine unwillkommene Mutter hatte man im Kramladen abgesetzt. Überrascht sah er, daß seine zwei Schwestern, hübsche blonde junge Damen, sie begleitet hatten. Berta Macnab wollte ihren Sohn umarmen, aber er wich zurück.

»Ihr müßt wieder nach Hause fahren«, sagte er.

»Aber das wird jetzt unser Zuhause sein, Otto. Es war falsch von uns, dich und Vater wegzuschicken.«

»Du hast uns nicht weggeschickt. Wir sind von allein gegangen. Ihr müßt zurück. Wir haben hier keinen Platz für euch.«

»Du und dein Vater, ihr braucht uns doch, Otto. Deine Schwestern und ich sind den ganzen weiten Weg gekommen, um mitzuhelfen.«

»Texas würde euch nicht gefallen.« Seine Härte trieb den Mädchen Tränen in die Augen. Otto begann sich zu schämen.

»Bring sie doch auf die Farm hinaus«, riet ihm einer der Männer in dem schäbigen Laden. »Früher oder später werden sie es ja doch erfahren.«

Mrs. Macnab fragte. »Was sollen wir erfahren?«

Der Mann zuckte die Achseln. »Man wird Ihnen noch früh genug Bescheid geben, Lady.«

Der einzige Wagen, den es in Victoria gab, wurde angespannt. Otto, der wußte, daß eine Katastrophe bevorstand, war entschlossen, jede nähere Berührung mit der unwillkommenen Verwandtschaft zu vermeiden. Wie ein Page, der Damen in ein Schloß geleitet, ritt er vor dem Wagen her und weigerte sich, ein Wort mit den Insassen zu wechseln. Als das Balkenhaus in Sicht kam, galoppierte er voraus und brüllte: »He, Poppa!«

Finlay und Zave waren jetzt daheim. Sie hörten Otto rufen; es klang, als bräuchte er Hilfe. Sie eilten auf die Veranda hinaus und blieben dort stehen, während Otto die drei Frauen ablieferte. Und weil er nicht wußte, wie er die Situation beschreiben und wie er das Wort »Mutter« gebrauchen sollte, sagte er einfach: »Sie sind da.«

Berta Macnab brach in Tränen aus, als sie auf ihren Mann zulief. Die beiden Mädchen, genauso verlegen wie ihr Bruder, standen verschüchtert dabei. Macnab war sprachlos, und es blieb Campbell überlassen, wenn auch nur widerwillig, Artigkeiten zu erweisen. »Sie, Madam, und auch ihr Mädchen, setzt euch.« Er brachte drei Stühle heraus, um zu vermeiden, daß die Gäste das Haus betraten. María aber, die die lauten Stimmen gehört hatte, kam zur Tür. »Meine Frau María«, sagte Zave hastig und zischte seiner Frau zu: »Dios! La esposa de Finlay!«, worauf María, die nur an ihre Schwester Josefina dachte, aufschrie: »Quién es esta?« Als Josefina, vom Lärm angelockt, auf die Veranda gelaufen kam, stürzte Otto auf sie zu, schlang seine Arme um sie und rief: »Das ist jetzt meine Mutter!«

Berta und ihre Töchter brauchten eine kleine Weile, um zu begreifen, daß Josefina Garza legal mit Finlay Macnab verheiratet war – oder vielleicht auch nicht so legal, denn Berta erklärte ihrem Mann, daß sie entschlossen war, ihn ins Gefängnis werfen zu lassen. Zave tat sein Bestes, um sie zu beschwichtigen, und wies darauf hin, daß Baltimore weit weg von Texas war und daß ein Mann, der ein neues Leben begann, wie das viele Amerikaner in Texas taten, oft alle Verbindungen mit seinem früheren Leben auflöste.

»Ich nehme an, Sie haben auch noch irgendwo eine Frau... oder irre ich mich?«

»In Kentucky, Ma'am.«

»Und wartet sie dort auf Sie?«

»Ja, das tut sie wohl.« Macnab und sein Sohn brachten den Mund nicht zu, denn Campbell hatte ihnen immer erzählt, daß seine Frau gestorben sei.

María trat an die Seite ihres Mannes; sie konnte genug Englisch, um den letzten Dialog verstanden zu haben. Campbell legte seinen Arm um sie: »Jetzt ist sie meine Frau.«

Josefina stellte sich neben Finlay, und die zwei Paare mit ihrem gemeinsamen Sohn Otto bildeten eine geschlossene Front gegen die Frauen aus Baltimore.

»Ich lasse euch alle ins Gefängnis werfen!« explodierte Berta.

Campbell konterte: »Da werden Sie aber ein großes Gefängnis brauchen, wenn Sie alle Männer in Texas meinen, die wieder geheiratet haben!«

Macnab hielt sich aus dem Streit heraus. Er war schon einmal vor Berta geflohen und dachte nicht daran, sich sein Leben ein zweites Mal von ihr komplizieren zu lassen. Seinen Töchtern wünschte er nur das Beste – und hatte es ja auch bewiesen, als er ihnen seinen halben Gewinn schickte –, aber er wollte sie nicht in Texas haben. Mit Josefina Garza war er glücklich, und daran sollte sich nichts ändern. Außerdem war er sicher, daß Berta die Einsamkeit eines Balkenhauses, wie er es zu bauen plante, kaum länger als eine Woche aushalten würde. Campbell schob die drei Besucherinnen sanft, aber bestimmt auf den Wagen zu und empfahl ihnen, nach Baltimore zurückzufahren. Da sowohl Finlay als auch Otto sich weigerten, sie nach Victoria und weiter nach Linnville zu begleiten, wo sie das nächste Schiff zurück nach New Orleans besteigen konnten, erklärte Zave sich dazu bereit.

Gedemütigt und entsetzt über die Öde Texas' machten sich die Frauen auf den Weg.

In Victoria angekommen, verlangte Berta unverzüglich einen katholischen Priester zu sehen, denn sie beabsichtigte Macnab und Campbell wegen Bigamie anzuzeigen. Aber natürlich war kein Priester da; bis Goliad waren es vierzig Kilometer. Und die mexikanischen Behörden wollten sich in das Gezänk nicht einmischen – zumal da die Beschwerdeführerin eine Anglo und die Frauen, die sie verurteilt sehen wollte, gute Mexikanerinnen namens Garza waren. Berta Macnab mußte Victoria unverrichteter Dinge verlassen.

Zave Campbell wartete mit den Damen auf das Eintreffen des nächsten Seglers, aber zu seiner Überraschung war das Schiff diesmal ein Dampfer, der die Passage in die Matagorda Bay so mühelos bewältigte, als wäre die Durchfahrt zwanzig Kilometer breit: »Donner und Blitz! Die Zivilisation hält Einzug in Texas!«

Noch während er sich in Linnville aufhielt, kamen weiße Siedler aus Victoria, die einen Suchtrupp gebildet hatten, zu Campbells Balkenhaus und verlangten neun Dollar von Macnab. Unter den Pferden, die er nach New Orleans getrieben hatte, so behaupteten sie, seien einige gewesen, die das Brandzeichen ihrer Familie getragen hätten.

Finlay erklärte wahrheitsgemäß, daß ihm sämtliche Tiere von Campbell und Garza angeliefert worden seien; das schien den Männern zu genügen. »Das haben wir uns gedacht«, sagte einer; sie kassierten die neun Dollar und ritten zufrieden davon.

Am Tag nach seiner Rückkehr aus Linnville, am 10. November 1833, ritt Zave nach Süden, um eine Handelskarawane von jenseits des Rio Grande abzufangen und die Kaufleute zu überreden, ihre Waren ihm statt dem Ladenbesitzer in Victoria zu verkaufen. Sicher werde er am Abend des folgenden Tages wieder daheim sein, sagte er den Macnabs, aber er kam nicht. Die Männer in der Gegend waren es jedoch gewohnt, unterwegs zu übernachten, und so war niemand über Zaves Fortbleiben beunruhigt.

Am nächsten Morgen, kurz vor Tagesanbruch, als Finlay gerade aufstand, hörten er und Josefina verdächtige Geräusche und dann das Knarren einer Tür, so als ob sich jemand aus dem Balkenhaus hinausgeschlichen hätte. Kurz darauf tönte der durchdringende Schrei eines Tieres oder eines Menschen, man konnte es nicht unterscheiden. Finlay stürmte hinaus. Unter der großen Eiche, die sich neben dem Haus erhob, stand Otto und hielt die schweren Beine Zave Campbells hoch, den man an einem der unteren Äste aufgeknüpft hatte.

»Poppa! Hilfe!«

Noch bevor Finlay den baumelnden Körper erreicht hatte, war María herangelaufen und half Otto, Zave hochzuhalten. Das Gesicht ihres Mannes hatte sich bereits bläulich verfärbt.

»Señor Finlay! Ayúdeme!«

Es gelang Finlay nicht, den Knoten zu lösen, der seinen Freund zu erwürgen drohte. Während er noch verzweifelt daran herumfummelte, lief Otto ins Haus, ergriff eine Vogelflinte und legte sie auf den Strick an. Er feuerte, der Strick riß, und Campbell stürzte zusammen mit María und Finlay zu Boden.

Otto zerrte den Knoten auseinander. Langsam verschwand die bläuliche Farbe aus Zaves Gesicht. Nach einer Weile flüsterte er heiser: »Danke, mein Sohn.«

Man erinnerte sich noch lange an diese Nacht – die Nacht, »als sie versuchten, den Viehdieb Zave Campbell zu hängen«.

Der Sonderstab

Ein einziges Mal war unsere Runde nicht vollständig: bei der Novembertagung in Amarillo. Ransom Rusk war mit einer Gruppe von texanischen Jägern zu einer Safari nach Afrika geflogen; er entschuldigte sich für sein Fernbleiben damit, daß diese Partie schon vor drei Jahren geplant worden sei.

Ich bedaurte seine Abwesenheit, denn seine starke Persönlichkeit war stets eine wichtige Hilfe für uns gewesen, wenn wir anfingen, unseren sachverständigen Besuchern Fragen zu stellen; es ist wirklich erstaunlich, wie die kurze Frage eines Milliardärs eindringlicher zu wirken scheint als die lange eines Professors. Auch trug Rusk zu dem Bild von Texas, das wir der Öffentlichkeit präsentierten, die nötige Farbe bei, während Quimper, der sich wie ein Fernsehtexaner kleidete und auch so redete, unseren Tagungen einen Touch von Oberflächlichkeit gab, der einfache Gemüter zu der Annahme verleiten konnte, wir seien nicht mehr als eine Alt-Herren-Runde. Es war unserem Image zuträglich, die Öffentlichkeit sehen zu lassen, daß auch Rusks nüchterner Sachverstand ein Teil des wirklichen Texas' war.

Als unsere Assistenten uns mitteilten, daß das Thema für unsere Tagung in Amarillo *Anomie in Texas* lauten und die Vortragende Professor Helen Smeadon von Texas Tech in Lubbock sein werde, sagte ich. »Ich weiß nicht, was das Wort bedeutet, und ich wette, die anderen wissen es auch nicht.« Telefongespräche bestätigten meine Vermutung, und ich bat die jungen Leute, eine Definition auszuarbeiten und sie uns vor den Gesprächen zukommen zu lassen:

Anomie (französisch) oder *anomy* (englisch). Ein vom französischen Gelehrten Emile Durkheim geprägter soziologischer Terminus. 1. Zusammenbruch der sozialen Strukturen, die eine bestimmte Gesellschaft kennzeichnen. 2. Zustand abweichenden Verhaltens einer Klasse oder eines Individuums auf Grund eines solchen Zusammenbruchs. 3. Starke innere Verwirrung, die sich in antisozialem Verhalten äußert.

Erkennbar an einem Gefühl der Entwurzelung und der Mißachtung jener, die sozial-moralischen Leitideen folgen. Zu beobachten 1. in Zeiten radikaler Veränderungen; 2. während des Übergangs von einer Gesellschaftsform zu einer anderen; 3. als Folge eines Todesfalls oder einer Scheidung in einer Familie; 4. als Folgeerscheinung einer schweren körperlichen oder geistigen Krankheit. Ein üblicher Anlaß zum Aufbruch in Grenzlandgesellschaften oder die Folge eines solchen Aufbruchs. Extremstes Symptom: Selbstmord.

Es sah mir ganz so aus, als ob es da eine ganze Menge zu diskutieren geben würde.

Als wir in Amarillo landeten, war es bitter kalt. In der gemütlichen Flughafenbar trafen wir Frau Dr. Smeadon. Ich erkannte sofort: Diese Frau weiß, was sie tut. Die etwa vierzigjährige, großgewachsene, humorvolle Dame, die, wie mir schien, immer offen ihre Meinung sagte, antwortete auf meine Frage: »Studium an der SMU, akademische Grade an den Universitäten Chicago und Stanford erlangt, Forschungstätigkeit an der Sorbonne, wo ich mich unter Raymond Aron auf die Analyse der Anomie spezialisierte.«

Sie kam gleich zur Sache: »Wer darauf aus ist, das Texanertum zu erfassen, muß sich darüber klarwerden, für welche der folgenden vier Charakterisierungen der amerikanischen Einwanderer er sich entscheidet: Waren die Neuankömmlinge Verbrecher auf der Flucht vor der Justiz oder Halunken auf der Flucht vor Geldeintreibern oder rastlose Durchschnittsmenschen oder starke Persönlichkeiten, die der Ostküste oder auch Europas müde waren und die Vision einer besseren Welt hatten, die sie vielleicht würden errichten können?«

Nur selten hatte ich die Alternativen so deutlich formuliert gehört, und die darauffolgende Analyse zwang uns, unsere Vorurteile auszusortieren: »Wenn wir uns die Zeugnisse der Vergangenheit ansehen, insbesondere die Tagebücher, finden wir Belege für fast alles, was wir gern glauben möchten. Nehmen wir den Bericht Víctor Ripperdás aus Nacogdoches an seine Vorgesetzten in Mexico City im Jahre 1824:

Seit drei Jahren diene ich jetzt in dieser gottverlassenen Stadt und habe in dieser Zeit eine unaufhaltsame Flut von Amerikanern beobachtet, die sich hereinschleichen, um unsere Grenzprovinz an sich zu reißen. Die Hälfte aller, die über den Strip kommen, sind Mörder auf der Flucht vor dem Henker. Die andere Hälfte hat ihre Arbeitgeber bestohlen. Viele waren richtige Piraten, die mit Jean Lafitte gekämpft haben, der jetzt die Küsten Yucatáns unsicher macht, oder mit Philip Nolan, als er versuchte, uns Tejas zu rauben, und von unseren Truppen erschossen wurde.

Die Bemühungen der Vereinigten Staaten, unser Land von Verbrechern besiedeln zu lassen, ließen sich als amüsante Episode abtun, wenn sie nicht so gefährlich wären. Wenn weiterhin solches Pack ins Land strömt, wird es Ärger geben.

Das ist eine vernichtende Beurteilung unserer Vorfahren, aber wir müssen diese Aussage gegen die Aufzeichnungen des guten Vater Clooney abwägen, der dieselben Immigranten beobachtet haben muß, über die der mexikanische Beamte ein so strenges Urteil fällte:

Ich gebe zu, daß ich in diesen Regentagen, während wir den berüchtigten Strip überquerten, gewisse Befürchtungen hegte: Was das wohl für Menschen waren, die in meinem großen Pfarrbezirk lebten? Schließlich hatte ich bei mehreren Hinrichtungen durch den Strang meines Amtes walten müssen. Doch als ich die Siedler an den drei Flüssen kennenlernte, kam ich zu dem Schluß, daß es unter ihnen genauso viele Halunken gab wie in Irland und eher weniger als in New Orleans.

Von gelegentlichen Schießereien und den wenigen Leuten abgesehen, die sich ihren Verpflichtungen entzogen, sind sie mir als warmherzige, großzügige Männer in Erinnerung geblieben, die ihre Rechte zu wahren wußten, gerne heirateten, ihre Frauen achteten und ihre Kinder zu guten Christen erzogen. Es war mir eine Freude, unter ihnen zu dienen, und ich habe große Hoffnungen für das Land, das sie aufbauen.

Daß die Siedler Durchschnittsmenschen waren, bestätigt auch Mattie Quimper in der kurzen Zusammenfassung über die Tage an der Fähre, die ihren Namen trug:

Nur wenige versuchten die Fähre zu benützen, ohne zu bezahlen, und wenn sie es versuchten, wurden sie von anderen, nicht von mir, gezwungen, eine Gebühr zu entrichten; eine Frau zu bestehlen wäre unfair, meinten sie. Vielen Hunderten, die unseren Gasthof besuchten, bot ich eine Schlafstätte und Verpflegung, und abgesehen von einem gelegentlichen Totschlag oder einer Schießerei, wenn sie zuviel getrunken hatten, benahmen sich die Männer tadellos. Es waren harte, aber auch gute Zeiten, und für mich war der Unterschied zwischen der mexikanischen und der texikanischen Regierung nicht sehr groß. Sie waren beide ziemlich anständig.

Und Sie erinnern sich bestimmt auch an Finlay Macnabs Einschätzung seiner Mitreisenden auf dem Schiff – es war im Oktober 1831, für ihn waren sie solide Bürger mit überdurchschnittlicher Bildung. Unter den dreißig Erwachsenen gab es keine Verbrecher, und keiner war von der Justiz gezwungen worden, sein Heim an der Ostküste zu verlassen. Er wies zwar auf zwei Schwächen hin – viele hatten ihre Familien verlassen, und die meisten hatte eine Schwäche für Alkohol –, aber im großen und ganzen war Stephen Austins Prahlerei in seinem Brief an Macnab aus dem Jahre 1829 gerechtfertigt:

Ich kann Ihnen versichern, Mr. Macnab, daß die Bürger von Texas nicht weniger verantwortungsbewußt und gesetzestreu sind als die von Cincinnati und daß wir in dieser Kolonie keine Rohlinge dulden werden.«

Dr. Smeadon verbrachte noch etwa zwanzig Minuten damit, uns Auszüge aus anderen Dokumenten vorzulesen. Als sie damit zu Ende war, schwirrte uns der Kopf. Lorenzo Quimper sprach es auch aus: »Und was machen wir jetzt? Werfen wir eine Münze hoch?«

»Nein«, entgegnete Dr. Smeadon, »wir suchen nach einer Theorie, mit deren Hilfe die Widersprüche erklärt werden können.«

»Das muß aber eine geniale Theorie sein! Jean Lafitte und Vater Clooney in einem Paket!«

»Aber da gehören sie ja auch hin, da gehören wir alle hin: in ein großes Paket.

Die Theorie, die viele der scheinbaren Widersprüche aufklärt, ist die Anomie. Die Definition, die Ihre Assistenten für Sie vorbereitet haben, stimmt genau. Anomie ist der Gemütszustand, in den wir geraten können, wenn wir aus einer vertrauten Umgebung gerissen und in eine fremde neue gestoßen werden. Die zwei Schlüsselwörter für mich sind zunächst *Desorientiertheit* und, wenn diese lange andauert, *Entfremdung*.

Ich versichere Ihnen, Mr. Quimper, daß ich keine vorgefaßte Meinung zu der Frage habe, ob unsere Urururgroßväter Verbrecher oder Rowdies oder hochgebildete Gentlemen waren. Mich interessiert lediglich: Wie haben sie sich verhalten? Was haben sie im Grunde getan? Und wenn ich mir die Informationen ansehe, die uns zur Verfügung stehen, muß ich zu dem Schluß kommen, daß die meisten unter Anomie zu leiden hatten. Sie wurden aus einer vertrauten Umgebung gerissen. Sie gaben ihren gesicherten Rang in der Hackordnung auf. Und sie sahen sich Hals über Kopf in eine neue Umgebung geworfen, in der sie über keinerlei Einfluß verfügten. Jetzt setzt die *Desorientiertheit* ein, und sie kann sich als katastrophal erweisen. Sehen Sie sich bitte einmal die letzten zwei Wörter der Definition an, die Sie von Ihren Assistenten bekommen haben. ›Extremstes Symptom: Selbstmord.‹ Ist Ihnen schon einmal aufgefallen, wie viele führende texanische Bürger sich in den frühen Tagen unseres Staates das Leben genommen haben? Anson Jones, der letzte Präsident der Republik Texas, war ein Selbstmörder. Thomas Rusk, Senator der Vereinigten Staaten aus Texas und vielleicht der tüchtigste Mann seiner Zeit, ein möglicher Kandidat für die Präsidentschaft der Vereinigten Staaten – Selbstmord. Und Manuel de Mier y Terán, der fähigste mexikanische Beamte, der je nach Norden geschickt wurde, auch er hat sich das Leben genommen.«

»Was könnte man daraus schließen?« fragte Miss Cobb. Die Antwort war kurz und bündig: »Daraus läßt sich ersehen, daß Texas eine Phase des Übergangs durchmachte, die vor allem solche Menschen anzog, die anomieanfällig waren, von denen sich auf Grund ihrer anhaltenden Desorganisation dann viele umbrachten.«

Sie präsentierte zusätzliches Material, das uns in Erstaunen versetzte: »Sehen Sie sich nur einmal die Zahl der texanischen Helden an, die ihre Ehefrauen in der alten Heimat zurückließen. Sam Houston hat es zweimal getan: Da gab es das hübsche kleine Ding in Gallatin, Tennessee, und seine prächtige indianische Frau in Arkansas. Davy Crockett verließ eines Tages sein Haus, ohne sich auch nur zu verabschieden – wenn wir der Legende glauben sollen. Ich möchte nicht wissen, wie viele von denen, die den Alamo verteidigten, ihre Frauen im Stich gelassen hatten, ohne sich der Formalität einer Scheidung zu unterziehen.« Sie kicherte. »Wußten Sie eigentlich, daß eines der ersten Gesetze, die für die neue Nation Texas erlassen wurden, die Bigamie ab 1836 dann unbestraft ließ, wenn der eingewanderte Mann eine lange Trennung von seiner legalen Frau, die im Osten zurückgeblieben war, nachweisen konnte? Man ging dann davon aus, daß de facto eine Scheidung stattgefunden hatte und daß die texanische Frau legal verheiratet war. Auch wurden die Kinder nicht als außerehelich angesehen. Dieses Gesetz war notwendig geworden, weil sonst in einigen Gebieten ein Viertel aller Ehemänner der Bigamie hätte beschuldigt werden müssen. Nun, wie reimen Sie sich das alles zusammen? Diese wilde Bereitschaft zum Duellieren, die Morde auf offener Straße, die Weigerung der Geschworenen, einen Angeklagten schuldig zu sprechen, und andererseits diese beharrliche, immer wiederkehrende Behauptung, Texas sei ein christlicher Staat, der sich an die höchsten sittlichen Prinzipien halte?«

Nachdem wir unsere Unwissenheit, aber auch unsere Entschlossenheit bekundet hatten, den Ruf unseres Staates zu wahren, reagierte sie ganz ruhig: »Die beste Erklärung ist wohl die, daß die damalige Situation in Texas, die Unfähigkeit der mexikanischen Regierung, Beständigkeit zu erlangen, und die Ungewißheit, ob Texas sich der amerikanischen Union anschließen würde oder nicht, einen fruchtbaren Boden für die Entwicklung der Anomie abgaben.«

Nach einer längeren Diskussion, in deren Verlauf wir vieles an ihrer Erklärung kritisierten, sagte sie: »Als nächstes möchte ich Sie darauf hinweisen, daß Texas, auch nachdem es sich der Union angeschlossen hatte, besondere Freiheiten genoß, die den anderen Staaten verwehrt waren. Texas hatte das Recht, sich, wann immer es wollte, in fünf Staaten aufzuteilen. Es durfte Staatsländereien behalten, die andere Staaten der Bundesregierung überlassen mußten. Und noch in vielen anderen Dingen ist Texas seinen eigenen Weg gegangen. Ich bin allerdings nicht sicher, ob es dabei konstruktive Erfahrungen gemacht hat. Gar nicht sicher.«

»Was wollen Sie damit sagen?« donnerte Quimper. »Diese Erfahrungen bilden das Rückgrat unseres Staates!«

»Und sie sind einer der Hauptgründe für den texanischen Neurotizismus.«

»Wollen Sie damit sagen, daß wir alle ein Haufen Neurotiker sind?«

»Nun, ich selbst bin ohne Frage neurotisch, und ich nehme an, wenn wir uns lange genug miteinander unterhielten, würde ich auch an Miss Cobb etwas Neurotisches finden – und zwar in bezug auf bestimmte heikle Themen wie etwa den texanischen Patriotismus. Die nachhaltige Wirkung der texanischen Version der Anomie besteht darin, daß sie den Staat und seine Bürger in dem Glauben bestärkt hat, sie seien anders als alle anderen. Texas war wirklich das Ende des Weges. Wenn man in jenen Jahren Nebraska erreicht hatte, hastete man weiter nach Oregon. Wenn man Kentucky erreicht hatte, drängte man weiter nach Missouri. Aber wenn man Texas erreicht hatte, blieb man dort, denn es ging weder nach Westen noch nach Süden weiter.

Ich mag diese typisch texanische Mischung: die Träumer, die kleinen Ganoven, die gotteseifernden Prediger, die Grundstücksspekulanten. Und mein Herz schlägt für Frauen wie Mattie Quimper, die ihre Fähre Tag und Nacht in Betrieb hielt.« Sie machte eine kurze Pause. »Ich trauere um die Männer, die durch Verwicklungen, die sie nicht begreifen konnten, in die Selbstzerstörung getrieben wurden. Texas ist immer schon ein neurotisches Land gewesen, eine Brutstätte der Anomie. Aber es ist der Neurotizismus der Betriebsamkeit und des Wagemuts, und ich hoffe, daß sich das nie ändert, auch wenn der Preis manchmal tragisch hoch ist.«

VI.
DREI MÄNNER, DREI SCHLACHTEN

Der Krieg zwingt die Männer, eine ihren Moralvorstellungen entsprechende Wahl zu treffen, und je klüger ein Mann ist, desto schwieriger kann es für ihn werden, sich richtig zu entscheiden.

Als der große General Santa Ana am Morgen des 26. Januar 1836 von Saltillo aus nach Norden marschierte, um die rebellische Provinz Tejas ein für allemal zu disziplinieren, zwang dies drei Männer, Entscheidungen in einer Angelegenheit zu treffen, mit der sie sich schon seit geraumer Zeit beschäftigt hatten.

Finlay Macnab und Zave Campbell, jeder mit einer Mexikanerin verheiratet, die er liebte, gerieten in eine handfeste Loyalitätskrise. Als ganz besonders qualvoll empfand die aufkommenden Probleme Benito Garza, der unverheiratete Schwager der beiden Männer, der sich vor einen Entschluß von großer Tragweite gestellt sah: Auf welche Seite stelle ich mich?

Als loyaler Mexikaner sagte er sich: »Ich liebe México. Ich war stolz, als die wunderbare Verfassung von 1824 verkündet wurde, denn ich erkannte, daß sie einen freien Staat Tejas ermöglichte. Und ich war stolz, als Santa Ana in meinem Land die Macht übernahm, denn er versprach viele Verbesserungen.«

Doch als junger Mensch hatte er die amerikanischen Einwanderer stets willkommen geheißen, denn er begriff, daß tiefgreifende Veränderungen bevorstanden und daß vielleicht sogar eine neue Regierungsform für Tejas gefunden werden mußte. »Ich mag die Menschen aus dem Norden. Ich sah ein, daß wir ihre Vitalität brauchten, um unser leeres Land zu besiedeln, und ich stellte meinen guten Willen unter Beweis, indem ich meine zwei Schwestern an Yankees verheiratete.« Er war sogar bereit zuzugeben: »Wenn alles gutgeht, könnten wir in Tejas eine neue Nation aufbauen – halb texikanisch, halb mexikanisch.«

Aber er machte dieses Zugeständnis nicht, ohne sofort ein großes Hindernis für eine solche Koexistenz in seine Überlegungen einzubeziehen: »Diese verdammten Texikaner sind so arrogant. Sie kommen daher aus Tennessee und Kentucky, leben zwei Monate in unserem Land und wollen uns Mexikanern erzählen, wie wir uns benehmen sollen. Wissen die denn nicht, daß das seit dreihundert Jahren unser Land ist? Wenn sie Manieren hätten, würden wir es mit ihnen teilen.«

An gewissen Tatsachen konnte er allerdings nicht vorbei: »Zave Campbell? Kein Besserer ist je nach Tejas gekommen. Das gleiche gilt für Finlay Macnab. Und ich wäre froh, wenn Otto mein Sohn wäre. Wenn alle Texikaner so wie sie wären und alle Mexikaner wie ich – wir könnten einen großartigen Staat in Tejas gründen – entweder als Unabhängige oder als ein Teil Méxicos.«

Er mußte sich aber auch eingestehen: »Dem Zuzug dieser Texikaner haftet etwas Unvermeidliches an. Sie kommen in Massen nach Tejas, unsere Mexikaner tun das nicht. In den letzten zehn Jahren habe ich Hunderte aus dem Norden hier aufkreuzen sehen, aber nicht einen Mexikaner und schon gar nicht einen Spanier. Vielleicht haben die Americanos wirklich die Zukunft gepachtet. Vielleicht ist ein neuer Staat, welcher Art immer, unausweichlich.«

Diesen Überlegungen lag eine tiefgreifende Sorge zugrunde: Garza war ein mexikanischer Patriot, der sein schönes, chaotisches Land liebte und das spanische Erbe in Ehren hielt, dem seine angebetete Mutter Trinidad de Saldaña entstammte. Der bloße Gedanke, diese ruhmreiche Welt Spaniens und Mexikos unter der Unkultur Kentuckys und Tennessees begraben zu sehen, war so abstoßend, daß Garza sich einfach verpflichtet fühlte, die alten Werte zu verteidigen.

Seine Schlußfolgerung lautete: »Die einzige Kraft, die Tejas davor bewahren kann, von den Norteamericanos überrollt zu werden, ist Santa Ana. Vergiß, daß er die Verfassung von 1824 außer Kraft gesetzt hat. Vielleicht ist seine Art zu regieren die beste. Er wird diese verdammten Texikaner Mores lehren, und darum: Wenn er mich braucht, werde ich an seiner Seite stehen.« Benito Garza legte sich darauf fest, für das alte Mexiko zu kämpfen, und solange er lebte, würde er seine Haltung nicht ändern.

Während Santa Ana mit seinen Männern nach Saltillo zog, erschien Benito am 4. Januar zum letzten Mal in der Marktstadt Victoria, wo er mit einigen Mexikanern sprach, denen er vertrauen zu können glaubte. Angel Guerra machte aus seinem Herzen keine Mördergrube: »Als er die Verfassung von 1824 für null und nichtig erklärte und es verhinderte, daß wir uns selbst regierten, an dem Tag sagte ich: ›Zum Teufel mit Santa Ana! Ich kämpfe mit den Texikanern.‹« Eine überraschend große Zahl von vernünftigen Mexikanern sagte das gleiche. Santa Anas diktatorische Politik hatte sie vor den Kopf gestoßen.

Andere Männer jedoch, Elizondo Aldama zum Beispiel, vertraten eine andere Meinung: »Wenn die Texikaner an die Macht kommen, wird für die Mexikaner kein Platz bleiben. Wir werden dann immer die zweite Geige spielen müssen, denn sie haben keine Achtung vor uns.«

»Was werdet ihr nun tun?« fragte Garza vorsichtig.

»So wie er seine Leute behandelt, werde ich bestimmt nicht in Santa Anas Armee kämpfen, aber ich werde hier in meinem Haus bleiben und für seinen Sieg beten.« Viele teilten seine Einstellung.

Einige Männer nahmen Garza zur Seite. »Wir wissen, daß du dich Santa Ana anschließen willst. Er wird es diesen Yankees schon zeigen. Sag ihm, wenn er mit Béjar fertig ist und hierherkommen will, wird er Hunderte von uns vorfinden, die nur darauf warten, ihm zu helfen.« Garza hatte den Eindruck, daß die Mehrheit der in Victoria ansässigen Mexikaner so dachte.

Er lernte zwei junge Männer kennen, die darauf brannten, sich der mexikanischen Armee anzuschließen. »Morgen bei Sonnenaufgang reite ich nach Béjar«, sagte er zu ihnen. »Drei Kilometer westlich von Macnabs Anwesen, wo die Straße sich teilt, warte ich auf euch.«

Es war Nachmittag geworden, Garza ritt gemächlich in Victoria umher und verabschiedete sich von einer Stadt, die er liebgewonnen hatte. Da und dort auf den holprigen Straßen befielen ihn Gewissensbisse, wenn er daran dachte, daß er an einem Krieg teilnehmen wollte, der katastrophale Folgen für Victoria haben konnte.

Nicht die alteingesessenen Texikaner waren die Aufwiegler – Austins berühmte Dreihundert, die frühesten Anglo-Siedler, waren es zufrieden, mexikanische Bürger zu bleiben –, sondern Männer, die weniger als zwei Jahre in Tejas gelebt hatten, hetzten zum Krieg. »Und jetzt«, dachte Garza grimmig, »werden wir ihnen ihren Wunsch erfüllen: Sie sollen den Krieg haben.«

Er erreichte Campbells Haus und wanderte in der Dämmerung noch ein wenig am Ufer des Guadalupe entlang; er dachte darüber nach, wie sehr er die drei Männer schätzte – Macnab, Campbell und Otto –, wie er ihnen vertraut und mit ihnen gearbeitet hatte, wie er ihnen geholfen hatte, ihr Haus zu bauen, und wie wichtig es ihm gewesen war, den Jungen mit den Bräuchen seiner Heimat vertraut zu machen. Sollte er sie vor der Gefahr warnen, die ihnen drohte? Er unterließ es, weil er fürchtete, daß er damit seine eigenen Pläne aufs Spiel setzen könnte. Beim Essen aber platzte er unvermittelt heraus: »Ich glaube, wir befinden uns alle in großer Gefahr. Ich glaube, Santa Ana wird Béjar einnehmen und innerhalb eines Monats Victoria erreichen. Ich bitte euch, seid vorsichtig.«

»In diesem Augenblick«, erzählte Macnab später, »wußte ich, daß er sich Santa Ana anschließen würde.«

Während die zwei Mexikaner im Morgengrauen des 5. Januar an der Straßengabelung auf Benito warteten, stand Otto, der geahnt hatte, was passieren würde, in der Nähe, um zu sehen, wie die drei Verschworenen davonritten. Garza wußte nicht, daß Otto ihm, seinem Freund, zum Abschied winkte, als die Sonne über Victoria aufging.

So schnell sie konnten, ritten die drei Mexikaner nach dem etwa hundertsiebzig Kilometer im Nordwesten gelegenen Béjar, wo große Verwirrung herrschte. In der Stadt breiteten sich hartnäckig Gerüchte aus, denen zufolge General Santa Ana mit einer Armee von Tausenden auf Tejas marschierte und texikanisches Militär bereits damit begonnen hatte, das einzige verteidigungsfähige Gebäude in Béjar zu inspizieren, den Alamo, wie man die Ruinen der alten Mission auf der Ostseite des Flusses nannte. Da dieser offensichtlich das Herzstück der texikanischen Verteidigung sein würde, nahm Garza ihn sorgfältig unter die Lupe, soweit er das tun konnte, ohne den Verdacht der Männer zu erwecken, die das Gebäude bewachten.

Er stellte fest, daß es eine geräumige, in nord-südlicher Richtung verlaufende Anlage mit massiven Adobemauern war, groß genug, um Hunderte von Rindern und Tausende von Kämpfern in sich aufzunehmen. Alte Bauten säumten die Innenseite einiger der Mauern. Mit einem entschlossenen Angriff konnte der Alamo zweifellos genommen werden – aber wenn Verteidiger aus Kentucky und Tennessee mit ihren großkalibrigen Gewehren die Mauern besetzt hielten, die Einnahme nur unter großen Opfern erfolgen. Aber im Alamo befanden sich nicht Tausende von Kämpfern, sondern nur einhundertzweiundvierzig.

Die Stärken und Schwächen beider Seiten abwägend, zog Garza den Schluß: Mit einem entschlossenen Angriff läßt sich der Alamo in drei oder vier Tagen erobern.

Am 13. Januar kehrte er der behelfsmäßigen Festung den Rücken und ritt durch die Straßen der Stadt, um festzustellen, ob dort irgendwelche Texikaner stationiert waren. Ein prominenter Texikaner, der jetzt zweiundsiebzigjährige Mordecai Marr, wohnte im Veramendi-Haus; er stellte aber keine Gefahr dar, denn seine Frau Amalia hatte ihn zu einem waschechten Mexikaner gemacht. Auch das ehemalige Saldaña-Haus an der Plaza beherbergte keine Anglos.

Noch am gleichen Tag, bei Einbruch der Dämmerung, verließ Garza Béjar. Er ritt am Rancho El Codo vorbei, der einst den Saldañas und später den Veramendis gehört hatte und jetzt Eigentum der Marrs war, und nahm Richtung auf San Juan Bautista, das jetzt Presidio del Río Grande hieß; von dort ging es nach Monclova und weiter nach Saltillo.

Bevor er diese hübsche kleine Stadt jedoch erreicht hatte, kamen am Morgen des 27. Januar 1836, Staubwolken aufwirbelnd, die Vorreiter von Santa Anas Armee auf dem Weg nach Norden herangeprescht.

Garza gab seinem Pferd die Sporen, ritt den sich nähernden Reitern entgegen und rief ihnen schon von weitem zu: »Ich muß mit General Santa Ana sprechen... sofort!«

»Wer sind Sie?« fragte ein Offizier.

»Ein loyaler Mexikaner mit Informationen von großer Wichtigkeit.«

Er trat so selbstbewußt auf, daß man ihn sofort zum General führte. Zum erstenmal sah er El Salvador de México, den großen Santa Ana, einen imponierenden Mann, einundvierzig Jahre alt, großgewachsen, mit dunkler Gesichtsfarbe und sehr schwarzem Haar, von dem ihm Strähnen in die Stirn fielen. Selbst auf einem Marsch wie diesem war Santa Ana in höchst extravagante Uniformen gekleidet, und eine wahre Flut von Orden schmückte seine Brust.

Garza verneigte sich vor dem Kommandeur: »Exzellenz, ganz Tejas ist überglücklich darüber, daß Sie gekommen sind, uns zu retten.«

»Ich danke Ihnen. Wie heißen Sie?«

»Benito Garza aus Victoria.«

»Und wie sieht es dort aus?«

»Die Norteamericanos verachten uns. Die Mexikaner beten für Ihren Sieg.

»Ihre Gebete werden erhört werden.«

Wer war dieser charismatische Führer, in den alle Mexikaner so große Hoffnungen zu setzen schienen? 1794 in Jalapa bei Vera Cruz geboren, hatte er sich bereits mit achtzehn Jahren in vielen Schlachten als ein Mann von großer Tapferkeit erwiesen. Nicht weniger als elfmal übernahm er die Präsidentschaft Mexikos. Viermal schickte Mexiko ihn in die

Verbannung, und dreimal kehrte er im Triumph zurück, um seine Diktatur wieder zu errichten; beim vierten Mal scheiterte er.

Es gibt weder in der Geschichte der Vereinigten Staaten noch in der anderer Länder eine vergleichbare Persönlichkeit. Santa Ana bildete sich ein, der Napoleon des Westens zu sein. Napoleon war nur einmal an die Macht zurückgekehrt, für knapp hundert Tage; Santa Ana kehrte zehnmal zurück.

Immer wenn Santa Ana wieder die Führung übernahm, schien sich alles zum Besten zu wenden – für eine Weile. Dann machte er sich irgendeiner Schändlichkeit schuldig, und wieder wurde die Regierung gestürzt. Nachdem er mit viel Pathos ein Reformprogramm verkündet und abermals alle Macht auf sich vereinigt hatte, versicherte er seinen Wählern, daß er ein Liberaler sei, der die Kirche reformieren, das Heer an Disziplin gewöhnen und den einzelnen Gliedstaaten ein gewisses Recht auf Selbstverwaltung einräumen werde. Die Texikaner waren natürlich hoch erfreut über diese in Aussicht gestellte Freiheit. Im Jahre 1834 jedoch überraschte er alle Welt mit der folgenden Erklärung: »Mir ist jetzt bewußt geworden, daß ich in Wahrheit ein Konservativer bin, und als solcher biete ich dem Land ein klares, drei Punkte umfassendes Programm an, das es vor weiteren Unruhen bewahren wird. Wir müssen den Föderalismus durch eine starke Zentralregierung ersetzen, in der die einzelnen Staaten nur wenige Befugnisse haben und über keine Legislative verfügen. Die traditionelle Rolle der Kirche in öffentlichen Angelegenheiten muß wiederhergestellt werden.« Er setzte die liberale Verfassung von 1824 außer Kraft und verwandelte Mexiko in eine Rechtsdiktatur.

Nun geschah etwas, das die Texikaner, die sich bessere, geordnete Zeiten erhofft hatten, in Angst und Schrecken versetzte. Der reiche Silberstaat Zacatecas weigerte sich, seine angestammten Rechte an die Zentralregierung Santa Anas abzutreten, und rief zu einer Rebellion zur Verteidigung seiner Privilegien auf. Das war die Art von Herausforderung, die Santa Ana liebte, denn nun konnte er seinen Schimmel besteigen und in die Schlacht reiten.

Er führte sein Heer an die Mauern von Zacatecas heran und griff die Stadt von hinten an. Gleichzeitig befahl er einigen seiner besten Offiziere, als scheinbare Überläufer ihre Posten zu verlassen, sich in die Stadt zu schleichen und sich als Verteidiger der Verfassung von 1824 und

Todfeinde Santa Anas auszugeben. Als erfahrenen Soldaten würde man ihnen das Kommando über die zacatecischen Truppen übertragen, die sie dann, sobald der Kampf begann, direkt zur Schlachtbank führen konnten.

Am 11. Mai 1835 errang Santa Ana mit einer Mischung aus großem Mut und arglistiger Täuschung einen glorreichen Sieg und ließ seinen Männern freie Hand, eine wahre Orgie der Gewalt zu feiern. An die zweitausendfünfhundert Frauen, Kinder und Männer, die nicht am Kampf teilgenommen hatten, wurden erschlagen. Ausländische Familien waren bevorzugte Opfer der Soldateska; englische und amerikanische Männer wurden mit dem Bajonett niedergemacht, ihre Frauen nackt ausgezogen und durch die Straßen gejagt. Die Plünderungen und Vergewaltigungen dauerten zwei Tage an. Dann war die einst so schöne Stadt nur mehr ein rauchender Trümmerhaufen.

»Wenn Tejas auch weiterhin an der alten Verfassung festhält und sich der Zentralregierung widersetzt«, hörte man nun allenthalben, »muß es mit einer ähnlich grausamen Bestrafung rechnen.« Und in den letzten Tagen des Jahres 1835 zog General Santa Ana, unterstützt von guten Generälen und schwerer Artillerie, an der Spitze eines mächtigen Heeres nach Norden, fest entschlossen, den Stolz der unbotmäßigen Tejanos zu brechen. Wer Widerstand leistete, sollte mit dem Tod bestraft werden.

Während Benito Garza zusammen mit Santa Ana auf Tejas zuritt, hatte er Gelegenheit zu ergründen, warum die mexikanischen Truppen, Offiziere und Mannschaft, diesen Mann so liebten. Offensichtlich genoß er das Leben im Feld und konnte es kaum erwarten, mit dem Angriff zu beginnen. »Vorwärts, vorwärts!« lautete das Kommando, das er ständig sich selbst und seinen Truppen gab.

Zweiundvierzig Jahre alt würde der Diktator am nächsten Tag, dem 21. Februar 1836, werden, und er gedachte seinen Geburtstag im Sattel zu verbringen, nur wenige Kilometer südlich seines nächsten Ziels, des Alamo.

Er hatte keine seiner Mätressen auf diesen Feldzug mitgenommen, und Garza hörte, wie er sich bei General Cós beklagte: »Wie soll ein Edelmann seinen Geburtstag allein feiern?« So ließ also Cós an Santa

Anas Ehrentag Salutschüsse abfeuern und eine Extraration Wein an die Truppen ausgeben, die sich jetzt dem Medina näherten.

Am Tag darauf gelangte das Heer in Sichtweite des hohen Turms der Kirche von San Fernando, die sich am anderen Ufer, dem Alamo gegenüber, erhob; Santa Ana schlug sein Lager auf. Kundschafter kamen herangepprescht, um ihn über die Lage in der Stadt zu informieren. Alles, was sie zu berichten wußten, klang beruhigend. »Keine Verstärkung und auch keine unterwegs. Oberst Fannin und ein großes Detachement sind in Goliad stationiert; er weigert sich, auf Béjar vorzurücken. Noch immer nicht mehr als hundertfünfzig Männer, aber sie haben einige Geschütze. Und die ganze Stadt ist begierig, Sie willkommen zu heißen, Herr General.«

»Kämpfen auch Mexikaner in den Reihen der Rebellen?«

»Hauptmann Juan Seguín hat gegen Sie die Waffen ergriffen. Er kämpft für die Verfassung von 1824, sagt er.«

»Findet er Unterstützung?«

»Er hat neun andere in den Alamo mitgenommen. Wir haben ihre Namen. Abamillo, Badillo, Espalier...« Er las die neun Namen von einem schmierigen Zettel ab.

»Wir werden sie hängen. Nicht erschießen, hängen.«

Garza folgte dem General, als der, ungeachtet möglicher Heckenschützen, an der Spitze seiner Truppen in die Stadt einritt. Santa Ana drehte sich zu Garza um und ordnete in gebieterischem Ton an: »Ich wünsche, daß sofort die Fahne aufgezogen wird, die ich Ihnen gestern gezeigt habe.« Sie hatten das Zentrum von Béjar erreicht, und Garza deutete auf die Kirche.

»Kann man den Turm vom Alamo aus sehen?«

»Ja.«

»Bringen Sie sie da oben an!«

Von zwei Dragonern begleitet, kletterte Garza die enge Turmtreppe hinauf. Als sie den höchsten Punkt erreicht hatten, entrollte er die Fahne.

Sie war sehr groß, etwa dreieinhalb Meter lang und entsprechend breit, aber sie zeigte keinerlei Symbole. Ihre Botschaft war ihre Farbe, ein dunkles, blutiges Rot. Wer sie sah und ihre militärische Bedeutung kannte, hielt den Atem an, denn diese Fahne verhieß: Keine Kapitulation, keine Gnade. Die Männer, die gegen sie kämpften, wußten: Sie mußten töten oder getötet werden; man würde keine Gefangenen machen.

Als Garza vom Kirchturm heruntergekommen war, meldete ihm eine Ordonnanz, daß der General bei der Übersetzung eines wichtigen Dokuments ins Englische seiner Hilfe bedürfe.

Die zwei Männer begaben sich in ein Haus an der kleinen Plaza zwischen der Kirche und der Brücke, die über den Fluß zum Alamo führte. Hier legte Santa Ana die Regeln für diese und alle folgenden Schlachten in der Provinz Tejas fest. Wie er ausdrücklich betonte, entsprachen sie den internationalen Gesetzen und den vor kurzem erlassenen Dekreten der neuen Diktatur:

> Jeder Mexikaner, der Schulter an Schulter mit den Rebellen gekämpft oder sie auf andere Weise unterstützt hat, wird wegen Verrats ohne Prozeß gehängt. Amerikanische Kolonisten, die gegen uns die Waffen ergriffen haben, werden, ebenfalls ohne Prozeß, erschossen. Wer die Rebellen unterstützt, aber nicht die Waffen gegen uns ergriffen hat, wird für immer des Landes verwiesen. Alle amerikanischen Einwanderer, bei wem auch immer ihre Sympathien liegen mögen, müssen sich mindestens einhundertfünfzig Kilometer südlich des Rio Grande ansiedeln, ganz gleich, ob sie ihren Hausrat mitnehmen können oder nicht. Absolut keine weitere Immigration, welcher Art immer, aus den amerikanischen Staaten nach Tejas oder einen anderen Teil Méxicos. Die Bevölkerung von Tejas wird die Kosten dieser Strafexpedition bis auf den letzten Peso zurückzahlen.
>
> Jeder Fremde, der in Tejas im Besitz von Waffen, gleich welcher Art, angetroffen wird, ist als Marodeur anzusehen und entsprechend zu behandeln. Sobald die Schlacht begonnen hat, werden keine Gefangenen mehr gemacht. Sie sind auf dem Schlachtfeld zu erschießen.

Kurz darauf wurde auf dem Alamo eine weiße Parlamentärflagge aufgezogen, und auf der kleinen Brücke fand ein Gespräch statt, bei dem den Amerikanern Santa Anas Bedingungen mitgeteilt wurden: »Wenn Sie unverzüglich bedingungslos kapitulieren, Ihre Waffen niederlegen und geloben, nie wieder nach Tejas zu kommen, wird Ihnen das Leben geschenkt, und Sie können Ihr Eigentum behalten.« Garza hoffte, daß sich eine Schlacht vermeiden ließ und die Eindringlinge friedlich zum Verlassen des Landes bewogen werden könnten; er betete, daß die Norteamericanos diese überraschend großzügigen Bedingungen akzeptieren würden, doch als der Parlamentär zurückkam, gab der Alamo seine Antwort in Form eines Kanonenschusses.

Santa Ana verlor nicht die Ruhe. Ungerührt versammelte er seine Generäle um sich.

»Wie beabsichtigen Sie, diese Stellung zu nehmen, Exzellenz?« fragte General Cós und wies auf den Alamo.

»Belagerung. Wir werden sie einkreisen, mit Geschützen bombardieren und abknallen, wenn sie aufgeben.«

So begann die Belagerung, bei der keine Gefangenen gemacht werden sollten. Der Kriegsbrauch, wie er von zivilisierten Nationen gepflegt wurde, rechtfertigte solche Bedingungen bei einem verräterischen Aufstand gegen einen souveränen Staat, und genau auf einen solchen Aufstand hatten sich die texikanischen Rebellen eingelassen.

Am nördlichen Ende der Calle Soledad, im alten Haus der Veramendis, sahen Mordecai Marr und seine mexikanische Frau Amalia die rote Fahne im Winde wehen und begriffen zum ersten Mal, daß es zu einem Kampf auf Leben und Tod kommen würde. Nun mußten sie eine Entscheidung treffen.

Den Marrs fiel das sehr schwer. Sie waren beide mexikanische Bürger, das stand außer Zweifel. Sie kam aus der angesehensten Familie der Region, und ihr Mann hatte schon 1792 bei seiner Heirat – durch die er in den Besitz des riesigen Rancho El Codo gekommen war – die mexikanische Staatsbürgerschaft angenommen. Kein einziges Mal hatte er in den folgenden Jahren auch nur in Erwägung gezogen, zur amerikanischen Staatsbürgerschaft zurückzukehren.

Doch seit Neujahr hatten zwei Ereignisse die Denkweise des Ehepaars verändert. Durch einen Flüchtling aus Zacatecas, der den Veramendis nahestand, waren ihnen haarsträubende Berichte über die Art zu Ohren gekommen, wie Santa Ana in dieser Stadt gewütet hatte, und nun fragten sie sich, ob ein solcher Führer imstande sei, sich das Wohlwollen der tejanischen Bürger zu erhalten. Noch mehr beunruhigte sie die

Nachricht, daß sich unter den wenigen Verteidigern des Alamo auch ihr Verwandter Jim Bowie aus Kentucky befand.

Im Jahre 1831 hatte er die hübsche Ursula Veramendi geheiratet. Anfangs hatten die angesehenen mexikanischen Familien Saltillos und San Antonios dieser Verbindung nichts Gutes prophezeit, aber Bowie überraschte sie alle, indem er ein glühender Katholik, ein hingebender Ehemann und ein vorbildlicher Vater seiner und Ursulas Kinder wurde.

Die Marrs hatten es für unklug gehalten, Jim im Alamo zu besuchen, denn sie teilten seine Entschlossenheit, Santa Ana Widerstand zu leisten, in keiner Weise. Außerdem hatten sich, nachdem Ursula und ihre zwei Kinder 1833 an der Cholera gestorben waren, Bowies enge Verbindungen mit den Veramendis gelöst, und die Marrs hatten ihn seit diesem tragischen Geschehen nicht mehr gesehen.

So standen die Dinge an dem Nachmittag, als die Fahne aufgezogen wurde, und je länger Mordecai über die Situation nachsann, desto unruhiger wurde er. Er aß nichts zu Abend. Während er in seinem Arbeitszimmer ruhelos auf und ab schritt, dachte er an die sonderbaren Kräfte, die ihn in diese problematische Lage gebracht hatten. Die Vereinigten Staaten liebte er nicht, und die meisten Immigranten, mit denen er zu tun hatte, waren ihm zuwider. Auch Texas liebte er nicht, wohl aber noch immer die Freiheit, die Größe des Landes, das er zu seiner Heimat gemacht hatte, und das wollte er nicht verlieren. Die Männer im Alamo verkörperten das Streben nach dieser Freiheit, die Männer, die diese Todesfahne entrollt hatten, verkörperten einzig und allein Unterdrückung.

Um halb neun Uhr abends betrat er das große Wohnzimmer, wo Amalia mit einer Handarbeit beschäftigt war.

Ihm schien plötzlich, als sähe er sie zum ersten Mal. Wie glücklich sie doch gewesen waren!

»Ich werde mich Jim Bowie anschließen, Amalia.«

»Ich komme mit.« Sie erhob sich und küßte ihn. »Wir hatten ein wunderbares Leben, Mordecai, weil wir immer alles gemeinsam getan haben. Das wollen wir auch weiterhin so halten.«

Sie brauchten weniger als eine Stunde, um ein paar Sachen zusammenzupacken, und lange vor Mitternacht verließen sie das Haus und gingen die dunkle Calle Soledad zum Kirchplatz hinunter. Dort bogen sie nach links ab, durchquerten das kleine Viertel an der Flußwindung und näherten sich der Fußgängerbrücke, die zum Alamo führte. Santa Anas Wachen hielten sie natürlich auf, aber Amalia erklärte dem Offizier: »Ich bin eine geborene Veramendi. Wir wohnen in dem Haus da drüben.« Sie durften passieren.

Das stolze Paar, ihr weißes Haar im Mondlicht schimmernd, überquerte die Brücke und ging zielstrebig auf die alte Mission zu. Als sie sich schon in Rufweite befanden, rief ein Amerikaner, der die Mauern patrouillierte, sie an, und Mordecai antwortete ihm: »Wir sind Veramendis und wollen mit Jim Bowie reden.« Sie hörten drinnen Männer sprechen, dann öffnete sich vorsichtig das Tor.

Rasch schlüpften sie durch, sahen den großen Platz im Inneren der Mission und einen kleinen Raum zu ihrer Rechten, in dem Jim Bowie, von einem plötzlichen Fieberanfall niedergeworfen, auf einer Pritsche lag. »Jim«, flüsterte Amalia, »Mordecai ist auch hier. Wir sind gekommen, um bei dir zu sein.«

Vier Männer hatten die Führung im Alamo übernommen. Zwei von ihnen waren Helden des Grenzlandes: Jim Bowie, der die Freiwilligen befehligte, und Davy Crockett. Die anderen beiden waren kühle, gebildete Gentlemen: Oberst William Travis, Kommandeur der regulären Truppen, und James Bonham, ein stiller Mann, aber was seinen Mut betraf, so konnten es nur wenige mit ihm aufnehmen. Vom Verhalten dieser vier Männer würde die Verteidigung des Alamo abhängen.

Während sich Señora Marr am nächsten Morgen um den deprimierten Bowie kümmerte, erforschte ihr Mann das Gelände, auf dem sie würden kämpfen müssen. Er ging umher, untersuchte die Mauern und machte sich Gedanken über ihre Widerstandsfähigkeit gegen mexikanisches Geschützfeuer, als Santa Anas Artillerie ihre morgendliche Beschießung begann. Nachdem er in einem Unterstand Zuflucht gesucht hatte, sah Marr zu, wie große Kanonenkugeln über die Mauern geflogen kamen, mitten auf dem offenen Gelände landeten und, ohne Schaden anzurichten, weiterrollten, bis sie auf ein Hindernis stießen. Da die mexikanischen Kanoniere weder die Position noch die Richtung noch die Höhe des Rohrs jemals zu ändern schienen, landeten alle Kugeln unweigerlich auf derselben Stelle.

Währenddessen saß Oberst Travis in einem kleinen Raum und setzte einen Brief auf, der in die Geschichte Texas' eingehen sollte. Er starrte auf die rote Fahne hinaus, und ihm wurde klar, daß er und seine Männer zum Untergang verurteilt waren, wenn nicht bald Verstärkung eintraf.

> An das Volk von Texas und an alle Amerikaner in der Welt
> Mitbürger und Landsleute!
> Ich werde von tausend und mehr Mexikanern unter Santa Ana belagert. (...) Der Feind hat gefordert, daß wir uns auf Gnade und Ungnade ergeben; andernfalls soll die Garnison, wenn die Festung fällt, niedergemacht werden. Ich habe diese Forderung mit einem Kanonenschuß beantworten lassen, und immer noch weht unsere Fahne stolz auf den Mauern. *Ich werde nie kapitulieren oder zurückweichen.* (...) Im Namen der Freiheit, der Vaterlandsliebe und all dessen, was dem amerikanischen Wesen teuer ist, rufe ich Euch auf, uns in aller Eile zu Hilfe zu kommen. (...) Wenn dieser Aufruf ungehört verhallt, werde ich so lang wie möglich standhalten und wie ein Soldat sterben, der nie vergißt, was er seiner und der Ehre seines Landes schuldet.
> SIEG ODER TOD.
> William Barret Travis

In der Umgebung stand reichlich Hilfe zur Verfügung: In Goliad, einige Kilometer südöstlich, war eine organisierte Truppe der Armee stationiert, und im Osten, in Gonzales, wartete ein Haufen ungeschulter Patrioten. Wenn diese Kräfte unverzüglich aufbrachen, konnte der Alamo noch gerettet werden.

Als Zave Campbell erfuhr, daß Santa Ana mit über zweitausend Mann nach Norden marschierte, dachte er zunächst ganz praktisch: »Ich treibe jetzt wohl am besten eine Herde Vieh nach New Orleans.« In aller Eile versuchte er, eine Herde zusammenzustellen, doch Garzas Verschwinden und die Tatsache, daß Finlay Macnab – auch er dem Herannahen Santa Anas mit Bangen entgegensehend – es Otto nicht erlauben wollte, in diesen unsicheren Tagen das Haus zu verlassen, zwangen ihn, diesen Plan vorübergehend zurückzustellen. Er wollte sich in Gonzales umsehen und mit den Leuten dort reden. Ganz gewiß würden sie ihm behilflich sein. Er packte also eilig ein paar Sachen zusammen und verabschiedete sich von María. Es war der 12. Februar 1836.

Später versuchte er oft, sich diese Szene in Erinnerung zu rufen, diesen Abschied von einer Frau, die er erst spät in seinem Leben zu lieben gelernt hatte, aber es wollte ihm nicht gelingen. Er hatte schon oft das Haus verlassen, ohne viel Aufhebens zu machen, und das tat er auch jetzt.

»Auf bald, alte Dame. Ten cuidado!« Und schon war er fort und dachte nur flüchtig daran, was für eine tüchtige Frau sie war. Er wußte, was für ein Riesenglück er gehabt hatte, sie zu finden. Ihr Bruder, das war ein anderer Fall. Bei Benito und seinem Jähzorn wußte man nie so recht, was man von ihm halten sollte. Wahrscheinlich war er schon auf dem Weg nach Saltillo, um sich Santa Ana anzuschließen. Aber das war seine Sache und hatte nichts mit María zu tun. Auf dieser Welt hatte wohl jeder Schwierigkeiten mit angeheirateten Verwandten.

Zweieinhalb Tage lang ritt er den Guadalupe hinauf und erreichte schließlich die kleine Stadt Gonzales, in der man jedoch so sehr mit Kriegsvorbereitungen beschäftigt war, daß keine Aussicht bestand, eine Herde zusammenzubringen. Verärgert ging Campbell von einem alten Kunden zum nächsten und flehte sie förmlich an, ihm Rinder zu überlassen, die er für New Orleans brauchte, aber die Leute hatten andere Sorgen. Am nächsten Morgen stattete er der Witwe Fuqua einen Besuch in ihrem Laden ab, um die Zeit mit einem Plausch totzuschlagen.

»Haben Sie eine Idee, wie ich eine Herde zusammentreiben könnte?«

Mrs. Fuqua wußte auch keinen Rat, alle Mexikaner waren geflohen. Da betrat der Sohn der Krämerin den Laden. »Wie alt bist du?« fragte Zave.

»Sechzehn.«

»Hättest du Lust, mir zu helfen, Rinder zu einer Herde zusammen und nach New Orleans zu treiben?« Das Angebot begeisterte den Jungen, der zwar klein für sein Alter, aber offensichtlich ebenso pfiffig war wie Otto, und er antwortete freudig: »Wenn Mutter es erlaubt.«

Mrs. Fuqua nickte. Zave sagte: »Ich werde auf Ihren Sohn aufpassen, aber erst müssen wir die Rinder zu einer Herde sammeln.«

»Das läßt sich machen«, erklärte der Junge und dachte sich auf der Stelle einen Plan aus, wie er und zwei Freunde, einer davon ein Junge namens Johnny Gaston, die Longhorns ebenso problemlos einfangen konnten wie jeder Mexikaner: »Wir reiten und holen sie uns mit dem Lasso.« Die Eigentümer gaben bereitwillig Erlaubnis; sie waren froh, ihr Vieh vor der drohenden Gefahr in Sicherheit bringen zu lassen, und am Dienstag, dem 23., sah es so aus, als ob es Campbell gelingen würde, seine Herde noch vor Anfang März auf den Weg zu bringen.

Mittwoch mittag aber kamen zwei staubbedeckte Reiter mit einer Botschaft des amerikanischen Kommandanten im Alamo in die Stadt geritten. Darin hieß es:

> Der Feind ist in großer Stärke in Sicht. Wir brauchen Männer und Proviant. Wir sind hundertfünfzig an der Zahl und entschlossen, den Alamo bis zum letzten zu verteidigen. Schickt uns Hilfe!

Nun war keine Rede mehr vom Vieh. Man sprach nur noch davon, was man tun könnte, um den im Alamo Eingeschlossenen zu helfen: »Wir müssen eine Entsatztruppe zum Alamo schicken.«

Am Donnerstag wurde weiterdiskutiert. Alle hörten aufmerksam zu, als die Boten offen und ehrlich über die Lage berichteten:

»Santa Ana hat bereits an die zweitausend Mann um sich versammelt, und es werden täglich mehr. Wir haben nur hundertfünfzig. Aber bedenkt, was das für Männer sind: Jim Bowie, Davy Crockett, der junge William Travis. Mit eurer Hilfe können sie gewinnen.

Männer von Gonzales, Wenn ihr uns jetzt nicht unterstützt, wird der Alamo fallen. Dann wird Santa Ana in eure Stadt kommen und sie zerstören. Von euch hängt die Freiheit Texas' ab. Und ihr wißt alle, daß die Freiheit der Vereinigten Staaten von der Freiheit Texas' abhängt. Ihr müßt sofort handeln.«

Diese zündenden Worte riefen eine Woge patriotischer Begeisterung in der Stadt hervor. Die Frauen machten sich daran, Proviant zusammenzutragen für den Fall, daß sich die Männer entschließen sollten, zum Alamo aufzubrechen; doch die Entscheidung fiel den Männern von Gonzales schwer, denn sie waren klug genug zu wissen, daß sie sich auf ein gefährliches Abenteuer einließen. Wer innerhalb der nächsten Tage den Alamo betrat, daran war nicht zu zweifeln, hatte eine gute Chance, dort auch zu sterben.

Am Freitag, dem 26. Februar, begannen die Männer von Gonzales sich an den Gedanken zu gewöhnen, daß sie vielleicht doch eine Entsatztruppe organisieren und den Verteidigern des Alamo zu Hilfe kommen sollten, und noch vor Einbruch der Nacht hatten einunddreißig Männer sich bereit erklärt, zur Verteidigung der Freiheit wenn nötig ihr Leben zu opfern. Unter ihnen befanden sich auch zwei Jungen, von denen Campbell erwartet hatte, daß sie seine Herde zusammenfangen würden: Galba Fuqua und Johnny Gaston.

Obwohl sein Projekt gescheitert war, hatte Zave Campbell es nicht besonders eilig, sich freiwillig zu melden. Er war mit einer prächtigen Mexikanerin verheiratet, die er, je öfter er an sie dachte, um so mehr liebte, und er empfand keine Feindseligkeit gegen Mexikaner; und als einer, der um ein Haar von texikanischen Großmäulern gehängt worden war, fühlte er sich auch nicht für sie verantwortlich. Weil er aber nichts Besseres zu tun hatte, sah er zu, wie sie sich zu ihrer letzten Musterung formierten. Ein unordentlicherer Haufen von Möchtegern-Helden war ihm noch nie vor Augen gekommen.

»Morgen mittag marschieren wir«, verkündete der neugewählte Kommandeur nach dem Anwesenheitsappell. In dieser Nacht konnte Zave lange nicht einschlafen. Er wollte nicht Partei ergreifen, mußte aber die Courage dieser einfachen Landleute bewundern, die sich verpflichtet glaubten, ihre Freiheit zu verteidigen. Und während die Sterne am Himmel verblaßten, fühlte er sich den Patrioten immer enger verbunden.

Er verbrachte den Samstagmorgen damit, zu beobachten, wie die Freiwilligen ihren Familien Lebewohl sagten. Der Anblick der herzerweichenden Abschiedsszenen rührte ihn so sehr, daß er sich schließlich stumm in den Zug einreihte.

In der ganzen Geschichte Texas' sollte es keine tapfereren Männer geben als diese einunddreißig aus Gonzales: Jeder einzelne von ihnen mußte sich sagen: »Ich weiß, daß ich in den fast sicheren Tod gehe, und ich weiß, es ist reiner Wahnsinn, aber die Freiheit ist mir mehr wert als das Leben.«

Finlay Macnab, ein friedliebender Mann von vierundvierzig Jahren, war über das Chaos empört, in das Texas schon geraten war, noch bevor Santa Ana seinen ersten Schuß abgegeben hatte. »Es ist eine Schande«, setzte er seinem Sohn Otto voller Verbitterung auseinander. »Wir haben eine Armee von vielleicht zweitausend Mann, aber unsere schwache Regierung hat vier Oberkommandierende ernannt, und jeder von ihnen hat Befehlsgewalt über die anderen drei.«

Macnab hatte völlig recht. Eine schwankende revolutionäre Regierung, die sich nicht sicher war, ob sie Eigenstaatlichkeit innerhalb Mexikos, Anschluß an die Vereinigten Staaten oder einen unabhängigen Staat anstreben sollte, hatte den großsprecherischen, aber erwiesenermaßen fähigen Sam Houston aufgrund seines vor Jahren in Tennessee erworbenen militärischen Rangs zum Oberkommandierenden der Armee ernannt. Sie hatte aber auch Oberst James Fannin, einen nicht graduierten Mann aus West Point, zum Kommandeur des regulären Armeekontingents bestellt; er schuldete keinem anderen Gehorsam. Eine Fraktion innerhalb der Regierung hatte ein weiteres Kommando an Dr. James Grant übertragen, einen gebürtigen Schotten und seit 1825 Besitzer einer riesigen Ranch südlich von Saltillo. Er war Mitglied der Regierung von Coahuila-y-Tejas gewesen, bis Santa Ana sie aufgelöst hatte. Jetzt wollte er sich rächen.

Der vierte Bewerber um die höchste militärische Ehre war ein jähzorniger Schullehrer und Gemüsehändler, der zuvor in Virginia, Alabama und Illinois gelebt hatte und sich für ein militärisches Genie hielt; 1835 hatte er in einer Krisensituation das Kommando über eine Freibeutertruppe übernommen, General Cós aus dem Alamo vertrieben und ihn gegen das Gelöbnis, nie wieder unter Waffen zurückzukehren, nach Mexiko abgeschoben. Oberbefehlshaber Frank W. Johnson hatte seine eigenen Vorstellungen darüber, wie Mexiko zu unterwerfen sei; als er sie mit völlig untauglichen Mitteln in die Tat umsetzte, verlor er bis auf vier Mann alle seine Leute. Und dann gab es noch einen fünften Kommandeur: nahezu krankhaft neidisch auf die vier anderen, aber als militärischer Führer talentierter als sie alle: Oberst William Travis, der immer noch den Alamo hielt – gegen den ausdrücklichen Befehl General Houstons, er solle ihn verlassen und in die Luft sprengen.

Diese fünf miteinander in Streit liegenden Kommandeure verfügten über insgesamt zweitausend Mann. Santa Ana brauchte nur eine Gruppe nach der anderen zu erledigen – und er war auf dem besten Weg, eben dies zu tun.

»Ist doch reiner Wahnsinn«, sagte Macnab zu seinem Sohn, während sie auf ihrer Farm am Guadalupe Holz hackten. »Da müßte einer ja verrückt sein, einen solchen Unsinn mitzumachen.« Demzufolge reagierte er auch nicht, als Oberst Fannin am 8. Januar einen Berittenen losschickte, um Freiwillige dazu aufzurufen, die östlichen Gebiete rund um Victoria verteidigen zu helfen. Und auch an der großen Versammlung nahmen die Macnabs nicht teil, bei der über hundert mit einem Bataillon aus Georgia später Hinzugekommene sich Fannins Kreuzzug jubelnd und grölend anschlossen. Macnab gelangte zu der Überzeugung, daß er und sein Sohn die Fortführung dieses Krieges den Enthusiasten überlassen konnten. Um so größer war seine Überraschung, als er feststellen mußte, daß sich diese sonderbare Sammlung von Möchtegern-Soldaten praktisch in seinem Hinterhof niedergelassen hatte: Im verlassenen Presidio von Goliad, nur fünfzig Kilometer von Macnabs Farm entfernt, stärkten sie sich. Er konnte sich der Tatsache nicht länger verschließen, daß der Krieg auf seine Farm übergegriffen hatte.

Aber es widerstrebte ihm weiterhin, sich in etwas zu verstricken, das er für eine heraufziehende Katastrophe hielt, bis am 18. Februar ein neunundzwanzigjähriger Mann mit einer dringenden Botschaft in das nahegelegene Goliad galoppiert kam. Es war Leutnant James Bonham, ein Rechtsanwalt aus South Carolina. Die Berichte über das Vorhaben der texanischen Patrioten hatten ihm Lust auf Heldentaten gemacht; er hielt sich erst seit weniger als drei Monaten in der Gegend auf, aber wegen seiner großen Begeisterung war er bald zum Offizier aufgestiegen und hatte sich kurz darauf freiwillig zum Dienst im Alamo gemeldet. Jetzt, da dieser Bastion tödliche Gefahr drohte, war er das außergewöhnliche Risiko eingegangen, die feindliche Postenkette zu sprengen und nach Osten um Hilfe zu reiten. Jetzt schilderte er den Männern von Goliad den Stand der Dinge im Alamo.

»Wir erwarten, daß jeder kampffähige Mann aus diesem Teil von Texas in aller Eile zum Alamo aufbricht. Helft uns! Marschiert gleich los! Die Freiheit Texas' und der Vereinigten Staaten steht auf dem Spiel! Helft uns!«

Oberst Fannin, der aufmerksam zugehört hatte, versicherte Bonham, er »werde es überdenken«. Der ungestüme junge Leutnant bemühte sich, seinen Zorn über diese Unschlüssigkeit zu verbergen, salutierte und ritt nach Victoria weiter. Dort rief er die Farmer zusammen und überbrachte seine Botschaft mit noch größerer Eindringlichkeit. »Wohin reiten Sie jetzt?« platzte Otto Macnab heraus. Bonham antwortete, ohne zu zögern: »Ich kehre in den Alamo zurück.«

»Kann ich mitkommen?«

Der Mann aus South Carolina musterte den Jungen und antwortete: »Begleite deinen Vater nach Goliad. Schließt euch Oberst Fannin und seinen Männern an. Sie werden uns Verstärkung bringen.«

In dieser Nacht konnten die Macnabs nicht schlafen. Ottos Kopf war voll von Bildern galoppierender Pferde und feuernder Gewehre. Die Visionen seines Vaters waren um vieles nüchterner: Finlay sah ein umzingeltes, chaotisch geführtes Texas, das taumelnd nach einem Weg zur Freiheit suchte, und Bonhams Aufruf ging ihm nicht aus dem Sinn: »Vereinigt euch mit uns! Helft uns! Gebt uns die Zeit, die wir brauchen, bis Texas mobilisieren kann!«

Die ganze Nacht hindurch klangen ihm diese Worte in den Ohren. Im Morgengrauen stand er auf, spazierte am Fluß entlang und versuchte zu einem Entschluß zu gelangen.

»Otto und ich, wir müssen uns bald auf den Weg machen«, sagte er beim Frühstück zu Josefina.

»Wohin?«

»Wir müssen nach Goliad.«

»Um gegen mein Volk zu kämpfen?«

»Dein Volk kämpft gegen uns.«

Sie setzte sich und begann zu weinen. Noch trauriger wurde sie, als Otto den Raum verließ – wohl um sich von María Campbell zu verabschieden, die er so liebte. Doch als der Junge gegen Mittag zurückkam, hatten sie und Finlay alles gepackt, und die zwei Macnabs konnten sich auf den Weg nach Südwesten machen, nach Goliad.

Am 29. Februar kam General Santa Anas Stallmeister zu Benito Garza. »Suchen Sie mir einen Soldaten, um die dreißig, der in seinem Aussehen an einen Priester erinnert!«

Garza ging also im Lager umher und sah sich nach einem Soldaten um, der, wenn entsprechend gekleidet, für einen Priester gehalten werden konnte, und fand schließlich einen ziemlich fetten Burschen, der so aussah, als ob er in einer Laienspielkomödie den betrunkenen Fratre spielen könnte.

»Der hier geht doch, oder?« fragte Garza erwartungsvoll, nachdem er den Mann zum Stallmeister gebracht hatte. Der Offizier nickte zufrieden. »Ich denke schon«, sagte er. »So, und jetzt treiben Sie mir auch noch die passende Kleidung für ihn auf.«

Diese Aufgabe war schon etwas schwieriger zu lösen, aber nachdem Benito etwa eine Stunde lang gesucht hatte, stieß er auf ein altes Weib, das ihm von einem Priester erzählte, der in ihrem Haus gewohnt hatte und vor kurzem gestorben war. Sie fanden Reste seines Habits, und als der dicke Soldat sie angezogen hatte, sah er tatsächlich wie ein Priester aus.

Garza klopfte an die Tür des Stallmeisters. Als der Offizier den falschen Priester sah, klatschte er in die Hände: »Genau das Richtige!« Mit Garza und dem »Priester« eilte er die Calle Soledad hinunter, wo sich im Haus der Veramendis eine Hochzeitsgesellschaft versammelt hatte.

Die Braut war eine lebhafte, hübsche junge Frau von neunzehn Jahren, deren Mutter es geschafft hatte, sie vor den Zudringlichkeiten eines halben Dutzends Offiziere zu schützen. »Meine Tochter bekommt nur, wer sie heiratet!« Am Ende hatte ein Offizier scheinbar eingewilligt und einen Heiratsantrag gemacht, aber Garza begriff, daß die Eheschließung nur eine von einem falschen Priester vollzogene zynische Travestie sein würde. Er war darüber sehr empört. Die Frau und ihre Tochter waren angesehene Mexikanerinnen, und hier wurden sie von der mexikanischen Armee genauso mies behandelt wie von den Texikanern. Nur gut, daß Santa Ana von dieser Farce nichts ahnte; so etwas würde er bestimmt nicht dulden.

In diesem Augenblick wurden Hochrufe laut, und alle Köpfe drehten sich bewundernd dem glücklichen Bräutigam zu, der mit freundlichem Lächeln gelassen aus dem Haus geschritten kam. Es war Santa Ana selbst, in Jalapa solide verheiratet, mit zahlreichen Kindern gesegnet, der in der Hauptstadt mindestens sieben Mätressen unterhielt. Die Belagerung zog sich hin, und er hatte sich nach etwas Amusement umgesehen und es bei diesem munteren Mädchen gefunden, das seine Gefühle zu erwidern schien. Die Mutter allerdings hatte ein so strenges Regiment geführt, daß Santa Ana sich zu seinem Ärger gezwungen gesehen hatte, um die Hand der Tochter anzuhalten.

Er trat in die Mitte der Gäste, verneigte sich tief vor der ahnungslosen

Mutter und küßte ihr ehrerbietig die Hand. »Heute ist der glücklichste Tag meines Lebens.«

Und hier, in den prächtigen Gärten der Veramendis, wurde nun die Trauungszeremonie veranstaltet. Man schob den falschen Priester auf seinen Platz, er nuschelte ein paar kaum verständliche Worte, fummelte mit seiner Bibel herum und erklärte das Paar schließlich zu Mann und Frau. »Sie dürfen die Braut küssen«, brummte er, und kaum hatte er diese Worte ausgesprochen, hob Santa Ana die willige junge Dame in seine Arme und trug sie ins Haus, wo die »Ehe« schon wenige Minuten später vollzogen wurde.

Viele turbulente Stunden lang blieben die Jungvermählten in ihrem Zimmer. Die stolze Mutter lauschte entzückt dem Gequieke und Gekicher, das in die Gänge drang. Am späten Nachmittag des 1. März erschien der General, nachdem die neue Schwiegermutter seine Uniform gebügelt hatte, im Garten und gab eine Reihe von neuen Anweisungen.

Bewacht von einem Trupp Soldaten, der für die Belagerung nicht benötigt wurde, sollte die junge Frau sofort nach San Louis Potosí im Süden gebracht werden; Santa Ana hatte Grund zu der Annahme, daß sie schwanger war, und ihr Kind sollte mindestens ebenso großzügig behandelt werden wie die anderen Bastarde des Generals. Seine Schwiegermutter sollte das schönste Haus in Béjar bewohnen, eine ansehnliche Rente erhalten und unter allen Umständen von ihm ferngehalten werden.

Und dann stürzte er sich in die Vorbereitungen für den erfolgreichen Abschluß der Belagerung. Von seinen Adjutanten erhielt er die erfreuliche Nachricht, daß seine Armee auf zweitausendvierhundert Mann angewachsen war. »Ausgezeichnet. Die anderen haben hundertfünfzig. Wir sind ihnen also im Verhältnis sechzehn zu eins überlegen.«

»Verzeihung, Exzellenz. Während Sie...« Der Oberst räusperte sich. »Während Sie ruhten, sind weitere dreißig Rebellen im Alamo eingetroffen. Es dürften jetzt insgesamt hundertachtzig sein.«

»Dummköpfe«, brummte Santa Ana. »Selbstmörder.«

Als sich herausstellte, daß die Belagerung die Rebellen in absehbarer Zeit nicht zur Aufgabe zwingen würde – sie hatten so viel Fleisch, wie sie brauchten, und genug Wasser aus ihren zwei Brunnen –, ließ Santa Ana General Ripperdá kommen: »Wir werden die Mauern stürmen müssen.«

Aber bevor er den endgültigen Befehl für eine Aktion gab, die ihn möglicherweise tausend seiner Männer kosten konnte, wollte er sich selbst ein Bild von den Verteidigungsmaßnahmen machen, die die Männer im Alamo getroffen hatten, und bat seinen Schwager, General Cós, sowie drei Kundschafter – unter ihnen Benito Garza –, mit ihm einen langen Ritt um die frühere Mission herum zu unternehmen.

In einer Entfernung von etwa dreihundert Metern umrundete die kleine Reiterschar die ausgedehnte Anlage des Alamo. Gleichzeitig informierten die drei Kundschafter Santa Ana über das, was sie ausgespäht hatten:

»In das befestigte Haupttor auf der Südseite eine Bresche zu schlagen ist aussichtslos. Die lange Westmauer besteht nur aus Adobe, ist aber sehr dick. Sie können schon die Patrouillen auf dem Dach sehen. Die Nordwand ist nicht sehr massiv. Schwer zu erklettern, aber unsere Geschütze könnten zweifellos eine Bresche legen.

Hier im Osten eine sehr starke Mauer. Und wenn Sie hier angreifen wollen, müssen Sie gleich zwei Reihen von Mauern durchbrechen.

Und hier jetzt die Kapelle der alten Mission. Sie hat kein Dach, aber außerordentlich dicke Mauern. Ich glaube nicht, daß die Rebellen viel Zeit darauf verwenden werden, sie zu verteidigen, denn selbst wenn wir da durchkommen, wäre damit noch nichts gewonnen. Aber dieses Stück, das die Kapelle mit der Südmauer verbindet, könnte sich als ihre Schwachstelle und unsere große Chance erweisen. Sehen Sie genau hin. Da gibt es überhaupt keine Mauer. Nur vorne ein Graben und eine Art Holzpalisade. Natürlich werden sie dieses Stück verteidigen und vielleicht dort sogar ihre besten Schützen postieren, aber hier läßt sich eine Bresche legen.«

Nach Beendigung des Ausritts, der fast eine Stunde gedauert hatte, erläuterte Santa Ana General Cós seine Pläne: »Wir werden von Norden her geschlossen angreifen und die exponierte Mauer, hinter der keine Häuser stehen, durchbrechen. Wir werden aber auch unter großem Getöse und als Ablenkungsmanöver die Palisaden attackieren. Und am Sonntag um vier Uhr früh greifen wir dann von allen vier Seiten an.« Er warf noch einen letzten Blick auf den Alamo und sagte dann: »Vergiß nicht: Keine Gefangenen!«

Als die Macnabs am Samstag, dem 20. März, gegen Abend in Goliad eintrafen, herrschte in der Stadt eine noch größere Verwirrung, als Finlay erwartet hatte. Er hatte angenommen, Oberst Fannin werde Leutnant Bonhams dringender Bitte nachkommen, seine Männer auf einen Eilmarsch zum Alamo vorzubereiten; statt dessen mußte er hören, daß die zwei anderen Oberbefehlshaber, der Schotte Grant und der stets wild dreinschauende Gemüsehändler aus Illinois, Johnson, allein losgezogen waren in der naiven Annahme, sie könnten mit nicht viel mehr als sechzig ungeschulten Freiwilligen den wichtigen mexikanischen Hafen Matamoros an der Mündung des Rio Grande einnehmen. Ihre eigenen Kundschafter hatten sie davon unterrichtet, daß Urrea, einer der tüchtigsten mexikanischen Generale, dort über tausend gut bewaffnete Veteranen zusammengezogen hatte.

»Was ist das für ein Irrsinn?« wunderte sich Finlay, nachdem man ihm und seinem Sohn Schlafstellen im Presidio angewiesen hatte.

»Es wird noch schlimmer kommen«, murrte ein Freiwilliger aus Georgia. »Wir sollten schon längst zum Alamo unterwegs sein. Aber schauen Sie sich ihn an!«

Der so entschlußlose Oberst Fannin war zweiunddreißig Jahre alt und verbittert, weil er es nicht geschafft hatte, von West Point mit einer Offiziersstelle in der regulären Armee der Vereinigten Staaten abzugehen. Der von unbändigem Ehrgeiz besessene Abenteurer war nach Texas gekommen, weil er sich hier eine Beförderung zum General erhoffte. Es widerstrebte ihm, seine Männer in den Kampf um den Alamo zu werfen, denn wenn er es tat, würde er sein Kommando verlieren und gezwungen sein, unter dem verachtenswerten Amateur Oberst Travis zu dienen.

Bei seinem Besuch in Goliad hatte Leutnant Bonham ihn mit aller Überzeugungskraft gedrängt, zum Entsatz des Alamo zu marschieren. Fannin hatte Ausflüchte gebraucht: Er werde marschieren, er werde nicht marschieren, er werde darüber nachdenken. Sechs Tage später, am 23. März, hatte er immer noch keine Entscheidung getroffen. In der Zwischenzeit war der Alamo von Sant Anas Männern eingeschlossen worden, so daß allfällige Verstärkungen, wenn sie versuchten, zu den Verteidigern der Mission vorzudringen, auf allergrößte Schwierigkeiten stoßen mußten.

Am 25. März endlich faßte er einen Entschluß: »Morgen bei Tagesanbruch marschieren wir los, um bei der Verteidigung des Alamo mitzuhelfen.«

Am Morgen des 26., es war ein Freitag, schlossen sich Finlay und Otto den dreihundertzwanzig Soldaten aus dem Presidio von Goliad an. Auf seinem Hengst, einem dunklen Fuchs, ritt Oberst Fannin an die Spitze, hob sein Schwert und rief: »Marschieren wir unserem Schicksal entgegen!«

Nachdem sie erst zweihundert Meter zurückgelegt hatten, ging einer der größeren Versorgungswagen in die Brüche. Als er repariert war, blieben die Geschützwagen, die sich an die Spitze gesetzt hatten, bei der Überquerung eines Flusses stecken. Bis nach Mittag saß der ganze Zug fest, und der Nachmittag wurde vertrödelt, ohne daß nennenswerte Fortschritte zu verzeichnen gewesen wären. Es wurde Abend, und Macnab mußte feststellen, daß sie in diesen vierzehn Stunden weniger als einen halben Kilometer weit gekommen waren.

Am Morgen des 27. März wurde sich Oberst Fannin plötzlich der unangenehmen Tatsache bewußt, daß es hundertzehn Kilometer bis zum nächsten Versorgungslager waren und daß er über keinen ausreichenden Proviant für seine Männer verfügte. Er versammelte seine Offiziere um sich und besprach die Situation mit ihnen:

»Wir sehen uns einem großen Problem gegenüber, meine Herren. Wie Sie alle wissen, verfügen wir nur über unzureichende Vorräte für einen langen Marsch und über keine annehmbaren Möglichkeiten, sie zu vermehren. Wir haben mangelhafte Transportmittel und keine Aussicht, sie zu verbessern. Unsere Geschütze scheinen zu schwer zu sein, um sie durch Flußbetten schleifen zu können. Und was mir noch wichtiger erscheint: Wenn wir die Garnison vom Presidio abziehen, laden wir den Feind geradezu ein, sich heranzuschleichen und es zu nehmen. Was empfehlen Sie, sollen wir tun?«

Angesichts einer so pessimistischen Einschätzung der Lage wurde ein einstimmiger Beschluß gefaßt: Nach Goliad zurückkehren, die Befestigungen verstärken und dem Feind von innerhalb der Mauern Trotz bieten. »Von hier aus kann nichts getan werden, um den Alamo zu halten!«

Man marschierte also zurück, zog sich in die Sicherheit der Stadtmauern zurück und nahm ein Schnellprogramm in Angriff, mit dem zwei Ziele verfolgt wurden: Die Mauern sollten so verstärkt werden, daß die

Stadt uneinnehmbar wurde, und es sollten so viele Rinder geschlachtet und das Fleisch getrocknet werden, daß ausreichender Vorrat zur Verfügung stand.

Bei einer Lagebesprechung mit Oberst Travis und Davy Crockett, die etwa zu dieser Zeit im Alamo stattfand, kam James Bonham zu dem Schluß, daß er noch einmal über Land reiten und einen letzten dringenden Appell um Hilfe an Fannin in Goliad und an die verstreut lebenden Farmer im Osten richten müsse. Er bestieg sein Pferd, sprengte hinter der Nordmauer des Alamo hervor, gab der Stute die Sporen und galoppierte durch die mexikanischen Linien; bevor die überraschten Belagerer es verhindern konnten, war er bereits auf dem Weg nach Goliad. Er ritt die Nacht durch und traf am 28. März vor dem Presidio in Goliad ein.

Oberst Fannin war von Bonhams Ankunft nicht sonderlich beeindruckt. Er werde keine Rettungsaktion unternehmen, teilte er dem jungen Leutnant mit und legte ihm geduldig seine Gründe dar: »Entfernung zu groß, Transport zu riskant, Geschütze zu schwer, Verpflegungslage zu unsicher.« Bonham mußte zugeben, daß Fannins Argumente stichhaltig waren und seine Schilderung der Wahrheit entsprach. Kein vorsichtiger Kommandeur hätte unter diesen Umständen eine solch gewagte Aktion durchgeführt; aber jeder mutige Kommandeur hätte versucht, die Umstände zu verbessern, also Schwächen und Mängel auszugleichen, und voranzustürmen.

Am Nachmittag hatte Bonham so lange auf Fannin eingeredet und seine Sache so überzeugend vorgetragen, daß es nur noch wenige Minuten dauern konnte, bis der Oberst für sein Anliegen gewonnen war, als genau zu diesem Zeitpunkt eines jener grotesken Ereignisse eintrat, die oft den Gang der Geschichte bestimmen. Der arrogante Oberst Johnson, der versucht hatte, mit einer Handvoll Helden in Mexiko einzufallen, kam mit einer erschreckenden Geschichte ins Presidio gestolpert. »Wir wurden von den Mexikanern eingeschlossen. Sie haben uns in Stücke gehackt. Außer mir gibt es nur noch vier Überlebende.«

»Von Ihrer ganzen Abteilung?« fragte Fannin mit zitternder Stimme.

»Auch Dr. Grant scheint unter den Opfern zu sein.«

»Mein Gott!« rief Fannin, denn das bedeutete, daß die beiden unfähigen Kommandeure einen Großteil seiner gesamten Streitkraft verloren hatten. Bonham sah ein, daß es zwecklos war, noch weiter in den verstörten Mann zu dringen. Er musterte Johnson und dachte: »Seine Armee hat er verloren. Bis auf fünf sind alle tot. Aber er ist am Leben geblieben. Wie mag er das geschafft haben?«

Als ihm klar wurde, daß er nur kostbare Zeit verschwendete, verabschiedete sich Bonham von seinen unfähigen Vorgesetzten mit der Bemerkung, daß er nun sein Pflicht tun müsse. »Und worin besteht Ihre Pflicht?« fragte Fannin.

»Zum Alamo zurückzukehren. Oberst Travis verdient eine Antwort.«

»Aber der Alamo ist eingeschlossen, das haben Sie selbst gesagt.«

»Ich bin herausgekommen. Ich werde auch wieder hineinkommen.«

»Bleiben Sie bei uns. Helfen Sie uns, Goliad zu verteidigen.«

Bonham sah die beiden Männer an; er hatte keine Lust, zusammen mit diesen Versagern irgend etwas zu verteidigen. Er kehrte ihnen den Rücken zu und preschte davon. Keine Hilfe war ihm zugesagt worden, er hatte keine Hoffnung auf Rettung.

Am Dienstag, dem 1. März, um drei Uhr früh durchbrachen Zave Campbell und die einunddreißig Männer aus Gonzales die mexikanischen Linien und zogen in den Alamo ein, wo sie einen berühmten Mann vorfanden, dessen Anwesenheit ihnen Mut machte, obwohl er ans Bett gefesselt war.

Es war der einundvierzigjährige Jim Bowie, der beste Messerwerfer an der ganzen Grenze. Großgewachsen, rothaarig, von enormer Tatkraft – wenn es nach den Männern gegangen wäre, so hätten sie ihn während der Belagerung zu ihrem Kommandanten gemacht. Unglücklicherweise war Bowie, der schon seit einiger Zeit kränkelte, genau an dem Tag, als Santa Anas Soldaten den Alamo einschlossen, von dem gleichen rasenden Fieber niedergeworfen worden, das seine Frau Ursula Veramendi getötet hatte. Als Zave sich bei ihm melden wollte, fand er ihn im Bett liegend.

»Ich habe von Ihnen gehört«, begrüßte ihn Bowie. »Ich freue mich, Sie kennenzulernen.«

Nie sollte Zave diesen einst so kraftvollen Mann aufrecht stehen sehen, aber die Energie, die Bowie selbst jetzt noch ausstrahlte, beeindruckte ihn. Als der Kranke erfuhr, daß auch Campbell eine Mexikanerin geheiratet hatte, lachte er. »Wir haben hier drin noch einen dritten«, sagte er und schickte nach Mordecai Marr. Die drei Texikaner schwelgten nun in Erinnerungen an die schönen Zeiten, die sie mit ihren mexikanischen Frauen verbracht hatten. »Die glauben alle, wir haben dumme Bauernweiber geheiratet«, sagte Bowie. »Aber Sie hätten hören sollen, wie meine Frau mich herumkommandiert hat. Sie hatte zweimal soviel Grips im Kopf wie ich. Für Texas wäre es besser gewesen, wenn man jeden unverheirateten Einwanderer aus Kentucky oder Tennessee gezwungen hätte, eine Mexikanerin zu heiraten. Vielleicht hätten wir dann die Gegensätze überbrücken können.«

»Welche Gegensätze?« fragte Zave.

»Die zwischen Amerikanern und Mexicanos. In den kommenden Jahren werden wir uns dieses Land teilen müssen. Wenn wir richtig angefangen hätten...«

Der andere Mann, den alle Neuankömmlinge kennenlernen wollten, war Davy Crockett, der frühere Kongreßabgeordnete aus Tennessee, ein berühmter Erzähler, dessen frivole, im Dialekt vorgetragene Histörchen ihn oft der Lächerlichkeit preisgaben. Nachdem er die Lage im Alamo eingehend geprüft hatte, bestand er darauf, die mit Pfählen befestigte Schwachstelle zu verteidigen, wo die Gefahr am größten sein würde. »Hier brauche ich sechzehn gute Leute mit allen Gewehren, die ihr auftreiben könnt. Dann sollen sich die Mexikaner aber besser in acht nehmen!«

Immer wenn Zave den jungen Galba, für den er sich verantwortlich fühlte, nicht finden konnte, brauchte er sich nur umzusehen, wo Davy Crockett gerade seine Zuhörer in Bann schlug; dort stand der Junge und hörte aufmerksam zu, wie der temperamentvolle Mann seine Geschichten erzählte.

Eines Morgens hielt Galba mit ihm zusammen an der Mauer in der südwestlichen Ecke der Mission Wache. Crockett war wie immer gekleidet – Waschbärpelzmütze, Rohlederjacke, Wildlederhose – und hatte zwei Gewehre neben sich lehnen. »Siehst du den Mexikaner dort drüben am anderen Ufer, der gerade etwas in den Sand zeichnet? Und den Mann hinter ihm? Sobald ich feure, klatschst du mir die andere Büchse in die Hand.«

Die zwei Männer waren so weit weg, daß Crockett sie unmöglich treffen konnte – meinte Galba. Er beobachtete genau, wie der erfahrene

Schütze sein Gewehr auf die Mexikaner richtete, es auf der Brustwehr abstützte und mit atemloser Sorgfalt seinen Zeigefinger zurückzog. Nur ein leises Knacken war zu hören, und der erste Mann ging zu Boden.

»Schnell!« flüsterte Davy, als ob der zweite Mann ihn hören könnte, und noch bevor dieser in Deckung gehen konnte, flog eine zweite Kugel über den Fluß und fand ihr Ziel.

Frech kam Crockett hinter dem Schutzwall hervor, schob seine Pelzmütze zurück, lud die zwei Gewehre und forderte Santa Anas Männer heraus, mit ihren altmodischen englischen Glattbüchsen, die kaum die halbe Entfernung trugen, auf ihn zu schießen.

»Wie weit war das?« fragte Galba.

»Etwas über zweihundert Meter«, antwortete Crockett, fügte aber gleich hinzu: »Aber das ist mir nur geglückt, weil ich meine Büchse abstützen konnte.«

»Darf ich mit Ihnen bei den Palisaden kämpfen?«

»Mit den Männern, die ich habe, wird es nicht schwer sein, diese Stellung zu halten. Ein guter Schütze wie du, der wird dort gebraucht, wo Travis ihn postiert!«

Als Oberst Travis den Männern aus Goliad ihre Verteidigungsstellungen zuwies, erklärte sich Zave freiwillig bereit, eine der exponierteren zu beziehen. Er entschied sich für die lange Westmauer, denn er wußte, daß sie einen gefährlichen Abschnitt darstellte, wenn sich die mexikanischen Fußsoldaten tapfer genug zeigten, mit ihren Sturmleitern anzurücken. Er gab Galba Fuqua, der bei ihm bleiben wollte, Instruktionen: »Wir müssen ständig hin und her rennen und unsere Stellungen wechseln. Wir müssen sie verwirren.«

»Was soll ich tun?«

»Sobald einer eine Sturmleiter anlegt, läufst du mit dieser Heugabel hin und stößt sie um.«

Der Junge hob den Blick zu den Bäumen und sah, wie nahe sie den Mauern waren. Zum ersten Mal seitdem er Gonzales verlassen hatte, begriff er, daß hier in wenigen Tagen viele Menschen sterben würden. »Wird es viele Tote geben, Mr. Campbell?«

»Eine ganze Menge«, antwortete Zave. Er sah die Angst in den Augen des Jungen, nahm ihn bei der Hand und fragte ihn: »Worum geht es bei einer Schlacht, mein Sohn? Um das Töten von Menschen. Sie oder wir, mein Sohn.«

Überrascht hörten Oberst Travis und alle, die sich wie er an diesem Donnerstag, dem 3. März, in Hörweite von Galba Fuqua aufhielten, den Jungen rufen: »Da kommt einer geritten!« Tatsächlich, sie sahen einen einsamen Reiter, der alle erdenklichen Anstrengungen unternahm, um die feindlichen Linien zu durchbrechen.

»Es ist Bonham!« brüllten die Männer. »Nur zu, Bonham!«

Aber sie ließen es nicht beim Brüllen bewenden. Zwei Männer stellten ein Feldgeschütz auf und beschossen die mexikanischen Soldaten, die den Amerikaner aufzuhalten versuchten.

»Tor aufmachen!« rief Travis. Die Männer gehorchten seinem Befehl genau im richtigen Augenblick, um den wild um sich schießenden, immer wieder seinen Feinden geschickt ausweichenden Bonham in den Schutz des Alamo gelangen zu lassen. Zweimal in die Sicherheit des offenen Landes entkommen, zweimal auf seinen Posten zurückgekehrt, wie die Pflicht ihm gebot, hatte er ganz allein viermal starke feindliche Truppenverbände durchdrungen.

Seine Botschaft war kurz und erschreckend: »Oberst Fannin weigert sich, Goliad zu verlassen. Gonzales kann uns keine Männer mehr schicken. Es sind keine Verstärkungen unterwegs. Wir können auf keine Hilfe mehr zählen.«

Am Freitag, dem 4. März, sahen die Verteidiger des Alamo vom Rio Grande her weitere mexikanische Verstärkungen anrücken; sie vergrößerten Santa Anas Überlegenheit noch; selbst die optimistischsten Texikaner mußte jetzt der Tatsache ins Gesicht sehen, daß der Angriff in wenigen Stunden beginnen würde – und daß der Ausgang der Schlacht von vornherein feststand.

James Bonham war erschöpft und nachdenklich. Er konnte Fannin nicht verstehen. »Er hätte ohne weiteres vor vierzehn Tagen aufbrechen können«, meinte er kopfschüttelnd, als er mit Travis sprach. »Ich bin gestern durchgekommen; das hätte er mit seinen Männern auch geschafft. Ich fürchte, der arme Kerl treibt einer furchtbaren Katastrophe zu.« Er schlief fast den ganzen Nachmittag durch.

Als guter Schotte hatte Zave Campbell schon bald die Gesellschaft eines Landsmanns gesucht, eines gewissen McGregor, der, wie sich herausstellte, einen Dudelsack mitgebracht hatte. So trafen also am späten Nachmittag Campbell, Galba Fuqua und McGregor in der nordwestlichen Ecke des großen Platzes zusammen, und McGregor begann auf und ab zu gehen, als befände er sich im Hochland, und blies dabei die Reels und Strathspeys seiner Jugend.

Am Samstag, dem 5. März, unterblieb das schon zur Gewohnheit gewordene tägliche Bombardement durch die Mexikaner – dreizehn Tage Beschießung, ohne daß ein einziger Texikaner getötet worden wäre –, und das verhieß nichts Gutes. Marr wagte eine Prophezeiung: »Santa Ana gruppiert seine Truppen um. Morgen greift er an.«

Oberst Travis, der zu dem gleichen Schluß gekommen war, empfand ein überwältigendes Gefühl drohenden Unheils. Die Situation seiner Kämpfer und der wenigen Frauen und Kinder, die mit ihnen im Alamo geblieben waren, realistisch betrachtend, erkannte er, daß es keinen Sinn hatte, auf ein Wunder zu warten. Seine Stimmung wurde immer düsterer. Wie er seine Männer auch an den Mauern postierte, stets gab es Lücken, die der Feind bald entdecken würde. Sein Munitionsvorrat war begrenzt. Unbegrenzt war die Kampfbereitschaft seiner Männer, aber als ihr Kommandeur fühlte er sich verpflichtet, jedem von ihnen eine letzte Chance zu bieten, dem sicheren Tod zu entfliehen, der ihn erwartete. Am Nachmittag rief er alle auf der Plaza vor der Kirche zusammen und machte sie mit den Tatsachen vertraut – auch die Frauen und Kinder und selbst Jim Bowie, den man auf einer Pritsche ins Freie getragen hatte. »Noch weht die rote Fahne, Santa Ana meint es ernst. Seine Armee ist uns fünfzehnfach überlegen, und er hat natürlich auch mehr Geschütze. Ich vermute, daß er morgen angreifen wird, und nun biete ich jedem von euch eine letzte Chance, sich zurückzuziehen.«

Was jetzt geschah, sollte noch lange für Gesprächsstoff sorgen; manche – sie stützen ihre Berichte auf die Aussagen einiger Frauen, die dem Gemetzel entkommen waren – sagten, Travis habe mit der Spitze seines Säbels eine Linie in den Sand gezeichnet und diejenigen, die mit ihm kämpfen wollten, aufgefordert, über den Strich zu steigen. Er habe den Männern klargemacht, daß der Tod nicht mehr lange auf sich warten lassen werde, und habe ihnen die Wahl gelassen, zu bleiben und einen hoffnungslosen Kampf zu führen oder sich über die Mauer zu schwingen und ihr Glück in der Flucht zu suchen.

Als erster überschritt der weißhaarige Mordecai Marr die Linie. Jim Bowie ließ sich auf seiner Pritsche hinübertragen. Davy Crockett schlurfte hinüber, und natürlich ging auch James Bonham dem Tod entgegen; daß er unvermeidlich war, hatte er schon vor drei Wochen gewußt. Zave Campbell sah Galba Fuqua an, zuckte die Achseln und meinte ganz unheroisch: »Bis hierher sind wir gekommen, Galb. Willst du den Weg zu Ende gehen?« Ohne zu zögern, ergriff der Junge Zaves Hand; gemeinsam schlossen sie sich den Patrioten an.

Als Travis eine letzte, bewegende Ansprache hielt, lauschten ihm – nebst Frauen und Kindern – hundertzweiundachtzig Männer und Burschen. Bis auf einen waren alle über den Strich gestiegen, um letztlich mit Travis zu sterben. Der eine, der es nicht getan hatte – und der Grund, den er dafür anführte, ein Leben in Schande dem Heldentod vorzuziehen, versetzte alle, die ihn hörten, in Erstaunen –, war Louis Rose, ein einundfünfzigjähriger Franzose und verdienter Veteran der napoleonischen Feldzüge ins Königreich Neapel und nach Rußland, der sich als solcher das Recht erworben hatte, den Orden der Ehrenlegion zu tragen. Er war schon 1826 nach Texas gekommen und hatte seinen Vornamen auf Moses abgeändert, weil der seiner Meinung nach amerikanischer klang.

»Ich bin nach Amerika gekommen, um ein neues Leben anzufangen, und nicht, um unnötig zu sterben«, ließ er sich vernehmen. »Nur Narren würden versuchen, diesen Ort zu verteidigen.« Er packte seine Sachen zusammen und stieg über die Mauer. Er warf noch einen letzten Blick auf seine Freunde zurück, brachte ein halbherziges Nicken zustande, drehte sich um, sprang und verschwand hinter den Bäumen.

Um halb vier Uhr morgens am 6. März, einem Sonntag, streckte Galba Fuqua die Hand aus und stieß seinen Freund Zave Campbell, mit dem er an der Westmauer Wache stand, in die Seite. »Ich glaube, sie kommen.«

Zave rieb sich die Augen, spähte in die Finsternis und sah nun selbst, daß sich zwischen den Bäumen im Westen etwas bewegte. »Ich fürchte, du hast recht, Galb.«

Im Dunkel der Nacht bliesen sieben mexikanische Hornisten die ohrenbetäubendsten Signale, die man je auf den Schlachtfeldern der Welt gehört hatte. Es war kein gellendes Kommando, mit dem Angriff zu beginnen, und auch kein mitreißender Schlachtruf, um den eigenen Leuten Mut zu machen. Es war der »Degüello«, eine alte maurische Aufforderung an den Feind, sich zu ergeben. Das Wort bedeutet Enthauptung, und das Signal war klar und deutlich: Wenn ihr euch nicht unverzüglich ergebt, werden wir euch köpfen – jeden einzelnen von euch.

Neunmal wurde der »Degüello« wiederholt, und jedesmal brachte er die weißgewandeten indianischen Truppen näher an die Mauern heran. »Verschwende deine Kugeln nicht«, riet Campbell Galba. »Sie werden bald nahe genug sein.« Santa Ana hatte die Aufgaben sehr geschickt auf die einzelnen Kontingente verteilt. »Cós, du kommandierst unsere besten Truppen. Greif die Mauer im Nordwesten an. General Duque, Sie legen eine Bresche im Nordosten, ich bin sicher, daß wir in diesem Abschnitt durchbrechen können. Ripperdá, Sie haben die Leute, die wir in Wellen einsetzen können. Zerstören Sie die Palisaden. Morales, Sie attackieren das Haupttor; wenn Sie nicht durchkommen, weichen Sie nach links aus, dort werden Sie eine schwache Stelle finden. Die anderen Herren – Sturmleitern an die Westmauer, die Rebellen können sie unmöglich in ihrer ganzen Länge verteidigen!«

In den ersten Minuten machten die vier Generäle, denen Santa Ana die wichtigsten Aufgaben übertragen hatte, nur geringe Fortschritte, denn sie griffen uneinnehmbare Stellungen an. Die Männer, die die Westmauer stürmen sollten, wurden jedoch zu einer echten Gefahr. »Galb«, brüllte Zave, »jetzt müssen wir hin und her laufen, wie ausgemacht.« Und zusammen mit drei Kämpfern aus Tennessee warfen die beiden eine Sturmleiter nach der anderen um.

Bei der Nordmauer, einem besonders gefährdeten Abschnitt, brachte General Cós einen phantastischen Erfolg zustande, obwohl ihm das zunächst gar nicht bewußt wurde: Einer seiner Männer gab eine blinde Salve ab und hatte das Glück, damit einen Texikaner zu treffen, der die im Norden postierte Geschützbatterie verteidigte. Der Mann erhielt einen Kopfschuß und fiel rücklings in den staubigen Hof. Der Tote war Oberst William Travis, dessen eiserner Wille die Männer im Alamo gehalten hatte.

Der zermürbendste Angriff erfolgte bei den Palisaden, wo Davy Crockett seine Scharfschützen aus Tennessee postiert hatte; sie wurden von Mordecai Marr und zwölf Kämpfern aus Kentucky unterstützt. Diese zähen Veteranen antworteten mit anhaltendem Gewehrfeuer, aber der Druck der Angreifer ließ nicht nach, denn General Ripperdá verfügte über einen unerschöpflichen Nachschub an bloßfüßigen Yucatán-Indianern, die er als menschliche Mauerbrecher einsetzte.

Benito Garza hörte, wie ihm jemand zurief: »Du führst die dritte Welle an!« Zuerst fiel es ihm schwer, sich damit abzufinden, denn er wußte, wie gefährlich ein solcher Angriff war, doch als er sah, wie sich die erste Welle in Bewegung setzte und Minuten später Mann für Mann niedergemäht wurde, verlor er alle Furcht und rief den Männern der zweiten Welle zu: »Das sind doch nur ein paar Pfosten! Stürmt die Palisaden, verdammt noch mal!« Jetzt konnte er es kaum erwarten, anzugreifen.

Ripperdá, kalt und steif wie immer, kam immer näher an die Palisaden heran. Ihn kümmerten weder die um ihn pfeifenden Kugeln noch die entsetzlichen Verluste seiner Indianer. »Sie werden es schaffen, Garza. Greifen Sie das Zentrum an!«

Die erste Stunde des Kampfes war vergangen, ohne daß auch nur ein Mexikaner eine Mauer erklommen hätte. Es ging auf sechs Uhr zu, und Santa Ana war mit seiner prahlerischen Behauptung, noch vor Sonnenaufgang werde er den Alamo eingenommen haben, durchgefallen. Nun führte er frische Truppen heran, die sofort mit viel Gebrüll auf die geschwächten Mauern einstürmten. Die mangelnde Schußweite hatte keine Bedeutung mehr, denn jetzt wurden die Schüsse aus zehn Metern Entfernung abgegeben – und oft mit gutem Erfolg, wie sich zeigte, als immer mehr tapfere Texikaner, ihrem Kommandeur gleich, nach hinten umkippten.

Um sechs lebten nur noch wenig mehr als hundert Texikaner, und immer noch stürmten die Indianer und Mestizen gegen sie an, kleine Männer mit viel Mut, denn sie kletterten mit bloßen Händen auf die Mauern oder legten trotz des vernichtenden Gewehrfeuers ihre Sturmleitern an, während die, die hinter ihnen kamen, hinaufstiegen, um oben mit Gewehrkolben ins Gesicht begrüßt zu werden.

Aber es kamen immer mehr, Hunderte, Tausende, wie es schien, und für je sechs Erschlagene fiel ein Texikaner auf der Mauer – mit einer Kugel im Kopf oder einem Messer in der Brust.

Auf der Südseite unternahm Oberst Morales mit seinen Truppen einen vergeblichen Angriff auf das Haupttor, aber noch während die Texikaner seinen Mißerfolg bejubelten, wich er zum westlichen Ende dieser Mauer aus und überraschte die Verteidiger mit einem Bajonettangriff. Die Mexikaner schwärmten aus und errangen einen großen Vorteil, denn sie befanden sich jetzt innerhalb der Mauern.

Fast genau im gleichen Augenblick übten die Generäle Cós und Duque größten Druck auf eine Schwachstelle in der Nordmauer aus und legten dort eine weitere Bresche. Noch bevor die weißen Ameisen den großen Innenhof stürmen konnten, nahmen Benito Garza und die Yucatán-Truppen die Palisaden und überrannten den alten Mordecai Marr, der seine Büchse noch lud, als er schon am Boden lag. Drei Bajonette setzten seinem abenteuerlichen Leben ein Ende.

In diesem Augenblick stieß Zave Campbell, der immer noch auf dem Dach stand und Sturmleitern zurückwarf, einen entsetzlichen Schmerzensschrei aus – nicht wegen sich, sondern wegen seines Gefährten dieser letzten Tage, Galba Fuqua. Zwei Kugeln waren in seinen Ober- und Unterkiefer eingedrungen und hatten ihm einen Teil des Gesichts weggerissen.

Zave sah, wie der Junge die Hand an den Kopf führte, erbleichte und fast in Ohnmacht fiel, als er merkte, was ihm zugestoßen war. »Lauf runter, wo die Frauen sind, Galb. Sie werden dir helfen.« Mit großer Mühe hob er den Jungen von dem Platz weg, den er so tapfer verteidigt hatte, und ließ ihn zu Boden gleiten.

Jetzt kämpfte er mit tödlicher Entschlossenheit. Einmal wartete er, bis zwei Männer die Leiter an der Stelle erklommen hatten, an der Fuqua gestanden hatte, sprang dann vor wie ein Tiger, schwang eines seiner Gewehre wie ein Verrückter und zerschmetterte die Schädel der zwei Mexikaner. Als er auf seinen Posten zurückgekehrt war, sah er, daß Galba wieder heraufkletterte, um weiter seine Pflicht zu erfüllen.

»Kommt nur, ihr Bastarde!« brüllte Zave die Angreifer an und verfolgte mit Entsetzen, wie acht Mann sich auf Galba Fuqua stürzten, Dutzende Male auf ihn einstachen und den Körper wie eine Garbe gedroschenen Weizens auf die Erde hinunterwarfen.

Zave Campbell, dem seine vier Gewehre nur mehr als Keulen dienten, stürzte mit Wutgeheul auf die zwanzig Mexikaner, die gerade dabei waren, das Dach zu erstürmen. Fluchend, mit Gewehr und Messer wild um sich schlagend, konnte er sie noch einige Augenblicke in Schach halten und drei von ihnen in den Tod schicken.

Aber noch während er sich der Angreifer vor ihm erwehrte, schlich sich einer von hinten an und stach mit so entsetzlicher Kraft auf ihn ein, daß die Spitze des Bajonetts zehn Zentimeter aus seiner Brust herausragte. Er war so perplex, daß er einen Augenblick nach Luft rang und die

Hand hinführte, wie um die Spitze herauszuziehen. Gleichzeitig trafen ihn weitere Stiche. Er brüllte auf und wollte sich auf seine Peiniger stürzen, da fiel er sterbend über die Mauer, die er so mutig verteidigt hatte.

Genau zur gleichen Zeit versuchte James Bonham, sechs Angreifer in der Missionskapelle abzuwehren, wurde aber überwältigt. Sterbend nahm er einige Feinde in den Tod mit.

Gegen halb sieben Uhr früh schallten triumphierende Hornsignale über die große Plaza, während Santa Anas siegreiche Truppe jeden Winkel des Alamo nach lebenden Texikanern durchsuchten. Wenn sie einen fanden, hielten sie sich an den strengen Befehl ihres Generals: »Keine Gefangenen!«

Kämpfer, die sich tapfer verteidigt hatten, bis alle Hoffnung geschwunden war, wollten sich ergeben, wurden aber entweder niedergeschlagen oder mit Bajonetten erstochen. Unter den Männern gab es keine Gefangenen; Amalia Marr und die anderen Frauen innerhalb der Mauern wurden geschont.

Jim Bowie wurde auf seiner Pritsche mit einem Bajonett erstochen.

Um sieben Uhr war der Kampf vorüber und ein Sieg errungen, wie kein General ihn sich vollkommener hätte wünschen können. Der Aufstand in Tejas war niedergeschlagen, noch bevor er richtig begonnen hatte, und Santa Ana, hoch erfreut über seinen Triumph, gab einen letzten Befehl: »Verbrennt sie alle!«

In ein durch nichts kenntlich gemachtes Grab wurde die Asche der Helden des Alamo geworfen, ungeehrt und bespuckt, aber noch bevor der beißende Rauch sich verflüchtigt hatte, begannen Menschen in vielen Teilen der Erde den Namen mit Ehrerbietung, Zorn, Hoffnung und Entschlossenheit auszusprechen. »Der Alamo!« Und als sich in den folgenden Wochen Männer aus allen Teilen Texas' und der Vereinigten Staaten zu sammeln begannen, um diese Schandtat zu rächen, legten sie einen feierlichen Eid ab, der sie vereinen sollte: »Denkt immer an den Alamo!«

Mit ihrem Tod hatten die Verteidiger des Alamo den Lebenden die moralische Verpflichtung auferlegt, zu vollenden, was sie begonnen hatten. Aus der Asche ihrer verbrannten Knochen sollte eine neue Nation aufsteigen.

Wo war General Sam Houston, der Held der texanischen Geschichte, als sich diese Ereignisse zutrugen? Er hatte sich verzweifelt bemüht, Ordnung in die Verteidigung von Texas zu bringen, und war damit gescheitert. »Geben Sie den Alamo auf und sprengen Sie ihn in die Luft«, hatte er Travis geraten, der ihm aus heroischen Gründen ungehorsam gewesen war. »Geben Sie Goliad auf und sprengen Sie es in die Luft«, hatte er schon vor Wochen Oberst Fannin geraten, und wieder war sein Befehl ignoriert worden. Wie Achilles vor Troja schmollte er, diesmal bei seinen geliebten Cherokee, die er besuchte, um ihnen mit der gesetzlichen Regelung ihrer Ansprüche an die Vereinigten Staaten und besonders an das entstehende Texas behilflich zu sein.

Wenn sich die Führer der nun ins Rampenlicht tretenden Nation als unfähig erwiesen, ihm sollte es recht sein. Er würde seine Tätigkeit bei den Indianern zu Ende führen und zurückkommen, wenn die Militärs bereit waren, auf seine Weisungen zu hören: sich geordnet zurückziehen, Santa Ana immer tiefer auf ein gefährliches Terrain locken und alle Kräfte für einen vernichtenden Schlag gegen die Mexikaner aufsparen, deren Nachschubwege länger und länger und immer schwerer gegen die Taktik der Stippangriffe zu verteidigen sein würden, die sich vor Jahren für die Briten so katastrophal ausgewirkt hatten.

Sam Houston wurde zu einer amerikanischen Version des mit dem Beinamen *Cunctator* – Zauderer – belegten Römers Fabius Maximus, der im Jahre 217 v. Chr. einer Niederlage durch den Karthager Hannibal nur dadurch entging, daß er den Feind durch eine Folge geschickter Rückzüge zermürbte. Houston ersann einen genialen Plan, es mit Santa Ana genauso zu machen – mit Santa Ana, der über eine überlegene Armee, gute Geschütze, tüchtige Generäle und überhaupt alles verfügte, was für ihn von Vorteil war – ausgenommen Zeit und Entfernung. Diese zwei Minuspunkte sollten genügen, um dem mexikanischen Diktator eine Niederlage beizubringen.

Houston hielt sich gerade in Gonzales auf, als er erfuhr, daß der Alamo gefallen war. Die jeden Morgen und jeden Abend abgefeuerten Kanonen, die den Menschen im weiten Umkreis die Sicherheit gegeben hatten, daß sich die Mission in texikanischer Hand befand, waren verstummt, und darum überraschte es ihn auch nicht, als eine Frau, die Santa Ana allein zu dem Zweck freigelassen hatte, die Schreckensbotschaft zu verbreiten, mit der entsetzlichen Nachricht ankam, daß alle

Texikaner, die zweiunddreißig aus Gonzales eingeschlossen, gefallen waren.

Nun begann der große Rückzug; die Zivilisten flohen vor den anrükkenden Mexikanern. Schutzlose Dörfer und Städte wurden verlassen und von ihren Einwohnern angezündet; das Vieh trieb man nach Norden und Osten und überließ es bei Flußübergängen sich selbst. Nichts und niemand schien den siegreichen Diktator aufhalten zu können.

Für Sam Houston, der zusammen mit den anderen den Rückzug antrat, erhielt ein Punkt entscheidende Bedeutung: Oberst Fannin mußte seine Männer aus der Falle von Goliad hinausführen. Er mußte sie nach Norden bringen, um sie mit denen des Generals zu vereinigen. Die Sicherheit ganz Texas' hing jetzt von ihm und seinem Tun ab.

Als Finlay Macnab von Oberst Fannins letzten Fehlern erfuhr, verzweifelte er nicht, obwohl ihm der Gedanke, daß ein Offizier derart unfähig war, Schauer über den Rücken jagte. Nicht genug, daß Fannin General Houstons dringende Aufforderung, das unmöglich zu verteidigende Presidio aufzugeben, mißachtet hatte, er teilte auch noch die wenigen Kräfte, die er hatte, in kleinere Gruppen auf und schickte an anderer Stelle benötigte Truppen in der Gegend herum, um einige sture Zivilisten zu verteidigen, die das Gebiet schon längst hätten verlassen sollen.

»Du darfst nicht vergessen«, sagte Finlay zu seinem Sohn, »Oberst Fannin ist ein West-Point-Mann. Er hat seine eigenen Ansichten über Ehre und Anstand. Menschen mit eigenen Ansichten bringen andere Menschen oft in Schwierigkeiten.«

»Stecken wir in Schwierigkeiten?« fragte Otto.

»Bis zum Hals. Santa Ana kann jede Stunde dasein. Er lagert nur hundertfünfzig Kilometer von hier.«

»Und könnte er auch unsere Mauern niederreißen?«

»Mit genügend Männern kann er alles. Wir müssen Houston folgen, uns jetzt zurückziehen und später kämpfen.«

Finlay äußerte diese kluge Ansicht am Dienstag, dem 15. März, und mußte an den folgenden Tagen erbittert zusehen, wie Fannin, statt alles für eine geordnete Evakuation vorzubereiten, seinen Männern Aufgaben zuwies, die noch über das Befestigen der Mauern und das Lagern des getrockneten Rindfleisches hinausgingen. Erst am Ende der Woche, viel zu spät, begann der Oberst einzusehen, daß er sich wirklich zurückziehen mußte.

Dabei drohte die Gefahr gar nicht von Santa Ana im Westen – der ruhte sich mit seinen siegreichen Truppen in Béjar aus –, sondern von einem ganz anderen mexikanischen General, José de Urrea, der vom Süden heraufgestürmt kam und alle die amerikanischen Abenteurer vor sich her trieb, die den Mexikanern in diesem Gebiet das Leben schwergemacht hatten. Bald war allen klar, daß General Urrea mit einer weit überlegenen Heeresmacht Goliad jederzeit über den Haufen rennen konnte.

Am Nachmittag des 18. März, eines Freitags, traf Oberst Fannin endlich eine Entscheidung, die er sogleich verkündete: »Morgen bei Tagesanbruch beginnen wir unseren Rückzug nach Victoria. Da wir es eilig haben, werden wir gar nicht erst versuchen, unsere Geschütze mitzunehmen.«

Die beiden Macnabs erklärten sich bereit, als Kundschafter zu dienen und Oberst Fannin durch eine Gegend zu führen, die sie gut kannten. Sie rechneten damit, noch vor dem Abend mit der Truppe in dem nur vierzig Kilometer entfernten Victoria einzutreffen. Doch gerade als sie aufbrechen wollten, kam Fannin die Idee, es sei vielleicht doch besser, die Geschütze mitzunehmen. In der Zeit, die damit verbraucht wurde, die Ochsengespanne für den Transport zusammenzustellen, kam ihm eine weitere Idee: »Wir verbrennen das Fleischlager, damit es nicht in die Hände der Mexikaner fällt!« So richteten die Männer den ganzen verschwendeten Morgen hindurch Holzstöße auf, zündeten sie an und warfen das Fleisch von etwa siebenhundert Ochsen ins Feuer.

Eile war geboten. Kundschafter hatten inzwischen berichtet, daß Urrea sich schon auf dem Weg nach Goliad befand, und endlich begann der Marsch. Es beruhigte Macnab zu wissen, daß die Männer wenigstens gut ausgerüstet und kampfbereit waren, wenn sie von hinten angegriffen werden sollten – wie das nach einer so langen Verzögerung wohl geschehen konnte.

Doch die Farce war noch nicht zu Ende. Die Truppen hatten sich keine zwei Kilometer vom Presidio entfernt, als ein Leutnant, dem Fannin erst geraume Zeit nach dem Abmarsch die Aufsicht über die Proviantwagen übertragen hatte, entsetzt feststellte, daß alle Nahrungsmittel verschwunden waren. In ihrem Versuch, soviel Fleisch wie möglich zu vernichten, um es nicht den Mexikanern zu überlassen, hatten die Männer das ganze Vorratslager verbrannt. Nun sollten dreihundert Mann ohne jeden Proviant über die heiße, leere Ebene östlich von Goliad marschieren.

Die Nachricht von diesem katastrophalen Versehen verbreitete sich in Windeseile unter der Mannschaft, woraufhin ein noch viel krasseres entdeckt wurde: Es hatte auch niemand daran gedacht, Wasser mitzunehmen, so daß die großen Ochsen, die die Geschütze zogen, aus Mangel an Flüssigkeit bald immer schwächer wurden.

Als die Macnabs von diesen unglaublichen Fehlern hörten – Fehlern, wie nicht einmal kleine Jungen sie machten, wenn sie Vorbereitungen für eine Nacht im Zelt trafen –, schlug Otto trocken vor: »Jemand sollte ihn erschießen.«

»Still!« warnte sein Vater und schlug eine Hand vor den Mund seines Sohnes. »Das ist Hochverrat! Wenn Fannin das hört, läßt er dich glatt hängen.«

Ohne Nahrung und ohne Wasser schleppte sich diese Parodie eines geordneten Rückzugs über die Ebene. Plötzlich preschten zwei Kundschafter heran. »General Urrea wird Sie noch vor Sonnenuntergang mit starken Verbänden und drei Geschützen eingeholt haben.«

Fannin wurde blaß. Macnab glaubte eingreifen zu müssen, denn der Oberst hatte offenbar jede Kontrolle verloren und bedurfte der Führung. »Ich kenne diese Gegend, Sir. Meine Farm liegt genau vor uns. Sie dürfen sich nicht auf diesem ungeschützten, freien Boden einschließen lassen, sie müssen unbedingt sofort nach links abschwenken und versuchen, die Bäume am Fluß zu erreichen!«

»Nie werde ich meine Armee teilen!« erklärte Fannin stur; er erinnerte sich offenbar an etwas, was er in einem militärischen Handbuch gelesen hatte.

»Aber Sir! Ich kenne diese Männer aus Georgia, diese Scharfschützen aus Tennessee. Wenn Sie die dort in den Wäldern postieren, wo es außerdem auch Wasser gibt, halten Sie die ganze mexikanische Armee in Schach!«

»Ich lasse mich nicht in Panik versetzen«, erwiderte Fannin entschlossen, und obwohl jetzt in einer Entfernung von weniger als drei Kilometern ein Wald von Zwergeichen und Mesquitesträuchern am Fluß ausreichenden Schutz geboten hätten, beharrte der verbohrte Fannin darauf, seine Männer auf der Route festzuhalten, die er für sie geplant hatte, einem sandigen, wasserlosen Pfad, der Mensch und Tier ins Verderben führen mußte.

Nach einiger Zeit waren die Ochsen nicht mehr imstande, die schweren, unnützen Geschütze zu ziehen, und Oberst Fannin mußte haltmachen. Er tat dies in einer öden Gegend, die keinerlei Schutz bot – keine Bäume, kein Wasser, keine Rinne, die als natürlicher Schützengraben hätte dienen können, kein weicher Boden, um Gräben auszuheben. Eineinhalb Kilometer von jeder sicheren Zuflucht entfernt ließ Fannin seine Männer halten und formierte sie zu einem Rechteck, wie das die Römer vor zweitausend Jahren getan hatten. In den Ecken ließ er die kostbaren Geschütze auffahren. Pedantisch befahl er, die Seiten des Rechtecks nach dem Kompaß auszurichten – die Nordseite nach dem in geringer Entferung befindlichen Fluß, die Ostseite nach Victoria, wohin sie marschieren sollten, und die Westseite nach dem Presidio, das sie vor kurzem verlassen hatten.

Diese Anordnung war sauber, militärisch einwandfrei – und tödlich.

Fannin verfügte über dreihundertsechzig Mann, Urrea über mehr als tausend, und noch bevor der ungleiche Kampf begonnen hatte, war an einem Sieg der Mexikaner nicht zu zweifeln. Mit seiner in West Point erworbenen Ausbildung sollte sich Oberst Fannin zwar als nicht zu unterschätzender Gegner erweisen, der seine Truppen in eine gute Gefechtsformation brachte, anfeuerte und sich zum Schluß noch wie ein wahrer Führer verhielt. Weil aber die Mexikaner mit beweglichen Fronten operierten, gelang es ihm nicht, seine Geschütze gegen sie in Stellung zu bringen; als sich die Angreifer dann formiert hatten, waren die einzigen Texikaner, die mit Geschützen umgehen konnten, verwundet, und die großen Feuerwaffen standen gänzlich nutzlos in der Gegend herum. Bei Einbruch der Dunkelheit begriffen die im römischen Viereck eingeschlossenen Männer, daß General Urrea sie am nächsten Tag mühelos erledigen konnte.

Es war eine furchtbare Nacht; die Verwundeten flehten um Wasser, und die anderen beobachteten entsetzt die Lichter der immer näher rückenden Mexikaner. Bei Tagesanbruch hatte Urrea seine schweren Geschütze herangebracht, dazu Pferde und Ochsen, um sie jeweils dort zu postieren, wo sie sich am wirkungsvollsten einsetzen ließen. Da nun die Norteamericanos sauber vor ihm ausgebreitet lagen, ohne daß auch nur die kleinste Bodenwelle sie abgeschirmt hätte, beschoß er sie nach Belieben, indem er das ganze Lager mit tödlichem Kartätschenfeuer bestrich. Die Texikaner hatten keine Möglichkeit zu entkommen. Zwölfhundert frische mexikanische Soldaten schlossen etwas über dreihundert erschöpfte Texikaner ein. Mehrere junge Offiziere berieten sich mit ihren Männern und meldeten sich anschließend bei Fannin: »Wir haben keine Chance. Sie müssen kapitulieren!« Doch nun nahm der verwirrte Kommandeur eine heldnische Pose ein. »Niemals! Wir kämpfen bis zum bitteren Ende!« Aber man folgte seinem Befehl nicht mehr, und ohnmächtig mußte er zusehen, wie seine Offiziere die weiße Fahne hißten.

Zu Macnabs Erleichterung antworteten die Mexikaner rasch, indem sie ebenfalls eine weiße Fahne hißten. Das bedeutete Waffenstillstand. Kurz darauf ging Fannin erhobenen Hauptes zu Urrea; Finlay Macnab begleitete ihn als Dolmetscher. Die zwei Kommandeure einigten sich über die genauen Bedingungen der Übergabe, und ein katastrophales Unternehmen, von Anfang an erbärmlich geführt, fand ein katastrophales Ende. Macnab berichtete den im Viereck wartenden Männern ganz genau, welche Vereinbarungen getroffen worden waren:

»Oberst Fannin hat verlangt, daß unsere Truppen mit allen Ehren empfangen werden. Wir müssen die Waffen niederlegen, die Offiziere dürfen sie behalten. Jeder hat das Recht, das Land zu verlassen. Keine Hinrichtungen, keine Vergeltungsmaßnahmen.

General Urrea hat diese Bedingungen nicht ausdrücklich angenommen, zumindest nicht schriftlich, hat sich aber entgegenkommenderweise zur Annahme der Kapitulation und zur Wahrung unserer Rechte bereit erklärt. Ein gewisser Oberstleutnant Holsinger, der in Urreas Namen sprach, sagte mir persönlich: ›Na also, Sir! In zehn Tagen sind Sie frei und daheim.‹ Als uns andere Offiziere dasselbe sagten, waren wir sehr erleichtert, das kann ich euch sagen.

General Urrea war sehr darauf bedacht, uns mit Wasser und Lebensmitteln und mit Hilfe für unsere Verwundeten zu versorgen. Für mich ist er ein Gentleman und ein Soldat, der weiß, was er tut.«

Weniger als eine Stunde nach der Kapitulation marschierten die Männer, die das Presidio am Vortag verlassen hatten, wieder hinein; dort angekommen, forderte Finlay seinen Sohn auf, neben ihm niederzuknien: »Allmächtiger, wir danken Dir, daß Du uns vor einer großen Tragödie bewahrt hast. Aus tiefstem Herzen danken wir Dir.«

Er setzte sich mit Otto neben die Glutasche des verbrannten Rinderfleisches und hielt ihm einen Vortrag über die Pflichten eines Mannes: »Du hast selbst gesehen, was Unentschlossenheit und Verwirrung anrichten können. Ich will Fannin nicht Feigheit vorwerfen, denn wir haben beide erlebt, wie tapfer er in der Schlacht war. Aber in diesem Leben, mein Sohn, muß man sorgfältig entscheiden, welcher Weg der richtige ist – und ihn dann auch konsequent gehen. Versprich mir, Otto, daß du dich von einem Weg, den du einmal als richtig erkannt hast, nie abbringen lassen wirst!«

»Ich werde es versuchen«, sagte Otto. Und nach einer Weile fragte er: »Wo wir jetzt doch so nahe bei unserer Farm sind, glaubst du, werden sie uns heimgehen lassen?«

»Ganz sicher«, antwortete Finlay, denn das erschien ihm vernünftig, und weil er selbst ein vernünftiger Mann war, nahm er an, daß auch andere logisch dachten.

Wie viele Historiker in späteren Jahren fand auch Benito Garza an Santa Anas grausamem Vorgehen im Alamo nichts auszusetzen. Die meisten Toten waren im Kampf gefallen, und die wenigen, die man nach Beendigung der Feindseligkeiten erschossen oder niedergesäbelt hatte, waren unmittelbar nach der Schlacht getötet worden – zu einer Zeit, da allen noch das Blut in den Adern kochte. Frauen und Kinder waren unbehelligt geblieben. Es war ein sauberer Kampf gewesen, und die Mexikaner hatten ihn gewonnen.

Zugegeben, Garza hatte einen Schock erlitten, als er auf Santa Anas Befehl die Ruinen durchsuchte, um sich zu vergewissern, daß Männer wie Crockett, Travis und Bowie tot waren, denn als er eine der Leichen mit der Stiefelspitze herumdrehte, starrten ihn die glasigen Augen seines Schwagers Zave Campbell an.

»Dios mío! Wie kommt denn der dahin?«

Das wußte keiner zu sagen. »Männer!« rief Garza. »Laßt uns den da begraben.« Aber für eine Einzelbestattung war das allgemeine Durcheinander zu groß, und Campbells Leiche wurde, wie alle anderen auch, auf einen Stoß geworfen, um verbrannt zu werden.

Später ließ sich Benito die Sache noch einmal durch den Kopf gehen. »Na ja, wenn er unbedingt gegen seine eigene Nation kämpfen wollte, hat er dieses Schicksal verdient.« Was aber seine Trauer darüber nicht minderte, daß seine Schwester María nun ihren zweiten Mann verloren hatte. Von den erwachsenen Texikanern, die er kannte, war Campbell ihm am nächsten gestanden.

Benito registrierte bei sich selbst sonderbare und widersprüchliche Empfindungen in bezug auf den großen Sieg von Béjar: »Ich bin froh, daß wir den Norteamericanos eine gründliche Lektion erteilt haben. Sie haben sie verdient. Ich möchte, daß sie aus Tejas hinausgeworfen werden.« Doch dann wurde er plötzlich von ganz anderen Gefühlen bewegt: »Mit Xavier hätte ich leben können. Er war meiner Schwester ein guter Mann. Ich kann immer noch mit den Macnabs leben. Es sind anständige Menschen. Wenn wir einmal unter einer mexikanischen Regierung mit Mexikanern an der Spitze leben, werden wir vielleicht auch Platz für ein paar Norteamericanos haben. Sie würden uns bei unserem Handel mit New Orleans tüchtig helfen können.«

So schwelgte Benito vom 6. März, als der Alamo gefallen war, bis zum 21., als Santa Ana von der Kapitulation der Garnison in Goliad erfuhr, im Vollgefühl des Sieges. Doch mit der Ankunft des verschwitzten und staubbedeckten Reiters aus Goliad erfuhren die Dinge eine dramatische Wendung. Garza hielt sich gerade im Hauptquartier auf und hörte Santa Ana mit einem Offizier sprechen: »Ich habe es Urrea ausdrücklich befohlen: Keine Gefangenen! Keine Kapitulation! Befehlen Sie ihm, alle zu erschießen!«

Garza fühlte sich verpflichtet, gegen einen so brutalen Befehl zu protestieren, und begann an Ort und Stelle ein Gespräch unter vier Augen mit Santa Ana:

»Darf ich respektvoll anregen, Exzellenz, daß Sie Urrea diesen Befehl nicht schicken?«

»Warum denn nicht? Mein Dekret vom 30. Dezember 1835 legt genau fest, daß jeder Ausländer, der gegen die mexikanische Regierung zu den Waffen greift, wie ein Bandit zu behandeln und zu erschießen ist.«

»Aber so viele Menschen zu erschießen – über dreihundert! Man würde das in den Vereinigten Staaten sehr schlecht aufnehmen. Wir würden uns für lange Zeit ihre Feindschaft zuziehen«, ereiferte sich Benito.

»Also da irren Sie sich, Garza«, widersprach der General. »Wissen Sie noch, was in Tampico passiert ist, im vergangenen Dezember? Ein

Haufen Norteamericanos versuchte, aus New Orleans kommend, die Stadt zu besetzen. Wir schlugen sie und erschossen achtundzwanzig von ihnen als Banditen. Man hat mich von allen Seiten gewarnt: ›Das Volk von New Orleans wird sich das nicht gefallen lassen.‹ Nichts rührte sich. Die Leute sahen ein, daß es Banditen waren, die verdienten, erschossen zu werden.«

»Aber mit dem Alamo ist das etwas anderes, Exzellenz. Das geschah nicht in Tampico. Es geschah hier, und die Norteamericanos schätzen Béjar und Tejas anders ein als Tampico.«

Santa Ana schüttelte den Kopf. »Sie irren sich schon wieder. Unser Triumph hier und Urreas Sieg in Goliad wird ihnen deutlich machen, daß Tejas ein unabtrennbarer Teil von México ist. Sorgen Sie dafür, daß der Befehl an Urrea so schnell wie möglich hinausgeht!«

»Ich muß protestieren, Exzellenz. Ich muß!«

»Sind Sie ein loyaler Mexikaner oder ein verdammter Norteamericano?«

»Ich hoffe, eines Tages Ihr Gouverneur von Tejas zu sein«, verkündete Garza stolz. »Trotzdem möchte ich Sie auf eines aufmerksam machen. Sie können den Alamo in einem fairen Kampf erobern, das ist durchaus akzeptabel. Sie können Fannin bei Goliad schlagen, auch das ist akzeptabel. Aber wenn Sie die Gefangenen in Goliad erschießen lassen und dann nach Norden marschieren, werden die Bürger von Kentucky und Tennessee und Alabama und Mississippi gemeinsame Sache machen; und wenn Sie, Exzellenz, den Sabine River erreichen, werden Sie die ganzen Vereinigten Staaten gegen sich haben. Und denken Sie auch daran: Wenn Sie dabei bleiben, die Gefangenen von Goliad erschießen zu lassen, geben Sie diesem Houston eine gefährliche Waffe in die Hand.«

»Und was für eine Waffe wäre das?«

»Rache. Es könnte sein, Exzellenz, daß die Norteamericanos den Alamo mit der Zeit vergessen. Es war ein fairer Kampf, und sie haben verloren. Aber ein Massaker in Goliad würden sie nie vergessen. Sie werden alles, was sie haben, gegen uns einsetzen. Sie werden unsere Nachschublinien abschneiden – und wir werden sehr lange Nachschublinien haben.

»Ich habe sie in der Hand, Garza. Von Tag zu Tag bekomme ich mehr Verstärkung, und damit habe ich jetzt die Chance, sie auszuradieren. Ein zweites Zacatecas. Ein zweites Tampico. Die Chance, ihnen eine gründliche Lektion zu erteilen, sie zu befrieden und México dann so zu regieren, wie es regiert werden sollte. Die Erschießung der Gefangenen von Goliad ist also in einem größeren Zusammenhang zu sehen. Ich befehle, daß Sie sofort losreiten und General Urrea meine Botschaft überbringen. Jeder einzelne Gefangene ist zu erschießen. Und wenn Sie mir nicht melden, daß das geschehen ist, lasse ich Sie erschießen!«

So brach also Benito Garza am 24. März, einem Donnerstag, in aller Frühe nach Goliad auf. Er sollte einen Befehl überbringen, den er nicht überbringen und den er vor allem nicht ausgeführt sehen wollte. General Urrea war ihm kein Unbekannter, und er hoffte, daß er sich weigern werde, Santa Anas Befehl auszuführen. Als aber die massiven Mauern des Presidio mit den vierhundertsieben darin gefangengehaltenen Norteamericanos – unter ihnen auch diejenigen, die in der Umgebung aufgegriffen worden waren – erreicht hatte, stellte er fest, daß sich General Urrea, offenbar in Erwartung eines solchen Befehls, nach Süden abgesetzt und das Presidio mit allen Gefangenen einem Schwächling, dem Oberst José Nicolás de la Portilla, übergeben hatte.

Mit zitternden Händen erbrach Portilla den Umschlag, las den Befehl: »Alle verräterischen Fremden sind sofort zu erschießen«, erblaßte und biß sich auf die Lippen.

Er erhielt die grausame Aufforderung gegen sieben Uhr abends und verbrachte die folgenden Stunden in großer Gewissensnot, denn Urrea hatte ihm einen ganz anderen Befehl gegeben: »Üben Sie Rücksicht gegen die Gefangenen, besonders gegen Oberst Fannin, und schützen Sie sie vor allen Gefahren!«

Die ganze Nacht überlegte Portilla hin und her, wie er sich angesichts dieser widersprüchlichen Befehle verhalten sollte. Gegen Morgen kam er zu dem Schluß, daß sein unmittelbarer Vorgesetzter, General Urrea, wohl wußte, wie er sich in militärischen Dingen zu entscheiden hatte, daß jedoch seinem obersten Vorgesetzten, General Santa Ana, die Entscheidung darüber oblag, was der Nation guttat – und daß er überdies fähig war, jeden Untergebenen zu bestrafen, der seinen schriftlichen Befehl mißachtete.

Am Palmsonntag, dem 27. März, stand Oberst Portilla eine halbe Stunde vor Tagesanbruch auf, zog seine beste Uniform an, versammelte die Offiziere um sich und teilte ihnen mit: »Wir sollen sie alle erschießen. Alle ohne Ausnahme.«

Mit dieser Mitteilung löste er heftige Bewegung im Presidio aus. Bestürzte Hauptleute und Leutnants liefen hin und her; nur der Oberstleutnant Juan José Holsinger war immer noch damit beschäftigt, die Texikaner zu beruhigen. »Wir bringen Sie zu den Schiffen. Sie werden als freie Männer zurückkehren.« Er glaubte, was er sagte, denn als Deutschem, dessen Sympathien für die Gefangenen bekannt waren, hatte man ihm die Wahrheit vorenthalten.

Die Gefangenen, hoch erfreut über die Aussicht, bald wieder frei zu sein, wurden in drei Gruppen geteilt. Finlay Macnab und sein vierzehnjähriger Sohn Otto kamen zum Georgia-Bataillon, das den San Antonio River entlangmarschieren sollte. »Wird man uns gehen lassen, wenn wir an unserer Farm vorbeikommen?« fragte Macnab Holsinger, der freundlich zustimmte: »Ja, ja, das ist doch ganz klar.«

»Da ist ja Benito!« rief Otto in diesem Augenblick. Mit seinem Schreien zog er die Aufmerksamkeit von Santa Anas Boten auf sich, und Garza sah, daß sich die Macnabs, Angehörige seiner Familie, unter den Todgeweihten befanden. Schnell drehte er sich zur Seite, um seine Bestürzung zu verbergen.

»Benito!« schrie der Junge. Holsinger wandte sich an Garza. »Freunde von Ihnen?« Garza blieb nichts anderes übrig, als zu den Macnabs zu gehen.

»Endlich dürfen wir wieder heim«, sagte Otto, während er seinem Freund die Hand entgegenstreckte.

»Ja«, erwiderte Garza. »Haltet euch in meiner Nähe, wenn wir losmarschieren.«

»Holsinger hat gemeint, wir könnten verschwinden, wenn wir die Farm erreichen«, sagte Finlay. »Kommst du mit zu deinen Schwestern?«

»Ja. Ja.«

»Campbell ist tot, nicht wahr? Ein Bote aus Gonzales hat uns...«

»Er ist tot.«

»Sind alle umgekommen?«

»Ja, ja.« Rot vor Scham, wandte er sich ab.

Die in drei Gruppen aufgeteilten Norteamericanos wurden aufgefordert, sich zum Haupttor zu begeben. Von dort würde man sie einen

Kilometer weit marschieren lassen, jede Gruppe in eine andere Richtung, und dann Befehl zum Anhalten geben – außer Sicht –, aber nicht außer Hörweite der anderen.

Sie waren schon außer Sicht, als ein Krankenpfleger in den großen Saal gelaufen kam, wo etwa vierzig Verwundete auf ihren Pritschen lagen, unter ihnen auch Oberst Fannin. »Schiebt sie alle in den Hof hinaus!« schrie der Pfleger. »Sie sollen erschossen werden!« Mühsam wurden die Pritschen ins Sonnenlicht hinausgeschoben, wo die Männer, die man vor dem Tod gerettet hatte, apathisch darauf warten mußten, ihn nun doch zu erleiden. Von seiner Pritsche aus forderte Oberst Fannin sie auf, tapfer zu sein.

Dann gingen mexikanische Soldaten von Pritsche zu Pritsche und jagten jedem Mann eine Kugel durch den Kopf, bis nur noch Fannin übrig war.

West-Point-Mann bis in den Tod, zuckte er mit keiner Wimper. »Bueno?« fragte ein Offizier, nachdem er ihm die Augenbinde angelegt hatte. »Sie sitzt richtig«, antwortete Fannin. Man schoß ihm ins Gesicht und warf seine Leiche zusammen mit den anderen zum Verbrennen auf einen Haufen.

All diese Einzelheiten sind bekannt, weil sich knapp vor den Exekutionen ein mitleidiger mexikanischer Offizier zu den Texikanern geschlichen hatte. Er wußte, daß General Urreas Verwundete der Betreuung bedurften, und suchte Männer aus, die sich als hilfreich bei der Versorgung der Kranken erwiesen hatten. »Gehen Sie sofort dort hinüber«, flüsterte er jedem einzelnen zu. »Verstecken Sie sich!« Er mißachtete Santa Anas grausamen Befehl und bewies damit großen Mut; ihm ist es zu verdanken, daß etwa zwei Dutzend Texikaner überlebten. Sie waren es, die in späteren Jahren von den Greueltaten berichteten.

Die insgesamt dreihundertsiebzig Männer in den drei auf dem Marsch befindlichen Gruppen konnten nicht wissen, was ihren verwundeten Kameraden zugestoßen war. Das Georgia-Bataillon, dem man auch die Macnabs zugeteilt hatte, näherte sich bereits dem Fluß, als der Befehl zum Halten gegeben wurde. In diesem Augenblick packte Garza, der nebenher gegangen war, Otto an der linken Schulter, wirbelte ihn herum, deutete auf den nahen Wald und sagte nur ein Wort: »Lauf!«

Der Junge sah ihn verdutzt an und rührte sich nicht. Garza gab ihm einen kräftigen Stoß und murmelte abermals: »Lauf!«

»Mein Vater!«

»Lauf!« schrie Garza, und endlich begann Otto zu rennen, erregte aber auch die Aufmerksamkeit eines mexikanischen Leutnants, der alles mit angesehen hatte. Er wollte hinter Otto herjagen, doch nun begann die für den Morgen angesetzte Arbeit, der er sich im Moment nicht entziehen konnte, und er mußte die Verfolgung aufschieben.

Nachdem die etwa einhundertzwanzig Gefangenen stehengeblieben waren, drehten sich die mexikanischen Soldaten herum, bildeten zwei Reihen, schlossen die Texikaner ein und fingen auf Kommando an, jedem einzelnen Gefangenen eine Kugel durch den Kopf zu schießen. Als die Eingeschlossenen merkten, was mit ihnen geschehen sollte, begannen viele, mit den bloßen Fäusten auf ihre Henker einzuschlagen, und es entstand ein allgemeines Durcheinander, bei dem auch viel danebengeschossen wurde.

Von seinem Versteck aus sah Otto, wie einige der Männer ihren Bedrohern die Gewehre entrissen und sich mit dem Kolben so lange verteidigten, bis irgendein Mexikaner ihnen eine Kugel durch den Kopf schoß. Entsetzt beobachtete er, wie sein Vater sich losriß und über das Feld auf das Versteck seines Sohnes zulief, sah, daß drei Offiziere ihm nachritten, ihre Lanzen in seinen Rücken stießen, und hörte, wie sie grölten, als ihr Opfer mit den Lanzen im Rücken wild umhertappte. Schließlich umstellten sie Finlay Macnab mit ihren Pferden, feuerten sechs Schüsse auf ihn ab und preschten davon.

Otto wäre seinem Vater am liebsten sofort zu Hilfe geeilt, aber sein Verstand sagte ihm, daß Finlay tot war, und so zog er sich tiefer in den Wald zurück. Das war auch gut so, denn der Leutnant, der die Flucht des Jungen beobachtet hatte, kam jetzt hinter ihm her, um ihn zu erledigen. Als Otto diese große Gefahr auf sich zukommen sah, verspürte er plötzlich eine ungeheure Kraft in sich. Es gelang ihm, einen Eichenast abzureißen und die Zweige davon abzubrechen. Gemächlich, seinen Säbel schwingend, kam der Offizier auf den scheinbar wehrlosen Jungen zu. Als er Otto erreicht hatte, holte er mit dem rechten Arm weit aus, bis die Spitze seiner Waffe genau auf Ottos Hals zielte. Doch der Junge wich blitzschnell nach der Seite aus. Er mußte einen tiefen Schnitt vom Ohr bis zum Kinn hinnehmen, aber er war so erregt, daß er weder die Wunde noch das fließende Blut spürte; als ob er tödlich verletzt wäre, ließ er sich zu Boden fallen und stieß den Eichenast mit aller Kraft zwischen die

Beine des Mannes. Den Ast als Hebel gebrauchend, warf er den Kerl nieder, griff nach dem Messer, das dem Leutnant aus der Hand gefallen war, und versetzte ihm je einen gewaltigen Stich in die Brust, in den Bauch und tief in den Hals.

Zwei andere Soldaten hatten den Lärm gehört und kamen näher. Während Otto auf den Fluß zulief, war er von den Bäumen so geschützt, daß sie ihre Gewehre nicht gebrauchen konnten, aber als er das Ufer erreichte, hatten sie ein freies Schußfeld. Eine Kugel bohrte sich in seine linke Schulter, ohne aber den Knochen zu verletzen.

Auch diese zweite Wunde ignorierend, stürmte Otto zum Steilufer vor – es war fast ein Kliff – sprang in den Fluß, tauchte unter und schwamm unter Wasser zum anderen Ufer hinüber.

Das war ein Fehler; denn als er wieder auftauchte, konnten die zwei Soldaten ihn deutlich sehen. Bevor sie richtig auf ihn zielen konnten, war er wieder unter Wasser und schwamm diesmal auf das Ufer zu, an dem sie standen. Als er jetzt auftauchte, waren sie zu überrascht, um zu reagieren. Er ging abermals unter Wasser, und sie feuerten ihm nach; Blutblasen stiegen auf. Sie nahmen an, daß sie ihn getötet hatten. Als er den Kopf wieder über den Wasserspiegel hob, stellte er fest, daß sie fort waren.

Er blieb bis zum späten Nachmittag im Fluß und überließ es dem Wasser, seine beiden Wunden zu reinigen. Mit tastenden Fingern stellte er fest, daß die Verletzungen nicht allzu gefährlich waren, aber er verlor doch viel Blut und kletterte deshalb gegen fünf Uhr nachmittags am anderen Ufer an Land und machte sich auf den Weg zum Guadalupe, der ihn heimwärts führen würde.

Seine linke Wange und seine linke Schulter pochten vor Schmerz, als er sich am Abend unter einem Baum zur Ruhe legte. Er verlor das Bewußtsein. Gegen Morgen kam er wieder zu sich, rappelte sich auf und schleppte sich mühsam weiter, bis er gegen Sonnenuntergang den Guadalupe erreichte. Wieder fiel er in Ohnmacht. Als er nach einer Weile zu sich kam, sah er, daß er nicht mehr blutete.

Noch vor Tagesanbruch war er wieder unterwegs, zusätzlich geschwächt durch ein steigendes Fieber. Schließlich erreichte er einen Punkt am Fluß, von wo aus er das Campbellsche Balkenhaus sehen konnte, und die Erkenntnis, daß er der Rettung so nahe war, überwältigte ihn. Er verlor das Bewußtsein und fiel zu Boden. Nicht einmal als er ein Bellen hörte und eine warme Zunge – Betsys Zunge – über sein Gesicht lecken spürte, konnte er sich bewegen.

María hörte das aufgeregte Bellen des Hundes und kam auf die Veranda heraus, um ihn zu beruhigen, aber Betsy ignorierte ihren Pfiff. Da wußte sie, daß etwas Ungewöhnliches geschehen sein mußte. So fand sie ihren Adoptivsohn.

Sie fand ihn am Morgen des 30. März, eines Mittwochs. Bis zum Sonntag darauf lag Otto in fiebrigem Koma. Als er sich ein wenig erholt hatte, erfuhr er, daß María vom Tod ihres Mannes im Alamo wußte. Er berichtete ihr, daß sein Vater bei Goliad gefallen war, und bemerkte zunächst gar nicht, daß Josefina neben ihrer Schwester stand – zwei Mexikanerinnen, die ihre Ehemänner, zwei Anglos, verloren hatten.

Dank Marías Pflege genas er schnell. Sie hatte ihm die Kugel aus der Schulter geschnitten. Auf der linken Wange würde er eine Narbe zurückbehalten. Sie päppelte ihn systematisch auf, und allmählich kam er wieder zu Kräften.

Fast zwei Wochen nachdem er bei Goliad beinahe zu Tode gekommen war, marschierte Otto Macnab in sein eigenes Haus hinüber, holte sich dort zwei ältere Gewehre seines Vaters und kehrte damit in Campbells Balkenhaus zurück, um sich eine von Xaviers Büchsen und zwei Messer zu holen.

»Wohin gehst du?« fragte María. Ihre Augen füllten sich mit Tränen.
»Ich will mich Sam Houston anschließen.«
»Um wieder gegen mein Volk zu kämpfen?«
»Es gibt eine Rechnung zu begleichen.«
»Eine Rechnung zu begleichen?« jammerte María. »Was gibt es da noch zu begleichen? Xavier ist tot. Finlay ist tot.«

Mehr wurde nicht gesagt. Otto hatte Dinge gesehen, die einen Menschen in den Wahnsinn treiben konnten. Die beiden Frauen hatten ihre Norteamericanos geliebt, aber eben diese Männer hatten gegen eine legitime mexikanische Regierung zu den Waffen gegriffen und für diesen Irrtum mit dem Leben bezahlt.

Otto vergaß nicht, daß Angehörige der Familie Garza ihm zweimal das Leben gerettet hatten: Benito auf dem Todesfeld von Goliad, und María jetzt, als er dem Tod nahe gewesen war. Den Dank, den er diesen wunderbaren Menschen schuldete, würde er wohl nie abstatten können, aber jetzt mußte er sich General Houston anschließen.

Mit drei Gewehren, zwei Messern und einer Pistole machte er sich auf, um an der entscheidenden Schlacht teilzunehmen, die, wie er wohl wußte, sich nicht vermeiden lassen würde. Betsy wollte ihn begleiten, aber an der Furt, durch die er den Guadalupe überqueren mußte, sagte er streng: »Geh heim!« Er begann durch das Wasser zu waten, blieb plötzlich stehen, drehte sich um, sah den gehorsamen Hund an und rief ihm zu: »Kümmere dich um María!« Dann setzte er seinen Weg nach Osten fort, Betsy sah ihm noch eine Weile nach.

Zu General Santa Ana zurückgekehrt, stellte Benito Garza ebenso überrascht wie erleichtert fest, daß das Massaker von Goliad der Reputation des Diktators kaum abträglich gewesen war. Gewiß, es hatte einiges Gemurre in der Bevölkerung gegeben, und der eine oder andere von Santa Anas Offizieren hatte Mißbilligung zum Ausdruck gebracht, aber es war zu keinem offenen Protest gekommen, und Benito nahm an, daß die Sache bald vergessen sein werde.

Was er allerdings nicht wissen konnte: Die amerikanischen Zeitungen berichteten bereits in sensationeller Aufmachung und fanatisierenden Worten über die Tragödie im Alamo, und in mehreren Staaten fanden Massenversammlungen statt, auf denen im Namen der gefallenen Helden militärische Maßnahmen gefordert wurden. Er konnte auch nicht voraussehen, daß in Kürze die gleichen Zeitungen das Massaker von Goliad als »dreihundertzweiundvierzig Einzelfälle von ungerechtfertigtem Mord« charakterisieren würden – die einzige passende Bezeichnung.

Garza hatte eine ganz klare Vorstellung der militärischen Lage. Er sprach darüber mit General Ripperdá, in dessen Regiment er jetzt diente. »Wir haben etwa siebentausend Mann nördlich oder zumindest nahe des Rio Grande. General Houston kann nicht mehr als achthundert haben, und ich glaube nicht, daß sie ihm sehr lange die Treue halten werden. Sie kommen und gehen. Ich habe es selbst gesehen. Es sind Farmer, Rancher, kleine Ladenbesitzer.«

»Aber auch wir haben ein Problem«, gab Ripperdá zurück. »Gut, wir haben siebentausend Mann, aber wir schaffen es offensichtlich nicht, sie an einem Ort zu konzentrieren: Urrea ist in Matagorda. Sesma kommt mit seinen tausend Mann von Thompsons Fähre. Noch einmal so viele sind in Goliad. Im Augenblick sind es kaum tausend Mann, die Santa Ana unmittelbar unterstehen.«

»Aber tausend von unseren können doch allemal achthundert von denen besiegen.«

»Gewiß«, stimmte Ripperdá zu, »aber ich würde mich sicherer fühlen, wenn das Verhältnis für uns günstiger wäre: siebenhundert Norteamericanos – siebentausend von unseren Leuten.«

»Seht ihr, sie laufen vor uns davon«, feixte Santa Ana, als er mit seiner Armee Gonzales erreichte und feststellte, daß die Texaner die Stadt angezündet und verlassen hatten. »Aber wir werden sie erwischen!« Noch in der gleichen Nacht schickte er eine Reihe von Botschaften aus, in denen er anderen Generälen befahl, sich ihm anzuschließen, gemeinsam den Colorado zu überqueren und zu versuchen, in Eilmärschen an Houston heranzukommen, um ihn an der Flucht über den Brazos zu hindern. Santa Ana war ganz sicher, daß die Rebellen ein für allemal vernichtet würden, wenn es ihm gelang, sie zu stellen und zum Kampf zu zwingen.

»Wir werden Houston und so viele von seinen verbrecherischen Verbündeten aufhängen, daß die Eichen aussehen werden, als ob sie Früchte trügen«, versicherte er Garza, der seine Meinung insofern geändert hatte, als er es jetzt für durchaus möglich hielt, alle die lästigen Norteamericanos hinauszuwerfen und Tejas zu einer richtigen mexikanischen Provinz unter der Führung Santa Anas in México-Stadt zu machen. Sich selbst sah er dabei immer noch als zukünftigen Gouverneur.

Ein alter Mann und seine Frau, beide Mexikaner, standen am Wegrand. Als Santa Ana an der Spitze seiner Armee an ihnen vorbeiritt, riefen sie »Mörder!« Das Wort hing schicksalsschwer in der Luft; es trübte und beschmutzte die großen Hoffnungen, mit denen die Armee in die Schlacht zog.

Als es schon so aussah, als ob Santa Ana, der mit aller Kraft voranstürmte, um das gesamte rebellische Tejas zu unterwerfen, den flüchtigen Houston tatsächlich schnappen könnte, ereignete sich eines jener romantischen Wunder, wie sie die Texaner auch heute noch als Zeichen dafür betrachten, daß Gott auf ihrer Seite ist. Im Jahre 1830 hatte der

Unternehmer John Jacob Astor den Bau eines Dampfschiffes angeordnet, das im Pelzhandel auf dem Missouri eingesetzt werden sollte. Die *Yellow Stone* wurde 1831 in Dienst gestellt, doch sie schien vom Pech verfolgt zu sein und erfüllte die in sie gesetzten Hoffnungen nicht.

Nachdem sie den Fluß ein Jahr lang befahren hatte, versuchte man es mit ihr auf dem Mississippi, ebenfalls mit nur mäßigem Erfolg. Im Jahre 1833 dampfte das Schiff den Missouri bis zur Einmündung seines Namensvetters, des Yellow Stone River im fernen North Dakota, hinauf. Das aber war seine letzte Fahrt auf dieser Strecke, und bald darauf tauchte es als schmuddeliger Frachter in New Orleans auf.

Am letzten Tag des Jahres 1835 – Santa Ana war schon auf dem Marsch nach Norden – verließ der Frachter *Yellow Stone* New Orleans und tuckerte nach Tejas hinüber. An Bord befanden sich die New Orleans Grays, Freiwillige, die begierig waren, dem Rebellenstaat zur Unabhängigkeit zu verhelfen. Dort angekommen, suchte sich das Schiff gerade einen Weg durch die engen, seichten Gewässer des Brazos River, als sich General Houston von Westen her näherte.

Wie durch ein Wunder wartete das Schiff, das so weit herumgekommen war, genau dort, wo Houston es am dringendsten benötigte. Es hatte seinen Bug so nahe ans westliche Ufer geschoben, daß es die Männer des Generals allesamt in vorübergehende Sicherheit ans Ostufer bringen konnte. Als Santa Ana das Gebiet erreichte, war die *Yellow Stone* fort, und Houstons Armee, wenn man sie so nennen durfte, intakt geblieben.

Kundschafter hatten Houston berichtet, daß Victor de Ripperdá, der tüchtigste von Santa Anas Generälen, in Eilmärschen nach Norden zog, um dem Hauptteil der texanischen Armee von Westen her den Weg abzuschneiden, und nun schien es geboten, den Vormarsch der Mexikaner zu verlangsamen. Houston gelangte zu der Überzeugung, daß Ripperdá einen Vorstoß zu Quimpers Fähre machen würde in der Hoffnung, daß sie noch in Betrieb war.

»Diese Fähre muß vernichtet werden«, sagte der General. Zwei Dutzend Freiwillige eilten stromaufwärts; ihnen war klar: Wenn sie hinkamen, nachdem die mexikanischen Truppen den Fluß überquert hatten, würden die Texikaner vernichtet werden. Diese Wagehälse waren im Durchschnitt zweiundzwanzig Jahre alt; sie kamen aus elf verschiedenen Staaten und zwei fremden Ländern, und wenn je eine

Gruppe ungeschulter Männer bereit war, für das abstrakte Ideal der Freiheit zu kämpfen, dann dieser ungeordnete Haufen.

Nach anstrengenden Eilmärschen erreichten sie Quimpers Fähre einen Tag vor General Ripperdás aus dem Süden heranrückenden Truppen. Sie liefen zum Ufer, sahen die Fähre auf der anderen Seite und ließen zwei Männer hinüberschwimmen, um sie zu holen. Da kam schon Mattie Quimper vom Gasthof heruntergelaufen. »Es ist meine Fähre«, rief sie hinüber. »Ich weiß, was ich zu tun habe!« Die Männer dachten, sie werde sich weigern, das Fahrzeug zu zerstören. »Wir haben unsere Befehle, Madam, die Fähre darf den Mexikanern nicht in die Hände fallen«, erklärte ihr der Anführer. Sie beruhigte ihn: »Da brauchen Sie keine Angst zu haben.«

Mit Hilfe der zwei Soldaten stakte sie die Fähre auf die andere Seite hinüber. Dort holte sie eine Axt, kehrte zum Anlegeplatz zurück, wo sie die Fähre festgemacht hatte, und begann das kostbare Fahrzeug, das ihr so lange gedient hatte, in Stücke zu hauen.

Langsam teilte das schlammige Wasser die Bretter, und der Aufbau kippte um. »Kommen Sie runter, Madam. Das Ding fällt schon auseinander.«

Die Bretter blieben im Uferschlamm liegen. »Schiebt das Zeug in die Flußmitte«, ordnete ein Hauptmann an. Träge trieb das Holz nach Süden. Schweigend beobachtete Mattie, wie es verschwand. Es war eine gute Fähre gewesen, über die Jahre hin stetig verbessert und vergrößert; viele Hunderte von Reisenden waren mit ihr übergesetzt, aber sie hatte zerstört werden müssen, und Mattie trauerte ihr nicht nach.

Doch nun stand sie auf dem ihrem Haus gegenüberliegenden Ufer. »Ich muß zurück«, sagte sie. Der Hauptmann schlug vor: »Bleiben Sie doch bei uns. Die Mexikaner werden alles hier niederbrennen.« Sie schüttelte nur den Kopf. Der Hauptmann rief einigen Soldaten zu: »Nehmt das kleine Boot und bringt sie auf die andere Seite!«

Vor ihrem Haus blieb sie stehen und sah zu, wie die Texikaner abmarschierten. Ihren Sohn Yancey nahmen sie mit.

Die Häuser ringsum waren verlassen, alle Nachbarn geflohen. Sie verbrachte eine einsame Nacht. Vor ihrem geistigen Auge zogen die Menschen vorüber, die dieses Refugium, ihr Gasthof, beherbergt hatte: Jubal, ihr Mann, und der riesenhafte Kronk. Vater Clooney und Joel Job Harrison, den sie beinahe geheiratet hätte. All die hungrigen Siedler, die sich mit ihren Pekannüssen den Bauch vollgeschlagen hatten, und Stephen Austin. Ein buntes Gemisch war es gewesen, aber jeder von edler Gesinnung. Sie konnte den Gedanken nicht ertragen, dieses Haus in die Hände des Feindes fallen zu sehen.

Langsam, aber unermüdlich suchte sie Reisig zusammen und häufte es an Stellen auf, wo der Wind danach greifen und das Feuer, das sie zu legen beabsichtigte, weitertragen würde. Als die Sonne schon hoch am Himmel stand und vom Süden her zu hören war, daß der Feind sich näherte, ging sie mit einem Brand von einem Stoß zum anderen und zündete sie an. Bald stand der Gasthof in hellen Flammen.

Das Haus war erst zum Teil zerstört, als die ersten mexikanischen Truppen ankamen, bald gefolgt von General Ripperdá und seinem Stab. Wütend über den Anblick einer Frau, die ihr Haus niederbrannte, um ihnen seine Bequemlichkeit vorzuenthalten, befahl er den Männern, sich der Fähre zu bemächtigen, von der ihm seine Kundschafter berichtet hatten. Doch bald kamen die Soldaten wieder zurück. »Hier gibt es keine Fähre mehr, Herr General. Ein paar Bretter treiben noch im Wasser.« Er fluchte und ritt zum Fluß hinüber, um den Schaden selbst in Augenschein zu nehmen.

Ripperdá, ein Offizier, der viel auf die große Tradition der spanischen Armee hielt, in der so viele seiner Vorfahren gedient hatten, war für das, was sich nun ereignete, nicht verantwortlich. Einige seiner Soldaten, berauscht von den Siegen im Alamo und bei Goliad, hatten bereits die feste Überzeugung gewonnen, daß die Unterwerfung des restlichen Tejas zu einer Art Triumphzug werden würde. Und da stand nun eine Frau, die ihre Absicht zu Schanden machen wollte; die Soldaten wurden zornig. Drei von ihnen stürzten sich auf sie.

»Nein!« brüllte Benito Garza, der den Schauplatz eben erst erreicht hatte. »Ich kenne sie!«

Zu spät. Blindwütig stachen die drei Soldaten mit ihren Bajonetten auf Mattie Quimper ein. Sie schrie nicht. Blut quoll aus ihren Wunden, aber sie griff sich an die Kehle und bemühte sich, tapfer aufrecht stehen zu bleiben. Dann fiel sie vornüber zu Boden, auf das Land, das sie so geliebt hatte.

Der jetzt vierundzwanzigjährige Yancey, der sich plötzlich unter Männern seines Alters befand, riß sich zusammen und lernte allmählich, wie ein normaler Junge vom Land zu sein, der nun seinen Militärdienst ableisten mußte: Er murrte über die langen Märsche, zeterte über das miserable Essen und hatte viele Freunde unter seinen Kameraden. Und was angesichts seiner eher mäßigen Leistungen in den Kämpfen gegen die Karankawa mehr als alles andere überraschte: Er gab sich zuweilen recht angriffslustig, ganz besonders in Anwesenheit jüngerer Männer, und hielt sich für einen begnadeten Strategen.

Er war ein robuster Bursche mit einem großen, vollen Gesicht und einer Stimme, die alles übertönte. Er scheute sich nie vorzutreten, wenn ein Freiwilliger für eine gefährliche Mission gesucht wurde, verstand es aber, seine Geste so lange hinauszuzögern, bis man einen anderen damit beauftragt hatte. Kurz gesagt, er war ein typischer texanischer Patriot geworden – mit einem Bowiemesser, einer Büchse und dem festen Willen, Santa Ana zu besiegen.

Als er eines Tages im April einer aufmerksam lauschenden Runde seine Vorstellungen von Strategie erläuterte, verstummte er plötzlich, sah die Straße hinunter und rief: »Mein Gott, was ist denn das? Ein menschliches Stachelschwein?«

Den staubigen Kreuzweg herauf kam ein vierzehnjähriger Junge mit einer blutroten Narbe quer über der linken Wange; er schleppte eine Reihe von Waffen mit sich, deren Enden wie die Stacheln eines Igels hervorragten, und Yancey erkannte, daß es sein einstiger Freund Otto war. Schon zehn Minuten später entdeckte der junge Macnab, daß er einen neuen Yancey Quimper vor sich hatte, gereift und selbstsicher, der ihn in herablassendem Ton fragte: »Woher kommst du denn, mein Sohn?«

»Aus Goliad. Ich bin gekommen, um zu kämpfen.«

»Aus Goliad!« brüllte Yancey den Männern zu, die hinter ihm standen. »Er sagt, er war in Goliad.«

Sofort war Otto von Bewunderern umringt, die wissen wollten, was im Presidio geschehen, wie er zu seiner Narbe gekommen sei und wie er die Mexikaner als Soldaten einschätze.

»Die wissen sehr gut, an welchem Ende die Kugel rauskommt«, versicherte Otto ihnen.

»Hat dein Vater dir erlaubt, daß du dich uns anschließt?«

»Mein Vater ist bei Goliad ermordet worden. Nachdem er sich ergeben hatte, haben sie ihm Lanzen in den Rücken gestoßen.« Er sagte das in einem sachlichen Ton, aber in seiner Stimme schwang gleichzeitig so viel Haß mit, daß die Männer keine weiteren Fragen stellten.

Eine Weile später saßen die Soldaten zusammen und unterhielten sich über Houstons Marsch nach Osten. Otto schnappte Gesprächsfetzen auf:

»Eine jämmerliche Leistung...«

»Er läuft immer davon...«

»Er hat Angst zu kämpfen. Alamo und Goliad... da hat er kalte Füße bekommen.«

»Wir hätten Santa Ana schon längst den Garaus gemacht, wenn wir uns zum Kampf gestellt hätten.«

»Houston ist ein Feigling, und wenn wir ihn nicht loswerden, kommen wir nie weiter.«

»Vielleicht hat er einen Plan«, meinte Otto.

»Lies das mal, kleines Stachelschwein«, rief Quimper und nahm einem Mann aus Mississippi, der neben ihm stand, eine Eilbotschaft aus der Hand, die wenige Tage zuvor eingetroffen war. »Watson hier hat eine Abschrift gestohlen. Da steht alles drin, was du wissen mußt.« Sie kam von dem Mann, der zum Präsidenten der Übergangsregierung gewählt worden war:

An General Sam Houston. Sir: Der Feind lacht nur noch über Sie. Sie müssen kämpfen! Sie dürfen nicht weiter zurückweichen. Das Land erwartet von Ihnen, daß Sie kämpfen. Die Rettung unseres Landes hängt davon ab, daß Sie das tun.

David G. Burnet, Präsident.

Der Brief, ein Tadel, wie er einem Kommandeur im Feld kaum jemals ausgesprochen worden war, weckte ein beklemmendes Gefühl in Otto. »Wie mit Fannin in Goliad haben wir es jetzt hier mit einem General zu tun, der nicht weiß, was er tun soll. Alles fällt auseinander«, murmelte er.

Gegen Abend tat sich plötzlich etwas am Fluß. Aus Osten kamen verschwitzte Männer mit sechzehn Ochsen und verkündeten lautstark, sie brächten etwas sehr Wichtiges. Alle liefen ihnen entgegen, um sie zu begrüßen, auch Sam Houston; trotz des Drucks, der auf ihn ausgeübt wurde, hielt er sich aufrecht und würdevoll.

Otto, dem erst jetzt so richtig bewußt wurde, daß er weder Zave Campbell noch seinen Vater je wieder sehen würde, empfand das Verlangen nach einem älteren Menschen, dem er sich anschließen konnte, und hielt sich meist in Quimpers Nähe auf. Zusammen beobachteten sie, wie die Ochsen zwei prächtige Geschütze ins Lager brachten, ein Geschenk der Bürger von Cincinnati.

Während sie einige Tage später mithalfen, die Geschütze über schlammiges Gelände zu transportieren, hatte Otto Gelegenheit zu beobachten, wie selbst der trivialste Zwischenfall manchmal den Lauf der Geschichte verändern kann. Damals wußten die schwitzenden Texikaner nicht, ob sie in Bälde nach Nacogdoches ziehen und ganz Mittel texas der Wut Santa Anas preisgeben würden oder aber ostwärts zum Golf von Mexiko – in der Hoffnung, die Mexikaner auf einem erfolgversprechenden Schlachtfeld zu binden. General Houston lehnte es ab, seine Pläne zu enthüllen, und so mancher befürchtete, er habe gar keine.

Da kam es nun zu dem ersten Zwischenfall. Ein Rad des auch von Otto betreuten Geschützes blieb in einer tiefen, schlammigen Wagenspur hängen. Als Houston vorbeiritt und die Bescherung sah, brummte er: »Holt ein paar Ochsen her und zieht das Ding raus.«

»Wir haben keine Ochsen«, entgegnete der für die Geschütze verantwortliche Hauptmann. Houston sagte: »Dann besorgt euch welche.«

Der Hauptmann, Otto und ein zweiter Soldat suchten die Gegend ab und stießen nach einiger Zeit auf eine energische und stimmgewaltige Farmersfrau, die Männerkleidung trug und mit zwei großen Pistolen bewaffnet war.

»Wir müssen uns vier von Ihren Ochsen ausleihen«, erklärte der Offizier höflich.

»Die kriegt ihr nicht.«

»Wir müssen sie aber unbedingt haben.«

»Wenn ihr die Ochsen anfaßt, brenne ich euch eins auf den Pelz!«

»Liebe Frau«, sagte der Offizier, »die Zukunft der Republik Texas hängt davon ab, ob wir unsere Geschütze gegen Santa Ana einsetzen können. Und um das zu tun, brauchen wir Ihre Ochsen.«

»Zum Teufel mit der Republik Texas. Was hat sie denn schon für mich getan?«

Der Offizier senkte seine Stimme und redete eindringlich auf sie ein. Nach einigem Nachdenken traf sie eine kuriose Entscheidung. »Ich sage euch was: Wenn der General mit seinen Geschützen nach Osten zieht, um gegen Santa Ana zu kämpfen, kann er meine Tiere nicht haben, weil sie dabei draufgehen würden. Wenn er aber nach Nacogdoches im Norden marschiert, um sich in Sicherheit zu bringen, borge ich sie ihm.«

»Er marschiert nach Norden«, gab der Hauptmann eilig zurück, worauf der andere Soldat, den nur Otto sehen konnte, sich mit dem Daumen über die Kehle fuhr, womit er andeuten wollte, daß Houston mit Meuterei rechnen mußte, wenn er tatsächlich nach Norden zog.

So nahmen die Texikaner also die vier Ochsen mit, um das Geschütz aus dem Dreck zu ziehen, doch die Frage, wohin es gehen sollte, blieb weiterhin unbeantwortet. Houston hielt sich gerade bei der Nachhut auf, als die Spitze des Zuges sich einer Straßenkreuzung näherte. Schwenkten sie nach links ab, kam es einem Rückzug nach Norden gleich; geradeaus würden sie auf Santa Ana stoßen.

Die Männer an der Spitze, die nicht wußten, wohin sie marschieren sollten, entschlossen sich zu einer Rast; sie wollten warten, bis General Houston einen Befehl geben konnte. Und nun kam es zu dem zweiten Zwischenfall: An der Spitze der zweiten Kolonne marschierte ein frecher junger Bursche aus Alabama, und der rief einem Farmer, der in der Nähe stand, zu: »Wo geht es hier nach Harrisburg und zu Santa Ana?«

Der Farmer lachte: »Rechts geht es geradewegs nach Harrisburg.«

»Hier lang!« schrie der Mann aus Alabama, und als General Houston zu der Straßenkreuzung kam, war die Tête der texikanischen Armee bereits auf dem Weg in die Schlacht. Nur einen Augenblick hielt Houston an und studierte das Terrain; dann zuckte er die Achseln und schlug ebenfalls den Weg nach Harrisburg ein. Eine Entscheidung von großer Tragweite für Texas, vielleicht sogar für die Vereinigten Staaten war gefallen: Die texikanischen Patrioten würden Santa Ana eine Schlacht liefern.

Otto und die geliehenen Ochsen hatten die Geschütze kaum einen Kilometer weitergezogen, als die Farmersfrau, der die Tiere gehörten, mit zornig blitzenden Augen, die freie Hand an der linken Hüfte nahe der Pistole, auf General Houston zugeritten kam. »Ihre Männer haben mich angelogen, Herr General. Sie haben mir gesagt, meine Ochsen würden auf der Straße nach Nacogdoches in Sicherheit sein. Ich will sie wiederhaben, Sir!«

»Sie können sie nicht wiederhaben, Madam«, erwiderte Houston. »Wir brauchen sie für unsere Geschütze.«

»Ihre Geschütze sind mir scheißegal. Ich will meine Ochsen haben.« Sie sprang vom Pferd, holte ein langes Messer heraus und begann die Tiere loszuschneiden. Houston sah ihr sprachlos zu, und noch bevor er einen Befehl geben konnte, war sie mit ihren Ochsen schon weggeritten.

»Komm mit!« rief der Hauptmann Otto zu. »Die holen wir uns zurück.« Sie holten sie auch ein, aber die Frau sprang völlig überraschend von ihrem Pferd dem Hauptmann auf den Rücken, warf ihn zu Boden und traktierte ihn mit den Fäusten. Otto wollte ihm zu Hilfe kommen, aber sie bohrte dem Jungen eine Pistole ins Gesicht und drohte: »Eine falsche Bewegung, und dein Kopf ist weg!« In aller Eile bestieg sie ihr Pferd und ritt mit dem Ochsen davon.

Otto kehrte ohne Ochsen zu seinem Geschütz zurück. Die Soldaten neckten ihn: »Hattest wohl Angst vor der Frau!« Der junge Macnab blieb stumm, aber er ballte seine Fäuste und schwor sich: »Wenn ich jemals etwas zu befehlen habe, wird mir so etwas Beschämendes nicht passieren!«

Am Morgen des 19. April, eines Dienstags, begann General Houstons Taktik Früchte zu tragen, denn Santa Ana, der ihm eifrig nachgejagt war, hatte seine gesamten Streitkräfte unklugerweise auf einer vom San Jacinto River gebildeten sumpfigen Halbinsel stationiert, von wo aus er sich nur über eine schmale Brücke zurückziehen beziehungsweise Verstärkung erhalten konnte. Er fühlte sich sicher, weil er sich nicht vorstellen konnte, daß Houston ihm je eine Schlacht liefern oder sie gar gewinnen würde.

Aber Houston hatte einen kühnen Plan. Er versammelte einen Großteil seiner über neunhundert Mann am Ufer eines Bayous und verkündete in markigen Worten: »Wir stehen nun vor der Schlacht, auf die wir schon so lange warten. Wir werden den Bayou überqueren und den Feind stellen. Einige von uns werden fallen. Aber denkt an den Alamo, Männer! Denkt an den Alamo!«

Den ganzen Tag waren die Freiwilligen damit beschäftigt, den Bayou zu überqueren und auf das Stück Land zu gelangen, von dem Santa Ana nicht entkommen konnte.

Am Nachmittag des 20. gingen die zwei Armeen noch in Position, ohne daß es zunächst zu größeren Kampfhandlungen kam. Eine Abteilung berittener Texikaner unternahm einen schneidigen Vorstoß, um zwei mexikanische Geschütze zu erbeuten, aber die Mexikaner hatten die Aktion vorausgesehen und schlugen sich verbissen. Schließlich mußten sich die Texikaner zurückziehen, aber drei Berittene konnten sich nicht mehr rechtzeitig absetzen und blieben zurück: der Kriegsminister Thomas Rusk, ein Offizier und ein einfacher Soldat. Schon wollte eine Abteilung der mexikanischen Kavallerie die drei gefangennehmen, als ein ursprünglich ganz unheldischer Mann schwungvoll in Aktion trat.

Mirabeau Buonaparte Lamar, der ein geliehenes Pferd ritt, war ein erst vor wenigen Wochen – nach dem Sturm auf den Alamo – eingetroffener Dichter und Politiker aus Georgia und ein Mann von so ausgeprägtem Patriotismus, daß er sich unaufgefordert in den Kampf um die Freiheit Texas' gestürzt hatte. Vom Feind umringt, vollbrachte er jetzt eine wahre Heldentat und rettete sowohl Rusk als auch den Offizier. Texikaner und Mexikaner spendeten seiner Reitkunst und seinem Wagemut gleichermaßen Beifall.

Gegen Mittag des 21. April mußten Houstons Männer mit Bestürzung erfahren, daß General Cós mit weiteren vierhundert Mann frischer Truppen als Verstärkung für Santa Ana angekommen war. Damit hatten die Mexikaner ihre ursprüngliche Überlegenheit wiederhergestellt; an die vierzehnhundert standen jetzt neunhundert Texikanern gegenüber.

Jetzt machte sich ein grauhaariger Kundschafter namens Erastus Smith – von Geburt an taub und in ganz Texas als der »Taube Smith« bekannt – daran zu verhindern, daß Santa Ana in den nächsten Stunden noch mehr Verstärkung erhielt. Zusammen mit fünf anderen Kundschaftern und dem jungen Macnab kroch er den Weg zurück, über den die Texikaner auf die Halbinsel gekommen waren, und zerstörte die einzige Brücke. Er wies Otto und einen anderen Kameraden an, die Bretter und Balken anzuzünden, und während in der windstillen Luft der Rauch in Schwaden senkrecht in die Höhe stieg, kehrte er mit den anderen sicher ins Lager zurück. Jetzt saßen Santa Ana und Houston gleichermaßen in der Falle; die kommende Schlacht, die am nächsten Tag im Morgengrauen beginnen sollte, würde die zukünftige Geschichte dieses Teils der Erde bestimmen.

Um die Mittagsstunde berief General Houston überraschend einen Kriegsrat ein, an dem auch Juan Seguín teilnahm, ein Mexikaner, der sich entschlossen hatte, an der Seite der Texikaner zu kämpfen. Er hatte den Alamo verlassen können, weil Oberst Travis ihn mit dem Auftrag weggeschickt hatte, nach Hilfe zu suchen. Hier, auf den Feldern von San Jacinto, richtete nun General Houston das Wort an ihn: »Was glauben Sie, Seguín, machen Santa Ana und seine Männer jetzt da drüben?«

Seguín lächelte: »Sie halten Siesta, was sonst?«

»Wenn wir heute nachmittag um vier angreifen, wo würde die Sonne stehen?«

Seguín überlegte kurz. »Sie würde ziemlich tief hinter uns am Himmel stehen und Santa Anas Männer blenden.«

Das war der Augenblick, da Sam Houston Cunctator eine der wichtigsten Entscheidungen in der Geschichte Texas' traf: »Holen Sie die Hornisten. Wir greifen an.«

Die Schlacht von San Jacinto läßt sich nicht mit den üblichen militärischen Begriffen erklären – die Zahlen sind einfach zu unglaubwürdig. Nur wenn wir das Schicksal einiger typischer Teilnehmer, Mexikaner wie auch Texikaner, verfolgen, ist eine Veranschaulichung möglich.

Benito Garza hatte General Cós begeistert begrüßt, als dieser am Morgen nicht wie erwartet mit vierhundert, sondern mit fünfhundert Mann eingetroffen war. Enttäuschung bereitete es ihm jedoch zu erfahren, daß es keine kampferprobten Veteranen, sondern ungeübte Rekruten waren, von denen viele überhaupt keine Ausrüstung hatten.

Er sah, daß der lange Marsch sie sehr mitgenommen hatte, und riet Santa Ana, ihnen unverzüglich eine Siesta zu gewähren. Der General stimmte zu, und Garza machte sich auf der Suche nach Unterkünften für die Leute.

Santa Ana selbst schlief nicht. Nachdem er eine kleine Dosis seines liebsten Narkotikums – Opium – genommen hatte, ließ er Garza kommen und sagte zu ihm: »Hol sie her!« Benito ging zu einem nahegelegenen Farmhaus, wo eine bildhübsche junge Mulattin namens Emily

Morgan als Sklavin gehalten wurde und sich hoch erfreut bereit erklärte, eine weitere Siesta mit dem General zu verbringen.

Um Viertel nach drei lieferte Garza sie in Santa Anas Zelt ab, und um zehn vor vier war die Lustbarkeit, die zu bieten das Mädchen herangeschafft worden war, bereits in vollem Gang.

General Ripperdá hatte sich die von den anderen genossene Siesta verkniffen und inspizierte die Front. Als er die vordersten Linien erreichte, stellte er entsetzt fest, daß Santa Ana keine Vorposten aufgestellt hatte, zur Warnung für den Fall, daß die Texikaner sich entschließen sollten, noch am Nachmittag anzugreifen. Zwar war eine solche Entwicklung unwahrscheinlich, aber natürlich mußte jede Armee in Sichtweite des Feindes ihre Postenkette in Bereitschaft haben. Santa Ana hatte überhaupt keine.

Bestürzt zog sich Ripperdá zurück, um mit den Offizieren der Artillerieabteilung zu sprechen, und stellte zu seinem Entsetzen fest, daß keine da waren. Die meisten Batterien verfügten nur über einige wenige ungeschulte, einfache Soldaten, die außerstande sein würden, die großen Geschütze zu bedienen, wenn der Feind sich näherte. Auf seine Frage, wo denn die Offiziere seien, antwortete man ihm: »Sie halten Siesta.«

In großer Erregung stürmte er zum Hauptquartier. »Garza!« brüllte er. »Ich muß Santa Ana sprechen! Sofort!«

Benito, der ohne Hemd aus seinem Zelt kam, warnte ihn. »Sie dürfen da nicht rein, Herr General. Das Mädchen ist bei ihm.«

»Zum Teufel mit dem Mädchen!« schrie Ripperdá. »Kommen Sie mit!« Genau in dem Moment, als sie das Zelt des Diktators erreichten, begannen im Westen Kanonen zu donnern. Bloßfüßig kam Santa Ana herausgestürzt. »Was ist denn los?« stieß er hervor. Ripperdá antwortete ihm: »Der Feind greift an.«

Während die nackte Emily Morgan sich hinter seinem Rücken verbarg, wandte Santa Ana den Blick nach Westen und mußte völlig verblüfft feststellen, daß die Texikaner, die gleichmütig wie auf dem Paradeplatz vorrückten, nur mehr fünfzehn Meter von seinen immer noch nicht befestigten Linien entfernt waren. Von der Kanonade abgesehen – die Texikaner hatten die beiden Geschütze am Ende doch erbeutet –, war kein einziger Schuß abgefeuert worden.

»Cós!« brüllte Santa Ana. »Wo zum Teufel ist Cós?«

»Exzellenz!« rief ihm ein totenbleicher Adjutant zu, der nun herangelaufen kam. »Retten Sie Ihr Leben! Alles ist verloren!«

Die mexikanischen Stabsoffiziere starrten wie gebannt auf die Texikaner, die, ohne einen Schuß abzugeben, entschlossen heranrückten, an der Spitze und mit erhobenem Säbel General Houston auf seinem Schimmel. Sie passierten die Stelle, wo die Vorpostenkette hätte sein sollen, und kamen näher und näher. Als sie sich praktisch innerhalb der mexikanischen Linien befanden, senkte Houston den Säbel, eine Militärkapelle spielte ein altes Liebeslied, und das Schlachten nahm seinen Anfang.

Santa Ana langte nach seiner Hose, warf einen entsetzten Blick auf das beginnende Gemetzel, in dem seine schlafende Armee hinweggerafft werden würde, und floh.

Die drei für die Texikaner repäsentativen Teilnehmer an der Schlacht von San Jacinto hatten einander einst bei Quimpers Fähre kennengelernt: Otto Macnab, Yancey Quimper und ein großgewachsener, grimmiger Mann, der entschlossen in eine Schlacht zog, die er vor langer Zeit prophezeit hatte.

Es war Reverend Joel Job Harrison, der seine Herde so lange heimlich betreut und auf den Tag gewartet hatte, da eine gerechte Revolution die mexikanischen Unterdrücker hinwegfegen und den wahren Glauben aufblühen lassen würde. Einer der ältesten Männer, die an der Schlacht teilnahmen, und einer der blindwütigsten, drang er auf der linken Flanke vor und versicherte den jüngeren Kämpfern an seiner Seite: »Heute tut ihr das Werk des Herrn. Laßt euch durch nichts aufhalten!« Er schoß nicht mit der alten Flinte, die er trug, sondern gebrauchte sie wie einen Knüppel, und immer wenn ein Mann zu schwanken schien, war er es, der ihn anfeuerte. Er war nicht aufzuhalten, und seine Männer durchbrachen ohne größere Schwierigkeiten die mexikanischen Linien.

Otto Macnab hatte sich vor Beginn der Schlacht bereit erklärt, das Kampfgebiet, das sich über fast zwei Kilometer erstreckte, auszuspähen. Zusammen mit Martin Ascot, einem jungen Kämpfer aus Mississippi, war er vorangekrochen. Erleichtert hatten die beiden festgestellt, daß überhaupt keine Wachen zu sehen waren. Martin hatte geflüstert: »Ich glaube wirklich, die haben vergessen, eine Postenkette aufzustellen!«

Als Otto und er auf die mexikanischen Linien zugelaufen und immer noch auf keinerlei Wachtposten gestoßen waren, hatte Otto dem Hauptteil der Kolonne das Zeichen zum gefahrlosen Vorrücken gegeben.

»Nicht schießen!« befahlen die Offiziere, nachdem der Hauptteil der Armee mit Otto und Martin gleichgezogen hatte, und die Männer gehorchten. Mit klopfendem Herzen setzten die Soldaten ihren Marsch fort. In diesem Augenblick sah sich Otto nach seinem Freund Yancey Quimper um, denn er wollte jemanden an seiner Seite haben, auf den er sich verlassen konnte. Aber Quimper war nicht zu sehen.

Otto und sein neuer Freund Martin befanden sich jetzt nur mehr zweieinhalb Meter vor den mexikanischen Linien und sahen ein einziges Chaos vor sich: flüchtende Männer, weggeworfene Waffen, fehlende Offiziere. Ungläubig blieb Otto einen Augenblick stehen. Dann begann er zu feuern und tötete den ersten Mann mit einem Schuß in den Rücken. Schnell lud er nach und erschoß einen zweiten. Mit einer dritten Kugel traf er einen Mexikaner in den Hals und hielt sich nicht einmal damit auf, zu sehen, ob der Mann gefallen war.

Feuern – nachladen – feuern – nachladen – feuern!

Otto befand sich schon sieben Minuten innerhalb der feindlichen Linien, als die erste Kugel auf ihn abgefeuert wurde – ohne ihn zu treffen. Nach der zehnten Minute dieses grotesken Angriffs war erst ein Texikaner getroffen worden – von einer verirrten Kugel –, während gleichzeitig über dreihundert Mexikaner gefallen waren.

Aus zwei Gründen war Otto nicht imstande gewesen, Yancey Quimper ausfindig zu machen. Erstens war der lange Kerl der äußersten rechten Flanke zugeteilt worden, wo Mirabeau Lamars Kavallerie Santa Anas Hauptquartier verwüsten sollte. Zweitens schlugen sich die Berittenen so tapfer und ungestüm, daß es Yancey und den anderen Fußsoldaten, die hinter ihnen hermarschierten, schwerfiel, im Tempo mitzuhalten. Die aufregende Aussicht auf einen leichten Sieg hätte eigentlich alle Befürchtungen Yanceys ersticken müssen; doch als ihm bewußt wurde, daß er sich in Kürze auf feindlichem Gebiet befinden würde, wo der Kampf Mann gegen Mann bereits voll im Gang war, erstarrte er.

Er hatte den Willen, weiterzumarschieren und sich in der Schlacht gut zu halten, aber seine Beine versagten ihm den Dienst; er blieb stehen, während seine Kameraden an ihm vorbeistürmten. Da fiel ihm ein leicht verletzter Texikaner ins Auge; Yancey eilte auf ihn zu und versuchte sowohl den Mann wie auch sich selbst zu überzeugen: »Das ist ja eine furchtbare Wunde! Laß mich dir helfen!« Der Mann wollte sich von ihm losmachen und weiterkämpfen, aber Yancey hielt ihn fest, zerrte ihn zu Boden und gab vor, die Wunde zu versorgen.

Nachdem der Kampf um das Zentrum schon gewonnen war, bekam er wieder Mut und stürmte voran, um beim Höhepunkt dabeizusein. Jetzt sah er aber etwas wirklich Grauenhaftes; der Magen schickte ihm Brechreiz in die Kehle, und er mußte sich abwenden. Mit aschfahlem Gesicht kauerte er sich auf den Boden und flüsterte mechanisch: »Jagt sie, Männer! Ihnen nach!«

Und dies hatte ihm Übelkeit erregt: Am anderen Ende der McCormick-Farm, auf deren ausgedehnten Feldern diese Schlacht stattfand, befand sich ein kleines Gewässer mit Namen Peggy's Lake; eigentlich war es mehr ein Tümpel. Dorthinein hatten sich, Schutz erhoffend, die Reste der mexikanischen Armee geflüchtet. Knietief im Wasser stehend, wild gestikulierend, versuchten sie sich zu ergeben. Die wütenden Texikaner aber wateten hinter ihnen in den Tümpel hinein, brüllten: »Denkt an den Alamo! Denkt an Goliad!« und machten sich daran, den Männern mit den Gewehrkolben die Schädel einzuschlagen.

»Ich nix Alamo! Ich nix Goliad!« flehten die Mexikaner, die an keinem der beiden Massaker teilgenommen hatten; doch die Texikaner hörten nicht auf sie.

Diese so entscheidende Schlacht dauerte nur achtzehn Minuten. Die Texikaner verloren zwei Mann, die Mexikaner über sechshundert, aber es gab auf beiden Seiten Schwerverletzte.

Otto Macnab, der seinen Gewehrkolben bis zur Erschöpfung geschwungen hatte, sah sich nach Yancey um, konnte ihn aber immer noch nicht finden – nicht im Tümpel, nicht auf dem Schlachtfeld und nicht im mexikanischen Lager. Yancey hatte sich selbst eine Aufgabe zugewiesen. Er bewachte ein Vorratslager der Mexikaner, während er gleichzeitig seine Kameraden zu ihrem Erfolg beglückwünschte.

Ein Mann aus Kentucky berichtete Otto: »Wie hat General Houston gekämpft! Das erste Pferd haben sie ihm unter dem Hintern weggeschossen, da habe ich ihm meines gegeben. Wieder zieht er in den Kampf, wieder geht das Pferd drauf, wird ihm zwischen den Knien weggeschossen, sein eigenes Bein zerschmettert, aber er kämpft weiter. Dem Hurensohn möchte ich begegnen, der da gesagt hat, Houston hätte Angst zu kämpfen!«

Und wie hatten sich Benito Garza und sein General Victor de Ripperdá im Verlauf des Zusammenbruchs der mexikanischen Kampfmoral verhalten? Seite an Seite kämpfend hatten sie sich vergeblich bemüht, die Truppen wieder zu sammeln und zu ordnen. Sie merkten, daß das Zentrum zusammenzubrechen drohte, wollten helfen, kamen zu spät und entgingen dem Tod durch das gnadenlose Feuer der Texikaner nur, indem sie zum Hauptquartier hinüberwechselten, wo Lamars Kavallerie ihr Zerstörungswerk fortsetzte. Garza wurde in den Sumpf getrieben, wo er sich ergeben wollte. Ripperdá fand unter ein paar Bäumen Schutz; von dort aus unternahm er beherzt einen Fußmarsch nach Süden, um General Urreas Truppen abzufangen, die darauf brannten, in die Schlacht zu ziehen, aber um zwei Tage zu spät kamen.

Nur von einem Adjutanten begleitet, lief General Santa Ana durch schulterhohes Schilf und gelangte so zu einer verlassenen Hütte auf der McCormickschen Plantage, wo er ein paar alte Kleider fand, die er anzog. Weil er fürchtete, die Anwesenheit eines offensichtlichen Adjutanten könnte seinen hohen Rang verraten, machte er sich allein auf den Weg; er verbrachte die Nacht im Buschwerk versteckt und hoffte bei Tagesanbruch über den seichten Fluß entkommen zu können, der das Schlachtfeld einschloß.

Otto Macnab, jetzt ein Veteran der entsetzlichen Geschehnisse von Goliad und der amerikanischen Vergeltung bei San Jacinto, bemühte sich, beides aus seiner Erinnerung zu löschen. Das alles war nicht wirklich passiert. Er war nicht dabeigewesen. Er hatte keinen Menschen getötet. Am Abend legte er sich erschöpft zur Ruhe und fiel sofort in tiefen Schlaf.

Sein Freund Martin Ascot schlief nicht. Er saß an einem Feuer, holte Feder und Papier heraus, die er immer bei sich hatte, und schrieb einen der verläßlichsten Berichte über diese erstaunliche Schlacht:

25. Juni 1836

Verehrter Vater, wieder nehme ich die Feder zur Hand, um Dich wissen zu lassen, daß ich mit Gottes Hilfe eine gewaltige Schlacht überlebt habe. Ich hoffe, Du wirst auch Miss Betsy Belle davon in Kenntnis setzen.

Ich war überzeugt, daß General Santa Ana, sobald er uns eingeholt hatte, das Fürchten lehren würde. Aber ich irrte mich. General Houston, wahrlich ein großer Feldherr, führte uns an eine Stelle, die völlig von Wasser umgeben war, und zwang Santa Ana damit, sich auf ungünstigem Terrain zum Kampf zu stellen, und zwar noch bevor der Rest der mexikanischen Armee ihm zu Hilfe kommen konnte.

Dann begann die Schlacht, die keiner von uns je vergessen wird. Heute um vier Uhr nachmittag schliefen die Mexikaner noch in ihren Zelten; sie waren überzeugt, daß wir es nicht wagen würden, vor morgen früh anzugreifen – wenn überhaupt, denn sie hatten vierzehnhundert gut geschulte Soldaten, und wir waren weniger als achthundert. Aber ich versichere Dir, mein Vater, daß wir zuversichtlich in die Schlacht zogen. Wir wußten, daß Gott mit uns war. Ich hatte die gute Kentucky-Büchse, die Du mir geschenkt hast, und in den achtzehn Minuten, die die Schlacht dauerte, konnte ich sechsmal feuern. Der junge Otto Macnab, der an meiner Seite kämpfte, hat seinen Vater in Goliad verloren, und in seiner Wut gelang es ihm, mindestens zwanzigmal zu feuern. Wir waren den Mexikanern bald so nahe, daß wir ihnen die Hand hätten schütteln können, und als sie sahen, daß wir nicht mehr nachluden, sondern mit unseren Gewehrkolben auf sie losstürmten, bekamen sie Angst und liefen zu einem Tümpel hinter ihren Linien.

In diesem Augenblick kam General Houston herangesprengt. ›Ich will keine Toten mehr!‹ rief er. ›Nehmt sie gefangen!‹ Doch als er wieder fort war, kam ein Methodistenprediger, der mit uns gekämpft hatte, ein alter Mann, vielleicht sogar schon fünfzig, auf Otto und mich zu. ›Männer‹, sagte er, ›ihr wißt doch, wie man Gefangene macht, nicht wahr? Mit dem Gewehrkolben eins über den Schädel und mit dem Messer an ihre Kehlen!‹ Jetzt standen schon fast alle Texikaner im Morast und schlugen die Mexikaner über den Schädel, so daß viele Hunderte ertranken. Die Schlacht neigte sich ihrem Ende zu, da erwischte ich auch so einen Mexikaner und wollte ihm von hinten die Kehle durchschneiden, als Otto mich anbrüllte: ›Nein! Nein!‹ Trotzdem setzte ich dem Mann das Messer an die Kehle, da gab Otto mir mit seinem Gewehrkolben eins über den Schädel. Ich kam zwar gleich wieder zu mir, aber mein Kopf schmerzte, das kannst Du mir glauben. Da stand nun Otto mit seinem Gewehr über mir, und hinter ihm verbarg sich der Mexikaner, ein dunkelhäutiger junger Mann mit einem Schnurrbart. Das sei Benito Garza, erklärte mir Otto, und er habe Otto bei Goliad das Leben gerettet.

Beim Schreiben bin ich gestern eingeschlafen; dafür wirst Du gewiß Verständnis haben. Aber heute früh gab es eine wunderbare Neuigkeit. Einem unserer Leute, einem gewissen Yancey Quimper, ist es dank einer, wie er sagt, außergewöhnlichen Waffentat gelungen, Santa Ana persönlich gefangenzunehmen, und jetzt haben wir ihn in einem Zelt, wo er von sieben Leuten bewacht wird. Otto und ich und überhaupt alle wollten Santa Ana töten. Eine Delegation von sechs Männern (ich war einer der sechs) wurde zu Houston geschickt. ›Wir wollen diesen Mann hängen‹, sagten wir ihm, aber er redete uns vernünftig zu. ›Wir haben diesen Kampf erst zur Hälfte gewonnen. Noch größere Schlachten liegen vor uns, und ich habe die Absicht, Santa Ana als unser stärkstes Geschütz einzusetzen.‹ Vor heute abend habe ich große Angst, mein Vater, und ich hoffe, Du wirst für mich beten und für Otto und all die tapferen Texikaner, denn wenn die Mexikaner ihre Heere auf diesem Gebiet zusammenziehen, können sie uns immer noch schlagen. Einem Gerücht zufolge habe ich, wenn ich die nächsten großen Schlachten überlebe, ein Anrecht auf viele Hektar des besten Landes in Texas. Teile bitte Miss Betsy Belle mit, sie möge schon alles vorbereiten, was sie nach Texas mitnehmen will, denn Otto hat mir erzählt, daß er sehr gutes Land am Brazos River kennt, und er wird mir zeigen, was man tun muß, um es zu bekommen. Wenn mir nichts zustößt, werde ich so schnell wie möglich nach Mississippi zurückkehren und Miss Betsy Belle noch am Tag meiner Ankunft heiraten. Ich bitte Dich, mein Vater, ihr dies mitzuteilen.

Dein Dich liebender Sohn Martin.«

Ascots Bericht über Quimpers Heldenmut bei der Gefangennahme von Santa Ana entsprach nicht der Wahrheit. Am Morgen nach der Schlacht hatten es Yancey und zwei seiner Kameraden aufgegeben, mexikanische Überlebende einzufangen, und jagten nach Wild für den Regimentstisch. Als sie sahen, wie sechs oder sieben Rehböcke plötzlich und ohne Grund die Flucht ergriffen, sagte einer der Männer, ein junger Kerl aus Kentucky namens Sylvester, ein erfahrener Jäger: »Irgend etwas hat sie scheu gemacht.« Sie forschten nach, und da fand Yancey einen auf dem Boden kauernden Mann, der sich im Buschwerk verstecken wollte.

»Steh auf, du Schwein!« schrie Yancey, aber der Mann blieb zitternd und winselnd liegen. Die drei Amerikaner schleiften ihn ins Lager zurück und hätten ihn in das für die Gefangenen vorgesehene eingezäunte Areal geworfen, wenn nicht der scharfäugige Yancey bemerkt hätte, daß mehrere Mexikaner salutierten.

»Hört sofort auf damit!« befahl ein Mann seinen Mitgefangenen, aber es war schon zu spät.

»Bei Gott, das ist ein General!« rief Yancey, und als der Mann hineingeschoben wurde, fingen die Mexikaner an, ihm die Hände zu küssen und ihn »Presidente« zu nennen.

»Wir haben Santa Ana!« brüllte Quimper und verbrachte den Rest des Tages damit, vor den Zelten der Texikaner umherzustolzieren und sich als den Mann vorzustellen, »der Santa Ana gefangengenommen hat«.

Otto, der an General Houstons Lager saß, als der mexikanische General ihm vorgeführt wurde, hörte Santa Anas erste Worte: »Congratulaciones, Mi General, ha derrotado El Napoleón del Oeste.«

»Was hat er gesagt?« wollte Houston wissen.

Otto übersetzte: »›Sie haben den Napoleon des Westens geschlagen.‹«

»Sagen Sie ihm, er möge Platz nehmen.«

Das wahre Wunder der Schlacht bei San Jacinto offenbarte sich erst einige Zeit später. Eine weit größere Gefahr als die, die Houston gebannt hatte, war nämlich bestehen geblieben. Die Mexikaner hatten in Tejas etwa fünftausend ihrer besten Truppen unter Waffen stehen, und erfahrene Generäle führten sie an: Filisola, der Italiener, Woll, der Franzose, und Ripperdá aus Yucatán, der sich mit Urrea, dem Sieger von Goliad, zusammengeschlossen hatte. Wenn sie sich vereinigten, konnten sie Houston bis an die Grenze von Louisiana jagen – und ihn vernichten, wenn es ihnen gelang, ihn einzuholen.

Doch nun wurde Houstons Feldherrntalent vollends sichtbar. Er schonte Santa Anas Leben, weil er von einer logischen Überlegung ausging: Wenn er ihn hängen ließ, wie das die meisten Texikaner verlangten, würde der Mann zu einer Märtyrerfigur werden, zu einem Helden, der gerächt werden mußte; blieb er jedoch am Leben, ein entehrter und gedemütigter Kriegsgefangener, dann konnte er den anderen Generälen befehlen, ihre Truppen zu entlassen und heimzukehren. Als Diktator Mexikos durfte er immer noch mit ihrem Gehorsam rechnen.

Mit der Geschicklichkeit eines Metternich oder Talleyrand ließ dieser Falschspieler aus Tennessee Santa Ana übertriebene Fürsorge zuteil werden, schmeichelte ihm und richtete es sogar ein, daß er nach Washington gebracht wurde, um mit dem Präsidenten der Vereinigten Staaten zu sprechen; zuvor aber überredete er ihn dazu, seinen Generälen den Befehl zum Rückzug zu erteilen.

Und sie gehorchten. Dieses gewaltige Heer, das so viele Schlachten hätte gewinnen können, gehorchte einem gefangenen Führer und zog seine Männer still und leise aus Tejas zurück, das diesen hübschen spanischen Namen nie wieder tragen würde.

Jeder der drei Männer aus dem Balkenhaus bei Victoria hatte seine Schlacht verloren: Zave Campbell im Alamo, Finlay Macnab bei Goliad und Benito Garza im Tümpel von San Jacinto. Doch jede dieser Niederlagen hatte zur Gründung der Republik Texas beigetragen.

Das weitere Schicksal der Überlebenden entwickelte sich zum Teil dramatisch. Yancey Quimper legte sich den Titel »Held von San Jacinto« zu. Juan Seguín wurde Bürgermeister von San Antonio, aber nach einiger Zeit gab es Klagen über seine Amtsführung, und er floh nach Mexiko. Als Angehöriger einer mexikanischen Invasionsarmee, die San Antonio einnahm und die Stadt kurz behauptete, kehrte er zurück. Erbitterter Gegner eines Anschlusses an die Vereinigten Staaten, der er war, tat er sein Bestes, um Texas wieder zu einem Teil Mexikos zu machen. Verbittert starb er im Alter von dreiundachtzig Jahren.

Benito Garza schmachtete in einem Kriegsgefangenenlager und mußte den Traum aufgeben, jemals Gobernador de la Provincia de Tejas zu werden. Joel Job Harrison erwarb das Recht, ganz offen methodistische

Gottesdienste abzuhalten; das tat er in Holzkirchen, die er an verschiedenen Stellen des neuen Staates errichten ließ.

Kometengleich war der Aufstieg Mirabeau Buonaparte Lamars: 25. März 1836: Rückkehr nach Texas; 21. April: Oberst der Kavallerie; 5. Mai: Kriegsminister im Kabinett von Sam Houston; 24. Juni: Generalmajor; 25. Juni: Oberbefehlshaber der gesamten texanischen Armee; 5. September: Vizepräsident der Republik.

Und Otto Macnab ging weiter seinen vorgezeichneten Weg.

Der Sonderstab

Nachdem unsere Assistenten angekündigt hatten, daß die Dezembertagung in der Nähe von Houston, beim San-Jacinto-Monument, stattfinden werde, beschlossen wir Angehörigen des Sonderstabs, diesmal keine Redner zu engagieren. Statt dessen wollten wir die Öffentlichkeit zu einer Art Symposion einladen, bei dem jeder von uns fünfen kurz etwas über die Bedeutung der texanischen Revolution sagen würde; anschließend sollten die Zuhörer aufgefordert werden, dazu Kommentare abzugeben beziehungsweise Fragen zu stellen.

Wir rechneten mit einem lebhaften Meeting, an dem vielleicht zwei Dutzend Amateurhistoriker teilnehmen würden, die mehr über San Jacinto wußten als wir. Es lag uns daran, ihnen das Gefühl zu vermitteln, daß sie bei den ihre Schulen betreffenden Entscheidungen maßgeblich mitgewirkt hatten. Doch als wir zum Denkmal kamen – hundertfünfundsiebzig Meter hoch, höher als das in Washington –, fanden wir draußen eine Menschenschlange vor, während drinnen die Leute bereits so dicht beieinander standen, daß auch für eine Stecknadel kein Platz mehr gewesen wäre.

Sobald man den letzten Besucher in den Saal hineingequetscht und für die Leute draußen Lautsprecher angebracht hatte, eröffnete ich die Sitzung mit einigen kurzen Bemerkungen über den Zustand des Denkmals und teilte den Gästen mit, daß nach der Tagung an Bord des Schlachtschiffes *Texas* Punsch serviert werde. Miss Cobb eröffnete das Symposion, indem sie den Anwesenden ins Gedächtnis rief, daß die texanischen Patrioten, als sie 1836 ihre Rechte verteidigten, nicht nur ihre eigene Freiheit erkämpften, sondern damit auch den Grundstein für die zehn Jahre später erfolgende Befreiung New Mexicos, Arizonas und Kaliforniens legten. »Die heutige geographische Form der Vereinigten Staaten ist den Heldentaten einiger weniger Texikaner zu verdanken, die sich hier auf diesem Feld der brutalen Unterdrückung General Santa Anas widersetzten.«

Ransom Rusk hatte folgendes zu sagen: »Es war sehr wichtig, eine Art stabilen Puffer zwischen dem von den Anglos beherrschten Mississippi und dem von den Mexikanern beherrschten Rio Grande zu schaffen. Im neunzehnten Jahrhundert waren wir dieser Puffer, und manchmal ähnelten wir eher einer separaten Nation, die zwischen größeren Nationen vermittelte, als einem typischen amerikanischen Bundesstaat wie Virginia oder Ohio. Und ich denke, daß Texas diesen ganz besonderen Charakter immer behalten wird. Texas ist ein Teil der Vereinigten Staaten, keine Frage, aber es hat seine eigene Persönlichkeit, etwas Einzigartiges, Wunderbares, wie es der Rest unserer Nation braucht.«

Nun war Lorenzo Quimper, von der Menge als Abkömmling des »Helden von San Jacinto« erkannt, an der Reihe: »Wir Texaner werden mit einer Katastrophe nach der anderen fertig: mit Dürreperioden, Seuchen, Wirtschaftskrisen, mit der schmerzlichen Niederlage im Sezessionskrieg, mit korrupten Machenschaften – und wir erholen uns immer wieder. Tatsache ist, wir merken es nie, wenn wir in die Pfanne gehauen werden, und darum werden wir so selten in die Pfanne gehauen!« Il Magnifico war der Star der Show, die authentische Stimme Texas'.

Efrain Garza entschied sich für eine nüchternere Betrachtungsweise: »Auch mein Vorfahr kämpfte bei San Jacinto, in Santa Anas Armee. Es ist demnach höchst wahrscheinlich, daß der seinerzeitige Quimper an jenem Tag dem seinerzeitigen Garza gegenüberstand – vielleicht genau hier, wo wir jetzt sitzen.« Plötzlich streckte er seine Hand aus, um Quimpers Rechte zu ergreifen. »Aber jetzt sind wir Freunde. Wir sind ein Volk.« Die Menge jubelte. »Aber wie es so oft in der Geschichte geht, löste auch diese Schlacht nur einen Teil des Problems, das ihr zugrunde lag. Wie Miss Cobb ganz richtig angemerkt hat, führte sie dazu, daß letztlich ein großer Teil Mexikos ein Teil der Vereinigten Staaten wurde.« Starker Applaus. »Die Schlacht brachte jedoch keine Lösung der Frage, wie der neue Gebietszuwachs den Vereinigten Staaten einverleibt werden sollte. Welches Gesetzeswerk sollte Geltung haben? Wie würden Mexikaner wie meine Vorfahren, die seit vielen Generationen hier lebten, in der Union empfangen werden? Und wie würden ihre Rechte gewährleistet werden? Einige dieser Fragen harren noch heute einer Lösung.«

Diese letzten Bemerkungen wurden von den Patrioten, die hier versammelt waren, um den texanischen Sieg zu feiern, nicht eben freundlich aufgenommen. Die Anglos im Publikum – sie machten neunzig Prozent der Anwesenden aus – glaubten nämlich, daß die von Garza aufgeworfenen Fragen sehr wohl gelöst worden waren. Als Vorsitzender hielt ich es daher für angebracht, Garza zu Hilfe zu kommen. »Wir wollten einen hispanischen Sprecher in unserem Sonderstab, und wie Sie sehen, haben wir einen sehr guten. Jede Schlacht hat Nachwirkungen – für den Sieger und für den Besiegten –, und Professor Garza hat einige derjenigen Folgen herausgehoben, die in unserem Staat immer noch Verwirrung stiften. So, jetzt bitte ich um Fragen oder Meinungen aus dem Publikum.«

Eine Frau, die zwei Bücher über die Umgebung von San Jacinto geschrieben hatte, fragte: »Wenn die Mexikaner uns viermal geschlagen haben und wir sie nur einmal, wie kommt es, daß San Jacinto eine so entscheidende Rolle spielte?« Quimper war mit der Antwort rasch zur Hand: »Manchmal hängt alles von der richtigen zeitlichen Einteilung ab, Ma'am... und Glück muß man haben. Wir haben die Schlacht zu einem Zeitpunkt gewonnen, als Santa Ana weit von seiner Ausgangsbasis entfernt war und anfing, sich Sorgen zu machen. Psychologie, Ma'am... Damit hat man schon oft erreicht, daß das Blatt sich wendet!«

Ein Unternehmer aus der Ölbranche, ein Freund Rusks aus Houston, hatte über einige Jahre hinweg junge Wissenschaftler bei Forschungsarbeiten über die texanische Frühgeschichte unterstützt und wollte jetzt wissen: »War diese Schlacht wirklich so wichtig, wie du sagst?« Rusk antwortete: »Wichtig, Tom? Sie war noch viel wichtiger, als ich vorhin andeutete. Es war das größte Geschenk, das Texas den Vereinigten Staaten machen konnte. Sie hat in uns die Liebe zum Vaterland geweckt... und uns verständlich gemacht, daß wir Amerikaner die Pflicht haben, dem ganzen Kontinent die Prinzipien der Demokratie nahezubringen.«

Tom ließ nicht locker: »Ich habe in der Schule gelernt, daß diese Dinge die Folge des Mexikanischen Krieges von 1846 waren.«

»Das ist richtig«, stimmte Rusk ihm lebhaft zu, »aber vergiß nicht die unaufhaltsame Abfolge. Der Alamo führte zu San Jacinto. San Jacinto führte zu einer freien Republik. Die freie Republik führte zu 1846. Und 1846 führte zu den Grenzen der Vereinigten Staaten, wie wir sie heute kennen.«

Eine Frau fragte: »Warum behauptet ihr Männer immer, daß es nur Männer waren, die damals Entscheidendes geleistet haben?« Quimper antwortete: »Weil es bei einer Schlacht nun einmal die Männer sind, die die Arbeit machen.« Aber Miss Cobb fiel ihm ins Wort: »Das war eine gute Frage, Madam, und ich meine, daß Mattie Quimper, die in Abwesenheit ihres Mannes ihre Familie erhielt, die schließlich ihre Fähre zerstörte und ihren Gasthof anzündete, um ihn nicht in die Hände der Mexikaner fallen zu lassen, sich heldenhafter verhielt als ihr Sohn Yancey, der Santa Ana erst gefangennahm, als die Schlacht schon längst zu Ende war.« Mehrere Frauen applaudierten, und Miss Cobb fuhr fort: »Texas hat seine Frauen stets unterschätzt, und darum müssen wir unsere Männer immer wieder daran erinnern, so wie Sie es eben getan haben, Madam, daß wir mitgeholfen haben, diesen Staat zu errichten!«

Nach zwanzig Minuten ähnlicher Dialoge erhob sich ein Mann und stellte die Frage: »Nach welchen Regelungen werden Anglos und Mexikaner sich unseren Staat in der Zukunft miteinander teilen? Ich hätte gern eine Antwort von Ihnen, Herr Vorsitzender.«

Ich überlegte. »Nun, eine gewonnene Schlacht kann manchmal für mehrere Jahrzehnte die allgemeine Richtung bestimmen, aber grundlegende, langfristige Resultate entwickeln sich langsam. San Jacinto führte zu dem Ergebnis, daß Texas in der unmittelbaren Zukunft von Anglos und nicht von Mexikanern regiert wurde. Aber auf lange Sicht ist die Beziehung zwischen den beiden Gruppen noch weit von einer endgültigen Regelung entfernt.«

Wir hatten schon eine Zeitlang diskutiert, als sich ein etwa sechzigjähriger Mann erhob und eine aufregende Mitteilung machte: »Ich bin stolz darauf, heute hier sein zu dürfen – in Anwesenheit von Mr. Lorenzo Quimper. Hier auf diesem Feld kämpfte nämlich mein Großvater Seite an Seite mit Yancey Quimper.«

»Ihr Großvater?«

»Jawohl. Ich heiße Norman Robbins und bin 1922 geboren. Mein Vater war Sam Robbins, 1879 in dieser Gegend geboren. Sein Vater war

Jared Robbins, 1820 geboren, der mit sechzehn Jahren an der Schlacht teilnahm.«

»Das stimmt!« rief eine auf Stammbäume spezialisierte Frau aus einer der hinteren Bankreihen. »Die zwei Robbins haben spät geheiratet.«

Mit einem Mal wurde die texanische Geschichte sehr lebendig. Und wie jung erschien uns der Staat Texas in diesem Augenblick!

Miss Cobb riß uns aus diesen Träumereien. »Gehen wir aufs Schlachtschiff, lassen wir uns den Punsch schmecken.« Während wir über das Feld marschierten, hörten wir fast noch das Kampfgetümmel – so wenig Zeit schien seit der Schlacht vergangen zu sein.

VII.
DIE TEXIANER

Als der souveräne Staat Texas Sam Houston als seinen ersten gewählten Präsidenten feierlich in sein Amt einsetzte, war Otto Macnab vierzehn Jahre alt. So wuchsen er und die neue Republik zusammen auf, und beide hatten das gleiche Problem – ein Heim zu finden: Otto eines, in dem er die Wärme und Sicherheit finden würde, die er schon immer herbeigesehnt hatte; Texas einen sicheren Ort in der Familie der Nationen.

Otto und Texas hatten auch sonst viel Gemeinsames. Beide verließen sich auf sich selbst, beide neigten dazu, Probleme mit der Waffe zu lösen, beide glaubten mehr an schnelles Handeln als an philosophisches Spekulieren, beide mißtrauten Mexikanern und verachteten Indianer. Und was das Wichtigste war: Beide hatten Sehnsüchte, die sie nicht in Worte fassen konnten. Es würde ein ereignisreiches Jahrzehnt sein, in dem sie beide heranreiften.

Die Nation stellte bald fest, daß es verhältnismäßig leicht war, eine erfolgreiche Revolution durchzuführen – verglichen mit dem Aufbau einer stabilen Gesellschaft im Anschluß daran. Manchmal hatte es den Anschein, als bestünde das größte Problem entlang dieser Grenze mit ihren vielen Trinkern darin, einen nüchternen Beamten zu finden. Auch Präsident Houston liebte es, einer Flasche den Hals zu brechen.

Dennoch traf die eben erst flügge gewordene Nation eine Reihe von Entscheidungen, die dazu beitrugen, ihr den Charakter einer permanenten Institution zu verleihen. Kompromißlos republikanisch, verabscheute sie das diktatorische Chaos, wie sie es als mexikanische Provinz erlebt hatte, und legte fest, daß der Präsident nur drei Jahre dienen durfte und dann eine Amtsperiode aussetzen mußte, bevor er sich abermals zur Wahl stellte. Geistlichen war es untersagt, der Legislative anzugehören. Die Sklaverei war nicht nur erlaubt, sondern ausdrücklich geschützt: »Ohne Zustimmung des Kongresses darf kein freier Neger in Texas seinen Wohnsitz haben.«

Die grundlegenden Charaktereigenschaften der Nation ließen sich in einer Reihe von Adjektiven zusammenfassen: individualistisch, aggressiv, wankelmütig, ländlich, egalitär (soweit es weiße angelsächsische Protestanten betraf) und oft gewalttätig; aber das alles überragende Charakteristikum dieser frühen Jahre war die nationale Armut. Texas hatte das Pech, seine Geschichte als freie Nation genau zu dem Zeitpunkt zu beginnen, als eine Börsenpanik die Vereinigten Staaten lähmte und finanzielle Unternehmungen in Europa erschwerte. In Ermangelung einer gesunden Wirtschaft konnte keine neue Währung geschaffen werden, und durch das nur minimale Steueraufkommen (bedingt durch die geringe Handelstätigkeit) stolperte die Republik stets am Rande des Bankrotts dahin. Da die Vereinigten Staaten kein Geld erübrigen konnten, war Texas von höchst dubiosen Banknoten abhängig, die von Körperschaften ausgegeben wurden, die nicht viel solventer waren als die Republik selbst. Mexikanisches Geld war gültig, doch der größten Wertschätzung erfreuten sich die Banknoten Großbritanniens und Frankreichs. Aber selbst für diese Währungen galt unter Kaufleuten die Regel: »Das Geld, das du vor elf Uhr vormittag einnimmst, gib noch vor fünf an einen anderen weiter.«

Natürlich bemühte sich Texas, sein eigenes Papiergeld in Umlauf zu bringen, aber mit katastrophalen Resultaten: Zu hundert Cents auf den Dollar emittiert, wurde sein Wert sofort auf achtzig Cents, dann auf sechzig Cents verringert, bevor er sich bei etwa fünfzig Cents einpendelte.

Doch die Nation besaß *eine* ausgezeichnete Währung, die es ihr ermöglichte, sich über Wasser zu halten: Millionen von Hektar nicht zugeteilten Landes. Und sie bediente sich der genialsten Tricks, um aus diesem Grundbesitz Bargeld herauszuschlagen. Sie gab jedem, der in den Streitkräften gedient hatte, Freiland. Sie lockte Bürger der Vereinigten Staaten mit großen Versprechungen an. Und sie autorisierte eine in New Orleans beheimatete Firma von Bodenspekulanten, »Toby and Brother«, Zertifikate zu drucken und zu verkaufen, die dem Erwerber das Anrecht auf Land gaben.

Im sozialen Gefüge der Republik registrierte man subtile Veränderungen. Die Leute ließen die Bezeichnung *Texikaner* fallen; sie wurden Texianer. Spanische Akzente verschwanden von einigen Wörtern, und Namen wurden vereinfacht. Aus dem alten Béjar wurde Bexar, aus Bexar San Antonio. Der Río Grande verlor seinen Akzent; es traf auch alle anderen *ríos*, die fortan *rivers* waren.

Um die Verwaltung zu straffen, mußten Counties, Bezirke, geschaffen werden, und man ehrte alle Helden, die an den Schlachten teilgenommen hatten, indem man Counties nach ihnen benannte: Austin, Bonham, Bowie, Crockett, Fannin, Houston, Lamar, Rusk, Travis; bis auf Travis wurden auch Städte auf die Namen dieser Männer getauft. Zum Entzükken zukünftiger Schulkinder behielt der Bezirk Deaf Smith seinen vollen Namen.

Auch die Namen einiger berühmter Orte wurden Counties zugeteilt: Bexar, Goliad, Gonzales und Victoria; San Jacinto folgte später. Den erstgenannten wurde eine Bodenfläche zugesprochen, die die vieler europäischer Staaten bei weitem übertraf.

Unter den im ersten Siegestaumel geschaffenen Counties war auch eines, das nach Zave Campbell benannt wurde, über dessen Heldentaten auf der Mauer des Alamo sowohl Señora Mordecai Marr als auch Joe, der Negersklave von Oberst Travis – beide waren von Santa Ana verschont worden – immer wieder berichteten. Man kam überein, Xavier County westlich des Brazos River einzurichten. Eine Stadt, die diesen Namen verdiente, gab es dort nicht, nur eine aus neun schäbigen Häusern bestehende Siedlung an einer Straßenkreuzung, die man Campbell nannte und zur »Bezirkshauptstadt« bestimmte. Allerdings sollte sie nie so bedeutend werden wie das County, in dem sie lag.

Der junge Macnab wurde einer der ersten neuen Siedler in Xavier County. Er wollte nicht nach Victoria und zur mexikanischen Lebensart zurückkehren. Den Vorschlag seines Waffengefährten Martin Ascot nahm er sofort an: »Lassen wir uns doch unser Freiland nebeneinander an dem Fluß zuteilen, von dem du mir erzählt hast.« Otto stimmte freudig zu, und Martin machte einen zweiten Vorschlag: »Laß uns nach Galveston fahren und Betsy Belle vom Schiff abholen.«

In seinem Brief an den Vater hatte er versprochen, nach Mississippi zu kommen, um sie abzuholen, doch die mit der Landzuweisung verbundenen Formalitäten gestalteten sich so schwierig, daß er sich gezwungen sah, ihr zu schreiben:

> Ich kann jetzt von Texas nicht weg. Es wäre praktischer, Du kämst hierher, und wir heiraten sofort, wenn Du von Bord des Schiffes gehst.

So fuhren die beiden also in einem großen Flachboot den Brazos River hinunter und in die junge Stadt Houston. Weiter ging es nach Buffalo Bayou, wo sie einen Segler bestiegen, der sie über die breite Bucht nach Galveston, der bedeutendsten Stadt der Republik, brachte.

»Du bist ein Glückspilz«, flüsterte Otto seinem Freund zu, als er Betsy Belle in ihrem blauen Hut mit den flatternden Bändern und dem weißen Rüschenkleid sah. Martin und seine Braut ließen sich sofort trauen. »Sie dürfen die Braut jetzt küssen«, sagte der Methodistenprediger zu Ascot. Der junge Ehemann tat es und wandte sich dann an Otto: »Du mußt sie auch küssen.« Errötend folgte der vierzehnjährige Junge der Aufforderung.

Die drei Partner – als solche betrachteten sie sich nämlich – verbrachten nur zwei Nächte in Galveston, denn sie konnten es kaum erwarten, das Land, das die Regierung ihnen als Dank für Ottos und Martins Waffendienste bei San Jacinto zur Verfügung stellte, in Augenschein zu nehmen und sich dort niederzulassen. Mit Geld aus der Mitgift Betsy Belles kauften sie drei Pferde und ritten die hundertvierzig Kilometer nach Xavier County zurück, wo Otto dem jungen Paar das Land zeigte, das er für sie alle ausgesucht hatte. Zusammen mit Martin begann er die zweimal zweihundertfünfzig Hektar abzuschreiten, auf die sie ein Anrecht hatten, als plötzlich auf einem kleinen Esel ein alter Kamerad querfeldein geritten kam.

Es war Yancey Quimper. »Wartet doch mal! Wartet doch mal!« rief er, stieg von seinem Esel und küßte Betsy Belle galant die Hand. »Ganz Texas fühlt sich geehrt, eine solche Schönheit aus Mississippi willkommen zu heißen. Was macht ihr Männer hier eigentlich?«

»Wir sehen uns unsere zweihundertfünfzig Hektar an«, erwiderte Ascot.

»Zweihundertfünfzig Hektar!« stieß Quimper hervor. Noch ehe es dunkel wurde, führte er seine Freunde in die Bezirkshauptstadt Campbell, zu seinem guten Freund Richter Phinizy, ehemals in Arkansas tätig, der unter anderem für Landzuweisungen zuständig war.

Auf dem Weg erzählte Yancey seinen Freunden, wie es ihm seit San Jacinto ergangen war. »Viele Leute halten mich heute für den prominentesten Bürger von Xavier County«, rühmte er sich. Aber womit er sich tatsächlich beschäftigte, konnten seine Begleiter nicht feststellen. Mit seinen vierundzwanzig Jahren war er, wie man sagt, ein stattlicher Mann, groß gewachsen, ein wenig plump, von blasser Gesichtsfarbe. Irgendwie wirkte er, als ob ihm ein oder zwei wichtige Knochen fehlten, aber er glich diesen Eindruck durch ein warmherziges, strahlendes Lächeln aus, mit dem er jeden bedachte, den er beeindrucken wollte. Als erklärter Held jener Schlacht, in der Texas seine Freiheit erkämpft hatte, fühlte er sich berechtigt, seine Meinung über alles und jeden kundzutun, tat dies aber mit einer so amüsanten Mischung aus Feierlichkeit und Witz, daß man es ihm nicht übelnahm.

»Zuerst«, erzählte er, während sie auf Campbell zuritten, »versuchte ich, den Gasthof bei Quimpers Fähre wieder aufzubauen, aber es war einfach nicht möglich, von irgendwoher Geld zu bekommen. Ich, ein Kriegsheld, ein gut beleumundeter Mann, konnte nicht einen einzigen Cent auftreiben!«

»Wie sah denn der Gasthof aus?«

»Verkohlte Pfosten, die aus dem Boden herausragten.«

Richter Leander Phinizy, ein ungekämmter, bärtiger Mann mit dunklen, tiefliegenden Augen, hielt Gericht in einer elenden, aus einem Raum bestehenden Hütte mit Lehmboden. Das einzige Fenster war ein Loch, bedeckt mit einem Stück Kalbsfell, das man so lange in Bärenfett gehämmert hatte, bis es das Tageslicht einigermaßen durchließ. Das Mobiliar bestand aus einem Tisch und einem Lehnsessel für den Richter – von ihm selbst gefertigt –, zwei wackeligen Stühlen für die Parteien und einem großen Kübel, in den Phinizy häufig und mit großem Geschick Tabaksaft aus einem Mundwinkel feuerte.

»Sie können sich wahrlich glücklich schätzen, meine jungen Herren«, sagte er und lächelte den beiden Anwärtern zu, »daß Mr. Quimper Sie hergeführt hat. Die Republik Texas wollte ihm die üblichen zweihundertfünfzig Hektar zuerkennen, wie sie allen Helden zustehen, aber er wies den Regierungskommissar, der uns gerade besuchte, darauf hin, daß er einen Rechtsanspruch auf wesentlich mehr Land hatte.«

»Wieviel hat er bekommen?« fragte Ascot.

»Nun, sein toter Vater hätte Freiland von der mexikanischen Regierung bekommen sollen, aber die Dokumente verbrannten im Haus. Er selbst hatte natürlich seine zweihundertfünfzig Hektar für San Jacinto. Und unter unserer neuen Verfassung hatte er einen Rechtsanspruch auf das von der mexikanischen Regierung zugewiesene Freiland. Dazu bekommt er weitere zweihundertfünfzig Hektar, weil er sechs Monate in der Armee gedient hat. Das waren zusammen viertausendzweihundert Hektar. Und da seine Mutter den Tod fand, als sie, um General

Houstons Rückzug zu decken, ihre Fähre vernichtete, haben wir ihm auch ihre Belohnung zuerkannt. Das waren dann insgesamt viertausendfünfhundert Hektar Land.«

Otto stand mit offenem Mund da. »Und was bedeutet das für uns?« fragte Martin. Richter Phinizy antwortete: »Wenn Mr. Quimper bereit ist, für Mr. Macnabs Tapferkeit zu bürgen, dann wird sich wohl ein Weg finden lassen, um Mr. Macnab zufriedenzustellen.«

»Er war mehr als tapfer«, erklärte Yancey, als er hereingerufen wurde. »Immer wenn ich einen Blick zurückwarf, war er dicht hinter mir.«

»Texas will seine Helden belohnen, Mr. Macnab. Wie alt sind Sie?«

»Achtzehn«, antwortete Otto, ohne zu zögern.

»Ihre volle Körpergröße werden Sie wohl erst Mitte zwanzig erreichen. Das kommt oft vor.«

Nachdem Otto seine Personalangaben gemacht hatte, verfaßte Richter Phinizy die folgende Erklärung: »Otto Macnab, Held von Goliad und San Jacinto, fünfhundert Hektar für Ihren Dienst in der Armee, dazu ein Bonus von zweihundertfünfzig Hektar für Ihre Kampftätigkeit bei San Jacinto. Für Ihren tapferen Vater, der bei Goliad starb, zweihundertfünfzig Hektar dazu. Weitere einhundertdreißig Hektar für seine Kriegsdienste in der Armee. Summa summarum eintausendeinhundertdreißig Hektar. So angeordnet.« Seine Lippen schürzend, beförderte er einen majestätischen Strahl Tabaksaft mitten in den Kübel.

Quimper war es gelungen, auch Martins Landzuweisung zu verdoppeln – fünfhundert Hektar wegen seines außergewöhnlichen Heldenmutes. »Hör mal«, sagte Martin, »keiner von uns hat viel Geld. Laß uns zusammenarbeiten und den Gasthof wieder aufbauen. Und dann bauen wir ein Haus auf deinem Land, Otto.«

Damit war Otto nicht einverstanden. »Ich brauche noch kein Haus.«

»Wo willst du denn wohnen?« fragte Ascot.

»Ich könnte vielleicht für Yancey arbeiten«, meinte Otto, aber Betsy Belle rief: »Unsinn! Du wirst bei uns wohnen!«

In den folgenden Wochen taten die jungen Texianer zwei Dinge: Sie schufteten wie Lasttiere, um bei der Fähre eine Baracke zu errichten, die man nur sehr bedingt einen Gasthof nennen konnte, und sie maßen das Land aus, das der Staat jedem von ihnen zuerkannt hatte. Quimper nahm sich einen Streifen am rechten Ufer des Brazos, der sich von Mattie Quimpers abgebranntem Gasthof aus nach Süden erstreckte, Otto nahm die daneben liegenden Parzellen, und Martin entschied sich für ein an Ottos Land angrenzendes Areal.

Das Bauen war harte Arbeit. Sie schwitzten in der heißen Sommersonne, während sie Bäume fällten und Bretter schnitten, und nachts schliefen sie oft mit leerem Magen auf der blanken Erde. Von den vielen verschiedenen Werkzeugstypen, die sie gebraucht hätten, besaßen sie nur drei: zwei Äxte, zwei gute Sägen und zwei Hämmer. Damit bauten sie eine Hütte, durch deren Ritzen Wind und Regen pfeifen würden; als der kastenartige Bau fertig war, fügten sie auf der Südseite eine lange niedrige Veranda an. Der Gasthof »Quimpers Fähre« war wieder in Betrieb.

Nachdem das Viergespann die ersten schwerverdienten Dollar kassiert hatte, machte Yancey sich mit Otto auf den Weg in die Hauptstadt der Republik, Columbia-on-the-Brazos, um die Seile und Drähte zu kaufen, die für die Wiedereröffnung des vollen Fährbetriebs nötig waren. »Martin, du und Betsy Belle, ihr bleibt hier und kümmert euch um den Gasthof. Otto und ich reiten hinunter und holen uns, was wir für die Fähre brauchen.«

»Und wann fangen wir mit *unserem* Haus an?«

»Eins nach dem anderen. Zunächst einmal müssen wir dafür sorgen, daß ein bißchen Geld ins Haus kommt.« Unter normalen Umständen hätten sie gut verdient, aber es war nur wenig Geld im Umlauf, und so standen sie am Ende ihrer Mühen mit leeren Händen da. Die ersten drei Reisenden, die den Gasthof betraten, bevor sie auf einem armseligen kleinen Kahn, den Otto und Martin gezimmert hatten, den Fluß überquerten, besaßen keinen Cent. Sie hatten eine Kuh, und so kam ein Tauschgeschäft zustande.

Ascot wollte wissen, was Richter Phinizy veranlaßt hatte, sich so gefällig zu erweisen. »Auch er bekommt kein Geld«, lautete Yanceys Erklärung. »Die Regierung müßte ihn bezahlen, kann es aber nicht. Ich beschaffe ihm Lebensmittel, er gibt mir Land.«

Am Abend bevor sie in die Hauptstadt aufbrachen, berichtete Yancey über ein Gespräch, das er mit dem Richter geführt hatte: »›Der junge Ascot‹, sagte er zu mir, ›scheint ein heller Kopf zu sein.‹ Und als ich ihm das bestätigte, sagte er: ›Warum studiert er denn nicht Jura?‹ Wo er das denn tun solle, wollte ich wissen, und er antwortete: ›Wenn er hin und wieder vorbeikommt, bringe ich es ihm bei.‹ Ich fragte ihn, was er dafür verlangen würde, und er sagte: ›Eine Kuh könnte ich brauchen. Und Texas könnte einen guten Anwalt brauchen.‹ Dann erkundigte ich mich noch, wie lange es dauern würde, und er meinte: ›Wenn er so klug ist, wie du sagst, könnte er es vielleicht in sechs Wochen schaffen.‹«

Martin war hoch erfreut über diesen Vorschlag. In Mississippi hatte er, bevor das Texasfieber ihn packte, mit dem Gedanken gespielt, Jura zu studieren, und der anstrengende Hausbau hatte ihn erkennen lassen, daß er für geistige Arbeit besser ausgerüstet war. »Wann könnte ich beginnen?« fragte er begierig. Yancey antwortete: »Sofort. Er hat mir diese Bücher mitgegeben, damit du schon mal anfangen kannst.« Mit diesen Worten überreichte er ihm zwei mit Fettflecken übersäte in London gedruckte Bücher: Blackstones *Kommentare* und Cokes *Grundgesetze*.

Martin nahm die Bücher andächtig entgegen. »Und was ist mit Betsy Belle?« fragte er. »Sie kann sich um den Gasthof kümmern, während du studierst und wir fort sind«, antwortete Yancey. Schon am nächsten Morgen brütete Martin über Richter Phinizys juristischen Büchern, während Yancey und Otto nach Süden ritten, um die Ausrüstung für die Fähre zu besorgen.

Auf dem Heimweg nahm Otto sich vor, alles, was Quimper tat, in Zukunft genauestens zu prüfen. Der Junge hatte nämlich feststellen müssen, daß der begeisterte Gastwirt Yancey zur Unzuverlässigkeit neigte, wenn seine eigenen Interessen überwogen. Eine Äußerung Yanceys – »Es geht vor allem darum, die Fähre in Betrieb zu nehmen« – ließ Otto argwöhnen, daß Quimper, wenn die Zeit kam, den Ascots beim Bau ihres Hauses zu helfen, mit anderen Pflichten beschäftigt sein werde.

Otto irrte. Schon am nächsten Morgen nach ihrer Rückkehr rief Yancey: »Gehen wir doch alle mal flußabwärts und fangen wir an, das Haus zu bauen!« In den folgenden Wochen arbeitete er mindestens ebenso fleißig wie die anderen beiden Männer, und nach vielen anstrengenden Tagen hatten Martin und Betsy Belle ihr eigenes kleines Haus.

Martin machte große Fortschritte in seiner juristischen Ausbildung.

Richter Phinizy eröffnete ihm eines Tages: »Morgen schicke ich deine Unterlagen in die Hauptstadt, Martin. Du bist jetzt ein Rechtsanwalt.«
»Aber, Herr Richter...«
»Du verstehst schon jetzt mehr von Rechtsgeschäften als ich, Junge«, erklärte Phinizy und feuerte einen prächtigen Schuß Tabaksaft in seinen Spuckeimer.

Die folgenden Monate hindurch wohnte Otto in der primitiven Hütte der Ascots, die nach ihrer Fertigstellung durch die drei Veteranen von San Jacinto nicht viel mehr als eine Ansammlung grob behauener und locker verpfählter Stämme war, bis Betsy Belle sie in ein wohnliches Heim verwandelte.

Sie ging mit Otto zum Fluß hinunter, wo sie langhalmiges Gesträuch ausrissen und Schlamm in Eimer füllten, um die Ritzen damit abzudichten, durch die sonst der Wind blies und der Regen tropfte. Dann holte die junge Frau sich die rohrartigen Hauptäste von Bäumen, die am Brazos wuchsen, und machte daraus vier robuste und bequeme Stühle. Nach langem Suchen trieb sie zwei eiserne Haken und drei Töpfe für den offenen Herd auf.

Diese Küche wurde zum gemütlichen Aufenthaltsraum, in dem die Ascots Otto nun täglich unterrichteten. Martin erklärte ihm die Prinzipien der Rechtsprechung, und Betsy Belle ging mit ihm die Lektionen durch, die sie in der Schule am Mississippi gelernt hatte. Abend für Abend gab Martin einen ausführlichen Überblick über die Fälle, die er vor Richter Phinizy abgehandelt hatte.

Dieser Unterricht versetzte Otto in die Lage, die Gesellschaft auf seine Weise zu interpretieren; die Ascots hätten gestaunt, wenn er ihnen seine Ansichten offenbart hätte. Indem er Parallelen zu dem zog, was er in Natchez-under-the-Hill und Goliad gesehen hatte, gelangte er zu der Überzeugung, daß ein Mann, der es in dieser Welt zu etwas bringen wollte, redlich sein mußte und sich weder durch die Verlockung des Geldes noch durch überhebliches Streben zur Unehrlichkeit verleiten lassen durfte. Er würde jedoch gut daran tun, seine Feinde rasch zu erkennen und sie unschädlich zu machen, bevor sie Gelegenheit hatten, ihn auszuschalten.

Bald hatte er erkannt, daß er nicht zur Geistesarbeit geschaffen war, denn schon als Betsy Belle ihm das erste Mal ein Buch in die Hand drückte, stellte er fest, daß sein Interesse schnell verflog. Und immer wenn Betsy Belle eine Begebenheit schilderte, von der sie in der Schule im Geschichtsunterricht erfahren hatte, tat er sie als Phantasieprodukt ab. Er war völlig unsentimental, ein kleiner Realist, bald fünfzehn Jahre alt, und gedachte das Leben in einer gebildeten oder gelehrten Welt denen zu überlassen, die dafür besser qualifiziert waren.

Seine Einstellung kam ihm zustatten, wenn er mit Yancey Quimper in der Schenke arbeitete. Yancey war ein völlig anderer Mensch als die Ascots. Wenn zum Beispiel die Hütte der Ascots abgedichtet werden mußte, schürzte Betsy Belle ihre Röcke, stieg in den Brazos und grub den Lehm dafür aus; wenn es dagegen im Gasthof etwas zu tun gab, sah sich Yancey regelmäßig nach jemandem um, dem er die Arbeit aufhalsen konnte. An einem einzigen Tag konnte er ein Dutzend Dinge finden, die Otto erledigen mußte.

Trotzdem gefiel Otto das abwechslungsreiche Leben in der Schenke, und er mochte auch Yancey – trotz dessen Charaktermängeln.

»Otto«, sagte Yancey eines Morgens, »ich möchte dir ein Angebot machen: Du betreibst die Fähre, hilfst hier ein bißchen mit, ich gebe dir Kost und Quartier, und sobald ein wenig Geld da ist, bekommst du einen Anteil. Damit stehst du zumindest schon auf eigenen Füßen.«

»Ich werde darüber nachdenken«, sagte Otto, und er hätte wahrscheinlich angenommen, denn er wußte, daß er irgendwo ein Heim haben mußte, daß er nicht ewig bei den Ascots bleiben konnte. Er wäre vielleicht eine Mischung aus Fährmann und Gelegenheitsarbeiter geworden, hätte man Martin Ascot nicht nach Houston, der neuen Hauptstadt, berufen. Er sollte dort einen wichtigen Fall verhandeln. Betsy Belle nahm er mit und lud Otto ein, sie zu begleiten.

Der dreitägige Ritt nach Südosten über das hügelige Gelände zwischen dem Brazos und dem Trinity River machte ihnen deutlich, was aus diesem neuen Staat werden konnte, wenn es seinen Bewohnern gelang, Geldquellen zu erschließen, denn die Felder waren fruchtbar.

Die erste Nacht schliefen sie im Freien, aber am zweiten Abend fanden sie ein Farmhaus. Die Frau hieß sie herzlich willkommen, und der Farmer war ganz begierig, mit den drei Gästen über Politik zu reden: »Wenn dieses Saufloch Houston aus seinem Amt ausgeschieden ist, müssen wir einen richtigen Kämpfer wie Mirabeau Lamar zum Präsidenten wählen! Der will die Indianer aus Texas rausschmeißen. Er will gegen Santa Ana kämpfen und es ihm richtig zeigen. Und außerdem will er, daß wir Santa Fe besetzen.«

»Da gäbe es aber eine ganze Menge zu kämpfen«, hielt Ascot ihm entgegen. Der Mann brüstete sich: »Wir Texianer schaffen das leicht.«

Erst Ende 1836 hatte man die ersten Häuser Houstons gebaut, im Frühjahr 1837 war es schon eine geschäftige Stadt mit zwölfhundert Einwohnern und im Mai 1837 gar die Hauptstadt des Landes. Als Otto und die Ascots ankamen, fanden sie alles in Bewegung – in fieberhafter Eile wurden neue Läden eröffnet und acht Hauptstraßen angelegt, von denen allerdings jede noch mit zwanzig Zentimeter Schlamm bedeckt war. Betsy Belle wollte vom Pferd herunter, spürte ihren linken Fuß im Morast versinken und ließ sich eilig in den Sattel zurückfallen.

Es gab noch keine Hotels. Auf ihre Fragen nach Unterkunft schickte man die Besucher zum Haus eines gewissen Augustus Allen. Von Allens Frau erfuhren sie, daß ihr Mann ein mathematisches Wunderkind und mit siebzehn Jahren bereits Collegeprofessor gewesen war. »Den Hexenmeister von New York hat man ihn genannt.« Und schon an ihrem dritten Abend wurden die Ascots eingeladen, an einer Sitzung der Philosophischen Gesellschaft von Texas teilzunehmen, die im Wohnzimmer von Allens Haus abgehalten wurde, denn er war der Schatzmeister und die treibende Kraft dieses Zirkels.

Die Versammlung übte eine magische Wirkung auf Otto aus. Er begriff, daß diese gelehrten Männer, die es in ein Grenzland verschlagen hatte, das sich so sehr von Baltimore oder Cincinnati unterschied, danach strebten, ihr Interesse an der ganzen Welt um jeden Preis wachzuhalten. Sie faszinierten ihn so sehr, daß ihm schlagartig klar wurde: Ein Mann wie sie wollte er werden, nicht einer wie Yancey Quimper. Nach seiner Rückkehr nach Xavier County würde er Yancey sagen, daß er die Stelle nicht annahm. Aber was er tun und wohin er gehen würde, das wußte er nicht.

Texas befand sich in einem ähnlichen Dilemma. Kurz nach Bildung einer Regierung hatte eine Volksabstimmung stattgefunden, in der sich die Bürger in ihrer überwältigenden Mehrheit für den sofortigen Anschluß an die Vereinigten Staaten – zu vernünftigen Bedingungen –

aussprachen; doch zu ihrem Leidwesen lehnte das große Land im Norden dieses Angebot ab.

»Wir müssen nach Washington marschieren!« belferten einige Gäste in der Schenke von Quimpers Fähre, und Yancey prophezeite: »Der Tag wird kommen, an dem Washington uns darum bitten wird, daß wir uns den Vereinigten Staaten anschließen. Und was machen wir dann?«

»Dann spucken wir ihnen ins Gesicht«, meinten die Streitbaren. Martin Ascot in seiner Küche lieferte einen intelligenteren Kommentar: »Es ist die Sklaverei. Solange wir hier Sklaven haben, werden uns die verdammten Nordstaaten nie aufnehmen.«

Die Kontroverse um die Staatsangehörigkeit weitete sich zu einer internationalen Affäre aus, an der drei Staaten beteiligt waren, und in der Ascotschen Küche wurden drei Meinungen ventiliert. Betsy Belle, die von einer Sklavin aus Louisiana Französisch gelernt hatte, hoffte, daß Frankreich die Kontrolle wieder übernehmen werde, die es schon gegen Ende des siebzehnten Jahrhunderts ausgeübt hatte, als Texas zumindest theoretisch französischer Besitz gewesen war. Ihr Mann, der jetzt ständig mit dem englischen Recht konfrontiert war, hoffte, daß Großbritannien dieses Amt übernehmen werde. Quimpers Interesse konzentrierte sich dagegen auf Mexiko, das offen drohte, den Krieg wieder aufzunehmen. Und weil zwischen Mexiko und seiner früheren Kolonie nie ein Friedensvertrag geschlossen worden war, mußte mit neuerlichen kriegerischen Auseinandersetzungen in der Tat gerechnet werden. Als Mexiko dann wirklich abermals in Texas einfiel und San Antonio besetzte – das geschah zweimal –, bekam Quimper Angst, Santa Ana könnte wiederkommen und der Gasthof noch einmal in Flammen aufgehen.

Otto hörte sich das Gerede wie immer schweigend an, aber seine Ansichten in bezug auf auswärtige Angelegenheiten festigten sich immer mehr. Wäre er nach seiner Meinung gefragt worden, er hätte gesagt: »Ich habe die Deutschen in Baltimore erlebt und hatte schon damals die Nase von Fremden voll. Ich mag auch Frankreich und England nicht. Und die Mexikaner hasse ich für das, was sie im Alamo und bei Goliad getan haben.« Er sah keinen Grund, warum nicht ganz Nordamerika texanisch sein sollte, die Ostküste ausgenommen; die war ja schon amerikanisch und konnte es auch bleiben. Wenn es dann den Vereinigten Staaten einmal in den Sinn kommen sollte, sich Texas anzuschließen, würde man sie willkommen heißen.

Auch die inneren Angelegenheiten der Nation entwickelten sich, wenn auch nicht immer in der gewünschten Richtung. Alle Beobachter waren sich darüber einig, daß Texas nie und nimmer ein Staat ersten Ranges werden konnte, solange es nicht sowohl einen Hafen am Golf für ozeantüchtige Schiffe sowie Dampfer für den Verkehr auf den wichtigsten Flüssen – Trinity, Brazos und Colorado – hatte. Bedauerlicherweise blockierten immense Sandbänke alle verfügbaren Häfen, vor allem den von Galveston, so daß manchmal zwei von fünf Schiffen die Piers nicht erreichten, was zu großen Verlusten an Menschenleben und Fracht führte.

Noch schlimmer stand es um den Verkehr auf den Flüssen, denn auch hier bedrohten gewaltige Sandbänke jedes Schiff, das vom Golf her ins Landesinnere fahren wollte.

Auch im Bereich des Bildungswesens mußte etwas getan werden – zu gegebener Zeit. Das Land konnte es sich einfach noch nicht leisten, von den spärlichen Einkünften Geld für Schulen abzuzweigen; also gab es keine. Wohl aber wurden den Schulen großzügige Summen in der einzigen Währung zugeteilt, die im Überfluß vorhanden war: in Land. Xavier County zum Beispiel erhielt siebentausend Hektar besten Landes. Man fand jedoch keine Möglichkeit, diese immensen Flächen in Bargeld zu verwandeln, und so konnten keine Schulen gebaut werden.

Nachdem die Kinder von Xavier einige Jahre lang ohne Unterricht hatten auskommen müssen, erschien der Reverend Joel Job Harrison, der jetzt verheiratet war, und verteilte Handzettel, auf denen er seine Absicht kundtat, eine Schule aufzumachen: »Erste Klasse: Lesen, Schreiben, Einmaleins, $ 1,50 im Monat. Zweite Klasse: Arithmetik, Grammatik, Rhetorik, Astronomie, $ 2,00 im Monat. Dritte Klasse: Latein, Griechisch, Algebra, Geographie, Kupferstechen, $ 3,00 im Monat. Mrs. Harrison wird einige Knaben und Mädchen in ihrem Haus aufnehmen: Mahlzeiten, christliche Gespräche.« Seine aus einem Raum bestehende Schule nannte er University of Xavier.

Immer wieder war es der würgende Geldmangel, der den Fortschritt hemmte. Schließlich versuchte die verzagte, von Schulden überhäufte Nation, sich zu retten, indem sie sogenannte Rotrücken-Banknoten im Wert von zwei Millionen Dollar drucken ließ, als deren Deckung einzig und allein Treu und Glauben der Regierung dienten. Die Bürger schätzten diese Maßnahme durchaus realistisch ein: Am ersten Tag war eine Dollarnote fünfzig Cents wert, ein paar Tage später dreißig Cents, dann zehn und vier, und am Ende erschreckende zwei Cents.

Von dieser Entwicklung geschockt, versuchte es die Regierung mit etwas anderem: »Wir werden renommierte Privatfirmen dazu animieren, ihre eigenen Zahlungsmittel auszugeben.«

»Und die Deckung?« fragten Zyniker.

»Ihre Produkte. Ihre Unternehmen.«

Das Experiment wurde gewagt, und erleichtert registrierte die Nation, daß sich dieses private Freigeldsystem bei achtzig Cents auf den Dollar einpendelte. Ein Unternehmen, dessen Scheine sogar noch höher notierten, teilte offiziell mit, daß es seine Banknoten »mit allen unseren Waren, unserem Dampfer *Claribel*, achtzehn Negersklaven und unserer Sägemühle« deckte.

Yancey ließ verlauten, daß er bereit war, das wenige Bargeld, das er besaß, gegen Landzertifikate von San-Jacinto-Veteranen einzutauschen, und Otto konnte zusehen, wie abgerissene junge Männer mit Zertifikaten daherkamen, die sie dann für fünf oder sieben Cents den Hektar verkauften, und noch froh waren, wenn sie diese kleinen Beträge erhielten.

Otto staunte, als er erfuhr, was Yancey mit den Dokumenten machte. Eines Tages kam ein Herr aus Europa, kein Franzose, kein Engländer, irgend etwas anderes, betrat den Gasthof, als wäre er da schon einmal gewesen, und übergab Yancey richtiges Geld für einen Stoß von Zertifikaten. Der Mann ging wieder, und Otto fragte Yancey: »Was macht der denn damit?« Die Antwort lautete: »Er verhökert sie in Europa. Alle wollen sie nach Texas kommen.«

»Obwohl wir kein Geld haben?« wunderte sich Otto. Yancey erklärte es ihm: »Für Leute, die Bescheid wissen, ist Texas der Himmel.«

Er hatte recht. Trotz ständiger Rückschläge mühten sich die zähen Texianer verbissen, eine Nation zusammenzuschweißen, und bewiesen dabei ihre Fähigkeit, vorübergehende Widrigkeiten gut zu verkraften. Ein unparteiischer Beobachter aus London oder Boston, der die junge Nation im Verlauf dieser stürmischen Dekade kritisch beurteilte, mußte, weil so gar nichts funktionierte, einen Mißerfolg prognostizieren, wobei er aber die Bereitschaft der Texianer unterschätzte, enorme Risiken auf sich zu nehmen. Sie waren alle überzeugt, daß »sich früher oder später alles zum Besten wendet«. Sie glaubten alle an die Zukunft.

Noch während Otto über seine Zukunft nachdachte, ließ die texanische Regierung in den Counties ein Dokument zirkulieren, das zur Schaffung eines der bedeutendsten texanischen Symbole führen sollte. Die Regierung suchte Freiwillige für ein Korps besonderer Art, dessen Beschaffenheit sich am besten beschreiben läßt, indem man verständlich macht, was es nicht war.

Zunächst war es keine Polizeitruppe in Uniform mit genau festgelegten Pflichten und begrenztem Operationsgebiet; insbesondere sollte es nicht der Aufsicht durch Bezirksbehörden unterworfen sein. Zweitens war es keine Abteilung der Armee mit straff organisierter Struktur und nationalen Verpflichtungen. Und es handelte sich bei diesem Korps drittens auch um keinen Geheimdienst, denn obwohl es oft Funktionen eines solchen erfüllen würde, war es nur der Regierung verantwortlich. Wie sollte man diesen potentiell mächtigen neuen Arm der Regierung nennen? Im Verlauf einer Diskussion in der noch weitgehend improvisierten Hauptstadt hatte ein Proponent darauf hingewiesen, »daß die Männer nicht an einen bestimmten Ort gebunden sein, sondern überall herumstreifen werden« (range all over), worauf ein anderer vorschlug: »Nennen wir sie doch einfach Ranging Companies.« Und so entstanden die berühmten Ranging Units – ohne starr festgelegte Pflichten: »Durchstreift das Gelände und haltet Ordnung.«

Die Einheit, für die Männer in den Gebieten rund um Xavier angeworben werden sollten, würde von Captain Sam Garner befehligt werden, einem vierundzwanzigjährigen renommierten Veteranen der Schlacht von San Jacinto mit buschigem Schnurrbart; er war kerzengerade gewachsen, frostig im Umgang und ein ausgezeichneter Schütze. Seine Einheit würde entlang des Nordufers des Nueces River im Einsatz stehen. Sobald das bekannt war, strömten die härtesten Männer in seinem provisorischen Hauptquartier zusammen; denn am sogenannten Nueces Strip zu dienen hieß im wildesten, gefährlichsten, aber auch reizvollsten Teil des neuen Staates zu dienen.

Das Wort *Strip* (Streifen) war irreführend, denn es handelte sich hier nicht um einen schmalen Streifen Land zwischen zwei besiedelten Gegenden, sondern um ein Gebiet, das sich in ost-westlicher Richtung über etwa dreihundertzwanzig, in nord-südlicher über zweihundertsechzig Kilometer erstreckte. Man stelle sich den Strip am besten als breites Tortenstück vor. Der Bogen der Kruste verlief am Golf entlang, die Spitze deutete nach Westen zum Rio Grande. Er war viel größer als manche europäischen Länder, zum Beispiel Belgien, Holland oder die Schweiz, auch größer als die amerikanischen Bundesstaaten New Hampshire, Vermont oder Maryland.

Ausgenommen einige wenige kleine Marktflecken am Nordufer des Rio Grande, war das Gebiet, soweit es Ranches betraf, zum großen Teil unbesiedelt, aber nicht menschenleer. Seit mehr als hundert Jahren hatten mexikanische Hirten, die südlich des Flusses lebten, ihr Vieh auf dem Strip weiden lassen, und jetzt taten Viehzüchter aus der Gegend von Victoria in Texas das gleiche. Dabei bildete sich eine interessante Regelung heraus: Wenn ein Mexikaner den Rio Grande überquerte, um sein Vieh zu bewegen, und bei der Gelegenheit ein paar streunende Tiere mitnahm, die einem Texianer gehörten, war er ein Bandit; wenn aber ein Texianer mit einer plündernden Horde in Mexiko einfiel, um ein paar hundert Rinder zu stehlen, betrachtete man ihn als vernünftigen Bürger.

Als Texas seine Unabhängigkeit erlangte, erfolgte nur eine ungenaue Grenzziehung. Nach texanischer Auffassung verlief die südliche Grenze am Rio Grande, während sie nach mexikanischer Ansicht viel weiter nördlich dem Nueces River folgte, der unter spanischer Herrschaft tatsächlich die Südgrenze des seinerzeitigen Tejas dargestellt hatte. Dieses öde, abweisende, menschenleere Land zwischen den beiden Strömen wurde zur Keimzelle eines unerklärten Krieges. Die auf Suche nach Beute im Strip herumziehenden Mexikaner stießen über den Nueces hinweg nach Norden vor und verwüsteten Ranches im Gebiet von Victoria; Texianer unternahmen Raubzüge über den Rio Grande. Die texanische Regierung ignorierte die Übergriffe ihrer eigenen Bürger und beklagte lautstark das Verhalten mexikanischer Gesetzesbrecher.

Dieser Art von Gewalttaten sollten Captain Garners Rangers ein Ende machen. Zu den ersten Freiwilligen zählte auch Otto Macnab, erst fünfzehn Jahre alt, aber männlicher als so mancher, der sich meldete. Garner war überzeugt, daß der Junge noch lange nicht volljährig war, und fragte ihn: »Wie alt bist du, mein Sohn?«

Im Januar 1838 würde Otto sechzehn sein. Er antwortete: »Im Januar werde ich achtzehn.«

»Dann komm im Januar wieder«, sagte der schlaksige Mann und machte die anderen mit den Vorschriften der neuen Organisation bekannt. »Sie haben Ihr eigenes gutes Pferd mitzubringen, Kleidung zum Wechseln, ein Gewehr, eine Pistole und ein Bowiemesser. Sie sollten auch einen großen Hut tragen. Im Sommer hält er die Sonne ab, und im Winter wärmt er den Kopf.«

Am 2. Januar 1838 verabschiedete sich Otto von den Ascots, legte seine zwei Gewehre quer über den Sattel und machte sich auf den Weg nach Süden. Sein großer Hut hüpfte im Takt mit dem Gang des Pferdes auf und ab. Noch vor Anbruch der Dunkelheit war er vereidigt – der Jüngste seiner Einheit, eine kleine Kampfmaschine ohne Uniform und ohne festgelegte Aufgabe, begierig, mitzuhelfen bei der Befriedung der texanischen Grenze.

Während der zweiten Januarwoche wurde in der Hauptstadt bekannt, daß der Bandit Benito Garza in Texas eingefallen war, eine Ranch nördlich des Nueces River überfallen und zwei Texianer getötet hatte. Dies war genau die Art von Freveltat, die zu bestrafen man die Ranging Companies geschaffen hatte, und so berief Captain Sam Garner die Xavier-County-Einheit ein. Otto Macnab wurde sein erster Adjutant. Er behauptete, achtzehn zu sein, sah aber aus wie zwölf mit seinem bartlosen Kinn und seinem feinen, fast weißen Haar.

Die Kompanie, die sich in Campbell versammelt hatte, bestand aus zweiundfünfzig Männern auf eigenen Pferden und mit eigenen Gewehren und Messern. Sie wollten nach Süden reiten, »um den Mexikanern den Kopf zu waschen«. Als sie sich Victoria näherten, überraschte Otto seinen Captain mit der Bitte: »Darf ich mich kurz von der Truppe entfernen? Meine Mutter lebt am Guadalupe westlich der Stadt.«

»Wir kommen alle mit«, sagte Garner, denn er hatte es nicht eilig, und so folgten die Freiwilligen Otto zu den Balkenhäusern. Alle waren überrascht, als er sie mit den zwei Witwen bekannt machte, mit seiner Stiefmutter Josefina und seiner Adoptivmutter María, denn beide Frauen waren offensichtlich Mexikanerinnen.

Die Männer rechneten den zwei Frauen ihre Gastlichkeit hoch an und waren von den sauberen Häusern sehr beeindruckt; geradezu begeistert waren sie jedoch, als sie erfuhren, daß María die Frau Xavier Campbells, des Alamo-Helden, gewesen war.

Zum Abschied umarmte Macnab seine Stiefmutter und küßte María zärtlich. »Das sind gute Mexikanerinnen«, sagte einer seiner Kameraden. »Da fällt mir ein: Dieser Unruhestifter, dieser Benito Garza – der, hinter dem wir her sind –, kommt der nicht hier aus der Gegend von Victoria?«

»Er ist Marías Bruder«, sagte Otto ohne jede Verlegenheit.

»Und was tust du, wenn wir ihn erwischen?«

»Ihn verhaften.«

Die Rangers näherten sich schon dem Nueces River, als ein Waffenoffizier der texanischen Armee sie einholte, um die erste offizielle Ausgabe von Waffen vorzunehmen, und sofort hatten die Männer das Gefühl, daß dieses kleine Ding, das man ihnen aushändigte, Texas und dem Westen ein neues Gesicht geben würde.

Es war ein Revolver, Kaliber .34, mit einem kurzen, achteckigen Lauf aus graublauem Stahl und einem Griffstück, das gut in der Hand lag. Er hatte eine drehbare Trommel, die es dem Schützen erlaubte, fünfmal zu feuern, ohne nachzuladen, und war in jeder Beziehung ein Meisterwerk. Produziert wurde er von Sam Colt in einer kleinen Stadt in Connecticut. Die ersten Benützer – und das waren Texianer – nannten diesen Revolver der Superlative immer nur »Colt«; er wurde zur bevorzugten Waffe der Ranging Companies.

Mit solchen Revolvern ausgerüstet, überquerten Captain Garner und seine Männer den Nueces in der Überzeugung, daß sie jetzt eine echte Chance hätten, den Strip von Mexikanern zu säubern. Zusammen mit den anderen verhielt Otto sein Pferd auf einer kleinen Anhöhe und betrachtete erstaunt die weite, leere Fläche, die sich vor ihm ausdehnte, völlig ebenes, nur mit Strauchwerk und Zwergeichen bewachsenes Land – ein ausgetrocknetes verdorrtes Reich für Klapperschlangen und Kojoten: der Strip.

Auf den ersten Blick schien es hier tatsächlich keine Vegetation zu geben, doch als Otto näher hinsah, entdeckte er das wahre Wunder dieser wüstenähnlichen Ebene, die sich auf den Frühling vorbereitete: »Sind das Blumen?« Ja, es waren Blumen, eine Unmenge von Blumen – rot, blau, gelb, lila –, die einen dichtverflochtenen, fünftausend Quadratkilometer großen Teppich bildeten.

Sooft die Truppe texanischen Viehzüchtern begegnete, die auf dem Strip nach ihren Rindern suchten, hörten sie erboste Klagen: »Dieser verdammte Benito Garza hat unser Vieh gestohlen!« Und je weiter die

Männer nach Süden kamen, desto häufiger stießen sie auf Ruinen einsamer Gehöfte; man hatte sie dem Erdboden gleichgemacht, und kein Longhorn war zurückgelassen worden. Die Rancher waren entweder nach Mexiko entführt oder erschossen worden; je mehr solch trauriger Reste die Rangers sahen, desto mehr sannen sie auf Rache.

»Gott helfe dem Mexikaner, der mir über den Weg läuft!« empörte sich einer.

Nachmittags stieß die Truppe auf acht mexikanische Viehzüchter, die sich abmühten, eine große Zahl Rinder ohne Brandzeichen zum Rio Grande hinunterzutreiben. Ohne Fragen zu stellen, begannen die Texianer eine Schießerei, in deren Verlauf sie fünf Mexikaner töteten. Captain Garner genügte ein Blick auf die Leichen, um sie als Viehdiebe zu bezeichnen, die texianische Rinder gestohlen hatten; doch das Verhör der drei Überlebenden brachte zutage, daß die Tiere Eigentum der Mexikaner gewesen waren, die schon immer diese Weideflächen benutzt hatten. Garner mußte zugeben, daß seine schießwütigen Männer wahrscheinlich die Falschen getötet hatten.

»Was machen wir jetzt mit den dreien?« fragte Otto.

Garner überlegte laut: »Wenn wir sie gefangennehmen, wird man uns viele Fragen stellen. Wenn wir sie laufenlassen, werden sie andere Mexikaner in Matamoros gegen uns aufhetzen.«

»Hängen wir sie doch einfach«, schlug ein Ranger aus Austin County vor, und man kam überein, daß das die beste Lösung sei, woraufhin – ohne daß man über die Gesetzlichkeit oder Angemessenheit der Strafe debattiert hätte – die drei Viehhirten gehängt wurden.

Bevor man sie aufknüpfte, protestierte ihr Anführer heftig: »Wir sind doch hier auf mexikanischem Boden!«

»Jetzt nicht mehr«, knurrte der Mann mit dem Seil und gab dem Pferd, auf dem der Unglückliche mit auf dem Rücken zusammengebundenen Händen saß, einen Tritt. Überrascht schoß das Tier davon, und die Schlinge zog sich um den Hals des Mexikaners zusammen.

Otto protestierte nicht gegen diese ungesetzlichen Hinrichtungen. Zwar trat er nach wie vor mit allem Nachdruck für die Einhaltung der Gesetze ein, wollte jedoch nicht einsehen, daß es in der Absicht des Gesetzgebers gelegen war, auch die Mexikaner zu schützen.

In den folgenden Tagen bestraften die Rangers auf ähnliche Weise sechzehn andere Mexikaner, fanden aber keine Spur von Benito Garza, von dem man wußte, daß er hinter den Bemühungen stand, das Land zu kontrollieren, das er und andere guten Glaubens für mexikanisches Territorium hielten. »Garza wird es euch schon zeigen, ihr Bastarde!« brüllte ein von den Texianern aufgegriffener Mexikaner. In seinem Fall kam es nicht zum Hängen, den ein Ranger geriet in Wut und erschoß den an Händen und Füßen gefesselten Mann.

Am Ende ihres Ritts durch den Strip fand Captain Garner lobende Worte für seinen jüngsten Kavalleristen: »Wie viele hast du in unseren Kämpfen erledigt, Otto?« Und mit einigem Stolz, denn er hatte nicht wahllos geschossen, antwortete der Junge: »Vier.« Otto Macnab hatte seine Bestimmung gefunden.

Als sich die Ranging Company in Xavier auflöste – die Aufträge waren immer zeitlich begrenzt –, fand sich die Nation zu einer Präsidentenwahl aufgerufen, wie man sie in Amerika, Nord und Süd, noch nicht erlebt hatte. General Sam Houston, dem es durch die Verfassung untersagt war, zwei Perioden nacheinander im Amt zu bleiben, mußte die Präsidentschaft im Dezember 1838 abgeben, aber einige Mitglieder seiner Pro-Houston-Partei, wie man sie nannte, waren fest entschlossen, irgendeinen willigen Menschen zu wählen, der das Amt nur so lange ausüben sollte, bis Sam es von neuem übernehmen konnte.

Die Partei einigte sich auf einen distinguierten fünfzigjährigen Rechtsanwalt aus Kentucky namens Peter Grayson, der seiner neuen Nation bereits als Generalstaatsanwalt und als Vermittler bei den Verhandlungen mit den Vereinigten Staaten in Washington gedient hatte.

Für Houstons Gegner war Grayson ein farbloser Funktionärstyp, völlig ungeeignet für ein so hohes Amt. »Ein Dummkopf«, schimpften Leute wie Yancey Quimper, »genauso schlecht für Texas, wie Houston es war. Der einzige, der es verdient, unser Präsident zu werden, ist Mirabeau Buonaparte Lamar, erwiesenermaßen ein Held, ein Mann von überragenden geistigen Fähigkeiten und ein General, der weiß, wie man mit Mexikanern und Indianern umzugehen hat!«

Der Wahlkampf war in eine heiße Phase getreten, und weil Houston seine bisherigen Leistungen so brillant und aggressiv verteidigte und rechtfertigte, nahmen seine Anhänger an, daß sein Mann die Wahl gewinnen werde.

Doch am 9. Juli 1838 erlebte die Pro-Houston-Partei eine böse Überraschung. Weil Grayson so langweilig, so ohne jeden Charme und ein so schlechter Redner war, vor allem aber, weil er sich in den großen Schlachten der Revolution so gar nicht als Held hervorgetan hatte, waren seine Parteigenossen übereingekommen, ihn die kritischen Tage des Wahlkampfs hindurch außer Landes zu schicken. Während er sich auf Bean's Station in Tennessee verborgen hielt, war er (nicht zum ersten Mal) in eine tiefe seelische Depression verfallen und hatte sich eine Kugel durch den Kopf geschossen.

Nach einigen Tagen der Bestürzung und Verwirrung präsentierte die Pro-Houston-Partei einen viel besseren Kandidaten: James Collinsworth, einen tüchtigen Rechtsanwalt aus Tennessee, der Houston bereits als angesehener Vorsitzender des Obersten Texanischen Gerichtshofes gedient hatte.

Nur zwei Dinge sprachen gegen ihn: Erstens war er nur zweiunddreißig Jahre alt, und das bedeutete: drei Jahre zu jung, um nach der texanischen Verfassung Präsident werden zu dürfen. Und zweitens pflegte er vier Tage in der Woche betrunken zu sein, so betrunken, daß er sich nicht einmal anziehen konnte. Die Pro-Houston-Fraktion versuchte erst gar nicht, diese Tatsache zu leugnen; schon zu viele Bürger hatten Richter Collinsworth dabei beobachtet, wie er gegen Bäume gelaufen oder in einen Graben gefallen war. Sie wiesen allerdings darauf hin, daß es Texas unter General Houston nicht schlecht gegangen sei, obwohl er jeden Morgen einen Rausch gehabt habe; man dürfe also füglich annehmen, daß es Texas unter Collinsworth noch besser gehen werde, weil er ja den ganzen Tag betrunken sein werde. »Wir wollen ja auch keinen Präsidenten, der den ganzen Tag seine Nase in alles hineinsteckt«, meinte ein Redner, und das war ein überzeugendes Argument. Allmählich sah es so aus, als ob der Ganztagssäufer Collinsworth dem Halbtagssäufer Houston im Amt nachfolgen würde.

Eines Tages Ende Juli jedoch sprang Richter Collinsworth, während er die Bucht von Galveston auf einem Dampfer überquerte, ins Meer und wurde damit der zweite Gegner Lamars, der sich seiner Wahl durch Selbstmord entzog.

Jetzt waren Yancey Quimper und seine Freunde davon überzeugt, daß Gott auf ihrer Seite am Wahlkampf teilnahm, denn offensichtlich war es Lamar bestimmt, sein gegen die Mexikaner und Indianer gerichtetes Wahlprogramm in die Tat umzusetzen. Sie machten sich über den dritten Kandidaten der Pro-Houston-Partei, einen Aushilfskapitän von der Ostküste Marylands, lustig. Sie hatten Grund dazu: Seinem Vorstrafenregister zufolge hatte Robert Wilson in mindestens sieben verschiedenen Staaten öffentliches Ärgernis erregt. Vor die Wähler trat er als »der rechtschaffene Bob Wilson, ein Mann, der immer so redlich ist, wie es die Umstände und die allgemeine Lage des Landes zum jeweiligen Zeitpunkt gestatten«.

Wilson war ein so kläglicher Kandidat, daß selbst treue Houston-Anhänger wie Otto Macnab ihn nicht ausstehen konnten, und als die Stimmen gezählt wurden, hatte Lamar 6 995 erhalten, Wilson 252. Der Poet aus Georgia war jetzt Präsident.

Bald nachdem er sein Amt angetreten hatte, begann sich in Texas einiges zu ändern, und Eisenfresser wie Yancey Quimper sahen ihre Stunde gekommen: »Schluß mit dem Unsinn, den Houston uns verzapft hat! Jetzt wird gekämpft!« Wer Yancey so reden hörte, hätte glauben können, die Texianer seien drauf und dran, auf Santa Fe, Mexico City und Gott weiß wohin noch zu marschieren. Und sie warteten nur darauf, im Osten gegen die Cherokee und im Westen gegen die Komantschen zu kämpfen. Ja wenn man Yancey Quimper zuhörte, mußte man zu der Auffassung kommen, daß es noch nie eine so kriegslustige junge Nation wie Texas gegeben hatte.

Lamar selbst war klüger. Als Dichter und belesener Gentleman aus Georgia erklärte er häufig, daß für ihn das Erziehungswesen Priorität habe, und legte das Fundament für das wenige, das Texas auf diesem Gebiet tat. Auch drängte er seine Mitbürger, Colleges zu gründen und öffentliche Grundschulen zu errichten.

Lamar trat auch für ein Heimstättengesetz ein, das es den Texianern ermöglichen sollte, mit ihren Familien auf öffentlichem Land zu siedeln. Seinen bedeutendsten Beitrag aber leistete er, indem er die Texianer in ihrem Glauben bestärkte, sie seien ein besonderes Volk, dazu verpflichtet, eine besondere Mission zu erfüllen.

Doch dann wandte sich der kleine Präsident seinen, wie man es nennen könnte, praktischen Verpflichtungen zu, und die bestanden darin: die Mexikaner zu töten, die Indianer zu vertreiben und New Mexiko dazu zu bewegen, sich der texanischen Nation anzugliedern. Um das erste dieser Ziele zu erreichen, schickte Lamar Captain Garners Ranging Company an den Nueces River zurück, den sie, in der Hoffnung, Benito Garza zu erwischen, mehrmals überquerten. Vergeblich. Sie hätten es weiter versucht, wenn es nicht zu einer überraschenden Entwicklung gekommen wäre, die sie zwang, sich zurückzuziehen: Aus dem Norden kamen zwei Reiter, um ihnen mitzuteilen, daß Indianer die Republik angegriffen hatten.

Der offizielle Bote war ein Armeeoffizier; sein Führer war Yancey Quimper. Yanceys Stimme zitterte vor Wut. »Diese verdammten Cherokee! Sam Houston sagte, er hätte sie befriedet...«

»Was führen sie im Schilde?« erkundigte sich Garner.

»Da oben im Gebiet von Nacogdoches haben sie einen Aufstand gemacht. Menschen wurden getötet!«

Es war nie leicht herauszufinden, wieviel man glauben konnte, wenn Quimper den Mund auftat, doch der Offizier bestätigte Yanceys Bericht. Es konnte kein Zweifel mehr darüber bestehen, daß ein Krieg mit den Indianern im Gange war; die Regierung hatte alle Kompanien in die Gegend von Nacogdoches beordert, um einen letzten großen Angriff auf die störrischen Cherokee zu unternehmen. Die Männer aus Xavier County setzten sich nach Norden in Bewegung.

Während des Ritts erklärte der Armeeoffizier den Rangers, was zu den Unruhen geführt hatte. »Es ist ein im Osten ansässiger Stamm, er gehört nicht nach Texas. Er wurde von der Regierung der Vereinigten Staaten nach Westen umgesiedelt. Sie behaupten, sie seien eine eigene Nation und hätten daher so wie England oder Spanien das Recht, Verträge zu schließen.«

Ihr Anführer, berichtete der Offizier weiter, war ein berühmter Krieger, Häuptling Bowles, den man respektvoll The Bowl, den Humpen, nannte. Er war achtzig Jahre alt und zog mit einem Schwert in die Schlacht, das Sam Houston ihm geschenkt hatte; es brachte ihm Glück, denn er war noch nie besiegt worden.

Als die Reiter Victoria erreicht hatten, bestand Quimper darauf, Macnab zu begleiten, als der einen Abstecher machte, um Josefina und María zu besuchen. Otto fiel auf, wie sehr sich sein Freund Yancey für das Land interessierte, das den zwei Mexikanerinnen gehörte.

»Hatte Campbell Kinder?« fragte Yancey María, und als sie verneinte, wollte er wissen, wem er sein Land hinterlassen habe. »Es war immer mein Land«, erklärte sie ihm.

»Was geschieht damit, wenn Sie sterben?«

»Ich habe es meinem Bruder Benito vermacht.«

»Hat Ottos Vater irgendwelche Aufzeichnungen hinterlassen... wegen des Landes, meine ich?«

»Es war nie sein Land. Es hat immer meiner Schwester gehört.«

»Dann wird Otto es bekommen, nicht wahr?«

»Wann immer er es haben will«, antwortete Josefina und lächelte ihrem Stiefsohn zu. »Aber er hat mir gesagt, daß General Houston ihm Land gegeben hat – oben im Norden –, dafür, daß er im Krieg gekämpft hat. Er hat gesagt, er braucht mein Land nicht.«

Die Truppe näherte sich bereits Xavier County, als ein Kundschafter mit bestürzenden Nachrichten herangeprescht kam. »Da oben wird der Krieg jetzt mit aller Härte geführt. Die Cherokee wüten wie die Berserker, und es heißt, Benito Garza sei auch dabei.«

Garner schnaubte vor Zorn: »Unten im Süden jagen wir seinem Geist nach, während er hier oben unsere Farmen niederbrennt!« Ohne Zweifel würden Garners Männer, wenn sie Garza je erwischen sollten, ihn unverzüglich hängen. Aber Otto gab zu bedenken: »Das ist bestimmt nur ein Gerücht. Ich kenne Garza; mit Indianern hat er nichts zu schaffen!«

Kaum hatten sie auf dem Gebiet der Cherokee ihre Zelte aufgeschlagen, da wurde Otto zu einem nächtlichen Verhör gerufen. »Mein Sohn«, fragte ihn der Kommandierende Oberst, »hast du schon einmal von Julian Pedro Miracle gehört?«

»Nein, Sir.«

»Weißt du, daß wir ihn vor ungefähr einem Jahr erschossen haben?«

»Nein, Sir.«

»Und hast du gehört, daß wir belastende Papiere bei ihm gefunden haben? Daß er versucht hat, die Cherokee dazu zu bewegen, sich den Mexikanern anzuschließen, um uns Amerikaner aus Texas zu vertreiben?«

»Davon weiß ich nichts«, antwortete Otto.

»Weißt du, daß vor einiger Zeit auch Manuel Flores ums Leben kam?«

»Nein, Sir.«

»Hast du gehört, was wir bei Flores gefunden haben?«

»Ich habe nichts gehört.«

Nun zeigte der Offizier Otto die englische Übersetzung eines Briefes, den der tote mexikanische Agent Flores geschrieben hatte – kurz bevor die Cherokee aufgestanden waren –, und lenkte seine Aufmerksamkeit besonders auf einen Absatz:

> Meine Pläne sehen vor, daß die Cherokee genau dann größere Störaktionen gegen die Norteamericanos unternehmen, wenn mexikanische Truppen unter den Generälen Filisola, Cós, Urrea und Ripperdá angreifen. Gleichzeitig wird unser bewährter Freund, der Revolutionär Benito Garza aus Victoria, im ganzen Land einen Sturm der Empörung entfachen, und wir werden alle Norteamericanos aus Tejas vertreiben.

Otto war erschüttert. In seiner Erinnerung zogen Bilder jenes Garza vorbei, den er gekannt hatte: der heitere junge Kerl, der so engagiert Ehemänner für seine Schwestern gesucht hatte, der talentierte Reitlehrer, der Mann, der Otto bei Goliad das Leben gerettet hatte und dem er, Otto, in dem Tümpel bei San Jacinto zu Hilfe gekommen war. Der Junge hatte gehofft, die mexikanische Regierung werde so klug sein, das umkämpfte Land der jungen Republik Texas zu überlassen. Dann wäre ein Frieden zwischen Mexiko und Texas möglich gewesen und damit auch Frieden zwischen Benito und ihm. Jetzt sah er ein, daß er naiv gewesen war.

»Ist dieser Garza dein Freund?« fragte der Oberst.
»Er ist... war... der Schwager meines Vaters. Wir haben drei Jahre zusammengelebt.«
Der Offizier holte tief Atem. »Ich bin froh, daß du das zugegeben hast, mein Sohn, denn wir kannten die Antwort schon, bevor wir dir die Frage stellten.« Und zu Ottos Überraschung führte eine Ordonnanz Martin Ascot ins Zelt, der ihm freundlich zulächelte.
»Man hat mich heute nachmittag verhaftet.«
»Sie wurden nicht verhaftet«, korrigierte ihn der Offizier. »Sie wurden einvernommen.«
»Ich habe ihnen gesagt: ›Natürlich kennt Macnab Garza‹, und ich habe ihnen von der Geschichte im Tümpel erzählt, als du mich davon abhieltest, ihn zu töten. Sie hatten nämlich einen Brief, Otto. Jemand, der dich in Xavier County kannte, hat einen Brief geschrieben... anonym. Darin wird dir Komplizenschaft vorgeworfen.«
Man zeigte ihm den anonymen Brief, und Otto mußte auf die Bibel

schwören, daß er nach seiner Rückkehr vom Nueces River in Campbells Balkenhaus nicht mit dem Verräter Garza paktiert hatte.

»Warum hast du ihm bei San Jacinto das Leben gerettet, obwohl du doch schon damals wußtest, daß er ein Feind war?« Otto schwieg. »Du wußtest doch, daß er sich Santa Ana angeschlossen hatte, nicht wahr?« Otto schwieg. »Du solltest frei heraussprechen, mein Sohn, du könntest sonst in ernste Schwierigkeiten geraten.«

Sehr ruhig gab Martin Ascot, der junge Anwalt, seinem Freund einen Rat: »Du mußt ihnen sagen, was du mir an jenem Abend erzählt hast.«

Otto Macnab, der Jüngste und Kleinste im Zelt, stand ganz aufrecht, während er von Goliad erzählte. Wie er und die anderen sich ergeben hatten; wie sie an jenem Sonntagmorgen das Presidio verlassen hatten. Er erzählte vom entsetzlichen Tod seines Vaters und von seinem Kampf mit dem säbelschwingenden Leutnant, von seiner Verwundung und von der Schießerei mit den zwei Infanteristen. Er schloß mit den Worten: »Wenn ich heute hier stehe, so nur, weil Benito Garza, unter großer Gefahr für sich selbst, mir zur Flucht verhalf.«

Es war ganz still im Zelt. »Macnab«, fragte schließlich der Oberst, »was würdest du tun, wenn Benito Garza dir morgen auf dem Schlachtfeld gegenüberstünde?«

»Ich würde ihn erschießen«, sagte Otto.

Am nächsten Tag begann die Schlacht. Die Nation der Cherokee, die von der amerikanischen Nation so schändlich behandelt worden war, stellte achthundert Krieger auf einer hügeligen, bewaldeten Ebene nahe dem Neches River, wo sie neunhundert gut bewaffneten und mit guten Pferden ausgestatteten Texianern gegenüberstanden, die von kampferprobten Männern befehligt wurden.

Der achtzigjährige, weißhaarige Bowl, ein Freund Sam Houstons und ehrenwerter Unterhändler mit Spanien, Mexiko, der Regierung der Vereinigten Staaten und mit der nun ins Rampenlicht der Geschichte tretenden Republik Texas, begriff, daß jede Hoffnung, mit diesen harten Fremden in seinem Land in Frieden zusammenzuleben, vergeblich war. Nie konnten Indianer und Weiße in Texas gemeinsam existieren.

Am Morgen des 15. Juli 1839 legte er sein feinstes Elchledergewand an, band sich die goldene Schärpe um, die Sam Houston ihm als Beweis seiner ewigen Freundschaft gegeben hatte, nahm das Schwert mit dem silbernen Knauf – auch dies ein Geschenk Sam Houstons – bestieg sein bestes Pferd und führte seine Männer in eine Schlacht, von der er wußte, daß er sie nicht gewinnen konnte.

Stunde um Stunde feuerten Texianer und Indianer wild aufeinander, und bei Einbruch der Dämmerung war es für General Johnston und Vizepräsident Burnet klar: Wenn ihre Männer am nächsten Tag mit dem gleichen Elan kämpften, würden sie einen großen Sieg erringen.

Die Schlacht am nächsten Tag war kurz, konzentriert und brutal; sie verlagerte sich unter heftigen Kämpfen in ein anderes County. Die Truppen schnitten den Häuptling von seinen Kriegern ab, schossen ihn vom Pferd und feuerten weiter auf ihn, als er schon, sein weißes Haar blutverschmiert, am Boden lag. Das Schwert mit dem Silberknauf wurde zu einer geschätzten Trophäe.

Ohne ihren Häuptling waren die Cherokee verloren; sie ergaben sich lange vor Mittag. Sie fragten, ob sie zurückkehren dürften, um ihre Ernte einzubringen, denn sie hatten nichts zu essen; aber die siegreichen Texianer befahlen ihnen, nach Norden zu ziehen und Texas schnellstmöglich zu verlassen.

So gingen sie, diese tapferen Wanderer, die an vielen Orten zu Hause gewesen waren, seit die Weißen angefangen hatten, sie zu vertreiben. Eine winzige Enklave ausgenommen, würde es jetzt in Osttexas keine Indianer mehr geben.

Mirabeau Lamar erfuhr mit seinen großartigen Plänen demütigende Niederlagen, aber auch Triumphe. Texas war zwar nicht gerade ein Superstaat, aber doch lebensfähiger, als seine wirtschaftlichen Leistungen es vermuten ließen.

Die Geschichte seines Versuchs, in New Mexico einzumarschieren und es der texanischen Republik einzuverleiben, ist schnell erzählt. 14. April 1840: Präsident Lamar richtet ein Schreiben an das Volk von New Mexico und weist darauf hin, daß es sich früher oder später wird anschließen müssen; der Brief wird von den loyalen Bürgern Santa Fes, die zufrieden unter amerikanischer Herrschaft leben, ignoriert. 19. Juni 1841: Lamar persönlich, nicht aber seine Regierung, billigt die Aufstellung eines Konvois, bestehend aus einundzwanzig Ochsengespannen und einem Kontingent von 321 Siedlern, der mit militärischer Begleitung aufbricht, um in New Mexico die Regierungsgewalt zu übernehmen. 5.– 17. August des gleichen Jahres: Da die Expedition über keine Führer verfügt, die das Land kennen, verliert sie jede Orientierung und schickt Reiter aus, die versuchen sollen, sich zurechtzufinden. 12. September: Die Möchtegern-Eroberer erreichen mit Müh und Not eine abgelegene mexikanische Siedlung und bitten dort um Wasser und Hilfe. 17. September 1841: Die ganze Expedition ergibt sich mexikanischen Truppen, ohne daß sie einen einzigen Schuß abgefeuert hätte oder daß es ihr möglich gewesen wäre, mit ihren Versprechungen auch nur einen einzigen Bürger New Mexicos zu beeindrucken. 1. Oktober 1841: So gut wie alle Texianer werden nach Mexico City in Marsch gesetzt und von dort in die alte Festung Perote im Dschungel gebracht, wo man sie einkerkert. 6. April 1842: Die meisten Gefangenen werden freigelassen und kehren in die Heimat zurück.

Andererseits kamen Präsident Lamars Verhandlungen mit allen anderen Ländern als Mexiko und den Vereinigten Staaten gut voran. 1839 unterzeichnete Frankreich einen Vertrag, in dem es die Unabhängigkeit der neuen Nation anerkannte und Texas damit internationales Ansehen sicherte. Auch England machte Vorschläge, und die Zukunft sah rosig aus. In den Vereinigten Staaten jedoch sah Lamar den Feind schlechthin und lehnte es ab, an Gesprächen teilzunehmen, die zur Annexion führen konnten.

Was die Mexikaner betraf, so war er großzügig bereit, ihnen die Wahl zwischen Krieg und Frieden zu lassen. Auf das, was der Nachbar im Süden dann unternahm, war er jedoch nicht vorbereitet: Mexikanische Truppen überquerten den Rio Grande und nahmen San Antonio ein, zogen sich dann aber, zu Lamars Glück, aus eigenem Antrieb wieder zurück.

Das hohe Ansehen, das Rechtsanwalt Ascot genoß, veranlaßte Präsident Lamar, ihn als Leiter einer Kommission zu bestellen, die in San Antonio eine wichtige Aufgabe zu erfüllen hatte. Er sollte von einer Kompanie texanischer Soldaten und von Captain Garner mit drei Angehörigen der Ranging Company, jetzt Texas Rangers genannt, begleitet werden. Auf Ascots Wunsch war einer davon Otto Macnab. Im Spätwinter 1840 machten sich die Männer auf den Weg.

Während des Ritts erklärte Regierungskommissar Ascot den Zweck der Reise. »Endlich sehen die Komantschen ein, daß ihre Haltung töricht war. Sie wollen einen Vertrag mit uns schließen. Sie schlagen vor, daß wir uns auf einen breiten Landstreifen einigen, auf dem ein permanenter Waffenstillstand eingehalten werden soll. Das könnte das Ende der Gewalttaten bedeuten.«

»Was haben sie über die Weißen gesagt, die sie gefangenhalten?« erkundigte sich Otto.

»Wenn ein Vertrag zustande kommt«, antwortete Ascot, »verpflichten sich die Komantschen, uns alle Gefangenen zu übergeben, und das könnten bis zu hundert Menschen sein.«

»Man hat mir versichert«, bestätigte Captain Garner, »daß alle Gefangenen freigelassen würden. Wir hätten sonst ja gar keinen Grund zu verhandeln.«

»Und was sollen wir jetzt tun?« fragte Otto.

Garner antwortete: »Das bestimmt die Armee. Sie gibt die Befehle. Meine Aufgabe ist es, dafür zu sorgen, daß Martin Ascot Gelegenheit bekommt, die legalen Grundlagen für die Vereinbarung zu schaffen.«

Als sie in San Antonio ankamen und sahen, was für eine hübsche Stadt das war – so viel zivilisierter als die Grenzsiedlungen und mit weit schöneren Bauten –, waren sie begeistert. Es herrschte hier eine Atmosphäre der Sorglosigkeit, wie man sie in den rauhen, weniger besiedelten Teilen Texas' nicht kannte. Die Männer hatten das Gefühl, in ein anderes Land gekommen zu sein, in ein Land, das eher vom alten Charme als von der neuen Ungeschliffenheit geprägt war.

Garners drei junge Männer hatten den Auftrag, das Gerichtsgebäude zu bewachen, in dem die Besprechungen mit den Komantschen abgehalten werden sollten. Ein Offizier der Armee gab ihnen Anweisungen: »Erschreckt sie nicht, wenn sie morgen in die Stadt geritten kommen. Bemüht euch, die Indianer als Neutrale anzusehen. Und greift um Himmels willen nicht nach euren Waffen. Laßt sie einfach kommen und hofft auf das Beste.« Die Männer sahen sich erstaunt an. Garner flüsterte ihnen zu: »Wenn es Ärger gibt, macht ihnen die Hölle heiß!« Die Rangers nickten.

Macnab und seine zwei Kameraden suchten sich eine Ecke auf der großen Plaza, von wo aus sie am nächsten Morgen zusehen wollten, wie die Krieger der Komantschen mit ihren Gefangenen in die Stadt geritten kamen. Ein Ranger fragte Garner, ob er nicht diesen armen Menschen helfen sollte, die sich möglicherweise in jämmerlicher Verfassung befänden, doch der Captain deutete auf ein kleines Haus, in dem die Frauen von San Antonio sich um die Gefangenen kümmern würden.

»Du bleibst, wo man dich hinstellt«, knurrte Garner mit ungewohnter Strenge und betonte damit den Ernst ihres Auftrages.

An diesem Abend erzählte ein alter Kundschafter, der zusammen mit Deaf Smith die Grenze patrouilliert hatte, den jungen Soldaten, wer die Komantschen eigentlich waren:

»Sie kamen erst spät nach Texas, so um 1730, und zwar von Ute Country über die Prärie. Gebirgsindianer, die in die Ebene wollten. Und warum? Weil sie Pferde hatten, darum. Jetzt konnten sie hundert Kilometer reiten, um Büffel zu jagen, zweihundert, um einen mexikanischen Rancho niederzubrennen.

Sie machten keine Gefangenen, nur Frauen und Kinder als Sklaven. Ja, und als sie dann nach Texas kamen, gegen 1730, wie ich schon sagte, trieben sie die anderen Stämme, die keine Pferde hatten, zur Verzweiflung.

Das also sind die Wilden, die jetzt, wie sie sagten, einen Vertrag mit uns machen wollen. Wißt ihr, was ich glaube? Ich glaube, es ist alles nur Schwindel. In dem Haus und draußen auf der Plaza wird etwas Schreckliches passieren. Das ist immer so, wenn Komantschen kommen.«

Offenbar hegten Captain Garner und seine Vorgesetzten von der Armee die gleichen Befürchtungen, denn gegen Mitternacht wurde Macnab von Garner folgendermaßen instruiert: »Morgen könnte es zu einer heiklen Situation kommen. Wenn ich aus dieser Tür gelaufen komme und ein Taschentuch schwenke, stürmt ihr drei mit gezogenen Revolvern an mir vorbei hinein. Kein Komantsche darf lebend entkommen! Natürlich nur, wenn sie Ärger machen.«

An diesem Donnerstagmorgen, dem 19. März 1840, herrschte große Aufregung, als von Westen her, gespenstischen Gestalten aus einem Schauermärchen gleich, die furchteinflößenden Komantschen herangeritten kamen. Sie waren größer an Wuchs als die Cherokee, hatten hohle Wangen und tiefliegende Augen und trugen glitzernde Kopfbedeckungen, die sie noch imposanter wirken ließen. Geschickt ließen sie ihre Pferde nervös zur Seite tänzeln, so als ob auch die Tiere sich nach einem Kampf sehnten.

Groß war allerdings die Enttäuschung, als sich herausstellte, daß die ungefähr fünfundsechzig Krieger nur eine Geisel bei sich hatten, ein fünfzehnjähriges Mädchen namens Matilda Lockhart, das zwei Jahre zuvor in Gefangenschaft geraten war. So erbarmungswürdig war ihr Aussehen, daß die Leute, die sie sahen, zu schluchzen begannen und viele von ihr, die schweigend vorbeiritt, den Blick abwenden mußten.

Die Komantschen wurden von einem älteren, runzligen Häuptling namens Muguara angeführt, einem Veteranen Hunderter von Schlachten, der aber jetzt offenbar Frieden schließen wollte. Wie ein Kundschafter auf Spurensuche sah er sich nach allen Seiten um und studierte jede Einzelheit, auf die sein Blick fiel, als wollte er sich vergewissern, daß er in keinen Hinterhalt geriet. Als er dann das Gefühl hatte, daß einem Zusammentreffen nichts mehr im Wege stand, gab er seinen Frauen, die von einem Großteil der Krieger bewacht wurden, ein Zeichen zurückzubleiben. Er, zwölf andere und der Dolmetscher stiegen ab und marschierten zum Gerichtsgebäude; das verängstigte weiße Mädchen zerrten sie mit sich.

Die Indianer betraten den Raum, in dem die Delegation der Texianer wartete. Regierungskommissar Ascot war bereit, Milde walten zu lassen, wenn nur der Frieden wiederhergestellt wurde. Als sie jedoch das Mädchen sahen, rangen die Delegierten nach Luft, und ein Texianer packte Ascot am Ärmel: »Du lieber Himmel! Ist das noch ein menschliches Wesen?« Die Frage war berechtigt. Ascot trat vor, um das Mädchen zu beruhigen, aber es zitterte wie ein verängstigtes Tier und starrte ihn mit wilden Augen an.

Mit viel Mühe gelang es Ascot, zu verhindern, daß die Verhandlungen sofort platzten. Es bedurfte großer Überzeugungskraft, seine Kollegen zur Geduld zu mahnen. Er erinnerte die Delegierten daran, daß sie es mit Wilden zu tun hatten und daß es viel Zeit erfordern werde, sie zu befrieden. Schließlich übergab er Matilda Lockhart den bereitstehenden Frauen, die mit mindestens hundert Gefangenen gerechnet hatten.

Nachdem dieser gräßliche Beweis indianischer Grausamkeit den Beratungsraum verlassen hatte, war es endlich möglich, in ernsthafte Verhandlungen einzutreten. Zuerst aber mußten Ascot und seine Männer herausfinden, wo sich die anderen Gefangenen aufhielten. Als sie danach fragten, erhielten sie von Häuptling Muguara die Antwort: »Nicht meine Gefangenen. Andere Stämme. Ihr bekommt sie.«

Selbst Ascot, der fest entschlossen gewesen war, sich durch nichts, was die Komantschen sagten oder taten, aus der Ruhe bringen zu lassen, erblaßte. »Dolmetscher, sagen Sie Häuptling Muguara, daß wir ihn und seine Krieger so lange in Gewahrsam halten werden, bis er veranlaßt hat, daß man auch die anderen Gefangenen hierherbringt!«

Wohl wissend, daß ein solches Ultimatum Krieg bedeuten würde, sprudelte der Dolmetscher die Worte in wirrem Gestammel heraus, sauste durch die Tür, stieß Captain Garner zur Seite, der dort Wache stand, und brüllte den Indianern auf der Plaza zu: »Krieg! Krieg!«

Nachdem er sich von dem Schock erholt hatte, schwenkte Garner sein Taschentuch, worauf Macnab und noch ein halbes Dutzend anderer in den Saal stürzten, wo bereits ein heftiger Kampf im Gang war. Otto konnte gerade noch sehen, wie einer von Muguaras Kriegern auf Ascot lossprang und ihm ein langes Messer ins Herz stieß. Der erstaunte Regierungskommissar rang nach Atem, ein Blutstrahl schoß aus seinem Mund, und er sank tot zu Boden.

Unbändige Wut erfaßte Otto, und er begann auf jeden Krieger zu schießen, den er von den Weißen trennen konnte. Bald erfüllte den großen Raum nebliges Gemisch aus Revolver- und Gewehrfeuer, Schmerzensschreien und Tod. Macnab und seine Kameraden feuerten ohne Unterlaß. Nach wenigen Minuten waren alle dreizehn Komantschen im Saal tot.

Die auf der Plaza postierten Soldaten töteten fünfunddreißig Komantschen. Die anderen flüchteten. Unter den Weißen gab es sechs Tote.

Es war eine scheußliche Sache, ein furchtbarer Irrtum; er setzte allen Bemühungen, mit den Komantschen Frieden zu schließen, ein Ende. Captain Garner und seine Männer ritten los, um zusammen mit den Soldaten alle Komantschen aufzuspüren, die sich noch in der Gegend aufhielten. Sie stießen auf kurz zuvor verlassene Lagerfeuer, um die herum zahlreiche Leichen lagen und davon zeugten, daß die Indianer, empört über den Vorfall im Gerichtsgebäude, alle ihre weißen Gefangenen grausam hingerichtet hatten.

Otto Macnab stieß auf eine texianische Ranch, die die rasenden Komantschen überfallen hatten; sie hatten zwei Ochsenwagen so neben ein Feuer gestellt, daß die Deichseln über die Glutasche hinausragten, die beiden Männer, denen die Ranch gehört hatte, mit dem Gesicht nach unten auf die Deichseln gebunden und alles so eingerichtet, daß die Viehzüchter bei lebendigem Leib langsam verbrannten.

In den fünf Monaten, die diesem Geschehen im März folgten, zogen sich die Komantschen tief in die Prärie zurück und machten die Texianer glauben, das Massaker sei so vernichtend gewesen, daß es keine weiteren Überfälle mehr geben werde.

Zwei Tage vor dem Augustmond sammelte sich jedoch ein gutes Stück westlich von San Antonio die größte Schar von Komantschen, die je zu einem Raubzug aufgebrochen war. Sie kamen unter der Führung erfahrener Häuptlinge mit der Absicht, Angst und Schrecken in ganz Texas zu verbreiten. Geschickt schlüpften sie an militärischen Vorposten nördlich von Gonzales vorbei und stürmten die ungeschützte Stadt Victoria. Sie töteten die Männer, vergewaltigten die Frauen und brannten alles nieder. Über zweihundert Pferde nahmen sie mit und ritten weiter in die kleine Stadt Linnville, wo sie den ganzen Tag tobten, noch mehr Menschen töteten, noch mehr Häuser verbrannten. Sie brüllten vor Wut, als einige kluge Bürger Zuflucht auf Booten suchten, in die Bucht hinausfuhren und dort ohne Nahrung und Schutz vor der Witterung ausharrten, bis die Indianer wieder abgezogen waren.

Nach diesen zwei Vorfällen – der Erschießung indianischer Häuptlinge während eines Zusammentreffens, bei dem sie sich durch den Ehrenkodex des weißen Mannes geschützt geglaubt hatten, und den Brandschatzungen von Victoria und Linnville – sprachen die Texianer nicht mehr von einer Verständigung mit den Komantschen. In einem Vernichtungskrieg sah man den einzigen Ausweg, und beide Seiten würden ihn mit grauenhafter Erbitterung führen. Er sollte erst 1874 zu Ende gehen.

Als Otto Macnab von dem grauenhaften Schicksal erfuhr, das Victoria erlitten hatte, mußte er annehmen, daß auch die ungeschützten Häuser Josefinas und Marías überfallen worden waren. Er bat daher Captain Garner um Erlaubnis, hinunterreiten zu dürfen und nachzuschauen, ob die Frauen überlebt hatten. »Natürlich«, sagte der Captain, »aber nimm dich vor streunenden Komantschen in acht.«

So ritt Otto also von Xavier County in Richtung Victoria nach

Süden. Er sah die Zerstörung, die die Komantschen angerichtet hatten, und ihm wurde klar, daß nur ein Wunder Garzas Schwestern gerettet haben könnte.

Er erreichte den Guadalupe River und ritt stromabwärts auf Victoria zu, wo er nur ausgebrannte Ranches fand. »Bloß noch eine Biegung, und ich werde sie sehen.« Und er kam um die Biegung und sah sie. Die zwei Häuser, die so viel Liebe zwischen Texianern und Mexikanern gesehen hatten, waren verschwunden. Die Leichen der beiden Frauen lagen noch unter der Eiche, zu der sie sich geflüchtet hatten, um den Lanzen der Indianer zu entkommen.

»Ich muß sie beerdigen«, sagte sich Otto; aber es war nie leicht gewesen, in diesem lehmigen Boden zu graben, und er mußte sich mit Gräbern zufriedengeben, die nicht tief waren.

Plötzlich spürte er, daß er nicht allein war.

»Wer ist da?« rief er und griff nach seinem Revolver.

»Amigo«, antwortete eine mexikanische Stimme. »Bist du es, Otto?«

Hinter der Eiche hervor, auch er mit gezogener Waffe, kam Benito Garza, der vom Nueces Strip nach Norden geritten war, um seinen Schwestern die letzte Ehre zu erweisen. Er deutete auf die frischen Gräber. »Hast du sie begraben?« fragte er auf spanisch.

»Ja.«

Langsam ließen die zwei Männer ihre Waffen sinken und kamen aufeinander zu.

»Was hat dich hierher gebracht?« fragte Garza, immer noch auf spanisch.

»Hast du von der Sache in San Antonio gehört?«

»Diese Komantschen sind Schweine«, bemerkte Garza, immer noch auf spanisch.

»Warum sprichst du Spanisch mit mir?«

»Ich spreche kein Englisch mehr.«

Sie ließen sich auf den rauchgeschwärzten Resten einer Mauer nieder, und Otto fragte: »Wenn du die Komantschen für Schweine hältst, warum hast du dann mit den Cherokee gegen uns gekämpft?« Garza zögerte mit der Antwort, und Otto fuhr fort: »Wir haben bei dem toten Agenten Flores Papiere gefunden, aus denen hervorgeht, daß du eine wichtige Rolle bei dem Aufstand gespielt hast. Ich nehme an, du weißt, daß wir Befehl haben, ohne Anruf auf dich zu schießen?«

»Wirst du es versuchen?«

»Warum hältst du es mit den Indianern? Willst du dich jetzt vielleicht auch mit den Komantschen verbünden?«

Garza lachte. Otto in den Arm knuffend, sagte er: »Versuch doch einmal, mit den Komantschen Freundschaft zu schließen!«

»Hier haben sie wie die Berserker gehaust«, seufzte Otto.

»Was wirst du jetzt mit deinem Land anfangen?« Bei diesen Worten wies Garza auf die Stelle, wo einst das Macnabsche Balkenhaus gestanden hatte.

»Es war nie unser Land, Benito. Es hat immer deinen Schwestern gehört. Und jetzt gehört es dir.«

»Deine Regierung wird nie zulassen, daß ich es in Besitz nehme – wo ich doch auf Santa Anas Seite stehe.« Sein Zusammenspiel mit den Indianern erwähnte er nicht.

»O doch, sie wird es zulassen. Wir wollen unsere Feindschaft begraben.«

»Willst du es nicht haben?«

»Ich kann nichts damit anfangen. Man hat mir Land oben am Brazos gegeben. Weil ich angeblich ein Held war.«

»In San Jacinto habt ihr Norteamericanos Rache nehmen können.«

»Wahrscheinlich hast du davon gehört: Wir haben Santa Ana freigelassen. Für unser Geld ist er stinkfein nach Washington gereist. Hat mit dem amerikanischen Präsidenten geplaudert.«

»Ihr solltet Santa Ana noch nicht abschreiben«, prophezeite Benito. »Er kommt wieder.«

»Und wirst du wieder dabeisein?«

»Er braucht mich nur zu rufen.«

»Gegen wen wird er denn kämpfen?«

»Gegen euch, ihr Bastarde, gegen wen sonst?«

»Und du wirst mit ihm kämpfen... gegen uns?«

»Aber sicher.«

Otto schwieg lange. »Du hast mir das Leben gerettet«, sagte er dann. »Ich habe dir das Leben gerettet. Wir sind quitt. Das nächste Mal stehen wir uns als Feinde gegenüber. Dann ziehst du besser schnell deine Waffe, sonst töte ich dich.«

Garza lachte unbekümmert. »Ich habe dir alles beigebracht, Kleiner. Mit dir werde ich fertig.«

»Aber du warst ein sehr guter Lehrer, Benito. Das nächste Mal...«

Sie trennten sich ohne ein Händeschütteln, ohne ein Wort der Zuneigung, die sie trotz allem füreinander empfanden. Beide waren überzeugt, daß Texianer und Mexikaner nie fähig sein würden, sich dieses Land zu teilen.

Otto kehrte nach Xavier County zurück. Alle, die er geliebt hatte, waren mit einem schrecklichen Schicksal bedacht worden: María und Josefina, diese guten Frauen – erschlagen; Martin Ascot, der tüchtigste Rechtsanwalt im Land – in San Antonio erstochen; Betsy Belle und ihr kleines Kind – von nun an auf sich allein gestellt.

Er fühlte, daß es gegen die guten Sitten verstoßen würde, wenn er weiter im Haus der Ascots blieb. Zwar war er fünf Jahre jünger als Betsy Belle, aber seine ständige Anwesenheit konnte Anlaß zu Klatsch geben, und das wollte er vermeiden. Bei seinem nächsten Besuch begann er, seine wenigen Habseligkeiten einzupacken. Betsy Belle fragte: »Was in aller Welt machst du da?« Er erklärte es ihr. Sie brach in bitteres Lachen aus. »Die Leute können reden? Na so was! Otto, ich versuche eine Farm zu bewirtschaften, ich versuche ein Baby aufzuziehen. Ich brauche Hilfe. Ich brauche dich.«

Manchmal brachte er Wildbret nach Campbell, um es gegen Lebensmittel wie Mehl oder Speck einzutauschen, und er merkte, daß die Leute tatsächlich flüsterten; aber eines Tages traf er den Schulmeister, Reverend Harrison, auf der Straße: »Mein Sohn, du tust ein gottgefälliges Werk, wenn du diesem vaterlosen Kind beistehst«, meinte der fromme Mann. »Da, bring Mrs. Ascot diesen Korb mit Essen. Meine Frau hat es gekocht.« Otto dankte ihm, und der Prediger fügte hinzu: »Aber wenn du weiter dort wohnen bleiben willst, mußt du sie heiraten. Der Anstand gebietet es.«

Dieser Ratschlag stürzte Otto in große Verwirrung. »Sie ist doch um so viel älter!« Er war erst knapp achtzehn; Betsy Belle war dreiundzwanzig und auch ein klein wenig größer, und außerdem hatte sie ihn immer wie ein Kind behandelt. Sie wußte, wie es in der Welt zuging, und war reif genug, um seine Mutter sein zu können. Er wollte nichts überstürzen und blieb fürs erste weiter in der kleinen Hütte wohnen, die er und Martin gebaut hatten.

Eines Morgens erschien ein gutaussehender Herr aus Nacogdoches vor dem Ascotschen Haus, um sich vorzustellen. Er war aus Mississippi, Witwer, besaß eine Farm und hatte zwei Pferde extra mitgebracht in der Hoffnung, daß Mrs. Ascot sich entschloß, ihn mit ihrem Sohn und ihrer Habe zurückzubegleiten. Er war ein frommer Mann, ein Baptist: »Ich würde an so etwas selbstverständlich nicht denken, wenn wir nicht, bevor wir uns auf den Weg machen, ordnungsgemäß verheiratet wären.« Erstaunt fragte Betsy: »Woher wußten Sie von mir?« Er antwortete: »Durch Ihren Vater« und zeigte ihr einen Brief:

> Lieber Jared! Meine gute Tochter Betsy Belle lebt als Witwe in Xavier County, Texas. Wenn dein Schmerz über den Tod Deiner Norma nachgelassen hat, wie es immer Gottes Wille ist, reite doch einmal hinunter und mache Betsys Bekanntschaft. Meinen Segen hast Du.

Bei der Hochzeit, die in Reverend Harrisons Schule gefeiert wurde, machte Yancey Quimper den Brautführer. Danach wohnte Otto noch einige Tage lang allein in der Ascotschen Hütte und verbrachte die Zeit damit, über seine Zukunft nachzudenken.

»Was wird bloß aus mir?« fragte er sich.

Von solch betrüblichen Spekulationen lenkte ihn ein neuer Präsidentenwahlkampf ab, bei dem die Männer von Quimpers Fähre eine neue Machtübernahme Sam Houstons um jeden Preis verhindern wollten. Es war viel die Rede davon, den alten Säufer zu kastrieren, und eines Abends, als Yancey selbst sich schon mehr als einen Schnaps hinter die Binde gegossen hatte, brachten ihn seine Freunde dazu, Houston einen scharfen Brief zu schreiben, in dem er die Moral und den Mut des Ex-Präsidenten in Zweifel zog und ihn des Diebstahls, des Verrats und der Bigamie beschuldigte. Houston weigerte sich zunächst, zuzugeben, diesen propagandistisch hochgespielten Angriff auch nur gelesen zu haben, und Yancey wurde von seinen Kumpanen angestachelt, Houston zum Duell zu fordern. Wäre er nüchtern gewesen, er hätte es nicht gewagt.

Von seinen Anhängern darüber informiert, daß der jetzt nüchterne Yancey wie gelähmt war von der Aussicht auf ein Duell, bei dem er vermutlich den Tod finden würde, schickte Houston ihm einen Brief, in dem er ihn wie einen ernsthaften Gegner behandelte. Auch dieser Brief erfuhr weite Verbreitung; er entzückte Houstons händelsüchtige Anhänger, lieferte aber auch jenen guten Bürgern Munition, die entschlossen waren, dem mörderischen Unfug, den dieses Duell darstellte, ein Ende zu machen:

> Mein lieber Yancey Quimper, Ihre Aufforderung zum Duell liegt mir vor. Meine Sekundanten erwarten die Ihren; wir werden an dem Ort, zu der Zeit und zu den Konditionen kämpfen, die diese Herren festlegen.
> Ich bin jedoch in letzter Zeit mehrfach gefordert worden und habe im Augenblick zweiundzwanzig Duelle vor dem mit Ihnen eingeplant. Ich schätze, daß Sie im August nächsten Jahres an die Reihe kommen werden. Bis dahin bin ich Ihr ergebener Diener,
> Sam Houston.

Houston begann nun, von Quimper zu reden, als ob der ein ernstzunehmender und gefährlicher Duellant wäre. Damit verfolgte er zwei Ziele: Er lenkte die Aufmerksamkeit der Öffentlichkeit abermals auf die Absurdität des Duellierens, und er polierte sein Image als das eines Mannes auf, der sich einem gefährlichen Gegner mutig stellt.

Yancey aber verstand das nicht und begann wirklich zu glauben, Houston habe Angst vor ihm; im Lauf der Zeit redete er sich sogar ein, daß er die Schnapsnase erledigt hätte, wenn es zum Duell gekommen wäre.

Viele Bürger fielen auf diesen Trick Houstons herein, und nach einer Weile wurde glaubhaft berichtet, das Duell habe stattgefunden; Houston sei betrunken am Austragungsort erschienen, habe gefeuert und seinen Gegner verfehlt, während Quimper, ein Gentleman von Kopf bis Fuß, absichtlich in die Luft geschossen habe, um einen Ex-Präsidenten Texas' nicht zu töten. Damit war Yancey nun nicht mehr bloß der Held von San Jacinto, sondern auch der Mann, der Sam Houston im Duell beschämt hatte.

Dieser frisch gemünzte Ruhm ermutigte Yancey dazu, einen bei Texianern beliebten Schritt zu unternehmen: Er verlieh sich selbst einen militärischen Rang, und da er jetzt schon für zwei Heldentaten berühmt war, machte er sich gleich zum General – worauf eine erstaunliche

Veränderung mit ihm vorging: Er gab sich würdevoll. Er rasierte sich seinen wirkungslosen Schnurrbart ab. Er ließ sich aus New Orleans eine Uniform von elegantem französischen Zuschnitt kommen, und er tauschte seinen großen Schlapphut gegen einen kleineren mit einer schmucken Kokarde.

Kaum hatte General Quimper gehört, daß sein Freund, Richter Phinizy, beauftragt worden war, in Victoria County Recht zu sprechen, verließ er seinen Gasthof. »Ich habe vor Gericht noch etwas in Ordnung zu bringen.« Aufmerksam hatte er verfolgt, welche das Eigentumsrecht betreffenden Gesetze der texanische Kongreß verabschiedete, und auf diese Weise erfahren, daß die Eigentumsrechte in bezug auf die viertausend Hektar Land bester Qualität am Guadalupe River – von vielen Texianern Wharloopy genannt –, einst Eigentum von María und Josefina Garza, ungeklärt waren, denn ihr Bruder Benito, der rechtmäßige Erbe, hatte sich zum Feind der Nation deklariert und somit jeden Anspruch auf Landbesitz verloren.

Der Fall, den General Quimper vor das Gericht in Victoria brachte, war so kompliziert, daß Richter Phinizy keine Chance hatte, ihn je zu entwirren. Quimper erschien zu dem Prozeß stets in seiner neuen Generalsuniform, und wenn er Angehörigen des großen Garza-Clans gegenübertreten mußte, die ihre vagen Rechte gegen ihn verteidigten, war er stets vollendet höflich, so als ginge es ihm einzig und allein darum, der Gerechtigkeit zum Sieg zu verhelfen und eine Zuteilung des Landes nach rechtmäßigen Ansprüchen zu erreichen.

In einer Reihe von Entscheidungen, die so abstrus waren, daß kein vernünftiger Mensch sie hätte erklären können, gelangte General Quimper in den Besitz des gesamten von den Garzas beanspruchten Landes. Als Ergebnis ähnlicher Prozesse wurden ihm in der Folge weitere neuntausend Hektar zugesprochen; immer wieder übertrugen die Gerichte das Grundeigentum nicht genau bestimmbarer mexikanischer Eigentümer an diesen »Helden der Republik«, der die einschlägigen texanischen Gesetze offenbar besser kannte als die Richter und zweifellos auch besser als die ursprünglichen Eigentümer.

Tausende Hektar Land, einst Besitz Trinidads de Saldaña, gelangten auf diese Art ohne Aufsehen in die Hände geschäftstüchtiger Texianer wie General Quimper, bis am Ende über achthunderttausend Hektar besten Landes zu beiden Seiten des Nueces »verifiziert« waren, wie die texianischen Richter es nannten, oder »gestohlen« – wie die betroffenen Eigentümer es bezeichneten.

Tausende von Kilometern entfernt von dieser neuen Nation, befand sich das Fürstentum Grenzler, eines der zahlreichen deutschen Duodezfürstentümer, in einer schwierigen Lage. Nicht genug, daß das Rheinland in einer wirtschaftlichen Krise steckte, noch dazu hemmte ein erschreckender Bevölkerungsüberschuß ein normales Funktionieren der gesellschaftlichen Regulative. Junge Menschen konnten kein eigenes Land und ältere keine Arbeit finden. Deutschland selbst blieb zersplittert, weil noch keine Macht aufgetreten war, die stark genug gewesen wäre, die Deutschen unter ihrer Führung zusammenzuschließen. Man sprach davon, daß vielleicht das dominierende Königreich Preußen die Führung übernehmen könnte, aber nur schwärmerische Optimisten hofften darauf, denn jeder kleine Herrscher wie der Fürst von Grenzler hielt an seinen ererbten Rechten fest und lehnte es strikt ab, sich einem Mächtigeren und Intelligenteren unterzuordnen.

An einem Frühlingstag des Jahres 1842 verließ Ludwig Allerkamp, vierzig Jahre alt und Vater von vier Kindern, zusammen mit seinem zwanzigjährigen Sohn Theo und der dreizehnjährigen Franziska seine Buchbinderei in der Burgstraße 16. Der Fürst hatte ihm eine Audienz gewährt, vor der Ludwig sich fürchtete. Wie um seine Besorgnis noch zu steigern, kam seine Frau mit an die Tür und begann noch einmal aufzuzählen, was er alles zur Sprache bringen sollte. »Vergiß es nicht, Ludwig. Eins, zwei drei.« Um ihm die einzelnen Punkte in Erinnerung zu rufen, zählte sie sie mit den Fingern ab.

Ludwig liebte seine Frau Thekla über alles und empfand ihre Ermahnung durchaus nicht als lästig. Sie tat ja nur ihre Pflicht und machte ihn noch einmal auf die bedrohliche Lage aufmerksam, in die seine Familie geraten war.

Erstens mußte Ludwig dafür sorgen, daß der Fürst seine Zustimmung zu Theos geplanter Heirat gab. Zweitens mußte er darum bitten, daß der kleinen Franziska erlaubt wurde, die Schule zu besuchen. Das waren seine Anliegen in bezug auf seine Kinder. Für sich selbst aber mußte er eine Aufbesserung des Salärs erreichen, das er für seine Tätigkeit in der Schloßbibliothek bezog. Denn die Allerkamps waren am Verhungern.

Eine Serie von noch nie dagewesenen harten Wintern hatte in vielen deutschen Ländern, besonders im kalten Norden, eine Folge von Mißernten hervorgebracht. Lebensmittel waren so teuer und knapp, daß eine Familie von Glück reden konnte, wenn sie zwei Mahlzeiten am Tage zu verzehren hatte, denn manchmal gab es gar keine. Das ganze System schien zusammengebrochen zu sein: Die Bauern konnten nicht genug produzieren, und das wenige, das sie auf den Märkten in den Städten anboten, brachten sie nicht los, weil die Leute kein Geld hatten.

»Wir müssen zu allen sehr höflich sein«, ermahnte Allerkamp die Kinder. »Nicht nur dem Fürsten selbst, sondern auch allen anderen Leuten im Schloß gegenüber. Wer weiß, vielleicht ist es irgendeinem von ihnen möglich, Entscheidungen des Fürsten zu beeinflussen.«

Vor dem Tor holte er tief Atem, inspizierte noch einmal die Kleidung seiner Kinder und zog an der Klingelschnur. Nach wenigen Augenblicken öffnete ein Diener und führte die Besucher in einen Vorraum. Nachdem er sie dort eine Zeitlang hatte warten lassen, hieß er sie den Thronsaal betreten. Es war ein großer Raum mit gewölbter Decke, marmornen Wänden und einer Estrade mit einem prächtigen Thron, auf dem der Fürst Hilmar saß. Er war Mitte siebzig, ein großgewachsener Mann mit einem roten, aufgeschwemmten Gesicht, weißem Haar und buschigen Hammelkoteletten. Seit nahezu fünfzig Jahren regierte er von diesem Schloß aus das Land. Als junger Mann war er nach Heidelberg gegangen und hatte dann eine Weile am Münchner Hof gelebt. Er las gern und war in mancher Hinsicht ein aufgeklärter Herrscher.

»Durchlaucht, mein Sohn Theo bittet Euch, heiraten zu dürfen.«

Ludwig wollte dem Fürsten gerade versichern, daß Theo ein braves Mädchen gefunden hatte, da hob der Mann auf dem Thron die Hand. Ludwig verstummte.

»Hat er ein Haus, in das er seine Braut heimführen kann? Nein? Dann kann er nicht heiraten. Hat er eine Arbeit, von der er leben kann? Nein? Dann kann er erst recht nicht heiraten.«

Nach dieser Erklärung wandte sich der Fürst an den Sohn des Bittstellers: »Es ist eine harte Entscheidung, die ich da treffen muß, aber die Vorschriften sind in ganz Deutschland die gleichen: Kein Haus, keine Arbeit – keine Heirat.« Und noch bevor einer der Allerkamps etwas dagegen vorbringen konnte, fügte er in fast väterlichem Ton hinzu: »Aber wir können hoffen, daß sich die Zeiten ändern. Vielleicht werden Sie Arbeit finden. Vielleicht wird ein Haus frei. Die Menschen sterben ja, nicht wahr? Wenn das geschieht, kommen Sie wieder, dann werde ich Ihnen gern die Heiratserlaubnis erteilen.«

Bedrückt schob Ludwig nun seine Tochter vor und sagte: »Meine Frau und ich würden sehr darum bitten, mit diesem Kind eine Ausnahme zu machen. Sie sollte in die Schule gehen, Mathematik lernen und Musik...«

Rasch machte der Fürst diesem Unsinn ein Ende. »In unserem Land lassen wir jungen Frauen aus dem Volk keine höhere Bildung angedeihen.« Er lehnte es ab, noch weiter auf dieses Thema einzugehen.

Ganz leise begann Ludwig jetzt, seine dritte Bitte vorzutragen: »Durchlaucht, ich arbeite lange Stunden in Eurer Bibliothek. Ich kümmere mich um die Rechnungen, wähle neue Werke aus, binde Eure wertvollen Bücher neu ein und erfülle noch viele andere Pflichten. Ich bitte Euch untertänig um ein höheres Salär.«

Jetzt wurde der Fürst zornig; dies war ein Angriff auf seine Großzügigkeit. Seiner Meinung nach hatte er Allerkamp nie wirklich gebraucht und ihn nur deshalb in dieser oder jener unbedeutenden Stellung beschäftigt, weil der Mann gebildet war und es sich gut mit ihm plaudern ließ.

»Wenn Ihnen die Bedingungen Ihres Dienstverhältnisses nicht zusagen, Allerkamp, können wir es beenden.«

»O nein!« rief Ludwig, zu Tode erschrocken. »O bitte, Durchlaucht!«

Der Fürst zog die Schraube noch fester an. »Ich weiß von mindestens sechs jungen Männern, die überglücklich wären, wenn...«

»Bitte!« bettelte Ludwig, und die Audienz war zu Ende. Der Diener führte die Allerkamps hinaus. Doch Ludwig wies die Kinder an, ohne ihn heimzugehen, lief in den Thronsaal zurück und warf sich dem Fürsten zu Füßen. »Ich flehe Euch an, Durchlaucht, laßt uns auswandern!« Kaum war das Wort *auswandern* gefallen, versteifte sich der lässig dasitzende Fürst, seine Hände umspannten die Armlehnen, und er richtete sich zu seiner beachtlichen vollen Größe auf. »Sprechen Sie mir nie wieder davon, daß Sie Grenzler verlassen wollen. Wir brauchen Sie hier!«

»Ich habe vier Kinder, Durchlaucht, und nur ein Haus, das ich einem von ihnen hinterlassen kann, wenn ich sterbe. Was sollen die anderen drei tun, wenn sie keine Arbeit haben und keine Unterkunft finden können?«

»Gott wird dafür sorgen, daß es ihnen an nichts mangelt.«

»Aber wenn Ihr uns nach Amerika gehen ließet, wie Ihr es auch Hugo Metzdorf gestattet habt...«

»Das war der größte Fehler, den ich je gemacht habe. Wir brauchen Männer wie ihn, damit sie hier arbeiten.«

»Aber wenn meine Söhne doch keine Arbeit finden können...«

»Allerkamp!« machte der Alte jetzt seinem Ärger darüber Luft, daß der Buchbinder ihn dazu gebracht hatte, die wahren Gründe zu enthüllen: »Grenzler und Deutschland brauchen Ihre drei Söhne. Schon morgen könnte es Krieg mit Frankreich geben oder auch mit Rußland oder mit diesem unzuverlässigen Burschen in Wien. Wir wissen ja nie, wann man uns angreifen wird.«

»Aber wenn meine Söhne nicht heiraten dürfen, wenn sie nicht arbeiten können...«

»Sie können das edelste Werk vollbringen, das einem Mann vorbehalten ist: Sie können für ihr Vaterland kämpfen.«

»Sie sollen für ein Vaterland kämpfen, das sie nicht leben läßt?«

»Sie werden große Schwierigkeiten bekommen, wenn Sie so reden.«

»Aber Metzdorf schreibt doch aus Texas...«

Das kurze Wort *Texas* brachte den Fürsten noch mehr in Wut, denn in diesen Jahren kursierten in ganz Deutschland begeisterte Reiseberichte über den westlichen Teil der Vereinigten Staaten, besonders über Texas. Er war selbst davon so angetan gewesen, daß er den Fehler begangen hatte, einigen Familien aus Grenzler die Emigration zu gestatten; erst später hatte er erkannt, daß er auf diese Weise wertvolle Arbeitskräfte verlor, und keine weiteren Bewilligungen erteilt.

Es gab noch einen Grund für den weitverbreiteten Wunsch auszuwandern. Tausende junger Deutscher hatten sich in den letzten Jahrzehnten von einem amerikanischen Buch bezaubern lassen: von James Fenimore Coopers *Der letzte Mohikaner*, in dem ein idealistisches, erregendes Bild des Lebens unter den Indianern gezeichnet wurde. Viele junge Männer nannten sich nach den Helden des Romans »Unkas« und »Lederstrumpf« oder »Falkenauge«. Coopers Buch ließ in den Lesern eine faszinierende Traumwelt erstehen; Briefe von in Texas lebenden Deutschen machten diese Träume zu reizvollen Möglichkeiten, und Tausende junger Menschen in den deutschen Kleinstaaten bemühten sich um die Erlaubnis, auszuwandern. Als sie ihnen verweigert wurde, schlossen sie, deren Hoffnungen auf ein passables Leben in Deutschland durch Unterdrückung und Hunger enttäuscht worden waren, sich zu einer geheimen Bewegung zusammen. In aller Stille, ohne ihre Behörden zu informieren und ohne die nötigen Dokumente zu haben, machten sie sich nach Bremen und Hamburg auf – anfangs nur Dutzende, dann Hunderte und schließlich Tausende.

Das Verschwinden junger Männer, die man ja dazu brauchte, Uniformen zu füllen, erboste natürlich die Landesherren. Der Fürst schrie: »Sie haben diesen Metzdorf erwähnt, den ich auswandern ließ. Hören Sie mir gut zu, Allerkamp: Die Polizei weiß genau, daß er einer Person hier in Grenzler aufwieglerische Briefe schickt, und sie weiß auch, daß diese Briefe zirkulieren und Leute anregen, nach Texas auszuwandern. Die Polizei hat eine Liste aller jener, die diese Briefe lesen, und Sie können mir glauben, sie haben es allesamt nicht weit zum Gefängnis. Ich sage Ihnen, wenn Sie nicht aufpassen, Allerkamp...« Und mit dieser Drohung entließ der Fürst seinen Bibliothekar.

Auf dem Heimweg kam Allerkamp beim Buchladen von Alois Metzdorf vorbei. Er steckte den Kopf in die Tür und fragte: »Was gibt's Neues?« Die Art, wie er das tat, beunruhigte Metzdorf. »Was ist denn los, Ludwig?« Allerkamp berichtete über die katastrophale Audienz beim Fürsten, und Metzdorf sagte: »Ich habe da einen Brief, den du lesen solltest. Er ist von meinem Bruder Hugo in Texas.« Mit diesen Worten zog er den Buchbinder in seinen Laden; ein Polizist auf der anderen Straßenseite machte sich eifrig Notizen.

Allerkamps Hände zitterten, als er die dünnen, mit fein ziselierter Schrift bedeckten Seiten überflog; bei einigen Absätzen stockte ihm fast der Atem:

> Was man Dir auch erzählen mag, Alois: Die Klapperschlangen bleiben nicht in gepflegten Wiesen und Gärten. Ich habe seit sechs Monaten keine mehr gesehen. Und Moskitos, die uns an der Küste so geplagt haben, gibt es hier keine.
> Ich sage Dir, hier laufen eine Million Wildpferde herum, die jeder fangen und zähmen kann, der die nötige Geduld dafür aufbringt. Zuckermelonen, Kürbisse, Bohnen, Kartoffeln, riesige Kohlköpfe,

Möhren, Sellerie, Zwiebeln, Radieschen, Pfirsiche, Birnen und Mais, das alles haben wir in Hülle und Fülle. Wildbret, Rindfleisch, Lamm, Schweinefleisch essen wir jede Woche; nur Fisch gibt es leider noch nicht...
Immense Flächen besten Acker- und Weidelandes, von niemandem beansprucht, sind vorhanden und warten auf Dein Kommen.
Erschöpft von harter Arbeit gehen wir Abend für Abend zu Bett. Manchmal bricht mir schier das Herz vor Sehnsucht nach Grenz, dem Singen, dem Feuer am Kamin, dem Gottesdienst in der Kirche. Aber es gibt hier eine gewaltige Entschädigung für all dies: Hier bist Du frei. Kein Fürst, kein schnauzender Minister, keine zwangsweise Aushebung. Du bist frei, Alois, und das macht den Unterschied aus...

Sorgsam faltete Allerkamp den Brief wieder zusammen und gab ihn Metzdorf zurück. »Er scheint ja wirklich glücklich zu sein in Texas.«
»Er fordert mich in jedem Brief auf, auch dorthin zu ziehen.«
»Aber er schreibt nichts über die Indianer«, wandte Ludwig ein.
»Das hat er in seinem letzten Brief getan«, erklärte Metzdorf und holte ein früheres Schreiben hervor:

Ich kann mir denken, daß Du Befürchtungen wegen der Indianer hast, aber sie sind schon seit langem aus dieser Gegend verschwunden, und ich selbst habe in all den Jahren nur drei oder vier gesehen, die hier vorbeikamen, um etwas zu verkaufen. Sie unterscheiden sich in Redeweise, Hautfarbe und Aussehen, sind aber sonst ganz normale Menschen.

Von den Briefen aus Texas in seinem Innersten berührt, wandte sich Allerkamp zur Tür. Doch bevor er den Laden verließ, richtete er noch eine Frage an den Buchhändler: »Und... wirst du versuchen, zu deinem Bruder nach Texas zu fahren?«
Metzdorf blieb seinem Freund eine Antwort schuldig und schloß die Tür hinter ihm. Ludwig blickte die Hauptstraße hinauf und hinunter, aber der Polizist war verschwunden.

An diesem Abend versammelte Ludwig Allerkamp seine Familie um sich und bat seine Tochter Franziska, die Bibel zu holen.

Das Mädchen eilte ins Schlafzimmer, nahm dort die schwere, messingbeschlagene Bibel vom Regal und trug sie zu ihrem Vater. Er schlug die Psalmen auf, aus denen er seiner Familie regelmäßig vorlas, und bat jedes einzelne Mitglied der Familie, die Hand auf das heilige Buch zu legen. Dies war ein merkwürdiger Akt, denn Allerkamp hatte sich in den letzten Jahren in zunehmendem Maß der Kirche entfremdet, die es stets mit den Regierenden hielt und nie die Interessen ihrer Pfarrkinder vertrat. Wie die meisten Deutschen, die sich mit der Absicht trugen, das Land zu verlassen, hatte er sich vom strengen Luthertum seiner Jugend entfernt, weil ihm die Kirche kalt und repressiv erschien. Aber in kritischen Situationen wandte er sich instinktiv der Bibel zu.

»Schwört mir, daß ihr von dem, was wir jetzt besprechen wollen, niemandem etwas erzählen werdet.«

Sechs rechte Hände ruhten auf den Seiten der Bibel. Sechs Stimmen sprachen den Eid.

»Die große Frage für unsere Familie ist die: Sollen wir, mit oder ohne Erlaubnis, Deutschland verlassen und nach Texas gehen?«

Keiner antwortete. Jeder vergegenwärtigte sich, was er über Texas gehört hatte, und wog die zu treffende Entscheidung ab. Thekla, die Mutter, rief sich zwei frühere Briefe Metzdorfs in Erinnerung, die sie gelesen hatte; darin erzählte er vom Leben auf der Prärie, und sie war sicher, daß ihre vier Kinder nur in einer solchen Umgebung wirkliche Freiheit finden konnten. Sie war bereit, die Gefahren einer Schiffsreise auf sich zu nehmen, und sie würde auch mit Moskitos und Klapperschlangen fertig werden, wenn nur sie und ihre Familie drüben ein schönes neues Leben beginnen könnten. Ihr ältester Sohn, Theo, würde alles tun, um aus Grenzler hinauszukommen. Wenn es nach ihm ginge, er würde schon morgen auswandern und das auch offen sagen, wenn man ihn um seine Meinung fragte. Sein achtzehnjähriger Bruder Ernst sah sich schon seit Jahren als ein zweiter Lederstrumpf, der urzeitliche Wälder durchstreifte, und brannte darauf, ein solches Abenteuer in der Wirklichkeit zu bestehen. Der sechzehn Jahre alte Emil würde überall hingehen, und je mehr Indianer, Piraten und Goldgräber ihm unterwegs begegneten, desto besser.

Damit blieben nur noch Vater Ludwig und Tochter Franziska übrig;

sie waren sich ihrer Sache noch keineswegs sicher. Ludwig liebte Deutschland, und er empfand den starken Wunsch, zu bleiben und die Entwicklung der deutschen Geschichte mitzuerleben. Er hatte das Gefühl, daß sein Vaterland vor großen Ereignissen stand: Vielleicht war es das Verschmelzen der hundert Kleinstaaten zu einer Einheit. Vielleicht ein Ende der von Metternich eingeleiteten Restaurationspolitik. Vielleicht der Beginn industrieller Expansion. Er war in allem, was Deutschland betraf, außerordentlich optimistisch und sah das allmähliche Verschwinden von Anachronismen wie den alten Fürsten voraus. Aber ihm war auch bewußt, daß seine Familie keine Möglichkeit hatte, diese Periode des Übergangs in der Heimat zu überleben.

Franziska besaß eine lebhafte Phantasie und erfaßte intuitiv, was um sie herum vorging. Ihre Familie hätte sich über die Genauigkeit gewundert, mit der sie die Beweggründe jedes einzelnen einschätzte. Von ihrem Bruder Ernst ermutigt, hatte sie *Der letzte Mohikaner* gelesen und sehr rasch erkannt, daß es zum Großteil romantischer Unsinn war; sie hatte sich auch in Zeitungsartikel vertieft, die – offensichtlich im Interesse von Angehörigen diverser deutscher Fürstenhäuser, die ihre Untertanen bei sich behalten wollten – über gewaltige Staubstürme, Hurricans, blutdürstige Indianer und unzählige Klapperschlangen berichteten. Im Gegensatz zu ihren Brüdern hatte sie auch von hochgestellten Persönlichkeiten finanzierte Bücher gelesen, verfaßt von Leuten, die nach Texas ausgewandert und mit dem ersten Schiff wieder zurückgekommen waren.

Sie war also durchaus nicht darauf erpicht, sich in ein solches Abenteuer zu stürzen. Dann aber dachte sie an das Gesicht ihres Bruders Theo, als der Fürst ihm die Heirat verweigert hatte, und plötzlich konnte sie voraussehen, wie auch sie einmal vor ihrem Landesherrn stehen und ihn bitten würde, einen jungen Mann aus Grenz heiraten zu dürfen. »Das dürfen Sie nicht«, würde er dann sagen. Nachdem sie sich das in allen Einzelheiten ausgemalt hatte, wußte sie, daß es nur eine Rettung für sie gab: in ein freies Land wie Texas auszuwandern. »Wir müssen fahren!«

Ihre dünne Stimme ließ eine Flut von zustimmenden Kommentaren losbrechen, und die Familie Allerkamp beschloß, die Heimat mit oder ohne Erlaubnis in aller Stille zu verlassen und sich ungeachtet aller Gefahren nach Bremerhaven durchzuschlagen, um von dort aus in ein besseres Land zu segeln.

Später waren sie sich alle einig: »Es ist ein Wunder geschehen!« In gewisser Weise war es sogar ein doppeltes Wunder.

Schon am nächsten Tag kam ein Reisender aus dem Norden in die Stadt, spazierte die Hauptstraße hinunter und fragte: »Wollen Sie Papiere kaufen, die Ihnen ein Anrecht auf Freiland in Texas geben?«

Über diverse Kanäle war eine große Menge von Landzuweisungsscheinen, von der Republik Texas ausgegeben, nach Deutschland gelangt; jeder Schein berechtigte den Inhaber zur Inbesitznahme einer bestimmten Fläche Landes, ohne daß weitere Zahlungen geleistet werden mußten. Die eine Hälfte dieser Papiere bestand aus legalen Dokumenten, die die Firma »Toby and Brother«, New Orleans, in Umlauf gebracht hatte, um die Einwanderung zu forcieren; es waren damit allerdings gewissen Komplikationen bezüglich der Vermessung verbunden. Bei der anderen Hälfte handelte es sich jedoch um Prämienscheine, die an Veteranen ausgegeben wurden und einen sofortigen Rechtsanspruch auf einhundertdreißig Hektar darstellten, vorausgesetzt, es ließ sich ein Vermesser finden, der das gewählte Stück kartographisch aufnahm. Der Vermesser erwartete für seine Dienste ein Drittel des jeweiligen Landstücks, sofern der Inhaber des Zuweisungsscheines es nicht vorzog, die Gebühr in bar zu bezahlen.

Ludwig Allerkamp, ein vorsichtiger Mann, vermutete einen Schwindel bei diesen Papieren und wollte nichts damit zu tun haben; doch einige Bürger kauften – für geringe Beträge –, und da geschah das zweite Wunder: Auch der Bürgermeister erwarb sechs Zertifikate – vier der Firma »Toby and Brother« und zwei an Soldaten ausgegebene Landzuweisungen. Erst später erfuhr er, daß die Polizei die Namen aller Käufer registrierte. »Sie haben nichts Ungesetzliches getan, Herr Bürgermeister, aber der Fürst möchte wissen, wer mit dem Gedanken spielt, auszuwandern.«

»Ich doch nicht!« log der Bürgermeister. »Ich besitze keine solchen Zertifikate.« Und um seine Versicherung glaubhaft zu machen, lief er zu Alois Metzdorf, von dem man ja wußte, daß er ein Agitator war, und vertraute ihm mit wirrem Geflüster an: »Diese Papiere... die Polizei... in meiner Position als Bürgermeister... Hier, nehmen Sie, Ihnen können sie nicht schaden.«

Kaum war der Bürgermeister fort, verließ Metzdorf durch die Hintertür seinen Laden und eilte durch enge Gäßchen zu Allerkamps Haus.

»Ein Wink der Vorsehung, Ludwig! Ich weiß, du willst nach Texas, und jemand – ich kann seinen Namen nicht nennen – hat mir gerade seine Landzuweisungsscheine gegeben. Ich selbst kann noch nicht auswandern, aber...«

Die Verschwörer sahen sich stumm an, und Metzdorf drückte seinem Freund die kostbaren Papiere in die Hand. Von Dankbarkeit überwältigt, umarmte Allerkamp den Buchhändler: »Die besten Felder reservieren wir für dich, Alois... bis du auch kommst.«

Metzdorf lieh den Allerkamps ein Buch mit dem Titel *Praktischer Führer zu einem reichen Leben in Amerika*, in dem sechzehn deutsche Familien Neuankömmlingen gute Ratschläge erteilten, wie sie in der Neuen Welt ihr Glück machen konnten. Ein Kapitel befaßte sich auch mit Texas, »einem großartigen Land, einer unabhängigen Nation, die bald ein Teil der Vereinigten Staaten sein wird.«

»Wir brauchen dort Werkzeug, Arzneien und alles, was wir an Kleidung mitnehmen können«, verkündete Ludwig, nachdem er die Empfehlungen des Buches studiert hatte.

»Und Bücher?« fragte Thekla. Ludwig fiel die Auswahl schwer: »Unsere Bibel, Schiller, Goethe, das Buch über Landwirtschaft. Es ist ein Land, wo man praktisch denkt. Ich nehme auch meine zwei Mathematikbücher mit.«

Nachdem sie heimlich ihren bescheidenen Besitz zu Geld gemacht hatten, verließen sie an einem Mittwoch bei Tagesanbruch die Stadt. Sie zogen von einem Kleinstaat zum nächsten; überall waren die Herrscher bestrebt, den Zuzug von Flüchtlingen aus anderen Duodezfürstentümern zu unterbinden, um zu verhindern, daß sie zu wilden Siedlern und damit zu einer finanziellen Belastung wurden, aber mit Hilfe von Schmeicheleien, Lügen und kleinen Bestechungssummen gelang es Ludwig, seine Familie durch halb Deutschland zu führen und endlich Bremerhaven zu erreichen. Dort suchte er das Kontor der »Atlantic and Caribbean Lines« auf, die zwei Segelschiffe besaßen, die zwischen Deutschland und Texas verkehrten.

Erst als die klapprige, schwankende *Sea Nymph* die offene See erreichte, fühlte sich Franziska Allerkamp wohl genug, um die erste Eintragung in ein Tagebuch zu machen, das sie in Bremerhaven gekauft hatte:

Montag, den 31. Oktober. Das Schiff ist ein lecker Kahn. Jede Welle bringt es zum Schlingern. Nicht genug Wasser, und das Essen ist ungenießbar.
Um das lecke Schiff zu retten, ließ Kapitän Langbein alle männlichen Passagiere vierundzwanzig Stunden am Tag die Pumpen bedienen.
Ich habe so viel erbrochen, daß ich nicht mehr seekrank sein kann. Wie kläglich ist doch der Mensch auf so einem Ozean!

Als sich das Schiff sechs Wochen später Cuba näherte, kam ein heftiger Sturm aus Osten auf, heftiger als alle, die die Passagiere bisher erlebt hatten, und schleuderte das elende kleine Fahrzeug herum, als wäre es ein Korken. Fast alle waren seekrank und viele zu schwach, um die Kabinen zu verlassen. Franziska, eine der wenigen, die sich aufrecht halten konnten, erbot sich, die übelriechenden Messen zu säubern.

Kapitän Langbein forderte sämtliche Männer auf, an die Pumpen zurückzukehren. Alle vier männlichen Angehörigen der Familie Allerkamp mußten, zusammen mit anderen Passagieren, drei Tage lang, vom 21. bis zum Abend des 23. Dezember, im Inneren des Schiffes schuften. Sie betätigten die eisernen Pumpen, aber es nützte nicht viel, denn durch die vielen Ritzen strömte auch weiterhin eine ungeheure Menge Wasser ins Schiff. In der Nacht vom 23. bis 24. wankte Ludwig an Deck, um mit seiner Frau zu sprechen: »Wenn etwas passiert, Thekla, kümmere dich vor allem um Franziska. Die Jungen und ich, wir werden tun, was wir können.«

Gegen vier Uhr Morgen stürzte der zerbrechliche Segler mit dem Bug voran in Wellen, die so gewaltig waren, daß sie einen Matrosen und zwei Passagiere über Bord spülten. Nur wenige Sekunden lang hörte man ihre Schreie, dann gingen sie im Heulen des schrecklichen Sturms unter. Thekla in ihrer Kabine hatte Angst, das Schiff werde unter dieser furchtbaren Belastung auseinanderbrechen; ihr Mann an den Pumpen befürchtete das gleiche. Doch die hoch aufragenden Wogen zeigten schon das Ende des Unwetters an, und bei Sonnenaufgang am 24. Dezember hatte sich die Karibische See beruhigt. Am nächsten Tag brach sogar eine kraftlose Sonne durch die Wolken.

Sonntag, 25. Dezember 1842. Wir feierten ein ruhiges Weihnachtsfest. Vater nahm mich ins Innere des Schiffes mit. Ich sah die Löcher, durch die ständig Wasser eindrang, und wunderte mich, daß wir nicht sanken. Während des Sturms hatte ich keine Zeit, mich zu fürchten, denn ich half den Frauen mit Kindern, aber heute habe ich schreckliche Angst. Ich weiß, daß dieses Schiff nicht mehr lange halten kann, und ich glaube, Vater weiß es auch. Und nach dem Ausdruck auf Kapitän Langbeins Gesicht zu urteilen weiß er es besser als wir alle.

Als die angeschlagene *Sea Nymph* in die Matagorda Bay einfuhr, jubelte die Mannschaft. Ein plötzlich aufkommender Wind hinderte die Passagiere jedoch daran, noch an diesem Tag von Bord zu gehen.

Montag, 2. Januar 1843. Endlich landeten wir heute nach dem Frühstück. Wir waren schon fast alle am Ufer, da rief einer der jungen Herren mit lauter Stimme: »Ach du lieber Gott!« Wir drehten uns alle um und sahen aufs Meer hinaus, wo unsere *Sea Nymph* sich langsam zur Seite neigte und versank.
Heute nachmittag sagte eine der Frauen zu Mutter: »Daß das Schiff gesunken ist, das war Gottes Strafe für den Kapitän, weil er zwei Ehefrauen hat.« Darüber dachte ich lange nach. Wenn das Schiff schon vor sechs Tagen gesunken und wir alle ertrunken wären, wäre das dann auch Gottes Strafe für einen unmoralischen Kapitän gewesen?

Die sechs Allerkamps standen mit ihrem Gepäck an der Küste der Matagorda Bay und hatten keine Ahnung, wo sie in der kommenden Nacht schlafen oder wohin sie sich in den nächsten Tagen wenden oder wo und wie sie zu dem Land kommen sollten, das ihnen zustand. Ein Mann, der Handkarren mit soliden Holzrädern verkaufte, sprach Ludwig an: »Sie werden einen brauchen. Das Stück drei Dollar.«

»Kennen Sie einen Hugo Metzdorf?«

»Den kennen alle Deutschen. Dem können Sie vertrauen. Der Ort, wo er lebt, heißt Hardwork.« Der Karrenhändler zeichnete ihnen in den Sand, wie sie am besten zu dem fünfundsechzig Kilometer westlich gelegenen Victoria und von dort nach Hardwork, hundertfünfzig Kilometer nördlich, gelangen konnten. »Alle mal herkommen«, rief Ludwig seine Familie und zeigte auf die Zeichnung im Sand. »Lernt diese Skizze auswendig!« Dann beluden die Allerkamps ihren Karren und marschierten los.

Es war einfacher, als sie dachten. Schon in den Tagen, als Otto Macnab und sein Vater diese Route nahmen, hatte es eine Art Karrenweg nach Victoria gegeben; jetzt war es eine staubige Landstraße. Von Victoria aus führte eine weitere Behelfsstraße nach Norden. Im Januar zweihundert Kilometer mit einem Handwagen zu marschieren und auf der bloßen Erde zu schlafen war allerdings nicht leicht. Aber die Familie erreichte ihr Ziel unbeschadet. Von einer Anhöhe aus bot sich ihnen ein Anblick, der ihre Herzen höher schlagen ließ: Es war die Replik eines deutschen Dorfes, komplett mit aus Stein gehauenen Häusern, einem Hauptplatz und wohlbestellten Feldern, die sich bis an den Rand dichter Wälder erstreckten.

Sie beschlossen, so lange in Hardwork zu bleiben, bis sie ein geeignetes Stück Land gefunden hatten, mußten aber feststellen, daß frühere deutsche Ankömmlinge bereits den gesamten Grund und Boden in der Umgebung in Besitz genommen hatten. »Ich dachte, hier wäre alles noch frei«, klagte Theo.

Da hatte er sich geirrt. Hugo Metzdorf, das anerkannte Oberhaupt der Gemeinde, wies die Allerkamps darauf hin, daß es noch Millionen Hektar Land gab, auf die sie mit ihren Zertifikaten Anspruch erheben konnten, nur lagen die alle leider »da draußen«, und das hieß: weit im Westen. Ja, die Zertifikate waren in Ordnung.

Metzdorf, der bei der Auswahl von Grund und Boden erfahren war, riet den Allerkamps, die ersten zwei Jahre in Hardwork zu verbringen. »Hier lebt eine brave Deutsche, die vor einem Jahr ihren Mann verloren hat. Sie wird euch ein paar Zimmer vermieten. Später dann baut ihr euch eine große Hütte. Dann schaut ihr euch ein bißchen um, besucht andere Städte, kauft euch ein Pferd, reitet nach Westen, und wo immer ihr hinkommt, schaut ihr euch das Land an.«

»Was müssen wir tun, wenn wir es gefunden haben?«

»Da müßt ihr dann etwas Geld haben, weil ihr einen Vermesser braucht. Er mißt es aus und reicht die Papiere bei der zuständigen Behörde ein; dann bekommt ihr eure Eigentumsurkunde. Aber ihr müßt den Vermesser bezahlen.«

»Und wenn wir kein Geld haben?«

»Üblicherweise nimmt er für seine Dienste ein Drittel des Landes.« Allerkamp stieß einen Pfiff aus, und Metzdorf fuhr fort: »Ich weiß, das ist eine ganze Menge. In einem Fall vierhundert Hektar, zu zwanzig Cents der Hektar, das sind achtzig Dollar amerikanischer Währung – und wer in Texas hat schon achtzig Dollar?«

Die Witwe war sehr daran interessiert, ihr halbleeres Haus mit den Allerkamps zu teilen und ihnen ein ganz kleines Stück Grund zu verkaufen, und früher als erwartet waren sie an der Arbeit; sie bauten nicht eine Hütte, wie man ihnen geraten hatte, sondern, obwohl es nur für den Übergang gedacht war, ein richtiges Haus – mit einer Küche und mit Alkoven für die Betten –, und sie lebten dabei in dem Rhythmus, nach dem alle Teile Texas' besiedelt wurden: von Sonnenaufgang bis Sonnenuntergang Arbeit; sonntags beten; Kleider und Möbel eigenhändig anfertigen; das Land mit der Hacke roden und mit Schaufeln pflügen; die Ernährung eine endlose Wiederholung von Maisbrot, Speck und Kaffee. Schon nach zwei Monaten standen die Eckpfeiler ihres Hauses, und alle Familienmitglieder lernten Englisch aus einem Buch, das sie in Bremerhaven gekauft hatten.

Viel früher als erwartet erinnerte man sie an ihre staatsbürgerlichen Pflichten: An einem der ersten Märztage kam ein junger Mann zu ihnen, der auf einem Pferd ritt und ein zweites am Zügel führte. Er überbrachte eine Einladung: »Ich heiße Otto Macnab und bin ein Texas Ranger. Unten am Nueces River haben wir Ärger, und Captain Garner – das hier ist sein Bezirk – würde es begrüßen, wenn einer Ihrer Jungen an einem unserer Streifzüge teilnehmen könnte.«

»Sind wir dazu verpflichtet?« fragte Ludwig im Namen seiner drei Söhne.

»Es ist kein Befehl, aber wenn Sie in Texas leben wollen...«

»Wir haben nur die Waffen, die wir für die Jagd brauchen. Und kein Pferd.«

»Das hat Captain Garner vorausgesehen. Er hat mir sein Pferd mitgegeben. Gewehre?« Er klopfte auf eine Stelle hinter seinem Sattel. »Wir zwingen Sie nicht mitzukommen, aber das ist unsre Art, Anwesen wie Ihres zu verteidigen.«

»Gegen wen denn bloß?«

»Mexikaner, Indianer...«

Als er das Wort *Indianer* gehört hatte, trat Ernst Allerkamp, der praktisch mit James Fenimore Cooper aufgewachsen war, vor. »Ich komme mit!«

Otto drehte sich um und wollte das zweite Pferd losbinden, da sah er ein Mädchen, das sich im Schatten verbarg, vierzehn oder fünfzehn Jahre alt, mit flachsblonden Zöpfen. Fasziniert starrte er sie an.

Das Mädchen wiederum sah einen strohblonden, blauäugigen, ernst dreinblickenden jungen Mann, nicht viel älter als sie selbst, der sie anstierte, als ob er in seinem ganzen Leben noch nie ein Mädchen gesehen hätte. Er war der neue Mann, der Texaner, und auch sie war fasziniert.

Weder der junge Mann noch das Mädchen lächelten bei dieser ersten Begegnung; sie sprachen nicht miteinander und gaben auch mit keiner Geste – außer mit den endlosen Blicken zu erkennen –, welchen Eindruck sie aufeinander gemacht hatten. Aber während der drei Monate anhaltenden Kampfhandlungen im Nueces Strip konnte der junge Mann an nichts anderes denken, und dem Mädchen ging der texianische Bursche nicht mehr aus dem Kopf.

Die Allerkamps mußten einen Vermesser finden. Das System der Landvermessung in Texas war spanischen Ursprungs und beruhte auf Maßeinheiten und Bräuchen, wie man sie in Grenzler nicht kannte. Die Folge war, daß sich einer, der nur die Grundrechenarten gelernt hatte, hier nicht als Vermesser betätigen konnte; erst mußte er das Geheimnis von Varas, Cordeles und Leguas ergründen. Ein Mann wie Allerkamp mochte sehr wohl Anspruch auf zwölfhundert Hektar Land haben, aber es konnten fünf oder sechs Jahre vergehen, bis er sein Land in Besitz nehmen konnte.

»Dieses System macht mich richtig wütend«, murrte Ludwig eines Tages, denn die Zeit verging, und immer noch siedelten sie nicht auf eigenem Land. Aber er mußte ja seinen Lebensunterhalt irgendwie verdienen und zusehen, daß auch die drei Söhne Arbeit fanden. Vor allem Theo war darauf angewiesen, denn er wollte der jungen Frau in Grenzler, die er nicht hatte heiraten dürfen, das Geld für die Reise schicken.

»Mir gefiel die Gegend an der Matagorda Bay, wo die *Sea Nymph* uns abgesetzt hat«, erklärte er seiner Familie, als sie wieder einmal über ihre Probleme sprachen. »Ich habe die Männer dort gefragt, und ihre Antwort war: ›Hier wird einmal ein großer Hafen entstehen. Wir brauchen junge Männer, die mithelfen, ihn zu bauen.‹ Ich werde es versuchen.«

Die Familie konnte ihm kein Geld geben, aber sie teilte großzügig Werkzeug und Kleidung mit ihm. Sorgentränen flossen, als sie ihm Lebewohl sagten und er sich auf den langen Weg zur Matagorda Bay machte. Bald würden in dem Ort, zu dem er reiste, Hafendämme und Lagerhäuser errichtet werden – und die Stadt würde den melodischen Namen Indianola erhalten. Und weil Theo Allerkamp ein rechtschaffener Mann war, war es ihm beschieden, sowohl von deutschen Schiffskapitänen, die Indianola anliefen, wie auch von den Einwanderern, die sie dort absetzten, sehr geschätzt zu werden.

Ernst Allerkamp kam auf kuriose Weise zu einem Beruf. Während der Fahrt auf der *Sea Nymph* hatte er die Pumpen so fleißig betätigt, daß ihm jetzt jedes wasserdurchlässige Bauwerk geradezu körperlichen Schmerz zufügte. »Was für ein miserabler Schiffsbauer das gewesen sein muß«, beklagte er sich bei seinem Vater; der erwiderte: »Kein Schiff und kein Haus ist besser als sein Dach. Strohdächer auf deutschen Bauernhöfen, Ziegel in deutschen Städten. In Texas scheint man Schindel aus Zypressenholz zu bevorzugen. Wenn man sie richtig schneidet und nagelt, sind sie vielleicht das beste Material.«

So fing Ernst also an, Dächer zu studieren. In Hardwork waren nur wenige aus Stroh gefertigt, aber es gab einige Hauseigentümer, die Grasnarbendächer verwendeten; dieses Material war jedoch zu schwer und ließ zuviel Feuchtigkeit eindringen. Je länger er sich mit der Materie beschäftigte, desto mehr gewann Ernst die Überzeugung, daß sein Vater recht hatte. »Ich glaube, mit Zypressenschindeln könnte ich wirklich gutes Geld verdienen.« Mit einer Säge, einem Spaltmesser und einem Schlägel zum Formen der Holzbrettchen begann er durch das Land zu wandern, suchte Zypressen der richtigen Größe und experimentierte auch mit Wacholderbäumen. Die deutschen Siedlungen brauchten vor allem eines: eine Sägemühle, damit richtige Häuser gebaut werden konnten. Für eine Sägemühle aber benötigte man teures Gerät, das es nur in großen Städten wie Cincinnati oder New Orleans zu kaufen gab.

Die Allerkamps hatten kein Geld für Maschinen, erwarben sich aber mit der Zeit einen Ruf als harte Arbeiter und verläßliche Menschen, und so hörten ihnen ihre Nachbarn aufmerksam zu, als Ludwig um die Jahresmitte einen Vorschlag machte: »Wir haben kein Geld, aber wir haben Männer, die arbeiten können. Wenn ihr und die anderen euch zusammentut und eine Anzahlung nach Cincinnati schickt, um Sägeblätter und Gatter zu kaufen, würden meine Söhne und ich das Mühlgerinne graben und die Werkshalle errichten.«

Der Vorschlag wurde angenommen, und während die Gerätschaften langsam den Mississippi herunterkamen, mauerten die Allerkamps das Fundament für das Sägewerk, zogen die Mauern hoch und hoben die Gruben aus, in denen sich die großen Sägeblätter langsam auf und nieder bewegten und auf diese Weise Bretter produzieren würden. Nachdem sie das Gebäude fertiggestellt hatten, wandten sie sich der mühsamen Aufgabe zu, das Mühlgerinne auszuheben; das Wasser aus dem nahen Fluß sollte später das große Rad drehen, das die Sägemühle in Bewegung hielt.

Auch die zwei Frauen waren nicht müßig; Thekla und Franziska nähten Kleidung für die ganze Familie aus selbstgesponnener und -gewebter Baumwolle, und entsprechend der jeweiligen Jahreszeit gab es immer etwas, was sie Fremden zum Kauf anbieten konnten: überzähligen Stoff, Eier, Wildbret und Bärenfleisch; auch fertigten sie die breitkrempigen Sonnenhüte, die zu einem Wahrzeichen der texanischen Frau wurden.

Ernst war einige Wochen nach dem Ritt zum Nueces River wieder daheim; erst jetzt hatte Franziska Gelegenheit, sich nach Otto Macnab zu erkundigen – ohne jedoch seinen Namen zu nennen oder ihr Interesse an ihm zu verraten: »Hast du eigentlich immer allein gekämpft, Ernst?«

»Nein, wir haben immer als Einheit gekämpft, unter Captain Garner.«

»Hat deine Truppe gut gekämpft? Ich meine, waren alle Männer zuverlässig?«

»Es war ein schmutziges Geschäft, aber mit uns war nicht zu spaßen.«

»War deine Kompanie etwas Besonderes?«

»Nein.«

»Haben sich die Rangers aus Xavier County hervorgetan?«

»O ja. Dieser Kleine, du kennst ihn ja... Otto Macnab...«

Der magische Name war ausgesprochen. Ohne ihren Gesichtsausdruck zu verändern, den Blick immer noch auf das Spinnrad geheftet, fragte sie: »War er tapfer?«

»Tapfer war er. Nur...«

»Nur was?«

Die Erinnerung an ein schockierenden Erlebnis wurde in Ernst wach. »Wir patrouillierten nördlich des Nueces, wo die Banditen Raubzüge unternommen hatten, und kamen auch zu einer weißen Frau, deren Mann sie erschlagen hatten. Sie war wie von Sinnen. Einer von uns blieb bei ihr zurück, um sie nach Victoria zu bringen; wir ritten weiter. Im Galopp überholten wir drei Mexikaner. Sie sahen mir nicht böse aus. Aber dieser Otto Macnab ritt auf sie zu und fing einfach an zu schießen.«

Er verstummte. Nach einer Weile fragte seine Schwester sehr vorsichtig: »Willst du damit sagen, daß die drei Mexikaner keine Waffen hatten?«

Er nickte und wollte nichts mehr dazu sagen; er überließ es seiner Schwester, darüber nachzudenken, was geschehen war und was es bedeutete.

Die Sägemühle in Hardwork ging in Betrieb, und die Zivilisation in Xavier County tat einen gewaltigen Sprung nach vorn, denn nun konnten die Oberhäupter der Familien mit ihren Viehkarren zum Sägewerk fahren, wunderschön geschnittene Bretter aufladen – zweihundert Stück wurden in der Zeit geschnitten, die man benötigt hatte, um mit der Hand eines zu sägen – und stabile Häuser bauen. Einige der schönsten Farmen im Osten von Texas wurden mit den ersten Partien Bretter aus dem Sägewerk von Hardwork errichtet.

Eines Tages kam aus der neuen Siedlung Lion Creek ein Bote mit der Nachricht, daß dort ein »Sängerfest« abgehalten werde; es solle zwei Tage dauern, und alle Deutschen aus der Gegend waren eingeladen.

Jedes deutsche Sängerfest, selbst ein kleines wie dieses, war eine feine Sache. Die jüngeren unverheirateten Mädchen stellten den Hauptgrund dafür da, daß viele Männer an solchen Festlichkeiten teilnahmen, denn im deutschen Texas eine Frau zu finden stellte ein ernstes Problem dar, für das es keine Lösung zu geben schien – außer man ließ sich eine Braut aus Deutschland kommen.

Von hundert Deutschen heirateten mindestens siebenundneunzig, wenn nicht gar neunundneunzig, deutsche Frauen. Wenn also ein fleißiges, attraktives Mädchen wie Franziska auf einem Sängerfest erschien, mußte sie die Aufmerksamkeit und auch Anträge der jungen

Herren auf sich ziehen. Ihr Vater registrierte solche Annäherungen und wies die Verehrer darauf hin, daß Franziska noch zu jung sei, um an solche Dinge zu denken, aber Thekla machte ihnen Hoffnungen, daß sich die Lage schon im nächsten Jahr geändert haben könnte.

In diesem Jahr bescherte das Sängerfest seinen Teilnehmern zwei wunderbare Tage mit deutschen Liedern, der Rezitation deutscher Gedichte und mit deutscher Küche. Nicht einmal die schweren Regenfälle am Abend des zweiten Tages dämpften die Begeisterung dieser Menschen, die die Bräuche ihrer Heimat, von der sie so schändlich behandelt worden waren, so liebevoll aufrechterhielten.

Schließlich machten sich die Allerkamps auf den Heimweg. Als sie sich ihrem Haus in Hardwork näherten, kam ihnen Hugo Metzdorf mit aschfahlem Gesicht entgegen und drückte Ludwig schweigend einen Brief in die Hand, den er soeben aus Grenzler erhalten hatte. Ludwig las den Brief und reichte ihn stumm seiner Frau. Sie überflog das Schreiben, ergriff Metzdorfs Hand und stöhnte auf: »O mein Gott!«

In dem Brief stand zu lesen, daß die Geheimpolizei Alois Metzdorf verhaftet, ihn des Hochverrats beschuldigt und ins Gefängnis geworfen hatte, wo er erhängt aufgefunden worden war.

Ludwig setzte sich auf den Boden und barg das Gesicht erschüttert in den Händen. Alois, der Träumer, der so gern nach Texas gekommen wäre, der ihnen die Zertifikate gegeben hatte! Zum Abschied hatte Ludwig ihm die Hand geschüttelt und versprochen: »Die besten Felder hebe ich für dich auf... bis du kommst.« Ihm wurde übel, denn nun kam ihm ein schrecklicher Verdacht: »Alois Metzdorf hätte sich nie das Leben genommen. Die Hoffnung auf Freiheit hielt ihn aufrecht. Mein Gott! Man hat ihn in seiner Zelle ermordet!«

Die Allerkamps kamen zu der Überzeugung, daß sie nun endlich ihre Zertifikate vorlegen und mit Hilfe eines Vermessers ihren eigenen Besitz abstecken mußten. Es traf sich gut, daß gerade zu dieser Zeit ein Vermesser in die Gegend kam, ein mickriger kleiner Mann aus Alabama. Er erklärte ihnen die Situation ganz genau: »Wir suchen gemeinsam das Land aus und stecken es gemeinsam ab. Ich errichte ein Meter hohe Erd- und Steinhaufen an den Ecken, und Sie stellen sich in die Mitte, führen einen Freudentanz auf und geben ein paar Schüsse ab, um die Welt wissen zu lassen, daß das jetzt Ihr Land ist. Als Honorar bekomme ich ein Drittel. Da Sie Zertifikate für sechs Parzellen haben, nehme ich mir zwei davon, und Ihnen bleiben etwa achthundert Hektar.«

Es schien alles ganz einfach zu sein; der Vermesser versicherte ihnen, daß sie keine weiteren Kosten zu befürchten hätten. Die Familie erklärte sich einverstanden. »Wir werden unser eigenes Land haben«, strahlte Ludwig. »Wir werden endlich für uns selbst arbeiten!« Sie beschlossen, sich mit ihren vier Zertifikaten ein schönes Stück Land im nördlichen Teil von Xavier County zu nehmen, nicht am Brazos – dort war alles schon in festen Händen –, aber auch nicht zu weit landeinwärts. Franziska war glücklich, als sie feststellte, daß das Land, das ihr Vater haben wollte, nicht weit vom Besitz Otto Macnabs entfernt lag; sie hatten immer noch kein Wort miteinander gesprochen, aber sie war sehr daran interessiert, in seiner Nähe zu sein.

Leider war der Vermesser aus Alabama ein Gauner. Kaum hatte er den Allerkampschen Berechtigungsschein über vierhundert Hektar in Händen, verkaufte er ihn weiter und ward in diesem Teil Texas' nicht mehr gesehen. Als Ludwig und Ernst versuchten, ihre Zertifikate wiederzuerlangen, ging der Käufer vor Gericht und erklärte vor Richter Phinizy, daß er das Land nicht vom Vermesser erhalten habe (es wäre dann ja Diebesgut gewesen, und er hätte es zurückgeben müssen), sondern als Finderlohn von Allerkamp direkt; in diesem Fall gehörte das Land, das dem Zertifikat entsprach, unzweifelhaft ihm.

Ludwig zeigte sich über dieses Urteil, das vor ihm schon hundertfach von texanischen Gerichten gegen Einwanderer und Mexikaner ausgesprochen worden war, empört. Aber er ließ sich nicht entmutigen. »In Texas ist vieles von Übel«, sagte er zu seiner Familie. »Wie man hierzulande die Indianer behandelt, die Sklaverei, wie man es so einem Kerl durchgehen läßt, daß er Leute bestiehlt; aber es gibt auch viel Gutes. Unsere Nachbarn sind ein gutes Beispiel. Sie sind bereit, uns auch für die kommenden sechs Monate zu verpflegen, während ich mich nach neuem Land umsehe. Ich will Vermesser werden, und zwar ein ehrlicher.«

Er holte sein Mathematikbuch hervor, tat sich mit einem Mann aus Mississippi zusammen, der die spanische Agrargesetzgebung beherrschte, und begann das mühselige Studium von Varas, Cordeles und Leguas. Er begleitete seinen Lehrmeister auf dessen Dienstreisen und lernte dabei die Grundlagen seines neuen Berufs. Im Verlauf eines langen Erkundungsrittes kam er auch weit nach Westen zum Pedernales River, dem Fluß der Feuersteine. Sobald er amtlich zugelassener Vermesser war, das gelobte er sich, würde er an den Pedernales zurückkehren, seine achthundert Hektar abstecken und dann noch so viel dazukaufen, wie er sich leisten konnte.

Lange Zeit gab es keine Einsätze für Captain Garners Rangers, denn die Cherokee waren vertrieben und die Komantschen von Austin zurückgeworfen. Das einzige Gebiet, in dem es immer wieder zu kriegerischen Auseinandersetzungen kam, erstreckte sich zu beiden Seiten des Nueces River; und dieser Unruheherd ließ in letzter Zeit seltsamerweise jede Aktivität vermissen.

»Was treibt eigentlich dein Freund Garza dort unten?« fragte Garner Otto, als sie sich in Campbell trafen.

»Er hat bestimmt nichts Gutes im Sinn, das ist mal sicher.«

»Die Regierung hat mir aufgetragen, Nachschau zu halten. Aber ich kann nur drei Rangers bezahlen.«

»Ich komme ohne Löhnung mit. Hier immer nur rumzusitzen, das macht mich ganz verrückt.«

»Könntest du nach Hardwork hinunterreiten und diesen Allerkamp fragen, ob er mitkommen würde?«

»O ja, das mache ich gern!« rief Otto mit einer Begeisterung, die beinahe seine wahre Absicht verraten hätte.

So sah er Franziska zum zweitenmal. Wie schon zuvor blieb er im Sattel sitzen, während er mit Ernst besprach, wo sie sich treffen würden. Seine Hoffnung erfüllte sich: Das Mädchen stand an der Tür und beobachtete ihn aufmerksam. Franziska war jetzt eine hübsche, sechzehnjährige kleine Miss, die ihr flachsblondes Haar um den Kopf gewunden trug. Auch diesmal sprachen sie kein Wort miteinander, aber Otto fühlte sich trotzdem sehr glücklich, während er zu den Rangers zurückritt.

Am Nueces fanden sie keinen Benito Garza. Der jetzt neununddreißigjährige und wie Otto noch unverheiratete Mexikaner saß weit südlich des Rio Grande auf einem gestohlenen Pferd und führte zwei andere am Zügel, in deren Besitz er auf die gleiche Weise gekommen war. Er hatte sich einen großen, herabhängenden Schnurrbart wachsen lassen, der seinem Gesicht ein düsteres Aussehen verlieh. Es ärgerte ihn maßlos, daß man ihn einen Banditen nannte, weil er für den Verbleib des Nueces Strip bei Mexiko gekämpft hatte. Er hielt sich für einen Patrioten, keineswegs für einen Banditen. Wenn er auf dem Nueces Strip auch geräubert und schmutzige Tricks angewendet hatte, so sah er sich doch – und durchaus nicht zu Unrecht – als Verteidiger eines Gebietes, auf dem seine Familie schon seßhaft gewesen war, lange bevor das erste Dutzend Anglofamilien spanisches Territorium verletzt hatte. Vor kurzem war sogar sein alter Traum, Gouverneur von Tejas zu werden, wieder lebendig geworden, aber er wußte, daß er sich, um dieses Ziel zu erreichen, auf Santa Ana verlassen mußte.

México-Stadt tauchte vor ihm auf, und sein Herz schlug schneller. Dort sollte er seinen Helden, den General, treffen und von ihm erfahren, wann die Wiedereroberung von Tejas und die Bestrafung der Anglos beginnen sollte.

Doch als er in die Stadt einritt und sich im Hauptquartier meldete, mußte er hören, daß Santa Ana, jetzt ein Diktator mit noch nie dagewesener Machtfülle, die Regierungsgeschäfte – wie schon so oft – anderen überlassen hatte, während er auf seinem geliebten Rancho bei Ialapa faulenzte. Garza machte aus seiner Enttäuschung kein Hehl. »Verdammt noch mal«, ärgerte er sich, »ich komme den weiten Weg von Tejas herunter, um zu erfahren, wie meine Freiwilligen mithelfen können, wenn der neue Krieg beginnt, und der Herr Oberbefehlshaber lungert auf seinem Rancho herum!«

Ein junger Oberst, Ignacio Bustamante, ließ ihn wissen: »Er wünscht Sie zu sprechen... auf seiner Hacienda.«

Während sie an den großen Vulkanen vorbei nach Osten ritten, machte Bustamante Garza mit den jüngsten Entwicklungen im Leben des Generals bekannt. »Sie wissen ja wahrscheinlich, daß vor langer Zeit ein paar Hitzköpfe, junge mexikanische Offiziere, ein paar Tortenstücke aus dem Laden eines französischen Bäckers stahlen. Als dann der französische Botschafter keinen Schadenersatz für seinen Landsmann herausschlagen konnte, verhängte Frankreich eine Blockade. Es gab einen richtigen Krieg, Vera Cruz wurde bombardiert.

Na, Sie kennen ja Santa Ana. Ein Feind braucht sein geliebtes Vera Cruz nur schief anzuschauen, und schon platzt ihm der Kragen. Die

Franzosen landeten, er sprang auf seinen Schimmel und sprengte in die Stadt, um sie zu verteidigen. Er hatte das große Glück, von einer französischen Kanonenkugel getroffen zu werden, die sein linkes Bein so zerschmetterte, daß es amputiert werden mußte. Ja, unser edler Krieger hat nur mehr ein Bein.«

»Wie kommt er zurecht?« fragte Benito.

»Er hat vier Holzbeine, die er in einem Lederkoffer verwahrt: eines für den Abend, eines für tagsüber, eines für die Schlacht, und wann er das vierte trägt, habe ich vergessen.«

»Sie sagten, er hätte das Glück gehabt, von einer französischen Kanonenkugel getroffen zu werden. Ich kann mir nicht vorstellen, daß es ein Glück ist, ein Bein zu verlieren, auch wenn man vier Prothesen hat.«

»Oh, Sie haben mich falsch verstanden. Unser General gibt keine vier Sätze in einer Rede von sich – und er hält unentwegt Reden –, ohne davon zu berichten, wie er sein Bein im Dienst der Nation verloren hat. Er hat fünfzehn verschiedene Methoden, ganz beiläufig darauf zu sprechen zu kommen. Ich sage Ihnen: Das verlorene Bein ist sein Reisepaß in die Unsterblichkeit.«

Nachdem sie an dem düsteren Gefängnis von Perote vorbeigeritten waren, wo immer noch texanische Abenteurer in finsteren Zellen gefangengehalten wurden, deutete Oberst Bustamante da und dort auf besonders schöne Felder und kommentierte: »Santa Ana hat diesen Rancho erworben«, oder »Santa Ana hat den Eigentümer dieses Ranchos erschießen lassen, und jetzt gehört er ihm.« Der Diktator besaß mehr als zweihunderttausend Hektar, auf denen nahezu vierzigtausend Rinder grasten, die Santa Ana keinen Peso gekostet hatten. Garza, der auf die Erfolge und Leistungen seines Helden stolz war, wurde sich jetzt der Tatsache bewußt, daß Santa Ana den Bauern das Land genauso stahl wie die Anglos den Mexikanern auf dem Nueces Strip.

Er war überrascht, als er den General wiedersah. Santa Ana war sehr mager geworden und sein volles Haar von grauen Strähnen durchzogen. Er humpelte mühsam, als er auf seinen Leutnant aus Alamo-Tagen zukam. »Sie wissen ja, daß ich bei der Verteidigung unseres Landes bei Vera Cruz ein Bein verloren habe.« Er hatte sein Landedelmann-Bein angeschnallt. Sofort teilte er mit, weshalb er Benito hierher, nach Manga de Clavo, hatte kommen lassen: »Mein lieber und bewährter Freund, ich brauche eine Ehrengarde für eine ehrenvolle Mission, mit der ich den

Wunsch des mexikanischen Volkes und seiner religiösen Führer erfülle. Ich habe mit einigem Widerstreben zugestimmt – ich bin ja von Natur aus ein bescheidener Mensch –, daß man mein linkes Bein exhumiert, in die Hauptstadt überführt und in einem Heldengrab beisetzt.«

»Ihr Bein?«

»Warum nicht?« fuhr Santa Ana ihn an. »Welches Bein hat einer Nation schon je soviel bedeutet? Verdient es nicht die Behandlung, die wir jedem Helden angedeihen lassen?«

»Ganz gewiß«, beeilte sich Benito zu erwidern und wurde so zum Zeugen, als man das Bein auf eine reichgeschmückte Lafette legte, um es im Triumphzug in die Hauptstadt zu bringen.

Er und sieben andere Leutnants führten die Prozession an, die sich nur mit Mühe einen Weg durch die Dörfer bahnte, wo sich die Bevölkerung in den Straßen drängte, um dem Bein des großes Mannes die letzte Ehre zu erweisen.

Garza und Bustamante ritten voraus. Die Hauptstadt mußte davon in Kenntnis gesetzt werden, daß die Ankunft des Beines unmittelbar bevorstand. Tausende kamen. In der prächtigen Kathedrale warteten mehr als fünfzig kirchliche Würdenträger, um das Bein ehrenvoll unter dem Altar aufzubahren. Hier sollten die Gläubigen die Möglichkeit erhalten, niederzuknien und ein kurzes Gebet zu sprechen.

In Anwesenheit Santa Anas zogen zwei Tage später ganze Kavallerieregimenter in ihren glänzenden Uniformen, junge Kadetten aus der Miltärakademie in Chapultepec, kirchliche Würdenträger, sämtliche Minister und ein Großteil des diplomatischen Corps, begleitet von den feierlichen Klängen mehrerer Militärkapellen, zum historischen Friedhof von Santa Paula hinaus, wo man ein Ehrengrabmal für das Bein des Diktators errichtet hatte.

Es wurden Gebete gesprochen, fromme Lieder gesungen, Salutschüsse abgegeben. Santa Ana weinte. Die Massen jubelten ihm zu. Und Soldaten wie Benito Garza hatten stillzustehen, während Fahnen über den Sarg gebreitet und das Bein in ein neues, prunkvolles Grab gesenkt wurde.

Garza hielt sich noch ein paar Tage in der Hauptstadt auf und verfolgte mit Entsetzen, wie wegen der ungeheuren Verschwendungssucht des Diktators plötzlich eine ungeheure Welle der Empörung losbrach. Der Mob riß eine vergoldete Statue Santa Anas im Zentrum nieder, verwüstete ganze Straßenzüge und jubelte, als ein wildblickender Agitator den Demonstranten zurief: »Holen wir uns dieses gottverdammte Bein!« Aus sicherer Entfernung beobachtete Garza, wie der wütende Pöbel die Mauern von Santa Paula niederbrach, das »Grabmal« zertrümmerte, das Bein ausgrub und es durch die gleichen Straßen schleifte, durch die es noch vor kurzem so majestätisch paradiert worden war. Entsetzt mußte er zusehen, wie die Knochen voneinander getrennt und in verschiedene Stadtteile geschleppt wurden, wo sie allesamt auf dem Müll landeten.

Auf Umwegen gelangte er in den Palast zurück, von dem aus der Diktator mit so unbeschränkten Vollmachten regiert hatte; Santa Ana war gerade dabei, sich auf die Flucht vorzubereiten; er packte seine Holzbeine ein. Garza berichtete ihm von den Vorgängen auf dem Friedhof; der große Mann ließ sich schwer auf eine mit Silbergeschirr vollgepackte Kiste fallen. »Mein Bein!« schluchzte er, »das Symbol meiner Ehre! Sie haben es durch die Straßen geschleift!« Er stand auf und humpelte in ein wohl lebenslängliches Exil.

Im Frühjahr 1845 war der Vermesser Ludwig Allerkamp durch die verschiedenen Aufträge, die ihm erteilt worden waren, so weit herumgekommen, daß er Texas besser kannte als die meisten anderen Bürger. So war ihm zum Beispiel bewußt geworden, daß der Mittelteil von Texas aus fünf klar voneinander abgegrenzten Streifen bestand, jeder einzelne stellte eine eigene kleine Nation dar.

Entlang der Golfküste war Texas ein sumpfiges, von riesigen Moskitos und wunderschönen Vögeln bewohntes Flachland. Die Sommer dort waren unerträglich heiß und feucht, doch den Rest des Jahres hindurch war die Landschaft von faszinierender Schönheit.

Weiter entfernt von der Küste kam dann die baumlose, von Wildpferden und ungezeichneten Rindern bevölkerte, mit Dornstrauchwäldern bewachsene Prärietafel.

Am besten gefiel Ludwig der dritte Landstreifen, in dem er lebte, jenes Gebiet, wo Bäche sich anmutig durch die Täler sanfter Hügel schlängelten und wo, das war das Wichtigste, die ersten Bäume standen: Zedern, Zypressen und vier verschiedene Eichenarten.

Als die neue Hauptstadt Austin vermessen werden mußte, hatte

Allerkamp Gelegenheit, aus nächster Nähe den vierten Landstreifen kennenzulernen, the Balcones, ein Steilabhang, der sich hundertsechzig Kilometer in nordsüdlicher Richtung ausdehnte und das Ende der Prärietafel und den Anfang des Felsengebirges bildete.

Nun beauftragte die Regierung Ludwig, den fünften und schönsten Streifen zu inspizieren, jenes wunderbare, stille Gebiet im Westen der Balcones. Mit seinen zwei Söhnen Ernst – der von der Strafexpedition mit den Rangers zurückgekehrt war – und Emil machte er sich auf, dieses Bergland zu erforschen.

Als die drei Allerkamps die Hauptstadt verlassen hatten, fanden sie sich von niedrigen, bewaldeten Hügeln umgeben. Auf ihrem Weg nach Westen veränderte sich die Landschaft ständig; bald eröffneten sich ihnen neue Ausblicke, bald verschlossen sie sich ihnen wieder, so daß sie nie weit vorausblicken konnten. »In der Schweiz würde man solche Erhebungen nicht einmal Hügel nennen«, meinte Ludwig. »Um München herum würde man ihnen nicht einmal Namen geben, aber nach dem Flachland erscheinen sie uns wie Berge. In einigen Jahren werden die Leute, die unten in der Ebene leben, im Hochsommer bestimmt hier heraufkommen, um sich in der kühlen Luft zu erholen.«

Einige Tage später erreichten die drei Allerkamps den Pedernales River, den Ludwig schon im Jahr zuvor gesehen hatte. Nachdem sie den Flußlauf auf einer Länge von fünfzig Kilometern untersucht hatten, blieben sie an einer Stelle stehen, wo ein namenloses Bächlein, aus dem Norden kommend, in den Pedernales einmündete, und sie wußten sofort: Das war der Ort, das war das Land, das sie seit ihrer Flucht aus Deutschland gesucht hatte.

Mit ruhiger Stimme wies Ludwig seine Söhne an: »Laßt uns eine Fläche von viertausend Hektar abstecken.«

»Aber unsere Zertifikate reichen doch nur für achthundert!«

»Den Rest kaufen wir eben dazu.«

»Wie denn?«

»Ich habe gespart«, sagte Ludwig, und an den tiefen Furchen in seinem Gesicht konnten seine Söhne die Entbehrungen ablesen, die er sich auferlegt hatte, um seiner Familie Land zu beschaffen. »Fangt schon an, Steinhaufen an den Ecken aufzuschütten.«

Als ihre neue Farm örtlich festgelegt war, stellten sich die drei Männer in die Mitte, feuerten ihre Gewehre ab, warfen Steine und Zweige in die

Luft, wie es der Brauch war, und brüllten: »Es gehört uns! Es gehört uns!«

Nach Hardwork zurückgekehrt, berichtete Ludwig seiner Frau: »Der große Padernales fließt etwa zehn Kilometer an der Südgrenze unserer Farm vorbei, und ungefähr in der Mitte kommt ein kleiner Bach aus dem Norden dazu. An einer Stelle durchläuft der Fluß eine Schlucht, an beiden Ufern gibt es richtige Kliffs, und überall stehen Bäume, Bäume, Bäume!«

Emil wußte seiner Mutter noch mehr zu erzählen: »Hirsche und Rehe habe ich gesehen, und Hasen und Stinktiere, und ganz viele verschiedene Vögel. Wir haben Wildtruthähne in den Wäldern und Fische im Fluß, und ich bin ganz sicher, wir können dort auch Birnen und Pfirsiche pflanzen. Vater hat ein Paradies für uns gefunden, und sobald die Papiere in Austin registriert sind, müssen wir das Haus hier sofort verkaufen und gleich umziehen!« Er nahm seine Mutter bei der Hand und tanzte mit ihr im Zimmer herum.

So luden die fünf Allerkamps also im Juni 1845, nachdem sie ihren Besitz in Hardwork verkauft hatten, all ihr Hab und Gut auf zwei Ochsenkarren und machten sich auf ins Bergland. In Austin erfuhren sie eine interessante Neuigkeit: »Eine Gruppe von mehr als hundert deutschen Einwanderern befindet sich in der Siedlung Neu Braunfels. Aber sie wollen ihr eigenes Land haben. Sie beabsichtigen, sich in dem Gebiet nahe dem Pedernales niederzulassen, das Sie vermessen haben.«

Ein großer Teil des Berglandes geriet unter starken deutschen Einfluß. In den Schulen, die zu den besten von Texas zählten, würde deutsch gesprochen werden, deutsche Lieder würde man bei den großen Festlichkeiten singen, und die Eltern würden ihre Kinder die Gedichte ihrer Heimat lehren.

Die deutschen Familien aus Neu Braunfels gründeten die neue Stadt Fredericksburg, die sie nach einem deutschen Fürsten benannten. Mit der Zeit sollte Fredericksburg zu einer reichen Stadt mit Läden, Nachtwächtern und einem guten Logierhaus werden, das von der Familie Nimitz geleitet wurde. Anfangs gab es nur eine Kirche, aber die war einzigartig: Der achteckige Bau wurde liebevoll »Kaffeemühle« genannt, alle Konfessionen teilten ihn sich freundschaftlich.

Die Allerkamps waren sehr froh darüber, daß Fredricksburg nur zehn Kilometer von ihrer Farm entfernt lag. Noch bevor in der Stadt alles so richtig funktionierte, sprach Ludwig mit den Gemeindeältesten und erwarb ein kleines Grundstück unweit der Nimitzschen Farm; darauf wollte er für Thekla und Franziska eine Art Wochenendhaus in der Stadt errichten: ein kleines Haus mit nur einem Zimmer und ein paar Betten.

Die Allerkamps verfügten jetzt über zwei Wohnstätten – die eine auf dem Land, die andere in der Stadt –, während Otto Macnab noch immer überhaupt keine hatte. Er war sogar schon so weit, die Hütte, die er noch besaß, aufzugeben, denn ohne die Ascots hatte er nur mehr Yancey Quimper in der Nähe; je genauer er die anrüchigen Geschäfte dieses Mannes jedoch betrachtete, um so mehr gewann er die Überzeugung, daß Yancey einer jener unaufrichtigen Menschen war, mit denen er keinen Umgang zu pflegen wünschte. »Das Leben in Xavier County kann mir nichts mehr bieten. Ich muß mich auf den Weg machen«, sagte er sich.

Eines Morgens ritt er zur Fähre hinauf. »Willst du mir mein Land abkaufen?« fragte er Yancey. Quimper griff sofort zu, wahrte dabei aber rücksichtslos seinen Vorteil. Er bekam das Land für vierzig Cents den Hektar und verkaufte es binnen einer Woche für zwei Dollar und siebzig Cents an Einwanderer aus Alabama.

Als Otto erfuhr, welchen unverschämten Profit Quimper herausgeschlagen hatte, zuckte er nur die Achseln, denn das Land interessierte ihn nicht mehr. Er trieb sich in der Hauptstadt des County herum und nahm Reverend Harrisons Gastfreundschaft in Anspruch, bis eines Morgens Captain Garner mit einer Neuigkeit auftauchte: »Kompanie M ist reaktiviert worden.« Otto meldete sich, denn er brauchte etwas, womit er sich beschäftigen konnte. Langsam wurde ihm bewußt, daß nicht eine Familie den Inhalt seines Lebens ausmachen konnte, sondern nur das wilde Leben der Rangers.

In der Zeit, als Otto planlos vor sich hin gelebt und nach einem Heim gesucht hatte, war es der jungen texanischen Nation ähnlich ergangen: Sie war bankrott und hatte enorme Schulden, und der wie durch ein Wunder in Mexiko wieder an die Macht gekommene Santa Ana weigerte sich einzugestehen, daß Texas je von Mexiko abgefallen war, und erging sich in düsteren Reden über die Notwendigkeit, einen richtigen Krieg zu führen, um die verlorene Provinz heimzuholen. Die Beziehungen mit den Vereinigten Staaten gestalteten sich so chaotisch wie eh und je: Als Texas annektiert werden sollte, hatten die Staaten der jungen Republik die kalte Schulter gezeigt; als die Amerikaner dann zu fürchten begannen, irgendein anderes Land könnte sich des südlichen Nachbarn bemächtigen, und ihn aufforderten, sich ihnen anzuschließen, sagte Texas nein.

In dieser kritischen Situation kam ein Kleinstadtanwalt aus den Bergen Tennessees, ein bescheidener, ehrlicher Mann, zum Erstaunen aller ins Weiße Haus gestolpert. Wenn spätere Historiker die amerikanischen Präsidenten bewerteten, gestanden sie diesem genügsamen, aber willensstarken Mann zu, einer der fähigsten Inhaber des hohen Amtes gewesen zu sein – vielleicht Nummer sechs oder sieben, gleich nach so unangefochtenen Giganten wie Washington, Jefferson, Jackson, Lincoln und ganz besonders Roosevelt – wobei die Republikaner den ersten, Theodore, die Demokraten den zweiten, Franklin Delano, nominierten.

Von James K. Polk hieß es: Er betrat das Weiße Haus mit der festen Absicht, eine Amtsperiode lang zu dienen und zwei Vorhaben durchzuführen. Nachdem er diese Ziele erreicht hatte, trat er ab, wie er es versprochen hatte. Kein Präsident kann seine Aufgabe vorbildlicher erfüllen.

Polks zwei Ziele sind schnell beschrieben: Er wollte Texas in die Union eingliedern, ohne dabei auf die Frage der Sklaverei oder die Gefühle der Mexikaner einzugehen; und er hatte sich vorgenommen, die territoriale Souveränität Amerikas bis zum Pazifischen Ozean auszudehnen, selbst wenn es dazu nötig werden sollte, einen Großteil Mexikos an sich zu reißen. Dem Betreiben dieser Ziele gegen eine erbitterte Opposition widmete er seine ganze Kraft und auch sein Leben, denn er starb bald, nachdem er sie erreicht hatte. Ungeachtet seines bescheidenen Auftretens war Polk ein sehr kühner Mann, der auf seinem Weg zum Pazifik auch Krieg mit europäischen Großmächten nicht scheute; mit Mexiko kam es tatsächlich zum Krieg, als Polk offiziell erklärte, der Nueces Strip gehöre zum neuen Staat Texas, und der Rio Grande bilde seine südliche Grenze.

Er brachte ein größeres Gebiet in die Vereinigten Staaten ein als jeder andere amerikanische Präsident vor ihm, einschließlich Thomas Jefferson mit seinem unglaublichen Louisiana-Erwerb, durch den das Gebiet der Vereinigten Staaten mehr als verdoppelt worden war. Als Polk das

Weiße Haus verließ, waren die Umrisse der kontinentalen Vereinigten Staaten geographisch wie auch gefühlsmäßig festgelegt.

Als Polk mit einem annexionistischen Programm 1844 die Präsidentschaftswahlen gewonnen hatte, peitschte der scheidende Präsident, dem Willen der Nation entsprechend, eine Entschließung durch, Texas die sofortige Eingliederung anzubieten. Nun aber zögerte Texas – zweifellos der gerissenste potentielle Staat, der je mit dem Kongreß über seine Eintrittsbedingungen geschachert hatte –, die Annahme der verspäteten Einladung so lange hinaus, bis Washington den Entwurf der Verfassung billigte, unter welcher der neue Staat regiert werden sollte. Es war ein Dokument, das deutlich die Überzeugungen und Vorurteile der Texaner widerspiegelte: Keine Bank durfte als Aktiengesellschaft eingetragen werden – niemals, unter keinen Umständen; verheiratete Frauen hatte volle Eigentumsrechte; kein Kleriker, welcher Glaubensgemeinschaft auch immer, durfte der Legislative angehören; der Gouverneur durfte nur zwei Jahre im Amt bleiben; die Sklaverei wurde ausdrücklich gebilligt. Die Verfassung, so Senator Yancey Quimper in seinen Wahlreden, machte Texas zu einer Nation innerhalb einer Nation. Man zählte die Stimmen: Viertausend hatten sich dafür, zweihundert dagegen entschieden.

Die offizielle Eingliederung in die Vereinigten Staaten fand erst am 19. Februar 1846 statt. Ein Soldat holte die Fahne, und Präsident Anson Jones sprach die Worte: »Der letzte Akt dieses großen Dramas ist nun zu Ende gegangen. Die Republik Texas besteht nicht mehr.«

Die schöne Lone-Star-Fahne flatterte der Erde zu. Senator Quimper fing sie in seinen Armen auf und drückte sie an seine Lippen; Tränen rollten ihm über die Wangen. Die freie Nation Texas existierte nicht mehr, aber der Widerhall ihrer kurzen, chaotischen und doch ruhmvollen Existenz würde in den texanischen Herzen für immer fortklingen.

Der Sonderstab

»Es haben nun schon genug Professoren von außerhalb zu uns gesprochen«, erklärten unsere zwei jungen Mitarbeiter, von Rusk und Quimper unterstützt, als es darum ging, die Februartagung in Abilene, der intellektuellen und religiösen Hauptstadt von West-Texas, vorzubereiten. »Wir wollen zumindest einmal einen richtigen Texaner hören.«

Ich hatte keine Ahnung, wovon sie sprachen. »Wir möchten diesen Professor von der Tulane University in New Orleans einladen«, sagten sie, und meine Verwirrung nahm zu.

»Sie haben doch eben gesagt, Sie hätten von Professoren ›von außerhalb‹ die Nase voll«, hielt ich ihnen entgegen, aber dann nannten sie mir seinen Namen, und ich mußte zugeben, daß er so ziemlich der »echteste« Texaner war, den man sich vorstellen konnte.

Diamond Jim Braden war ein achtunddreißigjähriger Mann aus Waco, berühmt wegen seiner glänzenden Leistungen im Football und wegen seiner späteren Karriere als Hochschulprofessor.

Bradens These war einfach und provokativ: »Ich habe im alten Mexiko, in New Mexico, Oklahoma und Louisiana gearbeitet und mich bemüht, herauszufinden, was diese Staaten mit Texas gemein haben. Nun, ich muß sagen, daß es nur sehr wenig Gemeinsamkeiten gibt. Texas ist weit über das hinaus einzigartig, was auch die glühendsten Verehrer an ihm schätzen. New Mexico ist zum größten Teil ein trockenes, schönes Hochland, und das gilt auch für Texas. Der Unterschied liegt darin, daß wir auch noch fünf oder sechs andere Landschaftsformen haben. In Oklahoma gibt es gigantische Ebenen; die gibt es auch in Texas. Aber wir haben eben viele Variationen, die das Bild ergänzen. Louisiana hat eine reizvolle Landschaft – typisch ›Alter Süden‹ –, aber das trifft auch auf das konföderierte Texas zur Zeit Jeffersons zu – das, und noch einiges mehr.«

Er stieg vom Podium herunter, setzte sich auf den Rand eines Schreibtisches und ließ die in Cowboystiefeln steckenden Beine baumeln.

»Unwahrscheinlich abwechslungsreich, wie es war, formte das Land Texas einen eigenen kleinen Kontinent – mit mörderischer Kühnheit erobert, mit unheimlicher Hartnäckigkeit unterworfen und dank fast unmoralisch zu nennender, dem Schutz des Eigentums dienender Einrichtungen geschützt. Die Texaner erdachten neue Gesetze zur Wahrung ihres Besitz und harte Bräuche, um zu gewährleisten, daß einer Familie ihr Land unter allen Umständen erhalten blieb. Sie wissen ja wohl, daß einem Texaner sein Haus auch nicht durch ein von einer Bank gegen ihn angestrengtes Konkursverfahren gestohlen werden kann.

Freiheit forderte der frühe Texaner auf seinem Stück Land. Er wollte keine reguläre Armee, die ihm irgend etwas aufzwingen konnte; nur selten rief er seine Rangers zu den Waffen, und wenn, dann nur für kurze Zeitspannen; kein Richter konnte ihn einschüchtern, und er ließ keine Zentralbank zu, die ihm eine Wirtschaftspolitik diktiert hätte. Er war bereit, sich mit seinen Nachbarn zusammenzuschließen, wenn ein Feind das Land bedrohte, aber sobald die Gefahr gebannt war, bestand er darauf, ins Zivilleben zurückzukehren und die Streitigkeiten mit seinen Nachbarn wiederaufzunehmen. Von allen Gruppen, die letztlich die Vereinigten Staaten konstituierten, übertraf keine die Texaner in ihrer unbedingten Liebe zur Freiheit.

Der Texaner umgab seine Freiheit mit vielen einzigartigen Bräuchen. Waren die Gefühle einer verheirateten Frau auf obszöne Weise verletzt worden, so hatte der Ehemann das Recht, den Beleidiger zu erschießen. Die Jury zollte ihm Beifall, denn sie war gehalten, ihn nicht etwa unter Anklage zu stellen, sondern öffentlich seine Unschuld bekanntzugeben. Und selbstverständlich stand es einer Frau jederzeit frei, einen Mann zu erschießen, wenn ihr Anwalt beweisen konnte, daß ihre Tugend auch nur den geringsten Schaden genommen hatte. Die Einmischung einer Behörde, ganz gleich ob kommunal oder staatlich, in die grundlegende Freiheit einer Familie war unzulässig.

Texas war von Anfang an ein Grenzland und wird es immer bleiben. Es war ein weit entferntes Grenzland der spanischen Könige in Madrid; es war ein schattenhaftes Grenzland für Napoleon in Paris; und es war immer ein entlegenes Grenzland für mexikanische Präsidenten und Diktatoren, die es von Mexico-Stadt aus zu regieren versuchten. Sam Houston kam nach Nacogdoches – die wilde Grenze verlief nur wenige Kilometer westlich; neununddreißig Vierzigstel des zukünftigen Texas waren damals eine unzugängliche Wildnis. Fast immer in der texanischen Geschichte zeichnete sich irgendwo eine wilde Grenze ab; erst um das Jahr 1905 herum konnte man behaupten, der halbe Staat sei ›besiedelt‹. Noch in den siebziger Jahren unseres Jahrhunderts hatte es zuweilen den Anschein, als verliefe die Grenze entlang der Hauptstraße von Dallas oder Houston.

Dieser Grenzlandgeist brachte in Texas einen großen Abenteuerhunger hervor, eine Bereitschaft, sich jeder Herausforderung zu stellen. Er ermunterte die texanische Jugend, unverschämt, wagemutig, selbstsicher und tüchtig zu sein, und er führte zur optimalen Nutzbarmachung natürlicher Reichtümer. Texas war die letzte Grenze in Permanenz.

Der Preis, der für das Fortbestehen dieser Legende zu bezahlen war, bestand aus einer allgemeinen Gesetzlosigkeit. Schlägereien, Duelle, Morde und landesweite Revolten wurden auf schockierende Weise alltäglich. Texas war und blieb einer der gewalttätigsten amerikanischen Staaten und verteidigte mit allem Nachdruck sein Recht, zu tun, was ihm beliebte.«

Braden rutschte vom Schreibtisch herunter. »Ich habe die texanische Geschichte auf der Highschool und im College studiert. Ich kann Ihnen nicht viel über Länder wie Griechenland, Frankreich oder das alte Persien erzählen, aber ich weiß verdammt viel über Texas.

Die Mischung aus Patriotismus, Chauvinismus und Liebe zum eigenen Land brachte eine Lebensart hervor, für die die Texaner sich einsetzten, obwohl sich daraus ständig Widersprüchlichkeiten ergaben. Die Frauen verpraßten enorme Summen, um besser gekleidet zu sein als die in Boston oder Philadelphia, während die Männer die wenig elegante, aber bequeme Kleidung des Grenzlandes vorzogen. Sam Houston – Abgeordneter, Gouverneur, Senator, Präsident – Sam Houston war das Vorbild: Stiefel, dunkle Hosen, wie man sie in Mexiko trug, ein buntes besticktes Hemd, eine an Napoleon erinnernde Jacke, ein enormer Schlapphut und dazu noch ein gewaltiges Serape, wie man diese Umhänge nannte.

Heutzutage geben die Superreichen Massenpartys, bei denen ein ganzer Stier auf dem Rost gebraten wird, aber wenn in den frühen Tagen einsame Wanderer die Wildnis durchstreiften, wußten sie, daß sie an der Tür der armseligsten Hütte anklopfen konnten, und man würde ihnen Brot und vielleicht sogar etwas Käse anbieten. Titel und Privilegien bedeuteten wenig, Mut und Kameradschaft alles.

Mit den schönen Künsten hatte der neue Staat wenig im Sinn. Die Texaner waren ganz damit beschäftigt, ihre Grenze zu sichern, und hatten daher wenig Zeit für Kultur. Besonders aus ihrer Weigerung, das

Erziehungswesen zu fördern – wie das Massachusetts und Ohio taten –, ergab sich ein Mangel an frischen intellektuellen Ideen.

Das Ergebnis war, daß gegen Ende des neunzehnten und zu Beginn des zwanzigsten Jahrhunderts, zu einer Zeit, da eine eigenständige texanische Kultur zum Vorschein hätte kommen sollen (wie dies im übrigen Amerika geschah), es sowohl an den Fähigkeiten dazu wie auch am Verlangen danach fehlte, so daß eine beachtenswerte texanische Kultur, bestehend aus Liedern, Gemälden, Theaterstücken, Opern, epischer und lyrischer Literatur einfach nicht zustande kam.

Den Bürgern der texanischen Republik fiel es nicht schwer, ihre Loyalität auf die Vereinigten Staaten zu übertragen – was niemanden überraschen konnte, denn die Mehrzahl dieser Menschen hatte schließlich länger in Staaten wie Tennessee oder Alabama gelebt als in Texas. Doch die Texaner vergaßen nie, daß sie einst eine eigene Nation gewesen waren, und erstaunlich viele lebten in der Überzeugung, daß sie, wenn es einmal mit den Vereinigten Staaten nicht klappen sollte, wieder abfallen und zu ihrer eigenen Nationalität zurückkehren könnten. In diesem Zusammenhang ist auf eine Schwäche der Texaner hinzuweisen, über die wir uns erst jetzt im klaren sind: Auch heute noch blicken sie auf die Zeit von 1836 bis 1845, als ihre Vorfahren nationale Eigenständigkeit besaßen, als die ›gute alte Zeit‹ zurück. Als Amerikaner glauben sie, die Elite unter den Nationen zu sein, als Texaner wissen sie, daß sie die Elite unter den Amerikanern sind.«

VIII.
DER RANGER

Es war ein Zwischenspiel, eine tragikomische Unterbrechung, die nur wenige Texaner guthießen, die sie später jedoch als Wendepunkt in ihrer Geschichte akzeptierten. Zu einer Zeit, da der neugeschaffene Bundesstaat seine Aufmerksamkeit der Erstellung eines Regierungsprogramms hätte schenken sollen, fand er sich in den Mexikanischen Krieg, 1846 beginnend, zwei Jahre später endend, verstrickt – in militärischer Hinsicht von untergeordneter, in diplomatischer jedoch von großer Bedeutung.

Texas selbst war davon nur geringfügig betroffen; zwei Schlachten und ein katastrophales Kavalleriegefecht wurden auf seinem Boden ausgetragen, und seine Männer marschierten in ein fremdes Land ein, wo sie sowohl durch ihren Mut als auch durch ihren Mangel an Disziplin auffielen. Bemerkenswert waren die Tatsache, daß Soldaten aus den anderen achtundzwanzig Staaten – Iowa wurde 1846 der neunundzwanzigste – in Texas dienten, und der Umstand, daß die einflußreichen Zeitungen Reporter, Zeichner und einen Mann namens Harry Saxon an die Front schickten, der eine noch nie dagewesene Ausrüstung mitbrachte, um über Texas und den Krieg zu berichten. Ihre Geschichten und Bilder gingen um die Welt und schufen die texanische Legende.

Die amerikanische Armee stand nicht zufällig in Texas. Die Beziehungen zwischen Mexico und den Vereinigten Staaten hatten sich ständig verschlechtert, und der neue Präsident, Polk, eine treibende Kraft bei der Einbringung Texas' in die Union, war auch zur Annexion New Mexicos und Oberkaliforniens entschlossen, um so die kontinentale Ausdehnung der Vereinigten Staaten abzurunden; da Mexiko an der Entwicklung dieser Gebiete wenig Interesse zeigte, nahm er an, die Mexikaner würden bereit sein, sie für einen angemessenen Preis zu verkaufen. Dabei übersah er nicht, daß der plötzliche Erwerb einer so großen Bodenfläche die amerikanische Regierung zwingen würde, ein für allemal zu entscheiden, ob die neu hinzukommenden Staaten die Sklavenhaltung erlauben oder verbieten sollten, und daß diese Frage latenten Antipathien zwischen dem Süden und dem Norden neuen Auftrieb geben würde. Er hielt es jedoch für möglich, diese Entscheidung hinauszuzögern.

Feindseligkeiten bestanden schon, bevor Polk 1845 sein Amt angetreten hatte. Der Kongreß der Vereinigten Staaten billigte die Annexion; Mexiko fühlte sich beleidigt und brach die diplomatischen Beziehungen mit Washington ab. Der neue Präsident entschloß sich zu zwei gewagten Schachzügen. Zunächst entsandte er ein Armeekorps nach Corpus Christi am nördlichen Rand des Nueces Strip und wies seinen Befehlshaber an, zuzuschlagen, wenn die Umstände es erforderten. Als nächstes schickte er einen persönlichen Emissär nach Mexiko, John Slidell, mit dem Angebot, New Mexico für fünf Millionen, Kalifornien für fünfundzwanzig Millionen zu kaufen und bis zu vierzig Millionen Dollar für ein noch vollständigeres Paket zu zahlen. Als die Mexikaner Slidell eine Abfuhr erteilten, begriff Polk, daß die zwei Nationen auf einen Krieg zusteuerten. Er begann sich auf eventuelle Kampfhandlungen vorzubereiten.

Den Oberbefehl über die Truppen bei Corpus Christi führte ein General, der bekannt war für seinen Mut, seine Zähigkeit und seine Bildungslücken. Man hatte ihn mit dem Auftrag nach Texas geschickt, die amerikanische Grenze zu schützen, jedoch nicht in Mexiko einzumarschieren, solange der Feind keine Aktionen setzte. Zachary Taylor war die fast optimale Wahl für diese Aufgabe. Seine Grenzlandmanieren machten ihn den Texanern sympathisch, und mit seiner nüchternen Einstellung war er ein wirkungsvoller Gegner der pompösen Mexikaner. Im Moment allerdings stand er vor einem schwierigen Problem: Wo verlief eigentlich die texanische Grenze, die er schützen sollte?

Weder Spanien noch Mexiko hatten sich je um einen genauen Verlauf der Grenze zwischen Tejas und den benachbarten Provinzen im Süden gekümmert. Man war davon ausgegangen, daß diese bedeutungslose Grenzlinie entlang des Medina und des Nueces verlief. Als Tejas nun 1836 abfiel, glaubte man in Mexiko ganz ehrlich, daß diese Flüsse immer noch die Grenze zwischen dem neuen Texas und dem alten Coahuila y Tamaulipas markierten und daß der berüchtigte Nueces Strip mexikanisches Gebiet sei. Die Republik Texas jedoch – und jetzt die Vereinigten Staaten – hatte stets darauf bestanden, daß die Grenze weiter südlich, am Rio Grande, lag. Eindeutige Beweise für ihre Position konnte keine Seite erbringen. Jetzt, im Jahre 1845, war der Nueces Strip ein Zankapfel wie eh und je.

Der Ort der Truppenkonzentration war nicht von ungefähr gewählt worden. Das Dorf Corpus Christi mit seinen zweihundert Einwohnern lag an der Einmündung des Nueces River in den Golf von Mexiko und somit am nordöstlichsten Rand des Nueces Strip. Hier stand die Armee – Soldaten aus allen Teilen der Union – in Bereitschaft, einen Sprung in das eigentliche Mexiko zu tun, sobald dies nötig erschien.

Nachdem Präsident Polk von John Slidells Mißerfolg erfahren hatte, schienen ihm die Beziehungen zwischen den beiden Staaten einen solchen Tiefstand erreicht zu haben, daß er es für angebracht hielt, General Taylor und sein Heer näher an Mexiko heranzuführen. Taylor überquerte den Nueces Strip und bezog Stellung nahe der Mündung des Rio Grande. Er tat dies, obwohl er wußte, daß eine solche Invasion des von Mexiko beanspruchten Territoriums Folgen haben mußte. Aber sowohl der General als auch sein Präsident hofften auf Krieg.

Südlich des Rio Grande lebte ein Mexikaner, der schon seit gut zwölf Jahren einen solchen Krieg herbeisehnte, jetzt aber, da er jeden Augenblick ausbrechen konnte, von zwiespältigen Gefühlen bewegt war. Denn der nunmehr vierzigjährige Garza hatte sich verliebt.

Als sich deutlich abzeichnete, daß Mexiko, um seine Ehre zu wahren, jedem Eindringling der Yankees in den Nueces Strip – ein unwiderrufliches mexikanisches Territorium – entgegentreten mußte, war Garza nach Norden geritten, um General Mariano Arista Beistand zu leisten. Jetzt diente er Arista als Kundschafter, der das umstrittene Gebiet gut kannte.

Er begleitete den General nach Matamoros, wo der Rio Grande in den Golf einmündet, und lernte dort einen dem Kommando zugeteilten Lieferanten von Trockenfleisch kennen, einen gewissen José López. Dieser López hatte eine attraktive Tochter mit einem Namen, wie er von religiösen spanischen Müttern sehr geschätzt wurde: María de la Luz – Maria vom heiligen Licht –, nach alter Tradition zu »Lucha« gekürzt. Lucha López war neunzehn, als Garza sie kennenlernte, eine schlanke, hübsche junge Frau. Ihre Schönheit war insofern ungewöhnlich, als ihre Gesichtszüge keineswegs perfekt oder regelmäßig waren; sie waren vielmehr ziemlich derb, und ihre hochangesetzten Backenknochen wiesen auf indianisches Blut hin. Ihr Haar, das sie in einem langen Zopf trug, war pechschwarz.

Garza sah sie zum erstenmal, als sie ihrem Vater, der mit General

Arista über den Preis seines Dörrfleisches verhandelte, in einem Korb Essen brachte. Benito fiel auf, daß ein Schatten von Schwermut um ihre Augen lag. »Warum ist Ihre Tochter so traurig?« fragte er den Vater; der antwortete: »Der Mann, den sie heiraten wollte, wurde jenseits des Flusses, wo er seine Rinder hütete, getötet.«

»Wer hat ihn getötet?« erkundigte sich Benito.

»Tejas Rangers.« Er sprach das verhaßte Wort *Rinches* aus, wie es am Fluß üblich war.

»Auf seinem eigenen Land also!«

»Jetzt werden sie auch bald hier in Matamoros auf uns schießen.«

In den langen Jahren im Sattel hatte Benito viele hübsche Mädchen gesehen und einigen auch nebenbei den Hof gemacht, aber seine Lebensweise hatte ihn daran gehindert, ernsthaft an eine Heirat zu denken. Und so schreckte er anfangs auch vor dieser jungen Frau zurück, denn er wußte, daß Kriege und Revolutionen es ihm unmöglich machen würden, ihr ein guter Ehemann zu sein.

Aber Lucha López war ein Mädchen, das man nicht so leicht aus seinen Gedanken verbannen konnte, und in den sechs Wochen, die es noch dauerte, bis der offene Krieg begann, warb er um sie; anfangs nur halbherzig, dann mit zunehmendem Ungestüm.

Ihre Beziehung war alles andere als gewöhnlich: Wenn es ihnen gelang, Luchas Dueña zu entkommen, sprachen sie oft über militärische Fragen. »Ist es wahr«, fragte sie ihn einmal, »daß General Taylor das Kommando über zehntausend Mann hat?«

»Ich war drüben, um das festzustellen, und ich bezweifle, daß es zehntausend sind. Aber es sind viele, sehr viele...«

»Dann ist ein Krieg also unvermeidlich?«

»Ja.«

»Wird der Krieg auch Matamoros erfassen?«

»Ich wüßte nicht, wie Matamoros verschont bleiben könnte.«

»Können wir gewinnen?«

»Wäre Santa Ana hier, statt in Cuba herumzusitzen«, sagte er vorsichtig, »dann hätten wir eine große Chance, Tejas zurückzugewinnen.«

»Ist Santa Ana denn ein so guter General?«

»Er versteht es meisterhaft, einen Pöbelhaufen in ein schlagkräftiges Heer zu verwandeln. Wenn er jetzt hier wäre...«

»Vater hält große Stücke auf General Arista.«

»Das tue ich auch. Er wird sich bewähren, aber...«
»Aber er ist nicht Santa Ana?«
»Es gibt nur einen Santa Ana auf der Welt.«
»Wirst du gegen die Norteamericanos kämpfen?«
»Bis zum Tod.«
Sie küßte ihn leidenschaftlich. »Ich teile deine Gefühle, Benito. Der Druck, den sie auf uns ausüben, ist unerträglich. Wir werden nie mit ihnen zusammenleben können. Niemals!«
»Wie ist dein Bräutigam gestorben?«
»Sie überfielen ihn und nahmen ihm sein Vieh weg. Er hatte es im April hinübergebracht, wie jedes Jahr. Im Juli haben sie ihn dann gehängt. Sie haben ihm keine Fragen gestellt. Er war Mexicano, das reichte, um ihn zu hängen.«
Der Haß in ihrer Stimme war ein Echo des seinen. »Dieser große Kampf, Benito... Ich möchte ihn mit dir erleben. Heirat, eine Familie, friedlich im Garten sitzen – das ist nichts für uns...«
Er legte ihr einen Finger auf die Lippen. »Aber wir müssen heiraten, Lucha. Eine anständige Frau wie du...«
»Ich bin keine ›anständige Frau‹«, konterte Lucha bitter. »Ich bin eine Frau des neuen Mexiko, eines Mexiko, das frei sein wird.«
»Und ich bin ein Mann des neuen Mexiko, eines Mexiko, das darauf bestehen wird, von allen Nationen dieser Erde respektiert zu werden. Wir heiraten, oder unsere Wege trennen sich!«
Luchas Eltern, angesehene Bürger Matamoros mit einem eigenen Haus und einem schönen Stück Land, auf dem López Rinder züchtete, wollten von dieser Verbindung nichts wissen: »Er ist vierzig«, gab López zu bedenken, »er könnte dein Vater sein.« Und Señora López fügte hinzu: »Er ist ein Bandit, ein mutiger Bandit, das gebe ich zu, aber eben ein Bandit. Was kannst du von so einem schon erwarten?«
»Was könnt ihr schon erwarten, wenn die Rinches über den Rio Grande kommen?« gab sie zurück.
Als ihre Eltern erkannten, daß Lucha sich nicht davon abbringen lassen würde, Garza zu begleiten, ob verheiratet oder nicht, drängten sie auf eine sofortige Eheschließung – wenn auch nicht unbedingt mit Garza.
Für die Sackgasse, in die die vier Mexikaner geraten waren, fand sich ein kurioser Ausweg. Zu der Gruppe patriotischer Mexikaner, die bereit

waren, die größten Opfer für ihr Land zu bringen, zählte auch ein in Spanien geborener Priester, den alle nur Vater Jesús nannten. Schon seit Jahren kämpfte dieser hagere, zu allem entschlossene Mann mit unglaublichem Mut für die neue Freiheit. Als er von den Konflikten innerhalb der Familie López erfuhr, schlug er eine einfache Lösung vor: »Sie haben völlig recht, Señor López, wenn Sie Ihre Tochter mit einem zuverlässigen Mann verheiratet sehen wollen. Aber sie ist wie ich ein Kind der Revolution, die über ganz Mexiko hinwegfegen muß. Es ziemt sich für sie, Benito Garza zu heiraten, denn er ist der neue Mexikaner und ein rechtschaffener Mann. Nie werden die beiden ein Heim haben wie Sie, einen Garten und sechs Kinder. Aber sie werden im Herzen des wahren Mexiko leben, wie ich es tue. Lassen Sie sie heiraten.«

López und seine Frau wollten auf diesen Rat nicht hören. Benito und Lucha befanden sich in einem Dilemma, denn nach altem spanischen Brauch war eine Frau bis zum Alter von fünfundzwanzig Jahren Mündel ihres Vaters und durfte ohne seine Einwilligung nicht heiraten; tat sie es doch, konnte die Ehe annulliert und sie selbst enterbt werden.

Als Vater Jesús von der starren Haltung der Eltern erfuhr, nahm er die Sache in die Hand. »Kommt mit mir auf den Sammelplatz«, forderte er Benito und Lucha auf, und dort traute er sie.

Die Zeremonie war eben zu Ende gegangen, als ein Bote über den Rio Grande gesprengt kam: »Nordamerikanische Soldaten! Keine zwanzig Kilometer vom Fluß!« Diese Neuigkeit veranlaßte den frischgebackenen Ehemann, seiner Frau einen Abschiedskuß auf den Mund zu drücken und sofort zu General Aristas Hauptquartier zu reiten, wo sich bereits ein Trupp erfahrener Kämpfer versammelt hatte. »Lassen Sie mich als Kundschafter mitreiten«, bat Garza. Man nahm das Angebot gerne an.

»Wir müssen sehr leise und vorsichtig sein«, warnte er die reguläre Kavallerie, während sie den Fluß überquerten. »Wenn die Norteamericanos tatsächlich, wie es heißt, Rinches als Kundschafter einsetzen... Die werden sehr wachsam sein.«

Die Amerikaner, lärmende dreiundsechzig Mann an der Zahl, hatten keine »Rinches« als Kundschafter, und obwohl sie von zwei tüchtigen Hauptleuten angeführt wurden – einer von ihnen ein West-Point-Mann –, waren sie alles andere als vorsichtig: die Soldaten sprachen laut miteinander, und ihre großen Pferde wirbelten Staubwolken auf.

Ungläubig beobachtete Garza, der der mexikanischen Abteilung lautlos vorangeritten war, die sich nähernden Norteamericanos. »Was glauben die, wo sie sind? Wieso schicken sie keine Kundschafter aus? Du lieber Himmel, sie haben gar keine Rinches, überhaupt keine Rinches!«

Auf einem Umweg kehrte Garza zur mexikanischen Armee zurück und half dem Kommandanten, die nichtsahnenden Norteamericanos, die jetzt keine drei Kilometer mehr vom Fluß entfernt waren, in eine Falle zu locken. An verschiedenen Stellen postierte er Berittene, während der Kommandant seine gefürchteten Lanzenreiter in Reserve hielt; in dieser Aufstellung erwarteten seine Männer die Ankunft des so ungeschickt agierenden Feindes.

Zusammen mit zehn der besten Freiwilligen bewegte Garza sich jetzt ein gutes Stück vor den sich versteckt haltenden Mexikanern absichtlich so, daß die Norteamericanos sie entdecken mußten. Als dies tatsächlich geschah, gab es eine Schießerei und wildes Herumgaloppieren, aber Benito und seine Männer wußten, wie sie diesem ersten Angriff begegnen mußten. Geschickt ritten sie mal da-, mal dorthin, verwirrten die Norteamericanos und führten sie in die gut gestellte Falle.

Der Kampf war kurz und hart. Schon hatten die Amerikaner Garza, der vor ihnen zu fliehen schien, fast eingeholt, da gab der Mexikaner ein Signal, und General Aristas Lanzenreiter traten in Aktion. Bevor die dahinpreschenden Dragoner aus Pennsylvania, Ohio und Missouri wußten, wie ihnen geschah, waren sie eingekreist und gefangengenommen, alle dreiundsechzig.

Die Sieger ließen einen Leichtverwundeten frei, um General Taylor von der demütigenden Niederlage in Kenntnis zu setzen. Daß sich seine Männer im Feld so unfähig gezeigt hatten, empörte ihn, aber er fühlte Genugtuung darüber, daß mexikanische Truppen nun über den Rio Grande gekommen waren und amerikanische Soldaten getötet hatten. Endlich konnte er Präsident Polk die Botschaft übermitteln, auf die alle, die den Krieg wollten, so sehnlich gewartet hatten: »Mexikanische Truppen sind heute auf amerikanisches Gebiet vorgedrungen und haben amerikanische Soldaten getötet. Hiermit können die Feindseligkeiten als eröffnet angesehen werden.« Der Krieg mit Mexiko hatte begonnen.

Taylors Armee hatte drei Schwächen, und jetzt wurde er sich ihrer schmerzlich bewußt: Die Pferde waren zwar groß und kräftig, aber nicht an so südliche Regionen wie den Strip gewöhnt, und er verfügte nur über wenige Späher, die auf diesem Terrain Erfahrung besaßen; vor allem aber waren seine Truppen ein völlig unerfahrener Haufen. Als ihm der Bundesstaat Texas das Angebot machte, erfahrene Rangers zur Verfügung zu stellen, geriet er in ein Dilemma: Als Vorgesetzter konnte er dem Gedanken, undisziplinierte Texaner in seinen geordneten Reihen zu haben, nicht viel abgewinnen, aber als General, der für die Sicherheit eines großen Truppenkörpers in einem fremden Land verantwortlich war, fand er das Angebot verlockend. Mit einigem Widerstreben gab er schließlich bekannt: »Wir brauchen verläßliche Kundschafter. Wir werden die Texaner nehmen.«

West-Point-Offiziere wie Oberstleutnant Cobb warnten vor den Gefahren. »Die Texaner sind bestimmt gute Reiter, aber das Wort, das Sie eben gebraucht haben, trifft garantiert nicht auf sie zu.«

»Welches Wort?« knurrte Taylor.

»*Verläßlich.*«

»Sie haben sich doch ihre Unabhängigkeit erkämpft, nicht wahr?«

»Das schon. Aber offen gesagt, ich glaube nicht, daß sie in die reguläre Armee passen.«

»Warum denn nicht? Wenn wir sie einschwören und erprobten Offizieren wie Ihnen, Cobb, unterstellen, werden sie sich bestimmt bestens bewähren.«

»Die Texaner halten sich immer noch für eine freie Nation, Sir. Sie feilschen mit uns sogar über die Bedingungen, zu denen sie uns ihre Leute zur Verfügung stellen wollen.«

»*Was* tun sie?«

»Nun, sie wünschen über die Bedingungen zu verhandeln.«

»Was zum Teufel soll das heißen?« donnerte Taylor. Cobb erklärte es ihm. »Es heißt, sie wären unter Umständen bereit, uns zwei volle Regimenter zu überlassen, aber nur zu ihren Bedingungen: variable Dienstzeiten, ihre eigene Besoldung...«

»Kommt nicht in Frage!«

»Dann müssen Sie ohne Texaner auskommen.«

»Sie meinen, daß die Leute nach drei Monaten vielleicht heimgehen könnten?«

»Darauf würden sie bestehen, denn so haben sie es immer schon gehalten. Sie sind Farmer. Sie wollen heim und sich um die Ernte kümmern. Wenn die eingebracht ist, kehren sie zur Armee zurück – wenn sie Lust dazu haben. Sie weigern sich auch, unsere Uniformen zu tragen oder unsere Pferde zu reiten oder mit unseren Gewehren zu schießen. Jeder Texaner ist überzeugt, daß er mehr vom Kämpfen versteht als ein Soldat aus New York, und er besteht darauf, auf seine Art zu kämpfen.«

Taylor wurde ungeduldig. »Glauben Sie, ich weiß nicht, daß wir Probleme mit ihnen haben werden? Aber wir nehmen die zwei Regimenter. Und da Sie so viel über sie zu wissen scheinen, Persifer, werden Sie mein Verbindungsoffizier sein.«

In einer solchen, nicht eben günstigen Situation schlossen sich dreißig Rangers von Captain Garners Kompanie M General Taylors regulärer Armee an. Ihr Eintreffen machte Persifer Cobb viel Kummer, den er sich in einem Brief an seinen jüngeren Bruder von der Seele schrieb.

»Rio Grande, 30. April
Lieber Bruder Somerset: General Taylor und seine Truppen haben im neuen Fort am Nordufer dieses Flusses gegenüber Matamoros Lager bezogen, und wir wären gut auf eine Begegnung mit den Mexikanern vorbereitet, hätte sich uns nicht vor kurzem ein Zivilaufgebot aus Texas angeschlossen, und abstoßendere, unbotmäßigere, um nicht zu sagen kriminellere Elemente sind mir kaum je vor Augen gekommen. Sie nennen sich Texas Rangers, obwohl man mir versichert hat, daß nicht mehr als zehn Prozent der Leute zuvor in dieser locker geführten Truppe gedient haben. Sie tragen keine Uniformen und keine Rangabzeichen, so daß wir von der regulären Armee einen Hauptmann nicht von einem Gemeinen unterscheiden können. Und von Disziplin haben sie keine Ahnung.
Ich wurde von General Taylor aufgefordert, die Kompanie M der Rangers unter meine Fittiche zu nehmen. Sie sollen mir als Kundschafter dienen, und es mag genügen, wenn ich Dir drei von ihnen näher beschreibe. Captain Garner – ein Captain, bitte sehr, der niemals Leutnant gewesen ist und auf geheimnisvolle Weise zum Captain befördert wurde – ist enorm groß und enorm mager, hat einen langen buschigen Schnurrbart und trägt stets einen fünfzehn Zentimeter breiten Gürtel. Wortkarg ist er und boshaft. Jeder Vorhaltung begegnet er mit grimmigem Schweigen; er läßt sich von niemandem etwas befehlen.

Sein Adjutant – vielleicht ein Leutnant, aber eben ohne Rangabzeichen, denn die Rangers machen sich nicht viel aus solchen Unterscheidungsmerkmalen –, ist ein schmächtiger junger Mann, wahrscheinlich nicht älter als zwanzig, obwohl er behauptet, sechsundzwanzig zu sein. Ich kenne ihn nur unter dem Namen Otto. Er ist eine kuriose Erscheinung: klein, wiegt nicht mehr als sechzig Kilo, sehnig, blond, mit leuchtend blauen Augen. Nie lächelt er, sieht einfach durch dich durch. Seine Kameraden halten ihn für den Besten von allen. Das Seltsamste an ihm ist ein Kleidungsstück, das man hier ›Duster‹ nennt, ein ganz leichter Mantel aus Leinen und Baumwolle, der vom Hals bis zu den Stiefelschäften reicht, drei Knöpfe hat und während eines langen Ritts den Staub abhalten soll. Ottos Duster ist weiß, und wenn der Junge hier im Lager herummarschiert, sieht er aus wie ein kleines Gespenst. Als ich ihn das erste Mal sah, sagte ich streng zu ihm: ›In diesem Lager tragen wir solche Kleidungsstücke nicht.‹ Seine Antwort: ›Ich schon.‹ Worauf er mich stehenließ und davonwatschelte.

Der dritte Ranger nennt sich Panther Komax wegen seiner Mütze aus Pantherfell, die er so trägt, daß ihm der Schwanz über das linke Ohr hängt. Wo er herkommt, weiß kein Mensch, am allerwenigsten er selbst. Sein Haar ist pechschwarz und sehr lang; er bindet es hinten mit einem Rehlederriemen zusammen. Er trägt einen Bart, der fast sein ganzes Gesicht bedeckt, hat dichte, bedrohlich wirkende Augenbrauen, auf seinen Handrücken sprießen lange schwarze Haare. Er ist über einen Meter achtzig groß und hat den gemeinsten Blick, den man sich vorstellen kann. Es paßt zu ihm, daß er sich Panther nennt, denn er ist wirklich ein Tier. Er ist mit einem schweren Gewehr bewaffnet und besitzt ein Messer mit einer dreißig Zentimeter langen Klinge. Ein Mann, der einen in Furcht und Schrecken versetzt! Ich fragte ihn, warum er mit uns nach Mexiko wollte, und er antwortete: ›Es gibt da unten ein paar Leute, mit denen ich noch ein Hühnchen zu rupfen habe.‹

Das also sind die Männer, Rohlinge ohne jede Ausbildung, die meine Kundschafter sein sollen! Ich habe nicht die geringste Aussicht, sie an Disziplin zu gewöhnen oder sie zu ordentlichen Mitgliedern der Armee zu machen. Es wäre gelogen, wenn ich behaupten würde, daß mir die Aussicht, mit diesem Pack in Mexiko einzumar-

schieren, Freude bereitet. Gerade als ich diesen Brief begann, kamen die drei Rangers aus einiger Entfernung auf mich zu: links der schlaksige Captain Garner, rechts der große, stämmige Panther Komax, und in der Mitte, einen Kopf kleiner als seine Kameraden, der kleine Otto in dem langen Staubmantel. Als ich sie mir so ansah, dachte ich: Gott helfe dem Offizier, der versucht, diesen Burschen etwas zu befehlen! Und zweimal helfe er den Mexikanern, die sie treffen! Denn mein Adjutant hat mir etwas Interessantes erzählt: ›Dieser Junge, dieser Otto – Mexikaner haben seinen Vater und seinen Onkel getötet, und die Komantschen seine Mutter und seine Tante. Der fürchtet nichts auf der Welt.‹
Ich bin nicht glücklich in Texas. Es wird eine Erleichterung für mich sein, wenn wir endlich in Mexiko einmarschieren.

Dein Bruder Persifer«

General Taylor hatte für seine Truppen eine Gefechtsformation entwickelt, an der vor allem die schweren Geschütze beteiligt waren. Am 8. Mai 1846 errang er bei Palo Alto und am Tag darauf bei Resaca de la Palma triumphale Siege, die die Mexikaner zu einem überstürzten Rückzug über den Rio Grande zwangen. Persifer Cobb, der im Heeresbericht wegen seiner Tapferkeit lobend erwähnt wurde, rechnete den Verdienst an seinem Erfolg hauptsächlich den verrufenen Texanern an:

»Es kann keine größere Seligkeit geben, Somerset, als den Pulverdampf der Schlacht auf einem hart erkämpften Feld einzuatmen. In dem Versuch, unsere Verbindungslinien zu durchschneiden, führte General Arista seine Truppen tief in den Nueces Strip hinein, wo wir ihm aber in einer zwei Tage dauernden Schlacht, an der Tausende teilnahmen, eine Lektion erteilten. Die Mexikaner kämpften mit einem Mut, den wir nicht erwartet hatten, aber was mich wirklich überraschte, war das Können meiner Texaner. Ich glaube, es gibt auf der ganzen Welt keine Truppe, die im vollen Galopp so konzentriertes Feuer abgeben kann.
Auf dem Höhepunkt der gestrigen Schlacht ritt dieser Otto an meiner Seite. Er ging mit seinen verschiedenen Waffen so geschickt um, daß ich ihn darauf ansprach, nachdem wir die mexikanische Kavallerie in die Flucht geschlagen hatten. Sein Familienname ist

Macnab, und das bedeutet, daß er guter Herkunft ist, was ja immerhin zählt. Er zog mit zwei Büchsen, zwei Pistolen, zwei Messern und zwei Colts in die Schlacht. In der Zeit, in der dieser Bursche mit seinen zwei Colts zehnmal feuerte, schaffte ich es mit meiner altmodischen Pistole gerade einmal, dann lud er, ohne abzusteigen, neu und konnte weitere zehn Schüsse abgeben. Wenn Du zwanzig solcher Männer an Deiner Seite hast, kannst Du jeden mexikanischen Angriff zurückschlagen.
Postscriptum: Macnab, der kleine Killer, kam eben mit einer erstaunlichen Bitte zu mir. Er möchte vorübergehend aus der Armee entlassen werden, und was meinst Du wohl, weshalb? Um zu heiraten. Jawohl, er vertraute mir schüchtern an, daß er seine Zukünftige schon seit Jahren kennt, ein nettes deutsches Mädchen soll sie sein. ›Wann hat sie deinen Antrag angenommen?‹ fragte ich ihn. Seine Antwort lautete: ›Ich habe noch nicht mit ihr gesprochen.‹ Ich fragte, ob es nicht ein wenig riskant wäre, so weit zu reiten und dann um eine Dame zu werben, ohne zu wissen, wie die Werbung ausgehen würde, da überraschte er mich mit der Mitteilung: ›Ich meine, wir haben noch kein Wort miteinander gewechselt.‹ Ich fragte: ›Noch kein Wort? Woher willst du denn dann wissen, daß sie ja sagen wird?‹ Er antwortete: ›Ich weiß es.‹ Aber er wollte mir nicht verraten, woher er das wußte. Seltsam, Somerset, aber er geht mir schon jetzt ab, denn ich habe erkannt, daß er ein Mann ist, den ich im Kampf gern an meiner Seite habe.«

Als die Allerkamps eines Nachmittags von einem Besuch in Fredericksburg zurückkamen, berichtete ihnen ihr Sohn Emil etwas Interessantes: »Man hat mir erzählt, daß einer dieser Ranger, die mit General Taylor hinter den Mexikanern herjagen, Urlaub genommen und sich bei den Nimitzens einquartiert hat.«

»Wie heißt er denn?« fragte Vater Ludwig. Emil antwortete: »Macnab.« Zufällig warf Frau Allerkamp in diesem Moment einen Blick auf ihre Tochter und sah, wie Franziska bis an die Haarwurzeln errötete.

Auch Ludwig fiel die Verlegenheit des Mädchens auf, und in strengem Ton fragte er: »Was ist los, Franza?«

Steif dasitzend, nervös mit ihren Haaren spielend, sagte Franziska leise: »Er ist gekommen, um mich zu heiraten.«

Diese Antwort hatte einen allgemeinen Aufruhr zur Folge. »Du hast den Mann doch noch nicht einmal kennengelernt! Woher willst du denn wissen, weshalb er gekommen ist? Hat man so was schon gehört?«

»Er ist gekommen, um mich zu heiraten, und ich werde ihn heiraten.«

»Du hast doch noch nie ein Wort mit ihm gewechselt. Außerdem, ist er nicht Katholik?«

»Ja, das ist er«, warf Ernst ein. »Aber ich glaube, er hat sich nur taufen lassen, um Land zu bekommen.«

Jetzt meldete sich Emil zu Wort: »Ich habe gehört, daß jemand Anspruch auf das Land westlich von uns angemeldet hat.«

»Meinst du, es könnte dieser Macnab gewesen sein?«

Wieder unterbrach Emil: »Es wäre schon gut, einen Mann wie ihn an unserer Grenze zu den Komantschen zu haben. Er weiß, wie man mit ihnen umgehen muß.«

Dieses Gerede irritierte Ludwig so sehr, daß er aufstand, aus der Küche stapfte, sein Pferd sattelte und in die Stadt ritt.

Auf der breiten, staubigen Hauptstraße von Fredericksburg angekommen, verhielt er sein Pferd vor dem Nimitzschen Logierhaus.

»Ist bei Ihnen ein gewisser Macnab abgestiegen?« fragte er, ging, ohne eine Erlaubnis abzuwarten, den Gang hinunter, stieß eine Tür auf und stand vor Otto Macnab.

»Sind Sie gekommen, um meine Tochter zu heiraten?«

Otto hatte nicht vorgehabt, seinen Antrag so abrupt zur Sprache zu bringen; er hielt sich seit drei Tagen in der Gegend auf, hatte in dieser Zeit sein neuerworbenes Land erforscht, zu seiner Zufriedenheit festgestellt, daß es an Allerkamps Felder angrenzte, und zu seiner Erleichterung erfahren, daß Franziska noch nicht verheiratet war. Daraufhin hatte er beschlossen, Ernst wissen zu lassen, daß er bei Nimitz abgestiegen war, und ein oder zwei Tage später Franziska zu fragen. Mit den Eltern zu sprechen, hätte bis zur Woche darauf Zeit gehabt – aber hier stand nun der Vater, Ottos Zeitplan weit voraus.

»Wollen Sie nicht Platz nehmen, Sir?«

»Ja, das will ich«, versetzte Ludwig grimmig. »Und jetzt sagen Sie mir, wie haben Sie meine Tochter eigentlich kennengelernt?«

»Ich habe sie doch gesehen, zweimal, als ich Ernst abholen kam.«

»Welche Geheimnisse habt ihr miteinander?«

»Gar keine. Wir haben nie miteinander gesprochen.«

»Und nur vom Ansehen...«

»Ja, vom Ansehen, und von dem, was Ernst mir erzählt hat.«

»Sie sind doch Katholik?« fragte Ludwig.

»Das mußte ich werden«, gab Otto mit fester Stimme zurück. »Sonst hätte mein Vater kein Land für uns bekommen.«

»Als Ire waren Sie doch schon immer Katholik.«

»Ich bin kein Ire.«

Allerkamp war überrascht. »Was sind Sie denn?«

»Mein Vater war Schotte, meine Mutter Deutsche.«

Ludwig musterte den jungen Mann, der ihm gegenübersaß, und fragte leise: »Was haben Sie da eben gesagt?«

»Meine Mutter war Deutsche. Aus Baltimore.«

Allerkamp stieß einen Freudenschrei aus, sprang auf und umarmte seinen zukünftigen Schwiegersohn: »Du bist Deutscher! Wie schön!«

Otto, dem seine deutsche Abstammung bisher noch nie als Vorteil erschienen war, bekam gar keine Gelegenheit sich zu wundern, denn Allerkamp packte ihn an den Schultern, umarmte ihn ein zweites Mal und rief: »Komm! Wir müssen es ihr gleich sagen!« Er zerrte Otto aus dem Logierhaus, offenbar in der Absicht, sofort die zehn Kilometer zur Farm hinauszureiten. »Es ist schon fast dunkel«, gab der junge Mann zu bedenken, aber Ludwig ließ diesen Einwand nicht gelten. »Sie hat schon so lange auf dich gewartet. Wir müssen es ihr gleich sagen. Wir haben vier gute Ehekandidaten für sie gefunden – fünf, wenn ich Quimper dazuzähle –, aber sie wollte keinen nehmen. Wir haben nie verstanden, warum sie alle abwies. Bis heute hat sie deinen Namen nie erwähnt – erst als Emil uns erzählte, daß du bei Nimitz abgestiegen bist.«

»Was hat sie denn gesagt?« wollte Otto wissen.

»Sie hat gesagt: ›Er ist gekommen, um mich zu heiraten.‹ Sie muß es die ganze Zeit gewußt haben.« Die zwei Männer ritten die holprige Straße entlang, die aus der Stadt führte, beide erfüllt von großer Freude: Allerkamp, weil seine Tochter einen zuverlässigen Deutschen als Ehemann gefunden hatte, und Macnab, weil ihm jetzt langsam bewußt wurde, daß seine seltsame Werbung tatsächlich Früchte getragen hatte.

»Da ist es«, sagte Allerkamp und deutete auf das Haus, das er und seine Söhne gebaut hatten. Er ritt in den Hof ein und rief: »Er ist da! Sagt Franza, daß er gekommen ist!«

Als die Männer die Küche betraten, fanden sie dort Thekla Allerkamp und ihre zwei Söhne sitzen. Franziska war nicht zu sehen, denn sie war schon früh schlafen gegangen, und Otto verspürte einen leichten Stich der Enttäuschung. Ludwig, der das fühlte, schrie: »Franza! Raus aus dem Bett! Er ist gekommen, um dich zu heiraten!«

Frau Allerkamp zog sich in eines der Schlafzimmer zurück, und Otto blieb verlegen mitten im Zimmer stehen. Er war schrecklich nervös. Plötzlich trat Thekla mit der verschlafenen Franziska ins helle Licht der Küche.

Eine kleine Weile standen die zwei jungen Menschen da und sahen einander verlegen an. Dann brüllte Ludwig in voller Lautstärke: »Er ist Deutscher!« Das Eis war gebrochen. Ludwig erläuterte die sensationelle Neuigkeit. »Er ist gar kein Ire! Er ist auch kein richtiger Katholik! Er ist ein guter Deutscher. Seine Mutter kam aus Deutschland.« Frau Allerkamp und ihre Söhne atmeten erleichtert auf. Um für Franziska endlich den längst überfälligen Ehemann zu finden, waren sie schon bereit gewesen, ihre rein deutsche Linie durch die Aufnahme eines Nicht-Deutschen, ja sogar eines Katholiken zu unterbrechen.

»Na, küß sie schon, du Dummkopf!« rief Ernst und gab seinem Rangerkameraden einen Schubs in die richtige Richtung.

»Du darfst sie küssen!« brüllte Ludwig.

Ein drittes Mal ließ Otto sich das nicht sagen.

Nach seinen glänzenden Siegen bei Palo Alto und Resaca de la Palma hätte General Taylor ohne weiteres über den Rio Grande setzen und die völlig demoralisierten Mexikaner bis zu einer Verteidigungsstellung wie etwa San Luis Potosí weit im Süden jagen können, aber er war ein überaus vorsichtiger Mann, für den es nicht in Frage kam, so weit auf feindliches Gebiet vorzustoßen, ohne seine Verbindungslinien abgesichert zu haben. Er vertrödelte die Monate Mai, Juni, Juli und den halben August, bevor er sich entschloß, die im nördlichen Mexiko gelegene Festungsstadt Monterrey anzugreifen. Als er endlich damit begann, hatte er keine klare Vorstellung, welche Route er einschlagen sollte.

In seiner Unsicherheit wies er Captain Garner an, mit sechzehn der Rangers und einer Dragonereinheit die lange südliche Route über Linares zu erforschen, während Späher der regulären Armee die direktere, aber möglicherweise gefährlichere Route entlang dem Rio Grande untersuchen sollten. Garner entschloß sich, seine besten Leute mitzunehmen: Panther Komax, der sich in den zwei vorangegangenen großen Schlachten als wahrer Schrecken erwiesen hatte, und Otto Macnab, der kurz zuvor aus Fredericksburg zurückgekehrt war.

Die Rangers ritten geradewegs nach Süden, um eine Route zu prüfen, die durch San Fernando führte; weil diese kleine Stadt einen möglichen Standpunkt für einen Vorstoß nach Linares im Westen darstellte, rechneten sie mit einem harten Kampf. Doch die als Kundschafter eingesetzten Rangers Macnab und Komax stellten fest, daß der Ort völlig ungeschützt war; die überraschten Amerikaner konnten ungehindert in die menschenleere Stadt einziehen.

Bei ihrem Angriff auf die nächste kleine Stadt, Granada, zeigten sich die Rangers von einer anderen Seite, wie die Angehörigen der regulären Truppen mit aschfahlen Gesichtern beobachten mußten. Der unbedeutende Ort lag im Westen, an der Straße nach Linares, und wurde von üblem Gesindel verteidigt, das als Nachhut der regulären mexikanischen Armee fungierte. Nachdem diese Truppen festgestellt hatten, daß die Norteamericanos ihnen an Zahl und Feuerkraft weit überlegen waren, hatten sie ein paar Schüsse abgegeben, sich zurückgezogen und es einer Handvoll Dorfjungen überlassen, die Siedlung zu verteidigen.

Diese beschossen die Eindringlinge von Hausdächern herunter und hatten das Pech, einen Ranger namens Corley zu töten, der zusammen mit seinem Freund Lucas unterwegs war. Als Lucas seinen Kameraden fallen sah, jagte er ins Dorf und feuerte auf alle und alles, was er sah – so besessen, daß die anderen Rangers, unter ihnen Komax und Macnab, ihn in Gefahr glaubten und ihm nachstürmten. Jetzt wurde wild drauflosgeknallt, und bald waren die Häuser von den Einschlägen der Kugeln übersät. Schon hatten Captain Garner und seine Männer den Hauptplatz der kleinen Stadt erreicht, wo das Töten ein ungeheuerliches Ausmaß annahm.

Oberstleutnant Cobb war über das brutale Vorgehen seiner Texaner in Granada so erschüttert, daß er sich alle Angehörigen der regulären Streitkräfte vornahm, die etwas von dem Gemetzel wußten. Nachdem er zu der Überzeugung gelangt war, daß alle Informationen stimmten, ging er zu General Taylor und forderte ihn auf, die Rangers aus der Armee zu entlassen und heimzuschicken.

»Das kann ich nicht machen«, gab Taylor rundweg zurück.

»Die werden durch das sinnlose Abschlachten von Mexikanern noch das ganze Land gegen uns aufbringen, Sir.«

»Dieses Risiko muß ich eingehen. Ich brauche sie als meine Augen und Ohren.«

»Sie wissen, daß die Rangers keine Gefangenen machen?«

»Das hat Santa Ana auch nicht getan.«

»Sollen wir uns auf Santa Anas Niveau hinunterbegeben?«

»Texaner sind eben anders als wir. Sie waren eine eigene Nation. Sie haben ihre eigenen Regeln. Aber erinnern Sie die Burschen mal daran, daß sie diesmal nicht gegen Santa Ana kämpfen.«

»Bei allem Respekt, Sir: Ich sehe eine Tragödie auf uns zukommen. Schicken Sie sie nach Hause! Jetzt gleich.«

General Taylor weigerte sich. Und schon einen Monat später war Cobb recht froh, die Texaner bei der Hand zu haben, denn als die Armee Monterrey erreicht hatte, begriffen alle, daß die Einnahme dieser bedeutenden Stadt mit ihren zahlreichen Befestigungswerken, Geschützstellungen, ihren verwinkelten Gäßchen und Durchgängen, die von bewaffneten Zivilisten gut verteidigt werden konnten, nicht leicht sein würde. Im Osten der Stadt war das Terrain relativ flach, aber durch eine große Zahl von Forts geschützt, jedes mit seiner eigenen schweren Artillerie, und im Westen, an der wichtigen Straße nach Saltillo, erhoben sich zwei Berge, nicht besonders hoch, aber doch hoch genug und mit Steilwänden, die zu erklettern ein Ding der Unmöglichkeit zu sein schien.

Der Berg an der Südseite der Straße hieß Federación und war von einer bemerkenswerten Geschützstellung gekrönt; der nach Norden gerichtete hieß Independencia, und auf seinem Gipfel befand sich ein massives, von dicken Mauern umgebenes, halb verfallenes Gebäude, das man »Bishop's Palace« – Bischofspalast – nannte. Wer Monterrey erobern wollte, mußte diese zwei Gipfel nehmen.

Die Texaner erhielten den Befehl, mit einem großen Kontingent der besten regulären Armeetruppen unter General Worth die beiden Berge zu erstürmen, während Taylor selbst sich der Stadt bemächtigen wollte. In der Nacht zum 19. September unternahmen die Texaner eine weite Kreisbewegung nach Norden, die sie zur Straße nach Saltillo hinunterführte. Schon am nächsten Tag besetzten sie diese wichtige Verbindung. Jetzt hatten sie nichts weiter zu tun, als angesichts des starken gegnerischen Feuers zwei Berge zu bezwingen und auf dem einen ein Fort und auf dem anderen eine gut verteidigte Ruine zu nehmen.

Am 22. September, einem regnerischen Montagmorgen, beschloß General Worth, den Angriff auf den Federación und das Fort zu wagen. Seine Männer verbrachten die ersten sechs Stunden damit, mühsam Positionen zu erreichen, von denen aus sie die letzten Hänge erstürmen konnten; gegen Mittag waren sie soweit. »Es geht los!« rief Captain Garner.

Die Texaner kletterten die Steilhänge hinauf, und immer wenn sie von gegnerischem Feuer festgehalten wurden, stürmten die regulären Truppen in ihrem Sektor voran.

»Schickt sie zur Hölle!« rief Garner, und die Rangers machten sich an die Arbeit.

Es grenzte ans Unglaubliche, wie sie den Hang erklommen und die Verteidiger ablenkten, so daß auch die regulären Truppen bald ihren Abschnitt einnahmen. Der kommandierende Offizier deutete auf das Fort, und wie eine Armee unbarmherziger Ameisen, die ein Paket Lebensmittel attackieren, stürmten die Soldaten den Gipfel des Berges, um das Fort im wahrsten Sinn des Wortes zu übermannen.

Um drei Uhr an diesem heißen, feuchten Nachmittag waren der Federación und seine Geschützstellungen in ihren Händen. Noch bevor sich die Texaner zu dem Erfolg beglückwünschen konnten, deutete Garner über die Schlucht, die sie vom Independencia trennte, nach Norden und sagte: »Morgen nehmen wir den!«

Ohne ausreichenden Proviant, ohne Zelte oder sonstigen Schutz vor dem immer nur für kurze Zeit aussetzenden warmen Regen, verbrachten die Rangers eine unruhige Nacht. Um drei Uhr hörte der Regen auf, und sie begannen ihren Angriff auf den Independencia. Seine Felshänge waren jedoch so steil und glatt, daß es völlig unmöglich schien, sie zu bezwingen. Aber immer wieder ertönte die Stimme von Garner, der Tritte und Griffe fand, wo es keine mehr gab: »Nur noch ein kleines Stück!«, und die Männer setzten ihre Anstrengungen fort.

Auf dem Gipfel wurde heftig gekämpft. Die regulären Truppen taten sich außerordentlich hervor, indem sie den Feind ständig zu »Bishop's Palace« zurücktrieben. Plötzlich sah Garner eine Chance, stieß einen wilden Schrei aus, sammelte seine Texaner und stürmte mit ihnen auf die Tore des »Palastes« los. Auf beiden Seiten wurde erbittert gekämpft, doch mit der ungeheuren Feuerkraft ihrer Colts gelang es den Rangers, die Mexikaner aus ihren Verteidigungsstellungen einfach hinauszuschießen.

Die schützenden Berge waren genommen, der Fall von Monterrey gesichert. Der Weg nach Saltillo lag offen, und die Entscheidungsschlacht im Norden wurde unvermeidlich. Denn in San Luis Potosí stellte ein Mexikaner, um vieles mächtiger und tüchtiger als General Arista, eine Armee auf – ein Heer, so gewaltig, daß es wohl imstande sein konnte, die Norteamericanos für immer aus Mexiko zu verjagen.

In Havanna hatte der verbannte Diktator Santa Ana, der mit seiner Hinrichtung rechnen mußte, wenn er nach Mexiko zurückkehrte, mit amerikanischen Vertretern heimlich Verhandlungen geführt, in denen mit aller Offenheit über die Invasion Mexikos gesprochen worden war. Der verschlagene General hatte seiner Meinung Ausdruck gegeben, ein tattriger alter Narr wie Zachary Taylor werde es nie bis Mexico City schaffen. »Ehrlich gesagt«, hatte Santa Ana seinen Zuhörern anvertraut, »er ist unfähig. Und sollten Sie versuchen, in Vera Cruz zu landen und sich den Weg ins zentrale Hochland zu erzwingen, wird ganz Mexiko gegen Sie aufstehen und Ihre Verbindungslinien kappen.«

Seine Argumente waren so überzeugend, daß Präsident Polk eine der außergewöhnlichsten diplomatischen Manöver der Geschichte einleitete. »Wir müssen diesem Santa Ana auf den Zahn fühlen«, erklärte er seinen Beratern, »um zu erfahren, wie weit wir ihm trauen können, und dann zu unserem Vorteil Gebrauch von ihm machen.«

»Riskant«, warnte ein hoher Offizier. »Er ist ein sehr schlauer Fuchs.«

»So schlau wie er sind wir schon lange«, meinte der Präsident.

Neue Unterhändler fuhren nach Havanna und sprachen mit Santa Ana, der ihnen einen schamlosen Vorschlag machte: »Es gibt nur einen sicheren Weg, um diesen Krieg zu beenden: Setzen Sie mich mit einer halben Million Dollar in Vera Cruz ab. Ich werde dann dort als Ihr Unterhändler auftreten und die ganze unselige Geschichte unter Bedingungen zu Ende führen, die für Sie günstig und für Mexiko akzeptabel sind.«

»Aber wird Mexiko Sie akzeptieren?«

»Die Bewohner von Vera Cruz verehren mich. Schließlich habe ich in dieser Stadt mein Bein verloren. In einer Woche habe ich alles unter Kontrolle.«

Bevor sie diesen Vorschlag annahmen, untersuchten ihn die amerikanischen Vertreter von allen Seiten, doch bei jeder ihrer Unterredungen mit dem redegewandten Santa Ana gelangten sie zu der Überzeugung, daß sie es mit einem edlen Patrioten zu tun hatten, der nichts anderes wollte, als einen lästigen Krieg zu Bedingungen zu beenden, die für beide Seiten annehmbar waren.

Eine denkwürdige Vereinbarung wurde getroffen: Santa Ana sollte eine enorme Summe in Gold und weitere Beträge nach Unterzeichnung eines Friedensvertrages erhalten; ein englisches Schiff sollte im Hafen von Havanna anlegen und ihm zur Verfügung gestellt werden. Commodore David Conner, der die Karibikflotte der Vereinigten Staaten befehligte, wurde vom Präsidenten angewiesen, dafür zu sorgen, daß Santa Ana sicher durch die amerikanische Blockade und in den Hafen von Santa Cruz gelangte.

Zu diesem Zeitpunkt erhielt Benito Garza seltsame Instruktionen, die ihm heimlich aus Cuba übermittelt wurden: »Begeben Sie sich unverzüglich nach Vera Cruz und bereiten Sie einen spektakulären Empfang für eine geheimzuhaltende Person vor.«

So ließ Benito denn alle anderen Verpflichtungen – einschließlich seiner oft unterbrochenen Flitterwochen – fallen, ritt über Nebenstraßen – um nicht auf amerikanische Patrouillen zu stoßen – nach Süden, erreichte Potosí und eilte weiter nach Vera Cruz, wo er heimlich einen Mob für eine jener Jubeldemonstrationen organisierte, wie sie in Mexiko an der Tagesordnung waren. Bei alldem hatte er nicht die leiseste Ahnung, was da eigentlich im Gange war.

Wie überrascht war er am Morgen des 16. August 1846, als der letzte der zur Rettung des Landes ausersehenen Helden nicht etwa aus irgendeiner Garnison, sondern mit dem kleinen Dampfer *Arab* im Hafen eintraf, eskortiert von nichts Geringerem als der amerikanischen Flotte!

Zu seiner großen Freude sah er General Santa Ana auf seinem schönsten Festtagsbein das Schiff verlassen. Garza mußte nicht erst aufgefordert werden, in Freudengeschrei auszubrechen, aber zu seinem Kummer stimmte sonst kaum einer in diesen Jubel ein. Der wiederauferstandene Diktator trat seine Herrschaft in nahezu völliger Stille an.

Bald wußte alle Welt, daß Antonio López de Santa Ana abermals Mexikos El Supremo mit einer doppelt so großen Machtfülle wie zuvor war, und es hieß, er werde persönlich das Oberkommando über alle Streitkräfte im Norden und im Süden übernehmen. Ob er aber nun kämpfen würde, wie manche sagten, oder das Land an die Norteamericanos verraten, wie andere prophezeiten, das wußte keiner.

Als Benito und einige dem General treu ergebene Leutnants an diesem Abend mit Santa Ana zusammentrafen, fragten sie ihn ohne Umschweife: »Was sind Ihre Pläne, Exzellenz?«

»Ich habe nur zwei: General Taylor bei Saltillo zu vernichten und General Scott zurück aufs Meer hinaus zu treiben, wenn er versuchen sollte, hier in Vera Cruz zu landen.«

Der Applaus verebbte; Garza fragte: »Wann marschieren wir nach Norden?« Sein Held erwiderte: »Wenn mich mein Land ruft. Und es wird mich rufen!«

Mit seiner überstürzten Entscheidung hatte Präsident Polk den einzigen Führer nach Mexiko bringen lassen, der eine Chance hatte, Amerikas grandiose Pläne zu zerschlagen, und noch dazu amerikanische Dollars zur Verfügung gestellt, die Santa Ana gut gebrauchen konnte, um seine Ziele zu erreichen.

Präsident Polk, ein Demokrat – und ein gerissener Demokrat – konnte nicht an der Tatsache vorbeigehen, daß General Taylor – ein Whig – in Würdigung seiner Siege von Palo Alto, Resaca und Monterrey eine Flut von Lobpreisungen in den Zeitungen einheimste. Polk sah voraus, daß Taylor seine Popularität als Militär einsetzen würde, um sich 1848 zum Präsidenten wählen zu lassen, und das mußte verhindert werden, denn Polk war der Meinung, daß der General einen jämmerlichen Präsidenten abgeben würde.

Polk traf eine sowohl politisch wie militärisch kluge Entscheidung. Er verbot Taylor, Monterrey zu verlassen, da zu befürchten stehe, der General könnte in dem riesigen Wüstengebiet zwischen Saltillo und San Luis Potosí eingeschlossen werden. Als Taylors Offiziere den Befehl erhielten, reagierten sie verärgert: »Damit hindert man uns daran, die geschlagenen Mexikaner nach Saltillo zu verfolgen und sie dort zu vernichten!«

In einem Brief an seinen Bruder ließ Persifer Cobb seiner Verbitterung freien Lauf:

> »Die einzig gute Nachricht, die ich für Dich habe, ist die, daß wir in unserer erzwungenen Untätigkeit zumindest schlau genug waren, alle Texaner heimzuschicken. Ja, sie sind fort, und ich bin endlich ein freier Mann, der nachts wieder gut schläft. Ein mexikanischer General, der in Monterrey kapitulierte, stellte uns folgende Bedingung: ›Ich muß bei meinem Abtransport aus der Stadt von einer starken Eskorte regulärer amerikanischer Armeeoffiziere begleitet werden, denn ich habe Angst, Ihren Texanern in die Hände zu fallen.‹ Ich ließ ihn von elf gutbewaffneten Offizieren abführen; sie hatten Befehl zu schießen, wenn die Texaner einen Angriff versuchen sollten.
> Gerüchten zufolge wird General Taylor den Befehl ignorieren und direkt nach Saltillo marschieren, um Santa Ana zum Angriff herauszufordern. Ich hoffe, er tut es auch, aber ich sprach heute mit seinem Adjutanten darüber, und der versetzte mir einen richtigen Schock, als er sagte: ›Wenn er sich dazu entschließt, wird er wieder Ihre Texaner brauchen. Er verachtet sie, aber er weiß, daß er nichts unternehmen kann, wenn er sie nicht als Kundschafter einsetzt.‹ Mein Gott! Am Ende kommen sie wieder zurück!«

Am 29. September 1846 wurde Otto Macnab in Monterrey aus dem Dienst entlassen und ritt mit Garner und Panther nach Laredo und weiter nach San Antonio, wo die anderen zwei ostwärts abbogen, um den direkten Weg nach Xavier County einzuschlagen. »Grüßt alle von mir«, verabschiedete sich Otto und setzte seinen Weg nach Norden fort, nach Fredericksburg, zu Franziska.

Die meisten dieser herrlichen Herbsttage verbrachte er damit, alle möglichen Verbesserungen an seinem Haus vorzunehmen. Noch besaßen er und Franziska kein richtiges Heim auf eigenem Grund, denn im Hinblick auf Ottos dienstliche Verpflichtungen als Ranger hatte man es für klüger gehalten, mit dem Bau eines Macnabschen Hauses auf Macnabschem Boden noch zu warten; doch nun fingen sie schon einmal an, Feldsteine und Kalksteinplatten zu sammeln, aus denen sie eines Tages ein richtiges Haus für sich bauen würden.

Wenn sie nun das Material, die Arbeitskräfte und den Willen hatten, sich ein Haus zu bauen, was hielt sie noch davon ab? Die Komantschen. Sobald die Indianer erfahren hatten, daß die Texaner in den Krieg mit Mexiko verwickelt waren, daß also die meisten weißen Männer südlich des Rio Grande kämpften, wagten sie sich näher an weiße Siedlungen heran, und große Angst vor neuen Massakern, Entführungen und Brandstiftungen breitete sich aus. »Es kommt gar nicht in Frage, daß unsere Tochter schutzlos auf einer Farm lebt, die vier oder fünf Kilometer von uns entfernt ist«, erklärte Ludwig seinem Schwiegersohn, als dieser anfangen wollte, sein eigenes Haus zu bauen. »Die Komantschen werden immer dreister.«

Die Deutschen hatten zusätzliche Gewehre gekauft und brachten Thekla und Franziska bei, die Waffen nachzuladen und damit zu schießen, und keiner der Allerkamps arbeitete je allein auf dem Feld. »Ernst ist da anders«, erzählte Franziska ihrem Mann eines Abends kurz nach seiner Rückkehr, als sie schon auf ihren Strohmatratzen lagen. »Wir wollten nicht, daß du dir Sorgen machst, aber er pflegt Umgang mit den Komantschen.«

»Was?« Otto richtete sich kerzengerade auf.

»Ja, er versteht jetzt auch ihre Sprache. Er spricht mit ihnen.«

»Weshalb denn?«

»Er will sie dazu überreden, einen dauerhaften Frieden mit uns Deutschen zu schließen. Er sagt ihnen, daß sie uns vertrauen können.«

»Du lieber Himmel! Weiß er denn nicht, was im Rathaus von San Antonio passiert ist? Weiß er denn nichts von dem Massaker?«

»Er erklärt ihnen, daß es nicht unsere Schuld war. Daß so etwas mit uns Deutschen nicht möglich wäre.«

»Und was war in Victoria? Die Komantschen sind unsere Feinde. Du hast meine Mutter nicht gesehen... meine Tante. Franza, es war schrecklich.«

»Ernst meint, es müßte nicht mehr so sein. Nicht mit uns Deutschen.«

»Ich werde mich mal mit ihm darüber unterhalten.« Ungeachtet ihrer Proteste und der späten Stunde marschierte er zu seinem Schwager Ernst hinüber und weckte ihn.

»Ich weiß alles von den Massakern, und ich weiß auch, wie teuer dir deine zwei Mexikanerinnen waren. Die Komantschen sind schrecklich, aber einmal muß Frieden sein.«

»Mit den Komantschen niemals!«

Erregt packte Ernst ihn am Arm. »Ich weiß, daß man mit jedem in Frieden leben kann. Wenn eure Schlachten dort unten geschlagen sind, werdet ihr dann nicht auch mit den Mexikanern Frieden schließen müssen? Selbstverständlich. Und wir müssen mit den Komantschen Frieden schließen.«

In seinem Versuch, die Indianer zu besänftigen, hatte Ernst kurz zuvor einen Gleichgesinnten gefunden. Gottfried Hans Freiherr von Meusebach, in einem deutschen Herzogtum geboren, hatte an verschiedenen deutschen Universitäten studiert, beherrschte fünf Sprachen und wollte Diplomat werden, wie sein Bruder, der nach Texas geschickt worden war, um die darniederliegenden deutschen Siedlungen im Gebiet nördlich von San Antonio wiederaufzurichten. Von den demokratischen Freiheiten in Amerika beeindruckt, hatte Gottfried Hans auf den Titel Freiherr verzichtet und seinen Namen zu John O. Meusebach amerikanisiert.

Bald nach seiner Ankunft hatte er den Besuch Ernst Allerkamps erhalten, der ihm versicherte: »Ich arbeite schon zwei Jahre mit den Komantschen zusammen. Ich kenne ihre Sprache. Sie haben mir gesagt: ›Friede ist möglich. Aber nur mit euch Deutschen.‹«

Meusebach hatte aufmerksam zugehört und weitere gemeinsame Gespräche vorgeschlagen. Bald hatten die beiden Männer festgestellt, daß sie in allen Punkten einer Meinung waren, und eine Erklärung veröffentlicht: »Wir halten einen dauerhaften Frieden mit den Komantschen für möglich.«

Hitzige Diskussionen waren entbrannt, wie Franziska Otto berichtete. »Ernst hat sich bereit erklärt, eine Abordnung zu den Komantschen zu leiten, wenn sich Leute finden, die tapfer genug sind, ihm zu folgen.«

»Und hat sich einer gemeldet?«

»Meusebach.«

Die Teilnehmer an der Meusebach-Expedition ins Herz der Comantschería hatten Mitte Januar 1847 ihre Ausrüstung zusammengetragen. Als Otto bewußt wurde, daß diese Männer sich tatsächlich auf feindliches Gebiet wagen wollten, wo sie große Gefahr liefen, einen gräßlichen Martertod zu erleiden, bestand er darauf, sie zu begleiten, aber Ernst lehnte ab: »Wir haben eine friedliche Mission vor.«

Verärgert überlegte Otto nun, ob er diese dickköpfigen Deutschen vielleicht beschützen sollte, indem er zusammen mit ein paar Männern seines Schlags heimlich hinter den Möchtegern-Friedensmachern herritt, da sah er Panther heranreiten, laut rufend: »He, Macnab! General Taylor braucht uns in Saltillo! Garner bringt seine besten Leute aus der Kompanie M hinunter.«

Während Franziska und ihre Mutter gewaltige Mengen an köstlichen Speisen in ihn hineinstopften, erzählte der Ranger Genaueres: »Wir erhielten Nachricht, daß General Taylor mit allem, was er hat, ins Herz Mexikos vorstößt. Ohne Kundschafter! Mit katastrophalen Folgen natürlich. Garner und die anderen warten in Laredo auf uns.«

So wurde schnell gepackt. Als es ans Abschiednehmen ging, faßte Franziska sich ein Herz und erzählte ihrem Mann etwas, das sie ihm eigentlich hatte verschweigen wollen. Sie nahm ihn an der Hand, führte ihn von Panther weg und berichtete ihm flüsternd: »Du warst in Mexiko, da ist dein Freund Yancey Quimper einmal nach Fredericksburg gekommen, um Land zu kaufen oder einen Laden aufzumachen. Keiner wollte etwas mit ihm zu tun haben, und so ging er wieder. Aber er kam hier vorbei, und... nun, er wollte wissen... wenn du nicht mehr aus dem Krieg zurückkämst, ob er dann mit mir reden könnte... und...« Sie zögerte einen Moment. »Er wollte mich küssen. Ich stieß ihn fort und sagte ihm, er solle sich fortscheren. Er stand in der Tür und sagte: ›Vergessen Sie nicht, Franziska, ich wollte Sie schon heiraten, bevor Otto Sie überhaupt kannte. Wenn ihm etwas zustößt...‹«

Otto blieb stumm. Seine Frau fuhr fort: »Er wünscht dir den Tod, Otto, bitte, paß auf dich auf!«

»Wir müssen los!« rief Komax, und mit Extrapferden und Ottos privatem Waffenarsenal ausgerüstet, brachen die beiden Rangers nach Saltillo auf. In Laredo holten sie Garner und die anderen ein. Dann überquerten sie den seichten Rio Grande und machten sich auf den gefährlichen Weg nach Saltillo, wo General Taylor Stellung bezogen hatte und die Ankunft Santa Anas und der mexikanischen Hauptarmee erwartete.

Nachdem er am 4. Februar 1847 mit seinen Rangers die heimliche Durchquerung des nördlichen Wüstengebiets abgeschlossen hatte, meldete sich Garner bei Oberstleutnant Cobb, dem sie auch jetzt wieder unterstellt sein würden. Cobb, der sie schon von weitem daherkommen sah, eine ungeordnete Linie aus Männern und Pferden in jedem erdenklichen Zustand, krampfte sich der Magen zusammen bei dem Gedanken, einen zweiten Feldzug mit ihnen durchstehen zu müssen.

Er brachte Garner zu General Taylor. »Scheußliche Situation. Wir wissen, daß Santa Ana nach Norden kommt. Aber wohin und wann und wie stark, das wissen wir nicht.«

»Und wir sollen das herausfinden?« fragte Garner; es klang in keiner Weise herausfordernd.

»Ja, deshalb habe ich Sie kommen lassen.« Der General zögerte und entschloß sich dann, offen zu reden. »Ich war verdammt froh, als Sie gingen, Garner. Noch nie so rüpelhafte Soldaten gesehen! Aber ich bin auch verdammt froh, Sie jetzt wieder dabeizuhaben. Von den nächsten Tagen hängt alles ab. Finden Sie heraus, was die Burschen vorhaben!«

Garner beschloß, mit acht Rangers auf einem langen Ritt die südlichen Zugänge nach Saltillo zu inspizieren. Seine Männer versammelten sich auf der schönen Plaza, wo einst der Franzose René-Claude d'Ambreuze um Trinidad de Saldaña geworben hatte.

Bald nachdem sie Saltillo verlassen hatten, stießen sie auf ein Terrain, von dem man meinen konnte, der Kriegsgott persönlich habe es aus dem Fels gehauen. Es war eine Talschlucht, im Osten von unüberwindlich hohen Bergketten gesäumt; das niedrigere Vorgebirge jedoch bot eine für Kavalleriegefechte bestens geeignete geneigte Ebene. Die westliche Flanke bestand aus einem tief eingeschnittenen Flußbett; niedrige Hügel bildeten den Hintergrund. Hier konnten keine Reiter operieren, wohl aber Fußsoldaten. Wenn General Taylor auf dem Weg nach Saltillo in diese Schlucht eindrang, würde er frontal auf den nach Norden marschierenden Santa Ana stoßen. Der Ausgang der Schlacht würde dann davon abhängen, wie geschickt jeder der Generäle die geneigten Hänge im Osten und die klaffende Wasserfurche im Westen zu nutzen verstand.

Am 20. Februar 1847 sahen Garner und seine Männer zum erstenmal die anrückende mexikanische Armee. So mutig die Rangers auch waren, es brachte sie doch ein wenig aus der Ruhe, als sie von einem Hügel aus die unübersehbaren Massen erblickten, mit denen Santa Ana nach Norden zog. »Die verdammten Kolonnen nehmen kein Ende!« rief Panther.

»Komax«, fragte Garner, »können Sie mit drei anderen vorausreiten, ein Ablenkungsmanöver versuchen und sich dann hierher zurück verfolgen lassen, ohne erwischt zu werden? Ich und Macnab, wir wollen uns nämlich mitten ins Lager hineinschleichen, und wir möchten, daß die Burschen Ihnen nachjagen und nicht uns.«

Otto stieg ab, zog seinen weißen Staubmantel aus, faltete ihn sorgsam zusammen und übergab ihn einem Ranger zur Aufbewahrung, der an keinem der beiden Streifzüge teilnehmen sollte. Er überprüfte seine zwei Colts und schwang sich wieder auf sein Pferd. Dann begann er zusammen mit Garner den gefährlichen Vorstoß hinter die mexikanischen Linien.

Als Mexikaner verkleidet – Garner in einem farbenprächtigen Serape –, ritten sie an den verstreuten Vorposten vorbei, direkt auf eine Stelle zu, wo sie relativ gefahrlos absteigen, die Pferde anbinden und sich vorsichtig umsehen konnten, um die Stärke und Aufteilung der feindlichen Truppen zu erkunden.

Sechsundzwanzig Stunden lang blieben sie hinter den feindlichen Linien. Einer wachte, während der andere schlief; am frühen Abend, als die Mexikaner am sorglosesten waren, krochen sie ganz nahe an das Lager heran. Im Schatten eines Zeltes kauernd, sah Macnab einen mexikanischen Offizier, der sich bückte, um die Spannschnüre zu straffen. In diesem Augenblick merkte Otto, daß es Benito Garza war, keine zwanzig Schritte von ihm entfernt.

»Captain«, raunte er, »das ist Garza. Ich bin ganz sicher. Ich schleiche mich an ihn heran und töte ihn.«

Garner hielt ihn zurück. »Jedes Geräusch wäre verhängnisvoll.«

Macnab wurde von quälender Unentschlossenheit befallen: Vor ihm stand Garza, ein Feind, den zu töten er sich verpflichtet glaubte, in greifbarer Nähe; hinter ihm stand eine amerikanische Armee, die wichtige Informationen benötigte. Jetzt verließ eine Gestalt das Zelt, um ein paar Atemzüge lang die kühle Nachtluft zu genießen; die zwei Rangers sahen, daß es eine Frau war, eine junge Frau, allem Anschein nach die Gattin eines Offiziers. Ihre Anwesenheit brachte Macnab von seinem Vorhaben ab, plötzlich mit zwei Pistolen im Anschlag aus dem Dickicht hervorzubrechen. Garner packte ihn an der Schulter, wie um ihn wegzuziehen; in diesem Augenblick kam Garza zurück, legte seinen Arm um die Frau und küßte sie auf den Mund.

Wer mochte sie sein? Sie schien nicht älter als zwanzig, und Garza mußte mindestens vierzig sein, doch daß sie sich liebten, daran war nicht zu zweifeln.

»Ist er verheiratet?« fragte Garner.

»Wer weiß«, murmelte Otto, und lautlos zogen sich die zwei Rangers zurück.

Sie schliefen etwa hundert Schritte von ihren Pferden entfernt. Die Sonne stand schon hoch am Himmel, als sie sich wieder in den Sattel schwangen und gemächlich nach Norden trabten. Sobald sie eine Öffnung in den Linien sahen, galoppierten sie los – so schnell, daß keine der hinter ihnen von den Mexikanern abgeschossenen Kugeln sie traf.

Die Angaben, die sie über Santa Anas Stärke machten, erschütterten General Taylor. »Wir müssen uns zurückziehen«, sagte er. »Wenn wir bleiben, sitzen wir in der Falle.« Er dankte Garner für sein Heldenstück und wollte auch Macnab seine Anerkennung ausdrücken, aber der kleine Ranger war schon fort.

Er war gegangen, sich seinen Staubmantel zurückzuholen.

Benito Garza, der Santa Anas Späher befehligte, wurde vom Eindringen amerikanischer Spione in die mexikanischen Reihen nicht informiert; die Wachen, die auf Garner und Macnab gefeuert hatten, vereinbarten untereinander, nichts über den Vorfall zu berichten, denn sie befürchteten, wegen ihrer Unaufmerksamkeit erschossen zu werden.

Benito saß in seinem Zelt mit seiner Frau Lucha López und den Offizieren, mit denen er zusammenarbeitete. Man schrieb den 21. Februar 1847, ein kalter, feuchter Tag; die zwei Armeen waren nahe aneinander herangekommen, eine Schlacht ließ sich offenbar nicht mehr vermeiden. Der Vorteil lag bei den Mexikanern, und Garza meinte erwartungsvoll: »Diesmal vernichten wir sie, Lucha.« Er verbrachte den Vormittag damit, alles dafür vorzubereiten, daß sie nach hinten zu den anderen Frauen gebracht werden konnte, die ihre Männer begleitet hatten. Gegen Mittag erhielt er Bericht von seinen Kundschaftern: »General Taylor zieht sich zurück.«

Nachdem er Lucha liebevoll geküßt hatte, ritt er hinaus, um diese überraschende Entwicklung zu überprüfen, und stellte fest, daß die Nachricht stimmte. Die Amerikaner zogen sich zurück – aber er ließ sich von ihrer Taktik nicht täuschen. »Sie suchen sich ein für sie günstigeres Terrain, und sie tun recht daran.«

Dennoch hatte er guten Grund, auf einen glücklichen Ausgang der

Schlacht zu hoffen, denn Santa Ana war es einmal mehr gelungen, eine große Zahl von Männern um sich zu scharen und sie zu einer schlagkräftigen Armee zusammenzuschmieden. Immer noch strahlte er jenes ungeheure Charisma aus, das ihn zum romantischen Helden gemacht hatte und Männer wie Garza an ihn fesselte.

Santa Ana hat wieder das Kommando über die Armee! Er war auf dem Weg, seine unglückliche Niederlage bei San Jacinto zu rächen und seine früheren Triumphe im Alamo und bei Goliad zu wiederholen. Er würde Tejas zurückgewinnen, New Mexico und Kalifornien retten! Bei Sonnenuntergang war so gut wie jeder Angehörige der mexikanischen Armee davon überzeugt, daß Santa Ana seinen Geburtstag am nächsten Tag mit einem weiteren gewaltigen Sieg feiern würde.

Fast wäre es ihm gelungen. Zwar noch nicht am 22., wohl aber am 23., denn an diesem Tag begann sich die zahlenmäßige Überlegenheit der Mexikaner im Verhältnis drei zu eins deutlich auszuwirken.

Am frühen Vormittag begann der Angriff im östlichen Vorgebirge – der Angriff, mit dem Garner und seine Männer fest gerechnet hatten –, vorgetragen von mehreren Eliteeinheiten der Lanzenreiter mit Unterstützung schnell feuernder Dragoner. Aschfahl stieß General Taylor hervor: »Sie rollen unsere linke Flanke auf!« Er begriff, daß, wenn dies gelang, die ausgezeichnete mexikanische Kavallerie das ganze amerikanische Heer in die Flucht schlagen würde, und befahl allen verfügbaren Männern, die von den Lanzenreitern gerissenen Lücken zu schließen.

Unablässig bestürmten die Mexikaner die linke Flanke, aber Taylors Leute wehrten sich verbissen. Im entscheidenden Augenblick, als die Schlacht schon verloren schien, war es ein Gentleman aus Mississippi, der die Situation rettete, Oberst Jefferson Davis, den Taylor früher abgrundtief gehaßt hatte. Zwölf Jahre zuvor war der damals Siebenundzwanzigjährige nämlich mit der Tochter des Generals, Sarah, durchgebrannt. Jetzt aber mußte Taylor seinen Stolz hinunterschlucken und Davis und dessen Mississippi Rifles zu Hilfe rufen, um Santa Anas Kavallerie Paroli zu bieten. Und mit Unterstützung der Texas Rangers gelang es Davis tatsächlich, die Mexikaner zurückzuwerfen.

General Taylor hatte soviel Anstand, seinem Schwiegersohn zu danken: »Oberst Davis, meine Tochter war eine bessere Menschenkennerin als ich.« Aber noch wiegten sich die Amerikaner keineswegs in dem Glauben, einen Sieg errungen zu haben. Sie hatten große Verluste erlitten. Die Mexikaner hatten ihnen wertvolle Positionen entrissen, und am Abend mußte sich General Taylor darauf einstellen, daß er am nächsten Tag dazu verdammt sein würde, eine katastrophale Niederlage zu vermeiden. Er rief seine Offiziere zusammen.

»Können wir ihnen Widerstand leisten, wenn sie im Morgengrauen angreifen?« fragte er.

»Männer und Pferde sind erschöpft.«

»Sie müssen noch ein letztes Mal alle Kräfte anspannen.«

Bis tief in die Nacht wurde diskutiert. Gegen ein Uhr ordnete Taylor an, die besten texanischen Kundschafter auszuschicken, um in Erfahrung zu bringen, wann die Mexikaner mit ihrem Hauptangriff beginnen würden. Cobb bestand darauf, die Gefahren mit seinen Texanern zu teilen, und sie drangen tief auf feindliches Gebiet vor. Zwei Uhr früh, und nur sporadische Anzeichen von feindlichen Aktivitäten. Drei Uhr – immer noch finstere Winternacht; vereinzelt hockten mexikanische Soldaten zusammen, um sich zu wärmen. Vier Uhr – nichts als Stille. Fünf Uhr – da und dort ein schwacher Lichtschein von einem Lagerfeuer.

Am Abend nach der großen Schlacht von Buena Vista saß auch General Santa Ana im Kreis seiner Offiziere, und in dieser Runde wurden fast die gleichen Fragen gestellt wie bei den Amerikanern.

»Können wir sie morgen früh vernichten?«

»Unsere Lanzenreiter und die ganze Kavallerie haben heute nachmittag getan, was sie konnten.«

»Könnten sie ihren Einsatz morgen früh wiederholen?«

Schweigen. Keiner wagte es, dem mexikanischen Diktator, dem Oberbefehlshaber, zu sagen, daß etwas unmöglich sei; aber selbst er begriff, daß die mexikanische Kavallerie mit ihrem Latein am Ende war.

»Die Infanterie?«

Wieder Schweigen. Keine Infanterie der Welt litt unter den Entbehrungen wie jene Bauern, die die Masse der Armee Santa Anas bildeten. Mit Waffengewalt eingezogen, marschierten sie barfuß und trugen selbst mitten im Winter – wie jetzt – nur dünne Baumwollhemden. Sie bluteten, zitterten vor Kälte und starben an der Ruhr, denn für sie gab es keine Kriegslazarette.

Die Offiziere schwiegen. Sie wußten, daß diese standhaften Soldaten seit nahezu dreißig Stunden nichts gegessen hatten. Sie würden dem Befehl gehorchen und noch einmal auf die feindlichen Linien zumarschieren, wahrscheinlich aber zusammenbrechen, bevor sie sie erreicht hatten.

Jetzt richtete Santa Ana das Wort an den einen Mann, der ihm immer die Wahrheit gesagt hatte. »Können wir die Norteamericanos morgen besiegen, Garza?«

»Ohne Frage.«

»Wie können Sie das sagen, wo doch die anderen...«

»Weil ich weiß, was drüben vor sich geht.« Er deutete nach Norden, in Richtung Saltillos und der amerikanischen Linien. »Dort beratschlagen sie so wie wir hier, und sie wissen, daß sie geschlagen sind.«

»Was glauben Sie, werden sie sich zurückziehen?«

Jetzt mußte Garza überlegen. Zachary Taylor gehörte nicht zu den Generälen, die die Dinge in großen Zusammenhängen sahen. Er war ein Mann, der eine Position einnahm und daran festhielt, bis er weggefegt wurde. »Zurückziehen?« wiederholte Garza langsam. »Zurückziehen, das vielleicht nicht, aber...«

Santa Ana hatte genug gehört. An der Schwelle zu dem Sieg, der ihn für alle Zeiten zu einem mexikanischen Heiligen gemacht hätte, gab er den Befehl: »Wir marschieren sofort nach Potosí zurück!«

»Exzellenz!« protestierte Garza, aber der Diktator winkte gebieterisch ab.

Garza stürzte zu dem Zelt zurück, in dem seine Frau schlief, und weckte sie derb. »Es ist vorbei, Lucha. Es geht nach Potosí zurück.«

»O nein!«

»Das ist das Ende für Santa Ana«, sagte Garza niedergeschlagen. »Nordamerikanische Truppen werden in Vera Cruz landen, nach Puebla marschieren und México-Stadt einschließen. Sie werden Santa Ana absetzen und wieder heimgehen. Und sie werden glauben, es ist alles vorbei.« Er nahm Lucha bei der Hand. »Aber für uns wird es niemals vorbei sein. Wenn sie unser Land südlich des Nueces stehlen wollen, müssen sie dafür in Blut bezahlen.«

An dem Tag, als General Taylor bewußt wurde, daß er die Schlacht von Buena Vista gewonnen hatte, willigte er ein, die texanischen Einheiten aufzulösen und heimreiten zu lassen. Am Morgen verabschiedete er sich von den Rangers: »Ich danke Ihnen für Ihren mutigen Einsatz. Aber bevor Sie gehen, möchte ich, daß Sie eine summarische Auflistung hören, die Oberst Cobb zusammengestellt hat:

›Während von allen eingeräumt wird, daß die Texas Rangers die ihnen gestellten Aufgaben zur allgemeinen Zufriedenheit ausgeführt haben, ist es bedauerlicherweise zu gewissen disziplinarischen Mängeln gekommen, die ich nun aufzählen werde:

Allgemeine Krawalle, bei denen Freiwillige gegen Berufssoldaten ausgespielt wurden: fünf Fälle. Einfache Militärgerichtsverfahren: einhundertneunzehn. Kriegsgerichtsverfahren: elf. Morde: vier. Ermordung von mexikanischen Bürgern: vierundachtzig. Mordversuche: elf. Insubordination: einundsechzig. Feigheit vor dem Feind: neun. Fälle von Fahnenflucht: siebzehn.

Der unter dem Namen Panther Komax bekannte Ranger, der gestern abend den Krawall angezettelt hat, bei dem ein Schaden an Staatseigentum in Höhe von mindestens sechshundert Dollar angerichtet wurde, und der einen Vorgesetzten aufforderte, sich zum Teufel zu scheren, wurde vor ein Kriegsgericht gestellt. Es erging folgendes Urteil: Der Texas Ranger Leroy Komax, auch Panther genannt, wird wegen Wehrunwürdigkeit aus der Armee entlassen; ihm soll der *Rogue's March* geblasen werden.‹«

Panther rührte sich nicht, aber viele Rangers, auch Captain Garner, riefen immer wieder: »Nein! Nein!«, denn es gab keine schlimmere Demütigung für einen Angehörigen der Streitkräfte, als strammstehend die von der Militärkapelle gespielte Melodie des »Rogue's March« anhören und dann den Platz verlassen zu müssen.

Vier Sergeanten umringten Panther und zwangen ihn, sich mit dem Gesicht zur Kapelle aufzustellen, die sofort jenes Klagelied anstimmte, das immer dann ertönte, wenn etwas schiefgelaufen war. Nachdem die letzten Töne verklungen waren, packte ein fünfter Sergeant Panther am Hosenboden und begann ihn abzuführen. Nie wieder konnte ein so gedemütigter Mann in der regulären Armee dienen. Man erwartete von dem Geächteten, daß er den Platz schweigend verließ und seine Strafe annahm, doch Panther drehte sich am Ende des Feldes um und rief: »Gebt mir sechs gute Rangers, und wir reißen euch allen den Arsch auf!«

Nachdem man ihn entfernt hatte, fuhr Persifer Cobb unbeirrt mit der Verlesung seines Berichts fort: »Heldentaten ohne Zahl. Pflichtbewußtsein ohnegleichen. Vaterlandsliebe unbestritten. Texas Rangers, ihr werdet uns unvergeßlich bleiben.«

Mit diesen Worten standen er und General Taylor stramm und salutierten.

In den hektischen Tagen des Mexikanischen Krieges dachte Otto oft daran, wie es Ernst Allerkamp wohl bei seinem Ausflug in die Comanchería ergangen war, und seine erste Frage, als er sein Haus wieder betreten und sich überzeugt hatte, daß Franziska sich guter Gesundheit erfreute, lautete: »Wie ist es denn Ernst ergangen?«

Franziska ging zu der Glocke, mit der sie und Thekla ihre Männer riefen, und läutete sie – zweimal kurz und zweimal lang für Ernst. Nach wenigen Minuten kam er vom Feld, hocherfreut, seinen Schwager wiederzusehen.

»Wie ist es mit den Komantschen gegangen?« fragte Otto. Ernst berichtete, daß Meusebach geschickt und mit viel Geduld einen annehmbaren Vertrag zustande gebracht habe, der in zwei Wochen in Fredericksburg ratifiziert werden solle. Otto war beunruhigt. »Ernst, die Komantschen halten sich nie an einen Vertrag!« Und in den folgenden Tagen, während Ernst hinausritt um die großen Häuptlinge des Stammes zum Vertragsabschluß in die Stadt zu geleiten, streifte Otto in Fredericksburg umher und wiederholte unablässig seine Warnung: »Ich bin ein Ranger. Ich habe gegen die Indianer und die Mexikaner gekämpft. Sie taugen alle beide nichts. Für sie ist in Texas kein Platz!«

Drei Tage lang bemühte Otto sich, Stimmung gegen den Vertrag zu machen, und er hätte es noch länger getan, wäre Franziska ihm nicht in die Quere gekommen: »Wir leben in einer neuen Zeit, Otto. Jetzt ist alles anders. Ernst hat recht. Es ist an der Zeit, Frieden zu schließen.«

Macnab war so verdutzt, daß eine Frau ihm widersprach, eine pflichtgetreue deutsche Hausfrau, daß er den Mund nicht mehr zubrachte. Klein, adrett, stand sie da, das Haar in Zöpfen, als ob sie noch ein junges Mädchen wäre, und zu seinem eigenen Erstaunen ließ er sich überzeugen. Er nahm sie in seine Arme und flüsterte ihr zu: »Du hast recht. Ich bin heimgekommen, um uns ein richtiges Haus zu bauen. Wenn Ernst es mit seinem Vertrag möglich macht, bin ich sehr dafür.« Er küßte sie und fügte hinzu: »Aber wenn diese Indianer in die Stadt kommen, werde ich genau aufpassen. Sehr genau.«

An einem schönen Märzmorgen kamen die Komantschen, ängstliche Indianer auf glatthaarigen Mustangs. Eingedenk des tragischen Schicksals, das ihre Brüder bei einer solchen Zusammenkunft in San Antonio erlitten hatten, bestanden sie auf einer Sicherheitsvorkehrung, die Ernst so erläuterte: »Sie wollen alle ihre Waffen, sogar die Messer, mitten auf die Straße legen, wenn die Deutschen das gleiche tun.« Meusebach drängte die Bürger, diese Bedingungen zu akzeptieren, und als die Waffen aufgestapelt waren, beauftragte man zwei indianische Krieger und Macnab, sie zu bewachen.

Der Vertrag wurde unterzeichnet. Komantschen und Deutsche holten sich ihre Waffen zurück. Auch Macnab nahm seine Revolver wieder an sich und murmelte dabei: »Aufgepaßt, wenn der nächste Komantschenmond am Himmel steht«; so wie alle anderen in Fredericksburg sehnte er sich nach Frieden, bereitete sich aber auch weiterhin auf Krieg vor.

Wie er es vorausgesagt hatte, kamen die Komantschen an Ostern zurückgeschlichen; es wurde Nacht, und sie krochen auf die schlafende Stadt zu.

Otto Macnab sah die bedrohlichen Gestalten am silberglänzenden Horizont als erster. »Franza!« rief er, während er seine Waffen zusammensuchte. »Schnell! Bring mir das Pulver!« Aber Ernst beruhigte ihn, indem er auf die umliegenden Berge wies. Dort, im hellen Schein des Ostermondes, hatten die Indianer Signalfeuer angezündet, um den Deutschen zu zeigen, daß zumindest in diesen Tälern Frieden herrschte und auch in Zukunft herrschen würde.

Nachdem es General Zachary Taylor mit seinem fragwürdigen Sieg bei Buena Vista nicht gelungen war, das mexikanische Heer zu vernichten, erhielt General Winfield Scott den Auftrag, in Vera Cruz zu landen und die Sache in der Umgebung von Mexico-Stadt zu Ende zu führen. Um mit einer Armee von nur zehntausend Mann Millionen von Mexikanern in ihrem eigenen Land in die Knie zwingen zu können, sah er sich zu drakonischen Maßnahmen gezwungen, vor allem als Guerillas seine Verbindungslinien angriffen:

»Pardon wird weder Mördern noch Räubern noch Nichtuniformierten, die unsere Konvois angreifen, gewährt. Sie stellen eine Gefahr für Mexikaner, Ausländer und amerikanische Truppen dar und müssen beseitigt werden.

Es sind dabei jedoch gewisse Regeln zu beachten. Gefangene dürfen nicht sofort getötet werden, sondern es ist wie folgt vorzugehen: Sie sind festzunehmen, zu verhören, zu verurteilen und dann zu erschießen.«

Die Amerikaner, die so energisch gegen General Santa Anas brutale Befehle protestiert hatten, sollten jetzt also nahezu die gleichen Methoden anwenden.

Scott traf noch eine zweite bedeutsame Entscheidung. Um Männer zu seiner Verfügung zu haben, die bereit waren, mit der geforderten Strenge vorzugehen, richtete er ein Ansuchen an die Armeeführung, so viele Texas Rangers wie möglich ein weiteres Mal dienstzuverpflichten, und wunschgemäß erklärte sich Captain Sam Garner auf seiner Farm bereit, Kompanie M neu zusammenzustellen, wenn er Otto Macnab und Panther Komax dabeihaben könne.

Nachdem Garner zwei Tage mit den Macnabs verbracht hatte, sah er ein, daß Otto im Moment ganz von seinem kurz zuvor zur Welt gekommenen Sohn Hamish in Anspruch genommen und nicht im mindesten geneigt war, nach Mexiko zurückzukehren. »Sehen Sie mal, ich habe jetzt einen Sohn. Ich möchte hierbleiben und Franziska bei der Bewirtschaftung helfen. Wissen Sie, Captain Garner, es ist schon was, einen Sohn zu haben. Können Sie sich vorstellen, daß ein winziges Händchen wie dieses einmal einen Colt halten wird?«

Es fiel Garner schwer zu akzeptieren, daß sich Otto, der tödlichste seiner Rangers, so sehr ans häusliche Leben gewöhnt hatte, und am dritten Tag beim Frühstück versuchte er es auf dem Umweg über Mrs. Macnab. »Ich möchte Ihren Mann mitnehmen, Franziska.«

Sie war einverstanden. »Ich glaube, er ist jetzt wieder soweit. Seien Sie vorsichtig. Seid beide vorsichtig.«

Die Kompanie war angetreten. Otto staunte, als er sah, daß auch Panther Komax mit von der Partie war. »Wie kannst du mitkommen, nachdem sie dir in Saltillo den ›Rogue's March‹ geblasen haben?« Mit einer lässigen Handbewegung tat der lange Kerl die Frage ab. »Das war doch oben im Norden. Scott marschiert unten im Süden.« Otto erinnerte ihn daran, daß in der Armee über alles Buch geführt wurde. »Stimmt«, meinte Komax. »Wenn wieder Frieden ist, wollen sie von Leuten wie mir nichts wissen. Aber im Krieg – und davon versteht Scott eine ganze Menge – sind sie froh, wenn sie mit unsereinem rechnen können.«

Ein Kriegsschiff setzte die Rangers im Hafen von Vera Cruz ab. An der Reling stehend, stießen sie wilde Freudenschreie aus, denn der sie da am Kai erwartete, war kein anderer als ihr alter Kommandant Persifer Cobb. »Wir sind wieder da!« brüllte Komax. Als der Mann aus South Carolina erfuhr, daß dieser Unverbesserliche abermals seinem Kommando unterstellt war, erblaßte er. »O nein!« stöhnte er. »Das mache ich nicht noch einmal mit!« Doch dann fügte er sich in sein Schicksal und erläuterte den Rangers ihre neue Aufgabe.

»Wir bemühen uns hier, etwas zu vollbringen, was meines Wissens noch keine größere Armee in jüngster Zeit versucht hat. Wir sind nur eine Handvoll, von jedem Nachschub abgeschnitten, und wollen ein ganzes Land erobern und befrieden.« Er zeigte auf die Karte. »Guerillas bedrängen jede Kolonne, die wir über diese Berge schicken. Unsere Aufgabe ist es, sie zu stoppen, sie auszuradieren. Gnadenlos.«

Noch einmal unternahm Cobb den Versuch, die Texaner an so etwas wie Disziplin zu gewöhnen. Vergebliche Liebesmüh. Alle Befehle mißachtend, tranken die Rangers von jedem Wasser, das sie fanden, und erlitten bald heftige Anfälle von Ruhr, die sie etwa eine Woche lang lahmlegten. Sie waren zu krank, um zu stehen, geschweige denn zu reiten, und als sich die zäheren Typen wie Macnab und Komax wieder erholt hatten, mußten sie erfahren, daß ihr Captain immer noch schrecklich krank darniederlag. Er litt nicht nur an der Ruhr, sondern auch an dem gefährlichen El Vomito.

Erfahrene Leute rieten Oberst Cobb, Garner in die Heimat zurückzuschicken, doch der kämpferische Ranger ließ das nicht zu, und so brachte man ihn auf einer Bahre in die hochgelegene Stadt Jalapa, wo er sich mehr schlecht als recht erholte. Wäre er wieder ganz hergestellt und in besserer Verfassung gewesen, hieß es später, wäre es vielleicht nicht zu der Tragödie von Avila gekommen.

La Desolación de Avila nannte man das Massaker in den dunstigen Regenwäldern, die zum Altiplano hinaufführten – das Massaker, das die Folge einer kühnen Aktion des Guerillaführers Benito Garza war. Der Mexikaner wartete im Dschungel, bis Captain Garners Abteilung genügend auseinandergezogen war, und nahm dann mit aller Kraft die verwundbare Mitte des Zuges in die Zange. Der plötzliche Angriff überraschte den immer noch geschwächten Garner, und noch bevor seine Kameraden ihn schützen konnten, wurde er von drei Säbeln durchbohrt.

Seine Männer sahen ihn fallen, schlugen auf alle Mexikaner ein, derer sie habhaft werden konnten, und kamen in ihrer wilden Wut auch in das unschuldige Dorf Avila, in das einer von Garzas Leuten sich geflüchtet hatte.

Im Galopp preschten sie auf die Plaza zu und begannen auf alle Mexikaner zu schießen, die sie sahen, worauf ein Guerilla aus einem Haus heraus zurückschoß und einen der Rangers mitten in die Stirn traf.

Im Versteck des Heckenschützen überlebte keiner die Rache der Texaner, nicht einmal die drei Kinder dort. Methodisch durchforsteten die Rangers die etwa zwölf Adobeziegelhäuser, von denen die Plaza umgeben war. Als sie das letzte Haus verlassen hatten, fanden sich Komax und Otto vor der offenen Tür der Dorfkirche wieder. Blind vor Zorn, stürmten sie die Kirche, töteten drei Greise, die dort Zuflucht gesucht hatten, zertrümmerten das Kirchengestühl und warfen die liturgischen Geräte auf die Straße.

Ein Aufschrei der Empörung erhob sich in Avila und in den umliegenden Ortschaften. Der Bischof selbst protestierte, und Oberst Cobb bestellte die schuldigen Rangers zu sich.

»Wir wurden von Partisanen beschossen«, erklärte Komax.

»Ist das wahr, Macnab?« fragte Cobb.

»Ja, aus dem Haus mit der braunen Tür.«

»Befanden sich Guerillas in dem Haus?«

»Ja, es waren welche drinnen«, antwortete Macnab.

»Und was war mit der Kirche?« wollte Cobb wissen. »Die Entweihung der Kirche?«

»Drei Guerillas waren hineingelaufen«, sagte Komax.

»Haben Sie sie hineinlaufen sehen?« fragte Cobb Macnab.

»Ja.«

»Und was haben Sie getan?« fragte Cobb.

»Ich habe auf der Straße Wache gehalten. Ich dachte mir, Panther und seine Männer würden schon allein damit fertig werden.«

»Haben Sie die Guerillas gesehen? Sie selbst?«

»Zweimal. Als sie hineinliefen und als sie tot waren.«

Oberst Cobb wandte sich an den Bischof und dessen Begleiter: »Meine Herren, ich bin sicher, Sie sind im Besitz der von General Scott erlassenen Befehle zur Unterdrückung der Guerillas. Diese Leute müssen eliminiert werden – zu Ihrer und zu unserer Sicherheit.«

»Aber die Kinder...« warf der Bischof ein.

»Unsere Männer können nicht alles vorher überprüfen. Sie befanden sich selbst in Lebensgefahr.«

»Und die Kirche? Die Meßgewänder? Der Altar?«

»Major Wells wird Ihnen eine offizielle Erklärung übergeben, wonach sich bekannte Guerillas bedauerlicherweise in die Kirche flüchteten; bei ihrer Verfolgung erwiesen sich geringfügige Beschädigungen als unvermeidlich. Es wird Ersatz geleistet werden.«

Einige Zeit später – der tote Ranger war bestattet und die Kirche wiederhergestellt – richtete Cobb an Komax und Macnab die Frage: »Waren Guerillas in der Kirche?«

»Es hätten welche drin sein können«, antwortete Panther.

Ein Zivilist aus New York namens Harry Saxon begleitete die Rangers. Er war zweiundzwanzig Jahre alt und schleppte andauernd irgendwelche seltsamen Apparate mit sich herum. Zuerst hielten ihn Cobbs Männer für einen Mediziner, doch als sie sahen, daß Saxon jedesmal zu zittern begann, wenn er Blut sah, wurde ihnen klar, daß sie sich geirrt hatten. Schließlich brüllte Komax ihn an: »Wer zum Teufel bist du eigentlich, Kleiner?«

»Harry Saxon vom *New York Dispatch*.«

»Zeitungsmann?«

»Jawohl.«

»Und was ist das hier für Zeug?«

»Ich bin Fotograf.«

»Was zum Teufel heißt das?«

Der junge Mann klopfte auf seine Ausrüstung und sagte: »Ich mache Bilder. Man nennt sie Daguerreotypien.«

Ohne es zu wissen, nahm Harry Saxon eine einzigartige Stellung in der Militärgeschichte ein: Er lieferte die allerersten Fotografien von einem Kriegsschauplatz. Das Bild mit den zerstörten Häusern von Avila im Hintergrund sollte ihn berühmt machen. Diese bemerkenswert scharfe Daguerreotypie zeigte die verwüstete Kirche, einen angebundenen Esel und im Vordergrund zwei wilde, finster dreinblickende Texas Rangers: den bullig dastehenden Panther Komax, bärtig, ungekämmt, wie immer die Pelzmütze auf dem Kopf, und den kleinen, bartlosen Otto Macnab, dem sein Duster bis zu den Zehen reichte.

Harry Saxon fertigte noch zwei weitere Fotografien von historischem Interesse an. Die eine zeigte drei Kämpfer vor dem Hintergrund des Popocatépetl: Oberst Cobb – steif und adrett in seiner eindrucksvollsten Uniform – im Gespräch mit Komax und Macnab, die wie übelste Banditen gekleidet waren.

Auf dem anderen Bild waren die Personen sorgfältig postiert, denn es war erst nach langen Verhandlungen zustande gekommen. Es zeigte die Führung der mexikanischen Seite, General Antonio López de Santa Ana in voller Ordenspracht, begleitet von seinem erschöpft wirkenden Guerillaführer Benito Garza.

Es war ein schöner Morgen, an dem General Antonio López de Santa Ana sich auf das schwierige Unterfangen vorbereitete, würdevoll durch ein Spalier amerikanischer Soldaten zu fahren.

Im offenen Wagen, der von vier Pferden gezogen, von zwei Kutschern gelenkt und von zwei Berittenen in Uniform begleitet werden sollte, nahmen der frisch verheiratete General und seine junge Frau Platz; ihm gegenüber Benito Garza und Lucha López. »Exzellenz«, stieß Garza hervor, während er in den Wagen stieg, »das Herz Mexikos wird Sie ins Exil begleiten.«

Das juwelenbesetzte Schwert fest umklammernd, damit man das Zittern seiner Hände nicht sah, gab Santa Ana den Befehl: »Vorwärts!« Stumm starrte er vor sich hin, während er durch die von den Rangers gebildete Reihe fuhr, die zu beiden Seiten weniger als zwei Meter von ihm entfernt standen. Er sah keinen von ihnen an. Er wußte, daß sie sich geschworen hatten, ihn zu töten.

Otto Macnab starrte Santa Ana an, als wollte er sich die Züge des Mexikaners für immer einprägen. Als er sah, wer dem General gegenübersaß, versetzte ihm der Anblick einen Schock. Einige Sekunden lang sahen sich die zwei alten Freunde, jetzt für immer Gegner, in die Augen, in denen Achtung, Haß und Verwirrung glühten. Keiner der beiden machte eine Geste des Erkennens. Aus irgendeinem Grund blieb der Wagen kurze Zeit stehen, und das Aufeinandertreffen ihrer Blicke verlängerte sich qualvoll.

Dann rollte die Kutsche weiter. Die beiden Männer verloren sich aus den Augen. Der Krieg war zu Ende.

Es war ein Krieg gewesen, den außer Präsident Polk und den Anhängern seiner Expansionspolitik keiner wirklich gewollt hatte. Zunächst war er die unabwendbare Verlängerung der texanischen Revolution von 1836 gewesen. Da die mexikanische Führung den aus dieser Auseinandersetzung hervorgegangenen Verlust an Territorium nie akzeptiert hatte, und da es in Mexiko ebenso viele Superpatrioten wie in Texas gab, waren ständig Versuche unternommen worden, die verlorene Provinz zurückzuerobern. Erst der Machteinsatz der Vereinigten Staaten hatte diesen Bestrebungen ein Ende gemacht. Der Krieg war aber auch die Folge jenes Versuchs gewesen, das neue Schlagwort »Manifest Destiny«, »Offenkundige Bestimmung« – nämlich der Nordamerikaner, sich über den ganzen Kontinent auszubreiten – in die Praxis umzusetzen. »Wir müssen ihn vom Atlantik bis zum Pazifik beherrschen«, hatten amerikanische Patrioten proklamiert, und texanische Träumer verkündeten sogar: »Bis zur Landenge von Panama muß alles uns gehören!« Mit dem erfolgreichen Ausgang des Mexikanischen Krieges war nun die pazifische Küste gesichert.

Wenn aber der Krieg in Texas selbst nur wenige greifbare Ergebnisse brachte, worin lag seine Bedeutung für die Nation? Dank der Zeitungsberichte von Korrespondenten wie Harry Saxon und den glänzend kolorierten Lithographien von Currier and Ives bekamen die Amerikaner ein romantisch gefärbtes Bild von dem neuen Staat. Die Texas Rangers und Männer wie Davy Crockett und Jim Bowie wurden zu einer Legende, tausendfach glorifiziert in einer Flut von knalligen Groschenromanen. Aber der Krieg hinterließ auch ein unauslöschliches schlimmes Erbe: Er vertiefte den Haß zwischen den Texanern und den Mexikanern. Die wüsten Ausschreitungen der Rangers in und um Monterrey und Mexico-Stadt trugen ihnen im ganzen Land den Ruf von *tejanos sangrientes* ein, blutigen Texanern.

Manchmal bringt der Krieg aber auch unerwartete positive Neuerungen mit sich. Während der Verhandlungen mit Santa Ana hatte dieser schlaue Fuchs einer Gruppe von texanischen Geschäftsleuten erzählt: »Als ich auf der Halbinsel Yucatán meinen Dienst versah, zeigte man mir dort etwas, das ganz bestimmt einen von Ihnen einmal reich machen wird. Man nennt es Chicle.« So kam der Kaugummi in die Vereinigten Staaten.

In Indianola, dem blühenden Hafen an der Matagorda Bay, gingen die Rangers an Land. Otto blieb drei Tage bei seinem Schwager Theo Allerkamp und machte sich dann mit einem Pferd, das Theo ihm zur Verfügung stellte, auf den Weg nach Fredericksburg.

In Austin verbrachte er zwei Tage damit, die Eigentumsrechte auf seinen Besitz in Fredericksburg beglaubigen zu lassen. Mit den einwandfreien Urkunden in der Tasche wandte er sich nach Westen und hatte zum erstenmal seit vielen Jahren wieder Muße, das Wunder des üppigen texanischen Frühlings bewußt zu erleben.

Auch Benito Garza machte sich auf den Heimweg. Erschöpft von den Tagen des Guerillakampfes verließ er Vera Cruz mit seiner Frau und drei abgemagerten requirierten Pferden. Das Paar durchquerte in einem mühsamen Ritt den Dschungel und kämpfte sich zum Altiplano hinauf.

Das Herz blutete ihnen um ihr Land, denn wohin sie ihren Blick auch wendeten, sie sahen die Spuren der Niederlage: verwüstete Dörfer und grauenhaft verwundete Männer, die sich bemühten, ihre neuen Krücken richtig zu gebrauchen – die grausamen Strafen für jene, die den Tiraden Santa Anas Glauben geschenkt hatten.

Drei Wochen nach ihrem Aufbruch erfuhren die Garzas von Freunden in der Hauptstadt, wie erschreckend viel Territorium Mexiko verloren hatte – mehr als die Hälfte der gesamten Fläche war an die Norteamericanos gegangen –, und nun gab Benito zum erstenmal zu, daß sein Held entsetzliche Fehler gemacht hatte. »Er hätte es geschickter anstellen müssen. Tejas verlieren, gut und schön. Aber wir hätten nicht um so vieles mehr aufgeben dürfen!«

Sie kamen nach San Luis Potosí. Dort wurden besonders schwere Beschuldigungen gegen Santa Ana erhoben, weil viele, die hier lebten, bei Buena Vista gekämpft hatten und wußten, daß Santa Ana, den Sieg zum Greifen nahe, feige geflohen war.

Welch tragische Niederlage! Die Liste der verlorenen Provinzen glich einem Klagelied, das für immer ein Teil der mexikanischen Seele sein sollte: »Tejas, Nuevo México, Arizona, California, qué lástima, qué dolor!«

Kurz bevor sie das Ufer des Rio Grande erreicht hatten, verhielten sie ihre Pferde, um einen Blick über den Fluß auf den immer noch umstrittenen Nueces Strip zu werfen. »Santa Ana hat versagt. Von der jetzigen Führung können wir nichts erhoffen. Nie wird Mexiko Frieden finden. Aber die Yankees, die jetzt versuchen, uns den Strip zu stehlen, werden keine ruhige Stunde mehr haben. Nie wird ihr Vieh in Frieden grasen. Bei Gott, Lucha, sie werden einen schrecklichen Preis für ihren Hochmut bezahlen. Versprich mir, daß du nie aufgeben wirst!«

»Ich verspreche es.«

Der Sonderstab

Die Apriltagung unseres Sonderstabs sollte in Alpine stattfinden, einer richtigen Grenzlandstadt im Herzen des rauhen Westtexas.

Der Konferenzort war die Sul Ross University, ein Komplex von hübschen Ziegelbauten, an einem Berghang gelegen. Dort wurden wir von einem weißhaarigen kleinen Mann willkommen geheißen, Mitte Sechzig, mit blitzenden Augen, dessen Gesicht vor Begeisterung förmlich glühte. »Ich bin Professor Mark Berninghaus, Fachmann für Texanische Geschichte. Wenn Sie bitte gleich diese zwei Kleinbusse besteigen wollen.« Bevor wir dies taten, stellte er uns jedoch einen kräftigen jungen Mann vor, der einen großen Cowboyhut trug. »Das ist Texas Ranger Cletus Macnab. Wenn Sie, meine Herrschaften, die Geschichte Ihres Staates gelernt haben, werden Sie sich entsinnen, daß einer seiner

Vorfahren der legendäre Otto Macnab war; ein anderer war der ebenso berühmte Oscar Macnab, auch er ein Ranger.«

Macnab verbeugte sich vor uns, nahm aber seinen Hut nicht ab. »Die Assistenten fahren mit mir«, sagte er zu dem Mädchen von der SMU, das diese Tagung organisiert hatte. Über die Route 69 fuhren wir zu den Zwillingsgrenzstädten Polk auf der amerikanischen und Carlota auf der mexikanischen Seite. Hundertdreißig Kilometer durch ein völlig leeres Gebiet – es gab nicht eine einzige Tankstelle –, ein Gebiet jedoch, das uns dank der unterhaltsam präsentierten Informationen des Professors ein detailliertes Bild von Texas vermittelte, wie es nur wenige Besucher zu sehen bekommen.

Unmerklich veränderte sich die Landschaft – zu ihrem Nachteil, mußte man sagen –, bis wir uns schließlich inmitten einer richtigen Wüste befanden. »Dies ist die Chihuahua-Wüste – eintausenddreihundert Kilometer von Nord nach Süd, dreihundertzwanzig von Ost nach West.«

»Sehen Sie mal!« rief Miss Cobb plötzlich. Alle richteten wir den Blick auf eine Wüstenpflanze, ein niedriges Büschel dickfleischiger, bräunlicher Blätter, völlig unauffällig bis auf den dicken Stempel, der aus dem Kern des Büschels aufragte, gekrönt von Trauben wunderschöner goldweißer Blüten.

»Ein Gewächs aus der Familie der Yuccapalmen«, erklärte Berninghaus. »Gleich werden Sie einen ganzen Wald davon sehen... wunderschön.«

Als wir den Kamm eines Hügels erreichten, erblickten wir zu unserer Rechten tatsächlich so etwas wie einen kleinen Wald, der aus Exemplaren dreier verschiedener Arten von Palmliliengewächsen bestand: aus der, die wir bereits gesehen hatten, aus einer noch schöneren mit Namen »Spanish Dagger« – »Spanischer Dolch« – und aus einem richtigen Baum mit kräftigem, rauhen Stamm, einem Blätterbündel ein gutes Stück über dem Boden und einer herrlichen Traube weißer Blüten, die sich hoch in die Luft erhoben.

Danach aber fuhren wir durch Gebiete mit einer ganz andersartigen Vegetation. Berninghaus deutete auf eine der seltsamsten Blumen, die ich je gesehen hatte, besser gesagt auf ein Büschel aus mehr als hundert einzelnen Blüten in einer runden, kaktusartigen Kugel mit einem Durchmesser von mehr als einem Meter. Ich sah näher hin und stellte fest, daß jede einzelne Pflanze, die zu der Kugel gehörte, mit starken Stacheln versehen war, die sich mit jenen der Nachbarpflanzen so verbanden, daß die Kugel undurchdringlich wurde. »Im Herbst liefern diese Blüten bestachelte, leuchtend rote Früchte. Wenn man die Haut abzieht, schmecken sie köstlich – wie Erdbeeren«, informierte uns der Professor.

Im weiteren Verlauf der Fahrt kam die Rede auf das, was den Texanern am besten zu liegen scheint – Zahlen von einer Höhe, die den Durchschnittsmenschen schwindeln macht. »Wir fahren jetzt an der großen Ramsdale Ranch entlang – zweihundertfünfzigtausend Hektar Land.« Oder: »Dort drüben, das ist die Falstaff Ranch; sie ist fast so groß wie Rhode Island.« Wann immer ich fragte, wem denn diese oder jene Ranch gehöre, bekam ich stets zur Antwort: »Einem Burschen in Houston, der mit Öl reich geworden ist.« Mir wurde klar: Wie weit man sich auch von den Ölfeldern Texas' entfernte, die allgegenwärtige Macht des »schwarzen Goldes« reichte überallhin.

Die beiden Kleinbusse fuhren in nordwestlicher Richtung den Rio Grande entlang, vorbei an einem seit langem verlassenen Adobe-Fort und der staubigen Stadt Presidio, die für ihre grausam hohe Sommertemperatur bekannt ist. Im ganzen Land war es eine vertraute Fernsehmeldung: »Hitzerekord heute in Presidio, Texas, mit 46° Celsius.«

Wir durchquerten leeres Land, fuhren auf einer Straße, die nirgendwo hinzuführen schien, vorbei an den Ruinen einer Mission und bogen in einen Weg ein, der auf unseren Karten nicht eingezeichnet war. Dreißig Kilometer lang ging es nach Norden, neben uns stets der Rio Grande. Schließlich erreichten wir das Adobedorf Candelaria, eine der einsamsten und unzugänglichsten Siedlungen an der Südgrenze. Hier lebten die Menschen noch so wie vor hundert Jahren.

Wir schlenderten zum Rio Grande hinunter, dem Fluß mit dem magischen Namen, und mußten lächeln: Es war ein so schmaler und seichter Wasserlauf, daß eine aus Stricken und Draht gefertigte Hängebrücke genügte, um ihn zu überqueren.

Schweigend standen wir da, verwirrt von der Armseligkeit dieses historischen Flusses. Ich glaube, wir waren alle erleichtert, als Berninghaus mit einer ganz praktischen Erklärung aufwartete: »Wir Amerikaner in New Mexico und Texas entnehmen dem Rio Grande so viel Wasser, daß dieser kleine Bach, wenn man ihn so zum Golf fließen ließe, einfach verschwinden würde. Aber in der Nähe von Presidio mündet ein großer mexikanischer Fluß in ihn ein, der Río Conchos. Darum sollte man den legendären Rio Grande, den wir stromabwärts so bewundern, eigentlich Río Conchos nennen. Er ist im Grunde ein mexikanischer Fluß.«

Vom Dorf her hörten wir Geräusche. »Ich glaube, sie sind da«, sagte der Professor, und als wir zu unseren Bussen zurückkehrten, sahen wir zu unserer Freude, daß Studenten der Sul Ross University unter einem Baum alles für ein Picknick vorbereitet hatten. »Hier werden keine Reden gehalten«, versicherte uns Berninghaus. »Ich wollte nur, daß Sie das große Texas einmal so sehen wie die spanischen Einwanderer vor vierhundert Jahren.«

Die Rückfahrt führte uns über eine andere, etwa hundert Kilometer lange verlassene schmale Straße, vorbei an Bergen und durch Canyons nach Marfa, einer der größten Rinderstädte des Westens. Von dort setzten wir unsere Reise nach Osten fort. Als wir die Suburbs von Alpine erreichten, fiel unser Blick auf ein Schild:

> RAUS MIT DEN VEREINTEN NATIONEN AUS DEN
> VEREINIGTEN STAATEN!
> RAUS MIT DEN VEREINIGTEN STAATEN AUS TEXAS!

IX.
GEWISSENSKONFLIKTE

IV

Persifer Cobb wollte in Vera Cruz so schnell wie möglich seinen Abschied nehmen. Als er General Scotts Adjutanten, dem Brigadier Cavendish aus Virginia, seine Papiere vorlegte, versuchte dieser, ihn von dem Vorhaben abzuhalten: »Oberst Cobb, seit Washingtons Tagen hatten wir immer einen Cobb unter unseren hohen Offizieren.«

»Nie wieder werde ich die Erniedrigung hinnehmen, die ich in diesem Krieg ertragen mußte. Ich war dazu verurteilt, mich mit diesen Texanern herumzuärgern.«

»Ist Ihnen bekannt, daß wir Sie zur Beförderung vorgeschlagen haben?«

»Zu spät. Ich habe schon andere Pläne.«

»Sie wollen tatsächlich gehen?«

»Ich habe mich schon vor zwei Jahren dazu entschlossen.«

»Ich kann verstehen, daß Sie verbittert sind. Aber wir brauchen Sie. Wir steuern auf Kollisionskurs.«

»Wie soll ich das verstehen?«

»Zwei unaufhaltsame Kräfte, der Süden und der Norden...«

»Und Sie meinen...«

»Die Zeichen sind unübersehbar. Man liest es in den Zeitungen. Sogar meine Verwandten machen Andeutungen, wenn sie mir schreiben.«

»Ist es so schlimm?«

»Schlimmer. Der Norden wird nie aufhören, Druck auf uns auszuüben, und wenn das so weitergeht – und es wird so weitergehen –, dann werden wir die Union verlassen müssen, und das heißt...«

»Krieg?«

»Unvermeidlich. Und darum ist es wichtig, bei der Armee zu bleiben, denn im Augenblick der Entscheidung...«

»Ich nehme trotzdem meinen Abschied«, versetzte Cobb und eilte in sein Quartier zurück, um fertigzupacken, bevor er sich einschiffte.

Als Zivilist ging er in New Orleans von Bord. Er konnte es kaum erwarten, zur Baumwollplantage seiner Familie auf der Insel Edisto zurückzukehren und dort die Leitung zu übernehmen. Schon bevor er nach West Point gegangen war, hatte er viel von Baumwolle verstanden, denn die Cobbschen Pflanzungen produzierten die beste der Welt: die berühmte langstapelige Sea-Island-Baumwolle mit den schwarzen, glänzenden Kapseln.

Die Insel Edisto war aus den Schlickablagerungen des Edisto River entstanden, der sich von South Carolina in den Atlantik herabschlängelte, und hatte die Form eines unregelmäßigen Fünfecks, auf der dem Ozean zugekehrten Seite etwa fünfzehn Kilometer lang. Ihre höchste Erhebung betrug zwei Meter, und ihr hervorstechendstes Merkmal war eine große Gruppe prächtiger Eichen. Die Felder der Insel waren außerordentlich fruchtbar, und der Boden war so weich und glatt, daß man ihn mit einem Teelöffel hätte pflügen können.

Etwa fünfzig Weiße lebten auf den großen Plantagen der Insel und fünfzehnhundert schwarze Sklaven. Wenn man einige kleine Gemüsegärten ausnahm, war Sea-Island-Baumwolle die einzige auf der Insel kultivierte Pflanze: im März gesät, im September entkörnt und im Januar auf Schiffen nach Liverpool verfrachtet.

Die meisten Familien, die auf Edisto Herrenhäuser besaßen – schöne Bauten mit von weißen Säulen gestützten Veranden –, unterhielten auch geräumigere Häuser an der Battery im achtunddreißig Kilometer entfernten Charleston. Sowohl Cobbs Vater als auch seine Frau hielten sich zur Zeit dort auf. Er hatte große Sehnsucht danach, sie zu sehen, hielt es aber für seine Pflicht, sich zuerst auf der Plantage zu melden, wo sein Bruder sich um alles kümmerte.

Er verstand sich gut mit Somerset, der um vier Jahre jünger war als er, und hatte keine Bedenken gehabt, ihm die Aufsicht über die Plantage zu überlassen, als er nach West Point ging. Seine Briefe von den mexikanischen Kriegsschauplätzen waren mehr Briefe eines Freundes als die eines älteren Bruders gewesen, und er freute sich schon sehr darauf, Sett, wie die Familie ihn nannte, wiederzusehen.

Er beendete daher seine Heimreise an einer Wegkreuzung etwa dreißig Kilometer westlich von Charleston; hier besaßen die Cobbs eine kleine Hütte, in der ein älterer Sklave wohnte, dessen Aufgabe es war, Angehörige der Familie die lange Straße zur Fähre hinunterzufahren, mit der sie dann nach Edisto übersetzten. Der Sklave trug den ungewöhnlichen Namen Diocletian; ein früherer Oberst Cobb hatte die römische Geschichte geliebt, weil er glaubte, die Weißen, die im Süden lebten, seien Nachkommen der Römer, und hatte allen seinen Haussklaven römische Namen gegeben. Diesen Brauch hatte die Familie beibehalten.

Bald war ein Wagen angespannt, und Cobb machte sich zusammen mit Diocletian auf den Weg zur Fähre. Während der Fahrt berichtete der Sklave, was es auf der Insel Neues gab. Da er einige Jahre lang als Hausklave gearbeitet hatte, sprach er recht gut Englisch, obwohl er das war, was man einen Gullah Nigger nannte, und als solcher den schönen Gullah-Dialekt bevorzugte, ein mit afrikanischen Wörtern gespicktes elisabethanisches Englisch. »Ihrer Frau, Miss Tessa Mae, ist es nie bessergegangen. Setts Frau, Miss Millicent, geht es zur Zeit nicht so gut. Sie hat jetzt zwei Kinder.«

»Jungen, nicht wahr?«

»Ein Junge und ein Mädchen, schöne Kinder.«

Während sie sich der Fähre näherten, begann Diocletian zu schreien, um den Bootsmann zu wecken. Der wirkte ebenfalls hocherfreut, Persifer nach so langer Zeit wiederzusehen. Die drei Männer unterhielten sich einige Zeit über den Krieg, und dann verabschiedete sich Diocletian von seinem Herrn. »Hoffentlich bleiben Sie jetzt lange bei uns. Das hier ist ja Ihre Heimat!«

Persifer bedankte sich bei dem Sklaven für die angenehme Fahrt und bestieg sofort die Fähre, um sich vom Bootsmann über die seichte Nordfurt des Edisto River staken zu lassen.

Noch als sich das kleine Boot mitten auf dem Fluß befand, sattelten Sklaven auf der Insel für den Oberst ein Pferd und schickten einen Jungen mit dem Maultier zum Herrenhaus voraus, um dort zu melden, daß Persifer nach seiner langen Abwesenheit zurückgekehrt war.

Von der Anlegestelle der Fähre bis zu dem schönen, zweigeschossigen weißen Haus, in dem Somerset Cobb mit seiner Frau Millicent und den zwei Kindern wohnte, waren es etwa elf Kilometer. Viele Menschen säumten die lange Allee, um Persifer so begeistert willkommen zu heißen, wie er es erwartete. Zehn Weiße und mehr als fünfzig Schwarze winkten ihm zu, als er durch das breite Tor trabte.

Zu seiner großen Überraschung kam von der Veranda herunter Tessa Mae, seine Frau, die er im gesünderen Klima Charlestons vermutet hatte. Sie war die Tochter einer angesehenen Familie aus Carolina, eine schlanke, selbstsichere junge Frau, die nur selten etwas Gedankenloses sagte. »Liebling!« rief sie. »Wie schön, dich zu sehen!« Er schwang sich aus dem Sattel, lief auf sie zu und nahm sie in seine Arme.

Über ihre Schulter hinweg sah er seinen Bruder, nun schon ein wenig voller im Gesicht, ein gutaussehender Mann, einunddreißig Jahre alt.

Trotz seiner stillen Art hatte er nichts von jener Weichlichkeit an sich, die so viele jüngere Pflanzersöhne ausstrahlten, wenn ihnen bewußt wurde, daß sie den Familienbesitz nicht erben würden und sie ihre Lebensziele nur unklar erkannten.

»Somerset!« rief der Oberst und umarmte seinen Bruder. Dann trat Millicent Cobb einige Schritte vor und empfing einen herzlichen Kuß von ihrem Schwager.

Sich seiner Frau zuwendend fragte Persifer: »Und wo sind die Kinder?«

»In Charleston, in der Schule.«

Am Abend zogen sich die Brüder zu einem Gespräch unter vier Augen zurück. »In New Orleans spricht man offen von einem möglichen Bruch zwischen uns und unseren Unterdrückern im Norden. Hast du auch schon von diesem Gerücht gehört, Sett?«

»Es wird schon seit langem darüber geredet, aber nur von verantwortungslosen Leuten. Männer wie du und ich würden ja viele Vorteile preisgeben, wenn wir mit dem Norden brechen würden.«

»Haben wir denn überhaupt noch Vorteile?«

»Baumwolle. Jeder Tag meines Lebens, alle meine Erfahrungen beweisen mir immer wieder von neuem, daß der Rest der Welt auf unsere Baumwolle angewiesen ist. Die Baumwolle ist unser Schutzschild.«

»Auch wenn sie fällt? Von zwölf auf... wieviel sagtest du, haben unsere Leute oben bekommen? Vier Cents plus? Das entspricht einem Verlust von zwei Dritteln in drei Monaten.«

»Aber jetzt, wo wir Frieden haben und die Webereien wieder ihren Betrieb aufnehmen, wird der Preis wieder auf zwanzig Cents steigen.« Er beugte sich vor. »Wenn einer Sea-Island-Baumwolle pflanzt, muß er sich weit weniger Sorgen machen – und wir pflanzen Sea Island.« Einigermaßen beruhigt gingen die beiden Brüder zu Bett.

Persifer, Somerset, Tessa Mae und Millicent standen früh auf, spazierten zum Anlegeplatz hinunter, wo schon sechs Sklaven bereitstanden, und gingen an Bord des langen, wendigen Bootes. Sie verließen den engen Kanal und fuhren in die herrliche Bucht von Charleston ein. Geschickt legte der schwarze Steuermann an, und die Passagiere traten hinaus auf die Battery, eine der prächtigsten Straßen der Nation. Sie lag auf einem Hügel, so daß jedes Haus etwas von der Seebrise abbekam. Da die Steuern für die stattlichen Häuser nach der Frontbreite auf der teuren Battery berechnet wurden, standen die großen Villen nicht mit der Längsachse zur See, sondern mit dem kürzesten Ende nach Osten, während die Längsseiten tief in die Stadt zurückreichten.

Von der Straße aus gesehen, war das Cobbsche Haus ein bescheidener, ziegelroter dreigeschossiger Bau mit gewöhnlichen Fenstern in jedem Stockwerk, aber ohne Türen. Ein Fremder, der Charlestons städtebaulichen Verhältnisse nicht kannte, konnte nicht den geringsten Hinweis auf die hinter den Mauern verborgene Herrlichkeit entdecken. Lenkte er aber seine Schritte ein wenig nach links und trat er durch das wunderschöne schmiedeeiserne Tor, dann gelangte er in ein Märchenland prächtiger Gärten mit italienischen Statuen und Springbrunnen, all dies eingeschlossen von einer großen, mit Eisenornamenten verzierten Veranda zur Rechten und einer hohen Ziegelmauer zur Linken.

Die blumengeschmückte Veranda stellte die Krönung dieses wunderbaren Hauses dar. Sie war zwei Stockwerke hoch und fast dreißig Meter lang. Korbstühle, die um Tische mit gläsernen Platten gruppiert waren, teilten die ganze Länge in gemütliche kleine Einheiten.

Persifer und Sett sahen schon vom Tor aus ihren Vater, den zweiundsiebzigjährigen Maximus Cobb, der an einem dieser Tische auf der Veranda saß; seine zwei Krücken lehnten an einem Stuhl. Der Weißhaarige, der einen sauber gestutzten Spitz-, aber keinen Schnurrbart trug, war ganz in vornehmes Weiß gekleidet.

Er stand nicht auf, um seinen Söhnen entgegenzugehen, denn dazu hätte er seine Krücken gebraucht, streckte aber Persifer seine Rechte entgegen und hielt die seines älteren Sohnes einige Augenblicke lang liebevoll fest. »Trajan!« rief er. »Komm doch mal!« Sofort erschien ein mittelgroßer Schwarzer Anfang Dreißig, mit sehr dunkler Hautfarbe, kurzgeschnittenem Haar, blitzenden Augen und einem Lächeln, das besonders weiße Zähne sehen ließ.

Drei Jahre jünger als Persifer, ein Jahr älter als Somerset, war Trajan mit ihnen aufgewachsen und hatte oft mit ihnen im Sumpfland von Edisto gespielt. Er hatte die beiden immer gern gemocht, denn anders als manche der jungen Herren in Charleston waren sie Schwarzen gegenüber stets freundlich. Trajan musterte die abgezehrte Gestalt seines ehemaligen Spielgefährten Persifer und rief: »Er ist wieder da!«

Maximus Cobb bat Trajan, Sueton, einen anderen Sklaven, anzuweisen, die Veranda in Ordnung zu bringen und vier Stühle neben den seinen zu stellen. Als dann die Sklaven gegangen waren und die zwei Paare ihm gegenübersaßen, begann der Alte: »Als unsere Vorfahren Edisto besiedelten, forderte das englische Gesetz, daß der gesamte Familienbesitz an den ältesten Sohn überging. In South Carolina ist das nun nicht mehr Gesetz, aber wir Cobbs und auch andere Familien von Ansehen fühlen uns noch immer daran gebunden. So wie mein Vater es vorzog, mir die Plantage zu übertragen, statt Septimus, so muß Persifer sie jetzt bekommen. Als mir die Verantwortung übertragen wurde«, sagte er langsam und sah Somerset an, »hatte mein Bruder Septimus das Gefühl, daß ihm ein großes Unrecht widerfahren war. Wie ihr wißt, ging er nach Georgia – eine entsetzliche Selbstverbannung. Ich konnte ihn nie zur Rückkehr überreden, und dort in der Wildnis verkam er.

Ich weiß, daß das eine schwierige Situation für dich ist, Somerset, denn du hattest allen Grund zu der Annahme, daß dein Bruder sein Leben im Militärdienst zubringen würde. Aber es sollte nicht sein. Er ist heimgekommen, und jetzt geht die Verantwortung auf ihn über. Ich weiß, daß du das mit Haltung akzeptieren wirst, und ich möchte nicht, daß du wie dein Onkel Septimus nach Georgia abrückst. Ich bitte dich zu bleiben und deinem Bruder bei der Verwaltung unserer großen Pflanzungen beizustehen. Er braucht deine Hilfe, und auch ich brauche sie.«

Somerset und Millicent schweigen. Seit sie vor mehr als einem Jahr den Brief erhalten hatten, in dem Persifer zum erstenmal anklingen ließ, daß er bald den Dienst quittieren werde, wußten sie, daß dieser Tag einmal auf sie zukommen würde. Sie hatten oft darüber gesprochen, aber weder Tessa Mae noch den alten Herrn wissen lassen, wie betroffen sie waren. Sie waren sogar so weit gegangen, an Cousin Reuben im Bergland Georgias heimlich eine Anfrage zu richten: »Wie ist die Bodenqualität in deiner Gegend? Und auf welche Schwierigkeiten stößt man, wenn man dort kurzstapelige Baumwolle pflanzen will?« Ein Mann, hatte er geantwortet, müsse schon ein verdammter Narr sein, seine Kräfte auf ausgelaugte Pflanzungen in Carolina zu verschwenden, um hundertzwanzig Pfund je Hektar zu erzielen, wenn er auf seinen guten Feldern in Georgia zweihundertzwanzig ernten könne.

Diese Überlegungen traten in den Hintergrund an jenem Abend, als Maximus Cobb die reichen Familien von Charleston in sein Haus am Meer lud. Das große Tor am Hintereingang wurde geöffnet, und sechs Sklaven in blauer Livree wiesen den Broughams und Phaetons der

Pflanzeraristokratie ihre Standplätze zu. Prächtig gekleidet begrüßte der sechzigjährige Sueton jeden Eintreffenden mit Titel und Namen, und Trajan, in ähnlicher Gewandung, führte die Gäste zum Punchtisch.

Ein Orchester spielte. Im großen Saal und auf der Veranda wurde getanzt. Kerzen in Kronleuchtern aus böhmischem Kristall und die Walfischtran-Lampen an den mit Brokat bespannten Wänden warfen ein weiches Licht auf die Gesichter. Alle waren froh, Persifer wieder daheim zu haben.

Es war einer der festlichsten Abende seit Jahren im Hause Cobb. Er erreichte seinen Höhepunkt, als Maximus mit einer Krücke auf den Fußboden schlug und verkündete: »Wir heißen unseren Sohn Persifer willkommen, der in verschiedenen Heeresberichten aus Mexiko lobend erwähnt wurde. Morgen übernimmt er die Verwaltung unserer Plantagen, und wir wünschen ihm alles Gute.« Gläser wurden erhoben und Trinksprüche auf Persifer ausgebracht; doch in jeder Kutsche, die nach Mitternacht die Auffahrt verließ, stellte man sich die Frage: »Und was wird der junge Somerset jetzt anfangen?«

Der junge Somerset war ein Gentleman. Nie würde er bestreiten, daß die Plantage von Rechts wegen seinem Bruder zustand; dennoch fügte er sich nicht, denn seine Frau Millicent, eine der klügsten Frauen Charlestons, ließ es nicht zu. Die letzten Monate des Jahres 1848 verbrachte er nach außen hin ruhig, dem Anschein nach ausschließlich damit beschäftigt, Persifer mit der großen Plantage auf Edisto vertraut zu machen, während er im stillen zusammen mit Millicent überlegte, welche andere Richtung er seinem Leben nun geben könnte. Nüchtern sprachen sie über die positiven und negativen Seite jeder eventuellen Lösung und sondierten selbst die unerfreulichsten Möglichkeiten. Was sie daran hinderte, eine Entscheidung zu treffen, war der Umstand, daß sie nicht genau wußten, über wieviel Geld sie verfügten. Natürlich unterhielt Sett ein privates Konto, aber es waren nur achttausend Dollar darauf; er hatte nie ein Gehalt bezogen und besaß auch kein eigenes Land, das er hätte verkaufen können. Er hatte immer angenommen, daß nach dem Tod seines Vaters genug Geld für Persifer und ihn vorhanden sein werde, aber das mußte nicht unbedingt der Fall sein, denn eine große Pflanzerfamilie wie die Cobbs besaß oft viel Land, viele Sklaven, aber nur wenig Bargeld.

Doch nun griff eine andere Cobb in die Debatte ein; sie tat es nie offen und vertraute ihre Pläne niemandem an, außer ihrem Mann in der Stille der Nacht. »Persifer«, flüsterte Tessa Mae. »Ich bin froh, daß du die Armee hingeschmissen hast. Ich habe dich hier gebraucht. Wir müssen alles tun, um Sett und Lissa hinauszumanövrieren.«

»Ich würde nie etwas tun, um...«

»Hör mal, Persifer. Sie oder wir. Denk an meine Worte: Wenn der stille Sett noch lange hier herumsitzt, wird er sehr bald seine charmante Art ablegen und zu einem richtigen Ekel werden.«

»Tessa!«

»Du mußt Druck auf ihn ausüben, und ich werde Lissa bearbeiten. Wir müssen sie hier rauskriegen.«

Zu Beginn des Jahres 1849 sah Millicent ein, daß ein weiteres Zusammenleben auf der Cobbschen Plantage unmöglich war. »Diese Tessa Mae ist eine schlaue Hexe, Sett. Schon dreimal hat sie sehr geschickt auf die Möglichkeit angespielt, daß wir nach Georgia gehen könnten. Und dein lieber Bruder Persifer, immer so rücksichtsvoll und korrekt, macht dir Schwierigkeiten, wo er kann. Mir reicht's! Ich möchte von deinem Vater persönlich hören, wie es um deine finanziellen Aussichten steht, und zwar sofort.« Und so marschierte sie gegen den Wunsch ihres Mannes allein zum Anlegeplatz hinunter, bestieg das Boot und ließ sich von sechs Sklaven zur Battery rudern, wo sie Maximus Cobb gegenübertrat, der wie gewöhnlich auf der Veranda saß.

»Somerset und ich müssen wissen, mit wieviel Geld wir rechnen können, Vater.«

Der alte Herr räusperte sich. Er hatte über solche Dinge nie mit Frauen gesprochen, nicht einmal mit seiner eigenen. Jetzt versuchte er es mit Ausflüchten. »Nun, also unsere Einkünfte aus dem vielen Land... Er hat jedenfalls keinen Grund, sich Sorgen zu machen.«

»Wenn wir uns aber eine eigene Plantage kaufen möchten...« stieß sie kühn nach.

»Das wäre aber doch sehr töricht, nicht wahr?«

»Das finden wir nicht«, entgegnete sie schroff.

»Aber ich finde es.« Mehr wollte er dazu nicht sagen. Er bat sie, zum Mittagessen zu bleiben, und obwohl sie am liebsten abgelehnt hätte, nahm sie die Einladung an, weil er ein einsamer alter Mann war, der nach Gesellschaft hungerte. Nachdem die Sklaven den Raum verlassen hatten, kam sie entschlossen auf das Thema zurück: »Ich verlange, daß du Somerset und mir genau erklärst, wie unsere zukünftige finanzielle Situation aussieht!«

»Was brauchst du von Geld zu wissen? Hast du nicht immer alles gehabt?«

Plötzlich in Zorn geraten, fuhr sie ihn an: »Weil wir vielleicht nach Georgia gehen.« Sofort bedauerte sie ihren Ausbruch, denn das eine Wort, das ihm schon soviel Kummer bereitet hatte, schien ihn hart zu treffen – so als ob sein lang verschollener und jetzt toter Bruder ihm dieses *Georgia* noch einmal ins Gesicht geschleudert hätte.

Nach ihrer Rückkehr in das Haus auf Edisto, das sie jetzt mit den Persifer Cobbs teilten, erklärte sie Sett ganz ruhig: »Dein Vater hat mich praktisch rausgeworfen. Er wollte mir nichts sagen. Auf Edisto sind wir Millionäre, auf den Straßen von Charleston sind wir bettelarm. Ich will, daß du jetzt auf den Cent genau feststellst, wieviel wir haben.«

Als Somerset, stets ein gehorsamer Sohn, erfuhr, daß seine Frau von ihrer beider Absicht, nach Georgia zu gehen, gesprochen hatte, war er entsetzt, denn er wußte, wie sehr dies seinen Vater verletzt haben mußte. Aber ihm war schon seit langem klar gewesen, daß die Möglichkeit einer solchen Entwicklung früher oder später zur Sprache kommen mußte, und als Millicent mit dem Bericht über ihren Besuch in Charleston zu Ende war, kam er zu dem Schluß, daß es vielleicht gar nicht so schlecht von ihr gewesen war, die Luft ein wenig zu reinigen. Am nächsten Tag schickten sie einen Brief an Cousin Reuben in Georgia, in dem sie ihn baten, nach Edisto zu kommen und ihnen mit seinem Rat zu helfen.

An einem schönen Sommertag im Juni kamen Reuben Cobb und seine Frau, Petty Prue, beide sechsundzwanzig Jahre alt und äußerst temperamentvoll, nach Charleston und stellten die halbe Stadt auf den Kopf. Reuben war über einen Meter achtzig groß und schlank, sah gut aus wie alle Cobbs und hatte feuerrote Haare, wie keiner der Cobbs. Er trug einen Schnurrbart, ebenfalls feuerrot, den er gern zwirbelte, während er mit lauter Stimme, die jede Widerrede zum Verstummen brachte, seine Meinung vortrug.

Das Auge dieses Wirbelwinds aus Georgia war Petty Prue, Tochter eines methodistischen Geistlichen, der seinem Töchterchen beigebracht hatte: »Um in diesem Leben weiterzukommen, muß man den Menschen gefallen.« Sie sah jedem, mit dem sie sprach, offen ins Gesicht und lächelte Männer und Frauen gleichermaßen verführerisch an. Sie war ein verrücktes junges Ding, dem die im Süden übliche Zurückhaltung völlig fehlte.

»Dein Boden läßt nach, Persifer«, sagte der rothaarige Cobb beim ersten Rundgang über die Plantage. »Auf den einzelnen Nigger gerechnet, kannst du hier nicht viel Gewinn erzielen.« Als Persifer einwandte, daß er ja Düngemittel importieren könne, konterte Reuben scharf: »Dabei geht der halbe Gewinn verloren. In deinem Alter, mit deinen Fähigkeiten – du mußt weg von hier.«

»Und wohin?« fragte Persifer geringschätzig. »Nach Georgia vielleicht?«

»Nein, nach Texas. Ich habe in einer Zeitung gelesen, daß der Baumwollertrag in South Carolina pro Hektar hundert Pfund beträgt, in Texas aber dreihundert.«

»Und du glaubst diese Zahlen?« wunderte sich Persifer.

»Ich habe mich bei Fachleuten erkundigt. Sie haben mir versichert, daß zumindest in den ersten Jahren, bei dem jungfräulichen Boden und so, diese Resultate immer wieder erzielt werden.«

»Aber für wie lange?« hielt Persifer entgegen.

»Lange genug, um ein Vermögen zu verdienen. Dann mußt du dir wieder neues Land suchen. Perse, Sett, laßt uns alle nach Westen ziehen.«

Der Gedanke, ein Cobb könnte Edisto gegen Texas eintauschen, erschien Persifer so abstrus, daß er den Vorschlag rundweg ablehnte. Doch als Reuben und Petty Prue mit den Somerset Cobbs allein waren, wurde weiter darüber gesprochen. »Sett, Lissa, wir müssen wirklich alle nach Texas. In Georgia ist es für uns inzwischen gelaufen. Auf Edisto seid ihr offensichtlich in der gleichen Lage. Wir können Land, das beste Schwemmland, für fünf Dollar den Hektar kaufen. Wir nehmen unsere Wagen, unsere Nigger und genügend Geld mit, um uns dort eine neue Existenz zu schaffen.« Er unterbrach sich und fragte: »Wieviel Bargeld könntest du denn zusammenkratzen, Sett?«

»Ich habe achttausend, und ich nehme an, Vater würde mir etwas dazugeben.«

»Damit rechnest du besser nicht. Sein Vater hat meinem Vater auch nichts gegeben. Aber eure Sklaven könnt ihr doch mitnehmen.«

»Lissa und ich haben je sechs, die uns persönlich gehören. Natürlich könnten wir die mitnehmen.«

»Teufel noch mal – verzeih, Lissa –, ich dachte so an fünfzig oder sechzig Stück. Du kannst deine Familie doch bestimmt dazu bewegen, euch mindestens fünfzig mitzugeben?«

Offenbar hatte er das Projekt schon seit Monaten geplant, denn jetzt holte er eine sorgfältig erstellte Liste von Dingen aus der Tasche, die er und Petty Prue für ein solches Unternehmen zur Verfügung stellen konnten.

»An wie viele Wagen denkst du?« erkundigte sich Somerset.

Aus einer anderen Tasche holte Reuben eine Liste der Wagen hervor; bei jedem war die Größe angegeben, die Zahl der Maultiere oder Ochsen, die nötig sein würden, ihn zu ziehen, und sein Inhalt. Siebenunddreißig Stück waren es. Millicent konnte sich die Frage nicht verkneifen: »Aber warum die Eile? Ihr müßt doch nicht fort. Mit uns ist es anders, wir müssen.«

Nun offenbarte ihnen Petty Prue die wahren Gründe. »Georgia hat sich verändert. Die alten Herren stellen neue Regeln auf. Was wir wollen, das ist ein neues Leben in einem Land, wo wir uns unser eigenes Paradies schaffen können.«

Am zweiten Abend aßen die drei Familien zusammen, und der rothaarige Reuben fand bei Tisch Gelegenheit, näher zu erläutern, was ihn zu seiner Entscheidung motiviert hatte: »Es gibt noch einen anderen Grund, warum ich gern in Texas wäre. Ich möchte den nördlichen Teil des Indianerterritoriums, das sie jetzt Kansas nennen, im Auge behalten. In Kansas stehen große Entscheidungen bevor, und ich möchte...«

»Was für Entscheidungen?« wollte Millicent wissen.

»Die Sklaverei. Wenn diese Schweine im Norden uns daran hindern, unsere Sklaven auf offenes Territorium wie etwa Kansas zu bringen, könnten sie unseren ganzen Fortschritt aufhalten.«

»Wird denn Texas sklavereifreundlich bleiben?« fragte Somerset.

»Keine Frage!« rief sein Cousin. »Sie haben ja gegen Santa Ana gekämpft, weil der die Sklaverei abschaffen wollte. Die wissen schon, wie sie ihre Rechte behaupten.«

»Wenn es um Texas geht, würde ich mich auf gar nichts verlassen«, warf Persifer ein, aber Reuben wandte sofort ein: »Woher kommen die Texaner? Aus Tennessee, einem sklavenfreundlichen Staat. Aus Alabama, Mississippi, Georgia. Alles Sklavereistaaten. Die Texaner werden bereit sein, wenn wir sie brauchen.«

»Werden wir sie denn brauchen?« fragte Persifer. Stille erfüllte den von Kerzen erhellten Raum, bis Reuben schließlich fortfuhr: »Ich habe ein paar Abolitionisten kennengelernt. Hatten sich nach Georgia reingeschlichen. Stramme Burschen, aber völlig korrupt. Sind nur gekommen, um uns unser Eigentum zu stehlen. Die werden nie aufgeben. Aber Männer wie wir drei werden auch nicht aufgeben. Es muß zu einer Kraftprobe kommen.«

Die Herren gingen auf die Veranda hinaus, wo Somerset seinem Cousin erklärte, seiner Meinung nach sei nicht die Sklaverei der eigentliche Streitfall zwischen Nord und Süd, sondern die kaltschnäuzige Art, wie der Norden von den Rohstoffen des Südens profitierte und gleichzeitig durch den Kongreß erhöhte Zölle festsetzen ließ, die den Süden daran hinderten, die Waren, die er benötigte, aus Europa kommen zu lassen.

Als in den nächsten Tagen offensichtlich wurde, daß sich die Somerset Cobbs von jeglichem Wettstreit um Edisto zurückziehen würden, zeigten Persifer und Tessa Mae plötzlich eine wundersame Großzügigkeit. »Zwanzig von unseren Feldsklaven kannst du dir natürlich mitnehmen«, sagte Persifer zu Somerset.

»Trajan hätte ich gern.«

»Du sollst Trajan haben. Ich werde es Vater erklären.«

Millicent nannte neun der besten Hausklavinnen und bekam sie auch; Tessa Mae gab noch zwei dazu, von denen sie wußte, daß Lissa sie schätzte. Persifer beauftragte seine besten Stellmacher und Zimmerleute, sieben bereits vorhandene Wagen auszubessern und sieben neue zu bauen, und Somerset bestellte in Charleston noch vier dazu.

Maximus Cobb protestierte dagegen, daß Trajan mit nach Texas gehen sollte, aber in diesem Punkt blieben die Söhne hart, und der alte Herr mußte sich dreinfinden.

Schließlich kam der Tag, da man es nicht länger hinausschieben konnte, über Geld zu reden. »Eines will ich dir sagen«, wandte sich Maximus an Somerset. »Wenn du dich entschlossen hättest, nach Georgia zu ziehen wie mein Bruder Septimus, dann hättest du keinen Cent bekommen. Da du aber nach Texas gehst, um mitzuhelfen, die Lebensart des alten Südens zu erhalten...« Er nahm einen Brief aus seiner Tasche – die Kopie eines Briefes, der bereits an eine Bank in New Orleans geschickt worden war – und reichte ihn seinem jüngeren Sohn. »Das ist mein Geschenk an dich und Lissa für ein neues Leben.« Es war ein Wechsel auf zwanzigtausend Dollar.

Am Sonntag, dem 30. September 1849, versammelten sich die Brüder Cobb, ihre Frauen und ihre Kinder im großen Haus in Charleston, um zusammen mit einem Geistlichen der Episkopalkirche zu beten. Anschließend wurde ein festliches Abschiedsmahl serviert.

Am nächsten Morgen waren schon bei Tagesanbruch alle auf den Beinen. Die vier in Charleston gebauten neuen Wagen standen bereit für die anstrengende Fahrt zu dem Treffpunkt, wo die schwereren Wagen, die direkt von Edisto kamen, warteten. Man tauschte Küsse, Tränen flossen, jeder umarmte jeden. Die Somerset Cobbs verabschiedeten sich von einem der vornehmsten Häuser Charlestons.

Doch die wahren Lebewohls wurden erst bei Anbruch der Abenddämmerung gesagt, als sich die kleine Karawane der Stelle näherte, wo der Weg in die Hauptstraße einmündete. »Schaut mal«, riefen die Kinder im vorderen Wagen zu ihren Eltern zurück, denn vor ihnen warteten schon die ersten fünfzehn Wagen. Rundherum standen nicht nur die Sklaven, die mit nach Texas sollten, sondern auch Hunderte anderer, die von der Insel gekommen waren, um sich zu verabschieden.

Es wurde nicht viel geschlafen in dieser Nacht. Da und dort fanden sich Gruppen zusammen, die Sklaven tauschten kleine Geschenke aus und genossen die kostbaren letzten Stunden, die sie noch miteinander verbringen durften. So weit man sich zurückerinnern konnte, nie hatte ein Cobb auf Edisto ein Sklavenkind von seinen Eltern getrennt, und es geschah auch jetzt nicht –, aber es ließ sich nicht vermeiden, daß viele Brüder und Schwestern einander zum letzten Mal sahen und daß viele von ihren alten Eltern getrennt wurden.

Im Morgengrauen brach man nach Texas auf – vier Weiße und zweiunddreißig Sklaven, verteilt auf achtzehn Wagen.

Es war der 2. Oktober 1849. Erst gegen Mittag hatten die Kutscher gelernt, welche Distanz sie zwischen den einzelnen Wagen halten mußten, um nicht vom Staub verschlungen zu werden. Beim ersten Halt am

Nachmittag war der Zug zweieinhalb Kilometer lang, und unter den Sklaven gab es viel Gejohle, als endlich der letzte Wagen eintraf.

Sobald die Fahrzeuge mit den Cobbs und ihrer privaten Ausrüstung hielten, traten Sklaven, Männer und Frauen, in Aktion; sie stellten die Zelte der Herrschaft auf, bereiteten Bäder vor und machten sich daran, das Essen vorzubereiten. An diesem ersten Abend herrschte ein lärmendes Durcheinander – die Köche fanden keine Töpfe, die Sklavinnen wußten nicht, wo das Bettzeug war –, aber unter der strengen Anleitung Trajans spielte sich allmählich alles ein.

Zweihundertfünfzehn Kilometer waren es von Edisto bis Augusta, der Grenzstadt in Georgia, und Somerset hatte sich ausgerechnet, daß sie nicht mehr als zwölf Tage brauchen würden. Aber am Samstag, als sie etwa den halben Weg hinter sich hatten, verkündete Millicent, daß sie nicht die Absicht habe, an Sonntagen zu reisen.

So kam es, daß sie erst früh am 15. Oktober in Augusta einzogen. Die folgenden zwei Tage verbrachten sie damit, Dinge einzukaufen, an die sie nicht gedacht hatten.

In den folgenden Wochen kamen die Reisenden über die holprigen Straßen Nordgeorgias nur schleppend voran. Bei strömendem Regen brauchten sie volle drei Tage, um die kleinen Städte Greensboro und Madison zu durchqueren, aber als Donnerstag früh der Himmel aufklarte, war Somerset bester Laune. »Heute und morgen müßt ihr alle gut aufpassen«, sagte er, »könnte sein, daß es eine große Überraschung gibt.«

So fuhren also die zwei Kinder mit Trajan im ersten Wagen und hielten Ausschau wie indianische Kundschafter. Gegen Mittag wurden sie für ihre Ausdauer belohnt, denn ein einsamer Reiter, ein sehr großer Schwarzer, kam ihnen auf einem Maultier entgegen und fing an zu rufen: »Seid ihr die Cobbs aus Edisto?« Trajan schwenkte begeistert seine Peitsche, und der große Mann warf die Arme in die Luft und brüllte: »Halleluja! Ich habe euch gefunden!«

Das war Jaxifer, Reuben Cobbs bester Mann, den er losgeschickt hatte, um die Karawane in Empfang zu nehmen. »Ich soll euch den Weg zeigen«, erklärte er, ließ sein Maultier tänzeln und schrie: »Halleluja, wir sind nach Texas unterwegs!«

Er ritt den ganzen Tag vor ihnen her. Am Abend versprach er den Kindern, die ihn sehr mochten, weil er genauso lebhaft und laut war wie sein Herr: »Morgen sind wir daheim. Die feinste Stadt in Georgia!«

»Wie heißt sie eigentlich?« wollten die Kinder wissen.

»Social Circle – Geselliger Kreis.«

Am Samstag morgen führte er sie über die staubige Straße nach Social Circle hinein, einem hübschen Städtchen mit zwei Baumwollentkernungsmaschinen, Lagerhäusern für die fertigen Ballen und einem wunderschönen alten Brunnen mitten auf der Hauptstraße. Dort warteten Reuben und Petty Prue, die den Reisenden große Schöpfkellen mit frischem Wasser reichten.

»Früher hieß die Stadt anders«, erklärte Petty Prue, »aber als sich alles hier am Brunnen traf, wurde sie in Social Circle umbenannt.«

Nach siebenundzwanzig Tagen beschwerlicher Reise genossen Sett und Millicent die fünf Tage, die sie in der kleinen Stadt verbrachten. Jeden Tag wurden sie in einem anderen Haus bewirtet.

Am Morgen des 1. November ließen die Reuben Cobbs ihre Wagen in einer Reihe auffahren, und nun war die Karawane vollständig: achtzehn aus Edisto kommende Wagen, achtunddreißig aus Georgia; vier Weiße aus Edisto, aus Georgia fünf.

Als der Leitwagen einmal tief im Mississippimorast steckenblieb, lernten Somerset und Millicent die weniger sympathische Seite ihres Cousins kennen, denn nachdem Reuben Jaxifer minutenlang angebrüllt hatte, weil es dem Schwarzen nicht gelang, das Fahrzeug aus dem Dreck zu ziehen, verlor der Weiße die Geduld und züchtigte den sich sich abmühenden Sklaven mit einer Peitsche. Siebzehn-, achtzehnmal schlug er dem großen schweigsamen Mann über den Rücken, und man hätte nicht sagen können, wer davon mehr entsetzt war, die Weißen oder Schwarzen von Edisto, denn in der ganzen Zeit seiner Tätigkeit als Leiter der Inselplantage hatte Somerset Cobb nie einen Sklaven ausgepeitscht. Er hatte sie an Disziplin gewöhnt und gelegentlich ins Gefängnis der Plantage gesteckt, aber nie einen von ihnen gezüchtigt oder einem Aufseher erlaubt, es zu tun.

Man konnte sehen, wie Trajan jedesmal zusammenzuckte, wenn die Peitsche fiel; man konnte hören, wie die Frauen von Edisto aufstöhnten. Dieser Vorfall in den Sümpfen Mississippis zeigte, was die Sklaverei wirklich bedeutete: Wenn ein Sklave gepeitscht wurde, wurden alle Sklaven gepeitscht.

Als Trajan, bebend vor Empörung, Jaxifer zu Hilfe kommen wollte, gebot Somerset ihm mit einer Handbewegung Einhalt, aber ohne daß ein Wort zwischen ihnen gewechselt worden wäre, wußte Trajan, daß sein Herr ihm etwas versprach: Wir von der Insel Edisto werden so etwas nie tun.

Es war eine unumstößliche Regel in den Baumwollstaaten, daß ein weißer Herr nie einen anderen in Gegewart von Sklaven rügte, und Somerset Cobb hielt sich daran. Als die Züchtigung zu Ende war, schämte er sich, weil er dem Sklaven Trajan gegenüber seine Gefühle offenbart hatte, und versuchte daher sein Gewissen zu beruhigen, indem er am Abend zu Reuben ging und sagte: »Du hattest ja heute ziemliche Probleme mit Jaxifer.«

»Jungs wie Jaxifer müssen gelegentlich belehrt werden.«

»Ja, ja.« Aber dann fügte er hinzu: »Auf Edisto haben wir unsere Nigger nie ausgepeitscht.« Er sagte es mit solcher Bestimmtheit, daß Reuben wissen mußte: Er mochte seine eigenen Sklaven züchtigen, nie aber durfte er sich an Somersets Schwarzen vergreifen.

In Vicksburg, der Stadt, die über den Mississippi River wacht, trennten sich die beiden Familien. Somerset und Millicent sollten mit dem Dampfer nach New Orleans hinunter und anschließend den Red River hinauf fahren. Um schon alles in Texas vorzubereiten, wollten Reuben und Petty Prue mit den Wagen über Land reisen.

So verabschiedete man sich also für kurze Zeit voneinander. Mit einem schnellen Flußdampfer fuhren die Somerset Cobbs den Mississippi hinunter bis zu einer Stelle in der Flußmitte, wo ein viel kleinerer Dampfer auf Passagiere wartete, die den Red River hinauffahren wollten. Mit schweren Brettern wurden die zwei Fahrzeuge miteinander verbunden und die vier Cobbs, sieben ihrer Sklaven, zwei zerlegte Wagen und sechs Pferde auf das kleinere Schiff verladen.

Auf dem Red-River-Dampfer roch es nach Kühen und Pferden, und die Verpflegung war weit weniger genießbar als auf dem großen Schiff. Doch der Fluß selbst und das Land, das er durchschnitt, war faszinierend, eine richtige Grenzlandwildnis. Die Kinder waren von den Pflanzungen entzückt. »Das sind keine Plantagen«, erklärte ihnen die Mutter, »das sind Farmen. Hier arbeiten Weiße.«

»Werden wir auch so eine Farm haben?« fragten die Kinder. Sie lachte: »Ein Jahr lang vielleicht. Aber nach zwei Jahren werden wir eine Plantage haben, so wie auf Edisto. Cousin Reuben wird das schon hinkriegen.«

In der Nähe von Shreveport machten die Cobbs Bekanntschaft mit einem Phänomen, das zwei Männer, die mit einer großen Schar Sklaven zu einer Versteigerung in Texas unterwegs waren, ihnen erklärten: »Direkt vor uns, das ist das große Red-River-Treibholz. Das blockiert alles. Weiße haben es 1805 entdeckt. Vor vielen hundert Jahren sind riesige Bäume, von Stürmen entwurzelt, flußabwärts getrieben und in den Biegungen unseres träge fließenden Stroms eingefangen worden.«

»Das passiert in allen Flüssen«, warf der zweite Sklaventreiber ein, »aber hier schleppten die Bäume so viel Erde in ihren verfilzten Wurzeln mit, daß sie einen ausgezeichneten Boden für Unkraut, Büsche und sogar kleine Bäume abgaben. Da! Schauen Sie nur! Ein ganzer Fluß in zwei Teile geschnitten!«

Die Blicke der Cobbs folgten der ausgestreckten Hand des Mannes. Der mächtige Strom, breit genug, um große Dampfer aufzunehmen, war eingeschlossen von einer undurchdringlichen Masse von Bäumen, Wurzeln, Gestrüpp und Blumen.

»Wie weit reicht das?« fragte Cobb.

»In dem ersten Bericht aus dem Jahr 1805 hieß es: ›Wir haben hier ein Treibholzgeschiebe von etwa hundertdreißig Kilometer Länge, stellenweise bis zu zweiunddreißig Kilometer breit.‹ Worauf die Herren in Washington mitteilen ließen: ›Brecht es auseinander.‹ Und das versuchten sie auch, denn dieses Gerümpel machte aus einer halben Million Hektar besten Ackerlands einen Sumpf.«

»Und warum konnte man es nicht auseinanderbrechen?« fragte Somerset. Die Männer grinsten. Jeder wollte die Geschichte erzählen: »Sie haben es ja versucht. Das Militär kam her und hat es versucht. Aber mit jedem Fußbreit, den sie hier freimachten, wuchs das Geschiebe da oben um das Zehnfache. Wissen Sie, welches Resultat die letzte Vermessung erbrachte? Länge hundertdreiundneunzig Kilometer – und kein Schiff kommt durch.«

Die vier Cobbs standen vorn neben den Sklavenhaltern, während das Schiff auf das Red-River-Treibholz losfuhr. Als es schon so aussah, als würde der Dampfer mit dem treibenden Gerümpel zusammenstoßen, drehte er nach links ab und vollbrachte dann eine Folge von verrückten Wendungen, sich so einen Weg durch ein Dschungelmärchenland bahnend, das sich nach allen Richtungen viele Kilometer weit erstreckte. »Es gibt auf der ganzen Welt nichts Ähnliches!«

Sie kamen aus dem Wasserwald hervor und sahen einen großen See, dunkel und geheimnisvoll, vor sich. »Er heißt Caddo«, erklärte einer der Sklavenhalter, »nach einem Indianerstamm, der einmal hier lebte.« Nach einigen geschickten Manövern verließ das Schiff den Lake Caddo, fuhr am 24. Januar 1850 in einen engen, von Zypressen gesäumten Wasserlauf ein und legte am Kai von Jefferson, Texas, an, wo sie von Reuben und Petty Prue stürmisch begrüßt wurden.

Reuben wurde immer rastloser. Er stand noch vor Tagesanbruch auf, verließ das Haus des baptistischen Geistlichen, in dem die Familie sich eingemietet hatte, ritt über alle bisher erschlossenen staubigen Straßen und suchte nah und weit nach zum Verkauf stehendem Land. Schließlich entschied er sich für zwölfhundert Hektar einige Kilometer östlich der Stadt. Das Land lag am Nordufer des Wasserlaufs, der den Lake Caddo mit Jefferson verband. Es gehörte einer Witwe, die es nicht allein bewirtschaften konnte; weil sie aber wußte, daß es fruchtbar war, verlangte sie siebeneinhalb Dollar für den Hektar, ein Preis, der Reuben zu hoch erschien.

»Ich mache Ihnen einen Vorschlag«, sagte er. »Wenn Sie Ihren Nachbarn, Mr. Adams, dem das Land neben dem Ihren gehört, überreden, es mir für zweieinhalb Dollar den Hektar zu verkaufen, gebe ich Ihnen fünfeinhalb für Ihr Land.« Als Mr. Adams Bedenken äußerte, versprach ihm Reuben: »Wenn Sie mir die achthundert Hektar Schwemmland von Mr. Larson verschaffen... Daß es jetzt jedes Jahr unter Wasser steht und fast nichts wert ist, sieht jeder... Wenn Sie ihn dazu bringen können, es mir für sechzig Cents den Hektar zu verkaufen, zahle ich Ihnen drei Dollar für Ihr Land.«

Er verhandelte jetzt mit drei Grundbesitzern und feilschte schon mit einem vierten, einem gewissen Mr. Carver, um dreihundert an den Rest angrenzende Hektar der besten gerodeten Felder, die er je gesehen hatte. Er bot ihm rund siebeneinhalb Dollar für den Hektar – wert war der Boden mindestens zehn.

Während die Besitzer noch hin und her überlegten, ritt Reuben von einer Farm zur anderen und erklärte, daß er ihnen mit seinem Angebot nur noch bis zum Mittag des nächsten Tages im Wort bleiben werde, und als er am Abend heimkehrte, zweifelte er nicht mehr daran, daß er und Somerset schon am nächsten Tag das Land in Besitz nehmen würden: Zwölfhundert Hektar von der Witwe, fünfzehnhundert von Mr. Adams, dreihundert von Mr. Carver und achthundert von Mr. Larsons wertlosem Schwemmland. Das Ganze war ein Riesengeschäft, das den größten Teil der Cobbschen Mittel beanspruchen würde, aber Reuben war überzeugt, daß dies der einzige Weg war, um in Texas in den Besitz größerer Ländereien zu kommen.

Die Cobbs bekamen ihre dreitausendachthundert Hektar zu den von Reuben angebotenen Preisen. Als sie sie schon sicher in ihrem Besitz hatten, wollte er noch zweihundert mehr, um ihr Land auf viertausend aufzurunden. Er entdeckte einen Burschen, der die gewünschte Anzahl Hektar an minderwertigem Schwemmland besaß, das jedes Jahr zweimal unter Wasser stand, und kaufte ihm den ganzen Bafel für fünfundzwanzig Cents den Hektar ab.

Das von Einwanderern aus den Südstaaten besiedelte Jefferson war von einer Stadt ähnlicher Größe in Alabama oder Georgia kaum zu unterscheiden. Was aber den Ort so besonders attraktiv machte, war die Tatsache, daß er die besten Züge dieser Staaten in sich vereinigte. »Kein Wunder, daß man es das Italien Amerikas nennt!« rief Millicent an einem Februarmorgen, als sie den Blick über ihr neues Land schweifen ließ.

Reuben hatte darauf bestanden, die Pflanzung Lakeview – Seeblick – zu nennen. »Wir haben hier doch gar keinen See«, protestierte Sett, aber der tatkräftige Rotschopf versicherte ihm: »Wir werden einen haben.«

Auch als die Cobbsche Plantage bereits fertiggestellt war, pflanzten die Cousins nur auf einem relativ kleinen Gebiet Baumwolle an; der größere Teil sollte Wald bleiben oder als Weideland verwendet werden. Doch sobald der erste kleine Stand Baumwolle gepflanzt war und noch bevor ihre Häuser gebaut waren, ließ Reuben alle Sklaven und dazu sechs Tagelöhner aus der Stadt mit ihren Maultieren an die Arbeit gehen: Unmittelbar neben dem Fluß mußten sie eine riesige Senke, mehr als einen Meter tief, ausheben.

»Laßt einen Damm neben dem Fluß, um das Wasser nicht eindringen zu lassen«, befahl er. Während sich die Senke vertiefte und große Erdmassen an den Ufern des zukünftigen Sees aufgeschüttet wurden, arbeitete er genauso fleißig wie die anderen. Als alle erschöpft waren, gönnte er der Mannschaft zwei Tage Ruhe, holte sie aber dann wieder zurück, um den Seeboden zu planieren und einen zwei Meter tiefen Kanal vom Fluß zu der Stelle zu graben, wo später die Anlegestelle sein sollte.

Schon bald war der Kanal breit genug, um Schiffe vom Lake Caddo einfahren zu lassen. »Und jetzt kommt das Beste«, verkündete Reuben und befahl den Sklaven, den Damm, der den Fluß fernhalten sollte, bis zur Wasseroberfläche abzutragen. Dann ließ er Löcher in die Trennwand bohren, sie mit Sprengstoff füllen und wies alle an zurückzutreten. Die Ladungen detonierten, der Damm barst, und das Wasser aus dem Fluß ergoß sich in das von Menschenhand geschaffene Seebecken und in den Kanal. Von dem Hügel aus, auf dem die Villen der Cobbs eines Tages errichtet werden würden, beobachteten Frauen und Kinder entzückt, wie vor ihren Augen ein See entstand.

Die Cobbs waren nicht dumm. Nicht einen Augenblick lang glaubten sie, daß zwei Familien, die so unterschiedlich waren wie die ihren, gemeinsam eine Plantage betreiben könnten, und darum suchten sie, nachdem der Landkauf abgeschlossen war, einen Anwalt in Jefferson auf, der eine detaillierte Aufstellung darüber ausarbeitete, wem was gehörte. »Wenn ich es recht verstehe, soll Mr. Somerset die zwölfhundert Hektar bekommen, die Sie von der Witwe gekauft haben, dazu hundertfünfzig des von Carver erworbenen Landes. Mr. Reuben erhält einen Rechtstitel auf die fünfzehnhundert von Mr. Adams und das gesamte Schwemmland.«

»Dazu erkläre ich mein Einverständnis«, sagte Somerset.

»Und ich das meine«, fügte Reuben hinzu.

»Gut. Nun, der See sowie vier Hektar Uferland und der Zugang zum Fluß sollen gemeinsames Eigentum sein und zu Ihrer beider Häuser zeitlich unbegrenzt frei zugänglich sein.«

»Einverstanden.«

»Zu Ihrem gemeinsamen Eigentum werden auch der Anlegeplatz gehören sowie alle Lagerhäuser und Entkernungsmaschinen.«

»Richtig«, stimmte Reuben zu. »Wir werden alles gemeinsam bezahlen und in unser Gesamteigentum übernehmen. Aber ich möchte, daß Sie nicht nur die Entkernungsmaschine hier anführen, sondern auch jede andere Anlage, die wir vielleicht aufstellen wollen.«

»Welcher Art?« wollte der Anwalt wissen.

»Das wird sich noch zeigen.«

Und noch bevor die Anlegestelle errichtet und mit dem Bau der Häuser begonnen wurde, ging Reuben daran, eine Maschinenanlage zu entwerfen, wie er sie schon seit langem plante. Er stellte drei Zimmerleute ein – für einen Dollar und zehn Cents pro Tag, wobei sie alle Werkzeuge und Nägel zur Verfügung stellen mußten – und baute mit ihnen zusammen ein zweigeschossiges Egrenierhaus. Von den Sklaven ließ er eine massive Plattform errichten, auf der eine Zehn-PS-Dampfmaschine stehen sollte, die er aus Cincinnati kommen lassen würde, wo damals alle guten Maschinen hergestellt wurden.

Doch die Entkernungsmaschine war nur ein Teil seines Plans. Wenn ein Treibriemen an die rotierende Spindel der Maschine angefügt wurde, setzte sie eine lange Hauptspindel im Obergeschoß in Gang, von der wiederum vier Treibriemen ausgingen. Die Antriebskraft war jedoch nicht hoch genug, um alle vier Treibriemen gleichzeitig zu betätigen, sondern reichte nur für jeweils zwei. Einer davon führte natürlich zur Entkernungsmaschine; ein anderer lief ins Erdgeschoß zurück, wo er die große Presse bediente, welche die Ballen formte, die nach New Orleans und von dort nach Liverpool verschifft wurden. Der dritte und der vierte Treibriemen führten zu Neuerungen, auf die Reuben besonders stolz war und die den Erfolg der Lakeview-Plantage begründeten: Der dritte Treibriemen übertrug die Kraft in einen Zubau zum Egrenierhaus, wo eine Mühle stand, die ausgezeichnetes Mehl produzierte. Der vierte Treibriemen versorgte eine Sägemühle mit Energie.

Die Baumwolle wurde weniger als das halbe Jahr über entkernt und gepreßt; die Korn- und die Sägemühle konnten jederzeit betrieben werden. Mit ihnen wurde der größte Gewinn der Plantage erzielt. Die Entkernungsmaschine, die weniger Antriebskraft benötigte als jede der drei anderen, stellte die große Konstante im texanischen Handel dar, doch die Lebensqualität hing davon ab, was zusätzlich geleistet wurde. Nur wenige – unter ihnen eben Reuben Cobb – begriffen diese gegenseitige Abhängigkeit; die große Mehrzahl der Texaner zeigte dafür kein

Verständnis – und von Generation zu Generation glaubten die Produzenten und ihre Bankiers felsenfest eines nach dem anderen: »Die Baumwolle regiert! Die Viehzucht regiert! Das Öl regiert! Die Elektronik regiert!« Sie täuschten sich immer wieder, denn das einzige, was immer wieder regierte, waren Erfindungsgabe und die harte Arbeit der Männer und Frauen in Texas.

Die Reuben Cobbs bauten ihr Haus auf einer Anhöhe, von der aus sie den See überblicken konnten; auf ihrem Hügel konnten die Somerset Cobbs das gleiche tun. Sobald die Häuser bewohnbar waren, stellte Somerset, der gesetztere der zwei Cousins und der erfahrenere in der Führung einer großen Plantage, eine Kosten-Nutzen-Rechnung auf und legte sie seinen Partnern vor.

»Vergeßt nicht!« rief Reuben den beiden Frauen, Tessa Mae und Petty Prue, zu, nachdem er die Zahlen überflogen hatte, »mit jedem Jahr steigt der Wert unserer Sklaven, und ich bin überzeugt, daß die Baumwolle nächstes Jahr in Liverpool höhere Preise erzielen wird.«

Vorsichtig, denn er wollte der Familie keine allzu großen Hoffnungen machen, fügte Sett hinzu: »Bald werden wir beträchtliche Gewinne mit unserer Baumwolle und unseren Mühlen erzielen.« Petty Prue jubelte: »Hoch die Cobbs! Hoch die beste Plantage in Texas!«

Während sich die Cobbs so erfolgreich etablierten, blieb auch Yancey Quimper unten in Xavier County nicht untätig. Als er im Jahr zuvor von Captain Sam Garners Tod in Mexiko erfahren hatte, war sein erster Gedanke gewesen: Er hinterläßt eine Witwe und zwei Kinder. Bei soviel Land werden sie Hilfe brauchen.

In Wirklichkeit hatte Garner gar nicht soviel Land besessen: zweihundertsechzig Hektar für seine Dienste bei San Jacinto, ein paar Hektar, die seine Frau gekauft hatte, und achtzig von einem Schuldner, der nicht hatte zahlen können. Im Zentrum von Campbell gelegen, war der kleine Garnersche Besitz jedoch durchaus nicht zu verachten.

Mit einem wachsamen Auge auf die Witwe Garner – es sollte sich kein Abenteurer vor ihm an sie heranmachen –, wartete General Quimper, was man eine »angemessene Zeit« nannte, und stürzte sich dann auf sein

Opfer. In einem Grenzstaat wie Texas, wo die Frauen knapp waren, lag die »angemessene Zeit« – die Trauerzeit einer attraktiven Witwe nach dem plötzlichen Hinscheiden ihres Ehemanns – zwischen drei Wochen und zwei Monaten. Die Männer brauchten Frauen, die Frauen brauchten Schutz; verwaiste Kinder waren durchaus kein Hindernis.

Als Quimper mit Rachel Garner über ihre gefährliche Lage zu sprechen begann, betonte er zunächst vor allem ihre Verantwortung für die Erziehung und Ausbildung der Kinder. – Was nicht einmal geheuchelt war, denn er mochte die Jungen.

Bei seinen nächsten Besuchen fing er dann an, über die Probleme zu sprechen, die sie jetzt mit ihrem Land haben würde. »Heute ist es nichts wert, vielleicht zweieinhalb Dollar der Hektar, aber in Zukunft, Rachel...« Er sprach sie jetzt nur mehr mit Rachel an und achtete darauf, daß immer eines der Kinder dabei war, wenn er sich mit ihr unterhielt. Und er ließ sich detailliert über die Schwierigkeiten aus, mit denen sie als unverheiratete Frau bei der Bewirtschaftung des Landes konfrontiert werden würde.

An einem Apriltag des Jahres 1850 ergriff er plötzlich in Anwesenheit der Kinder Mrs. Garners Hände und starrte sie an, als überwältige ihn eine völlig unerwartete Leidenschaft. »Sie können sich doch nicht allein um eine Farm kümmern und gleichzeitig zwei reizende Kinder behüten. Lassen Sie mich Ihnen beistehen!«

Nachdem er diese Worte ausgesprochen hatte, verließ er die Küche, wie von großer Bestürzung befallen, und ließ sich zwei Tage nicht blicken; am dritten jedoch kam er wieder, konnte sich vor Entschuldigungen für sein unziemliches Benehmen gar nicht lassen und fühlte sich scheinbar sehr erleichtert, als er Mrs. Garner sagen hörte: »Sie brauchen sich nicht zu entschuldigen. Sie wurden von einem ehrlichen Gefühl überkommen, und dafür achte ich Sie.«

Kurz nachdem die Verlobung bekanntgegeben worden war, erhielt Rachel Garner den Besuch eines großgewachsenen, derben Mannes namens Panther Komax.

Panther kam ohne Umschweife zur Sache: »Heiraten Sie ihn nicht, Mrs. Garner. Er tut nichts ohne Hintergedanken.«

»Was wollen Sie damit sagen?«

»Er will sich Ihr Land aneignen. Er will sich alles schnappen.«

»Meine Kinder brauchen einen Vater.«

»Aber nicht den.« Er sah sich in der sauberen Küche um. »Nett sieht es hier aus. Captain Garner würde stolz auf Sie sein.« Rachel runzelte die Stirn. »Sam würde wollen, daß seine Kinder einen Vater haben. Er würde es verstehen.« Wütend starrte sie Panther an und fragte: »Was hat General Quimper Ihnen eigentlich getan?« Komax sah ein, daß er einen Fehler gemacht hatte. »Nichts. Ich habe ihn nur mit Ihrem Mann verglichen. Und wenn ich das tue, dreht sich mir der Magen um.«

In Wahrheit hatte Quimper Panther eine ganze Menge angetan, und kaum war die Trauung mit Rachel Garner vollzogen, wandte der General seine Aufmerksamkeit einer geschäftlichen Angelegenheit zu, die er einige Zeit zuvor auf betrügerische Weise eingefädelt hatte.

1848 war Komax aus Mexiko zurückgekehrt, und zwar zusammen mit einem pausbäckigen mexikanischen Schuhmacher namens Juan Hernández, der die besten Stiefel anfertigte, die die Männer dieses Bezirks je gesehen hatten. Sie waren geschmeidig und doch so fest, daß Mesquitedornen sie nicht durchdringen konnten. Vor allem die Berichte über drei verschiedene Besitzer solcher Stiefel, die von Klapperschlangen angegriffen worden waren, deren Giftzähne das Leder jedoch nicht hatten durchdringen können, ließen die Komax-Stiefel in der ganzen Gegend berühmt werden.

Juans Stiefel fanden so reißenden Absatz, daß Panther, der den Verkauf organisierte, viele Leute nicht beliefern konnte, obwohl er den Preis auf vier Dollar das Paar erhöht hatte. Als daher im Dezember 1849 wahre Horden von Prospektoren in Texas einfielen, um, vom Goldrausch erfaßt, über El Paso auf dem Landweg nach Kalifornien zu gelangen, brachte die Zahl von Goldsuchern, die bis zu vierzig Dollar für ein Paar von Juans Stiefeln boten, Komax in große Verlegenheit.

»Fahr nach Matamoros oder Monterrey hinunter«, schlug Komax dem Schuster vor. »Such dir dort fünf oder sechs gute Schuhmacher, bring sie her, und wir verdienen ein Vermögen.« Als Juan aufbrach, packte Komax ihn am Handgelenk: »Versprichst du wiederzukommen?« Der Mexikaner antwortete auf spanisch: »Amigo, mir ist es noch nie so gutgegangen. Du bist ein Mann, dem man vertrauen kann.«

Bald war Hernández mit fünf mexikanischen Schustern in Xavier zurück. Unter seiner und Panthers Anleitung wurden nun Stiefel von so hoher Qualität hergestellt, daß die Nachfrage auch dann nicht sank, als der Goldrausch allmählich abebbte.

Die Stiefel kosteten jetzt elf Dollar das Paar – zwölf, wenn Hernández selbst das Oberleder mit mexikanischen Motiven versah. Der große Vorteil der Komax-Stiefel bestand darin, daß sie wie angegossen paßten. Bisher hatten Schuster sowohl in Mexiko als auch in Texas einfach einen Stiefel gemacht: groß, eckig, fest und mit den gleichen Konturen für den linken wie für den rechten Fuß. Diese Stiefel waren so unbequem, daß der Käufer sie manchmal ein halbes Jahr tragen mußte, bevor sie sich an seine Füße gewöhnt hatten oder umgekehrt. Juan Hernández änderte das, indem er die genauen Umrisse der Füße seines Kunden auf ein Blatt Papier zeichnete, den linken wie den rechten, und dann das Leder so zuschnitt, daß die Stiefel paßten.

Daß ein so nichtsnutziger Bursche wie Komax auf eine solche Goldgrube gestoßen war, schmerzte Quimper sehr; er kam zu dem Schluß, daß es seine Pflicht sei, das ganze Unternehmen unter strenge Kontrolle zu bringen. Und er kannte niemanden, der besser geeignet gewesen wäre, diese Kontrollfunktion auszuüben, als er selbst, denn er sprach Spanisch und unterhielt Beziehungen zu reichen Leuten, die sich solche Stiefel leisten konnten.

Um die Übernahme zustande zu bringen, brauchte er die Mithilfe eines Richters oder Sheriffs. Einem Gentleman von Rang, der ein paar Goldstücke in der Tasche hatte, standen in Texas der eine wie der andere zur Verfügung. Eines Morgens rief Richter Kemper Komax zu sich: »Sie haben diese Mexikaner hergebracht, Panther. Das könnte Sie ein paar Jahre kosten.« In Wahrheit gab es kein Gesetz, das es dem ehemaligen Ranger verboten hätte, die Mexikaner ins Land zu bringen. Dann ließ der Richter den Sheriff kommen: »Wir Sheriffs hier in der Gegend behalten Sie im Auge, Panther, Sie und ihre dubiosen Geschäfte.« So richtig überzeugt aber war Komax erst, als sechs bewaffnete Männer in der Werkstatt erschienen und drohten, alle Mexikaner über den Haufen zu schießen, wenn sie sich nicht aus Texas fortscherten. Weil er große Angst vor einem Rohling wie Komax hatte, ließ Quimper sich erst wieder blicken, als die Drohungen den wilden Mann weichgemacht hatten. Dann erschien er, um Panther salbungsvoll die gute Nachricht zu überbringen, daß er ihn schützen und mit den Ordnungshütern alles ins reine bringen könnte, indem er ihm die Mexikaner abnahm. Mit dieser einfachen, aber wirkungsvollen Methode bekam General Quimper die Stiefelfabrikation in die Hand. Er gab Anzeigen in Houston und Austin auf, er klapperte die vielen Garnisonen der US-Armee ab, wo er interessierten Offizieren seine ausgezeichneten Stiefel anpries, und er setzte das Markenzeichen »General-Quimper-Stiefel« mit dem gleichen Geschick durch, mit dem Samuel Colt seinen Namen zu einem Synonym für gute Revolver gemacht hatte.

Nachdem Reuben noch weitere fünfhundert Hektar relativ wertlosen Schwemmlandes erworben hatte, besaßen die Cobbs jetzt insgesamt viereinhalbtausend und, um diese zu bewirtschaften, achtundneunzig Sklaven. Auf Grund langjähriger Erfahrung wußten die Eigentümer, daß ein kräftiger Landarbeiter nur vier Hektar Baumwolle oder zweieinhalb Hektar Getreide nutzbringend bearbeiten konnte; das bedeutete, daß ein Großteil des Landes brachliegen mußte, und genauso wollte Reuben es haben. »Heute sieht dieses Schwemmland nach nichts aus, aber es kommt die Zeit, da wird es unbezahlbar sein.« Er hatte etwas ganz Besonderes im Sinn: Er wollte es eindeichen und »Farmer-Roulette« spielen: gewaltige Ernten einfahren, wenn es keine Überschwemmung gab – oder aber alles verlieren, wenn die Flut kam. »Aber wir gewinnen selbst dann, wenn das Land überschwemmt wird«, erklärte er seinem Cousin, »denn das Wasser bringt frischen Schlick von den Äckern eines anderen mit und macht unseren Boden fruchtbarer.«

Die Cobbschen Baumwollfelder waren gar keine richtigen Felder, sondern offenes Gelände zwischen hohen Bäumen. Aber wenn das Land auch seiner Erscheinung nach nicht eben gefällig wirkte, so ließen sich doch Anzeichen dafür erkennen, daß es sich in drei Jahren zu wahren Prachtfeldern entwickelt haben würde, denn alle Bäume, die einer ordentlichen Bestellung jetzt noch im Weg standen, waren geringelt worden und starben langsam ab. In zwei Jahren würden sie ausgetrocknet sein und gefällt werden können.

Nicht um seine Felder also, wohl aber um seine Sklaven machte Reuben sich Sorgen, denn in einem entlegenen Land wie Texas, wo man nicht leicht Ersatz fand, stellten sie einen beachtlichen Wert dar. Sollten die Nordstaaten die Cobbs ihrer Sklaven berauben, würde die Familie nicht nur ihre Investition verlieren; sie hätte dann auch keine Möglichkeit mehr, ihre Plantage zu bewirtschaften. Der durchschnittliche Wert eines Sklaven war in Jefferson auf neunhundert, einer Sklavin auf siebenhundertfünfzig Dollar gestiegen, und da Reuben und Somerset nur die besten mitgebracht hatten, waren ihre Schwarzen – die Kinder nicht mitgerechnet – etwas über sechzigtausend Dollar wert – ein Besitz, für den zu kämpfen es sich lohnte.

Deshalb war Reuben sofort mißtrauisch, als Elmer Carmody, ein sechsundzwanzigjähriger Journalist aus dem Norden, in Jefferson eintraf und seine Absichten überall folgendermaßen kundtat: »Ich schreibe eine Artikelserie über den Neuen Süden – Alabama, Mississippi, Texas... Vom Alten Süden wissen wir ja schon alles, aber Texas ist für uns im Norden von größtem Interesse.«

Er sprach mit jedem, der für ein Schwätzchen Zeit hatte, und ließ sich die finanziellen und verwaltungstechnischen Einzelheiten der Plantagenbewirtschaftung genau sagen. Auf seinen Spaziergängen durch die kleine Stadt hörte er immer wieder von den Cobb-Brüdern, wie man sie nannte. Am fünften Tag seines Aufenthalts in Jefferson bekam er Besuch von Reuben.

»Wie ich höre, schreiben Sie über uns.«

»Das habe ich vor.«

»Ungünstiges, nehme ich an.«

»Ich berichte Tatsachen, Mr. Cobb. Und nach dem, was mir zu Gehör gekommen ist, haben Sie und Ihr Bruder...«

»Cousin. Er kommt aus Carolina. Ich aus Georgia. Aber wenn Sie eine wirklich gut geführte Plantage sehen wollen... Es wäre mir eine Ehre, wenn Sie mich hinausbegleiten würden.«

Carmody nahm diese Einladung sofort an. Schon am ersten Abend wurde politisiert. Reuben fragte: »Sind Sie Abolitionist?«

Der Zeitungsmann erwiderte: »Ich bin gar nichts. Ich schaue mich um. Ich höre zu. Ich berichte.«

»Und was werden Sie über uns hier in Texas berichten?«

»Daß die gewinnbringende Sklavenhaltung hier in den letzten Zügen liegt.«

»Sie geben also zu, daß wir Gewinn machen.«

»Ja, aber nicht mehr sehr lange – und zu einem exorbitanten Preis für Ihre Gesellschaft. Der Mann, der mit seinen Sklaven nach Texas kommt, muß all seine und die Energie seiner Sklaven darauf richten, Baumwolle zu pflanzen. Zugegeben, mit Baumwolle lassen sich große Gewinne erzielen. Meine Untersuchungen haben ergeben, daß selbst ein armer Schlucker von Pflanzer für sieben Cents das Pfund produzieren kann. Bei guter Verwaltung kann man die Gestehungskosten auf fünf drei viertel Cents senken, und dann verdient man auch noch, wenn man für sieben Cents verkaufen muß; erzielt man sechzehn Cents, verdient man ein Vermögen. Ich weiß, daß Sie in manchen Jahren noch höhere Gewinne erwirtschaften, aber Sie müssen immer mehr Sklaven und mehr Land kaufen. Und was tun Sie bei Bodenmüdigkeit? Ihre Gewinne werden nicht in den Aufbau einer multidimensionalen Gesellschaft investiert. Für heute und nächstes Jahr und alle kommenden Jahre gilt das gleiche: Wenn Sie etwas brauchen, müssen Sie es aus Cincinnati kommen lassen. Sie produzieren keines der nützlichen Dinge, auf die eine komplexe Gesellschaft angewiesen ist, und am Ende des Weges werden Sie für dieses Versäumnis einen schrecklich hohen Preis zahlen müssen.

Auf meiner Reise habe ich schon neun oder zehn vernünftige Leute sagen hören: ›Es ist möglich, daß wir eines Tages Krieg führen müssen, um uns gegen die Yankees zur Wehr zu setzen, um unseren unantastbaren Lebensstil zu bewahren.‹ Und die so sprachen, haben mich überzeugt, daß sie es ernst meinen und daß ihre Söhne die tapfersten der Welt sind. Da aber der Norden alle Fabriken hat, alle Eisenbahnen, alle Arsenale, alle Werften, muß er auf lange Sicht gesehen die Oberhand gewinnen, wie schneidig Ihre Jugend auch sein mag.

Bevor Sie nun meine Argumente zerpflücken, lassen Sie mich noch eines sagen: Der höchste Preis, den Sie für Ihre Sklavenhalterwirtschaft bezahlen, besteht darin, daß Sie die Planung des Erziehungswesens und den gesamten gesellschaftlichen Fortschritt hinauszögern. Sie haben keine öffentlichen Schulen, weil die Hälfte Ihrer Bevölkerung – die schwarze Hälfte – sie nicht braucht. Sie werden nur eine Partei hier haben, nämlich die, die sich der Beibehaltung der Sklaverei verschrieben hat. Das ist der schreckliche Preis, den Sie für diese schreckliche Einrichtung zahlen müssen. Sie sollten sie so schnell wie möglich abschaffen.«

Sowohl Somerset als auch Reuben fanden ein Dutzend widerlegbare Punkte in Carmodys Thesen; der Journalist hörte sich alles an, nickte freundlich, wenn sie recht hatten, und schüttelte den Kopf, wenn sie Hirngespinste mit Fakten verwechselten.

Noch zwei Tage blieb er bei den Cobbs. Am Abend bevor er nach

Jefferson zurückkehrte, sagte Reuben zu ihm: »Sie wissen viel von uns. Ich würde Sie gern als Verwalter anstellen.«

Carmody lächelte. »Sie haben mich fast überzeugt, daß eine Plantagenwirtschaft funktionieren kann.«

»Aber wir konnten Sie eben nicht ganz überzeugen, nicht wahr?« fragte Somerset.

Der junge Mann nickte: »Das ist richtig. Ihre Art zu leben ist dem Untergang geweiht. Ihre Wirtschaftslage wird sich kontinuierlich verschlechtern. Sie werden die Schwarzen nicht mehr lange wie Tiere halten können. Am Red River bin ich einem Methodistenprediger begegnet, einem gewissen Hutchinson – kein sehr guter Prediger, wenn Sie mich fragen, auf der Kanzel, meine ich, aber ein sehr kluger Mann. Er erzählte mir, daß er Sklaven in seinem Bezirk Lesen und Rechnen gelehrt und dabei festgestellt hat, daß einige von ihnen außerordentlich intelligent sind.«

An dem Tag, als Elmer Carmody Jefferson verließ, ritten Reuben Cobb und zwei seiner Nachbarn zum Red River hinauf, nur hundert Kilometer vom Indianerterritorium entfernt. Dort zogen sie Erkundigungen über das Tun und Treiben des Methodistenpredigers Hutchinson ein und versicherten sich der Unterstützung mehrerer ortsansässiger Pflanzer. Im Dunkel der Nacht ergriffen sie den schmächtigen, verängstigten Mann und banden ihn an einen Baum. Sie drohten ihm, wenn er je wieder die Sklaven des Bezirks aufhetzte, würden sie ihn töten. Dann peitschten sie ihn, bis er das Bewußtsein verlor. Sie ließen ihn an den Baum gefesselt und ritten davon.

Kurz vor Weihnachten 1850 lernten die Cobbs General Yancey Quimper kennen. Sie waren vom Auftreten und von der großen Vaterlandsliebe des Mannes beeindruckt. Der General war jetzt achtunddreißig Jahre alt, fleischig, glatt rasiert und neigte zu pathetischen Äußerungen. »Der größte Fehler, den Texas je gemacht hat, das war, als wir Sam Houston in den Senat der Vereinigten Staaten entsandten«, dröhnte er.

»Augenblick mal«, unterbrach ihn Somerset. »Ich habe Flugblätter gelesen, in denen Sie und Houston sich gemeinsam für die Aufnahme Texas' in die Union einsetzten.«

»Ja, das stimmt. Auch ein Gewohnheitstrinker kann mal ausnüchtern und das Richtige tun. Aber er ist ein Mann, dem man nicht vertrauen kann und nie vertrauen konnte.«

Quimper verließ Lakeview, und die zwei Cousins blieben verwirrt zurück. Reuben und Somerset waren unterschiedlicher Meinung in der Beurteilung dieses Mannes. Reuben, ein Mann der Tat, war ganz versessen darauf, sich dem General anzuschließen, und fürchtete bereits, der Maulheld könnte etwas ohne ihn unternehmen. Sett jedoch, ein besserer Menschenkenner als sein Cousin, wurde immer argwöhnischer, je länger er über den Mann nachdachte. Millicent teilte seine Ansicht. »Er ist ein Gauner«, sagte sie, als sie einmal allein waren. »Hast du das nicht gleich gemerkt?«

»Ich habe es gemerkt, aber ich habe auch festgestellt, daß das, was er über den Norden und den Süden sagt, recht plausibel klingt.«

»Nun gut. Hör ihm zu, solange er redet. Aber wenn er anfängt zu handeln, dann zieh dich zurück.«

Im Jahre 1854 kam Yancey Quimper wieder einmal nach Jefferson, zusammen mit einer Gruppe von neunzehn patriotischen Südstaatlern, die entschlossen waren, Kansas – wenn nötig mit Gewalt – auf die Seite der Sklavenhalter zurückzuführen. Er war begeistert von seinem Vorhaben und sprach so überzeugend darüber, daß Reuben Cobb sich sofort entschloß, ihn nach Norden zu begleiten.

Unauffällig drangen sie in drei Gruppen in Kansas ein und verbrachten zwei Wochen damit, sich Berichte über die Perfidie der Nordstaatler anzuhören. Vierzehn Tage lang taten sie nichts anderes, als zu kundschaften und Fluchtwege für den Fall ausfindig zu machen, daß sie von überlegenen Yankee-Einheiten angegriffen werden sollten. Natürlich gab es zu dieser Zeit keine solchen Einheiten; Quimpers Männer stießen nur auf einige abgelegene Farmen, die von Familien aus Illinois bewohnt wurden. Eines Nachts umzingelten sie die Höfe und griffen sie an.

»Niemand wird getötet«, befahl Quimper, während seine Männer näher krochen. Auf sein Signal hin liefen die Texaner brüllend auf die Häuser zu und besetzten sie so schnell, daß die Bewohner an Gegenwehr gar nicht denken konnten. Man führte die Familien auf einen nahen Berghang, und von dort mußten sie zusehen, wie ihre primitiven

Häuser, die sie sich mit viel Mühe gebaut hatten, von den Flammen verzehrt wurden.

»Geht zurück, von wo ihr gekommen seid«, warnte Quimper sie. »Leute eurer Art sind hier nicht erwünscht!«

Als die Banditen über den Red River zurückgekehrt waren – den Fluß, den der Kongreß als Nordgrenze von Texas festgelegt hatte –, erfuhren sie, daß Reverend Hutchinson, der Methodistenprediger, der wegen der Aufhetzung von Sklaven schon einmal bestraft worden war, seine üblen Aktivitäten wiederaufgenommen hatte. Quimper, Cobb und drei andere ritten zu seinem Pfarrhaus hinaus und hängten ihn.

Dann teilte sich die Gruppe. Cobb ritt nach Osten in Richtung Jefferson, Quimper nach Süden in Richtung Xavier. Aber einer hatte es dem anderen versprochen: »Wenn es losgeht, kannst du mit mir rechnen.«

Als Elmer Carmody sein Buch *Texas, gut und böse* veröffentlichte, konnte er nicht ahnen, daß es für die Bewohner der deutschen Gemeinden zu einer tödlichen Gefahr werden würde.

Als erfahrener Reiseschriftsteller hätte Carmody wissen müssen, daß es für einen Außenseiter riskant war, sich auf ein heikles Gebiet wie Texas zu wagen, und daß er auf heftige Kritik stoßen würde, wenn er den Way of Life dieses Staates kommentierte. Aber selbst er hatte nicht voraussehen können, wie aufreizend es wirken mußte, wenn er die Deutschen so vorteilhaft mit den »Barbaren« verglich, die er in anderen Teilen des Landes vorgefunden hatte. Besonders übelgenommen wurden ihm seine Ausführungen über weiße Baumwollpflanzer:

> »Nach meiner Ankunft in Texas versicherte man mir immer wieder, die Kultivierung der Baumwolle sei ohne Sklavenarbeit unmöglich; kein weißer Mann könne dieses anspruchsvolle Gewächs pflanzen und ernten. Aber ich stellte fest, daß die Deutschen im Bergland sehr gut mit der Baumwolle zurechtkommen. Sie pflanzen mit besseren Resultaten, emballieren sie sorgfältiger, als andere das tun, und erzielen schließlich Höchstpreise in Galveston, in New Orleans und Liverpool. Fredericksburg ist ein Beweis dafür, daß so gut wie alles, was die Texaner über die Sklaverei sagen, purer Unsinn ist.«

In den auf die Veröffentlichung von Carmodys *Texas, gut und böse* folgenden Jahren begannen immer mehr texanische Bürger in den Deutschen Fremdlinge zu sehen, die es ablehnten, mit dem großen Strom zu schwimmen, versteckte Abolitionisten, ja sogar Verräter am fundamentalen Patriotismus des Staates.

Als General Quimper wieder einmal die Cobbs besuchte, fand er sie erzürnt über das, was Carmody über sie geschrieben hatte. Quimper heizte sie noch an: »Nicht nur die Art, wie er sich für Ihre Einladung revanchiert hat, sollte Sie empören, sondern vor allem das Lob, das er den Deutschen spendet. Und ganz besonders was er über die Sklavenhalterei schreibt!«

Er nahm das Buch zur Hand und las den Absatz über die Baumwollpflanzungen ohne Sklaven vor. »Das zeugt von hochverräterischer Gesinnung! Die Zeit wird kommen, da wir diesen Deutschen eine Lektion werden verabreichen müssen. Wenn wir sie dabei erwischen, daß sie versuchen, unsere Sklaven zu beeinflussen...«

Er hatte einen der kuriosesten Aspekte des südstaatlichen Lebens angesprochen: Viele Sklavenhalter zweifelten nicht daran, daß wenn schon nicht alle, so doch zumindest ihre Sklaven mit dem Zustand der Unfreiheit überaus zufrieden waren; gleichzeitig aber hatten sie eine panische Angst vor Sklavenaufständen oder davor, daß Agenten aus dem Norden ihre Sklaven aufhetzen könnten. Immer wenn man vermutete, die »überaus zufriedenen« Sklaven bereiteten ein allgemeines Massaker vor, wurden sie geschlagen, ausgepeitscht und zuweilen auch gehängt. So hatte es zum Beispiel schwere Strafen gegeben, als man befürchtete, die Sklaven in Nacogdoches könnten rebellieren; und auf den bloßen Verdacht hin, sie hätten »mit unseren loyalen Sklaven Verbindung aufgenommen«, hatte man am Red River weiße Geistliche aufgeknüpft.

Anfang Juni 1856, als man in Texas von der Wahnsinnstat John Browns und seiner Söhne in Kansas erfuhr, rückten alle Pläne für eine gegen die Deutschen gerichtete Bestrafungsaktion in den Hintergrund.

»Sie haben Südstaatler ermordet!« Mit dieser Schreckensbotschaft eilte General Quimper von Haus zu Haus, und noch bevor die Einzelheiten auf ihre Richtigkeit hin überprüft werden konnten, waren Quimper und Reuben Cobb wieder unterwegs nach Kansas. Zusammen mit den neunzehn Mann, die sie begleiteten, stellten sie eine schlagkräftige Unterstützung für die Agenten der Südstaaten dar, die alles daransetzten, sicherzustellen, daß, sollte es zu einer Volksabstimmung kommen, diese zugunsten der Sklaverei ausgehen würde.

Mit aufregenden Berichten über ihre Erfolge in Kansas nach Texas zurückgekehrt – »ohne eigene Verluste neun Abolitionisten getötet!« –, begannen sie unverzüglich, Gleichgesinnte für neue Aktionen gegen die Union zu begeistern, stießen aber bald auf den Widerstand Sam Houstons, der fest entschlossen war, die Union zu erhalten und sein geliebtes Texas ihrem Schutz anvertraut zu lassen.

Quimper ließ nichts unversucht, den »alten Saufkopf«, wie er ihn nannte, zu demütigen. »Da sitzt er im Senat der Vereinigten Staaten und tut alles nur Mögliche, um Texas zu schaden. Immer stimmt er gegen unsere Interessen. Ein Abolitionist könnte es nicht schlimmer treiben!«

Seine Beschuldigungen trafen zum Teil ins Schwarze, denn an seinem Lebensabend legte der jetzt vierundsechzigjährige Sam Houston seinen früheren Wankelmut ab und sprach sich unmißverständlich für die Erhaltung der Union aus. Er erklärte jedoch, daß er nach wie vor für die Sklaverei eintrete.

In dieser Zeit des drohenden Chaos war er eine starke Stimme der Vernunft. Weil er aber, um die Union zu erhalten, für den Kompromiß von 1850 gestimmt hatte – mit dem die weitere Ausbreitung der Sklavenhaltung eingeschränkt worden war –, weil er keinen anderen Weg sah, um ihre Auflösung zu verhindern, beschimpfte man ihn ständig als Verräter an der Sache des Südens.

Als eine Folge der Ungnade, in die Houston gefallen war, dachte sich General Quimper eine geschickte Manipulation aus, um Houston selbst und dem Rest des Staates zu zeigen, wie sehr Texas seinen früheren Helden jetzt verachtete. »Wir wollen dem alten Narren zeigen, daß wir es ernst meinen«, zeterte er. »Am besten wählen wir seinen Nachfolger im Senat gleich jetzt!«

»Seine Amtsperiode läuft noch zwei Jahre. Nie zuvor ist ein Senator auf diese Weise gemaßregelt worden.«

»Aber wir tun es, und das ganze Land wird sich über ihn lustig machen.« Und sofort ging Quimper daran, seine Kollegen im texanischen Senat zu überreden, einen Nachfolger für Houston zu bestimmen, während dieser noch im Amt war.

Houston aber war eine Kämpfernatur. Da man ihm den Sitz im Senat verweigert hatte, kündete er 1859 an, er werde mit dem Ziel, die Union zu bewahren, für das Amt des Gouverneurs von Texas kandidieren. Er führte einen außerordentlich guten Wahlkampf, fuhr kreuz und quer durch den Staat und ließ seine ungewöhnlichen Überredungskünste spielen. Die Menschen strömten zusammen, um ihn zu sehen, hörten ihm zu, lehnten sein Programm ab, unterstützten ihn aber als Mann von Ehre in der Wahl.

Während die entscheidenden Präsidentschaftswahlen von 1860 immer näherrückten, erhielt Quimper das Trommelfeuer von Beschuldigungen gegen Houston aufrecht, und das drohende Verhängnis, dem die Nation entgegenwankte, bewirkte in den Leuten, daß sie diesen Bezichtigungen allmählich Glauben schenkten. So kam es, daß Sam Houstons Reputation schon wenige Monate nach seinem sensationellen Wahlsieg einen neuen Tiefpunkt erreicht hatte.

Die neue Republikanische Partei nominierte 1860 einen früheren Abgeordneten aus Illinois namens Abraham Lincoln zum Präsidentschaftskandidaten. Schon allein sein Name war für die Südstaatler ein rotes Tuch. Wann immer die Cobbs ihn erwähnen mußten, fluchten sie oder spuckten aus.

Die Eigenheiten des Wahlsystems brachten dem Anwalt aus Illinois mit 180 zu 123 Stimmen den Sieg und machten ihn zum Präsidenten einer in einer lebenswichtigen Frage gespaltenen Nation; alle seine Wahlmänner kamen aus den Nordstaaten. In Texas bekam er keine einzige Stimme, denn er durfte am Wahlgang nicht teilnehmen. Das Schlimmste aber war, daß er in den Südstaaten, die er nun zu regieren versuchen mußte, insgesamt weniger als hunderttausend Stimmen erhielt. Die Tragödie war nicht mehr aufzuhalten; jeder spürte das.

Alles, was Sam Houston hatte erhalten wollen, all die ehrenwerte Ziele, die er sich gesetzt hatte, alles war verloren. Aber er war immer noch Gouverneur und entschlossen, Texas von dieser Machtposition aus nicht vom Kurs abweichen zu lassen.

Um aber Texas bei der Stange zu halten, mußte er sich gegen Hitzköpfe wie General Quimper und relativ gemäßigte wie Reuben Cobb behaupten, die von den Überfällen nach der Art John Browns in Angst und Schrecken versetzt worden waren. Kaum waren die Wahlergebnisse bekannt, zogen sie und viele Tausende Gleichgesinnter schreiend durch die Straßen. »Unabhängigkeit sofort! Abraham Lincoln ist nicht unser Präsident!« Houston widersetzte sich energisch der Sezession und erinnerte die Texaner daran, daß die Union noch bestand und nach wie vor die Freiheit garantierte.

Nachdem South Carolina, der Staat, der stets als erster und ohne Rücksicht auf Verluste seine Rechte verteidigte, am 20. Dezember 1860 sich von der Union losgesagt hatte, kämpfte Houston noch verbissener, um seinen Staat daran zu hindern, diesem Beispiel zu folgen, worauf Quimper und andere Sezessionisten beschlossen, ihr eigenes Gesetz zu machen: »Wir werden gewählte Delegierte zusammenrufen und sie entscheiden lassen, welchen Kurs Texas steuern soll.« Als ihm klar wurde, daß dieser revolutionären Taktik Erfolg beschieden sein würde, schickte sich Houston in das Unvermeidliche und bemühte sich sogar, der Aktion ein Mäntelchen von Legalität umzuhängen. Er berief eine Sondersitzung der Legislative ein und ließ diese und nicht Quimpers Leute die Versammlung anberaumen.

Es wurde eine leidenschaftlich geführte Debatte. Die Delegierten schienen entschlossen, von der Union abzufallen. Man einigte sich darauf, eine Volksabstimmung durchzuführen. Mit 46 153 zu 14 747 Stimmen entschieden sich die Texaner dafür, die Union zu verlassen, auch wenn das Krieg bedeutete. Nur einer von zehn Texanern besaß einen oder mehrere Sklaven, aber fast acht von zehn, die abgestimmt hatten, verteidigten die Rechte der Südstaatler, und neun von zehn wollten sich, wenn es zu bewaffneten Auseinandersetzungen kam, für den Krieg entscheiden.

General Quimper sah im Ergebnis dieser Abstimmung den Beweis dafür, daß seinem alten Feind Houston nun von dem Staat, den er eigentlich führen sollte, eine endgültige Absage erteilt worden war. »Er muß zurücktreten!« hetzte Yancey. »Er hat unser Vertrauen verloren.«

Wie schon bei anderen Gelegenheiten, ignorierte Sam Houston auch diesmal das Gerede und setzte jedem, der es hören wollte, seine Ansichten auseinander: »Ja, ja, Texas ist von der Union abgefallen. Aber heißt das schon, daß wir uns der Konföderation angeschlossen haben? Das Ergebnis der Abstimmung bedeutet, daß Texas wieder ein freier Staat ist und stark genug, um sowohl den Süden als auch den Norden zu ignorieren. Laßt uns unser Schicksal wieder selbst in die Hand nehmen.« Doch die Mehrheit war so kriegslüstern, daß man seinen Rat zurückwies.

Die neuen texanischen Gesetze sahen vor, daß Houston, um im Amt bleiben zu können, einen Treueschwur auf die Konföderation ablegen mußte. Aber er beschloß, lieber zurückzutreten, als sich von Männern wie Quimper zwingen zu lassen, seinen auf die Union geleisteten Eid zu brechen.

Noch bevor es dazu kam, eröffnete sich ihm ein Ausweg. Präsident Lincoln bot ihm heimlich an, Bundestruppen zu seiner Hilfe nach Texas zu schicken, wenn er sein Gouverneursamt behalten und den Verbleib seines Staates in der Union sichern wollte. Das war eine große Versuchung. Doch Houston wollte, bevor er eine Entscheidung traf, mit einem Menschen darüber reden, auf dessen Verschwiegenheit er sich verlassen konnte, und schickte nach diesem Mann, dem er erst einmal begegnet war – nach Somerset Cobb, dem großen Pflanzer in Jefferson. Als die zwei Männer sich in Austin gegenübersaßen, sagte Houston: »In der Debatte um die Sezession vertraten Sie eine sehr vernünftige Ansicht. Wie sehen Sie die Dinge heute?«

Cobb war nicht so weit geritten, um sich in Platitüden zu ergehen: »Der Krieg läßt sich nicht mehr aufhalten. Der Süden wird tapfer kämpfen, dessen können Sie gewiß sein, aber am Ende werden wir verlieren.«

Die beiden Männer schwiegen. Gegen wen sollte man in einer Zeit wie dieser Loyalität beweisen? Houston war loyal gegen die Union, aber auch gegen Texas, seinen Staat. Cobb wiederum würde für alle Zeiten den Prinzipien Loyalität erweisen, nach denen er in South Carolina erzogen worden war, und wenn sein Heimatstaat den Krieg erklärte, mußte auch er für ihn eintreten. Doch die Erfahrungen der letzten Jahre hatte ihn auch gegen Texas loyal werden lassen; er sah ein, daß der momentane politische Kurs dieses Staates geradewegs ins Verderben führte, und dennoch mußte er sich in den Dienst dieser Sache stellen, von der er wußte, daß sie die falsche war.

»Was soll ich bloß tun, Cobb?«

»Können Sie, ohne Ihre Ehre zu verlieren, den Treueschwur auf die Konföderation ablegen?«

»Nein.«

»Dann müssen Sie zurücktreten.«

»Und Lincolns Angebot, mir militärische Hilfe zu leisten, um mich an der Macht zu erhalten?«

Wieder verstummte das Gespräch. Wie konnte der Gouverneur eines Staates fremde Hilfe in Anspruch nehmen, um sein Amt zu behalten, wenn die Bevölkerung seines Staates ihn und alles ablehnte, wofür er eintrat? Houston wußte, daß es für ihn unmöglich war, fremde Hilfe anzunehmen, um sich an einen Gouverneurssessel zu klammern, den er schon längst verloren hatte.

Man hatte Sam Houston gebeten, am Sonntag, dem 16. März, zur Mittagsstunde zu erscheinen und der neuen Regierung ein Treuebekenntnis abzulegen. Am Abend zuvor las der alte Haudegen in der Bibel, unterhielt sich mit seiner Familie und begab sich dann nach oben in sein Schlafzimmer. Die ganze Nacht ging er hin und her und rang um die Entscheidung, die er treffen mußte: »Margaret«, sagte er zu seiner Frau, als er am Morgen übermüdet zum Frühstück hinunterkam, »ich tue es nicht.«

Es wurde Mittag. Er zog sich in den Keller des Capitols zurück, wo er in einem alten Lehnsessel Platz nahm, sein Messer aus der Tasche holte und anfing, an einem Hickory-Ast zu schnitzen. Ein Bote kam die Treppe herunter und rief dreimal: »Sam Houston! Sam Houston! Sam Houston! Kommen Sie herauf und schwören Sie!« Stumm schnitzte er weiter. Schweigend gab er den Staat auf, den er selbst ins Leben gerufen hatte, und verließ die Bühne der texanischen Politik.

Was konnte Texas für die Konföderation tun? Es lag weit entfernt von den Schlachtfeldern und besaß keinerlei nennenswerte Industrie; wenn es seine Männer bewaffnen wollte, mußte es sich in Mexiko Gewehre und Munition beschaffen.

Es war ein nur dünn bevölkertes Land – 420 891 Weiße, 182 566 Sklaven und 355 freie Schwarze. Die meisten Texaner lebten in Gemeinden mit weniger als tausend Einwohnern. Nur zwei Städte, Galveston und San Antonio, hatten mehr als fünftausend. Auch konnte sich die Konföderation keine große Zahl von texanischen Rekruten erwarten, denn der Staat war stark landwirtschaftlich orientiert und brauchte seine Männer auf den Feldern.

Für alle Armeen der Welt gab es eine Faustregel, wonach man nicht mehr als zehn Prozent der Zivilbevölkerung zum Militärdienst heranzog. Texas, mit weniger als einer halben Million Weißer, hätte der Konföderation etwa fünfzigtausend Soldaten zur Verfügung stellen sollen. Es waren schließlich zwischen fünfundsiebzig- und neunzigtausend.

Als Betreiber einer Entkernungsanlage war Reuben Cobb vom Militärdienst selbstverständlich freigestellt: »Die Konföderation kann nur überleben, wenn ihre Baumwolle auch weiterhin die europäischen Märkte erreicht, denn nur so verdienen wir das Geld, das wir für Waffen und Lebensmittel brauchen.«

Aber davon wollte Reuben nichts wissen; er meldete sich schon am ersten Tag freiwillig. »Trajan und Jaxifer kommen mit der Maschine genauso zurecht wie ich«, beruhigte er seine Frau und zog in den Krieg.

Als erfahrener Kämpfer wurde Cobb willkommen geheißen, doch hielt man es nicht für angezeigt, ihn im Osten unter General Robert E. Lee einzusetzen, sondern als Kommandant einer Kompanie, die die Zugänge zum Red River verteidigen sollte. Dies bedeutete einen großen Vorteil für ihn: Er konnte des öfteren nach Süden, nach Lakeview reiten und seine Familie besuchen. Natürlich steckten auch seine beiden Söhne in Uniform, der eine mit der Texas Brigade, der andere diente unter seinem Landsmann Albert Sidney Johnston. Die Leitung der Plantage oblag nun Reubens Frau Petty Prue; hin und wieder half auch Cousin Somerset aus. Als Besitzer von mehr als zwanzig Sklaven wäre es auch Somerset Cobb möglich gewesen, um Freistellung vom Militärdienst anzusuchen, aber wie Reuben hatte er sich freiwillig gemeldet. An höherer Stelle aber war jedoch entschieden worden, daß er daheim dringend gebraucht wurde, um den Transport der Baumwolle zu überwachen, die nach New Orleans gebracht werden mußte. Die Stadt war im Augenblick noch offen. Drei mutige Flußschiffer durchbrachen immer wieder die Blockade, um die Ballen auf wartende englische oder französische Transportschiffe zu befördern.

»Gibt es Schwierigkeiten am Red River?« fragte Somerset seinen Cousin, als dieser wieder einmal unangekündigt zu Besuch nach Lakeview kam.

»Ja, ziemliche. Wir vermuten eine Rebellion in dieser Gegend. Wie geht es den Damen? Kommt Petty Prue zurecht?«

»Wir helfen ihr, wo wir können.«

»Wir?«

»Ja, Trajan und ich. Du weißt ja, ich habe keine Lust, ewig hier herumzusitzen.«

»Du wirst hier gebraucht, Sett.«

»Ich kann doch nicht zusehen, wie mein Sohn, wie meine zwei Neffen in Uniform... Was hörst du von den Jungen?«

»John hat mir berichtet, daß seine Texas Brigade an mehr Aktionen beteiligt war als jede andere Einheit. Wo sie hinkommen, wird hart gekämpft.«

»Er ist doch nicht verwundet, oder?«

»Gott schützt die Tapferen. Das ist meine feste Überzeugung, Sett. Wenn zwei Männer in die Schlacht ziehen, stirbt der Feigling als erster.« Er überlegte kurz und fragte: »Und wie geht es Millicent?«

»Nicht besonders, aber sie war nie sehr kräftig, das weißt du ja. Und jetzt, wo Krieg ist...«

»Sie braucht sich wirklich keine Sorgen zu machen.«

Somerset formulierte seine Frage sehr vorsichtig: »Glauben deine Leute, die vernünftigen, meine ich, glauben sie immer noch, daß wir diesen Krieg gewinnen können?«

»Wir müssen einfach gewinnen! Das Schicksal des Südens steht auf dem Spiel!«

Wenn man das Ergebnis der Volksbefragung über die Sezession nach Bezirken aufgliederte, stellte man fest, daß von insgesamt hundertzweiundfünfzig Bezirken achtzehn den Wunsch zum Ausdruck gebracht hatten, in der Union zu verbleiben: sieben an der Nordgrenze, wo der ständige Zuzug von Siedlern aus dem Norden das Erstarken südstaatlicher Tradition verhindert hatte, zehn unter den deutschen Bezirken im Zentrum des Staates, wo der Abolitionismus Wurzeln gefaßt hatte, und einer, Angelina, für dessen Entscheidung es keine logische Erklärung gab. Die Mehrheit für die Sezession in elf anderen Bezirken hatte weniger als zehn Prozent betragen. Texas war also wesentlich weniger eindeutig für die Unterstützung des Südens eingetreten, als die Cobbs prophezeit hatten.

Im Bergland gingen überzeugte Abolitionisten von einer deutschen Siedlung zur anderen und versuchten die Bewohner gegen die Sklaverei aufzubringen. Nur wenig richteten sie zunächst in Fredericksburg bei den Allerkamps aus – genausowenig wie bei Franziska, deren Mann Otto unten am Nueces River hinter Benito Garza her war, aber sie gewannen tatkräftige Unterstützung von drei anderen Familien, die sie mit gleichgesinnten Deutschen im Süden in Kontakt brachten.

Nachdem sie die in dieser Gegend herrschende Stimmung sorgfältig geprüft hatten, kehrten die Abolitionisten mit einem überzeugenden Vorschlag zu den Allerkamps zurück. »Wir wissen alle, daß Sklaverei ein Unrecht ist. Wir wissen, daß sie sowohl den Mann entwürdigt, der sie billigt, als auch den Mann, der sie duldet. Unser Vorschlag ist nicht radikal. Auch wer für die Konföderation ist, kann nichts gegen ihn einwenden.«

»Und was für ein Vorschlag wäre das?« fragte Ludwig, der schon seit langem nach einer solchen Lösung suchte.

»Wir verlassen Texas für einige Zeit. Wir gehen ganz ruhig nach Mexiko und suchen dort Zuflucht, bis dieser sinnlose Krieg vorüber ist.«

Am 1. August 1862 zogen fünfundsechzig Deutsche, unter ihnen Ludwig Allerkamp und sein Sohn Emil, nach Westen und dann nach Süden, um dem Krieg zu entgehen.

Yancey Quimper, der sich für die Sicherheit der Konföderierten verantwortlich fühlte, ob nun eine Bedrohung vom Red River oder von Fredericksburg ausging, hatte in letzteres Gebiet einen Spion namens Henry Steward eingeschleust. Steward berichtete dem General: »Fünfzehnhundert schwerbewaffnete rebellische Deutsche haben sich heimlich in einem Ort in den Bergen nahe Fredericksburg getroffen. Der Ort heißt Lion Creek. Man spricht dort kein Wort Englisch. Ich kenne die Pläne dieser Männer: Sie wollen Städte wie Austin und San Antonio durch Gewaltaktionen in Angst und Schrecken versetzen, dann den Rio Grande nach Mexiko überqueren und schließlich nach New Orleans fahren, um sich der Armee der Nordstaaten anzuschließen.«
Als Quimper diesen Bericht las, wollte er sofort losmarschieren und den Kampf gegen die Deutschen aufnehmen, bevor sie den Rio Grande erreicht hatten. Er legte Major Reuben Cobb seinen Plan vor, aber der winkte ab. »Das ist der Bericht *eines* Agenten und keines sehr verläßlichen, wie ich höre.« Er wies auch auf mehrere Ungereimtheiten hin: »Woher will man eigentlich wissen, daß sie die Absicht haben, in die Nordstaatenarmee einzutreten? Welche Beweise haben wir, daß sie etwas anderes vorhaben, als einfach nur nach Mexiko zu fliehen?« Drei

Tage später wurde der Agent Steward mit durchschnittener Kehle tot aufgefunden.

Über diese Schandtat empört, war Cobb nun sogar mehr als Quimper darauf erpicht, die Deutschen zu bestrafen. Gemeinsam eilten sie nach Süden, um sich dort dem Kommando eines gewissen Captain Duff zu unterstellen, der in Friedenszeiten wegen Wehrunwürdigkeit aus der Armee entlassen, jetzt im Krieg aber wieder aufgenommen worden war. Duffs vierundneunzig Berittene sichteten die fünfundsechzig Deutschen, als diese gerade zu Fuß über den Nueces River flüchteten.

Am Nachmittag des 9. August 1862, die sichere Zuflucht in Mexiko zum Greifen nahe, verspürte Ludwig Allerkamp Unbehagen, als sich die Männer, die die deutschen Flüchtlinge anführten, entschlossen, lieber einen ruhigen Abend unter den Sternen zu verbringen, als weiter zum Rio Grande vorzustoßen. »Wir müssen Texas so schnell wie möglich verlassen«, riet Ludwig, aber der Anführer lullte ihn mit der Versicherung ein, daß sicherlich keine konföderierten Truppen sie belästigen würden.

General Quimper war sehr enttäuscht darüber, daß es statt der fünfzehnhundert Deutschen, von denen sein Spion berichtet hatte, weniger als siebzig waren. Dennoch wurden alle Maßnahmen getroffen, um sicherzustellen, daß keiner von ihnen entkommen konnte.

Um drei Uhr früh erwachte Ludwig Allerkamp und wurde unruhig, als Emil auf sein Rufen nicht antwortete. Er begann nach ihm zu suchen, aber noch bevor er ihn gefunden hatte, geriet er in ein Versteck von Soldaten, die sofort schossen. Sie verfehlten ihn, töteten aber seinen Sohn, der dorthin gelaufen war, als er die Schüsse gehört hatte.

Jetzt wurde allerseits geschossen, es herrschte größte Verwirrung. Die Konföderierten feuerten ihre todbringenden Kugeln direkt in die Menge der entsetzten Deutschen hinein, die sich bemühten, eine Verteidigungslinie zu formen, von der aus sie das Feuer erwidern konnten. Einige fielen tot zu Boden; einige flohen über den Nueces zurück nach Norden; die meisten aber hielten stand und wehrten sich gegen die ihnen weit überlegenen Angreifer. Allerkamp, empört über den Tod seines Sohnes in einem so sinnlosen Gemetzel, gehörte zu denen, die kämpften.

Drei Soldaten in grauen Uniformen stürzten sich auf Allerkamp und töteten ihn mit ihren Bajonetten. Als das blutige Gefecht kurz nach Tagesanbruch zu Ende ging, waren neunzehn Deutsche und zwei Konföderierte in einer der ungerechtfertigsten Aktionen des Krieges gefallen.

Neun verwundete Deutsche, die nicht mehr fliehen konnten, ergaben sich. Ihr Schicksal war es, das später so bittere Erinnerungen an die Schlacht am Nueces wachwerden ließ: Als sie hilflos in der Morgensonne lagen, bat Captain Duff Quimper, ihm zu helfen, sie alle auf eine Seite zu schaffen. »O Gott!« rief Major Cobb, der davon erfuhr, aber er kam zu spät, um eingreifen zu können, denn noch während er dahinjagte, um irgendwelche Ausschreitungen zu verhindern, hörte er Schüsse. Als Duff und Quimper zurückkamen, grinsten sie.

»Was zum Teufel habt ihr getan?« brüllte Cobb.

Duff antwortete: »Wir machen keine Gefangenen.«

Als Reuben das Schlachtfeld inspizierte, stellte er fest, daß achtundzwanzig Deutsche ermordet und siebenunddreißig geflüchtet waren. Acht davon sollten später noch getötet werden, während sie den Rio Grande überquerten, weitere neun an anderer Stelle, einer schlich sich nach Fredericksburg zurück, und der Rest flüchtete nach Mexiko und Kalifornien, wo einige von ihnen, wie Quimper befürchtet hatte, in die Armee der Union eintraten.

Als Kämpfer des Südens fühlte Major Cobb sich verpflichtet, eine Rechtfertigung für das Geschehene zu finden, wenn es denn eine gab: Hätten wir den Deutschen erlaubt, nach Mexiko zu fliehen, dann hätten sie sich bestimmt nach New Orleans oder Baltimore eingeschifft, um gegen uns zu kämpfen... Wir haben die Leute ganz legal zum Wehrdienst einberufen, sie wollten sich der Aushebung entziehen... Wir haben Krieg, und sie haben einige unserer besten Leute getötet... Aber wie sehr er Quimpers Vorgehen auch zu entschuldigen versuchte, er konnte keine Rechtfertigung finden. Kein Gentleman, den er kannte, würde neun hilflose Gefangene erschießen. Nie wieder würde er, Reuben Cobb, seine Ehre in die Hände Yancey Quimpers legen.

Schon am nächsten Tag meldeten sich zwei Agenten mit folgendem Bericht bei Major Cobb:

»Gefährliche Elemente sind von Arkansas aus in texanisches Gebiet eingesickert. Sie haben große Mengen von Waffen angehäuft und mit texanischen Bürgern konspiriert, um eine gewaltige Rebellion anzuzetteln.«

Cobb, an den Agenten Quimpers denkend, der fünfzehnhundert Deutsche entdeckt hatte, wo in Wirklichkeit weniger als siebzig gewesen waren, zeigte sich zunächst skeptisch, zog aber in aller Stille seine eigenen Erkundigungen ein und erfuhr bestürzt, daß man tatsächlich einen Aufstand plante, in den nahezu hundert Personen verwickelt waren. Ob es ihm nun behagte oder nicht, er sah sich abermals gezwungen, mit Quimper gemeinsame Sache zu machen, und nun begann eines der aufsehenerregendsten Ereignisse des Krieges, soweit Texas betroffen war.

Quimper setzte einen gut organisierten Überfall auf die Verschwörer in Szene. Siebzig Rebellen gingen den Konföderierten ins Netz, und es wurde offen davon gesprochen, sie alle zu hängen. Der General setzte sich lautstark dafür ein, aber Major Cobb rief die besonneneren Bürger zusammen, die sich dann auch auf ein vernünftiges Vorgehen einigten. In der Hoffnung, jede Kritik an der südstaatlichen Rechtsprechung vermeiden zu können – es sollten ihr keine wahllosen Hinrichtungen Unschuldiger durch den Strang angelastet werden –, trat ein selbsternannter Bürgerausschuß zusammen und nominierte zwölf der angesehensten Wähler des Bezirks, die unter Würdigung aller vorliegender Beweise über die Angeklagten zu Gericht sitzen sollten.

Die Hinrichtungen – denn daß die »Prozesse« so ausgehen würden, stand von Anfang an fest – fanden am frühen Nachmittag statt, um den Einwohnern Gelegenheit zu geben, sich um den Hängebaum zu scharen – eine prächtige Ulme am Stadtrand, an deren kräftigen Ästen immer gleich vier Leichen gleichzeitig baumelten. Die Beobachter waren mit den Exekutionen durchaus einverstanden, denn die Leute waren legal gerichtet und die Urteile ohne Haß gesprochen worden. Ihr Verbrechen: Sie hatten die Union dem Süden vorgezogen.

Major Cobb war von der Ungesetzlichkeit des Vorgehens angewidert, denn er hatte allen Grund zu der Annahme, daß mehrere Unschuldige gehängt worden waren. Während man mit den Hinrichtungen fortfuhr, sprach er mit einigen noch menschlich fühlenden Geschworenen und riet ihnen, von weiteren Exekutionen Abstand zu nehmen. Seine Argumente waren so überzeugend, daß die Hinrichtungen tatsächlich eingestellt und neunzehn Angeklagte freigelassen wurden. Quimper jedoch schimpfte über die »Rechtsbeugung«, wie er es nannte.

In dieser Nacht erschoß irgend jemand – wer, das ließ sich nie eruieren – in einem Wäldchen hinter der Stadt zwei angesehene Bürger, Kämpfer der Konföderation, und nun konnte kein Argument mehr die Männer retten, die noch im Gefängnis saßen. Quimper wollte sie sofort hängen, aber Cobb bestand auf einem legalen Prozeß, und den bekamen sie auch – fünfzehn Minuten hastig heruntergerasselter Zeugenaussagen.

Neununddreißig Männer wurden gehängt, nur weil sie für eine unerwünschte moralische Haltung Partei ergriffen hatten; drei, die nebulöse Verbindungen zu konföderierten Militärs zu haben schienen, kamen vor ein Kriegsgericht – und wurden gehängt; zwei andere wurden bei einem Fluchtversuch erschossen. Trotz ihrer Animosität bemühten sich die Geschworenen jedoch, wenigstens einen Anschein von Legalität aufrechtzuerhalten, befanden vierundzwanzig der Angeklagten für nicht schuldig und sprachen sie frei.

Cobb war von alldem mittlerweile so angeekelt, daß er ohne sich abzumelden, seinen Posten am Red River verließ und bekanntgab, er werde eine Einheit aufstellen und sich General Lee anschließen. Zu seinen ersten Freiwilligen gehörte sein Cousin Somerset, der sich bei seiner kränkelnden Frau mit diesen Worten entschuldigte: »Es zerreißt mir das Herz, wenn ich sehe, wie du immer kränker wirst, Lissa, und ich weiß, es wäre meine Pflicht, bei dir zu bleiben, aber ich kann einfach nicht die Hände in den Schoß legen, während andere für unsere Sache sterben.«

Während die Cobbs der Stadt Vicksburg am Mississippi zustrebten, hörten sie ihre Soldaten murren: »Wir haben immer noch keine Pferde. Das ist ein Skandal. Wir haben immer noch nicht genug Gewehre. Das ist eine Katastrophe. Und obendrein werden wir von einem Nordstaatler angeführt – das ist zum Kotzen.«

Ja, die Armee, die Vicksburg verteidigen sollte, wurde von einem Quäker aus Philadelphia befehligt, der trotz seiner friedliebenden Religion in West Point ausgebildet worden war und sich dort einen hervorragenden Ruf erworben hatte. Nachdem er eine Südstaatenschönheit aus Virginia geheiratet hatte, betrachtete er die Familienplantage seiner

Braut als seine neue Heimat. Der energische, vertrauenswürdige Mann hatte keine Sekunde gezögert, als er von der großen Entscheidung zwischen Nord und Süd gestanden war; er wählte den Süden und galt bald als einer der tüchtigsten Generäle der Konföderierten. Jetzt war General John C. Pemberton ein Kommando übertragen worden, von dem die Sicherheit des Südens abhing, aber seine Männer, allesamt im Süden geboren, hatten keine gute Meinung von ihm.

»Wir haben so viele ausgezeichnete Soldaten«, brummte Reuben verärgert. »Müssen wir uns da auf einen Nordstaatler von zweifelhafter Loyalität verlassen? Wenn Vicksburg fällt, fällt der Mississippi, und wenn wir diesen Fluß verlieren, ist die Konföderation gespalten, und Texas wäre gefährdet.«

Außerdem hatte er Schwierigkeiten mit einem ehemaligen Texas Ranger, der seiner Einheit zugeteilt worden war, einem Captain Otto Macnab, der sich, bis auf die Zähne bewaffnet, in seinem Zeltlager gemeldet hatte. Nun gab es aber fast drei Dutzend Soldaten unter seinen Männern, die überhaupt keine Waffen besaßen, und Major Cobb hatte zahllose Briefe mit der Bitte um Gewehre nach Austin gesandt. Es gab keine, war ihm mitgeteilt worden, und so war er durch das Lager gestrichen auf der Suche nach einem Soldaten, der mehr als eines hatte, und dabei natürlich auf Captain Macnab gestoßen, der ein ganzes Arsenal sein eigen nannte. Als er jedoch versuchte, dem Mann ein paar seiner Waffen herauszulocken, biß er auf Granit. »Meine Gewehre bekommt keiner.«

»Wenn ich Ihnen aber befehle...« In diesem Augenblick erinnerte sich Cobb, in Macnabs Soldbuch gelesen zu haben, daß er ein Texas Ranger gewesen war, und Somerset hatte ihn gewarnt: »Reuben, leg dich nie mit einem Ranger an. Mein Bruder Persifer hatte Rangers unter sich, und er sagte immer, sie wären eine Armee für sich, mit eigenen Gesetzen.«

»Wäre es nicht vernünftig«, setzte Cobb nun an, »daß wenn Sie zwei Gewehre haben, und ihr Kamerad hat keines...«

»Ich weiß, wie man mit Gewehren umgeht, er weiß es vielleicht nicht.«

Es wäre möglicherweise zu einer größeren Auseinandersetzung gekommen, wenn Somerset nicht eingegriffen hätte: »Sind Sie nicht der Macnab, der mit meinem Bruder in Mexiko gedient hat?«

»Oberst Persifer Cobb?« fragte Macnab. Somerset nickte.

»Ein großartiger Kämpfer«, sagte Macnab. »Ich hoffe, er ist auf unserer Seite.« Cobb erwiderte: »Nein, er kümmert sich um unsere Familienplantage in Carolina.«

Noch einen Monat früher wäre diese Information richtig gewesen, denn wie viele Plantagenbesitzer im Süden hatte man auch Persifer Cobb gebeten, daheimzubleiben und Materialien für die Kriegführung zu produzieren. Als sich jedoch das Kriegsglück allmählich vom Süden abwandte, drängten auch Männer wie er zu den Fahnen. So trugen jetzt drei Cobbs ein und derselben Generation Uniformen: Oberst Persifer im Norden Virginias; Major Reuben, der die Einsatztruppen der Second Texans befehligte, und Captain Somerset. Dazu kamen die fünf Söhne der drei Familien. Die Frauen der eingerückten Offiziere versuchten unterdessen, den Plantagenbetrieb aufrechtzuerhalten. Die Cobbs waren in den Krieg gezogen.

Major Cobb hatte keinen Anlaß mehr, Macnab zur Herausgabe eines seiner Gewehre zu zwingen, nachdem der zähe kleine Offizier eines Tages mit sieben Gewehren ins Lager gekommen war: Er hatte sie auf umliegenden Farmen »organisiert«.

Als das Kontingent auf das Ostufer des Mississippi übersetzte, sah Major Cobb, daß seine Texaner sich den Weg nach Vicksburg hinein würden erkämpfen müssen, denn zwischen ihnen und der Stadt lag eine starke Abteilung Unionssoldaten. Er rief seine Männer zusammen: »Wenn wir einen raschen Schwenk nach Osten machen, können wir die Unionstruppen umgehen, dann zurück –, und nach Vicksburg hineinstürmen.«

»Wer soll unsere linke Flanke schützen, wenn sie uns hören und angreifen?« fragte Macnab.

Cobb antwortete: »Das machen Sie.«

»Geben Sie mir ein paar Dutzend gute Schützen, wir halten sie auf.«

Doch am Big Black River drang General Grant am nächsten Morgen so stürmisch vor, daß er die Konföderierten noch vor Tagesanbruch überholte, und am 17. Mai unternahm er einen heftigen Angriff, der sie durch die tiefen Schluchten zurück vor die Tore von Vicksburg trieb.

In früheren Gefechten und Gegenschlägen hatte Captain Macnab, jetzt ein vierzigjähriger, von Kämpfen gezeichneter Mann, nie auch nur versucht, einem gut geplanten Waffengang auszuweichen. Diese

Schlacht jedoch geriet zu einem so wüsten Durcheinander, daß jede Taktik und alle Vorsicht hinweggefegt wurden und er sich bald in einem verwirrenden Gewoge von Blau und Grau fand. Verzweifelt schlug er um sich, warf die Gewehre fort, feuerte hemmungslos seine Colts ab und trieb fast im Einzelgang eine ganze Abteilung Yankees zurück. Als die haushoch überlegenen Unionstruppen anfingen, die Ufer eines Baches zu säubern, den die Texaner überqueren wollten, befahl er seinen Männern: »Laßt es nicht zu!« Nachdem er die Nordstaatler zurückgedrängt hatte, so daß seine Truppen ihre Flucht zu Ende führen konnten, blieb er zurück und suchte das Feld ab, das die Yankees eben verlassen hatten, obwohl ihre Scharfschützen es immer noch beherrschten.

»Macnab!« rief Major Cobb aus einiger Entfernung. »Was zum Teufel treiben Sie da?«

»Ich hole mir meine Gewehre wieder.« Endlich fand er die Stelle, wo er sie weggeworfen hatte, bückte sich, hob sie auf und marschierte nach Vicksburg hinein.

Am 19. Mai postierte General Grant fünfunddreißigtausend Soldaten der Union vor die fünfzehn Kilometer langen Verteidigungsanlagen von Vicksburg; dort standen sie 13 000 gut verschanzten Konföderierten mit siebentausend Mann als Reserve gegenüber. Der Gefechtsbefehl der Nordstaatler lautete: »Stürmt die Verteidigungsanlagen, nehmt die Stadt ein und sperrt den Mississippi für die Konföderierten: Dann ist Texas von der Konföderation abgeschnitten.« Jeder Texaner, der in Vicksburg kämpfte, wußte, daß er im Grunde seinen Heimatstaat verteidigte.

Sobald das gewaltige Heer in Position war, bereitete Grant den konzentriertesten Artilleriebeschuß vor, den es bisher in diesem Krieg gegeben hatte. Jedes einzelne Geschütz sollte herangezogen werden – Hunderte von schweren Kanonen. Um sechs Uhr früh sollte es beginnen.

Am Abend des 21. Mai versammelte er seine Kommandeure um sich: »Vergleichen Sie Ihre Uhren. Punkt zehn wird das Artilleriefeuer eingestellt. Ihre Männer verlassen ihre Positionen, greifen diese Hügelkette hinauf an und überwältigen den Feind.« Zum erstenmal in der Geschichte sollten alle Einheiten einer immensen Front im selben Augenblick vorrücken.

Um die Linien der Konföderation zu erreichen, mußten die Unionstruppen in ein enges Tal hinabtauchen, dann eine steile Hügelkette erklimmen und geschickt angelegte Befestigungen stürmen. Davon gab es drei Arten: die »Redoute«, ein trapezförmiges Festungswerk, leicht zu halten, wenn eine ausreichende Zahl von Verteidigern zur Verfügung stand; der »Redan«, eine dreikantige, vorspringende Schanze, von der aus sich das Feuer auf einen Angreifer konzentrieren ließ, und die »Lünette«, ein sichelförmiger, kompakter Erdwall mit schräg abfallenden Seiten – schwer einzunehmen.

Den größten Redan hielten zähe Kämpfer aus den Sümpfen Louisianas besetzt. Abteilungen aus verschiedenen Teilen des Südens hatten sich in der Redoute bei der Eisenbahnlinie verschanzt, und die Second Texas Sharpshooters – ein Titel, der ihnen wegen ihrer großen Treffsicherheit erst kurz zuvor verliehen worden war – hielten die Schlüsselstellung der ganzen Front, eine Lünette, die die Hauptstraße nach Vicksburg sicherte. Hier vereinigte sich Major Cobbs Ersatzabteilung mit den texanischen Kameraden.

Am Morgen des 22. Mai begann die wütende Kanonade. »Warum können wir nicht zurückschießen?« fragte einer von Cobbs Männern, ein verängstigter Siebzehnjähriger, und Cobb antwortete schroff: »Weil sie die Geschütze haben und wir nicht.«

Um zehn Minuten vor zehn schossen die Batterien der Yankees so schnell sie konnten, um ihren Truppen in letzter Minute noch soviel Feuerschutz wie möglich zu geben. Punkt zehn Uhr verstummten die eisernen Monster, und in diese erste furchtbare Stille hinein waren plötzlich Signalhörner zu hören.

Dann begann der Angriff der Fußtruppen; zuerst eine sanfte Senke hinab, dann über flaches Terrain und schließlich die steilen Flanken hinauf, die die Front der Konföderierten schützten. Achtzehn Minuten brauchten die mehr als tausend blaugekleideten Soldaten, die den Befehl hatten, die Texas-Lünette zu nehmen, um über das offene Land vorzurücken, dann erreichte die unheilkündende blaue Linie die steilen Flanken, stieg hinauf und brach in die Lünette ein, wo ein mörderischer Kampf entbrannte. Mit Gewehren, Pistolen, Revolvern, mit Bajonetten und Knüppeln warfen die texanischen Verteidiger die Yankee-Angreifer zurück.

Der Kampf dauerte Stunden. Am frühen Nachmittag wurde der Angriff der Yankees auf die Lünette eingestellt, um es den auf den

Hügeln dahinter stationierten Batterien zu ermöglichen, einen wahren Feuersturm niedergehen zu lassen, der die geschwächten Texaner aus ihren Stellungen werfen sollte. Doch als die Kanonade zu Ende ging und die Blauröcke ihre Attacken wiederaufnahmen, wurden sie von den unbezwingbaren Texanern abermals zurückgeworfen.

Gegen drei kamen die Verteidiger einer Niederlage am nächsten. Ein mutiger Hauptmann aus Illinois führte eine so tollkühne Attacke an, daß es ihm, gefolgt von neun oder zehn Yankees, gelang, in die Lünette einzudringen; hätten es nur ein Dutzend mehr geschafft, sich ihm anzuschließen, so wären die Texaner sofort überwältigt worden. In diesem Augenblick aber sprang Captain Somerset Cobb mit einem Mut, von dem er gar nicht gewußt hatte, daß er ihn besaß, auf den Hauptmann aus Illinois los und durchbohrte ihn mit seinem Bajonett. Der Mann taumelte zurück, und der entscheidende Angriff brach zusammen.

Kurz darauf kam schreiend ein Junge, noch keine fünfzehn Jahre alt, vom Südende des Grabensystems gelaufen. »Die Eisenbahnredoute fällt!« brüllte er, und als die Texaner zu dem Fort zu ihrer Rechten hinüberblickten, sahen sie, daß der Bote sich nicht getäuscht hatte. Diese große Redoute war durch einen weit weniger steilen Hang als die Texas-Lünette geschützt. Einige Yankees waren bereits in das Festungswerk eingedrungen. Wenn nordstaatliche Geschütze in der Redoute in Stellung gebracht wurden, war die Lünette nicht mehr zu halten.

Fünf Sekunden brauchten Major Cobb und Captain Macnab, um die Gefahr für die Front der Konföderierten zu erkennen. Ohne sich zu besprechen liefen sie, gefolgt von fünfzig ihrer Männer, über den freien Platz zwischen den zwei Festungswerken. Sie erreichten ihr Ziel gerade noch rechtzeitig, um an der erbittertsten Schlacht des Tages teilzunehmen.

Macnab und fünfzehn andere sprangen direkt zwischen die vordersten Yankeegewehre, und obwohl einige seiner Männer in dem entsetzlichen Salvenfeuer fielen, trieb sie die bloße Masse ihrer Leiber weiter voran. Kaum aber war diese Bresche geschlossen, sah Otto, daß Truppen der Nordarmee durch eine breitere Lücke weiter vorne hereindrängten.

»Cobb!« schrie er. Der rothaarige Major, der seine Mütze in der Schlacht verloren hatte, wirbelte herum und wollte einem neuen Feind die Stirn bieten, als eine Gewehrladung ihn voll ins Gesicht traf und seinen Kopf in Stücke riß.

»Soldaten!« rief Macnab. Seine Männer formierten sich hinter ihm und trieben in einer Woge des Feuerns und Umsichhauens die Angreifer zurück.

Grant war der Sieg versagt geblieben. Von der Eisenbahnredoute im Süden, die Major Cobb und Captain Macnab im letzten Moment gerettet hatten, bis zu dem Redan im Norden hatte die Linie der Konföderierten gehalten. Nun sollte die lange, grausame Belagerung beginnen.

Am Abend dieses 22. Mai lagen auf dem freien Gelände zwischen den zwei Fronten mehr als tausend Verwundete der Unionstruppen. Aus Gründen, die nie bekanntgegeben wurden, zog General Grant es vor, sie dort liegenzulassen, statt den üblichen Waffenstillstand abzuschließen, die Toten abzutransportieren und die Verwundeten zu versorgen. Vielleicht dachte er, daß seine Männer am nächsten Tag einen leichten Sieg feiern könnten, und wollte dem Feind keine Atempause gönnen. Jedenfalls ließ er die Sterbenden der kalten Nachtluft ausgesetzt; was aber noch schlimmer war: Er ließ sie auch noch den ganzen folgenden Tag – den glühenden Maimorgen und den brennend heißen Mainachmittag hindurch – dort liegen.

Einige der schwerverletzten Männer auf diesem staubbedeckten Schlachtfeld waren der Lünette so nahe, daß die Texaner hörten, wie sie um Wasser flehten; einige lagen so dicht an der Front der Yankees, daß die Unionssoldaten das Wimmern ihrer eigenen Kameraden vernahmen, aber auf dem ganzen großen Feld galt der Befehl: kein Waffenstillstand.

Die Nacht brachte keine Erlösung, denn mittlerweile waren die Wunden, manche schon vierzig Stunden alt, durch die große Hitze des Tages brandig geworden. Die Schmerzen wie auch der Gestank wurden unerträglich.

Um zwei Uhr früh konnte es Otto Macnab, der viel vom Krieg gesehen hatte und wußte, wie Männer sterben sollten, nicht länger ertragen. Er verließ die Lünette und ging unter die Verletzten. Er erschoß einen vom Wundbrand entsetzlich gequälten Yankeesoldaten und erregte damit die Aufmerksamkeit eines Kämpfers aus Missouri, der das gleiche von seinen Linien aus tat. Keiner der beiden Soldaten dachte auch nur einen Augenblick daran, den anderen zu erschießen.

»Zu welcher Einheit gehörst du?«

»Texas. Und du?«

»Missouri.«

»Wir haben auch Leute aus Missouri auf unserer Seite. Gute Kämpfer.«

»Kennst du einen Sergeant namens O'Callahan?«

»Nein.«

»Wenn du ihm begegnen solltest...«

»Ich werde es ihm sagen.«

»Er ist mein Bruder. Ein guter Junge.«

Nachdem Otto zu seinen Linien zurückgekrochen war, suchte er die ganze Lünette und auch die Eisenbahn-Redoute ab, weckte alle Leute und fragte sie nach einem Mann aus Missouri namens O'Callahan.

Am Morgen des 24. Mai folgte General Grant einem Ersuchen der Konföderierten und hob seinen unmenschlichen Befehl auf. Man schloß einen Waffenstillstand, und von beiden Seiten aus begann die Bergung der Leichen jener, die gerettet hätten werden können, wäre er früher abgeschlossen worden. Als die Waffenruhe zu Ende ging, kehrten die Soldaten zu ihren Linien zurück, und der Krieg begann von neuem, aber General Grant mußte sich die bittere Wahrheit eingestehen, daß er Vicksburg nicht mit einem Frontalangriff einnehmen konnte. Nur mittels einer Belagerung würde er sein Ziel erreichen; er verhängte sie unverzüglich. Kein Mensch, kein Pferd, kein Stückchen Brot durfte fortan nach Vicksburg hinein oder die Stadt verlassen, und bald würde die letzte Bastion am Mississippi fallen.

In den folgenden Wochen schlug der Hunger seine eisernen Krallen in die Eingeweide der Texaner. Am Abend des 1. Juli, während der üblichen formlosen Waffenruhe, wanderte Otto Macnab, von Hunger gepeinigt, über das Schlachtfeld und staunte, als er sah, wie nahe an die Lünette heran die Yankee-Sappeure ihre Gräben vorgetrieben hatten. Er wollte gerade den Abstand abschreiten, der die zwei Fronten noch trennen würde, wenn die Schlacht am nächsten Morgen wiederaufflammte, als eine Stimme ihn unterbrach, die er gern hörte. Es war O'Callahan.

»Es sind nur mehr zwei Meter, Freund.«

»Jetzt könnt ihr bald in unsere Lünette reinspucken.«

Die zwei Männer setzten sich nebeneinander an den Rand des Grabens. Beide wußten, daß wenn er nur wenige Zentimeter mehr herangeführt wurde, die Stellung der Texaner mit Dynamitladungen in die Luft gejagt werden konnte.

»Bist du schon recht ausgehungert, Freund?«

»Eine Scheißmethode, um eine Schlacht zu gewinnen.«

»Ihr habt uns ja keine andere Wahl gelassen, ihr sturen Hundesöhne.«

Bevor sie sich trennten, sah sich der Nordstaatler verstohlen um und rückte näher an Macnab heran: »Ich riskiere, erschossen zu werden. Wenn sie dich erwischen, sag, du hast es gestohlen.« Und damit stopfte er Otto zwei Stück Brot und eine dicke Scheibe Käse in die Tasche.

Macnab kehrte in die Lünette zurück. Er wußte, daß er als Mensch und erst recht als Offizier den unerwarteten Schatz mit seinen Leuten teilen mußte, aber er brachte es nicht fertig. Heimlich hatte er schon ein Stück Brot und den halben Käse verzehrt, als eine Ordonnanz vorbeikam. »Der Oberst wünscht Sie zu sprechen.«

Der Oberst, in Connecticut geboren und im Zivilberuf Arzt, jetzt aber Verteidiger einer Lünette am Mississippi, sah ihn an: »Von der Sache mit Major Cobb haben Sie wohl schon gehört?« fragte er.

»Was denn?«

»Er hat zwei Bekannte von ihm, zwei alte Damen, die Peels, besucht – wahrscheinlich um ihnen etwas zu essen zu bringen. Kam aus ihrem Keller heraus und lief geradewegs in eine Yankee-Granate hinein.«

»Ist er tot?«

»Es hat ihm den linken Arm abgerissen. Der Sklave, der es uns berichtete, sagte, er wäre beinahe verblutet.«

»Darf ich zu ihm?«

»Sie werden hier gebraucht. Sie sind jetzt Major Macnab, und Ihre Aufgabe ist es, uns diese Sappeure am Fuß der Lünette vom Hals zu halten.«

Den ganzen nächsten Tag, den 2. August, hindurch bemühte sich Macnab, mit Abreißschnüren versehene riesige Bomben in den nördlichen Graben zu rollen. Seine Männer drängten sich um ihn und beglückwünschten ihn, als es ihm gelungen war, ein ganzes Stück des Grabens und alle, die sich ihn ihm aufhielten, in die Luft zu sprengen. Dies war das letzte nennenswerte Ereignis an der Texaslünette, denn am gleichen Abend trafen sich Soldaten beider Seiten – ohne daß General Grant oder sonst jemand sie dazu ermächtigt hätte – und beschlossen, diesen Teil des Krieges zu beenden.

»Pemberton hat Grant einen Brief geschrieben«, berichtete ein Yankee. »Ich habe mit der Ordonnanz gesprochen.«

»Ich glaube, Pemberton möchte sofort kapitulieren«, meinte ein Texaner. »Aber Grant wird noch warten wollen, um übermorgen, am 4. Juli, eine große Show abzuziehen.«

»Für uns ist heute abend schon Schluß.«

Otto begann O'Callahan zu suchen. Er ging zu der Sappe hinüber, die die Yankees so weit ins Vorfeld vorgetrieben hatten. »Ihr hättet es geschafft«, sagte er zu einem Soldaten der Nordstaaten, »wenn ihr noch sechs Tage gewartet hättet.«

»Wir hätten es heute geschafft, aber irgendein schlauer Graurock hat uns die Hölle heißgemacht.«

»Kennst du einen Mann namens O'Callahan?«

»Eine von euren rollenden Bomben hat ihn heute nachmittag erwischt.«

»Ist er tot?«

»Wahrscheinlich lebt er noch. Ich habe gesehen, wie sie ihn weggetragen haben.«

Der Juli 1863 brachte großes Leid über die Plantagen in Jefferson. Petty Prue hatte erfahren, daß ihr Mann bei Vicksburg und ihr älterer Sohn bei Gettysburg gefallen war. Ihr jüngerer Sohn kämpfte irgendwo in Virginia. An so manchem heißen Morgen wußte sie nicht, ob sie imstande sein würde, das Bett zu verlassen, so drückend war der Tag, so drückend ihr Leben.

Aber sie mußte eine Plantage in Betrieb halten, an die neunzig Sklaven beaufsichtigen und für die Konföderation Baumwolle produzieren. Und so ging sie fast immer schon in aller Früh an die Arbeit. Aber schon während die Baumwolle noch in den Kapseln reifte und als dann das Pflücken begann, fragte sie sich, was sie mit der Ernte eigentlich machen sollte, wenn sie einmal eingefahren war, denn die Blockade aller Häfen durch die Yankees verhinderte die Verschiffung nach Liverpool. Baumwolle wurde gepflanzt und geerntet, aber nicht weggebracht, und an einem so grenznahen Ort wie Jefferson bestand immer die Gefahr, daß Streitkräfte der Union eindrangen, die ganze Plantage vernichteten und die Sklaven befreiten. Jetzt, da der Mississippi River in seiner ganzen Länge in den Händen der Nordstaaten war, nahm die Wahrscheinlichkeit eines solchen Überfalls ständig zu, und eine hilflose Frau wie Petty Prue sah sich mit unlösbaren Problemen konfrontiert.

Auch Millicent erhielt traurige Nachrichten. Mitte Juli erfuhr sie durch ein Telegramm aus New Orleans, daß Oberst Persifer Cobb, der aufrechte Gentleman mit der West-Point-Ausbildung, in Gettysburg den Tod gefunden hatte. Das Telegramm endete mit den Worten: AUCH SOHN JOHN TOT. KOMMT BITTE ALLE ZURÜCK UND ÜBERNEHMT AUFSICHT ÜBER PLANTAGE. TESSA MAE.

Millicent dachte daran, daß es die heuchlerische Tessa Mae gewesen war, die die Vertreibung der Somerset Cobbs von der Insel Edisto vorangetrieben hatte; sie konnte sich nicht vorstellen, je wieder dorthin zurückzukehren. Dann aber empfand sie Mitleid, als sie an Tessa Maes zweifachen Verlust dachte und daran, wie schwer es für sie sein mußte, die riesige Plantage allein zu verwalten.

Sie war verzweifelt. Sie wußte nicht einmal, ob Somerset noch lebte. Die letzte Nachricht, die sie über ihn erhalten hatte, besagte, daß ihm in den letzten Tagen der Schlacht um Vicksburg von einer Granate der Arm abgerissen worden war. Anfangs hatte es geheißen, er sei verblutet, doch dann erfuhr sie von Soldaten seiner Einheit, die jetzt im Gefangenenlager in Mississippi saßen, daß Somerset von zwei älteren Damen in der Stadt aufgenommen und gesundgepflegt worden war. »Und dafür sollten Sie Gott danken«, schrieb ihr ein Offizierskamerad, »denn wäre er in eines unserer Lazarette oder gar in ein Gefangenenlager der Yankees gekommen, er würde nicht mehr leben.«

Aber vielleicht war er doch tot. Vielleicht war auch ihr Sohn Reverdy tot. Vielleicht würden die Yankees nach Texas kommen und die Plantage niederbrennen, wie sie es in anderen Teilen der Konföderation getan hatten. Von den Entbehrungen des Krieges gezeichnet, verfiel sie immer mehr in Trübsinn, und ihre Gesundheit, die nie sehr robust gewesen war, verschlechterte sich zusehends.

In diesem furchtbaren Juli fragte sich Petty Prue oft, warum ihre Sklaven nicht davonliefen. Es gab keinen Herrn, der sie daran gehindert hätte. Aber sie blieben.

»Ich glaube, weil sie hier glücklich sind«, erklärte Prue ihren Nachbarn. »Sie sind gern Sklaven, wenn sie einen gütigen Herrn haben.«

Wenn sie sonntags zur Kirche ging, fragte sie ältere Leute: »Glauben Sie, die Sklaven wissen, was Mr. Lincoln getan hat?« Die Weißen wußten natürlich, daß der Präsident am 1. Januar 1863 die Emanzipation der Sklaven verkündet hatte, aber in entlegenen Gegenden wie Jefferson taten sie alles nur Erdenkliche, um zu verhindern, daß ihre Sklaven von dieser Proklamation erfuhren. So kam es, daß Männer wie Jaxifer oder Trajan weiter als Sklaven arbeiteten – dem Gesetz nach frei, in der Praxis jedoch weiterhin Eigentum ihrer Herren.

»Sag ihnen nichts!« warnte Petty Prue Millicent.

»Aber eines Tages werden die Sklaven befreit werden müssen«, wandte Millicent in einem Gespräch mit einem älteren Weißen ein, der aus der Stadt zu Besuch gekommen war.

»Viele Leute teilen Ihre Meinung«, erklärte der Alte. Er zuckte die Achseln. »Dieser junge Kerl, der ein paar Tage bei Ihnen verbracht hat, dieser Carmody, der ein Buch über uns geschrieben hat: War nicht ganz dumm, was der sagte. Aber so wie Lincoln sich das vorstellt, werden die Sklaven nie befreit werden.«

»Was hat er denn gesagt, dieser spindeldürre Narr?«

»Es geht nicht um das, was er gesagt hat, sondern um das, was er nicht gesagt hat.«

»Würden Sie uns das bitte erklären?«

»Doppelzüngigkeit. Er hat die Sklaven in allen Teilen der früheren Union befreit, über die er jetzt keine Gewalt hat. Aber in den Gebieten, wo er regiert, hat er sie nicht befreit.«

»Das kann ich nicht glauben!« brauste Prue auf.

»Sie können es ruhig glauben. Ihre Sklaven hier in Texas – wo er Gott sei Dank nichts zu bestimmen hat – werden befreit. Ebenso in Carolina und Georgia und dem Rest der Konföderation. Aber in Maryland und Kentucky und Tennessee und sogar in Louisiana, wo die Union das Sagen hat, werden sie nicht befreit, weil der gute alte Abe seine Verbündeten, der Teufel soll sie holen, nicht vergraulen will. Hoffentlich findet sich bald ein Patriot, der ihm eine Kugel verpaßt!«

Die Pflanzer hatten besonders gute Gründe, vorsichtig zu sein, denn ganz sicher würden die Sklaven, sobald sie erfuhren, daß sie frei waren, davonlaufen und die Baumwolle auf den Feldern verrotten lassen. Darum enthielten sie ihnen alle Nachrichten über die Befreiung vor, und es war bekannt, daß man jeden hängen würde, der diese Informationen an einen Schwarzen weitergab. Doch nun stellte sich das Problem, was mit der neuen Baumwollernte geschehen sollte, die man nicht mehr nach New Orleans transportieren konnte. Als eine von vielen, die eine Entscheidung treffen mußten, dachte Petty Prue lange darüber nach. Schließlich bat sie den alten Herrn aus Jefferson, zu ihr zu kommen und sie zu beraten.

»Was soll ich tun?« fragte sie ihn. »Ich würde alles versuchen.«

Der alte Herr blickte über den See hinweg. »Auf dem Wasserweg ist nichts zu wollen. Selbst wenn Sie die Baumwolle nach Galveston bringen könnten, die Yankees würden sie konfiszieren, wenn Sie versuchen würden, sie auf ein Schiff zu verladen. Aber wenn es Ihnen irgendwie gelänge, sie weiter ins Innere zu schaffen und von dort nach Matamoros im alten Mexiko... dann stünde Ihnen die ganze Welt als Markt offen.«

»Das verstehe ich nicht«, sagte Prue.

»Abe Lincolns Kriegsschiffe haben uns überall eingeschlossen. Natürlich gibt es ein paar Blockadebrecher, aber nicht viele. Auch Texas ist eingeschlossen. Was bleibt uns also? Matamoros am Rio Grande, genau gegenüber von Brownsville.«

Er erzählte ihr, daß manchmal hundert Schiffe vor Matamoros lägen und auf Baumwolle warteten. »Warum versenkt Lincoln sie nicht?« wunderte sie sich. Der alte Herr lachte. »Damit könnten wir den Krieg schon morgen gewinnen.« Sie sah ihn fragend an. »England und Frankreich bräuchten nur auf unserer Seite mitzutun und den Abtransport von Baumwolle zu gewährleisten. Lincoln wagt es nicht, Europa vor den Kopf zu stoßen. Also muß er zulassen, daß englische und französische Schiffe nach Matamoros kommen, um dort zu laden.«

Petty Prue ging an der Anlegestelle auf und ab, betrachtete die aufgehäuften Ballen und schnippte mit den Fingern. »Ich bringe das Zeug nach Matamoros.«

Die Entscheidung war gefallen, nun gab es für sie kein Zurück mehr. »Wir haben zwei Möglichkeiten«, erklärte sie Jaxifer und Trajan. »Wir können die Baumwolle nach Waco bringen und sie der Regierung verkaufen. Dabei würden wir den halben Gewinn verlieren. Oder wir nehmen den geraden Weg nach Matamoros hinunter und verkaufen unsere Ballen vielleicht um achtzig Cents das Pfund. Ich habe mich für Matamoros entschieden.«

»Sie kommen mit uns?« fragte Jaxifer.

»Es ist meine Baumwolle. Ich bin dafür verantwortlich.«

Sie ließ vier besonders stabile Lastkarren anfertigen, von denen jeder mit fünf Ballen Baumwolle zu je fünfhundert Pfund beladen werden konnte. Wenn es ihr gelang, die Baumwolle nach Matamoros hinunterzubringen, würde ihr das achttausend Dollar einbringen – ein Risiko, das einzugehen sich lohnte. Als sie schon die letzten Vorbereitungen für ihre kühne Reise traf, befiel sie jedoch ein bohrender Zweifel; sie ließ anspannen und sich zu dem alten Herrn nach Jefferson fahren.

»Wenn wir am Rio Grande sind, wie schaffe ich die Ballen von dort nach Matamoros?«

»Wenn Baumwolle so wertvoll ist, wird sich ein Weg finden.«

»Dann werde ich es also riskieren.«

Der alte Herr ergriff Prues Hand. »Ich wünschte, ich hätte eine Tochter wie Sie.« Doch ihr Abschied wurde durch eine schreckliche Nachricht getrübt, die ein Reiter von den Plantagen überbrachte: »Schnell, Missy! Miss Lissa liegt im Sterben!«

Auch nach Millicents Begräbnis erwies sich der alte Herr für Prue als wertvoller Ratgeber. »Miss Prue, wenn Sie den Transport Ihrer Baumwolle begleiten, was geschieht dann mit der Plantage? Woher wollen Sie wissen, ob Somerset überhaupt zurückkommt, wenn seine Verwundungen so schwer waren, wie man Ihnen berichtet hat? Wenn Sie und Jaxifer und Trajan weg sind, werden auf dieser Plantage nur mehr die Raben Baumwolle pflanzen.«

»Was soll ich denn tun?«

»Es gibt nur eine Möglichkeit: Sie müssen die Baumwolle Trajan und Jaxifer anvertrauen, selbst jedoch hierbleiben mit diesem verläßlichen Sklaven... wie heißt er gleich? Bit Matthew. Und das Beste hoffen.«

Sie hörte auf diesen Rat. Die Männer beluden die Karren, je drei

Ballen quer am Boden, zwei darüber. Petty Prue übergab Trajan ein Schreiben, das der ortsansässige Richter verfaßt hatte:

Jefferson, Marion County, Texas, 21. Juli 1863
An jeden, den es angeht:
Hiermit bestätige ich, daß der Überbringer dieser Bescheinigung, der Sklave Trajan, in offiziellem Auftrag für die Regierung der Konföderation unterwegs ist, um Baumwolle nach Matamoros in Mexiko zu bringen und danach auf seine Plantage zurückzukehren. Die Regierung wird jede Hilfe zu schätzen wissen, die man ihm bei der Erfüllung seines wichtigen Auftrags leistet.

Henry Applewhite, Richter am Bezirksgericht.

Um mit den schwerbeladenen Karren tausend Kilometer bis zum Rio Grande zurückzulegen, benötigte man mindestens zwei Monate: Flüsse mußten durchwatet und Wälder durchdrungen werden. Auch mußte die Route sorgfältig geplant sein, denn überall gab es Banditen, die es ausnützten, wenn es sich bei den Reisenden um Sklaven handelte. Aber Trajan war siebenundvierzig Jahre alt, erfindungs- und listenreich, und er hatte die feste Absicht, mit Jaxifers Hilfe die Baumwolle sicher nach Matamoros zu befördern und seiner Herrin zu einer schönen Stange Geld zu verhelfen.

Sie waren etwa eine Woche unterwegs, als sich Trajan eines Nachmittags ein seltsamer Anblick bot: Zwei Lastkarren, mit Ballen hoch beladen, aber ohne Lenker, kamen aus Westen auf sie zu. »Was kann das wohl sein?« fragte er die Kutscher seiner eigenen Wagen im Gullah-Dialekt, und da auch sie es sich nicht erklären konnten, stieg er ab und ging langsam auf die geheimnisvollen Fahrzeuge zu. Plötzlich hörte er eine Kinderstimme rufen: »Komm ja nicht näher!« Er blickte auf und sah vor sich den Lauf eines sehr großen Gewehres im Besitz eines sehr kleinen Jungen. Auf dem zweiten Wagen saß, auch er mit einem großen Gewehr bewaffnet, ein noch kleinerer Junge.

»Was macht ihr denn da?« fragte Trajan.

»Keinen Schritt näher«, warnte der erste Junge, und Trajan begriff, daß er es ernst meinte. Er blieb stehen, zeigte seine leeren Hände und wiederholte: »Was macht ihr da, Jungs?« Nach einer Pause, in der der erste Junge fragend zum zweiten zurückblickte, erklärten sie, daß sie die Baumwolle ihrer Familie nach Galveston bringen wollten.

»Wo ist euer Vater?«
»In Vicksburg gefallen.«
»Habt ihr keine Onkel?«
»Die sind im Krieg.«
»Eure Mutter?«
»Die bewirtschaftet die Farm.«

Trajan sah, daß die beiden Jungen völlig erschöpft waren. Der kleinere fing an zu weinen. »Hör auf damit, verdammt noch mal! Wir werden gerade überfallen«, brüllte ihn sein Bruder an. Doch der Kleine konnte nicht aufhören. Diese Tage waren so lang und grausam gewesen, und jetzt wurden sie auch noch von Sklaven aufgehalten, die ihnen die Kehle durchschneiden würden. »Ich will heim!«

»Na klar willst du heim. Ich auch.« Etwas in Trajans Stimme berührte den älteren Jungen, denn nun fing auch er an zu weinen.

»Haltet eure Gewehre nur schön fest, aber jetzt müßt ihr euch erst mal ausruhen.« Kaum hatte er die zwei Karren hinter die seinen geführt, schliefen die zwei Kinder schon tief und fest.

Als sie wieder erwachten, glaubten sie, in der Gewalt fremder Neger zu sein. Trajan tat alles, um sie zu beruhigen, aber immer wenn er versuchte, ihnen zu erklären, warum sie nicht nach Galveston fahren durften, wo die Schiffe der Union nur darauf lauerten, die Baumwolle der Konföderierten zu stehlen, vermuteten sie einen faulen Trick. »Na schön, na schön«, sagte er schließlich, »solange es geht, fahren wir zusammen. Dann macht ihr nach Galveston und zum Feind.«

Trajan wußte, daß er, wenn er die Baumwolle nach Matamoros brachte, die Konföderation unterstützte – die gleiche Konföderation, nach deren Willen er zeit seines Lebens Sklave bleiben sollte –, und daß es daher eigentlich dumm von ihm war, es zu tun. Er wußte aber auch, daß er in all den Jahren mit den Cobbs auf Edisto und in Texas einigermaßen anständig gelebt hatte.

Er kannte vielleicht ein Dutzend Sklaven, die versucht hatten, nach Mexiko zu fliehen; die meisten waren mit Spürhunden wieder eingefangen worden. Andere waren aus freien Stücken zurückgekommen, weil sie es nicht geschafft hatten, die weiten Ebenen zu überqueren, von denen das kleine Jefferson umgeben war; und er hatte gesehen, daß die einen wie die anderen gnadenlos ausgepeitscht worden waren, weil sie versucht hatten, der Sklaverei zu entkommen. Er wußte aber auch, daß es einigen wenigen entweder gelungen war, nach Mexiko in die Freiheit zu fliehen, oder daß sie bei dem Versuch, es zu tun, ihr Leben verloren hatten. Er selbst hatte nie daran gedacht, von den Cobbs wegzulaufen; von Reubens gelegentlichen Wutausbrüchen abgesehen, waren sie so anständig gewesen, wie das System es erlaubte. Aber eines wußte er: Wenn sich die neuen Herren, die die Plantage vielleicht einmal übernahmen, als brutal erweisen sollten, würde auch er fliehen.

»Wir wollen nach Galveston«, verkündete der elfjährige Michael eines Morgens und trat mit seinem kleinen Bruder vor die vier Sklaven hin. »Wir glauben, daß ihr uns entführen und uns unsere Baumwolle stehlen wollt.«

»Keine Angst, ihr kommt schon nach Galveston. Das war doch von vornherein abgesprochen.«

»Und wo ist Galveston?«

Jetzt mußte Trajan es ihnen gestehen: »Ich weiß es nicht. Aber ich verspreche euch, wir werden den ersten Menschen fragen, dem wir begegnen.«

Die Kinder glaubten nicht, daß Trajan ihnen die Wahrheit sagte, und waren daher hoch erfreut, als von Süden her eine Gruppe von Reitern, alles Weiße, auf sie zukam.

Zu ihrem Entsetzen jedoch sah der Anführer der Berittenen alles andere als vertrauenerweckend aus: riesengroß, schmutzig, wild dreinblickend und mit einem Pantherfell auf dem Kopf, dessen Schwanz ihm über die linke Gesichtshälfte fiel. »Sergeant Komax, Armee der Konföderierten Staaten. Wir sind beauftragt, alle Baumwollkarren sicher nach Matamoros zu geleiten.«

»Wo geht es nach Galveston?« fragte Michael schüchtern.

»Spielt gar keine Rolle. Ihr fahrt alle nach Matamoros. Und was ist mit euch, ihr Nigger?«

Trajan dazu überreichte ihm höflich das Papier, das der Richter geschrieben hatte. Nachdem Komax es sich von einem seiner Männer hatte vorlesen lassen, brummte er: »Ja, ja, jetzt begegnet man vielen Sklaven, die die Baumwolle ihrer Plantagen nach Süden bringen. Kommt mit.«

Trajan dazu zu überreden war nicht schwer, doch als Komax sich den beiden Jungen zuwandte, sah er sich von denselben klobigen Gewehren bedroht, die schon einmal auf Trajan gerichtet gewesen waren.

»Wir fahren nach Galveston«, verkündete Michael mit zittriger Stimme, und sein kleiner Bruder rief: »Wenn du näher kommst, schießen wir!«

Zu Trajans Überraschung blieb der wild dreinblickende Mann sofort stehen. »Tut gefälligst was mit den Bälgern, Nigger!«

Trajan versuchte noch einmal, seine zwei Schützlinge davon zu überzeugen, daß es nicht nur unklug sei, nach Galveston zu fahren, sondern auch verboten. Von düsteren Ahnungen gequält, man werde sie umbringen oder ihnen ihre Baumwolle wegnehmen, ließen die Kinder die Gewehre sinken, aber den Rest der gefährlichen Fahrt blieben sie in Trajans Nähe, denn Panther Komax versetzte sie in Angst und Schrecken.

Im Laufe dieser Woche kamen noch drei andere Karren dazu, und in der Woche darauf weitere vier. Die sich mühsam dahinziehende Karawane passierte Victoria und machte einen Bogen um die von Schiffen der Union blockierte Hafenstadt Corpus Christi. Als sie den seichten Nueces River zu überqueren begann, hatten sich ihr noch mehr als ein Dutzend weitere Karren angeschlossen.

Es war die heißeste Zeit des Jahres. Die Zugtiere wankten in der glühenden Hitze, und den Menschen ging es nicht viel besser. Das Wasser wurde rationiert, und an manchen Tagen, wenn die Sonne am Himmel glühte, lagen Mensch und Tier kraftlos am Boden und zogen erst in den kühlen Nachtstunden weiter. Doch dann ereignete sich das Wunder von Texas, das ausgedörrte Ödland wurde von grünen Wiesen abgelöst. Komax hatte seine Karawane sicher ins Tal des Rio Grande gebracht.

In Brownsville sahen sie sich mit einer Schwierigkeit konfrontiert, die Petty Prue vorausgeahnt hatte. Ständig trafen Konvois wie der ein, den Panther Komax hergeführt hatte, die kleine Fähre war überlastet, und es entstand ein gewaltiges Durcheinander. Die Männer mit den lautesten Stimmen und den derbsten Manieren belegten die Fähre mit Beschlag.

»Warum warten?« fragte Panther Trajan. »Du kannst doch hinüberschwimmen.«

»Ich?«

»Na klar. Ihr zerrt die Ballen ans Ufer, rollt sie ins Wasser, und dann springst du nach. Du strampelst mit den Füßen wie ein kleiner Hund, und in ein paar Minuten bist du drüben.«

»Nicht mit mir!«

»Wenn du's nicht machst, wird's keiner machen.« Er zeigte Trajan, wie er dem Ballen nachspringen und damit hinüberschwimmen mußte, aber der Sklave bekam es mit der Angst zu tun.

»Baumwolle schwimmt nicht, und, weiß Gott, ich auch nicht. Und wenn Baumwolle ins Wasser kommt, ist sie hin.«

»Sie ist so fest gepackt, daß das Wasser nicht einmal einen Zentimeter tief eindringen kann.« Geduldig erklärte ihm Panther, daß nichts schiefgehen konnte. »Die Baumwolle schwimmt, du schwimmst. Außer deiner schwarzen Haut wird überhaupt nichts naß. Und auf der leeren Fähre kommst du wieder zurück.«

Trajan fürchtete sich vor dem Wasser, aber Jaxifer und die anderen waren vor Angst geradezu gelähmt. Es sah so aus, als sollten die Cobbschen Ballen nie ans Südufer gelangen, wo Leute warteten, die bereit waren, ein Vermögen dafür zu bezahlen. So zog denn Panther, während er alle Schwarzen dieser Welt verfluchte, sich aus, bis er wie ein großer haariger Affe am Ufer des Rio Grande stand, und sprang, nachdem er den Sklaven gezeigt hatte, wie sie die großen, schweren Ballen ins Wasser befördern sollten, selbst hinein. Er war noch nicht weit geschwommen, da hörte er zu seiner Rechten eine Kinderstimme rufen: »Es ist ganz leicht!« Michael steuerte ganz allein einen Ballen ans andere Ufer hinüber.

Ein neues Sortiment von Flüchen ausstoßend, stieg Komax aus dem Wasser und packte Trajan am Kragen: »Was der Junge kann«, knurrte er ihn an, »kannst du auch.« Und Trajan, zitternd wie Espenlaub, stieg vorsichtig in den Fluß, schlug ein paarmal mit den Beinen aus und stellte fest, daß fünfzig kräftige Männer notwendig gewesen wären, um einen Ballen mit Luft gefüllter Baumwolle zu versenken.

Beim nächstenmal schwamm sogar Clem, der kleinere der beiden Jungen, einen Ballen hinüber, aber niemand, nicht einmal Komax mit seiner rüden Art konnte Jaxifer und die anderen Sklaven dazu bewegen, sich dem Wasser anzuvertrauen.

Trajan, Michael und Clem schafften ihre ganze Baumwolle hinüber. Dann machte der Sklave den Jungen einen Vorschlag: »Clem, du bist der Kleinste, du schwimmst ans andere Ufer hinüber und paßt auf unsere Baumwolle auf. Du, Jaxifer, bleibst da. Michael, Clem und ich, wir werden ein Vermögen verdienen.«

Und das taten sie auch. Sie forderten ängstliche Besitzer von Baumwolle auf, die Ballen ins Wasser zu schieben, wo sie sie dann übernahmen und ans mexikanische Ufer brachten. Dafür berechneten sie natürlich eine Gebühr, und die Nachfrage war so groß, daß sie sich nach mehreren tropfnassen Tagen eine schöne Summe zusammengeschwommen hatten.

Nun mußten sie einen günstigen Preis für ihre Baumwolle aushandeln und dafür sorgen, daß sie auf einen der Frachter kam, die vor der mexikanischen Küste warteten; damit aber gerieten sie in das Chaos von Matamoros, der fünfundvierzig Kilometer vom Golf landeinwärts liegenden Stadt. Über sechzig kleine Segler drängten sich auf dem Fluß, peinlich darauf bedacht, sich nahe am mexikanischen Ufer zu halten. »Wir bringen Ihre Ballen zu den Schiffen, die im Golf warten!« brüllten die Eigner. Sich für eines dieser Boote zu entscheiden, war riskant, denn sobald die offene See erreicht war, mußte der Steuermann unverzüglich nach Süden abdrehen und in mexikanischen Hoheitsgewässern Zuflucht suchen, wo Matrosen auf etwa zweihundert Schiffen aus allen europäischen Häfen an Deck standen und den Seglern zuriefen: »Wir bringen eure Baumwolle nach Liverpool!« Im Norden, oft keine hundert Meter entfernt, lauerten Kriegsschiffe der Flotte der Vereinigten Staaten, die die amerikanischen Gewässer zwar nie verließen, aber stets bereitstanden, sich auf ein mit Baumwolle beladenes Schiff zu stürzen, das auch nur zehn Zentimeter über die internationale Linie hinaus nach Norden geriet.

Wie konnten nun ein Sklave wie Trajan oder zwei Kinder wie Michael und Clem hoffen, ihre Ballen von Matamoros auf eines der wartenden Schiffe zu bekommen? Es gab einen Weg. Die Regierung der Konföderierten Staaten hatte einen schlauen, mit allen Wassern gewaschenen Mann nach Matamoros entsandt, dessen Aufgabe es war, die mit der Fähre über den Fluß gebrachte oder hinübergeschwommene Baumwolle einzusammeln, zu dem improvisierten mexikanischen Seehafen Bagdad zu befördern – nichts weiter als eine Reihe von Hütten an einem offenen Strand – und sie dort einem noch größeren Schlitzohr, einem Mexikaner zu übergeben, der dafür sorgte, daß die Ballen auf ein europäisches Schiff kamen. Der Agent der Konföderierten war General Yancey Quimper; bei dem Mexikaner handelte es sich um ein Männchen in einer hellroten, mit Orden behangenen Uniform, das unter dem Namen El

Capitán bekannt war. Die beiden Gauner paßten gut zusammen; schließlich war Quimpers militärischer Rang genauso unecht wie jeder einzelne Orden an El Capitáns Brust. Gemeinsam kontrollierten sie den Transport der Baumwolle zu den Weltmärkten.

Bei einer täglichen Bewegung von vielen tausend Pfund mußten sie damit reich werden. Jedesmal wenn der Capitán einen Penny mehr pro Pfund stahl als der General, wäre es wohl zu Unstimmigkeiten gekommen, hätte nicht Quimper nebenbei auch noch ein weiteres Geschäft betrieben, indem er jeden Tag fünf oder sechs Ballen auf eigene und nicht auf Rechnung der Regierung kaufte, wenn er einen unbedarften Verkäufer dazu bringen konnte, seine Ware zu Tiefstpreisen loszuschlagen. Zu beiderseitigem Nutzen gab er diese Partien dann ohne Begleitpapiere an den Kapitän eines russischen Schiffes ab.

Nie wären naive Baumwollverkäufer wie Trajan und Michael, nachdem sie mit ihren Ballen in Quimpers Fänge geraten waren, auf ihre Kosten gekommen, wenn sie nicht einen Schutzengel gehabt hätten: Panther Komax hatte einmal hilflos zusehen müssen, wie Yancey Quimper ihm seinen Schuster Juan Hernández stahl; als er jetzt mit anhörte, wie der General versuchte, seine Schützlinge zu übervorteilen, sprang er plötzlich hinter einem Stoß Ballen hervor, zog seine Pistole und brüllte: »Hören Sie, Quimper, Sie bringen jetzt diese Ballen zu Ihrem russischen Kapitän, und von dem Geld ziehen Sie für niemanden, auch nicht für sich selbst, etwas ab!«

Vor Angst schwitzend, brachte Quimper – Panthers Pistole im Rücken – Trajan, die Jungen und ihre Baumwolle nach Bagdad, informierte El Capitán mit der Bemerkung: »Das ist eine Sonderlieferung«, und schloß ein Geschäft ab, das den Amateuren einen anständigen Gewinn sicherte.

In Brownsville sorgte Komax dafür, daß das Geld mit einem Kreditbrief an eine englische Bank überwiesen wurde: »Damit man es euch unterwegs nicht stiehlt.« Die Jungen trauten ihm immer noch nicht; sie befürchteten, Panther könnte es ihnen stehlen. Aber Trajan, der auf der Plantage solche Kreditbriefe schon einmal gesehen hatte, versicherte ihnen, daß Komax die Wahrheit sagte. »Das Geld wird schon dasein, wenn ihr heimkommt. Die feinen Leute machen so ihre Geschäfte.«

Für ihn stellte sich jetzt ein eigenes Problem. Mit seinem unermüdlichen Schwimmen hatte er mehr als hundert Dollar verdient, und er wußte, daß man ihn beschuldigen würde, das Geld gestohlen zu haben, wenn er damit auf der Plantage erschien. Darum bat er Komax, ihm eine Erklärung zu schreiben, aus der hervorging, daß das Geld wirklich ihm gehörte. »Ich kann nicht schreiben«, mußte Panther gestehen, aber er fand einen Kameraden, der es konnte, und so wurde das Dokument abgefaßt:

Brownsville, Texas, 9. November 1863
Wens anget:
Dises Sertiffikat bestetigt, daß der Sklave Trajan $ 139,40 dahmit ferdient hat, das er Baumwolle über den Riogrande geschwomen hat.
Johnson Carver, Konföderierte Armee.

Trajan war so sehr mit diesem Problem beschäftigt gewesen, daß er eine Entwicklung in seiner eigenen Gruppe übersehen hatte. Jetzt kam Jaxifer mit einer Neuigkeit zu ihm: »Micah ist fort.« Micah, einer der Cobb-Sklaven, hatte der Versuchung, in die Freiheit nach Mexiko zu fliehen, nicht widerstehen können. Wahrscheinlich war er schon in Monterrey.

Das stellte die drei restlichen Sklaven vor eine schwierige Entscheidung. »Warum sollten wir drei eigentlich in die Sklaverei zurückkehren?« fragte Jaxifer. »Da drüben liegt Mexiko, nur ein Katzensprung von hier. So nahe kommen wir nie wieder. Trajan, wenn ich gehe, wirst du mich dann aufhalten?«

Oliver, der dritte Sklave, hatte schon klargemacht, daß er nicht fliehen werde.

Trajan dachte lange über Jaxifers Frage nach. »Jeder Mensch will frei sein. Wenn dein Herz sich danach sehnt, Jaxifer, dann tu es.«

»Und du?«

»Je nun. Niemand wünscht sich mehr die Freiheit als ich.«

»Dann komm doch mit.«

»Nein. Ich möchte zwar frei sein, vielleicht mehr als ihr alle, aber die Freiheit wird sicher auch nach Texas kommen. Nachts sage ich mir oft: ›Trajan, du hast die Plantage mit aufgebaut – nicht weniger als ein Cobb. Es ist auch dein Zuhause.‹ Ich möchte nicht etwas verlieren, das ich mit aufgebaut habe. Und ich habe es Miss Prue und dem alten Herrn versprochen – ich schaffe die Baumwolle nach Süden, ich kassiere das Geld, und ich bringe es heim.«

»Aber es geht doch über die Bank, das hast du selbst gesagt.«
»Ja, das stimmt. Trotzdem – Jefferson ist der Ort, wo ich hingehöre.«
Sie standen am Ufer des Rio Grande. Schweigend musterte Jaxifer seine alten Freunde Trajan und Oliver. Dann drehte er sich um, ging auf einen Stoß Baumwolle zu und schob einen Ballen in den Fluß. Sosehr er sich vor dem Wasser auch fürchtete, er sprang hinein, hielt sich mit beiden Armen an dem Ballen fest, schlug kräftig mit den Beinen aus und ließ sich von der Baumwolle in die Freiheit tragen.

War es Zufall, war es Schicksal, daß Panther Komax seine Schützlinge gerade Anfang November zurück nach Norden schickte? Zu diesem Zeitpunkt nämlich besetzten Unionstruppen Brownsville und beendeten damit das Matamoros-Bagdad-Geschäft. Um allen klarzumachen, daß sie es ernst meinten, drangen sie auch ins Landesinnere vor, griffen alle südwärts ziehenden Konvois an und verbrannten die Baumwolle oder brachen die Ballen auf und verstreuten den Inhalt, bis es aussah, als wäre Schnee auf die Prärie gefallen.

Eines Abends begegnete ein solcher Trupp Komax und seinen Reisegefährten. »Lauft! Versteckt euch!« rief Panther den Sklaven und den Jungen zu. Als er und seine Männer den Angreifern Widerstand entgegensetzen wollten, machte eine Feuersalve der Unionssoldaten seinem wilden Leben ein Ende.

Erst nach Lees Kapitulation bei Appomattox kehrte Major Somerset Cobb auf seine Plantage zurück. Er hatte den linken Arm verloren und wog nicht mehr als hundertzwanzig Pfund, als er vom Lazarett in New Orleans den Red River hinaufkam.

»Cobb«, hatte ein Arzt sich von ihm verabschiedet, »Sie muß der liebe Gott gerettet haben. Wir jedenfalls haben verdammt wenig dazu getan.«

Hinter Shreveport stellte er erfreut fest, daß sich das große Treibholz nicht verändert hatte, und er empfand ein großes Glücksgefühl, als der Dampfer in den Lake Caddo einfuhr und er wieder die knorrigen Zypressen sah und die Tillandsien, die in zarten Girlanden von den immergrünen virginischen Eichen herabhingen, die das Ufer säumten.

Das kleine Schiff legte an, und nun überfiel ihn plötzlich der Schmerz der Rückkehr. Er sah Felder, auf denen Unkraut wucherte, er sah Häuser, von denen die Farbe abblätterte. Aber noch stand die Mühle, und da kam auch schon Trajan, der beste Sklave, den man sich wünschen konnte. Cobb sprang an Land und umarmte ihn. »Es ist schön, wieder daheim zu sein, Trajan.«

»Es war ein langer Krieg, Herr.«

Langsam, denn Somerset war sehr müde, stiegen sie den Hang zum Haus hinauf. Eine kleine, schrecklich magere Frau lief dem Ankömmling entgegen, um ihn zu begrüßen. Es war Petty Prue, viel kleiner, als er sie in Erinnerung hatte, durch die letzten Kriegsjahre erschöpft und verbraucht.

»Es war immer ein Unsinn, hier zwei Plantagen zu haben«, sagte sie und ergriff seine Hand. »Ich habe sie zusammengetan, Somerset.«

Sie hatte nicht nur das Land, sondern auch ihrer beider Leben zusammengetan.

Am 23. Juni 1865 war einiges los in Jefferson: Ein Captain der Union kam mit vierzehn Soldaten anmarschiert, ließ ein Hornsignal blasen und teilte den weißen Bürgern, die zusammengelaufen waren, mit: »Ich bin hier, um zu Ihren früheren Sklaven zu sprechen. Rufen Sie sie!« In strammer Haltung wartete er, bis sich die Sklaven eingefunden hatten, und ließ abermals ins Horn blasen. »Ruhe!« brüllte ein Sergeant, und dann sprach der Captain die schicksalsschweren Worte:

»Bürger von Jefferson! Am 19. Juni dieses Jahres hat General Gordon Granger von der Armee der Vereinigten Staaten in seinem Hauptquartier in Galveston den Allgemeinen Befehl Nummer drei erlassen, der da lautet: Alle Sklaven sind frei. Das bedeutet die völlige Gleichheit zwischen den früheren Herren und den früheren Sklaven. Die neue Beziehung zwischen Weiß und Schwarz ist die zwischen Arbeitgeber und Arbeitnehmer.« (Jetzt wandte er sich an die Neger.) »Den Freigelassenen teile ich in aller Deutlichkeit mit, daß es verboten ist, sich vor militärischen Einrichtungen zu versammeln oder Müßiggang zu treiben. Sie müssen Arbeit finden, und das Beste wäre, wenn Sie, gegen entsprechenden Lohn, bei Ihrem gegenwärtigen Arbeitgeber bleiben würden.«

Zufrieden mit dem Eindruck, den er gemacht hatte, trat der Captain zurück und gab dem Sergeant ein Zeichen, der nun ausrief: »Frühere Sklaven! Sie sind frei!«

Ein alter Sklave in der ersten Reihe fiel auf die Knie, hob die Hände über den Kopf und rief: »Ich habe es erlebt! Gott der Allmächtige sei gelobt, ich habe es erlebt!«

Kein wildes Geschrei erhob sich nach dieser Proklamation, es wurde nicht gejubelt und auf der Straße getanzt, und die Weißen waren überrascht, daß ihre früheren Sklaven auf die Nachricht von ihrer Freiheit so gelassen reagierten.

Was Emanzipation in Wahrheit bedeutete, dessen wurde man sich auf der Plantage erst am nächsten Nachmittag bewußt, als inmitten der Aufregung über die neue Freiheit Trajan höflich an die Tür des Herrenhauses klopfte und Cobb zu sprechen wünschte. »Major Cobb«, sagte er respektvoll, »jetzt, wo Sie die Plantage wieder unter Kontrolle haben, gehe ich.«

»Was?«

»Ich sehne mich nach einem eigenen Zuhause. Ich habe es satt, hier in einer Sklavenunterkunft zu leben.«

»Aber Sie haben doch alles hier mit aufgebaut. Sie sind doch ein Teil dieser Plantage.«

»Ich habe immer für andere geackert. Jetzt möchte ich für mich selbst arbeiten.«

Cobb rief seine Frau. Als Petty Prue von der unerwarteten Mitteilung ihres früheren Sklaven erfuhr, reagierte sie genau wie Sett: »Haben wir Sie nicht immer anständig behandelt?«

Trajan ließ sich nicht ablenken. »Ich habe schon seit zwei Jahren ein bißchen eigenes Geld, das ich damit verdient habe, daß ich in Mexiko über den Fluß geschwommen bin.«

Verständnislosigkeit malte sich auf den Gesichtern der Cobbs. Trajan zog das von Johnson Carver unterschriebene Papier aus der Tasche und verließ das Zimmer; aber schon am nächsten Tag riefen Major Cobb und seine Frau ihren früheren Sklaven zu sich. Sie forderten ihn auf, Platz zu nehmen. »Wahrscheinlich werden Sie mit Ihrem Geld jetzt ... nun, wir beglückwünschen Sie zu diesem großen Betrag.« Petty Prue unterbrach ihren Mann. »Geben Sie doch Ihr Geld nicht aus, um Land zu kaufen. Sie waren uns so treu ergeben, und wir sind Ihnen so dankbar ...« Sie schluckte.

»Wir haben uns folgendes gedacht«, fuhr ihr Mann fort, »wir wollen Ihnen zwei Hektar von unserem Land geben – den Grund hinter den Eichen.«

Trajan stand auf. »Ich habe schon vor einiger Zeit ein Auge auf ein Grundstück am Stadtrand von Jefferson geworfen. Gestern abend habe ich es gekauft – bar bezahlt. Ich verlasse Sie heute vormittag. Ihre Zofe Pansy will mit mir kommen.«

»Aber Trajan«, rief Petty Prue verwirrt, »es war so wunderbar, wie Sie mir geholfen haben, die Baumwolle nach Mexiko zu bringen.« Fast verzweifelt sah sie ihn an. »Wir dachten, es gefällt Ihnen hier.«

Trajan ging auf die Tür zu und sagte würdevoll: »Sie können sagen, daß ich treu war, denn das war ich. Und Sie können sagen, daß ich zurückgekommen bin aus Mexiko, obwohl ich die Möglichkeit gehabt hätte, wegzulaufen – denn ich bin zurückgekommen. Und Sie können sagen, daß ich respektvoll war, denn es hat mir gefallen, wie Sie ohne die Hilfe Ihres Mannes die Plantage geleitet haben, Miss Prue. Ich habe mich immer bemüht, ein guter Sklave zu sein, aber sagen Sie nie, es hätte mir gefallen.«

Nicht lange danach bestiegen Major Cobb und seine neue Frau ihre jetzt schon alte und ramponierte Kutsche und fuhren nach Jefferson. Bald hatten sie das kleine Häuschen am Stadtrand gefunden, für das ihr früherer Sklave Trajan, einen halben Hektar Land mit eingeschlossen, zweiundzwanzig Dollar bezahlt hatte.

»Ich bin gekommen, um Ihnen einen Vorschlag zu machen, Trajan.«

»Ich habe Sie erwartet.«

»Wie das?« fragte Petty Prue und setzte sich auf den Stuhl, den ihre frühere Zofe Pansy ihr anbot. Die anderen mußten stehen, denn es gab nur diesen einen.

»Weil Sie mich brauchen, dringend brauchen, um Ihre Engreniermaschine und Ihre Mühle zu beaufsichtigen.«

»Sie haben recht.« Cobb nickte. »Wir brauchen Sie wirklich.«

»Sie fehlen uns«, fügte Petty Prue hinzu. »Und wir vertrauen Ihnen.«

»Ich wäre bereit, Ihnen dieses Haus abzukaufen, und Ihnen das Land, von dem ich gesprochen habe, zu schenken. Sie könnten ...«

»Das hier ist mein Haus«, fiel Trajan ihm ins Wort. »Pansy und ich, wir wohnen hier. Wenn Sie wollen, daß wir für Sie arbeiten, dann gehen wir zum Arbeiten zu Ihnen. Aber wenn wir unsere Arbeit getan haben, kommen wir hierher zurück.« Er sagte das mit solcher Bestimmtheit, daß die Cobbs ganz verdattert dreinschauten. Sie konnten nicht verstehen, daß ein Schwarzer, nur um einem Prinzip treu zu sein, ein so vorteilhaftes Angebot ausschlug.

Der Major unterbrach die darauffolgende Stille mit einem praktischen Vorschlag: »Wir geben Ihnen ein Maultier, mit dem Sie zur Arbeit reiten können.«

»Das wäre sehr schön«, sagte Trajan. Dann wurde er ein wenig verlegen: »Major Cobb, Miss Prue, ich wußte, daß Sie kommen würden, ich wußte, was Sie mir vorschlagen würden, und ich wußte, daß ich annehmen würde, denn ich liebe die Plantage. Und da mußte ich ein bißchen voreilig sein. Die Unionsoffiziere geben nämlich keine Ruhe. Sie sind sehr freundlich, aber sie bestehen darauf, daß sich alle früheren Sklaven Familiennamen zulegen. Gestern kamen sie wieder zu mir und drängten mich. Und das ist der Name, den sie mir geben wollen...« Er zögerte. »Es war mein Vorschlag. Hoffentlich sind Sie mir nicht böse.«

Er reichte den Cobbs eine Karte mit seinem neuen Namen: TRAJAN COBB.

Petty Prue sagte: »Wir heißen Sie in der Freiheit willkommen.«

Der Sonderstab

Unser auf zwei Tage anberaumtes Maitreffen, bei dem die Auswirkungen der Einwanderung von Südstaatlern nach Texas untersucht werden sollte, fand in Dallas statt. Erst als wir uns am Morgen zusammensetzten, erfuhren wir, daß die Assistenten eine Professorin der Texas Christian University als Vortragende eingeladen hatten. Die Dame kam schnell zur Sache. »Ich muß Sie warnen. Ich komme aus Georgia und habe in South Carolina studiert. Ich bin also durchtränkt von allem, was Süden ist, und je tiefer ich in unsere Vergangenheit eintauche, desto mehr Achtung empfinde ich vor den Traditionen des Südens. Haben Sie also bitte Geduld mit mir, wenn ich meine Vorurteile Revue passieren lasse.«

Sie hielt uns einen jener Vorträge, die angenehm dahinplätschern, wobei sie bestimmte Punkte pathetisch hervorhob: »Als ich noch Studentin war, legten die Professoren im Süden großen Wert darauf, ›diese unsinnige Bezeichnung *Bürgerkrieg*‹ zu vermeiden. Sie behaupteten, es sei nie ein Bürgerkrieg gewesen. Wäre es ein Bürgerkrieg gewesen, sagten sie, dann hätte in einem Staat wie Virginia die Hälfte der Familien mit dem Norden sympathisiert und wäre zu den Waffen geeilt, um seine Sache zu verteidigen, während die andere Hälfte für den Süden Partei ergriffen und für ihn gekämpft hätte, so daß sich möglicherweise das Blut zweier Angehöriger einer bestimmten Familie vermischt hätte und auf einer Dorfstraße in Virginia versickert wäre. Das aber, argumentierten sie, geschah nicht, nicht einmal in so zersplitterten Staaten wie Maryland, Kentucky oder Missouri. ›Nein‹, erklärten sie, ›das war ein Krieg zwischen Staaten. Und wenn jene Staatsangehörigen Missouris, die für den Norden eintraten, gegen ihre Landsleute kämpften, die mit dem Süden sympathisierten, taten sie das an Orten außerhalb ihrer Heimat, in Vicksburg etwa oder in Shiloh, aber nie in Missouri selbst.‹ Für sie war es ein Krieg zwischen souveränen Staaten, und als solchen mußten wir ihn auch in unseren Prüfungsarbeiten bezeichnen. Jetzt aber ist es der Bürgerkrieg – für die Historiker im Süden genauso wie für die im Norden.«

Nachdem sie uns über diesen wichtigen Punkt informiert hatte, kam sie auf das eigentliche Thema ihres Vortrags zu sprechen: »Zwar erscheint es mir unmöglich, Texas wirklich dem Süden zuzuordnen, aber ich übersehe nicht den gewaltigen Einfluß, den die Traditionen des Südens auf diesen Staat ausgeübt haben. Um das Jahr 1836 herum orientierte Texas sich nach Norden hin, aber innerhalb der folgenden fünfundzwanzig Jahre, etwa bis 1861, wurde der Einfluß des Südens übermächtig.«

»Das Ergebnis der Abstimmung über die Sezession«, warf Rusk ein, der uns immer wieder mit seinem Detailwissen überraschte, »fiel höher als drei zu eins aus; sechsundvierzigtausend stimmten für das Verlassen der Union, und nur vierzehntausend dagegen.«

»Die kulturelle Vorherrschaft war von weit größerer Bedeutung. Die wenigen texanischen Schulkinder wurden vor allem von Südstaatlern unterrichtet. Junge Leute, die die Möglichkeit hatten, ein College zu besuchen, wählten meist im Süden gelegene Institute. Buchläden in den

Südstaaten verkauften Bücher von südstaatlichen Autoren, man las südstaatliche Zeitungen.« Sie machte eine kurze Pause. »Manchmal glaube ich, daß das Wichtigste, was Texas vom Süden übernommen hat, die Galanterie ist – eine nur im Traum realisierbare Einstellung gegenüber Frauen. Die Männer, die nach Westen gingen, hatten ihren Walter Scott gelesen. Sie sahen sich als Verkörperung ritterlicher Wesen. Sie hatten übertriebene Vorstellungen von Loyalität und waren, wenn ihr Ehrgefühl es von ihnen verlangte, bereit, ihr Leben hinzugeben. Sie setzten sich leidenschaftlich für die Freiheit ein und opferten alles, um sie zu bewahren. Ja, sie setzten sich sogar für chancenlose Sachen ein.

Diese Männer haben uns Frauen umsorgt, in Ehren gehalten und beschützt, aber sie waren bei Gott auch darauf bedacht, uns in die Schranken zu weisen. In keinem Staat der Union ist der gesellschaftliche Status der Frau höher als in Texas. Sie wird fast vergöttert. Aber in nur wenigen Staaten genießt sie begrenztere Freiheiten. Wenn ich, gebe Gott, noch einmal neunzehn Jahre alt wäre, eine Fünfundvierzig-Zentimeter-Taille, makellose Haut und feurige grüne Augen hätte, würde ich lieber in Texas als sonstwo leben, denn hier würde man mich außerordentlich schätzen. Hätte ich aber Taillenweite achtundsiebzig – wie ich sie mit neunzehn tatsächlich hatte –, fettige Haut und einen IQ, der sich auf hundertsechzig zubewegt, ich würde mir nicht Texas als Wohnort aussuchen.«

Quimper ließ sofort Protest laut werden: »Kein Land der Erde bringt der Frau mehr Achtung entgegen als Texas!«

Die Rednerin fuhr fort: »Texas hat seine eigenen, höchst sonderbaren Gesetze, und die gehen direkt auf den Ehrenkodex südstaatlicher Ritterlichkeit zurück. Das hat aber auch seine Nachteile. Weil die Texaner die Freiheit so sehr schätzen, lehnen sie es ab, sich mit Verpflichtungen zu belasten, die andere, weniger begüterte Staaten von Anfang an auf sich genommen haben. Im Erziehungswesen lassen sie sich viel Zeit mit der Errichtung von Schulen und erweisen sich als Knauser, wenn sie dafür bezahlen sollen. Bei den öffentlichen Ausgaben – Straßenbau ausgenommen – sind sie weniger spendabel als jeder andere Bundesstaat. Im Gesundheitswesen, in der Kinderfürsorge oder bei der Unterstützung und Betreuung alter Menschen ist Texas stets am unteren Ende der Skala zu finden.«

Das war zuviel für Rusk und Quimper, die sich glatt darum zu streiten begannen, die Rednerin als erste widerlegen zu dürfen; Rusk gewann: »Aber steht Texas nicht, alles in allem, als einer der besten Staaten der Union da?«

»Natürlich.«

Jetzt brachte Quimper seine Frage an: »Arbeiten Sie nicht lieber in Texas als in Carolina?«

»Selbstverständlich.«

»Was soll dann diese Meckerei über die Ritterlichkeit? Ich bin stolz auf die Art, wie ich Frauen behandle!«

»›Ritterlichkeit‹ wird von den Männern für die Männer definiert, nicht von den Frauen.«

»Gut, ich werde Ihnen sagen, wie ich ›Ritterlichkeit‹ für Frauen definieren würde – aber es wird Ihnen nicht gefallen«, erwiderte Quimper. »Ich habe eine reizende kleine Tochter, sie wird jetzt sechzehn. Ich kann ihr nichts Besseres wünschen als ein gutes Leben hier in Texas. Vielleicht wird sie Cheerleader an der Universität. Dann wird sie hoffentlich einen guten Mann finden, vielleicht einen Rancher oder einen Ölproduzenten, dem es nichts ausmacht, in die Schußlinie zu geraten. Das ist wahre Ritterlichkeit, Ma'am. Das ist Texas!«

»Nichts dagegen einzuwenden«, gab sie zurück, »aber ich möchte zweierlei zu bedenken geben: Erstens sind die Werte, die Sie da soeben verteidigt haben, im wesentlichen dem Süden zuzuordnen, und zweitens ist es natürlich leichter, sie zu bewahren, wenn man neun Ranches und neunzehn Ölquellen besitzt.« Nach einer kleinen Pause fuhr sie fort: »Ich will Ihnen zum Schluß noch folgendes sagen: Ich bleibe hier an der TCU, weil ich Texas liebe. Vier verschiedene Universitäten in Carolina und Georgia haben mich eingeladen, meine Tätigkeit dort wiederaufzunehmen. Manchmal sehne ich mich nach dem leichteren Leben, nach dem kultivierteren Ambiente, aber es gibt einen guten Grund, warum ich hierbleibe: Ich will da sein, wo was los ist. Ich liebe die Skyline von Fort Worth, den Lärm, die teuren Läden, die guten Restaurants... Texas ist eben einzigartig.«

Lächelnd stopfte sie ihre Papiere in eine Aktentasche. »Wenn man siebenundvierzig Jahre alt geworden ist und ein bißchen Grips hat, weiß man, daß das Leben früher, als man denkt, zu Ende ist. Und da ich nur ein Leben zu leben habe, will ich es dort verleben, wo es zählt, nämlich in Texas.«

X.
DAS FORT

Als Ulysses Grant, einer der blutigsten Generäle in der Geschichte der Vereinigten Staaten, im Jahre 1869 das Amt des Präsidenten antrat, jubelten seine Offizierskameraden, die im Westen dienten: »Jetzt können wir ein für allemal mit den Indianern abrechnen!« Und sie trafen Vorbereitungen, um diesen Worten Taten folgen zu lassen.

Zu ihrer Überraschung verfolgte Grant jedoch eine maßvolle, humane, ja geradezu revolutionäre Friedenspolitik, von der er glaubte, sie werde die kriegführenden Indianer zu einer friedlichen Koexistenz mit den weißen Siedlern bewegen, die in immer größerer Zahl auf indianisches Gebiet vordrangen. Sein Plan war gut durchdacht: Statt die Befehlsgewalt in indianischen Angelegenheiten der Armee zu überlassen, sollten die amerikanischen Kirchen aufgefordert werden, aus ihren Gemeinden Männer zu bestimmen, die nach Westen ziehen und die Reservate überwachen sollten. Ihre Aufgabe würde darin bestehen, die Loyalität der Indianer mit Güte zu gewinnen und durch das Verteilen von Nahrungsmitteln ein Beispiel christlicher Nächstenliebe zu geben. Als Gegenleistung erwartete man von den Indianern, daß sie friedlich in Reservaten lebten, wo man sie für die Landwirtschaft ausbilden und ihre Kinder in Schulen schicken und christianisieren würde.

Als Captain Hermann Wetzel, ein Veteran der preußischen Armee und des Sezessionskrieges, der jetzt mit dem 14. Infanterieregiment als Besatzer in Texas diente, die neuen Befehle gelesen hatte, schleuderte er sie auf den Tisch: »Der General Grant, den ich kannte, hätte solchen Unsinn nie unterschrieben!« – eine Meinung, die von den meisten seiner Kameraden geteilt wurde.

Die religiöse Gemeinschaft, die sich mehr als jede andere bemühte, Zivilisten für das neue System zur Verfügung zu stellen, war gleichzeitig jene, deren Prinzipien sich von denen des Militärs am deutlichsten unterschieden: Es waren die Quäker aus Pennsylvania, zu deren wichtigsten Grundsätzen die Idee des Pazifismus gehörte. In den Problemen mit den Indianern sahen sie eine Gelegenheit, zu beweisen, daß freundliche Überredung bessere Resultate als militärische Stärke hervorbrachte. Sie nannten sich »Freunde« und ihre Gemeinschaft »Gesellschaft der Freunde«. Es war eine kleine Gruppe vor allem in Pennsylvania und New Jersey tätig, die aber wegen ihrer kompromißlosen Ablehnung der Sklaverei im ganzen Süden Berühmtheit erlangt hatte.

Einer der ersten, der für jene schwierige Aufgabe in Betracht kam, war ein junger Farmer aus dem kleinen Dorf Buckingham in Bucks County, Pennsylvania. Als der Brief von Präsident Grant angekommen war, in dem die ortsansässigen Quäker aufgefordert wurden, Männer namhaft zu machen, die ihnen für den neuen Auftrag geeignet erschienen, dachten die Gemeindeältesten sofort an Earnshaw Rusk, der siebenundzwanzig Jahre alt und unverheiratet war. Ohne es ihn wissen zu lassen, sandten sie seinen Namen ein.

Rusk war groß, sehr mager und sehr schüchtern. Seine tiefe Frömmigkeit hatte sich schon früh gezeigt. Im Alter von neunzehn Jahren fühlte er sich bereits berufen, den Gemeindeältesten während des Gottesdienstes über das richtige menschliche Verhalten zu predigen; mit zwanzig wagte er sich hinter die Linien der Konföderierten in Virginia und North Carolina und versuchte, die Sklaven zu überreden, ihre Freiheit zu fordern. Seine Einfalt hatte ihn geschützt, mehrmals war er in wirklich gefährliche Situationen geraten, aus denen er sich stets auf wunderbare Weise retten konnte.

Die von Präsident Grant mit der Durchsicht der Nominierungen beauftragten Beamten waren hoch erfreut, von einem Mann zu hören, der offenbar allen Anforderungen entsprach: »Er ist tatkräftig. Er hat keine Frau, die ihm das Leben komplizieren und ihn Geld kosten könnte. Und er wird die Indianer lieben, wie er die Sklaven geliebt hat.«

Die Mitglieder des Ausschusses teilten Präsident Grant mit, daß Earnshaw Rusk, »ein angesehener Farmer und Quäker aus Buckingham, Pennsylvania, «unverheiratet und gesund, für den Posten eines Indianeragenten der Vereinigten Staaten in Camp Hope am Nordufer des Red River empfohlen wird«.

Grant, der sein Programm endlich durchgeführt sehen wollte, nahm die Empfehlung an.

Earnshaw pflügte gerade sein Feld, als der Zeitungsmann von Buckingham zu ihm gelaufen kam. »Rusk! Präsident Grant hat Sie auf einen wichtigen Posten in der Regierung berufen!« Er reichte dem verdutzten Farmer ein Telegramm. Das Stück Papier mit der Nachricht in der linken, die Zügel in der rechten Hand, stand Rusk da und richtete den Blick zum Himmel empor. »Du hast mich für eine edle Aufgabe ausersehen. Hilf mir, sie nach Deinem Willen zu erfüllen!«

Während Rusk im östlichen Pennsylvania diese Worte sprach, schickte sich Joshua Larkins vielköpfige Familie an, eine primitive Unterkunft an einer Stelle zu errichten, die Larkin etwa sechzig Meilen westlich der neugegründeten Stadt Jacksborough, Texas, ausgekundschaftet hatte. Im nahen Fort Richardson stationierte Armeeoffiziere hatten die Larkins schon bei der Ankunft vor dem großen Risiko gewarnt, das sie auf sich nahmen, wenn sie sich so weit nach Westen vorwagten. Captain George Reed, ein verdrießlicher Mann, war richtig grob geworden. »Verdammt nochmal, Larkin, wie sollen wir Sie denn schützen, wenn Sie so unvorsichtig sind?«

»Schon sechsmal sind wir innerhalb von Texas nach Westen gezogen, zu immer noch besserem Land. Und sechsmal haben wir die gleichen Warnungen gehört: ›Die Waco werden euch kriegen!‹ ›Die Kiowa werden euch kriegen!‹ Und jetzt sagen Sie: ›Die Komantschen werden euch kriegen.‹« Larkin puffte Reed in den Arm: »Wir haben nicht solche Angst wie die Armee!«

Am nächsten Morgen waren die sechzehn Pioniere aufgebrochen: Joshua, seine zwei verheirateten Brüder, die drei Ehefrauen, Absalom, ein unverheirateter Bruder, und neun Kinder aller Altersstufen. Über noch kaum begangene Pfade waren sie nach Nordwesten gezogen, bis sie den Brazos River erreicht hatten. »Wenn wir noch ein Stück weitergehen, werden wir bald den Bear Creek sehen, und wo der einmündet, dort wollen wir uns niederlassen.«

Sechsundneunzig Kilometer waren es bis dorthin noch gewesen, und da sie immer vierundzwanzig Kilometer am Tag zurücklegten, hatten sie damit gerechnet, ihr neues Zuhause am Ende des vierten Tages zu erreichen. Die Larkins hatten Rechtstitel auf vierundzwanzig Quadratkilometer Land erworben und dreihundertsechzig Dollar dafür bezahlt. Sie wußten, daß es kein Gelegenheitskauf war, aber schließlich bot das Land vier Vorteile: Vieh in unbegrenzten Mengen, Wildpferde, die man bloß einzufangen brauchte, frisches, klares Wasser und ausgedehntes Weideland, so weit das Auge reichte.

Nachdem die Larkins, die sich völlig sicher fühlten, den Zusammenfluß von Brazos River und Bear Creek erreicht hatten, waren sie auf eine kleine Anhöhe gestiegen und hatten ihr Gelobtes Land überschaut. »Das alles gehört jetzt uns. Hier werden wir bauen.«

Sie hatten ein paar Hausrinder mitgebracht, einige gute Pferde und sechs Wagen, die mit all den Gütern vollgepackt waren, die die Familie auf ihrer langen Reise angesammelt hatte: Tuch und Arzneien, Nägel, Hämmer, Bretter, Ersatzachsen und -räder, einige Töpfe, ein paar Gabeln und zwei Bibeln.

Die Larkins waren Baptisten, Demokraten, Veteranen der konföderierten Armee, ausgezeichnete Schützen, und sie fürchteten nichts und niemanden. Die drei Frauen gehörten drei verschiedenen Konfessionen an – eine war Baptistin, eine Methodistin und die dritte Katholikin –, aber alle kannten »Du heilige Harfe«, jenen nasalen geistlichen Gesang des Südens, und während sie sich jetzt, auf ihrer neuen Heimstatt einrichteten, vereinten sich ihre Stimmen zu einem Lied.

Die große Familie besaß ein ganzes Arsenal von Feuerwaffen: Sharps, Colts, Enfields, Hawkens, Springfields – und jedes Kind, das älter als fünf Jahre war, konnte damit umgehen. Sie glaubten nicht, daß es Schwierigkeiten geben würde; schließlich waren sie ja schon fünfmal auf Gebiete vorgestoßen, in denen kurz zuvor noch wilde Indianer gelebt hatten, und immer wieder war es ihnen gelungen, sie zu befrieden.

Sie verbrachten zwei arbeitsreiche Tage damit, einen geräumigen Unterstand auszuheben, in dem sie zunächst alle schlafen würden. Erst dann kümmerte sich Joshua um das Problem aller Texaner: »Das Land gehört uns. Das Wasser müssen wir uns holen.« Er trug allen Männern und Jungen, selbst den kleinsten, auf, einen Wasserlauf einzuschneiden und einen primitiven Damm zu errichten, der genügend Wasser ableiten würde, um ein Reservoir damit zu füllen. Dann teilte er seine Arbeiter in zwei Gruppen; die eine wurde zum Fangen von Wildpferden und streunenden Rindern ausgesandt, die sich in Jacksborough verkaufen ließen; die andere Gruppe sollte mit ihren großkalibrigen Sharps-Gewehren losziehen, um Büffel zu erlegen. Mit Hilfe von Pferden würden den Tieren dann die Felle abgezogen, ins Lager geschleift und für den Transport auf die Märkte des Ostens zu Ballen gepreßt werden. Die Kadaver sollten liegenbleiben und verfaulen.

Wenn es den Larkins gelang, viele Pferde und Rinder einzufangen, dann war der Grundstock für eine florierende Ranch gelegt; wenn sie den Büffel ausrotten konnten, war das Weideland für die Indianer bald unbewohnbar. Die Larkins wollten die Komantschen nicht töten; sie wollten sie in Reservate nördlich des Red River drängen und Texas zu dem Land machen, das es sein sollte: ein Land ohne Indianer.

Matark, ein vierzigjähriger Veteran der Präriekriege, war der Häuptling des Komantschenstammes, der seit vielen Generationen das Hügelland westlich des Bear Creek bewohnt hatte und von dort aus dreihundert Kilometer nach Oklahoma im Norden und achthundert Kilometer nach Mexiko im Süden vorgedrungen war. Sie hatten andere Indianerstämme mit Krieg überzogen und weiße Siedlungen, darunter El Paso und Saltillo, geplündert. Jahrzehnte waren ohne große Niederlagen vergangen, denn unter Matarks Führung schüttelten die Komantschen jede Verfolgung durch die Armee ab, mieden offene Feldschlachten und schlugen zu, wo sie auf eine exponierte Stellung stießen. Sie waren grausame und listige Feinde, und sie verstanden es, sich geschickt zu verteidigen.

Das Erscheinen des Larkin-Clans am Zusammenfluß von Brazos River und Bear Creek im Herbst 1869 beunruhigte Häuptling Matark so sehr, daß er etwas Ungewöhnliches tat: Er berief einen Kriegsrat ein. Ungewöhnlich war dies deshalb, weil er üblicherweise alle militärischen Entscheidungen allein traf.

»Wie viele sind es?«

»Vier erwachsene Männer, die alle gut mit Gewehren umgehen können, drei Frauen, die auch gut schießen, und neun Kinder, einige davon alt genug, um Schußwaffen zu gebrauchen.«

»Wie können sie es wagen, sich auf unserem Territorium niederzulassen?«

»Sie rechnen damit, daß das Fort, das sie Richardson nennen, sie beschützt.«

»Wie weit sind sie von diesem Fort entfernt?«

»Drei Tagesmärsche. Wenn wir jetzt zuschlagen, kann uns die Armee erst in zwei Tagen erreichen.«

Matark, der den Berichten seiner jüngeren Krieger nicht traute, suchte bei zwei alten Männern Rat, die schon viele Schlachten gesehen hatten. Der ältere der beiden sagte: »Es ist nicht die Armee. Es geht auch nicht darum, wie viele Gewehre sie in den drei Grasnarbenhäusern haben. Was uns vernichten wird, das ist die Art, wie sie unsere Büffel töten.«

»Mit jedem neuen Mond ziehen die Tiere weiter von uns fort«, klagte der andere.

»Wenn diese Weißen beim Bear Creek bleiben...«

»Und wenn noch mehr dazukommen, wie das immer ist...«

»Was sollen wir tun?«

»Wenn wir nur hoffen könnten, daß das Fort bei Jacksborough das letzte ist«, wich der Alte aus.

»Sie kommen uns immer näher mit ihren Forts«, sagte der andere.

»Wohin wollen sie uns denn noch treiben?« rief Matark verzweifelt.

Die zwei Greise sahen sich an. Sie wußten, wie die Antwort lautete, aber sie scheuten sich, sie auszusprechen. Endlich faßte sich der ältere ein Herz. »Bis zu dem Punkt, wo die Sonne stirbt.«

»Aber nicht so schnell!« rief Matark. »Wir werden sie vernichten!«

Die zwei alten Männer gingen hinaus, um den Kriegern die Entscheidung mitzuteilen. Aus langjähriger Erfahrung wußten sie, daß diese Strategie versagen würde, aber sie wußten auch, daß es eine Geste war, die gemacht werden mußte. Sie waren so wenige und die Armee war so übermächtig – eine lange Linie texanischer Forts, vollgestopft mit Soldaten in blauen Uniformen: Fort Richardson im Norden, das neue Fort Griffin, Fort McKavett, Fort Concho, Fort Stockton im Westen, Fort Davis in den Bergen, Fort Bliss am Rio Grande und noch ein Dutzend mehr.

Einhundertneunzehn Komantschenkrieger verließen ihr Lager am Brazos River und ritten in drei getrennten Gruppen schweigend auf den Bear Creek zu. Am Morgen des dritten Tages, dem 15. Oktober 1869, kamen sie kurz nach Sonnenaufgang donnernd auf die drei Grasnarbenhäuser hinabgestürzt.

Absalom, der gerade die Pferde auf die Weide führen wollte, erschlugen sie sofort mit einem Tomahawk und machten sich mit der Hälfte der Tiere davon. Dann griffen sie die am weitesten westlich gelegene Hütte an, überwältigten die Bewohner, töteten die Frau und die zwei Kinder, ließen aber den Mann am Leben, um ihm später rituelle Martern zu bereiten.

Mit der zweiten Hütte hatten sie Schwierigkeiten, denn dort standen Micah Larkin und seine Frau mit ihrem ganzen Arsenal bereit. Über eine Stunde lang konnten sie Angreifer abwehren. Doch dann ritten die Indianer ganz nah an die Hütte heran, feuerten durch die Öffnungen und töteten die Frau und die Kinder, ließen den Mann aber am Leben.

Vor der etwas größeren Hütte Joshua Larkins stießen die Indianer ebenfalls auf gut organisierte Verteidigung: Der Vater, die Mutter und zwei Kinder feuerten mit tödlicher Treffsicherheit. Neun Indianer starben, während sie diese Hütte umkreisten, bis schließlich Matark selbst einen Angriff führte, bei dem er an das Grasdach Feuer legte, das die Bewohner ins Freie trieb. Joshua wurde sofort getötet, die Frau jedoch lebend ergriffen. Von den sechs Kindern wurden drei mit Tomahawks erschlagen und zwei mit Lanzen durchbohrt. Die zwölfjährige Emma Larkin nahmen die Indianer lebend gefangen; die jungen Krieger wollten sich später mit ihr vergnügen.

Um die Geschichte Texas' richtig verstehen zu können, muß man etwas über die Kriegführung der Indianer wissen. In einer Zeitspanne von drei Jahrzehnten wurden alljährlich Dutzende von Farmern, Ranchern und Händlern bei Indianerangriffen getötet. Aber es war vor allem die Art, wie sie getötet wurden, die die Siedler wütend und Frieden mit den Indianern unmöglich machte.

Die wahren Schrecken indianischer Kriegführung sollten am Bear Creek die vier lebenden Gefangenen, drei Erwachsene und ein junges Mädchen, kennenlernen. Die beiden Männer wurden im schwelenden Feuer ihrer niedergebrannten Häuser an Pfähle gebunden; man hackte ihnen die Gliedmaßen ab, amputierte ihre Geschlechtsteile, berührte mit ihnen die Augen, deren Lider man weggeschnitten hatte, und stopfte sie den Gemarterten schließlich in den Mund. Dann blendeten die Komantschen ihre Gefangenen und brieten sie langsam zu Tode.

Die Frau hob man sich bis zum Schluß auf, und selbst in dem offiziellen, von Captain Reed verfaßten Bericht stand nichts über die Einzelheiten ihres Leidensweges. Sie waren zu schrecklich, als daß Reed sie hätte niederschreiben können:

»Keine einzige der fünfzehn Leichen blieb unversehrt: Köpfe wurden abgeschnitten, Arme und Beine in Stücke gehackt, Brüste abgetrennt, Augen ausgequetscht. Nach allem, was ich sah, muß ich annehmen, daß die vier Erwachsenen nach den entsetzlichen Martern bei lebendigem Leib verbrannt wurden.

Nachdem ich die fünfzehn Leichen bestattet hatte, blieb ich neben ihrem gemeinsamen Grab stehen und leistete einen Eid, und als ich gestern abend zurückkehrte, verlangte ich von den Männern in Fort Richardson, daß sie ihn ebenfalls ablegten: ›Ich werde diese abscheulichen Mörder bis ans Ende der Welt jagen. Diese Toten sollen gerächt werden, dafür will ich mit meinem Leben einstehen!‹

Als alle den Eid geleistet hatten, erinnerte uns ein Soldat, der alle

Siedler, die hier durchkommen, registriert, daran, daß der Larkin-Clan aus sechzehn Leuten bestanden hatte. Einer mußte also noch leben. Wir rechneten noch einmal durch und sind inzwischen sicher, daß sich ein Mädchen namens Emma, etwa zwölf Jahre alt, nicht unter den Toten befand. Sie muß bei den Komantschen sein, und mit Gottes Hilfe werden wir sie befreien.«

Ja, Emma war bei den Komantschen. Man hielt sie in einem Lager unweit der Canyons fest. Mehrmals war sie von jungen Kriegern vergewaltigt worden, eifersüchtige Frauen und mutwillige junge Männer begannen jetzt mit dem langsamen, spielerischen Ritual, ihr die Ohren und die Nase wegzubrennen.

Der vom Vier-Sterne-General William Tecumseh Sherman in Washington unterzeichnete und an Captain George Reed, Kompanie T, 14. Infanterieregiment in Fort Richardson, nahe Jacksborough, Texas, gerichtete Befehl war präzise:

»Sie haben sich unverzüglich an die Stelle zu begeben, wo der Bear Creek in den Brazos River einmündet, und dort ein Fort des Typs zu errichten, wie es in Texas und im Indianerterritorium üblich ist. Sie haben mitzunehmen: zwei Kompanien des 14. Infanterieregiments und zwei Kompanien des 10. Kavallerieregiments sowie Unterstützungskader, soweit nötig, wobei diese jedoch den autorisierten Stand von 12 Offizieren, 58 Unteroffizieren und 220 Gefreiten, 8 Musikanten und 14 Mann Hilfspersonal (insgesamt 312) nicht überschreiten dürfen. Das Fort ist im Rahmen einer schlichten Feier nach Sam Garner, dem Captain der Texas Rangers, zu benennen, der sich in Monterrey so heldenhaft ausgezeichnet hat. Ihre Aufgabe ist es, amerikanische Siedler zu schützen, gute Beziehungen zum Indianerreservat vom Camp Hope herzustellen und den Komantschenhäuptling Matark einer gerechten Strafe zuzuführen, wenn er texanisches Gebiet betreten sollte.«

Ende Oktober 1869 zog Captain Reed, dreiunddreißig Jahre alt und Inhaber einer untadeligen Dienstbeschreibung, mit seinen Soldaten nach Westen. Typisch für die Gegebenheiten, denen er in den nächsten drei Jahrzehnten seines Kommandos Rechnung zu tragen haben würde, war der Iststand seines Truppenkontingents um sechsundsechzig Mann hinter dem nur auf dem Papier vorhandenen Sollstand von dreihundertzwölf zurückgeblieben; neben vielen anderen fehlte auch ein gewisser

Leutnant Renfro, dessen energischer Frau Daisy es gelungen war, ihm eine dritte Verlängerung seines temporären Schreibtischjobs in Washington zu verschaffen. Seit dem Ende des Bürgerkriegs war Renfro dem Dienst an der Grenze beharrlich ausgewichen, und es schien ihm gelungen zu sein, sich auch vor diesem Auftrag zu drücken.

Das Fort Sam Garner war kein Fort im üblichen romantischen Sinn des Wortes, denn es war von keiner Mauer umschlossen und bot daher keinen sicheren Schutz vor Feinden. Es war vielmehr eine aus zwei Dutzend Häusern und Hütten bestehende Anlage auf einem großen, offenen Gelände. Die Behausungen waren nicht aus Stein oder Ziegeln, sondern aus Holz, Adobe und Feldstein. Doch selbst diese kläglichen Unterkünfte gab es noch gar nicht, als die zweihundertsechsundvierzig diensttauglichen und ausgerüsteten Soldaten am Bear Creek eintrafen; die Männer mußten sie erst so gut es ging, errichten. Bis dahin würden sie in Zelten leben müssen. Und als General Sherman dem Fort zwei Kompanien des 10. Kavallerieregiments zuteilte, wußte er genau, daß er Captain Reed damit jede Menge Verdruß bescherte, denn das 10. Kavallerieregiment war ein Negerregiment. Es würde also nicht nur die üblichen Animositäten geben, die seit jeher zwischen Berittenen und Fußsoldaten herrschten, sondern auch die Aggressionen, die sich oft an den unterschiedlichen Hautfarben entzündeten.

Daß ein Deutscher und ein Ire in Fort Garner stationiert waren, hatte weiter nichts zu bedeuten; Tausende solcher Freiwilliger hatten in den Streitkräften der Union gedient, meist sogar mit Auszeichnung. Sie waren angriffslustig, verläßlich und Pedanten im Exerzieren. In Hermann Wetzel und Jim Logan hatte Fort Garner zwei der besten: der eine ein früherer preußischer Zuchtmeister, der die gesamte Infanterie kommandierte, der andere ein wagemutiger, temperamentvoller sechsundzwanzigjähriger Kavallerist, der mit den schwarzen Truppen arbeitete.

Alle Offiziere des Forts bis auf einen, hatten im Großen Krieg vorübergehend einen weit höheren Rang, auch Brevet genannt, bekleidet, als sie jetzt innehatten. Eine Brevet-Beförderung konnte aus verschiedenen Gründen erfolgen: Man stellte ein neues Regiment auf, für das man Oberste und Majore benötigte, also wurden rangniedere Offiziere, um dem Mangel abzuhelfen, vorübergehend befördert, wobei es sich aber von selbst verstand, daß sie nach Kriegsende wieder ihren alten Rang einnahmen. Ein ranghoher Offizier fiel in der Schlacht – ein Ersatzmann wurde in den Titularrang versetzt. Oft beförderte man auch in der Hitze des Gefechtes einen besonders tapferen Leutnant durch Brevet zum Offizier, man sprach ihn mit »Herr Oberst« an und behandelte ihn als solchen, aber sein wirklicher Rang blieb der eines Leutnants. Jetzt herrschte Frieden, die Streitkräfte waren stark reduziert, und selbst der begriffsstutzigste Offizier mußte sich darüber im klaren sein, daß er noch viele Jahre in seinem niedrigen permanenten Rang verbleiben würde. George Reed, ein Volksschullehrer aus Vermont, hatte einen Flankenangriff auf Petersburg praktisch als General angeführt; jetzt war er ein kleiner Captain, vier Ränge tiefer, und hatte alle Aussicht, für immer und ewig auf dieser Stufe zu verbleiben. Johnny Minor war Oberst gewesen, noch dazu ein guter; jetzt aber, und soweit er in die Zukunft blicken konnte, würde er ein Captain bleiben und eine Kompanie schwarzer Truppen befehligen. Mit einer Beförderung konnte er nicht rechnen, jetzt nicht und niemals. Weiße Offiziere, die mit schwarzen Truppen dienten, waren »angesteckt« und wurden von ihren Offizierskameraden gemieden.

Nachdem er sich mit Wetzel beraten hatte, der ein gutes taktisches Gespür besaß, beschloß Reed, das Fort östlich des Bear Creek zu errichten, womit aus Westen kommende Indianer gezwungen waren, über diesen Wasserlauf oder den Brazos hinweg anzugreifen. Um das Fort gegen eine Überschwemmung zu schützen, ließ er seine Männer zwei Wochen daran arbeiten, beide Flußläufe zu vertiefen und dann den Schlickdamm zu verstärken, mit dessen Hilfe die Larkins ihr Reservoir gebaut hatten.

Fort Garner würde sich dreiundneunzig Kilometer westlich von Jacksborough erheben und genausoweit südlich von Camp Hope im Indianerterritorium. Die fünf Offiziersgebäude, jedes mit separater Küche und Toilette, bildeten die östliche Grenzlinie des langen Paradeplatzes; die Unterkünfte der Soldaten die westliche. Im Norden wurde das Fort von den Verwaltungsbauten eingefaßt. Den südlichen Abschluß bildeten das Lazarett und die Marketenderei. Dort waren auch Stallungen eingerichtet, und ein Stück weiter nördlich befand sich eine der Kuriositäten westlicher Forts: die Seifenwasserzeile. Hier arbeiteten fest angestellte Wäscherinnen, manchmal Mexikanerinnen, manchmal ehemalige Prostituierte, meistens aber die Frauen von Gefreiten, und wuschen an sechs Tagen der Woche die Uniformen, in denen die Männer von Fort Garner auf dem Paradeplatz exerzierten. Sie sahen gut aus, ganz besonders die Büffelsoldaten – so nannte man die Schwarzen, weil ihr Kraushaar angeblich dem eines Büffels ähnlich sah.

Die meisten der Büffelsoldaten waren in den dunkelsten Tagen des Krieges in den Dienst der Armee getreten und hatten heldenhaft ihre Pflicht erfüllt. Sie hatten von Anfang an gewußt, daß man sie nicht mochte und nicht haben wollte, und in Friedenszeiten wurde diese Abneigung auf jede nur denkbare gemeine und boshafte Weise deutlich gemacht.

Die Frauen, die es – oft unter den deprimierendsten Umständen – fertigbrachten, bei ihren Männern zu bleiben, bildeten eine wichtige Komponente des Lebens in einem Grenzland-Fort. Die Adobehütten von Fort Garner waren noch kaum mit Dächern versehen, als Louise Reed, die Frau des Kommandanten, und Bertha Wetzel, die Frau des dienstältesten Infanterieoffiziers, in einem Wagen eintrafen, den sie in Jacksborough requiriert hatten. Mrs. Reed brachte ihre zehnjährige Tochter mit und alles an Hausrat, was sie und Mrs. Wetzel hatten zusammentragen können – nicht nur für ihre eigenen Familien, sondern auch für alle anderen im Fort.

Als die beiden Frauen über den Paradeplatz fuhren, jubelten die Männer, denn die meisten von ihnen wußten, was solch tatkräftige Frauen in einem Fort bewerkstelligen konnten. Schon nach zwei Tagen waren überall Anzeichen von Verbesserungen zu bemerken. Mrs. Reed gab einen Tee, an dem die acht Offiziere und die vier Frauen teilnahmen, und am nächsten Tag trug Mrs. Wetzel ihre Teekannen in die Seifenwasserzeile, wo sie den Wäscherinnen versicherte, sie würden bei ihr Unterstützung finden, wenn sie Probleme mit ihren Männern hätten. Sie servierte ihnen belegte Brote und sprach jede einzelne mit Namen an.

Die zwei Frauen waren einander sehr ähnlich. Beide waren ein bißchen größer und ein bißchen schlanker als der Durchschnitt. Mrs. Reed kam aus dem Heimatstaat ihres Mannes, Vermont. Mrs. Wetzel hatte ihren deutschen Ehemann kennengelernt, als er in einem Fort in Minnesota stationiert war. Sie hatten etwa das gleiche Alter, Anfang dreißig, und beide waren sie ihren protestantischen Kirchen eng verbunden.

Es gab da etwas in Fort Garner, was Mrs. Reed mißfiel. Johnny

Minor, einer der besten Kavalleriekommandanten und ein Mann, der schon eine schwere Last zu tragen hatte, weil er schwarze Truppen befehligen mußte, hatte eine hübsche Frau namens Nellie, die ihm viel Kummer machte. Sie redete abschätzig über seine Arbeit und demütigte die schwarzen Kavalleristen ihres Mannes dadurch, daß sie sich weigerte, das Wort an sie zu richten. Wenn sie sich mit anderen Frauen unterhielt, nannte sie die Büffelsoldaten »Affen« und klagte darüber, daß sie es seien, die Johnny daran hinderten, die Beförderung zu erlangen, die er verdiente.

Mrs. Reed duldete solche Auslassungen nicht und rügte Nellie, wenn sie damit anfangen wollte; Mrs. Wetzel aber, so bewundernswert sie in vieler Hinsicht war, teilte das tiefe Mißtrauen, das ihr Mann den farbigen Truppen entgegenbrachte.

Für Nellie Minor schlich die Zeit träge dahin, als sich ihr Mann mit seinen schwarzen Kavalleristen wieder einmal auf einem längeren Erkundungsritt befand. Am ersten Nachmittag bat sie die anderen Frauen zu einem langweiligen Tee. Am zweiten unternahm sie mit Reeds Tochter einen Ausflug entlang des Brazos River. Am dritten folgte sie dem guten Beispiel von Mrs. Wetzel und ging in die Seifenwasserzeile, um sich mit den Frauen dort zu unterhalten, aber die Bedingungen, unter denen diese arbeiteten, widerten sie an, und es fiel ihr nichts ein, worüber sie hätte reden können.

Am vierten Tag sattelte sie eines der für Frauen reservierten Pferde und legte einen Spazierritt entlang des Bear Creek so an, daß sie damit rechnen konnte, dem Iren Jim Logan zu begegnen, wenn er von seinem morgendlichen Kanter zurückkehrte. Sie begegneten sich tatsächlich in einiger Entfernung vom Fort und ritten dann langsam in Richtung Jacksborough zurück. Die Luft war wie elektrisch geladen. Nellie bemerkte, während sie Seite an Seite dahinritten: »Es ist wie die Stille vor einem Sommergewitter.« In Wirklichkeit war es natürlich Winter, der Winter des Jahres 1870, aber sie hatte insofern recht, als große Ereignisse bevorstanden: Ihr Interesse an dem schneidigen Iren war im Fort nicht unbemerkt geblieben, und die Komantschen im Westen wurden zunehmend aktiver.

An diesem Nachmittag machten sich weder sie noch Jim Logan große Sorgen wegen der Indianer. Als sie hinter einem kleinen Hügel zum Larkinschen Wasserreservoir hinunterritten, wo keiner sie sehen konnte, hielt sie ihr Pferd ganz dicht neben seinem. »Sie reiten wirklich ganz ausgezeichnet«, sagte sie.

»Mein Vater hat es mir in Irland beigebracht.«

»Haben Sie Heimweh?«

»Wir sind dort beinahe verhungert.«

»Waren Sie tapfer im Krieg?«

»Ich konnte gut mit Pferden umgehen. Ich konnte kämpfen. Darum haben sie mich zum Major gemacht.«

»Ich weiß. Macht es Ihnen etwas aus, jetzt ein Leutnant zu sein?«

»Kriege kommen und gehen. Ich hatte das Glück, meinen schon als junger Mann zu erleben. Aber offen gesagt, Mrs. Minor, ich bin nicht unglücklich, jetzt ein Leutnant zu sein.« Er wandte den Kopf zur Seite und lächelte, ein aufrichtiges Lächeln. »Selbst im Krieg lag der mir zustehende Rang in etwa der Höhe eines Captains. Ich war nie zum Major bestimmt, hatte nie Anspruch darauf. Aber ich bin ein verdammt guter Leutnant.«

Sie beugte sich hinüber und küßte ihn. »Du bist ein bezaubernder Mann, Herr Major, und für mich wirst du immer ein Major sein.«

Er packte sie am Arm und hielt sie fest, während er ihr einen langen Kuß gab. In diesem Augenblick wußten beide, wenn einer von ihnen auch nur die leiseste Bewegung machte, um abzusteigen, würde es zu einer heftigen Umarmung im Gras kommen; aber keiner machte eine solche Bewegung, und so kehrten sie langsam zum Bear Creek zurück. Mit gespielter Sorglosigkeit ritten sie dahin, bis das Fort am Horizont auftauchte.

»Solltest du nicht besser allein ankommen?« fragte Logan. Bevor sie sich trennten, kam sie noch einmal nahe an ihn heran und küßte ihn leidenschaftlich. »Ich sehne mich nach dir, Jim.«

»John ist mein Vorgesetzter, vergiß das nicht.«

So ritt sie also direkt zum Fort, während er einen weiten Schwenk nach Osten machte und erst viel später über die Jacksborough-Straße eintraf. Aber das Manöver täuschte keinen. In Fort Garner wußte man sehr bald, daß man es mit einer ernsten Liebesaffäre zu tun hatte, und Mrs. Reed dachte nicht daran zuzulassen, daß eine vom Leben an der Grenze gelangweilte Göre das schon an sich schwierige Kommando ihres Mannes in Gefahr brachte. Sie ließ die Quelle möglichen Verdrusses zu sich kommen.

»Setzen Sie sich, Nellie. Es ist meine Pflicht als ältere Frau und Ehefrau des Kommandanten, Sie zu warnen: Sie spielen ein sehr gefährliches Spiel.«

»Aber...«

»Ihre schäbigen Entschuldigungen können Sie sich sparen. Im Fort in Arkansas haben Sie sich genauso aufgeführt und um ein Haar das Leben von drei Menschen zerstört. Ich werde nicht zulassen, daß Sie das Kommando meines Mannes in Gefahr bringen. Halten Sie sich von Major Logan fern.«

»Ich habe doch nichts...«

»Noch nicht. Aber es liegt in Ihrer Absicht. Können Sie denn Ihr Glück nicht bei Ihrem Mann finden? Er ist doch ein feiner Kerl.«

»Er arbeitet mit Niggern, er riecht nach Niggern, und aus ihm kann nie etwas Anständiges werden.«

»Wenn das wirklich Ihre Einstellung ist, müssen Sie das Fort noch heute verlassen«, versetzte Mrs. Reed sehr energisch. »Noch *heute*, habe ich gesagt.« Und mit erhobener Stimme fuhr sie fort: »Ich möchte, daß Sie jetzt vor meinen Augen Ihre Sachen packen und das Fort verlassen, denn wenn Sie bleiben, wird es zu einer Tragödie kommen.«

»Ich kann nicht fort. Ich weiß nicht wohin.« Sie begann zu weinen.

Mrs. Reed bemühte sich nicht, sie zu beruhigen. Sie wartete, bis die Tränen versiegt waren, und sagte dann: »Ich werde Ihnen sagen, was Sie tun müssen! Lieben Sie Ihren Mann. Helfen Sie ihm, so wie Mrs. Wetzel und ich unseren Männern helfen. Seien Sie stolz auf seine großartigen Leistungen. Und halten Sie sich von Jim Logan fern.«

»Ich werde es versuchen...«

»Und ich werde...« Sie wollte sagen: ›Ich werde für Sie beten‹ oder ›Ich werde auf Sie aufpassen‹, aber sie wußte, daß beide Versprechungen unpassend und falsch gewesen wären. Statt dessen würde sie ihren Mann bitten, seinen jungen irischen Kavalleristen so oft wie möglich wegzuschicken und mit Missionen von längerer Dauer zu betrauen.

Unter den Männern im Grenzland, die die Errichtung von Fort Garner mit besonderer Aufmerksamkeit verfolgten, befand sich auch ein kleiner hagerer Mann mit wäßrig-blauen Augen und einem leicht verkrüppelten linken Arm; er drückte sich in Santa Fe herum und wartete auf eine gute Gelegenheit, um sich nach Texas zurückzuschleichen. Er hieß Amos

Peavine; seine Vorfahren waren in dem von Banditen unsicher gemachten Niemandsland an der Grenze des alten Louisiana umhergestreift.

Als junger Mann mit einem schlechten Arm war er gezwungen gewesen, gerissener zu sein als die meisten anderen, und er hatte sich sehr schnell im ganzen östlichen Texas einen Ruf als Straßenräuber und gnadenloser Killer erworben. Er war so tückisch und schlug so schnell zu, daß die Leute in bald »Klapperschlange« nannten. Sich seiner Behinderung wohl bewußt, hatte er den Gebrauch von Schußwaffen so fleißig geübt, daß immer er es war, der als erster zog und feuerte. Schon mit neunzehn Jahren war er ein richtiger texanischer Bandit.

Während des Krieges hatte er an der Nordgrenze sein Unwesen getrieben, hatte es einmal mit den Blauen, einmal mit den Konföderierten gehalten, sich aber als so unzuverlässig erwiesen, daß beide Armeen ihn hängen wollten – worauf es ihm ratsam erschien, Texas zu verlassen. Nach dem Prinzip: »Wenn es einer nicht in Texas schafft, hat er immer noch in New Mexico eine Chance« hatte er sich gemächlich in Richtung Santa Fe treiben lassen. Nachdem er vergeblich versucht hatte, am Handel mit Mexiko zu profitieren, machte er die Entdeckung, daß sich das große Geld mit einem anderen Handel verdienen ließ, der jahrhundertealt und ganz besonders infam war: Die Prärie-Indianer wollten Whisky und Gewehre, und ganze Generationen übelbeleumundeter Händler hatten Mittel und Wege gefunden, ihnen das Gewünschte gewinnbringend zu liefern. Spanier hatten es im siebzehnten, Franzosen im achtzehnten, Mexikaner in der ersten Hälfte des neunzehnten Jahrhunderts getan, und nun setzte eine gerissene Bande von Abenteurern aus Kentucky, Mississippi und Texas diese Tradition fort.

Amos Peavine war der wagemutigste von allen, denn er betrieb seine Geschäfte mit dem kriegerischsten aller Stämme. Er war ein Comanchero, ein gesetzloser Mann, der in der Commanchería herumstreifte, jener unendlich weiten Ödlandschaft, die auch das Weidegebiet der Büffel war. Er konzentrierte sich vor allem auf die texanische Prärie, und er war froh, als er erfuhr, daß am Bear Creek ein neues Fort errichtet werden sollte. Zwar brachte das Fort mehr Soldaten in die Gegend und damit für ihn eine größere Wahrscheinlichkeit, am Ende erschossen zu werden, es trieb aber auch zwei für ihn besonders günstige Entwicklungen voran: die Indianer, denen es nun an den Kragen gehen sollte, würden mehr Gewehre brauchen, und die langsamen Militärtransporte, die mit Gewehren und Munition die leere Prärie durchquerten, würden sich geradezu anbieten, angegriffen und ausgeraubt zu werden. Ein wirklich raffinierter Comanchero stahl der Armee die Gewehre, verkaufte sie den Komantschen und verdingte sich dann der Armee als Fährtenfinder, wenn sie loszog, um die gut bewaffneten Indianer anzugreifen. In unruhigen Zeiten verdiente ein Comanchero viel Geld – und verstand es vortrefflich, Wege zu ersinnen, damit sie auch unruhig blieben.

Während Mrs. Reed der jungen Mrs. Minor einen Vortrag über richtiges Benehmen in einem Grenzlandfort hielt, saß »Klapperschlange« Peavine etwa zweihundert Meilen westlich auf einem Klepper und führte einen Esel aus den Rocky Mountains hinter sich her, den er einer mexikanischen Familie gestohlen hatte. Er befand sich auf einer gefährlichen Reise. Er wollte Kontakt mit dem Komantschenhäuptling Matark aufnehmen. Skorpione und Schlangen erwarteten ihn, wenn er beim Absteigen nicht aufpaßte; Tod durch Verdursten drohte jedem, der die Wasserstellen verfehlte. Stämme, die sich im Kriegszustand mit den Komantschen befanden, würden ihn töten, wenn sie ihn erwischten, und die gleiche Gefahr drohte ihm von den Komantschen selbst, wenn er ihnen nicht schnell genug klarmachen konnte, wer er war.

Amos Peavine war ein tapferer Mann, fast ein Held, denn das Böse zu tun erfordert fast genausoviel Willenskraft wie das Gute. Peavine hatte große Willensstärke, aber überhaupt keinen Charakter, nicht einmal einen konsequent schlechten, denn wie schon in den alten Tagen von 1861–65 war er auch jetzt bereit, mit jedem Handel zu treiben und jeden zu verraten.

Er hatte New Mexico verlassen, eine Freistadt für Comancheros und andere Banditen, die Texas heimsuchten, und jene Zufluchtsstätte betreten, die im gesamten Westen unter der Bezeichnung Palo Duro Canyon bekannt war: eine gewaltige Landsenke, über hundertsechzig Kilometer lang, Millionen von Jahren hindurch von Wasser durch festes Gestein gegraben, und so einsam und furchteinflößend, daß ein Weißer nur selten versuchte, sie zu durchqueren.

Die Komantschen hatten den Palo Duro als erste erreicht und benützten ihn seit mehr als hundert Jahren als ihr einziges völlig sicheres Versteck. Innerhalb des Canyons, etwa im Zentrum seiner Ost-West-

Ausdehnung, erhob sich eine Anhäufung rötlicher Felsen, die sogenannte Burg. Diesem traditionellen Treffpunkt strebte Peavine jetzt zu.

Er ritt nicht über den viel zu exponierten Weg auf dem Grund des Canyons, sondern benutzte statt dessen den weniger gut befestigten Pfad entlang des Südrandes, denn von dort aus konnte er in die felsige Tiefe hinauf- und auf die andere Seite hinübersehen.

Er bekreuzigte sich, als ob er ein gläubiger Katholik wäre, und begann den steilen Abstieg. Dies war der gefährlichste Abschnitt seines sich über dreihundertzwanzig Kilometer erstreckenden Weges, denn er ritt so dicht an den Wänden des Canyons entlang, daß jede Klapperschlange, die aus dem Winterschlaf erwachte, aus ihrer Felsspalte hervorschießen und ihn ins Gesicht beißen konnte. Und es drohte noch eine andere Gefahr: Wenn feindliche Indianer oder umherziehende Truppen eine Falle stellten, so war dies die Stelle, wo sie sie zuschnappen lassen würden. Doch er brachte die Strecke ohne Zwischenfälle hinter sich und war bald auf dem Grund des Canyons angelangt.

Er winkte den Spähern, die er schon von weitem ausgemacht hatte, und lenkte sein Pferd auf das Lager der Indianer zu. »Ich suche den großen Häuptling Matark!« rief er laut, während er auf die ungeordnete Ansammlung von Wigwams zuhielt, und wiederholte seine Ankündigung, bis eine Gruppe junger Krieger das halbnackte Geschöpf, das sie gerade gemartert hatten, hinter sich ließen und ihn umringten.

»Ist das die kleine Larkin?« fragte er. Die jungen Männer blickten zurück, verwundert darüber, daß jemand wissen wollte, wer das Kind war. Sie hatten ihr bereits die Ohren weggebrannt, und noch bevor der Sommer zu Ende ging, würde auch ihre Nase verschwunden sein; sie war jetzt dreizehn, ein erbarmungswürdiges Wesen. Aber sie hatte sich Verstand genug bewahrt, um zu wissen, daß die Ankunft eines weißen Mannes – irgendeines weißen Mannes – ihre Aussichten auf Befreiung ein klein wenig verbessert hatte.

In der Hoffnung, daß er sie bemerken würde, tat sie einen zögernden Schritt auf Peavine zu, aber er sah gerade in die andere Richtung, und zwei der jungen Krieger hoben Steine auf, bewarfen sie damit und schrien: »Zurück mit dir!«

Matark und seine vier Frauen bewohnten ein großes Wigwam, dessen Zeltstangen aus Zedernholz einen angenehmen Duft verbreiteten. Der Eingang war niedrig und zwang den Besucher, sich zu bücken, doch das

Innere zeigte sich geräumig und bunt, mit Elchfellen geschmückt, auf denen die Geschichte des Stammes dargestellt war. Matark selbst, groß und düster blickend, hochintelligent, war eine eindrucksvolle Gestalt.

»Was führt dich her?« fragte er.

»Nachrichten aus St. Louis. Cavin & Clark haben den Auftrag bekommen, viele Waffen und Munition in das neue Fort am Bear Creek zu bringen.«

»Oh!« Matark versuchte gar nicht, die Freude, die ihm diese wichtige Nachricht bereitete, zu verhehlen. Einen Militärtransport dieser Größenordnung zu überfallen, würde ihm Bewaffnung für drei Jahre sichern. Aber er hegte Argwohn, wenn er es mit Weißen zu tun hatte, und fragte: »Wenn du das weißt... Was macht dich so sicher, daß das Zeug nicht schon angekommen ist?«

»Du kennst doch das System, Häuptling...« Die Verschwörer mußten über die unglaubliche Dummheit der Armee lachen, die Männer wie Captain Reed auf entlegene Außenposten wie Fort Garner schickte, wo sie keinerlei Verfügungsgewalt in bezug auf den Nachschub besaßen. Schreibtischoffiziere in Washington hatten den Kongreß dazu veranlaßt, einer der dümmsten Konzeptionen in der Militärgeschichte zuzustimmen: Jeder einzelne Gegenstand, der nach Fort Garner geschickt werden sollte, wurde nicht von dem Mann vor Ort angefordert, sondern von einem Schreibtischoffizier in dreitausend Kilometern Entfernung. Wurde der Transport dann mit Verspätung genehmigt, entschied ein anderer Schreibtischoffizier in einem anderen Gebäude in Washington, wann und durch wen es mit der Bahn vom Lagerhaus in Massachusetts in ein anderes Lagerhaus in St. Louis transportiert werden und welche Spedition es dort dann abholen und dem Empfänger zustellen sollte.

Weil der Transportoffizier die Transportfirma aussuchte, die den niedrigsten Tarif in Rechnung stellte oder am besten schmierte, beauftragte er meist einen Unternehmer, der die unzuverlässigsten Fuhrknechte mit den billigsten Pferden beschäftigte, und von allen schoß die Firma Cavin & Clark den Vogel ab. Die ihnen anvertrauten Güter benötigten zuweilen ein halbes Jahr für eine Entfernung von achthundert Kilometern, und wenn das Frachtgut ankam, gab es stets Fehlbestände, was damit zusammenhing, daß die Fuhrknechte Teile der Fracht unterwegs an Ladenbesitzer verhökerten.

»Klapperschlange« Peavine berichtete Häuptling Matark, daß die

Gewehre für Fort Garner von Cavin & Clark befördert wurden, und der Indianer wußte, daß er, um diesen Kovoi abzufangen, Zeit hatte.

»Fahren die Wagen mit Eskorte?«

»Wahrscheinlich. Ein neues Fort, ein neuer Kommandant...«

»Und junge Offiziere«, warf Matark ein. »Nun, ich werde meine ungeduldigen jungen Krieger hinschicken.«

»Da draußen sah ich deine ungeduldigen jungen Krieger, als sie mit einem weißen Mädchen spielten«, bemerkte Peavine trocken. »Sollte das die kleine Larkin sein?«

»Ja, das ist sie.«

»Weißt du, ich könnte dir zu einer Menge Geld verhelfen, wenn du es mir überlassen würdest, sie den Texanern zurückzuverkaufen.«

»Ich habe Pläne mit ihr«, entgegnete Matark. »Aber in einem hast du recht: Sie wird uns eine Menge Geld einbringen.«

»Ich kann sie also nicht haben?« Noch bevor der Häuptling darauf antworten konnte, fügte der schlaue Comanchero hinzu: »Einmal werde ich mit den Texanern ja doch Frieden machen müssen. Schluß mit meinen Handelsgeschäften. Ich bin zu alt. Ich wäre ein Held, wenn ich mit der kleinen Larkin daherkäme...«

Matark sah ihn an und dachte: ›Ja, und dann würdest du dich gegen uns wenden.‹ Einen Augenblick lang erwog er, seine Krieger zu rufen und Peavine sofort töten zu lassen, aber der schlaue Händler erriet die Gedanken des Häuptlings und fügte hinzu: »Du weißt, daß du mich brauchst, um Gewehre zu bekommen.«

»Das stimmt«, gab Matark zu, und sie kamen überein, daß Peavine viele mexikanische Goldstücke bekommen sollte, sobald die Gewehre erbeutet waren. Aber als er Matarks Zelt verließ, vergaß er nicht, zu Emma Larkin zu gehen, denn wenn sie einmal freigelassen wurde, sollte sie bezeugen können, daß er versucht hatte, ihr zu helfen.

Sie kauerte im Schatten eines Zeltes, von ihren Quälgeistern für einen Augenblick vergessen. Peavine war von ihrem Aussehen entsetzt. Sie war furchtbar mager, ihr Haar verfilzt. Knotige Wülste waren von den Ohren übriggeblieben, und ihre Nase sah entstellt aus.

Es gefiel ihm ganz und gar nicht, mit Indianern verbündet zu sein, die solche Barbareien verübten. Weil aber die anderen Stämme die Prärie weitgehend geräumt hatten, blieb ihm keine andere Wahl. Seinen Widerwillen verbergend, näherte er sich dem Kind.

Als es zu ihm aufblickte, war es kein verängstigtes Objekt schrecklicher Qualen mehr; es war ein tapferes Mädchen, beherrscht von der Entschlossenheit, zu überleben.

»Ich heiße Amos Peavine«, sagte er. »Ich möchte dir helfen.«

Das waren die ersten englischen Worte, die sie seit dem Massaker gehört hatte. »Ich heiße Emma Larkin«, sagte sie.

»Ich weiß. Ich werde überall erzählen, daß du noch am Leben bist.«

»He du!« brüllte ein Indianer. »Fort mit dir!«

Mit einem gutgezielten Steinwurf traf er Emma am Bein. Weil sie wußte, daß man sie martern würde, wenn sie nicht augenblicklich gehorchte, hastete sie davon wie ein geprügelter Hund, aber Peavine fing einen Blick aus ihren Augen auf und begriff, daß sie keine Angst hatte; sie tat nur so, um nicht von noch mehr Steinen getroffen zu werden.

Peavine verließ das Lager und machte sich daran, die Leute zusammenzusuchen, mit denen er den Überfall auf den Waffentransport der Firma Cavin & Clark durchführen wollte.

Als Captain Reed von einem jungen Offizier in Washington die Nachricht erhielt, daß sein Nachschub, einschließlich dringend benötigter Gewehre und Munition, mit der Spedition Cavin & Clark irgendwann im Mai eintreffen werde, lief es ihm kalt über den Rücken. Denn wenn Cavin & Clark diesen Auftrag so erledigten wie alle anderen bisher, würde die Ladung im Mai, wahrscheinlich aber erst im Herbst oder möglicherweise überhaupt nie kommen.

Er vertraute sich seinem Adjutanten, Leutnant Sanders, an: »Dieser Transport von Cavin & Clark macht mir Sorgen. Was sollen wir tun?«

»Wir brauchen diesen Nachschub. Ich würde eine Abteilung Kavallerie nach Fort Richardson schicken und den Konvoi auf der ganzen Strecke von Jacksborough herauf nicht aus den Augen lassen.«

»Dazu haben wir keinen Befehl.«

»Ich würde es trotzdem tun. Es ist unser Nachschub, und wir brauchen ihn.«

»Wen würden Sie denn schicken?«

»Nun, die Komantschen dürften wenig Neigung verspüren, so weit hinter unseren Linien zuzuschlagen. Sorgen machen mir Cavin &

Clark. Wenn wir da nicht aufpassen, verkaufen die noch die ganze Ladung. Ich würde Toomey schicken oder auch Sergeant Jaxifer.«

Sanders war zwar kein Angehöriger des 10. Kavallerieregiments, hatte aber reichlich Gelegenheit gehabt, Jaxifer, einen dreiundvierzigjährigen Veteran, in Aktion zu sehen. Er war ein großer, sehr schwarzer Mann, fast ohne Hals, aber mit Armen, die mit Bären fertigwerden konnten. Er war jeder Situation gewachsen und zu Pferde praktisch unschlagbar. Im Dezember war er zu den Truppen der Union gestoßen, nachdem er sich vor den Konföderierten in Sicherheit gebracht und den Rio Grande nach Mexiko durchschwommen hatte. Den Rang eines Hauptfeldwebels hatte er seinem bedingungslosen Gehorsam und seiner großen Tapferkeit zu verdanken.

John Jaxifer war ein Mann von der Art, wie man sie jungen Offizieren bei einer Erkundungsaktion mitgab, doch die geplante Operation verlor ein wenig an Bedeutung, als vier Mann aus Fort Richardson mit vom Hauptquartier gebilligten Plänen für das Vorrücken der Wagen von Cavin & Clark eintrafen. »General Grierson wird einen Teil unserer Truppen mitschicken und die Karawane auf der ersten Hälfte des Weges beschützen. Bei Three Cairns übernehmen Sie den Transport und bringen den Zug sicher ins Fort.«

»Wir hatten schon alles vorbereitet, um ihn in Jacksborough zu übernehmen«, sagte Reed, aber die vier Reiter versicherten, daß Grierson großen Wert darauf legte, ihm diese Gefälligkeit zu erweisen. »Wir haben da ein paar junge Leute, die Erfahrungen sammeln müssen.«

»So geht es uns auch«, sagte Reed, und man vereinbarte, daß sechs Tage nachdem die Karawane von Fort Richardson nach Westen aufgebrochen war, Leutnant Elmer Toomey, assistiert von Hauptfeldwebel Jaxifer, nach Three Cairns reiten solle, zu jenen Gesteinshaufen, die auf der baumlosen Ebene aufgeschüttet worden waren, um den Weg nach Fort Garner zu markieren.

Häuptling Matark und Amos Peavine waren sowohl über die Ankunft des Cavin-&-Clark-Konvois in Jacksborough als auch über die Kuriere informiert worden, die Fort Richardson in westlicher Richtung verlassen hatten. »Wenn sie sich mit den Männern aus Fort Garner zusammentun, die nach Osten reiten, um sie auf halbem Weg zu treffen«, warnte

Matark, »dann sind sie vielleicht zu stark für uns.« Aber Peavine beruhigte ihn: »Die Männer aus Fort Richardson reiten ja nur bis Three Cairns und kehren dann nach Jacksborough zurück. Wir werden es nur mit der Eskorte aus Fort Garner zu tun bekommen.«

Während die zwei Verschwörer die Lage besprachen, kam, vor Erregung zitternd, aber lachend, ein Späher angeritten: »Kommt mit! Das müßt ihr sehen!« Er führte die beiden Männer etwa eine Meile südwärts. Zwei Späher blickten einen abgeholzten Hang hinab. Dort unten lag am Ufer eines kleinen Weihers, die blaue Uniformjacke neben sich, ein Soldat und hielt eine junge Frau eng umschlungen. Sie liebten sich.

»Sollen wir sie töten?« fragte einer der Kundschafter. Die drei Krieger trafen Anstalten, den Hang hinunterzustürmen. Aber Peavine gebot ihnen Einhalt. »Damit würdet ihr das Fort alarmieren. Man würde sie vermissen. Man würde ihre Leichen finden.«

Ende Mai 1870 verließen acht knarrende Wagen Jacksborough und wirbelten dabei so hohe Staubwolken auf, daß die Späher der Komantschen im Norden nicht mehr daran zweifeln konnten: Der Konvoi war unterwegs. Die Bedeckung bestand aus nur sieben Kavalleristen: vier Schwarze vorn, zwei hinten und ein weißer Offizier, der gemächlich voran und zurück ritt, um die Verbindung aufrechtzuerhalten.

Griersons Männer brachten die Wagen sicher nach Three Cairns, wo sie die Verantwortung ordnungsgemäß an die Eskorte aus Fort Garner übergaben. Und nun standen die Indianer, die alles beobachteten, vor einem Problem: Wenn sie zu früh angriffen, konnten die Reiter aus Fort Richardson zurückgaloppieren, um ihren Kameraden zu helfen. Griffen sie zu spät an, würden die Männer in Fort Garner sie hören und Verstärkung ausschicken. Für zusätzliche Verwirrung sorgte der Umstand, daß die Männer aus dem Osten, die den Ritt über die Prärie genossen und froh waren, dem langweiligen Garnisonsleben in Jacksborough für kurze Zeit entronnen zu sein, bis zum Morgen des zweiten Tages bei der Truppe aus Fort Garner blieben.

»Wann machen die sich denn endlich auf den Rückweg?« brummte Matark, und Peavine mußte eingestehen: »Wer weiß? Soldaten...«

An diesem Morgen aber zogen die Kavalleristen aus Fort Richardson zurück, und nun übernahm Elmer Toomey, ein einundzwanzigjähriger

Bauernsohn aus Indiana, kurz zuvor von West Point abgegangen, sein erstes Kommando über eine größere Abteilung. Er ritt an der Spitze, wobei er ständig den Horizont nach Anzeichen von Indianern absuchte.

Immer wieder ritt Sergeant Jaxifer vor und zurück, behielt seine zehn Kavalleristen im Auge, wechselte aber kein Wort und keinen Blick mit den sechzehn Fuhrleuten, die der bloße Gedanke, daß Nigger sie bewachten, mit Abscheu und Ärger erfüllte.

Am nächsten Tag bei Morgengrauen brüllte einer der Fuhrknechte totenblaß: »Komantschen! Wo zum Teufel ist die Armee?«

Sechzehn Fuhrleute und elf Gefreite unter Führung eines unerprobten Leutnants sollten nun mehr als hundert Krieger abwehren – auf einem Terrain, das ihnen keinerlei Schutz bot.

»Wagenburg bilden!« schrie der Leutnant, führte persönlich den letzten Wagen zur Spitze des Zuges und zeigte den anderen, wie sie sich aufstellen sollten.

»Sergeant Jaxifer! Postieren Sie Ihre Männer innerhalb der Wagenburg!« Er drohte jedem Fuhrmann, der nicht gleich gehorchen wollte, mit dem Erschießen, und noch bevor die Indianer angreifen konnten, hatte er seine Leute in der besten unter diesen Umständen möglichen Verteidigungsstellung.

»Kreist sie ein!« befahl Matark von seinem Gefechtsstand aus. »Setzt sie in Brand!«

Nun bildeten seine Krieger einen großen Kreis um die Wagenburg. Sie jagten um sie herum – gegen den Uhrzeigersinn, weil sie so mit der Rechten schießen und das Gewehr auf den linken Arm stützen konnten. Nach einer Weile trennte sich eine Gruppe von vierzehn Kriegern mit Feuerbränden in den Händen von ihren dahinstürmenden Gefährten, sprengte auf die Wagen zu und versuchte die Fackeln so zu schleudern, daß die Segeltuchdächer in Brand gesetzt wurden. Sechs dieser Krieger wurden von Kugeln getroffen und sanken tot aus dem Sattel, aber die anderen acht teilten ihre Feuerbrände aus. Den Fuhrleuten gelang es, sie sofort zu löschen.

Innerhalb der Wagenburg wurden keine Befehle gegeben, denn die kampferprobten Männer bedurften keiner Ermunterung. Jeder war sich der entsetzlichen Martern bewußt, die er erleiden würde, wenn er den Kampf verlor, und fest entschlossen, sich nicht zu ergeben. Elf der

Indianer lagen schon tot da, bevor der erste Mann des Konvois ernstlich verwundet war.

Toomey hielt sich vor allem bei den verschreckten Fuhrknechten auf und wurde wütend, als die Männer anfingen, ihre mißliche Lage dem Umstand anzulasten, daß man schwarze Truppen zu ihrem Schutz aufgeboten hatte. »Verdammte Nigger! Haben von nichts eine Ahnung! Sind auch nicht besser als die Indianer! Der Teufel soll sie alle holen!« Toomey äußerte sich nicht dazu und legte die Beschimpfungen als Zeichen übermäßiger Angst aus, aber er tat, was er konnte, um die Zivilisten zu beruhigen: »Meine Männer verstehen es, eine Stellung zu halten. Wir kommen da schon wieder raus.«

»Du lieber Himmel!« Einer der Fuhrmänner deutete nach Norden, wo eine Linie von mindestens vierzig brüllenden Kriegern auf die Wagen zustürmte.

»Feuer halten!« rief Toomey, denn er wußte, daß Jaxifer seine eigenen Männer bereitmachen würde. Dann wies er zwei Soldaten an, ihm dort bei der Verteidigung zu helfen, wo der heranrasende Keil auftreffen würde.

Die Komantschen kämpften mit so viel Einsatz, daß sie trotz schwerer Verluste durch das mörderische Feuer der schwarzen Truppen und der Begleitmannschaften die Verteidiger an zwei Stellen niederritten.

Aber es blieb ihnen keine Zeit, innerhalb der Wagenburg zu wüten, denn wer es versuchte, wurde von den Soldaten erschossen oder mit Gewehrkolben erschlagen. Die Indianer hatten den Verteidigungsring durchbrochen, ihn aber nicht zerstört und viele Kämpfer bei dieser Aktion verloren. Es gelang ihnen jedoch, einen Großteil der Pferde mitzunehmen, und wären die Maultiere nicht angespannt gewesen, die Komantschen hätten auch sie geraubt. Die Männer des 10. Kavallerieregiments waren jetzt zu Fuß.

Dann unternahmen die Indianer einen Frontalangriff, den sie genau auf die Stelle richteten, wo die überlebenden Fuhrknechte standen. Die Krieger wußten genau, daß dies die schwache Stelle ihrer Feinde war.

Toomey, der sie kommen sah, fehlte die Kraft, sie abzuwehren. Er wurde von zwei Tomahawks getroffen; der eine spaltete ihm den Schädel, der andere trennte seinen linken Arm nahezu völlig ab.

Jetzt hatte Jaxifer das Kommando, und er war fest entschlossen, den Rest dieser Eskorte zu retten. Doch als er den Fuhrmännern erklärte, welche Stellungen sie einnehmen mußten, um den zu erwartenden Attacken der Indianer den wirksamsten Widerstand zu leisten, weigerten sie sich, seinen Anweisungen nachzukommen. »Kein Nigger wird mir sagen, was ich zu tun habe!«

Jaxifer ging nicht darauf ein. Er sagte: »Zwei Fuhrleute, ein Kavallerist – auf diese Weise können wir den Feuerraum besser überwachen.«

»Faß mich nicht an, Nigger! Ich folge keinen Befehlen von...«

Sergeant Jaxifer blieb stehen. Er lächelte. »Mann, wir kommen da raus. Sie werden uns nicht niederreiten. Aber wir müssen vernünftig sein. Für dich ist es der erste Kampf. Ich war schon bei sechzehn dabei. Ich verliere keine Kämpfe, ich werde auch nicht verlieren. Und jetzt füllt diese Lücke aus!«

Um halb zehn Uhr morgens gab Peavine Häuptling Matark einen Rat: »Mach sie müde. Laß deine Männer jedesmal von einer anderen Seite auf sie losstürmen.«

»Wie lange wird es dauern, bis sie sich ergeben?«

»Spätestens zu Mittag haben wir die Wagen.« Mit dieser Voraussage hätte er recht behalten, wären nicht zwei Männer, die bisher am Kampf um Three Cairns nicht teilgenommen hatten, auf der Hut gewesen.

Hermann Wetzel fand nachts keinen Schlaf, wenn auch nur einer seiner Soldaten, Infanterie oder Kavallerie, von dem Fort abwesend war, dem man ihn zugeteilt hatte – und man hatte ihn schon vielen zugeteilt. Toomeys Abwesenheit bereitete ihm großes Unbehagen, denn der junge Leutnant war unerprobt. Wetzel unterbrach sein Frühstuck und eilte zu Reeds Quartier hinüber.

»Es ist nur eine kurze Strecke von Three Cairns hierher, und Toomey ist ein guter Mann.«

»Aber er ist von der Kavallerie, und die versteht nichts von Taktik. Und seine Männer sind Nigger, und die verstehen überhaupt nichts. Ich mache mir Sorgen. Große Sorgen.«

Reed hatte Messer und Gabel hingelegt. »Was empfehlen Sie?«

»Ich würde ihnen Truppen entgegenschicken. Diese Ruhe ist mir verdächtig. Die Komantschen...«

Reed sprang auf. »Sie könnten recht haben, Oberst.« Und sogleich gab er Befehl, den Rest der Kompanie R, 10. Kavallerieregiment in Marsch zu setzen und dem Konvoi entgegenzuschicken. Vom autorisierten Sollstand von achtzig Reitern hatte man nur achtundsechzig nach Fort Garner entsandt; von diesen waren einer desertiert, siebzehn hatten Wachdienst oder lagen im Lazarett, und zwölf, einschließlich Toomey, waren bereits bei Three Cairns. Somit traten nur achtunddreißig Mann zum Appell an.

Natürlich würde er die Kompanie anführen; immer wenn Kampftätigkeit zu erwarten war, bestand er darauf, in der vordersten Reihe zu reiten. Wetzel, der nur ungern mit der Kavallerie zusammen kämpfte, würde das Kommando im Fort übernehmen und es bravourös verteidigen, wenn es sich die Indianer einfallen ließen, jetzt, nachdem sie die anderen weggelockt hatten, zuzuschlagen.

Reed wollte Jim Logan als Kavallerieoffizier mitnehmen, aber der Ire war nicht da; er hatte einen Erkundungsritt unternommen, sagten seine Männer, worauf Reed diskret nachfragen ließ und erfuhr, daß auch Mrs. Minor ausgeritten war. Im Augenblick wollte er nichts in dieser Sache unternehmen. »Oberst Minor, Sie werden als mein Stellvertreter mitkommen. Volle Kampfausrüstung!« Minor hielt es für unsinnig, volle Kampfausrüstung für einen so unerheblichen Abstecher anzuordnen, nahm jedoch an, Reed wolle seine Männer auf die Probe stellen. Darum erhob er auch keinen Einwand, und achtzehn Minuten später war Reed mit Minor und achtunddreißig »Büffelsoldaten« unterwegs.

Wie üblich, schickte er Kundschafter aus. Einer der älteren Späher, ein Fährtensucher mit einem Viertel indianischen Blutes, hatte sich weit im Norden umgesehen und kehrte mit einer schlimmen Neuigkeit zurück: »General Reed! Hundert, zweihundert Komantschen sind nach Osten unterwegs, vielleicht vor sechs Tagen losgezogen.« Jetzt war alles klar.

»Hornist!« Ein gedämpftes Signal erklang, das nur wenige Meter weit zu hören war. Die achtunddreißig Blauröcke setzten ihre Pferde in lockeren Trab. Schon nach wenigen Kilometern erschien wieder ein Späher; er brachte die Nachricht, die Reed befürchtet hatte. »Größere Schlacht. Hunderte von Komantschen.«

Ohne anzuhalten, schrie Reed seine Befehle hinaus: »Die Hälfte links, die Hälfte rechts, aber im Augenblick, wo wir den Gefechtsplatz sehen, alle auf ihn zu! Die Wagen außer acht lassen!«

Sie erreichten eine Anhöhe, von der aus sie die umkämpften Wagen und die angreifenden Indianer sehen konnten. Reed befahl seinem Hornisten, zur Attacke zu blasen. Dann stob er zusammen mit Minor und den schwarzen Kavalleristen im Galopp vor, um den Kampf aufzunehmen.

Reeds Männer gingen mit großer Präzision vor; seine Gruppe folgte ihm nach Norden, während Johnny Minors Reiter rasch nach Süden schwenkten. Dann wirbelten sie herum, um dem Angriff von fast achtzig Komantschen die Stirn zu bieten. Es war ein erbittertes Gefecht, das fast zehn Minuten dauerte. Am Ende wurden die Blauröcke zu den Wagen zurückgetrieben, wo sie durch gezieltes Feuer aus der Wagenburg Deckung erhielten.

Aus der Schlacht wurde ein wirres Durcheinander. Viele Indianer wurden getötet, und fünf von Reeds Männern fielen. Minor wurde schwer verletzt – eine Kugel durchbohrte seine linke Hüfte –, aber der Kreis blieb intakt, während der Angriff der Indianer wankte und schließlich zusammenbrach. Der Überfall auf den Cavin-&-Clark-Transport bei Three Cairns war fehlgeschlagen. Einunddreißig Indianer und neun Verteidiger waren gefallen. Die Schlacht war zu Ende.

Reed mußte nun eine Reihe schwieriger Entscheidungen treffen. Vor allem erschien es ihm nötig, seine genaue Stärke zu kennen. »Sergeant Jaxifer: Stärkemeldung?«

»Ausgerückt mit Leutnant Toomey und zehn Mann. Toomey und weitere drei Mann tot, drei verwundet. Dienstfähig fünf Mann, einschließlich meiner Person, Sir.«

Reed wandte sich an den Korporal, der mit ihm zusammen zu Three Cairns geritten war. »Ausgerückt mit Ihnen, Oberst Minor und achtunddreißig Mann. Fünf tot. Minor und drei Mann verwundet. Diensttauglich einunddreißig Mann, Sir.«

Reed überlegte etwa zehn Sekunden. »Unsere vordringliche Aufgabe: diesen wertvollen Transport sicher nach Fort Garner zu bringen. Unser bleibender Auftrag: Matark einfangen, bevor er Texas verläßt.«

Zum Entsetzen der C-&-C-Fuhrleute beauftragte er die sechs verwundeten Büffelsoldaten und den Obergefreiten Adams, den Transport den Rest des Weges nach Fort Garner zu eskortieren. Diese Entscheidung führte zu heftigen Protesten der Fuhrknechte, die von ihm verlangten, das ganze Militär müsse sie in Sicherheit bringen. Reed hörte sich ihre

Proteste zwanzig Sekunden lang an. Dann zog er seinen Revolver und ließ Adams kommen: »Korporal, wenn dieser Mann Ihnen noch irgendwelche Schwierigkeiten macht, erschießen Sie ihn!«

Er befahl alle acht Fuhrleute zu sich und sah ihnen in die Augen. »Männer, ihr habt die Wagen bis hierher gebracht. Führt eure Arbeit zu Ende!« Zu den acht Männern der Bedeckung sagte er: »Ohne Ihre Hilfe hätten meine Leute die Indianer nicht abwehren können. Machen Sie weiter so!« Er machte kehrt und achtete nicht weiter darauf, wie die C-&-C-Leute ihren Zug zusammenstellten und die Fahrt nach Fort Garner antraten.

Seine Aufgabe war es, Matark zu verfolgen. Korporal Adams war fort, und er verfügte jetzt nur mehr über vierunddreißig Mann, um den Kampf mit den wesentlich stärkeren Streitkräften der Komantschen aufzunehmen, doch diese Ungleichheit bereitete ihm keine Sorgen; zwar hatte er keinen Offizier an seiner Seite, dafür aber Sergeant Jaxifer. Mit Männern wie ihm konnte er den zurückweichenden Komantschen ganz schön zu schaffen machen. Zwanzig Minuten nach Beendigung der Schlacht von Three Cairns nahm Reed die Verfolgung Häuptling Matarks auf.

Die Jagd dauerte eineinhalb Tage. Als es schon so aussah, als ob die Kavalleristen mit ihren besseren Pferden die Komantschen in Kürze einholen würden, drehten diese einfach nach Norden ab, überquerten den Red River und fanden Zuflucht in Camp Hope, das von dem Quäker Earnshaw Rusk verwaltet wurde.

Die Bestimmungen von Präsident Grant stellten es der Armee frei, die Indianer zu disziplinieren, solange sie in Texas südlich des Red River operierten; wechselten sie aber auf das Indianerterritorium über, dann übten die Quäker die Kontrolle aus. Das bedeutete, daß kein Soldat einen Komantschen anrühren oder gar auf ihn schießen durfte, solange dieser sich nördlich des Flusses und unter dem Schutz von Earnshaw Rusk befand.

Als Reed sah, wie Matark und seine Krieger den Fluß durchwateten, wußte er, daß es Ärger geben würde. Trotzdem ignorierte er seine offiziellen Weisungen, folgte den Indianern mit allen seinen Männern über den Fluß und ritt in Camp Hope ein, wo er den Agenten zu sprechen verlangte. Die mittlerweile abgestiegenen Indianer, wahre Unschuldslämmchen, grinsten frech, als die Soldaten vorbeikamen.

»Agent Rusk? Ich bin Captain Reed von Fort Garner.«
»Man hat mir in den wärmsten Tönen von dir berichtet, Captain.«
»Ich bin gekommen, um Häuptling Matark von den Komantschen festzunehmen.«
»Das kannst du nicht tun. Matark und seine Männer stehen jetzt unter meinem Schutz, und nach den Bestimmungen...«
»Ich kenne die Bestimmungen, Mr. Rusk, aber Häuptling Matark hat soeben einen Militärtransport überfallen und zehn amerikanische Bürger getötet – davon acht Soldaten unter meinem Kommando.«
»Ganz sicher hat man dir falsch berichtet«, entgegnete Rusk.
»Ganz sicher nicht, denn ich habe die Leichen selbst gezählt.«
»Damit steht dein Wort gegen seines, Captain Reed, und wir wissen ja alle, was deine Soldaten von den Indianern halten.«
»Sind Sie bereit, Häuptling Matark an mich auszuliefern?«
»Das bin ich nicht.«
»Werden Sie mir erlauben, ihn festzunehmen?«
»Das verbiete ich dir. Du kontrollierst das Gebiet südlich des Red River, ich kontrolliere den Norden, und es ist meine Aufgabe, diese Indianer auf den Weg des Friedens zu bringen.«

So standen die zwei Amerikaner einander gegenüber: der Soldat als Vertreter der alten Methode, mit den Indianern fertigzuwerden, und der einfache Bauer, der für die neuen Prinzipien eintrat. Reed war Baptist und glaubte an Gott als einen Mann des Krieges, einen gerechten Richter, der strenge Strafen verhängte; Rusk war Quäker, der wußte, daß Jesus ein Mann des Erbarmens war, der in allen Menschen Brüder sah.

Selbst in ihrem Aussehen waren sie so ungleich, wie zwei Männer etwa gleichen Alters es nur sein konnten: Reed trug sein Haar kurz geschnitten. Er stand sehr aufrecht, pflegte das Kinn vorzurecken, sein Gegenüber mit durchbohrenden Blicken anzusehen und sprach in scharfem Ton. Earnshaw Rusks ungekämmtes Haar paßte zu seiner ungepflegten Kleidung. Er hatte schwache Augen und oft versagte ihm die Stimme in den unpassendsten Momenten.

»Agent Rusk«, nahm Reed einen neuen Anlauf, »Sie beherbergen einen skrupellosen Mörder in Ihrem Lager, Matark, den Häuptling der Komantschen.«
»Ich kenne Matark. Ich kann nicht glauben...«

»Haben Sie schon einmal etwas von dem Massaker am Bear Creek gehört?«

»Ich habe die üblichen gräßlichen Gerüchte gehört, wie sie die Leute verbreiten.«

»Haben Sie schon einmal von einem Mädchen namens Emma Larkin gehört?«

»Der Name ist mir nicht geläufig.«

»Am Bear Creek hat Matark fünfzehn Männer, Frauen und Kinder massakriert, und zwar auf ganz entsetzliche Weise massakriert. Wenn Sie und ich das Mädchen finden – und wir werden sie finden, glauben Sie mir, Agent Rusk, wir werden sie finden –, werden wir sehen, daß man ihr die Ohren und die Nase weggebrannt hat. Wir werden hören, daß man sie unaufhörlich mißbraucht hat. Wahrscheinlich wird sie schwanger sein.«

Rusk erblaßte. »Ich finde solche Geschichten widerlich.«

»Das sind sie auch«, stimmte Reed ihm zu. »Nur daß es sich in diesem Fall nicht um Geschichten, sondern um Tatsachen handelt. Ich habe die Leichenteile gefunden und so gut es ging wieder zusammengesetzt. Ich habe sie begraben.«

»Du bist ungerecht Häuptling Matark gegenüber«, klagte der Quäker. Er war ein guter Mensch, der danach strebte, andere gute Menschen zu schützen. Er ließ Matark rufen.

»Das ist mein Freund, Häuptling Matark«, begann Rusk. »Häuptling Matark, Captain Reed hat mir gesagt, daß du einen Militärtransport überfallen hast.«

»Lügen, nichts als Lügen.«

»Da draußen stehen Männer, schwarze Soldaten, deren Bericht wir Glauben schenken können und die bezeugen wollen, daß du den Transport überfallen hast.«

»Müssen Kiowa gewesen sein. Keine Komantschen. Kein einziger.«

Nachdem der Dolmetscher diese Aussagen übersetzt hatte, lächelte Rusk und hob die Hände. »Du siehst es. Ich bin sicher, es müssen andere Indianer gewesen sein. Mit den Kiowa haben wir große Schwierigkeiten.«

»Matarks Komantschen haben sich also überhaupt nicht am Bear Creek aufgehalten.«

»Nein. Wir kommen nie so weit nach Süden. Unser Stamm jagt, aber kämpft nicht. Wir bleiben immer im Reservat.«

Reed ging darauf nicht ein. Plötzlich fragte er: »Was hast du mit Emma Larkin gemacht?«

Matark zuckte zusammen, was auch Rusk nicht entging, und erwiderte dann: »Die Kiowa haben ihre Familie getötet. Wir haben sie gerettet. Bei uns ist sie sicher.«

»Du hältst also ein weißes Mädchen fest?« fragte Rusk.

»Zu ihrer eigenen Sicherheit. Damit die Kiowa sie nicht kriegen.«

Selbst Rusk blieb der Zynismus dieser Antwort nicht verborgen. Zum erstenmal, seit er in den Westen gekommen war, verspürte der friedliebende Quäker einen leisen Zweifel an der Glaubwürdigkeit seiner Komantschen, aber er stellte sie nicht ernsthaft in Frage, denn er war überzeugt, daß Matark unschuldig war – von Fort Garners rohen Soldaten verleumdet. Rusk hatte noch kein Verständnis für die schrecklichen Probleme weißer Siedler in Texas und wollte einfach nicht zugeben, daß seine Indianer jemals in Texas Raubüberfälle verübt und dann wenige Meilen nördlich auf Indianerterritorium Zuflucht gefunden hatten.

Reed und Matark verstanden einander: Für sie war es ein Kampf auf Leben und Tod, und beide wunderten sich über Agent Rusks Naivität.

Captain Reed erreichte in Camp Hope nichts außer seiner eigenen Demütigung, die er schweigend hinnahm. Nach Fort Garner zurückgekehrt, ließ er sich Logan kommen. »Konnten Sie nach seiner Einlieferung ins Lazarett mit Oberst Minor sprechen?« begann er vorsichtig.

»Die linke Hüfte hat ganz schön was abbekommen.«

»Zwei, drei Minuten, nicht länger. Wie Sie sich denken können, begrüßte er mich lächelnd.«

»Minor ist ein guter Mann. Es wird seine Zeit brauchen, bis er wieder auf den Beinen ist. Vielleicht sollten wir ihn heimschicken.«

»Das wäre ihm bestimmt nicht recht. Er bat mich, Ihnen zu versichern...«

Reed mußte sich fragen, ob Minor das tatsächlich gesagt hatte, oder ob Logan das Ziel verfolgte, Nellie Minor auch zukünftig in Reichweite zu haben, und nun schien ihm der Moment gekommen, offen zu reden: »Mit seiner Hüfte wird Johnny Minor viel zu leiden haben. Er wird alle Unterstützung brauchen. Insbesondere die seiner Frau.«

»Gewiß.«

»Ich würde es begrüßen – und das gilt auch für Mrs. Reed –, wenn Sie etwas mehr Distanz zu Minors Frau halten würden.«

»Jawohl, Sir.«

Mehr wurde darüber nicht gesprochen, und Reed versicherte seiner Frau: »Die Geschichte mit Nellie Minor dürfte erledigt sein.«

In Wahrheit war die Sache keineswegs erledigt. Ihr Liebhaber mochte bereit sein, einen Schlußpunkt unter die Affäre zu setzen, aber Nellie Minor war es nicht. Nachdem sie ihrem Mann die eiternde Wunde verbunden hatte, bestieg sie eines Morgens ein Pferd und ritt zu dem kleinen Weiher hinaus, wo sie sich mit Jim Logan verabredet hatte. Sie ließen ihre Pferde auf der Lichtung grasen, auf der die Indianer sie beobachtet hatten, und umschlangen sich erneut in leidenschaftlicher Umarmung. »Das letzte Mal«, murmelte Logan, als sie dann dalagen und zum blauen Himmel aufblickten. »Ich kann nicht mit der Frau eines verwundeten Kameraden schlafen.«

»Ihr verdammten Männer! Du weißt genau, daß ihm nichts an mir liegt.«

»Aber er hat dich geliebt, und jetzt braucht er dich.«

»Braucht! Braucht! Ich kann das schon nicht mehr hören. Auch ich brauche gewisse Dinge!«

Mrs. Reed, die sehr bald von Nellies schamloser Eskapade erfuhr, war nicht bereit zuzulassen, daß diese dickköpfige junge Frau mit irgendeiner Dummheit, von der man in Washington erfahren würde, das Kommando ihres Mannes gefährdete. Wegen der Verluste an Menschenleben beim Angriff auf den Militärtransport und weil der Captain Matark über den Fluß hatte entkommen lassen, war Fort Garner bereits unliebsam aufgefallen. Wenn jetzt noch ein Skandal dazukam, konnte das höchst unerfreuliche Folgen haben. Sie ließ Nellie und deren Liebhaber unverzüglich zu sich rufen.

»Ich habe mit dem Chirurgen von Fort Richardson gesprochen. Anfangs meinte er, daß Oberst Minor zu schwach sei, um transportfähig zu sein. Jetzt aber geht es Ihrem Mann schon viel besser, Mrs. Minor, und ich habe veranlaßt, daß er von einem Ambulanzwagen abgeholt wird, morgen. Captain Garner hat empfohlen, ihn nach seiner Genesung zu Büroarbeiten bei Generalleutnant Sheridan in Chicago einzuteilen. Sie werden ihn begleiten, wenn er das Fort verläßt.«

Sie war unerbittlich in ihrer Gegnerschaft gegen dieses ehebrecherische Paar und hatte noch vor diesem Gespräch andere Leute davon in Kenntnis gesetzt, daß die Minors »expediert« werden würden. Daher wußten alle, selbst die Büffelsoldaten, daß Mrs. Minor und ihr Liebhaber in Ungnade gefallen waren. Da ihrem Ruf jetzt nichts mehr schaden konnte, marschierte Nellie unbekümmert zu den Stallungen, wo sie einen der Kavalleristen bat, ihr ein Pferd zu satteln. Sie ritt zum Weiher hinaus. Wenige Augenblicke später und ohne an die Bestrafung zu denken, die ihm zweifellos auferlegt werden würde, folgte ihr Logan.

Er erreichte den Weiher noch vor Nellie. Als er sah, in welch heftiger Erregung sie sich befand, wurde ihm zum erstenmal klar, daß ihre Liebschaft wesentlich mehr war als ein Flirt.

»Ich fahre nicht nach Chicago. Ich werde mein Leben nicht an diesen Krüppel verschwenden.«

»Du wirst es müssen. Hier kannst du nicht bleiben.«

»In Jacksborough verlasse ich den Krankenwagen. Nimm deinen Abschied, Jim. Ich warte dort auf dich.«

»Und was dann?« Er war ein Ire, geschult ausschließlich in der Wartung von Pferden und ihrer Verwendung im Kampf. »Ich kann das Regiment nicht verlassen.«

Sie liebten sich – zum letzten Mal, gelobte er sich. Plötzlich langte Nellie ganz beiläufig über ihn hinweg, wo sein Gürtel lag, zog seinen schweren Colt aus dem Halfter und richtete den Lauf auf ihren Kopf. »Das Beste wird sein, ich mache Schluß mit diesem Alptraum.«

»Nell! Leg das Ding weg!« Er streckte den Arm aus, um ihr den Revolver abzunehmen. Als letztes sah er den stahlgrauen, auf seine Stirn gerichteten Lauf und ihren Finger am Abzug.

Er fiel zurück. Entschlossen und ohne Bedauern steckte sie sich den Lauf tief in den Mund, bis er am Gaumen anstieß, und drückte ein zweites Mal ab.

Man beschäftigte sich nicht länger mit der Tragödie, als ein Sonderkurier, einer dringenden Bitte des Gouverneurs von Texas folgend, aus dem Hauptquartier in St. Louis in Fort Garner eintraf. Nachdem dieser Kurier, ein Major Comstock, Captain Reed vom Zweck seines Kommens unterrichtet hatte, bat er um die Erlaubnis, das Wort an die Offiziere zu richten: »Wie Sie wahrscheinlich schon gehört haben, meine Herren, werden die Texas Rangers zum ersten Mal nach dem Krieg reaktiviert. Dieser verdammte Bandit Benito Garza hat wiederholt amerikanische

Siedlungen am Rio Grande angegriffen. Diese Leute brauchen unsere Hilfe.«

»Wenn man die Texaner so reden hört, werden die Rangers mit allem fertig«, brummte der Berufssoldat Wetzel. »Wozu brauchen sie dann uns?«

»Garza versteckt sich auf der mexikanischen Seite, wo ihm die U.S.Army nichts anhaben kann. Von dort aus unternimmt er blutige Raubzüge in die Vereinigten Staaten. Wenn wir ihn hier erwischen, können wir ihn natürlich töten, aber wir dürfen ihn nicht jagen, wenn er nach Mexiko flüchtet. Damit würden wir das Völkerrecht mißachten. Washington hat es strikt verboten.«

»Was sollen wir dann da unten?« wollte Wetzel wissen.

»Die Rangers unterstützen. Sie können den Fluß überqueren. Da sie nach dem Gesetz kein Teil unserer Streitkräfte sind, dürfen sie die Banditen ›in der Hitze des Gefechts‹, wie man so sagt, verfolgen.«

»Unsere Truppen sollen also die amerikanische Seite schützen, während die Rangers hinter den Banditen herjagen?« fragte Reed.

»Genau. Das ist alles, was Sie zu tun haben. Denn wenn Sie in Mexiko eindringen, um ihn zu fangen, verwandeln Sie sich automatisch in Banditen – wie er einer ist.«

»Damit erhebt sich die Frage: Wen schicken wir?« Reed wies darauf hin, daß sein Bestand an Offizieren durch den Tod Toomeys bei Three Cairns und Logans beim Weiher stark geschrumpft war, ganz besonders in der Kavallerie.

»Was ist denn mit diesem Leutnant Renfro?«

»Bürodienst in Washington. Es gelingt mir einfach nicht, ihn von dort loszueisen.«

»Ach, einer von denen«, kommentierte Comstock angewidert.

Nachdem die anderen Offiziere den Raum verlassen hatten, kamen Reed und Comstock überein, daß Wetzel der beste Mann für diese Aufgabe sei. Der Major kam schnell zur Sache: »Captain Wetzel, man hat mir Ihr militärisches Können und Ihren Mut in den höchsten Tönen gerühmt. Aber hier handelt es sich um eine sehr gefährliche Mission. Kann ich mich darauf verlassen, daß Sie Ihre Männer ans nördliche Ufer des Rio Grande bringen und sie dort halten, wie sehr Sie auch provoziert werden können, bis Sie Garza auf unserer Seite des Flusses zu fassen bekommen?«

»Jawohl, Sir. Hier an der Nordgrenze von Texas lernen wir Disziplin. Ich wurde dazu erzogen, Befehlen zu gehorchen. Kein Soldat unter meinem Kommando wird einen Fuß auf mexikanischen Boden setzen.«

»Gut. Das möchte ich schriftlich von Ihnen haben.« Comstock nahm einen in St. Louis ausgefertigten Befehl aus seiner Mappe, in dem der unterzeichnende Offizier sich verpflichtete, keine Exkursionen nach Mexiko zu dulden. Wetzel unterschrieb, erhob sich und salutierte.

»Was nun Ihre Berittenen angeht«, nahm Comstock wieder das Wort, »so müssen es natürlich Schwarze sein.«

»Wir geben ihm Kompanie R mit«, schlug Reed vor. »Aber der einzige Offizier, den wir entbehren können, das wäre dieser Armleuchter Asperson, den man uns gerade aus West Point geschickt hat.« Wetzel stöhnte, und Reed fügte hinzu: »Sergeant Jaxifer wird das mehr als ausgleichen.«

Am nächsten Morgen wurde eine halbe Stunde vor Tagesanbruch zum Wecken geblasen, und als die Truppe aufgesessen war und Reed eine Abschiedsrede gehalten und seinen Männern Glück gewünscht hatte, winkte Major Comstock Wetzel zur Seite. Er wählte seine Worte sorgfältig, denn die Reputation vieler Offiziere hing von ihnen ab. »General Sheridan hat mich beauftragt, den Offizier, der die Truppen zum Rio Grande hinunterführt, wissen zu lassen, daß er nicht, ich wiederhole, nicht nach Mexiko hinüber darf.«

»Ich habe diesen Befehl mit meiner Unterschrift zur Kenntnis genommen.«

»Aber er hat mir auch gesagt, daß dieser Offizier die Verantwortung für die Ehre der Vereinigten Staaten trägt, und daß er im Fall des Falles die Tradition der Armee hochhalten muß, so wie er sie auslegt...«

Die Sonne stieg über den Dächern von Fort Garner auf, und die zwei Männer salutierten.

Wetzels Streitmacht bestand aus achtundvierzig Mann Infanterie und einer dezimierten Kompanie von Büffelsoldaten – eine harte, erfahrene, disziplinierte Truppe. Ihr Weg zu Benito Garzas Versteck führte sie geradewegs nach Süden auf die kleine, am Flußufer gelegene Stadt Bravo zu, wo in Fort Grimm das Hauptquartier errichtet und der Kontakt mit den Texas Rangers hergestellt werden sollte.

Auf diesem Weg nach Süden gab es ein Problem: Wetzel empfand immer noch Antipathie gegen schwarze Soldaten, ließ kein Gefühl der Verbundenheit mit ihnen aufkommen, bemühte sich aber, fair zu sein. Trotzdem wußten die Schwarzen genau, daß sie den schlechtesten Platz für ihre Zelte und die miserabelste Verpflegung zugewiesen bekommen würden. Die Lage verschlimmerte sich noch durch das klägliche Auftreten ihres jungen Offiziers, Leutnant Aspersons, Sproß einer alten New-England-Familie, die einen Cousin, Senator aus Massachusetts, bekniet hatte, das Nötige zu tun, um den Jungen in West Point unterzubringen.

Armstrong Asperson war ein alberner, linkischer Bursche mit Hängeschultern, der ständig grinste. Regnete es, wenn seine Männer keine Ponchos hatten? Er grinste. Putzte Wetzel ihn – und das geschah fast jeden Tag – herunter? Er grinste.

Jetzt also war der junge Asperson zu seiner ersten Schlacht unterwegs, und die ganze Kompanie schauderte es bei dem Gedanken, möglicherweise in Kürze neben dieser grinsenden Vogelscheuche kämpfen zu müssen. Wetzel behandelte ihn mit Verachtung, Jaxifer mit Herablassung. »Burschen«, sagte er, »wir müssen immer in seiner Nähe bleiben, damit er sich nicht selbst in den Fuß schießt.«

Dank Jaxifers Ermahnung ging der lange Marsch ohne Zwischenfall zu Ende. Am zweiten Tag in ihrem Quartier am Bravo begegneten sie dem ersten Texas Ranger, der sie jedoch nicht sonderlich beeindruckte. Er trug keine Uniform, und es sah fast komisch aus, wie er zwei Gewehre und vier Colts an seinen Sattel geschnallt hatte; nichts an ihm hatte militärischen Zuschnitt, er war nur ein drahtiger kleiner Mann Ende vierzig in einem langen weißen Leinenmantel. Er meldete sich bei Wetzel.

»Sind Sie Wetzel?« fragte er, ohne zu grüßen. »Ich bin Macnab.«

»Sie?« Wetzel bemühte sich gar nicht, seine Überraschung zu verbergen. »Ich habe Sie mir viel größer vorgestellt.«

»Zu Pferde bin ich viel größer«, gab Macnab, ohne zu lächeln, zurück. »Ich bin verdammt froh, daß Sie da sind. Hier geht es hart her. Das Problem ist dieser Benito Garza. Ich kenne ihn schon seit meiner Kindheit. Er ist viel schlauer als ich und, wenn ich das sagen darf, als die meisten Ihrer Leute.«

»Davon habe ich gehört«, sagte Wetzel. »Wie operiert er?«

»Er wartet, bis hier auf unserer Seite etwas passiert. Und irgend etwas passiert immer.«

»Zum Beispiel, daß mexikanische Grundbesitzer aufgehängt werden?«

»Wenn das passiert, glaubt Garza, daß er Vergeltung üben muß. Und das tut er dann auch. Er führt uns in die Irre. Viermal hintereinander schlägt er ganz in der Nähe der Stelle zu, wo man einen Mexikaner gehängt hat. Das nächste Mal in achtzig Kilometer Entfernung.«

»Und Sie können das nicht im voraus in Erfahrung bringen?«

»Leider nicht. Aber wir haben Grund zu der Annahme, daß Garza etwa sechzehn Kilometer südlich von hier in der Ranch El Solitario sein Hauptquartier eingerichtet hat. Dort sind vierzig oder fünfzig seiner Männer, und die schwärmen aus, um flußaufwärts und -abwärts begangenes Unrecht zu rächen, wie sie es nennen.«

Wetzel ahnte, was Macnab ihm vorschlagen wollte: Er und seine Rangers würden den Rio Grande überqueren, die versteckte Ranch überfallen, Garza erschießen und sich auf die Unterstützung der United States Army verlassen, wenn sie dann, von vierzig oder fünfzig gut bewaffneten Mexikanern verfolgt, einen hastigen Rückzug antreten mußten.

Schweigend zeichnete Macnab in den Sand vor Wetzels Zelt das Städtchen Bravo, den Fluß und den Rancho El Solitario, dazu die Route, die zu Garzas Hauptquartier führte, und den für den Rückzug geeigneten Weg zum Rio Grande zurück. Als er fertig war, sagte er leise: »Es ließe sich machen.«

Wetzel deutete mit dem Fuß auf den Fluchtweg: »Sie meinen, wenn jemand hier Ihre Verfolger aufhalten würde?«

»Anders geht es nicht.«

Wetzel lehnte sich zurück und verschränkte die Arme. »Ich habe strikte Befehle, die es mir verbieten, auch nur einen Schritt auf mexikanisches Gebiet zu tun!«

Macnab nickte. »Das dachte ich mir. Aber was würden Sie tun, wenn meine sechzehn Rangers diese Straße heraufkommen und hinter uns fünfzig Mexikaner, die uns ganz sicher überholt haben, bevor wir den Fluß erreichen?«

»Ich würde meine Männer hier am Ufer schußbereit postiert haben. Sergeant Gerton würde mit einer Gatling-Revolverkanone bereitstehen, den Fluß mit Feuer zu bestreichen, wenn die Mexikaner versuchen sollten, herüberzukommen. Und ich würde für Sie beten.«

»Würden Sie Ihren Männern erlauben, bis zur Flußmitte zu kommen, um uns zu helfen?«

»Verläuft die Grenze in der Flußmitte?«

»Ja.«

»Meine besten Schützen würden dasein.«

Jetzt kam die entscheidende Frage: »Aber Sie würden nicht nach Mexiko kommen, um zu helfen?«

»Auf keinen Fall.«

Damit endete die Besprechung. Macnab ritt in sein eigenes Lager flußaufwärts zurück. Es war bedauerlich, daß er diese Richtung einschlug, denn ein Stück flußabwärts erschlugen an diesem Tag ein paar Neuankömmlinge aus Tennessee vier Mexikaner, die versucht hatten, sich gegen die ungesetzliche Besitznahme ihres angestammten Weidelandes zu wehren.

Am nächsten Tag, gegen Mittag, kam Otto Macnab zurück, um abermals mit Wetzel zu reden: »Ganz sicher wird Garza innerhalb von drei Tagen etwas unternehmen. Aber wo?«

»Was meinen Sie – sollten wir ausschwärmen?«

»Ich habe wirklich keine Ahnung. Wenn er jetzt aufbricht, kann er in drei Tagen weiß Gott wo sein. Da seine Spione ihn mit Sicherheit von Ihrem Eintreffen unterrichtet haben, wird er versuchen, hier in der Nähe zuzuschlagen – um Sie zu blamieren.«

»Sollten wir also bleiben, wo wir sind?«

»Ich glaube schon.«

Die Ermordung von Bauern, die nur das Land schützen wollten, das aus dem Besitz seiner Mutter Trinidad de Saldaña stammte, versetzte Garza in Wut. Er war fest entschlossen, die Eindringlinge wissen zu lassen, daß der Kampf noch lange nicht zu Ende war, und wie Macnab es vorausgesagt hatte, konnte er das am besten, indem er in der Nähe des neuen Lagers zuschlug. Er ließ sieben Tage vergehen, um Rangers und Soldaten gleichermaßen zu desorientieren. Am Abend des achten Tages überquerte er mit dreißig seiner besten Leute den Rio Grande, verwüstete zwei Ranches östlich von Bravo und brachte sich in Sicherheit, bevor Rangers oder Soldaten alarmiert werden konnten.

El Solitario war eine Gruppe von Adobehäusern, umgeben von einer hohen Steinmauer, die auch Obstbäume, einen Brunnen und Vieh in so großer Menge einschloß, daß Garzas Männer sich mehr als einen Monat lang davon ernähren konnten. Es war eine Grenzlandranch, die ihre Bewohner vor Angriffen aus allen Richtungen schützen sollte. Ihr größter Vorteil aber war, daß sie vom Fluß so weit landeinwärts lag, daß ein Angriff aus Texas auf sie praktisch ausgeschlossen werden konnte.

Macnab hielt sie nicht für uneinnehmbar: »Von unseren Informanten wissen wir, daß Garza den Überfall flußabwärts mit nicht mehr als dreißig Mann verübt hat, die sich jetzt zusammen mit zwanzig anderen auf seiner Ranch befinden. Da will ich hin und ein für allemal Schluß mit Benito Garza machen.«

Diese Worte richtete er nicht an Wetzel, sondern an seine sechzehn Rangers. »Keinem von euch befehle ich, mich zu begleiten, aber jeder Freiwillige ist mir willkommen.« Alle meldeten sich, aber den Jüngsten, der erst sechzehn war, ließ er zurück. »Nein, Sam, das wäre nicht fair.«

»Ich bin hier, weil er unsere Ranch angezündet hat.«

»Trotzdem: Du bleibst da und zeigst den Soldaten den Weg, wenn sie kommen, um uns herauszuholen.«

»Sie haben doch gesagt, daß sie das nicht tun werden.«

»Stimmt, das haben sie gesagt. Aber sie werden kommen. Führ sie zu dieser Abzweigung, die wir bei unserer letzten Erkundung gesehen haben.«

Als alle bereit waren, zog Macnab seine Uhr aus der Tasche, reichte sie dem Jungen und gab ihm genaue Anweisungen, wie er sie gebrauchen sollte. Um fünf Uhr nachmittag durchwateten Captain Macnab und seine Rangers den Rio Grande und ritten in die Nacht nach Süden. Der Morgen graute schon, als sie endlich die hohe Mauer des Ranchos El Solitario erreichten. Auf ein Signal stürmten vier Rangers den Haupteingang und bahnten damit den anderen Männern den Weg ins Innere. Ein Mündungsfeuer flammte auf, und in einer Türöffnung erschien der weißhaarige Benito Garza, kampfbereit, zwei Pistolen im Anschlag.

Macnab stützte sein Gewehr auf einen Wassertrog und rief sich jenen ähnlichen Augenblick am Abend vor der Schlacht von Buena Vista ins Gedächtnis zurück; er sah auch die unglaubliche Szene von 1848 noch einmal vor sich, als Garza bei der Flucht von Santa Anna ins Exil ganz nah an ihm vorübergegangen war. »Diesmal nicht, Onkel Benito«, murmelte er.

Die schwere Kugel flog direkt auf Garzas Herz zu. Der große Bandit, Beschützer seines Volkes, trat einen schwankenden Schritt vorwärts, als erwarte er, seinen alten Feind im Schatten zu sehen, aber er sah nichts und fiel tot zu Boden.

»Schnell weg!« brüllte Macnab. Wie es geplant war, versuchten drei Rangers, die Pferde der Mexikaner zu erschießen, was ihnen jedoch nicht gelang. Einer der Texaner wurde getroffen, aber fünfzehn Rangers, einschließlich Macnab, schafften es, aus der hohen Mauer auszubrechen und die Flucht zu ergreifen. So schnell sie konnten, ritten sie auf den Fluß zu.

Um vier Uhr morgens begann der sechzehnjährige Ranger auf Captain Macnabs Uhr zu schauen, um halb fünf führte er seine Instruktionen aus. An den Wachen vorbeigaloppierend, hielt er vor Captain Wetzels Zelt sein Pferd an und schrie: »Die Rangers greifen El Solitario an!«

»Wann?« rief Wetzel, während er, ein Laken um die Schultern geworfen, das Zelt verließ.

»In diesem Augenblick.«

»Warum wurde ich nicht schon früher geweckt?«

»›Weck ihn um halb fünf‹, hat Captain Macnab mir aufgetragen, ›ich will nicht, daß er sich die ganze Nacht über Sorgen macht.‹«

»Blasen Sie zum Sammeln, Hornist«, rief Wetzel. In der Dunkelheit ließ er seine Männer antreten und ordnete volle Kampfausrüstung an.

Bei Tagesanbruch bestieg er sein schwarzes Dienstpferd, überprüfte die Aufstellung seiner Truppen und postierte seine besten Scharfschützen am amerikanischen Ufer des Rio Grande. Persönlich wies er Sergeant Gerton und seine zwei Helfer an, wie sie die Gatling-Revolverkanone aufstellen sollten, damit sie die Übergangsstelle beherrsche. Er rief Freiwillige auf, in den seichten Fluß hinauszuwaten und ihre Gewehre auf die Stelle zu richten, wo die fliehenden Rangers vermutlich auftauchen würden. Dann ritt er zum Lager der Büffelsoldaten, das sich in einiger Entfernung von dem der weißen Truppen befand. Fast verächtlich erteilte er Leutnant Asperson einen kurzen Befehl: »Nehmen Sie die halbe Kompanie, und bewachen Sie den anderen Übergang.« Dann ritt er zu Sergeant Jaxifer, der mit zehn Berittenen wartete.

»Wissen Sie, was da drüben vorgeht?«

»Ich kann es mir denken«, antwortete Jaxifer.

»Was werden Sie und Ihre Männer tun, wenn die Rangers im Galopp auf den Fluß zukommen?«

»Auf Ihren Befehl warten.«

»Werden Sie bereit sein, über den Fluß zu setzen und die Mexikaner zurückzuhalten?« fragte Wetzel.

»Wir sind schon jetzt bereit. Ohne Befehl von Ihnen rühren wir uns aber nicht. Wenn Sie es befehlen, nehmen wir Mexico City, oder wir gehen dabei drauf«, verkündete Jaxifer stolz.

»Wenn die Mexikaner eine falsche Bewegung machen, reite ich an der Spitze. Ich hoffe wirklich, sie machen einen Fehler, feuern eine Kugel auf unser Territorium oder so.«

Das Erscheinen des jungen Rangers unterbrach das Gespräch der zwei Soldaten. »Wohin gehst du?« fragte Wetzel. Der Junge antwortete: »Ich will die Nigger zur Abzweigung führen.«

»Wer hat dir das aufgetragen?«

»Captain Macnab. Er war sicher, daß Sie sie ihm schicken würden, sobald Sie Gewehrfeuer hören – wie auch immer Ihre Befehle lauten mögen.«

Über diese unmilitärische Denkweise seitens der Rangers war Wetzel verärgert, und weil er den Jungen los sein wollte, knurrte er: »Sie sind da unten.« Dabei deutete er auf den anderen Übergang; grinsend saß dort mit einem kleinen Zug Büffelsoldaten der schlaksige Leutnant Asperson.

Während sich Wetzel und Jaxifer über das weitere Vorgehen unterhalten hatten, befanden sich Otto Macnab und seine Rangers, von den Mexikanern in ein Nachhutgefecht verwickelt, auf einem überstürzten Rückzug. Sie wären vielleicht entkommen, hätten nicht einige wagemutige mexikanische Banditen von einer Abkürzung zum Fluß gewußt. Sie erreichten den Fluchtweg vor Macnab, und nun kam es zu einer wilden Schießerei, die die Rangers zwang, von ihrer geplanten Route ein Stück flußabwärts abzuweichen.

Damit kamen sie auf einen Weg, der sie zu dem minder bedeutenden Übergang über den Rio Grande brachte, der von minder begabter schwarzer Kavallerie bewacht wurde. Als sich die Rangers und ihre Verfolger dem Fluß näherten, hörte Asperson das Gewehrfeuer. Aufgeregt, weil er nun mit einiger Wahrscheinlichkeit seine erste Schlacht erleben würde, führte er die Büffelsoldaten zum Fluß hinunter und blieb auf halbem Weg stehen. Bestürzt beobachtete der junge Ranger, wie die Rettungsaktion zum Stehen kam. Mit aller Kraft schleuderte er einen scharfen Kiesel auf Aspersons Pferd, das sich sofort aufbäumte. »Mein Gott!« rief der nervöse Leutnant mit hoher Stimme. »Wir werden angegriffen!«

Ohne sich mit jemandem zu beraten, ohne auf Bestätigung zu warten, schwenkte er seinen Revolver in der Luft und brüllte: »Mir nach, Leute!« Für ihn gab es keinerlei Besorgnis, keinerlei moralische Probleme. Amerikaner wurden von Fremden angegriffen, mehr brauchte er nicht zu wissen. Begeistert folgten ihm die schwarzen Reiter. Dem Hornisten befahl er, zum Angriff zu blasen; die verfolgten Rangers sollten wissen, daß Asperson ihnen zu Hilfe kommen würde. Tatsächlich erreichten die Hornsignale das Kampfgebiet, gaben den Rangers frischen Mut und stürzten die Verfolger in Verwirrung.

Die Schlacht, eigentlich mehr ein Tumult, dauerte nur ein paar Minuten. Es gab nur wenige Opfer unter den Mexikanern und keine unter den Amerikanern, und als alles vorbei war, ritten Macnab und Asperson wie römische Sieger zum Rio Grande hinunter. Während ihre Pferde das Wasser im seichten, schlammigen Fluß aufspritzen ließen, gerieten die regulären Soldaten auf der amerikanischen Seite in blindwütige Raserei. Die Vorhut in der Flußmitte feuerte wahllos. Sergeant Gerton und seine Revolverkanone nahmen das leere mexikanische Ufer unter Beschuß, die anderen jubelten, und Wetzel betrachtete erstaunt, was sich vor seinen Augen abspielte.

Schon um zehn Uhr war ein Telegramm ins Hauptquartier unterwegs: GEMÄSS HÖCHSTEN TRADITIONEN DER U.S. ARMY ÜBTEN 10. KAVALLERIEREGIMENT UND LEUTNANT ASPERSON AUF ANGRIFF MEXIKANISCHER BANDITEN HELDENMÜTIGE VERGELTUNG STOP BENITO GARZA TOT STOP VIELE MEXIKANER EIN RANGER KEINE MILITÄRPERSONEN GEFALLEN

Nachdem Captain Wetzel und Leutnant Asperson an den Rio Grande abkommandiert waren, machte sich in Fort Garner der Mangel an Offizieren empfindlich bemerkbar. Verärgert schickte Captain Reed ein dringendes Ersuchen nach St. Louis: »Fort Garner bedarf sofort der Dienste von Brevet-Oberst Lewis Renfro, gegenwärtig nach Washington detachiert.«

In der Hauptstadt gab es ein zähes Gerangel mit dem Kongreß, bevor Renfro zum aktiven Dienst freigestellt werden konnte, denn sowohl er wie auch seine Frau ließen ihre Verbindungen spielen, um zu verhindern, daß er seine gesellschaftlich so angenehme Stellung als Verbindungsoffizier zum Generalquartiermeister aufgeben mußte. Bei diesen Bemühungen ging Mrs. Renfro ihrem Mann besonders zur Hand, denn sie kannte mehrere Senatoren und Abgeordnete in den Militärausschüssen. Unermüdlich bearbeitete sie die Herren, um zu erreichen, daß Mr. Renfro in Washington bleiben konnte.

Dennoch erhielt er wenig später den Befehl, sich unverzüglich in Fort Sam Garner in Texas zu melden, wo er unter dem Kommando von Captain George Reed (Brevet-Brigadegeneral) dienen und die Kompanie S des 10. Kavallerieregiments übernehmen sollte. »Ein Niggerregiment!« wütete Daisy Renfro, als sie die traurige Nachricht erhielt. »Das zeichnet einen Mann fürs ganze Leben! Du bleibst keine sechs Wochen dort, das verspreche ich dir!« Und sie bereitete sogleich eine Kampagne vor, um ihren Mann wieder auf seinen Plüschsesselposten in Washington zurückzubekommen.

Das Fort erlebte eine angenehme Überraschung, als Lewis Renfro mit seiner Frau Daisy eintraf. Bürohengste waren üblicherweise beleibte, schlampige Burschen von nicht eben sehr militärischer Haltung. Renfro jedoch war genau das Gegenteil: ein sechsunddreißigjähriger West-Point-Mann aus einer guten Familie in Ohio, groß und schlank. Er schien entschlossen zu sein, sich im Grenzland zu bewähren. Er nahm Minors Platz als Chef der Kompanie S des 10. Kavallerieregiments unter Captain Reed ein, dem er überschwenglich versicherte: »Ich werde mich als einer der besten Offiziere zeigen, die Sie je hatten. Wenn Sie mir einen Befehl geben, können Sie ihn als ausgeführt betrachten.«

Bestrebt, einen guten Eindruck zu machen, begab er sich zu Captain Wetzel und beteuerte: »Solange ich die Büffelsoldaten befehlige, wird es diese lächerlichen Reibereien zwischen Kavallerie und Infanterie nicht geben. Bei meinen Männern werde ich die Disziplin hochhalten.« Aber noch am gleichen Tag gab er Jaxifer genau das Gegenteil zu verstehen; in bezug auf seine Erfahrungen im Krieg erzählte er ihm eine faustdicke Lüge: »Ich habe bei drei verschiedenen Gelegenheiten mit Negertruppen gedient. Es gibt keine besseren. Wenn die Infanterie Ihnen irgendwelche Schwierigkeiten macht, werden Sie mich uneingeschränkt auf Ihrer Seite finden.« Allerdings: Wann immer eine Strafexpedition gegen die Indianer unternommen wurde, bat er, an der Spitze reiten zu dürfen, wo er sich auch stets hervortat.

Bei einem von Renfro geführten Streifzug, der auf Vorreiter der Komantschen-Hauptstreitkräfte stieß, kam es zu einem erbitterten Gefecht: vierzig Indianer auf schnelleren Pferden gegen neunzehn Kavalleristen mit höherer Feuerkraft. Renfro verfolgte die Indianer mit solcher Wut, daß jeder Komantsche, dessen Pferd auch nur strauchelte, überholt und erschossen wurde. Renfro ritt immer an der Spitze, und als die Jagd vorüber war, wußten die schwarzen Soldaten, daß sie einen tüchtigen Kommandanten bekommen hatten.

Lewis Renfro aber hatte nicht die Absicht, sich hier im Grenzland zu schinden. Er erfüllte seine Pflichten mit den Büffelsoldaten glänzend, ließ aber gleichzeitig alle Verbindungen spielen, um an seinen Washingtoner Schreibtisch zurückkehren zu können. Die üblichen Kanäle vernachlässigend, bombardierten er und seine Frau alle Leute, die etwas zu sagen hatten, mit geschickt abgefaßten Petitionen und erhielten immer wieder das Versprechen: »Sobald sich eine günstige Gelegenheit bietet, kommen Sie zurück.« Was das für eine günstige Gelegenheit sein sollte, konnten die Renfros nicht ahnen, aber es dauerte gar nicht lange, da trat das Ereignis ein, das Renfros Freunde in Washington brauchten, um ihn zurückzuholen.

An einem der heißesten Tage im Sommer 1874 verfolgten Renfro, Jaxifer und alle diensttauglichen Kavalleristen der Kompanie S die Spur von Häuptling Matark, dessen Krieger diesen Sommer damit verbracht hatten, Ranches an der Grenze zu verwüsten. Die Regierung von Texas hatte die Siedler gewarnt, sich nicht zu weit nach Westen zu wagen, und die Regierung der Vereinigten Staaten hatte erklärt, daß auch Forts wie Richardson und Garner keinen absoluten Schutz gewähren konnten, doch der unstillbare Hunger nach Land lockte die Abenteurer immer weiter nach Westen. Allein in diesem Sommer hatten sechzig Weiße, Männer, Frauen und Kinder, den Tod gefunden, die meisten von ihnen auf so brutale und entsetzliche Weise, daß es selbst die Texaner schokkierte, die an Barbarei gewöhnt waren.

Nach der Ermordung von vier Rancherfamilien südwestlich von Fort

Garner bat Renfro um Erlaubnis, eine größere Strafexpedition durchführen zu dürfen. Listig, wie er war, ritt er nicht nach Süden, wo die Verbrechen begangen worden waren, sondern fast in die entgegengesetzte Richtung, weit nach Westen auf den Palo-Duro-Canyon und die äußerste Grenze des Indianerterritoriums zu, denn er nahm an, daß die triumphierenden Indianer zunächst von den brennenden Ranches weggeritten waren, um dann in Muße ihrem Refugium zuzustreben.

Damit behielt er recht. Er und seine Männer vom 10. Kavallerieregiment griffen die feiernden Komantschen vom Norden her an. Auf dem Höhepunkt der Schlacht schwenkte Renfro mit der Hälfte der Truppen, wie geplant, nach Westen ab, die andere Hälfte unter Jaxifer nach Osten. Renfro und seine Männer kämpften mit unglaublicher Tapferkeit, das konnte jedermann bezeugen; mit größter Mühe gelang es ihnen, die Flanke der vorrückenden Komantschen aufzurollen und so den Rest der Indianer in Verwirrung zu stürzen.

Während das geschah, sah John Jaxifer im Osten eine Chance, in das Gefecht einzugreifen und die Komantschen völlig zu zersprengen. Als seine Männer durch die Reihen der Indianer galoppierten, fiel ihm etwas ins Auge: ein weißes Mädchen. Sofort schoß ihm der Gedanke durch den Kopf: Das muß die kleine Larkin sein. Er riß sein Pferd herum und verfolgte die Indianer, die das Kind festhielten. Von Dutzenden Kriegern bedroht, stürmte er allein hinter den fliehenden Indianern her, holte sie ein, streckte eine Hand aus und entriß das Mädchen ihren Peinigern, während er mit dem Gewehrkolben auf den Komantschen einschlug, der es festgehalten hatte. Dann jagte er auf die erstaunten schwarzen Truppen zu, die ihm Deckung geben konnten. Ein kurzer, heftiger Kampf entbrannte, aber Jaxifer, das Kind in den Armen, sammelte seine Männer um sich und schlug die Indianer in die Flucht. In diesem Moment kam Renfro herangaloppiert, sah das Mädchen und erfaßte sofort dessen magische Bedeutung. Sanft nahm er es dem Sergeant ab, drückte es an sich und fragte: »Bist du Emma Larkin?« Das Mädchen nickte.

So entstand die Legende: Bei einem Angriff auf die wilden Komantschen, die seinen Männern im Verhältnis zwei zu eins überlegen gewesen seien, habe Lewis Renfro die kleine Weiße Emma Larkin befreit, deren Familie 1869 am Bear Creek ermordet worden war. Sie selbst war fünf lange Jahre Gefangene der Wilden gewesen. Die Geschichten in den Zeitungen ließen durchblicken, daß Renfros Bravourstück besonders hoch eingeschätzt werden mußte, weil ihn ja nur Negertruppen unterstützt hatten. Sein kompromißloses Heldentum habe die Rettung möglich gemacht, hieß es.

Die Berichte stießen auf überdurchschnittliches Interesse. *Harper's* und die New Yorker Zeitungen schickten Künstler mit dem Auftrag nach Texas, den Kampf und Emmas Rettung bildnerisch darzustellen. Die Zeichner und Maler hatten dabei mit zwei Schwierigkeiten zu kämpfen: Weil es nicht tunlich erschien, schwarze Truppen zu zeigen, waren die Gesichter, ausgenommen das Leutnant Renfros, nur verschwommen zu sehen, und weil die kleine Emma keine Nase und keine Ohren mehr besaß, konnte man auch sie nicht darstellen. Leutnant Renfro stahl also bei der Berichterstattung allen anderen an den Vorgängen beteiligten Personen die Schau. Als man der Presse einmal gestattete, Emma zu sehen, mußten sich einige Reporter erbrechen, und in vielen Artikeln hieß es nur, sie sei von den Entführern »schmählich behandelt« worden. Und selbst die Journalisten, die über die Verstümmelungen berichteten, verschwiegen die wiederholten Vergewaltigungen.

Mehr als zwei Dutzend Interviews offenbarten Renfros Wagemut und Heldentum; an Jaxifer wurden keine Fragen gestellt. Emma selbst klärte eine Reporterin über die Tatsachen auf, doch als die Frau Jaxifer aufsuchte, erschrak sie vor seiner Größe, dem fehlenden Hals und seinen wulstigen Lippen – und so wurde sein Anteil an der Rettung des Mädchens weiterhin ignoriert.

Das war der Vorfall, den Daisy Renfro brauchte, um ihren Mann nach Washington zurückzubringen, und sie nahm ihre Chance sehr geschickt wahr. Noch kein Monat war vergangen, und schon forderte Washington lautstark die Rückkehr seines Helden.

Als Gefangene der Komantschen war die zwölfjährige Emma Larkin eine Art Heiliger Gral der Prärie gewesen, und alle anständigen Menschen hatten sie befreien wollen. Als siebzehnjährige, weit über ihre Jahre gealterte junge Frau war sie jedoch eine Peinlichkeit, und nach dem ersten Sturm der Gefühle wußte keiner, was man mit ihr anfangen sollte.

Natürlich waren die Frauen im Fort über Emmas wunderbare Rettung hocherfreut gewesen, aber es wurde ihnen sehr rasch klar, daß es in ihrer aller Leben keinen Platz für sie gab, und auch sonst nirgendwo. Sie hatte keine Familie, denn ihre Verwandten waren am Bear Creek ausgerottet worden. Vor allem aber war sie abstoßend häßlich: ein zerbrechlich wirkendes langes und dürres Mädchen mit schrecklichen Narben, wo ihre Ohren und ihre Nase hätten sein sollen. Überdies hatte sie die Gewohnheit angenommen, im Flüsterton zu sprechen, so daß sie manchmal wie ein Geist aus einer anderen Welt wirkte. Nach einigen wenigen Tagen des Mitgefühls wollte keiner sie mehr in seiner Nähe haben.

Mrs. Reed nahm es auf sich, die Interessen des Mädchens vor dem Landgericht in Jacksborough zu vertreten, denn Emma hatte das ganze Gebiet geerbt, das einst Eigentum ihres Vaters und ihrer Onkel gewesen war. Habgierige Männer hatten versucht, sich unter Berufung auf den Siedlern zustehende Rechte der vierundzwanzig Kilometer zu bemächtigen, als kein lebender Larkin auftrat, um Anspruch zu erheben, aber es leuchtete doch wohl ein, daß man Emma, die solche Qualen erduldet hatte, zumindest ihr Erbe zurückerstatten mußte. Wie immer, wenn es in Texas um Grundbesitz ging, kam es zu heftigen Auseinandersetzungen, und man riet Mrs. Reed, sich zurückzuziehen, um die guten Beziehungen zwischen der Gemeinde und dem Fort nicht zu gefährden. Das hätte sie auch getan, wenn sie nicht unerwartete Schützenhilfe bei Earnshaw Rusk in Camp Hope gefunden hätte.

Matarks Komantschen lebten jetzt friedlich auf Rusks Territorium und erhoben viele Beschuldigungen gegen Captain Reed und dessen Soldaten: »Dieser Renfro attackierte uns, als wir gerade Büffel jagten. Seine Büffelsoldaten griffen uns an und töteten unsere Krieger. Sie raubten uns sogar eine unserer Frauen.«

Diese letzte Beschuldigung, in großer Erregung und mit viel Armschwenken vorgebracht, elektrisierte Rusk, stellte sie doch genau jene Methoden der Armee an den Pranger, denen ein Ende zu machen er entschlossen war. An einem Spätsommertag des Jahres 1874 ritt er in Begleitung von zwei Komantschen dreiundneunzig Kilometer nach Fort Garner im Süden, um offiziell Protest einzulegen.

Als der rechtschaffene Quäker im Fort erschien, wollte Wetzel die zwei Komantschenkrieger festnehmen, aber Rusk erhob ein solches Geschrei, daß Reed ihnen freies Geleit zusagen mußte – wie im Befriedungsprogramm vorgesehen. Die anschließende Diskussion verlief wie alle bisherigen. Rusk betonte die friedlichen Absichten seiner Indianer, und Reed konterte mit einer schockierenden Liste der in Texas niedergebrannten Ranches und ermordeten Ranchers. Keine dieser Beschuldigungen, die den Militärs eindeutig erschienen, wurde von Rusk als Beweis für die Schuld der Komantschen akzeptiert; statt dessen protestierte er lebhaft gegen die Brutalität der Soldaten; jeder der beiden Männer warf dem anderen Doppelzüngigkeit und moralische Blindheit vor.

»Sehen Sie denn nicht ein, Rusk, daß Ihre geliebten Indianer eine Mörderbande sind und alle miteinander erschossen werden sollten?«

»Siehst du denn nicht ein, Captain Reed, daß deine Männer eine Bande undisziplinierter Rohlinge sind, die meinen Indianern das Leben schwermachen?«

»Und was sagen Sie zu den Morden an den siebzehn Ranchers, die ich angeführt habe?«

»Und was sagen Sie zur Entführung einer meiner Indianerinnen?«

Sprachlos starrte Reed den Quäker an. »Sie wissen nicht, wer diese Frau war?«

»Du gibst also zu, daß sie entführt wurde?«

Fast hätte Reed gelacht: »Die ganze Welt weiß, wer sie ist, und Sie, der Sie nur ein paar Meilen von hier leben, haben noch nichts von ihr gehört? Sind Sie eigentlich wirklich so naiv oder einfach nur dumm? Louise«, schrie er, »bitte Mrs. Wetzel, das Mädchen herzubringen.« Mrs. Wetzel hatte dem unerwünschten Kind ein provisorisches Zuhause gegeben; jetzt nahm sie Emma an der Hand und brachte sie ins Büro des Kommandanten.

Emma Larkin hielt ihr Kinn hoch und musterte Earnshaw Rusk, dem der Atem stockte, als er sie ansah. Der Augenblick ging vorüber. Rusk trat unerschrocken auf die junge Frau zu und legte seinen Arm um sie. »Jesus Christus hat dich in sein Herz geschlossen.«

Tränen rollten ihm über die Wangen.

Er war so erschüttert, daß er sich setzen mußte. Während er so dakauerte und seine Welt in Stücke brach, sagte Reed weniger hart, als es seine Absicht gewesen war: »Das ist Emma Larkin, die einzige Überlebende vom Bear Creek. Fünf Jahre lang war sie die Gefangene Ihrer Komantschen.«

Rusk kam wieder auf die Beine. »Ist das wirklich die kleine Larkin?«

»Sie ist es«, antwortete Reed, »und ich möchte, daß Sie ihre Geschichte hören – Wort für Wort, ohne mein oder Mrs. Wetzels Beisein. Kommen Sie, Bertha.«

Er verließ mit ihr das Zimmer.

»Setzen wir uns«, schlug Rusk vor. »Bist du wirklich Emma Larkin?«

Emma flüsterte: »Ja. Ich erinnere mich an meine Familie, an alle fünfzehn. Mein Vater und meine Brüder wurden in unserem Haus ermordet – nicht weit von hier.«

»Und du bist sicher, daß es Indianer waren?«

»Sie haben mich doch gefangengenommen.«

»Aber war es Matark?«

»Ich habe vier Sommer lang bei Matark gelebt. Seine Söhne haben mir die Ohren weggebrannt, langsam, Abend für Abend, und meine Nase. Sie nahmen glühende Kohle aus dem Feuer, tanzten um mich herum und hielten die Kohlenstücke an meine Nase. Und wenn sich dann der Schorf bildete...«

Earnshaw fürchtete, es könnte ihm schlecht werden. Er wechselte das Thema. »Haben sie dich geschlagen?«

»Besonders die Frauen«, antwortete Emma. »Und die Männer kamen nachts, um mit mir zu schlafen.«

»Von solchen Dingen darfst du nicht sprechen. Du mußt sie vergessen! Hat sich nie einer gütig gegen dich gezeigt?«

»Keiner. Aber es gab da einen Weißen mit einem lahmen linken Arm. ›Kleiner Bruder‹, nannten sie ihn, denn er verkaufte ihnen Gewehre. Ich glaube, er hieß Peavine. Er kam oft zu ihnen. Sie sagten ihm, was sie brauchten, und er ging und stahl es für sie. Er nahm mich immer beiseite und sagte, daß man mich eines Tages freilassen würde.«

»Bist du manchmal mit den Komantschen mitgeritten, wenn sie nach Texas herunterkamen?«

»Oft.«

»Und haben die Indianer in Texas Ranches angezündet?« wollte Earnshaw wissen.

»Oft. Das letzte Mal war vor einem Monat. Damals retteten mich die schwarzen Soldaten.«

»An diesem Tag jagten sie Büffel.«

»Wir hatten Büffel mehr als genug. Wir ritten nach Texas, um niederzubrennen und zu töten.«

Mit leiser Stimme fragte der Quäker: »Du meinst... die Komantschen planten es so? Im Süden zuschlagen und dann nach Norden fliehen?«

»Warum auch nicht? Das waren die Regeln. Sie, der Indianeragent, haben sie doch gemacht. Wir haben uns daran gehalten.«

»Was wirst du jetzt tun?«

»Ich weiß es nicht. Ich habe nichts gelernt. Und ich bin nicht wie andere.«

»Jesus Christus liebt dich. Du kannst dein Haar über den Ohren tragen, und keiner wird etwas merken. Und wir werden dir eine Nase machen. Du wirst viele Freundinnen haben.«

»Wer würde mich zur Freundin haben wollen? Weißt du, daß ich ein Baby hatte?«

»Du lieber Himmel!« Rusk ging aufgeregt im Zimmer umher. »Du hast es doch niemandem erzählt, nicht wahr?«

»Es hat mich keiner gefragt.«

»Du darfst mit niemandem darüber reden. Mit niemandem!«

»Tut mir leid, daß ich es Ihnen erzählt habe, Mr. Rusk.«

»Du kennst meinen Namen?«

»Wir kannten alle Ihren Namen. ›Der-Mann-der-uns-alles-tun-läßt‹ nannten die Komantschen Sie.«

»Wie kommt es, daß ich dich nie in Camp Hope gesehen habe?«

»Sie nahmen uns Gefangene nie mit.«

»Gibt es denn noch andere?«

»Jeder Stamm hat welche. Viele. Die Männer werden immer getötet. Erwachsene Frauen lassen sie eine Weile am Leben, gebrauchen sie und töten sie dann. Die Jungen werden zu Kriegern ausgebildet. Sie werden Indianer. Die Mädchen werden benutzt, so wie ich.«

»O mein Gott! Was habe ich getan!«

»Mein Kind war ein Junge. Ich will ihn nicht.«

»Aber es ist doch dein Kind!«

»Ich wollte ihn damals nicht, und ich will ihn jetzt nicht. Ich will alles vergessen.«

»Weißt du, was beten heißt?«

»Wir haben hier am Bear Creek gebetet. Ich habe gebetet, daß man mich eines Tages retten würde.«

»Willst du jetzt mit mir beten?«

So beteten sie, Gott möge dem irregeführten Earnshaw Rusk Erleuchtung schenken, die Fehler wieder gutzumachen, die er begangen hatte, und Er möge Emma Larkin bei den furchtbaren Entscheidungen beistehen, die sie treffen mußte. Rusk beendete das Gebet mit der Hoffnung, daß Emma in ihrem Herzen Liebe für ihr Baby finden möge, aber sie erklärte ihm ohne Umschweife: »Das Kind ist weg. Ganz weg.«

Nach Camp Hope zurückgekehrt, versammelte Earnshaw Rusk seine Komantschen um sich und ging mit ihnen wie nie zuvor ins Gericht. »Ihr habt mich belogen. Ihr habt den Red River überquert, nicht um Büffel zu jagen, sondern um Ranches anzuzünden und Menschen zu töten. Und ihr haltet auch andere Kinder wie Emma Larkin gefangen. Damit muß Schluß sein.«

»Wir gehen, wohin es uns paßt«, gab Matark frech zurück. »Und die Leute bekommen die Kinder von uns, wenn sie genug für sie bezahlen.«

»Du versteckst einen Mann in deinem Lager, den man ›Klapperschlange‹ Peavine nennt. Er wird wegen vielfachen Mordes gesucht.«

»Er ist unser Freund. Wir werden ihn immer vor der Armee beschützen.«

Über die Dreistigkeit der Komantschen erstaunt, legte Rusk ihnen nahe, einen ehrlichen Frieden mit der Armee zu schließen und keine weiteren Raubzüge nach Texas zu unternehmen. »Edler Häuptling Matark, ich sage dir, es ist auch jetzt noch nicht zu spät. Wenn du mit mir nach Fort Garner reitest und wir dort feierliche Vereinbarungen eingehen...«

»Kein Indianer kann den Versprechungen der Soldaten trauen. Sie rotten unsere Büffel aus und verwüsten unsere Felder.«

»Bis jetzt stimmt das. Es war Krieg. Aber jeder Krieg geht zu Ende, und der Frieden bringt Tröstungen.« Mit Tränen in den Augen beschwor er den Indianer: »Häuptling Matark, das schönste Geschenk, das du deinem Volk machen könntest, ein Geschenk, das deinen Namen für alle Zeiten über die Prärie tragen würde... dieses Geschenk heißt Frieden. Ein endgültiges Übereinkommen, im Norden des Red River zu bleiben. Ein Übereinkommen, hier auf dem immensen Reservat, das der Weiße Vater euch versprochen hat, ein neues Leben zu beginnen.«

»Jetzt mag es immens sein«, erwiderte Matark, »aber es wird sehr klein werden, wenn deine Leute es zurückfordern.«

»Wenn wir nach Süden reiten«, beschwor Rusk den Komantschenhäuptling, »können wir auch jetzt noch einen Frieden aushandeln, durch den euch alle bisherigen Raubzüge verziehen werden. Du wirst die gestohlenen Kinder zurückgeben und glücklich mit uns hier leben.«

Matarks Antwort war grauenhaft: Er zog mit mehr als hundert brüllenden Kriegern tief nach Texas hinein, wo er sechs entlegene Ranches niederbrannte, die Männer mit den gewohnten Martern tötete und sieben Kinder verschleppte. Nach Camp Hope zurückgekehrt, rühmte er sich vor dem Agenten: »Wir haben den Texanern eine Lektion erteilt.« Er weigerte sich, die Kinder herauszugeben, und stellte Rusk höhnisch die Frage: »Und was willst du dagegen tun?«

Captain Reed in Fort Garner erhielt unerwarteten Besuch. Zu seiner Überraschung kam Earnshaw Rusk unbegleitet nach Süden geritten und demütigte sich im Hauptquartier des Kommandanten: »Man hat mich belogen. Häuptling Matark ist ein gnadenloser Mörder, der weiße Kinder in seinem Lager gefangenhält. Ich habe einen falschen Weg eingeschlagen. Ich fordere dich auf, deine Truppen auf das Indianerterritorium zu schicken und diesen brutalen Menschen gefangenzunehmen.«

»Ist das eine formale Bitte, Agent Rusk?«
»Ja.«
»Sie wissen, daß Ihre Vorgesetzten in Fort Sill und Washington...«
»Ich weiß, daß sie mich verabscheuen werden, weil ich gegen unser Übereinkommen handle. Aber auch für einen Quäker kommt die Zeit, wo Verbrechen bestraft werden müssen.«
»Sie müssen mir das schriftlich geben, Mr. Rusk.«
»Das will ich tun.« Er setzte sich an Reeds Schreibtisch und verfaßte eine formale Bitte an die Truppen der Vereinigten Staaten, in Camp Hope auf dem Indianerterritorium einzumarschieren und Häuptling Matark festzunehmen. Rusks Hände zitterten, als er das Dokument unterzeichnete, das ein ganzes Leben religiöser Erziehung negierte und die Präsident Grant geleisteten Versprechen brach. Doch nun war es geschehen. Dann bat er, Emma Larkin sehen zu dürfen; er hatte ihr etwas mitgebracht.

Sie lebte noch bei den Wetzels, die in ihr ein empfindsames menschliches Wesen entdeckten, das, während es der Hausarbeit nachging,

Offenheit und einen überraschenden Sinn für Humor erkennen ließ. Nun brachte Mrs. Wetzel sie zu Agent Rusk und bemerkte, daß das Mädchen offensichtlich froh war, ihn zu sehen. Sie wollte sich schon zurückziehen, aber Rusk hielt sie auf. »Nein, Mrs. Wetzel, du mußt bleiben. Ich brauche deine Hilfe.«

Aus seiner Tasche holte er eine sorgsam aus Holz geschnitzte Nase, an der zwei Schnüre aus geflochtenem Roßhaar befestigt waren. Er setzte Emma die Nase ins Gesicht und bat Mrs. Wetzel, sie festzuhalten, während er die Roßhaarflechten über Emmas Hinterkopf zusammenband.

»Oh!« rief Mrs. Wetzel mit aufrichtiger Freude. »Jetzt hast du eine Nase!« Eilig holte sie ihren Spiegel. Als das Mädchen die Veränderung sah, die mit ihm vorgegangen war, konnte es nur zuerst Rusk und dann Mrs. Wetzel ansehen und schließlich wieder in den Spiegel starren. Schließlich legte es den Spiegel nieder, ergriff Mrs. Wetzels Hände und küßte sie. Dann tat Emma das gleiche mit Rusk, langte wieder nach dem Spiegel und betrachtete sich darin. Rusk zog Strähnen ihrer Haare über die Ohrenstümpfe, und als sie sich so im Spiegel sah, sprang sie in die Luft und stieß einen Komantschenschrei aus: »Ich bin Emma Larkin! Ich bin Emma Larkin!«

Aber sie durfte ihre Nase nicht gleich behalten. Mrs. Wetzel nahm sie ihr ab und verließ den Raum. Als sie damit zurückkam, hatte sie das Roßhaar gegen einen fast unsichtbaren Faden getauscht, der die Holznase festhielt. Emma begriff, was das bedeutete – eine Einladung, ins Leben zurückzukehren –, und weinte.

Die Soldaten in Fort Garner ließen nicht viel Zeit vergehen, bis sie einen massiven Angriff auf Camp Hope unternahmen. Zwar versuchten andere, von der Regierung beauftragte Quäker auf dem Indianerterritorium, diesem Verstoß gegen die Regierungspolitik Einhalt zu gebieten, aber die Offiziere hielten ihnen das von Agent Rusk unterfertigte Dokument unter die Nase und rückten weiter vor. Nach einer Reihe waghalsiger Aktionen nahmen sie Matark und drei seiner wichtigsten Krieger gefangen und befreiten neun weiße Kinder, deren Geschichte die Bevölkerung derart aufbrachte, daß das Gericht in Jacksborough Matark und seine Helfer zum Tod durch den Strang verurteilte.

Doch die Quäker waren nicht machtlos. Sie stürmten die Bundesgerichte und erwirkten nicht nur einstweilige Verfügungen gegen das Urteil; sie erreichten auch, daß Matark und seine Männer vorübergehend in einem nicht eben sicheren Gefängnis in Texas untergebracht wurden. Dort blieben sie nur einige wenige Monate; dann ließ ein anderes Gericht sie laufen. Sie hätten, so hieß es, ihre Lektion gelernt und würden in Zukunft vertrauenswürdige Bürger sein. Einen Monat nach ihrer Rückkehr nach Camp Hope verließen sie das Territorium wieder, um Raubzüge entlang der texanischen Grenze zu verüben, wo sie mordeten und brandschatzten wie zuvor.

Die Antwort aus Washington ließ nicht lange auf sich warten. Der sanftmütige Benjamin Grierson sollte im Hauptquartier des Regiments in Fort Sill bleiben, um Ronald Mackenzie, einem richtigen Kämpfer, Platz zu machen. Mackenzie sollte eine der fünf aufeinander zustrebenden Kolonnen befehligen, die mit dem Angriff auf alle sich außerhalb der Reservation befindenden Indianer beauftragt waren. Aus Texas, New Mexiko, Arizona und vom Indianerterritorium aus würden sie kommen, um sich Matark und seine Krieger zu holen; Oberst Nelson Miles würde die Kolonne gegenüber von Mackenzies Truppe anführen. Als Mackenzie sich daranmachte, Matark nachzusetzen, bestand Reed darauf, die aus den drei Kompanien vom Fort Garner bestehenden Abteilungen zu führen; Wetzel blieb zurück, um das Fort mit einer Kompanie Infanterie zu verteidigen.

Eine große Anzahl von Indianern sammelte sich als letzte Verteidigung gegen die anrückende Armee in den Canyons des Palo Duro: Hochfliegender Vogel und seine tausend Kiowa; Weiße Antilope und seine Cheyenne; Matark und seine neunhundert Komantschen. Sie kämpften nicht als verbündete Armee; indianischer Brauch ließ eine solche wirksame Koalition nicht zu; aber sie unterstützten einander, und es würde nicht leicht sein, sie aus ihren Stellungen zu werfen.

Die fünf Kolonnen rückten vor, wobei Miles und Mackenzie den stärksten Druck ausübten. Doch kurz bevor sie am Palo Duro angekommen waren, schrumpften die Wasservorräte zusammen, und die Soldaten lernten die Qualen des Durstes kennen.

Als Reeds 10. Kavallerieregiment überhaupt nichts mehr zu trinken hatte, befahl Jaxifer, ein Pferd zu schlachten, so daß seine Männer wenigstens ihre Lippen mit dem Blut befeuchten konnten. Reeds Infanterie, die weit zurückgeblieben war, hatte zwei Tage so entsetzlichen Durst gelitten, daß der Captain sich gezwungen sah, seinen Männern zu befehlen, ihre Messer zu nehmen und sich Adern in ihren Armen aufzuschneiden, um sich mit ihrem eigenen Blut aufrechterhalten zu können.

Die Witterung in Texas, besonders in der Prärie, konnte sich schlagartig verändern. Mitte September, auf dem Höhepunkt der Hitze- und Dürreperiode, setzte plötzlich ein trüber Nordwind ein, und das Thermometer fiel innerhalb von zwölf Stunden von achtunddreißig auf zwei Grad. Zwei Tage lang blies ein schneidend kalter Wind und bedrohte das Leben von Männern, die ihre Gesundheit weggeschwitzt hatten. Am dritten Tag überschwemmte ein wolkenbruchartiger Regen das Gebiet. Jetzt wurde der Krieg zu einer Jagd durch den Schlamm, wobei die schweren, langsamen Pferde der Kavallerie im Vorteil waren.

Von allen Seiten angreifend, drängten die Blauröcke nun die Tausende von Indianern zusammen, und obwohl es diesen gelang, offenen Feldschlachten auszuweichen, konnten sie sich der zermürbenden Wirkung schneller Kavallerieangriffe, des Niederbrennens von Wigwams und der Vernichtung von Ernten nicht entziehen. Ihre schwerste Niederlage erlitten sie, als Mackenzie und Reed bei strömendem Regen einen Hohlweg in der Wand des Canyons fanden und ihre Kavallerie mit großem Geschick über diese steile und nahezu unpassierbare Route nach unten führten. Nachdem sie die Sohle des Canyons erreicht hatten, stießen sie dort auf Kiowa, Komantschen und Cheyenne. Sie stürmten durch die Lager der Indianer, zerstreuten den Feind und brannten alle Wigwams nieder; vor allem aber, und das zeitigte die verheerendste Wirkung, bemächtigten sie sich ihrer Pferde und Maultiere.

Mit geübtem Blick wählte Mackenzie dreihundertsiebzig der besten Tiere aus und gab Reed den Befehl: »Den Rest schlachten Sie!«

Zu keiner Zeit versuchten die fünf Kolonnen die Indianer durch einen Angriff zu binden, aber sie verbreiteten Verzweiflung mit ihrer Taktik des unaufhörlichen Vernichtens von Lagern und des Schlachtens von Pferden und überzeugten die Indianer davon, daß Widerstand zwecklos war. Ein Kiowa-Häuptling namens Frauenherz rief fünfunddreißig seiner tapfersten Krieger zusammen und sagte ihnen unverblümt: »Wir können uns ihrer nicht mehr erwehren. Bringt eure Familien. Wir ziehen nach Camp Hope und ergeben uns den Agenten dort. Noch heute machen wir uns auf den Weg ins Reservat, das von nun an unsere Heimat sein wird.«

Bald folgten ihnen auch Steinkalb und Bärenbulle von den Cheyenne mit achthundertzwanzig Kriegern, Weißes Pferd mit zweihundert seiner Komantschen und Hochfliegender Vogel und Einsamer Wolf mit nahezu fünfhundert Kiowa. Was mit Gewehrfeuer nicht gelungen war, wurde jetzt mit unbarmherzigem Druck und gnadenloser Zerstörung erreicht.

Der letzte Komantsche auf texanischem Boden war Häuptling Matark. In diesen Tagen im Canyon leistete ihm der alte Comanchero Amos Peavine Gesellschaft. Wissend, daß sich in unruhigen Zeiten leicht ein paar Dollar verdienen ließen, war er durch die Linien der Soldaten geschlüpft und mit drei großen Wagenladungen von aus den Cavin-&-Clark-Lagern gestohlenen Gewehren aus New Mexico zurückgekehrt. Über die felsigen Pfade des Palo Duro war er schon zwei Wochen vor Mackenzie und Reed in den Canyon gelangt; nachdem er die Gewehre verkauft und seine mexikanischen Goldstücke sicher verwahrt hatte, war ihm jedoch klargeworden, daß er diesmal nicht darauf bauen konnte, aus dem alles einschließenden Ring der Blauröcke auszubrechen. Deshalb machte er sich daran, Freundschaft mit vier weißen Mädchen zu schließen, die von Matarks Komantschen gefangengehalten wurden. Er war ganz besonders freundlich zu ihnen, schenkte ihnen den größten Teil der ihm zugewiesenen Rationen und schützte sie vor den Quälereien der jungen Krieger.

Mit der Zeit wurde der Druck aus dem Norden so stark, daß es Matark geboten erschien, nach Süden auszuweichen, und das tat er so geschickt, daß Oberst Mackenzie nichts davon merkte. Er kam erst südlich des Palo Duro zum Stehen, wo sich der Pfannenstiel mit dem restlichen Texas vereint. Dort trieb er sich plündernd herum.

Einst hatten die großen Indianerstämme Texas vom Golf von Mexiko bis zu den Rocky Mountains beherrscht, vom Red River im Norden bis zum Rio Grande im Süden; jetzt waren sie zu dieser Handvoll Komantschen unter Matark und einigen wenigen Apatschen zusammengeschrumpft, die bald in die öde Wüste Arizonas getrieben werden würden.

Scouts berichteten Mackenzie sehr bald, daß Matark im Süden sein

Unwesen trieb. Mackenzie gab Reed und den Männern von Fort Garner den Auftrag, die Indianer einzufangen, und während der Winter immer näher rückte, kam es zu einer wilden Jagd über die Prärie im Norden. Matark und Peavine überfielen einsame Ranches, Reed und Jaxifer verfolgten die beiden. So machte Matark einen weiten Schwenk nach Westen, der schlaue Reed preschte nach Nordwesten, um ihm den Weg abzuschneiden, aber Peavine warnte die Komantschen, und sie flüchteten in die entgegengesetzte Richtung.

Dort aber hatten sie es mit Reed zu tun. Langsam und gnadenlos kreiste er die Indianer ein und drängte sie immer weiter an den südlichen Rand des Palo Duro, wo Mackenzies ihnen zahlenmäßig überlegene Truppen sie vernichten würden.

Zu dem von Reed erwarteten Endkampf kam es nicht, denn mit einer kühnen Aktion gelang es Jaxifer, die indianischen Streitkräfte in zwei Teile zu teilen, was katastrophale Folgen für die Komantschen hatte. Reed, der merkte, daß seine Truppen plötzlich nur mehr der Hälfte von Matarks Kriegern gegenüberstanden, unternahm um vier Uhr früh einen massiven Angriff, schloß Matarks Lager ein, tötete viele Krieger und nahm den großen Häuptling gefangen.

Etwa um die gleiche Zeit umzingelte Jaxifer die andere Hälfte. Zwar schlüpften ihm viele durch die Finger, aber er fing doch etwa drei Dutzend ein, unter ihnen die »Klapperschlange« und die vier weißen Mädchen, die Peavine beschützt hatte. Mit Freudentränen in den Augen erzählte der Comanchero den Soldaten, daß er ein friedlicher Rancher unweit von Fort Griffin gewesen sei und daß die Indianer, der Teufel solle sie holen, ihn überfallen und ihn und seine vier Enkelinnen gefangengenommen hätten. Während die Kavalleristen feierten und den Mädchen Aufmerksamkeiten erwiesen, machte er sich mit drei ihrer besten Pferde aus dem Staub.

Als Reed erfuhr, daß auch Jaxifer erfolgreich gewesen war, schickte er einen Scout zu Mackenzie, um ihn von den Siegen und der Befreiung der vier Kinder in Kenntnis zu setzen. Erst nachdem der Bote weggeritten war, begann er, die schwarzen Kavalleristen nach Einzelheiten ihres Triumphs zu befragen, und hörte dabei von dem älteren weißen Farmer, der ihnen die Mädchen übergeben hatte.

»Der alte Mann hatte einen verkrüppelten linken Arm?« fragte er mit einem flauen Gefühl im Magen.

»Stimmt genau.«

Obwohl er die Antwort schon im voraus wußte, fragte er nun die Mädchen: »Hat der Alte den Indianern Gewehre gebracht?« Ja, das habe er, antworteten die Mädchen, aber er habe sich geradezu rührend um sie gekümmert.

»Haben die Indianer ihn ›Kleiner Krüppel‹ genannt?« wollte Reed noch wissen, und die Mädchen nickten. Wütend sprang er auf und trat gegen einen am Boden liegenden Sattel.

»Du lieber Himmel! Sergeant Jaxifer, ›Klapperschlange‹ Peavine ist Ihnen in die Falle gegangen, und Sie haben ihn laufenlassen.«

Man einigte sich darauf, Stillschweigen über den Vorfall zu bewahren. »Wir brauchen niemandem etwas von Amos Peavine zu erzählen«, meinte Reed. »Schließlich hat er doch wohl euch Mädchen das Leben gerettet, nicht wahr? Also kein Wort über ihn! Und ihr Männer wollt doch auch nicht, daß die ganze Armee der Vereinigten Staaten über euch lacht, nicht wahr? Also Schnauze!« Er selbst fühlte sich nicht verpflichtet, mehr als die nackten Tatsachen zu melden: »Sergeant Jaxifer und seine gut disziplinierten Abteilungen des 10. Kavallerieregiments schlossen die andere Hälfte der Komantschen ein und befreiten dabei vier weiße Mädchen, die von den Komantschen gefangengehalten worden waren.«

Wie es die Bestimmungen des Friedensabkommens vorsahen, wurde Matark nach Camp Hope gebracht, wo man ihn den neuen Quäker-Kommissaren übergab, die den Unglücksraben Earnshaw Rusk abgelöst hatten. Dann kam er auf ein entlegenes Reservat in Florida, von wo aus er eine Flut von Berufungen einlegte. Zwei Quäker-Agenten, die im Grenzland noch nicht lange Dienst gemacht hatten, verwendeten sich für ihn; im Grunde seines Herzens, meinten sie, sei er ein von guten Absichten beseelter Mann, der sich in die Tragödie eines auf Ausrottung abzielenden Krieges verstrickt sah.

Präsident Grant war von dieser Argumentation beeindruckt, und Matark wurde begnadigt – mit einer ernsten Ermahnung: »Wenn Sie noch einmal texanisches Gebiet betreten, werden Sie ohne vorherige Warnung erschossen.«

Matark wurde nun auf einen anderen Teil des Indianerterritoriums verfrachtet, von wo er eines Tages still und leise verschwand. »Er wußte, daß er bald sterben würde«, ließ der für dieses Gebiet verantwortliche

Quäker verlauten, »und ging daher, wie es bei seinem Volk der Brauch ist, an einen einsamen Ort, um sich dort mit dem Großen Geist zu vereinigen.«

Er war in Wirklichkeit heimlich nach New Mexico gegangen, um sich dort mit seinem alten Freund Amos Peavine zusammenzutun. Gemeinsam überfielen sie Postkutschen und Wagenzüge, die nach Kalifornien unterwegs waren. Die Räuberei nahm solche Ausmaße an, daß sowohl in Mexico als auch in Arizona Strafexpeditionen organisiert wurden. An einem brennend heißen Augustnachmittag kam es in Arizona zu einem Feuergefecht. Als es zu Ende ging, lag der noch nicht fünfzigjährige Matark, Häuptling der Komantschen, tot im glühenden Sand. Was mit Amos Peavine geschah, ließ sich nicht feststellen. »Das letzte Mal wurde er gesehen, als er sich, eine Blutspur zurücklassend, nach Norden absetzte«, hieß es in einem Bericht des zuständigen Untersuchungsrichters. »In Anbetracht der verlassenen Gegend, in die er verschwunden ist, muß er wohl als tot gelten.«

Nachdem der Bedrohung durch die Komantschen Einhalt geboten war, bestand für einen Grenzposten wie Fort Garner kein Bedarf mehr. George Reed, der es 1869 aus Lehm errichtet und die Adobehäuser durch Steinbauten ersetzt hatte, erhielt im Oktober 1874 eine kurze Mitteilung von Lewis Renfro in Washington:

»Sie werden hiermit angewiesen, Fort Garner am Bear Creek unverzüglich zu räumen, demontierbare Bauten niederzureißen und das Land an seine Besitzer zurückzugeben, wobei unsererseits keine Verpflichtung besteht, es in seinen ursprünglichen Zustand zu versetzen oder irgendwelche Entschädigungen zu leisten.«

Reed rief seine Männer zusammen und teilte ihnen mit, daß die zwei Kompanien des 10. Kavallerieregiments Oberst Mackenzie in Fort Sill unterstellt würden, während die beiden Kompanien des 14. Infanterieregiments unter Captain Wetzel in Fort Garner verblieben, um den Posten außer Dienst zu stellen. An einem schönen Morgen wiesen die zwei Offiziere, die an Stelle von Johnny Minor und Jim Logan getreten waren, John Jaxifer durch Handzeichen an, seine Negerkavallerie nach Jacksborough zurückzuführen.

Nachdem die Reiter in einer Staubwolke verschwunden waren, machten sich Wetzels Infanteristen daran, die Häuser zu räumen, die Wagen zu beladen und die wenigen hölzernen Bauwerke zu demolieren. Die massiven Steinbauten rührten sie nicht an; sie waren jetzt Eigentum eines ungewöhnlichen Besitzers, der deutlich zu erkennen gab, daß er sie in Zukunft zu bewohnen gedachte.

Nach sorgfältiger Prüfung war Reed nämlich zu dem Schluß gekommen, daß das von seiner Frau zugunsten von Emma Larkin ausgehandelte Abkommen immer noch Geltung hatte: »Wenn ich Sie richtig verstehe, Herr Richter, fällt das Land, auf dem das Fort steht, an Emma Larkin zurück?«

»Das ist richtig. Und das andere Land, das wir ihr zuerkannt haben, gehört natürlich auch ihr.«

»Dann bekommt sie auch alle Gebäude, die wir errichtet haben? So sieht es das texanische Gesetz doch wohl vor, nicht wahr?«

»Auch das ist richtig. Es kennt keinen staatlichen Grundbesitz.«

In einer zwanglosen Zeremonie, der auch der Richter beiwohnte, übertrug Reed die Eigentumsrechte an Emma Larkin. »Sie sind eine tapfere junge Frau. Sie haben sich das Land verdient.« Er küßte sie, und Wetzel folgte seinem Beispiel.

Während die Männer noch damit beschäftigt waren, das Fort abzubrechen, ließ ein General wissen, er beabsichtige das Fort mit dem nächsten Wagenzug zu besuchen. Man begann sofort Vorbereitungen zu treffen, um ihn in den beengten Unterkünften gebührend zu empfangen.

Der General war ein großer, fleischiger Mann mit europäischen Manieren. »Man hat meine Frau und mich darauf hingewiesen, daß Sie im Begriff sind, von hier abzuziehen. Darum haben wir uns beeilt.« Aus seinem Wagen ließ er große Körbe abladen, die genug Essen für das ganze Fort enthielten.

Es war der jetzt zweiundsechzigjährige General Yancey Quimper, ein Soldat, dessen erster Gedanke stets dem Wohlbefinden seiner Männer galt. »Lassen Sie Ihre Soldaten essen, Captain Reed. Währenddessen will ich Ihnen erklären, was uns bewogen hat, so weit zu reisen, um Ihnen die Ehre zu geben.«

Er nahm selbst die Decke von den Tragkörben und ließ einen separaten Tisch für die vier schwarzen Kavalleristen decken, die als Wachen zurückgeblieben waren. Während sie ihm mit dem Bier zuprosteten, das er in zwei großen Fässern mitgebracht hatte, erläuterte er den Reeds und den Wetzels: »Die charmante Dame an meiner Seite ist niemand anderer als die Witwe von Sam Garner, nach dem dieses Fort benannt wurde. Und die zwei jungen Männer, die dort drüben jetzt das Fleisch tranchieren, sind Garners Söhne. Jetzt sind sie meine Söhne, denn ich habe sie adoptiert, und sie tragen den Namen Quimper. Der Bursche, der jetzt das zweite Bierfaß aufschlägt, ist mein eigener Sohn, James. Vorige Woche ist er Vater geworden.«

Erst am nächsten Tag enthüllte Quimper den Grund für seine weite Reise: Er bat, Emma Larkin sehen zu dürfen, und nahm kein Blatt vor den Mund, als man sie ihm brachte. »Ich würde gern das Land kaufen, das das Gericht Ihnen zugesprochen hat.«

Emma starrte ihn an. »Das Gericht hat mir gar nichts zugesprochen. Es war immer schon mein Land. Meine Eltern haben es 1869 erworben. Und warum würden Sie es kaufen wollen?«

»Es gibt da eine Redensart, die heißt: ›Wenn man in Texas genügend Land erwirbt, wird man reichlich belohnt werden.‹ Mit dem Geld, das ich Ihnen gebe, können Sie irgendwo in der Stadt angenehm leben.« Er bot ihr fünfundzwanzig Dollar für den Quadratkilometer, etwas über dem gängigen Preis. »Das wären sechshundert Dollar, und mit sechshundert Dollar kann man wahre Wunder vollbringen.«

Sie lehnte ab. Er sagte: »Wegen des Opfertodes Ihrer Familie biete ich dreißig Dollar. Das ergibt eine fürstliche Summe für eine junge Frau wie Sie.« Aber der Abend ging zu Ende, und sie lehnte immer noch ab.

Emma ging zu den Wetzels zurück. Auch sie versuchten ihr klarzumachen, daß sie von dem Geld ein schönes Haus in Jacksborough kaufen könne. Sie erklärten ihr, daß sie wohl nie heiraten und Kinder haben werde, daß sie für alle Zeiten eine heimatlose Waise sein werde und das Angebot in ihrem eigenen Interesse annehmen solle. »Vergiß nicht, daß wir in wenigen Tagen abreisen. Du kannst doch nicht allein in diesem großen leeren Fort leben, auch wenn es dir gehört.« Aber Emma ließ sich nicht überreden.

Am nächsten Morgen sprachen die Quimpers, die Wetzels und die Reeds mit vereinten Kräften auf sie ein, aber sie wies sie immer wieder ab. »Mein Vater hat dieses Land besiedelt. Meine Familie hat einen hohen Preis dafür bezahlt. Ich habe einen hohen Preis bezahlt. Ich gebe es nicht her, und wenn ich hier allein mit den Kojoten leben müßte.«

Verärgert, weil es ihm nicht gelungen war, das Land zu erwerben, reiste Yancey Quimper mit seiner Familie wieder ab, und Mrs. Reed machte sich neuerlich daran, den Posten zu schließen. Während sie kurz vor der Abreise noch einmal von einem Haus zum anderen schlenderte, sah sie viele Dinge, die sie daran erinnerten, wie wesentlich sie dazu beigetragen hatte, diesen einsamen Vorposten in einen zivilisierten Ort zu verwandeln. Der Abschied entlockte ihr keine Tränen, aber sie schaute immer wieder zurück, bis der Bear Creek, dann der Brazos River und schließlich die Dächer des Forts ihren Blicken entschwanden und nur mehr die unendliche Prärie und der grenzenlose Himmel zu sehen waren.

Es waren schwere Tage für Earnshaw Rusk gewesen. Die Armee verachtete ihn als Träumer, während seine eigenen Quäkerbrüder in ihm einen Verräter sahen, der, von Panik erfaßt, wegen eines kleinen Problems, das man auch auf dem Verhandlungsweg hätte aus der Welt schaffen können, die Soldaten gerufen hatte.

Nach seiner Entlassung aus Camp Hope hatte er eine Zeitlang versucht, in Jacksborough zu leben, aber der rauhe Ton, der in dieser Siedlung herrschte, wo die Männer ihre Streitigkeiten mit Fäusten und Pistolen austrugen, war nichts für ihn. Er hatte es auch in der Stadt versucht, die um Fort Griffin entstanden war, aber die dortigen Gepflogenheiten versetzten ihn in Angst und Schrecken. Dann hatte er als Krankenpfleger im Lazarett eines anderen Forts gearbeitet, wo man seine Vergangenheit in Camp Hope nicht kannte. Als er jetzt hörte, daß Fort Garner aufgelassen wurde, kehrte er an den Schauplatz seiner Demütigung zurück.

Wie er es in seiner verwirrten Vorstellung lange geplant hatte, ging er in das Haus, in dem Captain Wetzel und dessen Frau gewohnt hatten. Dort fand er Emma Larkin, allein und an der Arbeit, ganz so, als ob sie mitten in einer kleinen Stadt leben würde.

Er trank den Tee, den sie ihm in einer von den Wetzels zurückgelassenen Tassen servierte, und sie zeigte ihm, wie sie eine ganze Menge Gegenstände für den Haushalt in den Häusern der anderen Offiziere gefunden hatte. »Ich komme schon durch.«

Zurückgelehnt in den Sessel, der bis vor kurzem Captain Wetzels liebste Sitzgelegenheit gewesen war, begann Earnshaw ein wenig unbeholfen mit seiner Rede. »Ich habe mein Leben verpfuscht, Emma. Und ich habe mich gefragt...«

Er verstummte. Seit seinem ersten Zusammentreffen mit dieser bemitleidenswerten Frau hatte er sich gefragt, wie es wohl mit ihr weitergehen würde. Wie konnte ein dermaßen mißbrauchtes menschliches Wesen überleben?

»Ich habe mich gefragt, was du tun würdest... nachdem deine Beschützer fortgezogen sind. Und ich dachte...« Er konnte nicht weiter. Nichts in seinem einsamen, tolpatschigen Leben hatte ihn darauf vorbereitet, die Worte auszusprechen, die jetzt ausgesprochen werden sollten.

Emma Larkin streckte den Arm aus, berührte seine Hand und gebrauchte zum ersten Mal seinen Vornamen: »Man hat mir dieses Land und diese Gebäude gegeben, Earnshaw. Ich werde jemanden brauchen, der mir hilft.«

»Könnte ich dieser Helfer sein?« stammelte er.

»Ja, Earnshaw«, flüsterte sie. »Das könntest du ganz gewiß.«

Der Sonderstab

In Austin war Hochsommer. Die Hitze lag auf der Stadt wie eine drückende Decke. Seit Tagen strahlte eine glühende Sonne vom wolkenlosen Himmel herab, und die Temperatur hielt sich ständig bei achtunddreißig Grad. Trotz der Hitze sollte unsere Julitagung in Beaumont, der berühmten Ölstadt an der Küste, stattfinden, wo wir uns eine kühlende Brise erhofften. Ich rechnete mit einem produktiven Meeting, denn Professor Jaxifer vom Red River State College, ein weltoffener schwarzer Gelehrter, sollte zu uns sprechen.

Die Zeitungsleute nannten ihn Harvey Jaxifer, weil sie nicht wußten, daß er seinen Namen von dem aufrührerischen Jamaikaner Marcus Garvey herleitete, der den schwarzen Amerikanern Vorträge über ihre Rechte gehalten hatte. Dieser erste Garvey war, glaube ich, schließlich abgeschoben worden, hatte sich aber einen ausgezeichneten Ruf als Kämpfer erworben, und unser Professor war ein ebenso brillanter

Agitator wie sein Namensvetter. Er verlas eine kurze Abhandlung, aus der ich im folgenden zitiere:

»Ihre ganze Geschichte hindurch haben die Anglotexaner Indianer, Mexikaner und Schwarze verabscheut. Diese Tradition begann mit den spanischen Conquistadores, die ihre Indianer als Sklaven betrachteten und schändlich behandelten. Diese Einstellung wurde in verstärktem Maß von den Mexikanern übernommen, sofern sie nicht selbst Indianer waren, und von den frühen Texanern. Viele Indianerstämme, die den Siedlern begegneten, waren außerordentlich schwierige Leute: die kannibalischen Karankawa, die grausamen Waco und die wilden Kiowa. Die ersten amerikanischen Siedler mußten um jeden Fußbreit Boden mit solchen Indianern kämpfen, und das machte sie blind für die positiven Seiten anderer Indianer, besonders der Cherokesen.

Später begegneten die Texaner den furchtbaren Apatschen und Komantschen. Kein Außenstehender, der die blutige Geschichte des Grenzlandes zwischen 1850 und 1875 mit ihren Massakern und entsetzlichen Martern nicht kennt, hat das Recht, die texanischen Siedler wegen der Art zu verurteilen, wie sie darauf reagierten. Aber die Texaner verloren viel, als sie die Indianer vertrieben. Zum einen verlor der Staat eine Menge Menschen, die, wären sie geblieben, zu der wunderbaren Vielgestaltigkeit hätten beitragen können. Und was noch viel wichtiger ist: Ihre Vertreibung ermutigte den Texaner zu glauben, daß er Herr des Geschehens sei und andere Völker und Rassen nach Belieben herumkommandieren könne. Die Indianer waren längst verschwunden, als die wahre Tragödie ihres Abzugs spürbar wurde, und nun übertrugen die Texaner ihren Grimm auf die Mexikaner und die Schwarzen.

Man hat mich darauf hingewiesen, daß schon einige meiner Vorredner von der schweren Last gesprochen haben, die Texas wegen seiner Weigerung zu tragen hat, sich mit dem mexikanischen Problem auseinanderzusetzen; daher werde ich dieses Thema nicht berühren. Ich werde ausschließlich davon sprechen, wie Texas seine Probleme mit den Schwarzen angegangen ist. Die texanische Geschichte wurde fast so geschrieben, als ob es die Schwarzen nie gegeben hätte. Und das, obwohl die Schwarzen im Jahr 1860 einunddreißig Prozent der Bevölkerung ausmachten. Sie waren zahlenmäßig sowohl den Indianern als auch den Mexikanern weit überlegen, und die von der Baumwolle beherrschte Wirtschaft des Staates war zum größten Teil auf sie angewiesen.

Ungeachtet schlagender Gegenbeweise sind rund um die Schwarzen zwei Legenden entstanden, die eine vor und die andere nach dem Sezessionskrieg. Beide Legenden waren für die weißen Texaner so überzeugend und tröstlich, daß sie auch heute noch geglaubt werden und weiterhin die Beziehungen zwischen den zwei Rassen belasten.

Die vor dem Krieg entstandene Legende beruht auf der Überzeugung, daß die Sklaven in ihrer Knechtschaft glücklich gewesen seien, daß sie die Freiheit nicht herbeigesehnt hätten und daß sie auch nicht gewußt hätten, was sie damit anfangen sollten – angeblich taugten sie ja nur zum Baumwollpflücken und konnten, das war die gängige Meinung, ohne die Aufsicht der weißen Herren nicht existieren. Die Tatsachen sahen allerdings ein wenig anders aus. Auf den meisten Pflanzungen waren die Schwarzen Handwerker und Vorarbeiter. Sie waren außerordentlich erfahrene Krankenpfleger und -pflegerinnen. Sie waren auch gute Verwalter, und viele sparten genügend Geld, um sich ihre Freiheit zu erkaufen. Richtig eingesetzt, hätten sie in Texas als Handwerker mehr eingebracht, als sie es mit der Baumwollpflückerei taten.

Das Verblüffendste an dieser Legende aber war dies: Während die Sklaven also unter der Bevormundung ihrer weißen Herren angeblich ein glückliches Leben führten, waren die texanischen Zeitungen voll von Gerüchten über Sklavenaufstände. In den von den einzelnen Bezirksgerichten angelegten Archiven finden sich Dutzende von Berichten über Hinrichtungen von Sklaven, um Rebellionen zuvorzukommen, und so viele Sklaven flüchteten nach Mexiko, daß man von Zeit zu Zeit Wachen an der Grenze postierte, um dieser Entwicklung Einhalt zu gebieten. Ich weiß, wovon ich rede, denn mein eigener Ururgroßvater benützte diese Route, um aus der Plantage Ihrer Vorfahren zu fliehen, Miss Cobb, wo er allerdings, wie er seinen Kindern erzählte, immer gut behandelt worden war.

Dennoch: Als er einmal die Gelegenheit hatte – über den Rio Grande und nach Mexiko!«

»Was hat er dann dort gemacht?« wollte Quimper wissen. Jaxifer antwortete: »Er schlug sich nach Vera Cruz durch, bestieg dort ein Schiff nach New Orleans und trat in ein New Yorker Regiment ein.«

»Soll das heißen, daß er auf der Seite der Nordstaaten kämpfte?« knurrte Quimper. Jaxifer konterte: »Was haben Sie denn erwartet?« Quimper antwortete: »Er hätte neutral bleiben können.«

Professor Jaxifer fuhr in seinem Vortrag fort: »Es fiel den Texanern nicht schwer, beide Hälften dieser Vorkriegslegende zu glauben: daß ein und derselbe Sklave überglücklich war und sich gleichzeitig danach sehnte, seinen Herrn zu massakrieren.

Die Nachkriegslegende wirkte sich schlimmer aus. Ihre Genese ist verständlich. Der Süden war geschlagen. Der Norden, besonders unter Lincoln, wollte sich großzügig erweisen, aber die Ermordung des Präsidenten ermöglichte es einigen Radikalen im Kongreß, dem Süden eine unerträgliche Neuordnung der politischen Verhältnisse, die sogenannte Rekonstruktion, aufzuzwingen. Zu den Paradoxien der texanischen Geschichte gehört die Tatsache, daß die Zeitungen und das Volk die Erschießung Lincolns bejubelten, ihn als den verabscheuungswürdigsten aller Tyrannen verurteilten und nicht begriffen, daß er allein imstande gewesen wäre, ihrem Staat die Erschütterungen zu ersparen, denen dieser bald darauf ausgesetzt werden sollte. Erst im Jahre 1902 wagte es eine texanische Zeitung für Lincoln ein gutes Wort einzulegen – und wurde dafür beschimpft.

Die wahre Geschichte der Rekonstruktion in Texas ist noch nicht geschrieben. Was die Schwarzen betrifft, so werden drei Beschuldigungen gegen sie erhoben: daß jene Schwarzen, die durch von den Nordstaaten gebilligten Wahlschwindel in ihr Amt berufen wurden, im besten Fall unfähig, im schlimmsten Fall ausgemachte Diebe gewesen seien; daß die nun befreiten Schwarzen mit ihrer Freiheit nichts anzufangen gewußt hätten; und daß die schwarzen Angehörigen der von der Regierung der Geschäftemacher und Ämterjäger eingesetzten Staatspolizei brutale Mörder gewesen seien. In der ganzen texanischen Geschichte hat nichts den Schwarzen so geschadet wie die Tatsache, daß einige wenige von ihnen für eine Weile Angehörige der verhaßten Staatspolizei waren.

Auch hier ist die Legende im besten Fall als falsch, im schlimmsten Fall als infam zu bezeichnen. Die schwarzen Gesetzgeber waren nicht schlechter als ihre weißen Zeitgenossen und Nachfolger. Viele Schwarze lernten sehr rasch, wie sie mit ihrer Freiheit umzugehen hatten; sie bauten sich ihre eigenen Häuschen und machten kleine Läden auf, oder sie kehrten auf die Plantagen zurück, um sich dort als Pächter niederzulassen. Und was die schwarzen Polizisten angeht: Wenn sie, wie man ihnen vorwirft, tatsächlich acht oder zehn Weiße ohne Grund getötet haben – nun, die Rangers hatten acht- oder zehntausend Mexikaner und

Indianer umgebracht. Trotzdem werden die Neger verfemt, die Rangers aber gefeiert.

Lassen Sie mich Ihnen zwei Fälle zitieren, die das damals herrschende Verhältnis zwischen Schwarz und Weiß besonders gut illustrieren. Da gab es zum Beispiel einen gewissen Cole Yeager aus Xavier County, ein Prototyp des texanischen Pistolenhelden. ›Ich kann einen freigelassenen Nigger nicht ausstehen‹, erklärte er eines Tages im Alter von achtzehn Jahren und bewies es, indem er einen jungen Schwarzen, der mit einem älteren Schwarzen diskutierte, in den Bauch schoß. Man wollte wissen, was ihn zu dieser Bluttat bewogen hatte, und er antwortete: ›In der Bibel steht geschrieben: Einen Alten schilt nicht!‹ Er kam nicht vor Gericht.

Einige Zeit später sattelte Yeager eines Abends sein Pferd und galoppierte durch die Hauptstraße des kleines Ortes Lexington und knallte acht ahnungslose Schwarze ab. Man entschuldigte seine Tat damit, daß ›so etwas ja einmal passieren mußte… früher oder später‹.

Überaus zufrieden mit seinem Ruf als Negerkiller, hing er an einem Sonntagmorgen in Jefferson, oben im Baumwollgebiet, herum, als er zwei sonntäglich gekleidete Schwarze, Trajan Cobb und dessen Frau Pansy, erblickte, die gerade ihr Häuschen verließen, um in die Kirche zu gehen. Wütend darüber, daß frühere Sklaven ›versuchten, was Besseres zu sein‹, zog Yeager seine Pistole und erschoß sie. Die beiden hatten als freie Bürger für Senator Cobb, den einarmigen Helden der Konföderation, gearbeitet. Als Cobb in Washington erfuhr, was geschehen war, kehrte er sofort nach Texas zurück, fest entschlossen, Yeager vor den Richter zu bringen. Begleitet von seiner Frau Petty Prue, suchte er den ganzen Staat nach dem Kerl ab, der seine früheren Sklaven getötet hatte.

Beamte der Bundespolizei, die den Skandal fürchteten, zu dem es kommen würde, wenn Yeager einen einarmigen Senator der Vereinigten Staaten abknallte, versuchten Cobb davon abzuhalten, den Mörder zu verfolgen, aber Cobb hörte nicht auf sie.

Glücklicherweise tötete Cole Yeager zu dieser Zeit auch einen Weißen, indem er ihn bei einem Streit über fünfzig Cents in den Rücken schoß. Das gab den Gesetzeshütern eine vertretbare Rechtfertigung, ihn zu verhaften. Auf Drängen von Senator Cobb wurde ein furchtloser Richter aus Victoria County nach Norden gerufen, und Yeager, der siebenunddreißig Menschen getötet hatte, die meisten von ihnen Schwarze, wurde zum Tod durch den Strang verurteilt.

Die Cobbs waren bei der Hinrichtung anwesend. Sie stöhnten auf, als der Strick riß und Yeager heil und ganz zu Boden fiel.

Cobb zog mit seinem rechten Arm seinen Revolver und rief: »Wir hängen ihn nicht nach einem alten englischen Gesetz. Wir hängen ihn nach dem neuen texanischen Gesetz. Knöpft den Hurensohn auf!« Und so geschah es.

Der zweite Fall: In Paris, Texas, mißbrauchte und tötete ein Schwarzer namens Henry Smith im Jahre 1892 die dreijährige Tochter eines gewissen Henry Vance. Kein Zweifel an dem begangenen Verbrechen, kein Zweifel an Smiths Schuld, kein Zweifel, daß er die Todesstrafe verdiente. Aber wie wurde er hingerichtet? Man fuhr ihn auf einem Wagen durch eine Menge von zehntausend Menschen und band ihn an einen Stuhl, der hoch oben auf einem Baumwollkarren thronte. Vance, der Vater des toten Kindes, bat die Menge, Ruhe zu bewahren, während er Rache nahm. Man brachte ihm einen Klempnerofen, und er erhitzte mehrere Lötkolben bis zur Weißglut. Einen nach dem anderen ergreifend, begann er bei den bloßen Füßen des Gefangenen und arbeitete sich langsam nach oben durch. Als er den Kopf erreichte, brannte er ihm den Mund aus, blendete ihn und bohrte ihm die Kolben in die Ohren. Die Menge klatschte Beifall.

Kein Mensch verdient, auf solche Weise zu sterben. Und diese Hinrichtung war nur möglich, weil alle der Meinung waren, die Schwarzen seien keine richtigen Menschen – wie es die Legende wollte.

In Texas hat die Legende die Beziehungen zwischen Schwarz und Weiß vergiftet. Ich verlange nicht von Ihnen, daß Sie gegen diese Legende ankämpfen, aber flößen Sie ihr nicht neues Leben ein. Lassen Sie sie sterben. Sprechen Sie von den Schwarzen in Texas wie von menschlichen Wesen, nicht besser und nicht schlechter als von Tschechen, Polen oder Iren, die mitgeholfen haben, unseren großen Staat aufzubauen.«

Ransom Rusk gab eine recht vernünftige Erklärung ab, und ich entschloß mich, sie für unsere ganze Gruppe gelten zu lassen: »Sie haben uns mit einem brillanten Vortrag geehrt, Herr Professor. Sicher ist Ihnen klar, daß wir nicht die ganze texanische Geschichte revidieren und alle Unausgewogenheiten korrigieren können. Aber in Zukunft der Wahrheit zu ihrem Recht zu verhelfen, das wollen wir uns vornehmen.«

XI.
DAS GRENZLAND

Es war paradox. Erst nachdem die Armee der Vereinigten Staaten Fort Garner verlassen hatte, begann der eigentliche Kampf um dieses Gebiet, der Wettstreit zwischen dem Grenzland und der Stadt. Diese Auseinandersetzung war von größerer Bedeutung als die zwischen weißem Mann und Indianer, und die Gegner waren denkbar unterschiedlich: die wilden Longhorn-Rinder der Prärie gegen das durch Züchtung perfektionierte Mastvieh Englands; der einsame Reiter, der vom westlichen Horizont herangaloppierte, gegen die Eisenbahn, die vom Osten dahergedampft kam; das Aufblitzen einer rächenden Pistole gegen die Errichtung eines Gerichtshauses, in dem streng nach dem Gesetz Recht gesprochen wurde; die Handvoll in einem Socken verwahrter mexikanischer Münzen gegen die neueröffnete Bank mit ihrem Stahltresor; das weite Land, auf dem die Treiber ihr Vieh frei weiden ließen, gegen die Erfindung des Stacheldrahts.

Dieser Kampf im Widerspruch zueinander stehender Werte wurde in allen Teilen des amerikanischen Westens ausgefochten, aber nirgends nahm er so dramatische Formen an wie in Westtexas im letzten Viertel des neunzehnten Jahrhunderts.

Von dem Augenblick an, als Earnshaw Rusk das verlassene Steinhaus in Fort Garner zu seinem ständigen Wohnort machte, begann er mit dem Versuch, etwas von der Zivilisation, die er im ländlichen Pennsylvania gekannt hatte, in dieses ungezähmte Grenzland zu bringen. Als friedliebender Quäker wollte er die Erinnerungen an die militärische Vergangenheit des Postens auslöschen und dem Ort zu Ehren der zu Tode gemarterten Familie seiner Frau einen anderen Namen geben; er sollte in Zukunft Larkin heißen. Zu seinem Bedauern beharrte das Postministerium auf der Bezeichnung Fort Garner.

Als äußerst stur erwies sich Earnshaw, wenn es um die Longhorn-Rinder ging: »Ich will diese gräßlichen Biester nicht auf unserem Land haben. Ich habe Angst vor ihnen. Mit diesen langen, spitzen Hörnern sehen sie ja aus, als ob sie vom Teufel selber kämen.« Seine Frau schüttelte nur den Kopf. »Wenn du kein Vieh auf unserem Land haben willst, was sollen wir denn dann essen?« fragte sie, und er antwortete: »Mir wird schon was einfallen.« Doch schließlich war sie es, die aktiv wurde. Bei den Komantschen war sie zu einer ausgezeichneten Reiterin geworden, und nun jagte sie über die Prärie, trieb wilde Mustangs in Corrals, zähmte sie und verkaufte sie an die verschiedenen Garnisonen in

Texas und im Indianerterritorium. Sie zeigte außergewöhnliches Talent, gute Reitpferde aus ihnen zu machen; während die meisten Leute den Willen der Mustangs mit brutalen Züchtigungen brachen, redete sie mit ihnen und freute sich, wenn die Tiere auf ihre Befehle spontan zu reagieren begannen.

Sogar aus sehr weit entfernten Forts kamen Offiziere, um einen Rusk Roamer, wie man die von Emma ausgebildeten Pferde nannte, zu kaufen. Die Mustangs erzielten gute Preise; als Emma jedoch schwanger wurde, konnte sie nicht mehr genügend Tiere einfangen und schnell genug zähmen, um davon die Kosten ihres bescheidenen Unterhalts zu bestreiten.

Als sie eines Tages die Frage aufwarf, wie sie in Zukunft zu Geld kommen sollten, lenkte Earnshaw auf ein ganz anderes Thema ab: »Emma, wir müssen Leute finden, die in all diese Häuser einziehen.«

»Ich will nicht, daß hier eine Menge Menschen...«

»Es ist schändlich, gute Häuser wie diese zu besitzen und sie leerstehen zu lassen. Einer der Fußsoldaten, die hier gedient haben – seine Frau arbeitete in der Seifenwasserzeile –, man hat mir erzählt, daß er in Jacksborough dahinvegetiert. Sie möchten zurückkommen.«

Emma schwieg; sie glaubte, schon den Lärm der Menschen zu hören, die in diese stillen Häuser eindringen würden. Sie fürchtete sich vor Veränderungen in ihrem Leben, aber gleichzeitig vertraute sie ihrem Mann. Wenn er eine Vision hatte, die Vision einer neuen Welt, mußte sie ihm zuhören.

»Das brachliegende Land muß etwas produzieren. Die Häuser, die jetzt leerstehen, wurden gebaut, um Familien aufzunehmen. Während du heute bei den Mustangs draußen warst, kam ein Mann vorbeigeritten, und ich sagte ihm, er könnte in eines der Häuser einziehen. Wenn das Fort jemals eine Stadt werden soll, müssen wir Menschen hier haben.«

So kam es, daß Frank Yeager, seine des Lesens und Schreibens unkundige Frau und ihr dreijähriger Sohn Paul in das Haus nördlich der ehemaligen Kommandantur einzogen. Frank Yeager war ein schwieriger, aufbrausender Mann, dem Trunk ergeben und, wenn er Partner finden konnte, dem Pokerspiel.

Die Yeagers wohnten erst kurze Zeit in Fort Garner, da machte Frank Emma eines Tages einen vernünftigen Vorschlag: »Eine schwangere Frau wie Sie sollte aufhören, mit diesen wilden Mustangs herumzureiten. Fangen wir doch einfach alle streunenden Longhorns im Umkreis von achtzig Kilometern ein, bis wir eine Herde beisammen haben, und dann treiben wir sie zu den neuen Verladebahnhöfen in Kansas. Laßt uns doch mal richtiges Geld verdienen!« Emma stimmte begeistert zu: »Noch heute nachmittag holen wir uns die ersten!« Zwei Tage später ritt Earnshaw nach Jacksborough, um den früheren Soldaten und dessen Frau, von denen er Emma erzählt hatte, einzuladen, eines der Häuser im Fort zu beziehen, und die Neuankömmlinge – die Frau ritt ebenso gut wie ihr Mann – halfen fleißig mit, die Rinder zusammenzutreiben. Die Herde der Rusks wuchs.

Emma bekam ihr Baby, einen pausbäckigen Jungen mit unersättlichem Appetit; sowohl bei der Entbindung als auch an den ersten schwierigen Tagen erwies sich Earnshaw als völlig unbrauchbar. Er stand allen im Weg, bis die frühere Wäscherin schließlich die Geduld verlor: »Mr. Rusk, das Beste wäre es, wenn Sie jetzt nach Jacksborough reiten und ihren Sohn bei der Behörde anmelden würden.«

Unterwegs erzählte jemand Earnshaw von zwei Büffelsoldaten aus dem 10. Kavallerieregiment, die vor der Entlassung standen; als er hörte, daß einer von ihnen der beliebte John Jaxifer war, bot er den beiden ein freies Haus an. Langsam belebte sich Earnshaws Dorf.

Fort Garner bestand nun aus Emma Rusk, Earnshaw, ihrem Sohn Floyd, den Yeagers, dem weißen Soldaten und seiner Frau, den zwei Neger-Kavalleristen und einer Menge Schußwaffen. Rusk haßte Schußwaffen; Emma betrachtete sie als etwas im Grenzland unbedingt Notwendiges. Die anderen sechs waren alle geübte Schützen.

Anfangs hielt Earnshaw überhaupt nichts von Emmas Longhorns, doch dann wurde ihm klar, daß sie zur wirtschaftlichen Grundlage nicht nur seiner Familie, sondern der ganzen Gemeinschaft werden konnten, und er begann seine Meinung zu ändern. Als er sich dann ernsthaft mit den langhörnigen texanischen Tieren beschäftigte, wurden seine Quäkerinstinkte wach, und es regte sich der Wunsch in ihm, die Qualität der Tiere zu verbessern. Er sah, daß sie dem Leben auf unkultiviertem Weideland bestens angepaßt waren, aber er erkannte schnell, daß sie niemals viel marktfähiges Fleisch produzieren würden, wenn man sie nicht mit aus England importiertem schwereren und fetteren Vieh kreuzte. Als er vorschlug, Angus- oder Hereford-Zuchttiere zu kaufen, wie Agronomen es empfahlen, protestierte Yeager.

»Das Longhorn ist Texas«, brummte er. »Wer etwas an ihm ändert, nimmt ihm seinen Charakter.«

»Schau dir dieses Tier einmal an. Es besteht nur aus Hörnern und Beinen. Überhaupt kein Fleisch!«

Der Zufall wollte es, daß er genau den Bullen bemäkelte, auf den Frank Yeager besonders stolz war. »Das hier ist der beste Bulle, den wir haben. Ich nenne ihn den ›Schlauen Moses‹. Er führt die anderen ins Gelobte Land.«

Als Earnshaw versuchte, ein paar Longhorns zu verkaufen, erlebte er eine böse Überraschung. »Ich kann keinen Käufer finden, nicht einmal für vier Dollar das Stück. Das ist weniger, als uns die Aufzucht kostet.« Aber Yeager wußte eine Lösung: »Wir müssen sie zur Kopfstation in Dodge City schaffen, dort bekommen wir vierzig Dollar pro Stück. Auf den Märkten im Osten ist der Bedarf an Rindfleisch so groß, daß sie sogar Longhorns nehmen.«

»Aber wie kriegen wir sie da hinauf?«

»Wir werden schon einen verläßlichen Viehzüchter finden, der Rinder nach Norden treibt.«

Es war Emma, die als erste von R. J. Poteet hörte. Ein mexikanischer Koch erzählte ihr von ihm. »Ein feiner Mann. Gleich am ersten Tag hat er zu uns gesagt: ›In meiner Mannschaft gibt es keine Glücksspiele und keine Raufereien!‹ Und er meinte es ernst.«

Je mehr sie von R. J. Poteet hörte, desto besser gefiel er ihr. Eines Tages kam der Mexikaner mit der Nachricht vorbei: »Morgen wird Mr. Poteet seine Tiere an Ihrem Teich tränken.« Sie ritt an die nördliche Grenze ihres Besitzes, um sich den Mann einmal anzusehen.

Er hatte auf dem langen Weg nach Norden mehr als zweitausend Longhorns eingefangen. Begleitet wurde er von neun Cowboys, dem mexikanischen Koch und einem dreizehnjährigen Jungen, der sich um die Sattelpferde zu kümmern hatte. Es war ein wohlgeordnetes Lager, geführt von einem ordentlichen Mann um die fünfzig, groß, dünn wie eine Zypresse, mit einem Schnurrbart und einem breitkrempigen Hut. Er sprach mit tiefer, volltönender Stimme. An der Art, wie seine Männer ihren Pflichten nachgingen, ließ sich erkennen, daß er nur wenige Befehle zu geben brauchte, denn er respektierte die Fähigkeiten der Leute, zu denen auch zwei Schwarze gehörten. Er duldete keinen Alkohol im Lager.

»R. J. Poteet, Ma'am«, stellte er sich vor. »Ich habe von Ihren Erlebnissen mit den Komantschen gehört, und Ihr Mut nötigt mir Hochachtung ab.«

»Mein Mann und ich, wir haben etwa zweihundert wohlgenährte Tiere. Man hat mir versichert, daß Sie Ihr Vieh gut behandeln.«

»Ich versuche es, Ma'am. Ich darf annehmen, daß ich Ihre Tiere nach Dodge City bringen soll.«

»Würden Sie das tun?«

»Es ist mein Geschäft«, antwortete er, und noch bevor sie abgestiegen waren, gab er ihr seine Bedingungen bekannt: »Ich muß Ihr Vieh über den Red River transportieren, quer durch das Indianerterritorium, über den Canadian River und den Cimarron und nach Dodge City hinauf. Dort muß ich einen Käufer finden, einen guten Preis erzielen und Ihnen Ihr Geld bringen. Das ist schon eine Vergütung wert.«

»Das ist doch klar.«

»Ich verlange einen Dollar im voraus für jedes Tier. Für jedes Ihrer Tiere, das ich unterwegs verliere, bekommen Sie fünf Dollar von mir – ich habe daher nicht die Absicht, welche zu verlieren. Wenn Sie mit mir nach Dodge City reiten wollen, um Ihr Vieh dort selbst zu verkaufen, können Sie das natürlich tun; ich bekomme dann nur den einen Dollar im voraus. Wenn ich Sie aber vertreten soll, dann müssen Sie sich voll auf mich verlassen. Ich werde mein Bestes für Sie tun...«

»Davon bin ich überzeugt.«

»Einen guten Ruf verdient man sich nicht mit einer Herde allein.« Er räusperte sich. »Wenn ich mich um den Verkauf kümmere – und das dauert mal drei Minuten, mal drei Wochen –, bekomme ich fünf Prozent vom Erlös. Es gibt Leute, die machen es für weniger, aber ehrlich gesagt, die würde ich nicht empfehlen.«

Am Mittag gesellten sie sich zu den Cowboys beim Chuck Wagon, jenem verrückten Gebilde auf vier Rädern, von dem alle möglichen nützlichen Gerätschaften herabhingen: Dosenöffner, Bratpfannen, Steingutgefäße, Wäscheleinen, Klapptische, eine Markise, um den Koch vor der Sonne zu schützen, ein Behälter für Holzkohle und Dutzende anderer Dinge.

»Heute nachmittag werde ich die Longhorns zusammentreiben und zählen lassen, und...« sagte Emma. Poteet unterbrach sie: »Das besorgen wir zusammen, Ma'am.«

Earnshaw Rusk kam zu dem Schluß, daß sich das von ihm angestrebte Ziel – die Zivilisierung des Westens – nur erreichen ließ, wenn Texas starke Vertreter in Washington hatte. Er sprach mit mehreren interessierten Personen darüber, wen die texanische Legislative in den Senat nach Washington entsenden könnte, und immer wieder tauchte dabei der Name Somerset Cobb auf. Als der angesehene Gentleman aus Jefferson dann bekanntgab, daß er kandidieren wolle, beschloß Rusk, ihn aktiv zu unterstützen.

Cobb verkörperte alles, was Rusk verabscheute: Cobb hatte sowohl in South Carolina als auch in Texas eine große Zahl Sklaven gehalten – Rusk hatte sein Leben aus Spiel gesetzt, um in North Carolina und Virginia gegen die Sklaverei zu kämpfen. Cobb war Demokrat – Rusk, wie die meisten Quäker, Republikaner. Cobb hatte in der Armee der Konföderierten gedient – Rusk war Pazifist.

Und das Schlimmste: Cobb hatte aktiv gegen das Eingreifen der Nordstaaten in texanische Angelegenheiten Stellung bezogen, hatte die Rekonstruktion als »vom Konzept her infam und in ihrer Ausführung grausam« genannt, während Rusk der Meinung gewesen war, der Süden, insbesondere Texas, bedürfe ernsthafter Disziplinierung, bevor man ihm freie Machtausübung innerhalb der Union zugestehen könne.

Und Rusk wußte natürlich auch, daß Cobb ein Südstaatler war, der nicht im Traum daran dachte, sich dafür zu entschuldigen, daß er mit den Konföderierten gekämpft und Verrat an den Vereinigten Staaten begangen hatte. Ganz im Gegenteil: Er besaß auch noch die Dreistigkeit, sich der texanischen Legislative als Kandidat für den Senat der Vereinigten Staaten anzubieten. Und dennoch wollte Earnshaw den Einarmigen unterstützen. Er verließ seine Ranch und redete beschwörend auf alle Mitglieder der Legislative ein, zu denen er im Gebiet nördlich von Dallas vorgelassen wurde.

Warum tat er das? Der Grund dafür war das, was Emma ihm über Cobbs Gegner, General Yancey Quimper, erzählt hatte. »Als die Reeds noch hier waren, erschien General Quimper eines Tages, um zu inspizieren, was er ›sein‹ Fort nannte. Ich war in der Küche, aber ich hörte die drei Frauen miteinander reden.«

»Welche drei Frauen?«

»Mrs. Reed, Mrs. Wetzel und Mrs. Quimper.«

»Und was sagten sie?«

»Daß General Quimper kein Held von San Jacinto war, sondern vor allem ein Feigling. Daß er sich nie mit Sam Houston duelliert oder in die Luft geschossen hat, um ihn zu schonen, und daß er gar kein richtiger General ist, weil er sich diesen Titel nämlich selbst verliehen hat.«

Als Earnshaw diese Litanei von Lug und Trug hörte, reagierte er wie ein echter Quäker: Er hielt es für seine Pflicht, die von Quimper ein Leben lang betriebenen arglistigen Täuschungen aufzudecken, und nur deswegen begann er nun den Führern der Demokraten in Dallas zuzusetzen. Zuerst lachten sie ihn aus: »Wenn Sie erst mal anfangen, Lügner und Schwindler für ungeeignet zu erklären, werden Sie keine zehn Männer im Senat der Vereinigten Staaten und keine sechs im texanischen finden!«

Aber er gab nicht auf. Zufällig lernte er einen Senator kennen, der ihm bereitwillig zuhörte. Es war Ernst Allerkamp, der die deutschen Bezirke rund um Fredericksburg vertrat, und als Rusk den Namen Quimper erwähnte und ihm alles erzählte, was er über ihn wußte, spitzte der Deutsche die Ohren.

»Und von der Sache am Nueces River haben Sie nichts gehört?« fragte Allerkamp. Rusk schüttelte den Kopf. Da berichtete der Senator ihm die traurige Geschichte, wie General Quimper und dessen Kumpane die fliehenden Deutschen getötet hatten. »Meinen Vater, meinen Bruder Emil und viele andere. Sie wollten nur nach Mexiko fliehen – und wurden ermordet.«

Rusk war entsetzt: »Wir müssen diesen Mann aus dem öffentlichen Leben entfernen!«

Aber Allerkamp warnte ihn: »Es gibt in der Legislative eine große Mehrheit, die ihn in den Senat entsenden will. ›Er ist ein richtiger Texaner‹, sagen sie.«

Wütend begleitete Rusk Allerkamp nach Austin, wo er seine Agitation unter den anderen Abgeordneten fortsetzte, die allein das Recht hatten, Männer als Senatoren für Washington zu wählen. Er ließ die alten, für Quimper schädlichen Gerüchte in einem Maß wiederaufleben, daß ein Zusammentreffen mit Rusk, Allerkamp, neun ihrer Anhänger und General Quimper selbst arrangiert wurde. Er erschien in einem eleganten Anzug, mit wallendem weißen Haar, teuren Stiefeln und einem breiten, warmen Lächeln, das selbst seinen Feinden galt.

Rusk kam schnell zur Sache. »Quimper, wenn Sie weiter Stimmenfang betreiben, um in den Senat zu kommen, werde ich dieses Memorandum hier veröffentlichen müssen. Und wenn ich dieses Dokument zirkulieren lasse, dann ist Ihr Leben ruiniert.«

Noch bevor Quimper sich dazu äußern konnte, erhob sich Rusk und verlas eine Reihe fürchterlicher Beschuldigungen: Hier eine Lüge, dort eine Verdrehung, ein selbstverliehener Titel, ungerechtfertigte Hinrichtungen und die Behauptung, sich mit Sam Houston duelliert zu haben. »Sam Houston? Der hätte ausgespuckt vor Ihnen!«

General Quimper, der sich im Lauf der Jahre ein Vorleben zugelegt hatte, von dem er inzwischen fast selbst glaubte, daß es tatsächlich so stattgefunden habe, zeigte sich natürlich nicht bereit, seine Phantasiegebilde und den Respekt preiszugeben, auf den er ein Anrecht zu haben glaubte. »Sie sind ein Lump, Sir! Wenn Sie auch nur ein Wort von diesem Lügengespinst veröffentlichen, sind Sie ein toter Mann!«

»Was hätten Sie denn davon?« konterte Rusk und deutete auf Senator Allerkamp: »Dann müssen Sie auch ihn erschießen, so wie Sie seinen Vater und seinen Bruder erschossen haben.«

»Wovon reden Sie denn da?«

»Am Nueces River. Bei Morgengrauen. Ein Tag unauslöschlicher Schande.«

Während sich Quimper in diesem Kreis unerbittlicher Gesichter umsah, mußte er sich eingestehen, daß sein Verwirrspiel zu Ende war. Wenn er weiterhin auf den Sitz im Senat hinarbeitete, würde man seine verfälschte Vergangenheit durchleuchten und ihn in den Schmutz ziehen. Öffentlich bloßgestellt würde er sein, sowohl in Texas als auch in Washington, wenn seine gegen die Union gerichteten Aktivitäten am Nueces River bekannt wurden, wo die deutschstämmigen Sympathisanten der Union ermordet worden waren, oder die Hinrichtungen am Red River, wo man andere Anhänger der Union gehängt hatte. Und selbst wenn die texanische Legislative ihn wählte, die Senatoren aus dem Norden würden ihm die Aufnahme bestimmt verweigern. Wie schrecklich unfair war es doch, so spät noch von einem Quäker aus Pennsylvania vernichtet zu werden, einem Mann, der nicht einmal Texaner war, und vo einem deutschen Immigranten, der überhaupt kein Recht hatte, sich in diesem Staat aufzuhalten!

Einen einzigen Hoffnungsschimmer sah er noch: »Wenn ich meine Kandidatur tatsächlich zurückziehe, werden Sie dann das Papier...«

»Dann gehört es Ihnen«, sagte Rusk, und die anderen nickten.

»Sie würden es also nicht...«

»Alles bleibt dann unter uns«, versprach Allerkamp. »Alles, was wir gesagt, und auch alles, was wir geschrieben haben.«

»Das schwören Sie?«

Jeder einzelne gab ihm sein Wort, und während sie ihre Versprechen ablegten, fühlte Yancey Quimper, Held von San Jacinto, wie seine Lebensgeister wiedererwachten, und er sah sich bereits wieder aus der entsetzlichen Grube herausklettern, in die er unversehens gestolpert war. Er würde weiterhin General Quimper sein, und man würde ihn weiterhin für seine Heldentaten bei San Jacinto feiern. Er würde alles behalten: seine profitable Stiefelfabrik, seine Frau und seine Söhne, und das hohe Ansehen, das er bei jenen Politikern genoß, die ihn in seiner Bewerbung um den Senatssitz unterstützt hatten. Er war erst vierundsechzig und hatte noch viele gute Jahre vor sich; wozu sollte er versuchen, Senator der Vereinigten Staaten zu werden, und dabei riskieren, eine Niederlage zu erleiden?

Er riß sich zusammen, erhob sich aus dem Lehnsessel, in dem er noch vor wenigen Minuten wie ein gebrochener Mann gesessen war, und maß die jämmerlichen Gestalten, die seine Hoffnungen durchkreuzt hatten, mit einem überheblichen Blick. »Erstaunlich«, sagte er, »was manche Leute alles tun, um eine Wahl zu gewinnen.« Mit diesen Worten stolzierte er aus dem Saal, immer noch ein General, immer noch einer der erstaunlichsten Texaner seiner Zeit.

In Washington wurden die Cobbs mehr als kühl empfangen, denn Somerset war nicht nur ein unverbesserlicher Südstaatler, er war auch ein Held der Konföderation, und seine Forderung, als Mitglied des Senats vereidigt zu werden, empfanden alle loyalen Veteranen der Union, die gegen ihn gekämpft hatten, als Schlag ins Gesicht.

Nur widerwillig wurde ihm ein Sitz zugewiesen, obwohl Präsident Grant demonstrativ für ihn eintrat – ein geschickter Schachzug, mit dem Texas und andere Südstaaten für die Präsidentenwahl im Herbst gewonnen werden sollten. Einigen unnachgiebigen Senatoren aus dem Norden gelang es jedoch zu verhindern, daß Cobb in irgendwelche wichtigen Ausschüsse berufen wurde. Der zweite der beiden Senatoren aus Texas war isoliert, und es sah so aus, als werde er es seine ganze Amtszeit hindurch bleiben.

Jetzt wurde Petty Prue aktiv. Sie war dreiundfünfzig Jahre alt, einen Meter fünfundvierzig groß und wog nicht einmal hundert Pfund, aber mit ungeahnter Energie begann sie, ihre ganze Überredungskunst einsetzend, in Washington die Runde zu machen. Mit dem Präsidenten fing sie an und rang Grant tatsächlich das Versprechen ab, bei den führenden Republikanern im Senat ein Wort für ihren Mann einzulegen.

Abends veranstaltete sie Dinnerpartys, bei denen sie ihre Gäste mit ihrem südlichen Charme bezauberte, aber nie ein Wort über ihre Vergangenheit in Georgia verlor. Sie war jetzt Texanerin, war es immer schon gewesen seit jenem Novembertag des Jahres 1849, als sie Social Circle verlassen hatte, um gen Westen zu ziehen. Nach vier Monaten kannten alle Senatoren Mrs. Cobb, und nach fünf Monaten hatten sie es Somerset ermöglicht, in drei wichtige Ausschüsse einzutreten – getreu der Einsicht, die seine Frau ihnen gegenüber immer wieder als Argument vorgebracht hatte: »Früher oder später werdet ihr euch mit uns Südstaatlern ja doch vertragen müssen. Warum also nicht guten Leuten wie meinem Mann einen kleinen Vorsprung geben?«

Wenn Emma Rusk früh am Morgen auf die Prärie hinausblickte, konnte sie sich des Gefühls nicht erwehren, daß der Westen, den sie gekannt hatte, im Sterben lag: »Mit jedem Schritt, den Earnshaw tut, um die Lebensbedingungen in seinem Dorf zu verbessern, zerstört er ein Stück meiner Wildnis«, murmelte sie. Gerade in den letzten Wochen hatte sie Anlaß zu Verärgerung gehabt. Ein gewisser Mr. Simpson, seinerzeit der Marketender im Fort, hatte Earnshaw um ein Gespräch gebeten: »Mr. Rusk, ich hätte gern diese Mannschaftsbaracke. Ich kann Ihnen im Moment nichts dafür bezahlen, aber wenn ich mit dem Laden, den ich hier einrichten möchte, etwas verdiene – und ich bin sicher, daß das Geschäft gehen wird...«

Mr. Simpson hatte die Baracke übernommen, Regale aufgestellt und sie mit in Jacksborough gekauften Waren gefüllt. Es dauerte nicht eine Woche, da kamen auch schon die ersten Kunden aus der Umgebung, und am Ende der dritten Woche mußte er in Jacksborough nachbestellen. Fort Garner hatte seinen ersten Laden.

Am 21. Juni 1879 trug sich etwas für Emma besonders Bestürzendes zu.

Gegen neun Uhr vormittag kam John Jaxifer herangeprescht. »Von Norden her greifen Komantschen an!«

Rusk, der Schußwaffen verabscheute und nie gelernt hatte, mit ihnen umzugehen, lief in die Küche, holte ein altes Waschbecken und begann darauf herumzutrommeln, um die Nachbarn zu alarmieren. Nach wenigen Minuten kamen Frank Yeager und seine Frau mit drei Gewehren gelaufen, gefolgt von dem anderen schwarzen Kavalleristen, auch er mit einer Büchse.

Die Indianer waren nicht auf Kampf aus; mit Gesten, die ihre friedlichen Absichten bekundeten, kamen sie näher, und Rusk, der ihre Sprache verstand, rief: »Nicht schießen!« Nun sahen die Bewohner von Fort Garner, daß diese Gruppe von Komantschen aus einem alten Häuptling und vierzehn Kriegern bestand, von denen keiner älter als vierzehn Jahre war. Drei der Jungen zählten noch nicht einmal sechs. Der alte Häuptling war Wading Bird, Watender Vogel; Emma erkannte ihn wieder und flüsterte ihrem Mann seinen Namen zu.

»Wading Bird!« rief Earnshaw in der Komantschensprache. »Was wollt ihr hier?«

»Wir wollen mit dem Großen Häuptling reden.« Earnshaw hatte seine Indianer angewiesen, ihn nicht mit diesem Titel anzusprechen, weil der wirkliche Große Häuptling in Washington saß, aber sie hatten immer darauf bestanden, ihn so zu nennen.

»Was wollt ihr von mir?«

»Einen Büffel, großer Häuptling Rusk.«

»Wir haben keine Büffel.«

»Doch. Oben, wo der Bach zu Ende ist.« Der Greis deutete nach Norden, wo der Teich lag.

»Gibt es dort noch Büffel?« fragte Rusk, und Yeager nickte: »Ein altes Tier. Kommt hin und wieder dort vorbei.«

»Was willst du mit dem Büffel?« fragte Rusk. Der alte Mann gab ihm eine bedrückende Erklärung, die Earnshaw und seine Frau zu Tränen rührte. »Es bleiben uns nicht mehr viele Tage, und nicht mehr viele Büffel ziehen auf der Prärie umher. Du und ich, wir werden älter, großer Häuptling Rusk, und der Tod schleicht sich immer näher an uns heran. Die Jungen, die erst wenige Sommer zählen, haben die alten Bräuche nie gekannt: die Jagd, die Verfolgung, den Anblick des Büffels, wenn man ihm nahe ist, die Rufe, das heiße Blut auf den Händen.

Großer Häuptling Rusk, du hast den Büffel. Ich habe die jungen Männer bei mir, die der Erinnerung bedürfen. Erlaube uns, deinen Büffel zu jagen, wie wir früher gejagt haben. In Camp Hope hast du dich immer bemüht, uns zu verstehen. Versteh uns auch jetzt.«

Rusk musterte die vierzehn Jungen und fragte sie: »Wer von euch hat schon einmal einen Büffel gesehen?« Weniger als die Hälfte hob die Hand. Er besprach sich mit Frank Yeager, der widerwillig zugab, daß kein Schaden zu befürchten sei, wenn die Indianer den Büffel beim Teich jagten, denn die Longhorns weideten auf dem südlichen Teil der Ranch. Rusk gab den Komantschen schließlich die Erlaubnis, und die Bewohner von Fort Garner erlebten mit, wie Häuptling Wading Bird seine Krieger für die Jagd vorbereitete.

Earnshaw und Emma, Frank Yeager und John Jaxifer folgten den jungen Indianern in respektvoller Entfernung. Nach etwa einer Stunde rief der Kavallerist: »Sie haben ihn gesehen!«

Mit einem Schrei, den sie gelernt, bisher aber noch nie angewendet hatten, forderten zwei Jungen an der Spitze ihre Kameraden auf, ihnen zu folgen, und die Jagd begann. Der einsame Büffel stürmte bald in die eine, bald in die andere Richtung über das Land hinweg, auf dem einst Millionen seiner Brüder gelebt hatten, bis er von der nicht enden wollenden Verfolgung zermürbt war. Er senkte sein gewaltiges Haupt, seine Beine wurden schwer, und keuchend begann er nach Atem zu ringen.

Traurig sah Emma zu, wie die jungen Komantschen auf ihren Mustangs den Büffel umringten, während der alte Häuptling sie mit Zurufen ermunterte, und am Nachmittag dieses heißen Junitages den letzten Büffel in der Gegend von Fort Garner töteten. Sie taten es feierlich wie in den alten Zeiten, in den Zeiten, als die Komantschen mit den Büffeln gelebt hatten und mit ihnen gestorben waren.

Nachdem das große Tier geschlachtet war, ritt Häuptling Wading Bird zum Fort zurück, offensichtlich um seinem früheren Beschützer zu danken. Doch sein Besuch galt weniger Earnshaw als vielmehr Emma. Nachdem die Jungen ihre Pferde angebunden hatten, forderte der

Häuptling sie auf, sie allein zu lassen; er wollte ungestört mit den Rusks sprechen.

»Größer Häuptling, Little Woman, die mit uns gelebt hat...«

»Setz dich zu uns«, sagte Rusk, ohne zu merken, daß seine Frau am ganzen Körper zitterte.

Als die drei auf der Veranda des Hauses Platz genommen hatten, sagte Wading Bird: »Ich habe dir deinen Sohn gebracht.«

Earnshaw begriff nicht gleich, doch als Wading Bird seine Worte wiederholte und auf Emma deutete, wurde ihm klar, daß der Komantschenhäuptling nicht nur gekommen war, um den letzten Büffel zu jagen, sondern auch um den Sohn von Little Woman – »Kleiner Frau« – seiner Mutter zu übergeben. »Wading Bird! Er wird in unserem Haus willkommen sein. Und er wird einen kleinen Bruder haben, der jetzt drinnen schläft.«

Aber Emma schüttelte den Kopf. »Ich will ihn nicht. Diese Tage sind vorbei. Ich habe sie aus meinem Leben getilgt.«

Die zwei Männer starrten sie an: Eine Mutter, die ihren Sohn abwies! Für Wading Bird war alles, was Emma erlitten hatte, ein natürlicher Teil des Lebens, Teil der Behandlung, wie sie sich alle Gefangenen gefallen lassen mußten. Aus seinen Tagen als Krieger erinnerte er sich an ein Dutzend gefangener Frauen, die, nach ihrer Bestrafung, Kinder geboren, sie geliebt und mitgeholfen hatten, sie zu ehrenwerten Kriegern zu machen. Das war die Lebensweise der Komantschen, und nun wurde Little Woman ihr Sohn angeboten, und sie lehnte ihn ab. Das konnte er nicht verstehen.

Auch Emmas Mann begriff es nicht. Tag für Tag konnte er miterleben, wieviel Liebe sie dem kleinen Floyd entgegenbrachte. Earnshaw war überzeugt, daß Emma den Jungen behalten würde, wenn sie ihn erst einmal gesehen hatte.

»Hol den Jungen, Wading Bird«, wies er den Indianer an.

Emma schrie entsetzt auf: »Nein!«

Immer noch überzeugt, daß der Anblick des Jungen ihr Herz rühren werde, forderte Earnshaw den Häuptling auf, Emmas Sohn kommen zu lassen. Blue Cloud – Blaue Wolke – war ein hübscher achtjähriger Junge, ziemlich groß für sein Alter, lebhaft und hellhäutig. »Sieht er seinem Vater ähnlich?« fragte Earnshaw mit der für Quäker typischen Unverblümtheit.

Während sie den Jungen anstarrte, antwortete sie kühl: »Einer von zwanzig war sein Vater.« Und sie wiederholte: »Diese Tage sind vorbei. Bringt ihn weg!«

»Emma! Um Himmels willen, dieses Kind ist dein Sohn!«

»Es ist vorbei.«

Als die zwei Männer sie umzustimmen versuchten, strich sie sich das Haar von den Ohren zurück und nahm ihre Holznase ab. Dann hielt sie ihr Gesicht an das ihres Sohnes und zischte: »Behalte mich so im Gedächtnis, wie dein Volk mich verstümmelt hat.«

Wading Bird nahm den Jungen an der Hand und führte ihn zu seinen Gefährten zurück. Sie bestiegen ihre Pferde. Earnshaw stand am Rand des Paradeplatzes und nickte den abziehenden Komantschen zu, den letzten, die er je sehen sollte.

Ob Rusks Bemühungen, Fort Garner zu einem lebensfähigen Gemeinwesen zu machen, Erfolg haben würden, hing immer noch von der Lösung eines Problems ab, mit dem alle kleinen Siedlungen im Westen zu kämpfen hatten: »Wie können wir genügend Geld verdienen, um tausend Menschen zu ernähren?« Normale Landwirtschaft zu betreiben war unmöglich; schon fünfzig Meter vom Bach entfernt war der Boden so trocken, daß er sich nicht bebauen ließ. Es gab kein Holz und keine Mineralien, und auch im Transportwesen war nichts zu holen; es bestand ausschließlich aus der klapprigen Postkutsche, die in unregelmäßigen Abständen zwischen Fort Garner und Jacksborough verkehrte. Zur Zeit war Bargeld nur von den Longhorns zu erwarten. Deshalb fing Earnshaw an, ein berufliches Interesse an der Aufzucht des Viehbestandes seiner Frau zu bekunden, wobei er sogar so weit ging, zwei gute Zuchtstiere einer anderen Rasse aus England kommen zu lassen. Er war überzeugt, daß eine ertragreichere Rasse als das Longhorn entwickelt werden mußte, wenn das texanische Rindfleisch mit dem im Osten produzierten, besseren konkurrieren sollte. Als er jedoch versuchte, Stiere mit noch höherem Zuchtwert auf die Ranch zu bringen, erntete er nur Spott. Poteet warnte ihn: »Die einzigen Rinder, die den langen Weg nach Norden durchstehen, sind die texanischen, und das sind nun mal die Longhorns.«

»Wenn es in Kansas Eisenbahnen gibt, können wir in Texas dann nicht auch welche haben?« fragte Rusk. »Dann bräuchte unser Vieh nicht so weit zu laufen; es könnte bequem bis Chicago durchfahren.«

Poteet lachte: »Haben Sie sich schon einmal über die Geschichte der Eisenbahn in Texas informiert? ›Geben Sie uns fünftausend Dollar, und in sieben Monaten hält ein Zug in Ihrer Stadt.‹ Fünfzig Eisenbahnen sind auf diese Weise schon angekündigt worden, aber von keiner hat man noch je eine Lokomotive auf den Schienen gesehen, und von den meisten nicht einmal die Schienen selbst.«

Rusks Verwalter, Frank Yeager, war sehr verärgert, als Rusk, ohne auf seinen Rat zu hören, zwei Herefordbullen von einem Züchter in Missouri erwarb. »Eine ausgezeichnete Idee«, hatte der Mann gesagt, »Ihre Longhorns in Texas sind eine eigene Rasse, so wie meine englischen Herefords. Ihre kräftigen Kühe und meine Bullen werden ein majestätisches Tier hervorbringen.« Als die Tiere in Fort Garner eintrafen, weigerte sich Yeager, sie abzuladen, und Earnshaw bat seine Frau um Unterstützung: »Emma, deine Bullen sind da, und Frank macht Schwierigkeiten.«

»Ich habe sie nicht bestellt«, erklärte sie. Er ließ nicht locker. Sie gab nach und überredete Yeager, die Tiere abzuladen, doch als der Verwalter sah, wie fett die Bullen waren und wie träge im Vergleich zu den flinken Longhorns, wollte er endgültig nichts damit zu tun haben.

Weil die importierten Zuchtstiere so wertvoll waren, mußte man sie auf umzäunten Weiden grasen lassen. Das wäre eine einfache Sache in Missouri gewesen, wo es genug Eichen für Zaunpfähle und weichen Boden gab, in den man sie leicht einrammen konnte, doch in diesem Teil von Texas wuchsen fast überhaupt keine Bäume, die kräftig genug gewesen wären, um Pfähle oder Querstangen daraus zu machen. »Wenn Sie Ihre kostbaren Bullen einzäunen lassen wollen«, brummte Yeager, »müssen Sie Pfähle aus Osttexas kommen lassen.« Also schaffte man ein paar Wagenladungen Pfähle an – zu einem Earnshaw schockierenden Preis.

Die Weide, auf der die zwei Bullen gehalten wurden, war so klein, daß die Tiere aus Mangel an Bewegung immer fetter wurden, und Yeager meinte: »Wenn ich jedem Bullen ein halbes Dutzend kräftige Kühe in ein Geviert gebe, dann machen diese Longhorndamen Kleinfleisch aus ihm.« In diesem Punkt irrte er jedoch. Die Herefordbullen und Longhornkühe paarten sich gut und produzierten stämmige, rötlich gefärbte, kommerziell vielversprechende Kälber. Aber damit wuchs das Problem nur noch weiter, denn es wurden immer mehr Zäune gebraucht, um die noch wertvollere Nachkommenschaft zu schützen, und Rusk wiederholte ständig: »Wir brauchen mehr Pfähle.«

Mitte der achtziger Jahre des neunzehnten Jahrhunderts war ein draufgängerischer, äußerst temperamentvoller junger Mann in Westtexas aufgetaucht. Er hieß Alonzo Betz, war zweiunddreißig Jahre alt, kam aus Eureka in Illinois und redete wie ein Wasserfall. »Meine Freunde, hier ist die Lösung Ihrer Probleme. Ich bringe Ihnen die Zukunft!«

Was er brachte, war eine jener Erfindungen, die, wie etwa die Entkernungsmaschine, den Lauf der Geschichte veränderten. Auf dem früheren Paradeplatz von Fort Garner führte er sie vor. »Wir nennen es Stacheldrahtzaun, denn wie Sie sehen können, dreht unsere patentierte Maschine in kurzen Abständen sehr scharfe Spitzen um die einzelnen Drähte. Wir liefern auch Pfähle, die jedes Kind in den Boden rammen kann, und wenn Sie drei Stränge um Ihre Felder gezogen haben, ist Ihr Vieh eingezäunt.«

»Meine Longhorns«, höhnte Frank Yeager, »brauchen nicht einmal eine Minute, um diesen Zaun niederzureißen!«

Auf diesen Einwand hatte Alonzo Betz offenbar nur gewartet. Er packte Yeager am Arm und rief laut: »Holen Sie Ihre Bullen und lassen Sie uns gleich hier ein Stück Weide mit meinem Stacheldraht einzäunen. Auf der anderen Seite des Zauns legen wir den Bullen frisches Heu her...«

Die gesamte Bevölkerung von Fort Garner – elf Familien inzwischen – half mit, einen Corral zu errichten. Alle staunten, wie leicht sich die dünnen Stahlpfosten in den Boden rammen und wie schnell sich die Drähte spannen ließen.

Yeager brachte die Longhorns, und Betz ließ das beste Heu außerhalb der Weide aufhäufen. Fast eine Stunde lang beobachteten die Dorfbewohner, wie die kräftigen Tiere auf den Zaun lostrabten, aber immer sofort zurückwichen, wenn sie mit den Stacheln in Berührung kamen.

»Es funktioniert!« rief Earnshaw, und auch Emma war begeistert, aber Yeager wollte nicht klein beigeben. »Wenn der Schlaue Moses da drin wäre, der würde den Zaun umwerfen.«

Auch diese Herausforderung nahm Alonzo Betz an. »Holen wir uns doch diesen Schlauen Moses und lassen wir ihn über Nacht bei den anderen.« Man einigte sich darauf, und Betz sagte: »Ich halte Wache. Denn eines habe ich gelernt: Wenn es um faule Tricks geht, kann es kein ehrlicher Mann aus Illinois mit einem Texaner aufnehmen. Ich möchte nicht, daß Sie Ihre Tiere mit einer Heugabel anstacheln.«

Betz und Yeager standen die ganze Nacht Wache. Hin und wieder kamen Leute aus den Häusern in der Hoffnung, mit ansehen zu können, wie der Schlaue Moses den Zaun umlegte; statt dessen sahen sie den hungrigen Bullen immer wieder auf das leckere Heu zulaufen und vor dem Stacheldraht kapitulieren. Schließlich brach der neue Tag über der baumlosen Prärie an, und der neue Zaun stand immer noch und hinter ihm ein fügsamer Moses. Die Zukunft des Stacheldrahts in diesem Teil von Texas war gesichert.

Alonzo Betz war ein begnadeter Schausteller. Am frühen Vormittag wandte er sich von neuem an die Bewohner von Fort Garner: »Und jetzt möchte ich Ihnen beweisen, daß Ihre Longhorns in der langen Nacht wirklich hungrig waren. Passen Sie gut auf!« Er kam mit einer langstieligen Drahtschneidezange und stellte sich zwischen zwei Pfählen an den Zaun. Mit drei schnellen Schnitten war der Draht entzwei, und sofort drängten sich der Schlaue Moses und die anderen Longhorns durch die Öffnung, um in den Genuß des duftenden Heus zu gelangen.

»Was würde es kosten, zweieinhalbtausend Hektar einzufrieden?« fragte Rusk. Betz sah sich die Beschaffenheit des Geländes an und begann dann zu rechnen. Schließlich sagte er: »Ich kann Ihnen Stacheldraht und Pfähle für dreiundneunzig Dollar den Kilometer anbieten. Wenn Sie das ganze Areal einzäunen wollen, was ich Ihnen allerdings nicht empfehlen würde, bräuchten Sie etwa vierundzwanzig Kilometer. Sie kämen etwa auf zweitausendzweihundert Dollar.«

Der Betrag versetzte den Rusks einen Schock. Er überstieg ihre Möglichkeiten bei weitem, aber sie begriffen, daß die Zukunft ihrer Viehzucht davon abhing, daß sie die wertvollen Rinder auf relativ kleinen, von Stacheldrahtzäunen gesicherten Weiden hielten. Betz, dem daran lag, ein Vorführmodell in einer Gegend zu errichten, die er für zukunftsträchtig hielt, machte Earnshaw einen Vorschlag: »Meine Gesellschaft, ›D. K. Rampart Wire and Steel‹ in Eureka, Illinois, möchte eine Reihe von Ranches mit unseren Produkten ausstatten, um alle

Interessenten von ihrer Brauchbarkeit zu überzeugen. Wir könnten fünfzehnhundert Hektar Ihres Landes zum Sonderpreis von tausend Dollar einzäunen.«

Rusk war einverstanden. Yeager, Betz und die zwei schwarzen Kavalleristen bestiegen ihre Pferde, ritten den Larkinschen Besitz ab und entschieden, daß alle Felder eingezäunt werden sollten, die an den Bear Creek angrenzten, dazu noch der Teich, um den Zugang zu diesem Wasserreservoir unter Kontrolle halten zu können. Aber noch bevor der Handel abgeschlossen werden konnte, stellte sich die Frage der Finanzierung, das immerwährende Problem des Grenzlandes.

Wenn aus einem Dorf eine Stadt wurde, so geschah das in einem unmerklichen Prozeß. Zuerst kam der Laden, dann die Schule, und dann mußte ein guter Saloon her. Ein Soldat, der einmal im Fort stationiert gewesen war, schlug vor, ein solches Etablissement zu eröffnen. Der Handel kam zustande – nicht mit Earnshaw, der nichts mit Alkohol zu tun haben wollte, sondern mit Emma. »Eine Stadt«, sagte sie, »braucht ein bißchen Abwechslung.« In der »Baracke«, so nannten sie das Lokal, wurde sie den Leuten geboten.

Die vierte Erfordernis war eine Bank. Auch Fort Garner brauchte eine; sie wurde dem Ort durch einen Mann mit stählernen Nerven zuteil, der eines der besseren Steinhäuser kaufte, einen großen Panzerschrank kommen ließ und sich als Direktor der »First National Bank of Fort Garner, Texas« etablierte.

Clyde Weatherby stammte aus Indiana, und obwohl er nur über ein begrenztes Kapital verfügte, das ihm von seinem Schwiegervater leihweise zur Verfügung gestellt worden war, hatte er festumrissene Pläne für die Zukunft, die er jedoch niemandem anvertraute: »Das Geheimnis heißt Land. Gebt mir Land, das an Wasser grenzt, und ich bin im Geschäft.« Er erwies sich als großzügiger Geldverleiher und unnachsichtiger Eintreiber. Als Rusk und der junge Betz zu ihm kamen, zeigte er sich begeistert.

»Das könnte den Westen großmachen!« rief er pathetisch und fragte dann: »Mr. Rusk, wie hoch sind die Kosten?« Rusk nannte ihm die Summe. Lächelnd bemerkte Weatherby: »Das ist ja nicht übermäßig viel. Wieviel von diesen tausend Dollar können Sie selbst aufbringen?«

»Emma und ich, wir haben fünfhundert Dollar in bar.«

»Ausgezeichnet. Sie brauchen also fünfhundert Dollar von mir.«

»Wie läßt sich das machen?« wollte Rusk wissen, und Weatherby antwortete: »Ganz einfach. Sie geben mir eine Hypothek auf so viele Jahre, wie Sie zur Tilgung brauchen werden, und zahlen mir nur dreidreiviertel Prozent Zinsen im Jahr, unabhängig vom Restbetrag.«

»Wieviel wäre das?«

»Weniger als neunzig Dollar im Jahr.«

»Das würde gehen«, sagte Rusk, aber Weatherby fügte hinzu: »Sie müssen allerdings wissen, daß es da einen Vorbehalt gibt: Wenn sich in der Bank die Verhältnisse ändern, könnten wir vollständige Rückzahlung fordern, aber dazu kommt es nie.«

»Und wenn ich dann nicht zahlen könnte... den ganzen Betrag, meine ich?«

»Wenn Sie nicht zurückzahlen können, nehmen wir uns Ihre Ranch und versteigern sie, um zu unserem Geld zu kommen. Was übrigbleibt, bekommen Sie natürlich. Aber dazu kommt es nie.«

Das waren üble Konditionen. Wenn die Rusks nur ein einziges schlechtes Jahr hatten, in dem sie die Zinsen nicht aufbringen konnten – oder wenn die Bank ausgerechnet in einem solchen schlechten Jahr die vollständige Rückzahlung forderte –, verloren sie unter Umständen ihr Land. Diese Bedingungen wurden jedoch von jedem Gerichtshof sanktioniert; auf diese Art gelangten Banken im Westen in den Besitz ausgedehnter Ländereien, ganz besonders in Texas. Earnshaw Rusk nahm eine Hypothek über fünfhundert Dollar auf und setzte damit, ohne es zu wissen, seine ganze Zukunft aufs Spiel.

Die Rusks gaben Alonzo Betz dreihundert von ihren fünfhundert Dollar als Anzahlung; der Stacheldraht wurde aus Eureka, Illinois, geliefert; Frank Yeager und seine Leute fingen an, die Zäune aufzustellen; und Bankier Weatherby hatte eine Hypothek über die ganze Larkin-Ranch in seinem Panzerschrank.

Bob wahr (barbed wire) nannte man den Stacheldraht in Texas, und als Yeager und seine Männer die Pfähle eingerammt und die Drähte gespannt hatten, waren den umherziehenden Viehtreibern durch diesen *bob wahr* das beste Land und die sichersten Wasserlöcher genommen. Das Schicksal wollte es, daß genau zu dieser Zeit die großen Viehzüge aus dem Süden begannen und eine der entsetzlichsten Dürren der Geschichte das texanische Weideland heimsuchte.

Erstmals zeichneten sich Schwierigkeiten ab, als nach den Osterferien die Schule begann. Die Eltern der Kinder protestierten. »Ihr Zaun, Mr. Rusk, zwingt den Lehrer, einen langen Umweg zu machen, statt quer über das Feld zu gehen, wie bisher.«

»Das tut mir leid.«

»Wir werden den Leuten Holz geben«, versprach Yeager. »Damit können sie sich Zauntritte zimmern. Aber daß wir unsere Zäune zerschneiden, das kommt nicht in Frage.«

Die nächste Beschwerde war ernsterer Natur. Eine Familie, die weder mit der Ranch noch mit dem Dorf etwas zu tun hatte, beklagte sich bitter: »Seit langem benützen wir die Straße, die vom Teich nach Süden führt. Jetzt läuft der Zaun quer über die Straße, und wir...«

»Der Zaun steht auf unserem Land«, antwortete Yeager barsch.

»Ja, aber er durchschneidet eine öffentliche Straße.«

»Die einzige öffentliche Straße verläuft in westöstlicher Richtung über Three Cairns. Und dort haben wir Tore eingebaut.«

»Aber wir haben diese Straße schon immer benützt.«

»Jetzt geht das eben nicht mehr. Wir haben unser Land eingezäunt, fertig!«

Knapp eine Woche später kam einer der Viehhirten mit schlimmen Neuigkeiten geritten: »Schauen Sie sich an, was die gemacht haben!« Rusk und Yeager ritten zu der Stelle hinaus, wo ihr neuer Zaun die umstrittene Straße teilte, und sahen, daß jemand ihn zerschnitten und die Pfähle umgeworfen hatte.

»Ich knall' den Hurensohn ab, der das gemacht hat«, drohte Yeager, aber Rusk beruhigte ihn: »Hier wird nicht geschossen.«

Doch es wurde geschossen. Als Jaxifer und ein anderer Viehtreiber hinausritten, um den Zaun zu reparieren, schoß jemand auf sie, und sie traten schnell den Rückzug an. Gut bewaffnet ritt Frank Yeager selbst hinaus; auch er wurde angegriffen. Ohne die Ruhe zu verlieren, wartete und beobachtete er; dann schoß er zurück und tötete den Mann.

So begann eine der häßlichsten Episoden der texanischen Geschichte, der große Weidekrieg: Eine Gruppe von Viehzüchtern, die über das offene Land gezogen waren, mußten plötzlich feststellen, daß eine andere Gruppe mit ein wenig mehr Geld traditionelle Routen und, was noch schlimmer war, den Zugang zu früher stets zugänglich gewesenen Wasserlöchern gesperrt hatte. Mit dem ersten großen Viehzug des

Sommers wurde ein Konflikt unausbleiblich: Vor dem langen Weg zum Red River hinauf mußten die Rinder Wasser haben, aber Earnshaw Rusk, dieser friedliebende Quäker, wollte nicht einsehen, daß seine Handlungsweise – das Verwehren des Zugangs zum Teich – durch nichts gerechtfertigt war und sich gegen das Gemeinwohl richtete. Man konnte ihn weder unvernünftig noch hartherzig nennen: Er war einfach ein Texaner geworden: »Privateigentum ist heilig, und ganz besonders meines.«

Fast täglich berichtete jetzt einer der Viehhirten am Morgen: »Wieder hat jemand den Zaun umgelegt«, und wenn Alonzo Betz ein genialer Verkäufer von *bob wahr* gewesen war, so erwiesen sich andere Handelsreisende ebenso einfallsreich im Verkauf von langstieligen Schneidezangen, mit denen man einen Zaun in Sekundenschnelle zerstören konnte. Es verging kein Tag, an dem Rusk und Yeager nicht hinausreiten und Zäune reparieren mußten, neben denen oft noch die Leichen der Demolierer lagen, denen die schießwütigen Rancharbeiter während der Nacht aufgelauert hatten.

Langsam neigte sich das Glück in diesem Krieg den Zaunknackern zu, denn die harten Männer, die ihr Vieh nach Norden trieben, heuerten professionelle Scharfschützen an, so daß, wenn es zu einem Gefecht kam, die größere Feuerkraft zumeist auf seiten der Viehtreiber zu finden war. Frank Yeager machte indirekt Bekanntschaft damit, als einer seiner Cowboys erschossen wurde, während er einem Demolierer das Handwerk legen wollte. Yeager antwortete mit diabolischer Schläue. Er kannte sich ein wenig mit Sprengstoffen aus und konstruierte einige empfindliche Bomben, die am Zaun angebracht wurden und in dem Moment explodierten, wo die Spannung eines Drahtes durch das Zerschneiden nachließ. Dabei mußte der Demolierer gar nicht in der Nähe sein, wenn die Bomben losgingen, denn die Splitter konnten auch über weite Entfernungen noch töten oder schwer verletzen.

Als Vergeltung fingen die Viehtreiber nun an, die Rinder innerhalb der Zäune zu erschießen und die Weiden in Brand zu setzen, und auch ortsansässige Bürger, deren Kommen und Gehen durch die Zäune behindert war, rächten sich, indem sie sie zerschnitten. Die Zahl der Opfer nahm zu. Es war jetzt ein offener Krieg an allen Fronten.

Er wurde auf eine für diesen Staat typische Art beendet, ohne Polizei, ohne Miliz und ohne Armee-Einheiten. Im August, als die große Dürre immer mehr Tote forderte, kam ein Mann Anfang dreißig in die Stadt geritten. Es war der Texas Ranger Clyde Rossiter, dem die Pistole stets locker saß. Sein Auftrag lautete, den Weidekrieg in Larkin County zu beenden. Er nahm keine Verhaftungen vor und stieß keine Drohungen aus. Er ritt viel auf dem Weideland herum, inspizierte die Zäune, beobachtete die Herden, die nach Norden zogen, und machte allen klar, daß der Zaunkrieg nun als beendet zu gelten hatte.

Das Gemetzel kam tatsächlich zum Stillstand, aber während die Bevölkerung bewundernd beobachtete, wie er sich durchsetzte, wurde augenfällig, daß er, bei welcher Gelegenheit auch immer, stets die Partei der großen Rancher ergriff und sich gegen den kleinen Mann stellte. Eines Abends fragten einige Bürger bei ihm an, ob sie wohl mit ihm sprechen und ihm ihre, wie sie meinten, gerechtfertigten Klagen vorbringen könnten. Er lehnte es ab, sie anzuhören. »Meine Aufgabe ist es, Frieden zu stiften, nicht, uraltes Unrecht zu beseitigen.«

Zufällig hielt er sich gerade in dem Gebiet zwischen Fort Garner und Jacksborough auf und war daher nicht zugegen, als R. J. Poteet mit zweitausendsiebenhundert Rindern aus dem Süden kam, die er nach Dodge City treiben wollte. In Larkin County fand er eine trostlose Lage vor: Brazos und Bear Creek staubtrocken, und der Teich der Larkin Ranch eingezäunt. Methodisch, aber bemüht, nur ein Minimum an Schaden anzurichten, ließ er den äußeren Zaun durchschneiden; damit sein Vieh an den Teich herankonnte, mußten nun noch zwei weitere Zäune niedergerissen werden.

Rusks Wachen staunten über die Kühnheit, mit der dieser Fremde einen Teil ihres Zauns entfernen ließ. Sie ritten nach Fort Garner, um Rusk zu informieren, fanden aber nur Yeager. Der nahm sich sofort ein Gewehr und galoppierte zum Teich hinaus.

»He, Poteet, was machen Sie da?«

»Mein Vieh tränken, wie immer.«

»Der Teich ist eingezäunt.«

»Sollte er aber nicht sein. Dies ist seit undenklichen Zeiten offenes Weideland.«

»Jetzt nicht mehr. Die Zeiten haben sich geändert. Poteet, wenn Ihre Männer diesen zweiten Zaun anfassen, schießen meine Leute!«

In diesem Augenblick kam Rusk angeritten. Schon wollte er seinen Männern Schießbefehl geben, da richtete Poteet das Wort an ihn:

»Freund Earnshaw, ich möchte nicht, daß Ihre Männer eine Dummheit machen. Sehen Sie meinen Proviantwagen da drüben? Was meinen Sie wohl, warum die Seitenwände hochgeklappt sind?«

Rusks Männer betrachteten den Wagen und stellten fest, daß man ihn strategisch sehr günstig postiert hatte. »Freund Earnshaw, einer meiner guten Schützen da drüben hat sein Gewehr direkt auf Sie gerichtet. Ein anderer hat Sie im Visier, Mr. Yeager. Und jetzt werde ich meine Herde zur Tränke führen – und um das zu tun, muß ich Ihre Zäune zerschneiden lassen.«

Rusk holte tief Atem und entgegnete dann mit fester Stimme: »Poteet, meine Männer werden schießen, wenn Sie diesen Zaun auch nur anfassen!«

Lange Zeit sprach keiner ein Wort. Keiner schoß, aber alle standen bereit. Dann sagte Rusk: »Wußten Sie, Poteet, daß Ranger Rossiter da ist, um diesem Kampf ein Ende zu machen? Wenn Sie mich erschießen, wird er Sie bis ans Ende der Welt jagen.«

Poteet blieb ihm die Antwort nicht schuldig: »Die Rangers ergreifen immer die Partei der Reichen. Es überrascht mich, daß ein Mann von Ihren Prinzipien die Hilfe solcher Leute in Anspruch nimmt. Was würden Sie denn tun, Freund Earnshaw, wenn Sie zweitausendsiebenhundert Rinder unmittelbar vor einem Teich stehen hätten, und nirgendwo sonst wäre Wasser zu finden?«

Wieder wurde es still. Plötzlich gestand Earnshaw Rusk sich ein, daß das, was er und Frank Yeager taten, falsch war. Es mochte der Weg in die Zukunft sein, aber wie die Dinge jetzt lagen, war es der falsche Weg. Es war falsch, ein Wasserloch einzuzäunen, das, wie Poteet gesagt hatte, schon »seit undenklichen Zeiten« den Tieren als Tränke diente. Es war falsch, öffentliche Straßen zu zerschneiden, als ob Schulkinder und Lehrer keine Rücksicht wert wären. Und es war entsetzlich falsch, die Rechte des Nachbarn zu mißachten, nur weil man *bob wahr* hatte und er nicht.

»Was also würden Sie tun, wenn es Ihr Vieh wäre?« wiederholte Poteet.

»Wenn es meine Rinder wären, ich würde sie tränken.« Und mit einer Bewegung seines rechten Arms wies er Yeager und seine Männer an, sich zurückzuziehen.

»Wir werden Ihre Zäune wiederherstellen«, versprach Poteet, während seine Treiber anfingen, die Drähte des zweiten Zauns durchzuschneiden.

»Für die nächsten paar Jahre haben Sie gewonnen, Poteet. Aber Sie müssen wissen, daß die alte Zeit vorbei ist. Bald werden überall Zäune stehen.«

»Jammerschade.«

»Nehmen Sie das Vieh meiner Frau nach Dodge mit?«

»Wie immer.«

»Ich werde die Tiere zählen.«

»Das Zählen besorge ich.«

Von Petty Prue unterstützt, wurde Senator Cobb ein sehr erfolgreicher Politiker in Washington. Wesentlich weniger Anerkennung erntete er, wenn er nach Hause zurückkehrte, um seinen Wählern Rechenschaft über sein politisches Tun abzulegen. Bei seinem letzten Besuch in Jefferson hatte er kaum die Plantage erreicht, als eine Gruppe zorniger Männer angefahren kam, an ihrer Spitze ein gewisser Mr. Colquitt.

»Senator«, wollte der Mann wissen, »warum haben Sie zugelassen, daß man unser Treibholz im Red River in die Luft sprengt?«

Während Cobb noch verlegen nach einer Antwort suchte, drängten sie ihn aus dem Salon und hinunter zur Anlegestelle. Was er dort sah, trieb ihm fast die Tränen in die Augen, der Kai, den er und Cousin Reuben 1850 mit soviel Mühe errichtet hatten, lag jetzt völlig unbrauchbar etwa fünfzehn Meter über dem seichten Wasser, das kein Schiff mehr befahren konnte.

»Ihr Land hat einen enormen Wertverlust erlitten, und Sie haben sich nicht dagegen gewehrt«, warf Colquitt ihm vor. »Und in der Stadt ist es dasselbe. Unser schöner Hafen, wo früher die großen Schiffe aus New Orleans anlegten, ist verschwunden. Warum haben Sie nichts dagegen unternommen?«

Cobb hütete sich, den Zorn seiner Wähler zu unterschätzen. Wenn er weiterhin Senator bleiben wollte, mußte er ihnen eine befriedigende Antwort geben.

»Durch die Zerstörung des Treibholzes hat kein Mensch in Jefferson mehr verloren als ich. Sehen Sie sich doch nur dieses ausgetrocknete Loch an! Ein ganzer Lebensstil ist dahin! An dem Tag, als dieser Bursche in Schweden mit seinem TNT an die Öffentlichkeit trat, gab er unserem Treibholz den Todesstoß. Seit hundert Jahren hatten die Leute davon geredet, das Treibholz zu entfernen, ohne daß etwas geschehen wäre. Dann kommt dieses TNT, und unser Lebensunterhalt ist ernstlich bedroht.«

»Und was wollen Sie dagegen tun?«

»Tun? In bezug auf das Treibholz? Nichts. Glauben Sie vielleicht, Louisiana läßt uns das Treibholz wieder aufbauen, nur damit unser Jefferson – eine Stadt von 831 Seelen – wieder ihren Seehafen benutzen kann?«

Er wußte, daß er sich nach dieser scharfen Antwort versöhnlich zeigen mußte; darum bat er die Herren in den Salon zurück, wo Petty Prue Tee und Gebäck reichte. »Sie haben mich gefragt, was ich zu tun gedenke. Eine ganze Menge, das können Sie mir glauben. Ich werde mich an die Spitze des Kampfes setzen, eine Eisenbahnlinie in die Stadt zu bekommen; wenn wir die mal haben, werden wir unsere Baumwolle besser und schneller nach New Orleans transportieren können als bisher.«

»Und wie stehen Sie beide zum Wertverlust Ihrer Plantage? Jetzt, wo Sie keinen Anlegeplatz mehr haben, würde sie doch kein Mensch mehr kaufen«, sagte Colquitt.

»Natürlich ist der Wert gefallen«, gab Petty Prue energisch zurück. »Stark gefallen sogar. Aber warten Sie nur ab. Er wird wieder steigen – aus Gründen, die wir uns im Augenblick noch gar nicht vorstellen können. Das ist nun mal so in Texas. Veränderung, Anpassung und Sorgen. Aber der Wert des Landes nimmt immer wieder zu.«

Bei der Sprengung des Treibholzes im Red River hatte Texas zwar ohnmächtig zusehen müssen, aber immerhin wurde schließlich der große Weidekrieg beendet. Man erließ eine Reihe von Gesetzen, mit deren Hilfe ein Schlußpunkt unter das gegenseitige Gemetzel gesetzt wurde. Wer einen Zaun beschädigte, wurde verhaftet, mit einer Geldstrafe belegt und für lange Zeit ins Gefängnis gesteckt. Ebenso erging es jedem, bei dem man eine Drahtschneidezange fand. Jeder Viehtreiber, der, wie R. J. Poteet es getan hatte, seine Herde auf eingezäuntes Land trieb, war mit Gefängnis zwischen einem und fünf Jahren zu bestrafen.

Die Großgrundbesitzer, die öffentliches Land eingezäunt hatten, wurden aufgefordert, alle Zäune abzureißen, die der Bevölkerung den Zugang zur Wasserversorgung verwehrten. Überall dort, wo die Zäune quer über öffentliche Straßen liefen, mußten Tore eingebaut werden. Die Regierung gab ihnen bis zu sechs Monate Zeit für diese Maßnahmen; wenn sie sie dann noch nicht getroffen hatten, wurden sie höflich ermahnt. Ignorierten sie diese Mahnung, dann dauerte es vielleicht drei Jahre, bis man sie ernstlich tadelte – schriftlich. Geld- oder gar Gefängnisstrafen kamen für die Großgrundbesitzer natürlich nicht in Frage.

Nachdem er die ersten vier Grundsteine für die kleine Stadt gelegt hatte – Krämerladen, Saloon, Schule, Bank –, konnte Rusk nun seine Aufmerksamkeit den nächsten drei zuwenden: Kirchen, Zeitung, Eisenbahn.

Bankier Weatherby, auch er begierig, Fort Garner und seine Bank wachsen zu sehen, trug dazu bei, das Problem der Kirchen zu lösen: »Earnshaw«, sagte er eines Morgens, als Rusk zu ihm kam, um die Zinsen für sein Darlehen zu zahlen, »es geht jeder Stadt besser, wenn sie über starke Kirchen verfügt.«

»Was können wir tun, um sie hierherzubekommen?«

»Wir werden die Zeitungen in Fort Worth bitten, bekanntzugeben, daß wir jeder anerkannten Religionsgemeinschaft ein Stück Land ihrer Wahl zur Verfügung stellen.«

Weatherbys Ratschlag erwies sich als überaus klug, denn als diese Nachricht sich in Texas verbreitet hatte, interessierten sich gleich acht verschiedene Kirchen für das Angebot, wobei sechs sich sofort ein Grundstück aussuchten und mit dem Bau begannen. Die Baptisten waren die ersten und sicherten sich die beste Lage im Zentrum der kleinen Stadt; als zweite kamen die Methodisten; die Presbyterianer suchten sich ein stilles Plätzchen, und die Episkopalen entschieden sich für den Stadtrand. Die Kirche Christi wollte sich in den ersten Jahren mit einem kleinen Holzbau zufriedengeben, und eine Gruppe, die sich »Retter der Bibel« nannte, errichtete gar nur ein Zelt.

Dies sollte eine der geschicktesten Investitionen werden, die Rusk je vorgenommen hatte, denn die Kirchen brachten Stabilität und veranlaßten Siedler aus älteren Städten, nach Fort Garner zu ziehen.

Charles Fordson, ein junger Mann, der in Harvard studiert hatte, zog schon seit einiger Zeit mit zwei Maultieren, einem Wagen und einer Fracht durch den Westen, die seit Gutenbergs Tagen Fortschritt verkörperte – eine handbetriebene Druckerpresse.

Kaum hatte Rusk von der Ankunft des jungen Mannes erfahren, suchte er ihn auf, zeigte ihm die fünf restlichen leeren Häuser und versicherte ihm: »Sie werden in ganz Texas keine besseren Arbeitsbedingungen finden. Wir sind dabei, eine Metropole zu werden! Bleiben Sie!«

Charles Fordson ließ sich von Earnshaws Lockrufen betören; eine Zeitung hier in der Stadt könnte sich rentieren, dachte er, nannte sie aber *Larkin County Defender*, denn er befürchtete, die Stadt allein werde nicht genügend Material liefern, um sein Blatt am Leben zu erhalten.

Im Winter 1881 veröffentlichte Fordson eine Serie von Artikeln, in denen er Nachrichten mit redaktionellen Kommentaren verband. Einige wahllos herausgegriffene Passagen lassen die Stoßrichtung seiner Angriffe erkennen:

> In den vergangenen zwei Jahren hat es insgesamt vierzehn Hinrichtungen durch Erschießen gegeben, davon vier auf den Straßen der Bezirkshauptstadt und zehn in der näheren Umgebung. Zweifellos hat mindestens die Hälfte der vierzehn Angeklagten den Tod verdient, aber es dürfte schwerfallen, die Behauptung zu erhärten, die andere Hälfte sei im Einklang mit irgendeinem Paragraphen der Rechtsordnung gestorben. Diese Menschen wurden ermordet, und dafür gibt es keine Rechtfertigung. Die einzige Lösung des Problems liegt in einer strikten Handhabung des Rechtsvollzugs durch unsere Sheriffs, unsere Geschworenen und unsere Richter. Wir verlangen ein Ende der Gesetzlosigkeit in Larkin County und in ganz Texas.«

Diese Artikel riefen eine Reaktion hervor, mit der Fordson nicht gerechnet hatte. Zwar spendeten einige wenige Bürger wie etwa der baptistische Geistliche und drei Witwen, die ihre Männer bei Schießereien verloren hatten, dem gesunden Menschenverstand, der aus seinen Ausführungen sprach, Beifall, doch die Meinung der Mehrheit ließ sich folgendermaßen zusammenfassen: »Wenn so ein Schwätzer aus Massachusetts Angst vor ein bißchen Pistolenfeuer hat, sollte er schleunigst dorthin zurückgehen, wo er hergekommen ist.«

Eine schwerwiegendere Reaktion auf die Artikel stellten die wütenden Angriffe des Gouverneurs auf den Möchtegern-Reformer dar, die in allen texanischen Zeitungen veröffentlicht wurden:

> »Willensschwache, kleinmütige Neuankömmlinge in unserem großen Staat haben in der Presse Meinungen zum Ausdruck gebracht, wonach Texas ein gesetzloser Staat sei. Nichts könnte der Wahrheit weniger entsprechen. Unsere Gesetzeshüter genießen den besten Ruf, unsere Richter sind ein Muster an Anstand, und unsere Bürger sind bekannt für den unbedingten Gehorsam gegenüber jedem Gesetz, das unsere Legislative verabschiedet...«

Im Fall der Brüder Parmenteer – Söhne eines gesetzestreuen Farmers – wurden die Behauptungen des Gouverneurs auf eine harte Probe gestellt. Die beiden Jungen nahmen eine völlig unterschiedliche Entwicklung. Daniel, der ältere Sohn, kam in der Schule gut voran, studierte Jura in Austin, legte vor dem dortigen Richter seine Prüfungen ab und wurde zu einem einflußreichen Juristen in Larkin County. Er heiratete die Tochter eines Geistlichen und zog vier prächtige Kinder groß.

Sein jüngerer Bruder Cletus verabscheute die Schule, haßte die Lehrer und verachtete das Gesetz. Schon mit achtzehn Jahren galt er weithin als »übler Bursche«. Anfangs terrorisierte er nur Gleichaltrige, bis kein Junge und kein Mädchen mehr etwas mit ihm zu tun haben wollte. Dann begann er kleinere Dinge zu klauen, stieg aber bald in das gefährliche Geschäft des Pferde- und Viehdiebstahls ein, womit er endgültig die Grenze des Erlaubten überschritt. Er war an zwei Morden beteiligt, und nach einem Raubzug nach New Mexico wurde dort ein Preis auf seinen Kopf gesetzt, was man aber in Texas wie üblich ignorierte. Er war zu einem durchtriebenen, schießwütigen Gewohnheitsverbrecher geworden, der seiner übrigen respektablen Familie große Schande machte. Man war sich im ganzen County darüber im klaren, daß der junge Cletus früher oder später gehängt werden würde.

So standen die Dinge an einem schönen Frühlingstag des Jahres 1882, als man in Fort Garner den vertrauten Knall von Schüssen vernahm und dann den Ruf: »Parmenteer hat Richter Bates getötet!«

Um die Mittagsstunde war auf der Hauptstraße ein ehrenwerter Richter – nun ja, nicht allzu ehrenwert – in Gegenwart von nicht weniger als zwanzig Zeugen kaltblütig erschossen worden. Aber es war nicht

Cletus, der Gesetzlose, der getötet hatte, sondern sein Bruder Daniel, der gesetzestreue Jurist.

Blutüberströmt lag die Leiche des Richters auf der Straße. Rechtsanwalt Parmenteer begab sich gemessenen Schrittes ins Büro des Sheriffs, wo er seine Pistole mit der Bemerkung ablegte: »Eine gute Tat an einem guten Tag getan« – ein Kommentar, dem die ganze Stadt beipflichtete.

Zwischenfälle solcher Art waren nicht selten in Texas, aber dieses Verbrechen stellte den Herausgeber des *Larkin County Defender* vor Probleme.

»Jackson«, sagte der junge Mann zu seinem Mitarbeiter, als sie darüber berieten, wie sie den Fall behandeln sollten, »wir haben da ein Problem.«

»Wieso denn? Lassen Sie mich doch mit den zwei Dutzend Leuten reden, die bei der Schießerei dabei waren.«

»Die Tatsachen? Da gibt es keine Schwierigkeiten. Die Frage ist vielmehr: Was tun wir damit?«

»Wir sagen einfach: ›Rechtsanwalt Daniel Parmenteer erschießt Richter Bates.‹«

»Das klingt zu unverblümt, zu anklagend.«

»›Rechtsanwalt Parmenteer, Bruder des bekannten Gesetzesbrechers...‹«

»Halt. Um Gottes willen kein Wort über seinen Bruder!«

»Also dann: ›Richter Bates ermordet!‹«

»Das kann man so nicht schreiben, Jackson. Mord impliziert Schuld.«

»Und wie wäre es mit: ›Rechtsanwalt Parmenteer erschießt...‹«

»›Erschießt‹ geht nicht. Das klingt so, als ob er von vornherein die Absicht gehabt hätte. Wir dürfen kein Wort drucken, das die Taten von zwei ehrenwerten Bürgern in irgendeiner Form in Frage stellen könnte.«

Sie zerbrachen sich weiter den Kopf, wie sie die sensationellste Geschichte des Jahres bringen sollten, und kamen zu dem Schluß, daß sie so gut wie nichts schreiben konnten, was nicht entweder Anwalt Parmenteer oder die Verwandten von Richter Bates beleidigen würde. Es gab fast nichts, was der *Defender* über den Fall berichten konnte, außer daß die Sache passiert war. Nicht einmal »Bedauerlicher Totschlag auf der Hauptstrasse« kam als Schlagzeile in Frage, weil es durchblicken ließ, daß der Totschlag ungerechtfertigt war.

Eins nach dem anderen rangierten die zwei Zeitungsleute die üblichen

Wörter aus: *bedauerlich*, *brutal*, *wild*. Doch dann hatte Fordson einen Geistesblitz und warf eine Überschrift hin, gegen die nichts einzuwenden war: »Bedauerliches Rencontre in Fort Garner«

»Was zum Henker ist ein Rencontre?« fragte Jackson.

»Das ist eine höfliche französische Umschreibung für die Tatsache, daß einer einen Bauchschuß verpaßt bekommen hat. Aber das *bedauerlich* ist nicht glücklich gewählt. Die Parmenteers könnten das unfreundlich aufnehmen. Wir wollen ja schließlich keine Blutrache heraufbeschwören.« Fordson seufzte und sagte dann resigniert: »Am besten überhaupt keine Schlagzeile. Keine Gespräche mit Augenzeugen. Einfach ein Zwischenfall auf der Hauptstraße.« Und als die nächste Ausgabe des *Defender* erschien, suchten die Leser auf der Titelseite vergeblich nach einem groß aufgemachten Bericht; auf der dritten Seite, versteckt zwischen allerlei Ankündigungen und Angeboten, fanden sie einen kurzen Bericht: *Rencontre in Fort Garner*. Keine schmückenden Beiwörter, keine blutrünstigen Details und vor allem keinerlei Verdächtigungen nach der einen oder anderen Seite.

Man bescheinigte dem Herausgeber viel Taktgefühl. Der Anwalt wurde nicht in Haft genommen, denn in ganz Fort Garner war niemand zu finden, der zugab, die Bluttat gesehen zu haben. Der nachrückende Richter, hocherfreut darüber, daß er so unerwartet zu einem neuen Posten gekommen war, vertrat die Meinung, die Bluttat gehe ihn nichts an, da sie ja noch vor seinem Amtsantritt geschehen war.

Die Parmenteer-Bates-Affäre wäre eingeschlafen wie hundert andere Morde in diesem Grenzland, wäre da nicht der jüngere Parmenteer, Cletus, plötzlich in die Stadt zurückgekehrt, hätte er sie nicht mit wilden Schießereien terrorisiert und schließlich ein Pferd gestohlen. Die Schießereien hätte man ihm noch verziehen, aber der Diebstahl des Pferdes stellte ein so großes Vergehen gegen die texanische Moral dar, daß man sofort einen Suchtrupp organisierte; sechzehn Freiwillige wurden in Eid und Pflicht genommen, bevor sie sich aufmachten, den Verbrecher zu stellen.

Eine unglückliche Fügung wollte es, daß der Führer des Trupps – nicht per Gesetz, sondern durch lärmenden Zuruf bestellt – der jüngere Bruder des toten Richters Bates war. Noch vor Einbruch der Dunkelheit stießen sie auf den Flüchtigen, der mit dem gestohlenen Pferd, das auf einem Bein lahmte, nur mühsam vorangekommen war. Aus den Erzählungen, die später die Runde machten, ging ganz klar hervor, daß Cletus Parmenteer auf seinem Pferd sitzen geblieben war und sich ergeben wollte. Zweifellos hoffte er, sein Bruder werde ihn vor Gericht verteidigen. Aber Anson Bates, der Führer des Trupps, wollte nichts davon wissen.

»Anson ist ganz einfach an Ihren Bruder herangeritten«, berichtete einer, der an der Suche teilgenommen hatte, später Daniel Parmenteer, »und hat gesagt: ›Wir brauchen keinen von deiner Sorte im Gefängnis‹, und schoß ihm sechs Kugeln in die Brust. Er stand nicht weiter entfernt von ihm als ich jetzt von Ihnen.«

Als Rechtsanwalt Parmenteer das hörte, wußte er, daß ihm nichts anderes übrigblieb, als Anson Bates zu erschießen, was er auch tat, als dieser aus dem Barbierladen kam. »Unbewaffnet, ohne jede Möglichkeit, sich zu verteidigen«, berichtete ein Mitglied der Familie Bates seinem Clan. Jetzt brach ein richtiger Krieg aus.

Die Bates töteten vier Parmenteers, kamen aber nie an den Rechtsanwalt Daniel heran, der stets schwer bewaffnet durch den Bezirk zog. Seine Leute schossen fünf Familienmitglieder der Bates nieder, und es dauerte nicht lange, bis sich die Fehde auf die umliegenden Counties ausgedehnt hatte. Eine Zeitlang fielen Bates' und Parmenteers wie Blätter im Herbst, aber die meisten Toten trugen ganz andere Namen; das typische Opfer war irgendein unwichtiger Mann, wie etwa ein Ashton, der in Jack County eine Farm betrieb, oder ein Lawson in Young, der aus einem unerfindlichen Grund mit der einen oder anderen Partei sympathisiert hatte. Ende 1882 waren der Bates-Parmenteer-Fehde bereits siebzehn Menschen zum Opfer gefallen, aber die Bates' schworen, der Kampf werde nicht aufhören, »bis dieser sündige Bastard Daniel Parmenteer vom Kopf bis zu den Zehen durchlöchert daliegt und Staub frißt«.

Im Dezember 1882 erfuhren die Zeitungen im Osten des Landes von der Fehde in Larkin County, und nun sah selbst der Gouverneur des Staates ein, daß er etwas unternehmen mußte. Er ließ einen kleinen, drahtigen, zweiundsechzigjährigen Mann in sein Büro in Austin kommen und sagte zu ihm: »Das ist vielleicht der letzte Auftrag, den zu übernehmen ich Sie bitten werde, Otto. Sie haben Ihre Pensionierung verdient, aber Sie sind doch immer noch der beste Mann für solche Angelegenheiten, den wir haben. Reiten Sie da hinauf und bringen Sie diese verdammten Narren zur Besinnung.«

Also kehrte Otto Macnab auf seine Ranch bei Fredericksburg zurück, sattelte sein bestes Pferd, belud ein Maultier mit einem Zelt, Proviant und einem Kästchen Munition und begann nach Larkin County zu reiten. Seine fünfundfünfzig Jahre alte Frau Franziska verabschiedete sich von ihm mit den Worten: »Gib acht auf dich, Otto, bitte gib acht!« Er nahm ihr den weißen Staubmantel aus der Hand, den fünften, den sie ihm in seinen Jahren als Ranger genäht hatte, und küßte sie zum Abschied: »Paß auf die Ranch auf. Die Jungen sollen sich um alles kümmern.«

Er ritt nicht über die Hauptstraßen, sondern benutzte Seitenpfade und Nebenwege durch die einsame Wildnis von Llano, San Saba, Comanche und Palo Pinto bis nach Jack County, wo er Erkundigungen über den Stand der Dinge in der Larkin-County-Fehde einzog. In einem Gasthof hörte er ein Gespräch, das ein Farmer mit seinen Freunden führte: »Ich habe erfahren, daß einer von den Bates', ein gewisser Vidal, nach New Mexico geritten ist, um Klapperschlange Peavine anzuheuern. Er soll kommen und Rechtsanwalt Parmenteer erledigen.«

Er richtete das Wort an Macnab: »Sind Sie schon mal Peavine begegnet? Den linken Arm hat er verkrüppelt, aber ihm reicht der rechte.«

»Noch nie von ihm gehört. Aber wenn er ein Bandit aus New Mexico ist...«

»Er ist ein texanischer Bandit. Hat sich über die Grenze verdrückt, weil man ihn sonst gehängt hätte.«

»Gefährlich?«

»Der Gefährlichste, den Sie sich vorstellen können. Die Bates' tun Texas nichts Gutes, wenn sie ihn zurückkommen lassen. Und den Parmenteers schon gar nicht!«

An einem Spätnachmittag erreichte Otto Fort Garner. Er kam auf der Straße von Jacksborough daher, ritt langsam die Hauptstraße hinunter und band seine Tiere vor dem Saloon fest. Keiner konnte ahnen, daß er ein Ranger war, denn weder sein Aussehen noch seine Kleidung wiesen darauf hin.

Auch im Saloon erregte er kein Aufsehen, und als er fragte: »Wo kann man denn hier übernachten?« nannte man ihm bereitwillig eine Farmerswitwe, die Zimmer an Reisende vermietete.

So stieg er also bei der Witwe Holley ab, der er sich mit dem Namen

Jallow vorstellte. Die nächsten fünf Tage verbrachte er damit, sich über die Verhältnisse im County zu informieren. Während er so umherstreifte, wurden ihm zwei Dinge klar: Die Bates' waren ein hinterhältiger Haufen, sie hatten tatsächlich einen der Ihren nach New Mexico geschickt, um einen notorischen Killer kommen zu lassen; und Rechtsanwalt Daniel Parmenteer war einer der unangenehmsten Männer, denen er je begegnet war.

»Wenn mir je ein Mensch untergekommen ist, der geradezu danach verlangt, umgebracht zu werden«, sagte er sich, »dann ist es Daniel Parmenteer.«

Am sechsten Tag stand Otto zur gewohnten Stunde auf, frühstückte mit den anderen Gästen, steckte zwei Pistolen ein, bestieg sein Pferd und ritt zum östlichen Rand der Stadt, wo die Brüder Bates wohnten. Er schwang sich vom Pferd, zog seine Pistolen und betrat ruhig, aber rasch das Haus der Bates' und erklärte: »Sam und Ed, ihr seid verhaftet. Ich bin Otto Macnab von den Texas Rangers.«

Noch bevor die überraschten Männer reagieren konnten, hatte er ihnen Handschellen verpaßt und sie mit einem Strick aneinandergefesselt. Dann marschierte er mit ihnen zu einem Baum hinaus und band sie am Stamm fest. Er warnte sie: Sollten sie zu fliehen versuchen, werde er sie erschießen. Dann ritt er in die Stadt zurück, marschierte in Daniel Parmenteers Büro und nahm ihn auf die gleiche Weise fest. Mit dem Anwalt im Schlepptau, hämmerte er beim Sheriff an die Tür und forderte ihn auf, seinen Stellvertreter zu rufen und ihm, Macnab, dann sofort zu folgen. Als der Sheriff Fragen stellen wollte, fuhr er ihn an: »Ich bin Otto Macnab von den Texas Rangers!« Zu Fuß ging er mit Parmenteer zurück ans Ostende der Stadt und band auch den Anwalt an den Baum.

Als der Sheriff eingetroffen war, wandte sich Macnab an die Gefangenen und die Menschen, die sich mittlerweile eingefunden hatten: »Angehörige der Familien Bates und Parmenteer, Bewohner von Larkin County! Die Fehde ist beendet. Das Morden ist beendet. Ich bin Otto Macnab von den Texas Rangers, und ich sage euch, daß von jetzt an in der Stadt Ruhe herrschen muß.« Einige Zuhörer klatschten Beifall. Nun stellte er sich vor die Brüder Bates: »Ihr Unmut war berechtigt, ich weiß, Sie haben auf das Ihnen zugefügte Leid reagiert. Aber nun ist es genug. Wir werden nicht zulassen, daß es so weitergeht.« Er nahm ein langes Messer aus seinem Gürtel und befreite die zwei Männer von ihren Fesseln.

Dann sprach er zu Parmenteer: »Sie glaubten Ihren Bruder rächen zu müssen, und das haben Sie auch getan. Wir alle verstehen das, aber mehr können wir nicht zulassen. Die Fehde ist beendet.« Er schnitt auch seine Fesseln durch.

»Und was ist mit Peavine?« fragte Parmenteer. »Sie haben jemanden nach New Mexico geschickt, damit er kommt und mich und meine Familie umbringt.«

»Davon hat man mir berichtet«, sagte Macnab ruhig, »und ich werde mich jetzt aufmachen, um Peavine zu verbieten, diese Stadt zu betreten. Er hat hier nichts zu suchen.«

Dann wandte er sich an Sheriff: »Jetzt tragen Sie die Verantwortung. Passen Sie auf diese Leute auf. Erhalten Sie den Frieden.« Er ging ins Stadtzentrum zurück, belud sein Maultier, bestieg sein Pferd und verließ die Stadt, um die Klapperschlange abzufangen.

Drei Tage lang ritt er in Richtung New Mexico; als am letzten dieser drei Tage die Abenddämmerung hereinbrach, sah er Gestalten am Horizont.

Es waren drei Soldaten aus Fort Elliott auf Patrouille. Während sie unter den Sternen lagerten – wobei die Soldaten bessere Verpflegung anzubieten hatten als Otto –, erzählten sie ihm, daß sie zwei Männer namens Bates und Peavine begegnet waren.

»Wollen Sie damit sagen, daß Bates und Peavine sich noch in Fort Elliott aufhalten?«

»Sie haben dem Captain bei der Jagd geholfen... Wild für die Garnisonsmesse...«

Am Morgen setzten die Soldaten ihre Patrouille fort. Macnab steuerte auf das entlegene Fort zu; gegen Mittag wurde seine Ausdauer belohnt, als er plötzlich zwei Männer sah, die, jeder mit zwei Pferden, nach Osten unterwegs waren. Entschlossen ritt er ihnen entgegen und rief ihnen schon von weitem zu: »Peavine! Bates! Ich bin Otto Macnab von den Texas Rangers!« Als sie näher gekommen waren, verhielt er sein Pferd und sagte: »Man hat mich nach Larkin County geschickt, um dem Morden ein Ende zu machen. Vor vier Tagen habe ich Ihre Brüder Sam und Ed und auch Rechtsanwalt Parmenteer festgenommen.«

»Er ist ein Killer!« knurrte Bates.

»Das weiß ich, aber Ihre Leute waren auch nicht besser, Bates. Und jetzt ist Schluß. Klapperschlange, Sie werden nicht nach Larkin County reiten. Sie machen jetzt kehrt und reiten nach New Mexico zurück. Sie, Bates, können tun, was Sie wollen.«

»Er kommt mit mir«, sagte Bates, und der Einarmige nickte zustimmend.

»Wenn er auch nur einen Fuß in die Stadt setzt, verhafte ich ihn. Und wenn er Widerstand leistet, erschieße ich ihn.«

Es war ein Augenblick höchster Spannung. Die zwei Männer, die auf Macnabs Hände starrten, begriffen, daß er einen von ihnen töten würde, wenn sie eine falsche Bewegung machten; sie wußten aber auch, daß der Überlebende Macnab töten konnte.

Ohne eine Miene zu verziehen, sagte Macnab: »Sie können mich natürlich töten, aber es ist Ihnen doch klar, daß Sie dann morgen alle Rangers am Hals haben, und die Rangers geben niemals auf. Sie jagen Sie bis nach Kalifornien, Peavine, und am Ende kriegen sie Sie.«

Ein langes Schweigen folgte. Schließlich sagt Macnab in mildem Ton: »Machen Sie kehrt, Klapperschlange. Bates, reiten Sie mit mir in eine Stadt zurück, wo Sie in Frieden leben können.«

Er ritt ein wenig zur Seite, umd den beiden Männern Gelegenheit zu geben, sich zu besprechen. Fast eine halbe Stunde lang wartete er geduldig, stieg nicht ab und ließ die Hände stets in der Nähe seiner Pistolen.

Endlich kam Peavine auf ihn zu: »Ich reite zurück.«

Otto nickte zufrieden, als der berüchtigte Killer nach Westen aufbrach, aber schon nach wenigen Schritten rief er ihm nach: »Wenn Sie versuchen sollten, doch zurückzukommen, erschieße ich Sie.« Klapperschlange blieb stumm.

Ende Dezember 1883 glaubte Ranger Otto Macnab Grund zu der Annahme zu haben, daß er der Fehde endgültig ein Ende gesetzt hatte, wie es ihm aufgetragen worden war; und doch war da immer noch eine leise Furcht, die Klapperschlange könnte sich nach Fort Garner zurückschleichen, um den Mord auszuführen, für den man ihn angeheuert hatte. Macnab hielt es daher für ratsam, den Gouverneur von den bisherigen Aktionen in Kenntnis zu setzen.

Der Gouverneur hatte gehofft, keinen Fehler zu machen, wenn er den Ranger zurückbeorderte, aber zehn Tage nachdem Otto Fort Garner verlassen hatte, kam Peavine angeritten. Er steuerte geradewegs auf Parmenteers Kanzlei zu, trat die Tür des Hinterzimmers ein und schoß den Rechtsanwalt in den Rücken, bevor dieser noch nach seiner Pistole greifen konnte.

Auf dem Heimweg machte Macnab im Dorf Lampasas halt, um die Nacht bei einem Farmer zu verbringen, dem er vor Jahren einmal gegen Angriffe von Banditen beigestanden hatte. »Sie hätte man im Norden gut brauchen können«, begrüßte ihn der Farmer.

»Was ist denn passiert?«

»Diese Verrückten in Larkin County!«

»Was haben sie denn wieder angestellt?«

»Klapperschlange Peavine kam in die Stadt und schoß Rechtsanwalt Parmenteer in den Rücken. Ein Gemetzel brach los – es hat mindestens ein Dutzend Tote gegeben.«

Macnab blieb stumm. Er verzehrte sein Abendessen und legte sich schlafen. Früh am Morgen stand er auf und begann nach Süden zu reiten – nicht heim, sondern nach Austin, wo er dem Gouverneur versicherte: »Den schnappe ich mir!«

Dann ritt er nach Westen, um seine Frau zu informieren. Sie zeigte sich enttäuscht darüber, daß er sich abermals auf ein Abenteuer einließ – und das in seinem Alter –, doch Otto zuckte nur mit den Schultern und sagte: »Die Welt ist ein schmutziger Ort, Franziska, und wenn nicht gute Leute sich bemühen, sie zu säubern, werden schlechte Menschen endgültig einen Sumpf daraus machen.«

Manchmal glaubte Emma Rusk, daß ihr Sohn Floyd ihr nur deshalb so viele Sorgen bereitete, weil sie nicht bereit gewesen war, ihren indianischen Sohn Blaue Wolke anzuerkennen. Sie überhäufte Floyd mit Liebe, aber er erwiderte ihre Gefühle nicht. Anfangs war er ein normales Kind gewesen, robust und lebhaft, aber mit sechs Jahren, als ihm klar wurde, wer seine Eltern waren und wie sie sich von anderen Vätern und Müttern unterschieden, fing er an, sich von ihnen abzuwenden, und es tat ihr sehr weh zu sehen, mit welcher Bitterkeit er auf das Leben reagierte. Es war nicht schwierig, mit ihm auszukommen, es war geradezu unmöglich.

Vor allem gegen seine Mutter hatte er eine starke Abneigung gefaßt. Bei den seltenen Gelegenheiten, da er sie ohne Nase sah, erblaßte er und drehte entsetzt den Kopf zur Seite. Als die ersten vagen Informationen darüber, wie Babys geboren werden, in sein Bewußtsein eindrangen, empfand er den größten Ekel. Andere Kinder hatten ihm von der langen Gefangenschaft seiner Mutter bei den Indianern erzählt, und auch, was sie dort mit ihr gemacht hatten...

Es gab also zwei Gründe für seinen Widerwillen: die Verstümmelung seiner Mutter und die Tatsache, daß sie von Indianern mißbraucht worden war, und fortan war es ihm unmöglich, ihre Liebe zu akzeptieren. Was sie auch machte, er legte es als Buße für irgendeine entsetzliche Untat aus, die sie begangen haben mußte; er fing an, sie zu hassen.

Auch Earnshaw gegenüber benahm er sich zunehmend ruppig, denn er hatte von den Kindern gehört, daß sein Vater Quäker war – anders als andere Leute. Er sei so feige, sagten sie, daß er sich sogar weigere zu kämpfen – und das in einem Land, in dem erst die Schußwaffe den Mann ausmachte.

Floyd wuchs zu einem verwirrten, unglücklichen jungen Mann heran, der glaubte, etwas tun zu müssen, um die Nachteile seiner Herkunft auszugleichen. Vor allem hielt er es für nötig, sich auf eine Weise zu betragen, die dem pathetischen Verhalten seines Vaters genau entgegengesetzt war, und er machte sich daran, auf dieses Ziel hinzuarbeiten.

Er ging zu Jaxifer: »Wieviel wollen Sie für eine Pistole haben?«

Der Schwarze erklärte sich bereit, Floyd eine Pistole in halbwegs gutem Zustand und einige Patronen für sechs Dollar zu verkaufen. Jetzt stellte sich Floyd das Problem, wie er zu soviel Geld kommen sollte. Er wählte den einfachsten Weg: Er begann seine Eltern systematisch zu bestehlen. Nachdem er dem Kavalleristen schon mehr als zweieinhalb Dollar für den versprochenen Revolver bezahlt hatte, erwischte ihn sein Vater, als er gerade zwei mexikanische Münzen entwenden wollte.

»Was in aller Welt suchst du in diesem Krug, Floyd?«

»Ich habe mir nur die verschiedenen Münzen angesehen.«

»Du weißt doch, daß du diesen Krug nicht anfassen sollst. Niemand außer deiner Mutter darf das, nicht einmal ich.«

»Sie hat gesagt, ich darf.«

Earnshaw wußte, daß sein Sohn log, denn Emma hütete die wenigen Münzen, die sie zurücklegen konnte, wie einen Schatz und erlaubte niemandem, sie anzurühren. Es war ihm klar, daß er seinen Sohn sofort zur Rede stellen mußte, aber er tat es nicht. In eine Auseinandersetzung würde auch Emma hineingezogen werden, und sie hatte doch schon genug Kummer mit ihrem schwierigen Jungen; er wollte nicht noch mehr Öl ins Feuer gießen. Er konnte nicht ahnen, daß sein Sohn auch von seinen Ersparnissen gestohlen hatte. Er wäre entsetzt gewesen, hätte er gewußt, daß die Diebstähle über längere Zeit hin geplant und ausgeführt worden waren. Sein Sohn entwickelte sich zu einem perfekten Dieb, und schon ein Jahr später war er ein Dieb mit einem sehr guten Armeerevolver, den er in einem Winkel des Ruskschen Hauses versteckt hielt.

In Fort Garner kursierten die wildesten Gerüchte, als Ranger Macnab in die Stadt zurückkehrte. Er klopfte bei der Witwe Holley an, um zu fragen, ob er einige Tage bleiben könne, und bald wußte die ganze Stadt, daß er gekommen war, um mit Klapperschlange Peavine abzurechnen. Nachdem er einige Informationen eingeholt hatte, ritt er los und schlug den Weg zum Palo Duro Canyon ein. Bevor er die tiefe Senke erreicht hatte, schwenkte er nach Westen ab, wo eine kleine Siedlung nahe der mexikanischen Grenze lag.

Er ritt in die Ortschaft, wie er schon in hundert andere Orte an der langen Grenze eingeritten war. Diesmal aber wurde seine Ankunft von einem kleinen, sehnigen Mann Ende sechzig beobachtet; der Mann wartete, bis Otto ein paar Meter weitergeritten war, verließ sein Versteck, benützte seinen linken Arm als Stütze und jagte dem Ranger vier Kugeln in den Rücken.

Nur mühsam hielt Macnab sich aufrecht im Sattel. Er wußte, daß er schwer getroffen war. Mit aller ihm noch verbleibenden Kraft drehte er sich nach seinem Angreifer um, der Otto nun mitten ins Gesicht und in die Brust schoß. Ohne einen Laut von sich zu geben, glitt der kleine Ranger aus dem Sattel und fiel plump in den Staub New Mexicos.

Fünf Texas Rangers machten sich auf, um Amos Peavine zu töten. Sie verfolgten ihn viele Wochen lang. Eines Morgens fanden sie ihn in einem heruntergekommenen Wirtshaus nahe Phoenix, Arizona Territory. In Anbetracht des Schreckens, den Klapperschlange verbreitet hatte, und weil die Erleichterung über seinen Tod so groß war, sah der Coroner, der die Leiche untersucht hatte, keinen Grund, bekanntzugeben, daß die Rangers Peavine mit elf Schüssen von hinten getötet hatten.

Obwohl Earnshaw Rusk bei den Ausgaben für seine Familie stets geknausert und all seine Ersparnisse auf die Bank getragen hatte, um das Darlehen abzuzahlen, betrugen seine Schulden 1885 einhundertfünfunddreißig Dollar, und er hatte keine Ahnung, wie er den Betrag aufbringen sollte.

Natürlich hatte er regelmäßig die Zinsen bezahlt, denn er wußte, daß Mr. Weatherby ihm die Ranch wegnehmen konnte, wenn er es nicht tat. Jetzt aber, da der Geldmarkt angespannter als sonst war, wurde ihm klar, daß der Bankier ein weiteres Druckmittel gegen ihn in der Hand hatte, denn erst vor kurzem hatte Mr. Weatherby in mindestens zwei Fällen ahnungslosen Ranchern die Hypothek plötzlich und völlig willkürlich aufgekündigt; das heißt, er hatte volle Rückzahlung zu einem Zeitpunkt verlangt, wo er wußte, daß der Kunde keine Möglichkeit hatte, der Forderung nachzukommen. In allen diesen Fällen – und das entsprach dem texanischen Gesetz – warf das Gericht dem Rancher vor, in Verzug geraten zu sein, und das bedeutete: Wenn die Bank den Mann das Haus und ein kleines Stück Land behalten ließ, konnte sie Anspruch auf den Rest der Ranch geltend machen und auf diese Weise wertvolles Land ansammeln.

»Das war unfair!« rief Earnshaw, als er von der zweiten Zwangsvollstreckung erfuhr. In diesem Fall hatte die Bank die Hypothek wegen einer Schuld von einhundertfünfundsiebzig Dollar für verfallen erklärt. Wenn eine Ranch zwangsversteigert wurde, gehörte der Ertrag, der über die Schuld hinausging, dem früheren Besitzer, aber auch dafür gab es einen gemeinen Trick: Die Versteigerung wurde so manipuliert, daß entweder die Bank selbst oder ein »Freund des Hauses« die Ranch zu einem Schleuderpreis kaufte, so daß dem ursprünglichen Besitzer wenig oder gar nichts blieb. Als Rusk feststellte, daß die Zeitungen, die Gerichte und auch die Kirchen diese üblen Methoden guthießen, wurde er so wütend, daß er sich hinsetzte und einen Protestbrief an den *Defender* schrieb.

Niemand war nach der Lektüre seines Leserbriefs zorniger als Bankier Weatherby, und als die Wirtschaftslage ihren Tiefpunkt erreicht hatte, teilte er den Rusks mit, daß er den gesamten Rest ihres Darlehens, einhundertfünfunddreißig Dollar, auf einmal einfordern müsse – zahlbar, wie im Vertrag festgehalten, innerhalb von dreißig Tagen. »Aber Sie haben doch versprochen, das nie zu tun«, hielt Rusk ihm entgegen. Weatherby ließ den Einwand nicht gelten. »Die Zeiten haben sich geändert. Die Bank braucht ihr Geld jetzt.«

Für die Rusks begann nun die Hölle. In ganz Fort Garner, ja in ganz Larkin County gab es niemanden, von dem sie sich das Geld hätten leihen können. Manche Ranches waren sechstausend oder siebentausend Dollar wert, aber ihre Besitzer nannten weniger als dreißig Dollar Bargeld ihr eigen, und die wurden gebraucht, um den Betrieb aufrechtzuerhalten, und konnten unmöglich verliehen werden. Die Rusks selbst, deren Ranch gut neuntausend Dollar wert war, brachten insgesamt weniger als fünfzig Dollar auf.

Verzweifelt setzte Earnshaw seine Familie vom Stand der Dinge in Kenntnis. »Ohne daß wir uns etwas zuschulden hätten kommen lassen, laufen wir Gefahr, unsere Ranch zu verlieren. Deine Rinder waren nie besser, Emma, aber wir finden hier keine Käufer. Wir zahlen nur sehr wenig Schulgeld für dich, Floyd, aber auch damit hat es jetzt leider ein Ende. Wir müssen bis zum letzten Tag alles daransetzen, das Geld aufzutreiben. Wenn es uns nicht gelingt... Es ist auch schon manch besseren Leuten, als wir es sind, nicht gelungen...«

Er brach in Tränen aus. Floyd wurde beim Anblick seines weinenden Vaters so zornig, daß er verkündete: »Man sollte diesen Mr. Weatherby erschießen!«

»Floyd!« riefen seine Mutter und sein Vater gleichzeitig. Der Grad ihrer Empörung überraschte ihn dermaßen, daß er sprachlos war. Erst nach einiger Zeit fand er wieder Worte: »Mr. Poteet müßte ja bald wieder vorbeikommen. Warum ihm nicht entgegenreiten?«

Das war ein vernünftiger Vorschlag, und noch vor Einbruch der Dunkelheit waren Earnshaw Rusk und Frank Yeager nach Süden unterwegs, um den Viehzug abzufangen. Am dritten Tag sahen sie eine riesige Staubwolke. In der Hoffnung, es könnte Poteet sein, setzten sie ihre Pferde in Galopp. Es war Poteet. Während sie ihm ihre verzweifelte Lage schilderten, hörte er mit großer Aufmerksamkeit zu.

»Es ist kriminell, wenn Banken so viel Land an sich reißen und die Regierung sie dabei noch unterstützt. Aber Sie haben sich selbst in diese mißliche Lage gebracht, Mr. Rusk, als Sie den Zaun kauften. Sie handelten gegen alle Vernunft und gegen die Natur. Jetzt heißt es dafür zu bezahlen. Aber natürlich leihe ich Ihnen das Geld, das ist ja selbstverständlich!« Und noch bevor die Nacht hereinbrach, hatte Earnshaw die Mittel, um seine Ranch zu retten.

»Es ist kein Darlehen«, sagte Poteet. »Es ist eine dankbare Anerkennung für die Geschäfte, die wir miteinander gemacht haben.« Und nach einer kleinen Pause fuhr er fort: »Wissen Sie, Rusk, Sie sollten nicht zu schlecht von Weatherby denken. Er ist nur ein Teil des Systems. Er ist die Kraft, die uns bestraft, wenn unsere Glücksspiele danebengehen. Diesmal sind Sie ihr noch entwischt, aber versuchen Sie sie nicht noch einmal, denn Texas ist zwar gut zu Spielern, doch gnadenlos gegenüber jedem, der auf seinem Weg stolpert.«

Rusk und Yeager verließen Poteet am nächsten Morgen und ritten nach Fort Garner zurück, wo sie Emma und Floyd berichteten: »Durch die Gnade Gottes sind wir gerettet.« Sie gingen zur Bank und legten die hundertfünfunddreißig Dollar auf den Tisch. Als Bankier Weatherby seine Absicht, die Larkin-Ranch auf legale Weise an sich zu reißen, vereitelt sah, griff er zu einer anderen Methode. In Zukunft würde er viele Geschäfte mit den nun schuldenfreien und bald einflußreichen Rusks machen können, und deshalb zeigte er jetzt weder Enttäuschung noch Groll. »Ich bin ja so froh«, rief er mit scheinbar aufrichtigem Entzücken, »daß Sie Ihre letzte Zahlung leisten konnten. Es ist immer wieder eine Freude, einen Rancher zu sehen, der es versteht, aus seinem Besitz etwas zu machen!«

Rusk und die meisten anderen Bürger Fort Garners waren wie elektrisiert, als sie zu Beginn des Jahres 1885 von der großen Neuigkeit erfuhren: »Die Fort Worth and Denver City Railroad nimmt die Bauarbeiten wieder auf!« Und die Menschen begannen zu träumen: »Vielleicht legen sie jetzt eine Stichbahn zu uns herunter!«

Schon 1881 hatte man versucht, Fort Worth und Denver durch eine Eisenbahnlinie miteinander zu verbinden, und westlich von Fort Worth tapfer zu bauen begonnen; in der finanziell angespannten Lage war der Gesellschaft jedoch 1883 das Geld ausgegangen. Die Strecke war nur bis Wichita Falls nördlich von Fort Garner vorangekommen. Jetzt aber, da sich eine wirtschaftliche Wende anbahnte, wurden die Arbeiter wiedereingestellt und Eisenschienen geordert.

Nachdem die gute Nachricht bestätigt war, entwickelte Rusk größte Aktivität. Ununterbrochen war er zwischen der Stadt und den Ranches unterwegs, um zu erfahren, ob die Leute geneigt wären, die Eisenbahngesellschaft mit einem finanziellen Angebot dazu zu bewegen, eine Nebenbahn nach Süden zu legen. Rusk begriff, daß die weitere Existenz der Stadt davon abhing, daß sie ans Eisenbahnnetz angeschlossen wurde.

Er beschwor die Bürger der Stadt, Geld beizusteuern, mit dem er an die Eisenbahnbarone in Fort Worth herantreten und sie überzeugen wollte, daß eine Stichbahn nach Süden in ihrem Interesse lag. Krämer Simpson stellte einen größeren Betrag zur Verfügung, und auch der Zeitungsherausgeber Fordson und der Eigentümer des Saloons beteiligten sich. Im Osten der Stadt ansässige Rancher wurden auf die Vorteile einer Eisenbahn für den Viehtransport hingewiesen, und man lud auch gewöhnliche Bürger, die eine Verbindung mit der großen Welt herbeisehnten, ein, sich Rusks Unternehmen anzuschließen.

Die Kampagne lief schon ein paar Tage, als Bankier Weatherby zu Earnshaw ins Haus kam, tausend Dollar in die Sammelkasse legte und vorschlug, zusammen mit Rusk unverzüglich nach Fort Worth aufzubrechen, wo die Entscheidungen über die Schienenführung getroffen werden würden.

Auf der Fahrt erklärte Weatherby, wie sie an die Herren von der Eisenbahn herantreten und ihnen eine Barvergütung für den Fall in Aussicht stellen sollten, daß sie einer Stichbahn nach Süden zustimmten. Als sie schließlich das Hotel erreichten, in dem die Direktoren der F. W. & D. C. tagten, waren die zwei Kleinstadttränkeschmiede bestens vorbereitet, mit den Großstadtbankiers und Ingenieuren weltmännisch zu verhandeln.

Aber ach! Sie waren nur eine von neunzehn solcher Delegationen, und als sie endlich zu den maßgeblichen Herren vordrangen, hatten diese die Strecke bereits festgelegt. »Meine Herren«, entschuldigten sich die Direktoren, »wir danken Ihnen, daß Sie zu uns gekommen sind, wir wissen Ihr Angebot zu schätzen, denn uns ist klar, daß es nicht leicht ist, solche Beträge einzusammeln, aber wir müssen uns auf die Hauptstrecke nach Denver konzentrieren. Nebenbahnen sind nicht vorgesehen.«

Rusk war völlig niedergeschmettert und zeigte es auch wie ein Kind, aber Clyde Weatherby, der gewiegte Unterhändler, verbarg seine Enttäuschung, wünschte den Finanziers aus Colorado und Texas alles Gute und verabschiedete sich mit den Worten: »Wenn Sie einmal genügend Geld haben, um eine Nebenlinie nach Süden zu bauen – und früher oder später werden Sie das tun müssen –, dann denken Sie bitte an uns. Fort Garner, Gartenstadt des Neuen Westens.« Die Herren fanden offenbar Gefallen an dem jovialen Mann und versicherten ihm, daß sie an ihn denken würden.

Auf der Rückfahrt wandte sich der Bankier in scharfem Ton an Rusk: »Earnshaw, ich mag Sie. Aber wir müssen das alles ganz anders aufziehen. Es geht um die Zukunft unserer Stadt; entweder bekommen wir eine Eisenbahn, oder wir können zusperren.«

Noch bevor sie Fort Garner erreichten, hatte er einen Plan entwickelt. »Sie geben mir das ganze Geld. Ich werde es überall dort verteilen, wo es uns nützen kann. Und dann spendieren Sie fünfzehn Hektar Land, und ich werde das gleiche tun.«

»Was wollen Sie mit dem Land machen?«

»Es Leuten geben, die Einfluß auf die Entscheidung haben, wohin die erste Nebenbahn führen soll. Ich will sie auf unserer Seite wissen. Ich will ihrer Stimmen sicher sein, wenn wir sie einmal brauchen.«

»Aber ist das nicht Bestechung?«

»Natürlich ist das Bestechung, und so Gott will, kaufen wir uns damit eine Eisenbahn.«

War Rusk schon unermüdlich gewesen, so übertraf ihn Clyde Weatherby noch um ein Vielfaches in seinen Bemühungen. Nach sechs hektischen Wochen mußte er Earnshaw jedoch gestehen: »Ich habe das ganze Geld ausgegeben und nichts erreicht. Es besteht vorerst keine Hoffnung auf eine Stichbahn nach Süden.«

»Ist es so aussichtslos?« fragte Rusk, der schon in anderen aufstrebenden Städten beobachtet hatte, welch entsetzliche Folgen es hatte, wenn man von der Eisenbahn links liegen gelassen wurde.

»Natürlich nicht!« schnauzte Weatherby. »Die Leute, denen wir Geld und Land gegeben haben, werden uns schon nicht vergessen. Aber jetzt verlange ich eine letzte Spende. Von allen. Ich will doch mal sehen, ob die Leute in Abilene Weitblick haben.« Und schon war er auf dem Weg in die neue texanische Stadt, die denselben Namen trug wie der berühmte alte Verladebahnhof in Kansas. Als er wiederkam, war das ganze Geld verpulvert, und er hatte keinerlei Zusagen: »Nichts. Aber in diesem Geschäft pflanzt man Samen und hofft, daß etwas Gutes aus dem Boden kommen wird, und ich habe überall Samen gepflanzt, und ich schwöre auf die Bibel: Noch bevor fünf Jahre herum sind, wird aus diesen Samen etwas wachsen.« So sahen die Männer von Fort Garner hoffnungsvoll zu, wie die Jahre vergingen und die Eisenbahnlinien sich nach allen möglichen Richtungen ausbreiteten, nur nicht in die ihre.

Zwei Wochen nachdem Franziska Macnab ihren Mann begraben hatte, erhielt sie vom Capitol in Austin die Nachricht, daß ihr Bruder Ernst an seinem Pult im Sitzungssaal des Senats gestorben war. So mußte sie innerhalb eines Monats zwei Menschen zu Grabe tragen. Ihre Mutter war vor einigen Jahren gestorben; ihr geliebter Vater und ihr jüngster Bruder Emil waren bei dem Massaker am Nueces River ums Leben gekommen, und jetzt waren auch Ernst und Otto tot. Ein Gefühl der Vergänglichkeit, das Gefühl, einer zu Ende gehenden Epoche anzugehören, überkam sie.

Ihre drei Kinder waren mit ihren eigenen Angelegenheiten beschäftigt, und so war Franziska nun sehr viel allein. Sie empfand plötzlich ein starkes Verlangen, den Kontakt mit ihrem einzigen noch lebenden Bruder, Theo, wiederherzustellen. Im Jahre 1875 war der ganze Staat auf ihn aufmerksam geworden, als er nach einem verheerenden Hurricane den Wiederaufbau der Stadt Indianola organisiert hatte. Mehr als vierzig Geschäfte waren von den reißenden Fluten der Matagorda Bay zerstört worden, der Sturm hatte über dreihundert Menschenleben gekostet, und viele ältere Leute verkündeten, daß sie die Stadt verlassen wollten. Da hatte Theo den Zeitungen von Galveston und Victoria gegenüber erklärt: »Ich werde meine Schiffsbedarfshandlung schöner und größer denn je wieder aufbauen.«

Er hatte es geschafft, und andere Geschäftsleute ermutigt, es ihm nachzutun: Die Stadt war wieder reich geworden. Theos Umsatz hatte sich verdoppelt, und durch seine Tätigkeit als Agent der Western Texas und Pacific Railway Company war er zum führenden Kaufmann Indianolas geworden.

Franziska überlegte, ob sie nicht nach Indianola ziehen sollte, um die letzten Jahre ihres Lebens gemeinsam mit ihrem Bruder zu verbringen, doch nach mehreren Monaten sorgfältigster Überlegung entschloß sie sich, in Fredericksburg zu bleiben. Zu viele ihrer Erinnerungen waren mit dieser Stadt verbunden.

Im Frühjahr 1886 erhielt sie einen Brief von Theo: »Jetzt wo Otto und Ernst von uns gegangen sind und auch meine Frau gestorben ist, wird es einsam. Nur du und ich sind noch übrig. Komm und verbringe den Sommer hier.«

Sie überließ die Betreuung der Farm Emils Kindern, die nun alle verheiratet waren, und bestieg die Postkutsche nach San Antonio, wo sie in den Zug stieg, der diese Stadt neuerdings mit Houston verband. Ab Victoria benützte sie die berühmte alte Eisenbahn, die nach Indianola hinunterdampfte.

Sie traf am Freitag, dem 13. August 1886, bei ihrem Bruder ein und verbrachte mit ihm einige der schönsten Tage ihres Lebens. Sie sprachen viel von ihrer Kindheit in Deutschland. Jetzt waren sie alte Leute, er vierundsechzig, sie siebenundfünfzig, und während die schönen Erinnerungen immer schöner wurden, verblaßten die häßlichen.

Am Sonntag fuhren sie hinaus zu den großen Bayous im Osten der Stadt. Emil hielt an und begann seiner Schwester die Winde eines Hurricanes zu erklären: »Sie kommen in drei Abschnitten. Ein heftiger Sturm fegt von Westen nach Osten. Das ist ein entsetzliches Getöse, und es schüttet nur so, aber es entsteht kaum ein Schaden. Darauf folgt eine Pause, es ist ruhig wie an einem Sommertag, während das Auge des Orkans über das Land hinwegzieht. Dann fegt ein noch wütenderer Sturm von Ost nach West, und das ist der, der alles zerstört.«

»Warum tötet der eine und der andere nicht?«

»Keiner der beiden tötet.«

»Woher kommen dann die vielen Toten?«

»Von dort.« Er deutete auf das flache, leere Land, auf das die Sonne herabbrannte. »Ich werde es dir erklären, Franza. Riesige Flutwellen schleudern unvorstellbar große Wassermengen auf dieses Flachland. Wenn dann der Sturm nachläßt, muß es irgendwohin abfließen und sucht sich brausend und tosend einen Weg zurück in die See.«

»Wird es einen solchen Hurricane noch einmal geben?«

»Aus Aufzeichnungen und Dokumenten geht hervor, daß ein Hurricane dieselbe Gegend nie zweimal heimsucht. Mit diesem Argument konnte ich die Menschen überreden, die Stadt wieder aufzubauen. Wir wissen, daß wir sicher sind. Nur die Feiglinge sind geflüchtet.«

Unter seiner Führung hatte sich Indianola als erster Hafen von Südtexas wieder belebt, und man sprach davon, daß er Galveston bald den Rang ablaufen werde.

Am Dienstag lud Theo einige Freunde – die meisten hatten einen deutschen Namen – in John Mathulys Fischrestaurant ein. Franziska war natürlich auch dabei. Sie verbrachten einen wunderschönen Abend. Als sie das Lokal verließen, bemerkte Franziska, daß das Wetter umgeschlagen war; vom Golf her wehte ein sehr feuchter Wind. Sie war beunruhigt, aber Theo freute sich: »Regen! Auf den warten wir schon seit Juli!«

Doch dieser Wind brachte keinen Regen. Statt dessen fand Franziska, als sie am nächsten Morgen aufwachte, Indianola in eine Staubwolke gehüllt. In Begleitung seiner Schwester besuchte Theo Captain Isaac Reed vom Signaldienst der Vereinigten Staaten, den Mann, der die Stürme in diesem Gebiet überwachte. Er zeigte ihnen ein Telegramm, das er aus Washington erhalten hatte:

»Aus Westindien kommende Hurricane südlich von Key West in Richtung Golf vorbeigezogen stop starke Luftströmungen über dem südlichen Florida stop wird vermutlich Heute Abend Sturmwinde an der Küste der östlichen Golfstaaten verursachen.«

»Ist das nicht bedenklich?« fragte Franziska. Reed beruhigte sie. »Wir beobachten diese Vorgänge sehr aufmerksam. In neunundneunzig von hundert Fällen kollabieren solche Stürme und verursachen nichts weiter als eine höhere Flut.«

Doch am späten Vormittag wurde der Wind stärker, und Theo und Franza gingen noch einmal in die Wetterwacht. »Sollten Sie jetzt nicht doch das Notsignal aufziehen?« fragte Theo. Reed antwortete: »Wenn das ratsam wäre, hätte Washington uns schon gewarnt. Verlieren Sie nicht die Ruhe. Dieser Sturm wird zusammenbrechen.«

Am frühen Nachmittag erhielt Captain Reed ein dringendes Telegramm, in dem er vor einem unmittelbar bevorstehenden Hurricane gewarnt wurde, aber da war es schon zu spät. Nur wenige Minuten vergingen, da kam der Orkan dahergebraust.

Reed war ein mutiger Mann, und selbst als es aussah, als würde der Sturm seinen Signaldienst davontragen, blieb er in dem Gebäude, um das Anemometer festzuschrauben, mit dem die maximale Windgeschwindigkeit aufgezeichnet wurde. Sie betrug einhundertvierundsechzig Kilometer in der Stunde, bevor Gerät und Haus einfach weggerissen wurden. Reed wurde von einem durch die Luft fliegenden Balken getroffen und verschwand in den heranbrausenden Fluten.

Als das Haus zusammenkrachte, fiel eine Petroleumlampe zu Boden. Der tobende Sturm, der jetzt mit zweihundertvierundvierzig Kilometern in der Stunde landeinwärts brauste, peitschte die Flammen so heftig auf, daß innerhalb von zehn Minuten die gesamte Hauptstraße in Flammen stand. Panisch versuchten die Menschen, dem Feuer zu entkommen. Der Hurricane von 1875, von dem es geheißen hatte, er werde sich nie wiederholen, kehrte jetzt mit noch zerstörerischer Gewalt zurück.

Theo Allerkamp, dessen Schiffsbedarfshandlung vom ersten donnernden Feuerstoß erfaßt worden war, gelang es, den Flammen zu entgehen. Er behielt einen kühlen Kopf und rief den umherirrenden Leuten, die mit ansehen mußten, wie ihr Lebenswerk zerstört wurde, zu: »Bereitet euch auf den Rücklauf vor!« Dann kämpfte er sich durch das steigende Wasser zu seinem Haus durch, wo Franziska, an die Wand gepreßt, verzweifelt auf ihn gewartet hatte. Er führte sie zum höchsten Punkt des Hauses hinauf, das so gebaut worden war, daß es einer Flut wie der des Jahres 1875 widerstehen konnte, und holte Stricke, um seine Schwester an ein schweres Möbelstück zu binden, damit sie nicht mitgerissen wurde, wenn das Wasser anfing zurückzufließen.

Es half nichts, denn der Sturm brachte einen Regen flammender Meteore mit sich, Wolken aus Glutasche, Tausende von glühenden Funken, die alle Häuser anflogen, die noch nicht in Flammen standen.

»Wir werden verbrennen!« schrie Theo, schnitt die Stricke durch, mit denen er seine Schwester an ein Möbelstück gebunden hatte, und drückte sie ihr in die Hand. »Zu den Bäumen!«

Sie rannten zu den wenigen Bäumen, die es in Indianola gab, dünne Gewächse, die diese Bezeichnung kaum verdienten; Franziska erreichte sie, Theo nicht. Eine Woge, mächtiger als alle, die bisher landeinwärts gekommen waren, erfaßte ihn, warf ihn wie eine Puppe hoch und schleuderte ihn mit unvorstellbarer Gewalt gegen eines der brennenden Häuser. Er starb im Herzen der Stadt am Meer, die er bauen und wieder aufbauen geholfen hatte.

Franziska mußte mit ansehen, wie ihr Bruder umkam, aber sie verlor dennoch nicht die Nerven. Als die schreckliche Stille eintrat, die das Kommen der größten Gefahr ankündigte, kletterte sie wie ein Eichkätzchen in die höchsten Äste eines Baumes hinauf. Dort saß schon eine junge Mutter mit zwei kleinen Kindern, alle so verängstigt, daß sie kein Wort herausbrachten. Franziska hatte zwei Stricke – einer davon war für Theo bestimmt gewesen –, und so band sie nun die drei und dann sich selbst so fest sie nur konnte an den Ästen und Zweigen fest.

Im Morgengrauen setzte die grausamste Phase des Hurricanes ein. Von ihrem hohen Sitz aus beobachteten sie, wie die Stadt weiter brannte, wie immer wieder Häuser aufflammten, während die schlammigen Wasser der Flut zurückzuweichen begannen.

Zuerst war es nur eine kaum wahrnehmbare Bewegung zur Matagorda Bay hin; dann wurde sie rascher, verwandelte sich in ein gewaltiges Aufwallen und schließlich zu einem alles verschlingenden Mahlstrom unübersehbarer Wassermassen. Nun stürzten auch die Häuser ein, die von den Flammen verschont geblieben waren und dem ersten Teil des Hurricanes Widerstand geleistet hatten.

Langsam ging die große Flut zurück, die heulenden Winde legten sich, und die letzten Flammen erloschen. Franziska löste ihren Strick und befreite die anderen. »Jetzt können wir hinunter. Jetzt ist alles vorbei.«

Keiner der wie betäubt in den verkohlten Straßen umherirrenden Überlebenden wußte zu sagen, wo sein Haus gestanden hatte, denn an diesem Freitag nachmittag, als die Augustsonne wieder herunterbrannte, sahen sie eine Stadt, die völlig zerstört war. Indianola existierte nicht mehr.

Es wurde heißer und heißer. Die Menschen stöhnten nach Wasser, aber es gab nirgendwo etwas zu trinken, und es standen auch keine Häuser mehr, die den Dürstenden hätten Schatten spenden können. Die Kinder schrien vor Qual. Gegen Abend hörte man mit dem Einsammeln der Leichen auf, denn die halb wahnsinnigen Überlebenden mußten sich nun überlegen, wie sie die Nacht verbringen sollten.

Im Morgengrauen kamen Leute aus einer anderen, weniger schwer getroffenen Stadt und brachten Wasser. Schluchzend sagte Franziska: »Das Wasser hat uns vernichtet, das Wasser hat uns gerettet.« Nie würde sie diese ersten Tropfen vergessen.

In der Sicherheit ihrer kleinen Stadt, sechshundertfünfzig Kilometer nordwestlich von Indianola, hörte Emma Rusk einige Tage später von der Katastrophe, machte sich aber kaum Gedanken darüber; sie hatte Sorgen mit ihrem Sohn, der von Jahr zu Jahr schwieriger wurde. Er hatte sich angewöhnt, ungeheure Mengen von Nahrung in sich hineinzustopfen. Mit zwölf Jahren hatte er bereits mehr als hundertvierzig Pfund gewogen. Seine Mutter, die immer wieder versuchte, seine Freßlust zu zügeln, war einmal grob angefahren worden: »Ich will nicht so ein ausgehungerter Schlappschwanz wie mein Vater sein.«

Solche Dinge sagte er jetzt immer häufiger. Er war so gehässig, daß sie nicht mehr wußte, was sie tun sollte. Aber es kam noch schlimmer. Bestürzt registrierte Emma, daß ihr nunmehr dreizehnjähriger Sohn sich immer häufiger mit Molly Yeager, der körperlich gutentwickelten elfjährigen Tochter des Verwalters, herumtrieb. Sie ging zu Mrs. Yeager, um die Sache mit ihr zu besprechen. »Mrs. Yeager, ich mache mir Sorgen um Molly und unseren Floyd.«

»Sorgen?«

»Weil sie oft allein miteinander sind. Da könnte es unliebsame Überraschungen geben.«

»Was meinen Sie?«

»Ich meine, daß Ihre Tochter ein Baby bekommen könnte.«

»Was!« Mrs. Yeager sprang auf und lief nervös in ihrer Küche hin und her. »Wollen Sie damit sagen, daß diese Rotzgöre...?«

Und noch bevor Emma sie zurückhalten konnte, war Mrs. Yeager auf die Veranda hinausgestürmt und brüllte nach dem Mädchen. Als Molly erschien, ein pummeliges, ungepflegtes Kind mit einem hübschen Gesicht, ließ die Mutter Schläge auf ihren Kopf hageln und schrie: »Hinter meinem Rücken gehst du mir auf keinen Heuboden mehr!« Im Umkreis von hundertfünfzig Kilometern gab es keinen einzigen Heuboden, aber das war die Drohung, mit der ihre eigene Mutter sie stets bedacht hatte, und im Augenblick fiel ihr keine andere ein.

Molly funkelte Emma als vermutete Urheberin der ganzen Angelegenheit böse an und versuchte wegzulaufen, doch nun packte Mrs. Yeager sie am Arm und wirbelte sie herum wie einen Kreisel, während sich Mutter und Tochter gegenseitig anbrüllten.

Diese Form der Kindererziehung konnte Emma weder verstehen noch billigen. In ihr eigenes Haus zurückgekehrt, beschloß sie, mit Floyd ein ernstes Wort zu reden, und als er mit der barschen Frage »Wann gibt's Essen?« hereingeschlurft kam, zwang sie ihn, sich hinzusetzen. Dann teilte sie ihm mit, daß es ihm ab sofort verboten sei, sich mit Molly Yeager davonzuschleichen.

»Und wieso?« fragte er frech.

»Weil es sich nicht gehört.«

Ihr Sohn starrte sie an und deutete dann mit seinem schwammigen rechten Zeigefinger auf sie. »Und hat sich das gehört, was du mit den Indianern gemacht hast?« Damit sprang er auf und lief aus dem Zimmer.

Dieser Zwischenfall veranlaßte Emma, mit R. J. Poteet zu sprechen, als er auf dem Weg nach Dodge City wieder einmal vorbeikam: »R. J., mein Sohn ist eine einzige Katastrophe. Würden Sie ihn bitte nach Dodge City mitnehmen? Vielleicht können Sie einen Mann aus ihm machen.«

»Was ich bis jetzt von Ihrem Sohn gesehen habe, gefällt mir ganz und gar nicht, Emma.« Auch mit vierundsechzig redete Poteet noch ohne jede Umschweife. »Er ist ein schwieriger Fall. Ehrlich gesagt, ich mag ihn nicht.«

»Bitte nehmen Sie ihn mit. Es ist vielleicht seine letzte Chance.«

»Für Sie, Emma, tue ich alles.« Schon wollte sie ihm danken, aber er ließ sie nicht zu Wort kommen. »Ich werde alt. Ich fühle es in den Knochen. Vorigen Winter habe ich mich entschlossen, nicht mehr nach Norden zu ziehen.« Er verstummte und warf einen Blick über das Flachland. »Nie habe ich ein besseres Team gehabt! Schauen Sie sich die prächtigen Jungen an! Das hier sollte der beste Viehzug sein, den ich je zusammengestellt habe, und jetzt drängen Sie mir Ihren nichtsnutzigen Sohn auf. Aber gut, ich nehme ihn mit. Und ich bringe ihn auch wieder zurück – was immer bei der Sache herauskommen mag.«

Die Herde, die fünfundzwanzig Kilometer am Tag zurücklegte, benötigte vier Tage bis zum Red River, und in dieser Zeit lernte Floyd schon eine ganze Menge übers Viehtreiben. Eines Abends, als alle um den Proviantwagen herumsaßen, fragte er: »Wie lange muß ich noch am Ende reiten und den Staub fressen?«

Poteet antwortete: »Bis nach Dodge hinauf. Es gelten die gleichen Regeln für alle. Wenn sie dir nicht gefallen, mein Junge – du kannst immer aussteigen. Aber entscheide dich, bevor wir den Red River überqueren, denn von der anderen Seite nach Hause zurückzukehren würde nicht leicht für dich sein.« Floyd nahm die Herausforderung zähneknirschend an. Obwohl er geradezu grotesk fett war, wußte er mit Pferden umzugehen und stellte sich gar nicht dumm an. »Vom Reiten verstehst du was«, lobte ihn Poteet, ohne ihn damit besänftigen zu können, und auf dem ganzen Weg durch das frühere Indianerterritorium war Floyd der mürrische, unangenehme Bursche, als den Poteet ihn kannte. Als die Herde die Grenze zu Kansas erreichte, hatten die anderen jungen Männer den ewigen Spaßverderber so gut wie abgeschrieben.

Poteet tat das nicht. In seinen langen Jahren auf dem Weideland hatte er oft beobachtet, wie noch weit hoffnungslosere Burschen als Floyd Rusk ganz allmählich ihre eigene Persönlichkeit entdeckten – im Umgang mit halbwegs vernünftigen Männern. Poteet hoffte, daß das auch bei Floyd so funktionieren werde, und wies zwei seiner Leute an, sich um den Jungen zu kümmern. Als der junge Rusk jedoch alle ihre Bemühungen zurückwies, sagten sie zu Poteet: »Zum Teufel mit ihm! Bringen Sie ihn nach Dodge wie das übrige Vieh und schicken Sie ihn dann nach Hause!«

Eines Tages nahm Poteet seinen Schützling zur Seite und sagte: »An deiner Stelle würde ich nicht so viel essen, mein Sohn.«

»Ich will nicht so aussehen wie mein dummer Vater!«

»Junge, wenn du in meiner Gegenwart noch einmal so von deinem Vater oder von deiner Mutter sprichst, dann, bei Gott, dann bekommst du von mir eine Tracht Prügel, die du nie vergessen wirst.«

»Das würden Sie nicht wagen!«

Poteet trat einen Schritt vor und sagte ganz ruhig: »Mein Sohn, du weißt es nicht, und vielleicht ist es unmöglich, es dir verständlich zu machen, aber du befindest dich inmitten eines großen Kampfes. Es geht um dich selber. Ich fürchte, du wirst diesen Kampf verlieren. Ich fürchte, du wirst für den Rest deines Lebens ein elender Mensch sein. Aber versuche wenigstens, dich auf diesem Viehzug wie ein Mann zu betragen.«

So hatten sich nun alle von diesem jämmerlichen Jungen abgewandt; nicht einmal der mexikanische Koch konnte seine Verachtung verbergen, wenn er zusah, wie Floyd sich den Bauch vollschlug. Er ritt am

Ende der Herde, bekam den Staub ins Gesicht und murrte ständig über das, was ihm da zugemutet wurde; viele Jungen hätten Jahre ihres Lebens dafür gegeben, die Eroberung der Prärie miterleben zu dürfen.

Die Herde näherte sich dem Südufer des Arkansas River; man konnte schon die niedrigen Häuser von Dodge City auf dem anderen Ufer sehen. Am Abend versammelte Poteet alle um sich, die zum ersten Mal dabei waren, und sprach zu ihnen, als ob er ihr Vater wäre: »Jungs, wenn ihr morgen die Zollbrücke passiert, betretet ihr eine neue Welt. Nördlich der Eisenbahnlinie haben die Stadtväter für Ordnung gesorgt. Es gibt dort keine Schießereien mehr, und man kann nicht mehr zu Pferd in einen Saloon hinein. Jenseits der Schienen gibt es nur mehr Kirchen, Schulen und Zeitungen. Auf der Südseite der Strecke ist alles wie eh und je: Saloons, Tanzdielen, Spielhöllen. Wer im Norden bleibt, kann mit der Hilfe der besseren Leute rechnen. Wer nach Süden geht, ist auf sich selbst angewiesen.« Zu Floyd gewandt, sagte er: »Ich nehme an, du wirst dich im Süden umschauen wollen. Wenn du das tust, sieh zu, daß du lebend wieder herauskommst. Ich möchte euch Jungs wieder zu euren Müttern zurückbringen.«

Nachdem Poteet sich zurückgezogen hatte, fragte Floyd einen der Viehtreiber: »Ist Luke Short in der Stadt? Er kommt aus Texas und hat viele Menschen getötet.«

»Luke hat man schon vor Jahren aus der Stadt gejagt, und wenn du unangenehm auffällst, geht es dir genauso.«

Auf dem Weg nach Dodge hatte Floyd ganze Tage damit verbracht, sich vorzustellen, was er alles unternehmen würde, wenn er in die Stadt kam. Mädchen spielten in seinen Plänen eine Rolle und das Abfeuern seiner Pistole und ein Galopp die Front Street hinunter, und ein heißes Bad und gutes Essen.

Sofort nachdem die Longhorns in die Corrals der Verladestation gebracht worden waren, kassierte Floyd einen Teil seines Lohns und begab sich eilends in das verrufene Viertel südlich der Bahn, wo er mit untrüglichem Instinkt das übelste von allen Lokalen aufspürte, »The Lady Gay«. Er staunte, als er zum ersten Mal Tanzmädchen sah; als er jedoch die anzüglichen Bemerkungen hörte, die die Cowboys über sie machten, mußte er an seine Mutter denken; er wurde wütend und schrie zwei Männer von einem anderen Viehzug, die an seinem Tisch saßen, an, sie sollten den Mund halten.

Die Cowboys maßen den unförmigen Burschen mit ihren Blicken, und einer von ihnen machte eine Bewegung, als wollte er ihn zur Seite stoßen. Um dem zuvorzukommen, zog Floyd seine Pistole und erschoß die beiden.

Noch bevor sich der Pulverdampf verzogen hatte, traten zwei von Poteets Männern, die sich ebenfalls in dem Lokal aufgehalten hatten, in Aktion, schleiften Floyd aus dem Tanzsaal und versteckten ihn in einer Schlucht südlich des Flusses. Dann ritten sie in den nördlichen Teil der Stadt, wo Poteet in einem besseren Hotel abgestiegen war, und berichteten ihm: »Unser fetter Freund hat zwei Cowboys aus Del Rio erschossen.«

»Habt ihr ihn dem Sheriff übergeben?«

»Nein, wir haben ihn in einer Schlucht versteckt. Dort holen wir ihn auf dem Rückweg ab.«

»Er hat zwei Menschen ermordet!«

»Es war nicht eindeutig Mord. Vielleicht wollten die beiden ziehen.«

»Wo hat der Junge überhaupt die Waffe her?«

»Er hat oft damit geübt, wenn Sie nicht in der Nähe waren.«

Plötzlich ließ Poteet sich vornüber fallen und schlug die Hände vors Gesicht: »O mein Gott, diese arme Frau! So einen Dreckskerl in die Welt gesetzt zu haben! Und wir sollen dieses Schwein auch noch nach Texas zurückbringen!« Mit einem Ruck stand er auf und zischte: »Wir holen ihn ab, sobald wir die Herde verkauft haben. Laßt ihn dort schmoren, bis wir nach Süden zurückkehren!«

Als es soweit war, brachte man Floyd vor Poteet. Der alte Viehtreiber versuchte ihm ins Gewissen zu reden: »An dem Tag, an dem ein junger Kerl zum ersten Mal einen Menschen tötet, gerät er in große Gefahr. Es war so leicht – eine kleine Bewegung des Fingers. Das kann man jederzeit wieder machen. Die meisten Banditen fangen in deinem Alter an, indem sie einen Menschen töten. Billy the Kid zum Beispiel. John Wesley Hardin war fünfzehn, als er seinen ersten Mann erschoß...«

Mit diesen Worten bewirkte er genau das Gegenteil von dem, was er bezweckt hatte. »John Wesley werden sie niemals hängen, niemals!«

»Hörst du mir eigentlich zu, Junge? Hardin sitzt die nächsten fünfundzwanzig Jahre im Zuchthaus! Ist dir eigentlich klar, daß man dich gehängt hätte, wenn meine Männer nicht eingegriffen hätten?«

»Mich wird man nie hängen!«

Nur das Emma gegebene Versprechen, daß er ihren Sohn zurückbringen werde, hinderte Poteet daran, dem Jungen eine Tracht Prügel zu verabreichen und ihn dem Sheriff in Dodge zu übergeben. Aus Rücksichtnahme auf Emma duldete er den unverbesserlichen Burschen weiterhin, aber er gab sich nicht mehr mit ihm ab. Die zwei Cowboys, die Floyd das Leben gerettet hatten, sahen die Dinge in einem anderen Licht. Am nächsten Tag – sie waren schon auf dem Heimweg – flüsterten sie Poteet zu: »Wir finden, wir sollten ihm den Prozeß machen.« Ihr Chef war einverstanden.

Kurz vor dem Abendessen kam einer der Viehtreiber zum Proviantwagen geritten, wo Floyd, wie üblich, schon als erster wartete: »Floyd, du bist verhaftet.«

»Wieso denn?«

»Uns ist jetzt klar, daß du die zwei Männer in Dodge ohne Grund erschossen hast.«

»Die wollten ihre Pistolen ziehen!«

»Wir wissen, was für ein elender Feigling du bist, was für ein gemeiner Hund, und wir werden dich gleich jetzt vor Gericht stellen.«

Floyd zitterte, als zwei andere Cowboys ihn an Händen und Füßen fesselten, und als der Prozeß mit Poteet als Richter begann, wurde er von geradezu würgender Angst befallen.

»Welchen Vergehens beschuldigt ihr diesen Mann?«

»Daß er in Dodge City zwei Cowboys aus Texas vorsätzlich getötet hat.«

»Wurde er provoziert?«

»Nein.«

»Sie sind auf mich losgegangen!«

»Sind sie auf ihn losgegangen?« fragte Richter Poteet.

»Nein. Es war ein gemeiner Mord.«

Poteet rief die Männer zur Urteilsverkündung auf. Einstimmig sprachen sie Floyd schuldig.

»Floyd Rusk«, erklärte der Richter feierlich, »du hast uns allen Schande gemacht. Nichts ist dir heilig. Du hast die Achtung deiner Kameraden verloren und in meiner Gegenwart verächtlich über deinen Vater gesprochen. Es überrascht mich nicht, daß du in Dodge zwei Männer ermordet hast, und jetzt, bei Gott, wirst du hängen.«

»Bitte nicht!« winselte der Junge.

Die Cowboys setzten ihn auf einen Rotschimmel und führten ihn zu einer Eiche, von deren stärkstem Ast ein Strick herabhing. Nachdem man Floyd den Kopf in die Schlinge gesteckt hatte, stellte sich Poteet vor ihn hin und sagte: »Floyd Rusk, auf dem Weg nach Norden haben wir dich als einen jungen Menschen kennengelernt, der keinerlei mildernde Umstände für sich geltend machen kann. Als Mörder verdienst du den Tod. Tom, wenn ich meine Hand sinken lasse, gibst du dem Pferd einen Peitschenhieb!«

Wie versteinert vor Angst, starrte Floyd auf die todbringende Hand, spürte, wie der Mann dem Pferd einen Schlag versetzte, und fühlte, wie sich der Strick um seinen Hals zusammenzog, als das Tier davongaloppierte. Aber er fühlte auch, wie R. J. Poteet ihn auffing; dann verlor er das Bewußtsein.

»Emma«, sagte Poteet zu seiner Freundin, »das war mein letzter Viehtrieb. Ihr Scheck ist höher ausgefallen als je zuvor.«

»Und Floyd?«

»Er taugt nichts, Emma. Wenn er so weitermacht wie bisher, werden Sie es noch erleben, daß man ihn hängt.« Sie brach in Tränen aus. Er versuchte nicht, sie zu trösten. »Früher oder später würden Sie es sowieso erfahren: In Dodge City hat er zwei Männer ermordet. Er hat sie mit einem Revolver erschossen, den er sich irgendwie verschafft hat.«

»O mein Gott!«

»Zwei meiner Männer haben ihm das Leben gerettet. Auf dem Rückweg haben wir ein Gerichtsverfahren in Szene gesetzt, um dem Jungen zu zeigen, was ihm blüht.« Er erzählte ihr von der gestellten Hinrichtung durch den Strick und erklärte ihr, daß man auf diese Art schon so manchen angehenden Banditen zur Vernunft gebracht habe.

»Wie hat Floyd es aufgenommen?« fragte Emma.

»Als er wieder zu sich kam und erkannte, daß wir ihm etwas vorgemacht hatten, spuckte er mir ins Gesicht und schrie: ›Zum Teufel mit dir, du verdammter Hurensohn!‹«

Als Emmas Tränen getrocknet waren, überreichte Poteet ihr den letzten Scheck, verabschiedete sich von dieser tapferen Frau, der er sich so verbunden gefühlt hatte, und machte sich auf den Weg nach San

Antonio. Nie wieder würde man auf dem offenen Weideland ihn und seinesgleichen antreffen.

An einem kalten, stürmischen Märzmorgen beauftragte Bankier Weatherby einen seiner Angestellten, Rusk zu holen. Als Earnshaw Weatherbys Büro betrat, erwarteten ihn dort schon Krämer Simpson, der Zeitungsmann Fordson, der Inhaber des Saloons und drei andere Herren. Nachdem alle Platz genommen hatten, legte der Bankier ihnen eine Landkarte vor und rief: »Wir haben es geschafft! Ich habe Ihnen eine Eisenbahn versprochen, und jetzt bekommen wir sie!«

Die Einzelheiten, auf die er nun einging, waren so kompliziert, daß sie das Begriffsvermögen gewöhnlicher Menschen überstiegen, und sowohl Rusk als auch Simpson verloren bald den Faden. »Mehrere Eisenbahnlinien sind beteiligt. Von der F. W. & D. C. im Norden kommt eine Stichbahn nach Süden, die von einer neuen Gesellschaft, der Wichita Standard, gebaut wird. Von Abilene nach Norden herauf werden Schienen für eine zweite Stichbahn verlaufen, auch sie von einer neuen Gesellschaft, der Abilene Major, gelegt. Und was verbindet die beiden? Eine dritte Nebenlinie, gebaut von uns, der Fort Garner United Railway. Der Präsident? Meine Wenigkeit. Der Direktor? Earnshaw Rusk.«

Die Herren klatschten Beifall, jubelten und tanzten durch das Zimmer. Die einen weinten, die anderen ließen Bier und Champagner kommen. Die fünf Bankangestellten wurden hereingerufen, um die gute Nachricht zu hören, und bald tanzten auch sie. Rusk schickte nach seiner Frau, die anderen taten es ihm gleich, und bald tanzte und schrie die ganze Stadt und feierte ihre Rettung. »Die Eisenbahn kommt!« brüllten die Männer, und einige bestiegen ihre Pferde, um die Rancher zu informieren, deren finanzielle Unterstützung mitgeholfen hatte, das Wunder geschehen zu lassen.

Emma hatte gehofft, daß ihr Mann, da er nun endlich seine Eisenbahn hatte, ein wenig ruhiger werden würde, aber als Quäker brauchte er stets eine große Aufgabe. Er trat jetzt energisch dafür ein, daß Fort Garner als Kreishauptstadt von Larkin County ein repräsentatives Verwaltungs- und Gerichtsgebäude erhalten sollte; um dieses Ziel zu erreichen, bot er alle seine Kräfte auf.

Als Direktor einer prosperierenden Eisenbahngesellschaft besaß Earnshaw Rusk einen Ausweis, der ihn dazu berechtigte, kostenlos in ganz Texas herumzufahren, und es bereitete ihm ein kindliches Vergnügen, von einem County in das andere zu reisen, um Gerichtsgebäude zu inspizieren. Dabei fielen ihm im Lauf der Zeit einige besonders schöne Gebäude auf, offenbar das Werk ein und desselben kühnen Architekten.

In der Stadt Waxahachie, wo man gerade das schönste Gerichtsgebäude von ganz Texas baute, ein mittelalterliches Gedicht in Stein und lebhaften Farben, erfuhr er, daß der Architekt James Riely Gordon hieß und sich momentan in Victoria im Süden aufhielt. Kurz entschlossen unternahm Earnshaw die weite Reise, um mit dem großen Mann zu sprechen. Zu seiner Überraschung war Gordon erst einunddreißig Jahre alt.

Ja, sagte er, er sei daran interessiert, sein nächstes Verwaltungs- und Gerichtsgebäude in Larkin County zu bauen. Ja, er glaube, er werde die Kosten relativ niedrig halten können. Und ja, er werde versuchen, die alten Steinhäuser um den einstigen Paradeplatz zu erhalten.

Rasch fertigte der Architekt nach Rusks Beschreibung eine Skizze von Fort Garner an. Er war begeistert. »Ich hätte also den ganzen Platz zur Verfügung? Und diese schönen Steinhäuser im Hintergrund?«

»Deshalb bin ich ja zu Ihnen gekommen, Sir. Auf diesem Platz können Sie Ihre künstlerische Brillanz voll unter Beweis stellen!«

»Ich mache es!« rief Gordon. »Ich werde das Gerichtshaus entwerfen, Sie werden es bezahlen. Aber bis zu meinem Eintreffen in Fort Garner muß die Finanzierung gesichert sein!«

»Wieviel werden Sie brauchen?«

»Nicht unter achtzigtausend.«

»Ich habe es noch nicht beisammen, aber wenn Sie zu uns kommen, wird das Geld dasein.«

Auf der Heimfahrt dachte Rusk angestrengt darüber nach, wie er die führenden Persönlichkeiten von Larkin County dazu überreden könnte, seinen neuesten Traum zu finanzieren: »Achtzigtausend Dollar genehmigen die mir nie«, murmelte er. »Nebenan in Bascomb County haben sie weniger als neuntausend für ihr Gerichtsgebäude bezahlt.«

Während sich der Zug Fort Garner näherte, erkannte er, daß ihm nichts anderes übrigblieb, als die Honoratioren zusammenzurufen und ihnen zu gestehen, daß er sich in ihrem Namen zur Zahlung dieser Riesensumme verpflichtet hatte. Zitternd stand er schließlich in Fordsons Büro vor ihnen. Aber kaum hatte er mit seinen Erläuterungen begonnen, erhielt er unerwartet Schützenhilfe von Bankier Weatherby.

»Der Staat Texas hat ein Gesetz verabschiedet, das Gemeinwesen wie unseres in die Lage versetzt, Darlehen für die Errichtung von Verwaltungs- und Gerichtsgebäuden aufzunehmen.«

»Oh, ich möchte mir nie wieder Geld ausleihen!« rief Rusk.

»Es geht nicht um Ausleihen im eigentlichen Sinn. Wir nehmen eine Pfandbriefemission vor, und der Staat stellt die Mittel zur Verfügung.«

Bis zum Eintreffen des Architekten hatte Rusk zehn Tage Zeit. Er verbrachte sie damit, daß er, ein Bündel Papiere in der Hand und erfüllt von jener leidenschaftlichen Begeisterung, für die er mittlerweile in der ganzen Gegend bekannt war, unermüdlich umherging und Gott und die Welt von dem Projekt zu überzeugen versuchte. Am neunten Tag war ihm und Weatherby das Geld zugesagt, und am zehnten Tag schlief Earnshaw Rusk bis zwei Uhr nachmittag.

Der Aufenthalt James Riely Gordons in der Grenzlandstadt wäre um ein Haar zu einer Katastrophe geworden, denn der Architekt, einer der eigenwilligsten Männer in der Geschichte Texas' und der bedeutendste Künstler des Staates, zog sich sofort auf sein Zimmer zurück und sprach mit niemandem, nicht einmal mit Rusk. Er aß allein zu Abend und ging dann zu Bett. Auch vormittags wünschte er niemanden zu sehen. Am Nachmittag marschierte er feierlich auf dem alten Paradeplatz umher, inspizierte die Bauten und überzeugte sich vom guten Zustand der Steinhäuser.

Erst um sieben Uhr abends geruhte er vor den Honoratioren der Stadt zu erscheinen. Er rief fast eine Sensation hervor, denn er trat in einem schwarzen Gehrock, gestreifter Hose und cremefarbener Weste vor diese gestandenen Grenzlandbewohner. Seinem sieben Zentimeter hohen steifen Kragen entsprang eine rehfarbene, mit einer riesigen Diamantennadel geschmückte Krawatte, und die Aufschläge von Rock und Weste waren mit grob geripptem Seidenband dunkel paspeliert.

Er hatte einen großen, wuchtig wirkenden Kopf und Geheimratsecken, die er zu verbergen versuchte, indem er seine Stirnlocken entsprechend legte. Er trug einen Kneifer, der seinen arroganten Gesichtsausdruck noch betonte. Ohne Zweifel war er die am wenigsten geeignete Persönlichkeit, das Wort an Grenzlandrancher zu richten, und wäre in diesem Augenblick abgestimmt worden, man hätte Gordon mit Sicherheit nach San Antonio zurückexpediert, wo er sein Büro hatte.

Doch als er zu sprechen begann, machte sich seine große Erfahrung bemerkbar, die er auf vielen Reisen, durch Studien, durch aufmerksame Beobachtung und durch die Ausführung vieler Bauten erworben hatte, und das Publikum hörte ihm aufmerksam zu.

Er bat Earnshaw, ihm ein bestimmtes Paket aus seinem Zimmer zu bringen, und verblüffte sein Publikum mit einem herrlichen Aquarell, das er selbst angefertigt hatte. Es zeigte das Gerichtsgebäude, das er inmitten des alten Forts erbauen wollte.

Der Entwurf war wunderschön, ein wahres Kunstwerk; der Bau wirkte mächtig, war aber elegant proportioniert. Die Fassade bestand aus leuchtend rotem Sandstein, der mit Schichten eines milchweißen Kalksteins abwechselte, und wies die phantastischsten Verzierungen auf: Miniaturtürmchen, Balustraden, Schwibbögen, maurische Spitzbögen, Galerien, Fensterbekrönungen, Uhrentürme und ganz oben eine Art Hochzeitstorte aus rotem und weißem Stein in fünf Schichten, die in einem fünf Meter hohen, mit erkerartigen Anbauten versehenen, spitz zulaufenden Turm ihr Ende fand.

Kitschig, pompös und übertrieben – das Gebäude entsprach dem texanischen Geist vollkommen. So etwas konnte nur hier errichtet werden. Frank Yeagers Kommentar war der treffendste: »So ein Bauwerk würde allen Betrachtern zeigen, wo die neunundsiebzigtausend Dollar geblieben sind. Man hat ein gutes Gefühl, wenn man es sieht.«

Floyd Rusk, inzwischen fast zwanzig und fett und aufsässig wie eh und je, hatte einen italienischen Bauarbeiter kennengelernt und von ihm ein Stück eines seltsamen tropischen Holzes bekommen. *Balsa* heiße es, sagte der Italiener, und es wiege nicht mehr als ein gleich großer Sack Federn. Floyd hatte dem Italiener einen Dollar für das zwanzig Quadratzentimeter große Stück gezahlt und dann damit herumexperimentiert; er hatte festgestellt, daß es schwamm und daß es weniger als dreißig Gramm wog. Nachdem er sich mit den Eigenschaften des Materials vertraut gemacht und auch herausgefunden hatte, daß es sich lackieren ließ, zog er sich damit in sein Zimmer zurück. Sehr verlegen kam er nach einigen Stunden wieder heraus und ging zu seiner Mutter. In den Händen hielt er eine wunderschöne geschnitzte Nase, die so gut wie nichts wog, mit einem Band aus feinster Gaze.

Er bestand darauf, daß sie das federleichte Ding sofort anprobierte, und erklärte ihr, daß es gründlich lackiert und poliert worden sei und daher Wasser abstoßen werde. Als sie dann aber die schwere, von ihrem Mann aus Eichenholz geschnitzte Nase abnahm und Floyd ihr verstümmeltes Gesicht sah, wirkte dieser Anblick auf ihn wieder einmal so schockierend, daß er, verfolgt von der quälenden Vorstellung seiner Mutter in den Händen ihrer indianischen Peiniger, fluchtartig das Haus verließ.

Er kehrte erst zwei Tage später zurück. Weder er noch seine Mutter erwähnten die Nase. Emma war überglücklich mit der neuen Nase; sie sah besser aus als die erste und war wegen ihres geringen Gewichts viel bequemer.

Kurze Zeit darauf heiratete Floyd Molly Yeager. Molly war ein leichtsinniges Mädchen, fast ebenso rund und schwammig wie ihr Mann, und Emma hatte keine große Hoffnung, daß sie Floyd eine gute Frau sein werde. Aber ihre Balsa-Nase erinnerte sie jetzt täglich daran, daß ihr Sohn sie auf eine seltsame Art doch liebte, und was immer er auch tat, das zu wissen genügte ihr.

Eines Tages erschien ein Beamter aus Washington in Jacksborough und entließ ohne Angabe von Gründen den Postmeister. Danach gab er bekannt, daß die Stadt in Zukunft Jacksboro heiße, worauf er den gerade gefeuerten Mann feierlich zum neuen Postmeister bestellte.

Nach der Feier, bei der er sich sinnlos betrunken hatte, bestieg er die Postkutsche nach Fort Garner und entließ auch dort, ohne eine Erklärung abzugeben, den Postmeister. Als Earnshaw gegen diesen Willkürakt Protest einlegte, zeigte der Beamte mit dem Finger auf ihn: »Sie wollten doch immer, daß diese Stadt in Larkin umbenannt wird. Jetzt ist es soweit.« Und sofort wurde der alte Postmeister als neuer wieder eingestellt.

Während der Festlichkeiten aus Anlaß dieser Umbenennung hielt Bankier Weatherby eine Rede auf Earnshaw Rusk. Er rühmte alles, was dieser für seine Stadt getan hatte: »Er brachte uns den Stacheldraht, mit dem wir ein Vermögen machten, ihm ist es zu verdanken, daß Fort Garner an das Schienennetz der Eisenbahn angeschlossen wurde, er hat den Bau unseres schönen Gerichtsgebäudes ermöglicht, und jetzt hat er uns auch noch einen richtigen Namen gegeben...«

Emma, die ein wenig abseits stand, hörte nicht weiter zu. Sie starrte auf die Prärie hinaus und dachte darüber nach, welch hohen Preis all diese »Verbesserungen« gekostet hatten. »Die Büffel, die auf diesen Ebenen lebten«, flüsterte sie, »die Indianer, die sie jagten, die Longhorns, die frei umherstreiften, die unbegrenzten leeren Räume... Wo sind sie hin?« Sie wußte, daß sie für immer verschwunden waren.

Der Sonderstab

Ich bemühte mich, höflich zu bleiben, als der Gouverneur uns mitten in einer Besprechung störte, bei der wir die Vorbereitungen für unsere Augusttagung in Galveston treffen wollten. Ich erklärte ihm, daß wir die Absicht hatten, eine Meteorologen aus Wichita Falls einzuladen, der uns etwas über das texanische Wetter, speziell über Hurricanes, erzählen sollte.

»Das sind Stürme, die in der Luft toben. Was mir Sorgen macht, sind die Stürme hier am Boden. Wie heißt der Wetterfritze denn?«

»Dr. Lewis Clay.«

Die unerwartete Reaktion des Gouverneurs bestand darin, daß er sofort zum Telefon griff und seine Sekretärin beauftragte: »Verbinden Sie mich mit Lewis Clay; das ist der Mann, der mich in Wichita Falls unterstützt hat.« Wenige Minuten später hatte er unseren Meteorologen an der Strippe. »Lewis, alter Freund, hier spricht der Gouverneur. Wie ich höre, wollen Sie demnächst zu diesen netten Leuten von unserem Sonderstab nach Galveston kommen. Also, Lewis, tut mir schrecklich leid, aber an diesem Tag muß ich die Vormittagssitzung für mich in Anspruch nehmen.« Und nach einer langen Pause: »In einem großen

Staat wie dem unseren treten eben manchmal unerwartete Dinge ein, und bitte glauben Sie mir, das ist ein solcher Fall.« Wieder eine Pause: »Ja, der ganze Nachmittag gehört Ihnen.«

Als wir an einem heißen Augustvormittag in einem Zimmer mit Ausblick auf den friedlichen Golf von Mexiko zusammentrafen, saßen uns drei entschlossene Bürger an einem mit Diagrammen, wissenschaftlichen Studien und maschinengeschriebenen Empfehlungen bedeckten Tisch gegenüber.

Bis zu diesem Augenblick hatten sie sich nicht persönlich gekannt, waren aber in Korrespondenz miteinander gestanden. Der erste war ein großer, hohlwangiger Herr aus Corpus Christi, der wie ein alttestamentarischer Prophet aussah und zu schauderhaften Weissagungen neigte; er war selbst kein Priester, aber mehr als bereit, Kirchenmännern zu raten, wie sie sich verhalten und wovon sie in ihren Predigten sprechen sollten.

Nummer zwei war eine unfreundliche, etwa fünfzigjährige Hausfrau aus Abilene mit Stößen von Papieren vor sich, in denen sie ununterbrochen blätterte. Sie hatte ihre eigenen drei Kinder streng erzogen und setzte sich nun dafür ein, daß auch mit den Kindern des Staates so verfahren wurde. Sobald sie einmal zu reden begonnen hatte, redete und redete sie, ohne sich durch Einwände oder Proteste stören zu lassen.

Der dritte war ein aufgeräumter, umgänglicher Mann aus San Angelo, der uns freundlich zunickte, als er uns vorgestellt wurde, und stets darauf bedacht war, niemandem durch seine Äußerungen zu nahe zu treten. Dafür präsentierte er Tatsachen, die außer ihm niemand anzweifelte, wie zum Beispiel die, daß Texas aus etwa zwanzig völlig unterschiedlichen ethnischen Gruppen besteht. Er und die Hausfrau wandten sich energisch gegen Feststellungen dieser Art in unseren Schlußausführungen; es heiße einen Keil in die Bevölkerung treiben, wenn man auf solche Unterschiede zwischen den Menschen hinweise: »Wir müssen uns ständig in Erinnerung rufen, daß Texas vor allem von einer überlegenen Menschengruppe besiedelt wurde, nämlich von den guten Leuten aus Staaten wie Kentucky und Georgia mit angelsächsischem, protestantischem Hintergrund.«

Die harte Diskussion dauerte vier Stunden, von neun bis eins. Die Zielrichtung der Argumentation unserer Gäste war deutlich: »Die wesentlichen Charakterzüge des Texaners standen 1844 bereits fest, und unsere Schulkinder sollten nur jene Tugenden gelehrt werden, die damals vorherrschten.« Dabei interessierten sie sich im Grunde weit mehr für das, was man den Kindern unter keinen Umständen beibringen sollte, und jeder hatte eine genaue Liste verbotener Themen, auf die im Unterricht nicht eingegangen werden dürfe.

Der Herr aus San Angelo wies uns an, den »vermeintlichen« Einfluß der Spanier, der Mexikaner, der Deutschen, der Tschechen und der Vietnamesen herunterzuspielen. »Und was die Farbigen angeht, so besteht eigentlich keine Notwendigkeit, sie überhaupt zu erwähnen. Sie haben in der texanischen Geschichte keine wichtige Rolle gespielt, und unsere Kinder würden Schaden an ihrer Seele nehmen, wenn man sie mit den Problemen der Sklaverei belastete, die in Texas ja so gut wie gar nicht existierten.«

Er riet uns auch, nicht allzu ausführlich auf die Indianer einzugehen: »Die texanischen Indianer waren grausame Mörder, und es gibt wirklich keine Veranlassung, länger als unbedingt nötig bei diesen unerfreulichen Begebenheiten zu verweilen. Die Tatsache, daß wir sie aus unserem Staat hinausgeworfen haben, bestätigt doch nur, daß sie Texas überhaupt nicht beeinflußt haben«. Die Dame aus Abilene schlug in ihren Belehrungen einen ähnlichen Ton an: »Die Aufgabe der Schulen ist es, unsere Kinder vor den Schändlichkeiten des Lebens zu bewahren. Wir sehen keinen Grund, daß Sie die große Wirtschaftskrise erwähnen. Das würde doch nur ein schlechtes Licht auf den amerikanischen Way of Life werfen. Und wir sind entsetzt, daß in manchen Lesebüchern von unehelichen Kindern die Rede ist. Es wäre viel besser, auf solche Dinge überhaupt nicht einzugehen.«

Der Herr aus Corpus Christi wetterte gegen den Liberalismus und gegen das, was er die drei Ds nannte: Diskotheken, Drogen und Demokraten. Dann sprach er ziemlich unverständlich von der »schädlichen Abweichung«: »In der texanischen Geschichte ist eine wunderbare zentripetale Tendenz zu erkennen, und wenn wir von ihr abweichen, begeben wir uns in Gefahr.« Ich bat ihn um ein Beispiel. »Gewerkschaften! Es wäre eine Beleidigung für ganz Texas, wenn Sie über die Gewerkschaften schreiben würden. Wir waren immer bemüht, solche unamerikanischen Organisationen aus unserem Staat fernzuhalten, haben stets selbst dafür gekämpft, die Gesetze zu bewahren, die uns ein Recht auf Arbeit verbürgen. Gewerkschaften haben in der texanischen Geschichte nicht die geringste Rolle gespielt, und wir werden es nicht dulden, daß sie so dargestellt werden, als ob sie von Bedeutung gewesen wären.« Genau wie die Hausfrau aus Abilene wollte auch er die Geschlechterrollen deutlich voneinander abgegrenzt sehen: »Bewegungen, die auf eine Aufweichung des Unterschieds zwischen Frau und Mann hinarbeiten, sollte jede Unterstützung verweigert werden.« Dann zog er auch noch gegen das Tanzen vom Leder. Erst als er auf die Drogen zu sprechen kam, konnten wir ihm beipflichten: »Ich kann mir einfach nicht vorstellen, wie diese große Nation es zulassen konnte, daß dieser Fluch unsere jungen Menschen bedroht. Was ist da schiefgelaufen? Was für entsetzliche Fehler haben wir gemacht?« Wir nickten zustimmend, als er donnernd verkündete: »Diese Plage muß in Texas ausgemerzt werden!« Rusk unterbrach ihn: »Und für welche positiven Werte treten Sie ein?« »Für die Werte, die Texas groß gemacht haben: Loyalität, Religion, Patriotismus, Gerechtigkeit und Mut.«

Beim Mittagessen wollte ich mit unseren unerbittlichen Kritikern Frieden schließen. »Ich glaube für unseren ganzen Sonderstab zu sprechen, wenn ich Ihnen versichere, daß wir zwar einigen Ihrer Standpunkte nicht zustimmen können, dafür aber viele durchaus unterstützen. Wir sind mit Ihnen der Meinung, daß die Kinder heutzutage zu früh dazu gezwungen werden, erwachsen zu werden. Wie Sie wenden wir uns energisch gegen den Drogenmißbrauch. Wir stimmen Ihnen zu, wenn Sie beklagen, daß die negativen Aspekte unserer Gesellschaft zu sehr betont werden. Und wir treten voll und ganz für die Liebe zu Texas ein.«

»In welchen Punkten stimmen Sie uns nicht zu?« fordert mich der Herr aus Corpus Christi heraus. Ich antwortete ihm so ehrlich, wie ich konnte: »Wir finden, daß die Frauen in allen Bereichen des texanischen Lebens eine wichtige Rolle gespielt haben. Wir meinen, daß die Mexikaner für immer hierbleiben werden. Wir meinen, die Texaner sollten auf ihr multinationale Herkunft stolz sein. Und wir sind auch keine Menschen aus einem Guß. Rusk und Quimper sind überzeugte Republikaner, Miss Cobb und Garza ebenso überzeugte Demokraten.«

»Und Sie selbst?« fragte mich der Herr aus San Angelo.

»Ich bin wie der alte Richter in Texakana, den man während eines Wahlkampfes fragte, welchen Kandidaten er bevorzuge: Beide sind gute Leute, bestens geeignet für diesen wichtigen Posten. Ich habe mich noch nicht entschieden, aber wenn ich mich für einen entschieden habe, dann werde ich energisch für ihn eintreten!«

Dr. Clay begann seinen Vortrag über das texanische Wetter mit drei Dias: »Hier sehen Sie mein Elternhaus in Wichita Falls um neunzehn Uhr neun am 10. April 1979. Der da zum Himmel raufschaut, das bin ich. Dieses zweite Dia, von einem Nachbarn auf der anderen Straßenseite aufgenommen, zeigt, wo ich hinstarrte.«

Es war eine furchterregende Aufnahme, später weltweit abgebildet, weil sie in allen Einzelheiten die Struktur eines großen Tornados zeigte, bevor er losbrach. »Achten Sie bitte auf drei Dinge: Erstens auf die riesige schwarze Gewitterwolke hoch oben, die groß genug ist, um einen ganzen Landstrich zu verdunkeln. Dann auf den deutlich sichtbaren rüsselartigen Schlauch, der bis in Bodennähe herabreicht. Und drittens auf die Schnauze der Trombe, die wie die Düse eines Staubsaugers hinterherwandert.«

Clay wollte das nächste Diapositiv zeigen, aber Rusk stellte ihm eine Frage: »Warum wandert die Schnauze hinterher?«

»Ein aerodynamisches Gesetz. Sie schleppt sich auf dem Boden dahin, den sie zerstört.«

Nun zeigte er uns das bemerkenswerteste der drei Dias. »Das ist unser Haus, und zwar eine Minute nachdem der Tornado zugeschlagen hatte.« Vom oberen Teil des Hauses war nichts mehr zu sehen. Der Sturm hatte sogar die schwere Badewanne mit sich fortgerissen.

»Wie konnte der Mann mit der Kamera so ein Bild aufnehmen?« fragte Rusk. Und Miss Cobb wollte wissen: »Und was ist mit Ihnen passiert?«

»Das ist das Geheimnis eines Tornados. Sein zerstörerischer Weg ist so genau vorgezeichnet wie eine mit einem Bleistift gezogene Linie. Auf unserer Straßenseite war alles ausradiert. Aber dort, wo der Fotograf stand, hat nur ein starker Wind geweht.«

»Ja, ja, aber wo waren Sie?« beharrte Miss Cobb.

»Unmittelbar bevor es losging, rief mir der Mann mit der Kamera zu: ›Lewis, hier rüber!‹ Er konnte sehen, wie die Linie verlief.«

»Erstaunlich«, meinte Quimper, aber Clay korrigierte ihn: »Nein, das wirkliche Wunder bestand darin, daß der Tornado nicht nur die Badewanne mitnahm, sondern auch meine Mutter, die gerade drin saß. Er nahm sie einfach mit der Wanne mit und setzte sie so sanft, wie man es sich nur wünschen kann, fünfhundert Meter entfernt wieder ab.«

Detailliert erklärte er uns nun die Entstehung der Tornados, die Texas alljährlich heimsuchen. »Vier Voraussetzungen müssen gegeben sein, damit sich ein Tornado bildet: Eine Kaltfront zieht von den Rockies im Westen herauf. Sie stößt auf Feuchtluft aus dem Golf. Das passiert vielleicht neunzigmal im Jahr und führt zu einem unbedeutenden Sturm. Manchmal aber kommt ein dritter Faktor hinzu. Sehr trockene Luft zieht schnell von Mexiko nach Norden; wenn sie auf die Kaltluft auftrifft, die bereits in starke Bewegung geraten ist, sind heftige Gewitterstürme die Folge, aber nur selten etwas Schlimmeres. Wenn dann jedoch die vierte Luftmasse dazukommt, ein starker Strahlstrom in neuntausend Meter Höhe, dann ist das so, als ob sich eine Haube über das ganze System stülpte. Dann entstehen Tornados, brechen los und richten Schäden an, wie sie Sie in Wichita Falls gesehen haben.«

»Wie schlimm waren diese Schäden?« fragte Quimper, und Clay antwortete: »Dieser Tornado schlug eine zwölf Kilometer lange und drei Kilometer breite Schneise. Die Schadenssumme betrug vierhundert Millionen Dollar, es gab zweiundvierzig Tote und mehrere hundert Verletzte.«

In rascher Folge projizierte er eine Reihe von Diapositiven auf die Leinwand, während er uns mit statistischen Informationen versorgte. »Die meisten Tornados treten im Mai auf. Durchschnittlich haben wir hundertzweiunddreißig im Jahr, die durchschnittlich dreizehn Menschen das Leben kosten. Der Schlauch dreht sich meist zyklonal, also gegen den Uhrzeiger gerichtet, und wandert mit einer Geschwindigkeit von sechsundfünfzig Stundenkilometern über den Boden, fast immer in nordwestlicher Richtung, und mit einer Geschwindigkeit von bis zu vierhundertachtzig Stundenkilometern im Innern des Schlauchs.« Er machte eine kurze Pause und fuhr dann fort: »Der gefährlichste Ort, an dem man sich während eines Tornados aufhalten kann, ist das Auto. Der Sturm hebt es hoch, es ist ihm aber zu schwer, und er schleudert es zu Boden. Der beste Ort ist natürlich ein Sturmkeller – wenn man einen hat.«

In den folgenden zwei Stunden dozierte Dr. Clay dann über die großen Hurricanes, die vor der afrikanischen Küste entstehen und über den Atlantik in den Golf von Mexiko brausen. »Die schlimmste Naturkatastrophe, die Amerika je erlebt hat, war der Hurricane in Galveston am 8. Dezember 1900. Er zerstörte die ganze Stadt, große Gebiete wurden von den dreieinhalb Meter hohen, landeinwärts treibenden Wellen ausradiert. In einer Nacht starben achttausend Menschen.«

Eine bemerkenswerte Reihe von Bildern, die vier verschiedene Fotografen an ein und demselben Märztag des Jahres 1983 aufgenommen hatten, zeigte die Stadt Amarillo inmitten eines Schnee- und Hagelsturms bei minus zwei Grad Celsius, Abilene inmitten eines Staubsturms bei zehn Grad, Austin zu Beginn eines Norders bei dreiunddreißig Grad und Brownsville inmitten einer unerträglichen Hitzewelle von vierzig Grad. »Von Nordwest bis Südost ein Temperaturgefälle von zweiundvierzig Grad!« Wir waren alle verblüfft.

»Diese phantastischen Temperaturstürze können jederzeit vorkommen«, fuhr Clay fort, »sie sind allerdings in den Sommermonaten am spektakulärsten. Der tollste aller blauen Norder trat am 3. Februar 1899 auf. Um die Mittagsstunde betrug die Temperatur in vielen Teilen des Staates neununddreißig Grad. Nicht lange danach minus zwanzig Grad. Ein unglaublicher Temperatursturz von nicht weniger als neunundfünfzig Grad!«

Clay hatte jahrzehntelang das texanische Wetter studiert, und nun sah er den Staat als ein einziges gigantisches Schlachtfeld, über dem und auf dem die Elemente ununterbrochen Krieg führten. »Kein menschliches Wesen würde sich in diesem Land mit seinen unglaublich heißen Sommern und gewaltigen Stürmen niederlassen, wenn es nicht den Kampf liebte und davon überzeugt wäre, daß es überleben kann, wenn es nur genug Mut aufbringt. Welcher andere Staat hat Hurricanes und Tornados aufzuweisen, die jedes Jahr viele Menschen töten? Und zwei volle Monate lang blaue Norder und Dürreperioden und Tage mit achtunddreißig Grad Hitze? Und, nicht zu vergessen den immer schlimmer werdenden Wassermangel? Texas ist wahrhaftig ein Land, das heldenhafter Menschen bedarf.«

XII.
DIE STADT

Die Volkszählung von 1900 bestätigte, daß Texas noch immer ein Agrarstaat war: Von den 3 048 710 Einwohnern bezeichneten sich nur 17,1 Prozent als Städter, nun selbst diese Zahl war irreführend, denn schon die mickrigste Siedlung galt als Stadt, wenn mehr als zweitausendfünfhundert Menschen in ihr lebten.

Die größte Stadt war noch immer San Antonio mit 53 321 Einwohnern, in ihrer Mehrzahl deutscher Herkunft, denn die Hispaños, die später den Charakter des Ortes bestimmen sollten, machten damals nicht mehr als zehn Prozent aus. Mit 44 633 Einwohnern war Houston die zweitgrößte Stadt, und an dritter Stelle stand Dallas mit 42 638. Amarillo und Lubbock, die später eine bedeutende Rolle in der texanischen Geschichte spielen sollten, waren noch gar keine Städte; Amarillo zählte 1442, Lubbock 112 Einwohner.

Von kleinen Orten wie diesen waren drei von besonderem Interesse. Der erste war natürlich Larkin im Westen; dort lebten 388 Menschen. Der zweite war Waxahachie, südlich von Dallas, mit 4215 Einwohnern, und der dritte die kleine Hispaño-Stadt Bravo am südlichsten Punkt von Texas. Sie lag am Nordufer des Rio Grande, in einer Gegend, die durch künstliche Bewässerung zu einem der reichsten Ackerbaugebiete Amerikas geworden war. Bravo mit seinen 389 Seelen bewachte das amerikanische Ende einer kleinen Brücke über den Rio Grande, Escandón, eine etwas größere Siedlung, das mexikanische.

Während sich das neunzehnte Jahrhundert seinem Ende zuneigte, sahen sich die Bewohner der Stadt Larkin, Hauptstadt von Larkin County, in einen intellektuellen Streit hineingezogen, der auch in vielen anderen Ortschaften ausgefochten wurde: Wann würde das neue Jahrhundert eigentlich beginnen?

Tradition und öffentliche Meinung stimmten darin überein, daß um Mitternacht des 31. Dezember 1899 das alte Jahrhundert vergehen und eine Minute später ein neues beginnen würde. Aber Earnshaw Rusk und viele andere intelligente Männer und Frauen im Staat wußten, daß das zwanzigste Jahrhundert unmöglich vor dem 31. Dezember 1900 beginnen konnte; Logik, Mathematik und Geschichte bewiesen, daß sie im Recht waren, aber es gelang ihnen nicht, ihre Mitbürger dazu zu überreden, mit den Feierlichkeiten für den Beginn des neuen Jahrhunderts noch ein Jahr zu warten.« »Jeder Idiot weiß doch, daß das neue Jahrhundert mit dem Jahr 1900 anfängt«, rief ein Eiferer, »und zu Neujahr werde ich die Kirchenglocken läuten, und Jim Bob Loomis wird das Feuer anzünden.«

»Sagen Sie mal«, wandte Rusk sich an Jim Bob, »wie viele Jahre hat ein Jahrhundert?«

»Na, hundert natürlich.«

»Zu Christi Zeiten, als alles anfing, hat es da je ein Jahr Null gegeben?«

»Nicht daß ich wüßte.«

»Demnach muß das erste Jahrhundert mit dem Jahr eins begonnen haben, nicht wahr?«

»Ich denke schon.«

»Und als wir dann zum Jahr neunundneunzig kamen, wie viele Jahre hatte da das erste Jahrhundert?«

»Neunundneunzig, denke ich.«

»Genau. Und darum war auch nichts Besonderes am Jahr einhundert. Das zweite Jahrhundert mußte also mit dem Anfang von 101 beginnen.«

Jim Bob hob drohend einen Finger. »Was Sie da reden, ist blanker Atheismus, und Reverend Hislop hat uns vor solchen Ideen gewarnt!«

Der Dezember 1899 ging zu Ende, und der Holzstoß für das Freudenfeuer auf dem früheren Paradeplatz wuchs höher und höher, bis schließlich eine Leiter nötig war, um die Spitze zu erreichen. Damen der baptistischen und der methodistischen Kirche setzten einen alkoholfreien Punsch an, und eine Kapelle übte verschiedene Märsche.

Das alles ärgerte Earnshaw. »Emma«, fragte er seine Frau, »wie ist es nur möglich, daß Leute unbestreitbaren Tatsachen nicht ins Auge sehen wollen?«

»Ach Earnshaw, irgendwie gefällt neunzehnhundert auch mir. Es signalisiert so offensichtlich den Anfang von etwas Neuem.«

Entrüstet über solche Äußerungen zog Rusk sich in die Gesellschaft von sieben anderen Herren zurück, die wie er überzeugt waren, daß das neue Jahrhundert um Mitternacht des 31. Dezember 1900 und keine Minute früher beginnen werde. Sie hielten sich von allen Feierlichkeiten fern.

Das Jahr 1900 war von Dürre, massenweise sterbendem Vieh und enttäuschten Hoffnung in bezug auf das Hobelwerk gekennzeichnet.

Bankier Weatherby hatte eine Interessengemeinschaft mit dreizehntausend Dollar Kapital ins Leben gerufen, um ein Hobelwerk zu errichten; die Bäume sollten mit der Bahn in die Stadt gebracht werden. Im Juli machte das Unternehmen Pleite, und die Anleger aus Larkin verloren ihr Geld. Rusks Verlust bei dem Geschäft betrug achthundert Dollar. »Ich habe die Leute gewarnt«, vertraute er Emma an. »1900 muß ganz einfach ein schlechtes Jahr werden.«

Die jetzt dreiundvierzigjährige Emma bedauerte, daß ihr Mann spekuliert hatte. »Wir hätten das Geld Floyd geben können für unsere zwei Enkelinnen. Erzähl du mir ja nichts mehr von Hobelwerken!«

Sie dachte jetzt besser als früher von ihrem Sohn, denn mit fünfundzwanzig wurde er langsam doch zu einem Mann. Er war immer noch stark übergewichtig, wog zweihundertzwanzig Pfund, und seine zweiundzwanzigjährige Frau Molly stand ihm nur um weniges nach. Aber sie hatten zwei hübsche, lebhafte Mädchen in die Welt gesetzt, die jetzt vierjährige Bertha und die elf Monate alte Linda, und Emma glaubte ganz fest, daß ihr Sohn trotz seines mürrischen Wesens und der Abneigung, die er gegen seinen Vater hegte, gute Aussichten hatte, etwas aus sich zu machen – denn Floyd konnte arbeiten. Das Problem sah Emma so: »Er hält es nie lange bei etwas aus. Wenn ich ihm die Aufsicht über unsere Rinder überlassen würde, weiß der Himmel, was passieren würde.«

Zum Glück konnte sie sich auf Paul Yeager verlassen, der zwei Jahre älter und zwei Jahrhunderte weiser als Floyd war. Die Yeagers besaßen jetzt ein ziemlich großes Stück Land nördlich des Teichs. Eines Tages sagte Frank zu Emma: »Earnshaw hat uns unsere ersten achtzig Hektar geschenkt, sie aber nie urkundlich auf uns übertragen. Würden Sie so freundlich sein, ihn daran zu erinnern, daß mein Junge und ich eine Menge Arbeit in diese achtzig Hektar gesteckt haben? Wir würden uns sicherer fühlen...«

»Das ist doch selbstverständlich. Natürlich werde ich es ihm sagen.«

Mitte Dezember erinnerte sie ihren Mann: »Es gehört sich nicht, daß du den Yeagers keinen Eigentumstitel auf ihr Land gegeben hast. Bitte geh zu Gericht und bring das in Ordnung.«

»Du hast recht!« Natürlich mußte die Schenkung formalisiert werden, und Earnshaw versprach, sich darum zu kümmern, sobald er und seine Logiker das neue Jahrhundert gebührend empfangen hatten.

Er und die sieben Freunde, die bei der Verteidigung der Vernunft auf seiner Seite gestanden hatten, genossen es weidlich, das neue Jahrhundert gebührend zu begrüßen, obwohl kein Mensch bereit war, mit ihnen mitzufeiern.

Nach den tragischen Ereignissen des Abends kursierten Gerüchte, wonach der Quäker, Earnshaw Rusk, die Nüchternheit in Person, bei seiner Feier zur Geburt des neuen Jahrhunderts sich hatte vollaufen lassen; andere vertraten die Meinung, Gott selbst habe eingegriffen und Rusk für seine Blasphemie, den falschen Anfang des Jahrhunderts zu feiern, bestraft. Wie auch immer: Als Rusk seine feiernden Freunde verließ und den alten Paradeplatz im Schatten seines geliebten Gerichtsgebäudes zu überqueren begann, kamen zwei junge Cowboys von der Rusk-Ranch im Galopp dahergepprescht. Den ersten von ihnen sah Earnshaw und konnte dem sich aufbäumenden Pferd gerade noch ausweichen, aber er sah nicht den zweiten, dessen Tier scheute, Earnshaw zu Boden schleuderte und auf seinem Kopf herumtrampelte.

Der neunundfünfzigjährige Quäker war in so guter körperlicher Verfassung, daß Herz und Lunge weiterfunktionierten, während er das Bewußtsein für immer verloren hatte. Drei qualvolle Tage siechte er dahin. Emma saß Tag und Nacht an seinem Bett, und selbst Floyd kam einmal ins Zimmer, um seinem Vater widerwillig einen Anstandsbesuch abzustatten.

Am vierten Tag führte eine schwere Gehirnblutung zu völliger Lähmung. Am sechsten Tag verschlechterte sich der Zustand des beschädigten Gehirns noch weiter. Earnshaws Finger krallten sich in die Decke, und auch seine Beine versuchten sich ans Bett zu klammern. Als schließlich das Ende kam, mußte man ihn mit Gewalt losreißen.

Am Tag der Beerdigung kamen vier Komantschen aus dem Reservat bei Camp Hope in die Stadt geritten, und man erlaubte ihnen, am Grab zu singen. Floyd Rusk und seine Frau waren darüber empört, vor allem angesichts der Scheußlichkeiten, die Emma vor Jahrzehnten von den Indianern hatte erdulden müssen; am meisten aber erzürnte es sie, daß Emma, die Frau ohne Ohren und mit einer hölzernen Nase, in den Gesang der Indianer mit einstimmte.

Die Tragödie von Lakeview, der Cobbschen Plantage, begann an einem Morgen im Jahre 1892, als ein Feldhüter laut rufend ins Herrenhaus gelaufen kam: »Master Cobb, in den Baumwollkapseln ist etwas Furchtbares drin!«

Laurel Cobb, der tüchtige Sohn von Somerset Cobb und Petty Prue, der jetzt die Plantage leitete, eilte hinaus, um zu sehen, von welcher Kleinigkeit seine Leute sich hatten aufregen lassen, mußte aber bald feststellen, daß es sich wirklich um eine Katastrophe handelte. »Die Hälfte aller Baumwollpflanzen ist von einem Käfer befallen«, berichtete er seiner Frau Sue Beth, als er ins Haus zurückkam.

»Ist der Schaden groß?«

»Riesengroß. Sie haben den ganzen Kapselinhalt gefressen.«

»Soll das heißen, daß unsere Baumwolle verloren ist?«

»Genau das heißt es.«

Der Baumwollkapselkäfer war auf den Feldern von Osttexas aufgetaucht, und mit jedem folgenden Jahr wurde die Plage schrecklicher. Ganze Pflanzungen wurden vernichtet, und es gab keine Gegenmaßnahmen, um der Zerstörung Einhalt zu gebieten. Der Käfer legte seine Eier in die reifenden Kapseln, die Larven fraßen die Samenfäden, und zum Schluß war die Pflanze vollkommen wertlos.

In seinem Bezirk war Cobb der erste, der die Regierung aufforderte, »etwas zu unternehmen«. Das Landwirtschaftsministerium schickte einen jungen Fachmann, der den ortsansässigen Pflanzern mitteilte, was man bereits herausgefunden hatte:

»Die ursprüngliche Heimat des Baumwollkapselkäfers ist Mexiko. Er kam über die Grenze zuerst nach Texas. Er scheint pro Jahr etwa dreihundertvierzig Kilometer vorzurücken. Bald wird er in Mississippi und Alabama und dann auch in Georgia und in den Carolinas sein.

Wir wissen nicht, wie man ihn aufhalten oder vernichten könnte. Es bleibt uns nichts anderes übrig, als zu hoffen, daß ein anderes Insekt ihn angreift. Ich rate Ihnen, suchen Sie sich Land weiter im Westen, wo er die Pflanzen nicht befällt, denn der Baumwollkapselkäfer hat einen eingebauten Kompaß. Er braucht Feuchtigkeit, und auf der Suche danach zieht er immer weiter nach Osten.«

In den Jahren zwischen 1892 und 1900 mußte Cobb zusehen, wie seine einst prächtige Plantage dem Ruin entgegensteuerte. Seine Felder, die einst Schiffs- und später Waggonladungen von Ballen produziert hatten, erbrachten jetzt ganze fünfzig brauchbare Ballen.

Das Jahrhundert ging zu Ende. Traurig gestand Laurel seiner Frau: »Sue Beth, es hat keinen Sinn, daß wir uns noch länger etwas vormachen. Das Schicksal unserer Felder ist besiegelt.«

»Du meinst, Lakeview ist am Ende?«

Ohne diese Frage zu beantworten, holte er den Bericht eines Beirats der Baumwollpflanzer aus der Tasche: »Diese Leute sagen, es gebe wunderbares neues Land in der Nähe eines Ortes namens Waxahachie.«

»Ein komischer Name für eine Stadt!«

»Ich kenne sie nicht, aber nach dem, was die da schreiben, könnte sie unsere Rettung sein.« Er nahm den nächsten Zug nach Waxahachie und kam begeistert zurück: »Ich kann dort vierhundert Hektar für fünfundsiebzig Cents den Hektar bekommen.«

»Aber hat sich der Baumwollkäfer nicht auch dort schon bemerkbar gemacht?«

»Doch. Aber die Niederschlagsmenge ist da oben so viel kleiner, daß die Fachleute Methoden entwickeln konnten, um die Käferplage unter Kontrolle zu halten... mehr oder weniger.«

»Du hast dich also entschlossen, zu übersiedeln?«

»Ja.«

»Glaubst du, wir kriegen diese Plantage los?«

»Wer würde denn so verrückt sein, sie zu kaufen?«

»Heißt das, daß wir alles verlieren?«

»Wir verlieren sehr wenig. Wir treten sie an Devereaux ab. Er behauptet, er könnte sie mit kleinem Gewinn weiterführen.«

Devereaux Cobb war eine Gestalt wie aus dem achtzehnten Jahrhundert. Der jetzt vierzigjährige, spät geborene Sohn des rothaarigen Reuben Cobb aus Georgia, der bei Vicksburg gefallen war, hatte nichts vom Schwung seines Vaters geerbt. Er war ein großer, schlaff wirkender Mensch, der sich der Aufgabe verschrieben hatte, das von seinen Eltern erbaute Herrenhaus zu erhalten; vergebens bemühte sich der schrullige Junggeselle, die Traditionen des tiefen Südens am Leben zu erhalten. Zwar besaß er keine Sklaven mehr wie in den alten Zeiten, dafür aber schwarze Diener, die ihm den Gefallen taten, sich Sueton und Trajan nennen zu lassen.

Seit seine verwitwete Mutter Petty Prue des einarmigen Somerset Cobb zweite Frau geworden war, besaß er einen Rechtsanspruch auf den halben Besitz in Jefferson, und nun boten ihm Laurel und dessen Frau die andere Hälfte an: »Du bist dazu bestimmt, der Hüter einer großen Plantage zu sein, Devereaux. Wir lassen diesen Besitz in guten Händen.«

»Ich werde mir Mühe geben«, sagte er.

Auf dem Heimweg von der Kanzlei des Notars, wo die Papiere unterzeichnet worden waren, sagte Laurel zu seiner Frau: »Devereaux ist nicht von dieser Welt. Er hat das Gefühl, an Lakeview festhalten zu müssen, um die Traditionen des Südens zu pflegen.« Sie stellten sich vor, wie der vierzigjährige unverheiratete Devereaux in feierlicher Einsamkeit die Herrenhäuser bewohnte; er würde die Bibliotheken zusammenlegen, ein paar von den Klavieren verkaufen und sich bemühen, mit vier schwarzen Dienern aus der Stadt so gut wie möglich zu leben. Einen Teil der Felder würde er den Käfern und dem Unkraut überlassen, andere jedoch in Pacht geben und hoffen, genug damit verdienen zu können, um sich selbst zu erhalten.

»Devereaux wird überleben«, sagte Laurel, während er und Sue Beth ihre Sachen packten, »aber ich wünschte, er würde sich eine Frau nehmen, bevor wir abreisen.«

»Darüber habe ich mir auch schon den Kopf zerbrochen«, gab sie zu. Sie war eine praktisch denkende Person, genau wie ihre Schwiegermutter Petty Prue, und der Gedanke irritierte sie, daß eine so gute Partie wie Devereaux den Besitz erbte, ohne eine Frau zu haben, die ihm helfen konnte, ihn zu führen.

Sie hatte in ganz Jefferson nach einer passenden Dame Ausschau gehalten; nun gestand sie ihrem Mann: »Mir wäre jede im Alter zwischen neunzehn und fünfzig recht gewesen, aber ich konnte in ganz Jefferson keine finden, die eine solche Stellung ausfüllen könnte.«

»Das muß Devereaux beurteilen«, meinte Laurel. »Woher willst du wissen, ob er überhaupt heiraten will?«

»Er wird tun, was ich ihm sage«, gab sie zurück, und schon waren sie beide nach Marshall im Nachbarcounty unterwegs, wo sie sich umhörten und bald von einer attraktiven neunundzwanzigjährigen Witwe mit einem zweijährigen Töchterchen namens Belle erfuhren. Die Dame entstammte einer Familie aus Alabama und genoß einen ausgezeichneten Ruf.

Weil sie Devereaux in guten Händen wissen wollte, bevor Laurel und sie Jefferson verließen, wäre Sue Beth das Problem gern frontal angegangen, aber sie wußte, daß sie damit gegen die feine Art, wie sie von den Frauen im Süden geschätzt wurde, verstoßen hätte. »Es wäre wunderbar«, begann sie daher zögernd, »wenn Sie Lakeview einmal besuchen würden.«

Als ob sie keine Ahnung hätte, was sich hinter dieser Einladung verbarg, antwortete die Witwe: »Ich habe gehört, daß es ein herrlicher Besitz ist.«

»Ja, das stimmt, aber wir ziehen leider fort. Und wenn wir gehen, wird Devereaux...« Sue Beth zögerte artig. »Er übernimmt die Plantage.«

»Ich habe von ihm gehört. Den letzten Edelmann des Südens nennen ihn die Leute.« Sie kannte die Namen aller unverheirateten Gentlemen in den umliegenden Counties.

»Mein Mann und ich würden uns geehrt fühlen, wenn Sie und Ihr reizendes Töchterchen...« Sue Beth ergriff die Hände der Witwe. »Es wäre uns eine große Ehre, wenn Sie bereit wären...«

»*Mir* wäre es eine große Ehre«, erwiderte die junge Frau, und als sie und ihre Tochter mit den Cobbs im neuen Zug nach Jefferson saßen, war man sich über den Zweck der Reise völlig einig, obwohl man kein Wort darüber verloren hatte.

Am Bahnhof wartete ein entsetzlich verlegener Devereaux. Nach den gegenseitigen Vorstellungen flüsterte Sue Beth ihrem Gast zu: »Ein etwas verschrobener Junggeselle, aber reizend.« Und Laurel fügte hinzu: »In seinen Adern fließt bestes Südstaatenblut, und die Pflanzung ist unbelastet und gehört ihm.«

Es war ein Zusammentreffen von der Art, wie es sich im texanischen Grenzland schon oft abgespielt hatte, wo der Tod willkürlich zuschlug und Witwenschaft etwas Alltägliches war. Deshalb suchten Freunde die Gegend ab, und wenn die zukünftigen Eheleute einander vorgestellt waren, holte man einen Priester, und das Leben in Texas ging weiter.

Eine solche Hochzeit wurde nun auf Lakeview arrangiert.

Von Lakeview bis Waxahachie waren es ungefähr zweihundertvierzig Kilometer. Die Cobbs hatten die dumpfig-feuchte Bayou-Gegend mit nahezu hundertdreißig Zentimetern Niederschlag im Jahr verlassen und waren auf leichter überschaubares Land mit etwa neunzig Zentimetern Niederschlag gekommen.

Da frühere Eigentümer die Bäume gefällt hatten, konnte Cobb sofort mit dem Anbau beginnen. In seinem räuberischen Zug aus Mexiko herauf war der Baumwollkapselkäfer natürlich auch hierher gekommen, aber die Zeit war nicht stehengeblieben, und der einst so pessimistische Agrarfachmann hatte gute Neuigkeiten zu berichten:

»Wir sind dem kleinen Teufel jetzt voraus. Vor allem, Cobb, müssen Sie eine Sorte anbauen, bei der man schon früh die Samenkapseln abstreifen kann. Je früher, desto besser, denn dann können Sie ernten, noch bevor der Käfer dran war. Pflanzen Sie Mais zwischen den Reihen, den liebt der Baumwollkapselkäfer; besser er frißt den Mais als Ihre Baumwollkapseln. Das Wichtigste aber ist: Sie müssen Ihre Sträucher im August, allerspätestens Mitte September, verbrennen, dann haben die Biester nämlich keinen Platz, sich zu vermehren. Und dann: Wir wissen noch nicht, ob es auch tatsächlich funktioniert, aber wir hatten einige gute Erfolge mit Arsen. Wir wollen die kleinen Dreckskerle vergiften.«

Cobb befolgte alle diese Ratschläge, und als das erste Jahr zu Ende ging, hatte er eine so reiche Ernte, daß er es für angebracht hielt, eine eigene Entkernungsmaschine anzuschaffen; damit wurde er zu einer der größten Baumwollpflanzer in dieser Gegend. Nach sorgfältiger Berechnung des Gewinns konnte er ein bescheidenes Haus für Sue Beth und die Kinder bauen.

»Ist das nicht ein wunderbares Bild?« rief Laurel an einem wunderbaren Oktobertag, als helles Sonnenlicht auf den Hauptplatz fiel, und er hatte recht.

Waxahachie besaß einen sehr schönen Stadtplatz, von hübschen niedrigen Häusern eingefaßt und beherrscht von dem rot- und graufarbenen Gerichtshaus, dessen Architekt James Riely Gordon war. Für eine doppelt so hohe Summe wie jene, die von den weniger begüterten Bürgern in Larkin County aufgebracht worden war, hatte Gordon ein zehnstöckiges Märchenschloß erbaut, reichlich versehen mit Zinnen und Bastionen und Uhrentürmen – eines der prächtigsten Bauwerke von Texas.

Aber es war nicht das stattliche Gerichtsgebäude, das Laurel Cobb an diesem Morgen so begeisterte; es waren die Menschen, die sich auf dem Platz drängten, denn hierher hatten die Baumwollpflanzer der Region Karrenladungen ihrer besten Baumwolle gebracht, mehr als zweitausend Ballen.

Das war der Reichtum von Texas, diese Berge von Baumwollballen vor dem Gerichtsgebäude, wo die Käufer ihre Wahl treffen würden; die Züge würden die Ballen dann in alle Teile des Landes, Schiffe würden sie nach Europa und sogar nach Asien befördern – überall dorthin, wo Baumwollstoffe gebraucht wurden.

»Sieh dir das an«, forderte Laurel seine Frau auf. Er dachte an die letzten, von Sorgen überschatteten Jahre auf ihrer Plantage in Jefferson, küßte Sue Beth und rief: »Mein Gott, bin ich froh, daß wir hierhergekommen sind!«

In den spanischsprachigen Counties entlang des texanischen Ufers des Rio Grande gab es drei Arten von Wahlen, jede mit ihren eigenen Besonderheiten. Da waren natürlich im November die allgemeinen Wahlen im ganzen Staat, bei denen Demokraten und Republikaner um das Gouverneursamt von Texas oder um die Präsidentschaft der Vereinigten Staaten kämpften; wegen der anhaltend feindseligen Stimmung, die noch aus den Jahren der »Reconstruction« herrührte, wurde in Texas jedoch fast ein Jahrhundert lang kein Republikaner in ein höheres Amt berufen. Diese Novemberwahlen waren also eine reine Formsache.

Was zählte, das war die Wahl des Kandidaten der Demokraten im Sommer, denn dabei erhitzten sich die Gemüter manchmal so sehr, daß es sogar zu Schießereien kam. Vor 1906 hatten die Demokraten ihre Anwärter in einer Parteiversammlung bestimmt, aber es war zu Unregelmäßigkeiten gekommen, und so hatte man ein Reformgesetz verabschiedet, wonach die Nominierung durch öffentliche Wahl erfolgen mußte – was immer noch genügend Gelegenheiten für die Anwendung von Tricks ließ, so daß die Berufspolitiker auch weiterhin den Ton angeben konnten. Jetzt kam es im ganzen Staat zu Geschrei und Gezänk, und nirgends waren diese neuen Vorwahlen korrupter als am Rio Grande, wo beispielsweise ein Wahlkreis mit einer Bevölkerung von 356 – einschließlich der Frauen, die kein Stimmrecht besaßen, und ihrer Kinder – am späten Abend des Wahltags bekanntgab, der von ihnen gewählte demokratische Kandidat habe mit 343 zu 14 gewonnen.

Die plumpste Seite der texanischen Politik zeigte sich jedoch bei einer dritten Art von Wahl. Das war die lokale Wahl in der Stadt oder im County, bei der sich sowohl Demokraten als auch Republikaner bewarben und der Sieg mal der einen, mal der anderen Partei zufiel. Eine Gemeindewahl in den spanischsprechenden Counties konnte eine furchtbare Sache sein.

Wenn nun aber bei Wahlen im ganzen Staat Texas die Mehrheit nie an die Republikaner ging, wie konnte diese Partei erwarten, bei lokalen Wahlen am Fluß den Sieg zu erringen? Auf diese Frage gab es drei Antworten: Loyale texanische Bürger, die kein Englisch sprachen, konnten manipuliert werden; mexikanischen Bürgern konnte man gefälschte Kopfsteuernachweise aushändigen und sie als Republikaner beziehungsweise als Demokraten einschreiben; und dann gab es ja die internationalen Brücken. Diese mickrigen Holzbrücken hatten oft nur eine Fahrbahn, aber sie waren mit Zollbeamten besetzt, die Washington hierhergeschickt hatte, und da in diesen Jahren republikanische Präsidenten wie McKinley, Roosevelt und Taft das Land regierten, waren es ihre Gefolgsleute, die in allem, was die Brücken betraf, das Sagen hatten.

Hundert Kilometer stromaufwärts der Mündung des Rio Grande in den Golf von Mexiko verband eine wacklige Holzbrücke Mexiko mit den Vereinigten Staaten, und an jedem der zwei Ufer war eine kleine, unbedeutende Stadt entstanden – die Brücke war wichtiger als beide Städte zusammen. In bedrückender Armut lebende nordmexikanische Bürger wurden nun in Grenzstädte wie diese gelockt und ließen sich dort in der Hoffnung, Arbeit zu finden, nieder. In der Stadt Escandón auf der mexikanischen Seite lebten zweitausend Menschen; der kleine Ort Bravo auf der texanischen Seite hatte nur halb so viele Einwohner.

In diesen ersten Jahren des zwanzigsten Jahrhunderts war das Zollamt in Bravo mit einem skrupellosen, sehr tüchtigen und außerordentlich charmanten Herrn besetzt. Es war ein stämmiger, lauter, rothaariger Ire aus New York, vierzig Jahre alt und Absolvent jener korrupten Schule des Republikanismus, die nur darin ihre Daseinsberechtigung fand, daß sie die noch schlimmere Korruption der Tammany-Demokraten bekämpfte. Mit der schamlosen Unterstützung durch drei andere Typen seines Schlages aus dem Osten und neun harte Burschen aus der Stadt hatte Tim Coke schon seit langem den Demokraten von Saldana den Krieg erklärt; in diesem Jahr 1908 sah er eine echte Chance, den Sieg zu erringen: »Die Zeit ist gekommen, diesen County ein für allemal republikanisch zu machen.«

In Saldana County, wie auch sonst am Rio Grande, war es üblich, mexikanische Bürger massenweise über den Fluß zu schmuggeln, jedem einen kleinen Betrag für eine illegale Stimmabgabe zu zahlen und ihn dann wieder zurückzuschicken. Da die Bevölkerung des Bezirks eher demokratisch wählte, mußten die Republikaner weit mehr illegale Wähler ins Land schmuggeln als die Demokraten, und keiner beherrschte dieses Spiel besser als der ideenreiche Tim Coke.

»Der Hurensohn hat uns die Brücke voraus«, jammerten die Demokraten. »Er kann seine Wähler herübermarschieren lassen, wie es ihm gefällt. Unsere müssen schwimmen!«

»Schon richtig«, gab Coke zu, »wir haben die Brücke, aber die haben ihren verdammten Wahlkreis siebenunddreißig!« Im Herzland von Saldana County hielten sich die schlauen Demokraten einen ländlichen Wahlkreis, der bis vier oder fünf Uhr früh zu warten pflegte, bevor er sein Wahlergebnis bekanntgab. Zu dieser Stunde wußten die Parteifunktionäre bereits, wie viele Stimmen sie aus dem Wahlkreis siebenunddreißig brauchten, um zu gewinnen, und so erging dann der Befehl: »Elizondo, du mußt uns Zahlen liefern, die uns einen Vorsprung von dreihundertdrei Stimmen geben.« Eine halbe Stunde später meldete Elizondo dann: »Demokraten dreihundertdreiundvierzig, Republikaner vierzehn.« Man empörte sich, man sprach von Wahlschwindel und drohte mit Anzeigen bei irgendwelchen Bundesbehörden, aber Elizondo hatte stets die gleiche Antwort parat: »Wir haben uns ein wenig verspätet, aber hier oben wählen wir nun mal immer blau.«

Am Rio Grande, wo viele Wähler kein Englisch verstanden, war es Brauch, die zwei großen Parteien mit Farben zu identifizieren, in jedem County andere. In Saldana waren die Republikaner immer schon die Roten und die Demokraten die Blauen gewesen.

Die Demokraten, denen die Vorteile der Aufsicht über die Zollbehörde versagt blieben, mußten sich ganz besonders anstrengen und hatten schon vor Jahren ihr Schicksal in die Hände eines der tüchtigsten politischen Führer gelegt, die Texas bisher hervorgebracht hatte.

Wer den Anglo Vigil Horace neben Tim Coke stehen sah, war versucht zu denken: Was für ein unfairer Wettstreit! Der große Ire mit seiner offenen, gewinnenden Art schien alles um ihn herum zu beherrschen, während Vigil, zwölf Jahre älter und schon ein wenig gebeugt, ein zurückhaltender Mann war, der jedes Aufsehen zu vermeiden suchte. Er sprach mit fast flüsternder Stimme. Für die Frauen war er »der liebe Señor Vigil«.

In der Öffentlichkeit machte er den Eindruck eines schon etwas tattrigen, gutmütigen Opas; privat aber, im Kreis seiner spanischsprechenden Untergebenen, konnte er seine Anordnungen mit einer Stimme herausschnarren, die jeden Widerspruch erstickte. Bei der Durchsetzung seiner persönlichen Interessen, aber auch bei der Wahrung der Belange der Demokratischen Partei konnte er skrupellos sein, und manch einer warnte: »Mischt euch nicht in sein Biergeschäft, und fragt nicht, wie er zu seinen demokratischen Mehrheiten kommt!«

Viele Jahre lang hatte er mit Bauholz und Eis gute Gewinne erzielt. Dann war er an den lukrativen Großhandel mit Bier geraten, so daß er jetzt kontrollierte, wie die Leute ihre Häuser bauten, wie sie im Sommer Kühlung erlangten und wie sie sich erfrischten, wenn die teuflisch heißen Tage am Rio Grande in die teuflisch heißen Nächte übergingen.

Horace Vigil war ein amerikanischer Patrón. Er entschied, wer Richter werden und welche Urteile der Richter sprechen würde, sobald er sein Amt angetreten hatte. Er nahm keine Steuern ein, aber er gab sie mit vollen Händen aus – selten für sich selbst, aber mit nie erlahmender Großzügigkeit unter seinen mexikanischen Anhängern; er war es, der bestimmte, welche Tochter welcher Freunde als Lehrerin in einer öffentlichen Schule eingestellt wurde; zu ihm kamen die Leute, wenn sie Geld für eine Hochzeit oder für ein Begräbnis brauchten. Dafür verlangte Vigil nur zwei Dinge: »Wählt blau und kauft mein Bier!«

Bei der Wahl von 1908 kam es schließlich zu der entscheidenden Kraftprobe zwischen Coke und Vigil. Schon vor dem Wahlgang hatte der Zollbeamte Coke so viele mexikanische Staatsbürger in Lagern am Nordufer des Flusses untergebracht, daß Vigil unruhig wurde. Schon zweimal hatte der Ire ihm am Ende des vorigen Jahrhunderts mit dieser

Methode den Sieg gestohlen, und solange Teddy Roosevelt noch im Weißen Haus saß, konnte Coke mit tatkräftiger Unterstützung seitens der Bundesgerichte rechnen.

Am Morgen des Freitags vor der Wahl erhielt Vigil beunruhigende Nachrichten: »Señor Vigil, Señor Coke bringt weitere hundertfünfzig Rote aus Mexiko!« Etwa die Hälfte dieser Männer hatte schon bei früheren Wahlen ihre Stimme abgegeben und dafür einen Dollar und zwei reichliche Mahlzeiten erhalten, aber die andere Hälfte war noch nie in Texas gewesen. Wie schon die früher von den Demokraten ins Land gebrachten Mexikaner wurden auch diese in zwei von Adobemauern umgebenen Lagern untergebracht; dort vertrieben sie sich die Zeit, bis die Leute vom Zoll kamen, um ihnen zu sagen, wie sie zu wählen hatten.

»Héctor!« rief der besorgte Vigil seinem wichtigsten Helfer, einem jungen Mann von achtzehn Jahren zu, »du mußt nach Mexiko rüber und mindestens hundert weitere Stimmen beschaffen.«

»Jawohl, Sir!« Er ging zu dem für die Kampagne zuständigen Schatzmeister und ließ sich zwanzig Dollar geben, um seine Wähler, solange sie noch auf der mexikanischen Seite waren, bei Stimmung halten zu können. Er wußte, daß noch mehr Geld auf ihn wartete, wenn es ihm gelang, die Leute herüberschwimmen zu lassen und ins blaue Lager zu bringen. Die Münzen sicher in seinem Gürtel verwahrt, ritt er drei Kilometer nach Westen, durchschwamm mit seinem Pferd den Fluß und schlug einen Haken nach Escandón zurück, wo er eine Gruppe geeigneter Männer auflas, die einen Dollar brauchen konnten.

Dieser junge Mann war Héctor Garza, ein Nachkomme jener Garzas, die gegen Ende des achtzehnten Jahrhunderts aus San Antonio hierhergekommen waren, und ein Enkel des Banditen Benito Garza, der in den fünfziger Jahren des neunzehnten Jahrhunderts Angst und Schrecken unter den Texanern verbreitet hatte. Héctor und seine unmittelbaren Vorfahren waren anständige Bürger der Vereinigten Staaten gewesen; er liebte Texas und wünschte seinem Staat eine gute Regierung; aus diesem Grund hatte er sich Horace Vigil angeschlossen.

Wie die große Mehrheit der Hispanos hatte auch er nur eine bruchstückhafte Schulbildung genossen; einerseits weil Texas es nicht für nötig hielt, die Söhne von Hispano-Bauern zu unterrichten, andererseits weil er, wie schon Benito Garza vor ihm, ein Freigeist war, der sich in kein Schulzimmer sperren ließ. Seine eigentliche Lehrzeit war jetzt, unter Vigil; er wußte, daß er, wenn er auch weiter für den Biergroßhändler arbeitete, alles lernen würde, was er über Saldana County wissen mußte.

 Wäre die Wahl von 1908 nach Plan abgelaufen, die Demokraten hätten dank Garzas in letzter Minute herbeigeschafften Wählern mit beruhigender Mehrheit gewonnen; aber ein mexikanischer Ladenbesitzer, der für das Zollamt Spionagedienste leistete, verständigte Tim Coke von dem heimlichen Zustrom blauer Wähler, und Coke rief seine Helfer zusammen: »Holt mir jeden Mexikaner aus Escandón herüber, der noch laufen kann!« Und so geschah es.

 Nachdem Vigil davon erfahren hatte, rief er sein Kriegskabinett zusammen: »Es gibt da ein Problem. Coke und seine Yankees wollen uns den Wahlsieg stehlen. Wenn *wir* gewinnen, gehört der Bezirk für die kommenden fünfzig Jahre uns. Bis zur nächsten Wahl hat Teddy Roosevelt das Weiße Haus verlassen, dann ist mit dem Druck aus Washington Schluß. Es heißt also jetzt die Ärmel aufkrempeln; wenn wir vom Wahlkreis siebenunddreißig ein Verhältnis von fünfhundert zu sieben brauchen, müssen wir es bekommen.«

 »Aber der Wahlkreis hat nur hundertneunundsiebzig eingeschriebene Wähler.«

 »Am Wahltag werden es mehr sein.«

 Doch Vigil wußte, daß er noch ein zusätzliches Wunder brauchte, um die Wahl zu gewinnen. Schon am Tag darauf stellte es sich ein. Gegen Mittag kam ein Mann mit dem Schreckensschrei gelaufen: »Ein totes Mädchen! In den Büschen, am Fluß!« Als städtische Beamte, Republikaner wie Demokraten, hinunterliefen, um Nachschau zu halten, vergaßen die meisten Einwohner von Bravo die Wahl – nicht so Horace Vigil. Er versammelte seine Helfer um sich und fragte: »Wie können wir diese traurige Geschichte zu unserem Vorteil nutzen?«

 Man fand einen Weg, und am Morgen vor der Wahl lasen die Bürger von Saldana County die sensationelle Meldung: »Tim Coke, führender republikanischer Politiker, unter Mordverdacht verhaftet!«

 Bemüht, Horace Vigils Forderung zu erfüllen, hatten »blaue« Kriminalbeamte Spuren entdeckt – nicht sehr überzeugende Spuren –, die zu Tim Coke führten, worauf die Polizei ihn verhaftete. Der Richter, ein verläßlicher Vigil-Mann, lehnte es ab, ihn auf freiem Fuß zu belassen, und so saß Coke, als die Wahl begann, im Gefängnis.

Die Republikaner taten ihr Bestes, ihren kleinen Vorsprung zu halten. Doch die schreckliche Anschuldigung, ihr Führer habe einen Mord begangen, noch dazu an einem Mädchen, verunsicherte die Wähler, und viele, die die Absicht gehabt hatten, republikanisch zu stimmen, überlegten es sich anders. Noch bevor der Wahlkreis 37 das gewohnte Resultat bekanntgab – 343 zu 14 für die Demokraten –, wußte man bereits, daß die Blauen gewonnen hatten.

Am Mittwoch wurde Coke aus der Haft entlassen. Vigil entschuldigte sich persönlich bei ihm: »Ein bedauerliches Mißverständnis. Der mexikanische Informant sprach kein Englisch, und die Rangers interpretierten seine Aussage falsch.« Der Presse gegenüber erklärte er: »Jeder rechtschaffene Bürger weiß, daß es von Übel ist, wenn ein angesehenes Mitglied unserer Gemeinde unverdienten Demütigungen ausgesetzt wird. Ganz Saldana County bittet Tim Coke, den treuen Wächter unserer Brücke über den Rio Grande, um Entschuldigung und gibt ein feierliches Versprechen ab, daß so etwas nie wieder passieren wird.«

Laurel Cobb wäre es nie in den Sinn gekommen, für den Sitz im Senat der Vereinigten Staaten zu kandidieren, den sein Vater innegehabt hatte, doch im Jahre 1919 zwang ihn eine lange Kette von Ereignissen, seine Meinung zu ändern.

In den kleinen Städten des nördlichen Texas stellte im Sommer oft ein Wanderprediger sein Zelt auf und hielt eine Erweckungsversammlung. Wenn der Mann für seine Redekunst bekannt war, strömten die Leute aus fünfzig, sechzig Kilometer Entfernung herbei, stellten ihre Zelte auf oder quartierten sich bei Fremden ein. Fünfzehn fröhliche Tage lang dauerten die Festlichkeiten.

Manche Wanderprediger schwangen pathetische Reden, manche drohten; andere wieder waren nichts anderes als bessere Varietékünstler auf alttestamentarisch. Besonders beliebt war Elder Fry, der keiner spezifischen protestantischen Konfession angehörte, sondern bei allen gleichermaßen zu Hause war – bei Methodisten und Baptisten, bei Presbyterianern und Campelliten – und ihnen allen diente. Er kam nicht, wie andere es taten, in eine Gemeinde, um die ortsansässigen Kirchenmänner mit der Behauptung zu beleidigen, er allein habe die Wahrheit gepachtet, während die anderen irrten; nein, er kam, um das Feuer des Glaubens neu zu entfachen.

Im Sommer 1919 kutschierte er seinen Buggy von Waxahachie nach Süden zur Cobb-Plantage, wo er bei Laurel und dessen Frau vorsprach: »Ich weiß, daß ein *Revival*-Zelt dem Grundbesitzer Probleme bringt, aber wenn Sie mir erlauben, das letzte Feld dort drüben zu benützen, werde ich darauf sehen, daß unsere Besucher nur über *eine* Straße anfahren, und wir werden uns bemühen, möglichst wenig Schaden anzurichten.«

»Dauert es fünfzehn Tage, wie üblich?« wollte Sue Beth wissen.

»Offen gestanden, Mrs. Cobb, ich brauche eine Woche, um zu instruieren, eine Woche um zu inspirieren und den letzten herrlichen Tag, an dem wir das Heil finden, um zu frohlocken. Ja, es wird fünfzehn Tage dauern.«

Nie versuchte der sechsundsechzigjährige, weißhaarige Fry, eine Bekehrung zu erzwingen, und er versprach auch keine Heilungen; er bot einfach das Zeugnis eines Mannes an, der ein langes Leben im Dienste Gottes verbracht hatte und fest davon überzeugt war, daß der Himmel eine solche Frömmigkeit erwartete.

Laurel wies seine Dienerschaft an, dem alten Herrn beim Errichten des Zelts zur Hand zu gehen, und er selbst half mit, die Stühle aufzustellen. Sue Beth organisierte die Picknicktische – wichtige Bestandteile der zwei Wochen dauernden Festlichkeit –, und Cobbs Arbeiter besserten die Zufahrtsstraßen aus. Kein Wunder, daß das Waxahachie-*Revival* des Jahres 1919 ein voller Erfolg wurde. Der im Jahr zuvor zu Ende gegangene Weltkrieg hatte zwar das Alltagsleben kaum berührt, aber viele Söhne Texas' waren nicht zurückgekommen, und nun sehnten sich die Menschen danach, den Frieden zu feiern, und waren gern bereit, Frys These zu akzeptieren, wonach es Gott selbst gewesen sei, der den Alliierten den Sieg geschenkt habe.

In der letzten Woche steigerte sich der Prediger in jenes Pathos hinein, das seine Erweckungsversammlungen immer wieder zu triumphalen Abschlüssen kommen ließ. Das Thema von Frys Abschiedspredigt am letzten Samstag war der treue Knecht, und während Cobb der majestätischen Stimme dieses guten Mannes lauschte, fühlte er, wie er, Laurel

Cobb, etwas erlebte, was man als eine Art Wiedergeburt bezeichnen konnte.

Am Montag nach dem *Revival* traf unerwarteter Besuch auf der Plantage ein. Der baptistische Geistliche wurde von Cobb herzlich begrüßt: »Kommen Sie rein, Reverend Teeder. Waren das nicht wunderbare zwei Wochen?« Teeder, ein Mann von völlig anderer Wesensart als Fry, pflichtete ihm nur widerwillig zu. »Aber Elder Fry scheint jenes Feuer zu fehlen, das einen wahren Mann Gottes kennzeichnet.« Cobb wollte nicht mit ihm streiten. »Aber er rettet viele Seelen«, hielt er Teeder entgegen. Dieser meinte: »Im Augenblick mag es so scheinen, aber auf Dauer nein. Meines Erachtens ist eine strengere Botschaft als die seine vonnöten!«

Teeder war der Prediger der Jordan-Baptist-Kirche, der auch die Cobbs angehörten. In einem hübschen Dorf im Süden von Waxahachie gelegen, erfreute sie sich einer überdurchschnittlich großen Mitgliederzahl und eines Geistlichen von besonderem Eifer. Im Jahre 1919 stand Simon Teeder auf dem Höhepunkt seiner kirchlichen Karriere. Er war ein von starken Gefühlen bewegter Mann, überzeugt, daß er Gottes Willen erkannt hatte, und fest entschlossen, ihm zum Durchbruch zu verhelfen. Vor kurzem hatte er sieben fromme Männer zur Wahl in den Kirchenrat nominiert; sie sollten die reine Lehre verkünden. Dann hatte er neunzehn Herren ausgewählt, die für ihre Geschäftstüchtigkeit bekannt waren – sie sollten als Hilfsgeistliche fungieren und sich um die finanziellen Angelegenheiten der Kongregation kümmern. Danach war folgende Erklärung in Umlauf gesetzt worden:

> »Die Jordan-Baptist-Kirche gründet sich auf feste Prinzipien. Wenn wir diesen Prinzipien gemäß leben und sie in unseren Herzen erstrahlen lassen, wird es in dieser Kirche nie irgendwelche Schwierigkeiten geben und weder Verwirrung noch Skandale unter ihren Pfarrkindern.
>
> Wir verurteilen alle Formen eines liederlichen, zügellosen Lebenswandels, wie er seit dem Ende des Großen Krieges unbemerkt über uns gekommen ist, und jeder, der die geistige Gemeinschaft mit dieser Kirche anstrebt, muß feierlich geloben, den Alkohol und das Glücksspiel zu meiden, aber auch Pferderennen, Boxkämpfe, Unzüchtigkeit mit Frauen und anderes unsittliches

Betragen. Insbesondere müssen jung und alt dem Tanz abschwören, denn er ist das Mittel, dessen sich der Teufel bevorzugt bedient, um uns zu verführen.«

Nun ging Reverend Teeder daran, verschiedene Mitglieder seiner Gemeinde aufzusuchen und sie dringend zu bitten, weitere Pflichten innerhalb der Kirche zu übernehmen.

Bei den Cobbs war er bisher noch nie gewesen, denn er hatte guten Grund zu der Annahme, daß Laurel für den starren Fundamentalismus, den er predigte, wenig übrig hatte. Doch die Kunde von der Unterstützung Elder Frys durch Cobb beim *Revival* hatte Teeder bewogen, einen Versuch zu wagen.

»Bruder Laurel«, sagte er jetzt, »Gott hat eine wichtige Mission für Sie, und ich hoffe sehr, Sie werden sie übernehmen.«

»Ich zahle den Zehnten. Das tue ich schon seit Jahren.«

»Es geht nicht um Geld – obwohl Gott Ihre Großzügigkeit natürlich wahrnimmt und schätzt. Er will *Sie* haben. Ich möchte, daß Sie Sonntagsschule halten, jeden Sonntag, und zwar für eine Gruppe von Knaben, die ich selbst aussuchen werde.«

»Dazu eigne ich mich überhaupt nicht.«

»O doch!« Über eine Stunde lang sprachen die zwei Männer miteinander, und am Ende hatte Cobb sich überreden lassen. Doch dann sagte er etwas für den Geistlichen sehr Überraschendes: »Wenn Sie eine Schwäche haben, Reverend, so ist es die, daß Sie von unserer Kirche immer so sprechen, als bestünde sie nur aus Männern. Sie übersehen die Frauen.«

»Damit folge ich Jesus und dem heiligen Paulus. Sie haben ihre Kirche in die Hände von Männern gelegt. Nie hat es Jüngerinnen oder Predigerinnen gegeben. Die Aufgabe einer Frau ist es, sich einen christlichen Mann zu finden, und Kinder im christlichen Glauben aufzuziehen.«

»Nun, ich werde keine reine Jungenklasse unterrichten. Wenn ich Ihnen helfen soll, dann müssen Sie schon eine Mädchenklasse organisieren, denn ich möchte, daß auch sie ein Teil unserer Kirche sind.«

»Das ist völlig unmöglich.«

»Dann ist auch meine Mitarbeit unmöglich.« Laurel rief seine Frau. Nachdem Sue Beth sich die Meinung ihres Mannes angehört hatte, nickte sie mit dem Kopf und sagte: »Es ist wirklich an der Zeit, die Frauen enger an Ihre Kirche zu binden, Reverend Teeder.«

Der Geistliche sah sich in die Enge getrieben. »Was diese Mädchenklasse in der Sonntagsschule angeht... Sie könnten recht haben. Lassen Sie uns das noch einmal überdenken.« Aber Cobb wußte, daß Teeder eigentlich etwas anderes meinte: »Ich muß das mit meinen Kirchenräten und Diakonen durchsprechen.«

Am Samstag sagte Cobb zu seiner Frau: »Ich habe so ein Gefühl, die Herren werden meinem Vorschlag zustimmen. Sie müßten eigentlich wissen, daß eine Sonntagsschule für Mädchen schon längst überfällig ist.« Am Sonntag nach dem Gottesdienst hielt Reverend Teeder, begleitet von Willis Wilbarger, dem mürrischen Vorsitzenden des Kirchenrates, den Pflanzer an der Kirchentür auf: »Cobb, die Herren haben Ihrem Vorschlag, einer Klasse für Mädchen, zugestimmt. Es sind bereits elf Mädchen für nächsten Sonntag angemeldet.«

Der Unterricht wurde ein voller Erfolg – elf Mädchen waren es am ersten Sonntag, dann wurden es neunzehn und schließlich mehr als dreißig. Cobb war ein strenger Lehrer; er verlangte von seinen Schülerinnen, daß sie wichtige Bibelverse auswendig lernten und einzelne Kapitel studierten, um später darüber diskutieren zu können.

Aber im Frühjahr kam es zu Problemen. Die in Waxahachie erscheinende Zeitung hatte, angestiftet von Kirchenrat Wilbarger, der von seiner Tochter informiert worden war, eine Liste mit den Namen von zweiundvierzig Jungen und Mädchen der Jordan-Baptist-Kirche abgedruckt, die die Unverfrorenheit besessen hatten, an einer Tanzveranstaltung im Country Club teilzunehmen. Sie waren von glaubwürdigen Zeugen dabei beobachtet worden, wie sie sich dem »Bunny Hug, dem Foxtrott, dem Grizzlybear, dem Tango und anderen unsittlichen afrikanischen Zügellosigkeiten« hingegeben hatten. Fünfzehn der neunzehn betroffenen Mädchen besuchten Laurel Cobbs Sonntagsschule, wie in dem Bericht betont wurde.

Die Zeitung erschien am Mittwoch nachmittag, und schon lange bevor sich an diesem Abend die Gebetsversammlung wie jeden Mittwoch zusammenfand, riefen empörte Kirchgänger einander an und kutschierten in ihren neuen Fords oder alten Buggies in der Gegend herum, um die Neuigkeit zu verbreiten. Während des Gottesdienstes, an dem so gut wie alle Angehörigen der Baptistenkirche teilnahmen, wurde der Skandal mit keinem Wort erwähnt, aber nach Beendigung der Messe bat Reverend Teeder Kirchenräte und Hilfsgeistliche, noch zu bleiben.

Natürlich wurde es Cobb nicht erlaubt, an dieser Beratung teilzunehmen, aber schon am nächsten Vormittag erfuhr er, was dabei herausgekommen war: »Laurel, man wird alle Mädchen, die bei dem Tanz dabei waren, aus der Kirche ausschließen, und Sie als geistigen Urheber ihrer Sünden wird man öffentlich tadeln.«

»Das ist doch einfach absurd! Diese Mädchen...«

Am Freitag hielt man eine öffentliche Versammlung, und Cobb konnte nicht verhindern, daß eine Resolution verabschiedet wurde, wonach die Mädchen aus der Kirche entfernt werden sollten. Bevor noch endgültig darüber abgestimmt worden war, meldete er sich zu Wort. Es wurde ihm verweigert, aber er achtete nicht darauf, erhob sich und verteidigte seine Mädchen mit ruhigen, aber eindringlichen Worten: »Na schön, sie haben getanzt – haben nicht auch die Gäste bei der Hochzeit von Kana getanzt? Tanzen Kinder nicht vor Freude, wenn sie glücklich sind? Diese christlichen Mädchen wegen eines so geringfügigen Vergehens aus der Kirche auszuschließen, wäre ein schrecklicher Fehler. Tanz ist keine Todsünde. Man darf lebenslustige junge Menschen nicht ihres Rechts berauben, einer Kirche anzugehören, nur weil sie gegen eine von Menschen erlassene Vorschrift verstoßen haben. Und als ihr Lehrer kenne ich das Gute in ihren Herzen. Begehen Sie nicht diesen furchtbaren Fehler!«

Reverend Teeder wünschte keine öffentliche Debatte über etwas, das im wesentlichen eine Frage kirchlicher Disziplin war, aber genausowenig konnte er es zulassen, daß seine Autorität von einem Laien in Frage gestellt wurde. »Tanzen ist durch Kirchengesetz verboten!« donnerte er, und Cobb donnerte zurück: »Aber es sollte nicht verboten sein!« Von seinem Platz in einer der vorderen Reihen brüllte Kirchenrat Wilbarger: »Das ist Gotteslästerung! Bereuen Sie! Bereuen Sie!« Und was als gesittete Versammlung begonnen hatte, endete mit Beschuldigungen und Gegenbeschuldigungen.

Nachdem der Ältestenrat am Montag abend heimlich zusammengetreten war, wurde allgemein bekannt, daß Laurel Cobb vor ein öffentliches Tribunal gestellt werden sollte. Dort werde man ihn beschuldigen, die Moral der jungen Frauen in der Gemeinde zu gefährden, indem er sie ermutige, an unzüchtigen Tanzdarbietungen teilzunehmen, und daß er sie überdies gegen die scharfe, aber gerechte Kritik seitens dieser Kirche in Schutz nehme.

Die Verhandlung wurde auf Donnerstag abend festgesetzt. Es blieben Laurel also nur zwei Tage, um seine Verteidigung vorzubereiten. Am Mittwoch aber wurden die Cobbs in aller Früh von einem Mitglied ihrer Kirche geweckt, einem älteren Mann, mit dem sie noch nie gesprochen hatten. Er war klein und zierlich, und sein Unterkiefer ragte weit vor, so als ob sein Eigentümer immerfort Streit suchte. Das war Adolf Lakarz, Sohn tschechischer Emigranten, der sich seinen Lebensunterhalt mit Korbflechterarbeiten verdiente.

Sein Besuch bei den Cobbs hatte einen ganz bestimmten Zweck: »Was die mit Ihnen machen, ist falsch, Cobb. Meine Eltern sind nach Texas gekommen, um dieser Art von Tyrannei zu entgehen. Wir müssen diesen Leuten das Handwerk legen!«

»Aber wie?«

Die Küchenuhr schlug neun, und sie hatten immer noch nichts entschieden. Da zeigte Sue Beth dem Korbflechter zufällig die neuen Vorschriften, die Kirchenrat Wilbarger und seine Kollegen in ihrer Sitzung am Montag abend als Grundlage baptistischer Glaubenskraft zusammengebraut hatten, und als er nun von den geplanten Verboten von Theater- und Kinobesuchen und Unterhaltungen jeder Art las, wurde er ganz wild. Mrs. Cobb sah, wie seine Augen funkelten, während er die einzelnen Punkte studierte.

»Bei Gott, Cobb, wir haben sie!« Ohne sich für eine Erklärung Zeit zu lassen, sprang er in seinen alten Wagen und brauste in Richtung Gerichtsgebäude von Waxahachie davon.

Um zwei Uhr nachmittags wurde die Gemeinde von einem Skandal erschüttert, der um vieles schlimmer war als das Tanzvergnügen von Laurel Cobbs Schülerinnen. Zwei Polizisten betraten Willis Wilbargers Kanzlei und verhafteten ihn, weil er im Hinterzimmer einer Spelunke im Norden der Stadt mit hohen Einsätzen illegal Poker gespielt habe.

Adolf Lakarz hatte sich stets von jeglichem Glücksspiel ferngehalten, kannte aber Männer, die in jenem Lokal verkehrten. Aus einem nur ihm bekannten Grund hatte er sich regelmäßig Notizen gemacht: Daten, Namen und Höhe der Einsätze. Nachdem der Richter das Material gesehen und die Aussagen von vier oder fünf Spielern gehört hatte, die ihm vorgeführt worden waren, war ein Haftbefehl ausgestellt worden;

die Spieler hatten Wilbarger nie gemocht: Er jammerte, wenn er verlor, und gab groß an, wenn er gewann. »Außerdem«, hatte ein Zeuge dem Richter anvertraut, »ist er ein scheinheiliger Frömmler. Wir durften beim Spielen nie etwas trinken. Wir würden damit gegen Gottes Gebote verstoßen, sagte er.«

Empört darüber, daß Sitten- und Rechtlosigkeit auch vor einem Angehörigen seines Kirchenrates nicht haltgemacht hatten, war Teeder mehr denn je entschlossen, Cobb aus der Kirche zu verbannen, bestand aber auch darauf, Adolf Lakarz hinauszuwerfen, und an einem heißen Augusttag saßen die guten Farmer südlich von Waxahachie in einem großen Zelt, in dem sonst Erweckungsversammlungen stattfanden, um über zwei Männer zu urteilen – im gleichen Geist, wie solche Prozesse 1188 in Südfrankreich, 1488 in Spanien und 1688 in England geführt worden waren.

Drei Kirchenräte verlasen die gegen Cobb erhobenen Beschuldigungen, und zwei andere ließen sich über Lakarz' Missetaten aus. Wilbarger konnte sich nicht verteidigen, da er immer noch im Gefängnis saß. Laurel lehnte es ab, sich zu rechtfertigen, da er zu Recht annahm, daß man ihn freisprechen werde – die Sache war einfach zu lächerlich geworden. Lakarz aber, der fest entschlossen war, den Kampf für die moralische Freiheit aufzunehmen, konnte nicht schweigen und hielt eine flammende Rede.

Es kam zur Abstimmung. Rot vor Zorn rief Reverend Teeder alle auf, die Gott und eine ordentlich geführte Kirche liebten, aufzustehen und damit zu bezeugen, daß sie Cobb und Lakarz ausgeschlossen wissen wollten. Die Abstimmung ging völlig daneben, weil sich von den vielen Anwesenden nur ganze sechsundzwanzig erhoben, die sich, als sie sahen, wie wenige sie waren, sofort wieder setzen wollten. Doch in diesem Augenblick seines Sieges schrie Lakarz: »Sie sollen stehen bleiben! Ich will mir das Gesicht eines jeden einprägen, der gegen mich gestimmt hat!«

Und mit Bleistift und Notizblock bewaffnet, das Kinn hochgereckt, wanderte er durch die Reihen, blieb vor jedem einzelnen stehen und schrieb sich seinen Namen und seine Anschrift auf. Sein ganzes restliches Leben in Waxahachie hindurch richtete er nie wieder das Wort an einen dieser sechsundzwanzig.

Niemand konnte sich genau erinnern, wann der Wahnsinn in Larkin begonnen hatte. Ein Mann meinte, es sei einfach Patriotismus gewesen, nichts weiter. Andere vertraten die Ansicht, das Ganze sei durch eine Erweckungsversammlung des aus Fort Worth gebürtigen Evangelisten Jay F. Norris ausgelöst worden, eines Typs von Wanderprediger, der sich grundsätzlich von dem durchgeistigten Elder Fry unterschied. Norris war ein aggressiver Mann, der gegen Kneipenwirte, Besucher von Pferderennen, liberale Professoren und ganz besonders gegen Frauen tobte und wetterte, die einen Bubikopf trugen und deren Röcke über den Knöcheln endeten.

Sein Erzfeind aber war die römisch-katholische Kirche, über die er mit ganz besonders wilden und phantasievollen Anschuldigungen herzog: »Sie ist die finsterste und blutigste ekklesiastische Maschine, die es je gegeben hat. Sie ist der Feind des heimischen Herdes, der Ehe und jeder edlen menschlichen Regung. Der Papst brütet einen Plan aus, um Texas zu erobern, aber ich habe einen Plan, um ihn zu schlagen!«

Ein Historiker der University of Texas veröffentlichte Jahre später Dokumente, denen zufolge die Sache nicht mit Norris begonnen hatte, sondern mit der Ankunft von drei Fremden, die einander nicht gekannt hatten, aber nach einer Weile gemeinsame Sache machten. Der erste Neuankömmling war ein Mann aus Georgia, der haarsträubende Geschichten darüber erzählte, was er und seine Freunde schon alles erreicht hätten. Der zweite kam aus Mississippi und versicherte den Einwohnern von Larkin, daß in Zukunft sein Staat die Dinge in die Hand nehmen werde. Der größte Einfluß jedoch scheint von dem dritten Mann ausgegangen zu sein, einem Verkäufer von Landmaschinen, der mit erstaunlichen Neuigkeiten aus Indiana aufwartete: »Unsere Jungs sind gerade dabei, den ganzen Staat da oben unter ihre Kontrolle zu bringen!«

Diese Angaben reichen kaum aus, um die Rolle einschätzen zu können, die die Religion bei alledem spielte, denn nur wenige Geistliche waren aktiv beteiligt. Andererseits war so gut wie jeder, der sich in die Sache hineinziehen ließ, ein frommer Angehöriger der einen oder anderen protestantischen Kirche, und die Bewegung gewährte der Religion wichtige Unterstützung.

Was immer auch die Ursache war, Anfang Dezember 1919 begannen in ganz Larkin County Männer in langen weißen Kutten mit Masken und manchmal auch mit konischen Kapuzen verhüllt zu erscheinen. Der nach dem Bürgerkrieg entstandene Ku Klux Klan erlebte eine stürmische Auferstehung.

In Larkin ging es noch verhältnismäßig glimpflich zu. Es wurde keiner gehängt und keiner auf einem Scheiterhaufen verbrannt. Allerdings peitschte man einige Menschen aus. Der Ku Klux Klan ließ sich noch am ehesten als eine Gruppe radikaler Patrioten begreifen, allesamt gläubige Christen, die eine Wiederherstellung der historischen Tugenden von 1836 und 1861 herbeisehnten. Es war eine Bewegung von Männern, die sich an der Industrialisierung, an der Verlagerung der moralischen Werte und an dem allgemeinen gesellschaftlichen Wandel stießen; sie waren entschlossen, das zu bewahren und zu erneuern, was sie für den Grundzug des amerikanischen Lebens hielten. Auf ihren Versammlungen und in ihren Veröffentlichungen versicherten sie sich gegenseitig, daß sie keinerlei andere Ziele verfolgten.

Auch war der Ku Klux Klan in Larkin nicht einfach Ausdruck eines Aufstands gegen die Schwarzen – weil es nämlich nach den ersten paar Tagen keine Schwarzen mehr in der Stadt gab. Anfangs hatten zwei Familien in Larkin gelebt, Nachkommen jener schwarzen Kavalleristen, die zurückgeblieben waren, als das 10. Kavallerieregiment Fort Garner endgültig verlassen hatte. Zuerst hatten die beiden Männer mit einer Indianerin zusammengelebt; später hatte sich eine weiße Landstreicherin dazugesellt, so daß die jetzige Generation eine ziemliche Mischung war.

Nachdem sich die Bewegung »etabliert« hatte, waren es diese Menschen, denen sich die Ku Kluxer als erstes »zuwandten«. Ein aus vier Mann bestehendes Komitee marschierte eines Abends im Dezember in voller Aufmachung durch die Stadt und stattete den schwarzen Familien einen Besuch ab. Es kam nicht zu Gewalttaten, sie gaben nur einfach eine Erklärung ab: »Wir können uns mit dem Gedanken nicht anfreunden, daß Leute eurer Art noch länger in unserer Stadt leben.« Man schlug den Schwarzen vor, nach Fort Griffin zu übersiedeln, was sie sofort akzeptierten, und sie bekamen sogar noch sechsundzwanzig Dollar für die Kosten des Umzugs.

Auch seine Abneigung gegen die Juden äußerte der Klan vergleichsweise moderat. Bankier Weatherby, jetzt schon ein alter Herr und einer der ersten, der sich dem Klan angeschlossen hatte, setzte die drei jüdischen Ladenbesitzer in der Stadt einfach davon in Kenntnis, daß

»unsere Kreditabteilung nicht mehr gewillt ist, Ihr Geschäft zu finanzieren«, und daß »wir alle meinen, es wäre besser, wenn Sie die Stadt verlassen würden«. Sie taten es.

Der Katholizismus stellte da schon ein größeres Problem dar, denn im Bezirk lebte eine nicht unerhebliche Zahl von Angehörigen dieser für gefährlich erklärten Religionsgemeinschaft, und selbst in eine so gut organisierte Stadt wie Larkin waren mehr eingesickert, als man angenommen hatte. Man hatte sie weiß Gott nicht willkommen geheißen und ihr geheimnisvolles Treiben stets aufmerksam verfolgt, aber sie waren wenigstens keine Schwarzen oder Juden oder Indianer, und so entschloß man sich am Ende, sie zumindest teilweise zu akzeptieren.

Als die Stadt endlich »gesäubert« und nur mehr von weißen Angehörigen der bedeutendsten protestantischen Bekenntnisse und einer Gruppe gesitteter Katholiken bewohnt war, mußte jeder zugeben, daß Larkin sich zu einer der vorbildlichsten Städte in Texas entwickelt hatte. Die Männer sorgten für den wirtschaftlichen Wohlstand, die Frauen besuchten eifrig die Kirche, und die Kriminalitätsrate war kaum der Rede wert.

Wenn der Klan direkte Gewalttaten gegen Juden, Schwarze und Katholiken vermied, gegen wen richteten sich dann seine eigentlichen Aktivitäten? Am besten wird diese Frage mit einer Episode aus dem Jahr 1921 beantwortet. Es handelte sich da um einen Mann Mitte Fünfzig, Jake mit Namen, der als Hausmeister und Lackierer in der Chevroletwerkstätte arbeitete und schon seit Jahren in völlig ungeordneten Verhältnissen und in Sünde mit einer Frau namens Nora zusammenlebte. Die aufrechten Männer des Klans hielten nun die Zeit für gekommen, diesem gottlosen Zustand ein Ende zu setzen.

Um Korrektheit bemüht, erschienen sie an einem Dienstag abend mit einer brennenden Fackel vor Jakes Haus; in ihren sauberen weißen Gewändern, die Gesichter hinter Masken verborgen, überbrachten sie den beiden ihre Entscheidung: »Mit dieser unsittlichen Lebensweise muß Schluß sein in Larkin. Ihr müßt bis Freitag abend verheiratet sein oder die Folgen tragen.«

Jake und Nora brauchten keine Hochzeit und wußten auch nicht, wie sie eine Ehe eingehen sollten – selbst wenn sie hätten heiraten wollen. Sie hatten sich eine Lebensweise zurechtgezimmert, die ihnen zusagte.

Die Mitglieder des Klans, die Jake und Nora das Ultimatum überbracht hatten, beobachteten sie den ganzen Mittwoch über, um zu erfahren, was die beiden unternehmen würden; aber es geschah überhaupt nichts, und so gingen zwei eher gemäßigte Ku Kluxer am Donnerstag abend noch einmal zu Jake: »Jake, du scheinst uns nicht verstanden zu haben. Wenn du diese Frau nicht heiratest...«

»Wer seid ihr eigentlich da hinter den Masken? Mit welchem Recht...?«

»Wir sind entschlossen, aller Unmoral ein Ende zu machen.«

»Laßt uns in Frieden!«

Der Ton der Besucher wurde unfreundlicher: »Morgen früh bringen wir euch zum Friedensrichter. Wenn ihr aber lieber in der Kirche heiraten wollt – Reverend Hislop hat sich bereit erklärt, euch zu trauen.«

»Raus mit euch!« schrie Jake, und die zwei Männer zogen sich zurück.

Der nächste Tag verging. Jake tat seine Arbeit in der Chevroletwerkstatt und zeigte keine Spur von Reue über seine hartnäckige Unmoral. Um acht Uhr an diesem Freitag abend traten sieben Ku Kluxer zusammen, beteten zu Gott, er möge sie mit Gerechtigkeit, Barmherzigkeit und Zurückhaltung vorgehen lassen, und marschierten mit einem brennenden Kreuz zu Jakes Haus. Nachdem sie das Kreuz vor der Eingangstür in den Boden gerammt hatten, riefen sie die zwei Übeltäter heraus.

Sie packten Jake und zogen ihm das Hemd aus. Dann schmierten sie ihm reichlich Teer auf den Rücken und klatschten mehrere Handvoll Federn darauf. Anschließend hoben sie ihn auf einen dicken Balken, den vier Ku Kluxer trugen, banden ihm die Füße unter dem Balken zusammen und hielten ihn fest, während sich die anderen maskierten Tugendwächter um die Schlampe Nora kümmerten.

Es war und ist überall auf der Welt das gleiche: Wenn Männer für die öffentliche Moral zu Felde ziehen, glauben sie die Frauen disziplinieren zu müssen. »Eure Kleider sind zu kurz!« »Ihr führt die Männer in Versuchung!« »Euer Betragen ist obszön!« »Man muß euch lehren, was sich ziemt!« Vielleicht erklärt sich das aus dem den Frauen innewohnenden Mysterium, ihrer Fähigkeit, Kinder zu gebären, und aus dem weitverbreiteten Verdacht, daß sie ein geheimes Wissen besitzen, zu dem die Männer keinen Zugang haben. Die Frauen sind gefährlich, und deshalb erlassen die Männer Gesetze, mit denen sie ihnen Beschränkungen ihrer Freiheit auferlegen.

Für die Mitglieder des Ku Klux Klan war Sexualität etwas äußerst Verwirrendes, und in dieser finsteren Nacht glaubten sie nun Nora, der drei Vorderzähne fehlten, als Versucherin bestrafen zu müssen, die den armen Jake zu seinem unmoralischen Leben verführt hatte. Was tun mit ihr? Es bestand keine Neigung, sie nackt auszuziehen, und so zerrten zwei Ku Kluxer sie zu dem flammenden Kreuz hinaus, bestrichen ihr ganzes Kleid vorne und hinten mit Teer und bestreuten es reichlich mit Federn. Dann wurde Nora hinter ihrem Lebensgefährten auf den Balken gesetzt, den nun zwei weitere Ku Kluxer tragen helfen mußten, und in dieser Prozession paradierten die Kapuzenmänner durch die Straßen von Larkin, ein Schild vor sich hertragend, auf dem zu lesen stand: »Mit der Unmoral in Larkin muss Schluss sein!«

Jake und Nora reagierten nicht so, wie die Mitglieder des Ku Klux Klan gehofft hatten. Als die Prozession vorüber war, kehrten sie in ihr Haus zurück, kratzten sich den Teer ab und erzählten »niemandem nix«. Samstag früh trat Jake wie jeden Tag zur Arbeit in der Werkstatt an und grüßte freundlich jeden, der vorbeikam. Er hatte keine Ahnung, wer die Männer gewesen waren. Zum Mittagessen ging er nach Hause; am Nachmittag machte Nora ihre Einkäufe. Am Sonntag angelte Jake im Teich, wie er es gewohnt war, während Nora im Gras vor ihrer Hütte saß, wo das brennende Kreuz einige Spuren hinterlassen hatte.

Dieses Verhalten ärgerte die Mitglieder des Ku Klux Klan über alle Maßen. Sie besorgten sich einen alten Karren und einen wertlosen Klepper und fuhren damit am Montag abend zu Jakes Haus. Sie schoben die zwei Eheunwilligen hinauf, luden den Wagen mit so viel Hausrat voll, wie sie erwischen konnten, und fuhren nach Westen, zu einer Stelle, von wo aus nichts mehr zu sehen war von dem schönen Turm des Gerichtshauses, das Recht und Ordnung in diesem Teil von Texas repräsentierte. Dort setzten sie Jake grob auf den Kutschbock und gaben ihm die Zügel in die Hand: »Die Straße runter liegt Fort Griffin. Die nehmen jeden.«

Nach Sonnenuntergang kehrten die Kapuzenmänner nach Larkin zurück. Zwei Stunden später waren auch Jake und Nora wieder da. Sie fuhren die vertrauten Straßen zu ihrem Haus hinunter, packten ihre Habe wieder aus und gingen zu Bett.

Das war am Montag. Am Mittwoch abend wurde Jake erschossen hinter der Werkstatt aufgefunden.

Gegen kein Mitglied des Klans wurde Anklage erhoben – schon allein deshalb nicht, weil niemand mit Bestimmtheit sagen konnte, wer sie waren und ob sie es überhaupt getan hatten. Zumindest war das die offizielle Version. Natürlich wußten alle, daß Floyd Rusk – der seinen Schmerbauch auch unter einem weiten Bettlaken nicht verbergen konnte – einer der Anführer, vielleicht sogar *der* Anführer war, aber es fand sich keiner, der beschwören wollte, daß er gesehen hatte, wie Floyd Rusk den alten Jake mit Teer bestrichen hatte.

Man wußte ja auch, daß Clyde Weatherby ein aktives Mitglied war – so wie der Eisenwarenhändler, der Arzt, der Lehrer und der Apotheker. Etwa vier Dutzend andere Herren, die ehrenwertesten in der Gemeinde, kamen später dazu. Erfüllt von Patriotismus und Religiosität machten sich diese Männer daran, alle Aspekte des Lebens in Larkin unter die Lupe zu nehmen.

Sie zwangen sechs Mitbürger, ihre Haushälterinnen zu heiraten. Sie hielten zwei jungen Frauen, die viele Männerbekanntschaften hatten, Strafpredigten, und sie zwangen einen Obst- und Gemüsehändler, über den sich mehrere Hausfrauen beklagt hatten, seinen Laden dichtzumachen. Er wurde nicht geteert und gefedert und auch nicht ausgepeitscht – diese Strafen verhängte man nur bei sexuellen Übertretung –, aber sie jagten ihn aus der Stadt und empfahlen ihm, sich nach Fort Griffin abzusetzen, wo man es mit der Ehrlichkeit nicht so streng nahm.

Zu Beginn des Jahres 1922 hatten diese Männer Larkin in die Form gebracht, die ihnen zusagte. Selbst einige Katholiken waren weggezogen, weil sie befürchtet hatten, daß die nächsten Repressalien gegen sie gerichtet sein würden, und so war die Einwohnerschaft der Stadt homogen wie keine zweite in ganz Texas geworden. Es war eine Gemeinschaft protestantischer Christen, in der man die geltenden Regeln befolgte und Verstöße streng ahndete. Exzesse, wie man sie in anderen Teilen des Landes mit dem Klan in Verbindung brachte, ließ man hier nicht zu, und nach zwei Jahren angestrengter Bemühungen konnte der Klan mit Recht behaupten, in Larkin Ordnung geschaffen zu haben. Nach diesem Sieg gingen sie daran, ihre Vorstellungen in ganz Texas und von dort aus in den ganzen Vereinigten Staaten durchzusetzen.

Noch im gleichen Jahr machten sie damit einen vielversprechenden Anfang, indem sie einen ihrer Leute, einen Gemüsehändler aus Tyler namens Earle B. Mayfield, in den Senat der Vereinigten Staaten entsandten. Dieser Triumph hatte jedoch einen bitteren Nachgeschmack, denn die hohen Herren weigerten sich zwei Jahre lang, einem Mann einen Sitz anzuweisen, dem Mitgliedschaft im Ku Klux Klan vorgeworfen wurde.

Und auch in Larkin selbst erlebte der Klan Rückschläge. Der Herausgeber des *Defender*, ein junger Mann aus Arkansas, besaß die Kühnheit, Leitartikel gegen die Kapuzenmänner zu schreiben, in denen er auch erklärte, warum er ein Feind des, wie er es nannte, »Mitternachtsterrorismus« sei. Diese Bezeichnung versetzte die Ku Kluxer in große Wut: »Wir müssen über Larkins Moral des Nachts wachen, weil wir tagsüber unseren Geschäften nachgehen. Terrorismus, das bedeutet unschuldige Menschen zu erschießen, und niemand kann behaupten, daß wir das jemals getan hätten.«

Sie hielten eine Besprechung in der Bank, nach Geschäftsschluß und ohne Masken. Neun Männer trafen feierlich zusammen, um alle Möglichkeiten zu prüfen: »Wir können ihn teeren und federn. Wir können ihn öffentlich auspeitschen. Wir können ihn auch erschießen. So oder so, wir werden diesen Bastard zum Schweigen bringen!«

Floyd Rusk erhob seine Stimme, eine Stimme der Vernunft: »Meine Herren! Wenn wir diesen Zeitungsmann öffentlich oder auch nicht öffentlich auspeitschen, bekommen wir es mit der gesamten Presse von Texas und den Vereinigten Staaten zu tun. Und wenn wir ihn erschießen, haben wir von der Bundesregierung eingesetzte Sheriffs am Hals.«

»Was sollen wir also tun?« fragte der Bankier.

»Wir kaufen die Zeitung und feuern ihn. Das geht rasch, erfüllt seinen Zweck und ist hundertprozentig legal.«

Die führenden Mitglieder des Klans legten zusammen, kauften die Zeitung und verwiesen den Herausgeber der Stadt. Bevor sie einen neuen anstellten – ebenfalls ein junger Mann, aber diesmal aus Dallas –, vergewisserten sie sich, daß er ihre Bewegung unterstützte und in seiner Heimatstadt Mitglied gewesen war.

Jetzt beherrschte der Klan ganz Larkin. Die Schwarzen waren fort, die Juden waren fort; Mexikaner erhielten keine Aufenthaltsgenehmigung, und die ärmeren Katholiken waren »überredet« worden, ihre Häuser zu verlassen. Es war eine Stadt, die sich durch Ordnung, gemäßigten Wohlstand und christliche Sittsamkeit auszeichnete. Alle Proteststimmen waren zum Schweigen gebracht worden. Natürlich war die Kriminalitätsrate nicht niedriger als in jeder anderen amerikanischen Stadt: Einige Anwälte ließen öffentliche Gelder in die eigene Tasche fließen; einige Ärzte führten Abtreibungen durch; einige Politiker fanden Mittel und Wege, um Wahlergebnisse für ihre Zwecke zu mißbrauchen; und nicht wenige Hilfsgeistliche aller Kirchen tranken und nahmen hin und wieder an Pokerspielen teil. Es gab die übliche Zahl von Ehebrechern und jede Menge frisierte Geschäftsbücher, doch den offensichtlichen gesellschaftlichen »Verbrechen«, die gegen die Mittelklassenmoral verstießen, wie wilde Ehen oder unzüchtige Tänze, war Einhalt geboten worden.

Aber dann, als die Ku Kluxer sich schon zu ihren Erfolgen beglückwünschten, kam ein kleiner, verschlagener Mann namens Dewey Kimbro in die Stadt und bot eine unwiderstehliche Alternative zu den Kapuzenmännern an, die alles auf den Kopf stellte.

Zuerst trat er als geheimnisumwitterter, schweigsamer Mann auf. Er war noch keine dreißig Jahre alt, hatte rotblondes Haar und ging ein wenig gebückt.

Die Ku Kluxer, die es gar nicht gern sahen, wenn Fremde sich in ihrem Herrschaftsbereich bewegten, beschäftigten sich in langen Debatten mit dem Fremdling, bis Rusk eines Tages seine Mitverschworenen aufforderte, etwas gegen den Mann zu unternehmen. »Ich schlage vor, daß wir ihn aus der Stadt jagen. Für Leute seiner Art ist hier kein Platz.«

Aber die anderen gaben zu bedenken, daß Kimbro mit fast tausend Dollar ein Konto in der Bank eröffnet hatte – und das war nicht gerade wenig.

»Was wissen wir eigentlich über ihn?« fragte Rusk.

»Er hat sich bei Nora eingemietet.«

»Na ja«, meinte ein dritter, »schlafen wird er wohl nicht mit ihr.«

»Aber es sieht nicht gut aus«, gab Rusk zu bedenken. »Wir müssen aufpassen.«

Und dann beging Kimbro einen schweren Fehler. Mit dem Reo-Bus, der zwischen Jacksboro und Larkin verkehrte, ließ er sich eine zwanzigjährige Schönheit namens Esther kommen; sie hatte geschminkte Wangen und trug ein geblümtes Kleid, das sie unmöglich von ihrem Angestelltengehalt hatte zahlen können. Kimbro logierte sie sofort bei Nora ein. Am dritten Abend nach ihrer Ankunft erhielt das Paar den Besuch maskierter Mitglieder des Klans.

»Sind Sie miteinander verheiratet?«

»Wen geht das was an?«

»Uns. Leute eures Schlags sind in unserer Stadt nicht erwünscht.«

»Aber nun bin ich schon mal hier, und sie auch.«

»Und ihr glaubt, daß ihr hierbleiben könnt?«

»Ja, ich habe die Absicht hierzubleiben, und zwar bis ich mit meiner Arbeit fertig bin.«

»Und was für eine Arbeit ist das?« fragte ein Kapuzenmann.

»Das ist meine Sache.«

»Das reicht«, erklärte ein sehr dicker Ku Kluxer. »Kimbro, wenn das dein richtiger Name ist, du hast bis Donnerstag Zeit, die Stadt zu verlassen. Und Sie, Miss, Sie täten bei Gott gut daran, mit ihm zu gehen.«

Am Dienstag und am Mittwoch ritt Dewey Kimbro auf seinem scheckigen Pferd aus der Stadt. Späher folgten ihm eine Weile, konnten aber später nur berichten, daß er ein Stück geritten, hin und wieder abgestiegen und dann weitergeritten war. Er traf sich mit niemandem, tat nichts Verdächtiges und kehrte am Abend nach Larkin zurück, wo Nora und Esther mit dem Essen auf ihn warteten.

Die drei waren bereits zu Bett gegangen – Kimbro und das Mädchen in einem Zimmer –, als vier maskierte Gestalten erschienen, an die Tür trommelten und Kimbro aufforderten, herauszukommen. Unter den Kapuzenmännern befanden sich Lew und Les Tumlinson, Zwillingsbrüder, die ein Holz- und Kohlegeschäft betrieben, Ed Boatright, dem die Chevroletwerkstatt gehörte, in der Jake gearbeitet hatte, und der Rancher Floyd Rusk. Kimbro weigerte sich herauszukommen, worauf die Tumlinsons die Tür eintraten, in Noras Haus stürmten und durch die Zimmer tobten, bis sie Kimbro und seine Hure im Bett fanden. Sie zerrten ihn unter der Decke hervor und schleiften ihn durch den Gang ins Freie hinaus. Auf dem Rasen hatten Rusk und Boatright ein Kreuz errichtet, das sie nun anzündeten. Ein Haufen Neugieriger kam gelaufen. Die Kapuzenmänner riefen so viel hin und her, daß die Menge bald wußte, wer die vier waren. »Das ist ganz sicher Lew Tumlinson, und bestimmt hat er auch seinen Bruder mitgebracht; den Dicken kennen wir sowieso, und der andere dürfte Ed Boatright sein.« Dewey Kimbro merkte sich diese Namen.

Als das Holzkreuz brannte, schrie der Fette: »Zieht ihn aus!« Sie rissen Kimbro das Nachthemd vom Leib, so daß er nackt dastand. »Gebt es ihm! Aber richtig!«

Er weigerte sich, in Ohnmacht zu fallen. Er weigerte sich aufzuschreien. Im grellen Schein des flammenden Kreuzes ertrug er mit vollem Bewußtsein die ersten zwanzig Schläge der drei Peitschen, bevor er die Besinnung verlor.

Am nächsten Morgen um neun Uhr stürzte er in Floyd Rusks Küche. Der Dicke, der schon früh gelernt hatte, mit Schußwaffen umzugehen, ahnte Unheil, stand auf und zog einen seiner großen, sechsschüssigen Revolver, aber noch bevor er anlegen konnte, sah er vor sich den Lauf einer kleinen deutschen Pistole, die auf einen Punkt zwischen seinen Augen gerichtet war.

Einen spannungsgeladenen Augenblick lang blieben die zwei Männer unbeweglich stehen, Rusk bereit, seinen riesigen Revolver abzufeuern, Kimbro bereit, als erster mit seiner kleinen Pistole zu schießen. Dann ließ Rusk seine Waffe fallen, und Kimbro sagte: »Legen Sie das Ding da rüber, wo ich es sehen kann.« Floyd gehorchte. Er begann zu schwitzen.

»Jetzt wollen wir uns einmal hierhersetzen, Mr. Rusk, und vernünftig miteinander reden.« Der Dicke nahm wieder seinen Platz am Küchentisch ein, aber sein Revolver blieb in Reichweite Kimbros. Und nun begann ein Gespräch, daß die Geschichte von Larkin County verändern sollte.

»Mr. Rusk, Sie haben mich vergangene Nacht ausgepeitscht...«

»Na hören Sie mal...!«

»Sie haben recht. Ihre Peitsche hat mich nicht berührt. Aber Sie haben den zwei Tumlinsons und Ed Boatright befohlen...« Die großen Schweißtropfen auf Rusks Gesicht vereinigten sich zu einem kleinen Bächlein. »Dafür sollte ich Sie abknallen, und vielleicht tue ich es auch noch. Aber im Augenblick brauchen wir einander, und lebendig sind Sie mir um vieles nützlicher als tot.«

»Wieso das?«

»Ich habe ein Geheimnis, Mr. Rusk. Ich hatte es schon, als ich elf Jahre alt war. Erinnern Sie sich an einen Jungen aus Osttexas, der einmal einen Sommer bei Mrs. Jackson verbrachte? Sie hatte einen kleinen Laden.«

»Und Sie sind der Junge?«

»Genau.«

»Und welches Geheimnis haben Sie entdeckt?«

»Auf Ihrem Land, draußen beim Teich...«

»Das ist nicht mein Land. Mein Vater hat es den Yeagers geschenkt.«

»Ich weiß. Irgendwann in den siebziger Jahren hat er es ihnen versprochen. Sie haben die Schenkung dann 1909 beurkunden lassen.«

»Es ist also nicht mein Land.«

Kimbro verlagerte sein Gewicht, denn er hatte immer noch heftige Schmerzen von der Auspeitschung. In diesem Augenblick betrat Molly Rusk die Küche, eine große, rotgesichtige Frau, die, obwohl sie dafür eigentlich schon zu alt war, offensichtlich ein Kind erwartete. Sie warf nur einen kurzen Blick auf Kimbro und fragte: »Sind Sie nicht der Mann, den man gestern ausgepeitscht hat?«

»Ja, der bin ich.«

»Laß uns jetzt bitte allein, Molly«, sagte Rusk, und sie zog sich zurück.

»Schon richtig«, bemerkte Kimbro, »es ist nicht mehr Ihr Land. Doch als Sie es Yeager formal überschrieben, waren Sie schlau genug, das Schürfrecht zurückzubehalten.«

»Sie meinen...«

Kimbro nickte. »Damals im Sommer bin ich hier viel herumvagabundiert.«

»Und was haben Sie beim Teich gefunden?«

»Eine kleine Bodenerhebung, die sonst niemandem auffiel. Ich tat ein paar Steine zur Seite und fand... na, was glauben Sie wohl?«

»Gold?«

»Noch viel besser: Kohle.«

»Kohle?«

»Ja. Ich habe natürlich weitergesucht...«

»... und eine Kohlengrube gefunden?«

»Nein, es ist keine abbauwürdige Lagerstätte.« Kimbro zögerte und wechselte dann abrupt das Thema. »Mr. Rusk, ich möchte, daß Sie ein Abkommen mit mir treffen. Jetzt. Sofort. Wir sind Partner: fünfundsiebzig Prozent für Sie, fünfundzwanzig Prozent für mich.«

»Was ist denn das für ein Angebot? Ich weiß ja noch nicht einmal, wovon Sie reden.«

»Sie werden es erfahren. In zwei Minuten, wenn Sie einschlagen.«

»Sie würden mir vertrauen? Nach dem, was heute nacht passiert ist?«

»Ich muß.« Kimbro ließ seine Faust auf den Tisch knallen. »Und bei Gott, Rusk, Sie müssen mir auch vertrauen.«

Rusk lehnte sich zurück. »Was wissen Sie von mir? Ich meine, persönlich?«

»Daß Sie ein Bastard sind, durch und durch. Aber wenn Sie einmal Ihr Wort geben, halten Sie es.«

»Ja, das stimmt. Ich halte mein Wort unter allen Umständen. Aber ich habe auch keine Bedenken, zu schießen, wenn geschossen werden muß. Wenn Sie mein Partner sein wollen, müssen Sie verdammt vorsichtig sein.«

»Deshalb habe ich ja das Ding hier mitgebracht«, sagte Kimbro und schwang die Pistole, die er die ganze Zeit über auf den Dicken gerichtet hatte. »Also dann: Sind wir Partner?«

Die beiden gaben sich die Hand, und dann rückte der kleine Bursche mit seiner schicksalsschweren Information heraus: »Ich habe schon mit zehn Jahren gewußt, daß Kohle und Petroleum die gleichen Substanzen sind, nur in unterschiedlicher Form.«

Rusk stockte der Atem. »Sie meinen Öl?« Das Wort hallte in der stillen Küche zurück, als ob eine Bombe explodiert wäre.

»Mit vierzehn habe ich alles studiert, was unsere kleine Schule in Physik und Chemie hergab, und mit siebzehn ging ich ans College. Ich blieb nur drei Jahre, dann wußte ich mehr als die Professoren. Ich bekam einen Job bei Humble und dann bei Gulf, als Geologe. Ich habe auch auf Bohrtürmen gearbeitet, und ich weiß in der Bohrtechnik Bescheid. Ich bin ein ausgebildeter Ölmann, Mr. Rusk, aber vor allem bin ich vielleicht der Welt größter Creekologe.«

»Was ist das denn?«

»Eine abschätzige Bezeichnung, die die Professoren Praktikern wie mir geben. Wir studieren den Verlauf von Creeks, also von Bächen, und wir sehen uns Bodenerhebungen und Senken ganz genau an...« Wieder schlug er mit der Faust auf den Tisch. »Und wir finden Öl. Es macht die Leute vom College fast verrückt, wie wir immer wieder Öl finden.«

»Und Sie glauben, Sie haben auf meinem Land welches gefunden?«

»Nach dem Verlauf der Creeks und dem Gefälle auf Ihrem Feld zu schließen, sitzen wir hier nicht weit vom Zentrum eines reichhaltigen Ölfelds entfernt.«

»Sie meinen richtiges Öl?«

»Natürlich. Gutes, in den Felsen unter uns eingeschlossenes Öl.«
»Wenn Sie recht haben, könnten wir dann richtig absahnen?«
»Wir könnten ein Vermögen machen, wenn wir es geschickt anstellen.«
»Was verstehen Sie unter ›richtig‹?«
»Wieviel von dem Land da gehört Ihnen?«
»Annähernd dreitausend Hektar.«
»Wo liegt es, vom Teich aus gesehen?«
»Im Süden, und ein Teil jenseits des Bear Creek im Westen.«
»Wenn meine Beobachtungen stimmen, verläuft das Ölfeld nördlich und östlich des Teiches. Könnten Sie Land in dieser Gegend kaufen?«
»Ich bin zur Zeit nicht flüssig.«
»Könnten Sie Schürfrechte pachten? Ich meine, gleich, nicht morgen. Jetzt.«
»Ist es denn so eilig?«
»In dem Moment, wo jemand etwas von unserem Plan ahnt... Wenn sie Verdacht schöpfen, daß ich Creekologe bin, dann ist es schon zu spät.«
»Wie funktioniert denn so eine Ölpacht?«
»Es gibt da drei verschiedene Formen von Eigentumsverhältnissen. Die erste: Sie besitzen dreitausend Hektar und alle Schürfrechte dafür. Die zweite: Yeager besitzt das gute Land, das wir haben wollen, das heißt die Oberfläche, aber was darunter liegt, gehört ihm nicht. Das ist schlecht für ihn und gut für uns.«
»Ja, aber haben wir auch das Recht, auf seinem Grund eine Bohrung niederzubringen?«
»Haben wir, wenn wir seine Oberfläche nicht kaputtmachen. Wenn wir sie kaputtmachen, zahlen wir ihm den Schaden, aber er kann nichts dagegen unternehmen.«
»Das wird ihm nicht gefallen.«
»Das gefällt den Leuten nie, aber so ist das Gesetz. Jetzt kommt die dritte Situation, und das ist eigentlich die häufigste: Farmer Kline besitzt ein großes Stück Land, sagen wir mal zwölfhundert Hektar, und er hat auch die Schürfrechte. Also gehen wir zu ihm und sagen: ›Mr. Kline, wir möchten für zehn Jahre die Abbaurechte auf Ihr Land pachten. Sie bekommen hundertzwanzig Cents pro Hektar, Jahr für Jahr, zehn Jahre lang. Ein hübsches Sümmchen.‹«

»Welche Rechte erwerben wir damit?«

»Das Recht, überall auf der Farm so viele Bohrungen niederzubringen, wie wir wollen, zehn Jahre lang. Dafür bekommt er mehr als vierzehnhundert Dollar im Jahr, bar auf die Hand, Jahr für Jahr, auch wenn wir nichts tun.«

»Und wenn wir auf Öl stoßen?«

»Bekommt er ein Achtel von allem, was wir kassieren, solange die Ölquelle sprudelt – bis in alle Ewigkeit, wenn er und die Quelle so lange durchhalten.«

»Und wer bekommt die restlichen sieben Achtel?«

»Wir. Es ist sein Öl, aber wir nehmen alle Risiken auf uns.«

»Und zwischen uns beiden – fünfundsiebzig/fünfundzwanzig?«

Kimbro schob den schweren Revolver über den Tisch. »Ich vertraue Ihnen, Rusk. Es bleibt mir nichts anderes übrig. Wir sind Partner.«

Als Berichte über den Sonntagsschulprozeß von Waxahachie, begleitet von höhnischem Gelächter, in Texas die Runde machten, begannen die Wähler zu erkennen, daß Laurel Cobb, der Sohn des berühmten Senators in den Tagen nach der »Reconstruction«, ein Mann von gesundem Menschenverstand und ungewöhnlichem Mut war, und so wurde eine Bewegung mit dem Ziel gestartet, ihn nach Washington zu entsenden, wo er den Sitz einnehmen sollte, den einst sein Vater innegehabt hatte.

Vor 1913 hätte Laurel nur wenig Chancen gehabt, denn er war liberaler als die Führung der Demokraten, aber seit der Annahme des 17. Verfassungszusatzes wurden Senatoren durch Mehrheitswahl in ihr Amt berufen, und die Öffentlichkeit wollte Cobb haben. Adolf Lakarz war es, der kämpferische kleine Kerl, der ihn beim Sonntagsschulprozeß verteidigt hatte, der ihn nun zur Kandidatur überredete. Nachdem Laurel sich einverstanden erklärt hatte, machte er sich daran, bei der Vorwahl der Demokraten zum Kandidaten nominiert zu werden. Um das zu erreichen, mußte er nach Saldana County, wo immer noch Horace Vigil und sein geschickter Helfer Héctor Garza die Wähler manipulierten.

Von Waxahachie aus fuhren Cobb und Lakarz das, wie man es nennen konte, Rückgrat des besiedelten Texas entlang: von Waco am Brazos mit seinem fruchtbaren Ackerland über Temple nach Austin mit seinen prächtigen Bauten und seiner ständig an Bedeutung zunehmenden Universität; nach Luling und Beeville und weiter nach Falfurrias mit seinem Blumenmeer; und dann das schockierend leere Land, auf dem Jahre zuvor Ranger Macnab und der Bandit Benito Garza sich gegenseitig belauert hatten.

In Bravo trafen sie Vigil in dem Adobehaus an, von dem aus er seinen Bierhandel betrieb. Er war jetzt ein weißhaariger alter Mann Ende Sechzig, aber niemand konnte daran zweifeln, daß er immer noch der schlaue Diktator seines Bezirks war. Wie immer, wenn er Fremden begegnete, sprach er im Flüsterton: »Ich habe Ihren Daddy nicht gekannt, aber man hat mir gesagt, er ist ein feiner Kerl gewesen.«

Er saß in seinem Büro im Kreis junger Männer, die ihm treu ergeben waren; sie holten ihm Zigaretten, instruierten den Richter über Fälle, an denen Mr. Vigil besonderes Interesse hatte, überwachten die Stimmenauszählung und verteilten Almosen an die Bedürftigen. Politisch hatte sich wenig geändert. Vigil war immer noch der Patrón, der auf seine Art Recht sprach.

Der alte Herr hüstelte: »Von den vier Demokraten, die für den Senat kandidieren, sind Sie mir der liebste. Und jetzt sagen Sie mir: Was kann ich tun, um Ihnen zu helfen, die Wahl zu gewinnen?«

Cobb fand Gefallen an diesem alten Diktator: »Nein, sagen *Sie* es mir.«

»Sehr vernünftig von Ihnen, denn ich kenne das County.« Er wandte sich an Garza: »Héctor, das ist der Mann, den wir nach Washington schicken, damit er dort den Platz von seinem Daddy einnimmt.« Und die vier begannen Pläne zu schmieden, damit bei der Vorwahl alles glattging.

Doch während Cobb andere Teile des Staates bereiste, kam ihm zu Ohren, daß einer seiner Gegner seinerseits Maßnahmen ergriff, um die Wahl für sich zu entscheiden. Das ärgerte Adolf Lakarz, der Cobb erinnerte: »Wir brauchen eine starke Mehrheit in Saldana County, denn wie es so schön heißt: ›Wer in Texas die demokratische Vorwahl gewinnt, gewinnt auch die Wahl.‹«

Drei Tage vor der Wahl kehrte Lakarz heimlich nach Bravo zurück. Was er dort erfuhr, verhieß nichts Gutes. Vigil selbst legte ihm die Situation in Umrissen dar: »Reformer in Washington, ein Haufen Republikaner, kommen selbst herunter, um den Wahlkreis siebenunddreißig zu überwachen.«

»Aber wir brauchen diese Stimmen!«

»Man wird uns erlauben, sie zu zählen und die Zahl zu melden, die wir brauchen. So ist es im texanischen Gesetz vorgesehen. Aber nach der Zählung müssen wir die Urne Vertretern der Bundesbehörde übergeben.«

»Und was werden die dann tun?«

»Mich ins Gefängnis stecken, wenn sie mir etwas nachweisen können.«

Lakarz erkannte, daß diese Aussicht dem alten Mann Angst machte, denn der fügte still hinzu: »Ich bin nicht scharf darauf, ins Gefängnis zu kommen, aber wenn es keine andere Möglichkeit gibt, diese Wahl zu gewinnen, dann muß es eben sein.«

»Haben Sie eine Idee, wie wir das verhindern könnten?«

»Normalerweise würden wir den Richter bestechen, aber diesmal ist es ein Bundesrichter. Ich werde mir etwas einfallen lassen.«

Am Samstag nachmittag rief Vigil seine Helfer zu einer Beratung zusammen. Héctor Garza hatte sich ein Erfolgsrezept ausgedacht. »Strikte Geheimhaltung ist unerläßlich, damit wir, wenn die Bundesheinis uns in die Zange nehmen, schwören können: ›Wir wissen von nichts.‹«

Er teilte seinen kniffeligen Plan niemandem mit, nicht einmal Vigil, und setzte ein Strategem in Gang, bei dem keiner außer ihm und einer Person, die einen winzigen Handgriff auszuführen hatte, wußte, was die jeweils anderen machten. Am Abend vor der Wahl wandte er sich an Vigil und Lakarz: »Sobald im ganzen Staat die Stimmen gezählt sind, laßt mich wissen, wie viele wir noch brauchen, um zu gewinnen.«

In der Wahlnacht rief Vigil Garza an, der sich im Wahlkreis 37 aufhielt. »Wir brauchen mehr als vierhundertzehn Stimmen.« Eine Stunde später berichteten die drei offiziellen Prüfer, daß die Stimmenzählung in ihrem Wahlkreis 422 zu 7 ausgegangen sei.

Als die Herren aus Washington, die sich in Bravo einquartiert hatten, das hörten, frohlockten sie: »Jetzt haben wir sie! So einseitig kann kein Wahlergebnis sein!« Ungeduldig warteten sie auf die belastende Urne: »Diesmal kommt Vigil hinter Gitter! Und zwar nicht in einen gemütlichen Gemeindekotter, sondern ins Zuchthaus!«

Doch nun ereignete sich etwas Außergewöhnliches: Die Urne verschwand. Ja, auf dem Weg über die FM-117 verschwand sie, und da die Wahlhelfer ihre Resultate bereits durchgegeben hatten, mußten diese

Resultate anerkannt werden. Das lächerliche Ergebnis 422 zu 7 behielt seine Gültigkeit und ermöglichte es Laurel Cobb, die Wahl mit einem Vorsprung von siebenundzwanzig Stimmen zu gewinnen.

Wie konnte ein Gegenstand von der Größe einer Wahlurne einfach so verschwinden? Nie fand sich dafür eine befriedigende Erklärung. Die Wahlkommission hatte sie einem Mr. Hernández übergeben, der sie einem Mr. Robles anvertraute, der ihren Empfang auch bestätigte. Er händigte sie einem Mr. Solórzano aus, und genau an diesem Punkt verschwand sie, denn Mr. Solórzano konnte beweisen, daß er sich zu der Zeit, als dies alles geschah, in San Antonio aufgehalten hatte.

Die texanischen Zeitungen forderten eine genaue Untersuchung des Vorfalls, während die weniger parteiischen Blätter in New York und Washington darauf hinwiesen, daß die Zeit gekommen sei, der amerikanischen Politik das Stigma von Saldana County zu nehmen. Der Fall wurde noch komplizierter, als herauskam, daß der mysteriöse Mr. Solórzano Geld von den Herren in Washington erhalten hatte.

In einer Zurschaustellung von Moral und Rechtschaffenheit ließ Horace Vigil ein Statement veröffentlichen, in dem er die Sorglosigkeit mancher Leute bedauerte. »Der Verlust dieser Urne schmerzt mich persönlich, weil sie, wären die Stimmen von einem Bundesrichter gezählt worden, bewiesen hätte, was ich schon immer behauptet habe: Die Angehörigen der Wahlkommission des Wahlkreises 37 sind ehrliche Männer. Sie sind nur ein bißchen langsam.«

Diesmal hatte ihre Saumseligkeit einem guten Mann den Weg nach Washington geebnet.

An einem grauen Oktobermorgen des Jahres 1922 rief ein Schuljunge, der am Fenster saß: »Schaut mal, was da kommt!« Seine Freunde liefen herbei und sahen drei große Lastwagen, die die Straße von Jacksboro herunterkamen. Sie hatten lange Holzbalken und Rohre geladen und beförderten überdies zehn der härtesten Burschen, die man je in Larkin County gesehen hatte. »Ein Bohrturm!« erscholl es aus dem Klassenzimmer.

Die drei Schwerlaster rollten auf den Hauptplatz und blieben vor dem Büro des Sheriffs stehen, wo sich ein Fahrer nach dem Larkin-Teich erkundigte. Dann setzten sie sich nach Norden in Bewegung. Ihr Ziel war das Land, dessen Oberfläche den Yeagers, dessen Schürfrechte jedoch Floyd Rusk gehörten.

Kaum hatten die drei Lastwagen die Stadt verlassen, erschien Rusk, begleitet von Dewey Kimbro, in seinem Kleinlaster. »Was ist los?« rief der Zeitungsherausgeber ihnen zu. Rusk schrie zurück: »Wir bohren nach Öl!«

Die halbe Stadt folgte den Lastwagen zu einer deutlich erkennbaren Senke östlich des Teichs, wo Rusk Nummer 1 erschlossen werden sollte. Was die Leute jetzt zu sehen bekamen, lieferte Gesprächsstoff für viele Tage, denn nachdem der neunundvierzigjährige Paul Yeager beobachtet hatte, wie die drei Männer von dem Leitfahrzeug darangingen, sein Tor zu öffnen und auf sein Land zu fahren, lief er hin, um zu protestieren: »Ich bin Paul Yeager. Das ist mein Land. Hier können Sie nicht rein!«

»Sie haben uns nichts anzuschaffen, Mister«, erklärte ihm der Mann, der für den Bohrturm verantwortlich war. »Die Schürfrechte für dieses Stück Land liegen bei Mr. Floyd Rusk, und der hat uns den Auftrag erteilt.«

»Da ist ja Rusk. Floyd, was zum Teufel...«

»Es ist nur ein Bohrgestell, Paul. Wir glauben, da unten könnte es Öl geben.«

»Ihr könnt hier nicht rein.«

»Doch, das können wir. So steht's im Gesetz.«

»Ihr könnt doch mit diesen riesigen Lastern nicht über meine Felder fahren!«

»Doch, das können wir, wenn wir für den Schaden aufkommen. So steht's im Gesetz.« Sanft schob der dicke Floyd seinen Schwager zur Seite; die drei Laster fuhren hinein, bahnten sich einen holprigen Weg über das Feld und blieben an einer Stelle stehen, die der Creekologe Dewey Kimbro bestimmt hatte.

Yeager ließ einen Anwalt kommen. Er sollte Rusk das Recht streitig machen, in den Besitz eines anderen einzudringen und einen Teil der Ernte zu vernichten, aber zu seiner Bestürzung mußte Yeager erfahren: »Er hat das Gesetz auf seiner Seite, Paul.«

So sah die Stadt zu, wie Rusk Nr. 1 angebohrt wurde. Die Männer, die nach einem altmodischen System aus den ersten Jahren des Jahrhunderts vorgingen, machten sich wie ein Volk zielstrebiger Ameisen an die Arbeit. Sie hoben die Fundamente für die Aufstellung des Bohrturms aus, installierten die Tanks, in denen der Bohrschwand zur Analyse gesammelt werden würde, und errichteten das pyramidenförmige, zwanzig Meter hohe hölzerne Bohrgestell.

Nachdem die Rollen auf dem Bohrturm befestigt und die Kabel durchgezogen waren, setzten die Männer ein Ende des Bohrseils an die riesige Windetrommel an, die es anzog und wieder fallen ließ, und das andere an den Bohrmeißel, der mit großer Kraft abwärts geschleudert werden würde, um das Loch zu graben. Sobald der Bohrturm stand, würde sich der Meißel nicht etwa rotierend in die Erde hineinwühlen, sondern durch die reine Gewalt des fallenden Gewichts in die Tiefe vordringen und den Fels zu Staub zermahlen.

Vierundzwanzig Stunden am Tag arbeiteten sich die Männer in die Geheimnisse der Erde hinein, kleideten das Loch mit Futterrohren und Teile des Schachts mit Zement aus und fischten wie Schuljungen nach Teilen, die abgebrochen waren und aus der Tiefe geholt werden mußten. Diese zehn Rauhbeine waren Menschen eines besonderes Schlags, wie Larkin sie noch nie gesehen hatte. Derbe Kraftprotze waren sie, unglaublich dreckig von der Arbeit am Bohrturm, ungeduldig gegenüber allen, die nichts mit der Bohrtechnik zu tun hatten, und gehörten doch zu den tüchtigsten Fachkräften des Landes. Es waren gewalttätige, katzenartig wilde Männer, die genau wußten, daß sie einen Finger oder einen Arm verlieren konnten, wenn der Schwengel außer Kontrolle geriet und sie nicht schnell genug zur Seite sprangen.

Bei der Arbeit bewahrten sie strengste Disziplin, aber in ihrer Freizeit taten sie, was sie wollten, wobei es vornehmlich um Saufen, Weiber und eine gute Pokerpartie ging. Damit gerieten sie natürlich in Konflikt mit dem Ku Klux Klan. Der Ärger begann damit, daß drei der Männer leichte Mädchen aus Fort Griffin kommen ließen und sie in Noras Haus einquartierten, wo immer noch der Creekologe Dewey Kimbro und seine Esther residierten.

Die Mitglieder des Klans erfuhren von diesem Lotterleben, und schon am zweiten Abend marschierten drei von ihnen in ihren Kapuzen zu Noras Haus, um dem Treiben ein Ende zu setzen. Die drei mit allen Wassern gewaschenen Bohrarbeiter, auf die sie dort stießen, empfingen sie ziemlich unfreundlich: »Was ist denn das für ein Scheiß? Zieht doch diese Nachthemden aus!«

»Wir warnen euch! Ihr habt die Folgen zu tragen, wenn diese Frauen nicht bis Donnerstag abend aus der Stadt verschwunden sind.«

»Wenn ihr noch mal in diesen Nachthemden hier aufkreuzt, reißen wir euch den Arsch auf! Und jetzt schaut, daß ihr weiterkommt!«

Wie angedroht, kamen die Ku Kluxer am Donnerstag abend wieder, aber die drei Beschützer der Damen aus Griffin hatte Nachtschicht, und so begnügten sich die Moralhüter damit, die drei Mädchen verhaften und einsperren zu lassen. Als die Ölarbeiter nach einer harten Nacht auf dem Bohrturm zu Nora zurückkamen, erfuhren sie von der heulenden Frau: »Sie haben mich gewarnt, wenn die Mädchen wiederkommen, und das betrifft auch Esther, zünden sie mir das Dach überm Kopf an.«

Die Ölmänner marschierten schnurstracks zum Gefängnis und informierten den Gefängniswärter – nicht den Sheriff –, daß sie das Gebäude in die Luft sprengen würden, wenn die Mädchen nicht innerhalb von drei Minuten frei wären. Der Wärter ließ sie gehen, und unter lautem Gelächter und Gequieke stürmten die sechs Liederjane – drei Männer und drei Frauen – zu Nora zurück, wo sie zusammen mit Esther eine Party organisierten, die bis in die Morgenstunden dauerte.

Der Klan trat am Abend zusammen, um zu beraten, was mit diesen kriminellen Elementen geschehen sollte. »Ich meine, wir warten am besten, bis sie mit der Probebohrung fertig sind«, verkündete Floyd Rusk. »Wenn wir auf Öl stoßen – und Kimbro hat mir versichert, daß wir welches finden werden –, dann haben wir alle genug Geld, um diese Probleme später zu lösen. Ölarbeiter sind nun mal ganz besondere Leute.«

Und dabei blieb es. Denn wenn in Texas die Moral einem möglichen Ölvorkommen im Weg stand, war sie es, die beiseite treten mußte – für eine Weile.

Dewey Kimbro hatte sich mit Rusk Nr. 1 verschätzt. Auch in einer Teufe von neunhundert Metern war das Bohrloch völlig trocken. Larkins Ölboom schien geplatzt zu sein. In Wahrheit hatte sich die Mühe aber doch gelohnt, denn in siebenhundert Meter Teufe hatte Dewey in der Spülprobe Spuren von ölführendem Sand entdeckt und nur Rusk davon unterrichtet. »Die Leute glauben, wir hätten die Lagerstätte verfehlt«, sagte er. »Kaufen Sie soviel Ölpachten wie möglich westlich von unserer trockenen Rusk Nummer eins auf. Der Sandstein ist vielversprechend!«

So ging Rusk kleinlaut von einem Grundbesitzer zum anderen. »Na ja«, sagte er, »sieht ganz so aus, als ob wir uns getäuscht hätten. Aber auf lange Sicht... vielleicht...« Er machte sich erbötig, ihnen ihre Schürfrechte für sechzig Cents den Hektar abzunehmen. Nachdem er große Flächen in der Tasche hatte, fragte er Kimbro: »Und was machen wir jetzt? Wir haben nur noch Geld für eine Aufschlußbohrung. Wo machen wir sie?«

»Mich zieht es zum Teich hin«, antwortete Dewey. Sie marschierten ein Stück nach Westen. Auf einer kleinen Anhöhe bohrte Kimbro seine Ferse in den Boden. »Rusk Nummer zwei!«

Dieselbe Bohrmannschaft machte sich an die Arbeit – und dieselben Mädchen blieben bei Nora wohnen, denn immer noch bestand gute Aussicht, auf Öl zu stoßen, und der Klan mußte sich fügen.

Während Späher von neun großen Ölgesellschaften Dewey Kimbro nicht aus den Augen ließen, begann Floyd Rusk eine zweite trockene Bohrung, bei der die Teufe von neunhundertfünfzig Metern erreicht wurde. Jetzt ging ihm langsam das Geld aus. Doch als es kritisch wurde, zeigte sich Kimbro als echter Spekulant; er wollte mehr Geld riskieren. »So wahr mir Gott helfe, Mr. Rusk, wir brauchen mehr Schürfrechte. Und wenn Sie den Ehering Ihrer Frau versetzen müßten, tun Sie es, kaufen Sie welche! Jetzt können Sie es noch spottbillig bekommen, denn die Leute lachen über uns. Aber meiner Meinung nach muß das Feld zwischen Nummer eins und Nummer zwei liegen, und diese Konzessionen müssen wir bekommen.«

»Sie müssen das Geld selbst auftreiben. Ich habe keins mehr.«

So ging Dewey Kimbro also daran, in ganz Texas Leute für seine wilden Träume von einem Ölfeld im Norden Larkins zu begeistern, einer Gegend, in der man noch nie auch nur einen Tropfen Öl gefunden hatte. Er wandte sich an seine Freunde aus der Studentenzeit, junge Menschen, die zu Geld gekommen waren – das sie aber nicht riskieren wollten. Er belästigte seine Bekannten, die auf den Ölfeldern im Osten arbeiteten, aber sie glaubten zu wissen, daß Larkin keine Zukunft hatte. Und er redete auf jeden Spekulanten ein, der sich jemals Chancen ausgerechnet hatte, mit texanischem Öl zu Geld zu kommen.

Er war natürlich nur einer von mehreren hundert Phantasten und Schwärmern, die in dieser Zeit des Ölfiebers dem texanischen Traum nachjagten und zu denen auch Floyd Rusk zählte. Denn als dem Dicken so recht bewußt wurde, daß er alle seine Ersparnisse und sogar seine Ranch für dieses Abenteuer eingesetzt hatte, überkam ihn plötzlich eine wahre Besessenheit, die Ölquelle zu erschließen, die, wie Dewey ihm immer wieder versicherte, unter den Feldern lag, deren Schürfrechte er sich gesichert hatte. Er war fest entschlossen, diese Probebohrungen bis zum Ende durchzustehen – aber er hatte kein Geld. Darum nahm er allen Mut zusammen, überwand sich und ging zu seiner Mutter.

Emma Larkin Rusk war sechsundsechzig Jahre alt, eine gebrechliche Frau, die nicht viel mehr als hundert Pfund wog. Unter ihren jetzt schütteren Haarsträhnen waren die Ohrenstümpfe zu sehen, und weil sie so mager geworden war, paßte die Nase aus Balsaholz nicht mehr so richtig. Aber Emma nahm noch regen Anteil am Leben und wußte, daß ihr unleidlicher Sohn in Schwierigkeiten steckte.

»Meine ersten zwei Bohrungen haben nichts gebracht.«
»Ich weiß.«
»Aber wir sind sicher, daß wir bei der nächsten fündig werden.«
»Warum bohrst du dann nicht?«
»Kein Geld.«
»Und du möchtest, daß ich dir welches leihe?«
»Ja.«

Sie saß mit gefalteten Händen da und musterte ihren so gar nicht liebenswerten Sohn, diesen Vielfraß, der nichts in seinem Leben richtig gemacht hatte. Jetzt sollte sie ihm ihre Ersparnisse leihen, das Geld, das es ihr ermöglichte, in ihrem eigenen Haus zu leben, statt ihm und Molly auf der Tasche zu liegen.

Sie hatte keinen vernünftigen Grund, diesem unförmigen Mann das Geld zu leihen, wohl aber einen überwältigend sentimentalen: Er hatte ihr die Nase geschnitzt. Wegen dieser einen Geste liebte sie ihn, auch wenn ihre Beziehung ansonsten kläglich gewesen war. Floyd war ihr Sohn, und es hatte einen Punkt in seinem elenden Leben gegeben, da auch er etwas wie Liebe für sie empfunden hatte. Sie würde ihm das Geld leihen.

Doch die Jahre hatten sie zu einer klugen Frau gemacht, und so schloß sie einen Handel, bevor sie ihm das Geld gab. »Wieviel Zinsen soll ich dir zahlen?« fragte er, und sie antwortete: »Keine. Aber ich möche zweitausend Hektar für meine Longhorns, und zwar eingezäunt.« Floyd versprach sie ihr.

Sorgenvolle Tage brachen an. Selbst mit Emmas Beitrag reichten die Mittel nicht aus, um die dritte Bohrung niederzubringen, die die erfolgreichste zu sein versprach. Die Schürfrechte für diesen Boden, die Floyd und Dewey nur für ein Jahr erworben hatten, würden bald auslaufen, und die Bohrmannschaft drängte darauf, nach Osten weiterzuziehen. Die beiden Partner wußten, daß ihnen nur mehr zwei Monate blieben.

Eines Morgens kam Floyd ins Café gestürzt, zog Dewey mit sich in ein Hinterzimmer und begann fast zu weinen. »Die Bohrmannschaft will mit dem Turm nach Jacksboro zurückfahren!«

»Das können wir nicht zulassen. Wenn die mal weg sind, kommen sie nicht wieder.« Mit breitem Grinsen, so als ob sie gerade ein großes Geschäft abgeschlossen hätten, spazierten die Partner lässig durch das Lokal, nickten den Ölleuten zu und eilten auf die Bohrstelle hinaus.

Tatsächlich war die Mannschaft schon am Abmontieren. »Wartet!« rief Dewey. »Wir geben euch ein Sechzehntel von unseren sieben Achteln.« Die Männer nahmen sofort an, denn auch sie hatten den ölführenden Sandstein gesehen.

Zwei Tage vor dem Verfall ihrer Pachtverträge gab es für Rusk und Kimbro endlich eine gute Nachricht. Ein Team aus Oklahoma, das auf eigene Faust Versuchsbohrungen machte, war zu dem Schluß gekommen, daß wenn Dewey Kimbro, der früher bei Gulf und Humble gearbeitet hatte, Öllagerstätten in der Gegend von Larkin vermutete, es sich lohnen könnte, eine Spekulation zu wagen. Sie hatten ihre Bohrung östlich von Rusk Nr. 1 niedergebracht in der Hoffnung, daß sich die vermutete Lagerstätte in dieser Richtung und nicht in der Nähe des Teichs befand. Sie konnten natürlich nicht wissen, daß Dewey auf Anzeichen gestoßen war, die nach Westen wiesen, und so gingen sie bis in eine Teufe von fünfzehnhundert Metern hinunter und verfehlten das Feld. Am 28. Juni gaben sie ihren Fehlschlag bekannt. Kimbro zog daraus gleich doppelten Vorteil: Die mißglückte Bohrung bestätigte seinen Verdacht, daß sich die Lagerstätte nicht östlich von Rusk Nr. 1 befand, und sie entmutigte Larkins Grundbesitzer dermaßen, daß sie ihre wertlosen Pachtverträge unbedingt abstoßen wollten. Dewey wußte, daß es eine Katastrophe wäre, wenn er in Rusk Nr. 3 nicht fündig würde, und er verbrachte zwei Tage damit, in Telegrammen und Telefonaten und mit leidenschaftlichen persönlichen Appellen, die er an Spekulanten in der Gegend von Larkin – Fort Griffin – Jacksboro richtete, eine hübsche Summe zusammenzusammeln. Mit dem Geld kaufte er Schürfverträge für Gebiete, die das Ölfeld einkapselten.

An einem Augustnachmittag des Jahres 1923 kam ein Zaungast, der beim Bohren von Rusk Nr. 3 zugesehen hatte, in seinem Ford nach Larkin gefahren und brüllte: »Sie haben Öl!«

Die Bürger der Stadt eilten zum Teich hinaus, an dessen Ufer harte Männer jubelnd hin und her tanzten und sich mit ölverschmierten Händen gegenseitig auf den Rücken klopften. Es war keine sprudelnde Ölquelle – das Feld besaß weder die Größe noch den Gas- oder Wasserdruck, der nötig gewesen wäre, um einen so spektakulären Anblick zu bieten –, aber Dewey Kimbro, der das Öl aufsteigen sah, schätzte, so gut er konnte: »Könnten achtzehntausend Liter pro Tag sein, auf Jahre hinaus.«

Er sollte recht behalten. Das Larkin-Feld, wie man es später nannte, war ein langsamer, aber stetiger Förderer. Von großer Ausdehnung, aber nicht sehr tief, gehörte es zu jenen Feldern, auf denen fast überall innerhalb seiner Grenzen Bohrungen niedergebracht werden konnten und in einer Teufe von neunhundert Metern im Lockergestein immer eine bescheidene Menge Öl aufstieg – Jahr für Jahr für Jahr.

Im Frühherbst 1923 wurde Larkin zur heißesten Boomstadt in Texas. Ölproduzenten, -unternehmer und -spekulanten kamen aus allen Teilen Amerikas herbei, um an der äußeren Umgrenzungslinie des lagemäßig nicht genau bestimmten Feldes ihr Glück zu versuchen. Für einen Fremden sah Larkin Field nicht wie das typische Ölfeld aus, denn sobald eine Bohrung niedergebracht war, wurde das pyramidenförmige Gestell, das für den Laien Öl bedeutete, rasch an eine andere Stelle gebracht, damit dort weitergebohrt werden konnte. Das Heraufholen des Öls aus der Tiefe wurde einem unromantischen kleinen, transportablen Pumpbock überlassen, einem unauffälligen Maschinchen, das man von weitem kaum sehen konnte. Der mit Benzin betriebene Pumpbock ließ den verhältnismäßig kurzen Kolben unaufhörlich auf und nieder gehen, und aus diesem Gerät kam das Öl, das die Larkin-Spekulanten zu Millionären machte.

Große und kleine Gesellschaften schickten ihre Agenten, um Schürfrechte zu kaufen. Wohin immer sie sich wandten, sie stießen auf Floyd Rusk, der entweder Eigentümer des Bodens war oder die Konzessionen kontrollierte oder bevollmächtigt war, über die Ölpachten seines Partners Dewey Kimbro zu verhandeln.

Jetzt demonstrierte Rusk sowohl sein kommerzielles Geschick als auch seine ungezügelte Gier, denn er erkannte sehr bald, daß er und Kimbro weit mehr Land unter Kontrolle hatten, als sie jemals darauf nach Öl bohren konnten. Wie ein alter Routinier teilte er seine Pachtverträge größeren Gesellschaften zu.

Jetzt wurde der große Unterschied zwischen den beiden Partnern sichtbar. Kimbro liebte das Erdöl an sich, die endlose Suche, ja selbst die Mißerfolge und natürlich die Glückstreffer, während Rusks Interesse erst erwachte, wenn das sprudelnde Öl tatsächlich in seinen Besitz gelangte. Er liebte die schmutzigen Tricks, das Ausnützen weniger gerissener Menschen und die Spekulationsgewinne, die das Öl ihm bescherte.

Er erschloß zahllose Quellen auf eigenem Land und produzierte weit mehr Rohöl, als der Markt aufnehmen konnte. Er mußte zusehen, wie der Preis von einem Dollar je Barrel auf katastrophale zehn Cents fiel, und selbst dann konnte er nicht begreifen, daß zwingende Maßnahmen geboten waren. »Wir lassen uns von der Regierung nicht dreinreden!« zeterte er, ganz Texaner. »Wir haben dieses Feld gefunden. Wir haben es entwickelt und, bei Gott, wir werden so weitermachen, wie es uns paßt!«

Was ihn selbst betraf, so waren seine verschwenderischen Geschäftsmethoden durchaus nicht unsinnig, denn er hatte verschiedene Möglichkeiten, seinen Reichtum zu mehren. Dreiunddreißig Quellen gehörten ihm ganz; an neunzehn anderen war er mit fünfundsiebzig Prozent beteiligt; und er kassierte enorme jährliche Beträge für Schürfrechte, die die großen Ölgesellschaften auf Feldern hatten, die er nicht selbst entwickeln konnte. Gegen Ende des ersten Jahres war er vierfacher Millionär und hatte die besten Aussichten, sein Vermögen binnen kurzem zu verdoppeln, nochmals zu verdoppeln und damit zu vervierfachen.

Sein unglaubliches Glück änderte kaum etwas an seiner Lebensweise. Er gab nur selten mehr Geld als notwendig für sich aus. Immer noch beförderte er seinen massigen Körper in einem Ford-Laster über die

Ölfelder; er trug stets die typische Kleidung eines Ranchers, den gleichen alten schäbigen Stetson, die gleichen General-Quimper-Stiefel der billigsten Preisklasse.

Er kaufte drei gute Zuchtstiere, denn in Texas standen das Öl und die Viehzucht in einer symbioseartigen Beziehung zueinander, die jedem Ölspekulanten aus dem Norden völlig unverständlich blieb. Mit dem ersten großen Scheck, den er von Gulf für seine Pachtverträge erhielt, erwarb er weitere zweitausend Hektar für seine Ranch, und mit dem zweiten fuhr er nach Norden zu Paul Yeager hinaus: »Ich glaube, mein Vater hat einen Fehler gemacht, als er dir dieses Land schenkte, und ich noch einen größeren, als ich es dir überschreiben ließ. Ich möchte es zurückkaufen, Paul. Nenne mir deinen Preis.«

»Ich verkaufe nicht.«

»Paul, du hast keine Schürfrechte, und du darfst das Land nicht verpachten. Für dich ist das Ganze nicht viel mehr als Steine und Gras. Du kannst überhaupt nichts damit anfangen, und ich brauche es.«

»Ich sagte es doch schon: Ich verkaufe nicht.«

»Du weißt, wir werden noch weitere sechs oder sieben Bohrungen auf deinem Land niederbringen.«

»Das bezweifle ich.«

»Hör mal, Paul. Gesetz ist Gesetz. Nenne deinen Preis – hundertfünfzig Dollar den Hektar? Zweihundert Dollar?«

Es gelang Rusk nicht, ihn umzustimmen, und einige Tage nachdem er seine Leute zum Teich hinausgeschickt hatte, um eine neue Bohrung auf Yeagerschem Land niederzubringen, kamen sie mit einer unglaublichen Geschichte in die Stadt zurück: »Wie Sie angeordnet haben, wollten wir am Nordende des Yeager-Grunds einen Bohrturm aufstellen, aber Yeager erwartete uns schon am Tor mit einem Gewehr. ›Wir haben das Gesetz auf unserer Seite‹, sagte mein Kollege, und er sagte: ›Schluß mit den Gesetzen! Wenn Sie mein Land betreten, schieße ich.‹ Na, wir fuhren einfach rein, wie Sie angeordnet hatten, und bei Gott, er schoß.«

»Hat es Tote gegeben?«

»Elmer ist schwer verletzt. Ein Arzt kümmert sich um ihn.«

Von wilder Wut erfüllt raste Floyd Rusk durch die Stadt zum Sheriff und fuhr mit ihm nach Norden, um Paul Yeager zu verhaften. Er stand immer noch am Tor seiner Ranch, immer noch mit einem Gewehr in der Hand.

»Kommen Sie ja nicht hier rein!« warnte er.

»Paul, das Gesetz...«

»Bleib zurück, Fettwanst! Ich dulde deine Laster nicht mehr auf meinem Land!«

»Yeager!« schrie der Sheriff. »Werfen Sie Ihre Waffe weg und...«

Yeager feuerte, nicht auf den Sheriff, sondern auf Rusk, der sich mit überraschender Behendigkeit zu Boden fallen ließ, einen Colt zog und seinem Schwager eine Kugel durch den Kopf schoß.

Siebzehn Zeugen bekundeten später, daß Paul Yeager den Sheriff mit einem Gewehr bedroht, Floyd Rusk beinahe getötet, und dieser aus Notwehr geschossen habe. Die Sache kam nie vor Gericht. Nach der Beerdigung bat Rusk den Sheriff, zur Yeager-Ranch hinauszufahren und Mrs. Yeager einen guten Preis für ihr Land zu bieten, ohne zu sagen, wer der Käufer sei. Noch vor Ablauf des Monats hatte Rusk das Land wieder in Besitz genommen, das, wenn es nach ihm gegangen wäre, sein Vater nie hätte verschenken dürfen.

Innerhalb von vier Monaten wuchs die Bevölkerung Larkins sprunghaft von 2329 auf über 19 700 an, und diese Entwicklung führte zu tiefgreifenden Veränderungen. Die kleine Stadt konnte einen so gewaltigen Zustrom nicht aufnehmen, man mußte nach ungewöhnlichen Lösungen suchen. Alteingesessene Bewohner rissen die Augen auf, als sie einen Zug von sechzig Maultieren sahen, die von Jacksboro die Straße heraufkamen; je vier zogen auf einem Flachwagen ein ganzes Haus, das man weiter im Osten von seinen Fundamenten gehoben hatte. Zelte standen hoch im Kurs, und jeder Haus- oder Wohnungsinhaber konnte ein freies Zimmer an vier Gäste zu je drei Dollar pro Kopf und Tag vermieten. Viele Betten wurden dreimal am Tag benützt, jeweils für acht Stunden, und die Leute, die den Bohrmannschaften verkauften, was diese brauchten, waren bis zum Jahresende schwerreich geworden.

Der plötzliche Geldstrom veränderte auch das gesellschaftliche Leben, denn gerade die Männer, die eine wichtige Rolle im reaktionären Ku Klux Klan gespielt hatten, sahen sich jetzt in der Lage, den größten Gewinn aus dem rasant aufblühenden Handel zu ziehen. Frühere Klanführer wie die Tumlinson-Zwillinge oder Boatright waren mit ihren sich ständig ausweitenden Geschäften so beansprucht, daß sie keine Zeit mehr hatten, ihr Augenmerk auf die Moral der Gemeinde zu haben. Nicht daß der Klan die Absicht gehabt hätte, den Laden dichtzumachen – dafür waren seine Motive zu kräftig und wurzelten zu tief; aber seine Mitglieder waren durchaus bereit, ein paar Dollar zu verdienen, solange die Möglichkeit dazu bestand.

Nora, die der Klan einst bestraft hatte, betrieb jetzt ein Etablissement, das elf junge Frauen beherbergte, die von weit her gekommen waren – eine sogar aus Denver –, und niemandem war verborgen geblieben, welchem Gewerbe die Damen nachgingen. Auch Dewey Kimbro, der Mann, dem die Stadt ihr Glück zu verdanken hatte, lebte mit Esther in diesem Haus, aber das mußte man ihm nachsehen: Schließlich war er auf dem besten Weg, Millionär zu werden, und das entschuldigte vieles.

Eines Tages tauchte ein Reporter der *New York Times* auf und begann dem in ganz Texas kursierenden Gerücht nachzugehen, Larkin sei »die sündigste Kleinstadt Amerikas«. Neun oder zehn Tage später erschien ein haarsträubender Bericht darüber, wie die Stadtväter vom Boom profitierten:

»Jeden Sonntagmorgen, kurz nach Tagesanbruch, durchstreifen der Sheriff und seine begeisterten Helfer Spelunken und Spielhöllen, verhaften alle Nachtschwärmerinnen, die sie dort finden, und stecken sie ins Gefängnis. Das geht in allen Grenzlandstädten so vor sich und ist an sich nicht bemerkenswert.

Bemerkenswert jedoch ist, daß man diese Damen – einige von ihnen echte Schönheiten – am Montagmorgen auf dem Balkon des Gerichtsgebäudes aufstellt, und nachdem sich Ölarbeiter und die jungen Herren der Stadt unten versammelt haben, betritt ein sogenannter Richter den Balkon, hebt den linken Arm eines der Mädchen und verkündet die Geldstrafe, zu der sie verurteilt wurde.

Jetzt fangen die Männer auf dem Platz an, lebhaft auf das Recht zu bieten, die Strafe bezahlen zu dürfen, aber das erste Gebot muß die Strafe selbst sein. Wenn also Mary Belle drei Dollar Strafe zahlen muß, beginnt das Bieten bei drei Dollar, kann aber so hoch steigen, wie das die Reize der jungen Frau rechtfertigen.

Sobald der Gewinner ermittelt ist, zahlt er den entsprechenden

Betrag und erkauft sich damit alle Rechte auf die junge Dame für die nächsten vierundzwanzig Stunden. Von Dienstag- bis Samstagabend geht sie ihrem Gewerbe auf die übliche Weise nach, am Sonntag wird sie neuerlich verhaftet und am Montag wieder versteigert.

Als ich einen städtischen Beamten fragte, wie diese Vorgangsweise zu rechtfertigen sei, erhielt ich als Antwort: Wir brauchen das Geld, um die zusätzlichen Polizeikräfte bezahlen zu können.«

Eine amüsante Geschichte. Ein anderer Aspekt des Booms gab jedoch Anlaß zur Besorgnis. Eine Stadt, die zur Ölstadt wurde, mußte einfach die wirklich kriminellen Elemente anziehen, und zu Beginn des Winters 1924 hatte Larkin eine Überfülle an Spielern, Straßenräubern, Betrügern, Dieben, flüchtigen Mördern und überhaupt jeder Art von Gesindel aufzuweisen.

»Unsere Stadt ist unregierbar geworden!« rief Floyd Rusk entsetzt, als an einem Januarmorgen bekannt wurde, daß man in einem Gäßchen in der Nähe des Gerichtsgebäudes zwei Leichen gefunden hatte.

»Mein Gott, Floyd! Einer davon ist Lew Tumlinson!«

Es gab keine Hinweise, wonach er mit irgendwelchen Verbrechern Umgang gehabt hätte, und er war auch nicht beraubt worden. Sein Tod war mysteriös, aber bald vergessen.

Die Schießereien in Larkin forderten im Schnitt alle zweieinhalb Wochen ein Menschenleben – durchaus kein Rekord für eine Ölstadt. Meist waren die Schießereien Folge eines Streits zwischen Spielern, oder es wurde um Frauen gekämpft; so gut wie niemals war Gewinnsucht das Motiv. Doch dann wurde Ed Boatright erschossen aufgefunden, und Anfang März auch der andere Tumlinson.

Jetzt regierte plötzlich Angst die kleine Stadt. Alle Männer, die mit Öl zu tun hatten, heuerten bewaffnete Leibwächter an. Mehr als andere wurde Floyd Rusk von dieser Mordwelle in Schrecken versetzt. Seine Prominenz und das riesige neuerworbene Vermögen machten ihn zu einem wahrscheinlichen Ziel. Vor allem aber war ihm eines Abends, als er allein in seiner Küche saß und über die düstere Lage nachgrübelte, in die seine Stadt geraten war, plötzlich ein schrecklicher Gedanke gekommen: »Mein Gott! Boatright! Die Tumlinsons! Alle waren sie dabei, als Dewey Kimro ausgepeitscht wurde!«

Er begann zu schwitzen. Verzweifelt versuchte er, sich ins Gedächtnis zurückzurufen, was Dewey damals gesagt hatte – während des Auspeitschens oder am nächsten Tag, als sie ihr Abkommen schlossen. »O Jesus! Er hat alle unsere Namen gewußt und drei von uns getötet. Der Mann ist ein eiskalter Killer!«

Er nahm eine Feder zur Hand und schrieb einen Brief an den Gouverneur, den er bei der letzten Wahl aktiv unterstützt hatte:

»Die Stadt Larkin in Larkin County ist unregierbar geworden. Bitte schicken Sie die Miliz. Floyd Rusk«

Er kam zu Pferd in die Stadt, wie schon sein Großvater anno 1883. Er teilte ein Bett mit zwei Ölarbeitern und sah sich unauffällig in Saloons und Spielhöllen und im Bordellviertel um.

Nach fünf Tagen hatte er sich ein recht gutes Bild von der Lage in Larkin gemacht.

Er war fünfundzwanzig Jahre alt, etwa einen Meter fünfundsechzig groß und hatte blaue Augen. Er konnte gut mit dem Revolver umgehen und gebrauchte ihn schneller als sein Großvater. Er fand es nicht ungewöhnlich, daß man ihn allein in eine gesetzlose Boomstadt geschickt hatte, denn das war sein Geschäft. Und am sechsten Tag begann er seine Arbeit.

Er ging in das Café, wo sich die Ölleute jeden Morgen um sechs mit führenden Persönlichkeiten der Stadt trafen, klopfte mit dem Löffel an ein Glas, um die Aufmerksamkeit der Anwesenden auf sich zu ziehen, und verkündete: »Mein Name ist Macnab, Oscar Macnab, und ich bin ein Texas Ranger. Der Gouverneur hat mich geschickt, um in dieser Stadt für Ordnung zu sorgen.« Noch bevor sich irgend jemand dazu äußern konnte, zog er seinen Revolver und verhaftete drei Männer, von denen man wußte, daß sie mit gestohlenen Bohrgeräten handelten. Er drängte sie in eine Ecke und übergab sie dem verängstigten Sheriff mit den Worten: »Ich werde später mal bei Ihnen vorbeischauen. Dann möchte ich die drei Typen im Gefängnis sehen!«

Er ernannte drei angesehene Bürger zu Hilfspolizisten – wozu er kein Recht hatte –, verließ mit ihnen das Lokal und durchsuchte die Stadt. Weil die ärgsten Gauner und Unruhestifter zu dieser frühen Stunde noch in den Federn lagen, fiel es ihm nicht schwer, sie aufzustöbern. In ihren

Nachthemden oder schnell übergezogenen Hosen wurden sie, die Spieler, Diebe und Zuhälter, ins Gerichtshaus gebracht, bis sich dort im Keller an die drei Dutzend Übeltäter angesammelt hatten. An die Tür postierte Macnab zwei Männer mit Gewehren und gab ihnen einen Befehl, der die Gefangenen zusammenzucken ließ: »Wenn einer zu fliehen versucht, zögern Sie nicht. Schießen Sie mitten in das Pack hinein!«

Dann ging er ins Büro des Sheriffs und forderte ihn auf, die Polizisten der Stadt zusammenzurufen. Als sie vor ihm standen, fragte er verächtlich: »Warum haben Sie zugelassen, daß solche Verhältnisse in der Stadt eingerissen sind?« Wahrheitsgemäß antworteten sie: »Weil alle es so haben wollten.«

Nachdem er den örtlichen Beamten ein wenig Selbstvertrauen eingeimpft hatte, begab Oscar sich aufs Telegrafenamt und drahtete zum Ranger Hauptquartier: »Ich brauche Hilfe stop schickt Lone Wolf.« Dann stattete er Floyd Rusk einen Besuch ab. »Soviel ich weiß, waren Sie es, der dem Gouverneur geschrieben hat. Erzählen Sie mir, was Sie dazu bewogen hat.«

Dazu war Rusk mehr als bereit: Er sprudelte einen solchen Strom von Informationen und Namen hervor, daß Macnab ihn immer wieder zu mehr Ruhe mahnen mußte. »Aber Sie waren doch einer der Männer, die Dewey Kimbro ausgepeitscht haben, oder nicht?« Und schließlich kam er zur Sache: »Haben Sie irgendeinen Beweis, daß Kimbro Ihre drei Freunde erschossen hat?«

»Sie waren niemals meine Freunde, Ranger Macnab. Der Klan hat sie zufällig für diese Mission eingesetzt.«

»Aber Sie waren doch, wie man mir sagte, der Führer des Klans?« Es war keine Beschuldigung, nur eine Frage, auf die Rusk heftig reagierte: »Ich war niemals der Kleagle, der Anführer. Eigentlich hatten wir gar keinen.«

»Aber warum beschloß Ihre Gruppe überhaupt, Dewey Kimbro auszupeitschen?«

»Na ja, weil er sich unsittlich benahm. Er lebte da mit dieser Frau, dieser Esther, Sie haben sie ja kennengelernt, und wir sagten, er muß damit aufhören oder die Stadt verlassen. Wir waren nicht bereit, unmoralisches Verhalten zu dulden.«

Macnab grinste, soweit er dazu imstande war. »Jetzt scheinen Sie es ja plötzlich doch zu dulden. Alle diese feinen Damen, diese feinen Häuser...«

»Die Zeiten haben sich geändert, Ranger Macnab.«

Wie sehr sie sich geändert hatten, sollte Macnab noch erfahren. Schließlich hatte er noch keinen Montag in Larkin miterlebt und also auch noch keine öffentliche Nuttenversteigerung, und als die Beamten, die sich auf seine Anwesenheit noch nicht so recht eingestellt hatten, mit der Montags-Auktion begannen, hütete sich Oscar, sie zu unterbrechen. Er hielt sich im Hintergrund, erschüttert von dem, was er da zu sehen bekam, und er beschloß, keine weiteren Schritte zu unternehmen, solange er allein war.

Hilfe wurde ihm in der Person eines legendären Texas Rangers zuteil, den man Lone Wolf – Einsamer Wolf – nannte, eines besonders gutaussehenden Mannes Mitte Dreißig namens Gonzaullas, bekannt für seine penible Art sich zu kleiden und für sein übertrieben höfliches Auftreten. Noch bekannter aber war seine Bereitschaft, seinen Revolver mit dem Perlmuttergriff zu gebrauchen – ein Geschenk dankbarer Bürger, die sich dafür hatten erkenntlich zeigen wollen, daß er in ihren Städten Recht und Ordnung wiederhergestellt hatte.

Auch er kam zu Pferd nach Larkin. Nachdem er die Lage sondiert hatte, sagte er zu Oscar: »Bis jetzt hast du alles richtig gemacht, aber jetzt brauchen wir etwas, das die Aufmerksamkeit der Leute erregt.«

»Woran denkst du?« fragte Macnab.

»In solchen Fällen ist der Schandpfahl angezeigt. Beschaffe mir zwei Schaufeln!«

Die beiden Ranger ritten zum Stadtrand, wo sie ein tiefes Loch aushoben und mit Felsbrocken auskleideten. Sie bestiegen ihre Pferde und schleiften einen dreieinhalb Meter hohen Telefonmast heran, den sie in das Loch stellten und mit weiteren Felsbrocken und Steinen einbetteten.

Dann stürmten sie einen Saloon nach dem anderen, eine Spielhölle nach der anderen, schnappten sich all die ungeliebten Typen, ließen sie zum Stadtrand hinausmarschieren und schlossen sie mit Handschellen an Ketten an, die sie um den Telefonmast gelegt hatten. »Und jetzt schaut, wie die anständigen Leute dieser Stadt über euch lachen!« rief Gonzaullas.

Während er Wache stand, eilte Macnab in den Keller des Gerichtsgebäudes und holte die drei Dutzend Männer, die er unter Arrest hatte nehmen lassen. Mit gezogenem Revolver ließ er auch sie zum Schandpfahl marschieren, wo Ganzaullas sie ebenfalls ankettete. Nun mußten sie erst einmal ein paar Stunden in der Sonne schwitzen.

Um vier Uhr endlich trat Gonzaullas vor sie hin: »Wer von euch bis Sonnenuntergang die Stadt verlassen hat, braucht nichts zu befürchten. Wer nach Einbruch der Dunkelheit in der Stadt angetroffen wird, der muß auf alles gefaßt sein. Ranger Macnab, lassen Sie sie frei!« Die Handschellen wurden aufgeschlossen und die Ketten gelöst, und sofort rannten die Bösewichter davon.

Nachdem der Platz einigermaßen gesäubert war, wandte sich Lone Wolf an die Umstehenden. »Bürger von Larkin, jetzt ist alles vorüber.« Er machte kehrt, ging zu seinem Pferd, gab Macnab ein Zeichen und ritt mit ihm zu Floyd Rusk.

Sie setzten sich in die Küche und gingen noch einmal den Fall Dewey Kimbro durch. Gonzaullas stellte die Fragen: »In der Zeit, als die zwei Tumlinsons und Boatright ermordet wurden, wie viele andere Männer wurden da in der Stadt erschossen?«

»Neun.«

»Warum glauben Sie, daß es sich bei den dreien um einen besonderen Fall gehandelt hat?«

»Die anderen waren Taugenichtse... Vagabunden.«

Diese Antwort überzeugte Gonzaullas, und er nahm sich zwei Tage lang Zeit, alle möglichen Leute in der Stadt auszufragen, besonders Nora und Esther, die er zusammen antraf. »Sie, Nora, behaupten, daß Sie und Jake geteert und gefedert wurden. Später hat man Jake erschossen aufgefunden?«

»Jawohl.«

»Wissen Sie, wer es getan hat?«

»Ich kann es mir denken.«

»Und Sie, Miss Esther, Sie haben gesehen, wie Mr. Kimbro ausgepeitscht wurde? Wußten Sie, wer es getan hat?«

»Ich habe Namen gehört.«

»Welche Namen?«

»Lew Tumlinson.«

»Und weiter?«

»Sein Bruder Les, und Ed Boatright.«

»Kannte Kimbro diese Namen?«

»Ich weiß, daß er sie sich gemerkt hat.«

Für Gonzaullas und Macnab war jetzt klar, daß Dewey Kimbro seine drei Angreifer erschossen hatte. Beweise dafür gab es allerdings nicht, und so bestellte Lone Wolf eines Morgens, nachdem sich die Stadt einigermaßen beruhigt hatte, Kimbro in Rusks Küche.

Mit nüchternen Worten faßte Macnab das Ergebnis der Ermittlungen zusammen: »Sie, Rusk, waren der Anführer des Trupps, der gegen Ihren heutigen Partner Kimbro eingesetzt wurde. Wir wissen, daß Sie, Kimbro, die Namen der Männer erfuhren, die Sie auspeitschten, und wir haben Grund zu der Annahme, daß Sie diese Männer aus Rache, einen nach dem anderen, erschossen haben. Aber wir können es Ihnen nicht beweisen. Ranger Gonzaullas, möchtest du den Herren sagen, was wir empfehlen?«

»Es ist ganz einfach. Es ist schon lange her, daß Mr. Kimbro ausgepeitscht wurde. Wenn Sie es vergessen, wollen auch wir es vergessen. Sie sind jetzt seit einiger Zeit Partner, gute Partner, wie man hört. Sie, Mr. Rusk, haben uns gesagt, Sie hätten Angst, von Mr. Kimbro erschossen zu werden. Ich habe eine Überraschung für Sie, Mr. Rusk. Wußten Sie, daß Mr. Kimbro uns gesagt hat, er hätte Angst, *Sie* würden *ihn* erschießen – um seinen Teil Ihrer Partnerschaft in die Hände zu bekommen, so wie Sie Yeagers Land bekommen haben? Und wir behaupten, er hatte guten Grund, Angst zu haben.«

Erschrocken starrte Rusk seinen Partner an. »Dewey, bei Gott, ich würde dich nie erschießen!«

»Das wär's also«, sagte Lone Wolf und legte die Hände flach auf den Tisch. »Sie beide sind Partner. Machen Sie das Beste draus. Denn wenn wir erfahren, daß einer von Ihnen erschossen wurde, kommen wir zurück, um Strafanzeige gegen den Überlebenden zu erwirken.«

»Kein Gericht der Welt würde...« setzte Rusk an, aber Gonzaullas schnitt ihm das Wort ab: »Sag du es ihm, Macnab.«

»Die Sache würde deshalb nicht vor Gericht kommen, weil Sie oder Sie von mir oder von ihm auf der Flucht erschossen werden würden.«

Auf diese Weise wurde dafür gesorgt, daß nach achtzehn Monaten reinster Hölle wieder Recht und Ordnung in die Ölstadt Larkin einkehrten. Es war eine texanische Lösung eines texanischen Problems, und sie funktionierte.

Die kleine Stadt Larkin, auf eine vernünftige Zahl von 3673 Einwohnern geschrumpft, hatte jetzt sieben Millionäre: der reichste von ihnen war Floyd Rusk mit einem immensen Vermögen aus eigenen Quellen und Pachtverträgen; ihm folgte sein Partner Dewey Kimbro; er war an einigen von Rusks Quellen beteiligt, andere gehörten ihm ganz.

Rusk und Kimbro baute sich keine großen Häuser und kauften keine Limousinen, aber sie entdeckten Football; nicht etwa den Football der University of Texas, sondern Larkin Highschool Football.

In jenen Tagen besaß Texas kein ernst zu nehmendes Profi-Football- oder Basketballteam, und gute Baseballteams bekam man nur weit im Norden in St. Louis zu sehen.

Die Universitäten lagen weit im Osten, und so blieb nur das lokale Highschool Footballteam. Mit der Zeit interessierten sich die Leute für seine Erfolge ebensosehr, wie Menschen in anderen Teilen Amerikas an den Geschicken der New York Yankees oder der Detroit Tigers Anteil nahmen.

Diese Manie begann durch einen Zufall. Rusk und Kimbro schauten sich an einem Freitag ein Spiel der Larkin Highschool gegen eine Mannschaft aus Jacksboro an, das die Gäste durch einen üblen Trick ihres Coachs knapp gewannen. Die Männer schworen Rache. Sie riefen die anderen Millionäre von Larkin zusammen und schlugen vor, etwas zu tun, um »die angekratzte Ehre unserer Stadt wieder aufzupolieren«. Die Ölproduzenten durchforsteten die ganze Gegend nach großen, starken jungen Männern, siedelten sie mit ihren Familien in Larkin an, gliederten sie einfach in die Schulmannschaft ein, und als es wieder Herbst wurde, war nicht mehr zu übersehen, daß Larkin High gute Chancen hatte, zu einer Football-Macht zu werden.

Als äußerst schwierig erwies es sich für Rusk, einen passenden Namen für – wie er es jetzt nannte – »mein Team« zu finden, denn die schönen Namen wie Löwen, Tiger, Bären, Wildkatzen, Panther, Piraten, Rebellen, Pumas, Falken waren alle schon besetzt. Nach einem schmerzlichen Eliminationsprozeß bot Floyd seinen Freunden schließlich die Antilope an, ein in dieser Gegend früher beheimatetes Tier. Nachdem man sich widerstrebend darauf geeinigt hatte, ergab sich eine weitere Schwierigkeit, denn jedes texanische Team mußte das Wort »kämpfend« in seinem Namen haben: Kämpfende Tiger, Kämpfende Büffel, Kämpfende Wildkatzen. Also mußten es die Kämpfenden Antilopen sein, und Rusk gab zu bedenken: »In ganz Texas hat noch niemand je eine Antilope kämpfen gesehen.« Aber bei diesem Namen blieb es.

Larkins »Fighting Antelopes« erlebten einen ruhmreichen Herbst. Sie absolvierten neun Spiele und gewannen alle. »Bei Gott«, schwärmte Rusk im Café, »wenn wir auch das nächste Spiel gewinnen, könnten wir es Waco zeigen!« Rusks Optimismus beunruhigte den Coach der Mannschaft, der sich keine Illusionen machte: »Sicher, wir haben ein paar gute Teams besiegt, aber Waco, das ist schon was anderes.«

»Sie haben Angst?« fragte Rusk.

»Ja. Gegen Waco hat unser kleines Team keine Chance. Wacos Coach heißt Paul Tyson. Sagt Ihnen der Name etwas?«

»Auch der steigt nicht gleichzeitig in beide Hosenbeine!«

»Er ist etwas Besonderes. In seinem besten Jahr betrug der Endstand für Waco fünfhundertsiebenundsechzig und für alle Gegner zusammen null. Und da fragen Sie mich noch, ob ich Angst habe?«

Aber Rusk und seine optimistischen Freunde fürchteten sich nicht, und nachdem die Fighting Antelopes ihr dreizehntes Spiel hintereinander gewonnen hatten, kam es zur großen Kraftprobe mit Waco um die Staatsmeisterschaft. Halb Larkin und so gut wie ganz Waco fanden Mittel und Wege, um an diesem denkwürdigen Nachmittag in den Panther Park nach Fort Worth zu kommen. Über zwanzigtausend Besucher wurden gezählt – eine enorme Zahl für ein Highschool-Spiel. Die Zeitungen hatten geschickt durchblicken lassen, daß die Antelopes immerhin eine kleine Chance hatten, die Tigers zu besiegen.

An dieses Spiel sollte man sich noch lange als an ein außergewöhnliches Sportereignis erinnern – aber nicht so, wie Rusk es sich gewünscht hatte: Waco Tiger 83, Larkin Antelopes 0.

Noch bevor der Sonderzug der Schlachtenbummler Fort Worth verließ, wurden schon Zeitungen mit höhnischen Schlagzeilen verkauft: EIN WAHRES FRESSEN FÜR DIE TIGERS: DIE ANTELOPES. Auf der Heimreise hielt Rusk seinen Freunden die Zeitungen unter die Nase und gelobte: »Das wird nie wieder passieren!« Worauf er jedem seiner Kollegen aus der Ölbranche einzeln das Versprechen abnahm, alles zu tun, um Larkins Ansehen wiederherzustellen, koste es, was es wolle.

Er durchsuchte den Zug nach dem Unglücksraben von Coach, der ihm diese Niederlage prophezeit hatte. »Sie sind entlassen!« fauchte der

Dicke. »Mein Team verliert nicht mit achtzig Punkten Rückstand! Gleich morgen suchen wir uns einen richtigen Coach!«

Die Rache für die entsetzliche Demütigung, die das Team im Panther Park erlitten hatte, wurde für Rusk zu einer fixen Idee. Während er im ganzen Staat nach einem Coach suchte, »wie ich ihn mir vorstelle«, hörte er immer wieder von einem Mann an einer kleinen Schule in der Nähe von Austin; Leute, die etwas von Football verstanden, versicherten ihm: »Dieser Cotton Hamey, das ist einer, der nicht mit sich spaßen läßt. Er reißt einem Jungen auch schon mal den Arsch auf, wenn er nicht spurt.« So ließ Rusk drei seiner Freunde von Larkin anreisen, damit sie sich dieses Genie einmal ansahen.

Sie wußten sofort, daß Hamey ihr Mann war: nur einen Meter siebzig groß, aber ein einziges Muskel- und Energiebündel. Sein Spitzname lautete »Tiger«.

»Könnten Sie Paul Tyson übernächstes Jahr schlagen?« fragte Rusk. Hamey antwortete: »Geben Sie mir die Pferdchen, und ich gebe Ihnen die Meisterschaft.«

»Der Job gehört Ihnen«, sagte Rusk, und kurz nachdem die Ölproduzenten nach Larkin zurückgekehrt waren, bestätigte der Schulrat die Bestellung Cotton Hameys als Lehrer für texanische Geschichte. Nebenbei würde er auch ein wenig coachen.

Jetzt lag es an den reichen Ölmännern, für die »Pferdchen« zu sorgen. Sobald Hamey seiner Pflichten an der kleinen Schule in Austin enthoben war, übersiedelte er nach Larkin. Dort angekommen, übergab er Rusk sofort eine Liste mit den Namen junger Burschen, die in verschiedenen Teilen Texas' wohnten und die er gern im Antilopes-Dress sehen würde, wenn die Saison im September anfing.

So begannen also nun die Ölherren das Land zu durchstreifen, um die Eltern dieser jungen Männer zu besuchen, den Vätern gute Stellungen auf den Ölfeldern und den Müttern Beschäftigung im örtlichen Krankenhaus oder in Läden anzubieten.

Am Abend vor dem ersten Spiel rief Cotton Hamey seine Sponsoren zusammen. »Wir haben da ein Problem. Wir dürfen keines dieser ersten Spiele zu hoch gewinnen. Waco soll nicht wissen, daß wir es auf sie abgesehen haben.«

Cotton Hamey ließ also in den ersten sieben Spielen gegen die kleineren Teams der Gegend nicht zu, daß Larkin High seine wahre

Klasse zeigte; das typische Resultat lautete 19 zu 6. In diesem gemächlichen Tempo gewann Larkin High die Bezirksmeisterschaft und kam automatisch ein zweites Mal ins Finale gegen die Supermänner aus Waco.

Die großen Zeitungen machten sich schon im voraus über diese Begegnung lustig, wiesen darauf hin, daß mit dem System etwas nicht stimmen könne, wenn in zwei aufeinanderfolgenden Jahren ein so wenig qualifiziertes Team wie Larkin gegen ein Superteam wie Waco ins Finale kommen konnte, und alle Sportredakteure brachten lange Rückblicke auf die Katastrophe am Ende der letzten Saison.

Weil die Larkin Antilopes einen so schlechten Ruf hatten, kamen diesmal wesentlich weniger Zuschauer nach Fort Worth, aber die, die zu Hause geblieben waren, versäumten eines der historischen Matches im Texas Football. Nach einem unglaublich dramatischen Spiel lautete das Ergebnis: Waco 22, Larkin 19.

Floyd war über das verlorene Spiel keineswegs verärgert. Im Gegenteil – auf der Heimfahrt lief er immer wieder durch den ganzen Zug, umarmte alle, die ihm begegneten, Zuschauer, Spieler, seine Freunde aus der Ölbranche, und verkündete: »Das ist der schönste Tag in meinem Leben!« Mit Freudentränen in den Augen lief er auf Coach Hamey zu und rief: »Ich brauche die Namen von weiteren fünfzehn jungen Kerlen, die wir im nächsten Herbst einsetzen könnten. Ich will Waco niederbügeln!«

»Ich auch«, rief Hamey, und schon eine Woche später erhielt Rusk eine Liste mit den Namen von achtzehn Highschoolspielern. Noch vor dem 1. Januar hatten Rusk und seine Freunde mehr als ein Dutzend dieser Burschen nach Larkin County gebracht. Der Endstand im Jahr darauf: Larkin 26, Waco 6.

Während Floyd Rusk die Siege seiner Antilopes genoß, feierte seine Mutter Siege mit ihren Longhorns.

Im Jahre 1927 wurde man sich in Washington der Tatsache bewußt, daß die Longhorns auf den Prärien des Westens ebenso vom Aussterben bedroht waren wie die Wandertauben und die Büffel, und man beschloß, endlich etwas zu unternehmen. Ein großes Büffelschutzgebiet in den Wichita Mountains in Oklahoma, nicht weit von der texanischen Grenze, sollte die reinrassigsten Zuchttiere aufnehmen, die zu finden waren. Doch dann mußte man feststellen, daß es in den ganzen Vereinigten Staaten nur mehr weniger als drei Dutzend geprüfte Longhornkühe gab und keinen einzigen guten Zuchtstier.

Erst spät erfuhren die Beamten von einer Enklave unweit der Stadt Larkin, Texas, wo eine noch recht lebhafte alte Dame, die keine Nase besaß, seit undenklichen Zeiten Longhorns züchtete. Sofort verließen sie das Wichita-Schutzgebiet, um zu sehen, was diese Emma Larkin in ihrem eigenen kleinen Schutzgebiet da vor der Öffentlichkeit verbarg, und als sie den Schlauen Moses VI. sahen – die Hörner groß und schwer und ohne die geringste Verkrümmung –, waren sie außer sich vor Freude: »Wir haben einen richtigen Longhorn gefunden!« Was diesen Stier besonders interessant machte, das waren die von ihm gezeugten Kühe und Stiere, denn ihre Hörner hatten den richtigen texanischen Schwung; einige waren richtige Museumsstücke.

»Können wir Ihre ganze Herde kaufen?« fragten die Herren.

»Natürlich nicht«, fauchte Emma.

»Könnten wir wenigstens diesen einen großen Stier haben?«

»Nicht einmal, wenn Sie mir ein Gewehr an die Brust setzen!«

»Wir haben ein Programm erarbeitet, um die Longhorns zu retten.«

Emma forderte die Herren auf, Platz zu nehmen, hörte von ihrem Plan, sah die Bilder vom Wildlife Schutzgebiet, und ihr Gesicht ließ Interesse erkennen. Doch sie sagte lange nichts, wiegte sich nur in ihrem Schaukelstuhl, eine kleine alte Dame, deren Kopf voll war von Bildern der riesigen Prärie, die sie geliebt hatte. Sie wußte, was sie zu tun hatte: »Sie können den Schlauen Moses haben, vier seiner Bullenkälber und zwölf von meiner schönsten Kuh abstammende Kühe.«

Emma wollte nicht einfach zusehen, wie Regierungsbeamte ihre Tiere auf Lastwagen verluden, um sie nach Oklahoma zu bringen; sie bestand darauf, sie persönlich dort abzuliefern. Auf der Fahrt zurück nach Texas spürte sie einen schrecklichen Druck auf der Brust. »Können Sie ein wenig schneller fahren?« fragte sie, und immer wenn der Schmerz stärker wurde, bat sie den Chauffeur, mehr Gas zu geben.

Der Wagen näherte sich bereits der texanischen Grenze. Vor ihnen lag der Red River, der Texas im Norden stets Schutz gewährt hatte. »Bitte fahren Sie noch ein wenig schneller!« drängte sie flüsternd. Emma Larkin war entschlossen, in Texas zu sterben.

Der Sonderstab

Zu unserer Oktobertagung in Waco hatten wir einen Football-Spezialisten eingeladen. Es war Pepper Hatfield vom *Larkin Defender*, ein Fachmann auf dem Gebiet des Highschool-Footballs. Miss Cobb und ich holten ihn am Flughafen ab und lernten einen dreiundsiebzigjährigen Mann kennen, der sich auch in diesem Alter noch genauso herzlich über alltägliche Dinge zu freuen vermochte, wie er das vor vierzig Jahren gekonnt hatte. »Man hat mir den besten Job der Welt gegeben. Ich liebe meine Arbeit immer noch und staune immer noch, was junge Menschen zustande bringen.«

Er leitete die Diskussion mit einem wenig sportlichen Thema ein: »Der wesentliche Charakter von Texas, zumindest in diesem Jahrhundert, wurde von drei Erfahrungen geprägt, aber bevor ich sie im einzelnen nenne, lassen Sie mich Sie an etwas ganz, ganz Wichtiges erinnern: Die bedeutenden Dinge sind in Texas nie in den großen Städten entschieden worden. Houston, Dallas, San Antonio... sie haben nie definiert, was ein Texaner ist. Dieses Verständnis kommt einzig und allein aus den kleinen Städten. Aus denen mit weniger als achttausend Einwohnern, würde ich sagen.«

»Und was sind nun Ihrer Meinung nach die Charakteristika des Texaners?« fragte Miss Cobb.

»Die Ranch, die Ölquelle und das Footballspiel jeden Freitagabend«, kam es wie aus der Pistole geschossen. »Ich finde es sonderbar und zugleich typisch texanisch, daß Bücher und Theaterstücke und Filme und Fernsehserie die Ranch und das Öl reichlich idealisiert haben. Wie viele Cowboyfilme haben wir gesehen? Wie viele Serien über texanische Ölmillionäre? Haben Sie den herrlichen Film *Boom Town* mit Clark Gable, Spencer Tracy und Claudette Colbert gesehen? Oder den bis heute besten Film über Texas, *Red River*, oder den zweitbesten, *Giant?* Alle handeln sie vom Öl und von den Ranches.

Das kommt daher, daß Außenstehende diese Filme gemacht haben. Es kommt daher, daß Außenstehende uns vorschreiben wollten, wie wir uns sehen sollten. Aber es hat noch kein wirklich gutes Buch oder ein Theaterstück über den Freitagabend-Football gegeben. Und warum nicht? Weil die Menschen außerhalb von Texas die Bedeutung dieser Tradition nicht abschätzen können.

Ich habe noch keinen Fremden hier in Texas getroffen, der auch nur die leiseste Ahnung hatte, was Highschool-Football für einen Texaner bedeutet. Ich habe einmal angeregt, ein texanisches Highschool-Team nach Norden zu schicken, um gegen die All-Pennsylvanians zu spielen. Sie wissen ja, wie das ausgegangen ist. Ein Gemetzel. Texas hat alle Spiele gewonnen.

Nachdem wir Pennsylvania dreimal überwältigend geschlagen hatten, sagten sie die restlichen Spiele ab. Es sei zu demütigend. Der texanische Highschool-Football ist etwas Unglaubliches. Wir haben etwa tausend Schulen, die jedes Wochenende spielen. Fünfhundert faszinierende Spiele!

Sprechen wir von den elementaren Bestandteilen des texanischen Lebens. Die Ranch gibt uns den Cowboy, und jetzt, wo die Cowboys immer weniger werden, etwas vielleicht noch Wichtigeres, nämlich die Cowboy-Mode. Ähnliches gilt auch für den Ölproduzenten. Er ist vielleicht nicht mehr der beherrschende wirtschaftliche Faktor – denken Sie nur an die unmögliche Vorgangsweise der OPEC und an den Aufstieg der Elektronikindustrie drüben in Dallas –, aber rein gefühlsmäßig ist er immer noch der König der texanischen Prärie.«

Pepper war am unterhaltsamsten, wenn er in Erinnerungen an bekannte Highschool-Mannschaften und Spieler schwelgte, die er gekannt hatte: »Ich fing schon als Junge an – als Bewunderer von Coach Cotton Hameys unsterblichem Team in Larkin: Sie gewannen drei Staatsmeisterschaften. Einige von Ihnen werden sich vielleicht erinnern: Als junger Sportredakteur schrieb ich einen Artikel, den ich einer Zeitung in Dallas anbot. Es ging dabei um die fünf furchteinflößenden Spieler, die Coach Hamey nach Larkin mitgebracht hatte. Ich nannte sie die Fünf Bohrtürme, und der Name blieb ihnen. Sie schienen allesamt älter als mein Vater zu sein – was Altersgrenzen anging, hielt man sich damals nicht so streng an die Vorschriften. Na ja, und in meinem zweiten Artikel erbrachte ich den Beweis, daß diese fünf Männer, als sie sich in Larkin einschrieben, bereits insgesamt dreiundzwanzig Jahre lang für andere Highschools gespielt hatten. Wissen Sie, was das heißt? Der älteste war verheiratet, hatte zwei Kinder und bereits für ein College in Oklahoma gespielt. Jetzt hatte er weitere vier Jahre bei uns. Insgesamt zehn Jahre, und immer noch in der Highschool!«

»Diesen Artikel habe ich aber nie gelesen«, warf Rusk ein.

»Dafür gab es einen guten Grund. Jemand erzählte Ihrem footballverrückten Vater von dem Artikel, bevor ich ihn noch fertiggeschrieben hatte, und eines Abends kam er zu mir: ›Sie werden doch nicht so einen Haufen Lügen veröffentlichen, oder?‹ Ich zeigte ihm meine Unterlagen, aber er schob sie beiseite. ›Sie würden doch auch nicht auf das Grab Ihrer Mutter pinkeln, oder? Den texanischen Football zu beschmutzen, ist genauso schlimm.‹ Er langte nach meinem Manuskript, zerriß es und meine Unterlagen gleich mit. Am nächsten Tag rief mich der Herausgeber des *Larkin Defender* an und sagte: ›Mr. Rusk hat Sie uns nachdrücklich empfohlen.‹ Und ich bin nie mehr von dort fortgegangen.« Er lächelte Ransom Rusk zu.

»In diesen Tagen nach dem Ölboom war die Bevölkerung auf ein normales Maß geschrumpft – etwas über 3600. Aber wenn die Antilopes in diesen goldenen Jahren daheim antraten, kamen 4200 Menschen zu jedem Spiel. Es war eine Massenpsychose. Nichts im Leben war wichtiger als der Freitag-Football, und als es später möglich war, bei Flutlicht zu spielen, kamen noch mehr Leute, und das Spielfeld wurde zu einer Art Kathedrale unter den Sternen. Jetzt hieß das Ganze Freitagabend-Football – die größte Erfindung seit Menschengedenken. Eine Bank hätte dichtmachen müssen, wenn ihr Direktor sich nicht jedes Spiel angeschaut hätte – und natürlich mußte auch etwas gespendet werden, damit die Uniformen bezahlt werden konnten und die Trainingsverpflegung und andere Sachen. Jeder einzelne in der Stadt mußte für die Antilopes Stimmung machen und ihnen zujubeln, sonst wäre es ihm schlecht ergangen. Und so läuft das auch heute noch in unserer Stadt.«

»Ich habe das Gefühl, hier ist von der Geburt des Machismo die Rede«, sagte Miss Cobb. »Ein Haufen erwachsener Männer spielt wie kleine Jungs, und Frauen ist der Zutritt verboten!«

»Hier irren Sie aber sehr, Ma'am! Denn das Geniale am texanischen Football war nämlich, daß man schon sehr früh etwas Wichtiges begriff: Auch die Mädchen mußten mit einbezogen werden. Darum begann wir in Larkin mit der Tradition der Cheerleaders und der marschierenden Mädchen in ihren schneidigen Uniformen. An einem guten Freitagabend gibt es in einer großen Highschool vielleicht für zweihundert Jungen etwas zu tun – Mannschaft und Musikkapelle und Begleiter –, aber auch für dreihundert hübsche Mädchen. Sie spielen also eine fast ebenso wichtige Rolle wie die Jungen. Wäre es nicht so, dann hätte das Spektakel vielleicht schon lange seine Anziehungskraft verloren.«

»Football könnte aber auch für den bedauerlichen Zustand des texanischen Bildungswesens verantwortlich sein...«, meinte Miss Cobb sarkastisch.

»Augenblick mal! Da liegen Sie völlig falsch! Die lokalen Schulaufsichtsbehörden bestellen sogar Footballcoaches zu ihren Verwaltern, weil sie wissen, daß der, der etwas mit Football zu tun hat, mit Sicherheit ein heller Kopf ist. Er hält sich an die jeweiligen Gelegenheiten und läßt sich nicht von Literatur oder Algebra oder so etwas verwirren. Er weiß: Wenn er es schafft, seine Schüler und Schülerinnen in ein gutes Footballprogramm zu integrieren, ergibt sich alles andere von selbst.«

Nun stellte Miss Cobb ihm eine besonders heikle Frage: »Wie ich gelesen habe, verließen im vergangenen Jahr fünfhundert ausgebildete Footballcoaches texanische Colleges und nur zwei Personen, die jetzt qualifiziert sind, höhere Mathematik zu unterrichten. Finden Sie dieses Verhältnis vielleicht normal?«

»Für viele texanische Jungen wird Highschool-Football das Größte und Edelste sein, das sie je erleben werden. Mathematiklehrer bekommen Sie von diesen Colleges da drüben in Massachusetts.«

Abrupt schien er das Thema zu wechseln: »Unterschätzen Sie bitte nicht die Bedeutung des Öls! Von dort kamen nämlich die zusätzlichen Gelder. Große Mannschaften wie Breckenridge und Larkin wurden von Ölproduzenten kräftig unterstützt. Wenn Sie im Ölgeschäft tätig sind, machen Sie auf eigene Faust Versuchsbohrungen, bei denen Sie alles verlieren können. Sind Sie bei dieser ersten Larkin-Mannschaft dabei, treten Sie gegen Waco an und verlieren dreiundachtzig zu null. Es ist Ihnen piepegal. Sie versuchen es eben noch einmal. Ölproduzenten und Footballhelden sind wie füreinander geschaffen.

Aber da war noch ein anderer Aspekt, der nicht minder schwer wog. Für einen Ölmillionär in einer Stadt wie Larkin gab es verdammt wenig, wofür er sein Geld ausgeben konnte. Keine Oper, kein Theater, keine Museen, kein Interesse an Büchern, und wer mal einen Cadillac gefahren hat, der hat sie alle gefahren. Was blieb ihnen noch? Das Highschool-Footballteam. Das unterstützten sie – und wie! Ich kenne Highschoolmannschaften, die auch heute noch einen Chef-Coach mit zehn Assistenten haben!«

Er machte eine Pause. Dann kam es ganz leise: »Ich sehe sie vor mir«, sagte er, die Augen halb geschlossen, »diese Legion unsterblicher Jungen, die mit Freitagabend-Football den richtigen Weg ins Leben fanden. Unter denen gab es keine Kokser, keine Säufer und keine Herumtreiber!«

»Wir danken Ihnen, Mr. Hatfield«, würgte Miss Cobb die Diskussion ab. »Es war wirklich einmal nötig, uns die Werte in Erinnerung zu rufen, die Sie verkörpern. Sie müssen verstehen: Mich hat man nach Norden zur Schule geschickt.«

»Ma'am, dann haben Sie nie das Herz von Texas schlagen hören.«

XIII.
DIE EINDRINGLINGE

XIII.
DIE KINDERSPRACHE

In den vier Jahrzehnten, seit der Larkin Antelopes zum letzten Mal die Football-Meisterschaft gewonnen hatten, also 1928 bis 1968, erlebte die kleine Ölstadt, wie der gesamte Staat, viele Veränderungen. Im Zweiten Weltkrieg kämpften die Soldaten aus Texas mit der gewohnten Tapferkeit: Ein Sohn des Landes, Dwight D. Eisenhower, führte die alliierten Armeen in Europa zum Sieg, während ein anderer, Chester W. Nimitz, ihm mit der Flotte im Pazifik in nichts nachstand; und ein dritter, Ira Eaker, ließ die Kriegsproduktion der Nazis durch die Flugzeuge der Eighth Air Force vernichten.

Texanische Politiker begannen als Machtfaktor in Washington aufzutreten. Bis dahin war den meisten Texanern mit Führungsqualitäten die heimische Politik wichtiger gewesen als die nationale. So hatte Texas beispielsweise auf sein verbrieftes Stimmrecht in nationalen Belangen verzichtet. Doch jetzt erschienen drei überaus fähige Politiker der Demokratischen Partei auf der Bildfläche, die bald zu den tüchtigsten Beamten gehörten, die das amerikanische Volk je besaß: 1931 wurde Cactus Jack Garner Speaker des Repräsentantenhauses in Washington und bald darauf Vizepräsident. 1940 wurde Sam Rayburn einer der profiliertesten Speaker des Hauses. Und Lyndon Johnson wurde Mitglied des Kongresses, später Führer der Mehrheitspartei im Senat, dann Vizepräsident und schließlich, am 22. November 1963, in einem Flugzeug, das auf dem Love-Field-Flugplatz in Dallas stand, der sechsunddreißigste Präsident der Vereinigten Staaten.

In den Amerikanern erwachte in diesen Jahren eine Art Haßliebe zu Texas, wobei die Liebe meist überwog, und ab Mitte der sechziger Jahre zogen viele Bürger aus den »weniger begünstigten Gebieten unserer Nation«, wie es die Texaner ausdrückten, nach Texas; der Mythos, die guten freien Posten, das angenehme Klima im Winter und die lässige Lebensweise zogen sie an.

Um zu begreifen, aus welch unterschiedlichen Gründen Texas neue Siedler anlockte, muß man die miteinander im Zusammenhang stehenden Fälle von Ben Talbot und Eloy Múzquiz kennen. Keiner der beiden war in Texas geboren, aber jeder von ihnen betrachtete es schließlich als seine Heimat, die er nicht mehr verlassen wollte.

Talbot war groß und mager, ein schweigsamer Mann, der im Norden Vermonts, in der Nähe der kanadischen Grenze, zur Welt gekommen war. Sein Vater hatte viele Jahre als Officer der US-Grenzpatrouille die

Bewegungen der Kanadier südlich von Montreal beobachtet, und Talbot beschloß, nachdem er 1944 sein Studium an der University of Vermont abgeschlossen hatte, ebenfalls diese Laufbahn einzuschlagen. Man teilte ihn allerdings der Army zu und schickte ihn in den Südpazifik.

Als er in die Staaten zurückkehrte, stellte er fest, daß er durch seinen Militärdienst unter besonders harten Bedingungen so viele Bewertungspunkte gesammelt hatte, daß die Einwanderungs- und Einbürgerungsbehörde gar nicht anders konnte, als ihn anzustellen. Nachdem der Sohn vereidigt worden war, erklärte ihm Talbot senior: »Ben, streng dich in der spanischen Schule an, erlerne die Sprache und absolviere deine Pflichtzeit an der mexikanischen Grenze. Wir alle mußten Spanisch lernen und dort unten Dienst machen. Aber tu alles, was du kannst, damit du dann einen Dauerposten hier oben erhältst.«

Der Spanischlehrer in der Akademie gab nach einiger Zeit jede Hoffnung auf, Talbot diese weiche Sprache jemals beizubringen. Infolge seines monotonen, gedehnten Vermonter Dialekts sprach Talbot jedes Wort hoch, nasal und seltsam klingend aus und betonte alle Silben gleich. Aber weil er fleißig Vokabeln büffelte und die Worte richtig zu ordentlichen Sätzen zusammenfügte, mußte sein Lehrer zugeben: »Sie sprechen perfekt Spanisch, Talbot, nur es klingt nicht spanisch.«

»Die werden mich schon verstehen«, erwiderte Ben, und als er seinen Ausbildungsposten in El Paso antrat und Mexikaner festzunehmen hatte, die sich illegal ins Land einschlichen, verstanden ihn die Einwanderer, wenn sie von ihm verhört wurden, tatsächlich sehr gut.

Talbots Vorhaben, sich beim Einsatz an der südlichen Grenze zu bewähren, um so bald wie möglich zu dem angenehmeren Dienst an der kanadischen Grenze zurückkehren zu können, geriet zum ersten Mal ins Wanken, als er der Grenzstation in Las Cruces, oben in New Mexico, zugeteilt wurde. Schon nach wenigen Wochen war ihm klar, daß er unbedingt nach El Paso zurückkehren mußte: Dort war nämlich die Hauptarbeit zu leisten. Offenbar hatte er seinen Vorgesetzten seine Gefühle telepathisch übermittelt, denn nachdem er sechs Monate lang in New Mexico illegale Einwanderer gejagt hatte, wurde er nach El Paso zurückversetzt, und dort blieb er auch.

Während seiner Jugendzeit in Vermont hatte er die Kunst des Fährtenlesens gelernt. Die Spuren aller Tiere, einschließlich der Menschen, enthielten für ihn deutlich erkennbare Informationen. Er betrachtete ein trockenes Flußbett in der Gegend von El Paso, stellte fest, wie viele Mexikaner es während der Nacht überquert hatten, schätzte ihr Alter aufgrund der Abdrücke, die ihre Schuhe hinterlassen hatten, wußte, ob er eine geschlossene Gruppe oder nur eine Ansammlung von einzelnen Einwanderern vor sich hatte und wohin sie vermutlich unterwegs waren. Es war unheimlich, wie genau er vorhersagte, wo diese Flüchtlinge eine Überlandstraße überqueren würden, und es kam oft vor, daß er sie bereits dort erwartete, wenn sie auftauchten.

Er beschimpfte nie einen Mexikaner, den er stellte. Er nannte alle *Juan*, unterhielt sich geduldig mit ihnen und erklärte ihnen in seinem eigenwilligen Spanisch, daß man sie nicht mißhandeln werde, daß sie aber zurückgeschickt werden müßten. Aber natürlich machten sie, kaum daß sie den Rio Grande überquert hatten, kehrt und marschierten wieder nach Norden. Das war allen klar.

Nichts schreckte sie ab, weder die raffinierte Detektivarbeit des Grenzpatrouillenofficers Talbot noch die offiziellen Kontrollpunkte an den Highways noch die Überwachungsflugzeuge über ihnen noch die Gefahren, denen sie sich aussetzten, wenn sie über einen Rangierbahnhof liefen und auf einen fahrenden Güterzug der Southern Pacific aufsprangen, der nach Osten unterwegs war. Sie kamen allein, zu zweit, in gut organisierten kleinen Gruppen und gelegentlich zu Hunderten. Sie bildeten ein Glied der endlosen Kette von mexikanischen Bauern, die ihr Heimatland verließen und Arbeit in einem wohlhabenden Land suchten. Wie viele wurden erwischt? Möglicherweise nicht einmal zehn oder fünfzehn Prozent. Aber wenn pflichtbewuße Männer wie Ben Talbot seit der Gründung der Grenzpatrouille im Jahr 1924 nicht unermüdlich im Einsatz gestanden hätten, wäre der Zustrom nach Norden dreimal so groß gewesen.

Anfang 1960 sandte Talbot seinen Vorgesetzten einen Bericht, in dem er feststellte, daß sich seiner Ansicht nach im vorhergehenden Jahrzehnt über zwei Millionen illegale mexikanische Einwanderer in die Vereinigten Staaten eingeschlichen hatten:

»Es gibt keine Anzeichen dafür, daß die Mißstände, die sie nach Norden getrieben haben – Armut, die kalte Gleichgültigkeit ihrer Regierung, die ungerechte Verteilung des Reichtums in einem reichen Land und der schreckliche Druck des Bevölkerungswachstums, das von Kirche und Regierung gefördert wird –, unter Kontrolle gebracht werden. Wir müssen also von der Annahme ausgehen, daß der derzeitige Zustrom weiterhin anhält, und uns allmählich überlegen, welche Auswirkungen es hat, wenn der südliche Teil von Texas de facto eine spanische Enklave wird.

Ein Beispiel für den Ernst der Lage ist der Fall eines gewissen Eloy Múzquiz, eines Bewohners der achthundertfünfzig Meilen südlich gelegenen Stadt Zacatecas. Er ist einunddreißig Jahre alt und verhält sich offenbar sowohl in Mexiko als auch in den Vereinigten Staaten wie ein ordentlicher Bürger. Er verläßt sein Haus in Zacatecas jeden Winter um den 10. Februar herum, fährt mit dem Bus nach Ciudad Juárez, überquert illegal den Rio Grande und entwischt mir oder wird von mir aufgegriffen. Wenn ich ihn festnehme, schicke ich ihn nach Mexiko zurück; am gleichen Nachmittag überquert er den Fluß noch einmal und entkommt mir. Er springt auf einen Güterzug auf, fährt nach Osten – wohin, weiß ich nicht –, arbeitet bis zum 15. Dezember in Texas und taucht auf dem Weg in den Süden wieder in El Paso auf. Weil er jetzt die Staaten verläßt, lassen wir ihn ungeschoren. Er kehrt mit dem Bus in sein Haus in Zacatecas zurück, spielt mit seinen Söhnen, schwängert seine Frau, trifft am 12. Februar pünktlich in Ciudad Juárez ein und versucht, unsere Linien zu durchbrechen. Er schafft es immer, und kurz vor Weihnachten sehen wir ihn und sein ewig gleiches Lächeln wieder, wenn er eilig vorbeimarschiert und uns ›Fröhliche Weihnachten!‹ zuruft. Eloy Múzquiz bleibt unser immerwährendes Problem.«

Im Jahre 1961 traf Múzquiz pünktlich in Ciudad Juárez ein, suchte wie immer einen mexikanischen Laden auf und füllte seinen kleinen Segeltuchrucksack mit den Lebensmitteln, die er für die Reise nach Nordosten brauchte: zwei kleine Dosen Sardinen, sechs Limonen, vier Dosen Aprikosen mit viel Saft, zwei Dosen mit Bohnen und einen großen Beutel, dessen Inhalt für eine Reise in die Vereinigten Staaten sehr wichtig war: Pinole, eine Mischung aus getrocknetem Mais, gerösteten Erdnüssen und braunem Zucker, alles ganz fein gemahlen. Wenn man es mit Wasser vermischte, ergab es ein lebenserhaltendes Getränk; man konnte es aber auch trocken zu sich nehmen.

Er verstaute die Lebensmittel in seinem Segeltuchsack, verließ das Geschäft gegen dreizehn Uhr, ging zum trockenen Flußbett hinunter, wartete, bis die Einwanderungsbeamten mit drei Mexikanern beschäftigt waren, die sie erwischt hatten, und schlüpfte in die Vereinigten Staaten. Er schlug sich nach Osten durch und erreichte den vertrauten Güterbahnhof der Southern Pacific, wo er sich hinter abgestellten Waggons versteckte und beobachtete, wie die Lokomotiven lange Reihen von beladenen Güterwaggons verschoben, die bald quer durch Texas nach San Antonio und von dort weiter nach Houston fahren würden. Das war der Zug, auf den er in wenigen Stunden aufspringen würde.

An diesem Februarnachmittag beobachtete Eloy Múzquiz mit angespannter Konzentration, wie der Güterzug zusammengestellt wurde. Solange der Zug stand, wagten die Einwanderer nicht, auf ihn aufzuspringen, weil die Grenzpatrouille sie dann wieder heruntergeholt hätte, aber sobald sich die Güterwagen in Bewegung setzten, kam es zu einem allgemeinen Ansturm, bei dem so viele Mexikaner dem Zug nachrannten, daß die Patrouille keine Möglichkeit hatte, alle zu schnappen. Als der Zug ruckartig anfuhr, stürzten Eloy und etwa siebzig weitere Männer zu den Güterwagen. Múzquiz, der den anderen voraus war, hatte die Waggons beinahe erreicht, als die große, hagere Gestalt von Ben Talbot aus einem Versteck herauskam und ihn sowie zwei weitere Illegale abfing.

Bei dem El-Paso-Spiel wurden zwei Regeln strikt eingehalten: Es war allgemein bekannt, daß die amerikanischen Beamten ihre Gefangenen nicht brutal behandelten, und es war selbstverständlich, daß kein mexikanischer Flüchtling einen Einwanderungsbeamten angriff oder gar auf ihn schoß. Als Talbot jetzt die drei Mexikaner festhielt, benahmen sie sich, als hätten sie lustig Fangen gespielt. Sie hörten auf zu laufen, Talbot sagte »Okay, compadres«, und Eloy marschierte friedlich in die Gefangenschaft.

Er wurde zu einer Grenzstation gebracht, zum achten Mal registriert und wieder nach Ciudad Juárez abgeschoben, wo er unverdrossen zum Fluß ging, an einer Stelle hinüberkroch, die gerade niemand überwachte, sich zum Güterbahnhof durcharbeitete und den nächsten Zug aufs Korn nahm, der aus über hundertfünfzig Güterwaggons bestand. Er hatte sein Bündel fest auf den Rücken gebunden, rannte wie immer geschickt über die Gleise, berechnete den Sprung richtig und schaffte es in einen Güterwaggon.

Die Grenzpatrouille in El Paso hatte immer angenommen, daß Múzquiz bis San Antonio im Zug blieb und dann in der Großstadt untertauchte, in der spanischsprechende Bürger zum Alltag gehörten. Talbot hatte in der Stadt Nachforschungen angestellt und die Einwanderungsbehörde gebeten, nach Eloy Ausschau zu halten, aber Múzquiz war zu klug, um sich so zu verhalten, wie man es von ihm erwartete.

Als der Güterzug vierhundert Kilometer weiter östlich in Fort Stockton hielt, um Wasser nachzufüllen, blieb Eloy zwanzig Minuten lang in seinem Versteck, weil er wußte, daß sich La Migra – die Einwanderungsbehörde – auf die Männer stürzte, die sofort absprangen. Sobald das geschah, beobachtete er die fieberhafte Jagd durch ein Guckloch, verließ den Güterwaggon unauffällig und schlenderte über den Bahnhof zu einem verrosteten Ford-Lieferwagen, der dort seit Jahren an einer einsamen Straße stand. Er öffnete die knarrende Tür vorsichtig, damit sie nicht aus den Angeln fiel, kroch hinein, zog die Tür zu und schlief ein. Er tat das nun zum vierten Mal in vier Jahren.

In der Abenddämmerung, als der Zug längst wieder unterwegs war, begann Eloy, die vertraute Straße nach Monahans, Odessa, Midland und Lubbock entlangzugehen. Er legte einen Großteil der dreihundertfünfzig Kilometer zu Fuß zurück, ließ sich ein paarmal von einem Autofahrer mitnehmen, lehnte Stellenangebote von zwei Ranchern ab und bezahlte die Fahrt im Autobus, der ihn von Midland nach Lubbock brachte, mit amerikanischen Dollars.

Als er sich Lubbock, das auf einer vollkommen flachen Ebene liegt, näherte, wurde sein Herz weit, denn jetzt befand er sich in einem Gebiet, das er kannte und liebte. Er nickte mehreren Bekannten im Busbahnhof zu, versicherte ihnen, daß er im Sommer wieder ihren Rasen mähen werde, ging jedoch auf dem Highway 114 nach Westen. Bald darauf brachte ihn ein Rancher, der ihn erkannt hatte, nach Levelland, wo sich Múzquiz mit seinem gewohnten breiten Lächeln von ihm verabschiedete und zu »seiner« Baumwolle-Entkernungsanlage marschierte. Er meldete sich beim Vorarbeiter der Fabrik, die gerade nicht in Betrieb war: »Ich bin wieder da.«

»Wo wirst du arbeiten, bis die Produktion bei uns anläuft?«

»Bei Mr. Hockaday. Ich habe ihn getroffen.«

»Okay. Aber komm am 1. August, dann brauchen wir dich.«

»Ja, gut.«

In diesem Jahr hatte er vierzehn verschiedene Posten. Jeder, der ihn traf, wollte ihn anstellen, denn er war in der Gemeinde als verläßlich, sympathisch und als Vater von drei Kindern unten in Zacatecas bekannt, denen er neun Zehntel seines Lohnes schickte. Er arbeitete auf Baustellen; eine wohlhabende Frau verschaffte ihm illegal einen Führerschein, so daß er sie herumfahren konnte; er machte nach Mitternacht in Läden sauber, und gelegentlich spielte er bei jungen Paaren Babysitter.

1968 gehörte Múzquiz bereits zum Inventar der Entkernungsanlage und beaufsichtigte die Maschinen. Als der Dezember nahte, wurde er beim Besitzer der Fabrik vorstellig. Er hatte noch keine sechs Worte gesprochen, da brach er in Tränen aus. Als ihn der Besitzer auf spanisch fragte, was denn los sei, überreichte ihm Eloy einen Brief seines ältesten Sohnes: Señora Múzquiz, Eloys Frau, die die Kinder ohne Hilfe ihres Mannes großgezogen hatte, war gestorben, und die drei Kinder hatten jetzt keine Mutter mehr.

»Mein lieber, guter Freund, das ist eine Tragödie. Ich fühle mit dir.«

»Wenn ich meine Kinder nach Norden mitnehme, Señor, können Sie Ihnen dann Arbeit verschaffen?«

»Jeder Rancher in Texas nimmt einen Mann wie Sie. Wenn es brave Kinder sind...«

»Sie sind sehr brav. Darauf hat ihre Mutter geachtet.«

Plötzlich schnüffelte auch der Besitzer. »Wir werden einen Arbeitsplatz finden. Hier hast du Geld für die Reise.«

Als Eloy in El Paso aus dem Bus stieg, wartete Ben Talbot bereits auf ihn, und Eloy nahm an, daß man ihn jetzt verhaften würde. Der hochgewachsene Beamte ergriff ihn am Arm, führte ihn in eine Bar und bestellte zwei Flaschen Cola: »Eloy, der Chef hat mir die Hölle heiß gemacht. Er behauptet, daß ich dich ins Land rein- und wieder rauslasse. Er will, daß ich dich festnehme.«

»General Talbot« – Múzquiz nannte jeden Beamten General –, »Sie dürfen mich nicht verhaften. Meine Frau ist gestorben.«

Nachdem Talbot den schweißfleckigen Brief gelesen hatte, schneuzte er sich und warnte Eloy: »Geh nach Zacatecas zurück und kümmere dich um deine Kinder. Und komm nie mehr hierher. Wenn ich dich noch einmal erwische, landest du im Gefängnis.«

»Aber ich muß zurückkommen, General Talbot. Und ich muß meine Kinder mitnehmen.«

»Verdammt, Eloy, du kannst dich doch nicht mit drei Kindern an uns vorbeischleichen!«

»Wir müssen zurückkommen, General Talbot. Wir werden gebraucht.«

Das war der immer wiederkehrende Satz, der das Problem der Grenzgänger ins richtige Licht rückte. Bei den Mexikanern, die in so großer Zahl ins Land strömten, handelte es sich größtenteils um Analphabeten, die keinen Wert darauf legten, sich zu amerikanisieren, wie es die Einwanderer aus Europa zu Beginn des zwanzigsten Jahrhunderts getan hatten; statt dessen hielten sie an der spanischen Sprache und den mexikanischen Bräuchen fest; aber sie wurden gebraucht. Sie wurden von Ranchern gebraucht, die keine Cowboys, und von jungen Müttern, die keine Hilfskräfte fanden. Sie wurden in Restaurants, Hotels und Geschäften gebraucht und in beinahe jedem Dienstleistungsbetrieb von Texas. All dies lockte sie zu Millionen über die Grenze.

Der Grenzpatrouillenofficer Talbot trug, wenn er dienstfrei war, jetzt Cowboystiefel, einen breitkrempigen Hut und einen Kordelschlips und erinnerte sich kaum noch an die Zeit, als er in Vermont gelebt hatte. Als der 12. Februar 1969 näherrückte, fiel ihm ein, daß sein alter Freund, der zähe Eloy Múzquiz, demnächst in Ciudad Juarez auftauchen und mit drei Kindern im Schlepptau versuchen würde, ins Paradies zu gelangen. Er rief einen mexikanischen Beamten in Juárez an, zu dem er gute Beziehungen unterhielt, und fragte: »Sehen Sie einen etwa vierzigjährigen Mann mit drei Kindern, der Lebensmittel für den Grenzübertritt einkauft?«

Nach einer Weile rief der Mexikaner zurück: »Ja. Er kauft Sardinen, Bohnen in Dosen, Dosen mit Fruchtsaft und einen großen Beutel mit Pinole.«

»Verständigen Sie mich, sobald er die Grenze überquert.«

Gegen dreizehn Uhr führte Eloy seine drei Kinder über den ausgetrockneten Fluß und nach Osten zum Güterbahnhof. Talbot beobachtete sie aus einiger Entfernung durch einen Feldstecher und sah, daß der Vater seinen Kindern erklärte, wie sie dem fahrenden Zug nachlaufen und auf ihn aufspringen mußten. Er sah, wie die Lokomotive Dampf aufmachte, wie die Illegalen sich verstohlen näher an die noch stillstehenden Güterwagen heranpirschten, und spürte wachsende Spannung. Dann bemerkte er zu seiner Verzweiflung – beinahe zu seinem Entset-

zen –, daß sein Kollege Dan Carlisle Eloy und dessen Kinder entdeckt hatte und sich so postierte, daß er sie innerhalb der nächsten paar Minuten festnehmen konnte. Ohne zu zögern schaltete Talbot sein Walkie-Talkie ein. »Drei-null-drei. Hier ist zwei-null-zwei. Ich bin hinter einer Gruppe her, die vielleicht Schwierigkeiten machen wird.«
»Soll ich rüberkommen?«
»Das wäre gut.« Erleichtert sah er, daß Carlisle die Beobachtung der Familie Múzquiz einstellte und sich nach Westen in Bewegung setzte.

Durch den Feldstecher nahm er wahr, wie der Lokomotivführer auf die Diesellok kletterte, wie die Bahnbediensteten mit ihren Flaggen winkten. Die Räder begannen sich zu drehen; die Lokomotive hustete; die Waggons setzten sich in Bewegung. Der lange Zug nahm Fahrt auf.

Beinahe zitternd beobachtete er, wie Múzquiz seine drei Kinder zu den Waggons trieb. Lieber Gott, betete Talbot, mach, daß sie nicht stolpern. Und es bereitete ihm große Befriedigung, als er sah, daß die beiden Jungen auf den Zug aufsprangen und die richtigen Griffe packten.

Jetzt mußte das kleine, zwölf Jahre alte Mädchen springen. Talbot biß die Zähne zusammen, während er beobachtete, wie ihr Vater sie antrieb und ihr langes Kleid in der Februarsonne flatterte. »Schneller, Mädchen«, rief Talbot leise und seufzte erleichtert auf, als Eloy sie hochhob und beinahe auf den Zug warf, wo ihre Brüder sie packten und hinaufzogen.

Dann sog er die Luft scharf ein, denn in diesem Augenblick stolperte einer der vielen rennenden Illegalen und kollerte auf die Räder zu, die in solchen Fällen schon vielen das Leben gekostet hatten. War es Múzquiz? Der Gestürzte klammerte sich verzweifelt an einen großen Stein und blieb liegen, während der Zug mit sich immer schneller drehenden Rädern an ihm vorüberfuhr.

Eloy sprang über den Gestürzten hinweg, faßte die Handgriffe, schwang sich auf den Güterwaggon und entschwand Talbots Blicken.

In Fort Stockton erklärte Múzquiz seinen Kindern, warum sie warten mußten, bis die ersten fieberhaften Aktionen vorbei waren; dann führte er sie verstohlen zu dem verrosteten Lieferwagen, der immer noch neben der Straße stand. In ihm schliefen sie ein paar Stunden lang eng nebeneinander und wachten auf, als es an der Zeit war, vorsichtig nach Midland zu wandern, wo sie den Bus nach Lubbock erreichten.

Als sie nach Levelland kamen, wurden sie herzlich begrüßt und sogar umarmt, denn viele Familien brauchten ihre Hilfe. Nachdem sie in einer Zwei-Zimmer-Bude untergebracht waren, die man ihnen zur Verfügung gestellt hatte, erklärte Múzquiz seinen Kindern: »Hier ist jetzt unser Zuhause. Wir werden nie mehr von hier fortgehen.«

Eloy Múzquiz war anständig und mutig gewesen; deshalb hatte Ben Talbot beinahe brüderliche Gefühle für ihn gehegt. Doch er kannte noch einen anderen Mexikaner, und für den hatte er nur Verachtung übrig. Seine Notizen über diesen skrupellosen Menschen machten deutlich, warum er ihn verabscheute.

»El Lobo. Wirklicher Name unbekannt. Geburtsort unbekannt. Ist häufiger Gast in der Bar ›El Azteca‹. Etwa zweiunddreißig, schlank, gepflegter Schnurrbart, Zahnstocher im Mundwinkel. Immer dabei, wenn ein Geschäft abgeschlossen wird. Nie dabei, wenn es Schwierigkeiten gibt. Hält sich hauptsächlich in Ciudad Juárez auf, ist aber bereit, frech nach El Paso zu kommen, wenn die Geschäfte es erforderlich machen. Beruf: Kojote. Schmuggelt Gruppen von illegalen Einwanderern zu Treffpunkten in der Wüste. Kassiert ab und läßt sie dann oft im Stich.
1. Hat dreiundsechzig Einwanderer in einen geschlossenen Lastwagen gesperrt, in dem höchstens für sechzehn Platz war. Ist bei glühender Hitze durch die Wüste nach Van Horn gefahren. Über zwanzig kamen tot an.
2. Ließ siebzehn Illegale durch die schmale Luke in einen leeren Tankwaggon springen, in dem Benzin transportiert worden war, und schloß die Luke am Güterbahnhof von El Paso. Als die Luke in Fort Stockton geöffnet wurde, waren alle Insassen tot.
3. Pferchte zweiundzwanzig Mann in einen Chevrolet und weitere zwei in den Kofferraum. Um die Federn des Wagens zu schonen, klemmte er Holzpfosten zwischen sie und die Karosserie. Durch die Reibung geriet das Holz in Brand, lief vom Auto weg, ohne den Kofferraum aufzusperren. Die beiden Männer verbrannten.
4. Bei mindestens zwei Gelegenheiten führte er Gruppen von Mädchen, die Kellnerinnen werden wollten, durch die Wüste und verkaufte sie an Männer aus Oklahoma City.«

Talbot hatte sich gelobt, daß er diesen Verbrecher eines Tages nördlich des Flusses erwischen würde, aber El Lobo war so gerissen, daß er ihm nie in die Falle ging. Talbot mußte oft angewidert zusehen, wie der abgefeimte Kerl frech mit der Entbindungstour nach El Paso kam, ein schwangeres Bauernmädchen in das Thomason General Hospital brachte und sich für den Dienst bezahlen ließ. Da El Lobo mit solchen Aktionen gegen kein Gesetz verstieß und da man ihm die Todesfälle in seiner Akte nicht nachweisen konnte, kam er ungestraft davon.

Auf der öden, sandigen Ebene von Nordmexiko, auf halbem Weg zwischen Chihuahua und Ciudad Juárez, lag das Lehmziegeldorf Moctezuma: sieben kleine Hütten, von denen eine einen Straßenladen enthielt, in dem man amerikanischen Autofahrern kalte Getränke verkaufte. Das Geschäft wurde von den Guzmáns geführt, einer Witwe mit zwei Töchtern und einem Sohn.

Die ältere Tochter war mit dem Mann verheiratet, der die nahegelegene Pemex-Tankstelle betrieb. Zu ihren Pflichten gehörte es, die Windschutzscheibe jedes Autos zu waschen, das bei der Tankstelle hielt, und beim staatlichen Benzinmonopol Nachschub zu bestellen.

Der ständige Strom von großen Wagen, die nach Süden unterwegs waren, führte in dem kleinen Dorf zu Unzufriedenheit, denn wenn jemand anhielt, um zu tanken oder ein kaltes Getränk zu kaufen, sahen die Mexikaner, wie wohlhabend der Fremde war.

Eufemia, die junge Frau, die die reichen Reisenden bediente, hatte oft über ihre Armut nachgedacht, und als sie schwanger wurde, beschäftigte dieses Thema sie noch mehr. Ihr Zustand führte zu langen Diskussionen unter den Einwohnern von Moctezuma, denn was eine junge Frau tat, wenn sie ein Kind erwartete, war von großer Bedeutung. Eine der älteren Frauen ermahnte Eufemias Mutter, Encarnación: »Es geht um Leben und Tod. Du mußt sie nach El Paso bringen. Zuerst muß sie nach Juárez, und dort mußt du dich mit meinem Vetter in Verbindung setzen. Er heißt El Lobo und lebt davon, daß er Menschen in die Staaten schmuggelt.«

Schon viele andere schwangere Frauen aus weit von der Hauptstraße entfernten Dörfern hatten es irgendwie bis Juárez geschafft, waren über den Fluß und ins Krankenhaus gelangt, hatten dort ihre Kinder geboren und waren mit dem kostbaren Stück Papier heimgekehrt, das wertvoller war als Gold und in dem bestätigt wurde, daß das Kind auf dem Gebiet der Vereinigten Staaten zur Welt gekommen war.

Solange dieses Kind lebte, garantierte das Papier, daß es in die Staaten einreisen, die amerikanische Staatsbürgerschaft annehmen, kostenlos die Schule besuchen und sich ein ordentliches Leben aufbauen konnte. Ohne dieses Dokument erwartete es in Nordmexiko mit Sicherheit ein Leben in endloser Armut. Deshalb waren Frauen wie Eufemia bereit, jede Mühsal auf sich zu nehmen, um ihren ungeborenen Kindern zu einem guten Start ins Leben zu verhelfen.

Doch diese Vorteile waren nicht allein dafür ausschlaggebend, daß so viele Bürger von Moctezuma bestrebt waren, in die Staaten zu gelangen. Nichts unterschied den Landstrich, in dem sie wohnten, von New Mexico oder Arizona. Aber in Mexiko hatte man keinerlei Anstrengungen unternommen, den unbestrittenermaßen vorhandenen Reichtum an Landbesitz, der in Nord- und Südamerika nicht seinesgleichen hatte, gerecht zu verteilen. Die Reichen wurden ungeheuer reich; die große Masse des Volkes mühte sich, manchmal am Rand des Existenzminimums, weiterhin ab.

Die Guzmáns arbeiteten folgenden Plan aus: Burder Cándido, ein aufgeweckter Siebzehnjähriger, sollte seine Schwester Eufemia nach Juárez bringen und sich dort mit El Lobo in Verbindung setzen. Gegen Entrichtung einer geringen Gebühr würde man Eufemia zwei oder drei Tage vor dem errechneten Geburtstermin über die Brücke schaffen. Dann würde man sie in einem Haus unterbringen, das El Lobos Freunden gehörte, und an dem Tag, an dem die Wehen einsetzten, in ein Haus in der Nähe des Krankenhauses verlegen. Im richtigen Augenblick würde man sie dann als Notfall-Patientin ins Krankenhaus einliefern, wo sie dann hoffentlich einen Sohn zur Welt brachte. El Lobos Freunde würden ihr zeigen, wie sie zu einer Geburtsurkunde gelangen konnte, und drei oder vier Fotokopien anfertigen lassen. Danach würde sie über die Brücke zu ihrem Bruder und nach Moctezuma zurückkehren – und achtzehn Jahre später würde sie sich von ihrem Sohn verabschieden, wenn er in die Staaten auswanderte. Sobald der junge Mann seine amerikanische Staatsbürgerschaft nachgewiesen hatte, konnte er im Rahmen des »Härtefallgesetzes« seine gesamte Familie aus Moctezuma nachkommen lassen. Wenn also Eufemia im Thomason General Hospital aufgenommen wurde, sicherte sie sich und ihren Familienangehörigen die amerikanische Staatsbürgerschaft.

Cándido und seine Schwester ließen sich von einem der Pemex-Lastwagen nach Norden mitnehmen. Obwohl Juárez eine große Stadt war, fiel es ihnen nicht schwer, El Lobo zu finden. »Ich werde Ihre Schwester im richtigen Augenblick ins Krankenhaus bringen. Ich kann auch Sie in schöne Städte in Texas schmuggeln, Cándido. Dort gibt es eine Menge Arbeit.«

»Ich bleibe nicht.«

Sie einigten sich darauf, daß Cándido seine Schwester in die erste Unterkunft begleiten und zum richtigen Zeitpunkt mit ihr in die Nähe des Krankenhauses übersiedeln sollte, was er auch tat, so daß Eufemia sich um nichts kümmern mußte. In der Unterkunft hielten sich noch sechs andere schwangere Frauen auf, und sie erlebte mit, wie sie zum amerikanischen Krankenhaus weiterzogen; sie sah zwei von ihnen wieder, als sie mit ihren Kindern zurückkehrten und die kostbaren Geburtsurkunden herzeigten.

Cándido schaffte seine Schwester in die Nähe des Krankenhauses. Als die Wehen häufiger kamen, führte er sie zum Eingang für Notfälle. Ein junger, schnurrbärtiger Arzt rief aus: »Schon wieder eine aztekische Prinzessin!« Bevor Cándido auch nur eine Frage stellen konnte, war seine Schwester bereits verschwunden.

Wenn die Stadt El Paso eine mexikanische Mutter von einem Kind entband und sie bis zur Entlassung pflegte, kostete es sie etwa zwölfhundert Dollar. Das Thomason General Hospital konnte den am laufenden Band eintreffenden Schwangeren jedoch höchstens fünfundsiebzig Dollar pro Person abnehmen, und die meisten konnten, wie Eufemia, gar nichts bezahlen. Warum duldete Texas dieses groteske System? »Das kann ich Ihnen sagen«, erklärte Officer Talbot einem Journalisten aus Chicago. »Wir hier unten sind ein weichherziges Volk. Wir schicken Schwangere nicht weg. Und wir schätzen billige Arbeitskräfte.«

Als Cándido sah, wie reich El Paso war und wie angenehm sogar arme Mexikaner dort leben konnten, wollte er bleiben – nicht in der übervölkerten Stadt, sondern im Hinterland, wo es angeblich jede Menge Arbeitsplätze gab. So kehrte er über die internationale Brücke zurück, nachdem er seine Schwester und ihr Baby in einem nach Süden fahrenden Pemex-Lastwagen verstaut hatte.

Da er El Lobos Dienste nicht in Anspruch nahm, gelangte er nur ein paar Kilometer über die Grenze hinaus, wo ihn ein Officer der Grenzpatrouille namens Talbot auf der Straße aufgriff und nach Mexiko zurückschickte.

Bei seinem nächsten Versuch wandte er sich an El Lobo, der ihn weit ins Landesinnere brachte, aber wieder hatte er das Pech, Officer Talbot in die Arme zu laufen. Das Unglück blieb ihm auch beim dritten Versuch treu, und Talbot warnte ihn: »Das nächste Mal kommst du ins Gefängnis.«

Cándido kehrte nach Moctezuma zurück. Im Juni des darauffolgenden Jahres, als er achtzehn war, teilte seine jüngere Schwester Manuela ihrer Familie mit, daß sie versuchen wolle, in die Staaten zu gelangen. Wieder beschlossen die Frauen von Moctezuma, daß Cándido sie nach Juárez begleiten sollte, von wo aus El Lobo sie für fünfzehn Dollar nicht nach El Paso befördern sollte, sondern zu einem sicheren Übergang, den er etwa hundert Kilometer weiter östlich eingerichtet hatte. Ein Mann, der diese Route unter El Lobos Führung benützt hatte, erzählte: »Es ist nicht einfach. Man überquert den Rio Grande, geht etwa eineinhalb Kilometer landeinwärts und wird dort von Lastwagen abgeholt. Das kostet noch einmal fünfzehn Dollar, aber, Cándido, sorge dafür, daß deine Schwester das nicht allein unternimmt!«

Die nächsten Tage waren qualvoll für Cándido, weil die alte Sehnsucht, in die Vereinigten Staaten zu gelangen, wieder in ihm auflebte, er aber wußte, daß seine Mutter allein bleiben würde, wenn er wegzog: Eufemia war verheiratet, und Manuela wollte ja fortgehen. Als sie Ciudad Juárez erreichten und Cándido El Lobo wiedersah, wußte er, daß er Manuela nicht in den Händen dieses skrupellosen Mannes lassen durfte. Er legte sich noch nicht fest, schloß sich aber der El-Lobo-Gruppe an.

Der Lastwagen mit den Auswanderungswilligen verließ Juárez um fünf Uhr früh mit siebzehn Personen – elf Männern und sechs Frauen –, die fünfzehn Dollar pro Kopf bezahlt hatten, und fuhr auf einer holprigen Straße nach Südosten. Es kamen ihnen leere Lastwagen entgegen, die von der Fahrt zum Übergang zurückkehrten. In der Abenddämmerung hielten die Emigranten an einer einsamen Stelle östlich von Banderas. Dort mußte sich Cándido entscheiden: »Also willst du auch hinüber oder kommst du mit mir zurück? Fünfzehn Dollar, wenn du hinüber willst.« Der Junge antwortete, ohne zu überlegen: »Ich gehe mit meiner Schwester.«

An dieser Stelle war der Rio Grande so seicht, daß ihn die Mexikaner beinahe gänzlich zu Fuß überqueren konnten und nur die letzten Meter ans amerikanische Ufer schwimmen mußten. Dort hatten sich zwei Mexikaner postiert, die den Frauen halfen. Nachdem alle sicher an Land gelangt waren, blinkte El Lobo mit den Scheinwerfern seines Lasters und verschwand.

Sie befanden sich in der einsamsten Gegend von Texas. Das Gelände war teilweise felsig, wies Steilhänge auf, es gab keine Bäume, und ins Land führten nur Karrenwege. Es wirkte so bedrohlich, daß Cándido froh war, bei seiner Schwester geblieben zu sein.

Die achtzehn Einwanderer wurden zu einem schäbigen Lastwagen geführt. Bevor sie hinaufklettern durften, knurrte ein Mann namens Hanson: »Fünfzehn Dollar, und ich bringe euch auf einer Nebenstraße nach Fort Stockton.« Er postierte sich im Licht der aufgeblendeten Scheinwerfer und überprüfte die Zahlungen. Als alle ihren Beitrag geleistet hatten, verstaute er die Mexikaner und fuhr nach Norden. Während der Fahrt saß ein Aufpasser auf dem Dach des Führerhauses und richtete eine Schrotflinte auf die Passagiere.

»Versucht ja nicht abzuspringen«, warnte er sie. »Wir wollen La Migra nicht zeigen, wo wir uns herumtreiben.«

Um vier Uhr morgens, als sie bereits weit vom Fluß entfernt waren, erkannte der Fahrer, daß er die Möglichkeit hatte, gefahrlos eine Menge Geld zu verdienen, ließ den Motor stottern und dann absterben. »Verdammt«, schrie er, »das müssen wir reparieren.« Er befahl den Mexikanern, vom Lastwagen zu klettern und nicht in seine Nähe zu kommen, während er am Motor herumwerkte. Der Motor sprang bald wieder an und lief dann gleichmäßig. Die Mexikaner rannten auf den »reparierten« Lastwagen zu, mußten zu ihrem großen Entsetzen jedoch mitansehen, wie die beiden Anglos Gas gaben, durch die Wüste davonfuhren und sie ohne Führer, ohne Nahrung und vor allem ohne Wasser zurückließen.

Es war ein Marsch durch die Hölle. Am zweiten Tag um zehn Uhr vormittags, als die Sonne hoch am Himmel stand, starb der erste Mann, ein etwa vierzigjähriger Mexikaner, dessen geschwollene Zunge seine gesamte Mundhöhle ausfüllte. Eine Stunde später waren sechs weitere tot. Die beiden Guzmáns lebten noch. »Manuela«, flüsterte Cándido, »wir müssen Pflanzen suchen, irgend etwas.«

Sie fanden nichts, keinen der großen Kakteen, die in solchen Fällen Menschen oft das Leben gerettet hatten, und zu Mittag starben weitere drei Illegale. Der Himmel über ihnen war eine blaue Wölbung, und die Sonne brannte erbarmungslos auf die unglücklichen Mexikaner herunter. In der schrecklichen Hitze des späten Nachmittags flehte Manuela zum letzten Mal keuchend um Wasser und starb.

Drei Männer schafften es bis zum Highway 80, zweihundertzwanzig Kilometer westlich von Fort Stockton. Verzweifelt versuchten sie, Autofahrer anzuhalten, aber keiner blieb stehen. Cándido warf sich schließlich vor einen näherkommenden Wagen, während seine Gefährten wie wild winkten. Es wäre gar nicht notwendig gewesen. Denn der Mann im Wagen war Talbot, der sie gesucht hatte.

»Die armen Hunde«, sagte er zu seinem Partner, »verschaffen wir ihnen etwas zum Trinken.« Sie fuhren nach Van Horn im Osten, wo Talbot die drei ins Gefängnis steckte, allerdings erst nachdem er sie mit so viel Flüssigkeit versorgt hatte, wie sie trinken konnten.

Sie wurden natürlich nach Mexiko zurückgebracht. Weil sich Cándido zu sehr schämte, kehrte er nicht nach Moctezuma zurück, um seiner Familie von Manuelas Tod zu berichten, sondern stahl sich abermals nach El Paso, fand Arbeit, sparte, kaufte ein Gewehr, ließ sich einen Schnurrbart wachsen, um sein Aussehen zu verändern, und suchte El Lobo auf, als hätte er ihn nie gesehen. »Stimmt es, daß du Leute in die Estados Unidos bringst?«

»Fünfzehn Dollar für mich, fünfzehn für die Männer jenseits der Grenze.«

Diesmal fuhr eine Gruppe von neunzehn Illegalen den Rio Grande entlang nach Banderas, wo die Emigranten den geforderten Betrag bezahlten und über den Fluß schwammen. Auf der anderen Seite erwartete sie Hanson mit dem gleichen klapprigen Lastwagen und dem gleichen Helfer mit der gleichen Schrotflinte. In der Abenddämmerung fuhren sie los. Gegen drei Uhr früh gab der Motor wieder den Geist auf.

»Geht dort hinüber, während wir ihn reparieren«, befahl Hanson, doch noch während er sprach, erschossen Cándido und zwei weitere Emigranten, die er unterwegs angeworben hatte, ihn und den Helfer. Sie setzten sich in den Lastwagen, rasten in die Richtung, in der sie den

Highway 80 vermuteten, und erreichten lange vor Sonnenaufgang den Stadtrand von Fort Stockton. Sie ließen den Lastwagen in einer Schlucht zurück, schüttelten sich die Hände und betraten einzeln die Stadt.

Cándido folgte dem Highway nach Westen, um bei einem Verhör durch die Polizei wegen des Mordes in der Wüste den Eindruck zu erwecken, daß er sich bereits seit einiger Zeit in den Staaten aufhielt. Er hatte erst wenige Kilometer zurückgelegt, als ihm ein Lieferwagen entgegenkam. Sobald der Fahrer Cándido sah, wußte er, daß es sich um einen Illegalen handelte. Der Wagen blieb mit quietschenden Reifen stehen. »Was suchst du, mein Sohn?«

Der Fahrer, ein großer, gutaussehender Mann Ende Dreißig, nahm Cándido in seinem Wagen mit. Sie fuhren nach Fort Stockton und von dort ein Stück nach Norden, bis sie zu dem schön verzierten Steintor einer Grenzlandranch kamen, an dem eine Tafel mit folgender Aufschrift befestigt war:

EL RANCHO ESTUPENDO
LORENZO QUIMPER
EIGENTÜMER

»Komm rein und nimm dir was zu essen«, forderte der Rancher seinen Schützling auf. So wurde Cándido in den Vereinigten Staaten ansässig und arbeitete sein Leben lang für Lorenzo Quimper, der neun Ranches besaß und immer auf der Suche nach verläßlichen Arbeitern war.

Den Morrisons in Detroit ging es nicht gut. Todd, der Vater, wußte, daß seine Niederlassung der Chrysler Corporation aller Voraussicht nach bald geschlossen werden mußte. Seine Frau Maggie hatte die harten Einsparungsmaßnahmen bereits am eigenen Leib verspürt: Drei Wochen zuvor hatte ihr an einem Freitagmorgen der Leiter ihrer Schule das blaue Blatt Papier überreicht, das die Lehrer so fürchteten:

»Pflichtgemäß teile ich Ihnen mit, daß Ihr Lehrvertrag nach seinem Auslaufen am Ende des Frühjahrssemesters 1968 nicht mehr erneuert wird und daß Sie von diesem Zeitpunkt an nicht mehr angestellt sind und kein Gehalt mehr beziehen.«

Den Morrisons war klar, daß sie überleben konnten, obwohl Maggie gekündigt worden war, wenn nur Todd seinen Posten behielt. Aber ein erschwerender Umstand kam hinzu. Ihre beiden Kinder – Beth, eine sehr intelligente Dreizehnjährige, und der elf Jahre alte Lonnie – hatten bereits erklärt, daß sie unter keinen Umständen die Cascade School verlassen wollten, in der sie sich wohl fühlten.

»Wir müssen alle Möglichkeiten überdenken für den Fall, daß ich meinen Posten doch verliere«, meinte Todd.

»Du könntest Polizist werden«, schlug Lonnie vor.

»Dafür habe ich weder das passende Alter noch die passenden Gehaltsvorstellungen«, antwortete sein Vater. Er war siebenunddreißig, seine Frau dreiunddreißig. Auf ihrem Haus lastete nur eine Hypothek von sechzigtausend Dollar, und sie hatten nie teure Autos gefahren oder Gesellschaften gegeben. Normalerweise hätten sie sich jetzt auf dem Höhepunkt ihrer Karrieren befinden müssen – Todd hätte Aussicht auf rasche Beförderung gehabt und Maggie wäre für das Amt der Schulleiterin in Frage gekommen. Statt dessen drohten sie nun den Boden unter den Füßen zu verlieren.

In den nächsten drei Wochen nahmen die Sorgen zu: Maggie Morrison bewarb sich in einem Schulbezirk nach dem anderen, aber die Ergebnisse waren niederschmetternd. Abends erzählte sie ihrer Familie: »Überall in der Stadt gehen die Einstellungszahlen zurück. Alle raten uns, in eine andere Gegend zu ziehen.«

Im darauffolgenden Monat wurden derart deprimierende Neuigkeiten über Chrysler bekannt, daß Todd es nur mit Mühe fertigbrachte, mit seiner Familie darüber zu sprechen. Bei einer dieser trübseligen Diskussionen fiel zum ersten Mal das Wort Texas. Todd meinte: »Ich habe gehört, daß sich in und um Dallas eine große Elektroindustrie entwickelt hat. Falls sie diese Branche ausbauen ...«

Am Freitag darauf wurde Todd gekündigt.

In ihrer Verzweiflung funktionierten die Morrisons plötzlich wie ein eingespieltes Team: Todd las die Stellenangebote, Maggie suchte weiterhin Arbeit als Lehrerin, auch als Aushilfslehrerin, Beth besorgte die Hausarbeit, und Lonnie übernahm Gelegenheitsjobs. Dennoch schmolzen die Ersparnisse der Familie von Woche zu Woche dahin, was auch die Kinder wußten.

Endlich fand Maggie Arbeit für Todd. Im Industriebezirk der Stadt, wo sie bei einer Schule für behinderte Kinder wegen einer Stellung vorgesprochen hatte, lernte sie eine Frau kennen, deren Mann bei einer Firma beschäftigt war, die einen neuen Geschäftszweig entwickelt hatte. »Sie überholen Automotore, Todd. Sie haben neue Prüfgeräte, mit denen sie Schwachstellen entdecken, und andere Maschinen, mit denen sie die Reparaturen durchführen. Sie haben in Detroit und Cleveland großen Erfolg damit gehabt und möchten Lizenzen erteilen. Die Frau hat behauptet, daß es da wirklich gute Berufschancen gibt.«

Früh am nächsten Morgen betrat Todd das Büro der neuen Gesellschaft und stellte fest, daß die Informationen seiner Frau richtig waren. Engine Experts hatten ein System gefunden, mit dem man das Leben des durchschnittlichen Automotors und der übrigen Teile um Jahre verlängern konnte; komplizierte neue Geräte stellten fest, welche Teile sich abgenützt hatten, und gaben den Mechanikern Hinweise darauf, wie sie zu reparieren waren. Todd durfte vier Anlagen besichtigen und trat in ernsthafte Verhandlungen mit den Besitzern ein.

»Wir wollen auf den Märkten von Dallas und Houston Fuß fassen«, erklärten die unternehmungslustigen Männer. »›Geh dorthin, wo es Autos gibt‹, ist unser Grundsatz. Die verstehen etwas von Autos. Die besitzen gesunden Menschenverstand. Wir möchten, daß Sie nach Texas ziehen, dort gute Standorte auskundschaften und Vorkaufsrechte für Grundstücke erwerben, an denen möglichst viele Autos vorbeifahren und auf denen große Werkstätten errichtet werden dürfen.«

Todd schilderte seiner Familie die Lage. Die Kinder sahen ein, daß es eine große Chance für ihn war. Er nahm also den Posten an, und die Morrisons aus Michigan, eine Familie, die mit diesem Staat eng verbunden war, zogen nach Houston, Texas. An einem Julimorgen des Jahres 1968 verließen sie Michigan mit tränenüberströmten Gesichtern für immer. Die sozialen Umwälzungen, die sie in den Süden trieben, waren fast die gleichen, die die Völkerwanderung der Jahre 1820 und 1850 nach Texas ausgelöst hatte. Auch die Morrisons waren auf der Suche nach einem besseren Leben.

In diesem Sommer 1968 übersiedelte auch eine andere Familie von Einwanderern – Mutter, Vater, vier Töchter – nach Texas in die Ölstadt Larkin und hatte binnen drei Wochen die Besitzer der besseren Häuser in

Weißglut gebracht. Die Familie wurde erst bei Einbruch der Dunkelheit munter und verlegte ihre Aktivitäten größtenteils in die Nachtzeit. Vor allem aber ärgerte die Einwohner der Stadt, daß es der Familie offenbar Spaß machte, die Gegend zu verwüsten.

Trotz ihres schlechten Rufs verursachte sie mehr Nutzen als Schaden; sie stellte einen Gewinn für die Gemeinde dar, doch ihre Feinde weigerten sich, dies zuzugeben.

Es handelte sich um bis dahin in dieser Gegend völlig unbekannt gewesene Gürteltiere, eine Gruppe von Eindringlingen, die aus Mexiko heraufgekommen waren und überall, wo sie erschienen, sowohl Ärger als auch Freude erregten. Die Gegner der faszinierenden kleinen Geschöpfe, die nicht größer als kleine Hunde waren, beschuldigten sie unter anderem, Hühnerställe zu plündern, was überhaupt nicht stimmte, und die gepflegten Rasenflächen zu zerstören.

Der Vorwurf, daß sie den Rasen verwüsteten und auch sonst tiefe Löcher gruben, war gerechtfertigt, denn kein Tier kann schneller graben als ein Gürteltier. Wenn die Mutter und ihre vier Töchter sich auf einen gepflegten Rasen oder einen gut instand gehaltenen Gemüsegarten stürzten, konnten sie entsetzliche Verwüstungen anrichten. Das Gürteltier besitzt eine lange Wühlschnauze, zwei Vorderfüße mit je vier langen Krallen und zwei Hinterfüße mit je fünf schaufelartigen Krallen. Die Geschwindigkeit, mit der diese Bagger arbeiten, ist unglaublich.

»Offen gesagt«, meinte Mr. Kramer, »die können schneller graben als ich mit einem Spaten.« Mr. Kramer war einer jener Einzelgänger, die es in jeder Ortschaft gibt. Er maß regelmäßig die Regenmenge, gab die Information telefonisch an den Wetterdienst weiter und notierte Schneehöhe, Zeitpunkt des ersten Frostes sowie Stärke und Richtung des Windes während Gewittern. Kurz gesagt, er war zweiundsechzig Jahre alt, ehemaliges Mitglied eines Erdölteams und hatte die Natur immer geliebt.

Die ersten Gürteltiere, die Larkin erreichten, wurden an einem Dienstag gesichtet, und am Freitag hatte Mr. Kramer bereits drei Fachbücher über diese Tiere bestellt. Je mehr er über sie las, desto besser gefielen sie ihm, und bald verteidigte er sie gegen jeden, der sie schlechtmachte, vor allem gegen Leute, deren Rasen sie verwüstet hatten. »Ich gebe zu, daß da und dort gelegentlich geringfügiger Schaden entsteht. Aber haben Sie schon gehört, was sie für meine Rosenstöcke getan haben? Die Rosen haben buchstäblich vor Käfern gewimmelt. Ich konnte nicht einmal mit giftigen Sprays eine ordentliche Blüte zustande bringen. Dann schaue ich eines Nachts hinaus, um den zunehmenden Mond zu bewundern, und sehe die fünf Gürteltiere über meinen Rasen maschieren. Sie waren auf die Käfer aus, und als ich am nächsten Morgen aufstehe, um den Regenmesser abzulesen, finde ich keinen einzigen Käfer mehr.«

Mr. Kramer hielt seine Plädoyers für die kleinen Geschöpfe vor jedem, der bereit war, ihm zuzuhören, und sprach sachkundig über den Mageninhalt von überfahrenen Gürteltieren, die er seziert hatte. Als er dann aber auch noch die Schönheit dieser Tiere pries, entzogen ihm selbst die tolerantesten Bürger von Larkin ihre Unterstützung, denn für sie war das kleine Tier ein unbeholfenes, primitives Relikt aus einem vergangenen geologischen Zeitalter, das mysteriöserweise bis in die Gegenwart überlebt hatte. Für Mr. Kramer dagegen stellte gerade dieses heroische Beharrungsvermögen einen der größten Vorzüge der Gürteltiere dar. Noch mehr aber beeindruckte ihn der Körper dieser kleinen Wesen.

»Wenn Sie es vorurteilslos betrachten, haben Sie ein wunderbar entworfenes Tier vor sich. Der Rücken und die Beine sind durch den erstaunlichen Panzer geschützt, der dem Körper genau angepaßt ist. Und sehen Sie sich diese Konstruktion an!« Bei diesen Worten zeigte er eines der drei Gürteltiere her, die er gezähmt hatte. »Vorn und hinten handelt es sich um einen echten Panzer. Härter als Ihr Fingernagel und aus der gleichen Substanz. Er schützt die Schultern und die Hüften. In der Mitte fünf bewegliche gepanzerte Ringe, ähnlich wie eine Ziehharmonika. Das Erstaunlichste aber«, fuhr Mr. Kramer fort, »ist ihre Vermehrung. Jedes Weibchen bekommt genau vier Junge, und alle vier gehören dem gleichen Geschlecht an. Es ist noch nie vorgekommen, daß eine Gürteltier-Mutter gleichzeitig Söhne und Töchter geboren hat. Unmöglich. Und wissen Sie, warum? Weil sich ein befruchtetes Ei in vier Teile spaltet, selten in mehr, selten in weniger. Deshalb müssen die Jungen dem gleichen Geschlecht angehören.«

Wenn Mr. Kramer zuschaute, wie sich ein Gürteltier in seinen Rasen hineinwühlte, sah er darin keinen zerstörerischen kleinen Panzer mit unglaublich kräftigen Grabwerkzeugen, sondern ein Symbol für die Größe der Schöpfung. Manchmal, wenn er der Mutter und ihren vier

Töchtern nachsah, die zu neuen Verwüstungen unterwegs waren, kicherte er begeistert: »Da gehen sie! Die fünf Reiterinnen der Apokalypse!«

Ransom Rusk, Haupterbe und Alleinbetreiber des Rusk-Besitzes auf dem Ölfeld von Larkin, empfand das dringende Bedürfnis, die Erinnerung an seine unglückseligen Vorfahren auszulöschen: an den großen Narren Earnshaw Rusk; an die Frau mit der Holznase; an seinen obszön fetten Vater; an seine dicke, dumme Mutter. Er wollte sie alle vergessen. Er war groß und mager, sah gut aus, war seinem Vater überhaupt nicht ähnlich und befand sich mit fünfundvierzig auf dem Höhepunkt seiner Macht. Er hatte eine aus New England stammende Absolventin des Wellesley Colleges geheiratet, deren Mutter, die sich von ihren Vorfahren – Baumwollspinnereibesitzern – distanzieren wollte, ihr den Namen Fleurette gegeben hatte in der Hoffnung, daß sie damit einen Hauch von französischem Adel ausstrahlen würde.

Fleurette und Ransom Rusk hatten genug von dem bescheidenen Haus gehabt, von dessen Küche aus Floyd bis zu seinem Tod seine Erdölgeschäfte geführt hatte, und waren in eine stattliche Villa gezogen. Der Architekt hatte eine Neuerung vorgeschlagen, durch die sich das Haus von allen anderen der Gegend unterscheiden sollte: »Auf den vornehmen Landsitzen in England ist es zur Zeit Mode, Bowling-Rasenplätze anzulegen.« Fleurette war von der Idee begeistert gewesen. Sie lud jetzt gern zu einem »Bowling-Nachmittag« ein, wie sie es nannte.

Ransom Rusk war, obwohl ihm der größte Teil des Larkin-Ölfelds gehörte, nach texanischen Begriffen nicht außergewöhnlich reich. In Texas waren die Kategorien von Reichtum wie folgt festgelegt: eine bis zwanzig Millionen: wohlhabend; zwanzig bis fünfzig Millionen: gut situiert; fünfzig bis fünfhundert Millionen: reich; fünfhundert Millionen bis eine Milliarde: sehr reich; eine bis fünf Milliarden: texanisch reich. Dank seiner Erdölquellen in anderen Teilen des Staates und dank vorsichtiger Spekulationen war er jetzt reich, befand sich jedoch noch im untersten Teil der mittleren Abteilung. Seine Einstellung zum Geld war widersprüchlich. Er wollte Macht in ihren verschiedenen Formen erringen und ausüben, und zu diesem Zweck war er bestrebt, seinen

Reichtum zu vergrößern. Aber die rein zahlenmäßige Höhe seines Vermögens war ihm gleichgültig, und oft wußte er ein ganzes Jahr lang nicht einmal annähernd, wie seine Bilanzen aussahen.

Eines Morgens schrie Fleurette plötzlich: »O mein Gott!« Ransom nahm an, daß sie gestürzt war, lief in ihr Schlafzimmer und fand sie am Fenster. Sie zeigte wortlos auf die Verheerungen, die in ihrer Bowling-Rasenfläche angerichtet worden waren.

»Das sind die verdammten Gürteltiere«, stellte Ransom fest. »Ich werde es den kleinen Biestern schon zeigen.«

Er stürmte aus dem Haus, besichtigte den zerwühlten Rasen und rief die Gärtner zusammen. »Kann man das wieder in Ordnung bringen?«

»Wir können die Fläche mit Rasenziegeln wie neu gestalten«, versicherten sie ihm, »aber Sie müssen die Gürteltiere fernhalten.«

»Darauf können Sie sich verlassen. Ich erschieße die Biester.« Um seine Worte in die Tat umzusetzen, kaufte er noch am selben Tag Munition für sein .22er-Gewehr. Zufällig stand er an der Kasse neben Mr. Kramer. Der pensionierte Erdölsucher, der früher für Rusk gearbeitet hatte, fragte: »Wofür brauchen Sie denn die Munition?«

»Für die Gürteltiere.«

»Das dürfen Sie nicht tun! Es handelt sich um überaus wertvolle Geschöpfe. Sie sollten sie schützen, nicht umbringen!«

»Sie haben gestern abend den Rasen meiner Frau zerstört.«

»Das ist doch nur ein geringfügiger Schaden«, stellte Kramer leichthin fest, denn er mußte die Reparatur ja nicht bezahlen. Und bevor Ransom sich in Sicherheit bringen konnte, hatte ihn der Tierschützer in den Drugstore geschleppt. Dort überredete er ihn fast unter Tränen dazu, die Gürteltiere nicht zu erschießen, sondern sie von dem Bowling-Rasen fernzuhalten, indem er einen Schutzwall darum errichtete. »Es sind einmalige Geschöpfe, Relikte aus der Vergangenheit der Erde, die außerdem unendlich nützlich sind.«

Rusk umgab also den Bowling-Rasen mit einem kräftigen Zaun, wie er für Tennisplätze verwendet wird. Zwei Nächte nachdem man das Maschendrahtgitter unter erheblichen Kosten aufgestellt hatte, war der Rasen wieder zerwühlt. Als die Rusks sich an Mr. Kramer um Rat wandten, zeigte er ihnen, daß die besten Erdarbeiter der Welt sich einfach unter dem Zaun durchgegraben hatten, um zu den saftigen Wurzeln zu gelangen.

»Sie müssen einen zwei Meter tiefen Graben um Ihren Rasen ausheben, ihn mit Beton füllen und die Zaunpfähle in ihn einbetten.«

»Haben Sie eine Ahnung, was das kostet?«

»Wie ich gehört habe, besitzen Sie das erforderliche Kleingeld«, entgegnete Kramer frech, und so wurde der Zaun abmontiert und rund um den Bowling-Rasen ein tiefer Graben ausgehoben. Dann kippten Lastwagen eine große Menge Beton hinein, und der Zaun wurde wieder aufgestellt. Er reichte zweieinhalb Meter in die Luft, zwei Meter in die Erde, und die Gürteltiere waren ausgesperrt.

Doch vier Tage nachdem der Zaun fertig war, schrie Fleurette Rusk neuerlich verzweifelt auf, und während Ransom in ihr Zimmer lief, brüllte er schon: »Sind es wieder die verdammten Gürteltiere?« Sie waren es. Als er und Mr. Kramer die neuerliche Katastrophe besichtigten, erfaßte der begeisterte Naturforscher als erster die Situation und erklärte: »Sehen Sie sich das Loch an – sie haben sich unter dem Beton durchgegraben und sind auf der anderen Seite wieder an die Oberfläche gekommen. Vermutlich haben sie nicht mehr als eine halbe Stunde dazu gebraucht.«

Die wissenschaftliche Unvoreingenommenheit, mit der Kramer den Fall betrachtete, und seine offensichtliche Freude über die technische Großleistung der Gürteltiere brachten Rusk in Wut, und er drohte wieder einmal, die Quälgeister zu erschießen. Kramer redete ihm zu, noch einmal ein Experiment zu unternehmen. »Wir müssen eine Palisade unter den Betonsockel treiben.«

»Und wie sollen wir das bewerkstelligen?«

»Ganz einfach. Sie beschaffen eine hydraulische Ramme, die Metallstäbe in die Erde treibt. Aber sie müssen dicht beieinanderstehen.«

Als auch diese Arbeit getan war, rechnete sich Rusk aus, daß er in den Bowling-Rasen bereits 218 000 Dollar investiert hatte. Mit grimmiger Befriedigung konnte er jedoch feststellen, daß die unterirdische Palisade die Räuber, die er »Lady Macbeth und ihre vier Hexen« getauft hatte, tatsächlich aufhielt.

Doch sie ließen sich nicht lange aussperren. Eines Morgens wurde Ransom wieder durch einen Schrei geweckt. »Sieh dir das an, Ransom!« Als Ransom hinausschaute, sah er, daß es der Gürteltier-Mutter gelungen war, auf ihrer Seite den Zaun hinauf- und auf der anderen wieder hinunterzuklettern. Ransom stand einige Minuten lang am Fenster und sah zu, wie die seltsame Gürteltier-Prozession über seinen teuren Zaun kletterte. Als eine der Töchter immer wieder herunterfiel, weil sie nicht begriff, was man von ihr erwartete, begann er zu lachen.

»Ich finde es gar nicht komisch«, protestierte seine Frau. Er erklärte ihr: »Schau dir das dumme Geschöpf an. Es kapiert nicht, daß es sich mit den vorderen Krallen an dem Drahtgeflecht festhalten kann.« Seine Frau explodierte: »Mir scheint, du hältst zu diesen Tieren!«

Plötzlich wurde Rusk klar, daß es sich tatsächlich so verhielt. Er rief Mr. Kramer an und fragte: »Diese verrückten Gürteltiere klettern über den Zaun. Was tun wir jetzt?«

»Wissen Sie was, Ransom, wir holen die Leute, die den Zaun errichtet haben, und lassen am oberen Rand des Zaunes einen zurückspringenden Teil anbringen. Wenn die Gürteltiere ihn erreichen, werden sie dadurch hinausgedrängt und fallen runter.«

»Können sie sich dabei verletzen?«

»Vor sechs Wochen wollten Sie sie noch erschießen. Jetzt fragen Sie, ob sie sich verletzen werden. Sie lernen, Ransom!«

»Sie wissen ja, Kramer, daß jeder Ihrer Ratschläge mich eine schöne Stange Geld kostet.«

»Sie haben es, um es auszugeben.«

Also ließ Ransom Leute von der Zaunfirma kommen, die einen Kranz anbrachten, der parallel zum Boden verlief und den kein Gürteltier überwinden konnte. Sobald das geschehen war, saß Rusk nachts mit einer Taschenlampe auf seiner Veranda und sah zu, wie die Mutter mit ihren Töchtern im Schlepptau versuchte, den Zaun zu überklettern. Jedesmal, wenn die entschlossenen kleinen Geschöpfe den Kranz erreichten und wieder hinunterpurzelten, brach er in schallendes Gelächter aus. Sie versuchten es immer wieder und landeten immer wieder auf dem Boden. Ransom hatte die Gürteltiere um den Preis von insgesamt 328 000 Dollar besiegt.

»Worüber lachst du denn da im Dunkeln?« fragte Fleurette.

»Über die Gürteltiere, die versuchen, zu deinem Bowling-Rasen zu gelangen.«

»Du hättest sie schon vor Monaten erschießen sollen«, fuhr sie ihn an.

Er erwiderte: »Sie bemühen sich so sehr, ich hätte Lust, sie hereinzulassen.«

»Wenn du das tust«, drohte sie, »ziehe ich aus.«

Das war der Anstoß zu der sensationellen Scheidung der Rusks, obwohl es dabei natürlich auch um viele wesentlich ernstere Probleme als die Gürteltiere ging. Rusk hatte durch eine Frau aus dem Osten einen höheren gesellschaftlichen Status erreicht, aber trotzdem Texaner bleiben wollen. Er hatte seine nasenlose Großmutter, seinen wunderlichen Quäker-Großvater und vor allem seine dicken, lächerlichen Eltern vergessen wollen, aber Fleurette brachte oft das Gespräch auf sie, vor allem in Anwesenheit Dritter. Er war auf eine Heirat aus gewesen und hatte Fleurette heiß umworben, aber er wollte bei seinen unzähligen Projekten nicht gestört werden. Wenn er eine Frau mit der Geduld eines Engels geheiratet hätte, wäre die Ehe vielleicht gutgegangen, aber Fleurette war immer launischer und unbeständiger geworden. Eine kluge Frau hätte nie einen Rechtsstreit wegen Gürteltieren angefangen, aber als die Sache einmal so weit gediehen war, gab es kein Zurück mehr.

Sie beschuldigte ihren Mann der seelischen Grausamkeit sowie der Gefühlskälte und schwor in ihrer eidesstattlichen Erklärung, daß es ihr unmöglich sei, weiterhin mit diesem Rohling zusammenzuleben. Als es dann zum Prozeß kam, unternahm sie einen Schritt, der ihr den Sieg sicherte: Sie engagierte Fleabait Moomer aus Dallas, der ihre finanziellen Forderungen beim Bezirksgericht von Larkin vertreten sollte.

Ransoms Anwalt fröstelte, als er erfuhr, daß Fleabait den Fall übernommen hatte. »Wir sitzen in der Tinte, Ransom.«

»Wieso?«

»Fleabait zerlegt Sie in Ihre Bestandteile. Wollen Sie wirklich weiterprozessieren?«

Ransom blieb dabei, und die Verhandlung begann. Sie fand in dem majestätischen Raum statt, den James Riely Gordon siebzig Jahre zuvor entworfen hatte. Der Richter war ein erfahrener Jurist, dem bewußt war, was für eine sensationelle Verhandlung er zu leiten hatte, aber Fleabait Moomers Winkelzügen stand er machtlos gegenüber. Und die Beisitzer konnten nicht vergessen, was Fleabait alles behauptet hatte, und Rusk somit nicht die unparteiische Gerechtigkeit widerfahren lassen, auf die er Anspruch hatte. Sie entschieden auf zweiundzwanzig Millionen Dollar, die der Richter später auf fünfzehn Millionen herabsetzte. Fleabait hatte Fleurette erklärt: »Wir verlangen zweiundzwanzig und sind froh, wenn wir zwölf bekommen.« Er erhielt vierzig Prozent des erzielten Betrages, also sechs Millionen Dollar.

An dem Abend, an dem das für Ransom so nachteilige Urteil gefällt wurde und noch von zweiundzwanzig Millionen die Rede war, kehrte Ransom in das große Haus am Bear Creek zurück und sah zu, wie die Sonne unterging. In der Dunkelheit kam Mr. Kramer vorbei, um zu sehen, wie sich der neue Zaun bewährte. Ransom erklärte ihm: »Ich bin heute zum ersten Mal seit Jahren wieder ein glücklicher Mensch. Ich bin endlich diesen entsetzlichen Mühlstein los.«

»Um die Wahrheit zu sagen, Ransom, Sie hatten sich da eine richtige Xanthippe ausgesucht. Sie sind jetzt besser dran, vor allem wenn Sie sich die Abfindung leisten können.«

»Besitzen Sie eine Drahtschere, Kramer?«

»In meinem Wagen.« Er holte das Gerät mit den langen Griffen, das in dieser Gegend einmal verboten gewesen war, und sah zu seiner Überraschung, daß Rusk damit zu dem Drahtzaun marschierte, der den Bowling-Rasen seiner Ex-Frau schützte. Energisch zerschnitt er den Zaun von unten nach oben, ging einen Meter weiter und wiederholte dort den Vorgang. Dann bat er Mr. Kramer, gemeinsam mit ihm den ausgeschnittenen Streifen umzubiegen und flachzutrampeln.

Er wanderte weiter zu der Stelle, in deren Nähe die Gürteltiere ihren Bau hatten, und schnitt zwei weitere Streifen aus. Dann kehrten die Zaunknacker, die achtzig Jahre früher für dieses Tun erschossen worden wären, auf die Veranda zurück und warteten mit Taschenlampen. Als der Mond hoch am Himmel stand, rief Ransom begeistert: »Da kommen sie!«

Am Morgen hatten die gepanzerten Zerstörer den Rasen in eine Baustelle verwandelt, und Ransom Rusk, um zweiundzwanzig Millionen Dollar – und zweihundertachtunddreißigtausend für den Zaun – ärmer, war einer der glücklichsten Menschen der Welt.

Todd Morrison fand Gefallen an Houston. »Diese Stadt ist unglaublich«, schwärmte er eines Abends seiner Familie vor. »So viele Einwohner und keinerlei Baubeschränkungen. Man kann alles bauen, was man will, und niemand kann es einem verbieten.« Houston war das letzte Bollwerk des freien Unternehmertums, laissez-faire im besten Sinn des Wortes, und Todd profitierte von diesem Zustand.

Allmählich stellte er fest, daß ein großer Teil der Grundstücke, die er für seine Lizenzen ins Auge gefaßt hatte, einem fleißigen Grundstücksmakler namens Gabe Klinowitz gehörten, der dreiundsechzig Jahre alt und ein abgebrühter Houstoner Geschäftsmann war. Er war klein, rundlich, rauchte Zigarren und trug einen konservativen dunklen Anzug, während die meisten Einwohner von Houston legere Kleidung bevorzugten. Und er war gescheit, wie der Erfolg seiner Firma bewies.

Bei seinem ersten Treffen mit Todd verriet er ihm einen seiner Grundsätze: »Ich suche clevere junge Männer, die am Beginn ihrer Karriere stehen, und helfe ihnen beim Start. Dann erwarte ich, daß ich während der nächsten dreißig Jahre vorteilhafte Geschäfte mit ihnen abschließe.«

Als Todd erklärte, daß er für jede Hilfe dankbar sei, meinte Gabe: »Vor allem müssen Sie mit dem Drumherum fertigwerden.«

»Und das heißt?«

Klinowitz griff nach einem Stück Papier und zeigte Todd, wie man Grundstücke für eine große Gesellschaft, zum Beispiel eine Benzinfirma, ankaufte. »Sie finden ein geeignetes Grundstück an der Kreuzung zweier verkehrsreicher Straßen. Der Besitzer hat achttausend Quadratmeter und will sie nur im ganzen verkaufen. Die Benzinfirma, Mobil beispielsweise, braucht aber nur tausend Quadratmeter. Damit bleiben Ihnen siebentausend Quadratmeter, die wie ein L um die Ecke reichen. Als Käufer müssen Sie das ganze Grundstück nehmen; Sie tun es aber erst, nachdem Sie jemanden gefunden haben, der Ihnen das Drumherum abnimmt. Verstehen Sie?«

Als Todd verneinte, erklärte Klinowitz weiter: »Sie kaufen persönlich dem Farmer die achttausend Quadratmeter um sechzigtausend ab. Sie haben mit Mobil vereinbart, daß die Ihnen die günstige Ecke für fünfundsiebzigtausend Dollar abkaufen. Und mir verkaufen Sie das Drumherum, das an die Ecke anschließende Gebiet, für fünfzigtausend. Bei dem Geschäft verdienen Sie runde fünfundsechzigtausend Dollar.«

Morrison überlegte eine Weile, dann hatte er den Haken entdeckt: »Aber ich kaufe das Grundstück doch für meine Gesellschaft, nicht für mich.« Worauf Klinowitz meinte: »Ich habe den Verdacht, daß Sie sehr bald auf eigene Rechnung kaufen werden.«

Je länger Todd mit Klinowitz zusammenarbeitete, desto besser gefiel er ihm. Der Mann war offen, schnell und absolut ehrlich. Er schloß ununterbrochen einträgliche Geschäfte ab, bestand aber darauf, allen

Beteiligten die damit verbundenen Komplikationen zu erklären. Er schilderte Todd eines seiner letzten Geschäfte in allen Einzelheiten: »Eine erstklassige Ecke, ausgezeichnetes künftiges Einkaufszentrum, etwa hunderttausend Dollar wert. Der Farmer wollte mich übers Ohr hauen und hat hundertfünfundzwanzigtausend verlangt. Ich war damit einverstanden, habe aber dann darauf bestanden, daß ich den Betrag innerhalb von elf Jahren abstottere, und zwar mit sechseinhalb Prozent Zinsen. Er hat begeistert unterschrieben.«

»Wo ist der Witz?«

»Verstehen Sie denn nicht? Nehmen wir an, ich hätte das Grundstück zu meinem Preis bekommen, müßte aber elf Jahre lang acht Prozent Zinsen bezahlen. Gesamtbetrag der Zinsen: achtundachtzigtausend Dollar. Wenn ich seinen Preis und dazu sechseinhalb Prozent Zinsen bezahle, machen die Zinsen für die elf Jahre neunundachtzigtausenddreihundertfünfundsiebzig Dollar aus, also tausend Dollar mehr. Wenn Sie die fünfundzwanzigtausend Dollar dazurechnen, die er mir herausgelockt hat, habe ich ihn mit nur sechsundzwanzigtausend Dollar sehr, sehr glücklich gemacht.«

»Trotzdem hat es Sie sechsundzwanzigtausend gekostet.«

»Sie haben noch immer nicht begriffen, Todd. Wenn unsere Grundstückspreise in Houston so in die Höhe klettern, wie ich annehme, wird mir diese Ecke in elf Jahren nicht hundertfünfundzwanzigtausend Dollar, sondern über eine Million einbringen. Wenn man heute ein bißchen mehr bezahlt, gewinnt man morgen eine Million.«

Todd hielt es immer noch für riskant, mehr zu bezahlen, als unbedingt erforderlich war. Da verriet ihm Gabe seinen letzten Grundsatz: »Lassen Sie immer ein kleines Trinkgeld für den anderen auf dem Tisch. In sechs Jahren, wenn der Mann seinen restlichen Besitz verkauft, wird er zu mir kommen, weil er sich daran erinnern wird, daß ich ihn 1969 anständig behandelt habe.«

Todd begann, unermüdlich Highways und Landstraßen abzuklappern; er sah sich nicht nach Arealen für seine Lizenzen um, denn diesen Teil des Geschäftes hatte er dank Klinowitz' Tips fest im Griff, sondern nach einzelnen Grundstücken, die er eines Tages auf eigene Rechnung kaufen konnte. Dabei zog ihn eine Besonderheit von Texas wie ein Magnet an: die FM-1960.

Bis etwa 1950 war Texas vorwiegend ein Agrarstaat gewesen. Dann war eine Generation von texanischen Politikern auf eine kreative Idee gekommen: die Farm-zum-Markt-Straße, die die Highways umging und die kleinen Landstraßen untereinander verband. Damit erhielt der Farmer die Möglichkeit, seine Feldfrüchte auf die Märkte der großen Stadt zu bringen. Das Ergebnis dieses Systems war ein Netz von Landstraßen, über das nur wenige andere Staaten verfügten.

In den fünfziger Jahren war eine Farm-zum-Markt-Straße gebaut worden, die FM-1960 hieß und so weit nördlich von Houston verlief, daß niemand annahm, die Siedlungsgebiete würden sich je bis dorthin erstrecken. Es handelte sich um eine schmale, holprige Straße, die sich gut für die langsamen Lastwagen der Farmer eignete; Morrison erkannte jedoch, daß sie zur wichtigen Durchzugsstraße werden konnte, wenn die Bevölkerung weiterhin in diesem Tempo zunahm. Er war von dieser Möglichkeit so begeistert, daß er sich das Vorkaufsrecht für zwei weit auseinander liegende Grundstücke sicherte, denn er nahm an, daß dort bald unzählige Autos vorüberrasen würden. Einer der Besitzer von Engine Experts, der von Detroit nach Houston herunterflog, fand jedoch, daß die beiden Grundstücke zu entlegen waren, um für seine Gesellschaft interessant zu sein, und befahl Todd, von dem Kauf zurückzutreten.

»Wir haben achttausend Dollar Anzahlung geleistet«, protestierte Todd. Der Mann meinte: »Deshalb erwirbt man ja ein Vorkaufsrecht, damit man Zeit hat, eventuelle Fehler zu korrigieren.« Er machte Todd keine Vorwürfe, denn er wußte, daß dieser in Houston für die Firma gute Arbeit geleistet hatte, aber noch lange nachdem er nach Detroit zurückgeflogen war, nagte diese Entscheidung an Todd.

Ohne Klinowitz zu gestehen, daß er gezwungen war, von dem Vorkaufsrecht zurückzutreten, erklärte er ihm: »Ich möchte lieber in Stadtnähe bleiben, dort habe ich mehr Möglichkeiten. Ich habe achttausend Dollar Angabe für die beiden Grundstücke an der FM-1960 erlegt. Muß ich auf diese Angabe verzichten, oder kann ich die Grundstücke abstoßen?«

Als Klinowitz die ausgezeichnete Lage sah, meinte er: »Ich gebe Ihnen sofort zwölftausend für Ihr Vorkaufsrecht. Die Grundstücke sind erstklassig.«

»Warum wollen Sie mir zwölf geben, wenn Sie wissen, daß ich froh bin, meine acht wiederzubekommen?« fragte Todd.

»Man soll immer ein Trinkgeld auf dem Tisch lassen«, sagte Gabes. Jetzt stand Morrison einem ernsten moralischen Problem gegenüber: Sollte er den Herren in Detroit gestehen, daß er bei dem Geschäft einen Profit von viertausend Dollar erzielt hatte, oder sollte er den unverhofften Gewinn einstecken? Er beriet sich mit niemandem, weder mit Gabe noch mit seiner Frau, und natürlich schon gar nicht mit den hohen Herren aus Detroit, sondern erwog ganz allein jedes Für und Wider: Erstens habe ich als ihr Agent gehandelt. Zweitens haben sie über das Geschäft gelacht. Schließlich beschloß er, das Geld zu behalten. Dieser Betrag, dazu die Dreitausend-Dollar-Prämie, die er zu Weihnachten bekommen hatte, plus dem Geld, das seine Frau als Vorzimmerdame bei einer anderen großen Maklerfirma verdiente, versetzten ihn in die Lage, das neue Jahr mit einem Kapital von über elftausend Dollar und ein paar verlockenden Ideen zu beginnen.

Als Todd im Januar weitere Investitionsmöglichkeiten an der FM-1960 erkundete, stieß er auf eine Farm mit keilförmigem Grundriß, die einem älteren Mann namens Hooker gehörte. Während Todd mit ihm darüber diskutierte, ob er ihm sein Grundstück verkaufen wolle, hielt ein weißer Ford-Kleinlaster mit quietschenden Reifen auf dem Kies. Der Fahrer war offenbar im Ölgeschäft tätig, denn auf der Seitenwand des Fahrzeugs stand in großen Buchstaben ROY BUB HOOKER, BOHRTECHNIK. Aus dem Führerhaus, in dem sich hinter dem Kopf des Fahrers eine Halterung mit zwei Gewehren befand, stieg ein großer, freundlicher, etwa fünfundzwanzig Jahre alter Mann, der einen Overall, billige Cowboystiefel und ein kariertes Halstuch trug.

Als er an Morrison herantrat, ihm die Hand reichte und »Hi, ich bin Roy Bub Hooker junior«, brummte, wußte Todd, daß er den Kauf mit dem Jüngeren abschließen mußte. Roy Bub war ein gerissener Händler und nannte einen so unglaublichen Preis, daß sie nicht handelseins wurden. Morrison ärgerte sich darüber und lag nachts mit offenen Augen neben Maggie, die nach der Büro- und Hausarbeit erschöpft schlief.

Seine Nervosität hatte sehr reale Ursachen. Er war davon überzeugt, daß das Hooker-Eckgrundstück für einundsiebzigtausend Dollar zu haben war, elftausend Quadratmeter in einer Lage, die jeder Fachmann als großartig bezeichnet hätte. Er mußte das Geschäft auf eigene Faust abschließen, denn er wußte bereits, daß Engine Experts nicht daran interessiert waren. Wenn er aber eine große Erdölfirma finden konnte, die einen erstklassigen Standort für eine Tankstelle suchte, konnte er die Ecke vielleicht um sechzigtausend Dollar verhökern, so daß ihm zehntausend Quadratmeter zum Preis von elftausend Dollar blieben – und damit wären seine Ersparnisse erschöpft gewesen.

Wenn er jedoch auch nur einen kleinen Teil dieses Drumherums verkaufen konnte, war er seine Schulden los und besaß achttausend oder sogar mehr Quadratmeter, die ihn nichts gekostet hatten. Wenn er dann noch weitere Teile des Drumherums an den Mann brachte, stieg er bei dem Geschäft als der große Gewinner aus.

Den ganzen Januar über schlief er schlecht, denn die Versuchung, den Handel perfekt zu machen, war so groß, daß er die eine Hälfte der Nächte damit verbrachte, seinen möglichen Gewinn zu berechnen, und die zweite Hälfte damit, sich in der Dunkelheit alle möglichen Katastrophen auszumalen. Anfang Februar zog er seine Frau ins Vertrauen. »Ich stehe vor der größten Chance meines Lebens, Maggie. Der junge Roy Bub Hooker ist bevollmächtigt, ein Eckgrundstück an der FM-1960 zu verkaufen. Wir könnten das Ding schaukeln, wenn – ich wiederhole: wenn – wir eine Ölgesellschaft finden, die uns die Eckparzelle abnimmt. Dann würden wir zehntausend erstklassige Quadratmeter praktisch umsonst bekommen. Wärst du bereit, dieses Risiko einzugehen und unsere gesamten Ersparnisse dafür einzusetzen?«

»Du müßtest es den Leuten in Detroit erzählen.«

»Warum?«

»Weil du nebenbei Geschäfte mit Grundstücken machst. Du wärst doch ständig in Versuchung, ihnen die schlechten Liegenschaften zuzuschanzen und die guten für dich zu behalten.«

»Ich sehe nicht ein, warum sie etwas davon erfahren müssen.«

»O doch. Geschäftsmoral.«

Am Sonntag fuhr sie zur FM-1960 hinaus, und sobald sie die Ecke sah, wollte sie sie kaufen.

Am 4. Februar erklärte sie sich mit dem Geschäft einverstanden. Am 5. Februar befolgte Todd Gabes Strategie und akzeptierte Roy Bubs Preise unter der Voraussetzung, daß er die Bedingungen festlegte: »Neuntausend bar bei Unterschrift, Rest innerhalb von elf Jahren. Sechs

Prozent Zinsen.« Roy Bub, der sich ganz darauf konzentriert hatte, den richtigen Preis für sein Land auszuhandeln, hatte nicht auf die derzeitig üblichen Zinssätze geachtet und wußte nicht, daß für die Ratenzahlungen siebeneinhalb Prozent herauszuholen gewesen wären.

Doch jetzt begannen die Sorgen. Denn als Todd beiläufig Erkundigungen bei den Männern einzog, die Grundstücke für die großen Erdölgesellschaften kauften, stellte er fest, daß diese keine Lust hatten, ihre Tankstellen so weit nördlich der Stadt anzusiedeln. Obwohl er die FM-1960 in den höchsten Tönen lobte, lautete die Antwort immer: »Natürlich ist sie gut, aber wir können warten, bis der Verkehr dort dichter wird, falls es überhaupt so weit kommt.«

März, April und Mai gingen vorüber, ohne daß ein Käufer anbiß, und als Todd sich wieder einmal schlaflos herumwälzte, fiel ihm ein, daß er im Januar, also in sieben Monaten, Roy Bub die erste Rate und die ersten Zinsen zahlen mußte und keine Ahnung hatte, woher er das Geld nehmen sollte. Er hatte auch noch niemanden gefunden, der an dem Rest des Grundstücks interessiert war.

Wie zu erwarten, war Gabe Klinowitz sein Retter. »Haben Sie den Leuten in Detroit erzählt, was Sie getan haben?«

»Nein.«

»Dann sollten Sie es jetzt tun. Sie könnten sonst entlassen werden.«

»Ich werde es ihnen erzählen, wenn ich die Angelegenheit in Ordnung gebracht habe.«

»Hoffentlich ist es dann nicht zu spät.« Gabe änderte seinen Ton. »Ich habe gehört, daß ein Unabhängiger ein erstklassiges Grundstück an der FM-1960 sucht.«

»Unabhängige zahlen den niedrigsten Preis, nicht wahr?«

»Aber sie zahlen. Momentan ist Ihre dringendste Aufgabe, etwas Bargeld in die Hand zu bekommen. Wenn ich Ihnen heute vierzigtausend Dollar biete, nehmen Sie sie. Zahlen Sie Ihre Schulden zurück.«

»Können Sie mir vierzigtausend verschaffen?«

»Ich kann Ihnen sogar mehr verschaffen. Einundfünfzigtausend, vielleicht sogar dreiundfünfzigtausend.«

»Mein Gott, damit wäre ich die Sorgen los.« Er griff nach Gabes Hand, dann fragte er: »Warum tun Sie das für mich?«

»Ich habe sechzehn Geschäfte angebahnt. In den nächsten Jahren werden wir Hunderte von Geschäften abschließen. Ich kann auf den großen Gewinn warten. Sie brauchen Ihre mageren Gewinne sofort.« Sie schüttelten einander feierlich die Hände.

Doch gerade zu der Zeit, als Todd die Papiere unterzeichnen wollte, die ihm Gabe geschickt hatte, beschloß Gulf-Oil, es doch mit einem Grundstück an der FM-1960 zu versuchen, und erfuhr, daß Todd eine erstklassige Ecke in der Hand hatte. Todd erklärte ihnen mit zitternden Knien: »Ich könnte Ihnen den Teil, den Sie brauchen, für einundsiebzigtausend Dollar überlassen.« Da die Direktion diesen Beschluß nun einmal gefaßt hatte, war der Vertreter von Gulf froh, daß das Geschäft perfekt wurde, und stimmte zu. Todd und der Mann von Gulf bekräftigten die Abmachung mit Handschlag.

Dem glücklichen, aber verlegenen Todd stand es jetzt bevor, Klinowitz beizubringen, daß dieser das Geschäft mit dem Unabhängigen rückgängig machen mußte, obwohl sie bereits zu einem Gentlemen's Agreement gelangt waren. »Sie wissen ja, Gabe, wir hatten noch nichts unterschrieben, und Gulf wollte das Grundstück unbedingt haben und hat auf einer sofortigen Antwort bestanden. Ich habe Sie angerufen, aber Sie waren nicht im Büro.« Obwohl beide wußten, daß der Verkauf an den Unabhängigen mit Handschlag besiegelt worden war, antwortete Gabe nur: »Ich werde für meinen Kunden etwas anderes finden, aber Sie sollten Detroit endlich mitteilen, Todd, daß Sie auf eigene Faust gekauft haben. Bei diesem Spiel gelten bestimmte Regeln.«

»Selbstverständlich«, beteuerte Todd, aber der Brief, den er im Geist aufgesetzt hatte, wurde nie geschrieben.

Im Tal des Rio Grande sah es für Héctor Garza nicht gut aus. Er war achtundsiebzig und wesentlich weniger agil als zu der Zeit, als er mit Horace Vigil zusammengearbeitet hatte. Nach Horaces Tod waren für die mexikanische Gemeinde traurige Zeiten angebrochen, denn Horaces Neffe, ein nüchterner, besitzgieriger Mann namens Norman Vigil, hatte die Herrschaft übernommen. Er betrachtete das Gebiet als seine Domäne, behandelte jedoch Bauern wie Héctor nicht mit der ihnen zustehenden Höflichkeit.

»Er verdankt seine Macht uns«, beschwerte sich Héctor bei den jüngeren Männern, »aber er ist uns nicht dankbar dafür. Und was noch schlimmer ist, er achtet uns nicht.«

Héctor hätte noch viel schärfer protestieren können, denn Norman Vigil besaß keineswegs die beinahe antike Größe des typischen mexikanischen Patrón, der auf vornehme Art ausbeutete und herrschte, sondern war bösartig, eignete sich alles an, was er bekommen konnte, und ließ niemanden daran teilhaben.

Es ist schwer zu erklären, wie Vigil es fertigbrachte, seine Machtposition zu behalten, denn die Anglos, mit denen er ausschließlich verkehrte, machten nur zwölf Prozent der Bevölkerung aus, während die Hispanos die übrigen achtundachtzig Prozent stellten. Doch Vigil sorgte dafür, daß die Anglos die Schulkommission, die Polizei, alle Banken und den größten Teil des Einzelhandels kontrollierten. Das erreichte er, indem er Einfluß auf die Politik nahm und bestimmte, wer welches Amt bekleiden sollte. Natürlich konnte er nicht selbst alle Stimmen für seine Kandidaten abgeben, aber er konnte die hier ansässigen Mexikaner dank seiner wirtschaftlichen Macht terrorisieren und zwingen, für seine Leute zu stimmen. Außerdem kontrollierte er immer noch den lebenswichtigen Wahlbezirk 37, und aus ihm holte er sich am Abend des Wahltags so viele Stimmen, wie er brauchte, damit die Demokraten an der Macht blieben.

Doch Vigil konnte seine Diktatur hauptsächlich aus einem Grund fortführen, der in keinem anderen Staat gegeben war, selbst wenn die Polizei dort genauso hart durchgriff wie in Texas: Oscar Macnab war etliche Jahrzehnte lang Captain der Texas Rangers an der Grenze gewesen. Jetzt war er neunundsechzig und in Pension, spielte aber in der Politik von Saldana County immer noch eine entscheidende Rolle.

Macnab hatte als junger Ranger in den Ölfeldern von Larkin County seinen Ruf begründet, als er beinahe im Alleingang den Ölboom-Rummel in der Stadt in den Griff bekommen hatte. Er hatte immer einen kühlen Kopf behalten, nie aufgegeben, wenn er sich einmal etwas vorgenommen hatte, und von sich behauptet, daß er streng, aber gerecht sei. Um 1940 war er an den Rio Grande versetzt worden, wo er während des Zweiten Weltkriegs das Gebiet so leitete, wie es ihm gefiel. Da er das traditionelle Mißtrauen des Rangers gegenüber Indianern, Schwarzen und den sogenannten »Meskins« übernommen hatte und für jeden, der ungewöhnlich viel Geld besaß, die landesübliche Hochachtung hegte, war es ihm leichtgefallen, sich dem Leben am Rio Grande anzupassen; bedeutende weiße Amerikaner wie Norman Vigil mußten beschützt, braune Hispanos wie Héctor Garza in ihre Schranken gewiesen und echte Mexikaner, die über den Fluß schwammen, um bei der Wahl für Norman Vigil zu stimmen, liquidiert werden, wenn sie vergaßen, wer der Herr im Land war.

Während der fast dreißig Jahre, in denen Macnab Saldana County regierte, war er Norman Vigils rechte Hand gewesen, hatte jeden verhaftet, der Vigil verdächtig war, und alle eingeschüchtert, die Vigil aus seinem County vertreiben wollten. Bei Wahlen hatte er die Wahllokale überwacht und Unruhestifter sowie jeden, den er für einen Liberalen hielt, abgeschreckt. Nach der Wahl hatte er dafür gesorgt, daß jede Beschwerde im Keim erstickt wurde. Macnab hatte der Gerechtigkeit auf seine Weise gedient. Er hatte herausgefunden, wo die Interessen der herrschenden Schicht, zum Beispiel Norman Vigils oder der Großgrundbesitzer, lagen und dafür gesorgt, daß diese Interessen gewahrt wurden. In einer geordneten Gesellschaft konnte es seiner Meinung nach gar nicht anders zugehen.

Während der ersten zwanzig Jahre seiner Amtszeit am Rio Grande hatte er Hunderte von Mexikanern eingesperrt, die seiner Meinung nach nicht in die texanische Lebensweise paßten. Entweder stahlen sie oder prügelten ihre Frauen oder fuhren mit Autos davon, die Weißen gehörten. Wenn man in jenen Jahren mit Macnab sprach, hörte man nie etwas über die zahllosen gesetzestreuen Hispanos. Wie bei den Schweden in Minnesota oder den Tschechen in Iowa gab es auch unter den Mexikanern in Texas gute und böse Menschen. Macnab hatte nur mit den Bösen zu tun gehabt, und es war auch jetzt noch seine Meinung, daß zu dieser Gruppe jeder gehörte, der mexikanischer Abstammung war und auch nur im geringsten versuchte, den Lebensstil im Tal zu ändern. Macnab wollte, daß es immer so blieb, wie es gewesen war. Deshalb war er beunruhigt, als ihn Norman Vigil, der jetzt in einem geräumigen, weit vom Bierdepot entfernten Haus lebte, unerwartet zu einer Besprechung bestellte.

»Ich habe das Gefühl, Captain, daß uns Schwierigkeiten, ernstliche Schwierigkeiten bevorstehen.«

»Und zwar?«

»Dieser Héctor Garza, der für meinen Onkel gearbeitet hat und bis jetzt eigentlich ein verläßlicher Mann war, will einen verdammten Meskin für das Bürgermeisteramt kandidieren lassen.«

»Sie haben doch schon einen Bürgermeister. Warum will dann Héctor...«

»Er behauptet, es wäre an der Zeit, daß die Meskins einen eigenen Bürgermeister bekommen.«

»Sagen Sie ihm doch, daß er den Unsinn vergessen soll.«

»Er weigert sich. Er bildet sich ein, er muß jetzt seine letzte Schlacht schlagen.«

»In seinem Alter legt er doch bestimmt keinen Wert mehr auf dieses Amt?«

»Nein. Er baut seinen Enkel auf.«

»Simón? Der oben in Kansas ein College besucht hat?«

»Genau. Wenn man einem von diesen Meskins ein Buch in die Hand drückt, hält er sich schon für Karl den Großen.«

Und so begann der Bravo-Skandal, der einige Monate lang in der Presse des Landes Schlagzeilen machte. Héctor Garza, dessen Leben sich dem Ende zuneigte, fand, daß seine Hispanos, die über fünfundachtzig Prozent der Bevölkerung des Tales ausmachten, auch ein Mitspracherecht in der Verwaltung besitzen sollten. Als er diese Ansicht öffentlich vertrat, kam er Norman Vigils politischem Machtstreben und Oscar Macnabs Polizeigewalt in die Quere.

Die Konfrontation hielt sich anfangs in Grenzen. Macnab wendete jeden erdenklichen politischen Trick an, um die Hispanos zu verunsichern. Er hütete sich, den alten Garza oder dessen Enkel anzurühren, aber er ließ sie zweimal verhaften, weil sie den Highway blockierten, und er sorgte dafür, daß sie drei Nächte im Gefängnis verbrachten. Weniger angesehene Hispanos dagegen behandelte er sehr rauh, richtete sie übel zu und drohte ihnen, daß es ihnen noch schlimmer ergehen werde, wenn sie darauf bestanden, einen mexikanischen Bürgermeister statt des ausgezeichneten Mannes zu wählen, der mit Norman Vigils Hilfe die Stadt während des letzten Jahrzehnts regiert hatte.

Doch dann schickte Héctor Garza ein Telegramm nach Washington, und in der Stadt tauchte ein Mr. Henderson, ein hochgewachsener Mann in blauem Sergeanzug, auf. Er bestellte Norman Vigil und Oscar Macnab in sein Hotelzimmer und teilte ihnen mit: »Ich bin Thomas Henderson vom Justizministerium. Ich bin hier, um dafür zu sorgen, daß bei den kommenden Wahlen die Rechte Ihrer hispanischen Bürger gewahrt werden. Ich setze dafür zwei von mir beauftragte Männer ein, also lassen Sie sich besser nichts zuschulden kommen!«

Die Vigils von Saldana County hatten seit 1880 Washington abgewehrt und seine Vertreter daran gehindert, die Machtverhältnisse am Rio Grande zu verändern. Norman glaubte, daß er diese Politik fortsetzen könnte, aber Mr. Henderson holte sich seine gerichtlichen Verfügungen beim Bundesgericht in Corpus Christi statt in Bravo und setzte jeder gesetzwidrigen Handlung, die Vigil und die Rangers begehen wollten, Widerstand entgegen. Schließlich suchte er verärgert Oscar Macnab auf. Diese Männer benahmen sich ja, als wäre das zwanzigste Jahrhundert nie angebrochen. »Warum hält ein Mann mit Ihrem gesunden Menschenverstand, Captain, zu einem Kerl wie Norman Vigil?«

»Weil er das Gesetz vertritt.«

»Haben Sie schon mal das Wort Gerechtigkeit gehört?«

»Ich habe festgestellt, Sir, daß jedesmal, wenn jemand von Gerechtigkeit spricht, alle anderen einen Haufen Schwierigkeiten bekommen. Das Gesetz kann ich verstehen, es ist präzise. Seit ich denken kann, vertritt Norman Vigil in dieser Gemeinde das Gesetz. Die Gerechtigkeit ist doch nur etwas, womit die Menschen angeben.«

»Sie halten offenbar alle Mexikaner für Betrüger und Unruhestifter?«

»Ich habe die Erfahrung gemacht, daß diese Beschreibung auf die meisten von ihnen zutrifft.«

»Die Wahlen finden in zwei Wochen statt, Captain Macnab. Wenn Sie Ihre Haltung nicht sofort radikal ändern, werde ich Sie nach den Wahlen mit einer endlosen Liste von Anschuldigungen vor das Bundesgericht zitieren.«

In Dutzenden ähnlicher Situationen war es Mr. Henderson bereits gelungen, den örtlichen Tyrannen Angst einzujagen, aber er hatte noch nie versucht, sich in einem County durchzusetzen, das von vielen Hispanos und ein paar entschlossenen Weißen bewohnt wurde. Vigils und Macnabs unverschämter Trotz erschreckte ihn.

Garza erlebte mit seiner Herausforderung eine Niederlage. Im Wahlbezirk 37, in dem über neunzig Prozent hispanische Wähler lebten, stimmte eine überwältigende Mehrheit für Vigils Kandidaten, was bedeutete, daß Norman für die nächsten vier Jahre wieder der Patron war.

Héctor und sein Enkel gelobten, daß sie den Kampf bei den nächsten Wahlen wieder aufnehmen würden, doch es kam anders. Kurz nach der Wahl wurde Héctor krank, fiel ins Koma und starb, ohne das Bewußtsein wiedererlangt zu haben. Von seiner Jugendzeit zu Beginn des zwanzigsten Jahrhunderts an hatte er während Horace Vigils Gewaltherrschaft dem Diktator bis zum Tod des alten Mannes in den zwanziger Jahren loyal gedient. Dann war seine Loyalität auf Norman Vigil übergegangen. Erst als er schon sehr alt gewesen war, hatte er begriffen, daß die Hispanos für diese Ergebenheit einen zu hohen Preis bezahlten. Er hatte versucht, diesen Zustand zu ändern. Es war ihm nicht gelungen, aber er hatte seinen Enkel ins Spiel gebracht und war bis zum Schluß davon überzeugt gewesen, daß Simón den Kampf weiterführen würde.

In der Zwischenzeit herrschten weiterhin Gesetz und Ordnung nach althergebrachter Rio-Grande-Art.

Die Morrisons besaßen jetzt ein wenig Geld und ließen es sich in Texas gutgehen. Als die großen Bosse in Detroit dahinterkamen, daß Todd auf eigene Rechnung Grundstücke gekauft und verkauft hatte, ohne sie davon zu unterrichten, kündigten sie ihm fristlos. Der Verlust des Jobs bedeutete, daß Todd sich jetzt noch weitaus engagierter um seine Geschäfte kümmern mußte, aber dank der ständigen Beratung durch Gabe Klinowitz erhielt er Aufträge und machte Geschäfte auf eigene Rechnung. Inzwischen hatte auch Maggie eine Lizenz als Immobilienmaklerin erhalten und verkaufte sehr erfolgreich für eine große Firma im Stadtzentrum.

Mit Roy Bub Hooker hatte Todd einen Mann gefunden, der die Natur genauso liebte wie er. Nachdem der Verkauf der Hooker-Ecke perfekt war, fuhren sie in den Vororten von Houston herum und unterhielten sich über freilebende Tiere und die Jagd. So begann ihre lange, innige Freundschaft. »Ich habe zwei Freunde, Todd«, erklärte ihm Roy Bub. »Einen jungen Mann im Ölgeschäft, aus dem vielleicht mal was wird, und einen Zahnarzt, der Hunde mag. Wir mieten jede Woche ein Revier. Wenn du mal mitkommen willst...«

»Wo ist denn das Revier?« erkundigte sich Todd.

»In der Nähe von Falfurrias.«

»Den Namen habe ich nie gehört. Wie weit ist das weg?«

»Vierhundert Kilometer.«

Todd lernte den Ölspekulanten und den Zahnarzt kennen. Beide waren Anfang dreißig und leidenschaftliche Jäger. Wie es bei diesen Menschen meist der Fall ist, hatte jeder von ihnen seine besonderen Vorlieben. »Ich jage gern zu Fuß, ohne Hunde«, erklärte der Ölspekulant. »Ich habe eine fabelhafte A.Y.A.-Kopie einer Purdy mit einem Beasley-Mechanismus gekauft...«

»Was ist das?« fragte Todd.

»Eine Purdy ist die beste Schrotflinte auf dem Markt. Englisches Fabrikat. Kostet ungefähr 11 000 Dollar. Wer kann sich das schon leisten? Aber da gibt es einen unglaublichen Laden in einer kleinen Stadt in Spanien. Die machen tolle Kopien. Aguirre y Arranzabal. Die haben mir eine Purdy gemacht, Spezialausführung, mein Name eingraviert... alles zusammen für 4600!«

Soviel haben Sie für eine Flinte bezahlt?« wunderte sich Todd.

»Nicht für eine *Flinte*. Für eine A.Y.A.«

Der Zahnarzt nahm kein Gewehr auf die Jagd mit; er liebte Hunde und hatte im hinteren Teil seines Chevrolet-Jagdwagens sechs Drahtkäfige in zwei Reihen übereinander aufgestellt, in denen er sechs preisgekrönte Hunde mitführte: zwei englische Pointer, zwei englische Setter und ein Paar bretonische Spaniels. Wenn sie das Jagdgebiet erreicht hatten, stiegen seine Freunde in seinen Wagen ein. Roy Bub fuhr, bis Todd, der von einem auf dem Wagendach festgeschraubten Stuhl aus Ausschau hielt, Wachteln entdeckte und die Richtung angab, in der sich der Schwarm befand.

Sobald der Wagen hielt, stürzte der Zahnarzt hinaus, ließ den Hund frei, den er für diese Jagd ausgewählt hatte, und schickte ihn in die von Todd angegebene Richtung. Inzwischen waren die drei Männer mit ihren Gewehren ausgestiegen – Todd war von seinem Ausguck heruntergeklettert, und Roy Bub hatte sich hinter dem Lenkrad hervorgezwängt. Alle vier folgten zu Fuß dem Hund, der die Wachteln aufstöberte und sie geschickt verfolgte.

Eines Tages teilte Roy Bub seinen Jagdgefährten mit, daß sie und ihre Frauen zu seiner Hochzeit eingeladen seien, die am folgenden Dienstag um Mitternacht im »Davy Crockett«, einem sehr bekannten Houstoner Nachtlokal, stattfinden sollte.

»Sollen wir wirklich bei einem so wilden Fest mitmachen?« fragte Maggie, doch Todd erklärte: »Nicht nur wir, auch die Kinder!«

Maggie gefiel das ganz und gar nicht. Sie gingen zu Roy Bub. »Ich halte es nicht für richtig, daß Sie im Crockett heiraten wollen. Schließlich sind Sie ja im Ölgeschäft und so...«

Er sah sie komisch an und widersprach: »Ich bin nicht im Ölgeschäft.«

»Na hören Sie«, sagte Maggie. »Ich erinnere mich doch an Ihren weißen Lieferwagen: Roy Bub Hooker, Bohrtechnik!«

»Das stimmt schon, nur bohre ich nicht nach Öl. Ich habe die Aufschrift angebracht, damit die Leute glauben, daß ich es tue.«

»Und was bohren Sie wirklich?«

»Senkgruben. Wenn Ihre Toilette einmal verstopft sein sollte, holen Sie mich. Ich könnte mir gar nicht vorstellen, daß ich woanders als im ›Crockett‹ heirate.«

Also fuhren um zehn Uhr abends die sechs Erwachsenen und sieben Kinder zu dem riesigen, ungepflasterten Parkplatz hinaus.

Der Ölspekulant, der schon einmal dort gewesen war, versammelte seine Familie vor der Tür um sich und ermahnte sie: »Ganz gleich, was geschieht, keiner schlägt zu.« Dann führte er sie in das einstöckige Gebäude hinein.

Drinnen ging es ungeheuer laut zu. Über tausend Möchtegern-Cowboys mit Stiefeln und Stetsons, die sie um keinen Preis abnahmen, tanzten mit großer Hingabe. Es gab zahlreiche Bars, Tanzkapellen, die kamen und gingen, und überall herrschte ausgelassenes Treiben.

Die Morrisons waren noch nicht einmal zehn Minuten dort, als ein Cowboy auf Beth zutrat, sich höflich verbeugte und sie zum Tanz aufforderte. Maggie versuchte Einwände zu erheben, aber Beth war schon fort, und sobald sie sich auf dem Tanzparkett befand, hatte sie keine Lust mehr, zu ihrer Familie zurückzukehren, denn ein gutaussehender junger Mann nach dem anderen wirbelte mit ihr davon.

Der selig angeheiterte Roy Bub begrüßte alle begeistert. Die Braut tauchte gegen Viertel nach elf auf: zweiundzwanzig Jahre alt, wasserstoffblondes Haar, sehr hohe Absätze, tief ausgeschnittene Seidenbluse, sehr enge Jeans und ein Lächeln, das Eisberge schmelzen konnte. Als Roy Bub sie erblickte, stürzte er auf sie zu, ergriff ihre Hand und verkündete aus voller Kehle: »Karleen Wyspianski. Aber lassen Sie sich durch den Namen nicht erschrecken. Sie bekommt noch heute einen schöneren!« Er erklärte, daß sie in einem erstklassigen Lokal als Kellnerin arbeitete.

Sie war in einer der kleinen Ausländerenklaven aufgewachsen, von denen es in Texas so viele gibt und die außerhalb des Staates so wenig bekannt sind. In ihrem Fall handelte es sich um Panna Maria, eine polnische Siedlung, die 1850 gegründet worden war und deren Bewohner immer noch ihre Muttersprache beherrschten. Sie hatte die Schule nach der elften Klasse verlassen und war sofort nach Houston gefahren, wo sie sich von einer Stellung zur nächstbesseren hinaufgearbeitet und dabei immer mehr verdient hatte. Infolge der guten Trinkgelder, die sie in ihrem jetzigen Job erhielt, brachte sie über hundertfünfzig Dollar wöchentlich nach Hause.

Dann hatte sie sich in Roy Bub verliebt. Daß er jedes Wochenende auf die Jagd ging, störte sie überhaupt nicht, denn an diesen Tagen hatte sie im Lokal die meiste Arbeit. Ihr genügte es, daß er jeden Dienstag, Mittwoch und Donnerstag mit ihr ins »Crockett« tanzen ging. Beide waren sie gute Tänzer, unternehmungslustig und gaben ihr Geld mit leichter Hand aus.

Karleen war katholisch und wollte es bleiben, nahm aber am kirchlichen Leben kaum Anteil. Roy Bub war Baptist, und bereit, jedem seinen Glauben zu lassen. Um Viertel vor zwölf traf der Priester ein, der die Trauung vornehmen sollte – Reverend Fassbender, ein ungeheuer dicker Mann, der keiner bestimmten Kirche angehörte. Eine seiner Spezialitäten waren Trauungen im »Crockett«. Die Cowboys verehrten ihn. Er war schwarz gekleidet und strahlte heftig schwitzend Heiligkeit aus, während er durch die Menge ging und sie segnete.

Die Trauung verlief überaus würdig. Man räumte einen der Musikpavillons und dann machte Reverend Fassbender Schluß mit der Frivolität und benahm sich, als stünde er in einer Kathedrale. Karleen in ihren engen Jeans und Roy Bub mit seinem engen Kragen, den er seit einem Jahr nicht mehr getragen hatte, waren ein echtes »Crockett«-Paar. Als sie vor dem Priester Aufstellung nahmen, brach lauter Jubel aus. Reverend Fassbender machte diesem Unfug sehr rasch ein Ende: »Geliebte im Herrn, wir sind hier versammelt...«

Als die Zeremonie zu Ende war und eine Ehrengarde von Cowboys auf dem Parkplatz Salut schoß, fuhr der weiße Kleinlaster, der als Flitterwochenauto diente, vor. Während der Trauung war er mit Kilometern von im Wind flatterndem Toilettenpapier, mexikanischem Zierat und einem Besen geschmückt worden, den man an das Führerhaus gebunden hatte.

Als durch die Scheidung des Ehepaares Rusk bekannt wurde, wieviel Geld Ransom Rusk besaß, begann sich eine ganze Schar schöner Damen darum zu bemühen, seine nächste Frau zu werden. Der realistisch denkende Rusk befaßte sich jedoch hauptsächlich damit, sein Vermögen erheblich zu vermehren. Nachdem er Fleurette ausgezahlt hatte, blieben ihm beinahe noch fünfzig Millionen Dollar, und er sah nicht ein, warum er diesen Betrag nicht auf fünfhundert Millionen erhöhen sollte. Damit würde er in die Kategorie der sehr Reichen gelangen.

Der erste Schritt, den er unternahm, um dieses Ziel zu erreichen, bestand darin, daß er seine Operationsbasis von der netten kleinen Stadt Larkin mit ihren viertausend Einwohnern nach Fort Worth mit seinen vierhunderttausend Einwohnern verlegte. Ihm war Fort Worth lieber als Dallas, weil Fort Worth eine Western-Stadt war, deren Hauptaktivitäten in Viehzucht, Erdöl und kühnen Spekulationen mit beidem bestanden, während Dallas mehr die texanische Version von New York oder Boston darstellte. Dort fanden riesige Finanz- und Immobilientransaktionen statt, die jedoch kaum noch etwas mit den alten Traditionen gemein hatten, denen Texas seine Bedeutung verdankte.

In Fort Worth schloß sich Rusk vielen anderen Geschäftsleuten an, die gewagte Spekulationen mit Erdöl und vor allem mit Zulieferungen an die Erdölindustrie durchführten. Da er genau darüber Bescheid wußte, wie Erdöl gefunden und auf den Markt gebracht wird, befand er sich bald mitten in dem aufregenden Spiel. Das Vergnügen, das sein Vater im College bei den Football-Spielen gefunden hatte, fand er im texanischen Finanzwesen. Am Ende einer der aggressivsten Kampagnen in der Geschichte des Erdöls der letzten Jahre hatte sich der Wert von Rusks Besitz verdreifacht.

Eines Tages suchte ihn in seinem bescheidenen Büro in Fort Worth ein alter Mann auf. Die Jahre nach 1923 hatten Dewey Kimbro arg zugesetzt. Er war jetzt einundsiebzig, heruntergekommen, besaß keinen einzigen Vorderzahn mehr und nur noch sehr wenig Geld von den Millionen, die er auf dem Larkin-Ölfeld gemacht hatte. Er stand vor dem Sohn seines ehemaligen Partners – ein kleiner, verschrumpelter Mann, der dreimal verheiratet gewesen war und dessen Ehen jedesmal mit einer Katastrophe geendet hatten.

»Mr. Rusk, mein Job ist es, Öl zu finden. Sie wissen, daß ich drei der sehr guten Ölfelder gefunden habe. Ich möchte, daß Sie mir gegen

Gewinnbeteiligung die erforderliche Ausrüstung zur Verfügung stellen, denn ich habe eine wirklich erfolgversprechende Stelle nördlich von Fort Stockton im Auge.«

»Kommen Sie dabei nicht in das Perm-Becken?«

»Am Rand, ja.«

»Es ist doch allgemein bekannt, daß die guten Felder im Perm bereits erschlossen wurden.«

»Glauben Sie das nur nicht, Mr. Rusk. Erdölprodukte kommen auf einem Dutzend verschiedener Ebenen vor. Vielleicht gibt es kein Erdöl mehr, aber wie steht es mit dem Gas?«

»Dewey, wenn es dort draußen Erdöl oder Gas gäbe, hätten es die großen Tiere längst gefunden.«

»Nein, Mr. Rusk«, widersprach Dewey. »Die großen Tiere finden nur das, was ihnen kleine Tiere wie ich zeigen. Ich weiß, wo es dort Öl gibt, aber ich brauche Ihr Geld, um Pachtverträge aufzukaufen und um zu bohren.«

»Weil Sie ein guter Partner meines Vaters gewesen sind, gebe ich Ihnen vierhundert Dollar, Dewey. Kaufen Sie sich dafür ein Gebiß.«

Die vierhundert Dollar waren alles, was Dewey bekam, aber er investierte sie nicht in künstliche Zähne; er verwendete sie, um zu anderen Erdölfirmen zu fahren und um Geld zu bitten, mit dem er seinen neuesten Traum verwirklichen konnte.

Kurz darauf erhielt Ransom den Besuch eines Mannes, der von ihm einen Beitrag für ein ganz anderes Unternehmen haben wollte. Es handelte sich um Mr. Kramer, den ehemaligen Ölsucher, der sich jetzt nur noch für Windgeschwindigkeiten und Gürteltiere interessierte.

»Um es ganz offen zu sagen, Mr. Rusk, ich brauche viertausend Dollar, damit ich Gürteltiere fangen und sie an das Leprainstitut in Louisiana liefern kann.«

»Wovon reden Sie eigentlich?«

»Sie wissen es vermutlich nicht, aber das Gürteltier ist offensichtlich das einzige Lebewesen außer dem Mensch, das an Lepra erkranken kann. Seine niedrige Körpertemperatur – neunundzwanzig Komma sieben bis fünfunddreißig Grad Celsius – ist für den Leprabazillus günstig.«

»Wollen Sie damit sagen, daß die Biester in meinem Rasen...«

»Regen Sie sich nicht auf. Die Lepra, die die Gürteltiere bekommen, ist nicht auf Menschen übertragbar. Aber nur an ihnen können unsere

Wissenschaftler und Mediziner durch Experimente herausfinden, was die gefürchtete Krankheit verursacht und womit man sie heilen kann.«

»Nun gut, Sie bekommen das Geld von mir«, verkündete Rusk dem strahlenden Mr. Kramer.

Einige Wochen später saß Dewey Kimbro, immer noch ohne Zähne, wieder im Vorzimmer von Rusks Büro und unterhielt sich angeregt mit der Sekretärin. Sobald der alte Ölsucher Rusk sah, sprang er auf, ergriff ihn am Arm und begleitete ihn in sein Zimmer. »Mr. Rusk, ich habe ein Feld entdeckt, das Sie unbedingt pachten müssen. Und dann müssen Sie die Probebohrung finanzieren.«

»Hören Sie, Kimbro...«

»Nein, hören Sie! Woher kommt Ihrer Meinung nach das Geld, das Sie jetzt besitzen? Von dem Ölfeld, das ich für Ihren Daddy gefunden habe. Ich bin Erdölsucher, Mr. Rusk. Sie sind mir einen letzten Versuch schuldig, weil ich weiß, wo es Öl gibt.«

Dieser Bitte konnte Rusk nicht widerstehen. Er gab im Durchschnitt jährlich drei Millionen Dollar für die Ahnungen von Männern aus, die viel weniger Erfolge aufzuweisen hatten als Dewey Kimbro. Er war dem alten Mann einen letzten Versuch schuldig. »Ich mache mit. Wo liegt denn das kostbare Land, das uns beide reich machen wird?«

Kimbro fuhr Rusk zu einer großen Ranch, El Estupendo, nördlich von Fort Stockton.

»Hier gibt es doch nicht einmal Ziegen«, nörgelte Rusk, aber Dewey ließ sich seine Begeisterung nicht nehmen. Während ihrer heimlichen Erkundungen zeigte er seinem Financier Spalten, deren Kanten vorstanden, und halb unter Buschwerk versteckte Wölbungen.

»Ja, hier könnte es Öl geben«, gab Rusk zu.

El Estupendo war eine der neun Ranches, die Lorenzo Quimper gekauft hatte. Quimper war gerade nicht da. Die Farm wurde von einem jungen Mexikaner geleitet, dem der Besitzer offenbar vollkommen vertraute. »Ich bin Cándido Guzmán«, stellte sich der Mexikaner auf englisch vor, das er sehr deutlich aussprach. »Die Ranch gehört Mr. Quimper.«

»Wo ist er gerade?«

»Wer kann das schon sagen? Vielleicht auf der Polk Ranch, unten am Rio Grande.«

Sie führten mehrere Telefongespräche und machten Quimper schließlich ausfindig, aber nicht auf einer seiner westlichen Ranches, sondern auf seiner neu errichteten Ranch am Ufer des Lake Travis bei Austin. Sobald er den Namen Rusk hörte, befahl er Guzmán: »Er soll auf mich warten. Ich fliege hinunter.« Er kletterte in seine Beechcraft und wies den Piloten an, ihn auf der Landepiste von El Estupendo abzusetzen, wo ihn Guzmán wie immer mit seinem Kleinlaster erwartete.

Rusk und Quimper trafen sich in einem Wellblech-Schuppen auf der Ranch. Rusk war der Ältere, Erfahrenere, wenn es um texanische Risikogeschäfte ging, Quimper war eher bereit, sich auf eine vielversprechende Gelegenheit zu stürzen. Auch äußerlich waren sie sehr verschieden. Rusk war hager, Quimper kräftig, und er wirkte wohlhabender. Ransom sprach wenig, während Quimper kaum gebremst werden konnte. »Sie können Ihren Pachtvertrag bekommen, Gentlemen, aber ich bin in mancher Hinsicht meinem Daddy, von dem ich viel gelernt habe, voraus. Nicht auf zehn Jahre, wie früher, sondern nur auf zwei Jahre. Nicht für eineinhalb Dollar pro Hektar, wie er seinen Grund verpachtet hat, sondern für neun Dollar, weil es sich um erstklassigen Boden handelt. Und mein Anteil beträgt nicht ein Achtel, sondern drei Sechzehntel.«

»Ich habe schon gehört, daß Sie ein elender Bastard sind, Quimper«, stellte Rusk fest, »aber es ist Ihr Land. Also abgemacht.« Sie bekräftigten das Geschäft mit Handschlag. So begann die Erforschung der öden Gebiete nördlich von Stockton.

Sie überließen es Kimbro, den Ort für die erste Bohrung festzusetzen, beobachteten ihn jedoch aus einiger Entfernung. Diese erzwungene Pause bot Rusk Gelegenheit, seine Bekanntschaft mit einem begabten Mann zu erneuern, der auf den Ölfeldern arbeitete. Es handelte sich um Pierre Soult, den Nachkommen eines Marschalls Napoleons. Er gehörte zu den technischen Genies, die Frankreich in jenen Jahren hervorbrachte.

Pierre Soult, der letzte aus dieser unternehmungslustigen Generation, hatte schon mit Rusk gearbeitet; dank seinem Genie war folgendes Verfahren entwickelt worden: Man bohrte ein tiefes Loch in die Erde, füllte es mit Dynamit, befestigte in verschiedenen Entfernungen ein Dutzend empfindlicher Detektoren und brachte die Ladung zur Explosion. Die Detektoren zeichneten auf, wie lange die Schallwellen brauchten, um den Boden darunter zu durchdringen, auf eine Granitschicht zu stoßen und wieder zurückzukommen. Eine besonders genaue zeitliche Abstimmung und eine noch genauere Analyse enthüllten die Geheimnisse des Unterbaus, aufgrund derer Soult seinen Kunden verraten konnte, was sich dort unten befand und wie man es am besten erreichte.

An einem sehr heißen Nachmittag, als die Temperatur vierzig Grad Celsius und die Luftfeuchtigkeit sieben Prozent betrugen und das Echolot in sechstausendsiebenhundert Metern Tiefe keine Spur von Kohlenstoff gezeigt hatte, brach plötzlich unter donnerndem Dröhnen ein so mächtiger Schwall von Erdöl und Gas hervor, daß der ganze Oberbau weggerissen wurde. Ein Funke, den die einstürzenden Stahlträger schlugen, entzündete das Gemisch. Die Flamme war hundert Kilometer weit sichtbar.

Fünf Mitglieder der Crew verbrannten zu Asche. Erdöl im Wert von einer Million Dollar verbrannte tagelang. Dewey Kimbros Männer versuchten mit allen möglichen Tricks, der wilden Flammen von Estupendo Herr zu werden; sie schütteten tonnenweise Schlamm ins Bohrloch, um den Ölstrom zum Versiegen zu bringen, sie warfen Dynamitstangen hinein, um durch die Explosion die Sauerstoffzufuhr zu unterbinden, aber nichts half. Die Flammen erhellten um Mitternacht den Himmel und leuchteten bei Tag mit der Sonne um die Wette. Red Adair, der Texaner, der auf die gefährliche Aufgabe spezialisiert war, brennende Erdölquellen zum Erlöschen zu bringen, wurde engagiert, und ihm gelang es nach drei Wochen, den ungeheuren Brand zu ersticken.

Mit den Gewinnanteilen aus dem Estupendo-Feld verdoppelte Quimper sein Vermögen und gehörte jetzt zu den Reichen. Dewey Kimbros Anteil betrug über zwei Millionen, mit denen er sich neue Zähne kaufte, aber nach zwei Jahren war er schon wieder da, durchstreifte die Grenzgebiete und suchte neue Verdienstmöglichkeiten. Er hatte sein Vermögen für die Abfindung nach Scheidungen, für seine vierte Frau und für teure Anwälte ausgegeben, weil er sie nach sieben Monaten wieder hatte loswerden wollen.

Das Bewußtsein, daß sein Vermögen jetzt knapp unter vierhundert Millionen lag, beeinflußte Ransom Rusks Lebensweise kaum. Er beschäftigte in seinem Haus in Larkin nach wie vor vier mexikanische

Diener, doch weil er immer noch jede Bindung an eine Frau vermeiden wollte, gab es in dem Haus nur wenig Gäste. Die meiste Zeit verbrachte er in Fort Worth.

Aber er hatte noch immer nicht genug: Er versuchte immer wieder einen erfahrenen Ölsucher zu finden, der ihn zu einer neuen Ölquelle führen konnte. Auf der Suche nach dem »entscheidenden Vervielfacher« setzte er sich mit Pierre Soult in Verbindung. »Stimmt das, was Sie mir an dem Tag gesagt haben, als wir auf Estupendo Nummer Eins warteten?«

»Sie meinen über das radikal neue System für Rechenmaschinen?«

»Ja. Wieviel Geld brauchen Sie?«

»Wir müssen eine neue Methode zur Herstellung von Silikon-Chips erfinden. Außerdem muß ich ausgezeichnete Fachleute anstellen.«

»Wieviel brauchen Sie, verdammt?«

»Fachleute kosten Geld. Vielleicht zwanzig Millionen.«

»Wenn wir es schon machen, dann auf texanische Art. Sie können mit fünfzig Millionen rechnen.« Sie besiegelten es durch Handschlag. Infolge der weltweiten Entwicklung stellte sich bald heraus, daß diese Investition die beste war, für die Ransom Rusk je Geld ausgegeben hatte.

Inzwischen ging in Texas eine Veränderung vor sich, die auf lange Sicht noch wichtiger für den Staat werden sollte als das Erdöl und die Grundstücksspekulationen. Sherwood Cobb, der Enkel des verstorbenen Senators aus Waxahachie, hatte zu seinem Bedauern festgestellt, daß die großartige Plantage, die seine Familie südlich dieser schönen Stadt besaß, so schwer vom Baumwollkapselkäfer befallen war, daß es am vernünftigsten schien, wenn er seine gesamte Baumwollproduktion in den westlichen Teil des Staates verlegte, wo das Land immer noch billig und flach war und so hoch lag, daß der Baumwollkapselkäfer die Winter nicht überleben konnte.

Nancy Nell Cobb, die auf einer Farm aufgewachsen war, hatte starke Zweifel wegen der extremen Trockenheit des Gebietes, in dem ihr Mann Baumwolle anpflanzen wollte; denn diese Pflanze braucht viel Feuchtigkeit.

Cobb breitete eine Karte vor ihr aus, die das Landwirtschaftsministerium den Baumwollpflanzern im Gebiet von Waxahachie zur Verfügung gestellt hatte, um sie dazu zu bewegen, auf die Hochebene zu übersiedeln, und zeigte ihr, daß sich im Boden der acht westlichen Staaten – von South Dakota bis Texas – das größte Wasserreservoir des Landes, wenn man vom Mississippi absah, erstreckte: »Stell es dir wie einen großen unterirdischen See vor, größer als die meisten europäischen Länder. Du mußt nur tief genug bohren, dann stößt du unweigerlich auf Wasser. Es wird das ›Ogallala Aquifer‹ genannt; überall werden riesige Abflüsse eingefangen, und das Wasser wird direkt zu unserer Farm geleitet. In diesem Trockengebiet erzielen Hunderte von Farmern die besten Baumwollernten von ganz Texas, und wir werden es auch versuchen.«

Um ihr zu zeigen, wo ihr neues Heim liegen würde, weckte er seine Familie eines Morgens um vier Uhr früh, ließ sie in den großen Buick einsteigen und fuhr bei Sonnenaufgang westwärts. Sie bogen nach Fort Worth ab und vermieden so den Morgenverkehr um Dallas.

Westlich von Larkin begannen die Ebenen, auf denen oft weit und breit kein Baum zu sehen war, und eine gute Weile später gelangten sie auf die Hochebenen, die vollkommen flach und ebenso leer waren. Sie fuhren an Lubbock vorbei und weiter nach Westen, um zu ihren vierundzwanzig Quadratkilometern zu gelangen. Wenn das Grundstück in seinem ursprünglichen Zustand ohne Bewässerung belassen wurde, brauchte man für den Nahrungsbedarf einer Kuh und ihres Kalbes eine Fläche von mehr als zweitausend Quadratmetern.

Sie waren an diesem Tag fünfhundertsechzig Kilometer gefahren, hatten dabei weder die östliche noch die westliche Grenze des Staates berührt und dennoch vier Geländeformen durchquert, die sich so deutlich voneinander unterschieden wie Italien von Portugal: die Schwarzen Prärien von Waxahachie, die Wälder von Larkin, die Tiefebenen mit den Kleinstädten und die Hochebenen von Lubbock. Als sie in die kleine Stadt Levelland einfuhren, die 10 445 Einwohner hatte und in der sie die Nacht verbringen wollten, erklärte Sherwood: »Unsere Farm liegt nördlich von hier. Wenn wir sie richtig bewirtschaften, wird sie eine Goldgrube werden: Boden und Wasser, soviel wir brauchen.«

Am nächsten Morgen besichtigten sie ihre Farm. Die Landschaft war noch flacher als alles, was sie am Tag zuvor gesehen hatten, und es gab keinen einzigen Baum, keinen einzigen Busch. Der Horizont war so endlos, daß Nancy Nell fragte: »Wie viele Farmen können wir denn von hier aus sehen?« Ihr Mann antwortete scherzhaft: »Sechzehn in Montana und sieben in Kanada.«

Noch bevor der Hausbau begann, schloß Sherwood einen Vertrag mit den Erickson Brothers, der Firma für Tiefbohrungen, die ihn gern über die Aussichten auf Wasser informierten. »Sechzig Meter unter uns befindet sich eine mächtige, wasserundurchlässige Felsschicht, das sogenannte Rote Bett. Darauf ruht der Ogallala. Der Wasserspiegel befindet sich zehn Meter unterhalb der Erdoberfläche, aber um sicher zu sein, daß Ihnen nicht einmal die schlimmste Dürre etwas anhaben kann, werden wir Ihre Brunnen dreißig Meter tief graben.«

»Wie viele?«

»Um den guten Boden im Mittelteil Ihres Landes zu bearbeiten, werden Sie sechs Brunnen benötigen.«

Die Ericksons rieten ihm auch, einen Traktor zu mieten, bevor er sich einen eigenen kaufte, und einen fünfunddreißig Zentimeter hohen Erdwall um sein gesamtes Baumwoll-Anbaugebiet aufzuschütten. »Auf diese Art und Weise fangen Sie jeden Tropfen Regen auf, der auf Ihr Land fällt.«

»Unsere jährliche Niederschlagsmenge beträgt vierzig Zentimeter«, meinte der zweite Mann, »und Sie sollten an dem Nachmittag da sein, an dem sie fällt!«

Nachdem die Fachleute von Texas Tech in Lubbock Cobb erklärt hatten, welche Baumwollsorten sich für seine Farm eigneten, und nachdem er die ersten Felder mit dem Traktor bebaut hatte – sie waren so flach und frei, daß er keine mexikanischen Hilfskräfte brauchte –, hörte er von einem der College-Spezialisten die gute Neuigkeit: »Heuer erzielt Lubbock-Baumwolle Spitzenpreise.«

»Es sieht aus, als hätten wir es geschafft«, meinte Cobb und warf einen stolzen Blick auf seine Felder.

Todd Morrison hatte von seinem Mentor Gabe Klinowitz gelernt, wie man ein Immobilien-Konsortium gründete und mit großem Erfolg bereits drei auf die Beine gestellt. Jetzt erklärte er seiner Frau die Vorgehensweise: »Du suchst eine Gruppe von Leuten, die Geld investieren wollen, vor allem Ärzte und Zahnärzte, weil die oft über Bargeld verfügen, und Ölproduzenten, wenn du an sie herankommst. Es müssen weniger als sechsunddreißig sein, weil sonst das Finanzamt erklärt: ›He, das ist ja kein Konsortium, sondern ein normales Aktienangebot‹, und dann fällst du unter viel strengere Gesetze. Aber nehmen wir an, du findest sieben Partner, von denen jeder zwanzigtausend Dollar einbringt. Es gibt in Houston eine Menge Leute, die zwanzigtausend Dollar besitzen, mit denen sie etwas anfangen möchten. Wie jeder weiß, können sieben Leute kein Unternehmen leiten, deshalb einigen sie sich darauf, daß du, weil du Zeit dazu hast, der leitende Komplementär sein wirst und sie die Kommanditisten sind. Das wird in einem sehr sorgfältig formulierten Vertrag festgehalten. Du triffst die Entscheidungen. Mit den hundertvierzigtausend Dollar von den sieben – du bringst kein Geld ein, du bist ja der Manager – kaufst du ein großes Grundstück, das drei Millionen Dollar wert ist. Du bekommst zehn Prozent des Betrags als dein Honorar plus weitere fünf Prozent als Makler, wenn du es wieder verkaufst.

Mit deinen hundertvierzigtausend Dollar hast du vierzig Hektar erstklassigen Boden unter deine Kontrolle gebracht, die später Millionen wert sein werden, aber du hast nur eine Anzahlung geleistet und langfristige Raten vereinbart. Alle sind glücklich. Jetzt kommt der schwierige Teil, für den du Nerven wie Drahtseile brauchst. Eines Tages verkaufst du dieses großartige Stück Land wieder, so daß deine Kommanditisten ihr Geld plus einen ansehnlichen Gewinn einstecken können. Und an wen verkaufst du es? An dich selbst. Du zeigst ein bißchen Geld her, als hättest du vor, es einzubringen, sammelst neue Geldanleger um dich, die alles bezahlen, und aufgrund des neuen Vertrags, in dem steht, was du als Komplementär alles tun darfst, verkaufst du das Land an die neue Gruppe, ohne deinen früheren Partnern zu verraten, daß du an dem neuen Konsortium beteiligt bist.«

»Hört sich irgendwie illegal an.«

»Ist aber absolut legal. Du mußt nur dafür sorgen, daß deine Geldanleger glücklich sind, damit sie nicht versuchen, dich als Komplementär auszubooten.«

Es war legal, aber nicht anständig, und nachdem ein zweites Konsortium von seinen ursprünglichen Eigentümern weit unter seinem Wert an ein anderes, von Morrison geleitetes Konsortium verkauft worden war, suchte ihn Gabe Klinowitz, einer seiner Partner, auf: »Todd, ich ziehe mich aus Ihren Geschäften zurück.«

»Sie haben doch gutes Geld damit verdient!«

»Ja, dafür haben Sie gesorgt. Aber nicht annähernd soviel, wie mir zustand. Ich bin für Sie nur ein Partner unter vielen. Sie lassen uns gerade so viel verdienen, daß wir Sie nicht verklagen. Ich kann mir keinen Skandal leisten und die anderen auch nicht. Und wenn Sie sich einem Freund gegenüber so verhalten, Todd, dann werden Sie es eines Tages auch einem Fremden gegenüber tun, und er wird Sie ins Gefängnis – oder in einen Sarg befördern.«

»Hören Sie...«

»In Texas spielen wir hart, aber wir spielen ehrlich. Ein Handschlag ist ein Handschlag, das sollten Sie besser nicht vergessen. Leben Sie wohl, Todd. Sorgen Sie dafür, daß Sie wieder eine weiße Weste bekommen. Im Augenblick ist sie sehr schmutzig.«

Todd begriff, daß seine Geschäftsmethoden zwar nicht ungesetzlich, aber unmoralisch waren, und er erlaubte seinen wachteljagenden Freunden nicht, sich an seinen ersten Konsortien zu beteiligen. Als sie jedoch erfuhren, wie groß die Gewinne waren, die man dabei erzielen konnte, ließen sie nicht mehr locker. Weil Todd inzwischen mit allen auftretenden Schwierigkeiten sehr gut fertig wurde, erklärte er ihnen während der Fahrt zu ihrem Jagdrevier: »Schön, ihr wollt mit drin sein. Ich habe von einem ausgezeichneten Grundstück in der Nähe von Tomball nördlich der FM-1960, aber weit südlich von der Route 2920 gehört, achtzig erstklassige Hektar, ungefähr vierundzwanzigtausendfünfhundert Dollar pro Hektar.«

»He«, meinte der Ölproduzent, »das sind zwei Millionen Dollar!«

»Wir müssen sie ja nicht aufbringen. Wir werden höchstens zehntausend Dollar pro Person einzahlen. Der Rest ist eine Hypothek mit langfristiger Rückzahlung, und der Verkäufer bekommt die Zinsen, die er verlangt, weil der Wertzuwachs dieses Grundstücks sensationell sein wird. Die Zeit wird in bezug auf Hypothek und Zinsen für uns arbeiten.«

Roy Bub starrte ihn an. »Du gemeiner Hund! Als du mein Grundstück gekauft hast, hast du keinen Cent besessen, nicht wahr?«

»Hast du bei dem Geschäft auch nur einen Penny draufgezahlt, Cowboy?«

»Nein, und ich versuche die ganze Zeit herauszubekommen, wer der Verlierer ist.«

»Niemand. Wir spielen alle das texanische Spiel, und damals hat es funktioniert. Auch diesmal kann es funktionieren.«

Sein letztes Gespräch mit Gabe Klinowitz hatte ihm Angst eingejagt, und er hatte sich geschworen, daß er bei diesem Geschäft seinen drei Freunden gegenüber vollkommen ehrlich sein würde; sie würden alle an dem Wertzuwachs des Grundstücks beteiligt sein, und wenn es zu einem Verkauf kam, dann würde der Käufer ein vollkommen Fremder sein, und Todd würde seinen Partnern alle Unterlagen zeigen. Doch als es dann soweit war, daß sie das Wachteljägerkonsortium, wie sie es nannten, auflösten, konnte Todd der Versuchung nicht widerstehen und stellte heimlich ein Konsortium zusammen, an dem er einen unangemeldeten Anteil besaß und in dem er der geheime Komplementär war. Er verkaufte das Tomball-Grundstück um die Hälfte seines wahren Wertes an dieses Konsortium.

Zusätzlich zu seinem Anteil am Gewinn der Wachteljäger erhielt er zehn Prozent Honorar für die Durchführung des Geschäfts und einen großen Prozentsatz vom neuen Konsortium. Todd Morrison war jetzt Multimillionär.

Als Maggie Morrison die Steuererklärung der Familie erstellte, entdeckte sie, daß ihr Mann bei der Auflösung des »Wachteljägersyndikats« vergessen hatte, seinen drei Jagdgefährten Gewinne auszuzahlen, die ihnen gesetzlich zustanden. Sie machte ihn darauf aufmerksam. Todd wollte ihr nicht gestehen, daß es sich dabei keineswegs um ein Versehen gehandelt hatte, und erklärte mit schlecht gespielter Überraschung: »Du hast recht, Maggie. Es gehörten ihnen noch achtundvierzigtausend Dollar.«

Er berichtete den Männern, als habe er die Neuigkeit eben erst entdeckt: »Aus der letzten Abrechnung für unser Konsortium geht hervor, daß wir noch achtundvierzigtausend Dollar unter uns aufteilen müssen.« Als der Jubel verstummte und er ihnen eigentlich eröffnen sollte, daß jeder von ihnen ein Drittel bekam, weil der Betrag ihnen allein zustand, teilte er ihnen statt dessen mit: »Das bedeutet also für jeden von uns zusätzliche zwölftausend Dollar. Am Montag können wir uns alle neue Cadillacs kaufen.«

Der Sonderstab

Achtundzwanzig Jahre lang hatte Lorenzo Quimper an der texanischen Olympiade teilgenommen, das heißt, Mensch gegen Mesquitebaum, und es stand derzeit 126:5 für den Mesquitebaum. Dieses Ergebnis war übrigens besser als das der meisten anderen Texaner. Jedesmal, wenn Lorenzo eine neue Ranch erwarb, hieß es: »Wir müssen Mesquite auf diesen Feldern roden, Cándido!«

Quimpers mexikanische Arbeitsgruppe begann 1969 auf dem ersten Feld mit elektrischen Sägen statt Äxten und leistete gute Arbeit: »Das Feld ist vollkommen frei.« Aber da der lästige Baum eine sehr lange Pfahlwurzel sowie unzählige Nebenwurzeln für jeden Zweig besitzt, wirkte das eifrige Absägen höchstens wie eine willkommene Veredelung. Fast zwei Jahre später mußte Quimper feststellen: »Mein Gott, Cándido! Jetzt stehen ja mehr Mesquites auf dem Feld als vor dem Roden.«

Also brannten 1970 seine Arbeiter den Mesquitebestand ab, aber das war ein schrecklicher Fehler, denn die Asche stellte einen ausgezeichneten Dünger für die Wurzeln dar; ein Jahr später strotzten die Felder vor frischen Bäumen.

1972 befolgte Quimper den Rat von Fachleuten, fällte die Bäume noch einmal und behandelte die sichtbaren Wurzeln dann mit Säure. Damit zerstörte er sie tatsächlich. Doch die Säure erreichte nur sechs Prozent der Wurzeln, worauf die restlichen sich beeilten, die Lücken auszufüllen.

1974 besuchte eine neue Gruppe von Sachverständigen die Quimper-Ranches; unter ihnen befanden sich Männer von der großen King Ranch in Süd-Texas, die seit einem halben Jahrhundert gegen den Mesquite kämpften. Sie schilderten Quimper ihre neue Technik: »Wir sägen den Baumstamm dicht über dem Boden ab und ziehen dann mit Hilfe von zwei großen Traktoren eine Kette durch, die die Wurzeln tief im Boden abtrennt. So erwischen wir nicht nur die Hauptwurzeln, sondern die ganze Pflanze mit allen kleinen Nebenwurzeln.«

Drei Jahre lang sahen die Quimper-Ranches recht ordentlich aus, es standen nur sehr wenige Mesquites auf ihnen. Aber 1977 war der unbezähmbare Baum doppelt so stark vertreten wie zuvor. »Die Mesquites haben nur geschlafen, Mr. Quimper, und Kraft gesammelt.« Es gab so viele neue Bäume, daß Lorenzo 1978 beschloß: »Zum Teufel damit!« Seither wuchsen auf seinen wertvollen Feldern ein bißchen Gras für sein Vieh und eine Menge Mesquites, zwischen denen sich die Wachteln, die Hirsche und die wilden Truthühner verstecken konnten.

Da unser Juni-Treffen in der nahen deutschen Gemeinde Fredericksburg abgehalten wurde, forderte uns Quimper auf, den Abend davor auf seiner »Heimatranch«, wie er sie nannte, am Lake Travis westlich von Austin, zu verbringen. Als wir sein Wohnzimmer betraten, stellten wir fest, daß er seinen Mesquite endlich besiegt hatte. Er hatte Cándido angewiesen, die zweihundert großen Mesquitebäume zu fällen – die meisten von ihnen waren nicht höher als drei Meter, und ihr Durchmesser betrug nicht mehr als zwanzig Zentimeter –, und aus dem Kern der Stämme hatten seine Männer unzählige jeweils einen Zentimeter dicke Quadrate mit einer Seitenlänge von sieben Zentimetern geschnitten. Er hatte sie als Parkett verwendet, sie in einen massiven Zementfußboden eingesetzt und die Oberfläche dann mit Schleifscheiben poliert. Als der Boden ganz eben war, hatte er eine dünne Schicht Silikonpaste aufgetragen, dann die Oberfläche poliert, bis sie glänzte, und das Ergebnis war ein sehr schöner Fußboden.

Fredericksburg ist eine der schönsten Kleinstädte von Texas. Es gibt dort eine ungeheuer breite Hauptstraße, gute deutsche Restaurants, europäische Musik und Einwohner, die sich über jeden Besuch freuen. Als wir zum Frühstück dort zusammentrafen, wurden wir von den Vertretern von sechs Minderheiten dieses Staates begrüßt: Deutschen, Tschechen, Italienern, Polen, Schotten und Wenden. Wir hätten mit zwanzig solchen Gruppen sprechen können, wenn wir genügend Zeit zur Verfügung gehabt hätten, denn Texas ist im Grunde ein Staat, der aus Minderheiten besteht.

Nach dem Lunch fuhren wir zweiundzwanzig Kilometer nach Osten zu zwei nahe beieinanderliegenden Naturschutzparks, von denen einer dem Bund, der andere dem Staat untersteht, und die dem Andenken an Lyndon Baines Johnson gewidmet sind. In der Mitte des Parkgebiets stand ein einfaches kleines Haus mit Blick auf den Pedernales, das in ein Freizeitzentrum umgewandelt worden war. Dort hielten wir unsere Nachmittagssitzung ab, bei der drei Wissenschaftler aus New York und

Boston Vorträge über die Bedeutung von Johnsons Amtszeit im Weißen Haus hielten.

Als unser Treffen um achtzehn Uhr dreißig zu Ende war, bereitete uns Quimper eine Überraschung: »Zum sechzehnten Geburtstag unserer Tochter Sue Dene geben meine Frau und ich auf unserer Ranch eine kleine Party und laden Sie alle herzlich ein. Verbringen Sie die Nacht bei uns.«

Wir drängten uns also in den Limousinen zusammen, die Rusk und Miss Cobb bestellt hatten, und fuhren die etwa sechzig Kilometer zu Quimpers Ranch zurück.

Den Eingang zu der Ranch bildete ein massives steinernes Tor in altassyrischem Stil: Riesige Granitblöcke waren wild übereinandergetürmt, was sehr dramatisch wirkte. Nachdem wir unter diesen Steinen durchgefahren waren, wiesen uns Polizisten in Uniform, die für diesen Abend angeheuert worden waren, zu einem Sammelplatz, einer riesigen Grasfläche, wo mehrere hundert Gäste auf die weiteren Ereignisse warteten.

Nachdem wir aus den Wagen gestiegen waren, pfiff jemand auf einer Trillerpfeife, die Polizisten winkten, und eine Eisenbahn-Imitation aus neun Waggons, die von einer Traktor-Lokomotive gezogen wurde, tauchte auf, um uns dorthin zu bringen, wo die Geburtstagsparty des Mädchens stattfand. Der Zug fuhr über eine Landstraße, durch ein Eichenwäldchen und auf eine weitere Grasfläche, bei deren Anblick es uns den Atem verschlug.

Um seiner Tochter zu beweisen, daß er sie liebte, hatte Quimper einen kompletten Vergnügungspark gemietet. Es gab ein Riesenrad, zwei Karussells, Autoscooter, ein Spiegelkabinett, Ausrufer, die das Publikum zu den Buden lockten, und eine Reihe von Käfigen mit Löwen, Tigern und Bären. Sechs Clowns produzierten sich unermüdlich, und der Drahtseilakt war atemberaubend.

Auf dem Höhepunkt der Show brauste der Hauptclown in einem Mercedes 450 SL mit dem Nummernschild Q-SUE über den Rasen und überreichte dem Mädchen den Wagen als Geburtstagsgeschenk.

Es war eine fröhliche Party, und nach den Begriffen der Texanisch-Reichen gar nicht einmal protzig. Die Quimpers besaßen die Ranch, sie besaßen das Geld, und es machte ihnen Spaß, ihre Nachbarn zu bewirten. In weiser Voraussicht wollten sie aber vor allem sichergehen, daß ihre Tochter bei dieser Gelegenheit auch die richtigen jungen Männer kennenlernte.

Wir saßen in Quimpers Wohnzimmer und genossen das Ende des schönsten Tages, den unser Sonderstab je erlebt hatten, als plötzlich die gesamte Fassade zusammenbrach. Mrs. Quimper führte einen der Herren herein, die am Nachmittag Vorträge gehalten hatten, einen gewissen Professor Steer aus Harvard, achtundvierzig Jahre alt, verbindlich und selbstsicher auftretend, mit leicht ergrautem Haar und in einen maßgeschneiderten Anzug gekleidet. »Was für ein Zufall«, stellte er fest, während er nach einem Drink griff und sich setzte. »Mein Sohn hat mich hierhergeschleift. Er tanzt draußen mit den jungen Damen.«

»Wir freuen uns sehr, daß Sie gekommen sind«, meinte Quimper, der ihm einen Teller mit Köstlichkeiten vom Grill brachte.

Steer erkundigte sich: »Gelten Sie in Texas als Ölproduzent oder als Rancher?«, worauf Quimper erklärte: »In diesem Staat kann ein Mann dreißig Bohrtürme und nur eine kleine, wertlose Ranch besitzen, aber er wird sich trotzdem als Rancher bezeichnen.«

Rusk bemerkte liebenswürdig: »Ich habe viele Freunde, die in Texas nie einen Stetson tragen, sondern nur, wenn sie nach Boston oder New York fahren.«

Miss Cobb mischte sich ein. »Sie werden feststellen, Professor Steer, daß texanische Rancher mit ihren preisgekrönten Stieren, dem Piloten ihres Flugzeugs und ihrer unverheirateten Tochter angeben – genau in dieser Reihenfolge.«

Steer ließ sich durch die scheinbar herzliche Begrüßung täuschen. »Ich bin so froh, daß ich Sie hier treffe. Am Nachmittag habe ich gewisse grundlegende Dinge nicht angesprochen. Zu viele Leute haben zugehört. Ich hätte darauf hinweisen sollen, daß Lyndon Johnson Pech hatte, weil er ausgerechnet auf diese Art Präsident wurde.«

»Wieso?« fragte Quimper.

»John Kennedy, für den ich gearbeitet habe, war ein charismatischer Typ, hat gut ausgesehen, war gebildet und ein fähiger Führer. Für uns war Vizepräsident Johnson der typische Bewohner von Dallas, der Stadt, die den wahren Präsidenten ermordet hatte.«

Miss Cobb unterbrach ihn. »Dallas hat niemanden getötet. Das hat ein verrückter, ausgeflippter Bursche aus New Orleans bzw. Moskau getan.«

»Aber die Nation hat es als das Verbrechen von Dallas betrachtet. Ich habe Adlai Stevenson nach Dallas begleitet, als die weibliche Prominenz Ihrer Gesellschaft ihn anspuckte.«

»Das war nicht meine Gesellschaft«, protestierte Miss Cobb. »Das waren Rechtsextremistinnen. Die findet man überall.«

»Vor allem aber in Dallas.«

Da das billigerweise niemand bestreiten konnte, sprach Steer weiter. »An jenem traurigen Tag im November 1963, als Kennedy den verhängnisvollen Besuch abstattete, war ich in der Vorhut. Ich war nicht in seiner Nähe... aber beim Frühstück hatte ich ihm die *Dallas Morning News* mit dem schrecklichen, völlig unsachlichen Angriff gezeigt. Wissen Sie, was seine letzten Worte an mich waren? ›Wir reisen heute ins Reich der Irren.‹ Kurz darauf war er tot. Meiner Meinung nach hat ihn Dallas getötet.«

Wir fünf Texaner empfanden die Ereignisse von 1963 immer noch als Schande, und wir waren weltoffen genug, um zu erkennen, daß einige der arroganten Behauptungen von Professor Steer ins Schwarze trafen. Doch Steer, dem es offensichtlich Spaß machte, den texanischen Dünkel ein wenig zurechtzustutzen, kam jetzt erst richtig in Fahrt: »Es kam so weit, daß Johnson das Schlechteste an Texas im Gegensatz zum Besten an New England verkörperte. Texas war gegen die Rechte der Arbeiterschaft, wir waren dafür; Texas war ungebildet – die Stimme der Barbaren –, New England war gebildet – die Stimme der Akademiker. Mit Texas assoziierte man Cowboys und Erdöl, mit dem Norden Bibliotheken, Theater und Symphonieorchester. Texas war die wilde Grenze, Boston die traditionsbewußte Bastion ererbter Werte. Und am schwersten fiel es uns, die Tatsache zu akzeptieren, daß Texas protzig neureich war, während der Nordosten diesen Dünkel längst abgelegt hatte.«

Quimper war im Begriff zu explodieren, aber Steers nächste Worte schoben die Katastrophe noch etwas hinaus. »Ich gebe zu, daß Texas zu jener Zeit Energie, Reichtum und manchmal wertvolle Phantasie besaß. Aber es war kein sympathischer Staat, und nur wenige im Establishment mochten ihn.«

»Wie definieren Sie ›Establishment‹?« erkundigte sich Rusk.

»Ich meine die Meinungsbildner, die Organe, die uns unsere Geisteshaltung vorzeichnen. Zwei Zeitungen: die *New York Times* und die

Washington Post. Die Magazine: *Time, Newsweek* und der Londoner *Economist*, die drei großen Fernsehstationen und eine Fachzeitschrift, das *Wall Street Journal*, dazu die Veröffentlichungen der namhaften Universitäten und Colleges.«

»Sind das diejenigen, die ein Urteil über Lyndon Johnson gefällt haben?« wollte Rusk wissen.

»Wir haben gefunden, daß er absolut indiskutabel ist.«

»Wird Ihr östliches Establishment Texas je akzeptieren?« erkundigte sich Quimper.

»Ja, wenn die Zeit Ihre Kanten abgeschliffen hat. Wenn Ihre Ölquellen versiegen und Sie uns nicht mehr mit Ihrem Ölgeld einschüchtern können. Entscheidend aber wird sein, ob eines Ihrer Colleges oder eine Ihrer Universitäten erstklassig werden kann. Wenn ja, dann wird das übrige Amerika vielleicht imstande sein, Ihre Extravaganzen zu tolerieren.«

Nach einer bedrohlichen Pause erhob sich Rusk, richtete sich zu seiner vollen Größe auf und sagte mit seiner tiefen, dröhnenden Stimme: »Verschwinden Sie!«

Als Steer »Was? Wieso?« murmelte, verlor Rusk die Beherrschung und brüllte: »Verschwinden Sie, verdammt nochmal!« und ich sah entsetzt, daß er versuchte, unseren Gast am Kragen zu packen.

»Das können Sie nicht tun!« rief ich und trat zwischen die beiden Männer, aber Quimper stürzte ebenfalls auf uns zu, als wollte auch er den Mann aus Harvard hinauswerfen. Ich sah Miss Cobb hilfesuchend an, doch zu meinem Entsetzen feuerte sie die Männer an.

Bevor Rusk oder Quimper Hand an Steer legen konnten, drängte ich unseren taktlosen Gast zur Tür hinaus und schickte ihn in die Richtung, in der ich seinen Sohn vermutete. Als ich zurückkehrte, sah ich meine Kollegen vom Sonderstab vorwurfsvoll an, doch keiner bereute, was er getan hatte. Der erneute Angriff des Establishments auf die Ehre von Texas hatte sie tödlich beleidigt. Sie freuten sich darüber, daß sie ihn hinausgeworfen hatten.

»Warum sind Sie so wütend geworden?« fragte ich.

Rusk antwortete: »Wenn ein Yankee L.B.J. verunglimpft, verunglimpft er Texas. Und wenn er Texas beleidigt, beleidigt er mich.«

XIV.
KAMPF UND WANDEL

Im Lauf ihrer Geschichte waren die Texaner meist arme Leute.

Als die Garzas 1724 von Zacatecas nach Norden pilgerten, waren sie faktisch Sklaven mit elenden Unterkünften und ohne ausreichende Nahrung. Die ersten Quimpers lebten in einer Höhle und hatten fast ein Jahr lang kein Brot zu essen. Die Macnabs kamen nur durch eine List zu Land, aber ihr Grundbesitz war stets unrentabel; als der junge Otto schließlich Texas Ranger wurde, diente er für einen kärglichen Sold – wenn er überhaupt einen bekam; und man erwartete von ihm, daß er für die Kosten seines Pferdes, seines Gewehrs und seiner Kleidung selbst aufkam.

Die Allerkamps arbeiteten sich Schwielen an die Hände, trotzdem dauerte es lange, bis sie einigermaßen gut leben konnten. Die zwei Familien Cobb aus Carolina und Georgia besaßen Sklaven, eine Egrenieranlage und ein gutgehendes Sägewerk; nicht so ihre Nachbarn in Jefferson. Von den hundert Sklaven der Cobbs lebten die neunzig Feldarbeiter in Armut; sie hatten genug zu essen, aber keine anständigen Häuser oder entsprechende Kleidung. Und während des Bürgerkriegs und in den Tagen der Reconstruction lernten sogar die Weißen in ihren Herrenhäusern Mühsal und Entbehrungen kennen.

Als Fort Garner aufgelassen wurde, besaßen Emma Larkin und ihr Mann Earnshaw Rusk einige schöne Steinhäuser und viel Land, aber sie mußten sparsam wirtschaften und verloren um ein Haar ihren ganzen Besitz, weil sie nicht einmal einige wenige Dollar Bargeld zusammenkratzen konnten.

So sah es in Texas aus: Land im Überfluß, ein kärgliches Leben, ein Traum von besseren Tagen. Doch nach der 1901 erfolgten Entdeckung unerschöpflicher Petroleumvorräte in Spindletop bei Beaumont begannen einige Texaner phantastische Reichtümer anzuhäufen, und in den zwanziger Jahren hatten sogar Familien weit im Westen, wie etwa die Rusks in Larkin County, teil am großen Segen. In Texas konnte einer den Sprung vom armen Bauern zum Ölmagnaten in einer Generation schaffen – oder an einem Wochenende.

Nun rückte die immerwährende Armut Texas' aus dem Blickfeld und wurde durch das protzige Zurschaustellen von Reichtum ersetzt. Fortan schrieb man die Geschichte des Staates in Dollarzeichen, gefolgt von hohen Zahlen. Da und dort wurde ein vom Glück besonders begünstigter Texaner sogar zum Milliardär. Zu Beginn der achtziger Jahre sah die

Lage so vielversprechend aus, daß man allerorten in Texas verkündete: »Das kann immer so weitergehen!«

Es gab guten Grund anzunehmen, daß Texas eine nationale Führungsrolle übernehmen werde, denn der damals durchgeführte Zensus ließ deutlich erkennen: Die Bevölkerung hatte so stark zugenommen – um 3 009 728 in zehn Jahren –, daß der Staat drei neue Sitze im Kongreß erhalten würde, während weniger vom Glück begünstigte Staaten im kalten Nordosten zweimal soviel verlieren mußten.

Wie immer war das Öl der Vorbote einer glücklichen Zukunft. Als es, mit Hilfe der arabischen Staaten, auf dreißig Dollar je Barrel stieg, richtete Ransom Rusks Bank in Midland eine Botschaft an ihre Anleger: »Öl muß auf sechzig steigen. Expandieren Sie jetzt!« Und für die nächste Runde dieses außergewöhnlichen Glücksspiels wurden die nötigen Mittel bereitgestellt.

In Texas beheimatete Luftlinien wie Braniff und Continental, der strengen Vorschriften von seiten der Flugsicherungsbehörde endlich ledig, flogen in viele neue Städte und machten astronomische Gewinne, und TexTek, die in Dallas angesiedelte Computer-Sensation, brach mit ihren Notierungen an der New Yorker Börse alle Rekorde. Mehr als zwei Dutzend Besitzer dieser Aktien waren zu Millionären geworden; drei oder vier Anleger – unter ihnen Rusk –, die schon früher eingestiegen waren, verdienten jeder an die fünfhundert Millionen.

Die wahre Sensation aber stellten die Grundstückspreise in Houston dar, für die es keine Obergrenze zu geben schien. Ein Farmer, der im Norden oder Westen der Stadt Land besaß, konnte so gut wie jeden Preis verlangen – hundertzwanzigtausend für den Hektar oder auch zweihundertfünfzigtausend –, denn es gab genügend Interessenten, die genau wußten, daß sie den Hektar mit nur ein wenig Glück für mehr als zwei Millionen verkaufen konnten. Anleger aus Westdeutschland und Saudi-Arabien waren stark an Grundbesitz in Houston interessiert, doch die fetteren Gewinne kamen mit jenen mexikanischen Politikern, die ihr Land schamlos ausgebeutet hatten und ihr Vermögen jetzt in Hotels und Wohnpalästen in Houston anlegten.

Nirgends war der texanische Optimismus deutlicher zu spüren als in Larkin. Die Woche, die am 2. November 1980 begann, hielt Ransom Rusk für die beste, die er je erlebt hatte. Er war siebenundfünfzig Jahre alt und hatte sich damit abgefunden, daß er den Rest seiner Tage ein angenehmes Junggesellenleben führen würde; in seinem Herrenhaus in Larkin arbeiteten ausschließlich illegale mexikanische Einwanderer, die ihren Dienst ausgezeichnet versahen und ihm Spanisch beibrachten.

Vor etwa sieben Jahren hatte er angefangen, Texas-Longhorns zu züchten. Jeden Sonntagmorgen fuhr er eine schmale Straße hinunter, die von seinem Ranchhaus zu einem großen eingezäunten Areal führte, brachte seinen Jeep dort zum Stehen, hupte dreimal, stellte sich neben den Wagen und raschelte mit einem großen Papiersack.

An diesem Sonntag erschienen sie erst nach zehn Minuten, vorsichtig, zögernd, langsam kamen die großen Longhornstiere auf Rusk zu. Er betrachtete sie so liebevoll, als ob sie seine Kinder wären, fütterte sie und fuhr dann zu einem neuen Gebäude zurück, das sich seit kurzem neben seinem Haus erhob. Hier ließ er sich von seinem mexikanischen Butler kalte Getränke reichen, während er auf dem Fernsehschirm verfolgte, wie seine Favoriten, die Dallas Cowboys, in St. Louis spielten. Er klatschte vor Freude in die Hände, als Wolfgang Macnab, ein Linebacker, den er mit einem Football-Stipendium an die University of Texas geschickt hatte, die Burschen von St. Louis niedermähte.

Das Gebäude, in dem er saß, hieß African Hall, weil es einem Jagdhaus nachgebaut war, das er in Südafrikas berühmtem Krüger-Nationalpark gesehen hatte. Nach der Scheidung hatte er sich einer Gruppe von Junggesellen in ähnlichen Lebensumständen angeschlossen, die regelmäßig Safaris in Kenia unternahmen. Von schönen Trophäen umgeben hier zu sitzen und am Bildschirm mitzuerleben, wie seine Cowboys brillierten, war Rusks größtes Vergnügen.

Als er am Montag in seinem Büro in Fort Worth ankam, baten seine zwei Buchhalter, ihn sprechen zu dürfen. »Mr. Rusk, eine einmalige Entwicklung bei Mid-Continent Gas hat zu Ergebnissen geführt, die für Sie von Interesse sein dürften.«

Gegen den Rat von Fachleuten und unter ungünstigsten Voraussetzungen hatte Rusk seine Pipeline über hundertsieben Kilometer hügeligen Geländes verlegt und am Ende einen unersättlichen Markt für sein Erdgas vorgefunden. Und nun legten ihm die Buchhalter zwei Zahlen vor:

Neuer Schätzwert der Mid-Continent Gas zu gegenwärtigen Preisen	$ 448 000 000
Neuer Schätzwert für den Gesamtbesitz	$ 1 060 000 000

Rusk warf einen kurzen Blick darauf und erkannte, daß er jetzt offiziell »texas-reich« war. Das verdankte er zum größten Teil den Possen der OPEC-Länder, die den Wert seiner Ölinteressen so erhöht hatten, daß ihm an die neunzig Millionen Dollar zugeflossen waren, von denen er nichts gewußt hatte. Solange das Öl zehn Dollar das Barrel eingebracht hatte, war er kein Milliardär gewesen, aber jetzt, da der Preis die Vierzig-Dollar-Grenze erreicht hatte, war er einer geworden.

»Es wird auf sechzig steigen«, prophezeite er und verdoppelte die Zahl seiner Bohrtürme und Bohrmannschaften.

Rusk war kein gieriger Sonderling, der ständig sein Geld zählte. Es konnte ein Jahr vergehen, ohne daß er sich für den Wert seines Besitzes interessiert hätte. Er wußte einfach, daß er ein phantastisches Vermögen besaß, und er war entschlossen, alles zu tun, um es noch zu vergrößern.

Am Dienstag war Wahltag. Rusk stand sehr früh auf, verließ seine spartanisch eingerichtete Wohnung in Fort Worth und fuhr nach Larkin, um dort seine Stimme abzugeben.

Mittels fein ausgeklügelter Tricks hatte er hohe Spendenbeträge in die Kassen diverser Kampagnen fließen lassen. Der Hauptteil war zur Unterstützung von Ronald Reagan aufgewendet worden. Reagan hatte die texanischen Geschäftsleute immer wieder auf die Gefahren des Kommunismus hingewiesen, auf die Notwendigkeit, dem aufgeblähten Regierungsapparat Fesseln anzulegen und die Staatsschuld zu tilgen. Aber einen Teil des Geldes hatte Rusk dazu verwendet, gewisse demokratische Senatoren zu bekämpfen, richtig verrückte Liberale, die besiegt werden mußten, genauso wie eine Reihe bekannter Kongreßabgeordneter, die sich gegen die »Übermacht des Öls« ausgesprochen hatten.

Noch bevor die Sonne über Texas untergegangen war, wußte er, daß Reagan gewonnen hatte, und als sie am Mittwoch aufging, verkündete er gegenüber einigen Gleichgesinnten: »Wir werden das ganze Land neu aufbauen, und zwar so, daß es Texas ähnlich wird: Stärken wir die Religion, die Vaterlandsliebe und die Bereitschaft, aufzustehen und es mit jedem aufzunehmen – die Dinge eben, die eine Nation zu einer großen Nation machen!«

Doch dann, als der Aufstieg Texas' schon unaufhaltsam zu sein schien, kam es ganz allmählich zu Veränderungen, die alle diese neuen Werte zu zerstören drohten.

Die Sherwood Cobbs auf ihrer Baumwollplantage westlich von Lubbock waren eine der ersten Familien, die es zu spüren bekamen. Eines Nachmittags geschah etwas, das an jenen Tag im Jahr 1892 erinnerte, als ein früherer Sklave in Jefferson mit der überraschenden Nachricht zu seinem Herrn gekommen war, daß Baumwollkapselkäfer das Herz der Baumwolle zerstört hatten. Diese Mitteilung hatte das Leben in Texas von Grund auf verändert. Auch diesmal kam ein Mann, der praktisch ein Sklave war, diesmal allerdings nicht schwarz, sondern braun, Eloy Múzquiz, ein illegaler mexikanischer Landarbeiter, mit einer Nachricht von ähnlicher Tragweite gelaufen: »Mr. Cobb! Tiefbrunnen Nummer neun – kein Wasser!«

»Strom ausgefallen?«

»Nein, haben wir probiert. Viele Funken.«

»Vielleicht ist die Pumpe kaputt«, sagte Cobb mit einem flauen Gefühl im Magen, denn schon seit Monaten beobachtete er, daß der Grundwasserspiegel, von dem das ganze Gebiet um Lubbock abhing, bis zum Gefahrenpunkt gesunken war. Konnte das Versagen von Nr. 9, einem starken Brunnen, davon herrühren, daß die mächtige wasserführende Schicht, das Ogallala Aquifer, ausgetrocknet war? Er wagte nicht daran zu denken.

Nur langsam war den Sherwood Cobbs in den ersten zehn Jahren ihrer Baumwollpflanzung in Levelland klar geworden, daß sie auf ein Paradies gestoßen waren. Das Land war so flach, daß kaum ein Horizont ausgemacht werden konnte, abschreckende Entfernungen trennten die Pflanzungen von Geschäften und Städten, und wenn die Sonne im Juni ernstlich an die Arbeit ging, betrug die durchschnittliche Temperatur Tag und Nacht, vier Monate lang, über dreiunddreißig Grad. Aber mit Klimaanlagen war es erträglich, und in den Wintermonaten fielen gar etwa dreißig Zentimeter Schnee – gelegentlich begleitet von extremen Kälteeinbrüchen.

Nur selten überstieg die jährliche Niederschlagsmenge vierzig Zentimeter, aber solange die Tiefbrunnenpumpen arbeiteten, gelangte zuverlässig so viel Wasser aus dem Aquifer an die Oberfläche, daß die Baumwolle förmlich aus dem Boden zu springen schien. Das Resultat war mehr als befriedigend. Im Osten hatte ein Hektar zweieinhalb Ballen Lintwolle hervorgebracht; hier konnten fünf Ballen von ausgezeichneter Qualität geerntet werden. Die Gegend um Lubbock entwickelte sich zum größten Baumwollproduktionsgebiet Amerikas und zu einem der besten der Welt.

Jetzt aber, als Cobb in seinen Kleinlaster stieg, um Nr. 9 zu inspizieren, ahnte er, daß die guten Jahre zu Ende gehen könnten. Nur wenige Minuten lang studierte er die stilliegende Pumpe, dann wies er Múzquiz an: »Hol die Ericksons!«

Cobb biß die Zähne zusammen, als die Brüder Erickson ihm berichteten: »Es ist überall das gleiche. Das Ogallala ist so schnell abgesunken... Die Trockenperiode und die zusätzlichen Brunnen, die Ihre Leute gebohrt haben...«

»Was soll ich denn jetzt machen?«

»Alle Ihre Brunnen vertiefen.«

»Um wieviel?«

»Die Schichtstufe, auf der unser Teil des Ogallala ruht, liegt sechzig Meter tief. Die Brunnen, die wir vor dreizehn Jahren für Sie gebohrt haben, gehen nur dreißig Meter tief.«

»Wie viele müßte ich vertiefen?«

»Zwanzig.« Die Berechnungen, die sie ihm vorlegten, zeigten, daß das bloße Vertiefen eines bestehenden Brunnens mehr als doppelt soviel kosten würde wie einer der ursprünglichen fünf. Die Gesamtkosten für zwanzig Brunnen würden sich auf hundertfünfzigtausend Dollar belaufen.

»Bleibt mir eine Wahl?« fragte Cobb. Die Brüder schüttelten den Kopf. »Leider nein.« Und der jüngere fügte hinzu: »Das Aquifer, die wasserführende Schicht, sinkt jedes Jahr ein wenig ab und wird bald unterhalb der Reichweite Ihrer gegenwärtigen Pumpen liegen. Aber wenn wir zur Schichtstufe hinuntergraben, müßte das für den Rest unseres Jahrhunderts reichen.«

Mit den glühenden Sommern und den eisigen Wintern – und hin und wieder einem Tornado, damit auch ja keine Langeweile aufkam – herrschte ein rauhes Klima in der Gegend von Lubbock, aber es gab Entschädigungen dafür: Das gesellschaftliche Leben lenkte die Aufmerksamkeit von den Beschwernissen ab. Kultureller Mittelpunkt war die Universität. Sie hatte früher Texas Technological College geheißen, aber die Legislative hatte den Klagen eines Abgeordneten aus Westtexas Gehör geschenkt: »Verdammt, alle Welt nennt sie Texas Tech, und wir lieben diesen Namen. Ich schlage vor, daß sie in Zukunft so heißt, und weil wir gerade dabei sind, machen wir doch gleich eine richtige Universität aus dem alten College.«

Da stand sie nun, die Texas Tech University, mit einer landwirtschaftlichen, einer technischen und einer bescheidenen geisteswissenschaftlichen Fakultät. Studenten, die von ihr abgingen, waren in der Öl- und der Elektronikindustrie sehr begehrt. Die Cobbs schätzten ganz besonders die von ihr gebotenen Kulturprogramme.

Ein Vortrag erweckte große Besorgnis bei den Cobbs. Der Tag werde kommen, prophezeite ein Dozent, und möglicherweise noch in diesem Jahrhundert, da der steigende Strompreis und das ständige Sinken des Grundwasserspiegels die Landwirtschaft auf dem Flachland des Westens unrentabel machen werde.

Cobb, der natürlich besonders sensibel auf Probleme reagierte, die ihn persönlich betrafen, sammelte Geld bei einheimischen Farmern und Ranchern, um es der Texas Tech zu ermöglichen, ein Symposium über das Thema »Das Ogallala und der Westen« abzuhalten. Studenten aus ganz Texas und Vertreter der Regierungen aller Ogallala-Staaten sollten daran teilnehmen.

Im Verlauf der Gespräche und Diskussionen kristallisierten sich folgende Schlußfolgerungen heraus:

– Die unter der Bezeichnung Ogallala Aquifer wasserführende Schicht ist nicht unerschöpflich. Bei der gegenwärtigen Entnahmequote ist es durchaus möglich, daß sie irgendwann kurz nach der Jahrtausendwende erschöpft sein wird.

– Strikte proportionale Zuteilung von Wassermengen, die weit unter der heute üblichen Nutzung liegen, würden ihre Lebensdauer verlängern.

– Das Landwirtschaftsministerium wird Empfehlungen veröffentlichen, wie der Wasserverbrauch der Ranchers zu senken ist.

– Es wird eine Zeit kommen, wo es sich für Texas rentieren könnte, Nachbarstaaten wie Oklahoma, Arkansas oder Louisiana ganze Bäche und Flüsse abzukaufen, um deren Wasser auf seine durstigen Felder zu pumpen.

– Sollte einmal billige Atomenergie zur Verfügung stehen, könnte die

Lösung des Problems in der kommerziellen Entsalzung des Meerwassers aus dem Golf liegen.

– Jeder Bundesstaat muß unverzüglich auf seinem gesamten Territorium sicherstellen, daß jeder Tropfen Wasser, der darauf fällt, auf die vernünftigste Weise genutzt wird.

Einstimmig wurde eine Entschließung angenommen, diese letzte Empfehlung weiter auszuarbeiten. Als das Symposium zu Ende ging, war allen klar, daß Nebraska und Colorado und alle anderen Aquifer-Staaten auch nur den leisesten Angriff auf ihre Landeshoheit zurückweisen würden und daß jeder Verbraucher in Texas einsehen würde, daß mit Wasser sparsam umgegangen werden mußte – solange nicht seine eigenen angestammten Rechte berührt wurden. Fast auf jeden Tropfen Wasser im Staat bestanden Ansprüche, meist schon im neunzehnten Jahrhundert erworben; sie jetzt neu aufzuteilen oder auch nur zu kontrollieren, war ein Ding der Unmöglichkeit. Da das Ogallala-Aquifer zu den unsichtbaren natürlichen Reichtümern gehörte, bestand für die breite Öffentlichkeit kein Anreiz, es zu schützen; der Brazos, der Colorado und der Trinity River waren bereits zugeteilt; über sie ließ sich nicht mehr verfügen. Arkansas und Louisiana brauchten das Wasser, das sie hatten, selbst und würden mit Waffengewalt jeden zurückschlagen, der ihnen auch nur ein Rinnsal wegnehmen wollte. Man konnte also nichts anderes tun, als so weiterzumachen wie bisher – und dann, irgendwann nach 2010, wenn die Katastrophe eintrat, Notmaßnahmen ergreifen.

Als Cobb den Grundwasserspiegel bei den neuen Pumpen überprüfte, die die Brüder Erickson installiert hatten, stellte er fest, daß er um drei Zentimeter gesunken war. Und das war für ihn der Anlaß, sich um eine Nominierung als Mitglied der Wasserwirtschaftskommission zu bewerben.

Ein anderer Texaner, den die jetzt eintretenden Veränderungen persönlich betrafen, war Gabe Klinowitz, der Grundstücksmakler, der Todd Morrison gefördert hatte, als dieser aus Detroit gekommen war, und der den Immobilienmarkt wie kein zweiter kannte. Sein letztes großes Geschäft hatte er mit einer Gruppe von sieben mexikanischen Politikern getätigt, die die riesigen Geldsummen, über die sie verfügten, günstig anlegen wollten. In aller Stille hatte er begonnen, Optionen für die von ihnen gewünschten teuren Areale zu erwerben. Dann hatte er miterlebt, wie sie einhundertsiebzig Millionen Dollar in *The Ramparts*, eine der luxuriösesten Wohnanlagen Houstons, investierten. Verärgert über diese schamlose Zurschaustellung von Reichtum durch Bürger eines Landes, das einen nicht abreißen wollenden Strom halbverhungerter Bauern nach Texas schickte, die dort Nahrung und Arbeit suchten, wandte sich Gabe an einen Professor der University of Houston, dessen Fachgebiet die lateinamerikanische Wirtschaft war. »Sagen Sie mir, Professor Shagrin, wie kommen diese Leute zu soviel Geld?«

»Ganz einfach. Sie haben gelernt, noch gerissener zu sein als unsere New Yorker Bankiers.«

»Ich kann Ihnen nicht folgen.«

»Verständlich. Ich habe selbst zwei Jahre gebraucht, um hinter all ihre Tricks zu kommen. Also: Von Regierungsseite erfahre ich, daß unsere Großbanken lateinamerikanischen Ländern dreihundert Milliarden Dollar geliehen haben. Und aus ebenso zuverlässigen Quellen in den Empfängerländern erfahre ich, daß clevere Politiker und großkapitalistische Taschenspieler hundert Milliarden Dollar auf Schweizer Geheimkonten verschoben oder in geschäftliche Unternehmen in den Vereinigten Staaten abgezweigt haben.«

»Was verstehen Sie unter *abgezweigt?*«

»Würde Ihnen *auf legale Weise unterschlagen* oder *geschickt requiriert* oder einfach *gestohlen* besser gefallen?« Er lachte. »Für welchen dieser Termini Sie sich auch entscheiden, das Resultat ist immer das gleiche. Das Geld, das wir ihnen geliehen haben, befindet sich nicht mehr in dem Land, wo es, so hofften wir, einen guten Zweck erfüllen würde.«

»Werden die ursprünglichen Darlehen je zurückgezahlt werden?«

»Ich wüßte nicht, wie das geschehen sollte, da das Geld ja aus diesen Ländern verschwunden ist. Ich sehe auch keine Möglichkeit, wie die mexikanische Regierung zu dem Geld kommen soll, das Ihre sieben Politiker hier in Houston verschleudert haben.«

»Als amerikanischer Steuerzahler würde ich gerne wissen, was geschehen wird, wenn sich die ursprünglichen Darlehen als uneinbringlich erweisen.«

»Dreimal dürfen Sie raten. So oder so, Sie werden zahlen.«

Gabe runzelte die Stirn. »Wenn das amerikanische Geld in Mexiko geblieben wäre, hätte es dann etwas gegen die Armut ausrichten können, die uns täglich vor Augen geführt wird?«

»Sie berühren da einen wunden Punkt, Mr. Klinowitz. Von Anfang an war Mexiko sehr viel reicher als Texas. Was wir für unser Volk getan haben, hätten die auch für das ihre tun können.«

»Was ist da schiefgelaufen?«

»Ich gebrauche das Wort *abgezweigt* und vermeide damit eine moralische Verurteilung.«

Klinowitz war nicht überrascht, als der Peso, seiner Stützung so schamlos beraubt, zu wanken begann. Von dreißig zum Dollar an einem, zu dreiundneunzig am nächsten Tag; später hundertsiebenundvierzig, dann hundertdreiundneunzig; und es drohte ein weiterer Verfall des Kurses. Klinowitz war darauf vorbereitet und reagierte fast belustigt, als die mexikanischen Politiker ein Notsignal gaben: »Bis auf weiteres den Bau einstellen!«

Aber er war ein professioneller Immobilienmakler und sehr erleichtert, als die Mexikaner zusätzliches Kapital auftrieben und die Bauarbeiten wieder aufnahmen, denn wie er Maggie Morrison zu erklären versuchte: »Ich bekomme Bauchweh, wenn ein Kunde in Schwierigkeiten gerät.« Aber er fügte auch hinzu: »An deiner Stelle hätte ich ein Auge auf diese drei Türme von The Ramparts.«

»Was könnte ich für die Ramparts-Leute tun?«

»Ein mutiger Händler kann wahre Wunder vollbringen. Auf einem geschwächten Markt wird das große Geld gemacht. Schau dir doch den leerstehenden Büro- und Wohnraum hier in der Stadt an!«

Maggie folgte seinem Rat und entdeckte, daß der jähe Sturz der Ölpreise zu zahlreichen Konkursen kleinerer Firmen geführt hatte, die dieser Industrie zulieferten, und das bedeutete, daß es Büroraum im Überfluß gab. Nicht weniger als drei Millionen Quadratmeter des besten Büroraumes von ganz Amerika standen hier in Houston leer. Und wenn sie abends an The Ramparts vorbeifuhr und die Hochhäuser der sieben mexikanischen Politiker sah, dachte sie jedesmal wieder: »Gabe hatte recht; diese Mexikaner stecken bis über den Kopf in Schwierigkeiten.«

Der katastrophale Sturz des Peso gefährdete mehr als nur die mexikanischen Politiker. Entlang der Grenze, von Brownsville bis El Paso, fehlten plötzlich die dunkelhäutigen Menschen, die einst zu Tausenden die Brücken über den Rio Grande überquert hatten, um in amerikanischen Läden einzukaufen. Für den entwerteten Peso bekamen sie nichts mehr.

Dafür strömten amerikanische Bürger nach Mexiko, um dort zu Spottpreisen so viel Benzin, Babynahrung, Gemüse und Fleisch einzukaufen, wie der mexikanische Markt hergab; denn wenn der Peso unten war, mußte der Dollar oben sein. »Die Norteamericanos rauben uns aus!« hieß es in berechtigter Empörung südlich der Grenze. In dieser Krise wurde der aktive Simón Garza, jetzt Bürgermeister von Bravo, zu einer prominenten Persönlichkeit. Als er ganz einfach auf der amerikanischen Seite der internationalen Brücke Polizei aufstellte und seinen Bürgern verbot, zum Einkaufen nach Mexiko zu fahren, erntete er Zustimmung und Lob im ganzen Staat.

Doch dann sah sich Bürgermeister Garza mit eigenen Problemen konfrontiert, denn als der mexikanische Besucherstrom zum Erliegen kam, fingen die Läden in Bravo an, dichtzumachen, wie das überall am Rio Grande geschah. Um dem drohenden wirtschaftlichen Niedergang seiner Gemeinde Einhalt zu gebieten, besuchte er eine in Laredo stattfindende Tagung von Bürgermeistern der Städte am Rio Grande. In Laredo herrschte geradezu Panik: Vierzig Prozent der eleganten Läden waren mit Brettern verschlagen. Das Geschäft war nicht etwa zurückgegangen – es war zum völligen Erliegen gekommen. Man hatte alle Angestellten gefeuert und zusperren müssen.

Wenn es je eines Beweises für die symbiotische Beziehung zwischen Nordmexiko und Südtexas bedurft hätte, hier war er: Jedes seiner Ufer auf seine Weise der wirtschaftlichen Grundlage beraubt, taumelten beide dem Zusammenbruch entgegen. Die Arbeitslosigkeit auf der amerikanischen Seite stieg auf zwanzig und dann auf vierzig Prozent; es wurden Forderungen laut, die betroffenen Bezirke zum Notstandsgebiet zu erklären.

Die Besonnenheit, mit der Simón Garza gegen diese Katastrophe ankämpfte, hob ihn aus der Menge der führenden Persönlichkeiten auf beiden Seiten des Flusses heraus. Er hatte stets darauf hingearbeitet, seine Mitbürger mexikanischer Herkunft von der Notwendigkeit zu überzeugen, das College zu besuchen und sich mit den Tricks der amerikanischen Lebensweise vertraut zu machen. Dabei wurde er von seinem Bruder Efraín, dem Professor, tatkräftig unterstützt, der von allen amerikanischen Universitäten Stipendien erbat, um die sich intelligente Mädchen und Jungen aus Bravo bewerben konnten.

Ransom Rusk erhielt einen dringenden Anruf seiner Bank in Midland. »Bitte kommen Sie sofort und helfen Sie uns!« Er flog mit seiner Privatmaschine zum Midland-Odessa-Flughafen, wo er von den drei Managern seiner Versorgungsbetriebe empfangen wurde. Sie kündigten ihm ein trauriges Ende des Erdölbooms an.

»Für den aufbereiteten Schlamm gibt es überhaupt keine Abnehmer mehr. Ich fürchte, wir werden alle Mitarbeiter entlassen müssen«, meinte einer der Herren. Aber erst als er auf dem großen Parkplatz zwischen den zwei Ölstädten hinausfuhr, fand Rusk den sichtbaren Beweis dafür, wie übel diesem bisher vom Glück so begünstigten Gebiet mitgespielt worden war. Ordentlich in Reihen aufgestellt, Dinosauriern gleich, die sich überlebt hatten, rosteten hier im grellen Sonnenlicht neunzehn der dreiundzwanzig Riesenbohrtürme, die normalerweise stolz auf den Ölfeldern hätten stehen müssen.

»Was haben wir für diese letzte Partie bezahlt?« erkundigte sich Rusk, und einer der Manager antwortete: »Dreizehn Millionen das Stück.« Rasch rechnete Rusk dreizehn mal neunzehn und bemerkte ganz ruhig: »Das sind zweihundertsiebenundvierzig Millionen Dollar zum Fenster hinausgeworfen.«

Er überlegte kurz. »Schließen Sie den aufbereiteten Schlamm. Machen Sie einfach zu. Für die Spitzenkräfte werden wir etwas anderes finden, bis sich das Öl wieder erholt hat. Aber was machen wir damit?« Mit der Spitze seines Stiefels berührte er einen der Bohrtürme. »Was in aller Welt machen wir damit?«

Da keiner seiner Berater einen vernünftigen Vorschlag machen konnte, ordnete Rusk an: »Schwärmen Sie über ganz Texas aus. Suchen Sie junge Männer, die bereit sind, ein Risiko einzugehen. Verkaufen Sie diese neunzehn Bohrtürme für jeden Betrag, den Sie kriegen können, aber sehen Sie zu, daß Sie sie loswerden. Wir behalten die vier, die jetzt im Einsatz sind – für später, wenn es wieder aufwärts geht.«

Nachdem er diese harte Entscheidung getroffen hatte, fuhr er nach Midland zurück, wo ihn die Direktoren seiner Bank in nur mühsam verhaltener Panikstimmung empfingen: »Uns rutscht der Boden unter den Füßen weg, Ransom. Treibsand, wohin auch immer man den Fuß setzt.«

»Wie schlimm ist es wirklich?« Und sie erklärten ihm, was er schon vermutet hatte. »Auf dem Weg vom Flughafen in die Stadt, haben Sie da nicht die leeren Parkplätze für die Beamten und Techniker gesehen? Sind Ihnen die Motels aufgefallen? Es ist noch keine zwei Jahre her, da nahmen sie Gäste für höchstens drei Übernachtungen auf. Alle wollten nach Odessa kommen, um mit dabei zu sein.«

»Was ist das Schlimmste, was uns passieren kann?« fragte Rusk mit fester Stimme die Männer, die erwartet hatten, das Öl werde auf sechzig Dollar das Barrel steigen, und die ihm nun eröffneten, was ihnen bevorstand, wenn es auf siebenundzwanzig Dollar fiel.

»Es könnte gut sein, daß wir die Rolläden runterlassen müssen.«

»Um wieviel geht es?«

»Eineinviertel Milliarden Dollar.«

Rusk zuckte mit keiner Wimper. Er hatte sechzehn Millionen Dollar in Bankaktien; sie zusätzlich zu den schweren Verlusten aus dem Ölgeschäft abschreiben zu müssen war unangenehm, aber es ruinierte ihn nicht.

Aber auf dem Weg nach Osten ging ihm immer wieder ein Gedanke im Kopf herum: »Die *Action* muß nach Dallas verlagert werden. Jetzt, wo Houston mit seinen Immobilien in Schwierigkeiten geraten ist, Midland unter dem Ölschock leidet und die Arbeitslosigkeit am Rio Grande bei fünfundvierzig Prozent liegt, muß Dallas die Führungsrolle übernehmen. Dort wird der große Kampf um die Seele Texas' ausgefochten werden. Da will ich dabei sein.«

Und er wies seinen Piloten an, nicht auf Meacham Field, dem Stadtflughafen von Fort Worth, sondern auf Love Field bei Dallas zu landen. Über Funk gab er seinem Chauffeur Order, ihn dort abzuholen, und ließ sich gleich nach der Landung zu dem imposanten Neubaukomplex in Dallas, zwanzig Kilometer von der Stadtmitte entfernt, fahren, wo er in einem der vielen Realitätenbüros, die dort ihren Sitz hatten, Büroräume mietete, die in naher Zukunft ein neues Zentrum der Macht in Dallas beherbergen sollten: Ransom Rusk Enterprises.

Schon wenige Wochen später erwies sich, wie klug er gehandelt hatte. Als einen der Großaktionäre von TexTek bat man ihn, als dieser gewaltige Konzern in Schwierigkeiten geriet, zu einer Beratung: Aufgrund der zunehmenden japanischen Konkurrenz und dem unvorhergesehenen Rückgang der Verkaufszahlen von Electronic-Spielen und Heimcomputern hatte TexTek im ersten Quartal hundert Millionen Dollar verloren. Für das nächste Vierteljahr war ein Verlust in gleicher Höhe zu erwarten.

»Wann gehen wir mit dieser Nachricht an die Öffentlichkeit?« fragte Rusk.

»Morgen.«

Mit zusammengebissenen Zähnen hörte Rusk zu, wie der Ticker den sensationellen Kurssturz von TexTek bekanntgab. Innerhalb eines Börsentages war der Wert der TexTek-Aktien um eine Milliarde Dollar gesunken.

Als Großaktionär war er auch Zeuge vom Niedergang Braniff Airways, einst Dallas' ganzer Stolz. In von Panik bestimmten Konferenzen gab er den Managern der Fluggesellschaft den gleichen Rat, den er den Managern seiner Ölfirma gegeben hatte: »Veranlassen Sie Einsparungen. Legen Sie ohne Rücksicht auf Verluste fest, was getan werden muß. Und tun Sie's gleich!«

Er verfügte persönlich die Einstellung der einst gewinnbringenden Südamerikarouten und bemühte sich, die gewaltigen Verluste auf den neuen Kursen einzudämmen, die die Gesellschaft unklugerweise in den letzten Monaten aufgenommen hatte. Und er tat sein Bestes, um neue Geldquellen zu erschließen. Doch am Ende mußte er zugeben: »Wir haben alles versucht. Aber wir sind pleite.«

Rusks Totalverlust in einem Kalenderjahr betrug dreihundertfünfundzwanzig Millionen Dollar. Wie reagierte er darauf? Er saß in seinem neuen Büro und ließ den Blick über die herrliche Skyline von Dallas schweifen. Er ließ nicht die Schultern hängen und bemühte sich auch gar nicht, Fragestellern auszuweichen, die erkunden wollten, wie er diesen Rückschlag verkrafte. Statt dessen begrüßte er sie mit eisigem Lächeln und prophezeite: »In Texas wird alles wieder aufleben. Der mexikanische Peso wird sich erholen. Dem Erdöl steht eine neue Blüte bevor. Wir werden es erleben, daß die Bohrtürme wieder in Betrieb gehen. Braniff wird fliegen, dafür werden wir sorgen. TexTek hat ein Dutzend neue

Erfindungen parat, die den Markt in Erstaunen setzen werden. Und die Dallas Cowboys werden den Super Bowl gewinnen.«

»Dann sind Sie also nicht pessimistisch eingestellt?«

»Das Wort kenne ich nicht.«

Als dieses schlechte Jahr zu Ende ging und seine Buchhalter ihm die Abschlußrechnungen über seine Verluste vorlegten, lachte Ransom Rusk und fragte: »Wie viele Ihrer Freunde können von sich behaupten, daß sie in diesem Jahr fast eine halbe Milliarde Dollar verloren haben?«

Doch selbst sein Aplomb wurde durch eine Reihe von Familientragödien erschüttert. Sein Vater, der fette Floyd, hatte zwei Töchter, Bertha und Linda, gezeugt, die fast eine ganze Generation vor Ransom geboren wurden. Jede von ihnen hatte vier Kinder gehabt, so daß Rusk Onkel von acht Neffen und Nichten war, für deren finanzielles Wohlergehen er sorgen und deren Zuteilungen aus der Ruskschen Vermögensmasse er überwachen mußte.

Um nur einmal den Fall von Victoria und Charles, zwei Kindern der vierten Generation, unter die Lupe zu nehmen: Wenn man die Prozentsätze multiplizierte, kam man zu dem Ergebnis, daß Victoria 0,00 275 und Charles 0,000 917 Prozent der Ruskschen Vermögensmasse besaßen. Und da die Vermögensmasse, die nur am Ölteil von Rusks Gesamtvermögen partizipierte, jetzt an die siebenhundert Millionen Dollar betrug, bedeutete das, daß Klein Victorias Anteil 1 925 000 Dollar betrug; auf Charles entfielen 641 900 Dollar. Und weil Rusks Ölreserven dank geschickter Verwaltung einen jährlichen Ertrag von etwa sechzehn Prozent lieferten, erhielt die junge Victoria an die 308 000 Dollar und Charles 102 700 Dollar im Jahr.

Doch die beiden und ihre Geschwister konnten sich in diesen Tagen des Geldes nicht erfreuen, denn ihre Eltern waren in wahre Tragödien verwickelt worden. Charles' Mutter, Mae, hatte einen Nichtsnutz geheiratet, der später durch eigene Hand umgekommen war. Victor, Maes Cousin, ein überaus liebenswerter Bursche, war es nicht viel besser ergangen. Seine Frau, ein schönes Mädchen, dem es jedoch an Charakterstärke und Willenskraft fehlte, hatte schon früh und sehr kräftig dem Alkohol zugesprochen und war so heruntergekommen, daß man sie in einer Anstalt unterbringen mußte. Es war eines der feinsten Trockenlegungsetablissements in Texas, bedauerlicherweise aber mit einer schlechten Feuermeldeanlage ausgestattet. Als ein berauschter Insasse im Erdgeschoß mit einer brennenden Zigarette in der Hand einschlief, brach Feuer aus, der ganze Flügel stand bald in Flammen, und nur das beherzte Eingreifen von zwei mexikanischen Hausmeistern rettete Mrs. Rusk das Leben. Sie erlitt schwere Verbrennungen, überlebte aber; doch schwand jede Hoffnung, sie von ihrer Sucht zu befreien, und sie würde den Rest ihres Lebens im Krankenhaus verbringen müssen.

In dieser für beide so hoffnungslosen Situation kamen sich Victor und Mae immer näher; anfangs, weil sie Mitleid für den jeweils anderen fühlten, später weil sie, obwohl Cousin und Cousine, leidenschaftliche Liebe füreinander empfanden. Und weil Victor zu der Überzeugung gelangt war, daß es schändlich wäre, sich von seiner kranken Frau scheiden zu lassen, luden er und Mae Kanister mit Benzin in seinen Mercedes-Benz, rasten einen Freeway mit hundertfünfzig Stundenkilometern hinunter und krachten frontal in eine Betonmauer.

Es blieb Ransom überlassen, sich den Fragen der Reporter zu stellen und sich um seine Großneffen und Großnichten zu kümmern. Er rief die Kinder zu sich und sagte: »Ihr wißt alle, was geschehen ist. Ihr versteht es besser als jeder andere. Was tun? Spuckt in die Hände und beißt die Zähne zusammen! Und schwört euch: ›Mir wird das nicht passieren!‹« Und während er so mit ihnen sprach, sah er im Geist die unerschrockenen Rusks, die ihnen vorangegangen waren, und nun erschienen ihm seine Vorfahren in einem freundlicheren Licht. »Vergeßt nicht, daß euer Urgroßvater, den man den fetten Floyd nannte, seinen letzten Penny auf die Ölquelle setzte, mit der der Aufstieg unserer Familie begann. Er hatte Mut, und den müßt auch ihr haben. Ich liebe euch alle sehr. Ganz gleich, was geschieht, ich werde immer für euch dasein. Wir müssen zusammenhalten.«

Nachdem die Buchprüfer seine Familienangelegenheiten in Ordnung gebracht hatten, kehrte er in sein neues Büro zurück. »Eines ist mal sicher«, sagte er, »vierundachtzig muß unbedingt besser werden.« Er redete sich in Feuer. »Reagan wird wiedergewählt werden – der beste Präsident, den wir in den letzten sechzig Jahren hatten, wenn auch schon ein wenig klapprig. Wir werden noch mehr Kommunisten aus dem Senat entfernen. Das Öl wird wiederkommen. Vielleicht wird sogar Braniff wieder fliegen.« Und während eines Telefongesprächs mit Houston sagte er: »Gut oder schlecht, ich arbeite lieber in Texas als sonstwo in der Welt.« Und dann, ohne einen Augenblick daran zu zweifeln, daß er seine verlorenen Dollars in zwei Jahren zurückgewonnen haben würde, flog er nach Kenia, um mit seinen Freunden auf Safari zu gehen.

Roy Bub Hooker, Todd Morrison und ihre zwei Freunde, der Ölhändler und der Zahnarzt, alle etwa dreißig Jahre alt, hatten sich entschlossen, irgendwo im Süden an der Grenze zur großen King Ranch ein Gebiet zu pachten, auf dem sie Wachteln jagen konnten; Ende dreißig würden sie ein Flugzeug haben wollen, um rascher auf ihr Jagdgebiet gelangen zu können; Anfang vierzig würden sie sich danach sehnen, ihre Sommer- und Winterferien in Colorado zu verbringen; Ende vierzig schließlich würden sie im herrlichen Bergland von Austin eine Ranch finden wollen; und an dem Tag, da dieses glückliche Ereignis eintrat, würden sie fast sicher aus der demokratischen Partei aus- und in die republikanische eintreten.

Pünktlich empfanden die vier Mitglieder von Roy Bubs Jagdpartie diese Wünsche. Die Männer hatten es in ihren Berufen unterschiedlich weit gebracht: Der Ölmann war außergewöhnlich erfolgreich geworden, und der aus Detroit gebürtige Todd Morrison hatte es mit seinen Grundstücksgeschäften zu knapp zwanzig Millionen Dollar gebracht. Der Zahnarzt jedoch bewegte sich mit einer oder zwei Millionen in den unteren Rängen, und Roy Bub grub immer noch Sickergruben, ohne auch nur eine einzige Million vorweisen zu können.

Also kauften Morrison und der Ölmann das Flugzeug, eine viersitzige Beechcraft. Roy Bub nahm Flugstunden, und drei Jahre lang flogen sie in der Saison fast jedes Wochenende zu ihrer Jagd in Falfurrias hinunter. Es dauerte nicht lange, bis die große Sehnsucht sie packte, und sie an den Erwerb einer Ranch im Westen von Austin zu denken begannen.

Sie überließen es dem Naturburschen Roy Bub, etwas Geeignetes zu finden. Ende der siebziger Jahre erspähte Roy eines Tages auf einem Erkundungsflug von Austin nach Westen entlang dem Südufer eines großen Sees einen kleinen Zubringerfluß. »Das muß der Pedernales sein«, sagte er zu Morrison, der ihn begleitete.

Während Roy dem Fluß nach Westen folgte, sah er es: Ein schönes Stück Land am Nordufer des Pedernales. Hier war alles zu finden, was die vier Jäger suchten: ein Stück Land entlang des Flusses, schützende Gebüsche für Moorhühner und wilde Truthähne und hohe Laubbäume, deren Zweige und Knospen das Rotwild abfressen konnte. Es war die alte Allerkamp-Ranch, zweitausend Hektar groß, und daran anschließend der ebenso große Macnab-Besitz. Roy Bub landete in Fredericksburg, wo er und Morrison zu ihrer Freude erfuhren, daß beides zum Verkauf stand. Todd und der Ölmann brachten den Großteil des Geldes ein, während Roy Bub und der Zahnarzt die meiste Arbeit auf sich nahmen. An einem verhangenen Freitag im November 1980 flogen sie nach Falfurrias hinunter, um ihre Pacht zum 1. März aufzukündigen.

Die vier Jäger hatten ihre neue Ranch erst zwei Jahre, als der Zahnarzt zu der Erkenntnis gelangte, daß er jetzt finanziell in der Lage war, seine Praxis aufzugeben und sich ganz der Zucht und dem Verkauf von Jagdhunden zu widmen. Er zog sich aus dem Konsortium zurück und eröffnete einen Zwinger am Stadtrand von Houston. Zur gleichen Zeit wurde der Ölhändler von einer heimtückischen Krankheit befallen, unter der viele texanische Ölhändler zu leiden hatten: »Ich habe mein ganzes Leben lang davon geträumt, in England und Schottland zu jagen. Meine Herren, ich habe einen prächtigen Angelplatz für Lachse in der Nähe von Inverness gepachtet, und ihr seid alle eingeladen, mich in der Saison zu besuchen.«

Sein schottisches Abenteuer nahm ihn sehr in Anspruch, und eines Abends teilte er Morrison und Roy Bub mit, daß er seinen Teil der Allerkamp-Ranch verkaufen wolle. »Ich möchte dir, Roy Bub, eine Chance geben. Du sollst eine Beteiligung haben.« Er arrangierte eine langfristige zinslose Rückzahlung für Hooker. »Das bin ich dir schuldig, Roy Bub. Was immer ich vom Leben in der freien Natur weiß, hast du mir beigebracht.«

So waren Todd Morrison und Roy Bub Hooker jetzt Besitzer einer Ranch am Pedernales und einer halben Beechcraft. Aber dieser Schönheitsfehler wurde beseitigt, als der Ölhändler sich erbötig machte, seine Hälfte des Flugzeugs für einen Spottpreis zu verkaufen. Todd und Roy Bub griffen sofort zu. Nachdem sie den Handel mit dem Freund abgeschlossen hatten, verschwand er für immer aus ihren Augen.

Morrisons Einnahmen aus seinen verzweigten Grundstücksgeschäften waren hoch genug, um ihm zu erlauben, den Großteil der Kosten der Ranch auf sich zu nehmen, und nachdem ein gutes Stück vom Fluß entfernt ein Behelfsflugplatz eingerichtet worden war, tauchten die Privatflugzeuge vieler bedeutender Immobilienmakler aus Houston in Allerkamp auf, und die Ranch wurde zu einem Treffpunkt für Baulöwen und deren Frauen. In eleganter Atmosphäre konnten sie sich hier glänzend amüsieren.

Obwohl Morrison stets an Geschäft dachte – irgendeinen Deal hatte er immer am Kochen –, seine Liebe zur freien Natur war ihm geblieben, und so stieß Roy Bub nicht auf taube Ohren, als er eines Tages mit einem faszinierenden Vorschlag zu ihm kam: »Alter Freund, ich glaube, wir haben hier eine Goldgrube. Ich möchte dir empfehlen, die Ranch einzuzäunen und...«

»Sie ist doch schon eingezäunt.«

»Ich möchte eine wilddichte Einfriedung.«

Todd starrte den Spezialisten für Kläranlagen an und fragte: »Denkst du vielleicht an Exoten?«

»Na klar. Mit deinem Geld, Todd, und mit meinem Gefühl für Tiere – und wenn ich die Verwaltung übernehme, könnten wir hier wirklich etwas auf die Beine stellen!«

»Weißt du überhaupt, was eine wilddichte Einfriedung kostet?«

»Weiß ich«, antwortete Roy Bub und zog einen Kostenvoranschlag aus der Tasche. »Das Beste vom Besten, um die fünfeinhalbtausend Dollar den Kilometer.«

Todd überflog die Zahlen. »Zweiunddreißig Kilometer wilddichte Einfriedung zu fünfeinhalbtausend der Kilometer. Du lieber Himmel, Roy Bub! Das sind hundertsechsundsiebzigtausend Dollar für das Gehege, ohne die Tiere, und die sind auch nicht billig!«

»Todd, ich habe Beziehungen und kann die besten Exoten der Welt beschaffen. Ein gutes Sortiment bekomme ich schon für hundertdreißigtausend Dollar.«

Tatsächlich gelang es ihm, einen wesentlich günstigeren Preis als fünfeinhalbtausend Dollar den Kilometer herauszuschlagen, und als das Gehege fertig war, hielt er auch den Rest seines Versprechens: Er schaffte es, Exoten wie Mähnenschafe, Sika-Hirsche, Mufflons und Wapitis zu Spottpreisen aufzutreiben. Dann kaufte er auch noch neun Strauße und sechs Giraffen. »Natürlich dürfen die nicht geschossen werden, aber sie geben dem Ganzen Farbe.«

Von Anfang an stand fest, daß gewartet werden mußte, bis sich die

Exoten gut eingelebt hatten. Dann konnten Großwildjäger eingeladen werden, ihr Können gegen Tiere auf freier Wildbahn unter Beweis zu stellen. Dafür wollten die Besitzer der Ranch gesalzene Preise fordern; aber es war immer noch billiger, als nach Nairobi zu fliegen.

Als die Tiere endlich alle da waren und Morrison eine Rechnung nach der anderen für Kosten und Transport bezahlt hatte, sorgte Roy Bub für einen erstaunlichen Zuwachs, dessen Kauf er selbst finanzierte. Eines Morgens rief er Houston an: »Todd, Maggie! Fliegt sofort her! Es ist einzigartig!«

Ein großer Anhänger mit irgendwelchen Tieren war auf der Ranch angekommen. Er wurde auf eines der kleinen Felder manövriert, wo das Jagen verboten war, man brachte Rampen an, die Tür ging auf – und eine stille, würdevolle Prozession bewegte sich herab. Den Zuschauern stockte der Atem: Von einem überbelegten Zoo hatte Roy Bub vier der anmutigsten Geschöpfe der Natur erstanden: Säbelantilopen, Tiere, so groß wie Rothirsche, die Männchen schwarz, die Weibchen rotbraun, majestätisch einherschreitend und mit den edelsten Hörnern im gesamten Tierreich ausgestattet.

In den ersten Jahren der Krise blieb kein Immobilienmakler in Houston von den Auswirkungen verschont, aber da Maggie Morrison das Mietgeschäft immer gemieden hatte, wurde sie vom Sturz der Ölpreise nicht sofort in Mitleidenschaft gezogen.

Sie spezialisierte sich auch weiterhin darauf, preiswerte Häuser für leitende Beamte aus dem Norden zu finden, deren Firmen sie nach Houston delegiert hatten. Eine wirklich große Operation mit Fremdfinanzierung aus Kanada oder Saudi-Arabien auf die Beine zu stellen hatte sie sich noch nicht getraut, aber sie kam gut zurecht und hätte sich allein erhalten können, wenn es nötig gewesen wäre. Ihr war aufgefallen, daß ihr Mann sich oft in brenzligen Situationen befand, aus denen er sich nur mit Schlichen herauswinden konnte, die sie, hätte sie die Einzelheiten gekannt, nicht gebilligt hätte. Als zum Beispiel der Ölmann, der ihr Partner gewesen war, von der Ranch am Pedernales zu einer Jagdhütte in Schottland überwechselte, schüttete er ihr sein Herz aus: »Ich sage das nicht gern, Maggie, aber ich mag dich. Sichere dich ab! Ich habe mit deinem Mann viele Geldgeschäfte gemacht, und, verdammt, er hat es immer wieder mit einer neuen Masche versucht. Er geht nie den geraden Weg. Er bescheißt seine Freunde. Er will immer noch einen zusätzlichen Vorteil herausschinden.«

Der Ölmann besuchte sie nicht wieder, und zu ihrer Überraschung wurde sie auch von dem Zahnarzt mit dem großen Hundezwinger ignoriert. Als sie einmal Eckgrundstücke besichtigte, die für Mittelklasse-Wohnbauten geeignet waren, kam sie beim Zwinger vorbei, ging hinein und fragte ohne Umschweife: »Hat mein Mann etwas damit zu tun, daß du dich aus der Allerkamp-Geschichte zurückgezogen hast?« Er antwortete ihr ebenso offen: »Mit der Zeit wird niemand mehr etwas mit deinem Mann zu tun haben wollen, Maggie. Paß auf dich auf!«

Daß Texas sie für sich gewonnen hatte, erkannte Maggie daran, daß sie sich immer mehr ihrer Tochter anpaßte. Beth, noch keine zwanzig und eine Schönheit, hatte sich geweigert, an die University of Michigan zu gehen. »Ich gehe nur an die UT.«

»Hör doch auf mit deinen idiotischen Abkürzungen. Wenn du Texas meinst, dann sag es.«

»Genau das meine ich«, hatte Beth gekontert und war an der UT Chefstabwerferin geworden.

Verärgert hatte Maggie es abgelehnt, irgendwelche Footballspiele zu besuchen, aber an einem Samstagnachmittag, als Texas gegen die SMU angetreten war, sah sie zufällig im Fernsehen eine sehr beachtliche junge Dame von dieser Universität, ein wahres Genie im Stabhochwerfen. Sie schleuderte das Ding weit höher, als Maggie es je für möglich gehalten hätte.

»Unglaublich«, sagte sie bewundernd und blieb vor dem Fernseher sitzen, bis ihre Tochter erschien, und nun stockte ihr der Atem.

Nachdem die Kapelle und die Tänzer der SMU das Feld verlassen hatten, trat die riesige Kapelle der Texaner in Aktion: über dreihundert Musikanten in orangefarbenen Uniformen. Als erstes kam der einsvierundneunzig große Tambourmajor, gefolgt von sechzig Cheerleaders, Jungen und Mädchen, und den drei Stabwerferinnen, Beth Morrison in der Mitte. Hinter ihnen, ihre Cowboyhüte im Takt schwingend, marschierten im Gleichschritt die endlosen Reihen der Musikanten. Dann trat Beth vor; mit einer Geschicklichkeit, die Maggie in Erstaunen versetzte, warf sie zuerst einen, dann einen zweiten Stab in die Luft und fing sie völlig mühelos wieder auf.

Beth war eingeladen worden, den Kappas, einer der ersten Studentinnenvereinigungen, beizutreten, deren ältere Mitglieder es so eingerichtet hatten, daß sie einen der attraktiveren BMOCs kennenlernte. Wolfgang Macnab, Abkömmling zweier berühmter Texas Rangers, war fürwahr ein BMQC, ein »Big Man on Campus«, ein großer Mann auf dem Campus, denn er war über einen Meter achtzig groß, wog zweihundert Pfund und spielte als Linebacker im Longhorn-Footballteam.

Er war fünf Jahre älter als Beth und hätte sein Studium schon beendet haben sollen, bevor sie sich überhaupt immatrikuliert hatte, aber nach alter Texastradition war er sowohl in der Highschool als auch im College zurückgehalten worden. Er war ein intelligenter junger Kerl und fiel unter den anderen Footballriesen dadurch auf, daß er auch mit Erfolg studierte. Nachdem sie sich in der Kaapa-Lounge kennengelernt hatten, besuchten er und Beth zusammen ein Seminar für Kunstgeschichte, und es dauerte nicht lange, und man sprach von ihnen als dem »idealen texanischen Paar«. Was dann geschah, wird am besten aus einem Brief von Beths Mutter nach Detroit ersichtlich:

»... denke ich dabei auch an Beth. Sie hätte, dessen bin ich sicher, in Michigan oder Vassar eine schöne Karriere machen können. Das Mädchen ist fast ein Genie und war schon mit vierzehn eine wunderbare Dichterin – und in diesem Alter fangen die richtigen Dichter für gewöhnlich an. Aber hier in ihrer Highschool wurde sie einer Gehirnwäsche unterzogen und zu einer Stabhochwerferin gemacht... So ging sie ihren Weg und ist jetzt tatsächlich die beste Stabhochwerferin von allen geworden.

Was tut also mein anbetungswürdiges kleines Dummchen? Sie heiratet einen der bestaussehenden Footballspieler, den Gott je geschaffen hat, und zur Hochzeit kommt auch sein Bruder Cletus, 1,95 groß – ein ausgewachsener Texas Ranger mit einem großen Hut und einem versteckten Pistolenhalfter. Als die drei vor dem Priester standen – natürlich ein Baptist –, die kleine Beth in der Mitte und diese Prachtkerle links und rechts von ihr, gelang es mir nicht, meine Tränen zurückzuhalten.

Und dann erlebte ich zwei Überraschungen. Was glaubst Du wohl, was sie mit dem Geld machten, das sie von ihren Studentenverbindungen zur Hochzeit geschenkt bekamen? Sie haben sich einen

Druck von Picasso gekauft. Jawohl, von Picasso. Und heute in den Abendnachrichten wurde gemeldet, daß Wolfgang einen Vertrag mit den Dallas Cowboys abgeschlossen hat, angeblich der besten Footballmannschaft Amerikas. Also werde ich wohl nicht die Mutter einer Dichterin werden, dafür aber die Schwiegermutter eines Footballhelden.«

Als sich die Rezession im Jahre 1982 verschärfte, kam es selbst bei gutsituierten Leuten wie den Morrisons vor, daß sie knapp bei Kasse waren. Todd setzte sich mit seiner Frau zusammen, um die Lage zu besprechen. »Jetzt ist die Zeit gekommen, das große Geld zu machen.«
»Du mußt verrückt sein. Die Preise sind ins Bodenlose gefallen!«
»Genau das ist der Moment, wo sich Gelegenheiten bieten. Ein guter Grundstücksmakler – und du bist einer der besten, Maggie – kann bei steigenden Marktpreisen gut verdienen. Aber er kann geradezu absahnen, wenn sie fallen: Weil die Leute verkaufen müssen – und es sind verdammt wenig Käufer da.«
»Und wie sollen wir kaufen?«
»Auf Kredit. Wir sehen uns nach Pfändungen und Zwangsvollstreckungen um und steigen voll ein.«
Nachdem sie das getan hatten und ihre eigenen Mittel erschöpft waren, sagte Todd: »Jetzt fangen die großen Rosinen an zu reifen. Flieg nach Dallas rauf und sieh zu, daß du das große Geld auftreibst.«
So kam es, daß Maggie Morrison, einst Lehrerin in einer Vorstadt von Detroit, wegen Personalabbaus gefeuert, das Büro von Ransom Rusk in Dallas betrat und versuchte, ihn für eine Grundstücksspekulation in Houston zu interessieren, für die einhundertdreiundvierzig Millionen Dollar benötigt wurden. »Verzeihen Sie, Mr. Rusk, daß ich gerade jetzt zu Ihnen komme, wo doch in den Zeitungen zu lesen ist, daß Sie Rückschläge erlitten haben.« Er lachte. »Meine liebe Mrs. Morrison, das ist genau der Zeitpunkt, wo ein Mann wie ich nach neuen Unternehmungen Ausschau hält.«
»Mit wieviel müßten mein Mann und ich uns beteiligen?« fragte sie, und er antwortete: »Mit allem, was Sie haben. Sie sollen genauso besorgt über die Sache sein wie ich.«
Und dann sagte er noch: »Sie brauchen einhundertdreiundvierzig Millionen Dollar. Ich bringe fünfundzwanzig Millionen auf, wenn Sie

mit vier dabei sind.« Sie sah ihn an. »Aber da fehlen ja noch mehr als hundert Millionen. Wo nehmen wir die her?« Er lächelte. »Die holen wir uns von den Banken. Sie werden sich wundern, wie bereitwillig die jedem Geld leihen, der eine prima Idee hat – und Sie haben eine!«

Als die siebenundvierzigjährige Maggie Morrison entdeckte, wie leicht es war, sich in Texas große Summen zu borgen – besonders von Ölmagnaten –, studierte sie den Grundstücksmarkt in Houston mit besonderer Sorgfalt und fand dabei heraus, daß nach der katastrophalen Entwertung des Peso viele Besitzer schöner Gebäude dem Konkurs nahe waren, so daß beachtliche Gelegenheitskäufe auf den Markt kamen, Gelegenheitskäufe für den, der den Glauben hatte, daß es auch wieder einmal aufwärts gehen werde. Sie hatte diesen Glauben.

Houston war jetzt die viertgrößte Stadt Amerikas, hatte Philadelphia von dieser Stelle verdrängt und gute Aussichten, noch vor Ende des Jahrhunderts auch Chicago hinter sich zu lassen. Doch der leerstehende Büroraum Houstons war auf vier Millionen Quadratmeter gestiegen. Die Bauherren hatten zu viel und zu schnell gebaut und mit Geld, das mit zu hohen Zinsen belastet war. Bei Hypothekarzinsen von siebzehn Prozent mußte man pleite gehen.

Maggie aber war an Immobilien interessiert, und als sie einmal am späten Nachmittag in ihrem Büro im fünfzehnten Stockwerk saß und auf den Buffalo Bayou hinausblickte, konzentrierte sich ihre Aufmerksamkeit auf jene von Gabe Klinowitz' mexikanischen Politikern errichtete prächtige Hochhausgruppe The Ramparts. Die Panoramaglasverkleidung leuchtete in der untergehenden Sonne, aber der Komplex war nur zu fünfzehn Prozent belegt; hätten sich die Mieten weiterhin auf der spektakulären Höhe des Jahres 1980 gehalten, die Mexikaner hätten abgesahnt; so aber standen sie vor einer Katastrophe.

Noch am gleichen Abend traf Maggie eine Entscheidung. In aller Frühe zog sie am nächsten Tag ihr schickstes Kostüm an und flog nach Dallas. »Die Mexikaner haben da eine gigantische Investition vorgenommen, Mr. Rusk. Sie können ihre Schulden unmöglich tilgen, und sie zahlen bis zu neunzehn Prozent Zinsen!«

»Und Sie sind sicher, daß die Leute hundertsiebzig Millionen hineingesteckt haben? Was müssen wir ihnen bieten, damit sie aussteigen?«

»Ich habe so ein Gefühl, wir könnten das Ganze für fünfzig Millionen bekommen. Vielleicht sogar für vierzig.«

»Schauen Sie mal, was Sie erreichen können.«

Mit einem vorläufigen Verhandlungsangebot kehrte sie nach Houston zurück. Rusk hatte ihr gesagt: »Maggie, ich bin mit dreizehn Millionen dabei, wenn Sie zwei riskieren. Aber Sie müssen die Banken in Houston dazu bringen, uns den Rest zu einem akzeptablen Zinssatz zu leihen.«

Ihre erste Aufgabe bestand darin, den Mexikanern ihre aussichtslose Lage vor Augen zu führen und ihnen klarzumachen, daß sie bei einem Bankrott alles verlieren würden. Charmant spielte sie den Unterschied zwischen den hundertsiebzig Millionen, die zu zahlen die Herren sich verpflichtet hatten, und den vierzig, die sie ihnen anbot, herunter und versicherte ihnen leidenschaftslos, daß sie eigentlich keine andere Wahl hätten.

In den Verhandlungen mit den Banken war sie dem Anschein nach ganz sanft, in Wahrheit aber unerbittlich. »Gibt es für Sie eine Alternative? Ihre Darlehen sind geplatzt, und das gleiche gilt für die Ölkredite. Helfen Sie meinem Partner und mir, das Desaster zu refinanzieren, und Sie bekommen mehr zurück, als Sie erwarten durften.«

Schon hatte sie alle so weit, daß sie zustimmen wollten, wenn das auch die anderen taten, als Beth bekanntgab, daß sie ein Baby erwarte, worauf Maggie die Verhandlungen für eine Woche aussetzte; das war zwar nicht geplant gewesen, aber es war das Klügste, was sie tun konnte, denn als sie an den Verhandlungstisch zurückkehrte, strebten alle Beteiligten bereits ungeduldig eine Entscheidung an.

Aus einer Lehrerin, die George Eliot verehrt hatte, war eine texanische Geschäftsfrau geworden, die an Adam Smith glaubte. Sie wußte, wie weit sie ihren Mann hinter sich gelassen hatte: Er tätigte kleine Geschäfte, sie jonglierte mit Millionen. Er war ein guter Ehemann und ein noch besserer Vater gewesen, aber unter Druck hatte er sich als schuftiger Mann ohne Stil erwiesen. Sie hoffte, er werde nicht in Schwierigkeiten geraten und das Geld, das er so leicht verdient hatte, nicht vergeuden – aber sicher konnte sie nicht sein.

Und dann kamen die Tränen. Gestählt in der brutalen Welt des Immobiliengeschäftes von Houston, hatte sie dieser Schwäche nicht mehr nachgegeben, seit sie bei Beths Hochzeit fast einen Weinkrampf erlitten hatte. Jetzt ließ sie ihr Leben mit Todd an ihrem geistigen Auge vorüberziehen. Sie erinnerte sich, mit wieviel Liebe und gegenseitigem Vertrauen es begonnen hatte. O Todd! Wir hätten es viel besser machen müssen! Großzügig, aber ungerechtfertigt nahm sie die halbe Schuld auf sich.

Für zweiundvierzig Millionen Dollar erwarb sie Immobilien im Wert von hundertsiebzig Millionen; sie und Rusk brauchten nur zwölf einzusetzen – die Banken waren mehr als bereit, den Rest zu tragen. Selbst die mexikanischen Politiker zeigten sich erleichtert.

Im Juli 1983 – in Houston sah es wieder etwas besser aus – verkaufte sie The Ramparts an eine Gruppe finanzkräftiger Kanadier, die die Obergeschosse in Super-Penthäuser für ihre Ehefrauen verwandeln wollten. Maggie erzielte einen Kaufpreis von zweiundsechzig Millionen Dollar. In einem Jahr hatten Rusk und sie zwanzig Millionen verdient. Großzügig teilte er den Gewinn mit ihr fünfzig zu fünfzig; das sei die übliche Maklerprovision, sagte er.

Als der Kauf abgeschlossen war, – *finalisiert*, wie man in Houston sagte –, lud Maggie Beth zu einem Festessen ein. »Warum ich soviel riskiert habe? Ich wollte dir und deinem Bruder Lonnie den besten Start für euer Leben in Texas ermöglichen. Ich fürchte, dein Vater wird mit seiner Exotenranch alles verlieren.«

»Mum! Wolfgang und ich haben ein gutes Einkommen. Weit mehr, als ich mir je erträumt habe.«

»Bis auf weiteres. Linebacker bleibt man nicht ewig.«

Das Festessen fand im August 1983 in einem eleganten Restaurant statt. Als es zu Ende ging, übertrug das Fernsehen gerade Meldungen über »Alicia«, den ersten Hurricane des Jahres, der mit einer Geschwindigkeit von mehr als hundertneunzig Kilometern in der Stunde im Golf umherstürmte und sich offensichtlich auf Galveston zubewegte. Die zwei Frauen unterbrachen ihr Gespräch, um zuzuhören, und Maggie, die auf solche Naturereignisse empfindlich reagierte, weil sie die Preise auf dem Immobilienmarkt beeinflussen konnten, sagte: »Armes Galveston. Vor mehr als achtzig Jahren wurde es von einem solchen Sturm völlig zerstört.«

»Ich habe davon gehört. War es so schlimm?«

»Sechstausend Menschen ertranken. Es war die schrecklichste Naturkatastrophe in der Geschichte Amerikas. Später wurde ein Damm gebaut, und der hält.«

In den nächsten zwei Tagen verfolgte Maggie den tropischen Sturm, aber nur nebenbei, denn die Windgeschwindigkeit war auf relativ sichere hundertdreißig Kilometer gesunken, und in Texas hatte man gelernt, sich auf Hurricanes einzustellen. Sie hatte die Gefahr schon fast vergessen, als der Sturm etwa achtzig Kilometer vor der Küste völlig zum Stillstand kam und nur um sich selbst herumwirbelte.

Nun wurden alle die aufmerksam, die eine Ahnung vom Verhalten tropischer Stürme hatten, denn diese stationäre Kreiselbewegung bedeutete, daß das Auge des Sturms enorme Geschwindigkeiten erreichte, bis zu zweihundertsechzig Kilometer in der Stunde. Mit soviel angesammelter Kraft konnte der Hurricane dort, wo er auf die Küste auftraf, Tod und Verderben bringen – und sein Ziel schien Galveston zu sein.

Doch in den letzten Sekunden, bevor er Land erreichte, wechselte der Sturm die Richtung und entlud sich über einem relativ wenig bevölkerten Teil der Küste, so daß statt Tausender nur zwanzig Tote zu beklagen waren. Erleichtert gingen die Menschen von Galveston in ihre Kirchen, um einmal mehr für ihre Rettung zu danken.

Der Hurricane war schon ein gutes Stück über die Küste hinaus, als er unvermittelt umkehrte und Houston anfiel, doch nicht von Osten, wie man hätte erwarten können, sondern von Südwesten her, und als er mit Geschwindigkeiten heranbrauste, die kein Architekt und kein Baumeister vorausgesehen hatte, begann er um die Hochhäuser herumzufegen, wobei er gewaltige Luftströme erzeugte, wie die Stadt sie noch nie erlebt hatte.

Ohne auf die Warnung ihrer Nachbarn zu hören, ging Maggie Morrison nach draußen, um aus der Nähe zu sehen, ob The Ramparts Beschädigungen erleiden würden, denn obwohl der Komplex nicht mehr ihr gehörte, fühlte sie sich doch in gewisser Weise verantwortlich. Entsetzt sah sie, wie der Sturm gegen die Türme ansprang. Und als er nun mit phantastischer Geschwindigkeit um die drei Bauwerke brauste, gewann er jene Kraft, die ein Flugzeug emporhebt; und auf der Rückseite saugte der Wind jetzt die Fenster aus ihren Rahmen. Als tödlicher Regen fielen große und kleine Glasscherben auf die Straßen der Stadt. Hinter einer schützenden Mauer stehend, beobachtete Maggie die Tragödie.

The Ramparts gehörten den neuen Besitzern – daran bestand nicht der geringste Zweifel –, aber sie war dieser Zerstörung nur um zwanzig Tage entgangen; hätte sie bei den Verkaufsverhandlungen eine Verzögerungstaktik betrieben, sie hätte das ganze Gewicht der Katastrophe zu tragen gehabt.

»Zum Teufel mit Birma!« rief Ransom Rusk, der mit einem Weltatlas im Schoß in seinem Haus in Larkin saß. Er hatte festzustellen versucht, welches Land einige wenige Quadratkilometer kleiner war als Texas, um bei seinem nächsten Vortrag im Boosters' Club sagen zu können: »Texas ist ein Land für sich, größer als...« Er hatte gehofft, es werde ein bekanntes Land wie Frankreich sein, aber dieser Vergleich würde Texas herabsetzen, das 692 395 Quadratkilometer groß war, während Frankreich magere 547 026 und Spanien gar nur klägliche 504 782 aufzuweisen hatte. Nein, ein echter Vergleich war nur mit Birma möglich, aber wer hatte schon von diesem Land gehört? Die Leute im Club würden glauben, es liege in Afrika!

In diesem Moment klingelte das Telefon. Es war Todd Morrison von der Allerkamp Exotic Game Ranch: »Wenn Sie gleich herkommen, habe ich vielleicht etwas Interessantes für Sie.« Rusk war neugierig; er verständigte seinen Piloten und war schon eine Stunde später unterwegs zum Pedernales.

Während des Flugs versuchte er sich zu erinnern, ob er Todd Morrison durch Maggie kennengelernt hatte oder sie durch ihn. Er mochte beide gern – ihn wegen seiner Tätigkeit als Heger eines großes Wildparks, sie wegen ihrer Tüchtigkeit bei der Abwicklung bedeutender Immobiliengeschäfte. Wie brillant sie diese Ramparts-Geschichte durchgeführt hatte! Bemerkenswert. Genau im richtigen Augenblick eingestiegen und drei Wochen vor dem Hurricane abgesahnt. Rusk fragte sich, ob sie so klug war oder einfach nur Glück hatte, aber im Umgang mit Geld war sie jedenfalls besser als so mancher Mann.

Noch mehr interessierte er sich für Todd Morrison. Der Mann hatte Zielstrebigkeit bewiesen, als er den großen Wildpark einrichtete und mit kostbaren Tieren ausstattete. Rusk hatte nie in Erfahrung gebracht, wieviel der andere Bursche, Roy Bub Hooker, dazu beigetragen hatte, und es war ihm auch gleichgültig, denn er verspürte ein leises Unbehagen in seiner Gesellschaft. Man zahlte gutes Geld, um eines seiner Tiere abzuschießen, und er schaute einen an, als ob man seinen Vater abgeknallt hätte.

Als das Flugzeug auf der Landebahn niedergegangen war, die Morrison am Rand des Wildparks angelegt hatte, sprang Rusk heraus, ließ sich seine Gewehre herunterreichen und ging auf den zweiundfünfzigjährigen Rancher zu. »Tag, alter Freund. Was ist die große Neuigkeit?«

»Bei welchem Tier sind Sie bisher nicht zum Zug gekommen?«

»Sie meinen die Säbelantilope?«

»Genau die meine ich.«

»Sie haben eine in freier Wildbahn?«

»Genau.«

»Roy Bub Hooker hat mir gesagt, die Säbelantilopen würden nie zum Abschuß freigegeben werden.«

»Der Chef hier bin ich.«

»Und Sie haben entschieden... Wie viele Tiere haben Sie?«

»Acht Stück haben wir jetzt. Da könnte ich schon mal einen Bock entbehren.«

»Und wo ist er?«

»Irgendwo bei den Felsen. Sie können zwei Tage suchen, ohne ihn zu finden.«

»Das ist ja gerade die Herausforderung.«

An diesem ersten Nachmittag unternahmen sie nichts, denn die Jagdgehilfen warnten, das Licht werde sehr schnell nachlassen. Beim Abendessen im alten Haus, das die deutschen Allerkamps um die Mitte des vorigen Jahrhunderts gebaut hatten, bemerkte Rusk, daß Roy Bub Hooker nicht an der Mahlzeit teilnahm.

Schon früh am Morgen öffneten Rusk, Morrison und zwei Helfer vorsichtig das große schmiedeeiserne Tor eines der Weidegebiete und schlossen es wieder hinter sich. Sie befanden sich jetzt auf einem etwa fünfzehnhundert Hektar großen, eingezäunten Areal, auf dem eine Vielfalt von jagdbaren Tieren unter mehr oder weniger den gleichen Lebensbedingungen existierten, die sie auch auf dem Veldt vorgefunden hätten: Die Bodenbeschaffenheit war die selbe, die niedrigen Bäume waren ähnlich, und auch die felsigen Hügel erinnerten an Südafrika.

»In der großen Hitze schlafen sie«, sagte Morrison am Mittag. »Jetzt kann man eine Säbelantilope nicht einmal mit einem Magnet und einem Fernglas aufspüren.« Am Nachmittag sichteten sie Spießböcke und

Zebras, aber keine Säbelantilopen. Bis zum Abend blieben sie im Gehege, aber sie fanden den Bock nicht.

Am nächsten Morgen gingen Rusk, Morrison und die zwei Jagdgehilfen abermals auf die Pirsch. Als die Mittagshitze so drückend wurde, daß alle Tiere schattige Ruheplätze aufzusuchen begannen, flüsterte einer der Helfer plötzlich: »Da bewegt sich was!« Die anderen drei Männer blieben regungslos stehen, während Rusk sich vorsichtig voranarbeitete, um eine günstigere Position zu erreichen; nachdem er das getan hatte, sah er in der Richtung, aus der der Wind kam, einen großen Säbelantilopenbock von herrlicher Färbung, mit einem weiß und schwarz maskierten Gesicht und den charakteristischen majestätischen Hörnern. Selbst der leidenschaftliche Jäger Rusk empfand ehrfürchtige Scheu, als er beobachtete, wie sich das Tier auf einen Grasfleck zubewegte.

Dann kam der Schuß. Er zerschmetterte die mittägliche Stille. Die drei Beobachter eilten auf die Stelle zu, wo die große Säbelantilope tot dalag. Man klopfte Rusk auf den Rücken und beglückwünschte ihn, und dann rief einer der Helfer in sein Funksprechgerät: »Clarence, Mr. Rusk hat gerade seine Säbelantilope erlegt. Feld drei, bei dem kleinen Felsausbiß. Bring den größeren Transporter mit der Kipp-Pritsche. Nein, der Jeep wäre nicht groß genug.«

Das Tier wurde auf der Stelle ausgeweidet. Der Laster rollte heran, und vier kräftige Männer hievten es auf die Ladefläche. Nachdem sie das Gehege verlassen hatten und einer der Helfer zurückgelaufen war, um das Tor zu schließen, wollte es eine unglückliche Fügung, daß sie auf Roy Bub Hooker stießen. Er war unerwartet früh von einer Reise nach Austin zurückgekommen, wo er mit Wildlife-Beamten über die Einfuhr von zwei Flugzeugladungen jagdbarer Tiere aus Kenia verhandelt hatte.

Als er den Laster mit der toten Antilope auf sich zukommen sah, erkannte er den Bock, den er zum Leittier der Herde gezüchtet und dessen Samen er an andere amerikanische Ranches und Zoos verteilt hatte, die die Spezies vor dem Aussterben zu bewahren versuchten.

Dies war nicht irgendein Tier; dies war ein kostbares Erbe, am Leben zu erhalten großer Mühen wert.

Aus vollem Hals, als wäre er tödlich verwundet, brüllte der muskulöse siebenunddreißigjährige Mann: »Was zum Teufel hast du da gemacht?« Als er sah, daß Ransom Rusk der Jäger war, sprang er auf ihn zu und begann ihn mit den Fäusten zu bearbeiten. »Du Hurensohn! Du gottverdammter Mörder! Kommt hierher und...«

Mit seinen kräftigen Armen stieß Rusk den wütenden Roy Bub zurück, aber das brachte den Heger keineswegs zur Besinnung. »Weg von hier, du Saukerl! Weg! Weg!« Er griff zu seiner Pistole, die er immer bei sich trug. Morrison und den Jagdhelfern stockte der Atem. Aber Rusk bewahrte Ruhe: »Roy Bub! Sie Armleuchter, stecken Sie die Pistole weg!«

Hooker ließ die Waffe sinken und sagte langsam, mit bebender Stimme: »Nehmen Sie Ihre Antilope, Sie verdammter Kerl, und verschwinden Sie von hier. Und kommen Sie nie wieder, denn wenn Sie das tun, bringe ich Sie um, das verspreche ich Ihnen.«

Rusk ging auf den Wagen zu, der ihn zu seinem Flugzeug bringen sollte, aber Roy Bub stellte sich ihm in den Weg: »Nehmen Sie Ihre Antilope mit!« Rusk wollte an ihm vorbei, aber der aufgebrachte Mann schrie: »Nehmen Sie sie! Sie haben Sie getötet!«

Rusk drehte sich noch einmal um und sah, daß sein Tierpräparator die Antilope in Empfang nahm, und er hörte, wie Roy Bub Todd Morrison, seinem Partner, zuzischte: »Du Hurensohn, ich sollte dich kaltmachen!« Und dann Morrisons zögernde Stimme: »Roy Bub, wir haben hier ein Geschäft, keinen Spielzeugzoo.«

Sie trafen sich nicht auf der Allerkamp-Ranch. Rusk wollte diese wichtige Angelegenheit nicht in Todd Morrisons Gegenwart besprechen. Sie trafen sich in einer Suite im Driskill Hotel in Austin, wo Rusk Karten und Pläne auf einem großen Tisch ausgebreitet hatte. Er war als erster gekommen, und als Roy Bub eintrat, eilte er ihm mit ausgestreckten Händen entgegen – als ob sie alte Freunde wären: »Roy Bub, ich möchte mich entschuldigen«, sagte er, und noch bevor der jüngere Mann darauf antworten konnte, fügte er hinzu: »Sie haben mich bis in meine Träume verfolgt. Mein Leben lang habe ich Menschen bewundert, die für etwas einstehen und bereit sind, dafür zu kämpfen. Roy Bub, Sie sind ein Mann nach meinem Herzen, und ich entschuldige mich!«

Sie nahmen sich Bier aus der Minibar. »Ich liebe Tiere genauso wie Sie«, sagte Rusk. Roy Bub zog die Augenbrauen hoch: »Dann haben Sie aber einen seltsamen Begriff von Tierliebe.«

»Ich glaube, ich war wie hypnotisiert. In Gorongosa, das ist in Moçambique, da sah ich einmal eine Herde Säbelantilopen, und da schwor ich mir...« Er unterbrach sich, ließ den Kopf sinken und sagte: »Ach, Unsinn, ich habe Morrison unter Druck gesetzt. Er hat mich angerufen, als er wußte, daß Sie für längere Zeit nicht dasein würden.«

»Es war ein sehr kostbares Tier, Mr. Rusk. Der Bock war in allen Zoo-Computern gespeichert, als Leittier der wieder aufgefrischten Herden. Er war...« seine Stimme brach.

»Ich weiß... Was ich also jetzt tun will – ich möchte Morrison auskaufen und zusammen mit Ihnen...«

»Ich glaube nicht, daß er seinen Anteil verkaufen würde.«

»Anteil? Er ist der alleinige Besitzer.«

»Nein, nein, wir haben die Ranch zusammen gekauft. Ich habe sie damals ausfindig gemacht und den Kaufvertrag aufgesetzt.«

»Aber er ist als alleiniger Eigentümer im Grundbuch eingetragen. Sie haben allerdings gewisse Rechte.«

»Die Ranch gehört ihm allein?« Hookers Stimme klang schrill. Rusk legte ihm die Abschriften von Dokumenten vor, aus denen deutlich hervorging, daß er die Wahrheit gesagt hatte. Nachdem Roy Bub sie fertiggelesen hatte, sagte er leise: »Bei allem, was ich mit diesem Hurensohn vereinbart habe, hat er mich immer wieder beschissen. Kaufen Sie ihn aus und vergessen wir ihn.«

»Ich habe in Erfahrung gebracht, daß er bei seinen Immobiliengeschäften genauso vorgeht. Das kann ich überhaupt nicht verstehen, seine Frau ist nämlich hundertprozentig ehrlich. Na ja. Wie viele Hektar Land haben Sie... ich meine, hat er?«

»Ungefähr viertausend Hektar.«

»Wenn Sie und ich etwas gemeinsam unternehmen, muß es im Texas-Stil sein«, sagte Rusk und bat Roy Bub, die Pläne zu studieren, die er mitgebracht hatte. »Meine Leute haben sich entlang des Pedernales umgesehen, und sie meinen, sie könnten uns zusätzliche zwölftausend Hektar verschaffen; zwar nicht in einem Stück, aber da kann man ja dann tauschen. Würden Sie den Wildpark führen wollen? Ich meine, das wird alles erstklassig, wie es sich gehört.«

»An chromblitzendem Touristenrummel bin ich nicht interessiert, Mr. Rusk.«

»Zum Teufel mit den Touristen, ich meine die Tiere.«

Roy Bub dachte nach. »Mr. Rusk«, sagte er schließlich, »wenn Sie das Geld haben – und wie ich höre, haben Sie es –, dann wäre eines der lohnendsten Vorhaben, das Sie durchführen könnten, ein richtiges Wildreservat am Pedernales. Natürlich würden wir unsere Felder den Jägern vermieten und ihnen gesalzene Preise dafür verrechnen, daß sie Tiere abschießen dürfen, die leicht zu ersetzen sind... Elenantilopen, Elche oder Zebras. Aber in den hinteren Feldern, zu denen man nur mit Kameras Zutritt haben würde, könnten wir die Tiere unterbringen, die in Gefahr sind.«

Sie verbrachten die nächsten zwei Tage im Driskill, zeichneten Pläne und führten Besprechungen mit Rusks Anwälten und Grundstücksmaklern; das Resultat war das Projekt einer Superranch jagdbarer Exoten auf achtzehntausend Hektar Land am Pedernales, aufgeteilt in sieben größere Felder, jedes einzelne ein wilddichtes Gehege mit einer zweieinhalb Meter hohen Einfriedung. Die Allerkampschen und Macnabschen Bauten würden als Gästehäuser weiterbestehen, ein zentral gelegener Verwaltungsbau mußte erst noch errichtet werden.

»Woher wollen Sie wissen, daß Morrison verkaufen wird?« fragte Roy Bub Ransom Rusk, und dieser antwortete: »Für Geld tut er alles. Und wenn wir abschließen, werde ich darauf bestehen, daß Sie Ihren Anteil des Kaufpreises erhalten.« Roy Bub machte sich daran, die Kosten für die Einfriedung zu errechnen.

Der zweite Tag ging zu Ende. Rusk und Roy Bub schüttelten sich die Hände. Bevor Ransoms Anwalt sich verabschiedete, sagte er: »Mr. Hooker, Sie bekommen zehn Millionen Dollar für den Ankauf von Tieren.«

»Zehn Millionen«, stammelte Roy Bub, aber Rusk legte den Arm um seine Schultern und beruhigte ihn: »Das ist keine gewöhnliche Ranch. Das ist eine texanische Ranch!«

Zwei Abende später erhielt Rusk einen Anruf seines Anwalts: »Mr. Rusk! Haben Sie schon gehört?«

»Was denn?«

»Roy Bub Hooker hat Todd Morrison erschossen. Drei Schüsse. Mausetot.«

Einen Augenblick Stille, und dann Rusks ruhige Stimme: »Veranlassen Sie, daß Fleabait Moomer mich anruft... sofort.«

Verteidiger Fleabait Moomer beantragte die Verlegung des Hooker-Prozesses von Gillespie County, in dem sich die Allerkamp-Ranch befand, nach Bascomb, einem etwas rauheren Bezirk südlich von Larkin, wo die Geschworenen gegen einen gelegentlichen Mord nichts einzuwenden hatten. Außerdem beauftragte er zwei Privatdetektive, allen Geschäften nachzugehen, in die Todd Morrison – sei es in Michigan, sei es in Texas – je involviert gewesen war.

Kaum hatte der Staatsanwalt in Bascomb von dieser Entwicklung gehört, ließ er sich einen seiner Assistenten kommen, um ihm eine aufregende Mitteilung zu machen: »Welton, im Prozeß gegen Roy Bub Hooker werde nicht ich die Anklage vertreten, das werden Sie tun. Nein, Sie brauchen mir nicht zu danken. Ich drücke mich, weil ich keine Lust habe, mich mit Fleabait vor der Lokalpresse zu messen. Sie sind noch jung. Sie können es verkraften, wenn Fleabait Sie durch den Wolf dreht.«

»Wie sollte er wohl? Der Fall ist doch sonnenklar. Hooker hat vor fünf Zeugen geschossen. Drei von ihnen haben gehört, wie er Drohungen wegen der getöteten Säbelantilope ausgestoßen hat.«

»Welton, Sie haben nicht begriffen, um was es geht. Fleabait denkt gar nicht daran, Roy Bub zu verteidigen. Er wird Morrison schuldig sprechen.«

»Aber ich...«

»Welton, es ist völlig irrelevant, was Sie tun oder was der Richter tut. Fleabait wird Todd Morrison so entsetzlicher Verbrechen überführen, daß die Geschworenen Roy Bub Hooker beglückwünschen werden, daß er den Mann von der heiligen Erde Texas' abberufen hat.«

»Aber das werden wir nicht gelten lassen!«

»Nicht gelten lassen? Fleabait legt fest, wer was gelten läßt. Zum Schluß noch zwei Ratschläge: Lesen Sie ein bißchen über Michigan und Detroit nach, denn dieser Staat und diese Stadt werden auf der Anklagebank sitzen, nicht Roy Bub Hooker. Und wenn Fleabait verstummt, beide Hände unter seine Jacke schiebt und anfängt, sich zu kratzen, dann halten Sie den Atem an, denn was er als nächstes sagt, ist gleichbedeutend mit einem Aus für die Staatsanwaltschaft.«

»Ich werde mit jedem Exhibitionisten fertig«, erklärte Welton, worauf sein älterer Kollege ihn warnte: »Fleabait Moomer ist kein Exhibitionist. Er glaubt an alles, was er tut. Er beschützt Texas vor dem zwanzigsten Jahrhundert.«

Welton, der in Dartmouth und Yale Jura studiert hatte, brauchte nur einen Vormittag, um den Fall überzeugend darzulegen: »Meine Damen und Herren, ich werde Ihnen beweisen, daß Robert Burling Hooker, auch Roy Bub genannt, seinen Partner mit Erschießen bedrohte, und ich werde Ihnen drei Zeugen namhaft machen, die diese Drohung gehört haben. Ich werde Ihnen nachweisen, daß zwei Personen, die einen ausgezeichneten Ruf genießen, den Streit zwischen den zwei Männern am fraglichen Tag mitangehört haben, und ich werde fünf Personen in den Zeugenstand rufen, die den Mord mitangesehen haben. Überdies werde ich Ihnen die Pistole vorlegen, mit der geschossen wurde, sowie einen Experten, der Ihnen sagen wird, daß es diese Waffe war, mit der die Kugel abgefeuert wurde, die Todd Morrison tötete. Niemals mehr werden Sie auf einer Geschworenenbank sitzen, wo man Ihnen Ihre Entscheidung so leicht machen wird. Roy Bub Hooker tötete seinen Geschäftspartner Todd Morrison, und Sie werden bei diesem Mordprozeß anwesend sein.«

Fleabait focht diese Beweisführung in keiner Weise an, gab sich aber alle erdenkliche Mühe, nett zu Todd Morrisons Witwe zu sein, die Tag für Tag in düsterer Würde dasaß, begleitet von ihrer Tochter, der bekannten Stabwerferin der University of Texas, und von ihrem Schwiegersohn, Wolfgang Macnab, dem hünenhaften Lineback der Dallas Cowboys. Mit ebenso ausgesuchter Höflichkeit behandelte der Anwalt auch Maggie Morrisons Sohn Lonnie, den Elektronikexperten, und dessen Frau.

Ransom Rusk war nicht anwesend – obwohl er die Verteidigung bezahlte; der Ankläger wußte natürlich nicht, daß Roy Bub auch gedroht hatte, ihn, Rusk, zu erschießen, und Fleabait dachte nicht daran, dieses Thema zur Sprache zu bringen. Als aber die Verhandlung am dritten Tag unterbrochen wurde, um eine lange Mittagspause einzuschieben, sprang Fleabait in seinen Wagen und fuhr nicht in das Restaurant, wo die Anwälte zu essen pflegten, sondern fünfunddreißig Kilometer nach Larkin hinaus, wo er sich mit Rusk in dessen Haus besprach. »Ich könnte mich natürlich irren, aber ich habe Maggie Morrison genau beobachtet und bin überzeugt, daß sie, wenn ich sie in den Zeugenstand rufe, alles bestätigen würde, was ich zu beweisen versuche. Sie weiß, daß ihr Mann ein Schwein war. Sie weiß, daß er jeden übers Ohr gehaut hat, mit dem er in geschäftlicher Verbindung stand.«

»Lassen Sie sie in Frieden. Sie hat es schwer genug.«

»Ihr Schwiegersohn würde auch in dieser Richtung aussagen. Das ist ein kluger Junge. Er muß es wissen.«

»Fleabait! Rühren Sie die Familie nicht an!«

»Sie wollen doch, daß Hooker als freier Mann den Gerichtssaal verläßt, oder?«

»Natürlich. Und Sie schaffen das auch. Lassen Sie Ihre schwersten Geschütze auffahren, Fleabait, aber rufen Sie nicht die Familie in den Zeugenstand.«

Am vierten Prozeßtag verbrachte Fleabait den ganzen Vormittag damit, die anderen zwei Mitglieder des ursprünglichen Jagdquartetts zu befragen. Nur selten hatte er es mit Zeugen zu tun gehabt, die seiner Sache dienlicher waren. Jeder auf seine Art, bewiesen beide, daß sie echte Sportsmänner waren – ganz im Gegensatz zu Todd Morrison.

Am fünften Tag richtete Fleabait Todd Morrison praktisch zugrunde: Er bewies viel und deutete noch mehr an. Dann, nach einer dramatischen Pause, schob er die Arme unter die Achseln und begann sich zu kratzen. Die Geschworenen, die darauf nur gewartet hatten, lächelten genüßlich.

»Sie wissen, und ich weiß, daß sich die Menschen aus Michigan nicht die gleichen moralischen Prinzipien zur Richtschnur ihres Handelns machen wie wir hier in Texas. Sie können nette Leute sein und in dem etwas lockeren moralischen Klima Detroits oder Pontiacs gut vorankommen. Wenn sie aber nach Texas übersiedeln, wie das so viele tun, sehen sie sich mit viel strengeren moralischen Geboten konfrontiert. Hier erwartet man von einem Mann, daß er sich wie ein Mann benimmt. Es gibt genau festgelegte Verhaltensregeln, die zu respektieren einem Neuankömmling aus Michigan schwerfällt.

Todd Morrison war ein solcher Neuankömmling. Aber ich möchte nicht, daß Sie zu hart mit ihm ins Gericht gehen – er wußte es nicht besser. Er ist nie über die Prärie geritten. Niemand hat ihn über die Bedeutung von Ehre, Zuverlässigkeit und Fairneß aufgeklärt. Verurteilen Sie diesen armen Mann nicht, der in einem neuen und anspruchsvolleren Land vom Weg abgekommen ist. Ich möchte, daß Sie ihm verzeihen. Und ich möchte, daß Sie begreifen, was einen anständigen, gottesfürchtigen, zu sportlicher Gesinnung erzogenen Texaner bewog, ihn zu erschießen. Mittlerweile ist Ihnen ja wohl allen klar, daß Todd

Morrison, dieser bemitleidenswerte Fremde, der einfach nicht zu uns paßte und dem es nicht gelang, sich nach unserem strengen Ehrenkodex zu richten, den Tod verdient hat.«

Der Sprecher der Geschworenen fragte den Richter, ob es unbedingt notwendig sei, den Raum zu verlassen, bevor sie ihren Urteilsspruch verkündeten. »Es würde besser aussehen«, meinte der Richter, und so verließen die Geschworenen den Saal, um sofort wieder zurückzukehren.

Maggie Morrison war von dem Mord an ihrem Mann erschüttert; nicht von der Tatsache, daß seine anrüchigen Geschäfte zu seinem Tod geführt hatten – sie hatte so etwas immer schon erwartet –, sondern davon, daß Roy Bub der Täter war. Sie hatte ihn für einen überaus integren Mann gehalten, und daß er die tödlichen Schüsse abgefeuert hatte, bereitete ihr zusätzlichen Schmerz.

Erst nachdem das Urteil gesprochen war – ein korrektes Urteil, wie sie fand – erfuhr sie, daß sie ganz Allerkamp erben würde, von dem aber ein guter Teil aus moralischen Gründen Roy Bub zustand. Anständig, wie sie war, flog sie nach Dallas, um sich mit Rusk zu beraten: »Ich kann Allerkamp nicht behalten. Roy Bub hat viel für die Ranch getan, aber ich kann ihm keine Abfindung anbieten. Das würde so aussehen, als ob wir zusammen geplant hätten, meinen Mann umzubringen.«

»Warten Sie die Testamentseröffnung ab. Nehmen Sie Allerkamp in Besitz und halten Sie den Mund.«

»An diesem Bissen würde ich ersticken.«

»Hören Sie, Maggie, ich wollte es Ihnen nicht sagen, aber ich habe für Roy Bub gesorgt. Nennen wir es einen Finderlohn.«

»Was hat er gefunden?«

»Allerkamp. Bevor Todd starb, hat er ja versucht, mir Allerkamp zu verkaufen. Er wollte das Geschäft mit den Exoten aufgeben.«

»Und Roy Bub?«

»Ihr Mann hat sich nie groß um ihn geschert.«

»Das überrascht mich nicht. Houston hat Todd verdorben. Als wir ankamen, teilten wir noch alles miteinander. Als er dann anfing, die Leute übers Ohr zu hauen, erfuhren wir nur mehr die ehrlichen Teile. Und schließlich wußten wir gar nichts mehr.«

»Ihr Mann und ich, wir hatten uns schon auf einen fairen Preis für die Ranch geeinigt. Ich werde Ihnen die Unterlagen zeigen. Sie sollten das Geschäft zustande kommen lassen.«

»Was springt dabei für mich heraus?«

»Vier Millionen.«

Nachdem das Geschäft über die Bühne gegangen war, gab Maggie die Luxuswohnung der Familie am Buffalo Bayou auf. Sie erklärte es ihren Kindern: »Es bereitet mir Unbehagen, hier zu sitzen, auf die drei Türme der Ramparts hinüberzuschauen und daran denken zu müssen, daß ich sie von den Mexikanern gekauft habe, als sie sich in einer verzweifelten Lage befanden, und sie dann den Kanadiern weiterverkaufte – drei Wochen vor dem Hurricane. Der Gedanke verfolgt mich... es waren unmoralische Transaktionen.«

Sie zog in eine sehr schöne Anlage im Westen der Stadt, The St. James, wo sie eine der kleineren Wohnungen im dreiundzwanzigsten Stock mit Aussicht auf den Park kaufte.

Zwei- oder dreimal in der Woche, wenn der unerträgliche Verkehr ein wenig nachgelassen hatte, fuhr Maggie abends nach dem Essen mit dem Lift in die Garage hinunter, stieg in ihren Mercedes und chauffierte nach Osten, bis sie eine Auffahrt zum Highway 610 erreichte. Auf dieser Verkehrsader, einer der belebtesten Amerikas, begann sie dann eine sechzig Kilometer lange Rundfahrt um die Stadt.

Als sie eines Abends gemächlich dahinrollte, beleuchtete der Vollmond einen Teil der Stadt außerhalb des Rings, einen Teil, dem sie zuvor nie besonderes Augenmerk geschenkt hatte; es handelte sich um etwa fünfzehn Häuserblocks, die ohne allzu große Verluste abgerissen werden konnten. Sie wechselte auf eine Nebenfahrbahn hinüber und verlangsamte das Tempo, um die Gegend genauer betrachten zu können. Mit imaginären Bulldozern und schweren Abbruchhämmern ebnete sie die Häuser ein und errichtete an ihrer Stelle zwei hochaufragende Türme mit dazugehörigen Einkaufsstraßen. Achtundvierzig Stockwerke je Turm? Sechs Wohnungen je Geschoß? Aber die ersten vier Stockwerke für Büros.

Futura sollte der Komplex heißen, und wenn sie jetzt aus alter Gewohnheit abends die Stadt umkreiste, wartete sie ungeduldig auf das Näherkommen ihres Projekts und analysierte es immer wieder von allen Seiten. Tagsüber, nach der Arbeit, fuhr sie durch die Gegend und stellte fest, daß siebzehn Häuserblocks abgerissen werden mußten, um das nötige Areal zu erhalten. Sie nahm Gespräche mit Gabe Klinowitz auf, um sich über die Bodenpreise zu informieren. Als sie die Zahlen im Kopf hatte, begann sie Pläne für eine großzügige Erschließung des Geländes zu entwerfen.

Als sie schließlich einen Arbeitsetat aufgestellt hatte, war ihr klar, daß für einen so enormen Betrag – 210 Millionen Dollar – nur eine Quelle zur Verfügung stand, und so flog sie nach Dallas und legte Ransom Rusk ihre Pläne vor. Er steckte gerade tief in den Vorbereitungen für Reagans Wiederwahl, und Maggies Hoffnungen schwanden.

»Weisen Sie mich ab, Ransom?«

»Nein. Ich weise Houston ab. Es ist jetzt nicht der richtige Zeitpunkt, in dieser Stadt ein großes Bauvorhaben zu starten. Viele Häuser stehen leer.«

»An welche andere Stadt denken Sie?«

»Austin.«

Sie hatte nie in Erwägung gezogen, ihre Tätigkeit von einer Stadt mit mehr als zwei Millionen Einwohnern in eine andere zu verlegen, die nur ein Fünftel so groß war, aber Ransom beharrte auf seinem Standpunkt: »Houston vor zwanzig Jahren, das ist Austin heute.«

»Kann es so etwas wie Futura aufnehmen?«

Er wich einer direkten Antwort aus. »Das ist ja ein gräßlicher Name. Klingt wie eine Seife.«

»Was würden Sie vorschlagen?«

»Der Name muß Klasse haben. Etwas Englisches wie Bristol oder Warwick Towers. Aber die gibt es schon.« Er schnippte mit den Fingern. »Ich hab's. *The Nottingham*. Und als Logogramm die Konturzeichnung von Robin Hood mit seiner komischen Mütze. Wir werden die feinste Adresse von ganz Texas daraus machen.«

Die Vorstellung von Ransom Rusk als moderner Robin Hood, der von den Armen nahm, um den Reichen zu geben, hätte Maggie beinahe zum Grinsen gebracht, aber sie konzentrierte sich auf das Hauptproblem. »Woher nehmen wir die zweihundert Millionen?«

Ohne zu zögern antwortete er: »Von den Westdeutschen oder den Arabern. Die brennen darauf, in Texas zu investieren.« Und schon rief er seinen Bankier in Frankfurt an: »Hören Sie mal, Karl Philip, habt ihr immer noch die Gelder zur Verfügung, von denen wir vorigen Monat gesprochen haben? Gut. Ich merke Sie für zweihundert Millionen vor. Nein, nicht Houston. Dort tritt man jetzt auf der Stelle. Auch Dallas nicht. Zu dicht bebaut. Austin.« Eine Pause. »Hauptstadt des Staates, das neue Elektronikzentrum der Nation. Die Stadt mit dem schnellsten Wachstum. Da ist jetzt mehr los als bei jedem Ölboom.«

Er legte auf und gab Maggie einen einfachen Auftrag: »Fliegen Sie sofort nach Austin hinunter, machen Sie die beste Gegend ausfindig und suchen Sie sich jemanden, der die in Frage kommenden Grundstücke heimlich aufkauft.«

Rusks Wagen brachte sie zu seinem Flugzeug, und in weniger als vierzig Minuten landete sie auf dem Flughafen von Austin, wo sie vier hektische Tage erwarteten.

In einem Mietwagen erforschte sie die reizende kleine Stadt und zählte mindestens ein Dutzend Riesenkräne, die damit beschäftigt waren, bemerkenswert hohe Gebäude zu errichten. »Mein Gott!« rief sie. »Das ist ja wahrhaftig das neue Houston!« Noch am gleichen Nachmittag stieß sie auf einen jungen Mann, einen gewissen Paul Sampson, vor kurzem aus Indianapolis zugezogen, der sie an Todd Morrison im Jahre 1969 erinnerte. Er hatte die gleiche draufgängerische Art, den gleichen nervösen Eifer und ließ auf gleiche Weise erkennen, daß er das nötige Geschick besaß, um Geschäfte zum Abschluß zu bringen. Er arbeitete für eine große Immobilienfirma, aber man durfte annehmen, daß sie in zwei Jahren ihm gehören würde. Bis zum Abend hatte er Maggie sechzehn Areale gezeigt, die für neue Bauvorhaben in Frage kamen.

Sie rief Rusk an. »Ransom, der Grundstücksmarkt ist hier so hektisch, daß es einfach zu einem Desaster kommen muß.«

Ganz ruhig versicherte er ihr: »Natürlich wird es zu einem Desaster kommen. Früher oder später ist das bei allen so. Unsere Devise lautet: Rasch einsteigen, als erste wieder aussteigen.«

»Soll ich also weitermachen?«

»Die Deutschen geben das Geld. Was kann uns da schon viel passieren?«

Schon früh am nächsten Morgen war sie in Paul Sampsons Büro. »Können Sie in aller Stille und zu den üblichen Provisionssätzen etwa sechs Häuserblocks beschaffen?«

»Ich kann alles besorgen, was Sie wünschen, Madam.« Sie sah, daß er feuchte Hände hatte. »Wo wollen Sie sie haben? Im Stadtzentrum?«

»Machen Sie mir Vorschläge.«

Er fuhr mit ihr herum und zeigte ihr in Frage kommende Areale. Am vierten Tag fand sie ein geeignetes westlich der Route 360, auf einer Anhöhe, von der aus man eine wunderbare Aussicht auf Lake Travis und das herrliche Bergland genoß.

»Ob die Leute sich so weit draußen ankaufen werden?« zweifelte Sampson, Maggie antwortete: »Wenn sie sehen, was wir hierher bauen, tun sie das sicher.« Sie beauftragte ihn, vier Parzellen zu je vier Hektar zu kaufen, und unter strengster Geheimhaltung unterzeichneten sie ein diesbezügliches Abkommen. Sie sah die Erregung in seinen Augen, sah, wie er darauf brannte, mit der Arbeit beginnen zu können; sie dachte an Todd und wünschte dem jungen Mann alles Gute.

An diesem Abend flog sie nach Larkin zurück, und als sie Rusk über ihren Landkauf in Austin informierte, beglückwünschte er sie. Dann aber setzte er sich vor den Fernsehapparat – ganz so, als ob der Zweihundert-Millionen-Deal etwas Alltägliches wäre – und verfolgte mit großem Interesse die erste Debatte zwischen Reagan und Mondale.

Am Wahltag fuhr Rusk nach Larkin, um seine Stimme abzugeben. Maggie tat das gleiche in Houston, aber es war ausgemacht, daß Rusks Jet sie zu seiner Villa bringen sollte, wo sie gemeinsam die Ergebnisse abwarten würden. Während sie auf das Wahllokal zuging, war sie immer noch im Zweifel, für wen sie stimmen sollte. »Ich kann doch nicht achtzig Jahren Familiengeschichte den Rücken zukehren«, sagte sie sich. »Seit Teddy Roosevelt im Jahre 1904 kandidierte, hat meines Wissens kein Svenholm mehr republikanisch gewählt.« Doch dann erinnerte sie sich, wie überzeugend Rusk seine Thesen verteidigt hatte, wonach denen, die ein Land besaßen, das Recht zugestanden werden mußte, es zu regieren. Sie fand, daß die Zeit gekommen war, verläßlichen Amerikanern wie ihm die Zügel zu überlassen, weil sie das meiste zu gewinnen, aber auch zu verlieren hatten.

Obwohl sie klar erkannte, daß das, was sie nun zu tun gedachte, ihren Eltern nicht gefallen würde – von den Demokraten gegebene Gesetze hatten ihnen praktisch in den dreißiger Jahren das Leben gerettet –, unternahm sie bereitwillig den Schritt, der aus einer in Michigan geborenen Liberalen eine texanische Konservative machte. Beherzt betrat sie die Wahlzelle, sah zum Himmel auf und bekreuzigte sich. »Pop«, sagte sie und kicherte, »verzeih mir, was ich jetzt tun werde.« Dann zog sie den Vorhang hinter sich zu und tat, was Hunderttausende andere Einwanderer aus frostigen Staaten wie Ohio, Michigan und Minnesota an diesem Tag taten: Sie wählte republikanisch.

Am Abend saß sie zusammen mit Rusk vor dem Bildschirm und verfolgte die Resultate. Als gegen neun der Erdrutschsieg augenfällig war, erklärte Rusk mit grimmiger Entschlossenheit: »Wir haben das Weiße Haus, den Obersten Gerichtshof, den Senat und genügend aufrechte Demokraten auf unserer Seite, um das Parlament zu kontrollieren. Maggie, wir haben das Land erobert! Solange wir leben, Sie und ich, werden die Dinge so laufen, wie wir sie haben wollen.«

Schließlich war kaum noch daran zu zweifeln, daß Reagan mit Ausnahme der Hauptstadt des Landes überall gesiegt hatte. »Wenn diese Niggerstadt mit dem Rest des Landes so wenig in Einklang steht«, knurrte Rusk, »sollte sie gar nicht wählen dürfen.« Maggie konterte scharf. »Ransom! Sie dürfen dieses Wort nie wieder gebrauchen!« Rusk brummte: »In Ihrer Gegenwart werde ich daran denken.« Aber das genügte ihr nicht. »Nie! Und das meine ich ernst. Mit einem solchen Wort setzt sich ein Mann in Ihrer Position in den Augen der Welt herab!«

Als dann feststand, daß alle Staaten mit Ausnahme von Minnesota für Reagan und die wahren amerikanischen Tugenden gestimmt hatten, sagte er: »Man sollte diesen Staat zum Psychiater schicken. Die Wahl zwischen Reagan und Mondale haben und sich für diesen zimperlichen Zauderer entscheiden... Die müssen dort alle krank sein.«

Er brachte sie, wie es der Anstand gebot, in ein Motel. »Morgen werde ich mich um das Finanzielle kümmern«, versprach er ihr beim Abschied, und sie erkannte, daß er ein Leben lang fähig gewesen war, sich auf so etwas wie eine Präsidentenwahl zu konzentrieren, und dann am nächsten Morgen auf eine neue Aufgabe, die in keinem Zusammenhang mit der vorherigen stand. In dieser Hinsicht war eine gewisse Ähnlichkeit zwischen ihm und Texas nicht zu übersehen: Die ersten Siedler lebten von ihren Rindern, die Nachkommen von Baumwolle und Sklaven; dann kamen die großen Ranches, das Öl, die Computer... und nur Gott wußte, was das nächste sein würde.

Der Sonderstab

Im Laufe des zweijährigen Bestehens unseres Sonderstabs hatten wir oft unter gehässigen Angriffen zu leiden gehabt, die gegen Texas gerichtet waren und sich fast ausnahmslos auf seinen Reichtum bezogen. Entweder neideten die Außenseiter uns das Geld, oder es mißfiel ihnen, wie wir es ausgaben. Als unsere Beratungen im Dezember 1984 zu Ende gingen, hatte ich Gelegenheit, drei typische Schaustellungen texanischen Reichtums zu beobachten, ja sogar daran teilzuhaben, und ich berichte darüber, ohne mir ein Urteil anzumaßen.

Wir gingen daran, unseren Bericht zu konzipieren, was uns kaum Schwierigkeiten machte; wir empfahlen eine sorgfältigere Gestaltung der beiden Lehrpläne: »Der primäre, nach dem das Kind zum erstenmal mit der texanischen Geschichte vertraut gemacht wird, sollte sich weniger auf Mythen und Legenden und mehr auf die historische Wirklichkeit gründen, die ja doch erstaunlich genug ist. Und in der Highschool müssen die Lehrer daran denken, daß eine starke Zuwanderung aus dem Norden besteht: Die Klassenzimmer werden mit jungen Menschen gefüllt sein, die nie zuvor von den Herrlichkeiten der texanischen Geschichte gehört haben. Es muß daher sorgfältig Bedacht darauf genommen werden, sie richtig zu informieren – bevor es zu spät ist.«

Ein Statement Miss Cobbs fand meine Zustimmung: »Wir empfehlen nachdrücklich, daß texanische Geschichte ausschließlich von Lehrern unterrichtet wird, die eine entsprechende Ausbildung genossen haben.« Zu meiner Überraschung weigerten sich jedoch Rusk, Quimper und Garza, dieser Empfehlung zuzustimmen, denn, so Quimper: »Was sollten wir denn mit unseren Football-Coaches in der toten Saison sonst anfangen?« Miss Cobb bat mich, mit ihr zusammen einen Minderheitenbericht zu unterzeichnen, aber ich konnte ihrer Bitte nicht nachkommen. Ich fand, es stehe einem Vorsitzenden übel an, vor aller Welt zuzugeben, daß er nicht imstande war, seine Schäfchen zu einer einvernehmlichen Meinungsäußerung zu bewegen. Außerdem wollte ich nicht die Footballfans in Rage bringen, denn wenn ich das tat, war es unwahrscheinlich, daß man unseren Bericht akzeptieren würde.

An jenem Dezembertag, als unser Bericht unterzeichnet werden sollte, gab ich bekannt, daß mir mein Sondereinsatz in Texas so gefallen habe, daß ich meinen Job in Boulder gekündigt und einen Ruf an das

Department of Texas Studies der Universität angenommen hätte. Meine Kollegen fragten mich, was mich bewogen hätte, diese doch nicht leichte Entscheidung zu treffen, und ich antwortete: »Das war ganz einfach. Überlegen Sie doch einmal, was hier alles passiert ist, seitdem ich den Vorsitz übernommen habe. Der mexikanische Peso ist ins Bodenlose gefallen und hat das Rio-Grande-Tal in ein Krisengebiet verwandelt. Der Hurricane ›Alicia‹ hat zugeschlagen und hätte um ein Haar Houston zerstört – eine Stadt mit vier Millionen Quadratmetern leerstehendem Büroraum. Der große Frost des Jahres 1983 vernichtete die Zitronenernte. Auch der Westen bekam seinen Teil ab: Die Midland-Bank erlitt einen Verlust von eineinviertel Milliarden und mußte zusperren, und das Ogallala-Aquifer sank so sehr ab, daß die Farmer da draußen in Panikstimmung gerieten. Und Dallas? An einem einzigen Tag ging Braniff bankrott, und TexTek verlor eine Milliarde Dollar. Im ganzen Staat wurden die Farmer von einer entsetzlichen Dürre heimgesucht. Und als ob das alles nicht genug wäre: Drei Jahre hintereinander blieben die Dallas Cowboys glücklos. Mein Gott! Was dieser Staat in einem kurzen Zeitraum an Schlägen einstecken mußte, ein anderes Land wäre daran zerbrochen.«

»Worauf wollen Sie hinaus?« fragte Rusk, der von vielen dieser Desaster selbst in Mitleidenschaft gezogen worden war.

»Damit will ich sagen, daß ich einen Staat respektiere, der so schnell wieder auf die Füße kommt, in die Hände spuckt und weitermacht, als ob nichts geschehen wäre. Und mir gefällt die Art, wie Miss Cobbs Neffe in Lubbock für eine vernünftige Wasserwirtschaft kämpft.«

Und da ließ Rusk seine Bombe platzen. »Obwohl Sie ein Liberaler und fast ein Kommunist sind, Barlow, haben wir drei, Miss Lorena, Lorenzo und ich, einen kleinen Betrag gestiftet, um Ihren Lehrstuhl an der Universität zu dotieren.«

»Eine Million Mäuse«, grinste Quimper, und unsere Assistenten rissen die Augen auf.

Miss Cobb erklärte es uns genau. »Nach den Bestimmungen für diese Dotierung kann Mr. Barlow keinen Penny für sich selbst ausgeben, wohl aber die jährlichen Zinsen für den Ankauf von Büchern für die Universität und für Stipendien für seine graduierten Studenten verwenden – nicht gerade großzügig, aber genug, um davon leben zu können. Was hindert also unsere Assistenten daran, sich ihn zum Doktorvater zu nehmen?«

Ich hatte in den letzten Monaten wohl bemerkt, daß unsere Helfer anfingen, sich Sorgen über ihre Zukunft zu machen; daß nun plötzlich dieses Geld vom Himmel fiel, war natürlich ein Segen für sie. Der jungen Frau von der SMU, der nun ein Leben erspart blieb, das sie mit dem Schreiben von Werbematerial hätte fristen müssen, hatte Tränen in den Augen. Der junge Mann aus El Paso schien überwältigt von seinem Glück. Sein Kollege von der Texas Tech handelte vernünftig: Er küßte Miss Cobb. Und was tat ich? Ich verharrte in dankbarem Schweigen und dachte an die schönen Jahre, die vor mir lagen, an die vielen jungen Menschen, die mit mir arbeiten, und an das Gute, das wir gemeinsam schaffen würden.

Nach gegenseitigen Beglückwünschungen wandten wir uns den abschließenden Agenden zu. Garza, Miss Cobb und ich schlugen vor, unseren Bericht mit zwei wichtigen Absätzen zu beenden. Weil ich wußte, daß die Öffentlichkeit mit scharfen Kommentaren reagieren würde, sollten sie genau das ausdrücken, was zu sagen unsere Absicht war, und nicht mehr.

»Ein Staat, der große Macht erringt, ist dazu verpflichtet, für optimale moralische und intellektuelle Führerschaft Sorge zu tragen. Obwohl wir glauben, daß Texas imstande ist, eine solche Führerschaft hervorzubringen, können wir nicht feststellen, auf welchen bedeutsamen Gebieten sie ausgeübt werden wird. Als Massachusetts an der Spitze der Nation stand, manifestierte sich seine Macht in seiner religiösen und intellektuellen Führerschaft. Als dann Virginia eine Vorrangstellung einnahm, geschah dies aufgrund der Bildung, der Philosophie und des Lebensstils seiner Bevölkerung. Als New York die Last auf sich nahm, glänzte es im Verlagswesen, im Theater und in den schönen Künsten. Als schließlich Kalifornien die Führung übernahm, verdankte es diese Rolle Hollywood, dem Fernsehen und seinem attraktiven Lebensstil.

Auf welchem Gebiet ist Texas zur Führerschaft qualifiziert? Es besitzt kein größeres Verlagshaus, keine graphischen Künste außer Cowboy-Illustrationen und keinerlei philosophische Überlegenheit. Offenbar hat es andere wertvolle oder nutzbringende Eigenschaften, aber keine, die von der Gesellschaft besonders geschätzt werden. Es steht in den Vereinigten Staaten an erster Stelle beim Konsum von Popmusik; seine Bewohner zeichnen sich durch Wagemut aus und sind auf Football versessen. Texas läuft Gefahr, Amerikas Sparta und nicht Amerikas Athen zu werden. Und die Geschichte geht nicht gerade zimperlich mit ihren Spartanern um.«

Rusk warf einen Blick auf unser Konzept und explodierte. »Ihr klingt ja wie ein Haufen Kommunisten! Offen gestanden, Lorena, ich kann es gar nicht fassen, daß Sie ein solches Dokument unterzeichnen wollen!«

»Sie verstehen das falsch, Ransom. Ich stimme nicht zu. Ich selbst habe es geschrieben. Die zwei Herren stimmen mir zu.«

»Die Cobbs, die unserem Staat einst als Senatoren gedient haben, werden sich im Grab umdrehen. Sie haben Texas geliebt.«

»Auch ich liebe es. Und ich werde nicht zusehen, wie es in ein Sparta verwandelt wird.«

»Quimper!« rief Rusk. »Helfen Sie mir doch, mit diesem Unsinn Schluß zu machen!«

Aber zur allgemeinen Überraschung ergriff Lorenzo unsere Partei. »Ransom, es ist eine angemessene Warnung. Geben Sie her, ich unterschreibe mit.«

»Sind denn hier alle verrückt geworden?« bellte Rusk. Quimper entgegnete ihm: »Ich habe über den richtigen Il Magnifico nachgelesen, diesen Medici. Und was habe ich da gefunden? Er war damals der Führer der Florentiner Mafia, so wie mein Vater die texanische Mafia angeführt hat. Aber in die Geschichte eingegangen ist er, weil er soviel für die Kunst getan hat. Er hat mitgeholfen, Florenz zum Denken zu erziehen. So geht es mir auch mit Texas.«

»Wenn Sie alle dieses Statement in den Bericht aufnehmen, werde ich eine geharnischte Gegenerklärung veröffentlichen«, drohte Rusk.

»Das werden Sie bestimmt nicht tun«, gab Miss Cobb ruhig zurück, »denn wenn Sie es täten, würden Sie sich lächerlich machen, und das können Sie sich nicht leisten.« Langsam beruhigte er sich; er werde von einem öffentlichen Protest absehen, erklärte er, wenn wir ihm erlaubten, einige wenige Satzteile zu ändern. Er ersetzte *obwohl wir glauben, daß Texas imstande ist* durch *wir wissen, das Texas imstande ist* und *auf welchem Gebiet ist Texas zur Führerschaft qualifiziert* durch *auf welchem Gebiet wird*

Texas die Führerschaft ausüben. An die Stelle von *Wagemut* setzte er – und das gefiel uns allen besser – *haben immer noch den Mut, große Risiken auf sich zu nehmen*.

Dann nahm auch Quimper eine Änderung vor. Er strich die Stelle mit der Popmusik und ersetzte sie durch: »*Texas hat vier Universitäten, die bald zu den besten des Landes gehören werden: Texas, Rice, A&M, SMU.*«

Nachdem alles zu Ende gebracht war, fragte Rusk Miss Cobb: »War es so schlimm in Sparta?« Sie antwortete: »Es war zum Sterben langweilig, und das darf in Texas nicht passieren.« Er knurrte: »Nur ein Esel würde behaupten, in Texas wäre es langweilig.«

Die Million für meinen Lehrstuhl war die erste Zurschaustellung beinahe obszönen texanischen Reichtums. Und nun zu den anderen beiden. Sie hatten Ransom Rusk zum Mittelpunkt und fanden lange, nachdem unser Dezemberbericht vorgelegt worden war, statt.

Bei dem festlichen Silvesterdiner zur Feier unserer letzten Tagung wandte sich Quimper, während Wein gereicht wurde, an Rusk: »Sie sitzen auf soviel Geld, Ransom, und Sie haben aber auch gar nichts Konstruktives damit gemacht. Sie sind eine Schande für den Staat Texas.«

»Was sollte ich denn tun?« fragte Rusk. Das war ein Fehler, denn Quimper hatte bereits einen Vorschlag bis ins einzelne ausgearbeitet. »Es geht darum«, setzte er mir einige Tage später in meinem Büro in Austin auseinander, »Ransom Rusk, den geheimnisumwitterten texanischen Milliardär, der Öffentlichkeit als den liebenswerten und großzügigen Mann vorzustellen, als den wir vom Sonderstab ihn kennengelernt haben.«

»In welchem Rahmen wollen Sie ihn vorstellen?« erkundigte ich mich. »Im Rahmen einer Massenhinrichtung von Demokraten?«

»Nein. Wir werden eine ganz große Auktion von Texas-Bullen veranstalten. Rusk ist stolz auf seine Texas-Longhorns, aber nur wenige Menschen bekommen sie zu sehen. Wir werden dreiundachtzig ausgesuchte Tiere versteigern.«

»Ja, das könnte eine Menge Leute interessieren. Dreihundert, vielleicht sogar vierhundert.«

Lorenzo sah mich an, als ob ich den Verstand verloren hätte. »Mein Freund, wir reden von fünf- bis sechstausend. Ganz Texas wird sich darum reißen, dabeizusein.«

Am Freitag abend vor der Versteigerung standen bereits elf Lear-Jets auf dem Rasen neben der Landebahn von Larkin, und am nächsten Morgen flogen mindestens achtzig kleinere Maschinen ein, darunter auch sechs Hubschrauber, die wichtige Gäste zu der siebzehn Kilometer entfernten Ranch brachten. Am Samstag fuhren achtzehn riesige, blauweiß gestrichene Trailwaybusse mit uniformierten Fahrern ununterbrochen zwischen Motels, Hotels, Gästehäusern und dem Flughafen hin und her, um die Leute von dort aus zur Rusk-Ranch hinauszubringen.

An vier Sperren inspizierten bewaffnete Wächter unsere Ausweise, und schließlich setzten uns die Busse bei einem riesigen Sportplatz ab, der für die Auktion hergerichtet worden war. Ringsum standen sechsunddreißig grün und weiß gestrichene fahrbare Toiletten.

Mehr als hundert Angestellte von Rusk und für diesen Tag eingestellte Studenten, alle in den Farben der Ranch, gold und blau, gekleidet, sorgten für das Wohlbefinden der Gäste; und da waren auch noch zwanzig attraktive junge Mädchen in freizügigen Kostümen an Getränkeständen, die endlose Ströme von Bier, Coke, Dr. Pepper und Orangensaft, alles gut gekühlt, ausschenkten. Und was mir besonderes Vergnügen bereitete: Eine aus sieben Musikern bestehende Mariachi-Kapelle schlenderte durch die Menge und spielte »Guadalajara« und »Cu-cu-ru-cu-cu Paloma«.

Zu Mittag nahmen vier Freiluftküchen den Betrieb auf und servierten köstliches gegrilltes Fleisch mit Bohnen, Salat, Weizenvollkornbrot, Käse und Kokosnußkuchen, und um eins versammelten wir uns alle in einem riesigen Zelt, in dem vor einem massiv eingezäunten Areal, auf dem die Longhorns vorgeführt werden würden, eine große Tribüne errichtet worden war. Achtzehnhundert Gäste füllten das Zelt. Zwei Auktionatoren erschienen und wurden mit großem Beifall begrüßt. »Das sind die Brüder Reyes«, teilte mir Quimper mit. Ihre Aufgabe war es, die Stimmung anzuheizen, die Leute zum Mitsteigern zu animieren, wild herumzufuchteln und aus vollem Hals zu brüllen: »Dreiundzwanzigtausend hier!« Oder »Vierundzwanzigtausend da hinten!«

Da dreiundachtzig Tiere versteigert werden sollten, und da der Durchschnittspreis bei neunundzwanzigtausend Dollar zu liegen schien, war zu erwarten, daß die Auktion mehr als zwei Millionen Dollar erzielen werde.

Ransom Rusk sah phantastisch aus. Schlank, in Cowboykleidung, ein

Lächeln um die Lippen, stand er am anderen Ende der Tribüne und nickte gelegentlich, wenn ein besonders schönes Tier unter den Hammer kam. Nachdem der zweite Stier einen Käufer gefunden hatte, erhob sich ein gewaltiges Gebrüll, und ich sah einen bemerkenswerten Mann. Er war Mitte sechzig und wog etwa zweihundertsechzig Pfund. »Das ist Hoss Shaw«, informierte mich Quimper. »Wir haben ihn aus Mississippi kommen lassen, ein begeisterter Auktionsassistent, der beste in seinem Fach.«

An einer langen schwarzen Zigarre kauend, sprang Hoss umher, brüllte wie ein Ochsenfrosch, beschwatzte die Leute schamlos und verfiel in Krämpfe, wenn es ihm gelang, jemandem ein Gebot zu entlocken.

»Er schafft es, daß jedes Tier zwei- oder dreitausend Dollar mehr bringt«, flüsterte Quimper. »Er ist jeden Penny seiner Provision wert.«

Die Vielfalt der zum Verkauf stehenden Tiere verblüffte mich. Ein Experte, der neben mir saß, erklärte mir das so: »Wir nennen es eine Stier-Auktion, und wie Sie sehen können, versteigern wir auch Stiere. Da gibt es allerdings verschiedene Möglichkeiten. Sie können einen Bullen ersteigern, wie er hier vorgeführt wird, und ihn nach Hause auf Ihre Ranch mitnehmen. Oder Sie können einen Teil kaufen – Zuchtrechte und Gewinn aus dem Verkauf tiefgekühlten Samens –, aber der Stier bleibt da. Sie können aber auch tiefgekühlten Samen mitnehmen und Ihre Kuh auf Ihrer Ranch befruchten.«

Meine Verwirrung steigerte sich noch, als die Kühe unter den Hammer kamen. Wieder erklärte es mir der Experte: »Da haben wir zunächst einmal eine Kuh, wie sie jetzt da unten im Kreis geführt wird. Sie können aber auch eine Kuh haben, die von einem registrierten Bullen trächtig ist. Schließlich können Sie eine trächtige Kuh erwerben, die ein Kälbchen säugt – ein Dreigespann nennen wir das. Wenn Sie genügend Dreigespanne kaufen, haben Sie einen tollen Start für eine Zucht.«

Jetzt kam der für mich interessanteste Teil, denn nun wurden, eines nach dem anderen, sechs Rinder mit den längsten und wildesten Hörnern in die Manege gebracht. Es waren Ochsen, bei normaler Viehhaltung hätten sie nur für den Fleischmarkt getaugt, wenn es junge, oder für die Hundefutterindustrie, wenn es alte Tiere gewesen wären. Hier aber waren sie wegen ihrer unglaublichen Hörner bemerkenswerte Besitzstücke, von texanischen Ranchers sehr begehrt. »Wir kaufen sie, um unsere Ranch mit ihnen zu schmücken«, sagte mein Sitznachbar, »und daß unsere Frauen etwas zu bewundern haben, wenn sie aus Houston oder Dallas anreisen, um uns Guten Tag zu sagen. Sie verfehlen auch ihre Wirkung nicht, wenn man versucht, ein Darlehen von einem Bostoner Bankier zu erhalten, der auf Besuch vorbeikommt.«

Wie enorm groß diese Hörner waren! »Richtige Schaukelstühle«, meinte mein Informant bewundernd, und als ein riesiges Tier hereinspaziert kam, dessen Hörner von Spitze zu Spitze hundertfünfundneunzig Zentimeter maßen, fing er an, wie verrückt mitzubieten.

Ein feierlicher Augenblick ließ den heillosen Lärm verebben, als ein prächtiger Longhornbulle in die Manege geführt wurde. Ein Beamter des Wichita-Schutzgebietes in Oklahoma nahm das Mikrophon: »Meine Damen und Herren! Einige von Ihnen werden sich vielleicht daran erinnern, daß sich die Vereinigten Staaten im Jahre 1927 der Tatsache bewußt wurden, daß das berühmte texanische Longhornrind auf dem besten Weg war, von dieser Erde zu verschwinden. Glücklicherweise wurden aufmerksame Männer und Frauen tätig, und meine Vorgänger im Schutzgebiet durchforsteten Mexiko und den ganzen Westen auf der Suche nach Tieren, die qualifiziert waren, eine neue Zucht aufzubauen. Und hier in Larkin, auf der Ranch von Emma Larkin-Rusk, der Großmutter unseres Gastgebers, fanden sie den Grundstock der großen Longhorns, auf dem wir aufbauten.

Kein Tier bedeutete mehr für die Gesundung der Longhorns als der Schlaue Moses VI., der perfekte Bulle, den Emma Rusk dem Schutzgebiet hinaufschickte. Mit der sensationellen Kuh Bathtub Bertha begründete er die berühmte MM/BB-Linie, und jetzt zeigen wir Ihnen die lebende Verkörperung der Zucht – den Schlauen Moses XIX.« Während wir Beifall klatschten, öffnete sich links ein Tor, und der imposante Bulle kam die Rampe herunter – groß, langgliedrig, nicht zu fett, ungeheuer kraftvoll.

»Meine Damen und Herren«, psalmodierte der Auktionator, »der Schlaue Moses XIX., das feinste Tier seiner Zucht, gehört einem Konsortium. Wir verkaufen heute einen zehnprozentigen Anteil an diesem außerordentlichen Longhorn. Nur ein Zehntel, meine Damen und Herren, und der Stier bleibt hier. Aber Sie sind an dem Verkauf seines Samens im ganzen Land beteiligt. Sind fünfzigtausend Dollar geboten?«

Ich hielt den Atem an, denn wenn Reyes ein Erstgebot von fünfzigtausend Dollar erzielen konnte, war der Schlaue Moses fünfhunderttausend Dollar wert. Das Gebot wurde sofort abgegeben, und noch bevor ich wieder zu Atem kam, waren achtzigtausend geboten. Nun wurde Hoss Shaw tätig, tanzte herum und feuerte die Bewerber an, bis bei 110 000 Dollar der Hammer fiel. Der Schlaue Moses, dessen Linie nur dank Emma Larkin-Rusk erhalten geblieben war, hatte einen nachweisbaren Wert von 1 100 000 Dollar.

Bei Einbruch der Dunkelheit wurden sechstausend Schalen Chili con carne serviert, dazu mexikanische Süßigkeiten, und die Besucher machten es sich auf dem freien Platz vor der Tribüne bequem, die Quimper hatte errichten lassen und auf der jetzt das erste von drei Orchestern erschien, die bis zwei Uhr früh musizieren würden.

Es war eine herrliche Nacht. Die Musik war laut und *country*, die Leute schlenderten ungezwungen umher, begrüßten alte Freunde, trafen Verabredungen und schlossen Geschäfte ab. Einige Herren, die ein öffentliches Amt anstrebten, bemühten sich, andere Herren zu finden, deren Hände sie schütteln konnten, und einige der schönsten Frauen Amerikas waren zu sehen.

Unter den Schönheiten befand sich auch eine besonders attraktive junge Frau, der ich schon Beifall gespendet hatte, als sie noch Assistentin an der University of Texas gewesen war. Beth Morrison hatte sie geheißen und war Erste Stabhochwerferin und aller Welt Liebling gewesen. Jetzt hieß sie Beth Macnab und war die Frau des Linebackers der Dallas Cowboys. Sie und ihr Mann, so stand es in den Klatschspalten zu lesen, reisten häufig nach New York, wo sie mit mehreren Malern befreundet waren.

Ich konnte mir nicht vorstellen, was Beth, die nun als eine unserer texanischen Intellektuellen galt, dazu bewogen hatte, eine Rinderauktion in Larkin zu besuchen, aber ich zerbrach mir nicht weiter den Kopf darüber, denn nun betrat Quimper die Bühne, um etwas bekanntzugeben: »Freunde«, sagte er, »mein lieber Geschäftspartner Ransom Rusk, der diese Festlichkeit organisiert hat, entsprach genau dem Bild, das die Zeitungsschreiber von ihm zu zeichnen pflegen: ein einsamer, sich selbst zur Arbeit motivierender, sagenhaft reicher texanischer Ölmagnat. Und weil er menschenscheu ist, habe ich ihn dazu überredet, sechstausend seiner besten Freunde heute abend hierher zu bitten, um mit ihm einen Augenblick außerordentlicher Freude zu teilen. Freunde!« – Lorenzos Stimme überschlug sich – »Ransom Rusk, dieser einsame verbitterte Teufelskerl, der bis Mitternacht im Büro sitzt und seine Milliarden zählt – Ransom Rusk nimmt sich ein Weib!«

Während wir johlten und applaudierten, betrat Rusk in frisch gebügelter Rancherkleidung aus blauem Whipcord, zu der auch ein Paar von Quimper gespendete goldgemusterte Stiefel gehörte, die Bühne, und verbeugte sich. Dann trat er ans Mikrophon. »Das Großmaul hat recht«, sagte er und deutete auf Quimper, »ich werde heiraten. Und ich möchte, daß Sie die ersten sind, die die Braut kennenlernen.« Und aus der Kulisse holte er die neunundvierzigjährige Maggie Morrison, das Bild einer erfolgreichen Immobilienmagnatin. Sie hatte Quimpers Drängen nachgegeben und trug ein mexikanisches Kostüm, Quimper-Stiefel und einen Strohhut, von dessen Krempe vierundzwanzig Silberglöckchen baumelten. Vor mir sah ich eine charmante, lächelnde und, wie es schien, warmherzige Frau, und ich dachte: Rusk hat Glück gehabt, daß er sie an Land ziehen konnte.

Aber Quimper war noch nicht fertig. Er war ja nie mit etwas zufrieden, er mußte immer noch ein Anhängsel anfügen. »Der gute alte Rance hat sich nicht nur eine tolle Frau geangelt, sondern auch eine der schönsten Töchter in ganz Texas dazu, nämlich Beth Macnab!« Als Beth die Bühne betrat, gab Lorenzo ein Zeichen, und aus der Kulisse kam ein etwa vierzehnjähriges Mädchen mit einem silbernen Stab gelaufen.

»Das ist eine Überraschung, Freunde, ich habe Beth nicht gewarnt... Aber wie wäre es denn jetzt mit einer Probe ihrer Kunst?«

Es war nun schon ein paar Jahre her, daß Beth sich bei Footballspielen produziert hatte, und niemand hätte ihr eine Absage übelgenommen, aber dies war ihrer Mutter großer Tag, und so schleuderte sie ihre hochhackigen Schuhe zur Seite und sagte: »Normalerweise tun wir das nicht in einem Kleid wie diesem, aber wenn Mom so mutig ist, Ransom Rusk nach allem, was die Zeitungen erzählen, zu heiraten, werde ich auch mutig genug sein, einen Narren aus mir zu machen.«

Sie warf den Stab hoch in die Luft, wartete, das reizende Gesicht hoch nach oben gekehrt, und hatte das Glück, ihn auch wieder aufzufangen. Sie verneigte sich vor der Menge und gab dem Mädchen den Stab zurück. »Man soll sein Glück nicht strapazieren«, sagte sie. »Mom, es ist alles wunderbar! Pop, willkommen in der Familie!« Sie drückte einen herzhaften Kuß auf Rusks Wange.

Nach kurzen Flitterwochen in Rom, Paris und London kehrte das Paar nach Texas zurück. Miss Cobb rief mich an und bat mich, unverzüglich nach Dallas zu kommen, wo sich unser mittlerweile aufgelöster Sonderstab mit Ransom Rusk und seiner neuen Frau treffen sollte. Miss Cobb kam gleich zur Sache: »Ransom, meine Zusammenarbeit mit Ihnen und meine Anwesenheit bei der Rinderauktion hat es mir ermöglicht, Sie als menschliches Wesen kennenzulernen. Und die Tatsache, daß Sie diese entzückende Dame aus Houston geheiratet haben, hat meinen Eindruck noch verstärkt.«

Wir wußten alle nicht, worauf sie hinauswollte, und waren einigermaßen überrascht, als sie uns ihre Absicht offenlegte: »Ich finde, Ihr Freund Lorenzo hat Ihnen einen guten Dienst erwiesen, als er Sie dazu überredete, diese Monsterparty steigen zu lassen. Das war wirklich eine gute Sache, Ransom. Hat Sie zu einem Menschen gemacht. Aber es ist nicht genug.«

»Was soll ich denn noch tun?« gab er barsch zurück.

»Sie sind einer der reichsten Männer unseres Staates, vielleicht sogar der reichste. Aber Sie haben noch nie etwas für Texas getan. Und ich finde, das ist ein Skandal.«

»Moment mal, ich...«

»Ja, ich weiß. Da und dort ein Footballstipendium, Ihr Leprafonds. Aber ich meine etwas, das Ihrem Format entspricht.«

»Wie zum Beispiel?«

»Haben Sie schon einmal den großen Museumskomplex in Fort Worth besichtigt?«

»Eigentlich nein. Hie und da ein Empfang, aber ich hasse Empfänge.«

»Sind Sie sich der Tatsache bewußt, daß Fort Worth einen der schönsten Museumskomplexe der Welt besitzt? Etwas Einzigartiges?«

»Ich verstehe nicht viel von Museen.«

»Sie werden gleich mehr verstehen.«

Und sie zwang uns alle, die fünfzig Kilometer zum Kimbell-Museum mit seinen herrlichen europäischen Gemälden zu fahren. Danach schleppte sie uns ins Museum für moderne Kunst mit seinen kühnen zeitgenössischen Bildern, und in das Amon Carter Museum of Western Art mit seiner unvergleichlichen Sammlung von Charles Russell, Frederic Remington und anderen Cowboy-Künstlern.

»Was soll ich also Ihrer Meinung nach tun?« fragte Rusk nach Beendigung dieses im Eiltempo absolvierten Rundgangs.

»Rance, ein sehr schönes Areal innerhalb dieser Anlage ist noch verfügbar. Ich möchte, daß Sie dort Ihr eigenes Museum erbauen.«

»Also, ich...«

»Irgendeinmal werden Sie sterben, Rance. Wenn man dann noch an Sie denkt, woran sollte man sich erinnern? An Ihre Ölquellen? Wen interessieren die dann noch? Stellen Sie sich einmal diese Frage, Rance, und treffen wir uns dann hier in zwei Wochen.«

»Warten Sie doch...«

Sie wollte nicht warten. Sie stand kerzengerade vor ihm und sagte: »Ich rede von Ihrer Seele, Rance. Fragen Sie Maggie; sie wird wissen, was ich meine.« Und noch an der Tür erinnerte sie ihn: »Heute in zwei Wochen. Dann möchte ich Ihre Pläne hören, denn auf meine Weise mag ich Sie, und ich will nicht, daß Sie ungeliebt und vergessen Ihrem Grab entgegengehen.«

Wir blieben alle stumm. Schließlich war es natürlich Quimper, der das Schweigen brach; er haßte leere Luft: »Sie hat recht, Ransom. Es wäre eine schöne Geste.«

Als wir auseinandergingen, bat Rusk mich, noch ein wenig zu bleiben. Er wollte in allen Einzelheiten mit mir durchsprechen, was alles zu bedenken sei, falls er Fort Worth tatsächlich ein viertes Museum schenken sollte. Zunächst einmal mußten wir entscheiden, welche Art von Museum es denn werden sollte. Er richtete es so ein, daß mir die Universität einen sechsmonatigen Urlaub gewährte, für den er aufkam, und gemeinsam untersuchten wir die einzelnen Möglichkeiten. Er schlug ein Cowboy-Museum vor. Ich erinnerte ihn daran, daß schon Amon Carter diese Kunstrichtung mit Beschlag belegt hatte. Dann brachte er die Rede auf ein Erdölmuseum, und ich mußte ihn darauf hinweisen, daß es doch eine Kunstgalerie werden sollte. Außerdem gab es schon in Midland und Kilgore Erdölmuseen.

»Was würde ein Gebäude wie das Kimbell-Museum kosten?«

»Mindestens achtzehn bis zwanzig Millionen«, antwortete ich, »mit weit kleinerem Ausstellungsraum.«

Drei Tage vor dem mit Miss Cobb vereinbarten Termin klingelte um drei Uhr früh mein Telefon. »Kommen Sie gleich zu uns«, bat mich Rusk. »Mein Chauffeur ist schon unterwegs zu Ihnen.« Als ich seine Wohnung in Dallas erreichte, die er mit der neuen Mrs. Rusk teilte, fand ich die beiden, noch in Bademänteln, im Schlafzimmer, umgeben von einem Schneesturm von Zeitungen.

»Ich habe mein Museum! Ich lag schon im Bett und las, dachte an verschiedene Möglichkeiten und fragte mich: ›Was ist das absolut Größte in Texas?‹ Und die Zeitung hier gab mir die Antwort.« Es war eine Donnerstag-Ausgabe der *Dallas Morning News*. »Sehen Sie selbst! Die *Dallas News* weiß, worauf es ankommt.« Er reichte mir die erste Beilage, und ich stellte fest, daß die Zeitung, offenbar um einem dringenden Bedürfnis seiner texanischen Leser abzuhelfen, hundertzwölf Seiten mit zusätzlichen Footballneuigkeiten gefüllt hatte: Profi-Football mit besonderer Betonung von Dallas; Profi-Football, andere Mannschaften; College-Football mit Betonung texanischer Mannschaften. College- und Highschool-Football mit Tips, wie neue Spieler angeworben werden sollten. Davon allein sechzehn Seiten sowie natürlich die üblichen sechzehn Seiten mit laufenden Football-Nachrichten, insgesamt also einhundertachtundzwanzig Seiten. Rusk strahlte wie ein kleiner Junge, der den Pythagoräischen Lehrsatz endlich kapiert hat: »Sport!«

Was er im Sinn hatte, war eine richtige Kunstgalerie, eine Ruhmeshalle der Schönheit, gefüllt mit Beispielen dafür, wie der Sport Künstler zu erstklassigen Werken inspirieren konnte. »Kein Mist«, verkündete Rusk um vier Uhr früh. »Keine Baseballkarten. Keine alten Uniformen. Nur große Gemälde! Amerikanische Kunstwerke, Bilder aus dem amerikanischen Sport.« Als Miss Cobb und die anderen an diesem Wochenende nach Dallas kamen, hatten die Rusks bereits ein Programm skizziert.

»Nun«, setzte Miss Cobb an, »was haben Sie und Barlow sich Schönes ausgedacht?«

»Sport«, antwortete Rusk, »eine Gemäldesammlung. Richtige Kunst wie im Kimbell, die den Sport zum Thema hat.«

Miss Cobb ließ sich das durch den Kopf gehen und sagte dann: »Das könnte eine feine Sache werden, Ransom, aber vermeiden Sie einen engen, auf Amerika beschränkten Horizont. Geben Sie uns eine universelle Sammlung.«

»Sie meinen, Kunst aus aller Welt?« fragte er.

»Ja, das meine ich. Denken Sie nur nicht provinziell!«

Schon früh am nächsten Tag ließ Rusk mich in sein Büro kommen. »Heuern Sie den Mann an, der das Kimbell-Museum gebaut hat, und sagen Sie ihm, er soll gleich anfangen.«

»Louis J. Kahn ist tot. Das Kimbell-Museum hat sein Lebenswerk gekrönt.«

»Dann den zweitbesten.«

»Ich kenne keinen ›zweitbesten‹. Aber es gibt einige, die sehr schöne Bauten entworfen und gestaltet haben.«

»Suchen Sie den besten heraus und lassen Sie ihn noch diese Woche anfangen.«

»So arbeiten Architekten nicht«, warnte ich ihn, aber er knurrte: »Diesmal werden sie so arbeiten.« Und noch im gleichen Monat legte ein Architekt aus Chikago die ersten provisorischen Zeichnungen für eine neue Art von Museum vor, die sich als besonders geeignet für die Anlage in Fort Worth erwies. Zwei Monate später wurde der Grund ausgehoben, ohne daß man die Öffentlichkeit davon in Kenntnis gesetzt hätte.

Mittlerweile hatte ich in New York ein Büro eingerichtet, in dem sich, wie mir schien, alle Kunsthändler Amerikas ein Stelldichein gaben, um ihre Schätze anzubieten. Ich war überrascht zu sehen, wie viele Werke amerikanischer Künstler den Sport zum Thema hatten. Mit einem Budget, das höher war, als ich mir je hätte vorstellen können, stellte ich einen aus sieben Persönlichkeiten bestehenden Beirat zusammen: drei Kunstexperten, zwei Künstler und zwei Geschäftsleute. Mit größter Sorgfalt machten wir uns daran, einige wenige Stücke in die engere Wahl zu ziehen. Dann bat ich die Herren meines Beirats sowie sieben bedeutende Kuratoren von Museen zu einer Besprechung mit Rusk ins Hotel Pierre. Ich hatte eine Leinwand aufstellen lassen und zeigte nun eine Reihe von Diapositiven. Mehr als einmal seufzte einer der Kuratoren: »Dieses Bild würde ich selbst gern haben.«

Neunzehn herrliche Gemälde wurden gezeigt, und am Ende sagte der Kurator des Metropolitan: »Mr. Rusk, wenn Sie diese neunzehn Prachtstücke erwerben können, sind Sie im Geschäft. Hängen Sie weitere neunzehn dazu, und Sie haben ein Museum.«

Wieder kehrte Rusk zu seiner bohrenden Frage zurück: »Wie lange brauchen wir, um sie zu finden?« Die Antwort lautete: »Vielleicht drei Jahre, wenn Sie Glück haben.«

»Drei Jahre kann ich nicht warten. Warum leihen wir sie uns nicht aus, damit die Leute sehen, was wir suchen?« Stille erfüllte den verdunkelten Raum, während unsere Berater, die schon so viele Ausstellungen mit Leihgaben ausgestattet hatten, über diese Frage nachdachten, bis schließlich ein Experte aus Boston eine vorsichtige Antwort gab: »Mr. Rusk, wenn es richtig gemacht wird und Sie einen Ausschuß aus Persönlichkeiten von internationalem Renommee bestellen könnten, um Ihrem Vorhaben Glaubwürdigkeit bei ausländischen Museen zu verleihen – ja dann...«

Seine Kollegen zeigten sich weniger zurückhaltend. »Das hat es noch nie gegeben!« »Eine wunderbare Idee!« »Ich könnte Ihnen sofort vierzig Exponate nennen, die Sie haben müßten... und vermutlich bekommen würden!« Innerhalb einer Stunde hatten wir eine Liste mit Namen von angesehenen Persönlichkeiten aus der Werbebranche und der Finanzwelt zusammengestellt. Rusk griff nach dem Blatt und begann, diese bekannten Herren und Damen anzurufen; die meisten sagten zu. Während er damit beschäftigt war, fertigten wir eine Liste großer Kunstwerke aus verschiedenen Museen auf der ganzen Welt an und machten Pläne, um Darlehen für eine Riesenshow anzusuchen, mit der wir das Sportmuseum von Fort Worth eröffnen wollten. Wenn Texaner träumen, tun sie das in Technicolor.

Doch dann geschah etwas, das uns in die nicht weniger faszinierende Wirklichkeit zurückbrachte. Ein New Yorker Händler, der im Vorzimmer saß und darauf wartete, uns sieben gute Ölgemälde vorzulegen, fragte, ob er jetzt hereinkommen dürfe. Nachdem der Mann seine Präsentation beendet hatte, bat Rusk ihn, einen Augenblick draußen zu warten. Dann fragte er unsere Berater: »Mir haben sie gefallen. Aber sind sie gut genug für ein Museum?« Die Herren erklärten einstimmig, daß die Bilder auch höchsten Ansprüchen genügten.

»Rufen Sie ihn herein«, wies Ransom mich an, und als der Händler den Raum betrat, sagte der Ölmann: »Wir nehmen sie alle.«

»Aber wir haben noch nicht über den Preis gesprochen, Sir.«

»Das wird Mr. Barlow erledigen, aber ich habe ihm schon gesagt, daß er Ihnen nicht mehr als die Hälfte dessen zahlen soll, was Sie verlangen.«

»Mit Ihrer Erlaubnis, Sir, ich habe auch noch ein europäisches Bild mitgebracht, das Sie vielleicht in Erwägung ziehen wollen. Es ist alles andere als ein amerikanisches Bild, und der Sport, den es zeigt, wird heute nicht mehr in dieser Form ausgeübt. Aber schauen Sie es sich selbst an.« Mit diesen Worten stellte er ein ziemlich kleines Bild auf die Staffelei. Es war von dem holländischen Maler Hendrick von Avercamp, 1585–1634, und zeigte einen zugefrorenen Kanal in der Nähe von Amsterdam, auf dem muntere kleine Figürchen in altertümlichen Uniformen Eishockey spielten.

Die Kuratoren und Experten spendeten so laut Beifall, daß ich nicht anders konnte – ich rief: »Akzession Nummer eins!«

Aber Rusk war mir zuvorgekommen. »Wir nehmen es, keine Frage. Es entspricht genau dem, was wir haben wollen. So alt und so schön. Aber nicht als Akzession Nummer eins. Die habe ich bereits gekauft. Sie müßte schon zur Aufstellung bereitstehen, wenn wir nach Fort Worth zurückkommen.«

Rusk überraschte mich immer wieder. Als ich nach Fort Worth zurückkehrte, sah ich, daß er in der Rundhalle seines im Entstehen begriffenen Museums eine herrliche antike italienische Kopie des vielleicht berühmtesten »Sport-Kunstwerks« der Welt, des Diskuswerfers des attischen Bildhauers aus dem fünften Jahrhundert vor Christi, Myron von Eleutherai, aufgestellt hatte.

Die folgenden Monate gehörten zu den aufregendsten meines Lebens, denn in unserem Zwischenquartier in Fort Worth erhielten wir eine Reihe von Telegrammen, die uns sehr stolz machten:

DER LOUVRE BEEHRT SICH, IHNEN MITZUTEILEN, DASS WIR IHNEN DIE IM FOLGENDEN ANGEFÜHRTEN WERKE ALS LEIHGABEN ÜBERLASSEN: DEGAS' ‚PFERDERENNEN IN ATEUIL', CEZANNES ‚RINGKÄMPFER AM STRAND' UND LA TOURS ‚DUELL UM MITTERNACHT'.

Aus Tokio kam ein Telex mit der Mitteilung, daß uns ein Museum neun japanische Drucke schicken werde, die Tanikaze, den berühmtesten Sumokämpfer des ausgehenden achtzehnten Jahrhunderts, zeigten.

Der Prado in Madrid kündigte kostbare Erstdrucke von Goyas berühmten Radierungen und Lithographien von Stierkampfszenen sowie ein Gemälde zum selben Thema an.

Ein Telegramm aus Schottland versprach uns eine seltene Serie von Drucken, die die Entwicklung des Golfspiels illustrierten; Rusk war sehr angetan davon. Und aus London kam die Nachricht:

WIR SENDEN IHNEN EINE SAMMLUNG SELTENER DRUCKE UND GEMÄLDE, AUSREICHEND, UM ZWEI SÄLE ZU FÜLLEN. DARAUF DARGESTELLT IST, WENN BESUCHERZAHLEN EIN KRITERIUM SIND, DER WELT BELIEBTESTER SPORT, NÄMLICH PFERDERENNEN.

Mittlerweile zeichnete sich deutlich ab, daß die Eröffnungsschau mit auserlesenen Kunstwerken aus aller Herren Länder nicht nur ein spektakulärer Erfolg, sondern auch die absolut erste ihrer Art sein würde. Während ich die Fotografien der dreihundert Exponate studierte und daranging, den jeweiligen Aufstellungsort innerhalb des Gebäudes zu bestimmen, wurde mir bewußt, daß ich Entscheidungen traf, die das Vorrecht jener Person waren, die auf lange Sicht das Museum leiten würde.

»Mr. Rusk«, sagte ich, »Sie müssen einen Direktor bestellen... und zwar bald.«

»Ich bin schon dabei, Barlow«, versicherte er mir. Noch am gleichen Tag ließ er Wolfgang Macnab zu sich ins Büro kommen.

»Mein Junge«, rief er, »ich möche, daß du die Leitung meines Sportmuseums übernimmst. Sag jetzt nichts. Du hast noch ein oder zwei Jahre im Profisport. Gut, bleib dabei. Aber bei unserer großen Pressekonferenz am Freitag möchte ich dich als unseren Direktor vorstellen.«

»Ich liebe die Kunst, Rance. Ich verstehe auch etwas davon... aber Direktor? Direktor eines nicht gerade kleinen Museums?«

»Wenn du mit den Hinterstürmern in Pennsylvania zurecht kommst, kommst du auch mit einem Haufen Bilder zurecht.«

»Weißt du, Rance, ich nehme die Kunst um vieles ernster als Football. Damit spaße ich nicht.«

»Deshalb will ich dich ja haben.«

Sie sprachen über sein Gehalt, und als Macnab Rusks Vorschlag hörte, wäre er beinahe vom Stuhl gefallen. Ich auch.

»Würde ich als Direktor denn ein kleines Budget zur Verfügung haben, um neue Werke anzukaufen?«

»Selbstverständlich. Wenn du den Job annimmst, hast du morgen zweiunddreißig Millionen Dollar auf dem Konto.«

Macnab riß erschrocken die Augen auf und wurde blaß. Da erhob sich Rusk und legte den Arm um seine Schultern: »Vergiß das nie, mein Junge: Wenn du Texas vertrittst, schöpfe immer aus dem vollen!«